Yilin Classics

MIGUEL DE CERVANTES SAAVEDRA

经／典／译／林

El ingenioso hidalgo

Don Quijote de la Mancha

堂吉诃德

[西班牙] 塞万提斯 著

屠孟超 译

译林出版社

图书在版编目(CIP)数据

堂吉诃德/(西班牙)塞万提斯(Cervantes, M. de)著;屠孟超译. —南京:译林出版社,2011.1 (2024.3 重印)
(经典译林)
书名原文:El ingenioso hidalgo don Quijote de la Mancha
ISBN 978-7-5447-1487-7

Ⅰ.①堂… Ⅱ.①塞… ②屠… Ⅲ.①长篇小说-西班牙-中世纪 Ⅳ.①I551.43

中国版本图书馆 CIP 数据核字(2010)第 179385 号

书　　名 **堂吉诃德**
作　　者 [西班牙]塞万提斯
译　　者 屠孟超
责任编辑 唐洋洋
特约编辑 陆元昶
责任印制 董　虎
原文出版 ALHAMBRA,S. A. ,Madrid, 1988
出版发行 译林出版社
地　　址 南京市湖南路 1 号 A 楼
邮　　箱 yilin@ yilin. com
网　　址 www. yilin. com
印　　刷 江苏凤凰盐城印刷有限公司
开　　本 880 毫米×1240 毫米　1/32
印　　张 29.75
插　　页 4
字　　数 821 千
版　　次 2011 年 1 月第 1 版
印　　次 2024 年 3 月第 41 次印刷
书　　号 ISBN 978-7-5447-1487-7
定　　价 78.00 元

译林版图书若有印装错误可向出版社调换
市场热线:025-86633278　质量热线:025-83658316

前言

塞万提斯的名字在中国已不陌生,而《堂吉诃德》中那两位一高一矮、一瘦一胖的游侠骑士的形象更是老少皆知。塞万提斯已被当作经典作家而永垂史册,而《堂吉诃德》也以其特有的魅力一直受到文坛的重视,为世人所瞩目。

《堂吉诃德》取得如此高的评价是作者始料未及的。如果塞万提斯地下有知,看到人们把他看作是西班牙最伟大的文学巨匠,世界文坛的天才的话,定会大吃一惊。他同时代的人也会惊讶得目瞪口呆,因为在塞万提斯在世的那个时代他只被认为是一个平庸的诗人,没有成就的小说家。尽管他因写骑士历险的小说获得成功,但他却不属于任何高雅的文学沙龙。他一生生活贫困,经历坎坷。即使《堂吉诃德》成了畅销书,他仍处在穷困潦倒之中。他没有洛佩·德·维加①那么家喻户晓、成就斐然;也没有卡尔德隆②那么受到宫廷的赏识。然而,《堂吉诃德》的发表,以及这部作品产生的巨大影响却使塞万提斯在他死后逐渐成为世界文坛声名赫赫的经典作家,被狄更斯、福楼拜和托尔斯泰等作家誉为"现代小说之父"。

对《堂吉诃德》的理解与认识各个时期并不相同,随着时间的推移,人类社会的进步,人文科学的发展,书中深刻的内涵逐渐为人们所了解,并被不断地揭示出来。尽管塞万提斯写这部小说的本意看起来似乎是"要世人厌恶荒诞的骑士小说",并"把骑士小说的那一套扫除干净",而且在《堂吉

① 西班牙著名的诗人、戏剧家。

② 西班牙著名的剧作家。

诃德》发表后，骑士小说也就奇迹般地销声匿迹了，但是，我们不能低估塞万提斯在创作时的真正用心，因为书中展现出的广阔的社会画面和流溢出的丰富的思想远远不是出自要扫除骑士小说这么一个简单的动机。我们应该而且也必须看到《堂吉诃德》诞生的历史与现实条件，以及读者在阅读这部作品时的新的理解，因为从一定意义上说，读者的不断阅读本身就是这部作品的生命力所在，也是作者创作的延伸。

毋庸置疑，《堂吉诃德》的成功是与塞万提斯生活的那个时代及其文化氛围，与他的生活经历紧密相关的，是与西班牙丰富的文化传统紧密相连的。

塞万提斯于一五四七年出生在西班牙马德里附近的阿尔卡拉-德埃纳雷斯。他出生的确切日子已无法考证，只知道他受洗礼的日子是十月九日。他的父亲是一位善于吟作歌谣的不得意的外科医生。为了养家糊口，他经常来往于当时西班牙的几个大城市。塞万提斯自幼跟随父亲，过着动荡的生活。

十六世纪上半叶正是西班牙历史上的鼎盛时期。西班牙自十五世纪末成了欧洲大陆第一个统一的封建国家后，不断向海外扩张，征服了美洲的大部分地区，疯狂地掠夺黄金。一五一六年卡洛斯一世继承西班牙王位，一五一九年他又从祖父那里继承了德国王位，并成了神圣罗马帝国的皇帝，改称卡洛斯五世。西班牙依仗它庞大的军队和无敌舰队称霸于欧美两大洲，成为一个军事大国。它的资本主义工商业也得到发展，经济上呈现出繁荣的景象，是欧洲最富庶的地区之一。与此同时，它的文化教育事业也得到迅速的发展。一四九二年西班牙的第一部语法书出版后，以卡斯蒂利亚语为国语的语言日趋完善，出现了蒙特玛约尔①的田园小说、流浪汉小说、骑士小说和鲁埃达②的戏剧。文艺复兴思想的传入使西班牙的文学艺术进入了长

① 西班牙诗人。

② 西班牙戏剧的创始人之一。

达近两个世纪的黄金时期。塞万提斯正是在这块文化沃土上成长起来的，无疑受到了绚丽多彩的文学作品的影响。

塞万提斯对文学有特殊的爱好，为了广泛阅读拉丁经典著作和其他名著，他到一个罗马教会的神职人员家中教西班牙语，以后又随他们去意大利，在当时的红衣主教裘利奥·阿括维瓦手下当了一名扈从。这样，他便有机会利用他主人丰富的藏书，浏览名著。此外，他还接触到不少意大利的文人学士，结识了被称为“哲学游侠骑士”的吉奥尔达诺·布鲁诺，亲耳聆听托尔瓜托·塔索对古代艺术的精辟论述。他受到了意大利文艺复兴时期人文主义思想的感染与熏陶，他对古代光辉的文化艺术有了更深刻的了解。这样，他便能在《堂吉诃德》中借主人公之口，对文化教育、贵贱等级、清廉公正、自由平等问题发表精辟的论述，闪耀出人文主义思想的光辉。

一五七零年，也就是塞万提斯到意大利后的第三年，正值信奉伊斯兰教的奥斯曼帝国在土耳其人的率领下重整旗鼓，一步步地夺取北非，占领塞浦路斯，并在地中海集结海军，向欧洲国家大举进犯。年轻的塞万提斯怀着满腔的爱国热忱，参加了西班牙驻扎在意大利的军队，并被派到在地中海游弋的“侯爵夫人号”上服役。一五七一年十月七日，著名的勒班多海战爆发了。那天清晨，塞万提斯正发烧躺在床上，听到枪声后便带病请战，并不顾一切地参加了战斗，表现得无比英勇。结果，他胸部受伤左手致残（后人因此称他为“勒班多的独臂人”）。在伤愈后的几年里，他继续服役，参加了多次战斗，受到西西里岛总督和舰队司令、西班牙国王费利普二世的弟弟堂胡安的嘉奖。一五七五年塞万提斯随身携带多封推荐信，其中有堂胡安写给国王的举荐信，满怀着对美好未来的憧憬，乘“太阳号”兵船启程回国。不幸的是，船在海上遭到海盗的袭击，被劫持到阿尔及尔。那封本可以使他前途无量的推荐信使他遭受更大的不幸。土耳其人把他当成了重要人物，向他勒索巨额赎金，使得他那本来就很贫寒的家庭更无法筹措。塞万提斯在阿尔及尔囚禁了五年，经受了奴隶生活的磨难，但他并不逆来顺受，更不愿忍受异族的奴役。他四次与其他囚犯合谋逃跑，但均事败未遂。而每次事情失败后他总是出来承担责任，并拒绝说出自己的同伴，表现出坦荡无畏的气概。就连凶残的阿尔及尔君王对他也不得不敬重三分，另眼相看，使他免遭绞刑之灾，在关押了五年以后，也就是一五八零年九月，塞万提斯被他的家人和西班牙三位一体会的教士赎回。

塞万提斯回国后处境维艰，他在勒班多战斗中的英雄行为早已被人遗忘，他升迁军官的美好前景也成了泡影。他不得不四处奔走，寻找工作。他在这一时期已开始从事文学创作，《尚未上演的八出喜剧和八出幕间短剧》和他的第一部小说《伽拉苔亚》就是这个时期的作品。由于当时的稿酬菲薄，不足以养家糊口，塞万提斯的生活十分不稳定。他曾于一五八二年和一五九零年两次谋求去美洲的官职，但均未获批准。一五八七年他不得不去为无敌舰队当粮油征购员，其足迹遍及整个安达卢西亚地区。一五九四年他还当上格拉纳达境内的税收员。在这一时期他还数度入狱①，但每次在狱中的时间都很短，因为事实很快就证明了他的清白无辜。大约也就是他在塞维利亚的监狱时，孕育出了《堂吉诃德》的第一部。一六零五年长篇小说《堂吉诃德》的第一部出版后便获得空前的成功，一年之内再版七次，并被译成英文(一六一二)和法文(一六一四)出版。一六一四年当《堂吉诃德》的第二部才写到第五十九章时，塞万提斯发现有人冒名出版了《堂吉诃德》的续篇，肆意歪曲原著，并对他本人进行恶毒的攻击，他便以卓越的才华迅速地完成了无论在艺术上还是在思想上都更加成熟的第二部，于一六一五年出版。第二年，即一六一六年四月二十三日，他因患水肿病在马德里自己的家中去世。

《堂吉诃德》发表三个多世纪以来，以其被人不断揭示的内涵与深义吸引着世界各国的读者。归纳起来，这部小说主要有以下几个方面的特点。

---

① 对于塞万提斯的入狱没有确切的记载，但一般认为他曾三次被捕入狱。第一次是一五九七年，他因坚持向教会征收粮食而遭诬陷入狱。第二次是一六零二年，他把征收粮油所得的钱款存入一家葡萄牙银行，后来银行倒闭，他被告入狱。第三次是一六零五年，一绅士在他家门口被杀，他全家受牵连入狱。

塞万提斯深深扎根于西班牙文学传统之中，在吸取了拉丁文古典小说、西班牙民歌、田园小说、传奇小说、流浪汉小说和骑士小说的一些特点的基础上，把对社会各阶层人物的描写同对社会现实的描绘结合起来，逼真地再现出贵族绅士的专横跋扈和普通百姓的辛酸苦辣。书中塑造了大约七百个不同职业、不同性格的人物形象，其中有贵族、地主、商人、僧侣、农民、牧羊人、演员、士兵、强盗、囚犯、艺人、妓女等，他们从不同的角度反映了十六世纪下半叶西班牙社会的现实：公爵夫妇的骄奢淫逸；牧羊少年的惨遭毒打；勤劳农民的饥寒交迫；贫苦妇女的横遭凌辱；苦役囚犯的艰难困苦……在一本小说中，以如此宽广动人的画面来反映时代、反映现实，可以说是塞万提斯之首创，它给予近现代小说的发展以深刻的影响。

塞万提斯对人物的塑造，特别是对人物典型的刻画，是细致入微、层次分明、寓意深长的。主人公堂吉诃德就是一个内在情感丰富、矛盾复杂的人物典型。首先，作者通过疯疯癫癫的堂吉诃德的可怜遭遇给游侠骑士画了一幅漫画像，告诉人们阅读骑士小说会带来多么可怕的恶果。你看，那明明是磨房的风车，他却认为是三头六臂的巨人，于是便催马提矛舍命冲去，结果被掀倒在地上不能动弹。即使这样，当侍从桑丘跑来再一次告诉他这不是巨人而是风车时，他还辩解说这是魔法师把巨人变成了风车。这种被骑士小说弄得神魂颠倒、荒唐可笑的秉性是作者赋予堂吉诃德这个人物最直接的含义。其次，作者把堂吉诃德当作英雄来赞颂。透过令人发笑的一件件荒唐事可以看到他锄强扶弱、见义勇为的英雄气概。他冲向羊群，戳破酒囊，与风车搏斗，是因为在他眼里这些都是社会的丑恶势力。而他的骑士职责便是要争得民主、自由、平等，并随时准备为理想去赴汤蹈火。这时，塞万提斯笔下的骑士已不是中世纪的骑士，而是具有文艺复兴时期人文主义思想的勇敢斗士了。此外，堂吉诃德还是一个思想脱离实际的文学典型。他生活在主观的幻觉之中，满怀着善良的愿望，为解救别人的痛苦置个人安危于不顾，而得到的却是相反的结果，害了别人，也嘲弄了自己。

对几层含义不同的堂吉诃德，作者采取的态度是截然不同的。他对一味追求骑士道的堂吉诃德是辛辣的讽刺和无情的挖苦，竭尽全力暴露他的荒唐与可笑。而对具有人文主义思想的理智的堂吉诃德则是热情歌颂。实际上，堂吉诃德侃侃而谈的崇高理想和对现实的无情抨击，正是作者本人的心声。对于处在美好的理想与黑暗现实的冲突之中的堂吉诃德，作者的嘲讽是善意的，富有同情心的。其实，这正是作者的美好理想在生活中处处碰壁的写照。

桑丘·潘沙是另一个栩栩如生的人物形象。他是一个朴实善良、机灵乐观，但目光短浅、狭隘自私的普通农民，他与耽于幻想、迂腐固执的堂吉诃德形成鲜明的对照。在陪伴游侠堂吉诃德的过程中，他受主人的美好理想的感染，心胸开阔起来。任海岛总督期间，他秉公断案，执法如山，爱憎分明，光明磊落。他们主仆两人相辅相成，相反相连，全书的矛盾冲突便在他们这一"智"一"愚"的对话中不断发展。

德国诗人海涅曾认为堂吉诃德和桑丘合起来才是小说的真正主人公，并称赞塞万提斯塑造了这么一对人物典型是"这位创作家在艺术上的识力以及他那深厚的才力"①。

塞万提斯在《堂吉诃德》中巧妙地运用了一对对互相矛盾的因素，如现实与想象，智慧与愚蠢，崇高与荒唐，勇敢与胆怯，诚实与虚伪，真实与虚幻，理性与疯癫……这些相互对立的矛盾紧密地交织在一起，使小说的层次更加丰富，人物的性格更加突出，同时也使小说的哲理更加深刻。在小说中，堂吉诃德的疯与不疯就包含了极其丰富的层次。凡是不谈及骑士道的时候，堂吉诃德都头脑清醒，对问题都有十分高明的见解，但一涉及骑士小说，他立即变得不通情理、疯癫起来。然而，即使就在他疯的时候，也有不同的情况：有时是神志完全颠倒，一味蛮干。在第二十二章中堂吉诃德释放苦役犯后，硬逼着他们去见他的意中人杜尔西内娅而惨遭毒打就是明证。有些

---

① 海涅的《精印本〈堂吉诃德〉引言》。见《文学研究集刊》第二册第179页，人民文学出版社，一九五六年。

时候，堂吉诃德在疯中还有几分清醒，居然会说自己在发疯，或指责桑丘发了疯，这种疯子自己说自己发疯，而且还指责别人发疯，就在疯与不疯之间增添了层次，令读者深思。在全书的结尾，堂吉诃德从疯病中清醒过来，而桑丘却“疯”了，这个“疯”的转换使得这一两重性的层次更加丰富，寓意更加含蓄深刻。

《堂吉诃德》发表至今已近四百年了，但译介到我国还是本世纪二十年代的事情，那时的译名是《魔侠传》。现在，直接从西班牙文译出的《堂吉诃德》已有几个版本了。这不仅反映出我国外国文学百花园的繁茂，也说明了塞万提斯的这部长篇名著在我国的广泛影响，这对我们更好地继承并弘扬外国文学遗产无疑是件好事。

陈凯先

CONTENTS · 目录

上　　卷

下 卷

上 卷

致贝哈尔公爵[1]

吉布拉雷昂侯爵、贝纳尔卡萨尔和巴涅莱斯伯爵、阿尔科塞尔镇子爵以及卡比亚、古利艾尔和布尔吉约斯等村镇的领主。

阁下喜欢各种书籍，尤其喜爱格调高雅、不落窠臼的文学艺术作品。因此，我冒昧决定将《异想天开的绅士堂吉诃德·德·拉曼却》一书依托在阁下大名的庇护下出版。我怀着对阁下的无限崇敬，恳请予以保护。我这本书不像饱学之士写的作品那样形式雅致，内容丰富，全仗您的荫庇，才得以问世，免遭那些无知的批评家严厉的、不公正的笔伐。区区拙作，作为献礼，实在不好意思，望阁下明察我的一片至诚，不予唾弃为盼。

米盖尔·德·塞万提斯·萨阿维德拉

① 贝哈尔公爵名叫堂阿隆索·迭哥·洛贝斯·德·苏涅加。一六零一年袭公爵称号，卒于一六一九年。塞万提斯并不太愿意给这位权贵写献辞，因此，这篇短文大部分均抄自费尔南多·德·艾雷拉在《加尔西拉索诗集》中写给阿亚蒙德侯爵的献辞。尽管贝哈尔公爵因《堂吉诃德》这部不朽名著扬了名，当时他并没有答理塞万提斯的称颂，因此，塞万提斯再也没有提到过他。

序　言

悠闲的读者，作为自己智慧的结晶，我自然希望这本书像自己的孩子那样尽善尽美。然而，我不能违背大自然物生其类的法则。监狱是世上一切烦心事的集中地，凄厉之声不绝于耳。在那里出生的孩子难免会形似枯槁、骨瘦如柴、性格古怪、想入非非。我自己才疏学浅，编写的这个故事自然免不了和那孩子一样①。如果日子过得安宁、平静，居处幽雅，清泉淙淙，又适逢风和日丽，心情舒畅，那么，即使最不会生育的文艺女神也会多产，而且，生出来的孩子能让人们感到惊异、喜爱。有的父亲溺爱孩子，看不到他的不足之处，即使儿子又丑又笨，也觉得聪明可爱，还会向朋友们夸耀他机灵、活泼。我虽然是《堂吉诃德》的父亲，但我是个后爹。亲爱的读者，我不想随大流、赶时髦，像有些人那样涕泪满面地请求你对在我儿子身上发现的缺点多加包涵。你既不是我这个儿子的亲戚，也不是朋友，你有自己的头脑，也像精明能干的人那样能自由做出判断。你是在自己的家里，像国王收税那样，家里的事能自己作主。你一定也知道这样一句老话："在自己的披风掩盖下，杀了国王也无妨。"因此，你可以不受任何约束，也不承担任何义务。你对这本书有什么看法，只管和盘托出。你说它不好，也不会有人责怪你；你说它好，也不会有人奖赏你。

一般人写书，总少不了前言和开卷常见的一系列十四行诗、警句、赞美词等作为装点。我本想免去这些东西，只将故事推出。我可以告诉你，我写

① 塞万提斯曾于一五九七和一六零二年在塞维利亚两次入狱。《堂吉诃德》是否在狱中写成，尚无定论。

这部书虽费了大力,但不像我写这篇序言这样费劲。我曾多次提笔又放下,不知该写些什么。有一次,我面前摊着白纸,耳朵上夹着笔,肘部支撑在桌子上,手托着腮帮,在苦思冥想。突然进来一位非常风趣、颇有见地的朋友。他见我凝神深思,便问我在思考些什么。我诚实地告诉他,我准备出版一部堂吉诃德的传记,正在考虑怎样写序言。这序言太难写了,我简直不想动笔,甚至连这位大名鼎鼎的骑士的传记也不想出了。

“我这个人向来默默无闻,早已被人们遗忘。眼下我已这么大一把年纪,写了这么个干巴得像茅草一样的故事,既无创见,文笔也不畅,思想贫乏,毫无学术价值,也不像别的书那样,在书页的底下有脚注,书的末尾有注释。对作者而言,读者自古以来就是制定法律的人。他们读了我的作品,会做出怎么样的评论?想到这里,怎么不诚惶诚恐?有的书尽管荒诞无稽,满纸胡言,但旁征博引,亚里士多德、柏拉图和其他的大哲学家都被引证了,让读者一看就知道这些书的作者学识渊博,令人敬佩。我们来看看他们是如何引证《圣经》的。在这方面人们一定会说,他们可以跟圣托马斯等大神学家比美。他们的手法实在高超,上面一段描述绵绵私情,下面就立即来一段基督教训谕,不但读起来津津有味,而且也不伤风化。这些东西我的书却没有。我的书页下面没有脚注,书尾也没有注释。别人写的书,作者读了那些参考书,开头一页都有以这些参考书作者姓氏的第一个字母为序排列的作者名单,从亚里士多德开始,一直到塞诺封为止;有时也可能以索伊洛或塞欧克西斯结尾,尽管后面这两个人,一个是喜欢骂人的评论家,另一个是画家①。我这书既没有作者的名单,也没有卷首的十四行诗,至少没有公爵、侯爵、伯爵、大主教、贵夫人和名诗人为我写的诗篇。当然,我也有两三个朋友会写诗,而且,他们的诗作还不亚于国内的大诗人的诗。我如果向他们要几首诗,他们一定不会拒绝的。总之,”我接着说,“我的朋友,我已决定,还

---

① 亚里士多德这个姓氏以“A”开始;塞诺封以“Z”开头,他是古希腊哲学家;索伊洛是荷马史诗的评论家,爱苛求责备;塞欧克西斯是古希腊著名画家。后面这两人的姓氏也以“Z”开头。

是让堂吉诃德先生埋藏在拉曼却的资料库里吧，等上天派人来将刚才说的那些装点这本书的东西全都补齐再说。我本人学识浅薄，做不了这方面的事情。再说，我生性懒惰，也不打算为几首我自己也会写的诗奔走求人。朋友，你刚才见我在苦思冥想，听了我这番话，就知道我在想些什么了。”

朋友听我讲完后，以手击额，哈哈大笑，说道：

“老兄，我认识你这么长时间，还真没有了解你呢，今天才算看清了。我向来认为你聪明机智，现在才知道你离我想象的还有天壤之别呢。像你这样老成持重的人，困难再大，也不应该被压倒的，怎么会让这样一件很容易办到的小事弄得束手无策呢？说句真心话，这不是你能力不够，是你太懒，不肯动脑筋、想办法。你如果不信，就请你仔细听我说。我转瞬间就可以帮你克服困难，将你刚才说的弄得你束手无策的书中不足部分全都补齐，让著名的堂吉诃德——游侠骑士的榜样和镜子的传记问世。”

“那就请你说吧，”我听了他的话说，“你怎样才能解除我的顾虑，消除我的疑团呢？”

他回答说：

“首先，你是在考虑你这本书还缺少开头的十四行诗、警句和赞美词，而且还得出自达官贵人的手笔，是吗？这件事并不难办。你自己费点神做几首诗，随便挂上个作者的名字，不就行了。作者可以是教士国王①，也可以是特拉比松达皇帝②。我听说这两位都是很有名望的诗人。即使这两位并非诗人，又有几个书生气十足的人在背后议论你，说你在撒谎，你也不必介意。他们可以对你的谎言进行考证查实，但不能砍去你用来写谎话的手。说到引证并在书页的脚注上注明引文的出处这件事，也不困难。你总记得一些拉丁文的名言吧，记不得可以查书嘛，费不了多大的劲的。你在合适的地方引上几句，不就得了吗？比如，你讲到自由和奴役时，就可以引用：

① 西方中世纪传说中的人物，指埃塞俄比亚王或鞑靼王。

② 希腊帝国没落时，一分为四，其中一部分就是特拉比松达帝国，位于黑海岸。特拉比松达国王也是个神话中的人物，骑士书常提及。

为黄金出卖自由，并非好事[①]。

然后，来一个脚注，说这是贺拉斯[②]或别的什么人的话。如果你讲到死亡的权力，就可以引用：

死神践踏平民的草房，
也践踏帝王的城堡[③]。

如果讲到上帝要我们对敌人也讲友爱，你就立即可以翻阅《圣经》，那儿有上帝亲口说的话可供你引用：'只是我告诉你们，要爱你们的仇敌'[④]。如果谈到邪念，你就可以引证《福音》：'从心里发出来的恶念'[⑤]。如果讲到友情的不可靠，那么，加东的对句诗是现成的：

你万事顺利时，朋友遍地，
一旦天气转阴，就会孤寂[⑥]。

你引用了这些零散的诗文，人们就会将你看成博古通今的学者。时下做个博古通今的学者可是名利双收的事儿。

"说到书尾的注解，你可以采用下面这个稳妥的办法。如你在书中讲到什么巨人，你就说他是歌利亚斯巨人。这就不用费什么劲，就可以写上一大

---

① 原文是拉丁文。

② 古罗马诗人。

③ 原文是拉丁文，出自贺拉斯《歌集》第一卷第四首诗。

④ 原文是拉丁文。《圣经·马太福音》第五章第四十四节。

⑤ 原文为拉丁文。《马太福音》第十五章第十九节。

⑥ 原文为拉丁文。见古罗马诗人奥维德的《哀歌》第一卷第六首。加东是古罗马政治家、史学家。

篇注解。你可以说,'据《列王记》,巨人歌利亚斯(或歌利亚)是非利士人,他是牧人大卫在特莱宾托山谷用一块大石头砸死的。[①]'你再查查这件事出在哪一章,注上就行。你如果想炫耀自己精通文史和地理,你可以在自己的传记里讲到塔霍河,你立即就可以找到一段很有名的解释。你可以说:'塔霍河以西班牙一个国王命名,发源于某地,沿着名城里斯本的城墙入海。据说河底有金沙'等。假如讲到盗贼,我熟悉加戈[②]的故事,可以讲给你听。要是讲到娼妓,这儿有个蒙多涅托主教,他可以将拉来娅、拉依达和费罗拉[③]借给你,你的注解就出名了。如果你讲到残忍的人,奥维德的诗里有个梅狄亚[④];你要是讲到魔法师或女巫,荷马有个卡里普索[⑤],维吉尔有个西尔塞[⑥];你若讲到勇敢的将领,胡里奥·凯撒在《高卢战记》和《内战记》中,已将他自己介绍给你了;另外,普鲁塔克[⑦]的书中还有成千上万的亚历山大呢。讲到爱情时,你如果会一点托斯卡纳语,就可以参阅雷昂·艾普雷欧[⑧]的书,要多少注解,就有多少注解。如果你不想去国外找,那么,国内的封塞卡[⑨]在《关于上帝的爱》这一书中,已为你和其他的大学问家提供了所需的材料。反正你只要在传记里提到这些人的名字,或涉及到刚才讲到的这些事情,注解和引证就包在我身上好了。我向你保证,一定要将脚注全注上,还要用四大张纸给你做书尾的注解。

"我们现在再来谈谈别人的书有,而你的书却没有的那张按被引证的

---

① 参见《旧约全书·撒母耳记》第十七章。

② 希腊神话中著名盗贼。

③ 蒙多涅托主教名叫堂安东尼奥·德·格瓦格(一四八〇——一五四五)。在他一五四二年出版的《书信集》中,讲到了这三个女子的事,文字非常生动。作者在这里提到他,似有讥讽之意。

④ 希腊神话中的女巫。参见奥维德的《变形记》第七卷。

⑤ 荷马史诗《奥德修记》中的女巫。

⑥ 希腊神话中的女巫。参见维吉尔的《埃涅阿斯记》第七卷。

⑦ 古希腊历史学家。

⑧ 托斯卡纳语就是意大利语。艾普雷欧用托斯卡纳语写的《恋爱的对话》有三个西班牙语译本。书中宣扬的新柏拉图爱情观对塞万提斯的牧歌和田园传奇有很深的影响。

⑨ 克里斯托瓦尔·封塞卡《关于上帝的爱》一书于一五九二年出版。

作者姓氏的第一个字母为序排列的名单吧。这个问题也很容易解决。你只要找一本上面有被引证作家名单的书,这名单就像你说的那样,从头一个字母排到最后一个字母。然后,你就将这名单全部抄下来。当然,像你这样一部书,列了这么一大串作者的名单,明眼人一看就知道在故弄玄虚。不过,你也不用害怕,说不定有些头脑简单的人以为在你这本朴实无华的传记里真的引证了这么多作家呢。这么一大串作者的名单至少可以为你的作品造一下声势。再说,你究竟有没有参考过这些作者写的书,由于这件事与他人无关,谁也不会去进行调查研究的。还有一点,在我看来,你认为自己书上缺少的那些用来装点的东西,其实全无必要,因为你这本书是抨击骑士小说的。这种小说亚里士多德没有想到过,圣巴西里奥①没有说起过,西塞罗也没有读到过。你写这部荒诞怪异的小说,用不到进行精确的验证,不必进行天文学的观测,不用几何学的测量和修辞学的辩驳,也不打算将文学和神学混杂在一起,跟谁去布道说教。其实,没有一个基督徒喜欢这种将文学和神学搅在一起的杂烩式文体。你写书的时候,只需做到一点:仿真。你模仿得越惟妙惟肖,你这部作品就越好。你写书的目的不是要消除骑士小说在世界上,在民众中产生的影响吗?那么,你就没有必要在哲学书上找名言,在《圣经》里找训谕;也不必向诗人们去要他们编造的故事,向修辞学家要警句,向圣徒们要奇迹。你完全可以平铺直叙,词藻不求华丽,只要用得贴切、正确就可以了;话要说得响亮些,风趣些。总之,要竭力将自己该说的话说明白,该表达的思想表达清楚,做到不乱不涩。同时,你还得让读者读了你的书,能解闷消愁,让快乐的人更加开心,让愚钝的人不感烦腻,让聪明的人耳目一新,让严肃的人不觉无聊,甚至让行为拘谨的人读了也会加以称赞。骑士小说的根基不深,欣赏的人虽多,厌恶的人也不少。你只要下决心,一定能清除它的影响。这个目的达到了,你的贡献还真不小呢。”

我悄然无声地听着。我朋友的话字字句句都说得十分恳切,给我印象

---

① 公元四世纪希腊大主教、神学家。

至深。我未加任何反驳,决定依照他的话来写前言。亲爱的读者,读了这篇序言,你就会知道我这个朋友头脑多么灵光。在我急需有人帮自己出主意时,他不期而至,我的运气真不坏呀。你能读到有关大名鼎鼎的堂吉诃德·德·拉曼却的秉笔直书的传记也是一种享受。据蒙铁埃尔郊外的居民们的传闻,堂吉诃德是当地多年来最纯洁的恋人,也是最勇敢的骑士。我向你介绍了这样一位超尘拔俗、正直公正的骑士,并不想邀功;我倒是希望你能感谢我介绍了堂吉诃德那个有名的侍从桑丘·潘沙,因为我将那些空泛的骑士小说中所有侍从的滑稽可笑的特征都汇集在他身上了。我就此搁笔。愿上帝保佑你健康,也希望上帝不要忘了我。再见。

第一章

叙述有名的绅士堂吉诃德·德·拉曼却的性格和日常生活。

不久前,在拉曼却的一个村庄(村名我不想提了),住着一个绅士[①]。他和同类的绅士一样,矛架上常插着一根长矛,有一面古旧的盾牌,还有一匹瘦马和一只猎犬。这绅士家锅里煮的常常不是羊肉,而是牛肉[②];晚餐经常是碎肉加葱头的凉拌菜;星期六吃鸡蛋和炸肉条,星期五吃滨豆;星期天加餐,添只野雏鸽。这样,花去了一年三成的收入。其余的钱财用来置办过年过节穿用的细毛呢外套、天鹅绒裤子和天鹅绒平底鞋。平时他穿普通粗呢制的服装。绅士家有个四十多岁的女管家,一个不到二十岁的外甥女,另外,还有一个能干杂活、能上街采购的小厮,绅士出门时替他套马,平时在花园里锄草,修剪树木的枝条。我们这位绅士已年近五旬,身子骨还相当结实,身材瘦削,面貌清癯,平时喜欢早起,还爱狩猎。他名叫吉哈达,又有人说他叫盖萨达,说法不一,但据考证,他应该是姓盖哈纳。不过,他叫什么名字对本传记关系不大,只要在叙述的过程中不失真就行了。

这绅士一年中大部分时间都闲着无事,他就全部用来读骑士小说。他读得津津有味,兴致很浓,几乎完全忘记了行猎,也没有心思去经营自己的庄园产业。他越读越有兴趣,最后入了迷,卖掉了许多法内格[③]耕地,用来

---

① 绅士的原文是 Hidalgo。据玛利亚·莫利纳主编的《西班牙语用法词典》的释义,Hidalgo 一词是指中世纪这样的社会阶层人士:他们尽管没有贵族称号,但已不同于一般平民;凭自己的家产,他们不必参加劳动,便能过舒适的生活。

② 西班牙当时羊肉比牛肉贵。

③ 西班牙地积单位,一法内格约合六千六百平方米。

购买骑士书供自己阅读。他将能买到的骑士小说全买来了。他最爱读名作家费里西亚诺·德·西尔瓦[①]写的书,因为这位作者写的作品行文流畅,把道理说得很透,被他奉为至宝。尤其是书中向情人大献殷勤的言词和那些要求进行决斗的信件,真令他读了拍案叫绝。在这个作者的作品中,常常出现这样的佳句:"你以无理对待我的有理,我的有理反变无理;我怨你长得美丽,反倒有了道理。"又说:"崇高的苍天以神圣的方法,用星辰对你进行装点,使你更加神圣,并使你成为当之无愧的伟人。"

可怜的绅士被这些话迷住了心窍,他废寝忘食,无论是白天还是黑夜都思考着这些话中的含义。其实,即使亚里士多德再生也弄不清这些话到底是什么意思。这位绅士对堂贝利亚尼斯打伤了他人,自己也负了伤这样的写法表示不满。他认为,即使有妙手回春的高手为这个骑士治伤,伤好后,也难免留下满脸满身的疤痕。不过,他很赞赏作者在小说结尾时,宣布故事未完待续的做法。他曾多次想拿起笔来,不折不扣地按作者承诺的那样,续完这个故事。只是由于他时时刻刻在思考着更要紧的事情,才没有这么办,否则,他一定会把这个故事补完的。他多次和本村的神父(他是个毕业于西昆沙大学的学识渊博的人)讨论究竟谁是最优秀的骑士:是英国的帕尔梅林[②],还是阿马蒂斯·德·加乌拉[③]? 然而,村里的那个理发师傅尼古拉斯却认为,这两个骑士谁也比不上德尔·弗博骑士。要比也只有阿马蒂斯·德·加乌拉的弟弟堂卡拉奥尔才能比得上他。这个骑士各方面条件都十分优越,他不装腔作势,也不像他兄长那样爱淌眼泪。论武艺,他丝毫也不逊于他哥哥。

总之,这绅士整天埋头看骑士小说,夜夜秉烛达旦,白天看到黄昏,废寝忘食,劳心伤神,最后,终于失去了理智。他头脑中装的全都是书中读到的怪事,什么着魔中邪呀,打闹斗殴呀,决斗比武呀,伤残呀,打情骂俏呀,谈情说爱呀等等。在他看来,这一个个胡乱编织的故事,都是千真万确的,是世

---

① 塞万提斯同时代的骑士小说作者。

② 著名骑士小说《英国的帕尔梅林》(一五四四)中的主角。作者是葡萄牙人弗朗西斯科·德·莫拉莱斯。

③ 同名骑士小说的主人公。这部作品被认为是最好的骑士小说之一。

界上最真实的信史。他常说，熙德·鲁伊·地亚斯[1]是个非常优秀的骑士，但比不上火剑骑士。火剑骑士反手一剑，便将两个穷凶极恶、硕大无朋的巨人劈成两半。他特别喜爱贝尔纳多·德尔·卡比奥[2]，因为他仿效赫拉克利斯用双臂扼杀地神的儿子安泰的方法，在隆萨斯巴列斯杀死了已着了魔的罗兰。他也常常称赞巨人摩尔甘特，因为他那一族的人个个都傲慢无礼，只有他和蔼可亲，很有教养。不过，在所有的骑士中，他特别偏爱利纳尔多·德·蒙塔尔瓦[3]。每当他走出城堡，掠夺他遇到的每个人的财物时，堂吉诃德由衷地喜欢他。使他感到最痛快的一件事是这个骑士在摩尔人聚居的地方，盗走了穆罕默德纯金全身塑像。对那个叛徒加拉隆，他恨不得对他狠击一拳，甚至对他的女用人和外甥女也不轻饶。

失去理性后，他头脑中忽然浮现了一个连全世界的疯子也从来没有过的奇怪的念头：他要去做游侠骑士，全身披挂，手持武器，骑着骏马，周游世界，行侠冒险，将书中读到过的游侠骑士们做过的事情，也做一遍。他认为，这样做一来可为自己扬名，二来可为国家出力。他要像书中的那些骑士那样甘冒一切风险，消除种种暴行，建功立业，名垂史册。这可怜的绅士幻想凭自己双臂的力气，显身成名，少说也得当个特拉比松达国的皇帝。他打着这样的如意算盘，心里乐滋滋的，总想尽快实现自己的心愿。他做的第一件事是擦洗他曾祖遗留下来的那套盔甲。这套盔甲一直丢在墙角落里，总有一个多世纪了。早已锈迹斑斑，还散发出一阵阵霉味儿。他想方设法对这套甲胄进行洗刷、修整。这时，他发现了一个大问题，那头盔很浅，是个顶盔，只能护住额头，护不住脸面。他开动脑筋想了个办法。他拿来一张马粪纸，做了个面甲，嵌在那个顶盔上，看起来就像个深头盔了。他想试试这头盔是不是坚固，经不经得起刀砍剑劈，便抽出佩剑，准备砍它两下，谁知一剑下去，这一星期的心血全都化为乌有。眼见自己做的这只面甲这么轻易地劈烂了，心里实在觉得懊恼。他又做了一个。为了避免再次被劈碎，他这次在硬纸片做的面甲里衬了几根细铁条，进行加固。他认为这样够坚固了，就

① 西班牙古代英雄。史诗《熙德之歌》（一一四〇）中的主人公。
② 西班牙神话故事中的人物，也是骑士小说中常常出现的人物。
③ 法兰西古代史诗中的英雄。

不想再进行检验了。他自己认为,这是一个十分精致的带面甲的头盔。

他接着考虑自己的马。他这匹马蹄子上的裂口比一个里亚尔兑换的小硬币还多①,身上的毛病比戈纳拉②的那匹马还多。可是,我们这位绅士却认为,连亚历山大的布塞法罗③和熙德的巴维埃卡④都难以和它比美。为了给自己的马起个名字,他整整花了四天时间。他认为,像自己这样声名显赫的优秀骑士,这马本身又是一匹良驹,不给起个响当当的名字是情理难容的。他挖空心思,想起这样一个名字:它既能表明马在主人成为游侠骑士之前的状况,又能表明它的现状。它主人已变样儿了,它自然也得另外取个又显赫又叫得响的名字,这样才能和主人的新地位、新职业相配。他脑子里想了一大串名字,又一一加以否定,重起一个,又否定一个,又重起,又否定,最后决定取名"罗西纳特"⑤。他感到这个名字高雅、响亮,而且还富有意义,表明它过去是一匹劣马,现在成了世界上最好的马了。

给自己的马起了这样中意的名字后,他又想给自己也起个名字。为此,他又思考了八天,决定取名堂吉诃德。上面说到,这部真实的传记的作者一口咬定他叫吉哈达,而不是像有些人说的那样叫盖萨达,原因也就在这里⑥。另外,他还考虑到,英勇的阿马蒂斯认为,光叫自己阿马蒂斯还不够,要在自己的姓氏上再带上自己的国家名字或故乡的名字,因此,他自称阿马蒂斯·德·加乌拉⑦。他作为一名优秀的骑士,也应该在自己的姓氏后面加上故乡的名称,所以他自称堂吉诃德·德·拉曼却⑧。他觉得这样一来,自己的祖籍一清二楚,而且,以地名为姓,也替故乡增了光。

他的盔甲已清洗修整完毕,头盔上也镶了个面甲;马已经取了名字,自己的名字也定下来了。他认为,万事齐备,就差给自己找个恋人了。游侠骑

---

① 里亚尔是古代西班牙的辅币,可换八个小硬币。

② 意大利斐拉拉公爵府内的著名滑稽演员,他和自己的马都很瘦,成为人们的笑料。

③ 亚历山大的骏马。

④ 熙德的骏马。

⑤ 原文为"Rocinante"。这个词由"Rocin"(劣马)和"Ante"(在……之前)两部分组成。意即劣马中的佼佼者。

⑥ 因为吉哈达和吉诃德发音更接近一些。

⑦ 意思是加乌拉的阿马蒂斯。

⑧ 拉曼却地区的堂吉诃德。

士没有情人,就像树木没有叶子和果实,也像躯体没有灵魂。他自言自语道:

“如果我遭到了厄运,也可能交上了好运,在路上遇到个把巨人(这种情况对游侠骑士来说是常有的),只交手一个回合,就将他打倒在地,或将他劈成两半,总之,我胜了他,将他制服了,那么,我就得派他去拜见我的心上人,让他走进她家,跪倒在我那可爱的小姐面前,用被征服者低三下四的声音说:‘小姐,我是马林特拉尼亚岛的岛主卡拉库里亚勃罗巨人。在一次罕见的激战中,那位非常值得称颂的骑士堂吉诃德·德·拉曼却战胜了我,命我来到小姐跟前,听候小姐发落。’这样,该有多好啊!”

我们这位绅士作了这一番道白,尤其是给自己选中了意中人后,真是喜不自胜。原来离他故乡不远有个村庄,里面有个农家姑娘,面貌姣好,他早就看中她了。只是姑娘本人对此事一无所知,也没有察觉。她名叫阿尔堂莎·洛伦索。他认为,将她定为自己的意中人非常合适。他也得给她取个名字。这个名字既不能和原来的名字相抵触,却又要带点公主贵夫人的味儿。后来,他决定叫她杜尔西内娅[1]·德尔·托波索,因为她是托波索人。他觉得这个名字就像给自己和自己的东西取的名字一样,悦耳动听,美妙别致,也富有意义。

① 原文是“Dulcinea”,是由“Dulce”(甜蜜的)一词演化过来的。

第二章

叙述异想天开的堂吉诃德第一次离乡出行。

上面说到的这些准备工作就绪后，堂吉诃德便急不可待地要实现自己的计划了。因为他觉得这个世界迫切需要他去扫除暴行，伸张正义，纠正过失，申雪冤屈，制止他人胡作非为。如果他去得迟了，就对不起世人。七月酷热的一天清晨，天还没有大亮，他全身披挂，骑上罗西纳特，戴上胡乱拼凑成的头盔，一手提盾牌，一手举长矛，从院子的后门出去，来到旷野里。他跟谁也没有说起过自己的打算，这次出门也没让人看见。他发现自己不费吹灰之力便为实现自己的愿望开了个头，不禁喜笑颜开。可是，他刚到郊外，突然想起一件很要紧的事情，差一点使他放弃才开了头的这件事情。原来他想到了自己并没有被封授为骑士。按骑士道的规则，像他这样的人是不能够也不应该和骑士交手的。而且，即使封了骑士，也还是个新手，只能穿白色盔甲，盾牌上也没有标记，那标记要凭自己的力气才能得到。想到这里，他有些犹豫不定。然而，他一心一意想当骑士的疯狂劲儿压倒了别的任何想法。他决定学习书中读到的许多骑士的做法，一遇到什么人，便请他封自己为骑士。至于白盔白甲的问题，他准备一有空，就将身上这一套盔甲擦得比银鼠皮还白。想到这里，他便平静下来，准备继续朝前走去。他行无定向，随马的意志行事，马愿意上哪儿，他就上哪儿。他认为，这样遇到的险事才够味儿。

我们这位初次出门的冒险家一边走，一边自言自语地说："记载我丰功伟绩的这部真实的传记在将来问世后，那位饱学的作者写到我大清早首次离家出行时,一定会这样描写的,‘殷红的阿波罗[1]刚刚将自己一束束美丽的金发撒向广袤无边的大地,小巧玲珑、五彩缤纷的鸟儿便唱着甜蜜的、婉转动听的歌儿,迎接玫瑰红的晨曦降临人间;早霞离开醋意浓浓的丈夫的软床,正在拉曼却地平线上的一个个门口和一个个阳台上和人们见面。这时,著名的骑士堂吉诃德·德·拉曼却早已离开热烘烘的羽绒被窝,骑上他的名马罗西纳特,在古老的、举世闻名的蒙铁埃尔郊外开始了他的行程。’”

他确实在那儿走着。接着,他又自言自语地说:

“我的丰功伟绩值得浇铸在青铜器上,刻在大理石上,画在木板上,永世长存;等我的这些事迹在世上流传的时候,幸福的年代和幸福的世纪就到来了。这部奇妙的传记的作者、博学的魔法师[2]啊,不管你是哪一位,请你务必不要忘记我的良驹罗西纳特,它永远是我征途上的伴侣。”

接着,他像真的坠入情网似的说:

“杜尔西内娅公主啊,你是主宰我这颗心的主人!你将我撵了出来,严词申斥我,命我不得瞻仰你的芳容,这实在太不公平了!小姐啊,请回心转意吧,我这颗听你支配的心,只为一片痴情,痛苦万分,请你千万别忘掉它啊!”

他还说了许许多多胡话,都是从书上学来的,就连用词也一味模仿。他边走边自言自语,走得很慢。太阳升得很快,赤日炎炎,晒得他连脑浆都快融化了,如果他还有脑浆的话。

他几乎整整走了一天,没有遇到什么值得一叙的事情。为此,他颇感失望。因为他很想碰到个人,试一试自己这条铁臂的力量。有人说,他第一次险遇是在拉皮塞港,也有人说是风车之战。然而,根据我本人的考证和拉曼却地方志的记载,情况是这样的:他跑了一整天,到傍晚人困马乏,饥肠辘辘。他东张西望,想找个城堡或牧人住的茅舍借住一宿,同时,找点食物充饥。他见离大路不远有家客店,这对他来说,犹如发现了指路的明星。在他看来,这也像是一座能解决他食宿的城堡。于是,他快马加鞭,赶到客店已是黄昏了。

---

① 太阳神名,这里指太阳。

② 骑士小说往往假托为魔法师或博学之士的记载。

店门口站着两个年轻妇女,是两名娼妓,她们是跟当晚在客店里过夜的几个骡夫一起去塞维利亚的。对我们这个冒险家来说,他想到的、见到的事物全都和他书中读到的一样。因此,他见到的这家客店,在他看来,便是一座城堡,四边有四座塔楼,塔楼的尖顶闪着银光。另外,书上说的吊桥、护城河等,这里也全有。他朝自己认为是城堡的那个客店走去,离客店还有一段距离,他便勒住罗西纳特的缰绳,等待着在城堞间走出个侏儒,吹起号角,通报骑士的到来。侏儒迟迟不出来,而罗西纳特又急着想上马厩去,他只好到客店门口。他见到那两个东张西望的姑娘,便以为是两位美貌的小姐或两个讨人喜欢的夫人在城堡门口闲眺。这时,恰好有个猪倌要将在割掉庄稼的土地上觅食的一群猪(请原谅)[①]赶在一起,他吹起了牛角号。这可称了堂吉诃德的心了,他认为这是侏儒见他到来后发出的信号。他兴高采烈,来到客店门口的那两个女人跟前。她们看见这个全身披挂、手持长矛盾牌的人,大吃一惊,打算跑进客店去。堂吉诃德见她们想躲开,猜想她们是害怕自己,就撩起马粪纸做的面甲,露出那张干巴巴的风尘仆仆的脸,彬彬有礼、不紧不慢地说:

"小姐们,请不必回避,也不用害怕。根据我奉行的骑士道的规矩,我绝对不伤害任何人,你们两位一望而知是名门闺秀。"

那两个姑娘一直在细细地端详他,竭力想看清那被面甲遮掩着的脸面。她们听到他称她们为"闺秀",觉得这个称呼与自己的行业格格不入,禁不住哈哈大笑,笑得堂吉诃德有些不好意思起来,说道:

"尔等系良家淑女,自应言检行慎,不应为区区小事,狂笑不止。自然,吾出此言,并非责难尔等,亦非显示吾心境不佳,吾始终愿为尔等效劳。"

姑娘们听不懂他的话,又见到我们的骑士那副怪样,不禁再次大笑起来。堂吉诃德火冒三丈,这时要不是店主出来了,准会闹出事来。店主虽然一身肥肉,性格却相当温和。他见来人模样如此古怪,配备的缰绳、长矛、盾牌和盔甲等等五花八门,根本不配套,差一点也跟着两个姑娘大笑起来。可是,他见到对方带了这么多兵器,心里有些害怕,便和颜悦色地说道:

"绅士先生,您如果想住店,除了床外,这儿应有尽有。床确实一张也不

---

① 西班牙某些地区有这样的习惯:说到肮脏、卑鄙下流的事物,要表示歉意。

空。”

堂吉诃德将客店当城堡，将店主当城堡主。他见城堡主这么低三下四地跟自己说话，就回答说：

“城堡主先生，我无所谓，有什么都行，因为‘甲胄是我的服装，我的休息是斗争……①’”

店主听对方称自己为“卡斯蒂利亚”②先生，以为他将自己看成卡斯蒂利亚良民了。其实他是安达卢西亚人，是在圣卢卡尔海滩③上长大的。他可不是个老实人，比加戈④还贼头贼脑，比小学生还调皮捣蛋。他回答说：

“照您这么说，‘坚硬的岩石’就是您的床，您的睡眠就是‘长夜的不眠’了。那就请您快下马吧，您在小店里一年不睡觉都可以，更不用说只一个夜晚了。”

说着，他就过来给堂吉诃德扶住鞍镫。堂吉诃德自一大早起来，还汤水未进，这会儿下马都感到非常费劲。

堂吉诃德吩咐店主好生照料他的牲口，说这马是世界上吃草料的牲口中最好的。店主对马瞥了一眼，发现它并不像堂吉诃德说的那样好，甚至打个对折还嫌过分。他将马牵到马厩里安顿好，随后又回来侍候来客。两个姑娘已不怎么害怕堂吉诃德了，这时正帮助他脱去盔甲。她们已帮他卸下了胸铠和背甲，但没法脱下那个胡乱拼凑而成的头盔。原来这头盔是用几条绿带子紧紧系住的，她们解不开那几个死结头。没办法，她们只好拿刀来割断，但堂吉诃德坚决不同意，因此，他就只好带着头盔过夜了，那滑稽可笑的模样令人难以想象。他将那两个忙着替自己脱卸甲胄的妓女想象为城堡里的贵夫人，便客客气气地对她们说：

“从未有过任何骑士，

---

① 堂吉诃德这里引用的是西班牙古时流行的一首简短的谣曲，题目是《坚韧不拔》，共四行。后面的两行是：“坚硬的岩石是我的卧榻，长夜在不眠中消逝。”

② 西班牙语“Castellano”一词有“城堡主”和“卡斯蒂利亚人”等几种含义。堂吉诃德称店主为城堡主，就用了这个词，店主以为称自己为卡斯蒂利亚人。

③ 安达卢西亚人一般比较狡诈，圣卢卡尔海滩是有名的流浪汉的集结地。

④ 参见本书序言第9页注②。

受女眷们这般服侍；
她们接待堂吉诃德，
他刚刚从故乡到此。
公主照料他的罗西，
小姐对他关怀备至。

“小姐们，这罗西也叫罗西纳特，是我坐骑的名字。我本人叫堂吉诃德·德·拉曼却。我原本不想通报自己的姓名，我的身份要通过为两位立下功绩来表明。可我刚才正好想起了古时朗塞罗特的一首谣曲，把它作了适当的改动就说出来了，这一来把我的姓名也提前奉告了。不过，我听候两位小姐差遣的时间还多得很。到时两位瞧我这条膀子使的劲，就会明白我为两位效劳的愿望有多强烈。”

两个姑娘不习惯他这套辞令，一时无言可答，只问他要吃什么东西。

“吃什么都可以，”堂吉诃德说，“我觉得是该吃点东西了。”

那天正好是星期五[①]，客店里只剩下几份鱼。这种鱼卡斯蒂利亚人叫腌鳕鱼，安达卢西亚人叫咸鳕鱼，有些地方称为长鳕鱼，也有些地方叫小鳟鱼。她们问他要不要吃小鳟鱼，因为客店里只有这种鱼。

“许多小鳟鱼就抵上一条大鳟鱼了，”堂吉诃德说，“比如你给我八个里亚尔，也就相等于一枚值八个里亚尔的银币了。再说，小鳟鱼也许味道更好，就像小牛肉比老牛肉好吃，小羊肉比老羊肉好吃一样。反正不管什么鱼，赶快拿来吧。空着肚子还能背得动这身沉重的盔甲么。”

侍者把桌子摆在店门口，因为那儿凉快。店主送上一客咸鳕鱼，盐都没有泡掉，还是半生不熟的；还有一块面包，和堂吉诃德的盔甲一样，又黑又散发着霉味儿。瞧他吃东西的样子实在令人发笑。他戴着头盔，得用双手掀起面甲，这样就腾不出手来拿东西吃，得别人将食物送进他嘴里。这件事就请一个姑娘办了。可是，喂他喝酒就不行了。还多亏店主办法多，他拿来一根芦苇，中间通了通，一头插在堂吉诃德的嘴里，从另一头将酒灌进去。这种种麻烦他全都忍受了，结果是保住了系头盔的那几根带子。这时，客店里

① 星期五是基督教徒的斋日，不吃肉，鱼可以吃。

正好进来一个阉猪的人。他一进门,就呜呜地吹了四五声芦笛。堂吉诃德听了,心里更加确信自己是在一座有名的城堡里,城堡里的人正在奏乐款待他呢。同时,他还确信,他刚才吃的咸鳕鱼是鳟鱼,面包是白面包,那两个妓女是贵夫人,而店主就是城堡主了。因此,他这次下决心出来是做对了。不过,他还有一件烦心的事,那就是他还没有被封授为骑士。在他看来,没有骑士的称号从事冒险是名不正言不顺的。

第三章

叙述堂吉诃德如何自封为骑士的趣事。

堂吉诃德脑子里老是想着那件事。他草草地用完客店那顿并不丰盛的晚餐，便将店主叫到马厩里，插上门，对他双膝跪下说：

"英勇的骑士，我有一事相求，务请您恩准，这会使您声名大振，也会使人类大有助益。若不允准，我就永不起来。"

店主见客人跪在自己面前，又听到他上面说的那一番言词，一时给蒙住了。他眼睁睁地瞧着这个客人，不知怎么办，也不知该说些什么。他一个劲儿对他说，请他快起来，但他就是不肯。最后店主只好对他说，他答应他的要求，堂吉诃德这才站起身来。

"我的先生，我知道您是个非常了不起的人，"堂吉诃德对店主说，"现在您既已答应我，我就告诉您，我请求您而您已慷慨允诺的这件事是这样的：明天请您封我为骑士。今天我就在贵城堡的小教堂内守夜，守护我的甲胄①。我已说过，明日就应该实现我的夙愿。这样我便能周游世界，历险行侠，拯救世人于苦难之中，以尽游侠骑士的义务。我就是游侠骑士。我的愿望就是要创造上面所说的种种英雄业绩。"

上面已经说过，这店主有点喜欢作弄人。他早就意识到这客人神经有点毛病，听了刚才他说的这番话后，更加确信无疑了，便决定迎合他的意思，好在晚上逗他取乐。店主对堂吉诃德说，他的愿望和要求都非常合理，这也

---

① 按照骑士道的规矩，在举行封授仪式前夕，待封骑士须在教堂里守着自己的甲胄祷告。

是像他这样相貌堂堂、风度文雅的高贵的绅士们追求的目标。店主还说，年轻时他也从事过这种异常荣耀的事业，他曾经去过世界各地，猎奇冒险。他去过马拉加的捕鱼场，里亚兰诸岛，塞维利亚的属地；他去塞哥维亚逛过市场，到巴伦西亚游过油橄榄树林，还去过格林纳达的隆地亚，圣路加海滩，科尔多瓦的波特罗和托莱多的本底亚斯以及其他许多地方。那时他手脚灵便，行动迅捷，干了许多横行霸道的事情：他诱奸过许多寡妇，糟蹋过几个姑娘，也拐骗过几个孤儿，结果他的名字在全西班牙所有官府衙门和司法机关都挂上了号。最后，他隐居在这座城堡里，以自己的产业和别人的产业为生。在这个城堡里，他广交天下的游侠骑士，不管他们的等级地位如何，他均一视同仁。他这样做是因为他非常喜爱他们，同时，也因为骑士们为了报答他的恩泽，常常分一些财物与他。

店主还说，眼下在城堡内已没有小教堂可供他守夜，守护甲胄了。它已被拆除，准备建新的。不过，据他所知，必要的时候也可以随便找个地方守夜。当天晚上堂吉诃德就可以在城堡的天井里守夜。明日上午，如果天公作美，就可以举行仪式，封授他为骑士，他就成为世界上最地道的骑士了。

店主最后问堂吉诃德有没有带钱来。回答说，他身无分文，因为他从来没有在游侠骑士的传记中读到过骑士带钱的事。店主说，他错了，游侠骑士传记中没有提到这方面的事，是因为骑士传奇的作者认为，像随身带点零钱和干净衬衣之类的事情，原本是不言自明的，不需提及。因此，书上没有写并不意味着骑士们不带。他应该相信，书上写的这么多游侠骑士，都带着鼓鼓的钱袋，以备不时之需；他们还带着干净衬衣，以及满满的一小箱油膏，受了伤可以用来治伤。在旷野里，在沙漠中与人交战，受了伤每次不一定会有人给他们治疗。如果与哪个神通广大的魔法师要好，那么骑士们负了伤，魔法师就会立即去救护，叫女孩子或侏儒什么的，带一瓶净水，从空中乘祥云飞去。那水也真灵，骑士只要喝上一小滴，伤口便立即愈合，仿佛未曾受过伤一般。如果这点办不到，那么，从前的骑士一定会叫侍从随身带些钱和其他的必需品，如纱布油膏之类的医疗用品。如果骑士们没有带侍从（这样的情况绝无仅有），那他们就得把全部用品装在精致的褡裢里自个儿带着。褡裢捆在马屁股上，看样子不太像褡裢，倒像是别的什么贵重的物品；因为要不是出现上面说的那个情况，游侠骑士亲自带个褡裢总不成体统。为此，店主奉劝堂吉诃德(甚至可以说他命令他的教子,因为很快他就要成为堂吉诃德的教父了)往后不带钱,不带上面说的那些物品不要出门;带了钱物,遇到意外,就会感到多么有用。

对店主的劝告,堂吉诃德答应全都照办。于是,店主便安排他到客店一边的那个大院里去守夜,守护甲胄。堂吉诃德将甲胄一件件收拾好,安放在井边牲口饮水槽里。然后他一手持盾牌,一手提长矛,神态威严地在饮水槽前后巡逻起来。这时,夜幕已开始笼罩大地。

店主对客店内所有的旅客说了这位客人疯疯癫癫的情况,还说他在看守甲胄,等待明天举行骑士封授典礼。旅客们对这个疯子的举动十分好奇,纷纷赶来站在远处观望,想看个究竟。只见他动作沉稳,举止安详,时而来回踱步,时而持矛站立,长时间目不转睛地注视着他的甲胄。夜深了,但月光如水,天亮得如同白昼。这位新骑士的一举一动,众人都看得一清二楚。这当儿,旅店里的一个骡夫想让他的几头牲口上饮水槽去饮水,他得让堂吉诃德把甲胄从饮水槽内取出。骑士见骡夫走过来,便大声说:

"喂,胆大包天的骑士!你敢过来碰一碰最勇敢的带剑骑士的盔甲吗?不管你是什么人,都不能碰!你要是一意孤行,可要当心你的狗命!"

骡夫没有理会他的这番话,要是理会倒是没事儿了。他非但不听堂吉诃德的话,反而提着甲胄上的皮带,将它扔得远远的。堂吉诃德见了,就两眼望天,仿佛心有灵犀般地对他的意中人杜尔西内娅说道:

"我的小姐,快过来助我一臂之力!我这颗忠于你的心第一次受到了凌辱,这是我第一次处于险境,务请你振作精神,给我提供帮助和庇佑!"

说完,他便放下盾牌,双手举起长矛,重重地砸在骡夫的脑袋上。骡夫受了重伤,倒在地上。倘若他再给击一下,恐怕就不用请大夫了。接着,堂吉诃德将甲胄收拾好,又来回踱起步来,神情平和如初。过了一会儿,又一个骡夫走过来 ,也是想让他的牲口在饮水槽里饮水。由于刚才那个骡夫还没有醒过来,第二个骡夫压根儿也不知道刚才发生的事。他正想挪开水槽中的甲胄时,堂吉诃德二话没说,也没求助任何人,便又放下盾牌,双手举起长矛,狠狠砸了下去。长矛没有折断,第二个骡夫的脑壳却碎成了好几片。全客店里的人都闻声赶了过来,店主也来了。堂吉诃德一见,便一手举起盾牌,一手按剑,说道:

“美丽的小姐，我这颗软弱的心有了你才有生气和力量！为你倾倒的骑士此时面临巨大的危险，眼下是请求小姐垂怜的时候了。”

他说完这几句话，觉得浑身增添了无穷的力量。此时，纵使全世界的骡夫一起向他袭来，他也绝对不会后退一步。两个受伤骡夫的同伴们见他们伤成这个样子，便捡起石块从远处雨点般地向堂吉诃德扔去。他用盾牌竭力护着自己，却又不敢离开饮水槽，因为他得守护他的甲胄。店主大声地对骡夫们说，别再惹堂吉诃德了，自己早已对众人说过，此人是个疯子。像他这样的疯子即使把大伙儿给宰了，也不会负法律责任的。堂吉诃德此时也在叫嚷，声音比店主还要大。他称他们为背信弃义、不守诺言之徒，城堡主也很顽劣，是个坏骑士，因为他纵容他们如此对待游侠骑士。倘若他堂吉诃德已经获得了骑士的称号，一定要狠狠地教训他，让他明白叛逆意味着什么。

“你们这伙卑鄙小人，我才不在乎呢。你们扔石块吧，过来吧，上这儿来吧，你们想怎么作弄我，就怎么作弄我吧。一会儿你们就会看到，你们将为自己卑鄙龌龊的行径付出怎样的代价！”

这番话他说得气壮如牛，那些向他扔石块的人都害怕了。他们一来害怕这个疯子，二来也由于店主人劝说，就不再扔了。堂吉诃德让他们将受伤的两个骡夫抬走，自己照旧看守甲胄，像开始时一样沉稳、镇定。

店主觉得不能再让这位客人胡闹下去了。他决定简化手续，草草将那倒霉的骑士封号给他，免得再次发生不幸的事。他来到堂吉诃德身边，先为自己辩解了一番，说那伙蠢才冒犯了他，自己实在一无所知。不过，他们胆大妄为的举动，已得到了应有的惩处。他还告诉堂吉诃德，他早就对他说过，城堡里没有小教堂，所以，仪式只好从简了。他知道，封授骑士的仪式，关键是拍击一下后颈，再拍击一下背部。这样的仪式在野外也能举行。至于守护甲胄的问题，一般只要守护两小时就可以了，而他已守护了四个多小时，绰绰有余了。堂吉诃德相信了店主说的话。他说，他已作好准备，听候吩咐，并希望尽快结束仪式。待他封为骑士后，若再遭到攻击，他会把城堡里的人全都斩净杀绝，除非城堡主特别关照过的，他才卖个面子，留下他们的性命。

城堡主听了，不禁心寒，他赶忙拿来了一本记有供应给骡夫们草料的账本,然后,叫一名小厮拿来一截蜡烛点着;又叫来上文说到的那两个姑娘,一起来到堂吉诃德面前,命他跪下。店主像是在念经一般地看着那个账本念念有词,念到中间,便举起手来,对着堂吉诃德的后颈使劲地拍打一下。之后,又用堂吉诃德的那把剑在他的背后轻轻地拍击一下。在整个过程中,他嘴里总是在嘟哝着什么,像是在念经。做完这些事情后,店主命令其中的一个姑娘替堂吉诃德佩上剑。她干得十分从容自如,一本正经,因为若不是这样,举行这种仪式随时都会引发哄堂大笑。两个姑娘刚才已见到过这新骑士发的淫威,谁也不敢笑出声来。那心肠善良的女孩替他挂好剑后,对他说:

"愿上帝保佑您成为一个吉星高照的骑士,希望您百战百胜。"

堂吉诃德问了她的姓名,以便让自己知道他是欠了谁的情。他想将来凭力气赢得了荣誉,定要分一份给她。她很谦恭地说,她叫托罗莎,父亲是托莱多人,干修修补补的杂活儿,住在托莱多桑丘卡纳亚商业区附近。她还说往后她无论在哪里,都愿为他效劳,尊他为主人。堂吉诃德对她说,请她赏脸,以后在她的名字前加一个"堂"字,叫她堂娜①托罗莎。她答应了。另一个姑娘给他套上踢马刺,他也和她进行了与前面挂剑的那个姑娘同样的谈话。先问了她的姓名,她叫莫利纳拉,父亲是安德盖拉颇有身份的磨坊主。堂吉诃德也请她在名字前加一尊号"堂",叫她堂娜莫利纳拉,还答应今后要为她效劳,给她好处。

这一套未有先例的仪式就这样飞快地完成了。堂吉诃德早已急不可待,要上马出去行侠历险。他立即为罗西纳特套上鞍辔,翻身上了马,拥抱了店主,感谢他为自己封授了骑士的称号,还说了许多奇奇怪怪的话,这里实在难以赘述。店主终于把他送出了客店,此时也说了不少客气话,只是比堂吉诃德讲的要简洁得多。他也没向对方要房钱,就让他高高兴兴地走了。

---

① 男子尊称"堂"(Don),女子尊称变为"堂娜"(Doña)。

第四章

叙述我们的骑士离开客店后的遭遇。

堂吉诃德离开客店时，已是黎明时分。想到自己已被封为骑士，心里有说不出的满意、快乐、兴奋，就像谚语说的，高兴得连马儿的肚带都快给撑断了。然而，此时他想起店主对他的忠告，决定回家一趟，准备一些出门的必备之物，尤其是钱与衬衫。他还得物色个侍从，他打算雇用附近的一个农民。此人家境贫寒，孩子又多，倒是十分适合当骑士的侍从的。他心里这么盘算着，便拨转马头，朝家里走去。这罗西纳特仿佛也非常恋家，一往家走，便撒开四蹄，跑得欢腾极了。

还没走多远，他好像听到右边密林深处隐隐有人在啼哭。还没听清这哭声，他就说：

"感谢上苍的恩泽，如此迅速地提供机会，让我能尽到自己应尽的义务，实现自己的雄心壮志。毫无疑问，一定有男人或女人遭了难，在呼叫，需要我去救助。"

于是，他拨转辔头，循声纵马奔去。进了森林，还没有走上几步，见一棵橡树边拴着一匹母马，另一棵橡树上捆着一个十五岁左右的男孩，上半身脱得光光的。原来是他在哭叫。有一个身材魁梧的农夫正拿着一根皮带在抽打他，打一下，训一句。农大说：

"往后少多嘴，留点神！"

孩子说：

"我的主人，下一回我再也不敢了！我对上帝起誓，下次一定改正，我保证往后更用心地照看羊群。"

堂吉诃德见了，怒气冲冲地说：

“你这个无礼的骑士，你与一个不能自卫的孩子交手，太不像话了！快骑上你的马，拿起你的长矛，”——农夫也有一根长矛倚在拴母马的橡树边上——“我要好好地教训教训你，让你知道自己的所作所为是何等卑鄙！”

农夫见到对面站着一个全身披挂的怪模怪样的人，挥舞着长矛，他吓得个半死，赶紧好言好语地说：

“绅士先生，我拷打的这个孩子是我雇用的羊倌，替我在这一带牧羊。这小子干活不用心，每天丢失一头羊，也许是不小心，也许是不老实。我揍他，可他却反咬一口，说我要赖皮，想借此机会不给他工钱。我以上帝也以自己的灵魂名义起誓，他在撒谎！”

“你竟敢在我面前说他在撒谎①，你这个下贱的村夫！我以照耀我们的太阳的名义起誓，我一定要用这根长矛把你刺透。别狡辩了，快把工钱付给他。若敢道半个不字，我以主宰我们的上帝的名义告诉你，我就立即要你的命！快把他给放开！”

农夫低着脑袋，默默无言地将他雇用的羊倌松了绑。堂吉诃德问孩子，主人欠了他多少工钱。他回答说，欠了九个月的工钱，每月七个里亚尔。他对农夫说，如果他不想送命，就立即掏出钱来。农夫惊恐万分地说，这是生死关头，他不能撒谎。凭刚才起的誓（实际上他没有起过誓），他没有欠那么多钱，因为他曾经给过羊倌三双鞋子；羊倌生病时，还放过两次血，花了他一个里亚尔。这些费用都该扣除。

“你给了他鞋子，替他放过血，这没有错，”堂吉诃德说，“可是刚才你无缘无故打了他一顿，皮鞋和放血的账就该抵消了。要是他穿破了你给他买的皮鞋，你刚才也打破了他的皮肉；他生病时你叫理发师给他放血，这会儿他好端端的，你却让他流了血。这样一抵消，他就不欠你什么了。”

“绅士先生，糟糕的是我身边没有带钱。让安德烈斯上我家里去吧，我一个里亚尔也不会少他的。”

“让我跟他去他家？”孩子说，“那可糟透了！不行，老爷，这件事我连想

---

① 按照西班牙的习惯，在人前说他人说谎而事先又不说一声“对不起”，是一种严重的失礼。

也不敢想。你一走,我一到他家,他就会把我像对圣巴多罗美[①]一样活剥了皮!"

"他不会这么干的,"堂吉诃德说,"我命令他怎么干,他就得怎么干;再说,他要根据骑士的规矩向我起誓,我才会放了他。我保证他把钱付给你。"

"老爷!请您再仔细想想您刚才说的话,"孩子说,"我家主人可不是什么骑士,也从来没有得到任何骑士的称号。他是金塔纳尔的财主胡安·阿尔杜托。"

"这无关紧要,"堂吉诃德说,"姓阿尔杜托的人中也应该有骑士的。何况,俗话说,办什么事,成什么人。"

"这话不假,"安德烈斯说,"可我这个主人想赖掉我的血汗钱,他究竟办的什么事?他又是什么人呢?"

"我没有赖啊,安德烈斯小兄弟,"农夫说,"劳驾你跟我一起回家吧。我凭世界上所有骑士的称号向你起誓,我一定如我刚才说的那样,把工钱全都给你,一个里亚尔也不少。那一枚枚钱币还是洒上香水的呢。"

"洒不洒香水,我就不跟你计较了,"堂吉诃德说,"只要你用里亚尔支付,不拿小钱币去搪塞,我就满意了。注意,刚才你起了誓,一定要不折不扣地做到。若做不到,我凭你刚才起的誓发誓,我一定要回来找你算账,揍你一顿。即使你比蜥蜴还躲得隐蔽,我也会找到你。如果你想知道对你发号施令的是谁,你才认认真真地执行命令,那么,你听着,本人就是爱打抱不平的英勇无比的堂吉诃德·德·拉曼却。再见了,可别忘了你刚才许下的愿,起下的誓,免得我回来再狠狠地惩罚你。"

说完,堂吉诃德便用踢马刺刺了一下罗西纳特,飞快地离开了他们。农夫一直眼睁睁地注视着他,见他已离开森林,踪影全无,便回过头来,对他的羊倌安德烈斯说:

"过来,我的孩子,我愿意像刚才那位爱打抱不平的先生命令我的那样,把我的欠款如数归还给你。"

"你欠我的钱是千真万确的,我可以起誓,"安德烈斯说,"老爷,您一定得执行那位好心的骑士对您下的命令,但愿他健康长寿。他为人勇敢,仗

① 耶稣十二弟子之一,相传被剥皮钉死在十字架上。

义，是个好法官，犹如罗克[①]再世。假如您不把钱还给我，那就请他回来，刚才他怎么说，就让他怎么干。"

"我也起个誓，"农夫说，"不过，我是出于对你的爱。我愿多欠你一点债，可以多还给你一些钱。"

说完，他就抓住孩子的胳臂，又将他捆绑在那棵橡树上，用皮鞭抽得他死去活来。

"安德烈斯先生，"农夫说，"快把那个专打抱不平的老兄叫来吧，看他这个抱不平怎么个打法！我还算手下留情了，依我的性子，这会儿恨不得活活剥了你的皮，抽了你的筋。你就害怕我这么干吧。"

打了一会儿，农夫还是给孩子松了绑，还说他可以去找他的那个法官，让他来执行他严厉的判决。安德烈斯哭哭啼啼地走了，他发誓要找到那个英勇无双的堂吉诃德·德·拉曼却，将刚才发生的事一五一十讲给他听，让他的主人加倍还账。可不管怎么说，这孩子是哭着走的，而他的主人却在那儿冷笑。

英勇的堂吉诃德就这样打了一次抱不平。他对刚才发生的事情非常满意。他认为。他的骑士事业已有了一个非常良好、非常值得称颂的开端。他怀着异常满意的心情朝自己村庄走去，一边走，一边低声自言自语：

"绝代佳人杜尔西内娅·德尔·托波索，你是当今世界上所有女人中最有福气的人了。你真是三生有幸，让勇冠全球英名盖世的骑士堂吉诃德·德·拉曼却拜倒在你的脚下，任你使唤。众所周知，这位骑士昨日才被封授了骑士称号，今天便打了一次人世间最大的抱不平：从那个残忍无比的敌人手中夺去皮鞭，因为他正在无缘无故地鞭笞一个娇嫩的孩子。"

说到这儿，他来到一个十字路口，头脑中出现了一个念头：每到一个岔道口，游侠骑士都要停马选择路；他也学着他们，在路口停了一会儿，想着该怎么走。他仔细想了一会儿，便松开缰绳，让罗西纳特自己作主，那马儿便随着它第一个心愿，奔向自己的马厩。

约莫走了两英里路，堂吉诃德便发现前面有一大队人马。后来才知道，他们都是托莱多商人，是去穆尔西亚买丝绸的。他们一行六人，都打着阳

---

① 法兰西著名律师。

伞,带着四个骑马的仆人和三个徒步的骡夫。堂吉诃德在远处一看见他们,便认为又遇到新的险事了。他正想尽力仿照他在骑士小说中读到的种种程式,这会儿真的来了一个机会,他准备按程式行事。他先在鞍镫上坐得稳稳的,露出器宇轩昂的气概;随后紧握长矛,将盾牌护在胸口,站立在路中间,等候那些他心目中的游侠骑士。当他们来到已能见面说话的地方,堂吉诃德便亮着嗓门,一脸傲气地说:

"众人听着,你们若不承认拉曼却的皇后,绝代佳人杜尔西内娅·德尔·托波索是天下第一美人,谁也别想过去!"

商人们听了,都停了下来。他们见刚才说话的这个人模样实在古怪,又听了他刚才的这番言论,马上便认为此人神经不正常。可是他们还想从容追究一下他刚才那番话的含意。其中一个商人爱开玩笑,说起话来既风趣又含蓄。他开口问道:

"骑士先生,我们并不知道您刚才说的这位美人是谁,请她出来让我们看看,好吗?她如果真像您说的那么美貌绝伦,那么,不用您逼着我们,我们自然而然会承认您要我们承认的这件事。"

"这是明摆着的事实,我要是让你们见了她的面,"堂吉诃德说,"你们承认了有什么意思呢?重要的恰恰在于,在没有见到她的情况下,你们就相信、承认,并起誓要护卫她。否则,你们就是妄自尊大的巨人,那么,我们就要在战场上见个高下。你们可以按照骑士的规矩,一个一个上来跟我干;也可以依据你们这些无赖的坏习惯,一拥而上。我在这儿等着你们呢。我是挺有信心的,因为正义在我这一边。"

"骑士先生,"商人说,"我以在场的这几位王子的名义求您了。我们承认一件眼未见耳未闻的事情,于心不安。再说,这样做也会损害阿尔卡里亚和厄斯特列马都拉的那些女皇和王后的形象。先生,劳驾您将那位小姐的像给我们看看,即使像麦粒那么大的也行。常言道,拿住线头,便能抖开线球,见了像,我们心里有了底儿,就心满意足了。先生您也会觉得高兴、踏实。我们已经非常向往她,即使她的像一只眼睛是瞎的,另一只眼睛淌着朱砂和硫磺,我们为了讨您的欢心,您让我们说什么,我们也会说什么。"

"她眼中什么也不淌,你这无耻的小人!"堂吉诃德勃然大怒地说,"你说的东西她都没有淌。她眼中流的是琥珀和裹在棉花中的灵猫香[①]。她既不歪斜着腰，也不驼背，她的脊梁骨比瓜达拉玛的纺车轴还直。你信口雌黄，亵渎我那绝代佳人，我定要严惩你！”

说完，他便挺着长矛，怒不可遏地朝刚才说话的那个商人袭来。也算这个商人有点儿运气，那罗西纳特奔到半路，便马失前蹄跌倒了，否则，他可遭殃了。罗西纳特一倒下，它的主人便在荒野里滚出好远。他想爬起来，可是，他的长矛啊、盾牌呀，踢马刺啊，还有头盔，加上那一身他祖上用过的铠甲，实在压得他动弹不得。他一面挣扎着想爬起来，一面说：

“胆小鬼，不要跑！囚徒们，听着！是马将我摔倒在地的，这不是我的过错！”

跟商人一起来的一个骡夫这时大概动了肝火，他见到这个倒在地上的可怜虫还口出狂言，禁不住想回敬他一下。他走到堂吉诃德的身边，夺过长矛，将它折成数段，然后拿起其中一段，狠狠地往堂吉诃德身上打去。尽管他身上穿了厚厚一层铠甲，也差一点给打成肉饼。骡夫的主人叫他不要打了，他还不肯住手。这年轻人像是越打越来火了，非要打个痛快才肯罢休。他捡起另外几段断矛，又全都朝倒在地上的那个倒霉鬼扔去。堂吉诃德虽然遭了暴风雨似的一阵棍打，嘴还是没有闭一闭，一个劲儿地在呵天斥地，在吓唬他眼中的这一群恶棍。

骡夫打累了，终于住了手。商人们继续赶他们的路，一路上一直在谈论那个遭棍打的可怜鬼。堂吉诃德呢，见到商人都走远了，便再次试图站起身来。然而，刚才好手好脚的时候，还站不起来，这会儿被打得遍体鳞伤，怎么能站得起来？到这个地步他还暗自庆幸，觉得这是游侠骑士应该遭受的灾难。他把责任一古脑儿推到那匹马的身上。这时他浑身疼痛，怎么还能爬得起来呢。

---

① 非洲产灵猫肛门处的一个腺囊分泌的油脂状液体，也称香猫香，麝猫香。

第五章

继续叙述我们的骑士的不幸遭遇。

堂吉诃德眼看自己真的难以动弹，便使用他平时常用的方法，回忆他读过的书中的情节。这个疯疯癫癫的人想起了巴尔多维诺斯在山里给卡洛多击伤后遇到曼图阿侯爵的故事。这故事妇孺皆知，年长的人不仅熟知，而且信以为真，真得就像穆罕默德[1]创造的奇迹一样。堂吉诃德认为，这个故事与自己目前的境遇十分类似。于是，他在地上打起滚来，装作很不舒服的样子。同时，以十分轻微的声音吟诵着那个森林骑士[2]受伤后说的话。据说这骑士是这样说的：

你在哪里，我的夫人？
难道对我的伤害毫不痛心？
夫人啊，也许你还不知情，
或者你已经失节变心。

他就这样一句句往下背诵，一直背到下面这两行：

啊，高贵的曼图阿侯爵，
我的舅父，我的骨肉至亲！

---

① 伊斯兰教创始人。
② 这里指上文的巴尔多维诺斯。

也是事有凑巧,他背诵到这里时,正好有个同村邻里路过那儿。他是个农夫,推着一车麦子上磨坊去,见到路边躺着一个人,便走到他身边,问他是谁,生了什么病,为什么叫痛叫得这么厉害。堂吉诃德认为,此人一定是他的舅父曼图阿侯爵,因而,他并没有答话,仍继续背诵那首谣曲,同时叙述他遭遇的厄运,讲皇上的儿子如何看上了自己的妻子。总之,讲的都是谣曲里说的那一套。

农夫听了这一番胡言乱语,一时给弄糊涂了。他给堂吉诃德揭开早已给乱棒打得粉碎的护面甲,给他洗干净满是灰尘的脸。洗完脸一看,原来他认识,便对堂吉诃德说:

"吉哈纳先生,"——堂吉诃德失去理智出来当游侠骑士之前,在家平平安安当绅士的时候,大概是这么称呼的。——"是谁将您弄成这个样子的?"

任凭对方怎样向他提出问题,他总不回答,只是一个劲儿地往下背诵那首谣曲。农夫心肠很好,见他这个模样,知道问不出什么,便只好给他脱下护胸和护背的铠甲,看看他身上是不是负了伤。结果,既未见流血,也未见伤口。他费了好大的劲才将堂吉诃德从地上扶起,又十分费力地将他扶上自己的驴背,因为他认为还是自己的这头毛驴最可靠。他将散失在地上的甲胄武器,连带那断成几截的长矛捆在一起,驮在罗西纳特的身上。然后,一手拉着罗西纳特的缰绳,另一手牵着自己的毛驴,朝村子里走去,一路上想着堂吉诃德那一派胡言乱语,觉得十分惊奇。堂吉诃德呢,这会儿脑子也不闲着,他刚才给打得皮开肉绽,断骨伤筋,这会儿在驴背上也坐不安稳。他不时地长吁短叹,声震云霄。农夫又不免问他什么地方不舒服。准是魔鬼在作怪,又使他想起了与发生在自己身上的事情相类似的故事。他已忘记了巴尔多维诺斯,却想起了摩尔人阿宾达拉艾斯,他被安德盖拉城防长官罗德里戈·德纳瓦艾斯捉住,押解到城防长官府去。这当儿正好农夫问他有什么地方不舒服,他就把豪尔赫·蒙德马约尔写的《狄亚娜》一书里读到的有关阿宾达拉艾斯对罗德里戈·德纳瓦艾斯问话的答言全都如实说了出来,利用得十分巧妙,可谓天衣无缝。农夫听到他这一派胡言,只好自认倒了霉。不过,由此他也发现他的这个邻居神经有毛病,便决定快点回村,免得听堂吉诃德没完没了地背书，引起心里不快。堂吉诃德背诵完了说：

“堂罗德里戈·德纳瓦艾斯先生明鉴：我刚才说的这个美人哈丽法[1]就是现在的美女杜尔西内娅·德尔·托波索，为了她，我已创建而且还在创建有名的骑士业绩，今后我还要这样做。我创建的这些骑士业绩可谓举世无双，空前绝后。”

“先生，请您看看清楚，鄙人可不是堂罗德里戈·德纳瓦艾斯，也不是曼图阿侯爵，我是你的邻居佩德罗·阿隆索；先生，您既不是巴尔多维诺斯，也不是阿宾达拉艾斯，您是体体面面的绅士吉哈纳先生。”

“我知道自己是谁，”堂吉诃德回答说，“我也知道，我不但可以成为刚才说到的那些人，我还可以成为法兰西十二武士[2]，也可以成为世上九大人杰[3]呢。他们创造的功绩，无论是单个儿算，还是合在一起算，都难以和我的英雄事迹相比。”

他们说着话，来到了村口。此时夜幕已完全拉开。可是农夫还想再待一会儿进村，想让天再黑一点儿，免得让人看到绅士被打成这样，却骑着这样一匹小毛驴。他等了一会儿，看看是时候了，便走进村庄。到了堂吉诃德家里，发现里面乱哄哄的，本村的神父和理发师这两个堂吉诃德的好友都在那里。女管家正在亮着嗓门与他们说话：

“贝罗·佩莱斯硕士先生，”——这是这位神父的名字——“您认为我家老爷是不是遭了难？他整整三天没露面了，还有他的那匹马也不在了，就连那些盾牌、长矛和盔甲也都不见了，真倒霉！我觉得他买了那些该死的骑士书，白天黑夜地读，一定读得头脑子出了问题。这就像有生必有死一样，是千真万确的。眼下我回想起来，好几次听到他独自一人自言自语，说想当游侠骑士，想到外面去行侠历险，这种我恨不得全都交给魔鬼的书，把拉曼却地区头脑最灵光的人变成了疯子。”

堂吉诃德的外甥女也说了同样意思的话，她甚至还说得更多：

“尼古拉斯师傅，”——这是理发师的名字——“您该明白，我舅舅常常

---

① 摩尔小说《阿宾达拉艾斯和美人哈丽法的故事》中的人物。

② 指由法兰西国王选定的骑士。

③ 指《圣经》中的约书亚、大卫和犹太·马加利欧；亚历山大大帝、赫克托尔和凯撒大帝；亚瑟王、查理大帝、戈多弗莱多·德布雄。

看那种倒霉的冒险小说，一看就是两天两夜。看完了，就把书一丢，拿起剑来，往墙上乱砍。砍得疲惫不堪时，他就说他已砍死了四个像塔一样高大的巨人；他累得大汗淋漓，说这是战场上受了伤从伤口流出来的鲜血。随后，他咕嘟咕嘟灌一大罐凉水，定一定神，说这是他的好朋友大魔法师博学多才的艾斯基菲[1]给他送来的仙水。这一切责任都在我，我没有把舅舅说的那些颠三倒四的话及时告诉你们两位，让你们及早防范，以免出现目前的局面，同时，将那些害人的书烧掉。这些书多得很呢，它们就该像宣扬异端邪说的书一样全都扔进火堆里去，化为灰烬。”

“我也是这个意思，”神父说，“明天我一定要对他的书公审一番，然后，将它们判处火刑，免得有人再读这些书，干出我这位好朋友已经干过的事来。”

家里的人说的这些话，那农夫和堂吉诃德在门外听得一清二楚。前者终于明白他邻居得了什么病，便大声说道：

“请快开门啊！巴尔多维诺斯先生和曼图阿侯爵回来了，前者负了重伤；摩尔人阿宾达拉艾斯先生让英勇无双的安德盖拉城防长官罗德里戈·德纳瓦艾斯给活捉押送回来了。”

房子里的人闻声全都出来了。堂吉诃德的朋友迎接他们的朋友，女管家迎接她的主人，外甥女迎接她的舅舅。堂吉诃德还在驴上，因为他没法下来。众人跑过去拥抱他。他说：

“大伙别过来，都是我这匹马不好，害得我受了重伤。请将我抬到床上去吧，可能的话，把女魔法师乌尔干塔给请来，请她给我治伤。”

“啊，真糟糕！”女管家说，“我早就预感到我家老爷要出事。但愿您平平安安地上楼吧，也用不到去请那个乌疙瘩什么的，伤我们会给您治好的。我要千百遍地咒骂那些该死的骑士书，把老爷给害成这个模样！”

人们将他抬到床上，然后，检查他身上什么地方负了伤，结果，一处伤也没有见到。堂吉诃德说，和十个胆大包天、穷凶极恶的巨人恶战时，他的坐骑罗西纳特突然马失前蹄，他从马上摔了下来。他是给跌伤的，都是内伤。

---

① 实际上应该叫阿尔基菲（Alquife），是骑士小说《希腊的阿马蒂斯》的作者，堂吉诃德的外甥女有意说错了他的名字。

“啊,还有巨人啊,”神父说,“我起誓,明天不到天黑,我就要把那些书烧个精光。”

众人七嘴八舌地对堂吉诃德提了许许多多问题,他一个问题也不回答,只请大家给他一点儿吃的,让他睡一觉,这是他最迫切的需要。众人照办了。神父后来向农夫询问了他发现堂吉诃德的经过。农夫将事情的经过原原本本讲了一遍,还把堂吉诃德躺在地上以及一路上说的那些胡话也学说了一遍。这更使硕士下决心要干翌日应该干的那件事。第二天,他就去他朋友理发师尼古拉斯那儿,然后,同他一起来到堂吉诃德家。

第六章

叙述神父和理发师在我们异想天开的绅士的书房里进行了一次很有趣的大检查。

这时,堂吉诃德还在呼呼大睡。他那些害人匪浅的书都在他的书房里,神父便向堂吉诃德的外甥女要钥匙,她欣然交给了他。众人走进书房,女管家也跟着进去,发现里面有一百多部精装的大部头的书,还有若干本小册子。女管家一见这些书,便出去拿来了一小盆圣水和一柄洒圣水的帚子,说道:

"给,硕士先生,请您在房间里洒上圣水。这些书里魔法师实在太多,我们要一个不留地将他们赶出人世,免得他们进行报复。"

看到女管家那个天真的模样,硕士禁不住笑了。他请理发师把书一本本递交给自己,他一本本浏览着,看里面说些什么,也许能发现几本可免于火刑的书。

"不行,"外甥女说,"一本书也不能放过,因为每本书都是害人精。最好还是将这些书都从窗口扔到天井里,然后堆成一堆,一把火烧掉。要不,就搬到后院去,在那儿烧更好,免得这儿烟雾腾腾。"

女管家也是这么说,她俩都有共同的愿望,要将那些无辜的书处以死刑。然而,神父不同意这样做,他认为起码也得看看书的标题。尼古拉斯师傅递给他的第一本书的书名是《阿马蒂斯·德·加乌拉四卷集》。

"看来这书还有点儿玄呢,"神父说,"我听说这本书是西班牙刊印的第一部骑士书,别的骑士书都是由它衍生出来的。我认为这本书开了一个坏头,创了一个坏流派,我们应该毫不姑息地将它判处火刑。"

"这话不对,先生,"理发师说,"我听说这书是所有骑士小说中写得最好的一部，有很高的艺术性，应该得到宽恕。”

“这倒是事实，”神父说，“凭这一点我们暂且饶它一死。我们再来看看它旁边的这一本吧。”

“这是《艾斯普兰狄安的丰功伟绩》，是《阿马蒂斯·德·加乌拉》的嫡传。”

“说实在的，”神父说，“饶了父亲，就饶不了儿子了。管家太太，快打开这扇窗户，把这本书扔到后院。一会儿我们把书堆成一堆，生火烧吧，现在就让这本书垫底了。”

女管家欣然照办。这个艾斯普兰狄安就被抛到后院，很有耐心地等待着大火来吞没自己了。

“再拿一本来，”神父说。

“这部书叫《希腊的阿马蒂斯》，我认为，这一边的都是阿马蒂斯家族的人。”

“那就全都请它们上后院吧。什么宾蒂基涅斯特拉王后啊，达里纳尔牧童啊，还有他的那些牧歌啊，以及那些杂乱无章、令人生厌的文章啊，统统烧掉。倘若我的生身父亲变成了游侠骑士，也让他和这些书一起付之一炬。”

“我也是这个看法，”理发师说。

“我也是，”外甥女说。

“既然这样，”女管家说，“那我们把这些书都搬到后院去吧。”

众人把书全都交给了她，好大的一堆。她不想从楼梯往下搬，把书全都从窗口扔下去。

“这大部头的是什么书？”

“这是《堂奥利房德·德·劳拉》。”

“此书的作者与《群芳园》的作者是同一个人，”神父说。“我也不知道这两本书中哪一本真实一些，说得明白一点，是哪一本谎言少一些。我只能说，这本书荒诞不经，一派胡言，让它到后院去吧。”

“下面一部书叫《弗洛里莫尔德·德·伊尔加尼亚》，”理发师说。

“弗洛里莫尔德先生也在这儿！”神父说，“他得立即上后院去！虽说他身世奇特，历尽艰险，但文笔干瘪无力。管家太太，送他上后院去吧，还有这一部也得去。”

“我的先生,我很高兴这样做,”她兴高采烈地干着神父让她干的事。

“这部书叫《普拉蒂尔骑士》,”理发师说。

“这是一部古书,”神父说,“从中找不到任何可使它获赦的东西,让它也和别的书一起上后院去吧。”

那本书被送走了。他翻开另一本书,见标题是《十字架骑士》。

“由于此书的标题很神圣,内容贫乏点似可原谅。可是,常言道,十字架的后面隐藏着魔鬼。送他上火堆里去吧。”

理发师又拿起一本书,说道:

“这是《骑士之镜》。”

“这部大作我拜读过,”神父说,“里面有莱依纳尔多斯·德·蒙塔尔瓦和他的朋友们、同伙们,个个都是赛过卡科①的江洋大盗;还有十二武士和秉笔直书的史学家杜尔宾②。说实在的,对这些人物我只判他们个终身流放也就够了,因为他们对著名诗人马德奥·博亚尔多③的诗作有贡献,基督教诗人卢多维科·阿里奥斯托④又取材于博亚尔多的作品。说起阿里奥斯托,我此时若见到了他,如他不说母语,我就不尊敬他;如说他本国语言,我会对他佩服得五体投地⑤。”

“我倒有阿里奥斯托诗作的意大利文本,”理发师说,“可我看不懂。”

“你就是看懂了,也没有什么好处,”神父说,“我们原谅那位上尉先生吧,他压根儿就不应该将这本书译成西班牙语,介绍到西班牙来。这样一来,反而大大减低了它原来的价值。把一种语言的诗作译成另一种语言,大体都会有这个毛病。尽管译者功夫很深,技巧很高,总难以达到原诗的韵味。我说,这本书,还有别的讲法兰西事情的书,都一起拿到一口干燥的井里去存放着,等人们取得一致意见后再作处理。只是有两本书是例外:一本

---

① 中世纪臭名昭著的大盗。

② 塞万提斯在这儿说的是反话。杜尔宾是莱姆斯大主教,以他名义写的《查理曼大帝传》是一部谎言连篇的著作。

③ 意大利诗人。他的传奇叙事诗《热恋的奥兰多》将忠君爱国的英雄罗兰塑造成多情的骑士。

④ 意大利诗人,著有《疯狂的奥兰多》。

⑤ 阿里奥斯托的《疯狂的奥兰多》由赫罗尼莫·德·乌莱亚上尉译成西班牙语,译文质量不高。

是《贝纳尔多·德尔·卡尔比奥》,这儿就有这本书;另一本叫《隆塞斯巴列斯》。这两本书一落入我手中,就立即交给管家太太,由她扔到火里去,毫不怜惜。”

对神父的这番言论,理发师深表赞同,认为这样做很好。他明白,神父是个很好的基督徒,他笃信真理,不合情理的话他是不会说出来的。他又打开一本书,一看书名是《帕尔梅林·德·奥里巴》,旁边一本叫《英国的帕尔梅林》。硕士见了这两本书后,说:

“前面这本书应该撕成碎片,烧成灰,连灰也不要留。这《英国的帕尔梅林》可得作为稀世珍品,好好保藏起来。当年亚历山大大帝打败了大流士时,在诸多的战利品中得了个匣子,用来保存诗人荷马的作品。我们也得做这么一个匣子,来保存这本书。老兄,这本书有两个方面很有价值:一方面这本书本身属于上乘之作;另一方面,它名气很大,其作者可能是个圣明的葡萄牙国王①。书中讲的米拉瓜尔达城堡内的种种历险,异常生动,文笔也十分流畅。人物的语言既典雅又明快,而且非常适合人物的个性。所以,我说,你要是不反对的话,尼古拉斯师傅先生,这本书和那本《阿马蒂斯·德·加乌拉》就不要烧掉了。其余的书,不必再加审查,一律让它们葬身火海。”

“那不成,老兄,”理发师说,“我手上这本书可是有名的《堂贝利亚尼斯》呢。”

“这本书嘛,”神父说,“作者写第二、三、四部分时肝火太旺,得吃点大黄,清清火气 。另外,还得删去有关描写‘英名城堡’的章节以及某些荒诞无稽的部分。对这本书不妨暂不作结论,看看它会不会悔改,再视情况决定从宽处理还是依法严惩。老弟,这本书就暂时放在你家里吧,可谁也不许看。”

“好的,”理发师说。

神父不想将这些骑士小说逐本进行审问,他让女管家拣大部头的书扔到后院去。这次烧书,神父不叫别的什么人,却偏偏叫了这个最爱烧书的女

① 近年发现,该书的作者为弗朗西斯科·莫拉莱斯·卡普拉尔(Francisco Morales Cabral)。一五四七年由路易斯·乌尔塔多(Luis Hurtado)译成西班牙文。

管家。对她而言,烧书比织一匹又宽又细的布还要痛快。她一下子就抱起七八本书全准备扔到窗外。由于搬得太多,走到理发师身边时,有一本掉了下来。理发师从脚边拾起,想看看这本书的作者是谁,一看这书的书名是《声名远扬的白衣骑士蒂朗德传》。

"天哪,"神父嚷道,"白衣骑士蒂朗德原来在这里!快拿来给我看看,老弟。我发现这本书趣味盎然,情节非常离奇。书中讲到英勇的骑士堂吉利雷松·德·蒙塔尔瓦和他的弟弟托马斯·德·蒙塔尔瓦,还有封塞卡骑士;讲到勇敢的蒂朗德骑士与猛犬的那场恶斗;讲到那个绰号为'心之所爱'的姑娘如何伶牙俐齿,寡妇雷波萨达如何瞒天过海,驰骋情场;还讲到那个皇后娘娘如何爱上了她的侍从伊博利托。老弟,跟你说句真心话,就笔法而言,这本书是世界上最好的书。书中的那些骑士,饿了也吃饭,困了也上床睡觉,死也死在卧榻上,临死时还立遗嘱。这些事情在别的骑士书中是见不到的。不过话又得说回来。正由于作者在书里没有像别的书那样写一些疯疯傻傻的事,他可能会被判处终身服苦役。你可以把这书拿回家去看看,就会发现,我刚才跟你讲的话全都是真的。"

"你的话准是错不了,"理发师说,"可是,这儿剩下了这些小册子该怎么处理?"

"这些小书恐怕不是骑士小说,"神父说,"可能是诗集。"

他打开一本,发现这是豪尔赫·蒙特玛约尔的《狄亚娜》①,他料想其余的书也属同一类,便说:

"这些书就用不到烧掉了,因为它们不像骑士小说那样坑害人。这种书读了能增长知识,却又不产生危害。"

"啊,硕士先生,"外甥女说,"这些书也应该和其他的书一样送去烧掉啊。等我舅舅养好了骑士病,看了这些书,用不了多久他又会去当羊倌,在森林里,田野间弹唱牧歌。他若成了诗人,那情况就更糟了。听说想作诗这个病是个不治之症,还会传染呢。"

"这姑娘说的也在理,"神父说,"给我们的朋友去除这个隐患,消除这种机会是有好处的。我们就从蒙特玛约尔的《狄亚娜》开始吧。我的意见

---

① 此书共有七卷,属田园传奇一类的书。

是这部书不要烧，但要全部删去有关女巫费丽西娅和魔水的那一部分，书中那些长诗也要删去，只留下散文部分，这样，便能成为同类作品中最优秀的一部。"

"下面一部是《狄亚娜》的续集，书名是《萨拉曼卡人》，"理发师说。"还有一本书名也是《狄亚娜》，作者是希尔·波罗。"

"那本叫《萨拉曼卡人》的书，"神父说，"就送到后院，让它和那些被判火刑的书做伴儿去吧。希尔·波罗的那部《狄亚娜》应该当作阿波罗[①]的作品那样给珍藏起来。快点儿干，老弟，天都快黑了。"

"这本书叫《恋爱中的福尔杜纳十卷本》，"理发师又打开了一本书，说，"作者是撒丁岛诗人安东尼奥·德·罗弗拉索。"

"凭我的神职起誓，"神父说，"自从太阳神成为太阳神，缪司[②]成为缪司，诗人成为诗人以来，像这样有趣，这样离奇的书还没有人写过。就其写作技巧而言，这部书在所有的这一类书中是最优秀的，是绝无仅有的。没有看过这本书的人就不会知道书中说的有趣的事儿了。老弟，把这本书给我吧，发现了这本书，比得到佛罗伦萨的呢制道袍[③]还珍贵呢。"

说完，他就乐呵呵地把这本书放在一边。理发师接着说：

"以下几本书分别叫《伊比利亚的牧童》、《埃纳雷斯的仙女》和《从忌妒中醒悟过来》。"

"这几本书就用不到再审核了，"神父说，"全交给女管家吧。为什么这样做就不用问了，说起原因来话太长了。"

"下面的这一本叫《费利达的牧人》[④]。"

"这不是牧人，"神父说，"是个很有修养的朝臣，该把它像珍品一般保藏起来。"

"这本大部头书的标题是《诗歌集锦》，"理发师说。

"里面的诗如果少收集一点，就更好了，"神父说，"要将夹杂在那些精品中的坏诗除去。这书的作者是我的朋友，再说，他还写过一些更有魄力、

① 太阳神，也是诗神。

② 文艺女神，共九名，分管文艺、音乐、天文等。

③ 佛罗伦萨的呢绒很精致。

④ 此书于一五八二年出版，在当时颇为有名。

更加高雅的作品。就把这本书保存起来吧。"

"这是洛贝斯·马尔多纳多写的《诗歌集》,"理发师说。

"这本书的作者也是我的好朋友,"神父说。"他朗诵起诗来,抑扬顿挫,令人叫绝;他吟唱起诗来,音色婉转,妙不可言。他写的田园诗长了点儿,不过,好诗不嫌长。此书可以跟刚才选出来的那几本书放在一起。它旁边的那本是什么书?"

"这是米盖尔·德·塞万提斯的《伽拉苔亚》①。"

"这个塞万提斯是我的故交了。此人向来多灾多难,无法显露他的文才。他这本书有些新意,也说明了一点儿问题,只是没有结论,该等着读他预告出的续集。现在读者有些苛求,该书修改后也许会得到他们的宽容。老弟,暂且将它幽禁在你家里,以后看情况再作决定吧。"

"我乐意照办,"理发师说,"这儿有三本书,是在一起的。一本是堂阿隆索·艾西亚的《阿劳乌加纳》②,一本是胡安·鲁福写的《奥斯特里亚达》③,还有一本是巴伦西亚诗人克利斯托巴尔·德·比鲁艾斯写的《蒙塞拉托》④。"

"这三本书是卡斯蒂利亚语⑤的史诗杰作,可与意大利最优秀的史诗比美,应该作为西班牙诗歌中最宝贵的财富收藏起来。"

神父已经有些厌倦了,他想把其余的书统统烧掉了事。但是,这时理发师正好打开了一本书,书名是《安杰丽嘉的眼泪》⑥。

"要是把这本书也送去烧掉,"神父听到这书的书名后说,"我也会流眼泪的。这书的作者不仅是西班牙,而且是全世界最有名气的诗人之一。他翻译过奥维德的几个寓言故事,译得棒极了。"

---

① 塞万提斯写的第一部田园牧歌体小说。出版于一五八四年二月,以牧羊男女爱情为主题,穿插若干惊险情节。出书后反响不大。此书的续集一直没有出。

② 是一部叙述阿劳乌加之战的史诗。

③ 出版于一五八四年,其作者与塞万提斯一起参加过勒班多海战。

④ 此书的作者也参加过勒班多海战。

⑤ 即西班牙语,现代西班牙语是在卡斯蒂利亚语基础上形成的。

⑥ 作者路易斯·巴拉奥纳·德·索多是塞万提斯的朋友。

第七章

叙述我们这个心眼很好的骑士堂吉诃德·德·拉曼却第二次出门。

这时，堂吉诃德突然大叫起来。他嚷道：

"快来，快来，勇敢的骑士们！这儿是你们大显身手的地方！在这场比试中，那些御用骑士都占尽优势了。"

神父等人听见堂吉诃德的叫喊，便走了过去，其余的书就没有继续审查。这样一来，《卡罗莱亚》[①]、《西班牙的莱昂》[②]和堂路易斯·德·阿维拉著的《皇帝的业绩》等书，当时可能在未经审核的那一堆书里，这会儿连看也没有看上一眼，便被送进火堆里去了。要是神父能看上一眼，它们就不会遭到这般酷刑了。

等他们来到堂吉诃德的身旁时，他早已从床上起来，嘴里在大声地胡言乱语，手里挥剑四处乱砍乱剁。看样子他十分清醒，丝毫也没有睡眼惺忪的样子。他们过去抱住了他，硬将他抱到床上。堂吉诃德安静了好一会儿，回过头来对神父说：

"杜尔宾大主教先生，这次比试，我们这些自称十二武士的人毫不重视，竟让那些御用骑士占了上风，实在是奇耻大辱。在前三天比试时，我们这几个敢冲敢打的骑士还得过奖赏呢。"

"老先生，安静点儿，"神父说，"上帝会保佑您的，您会时来运转的。常

---

① 一五六零年出版，作者赫罗尼莫·塞姆贝雷(Jerónimo Sempree)，是一部歌颂西班牙国王查理五世战功的长诗集。

② 一五八六年出版，作者佩德罗·德拉贝西亚(Pedro de la Vecilla)，是一首讴歌莱昂城的长诗。

言道,今天输去的,明天就会赢过来。眼下您得养好身体,我看您这次虽然没受伤,却是太疲劳了。"

"伤倒是没有,"堂吉诃德说,"只是挨了一顿揍,给打得皮开肉绽,这是确凿无疑的。堂罗兰这狗杂种拿一棵橡树干揍我,这都是出于忌妒,因为他已看出,只有我这个人是他这个勇士的对手。不过,随他会玩什么魔法,等会儿我起了床,如不报这个仇,我就不叫做利纳尔多·德·蒙塔尔瓦了。请拿点东西给我吃吧,我认为这是眼下最要紧的。报仇的事,我会记在心里的。"

他们给他吃了些东西,他又沉沉入睡。他们见他疯成这样,不胜惊讶。那天夜里,女管家把堆在后院的书和家里的书全都烧掉了。有些书原本应该永久保藏的,这会儿付之一炬了。一来是这些书不走运,二来由于那个审查官太懒,结果,落得如谚语中说的那样:有时好人替罪人受过。

神父和理发师为治他们朋友的病,想了一个办法。他们把书房门砌上砖块,把它堵死。这样,等他起床后,就见不到那些书了。也许去除病根,病就会好了。他们可以告诉他,是魔法师把书给摄走了,连那间书房和里面的所有东西都一起消失了。他们很快便着手办这件事。两天后,堂吉诃德从床上起来,便去看他的书。他见不到那间书房,便四处寻找起来。他来到原先有门的地方,用手敲了敲,又朝四周看了看,没有说什么话。过了一会儿,才问他的女管家,这书房到哪儿去了。女管家事先已被告知该怎么回答,说道:

"老爷您找什么书房?找什么没影儿的东西?家里的这间书房和书早没有了,全都让魔鬼给摄走了。"

"不是魔鬼,"外甥女说,"是让魔法师搬走的。您出门后的一个夜晚,他是驾祥云来的,身子骑在一条大蛇上。从蛇上下来后,便走进书房。我也弄不清他当时在书房里干什么,过了好大一会儿,才见他穿过屋顶飞走了,家里满是烟尘。我们过去看看他究竟干了些什么,发现所有的书不见了,连那书房也没了踪影。有一件事我和管家太太还记得很清楚,那老坏蛋临走时大声说,他和这些书和书房的主人有私仇,才到这儿来搞破坏,其后果不久就会见到。他还说,他叫智者穆涅通。"

"应该叫弗莱斯通吧。"堂吉诃德说。

“我也弄不清了。”女管家说，“他是叫费莱斯通呢还是叫弗里通，只知道他名字的最后一个字是‘通’字。”

“这就对了，”堂吉诃德说。“此人是个博学多才的魔法师，是我的死对头。他恨我，因为他能掐能算，他早知道过些时候我要与他喜欢的一个骑士决一死战，我会赢他，而他又无法阻挡，因此，尽量给我制造麻烦。我要告诉他，上苍安排好的事，他想违抗，他想回避都是徒劳的。”

“谁会怀疑这点呢？”外甥女说，“可是，舅父，您老为什么要插手这些你争我夺的事儿呢？平平和和地待在家里不是很好吗？家里有白面包吃，干吗还要走遍天下，去找更好的面包吃呢？您没有想到，很多人这样做的结果是出去剪羊毛，自己反被剃个精光①。”

“啊，我的外甥女，”堂吉诃德说，“你算计得完全错了。谁想动我一根毫毛，我就把他的胡子拔个精光。”

她俩见他已动肝火，就不敢再同他争辩下去了。

之后，他在家里安安静静地待了十五天。在这期间，他似乎没有显露出想出去继续行侠历险的样子，倒是常常与他的两个老朋友神父和理发师谈得很投机。他常常说，世界上最迫切需要的是游侠骑士，而这项事业的复兴，全仗他一人了。神父有时不同意他的话，有时又顺着他的意思。因为如果不采用这种手法，便无法与他沟通。

在这期间，堂吉诃德曾去游说过他家附近的一个农夫。如果穷苦人也可以称为“好人”的话，他该说是个好人，只是头脑不十分灵光。经过堂吉诃德的反复说服、动员，这个穷苦的村民决定跟他一起出走，当他的侍从。堂吉诃德对他说，他应该高高兴兴出去，因为如果在险遇中赢了，转眼间征服了某个海岛，他就可以当海岛的总督了。他就这样左许一个愿，右打一个包票，终于让名叫桑丘·潘沙的这个农夫抛下老婆孩子，充当他的侍从了。

接着，堂吉诃德便去筹集钱款。他通过出售、典当家产，搞到了一笔可观的款子。当然，在这些交易中，吃亏的总是他。他又搞到一副护胸圆盾，是从朋友那儿借来的；还想方设法将他的那个已支离破碎的头盔修补好。然后，将出发的日期和时间通知他的侍从桑丘，好让他收拾自己的行装，带

① 西班牙谚语，与中国谚语“偷鸡不着蚀把米”意思相仿。

上该带的东西。堂吉诃德还特地吩咐他，要带个褡裢去。桑丘说，他一定带去，还说他想带头毛驴去，他有头好毛驴，他不习惯长途步行，想骑毛驴去。关于带毛驴的问题，堂吉诃德起先踌躇了一下，他搜索着自己的记忆，回想在读过的书中有没有游侠骑士带个骑毛驴的侍从的先例。结果，没有想起这样的情形。不过，他还是决定让桑丘带毛驴去，想有机会就给他换一匹体面点的坐骑；只要在路上遇见傲慢无礼的骑士，就把他的马匹抢过来让桑丘骑。他还根据那个店主的意见，带了几件衬衫和其他一些物品。上面说的这些准备工作就绪后，桑丘没有辞别妻儿，堂吉诃德也没有告别他的外甥女和女管家，就在一个夜晚，他们在没有任何人见到的情况下，悄悄离开了村庄。当晚他们走了许多路，等到东方发白，他们才心里踏实，料想家里人即使去找他们，也找不到了。

桑丘·潘沙一路骑着毛驴，活像一个大主教①。他随身带着褡裢和皮酒袋，一门心思想着怎样才能当好他主人答应过他的海岛总督。堂吉诃德这次走的路和他第一次走的道完全一样，这次也朝蒙铁埃尔荒野奔去。不过，这次走这条道没有上次难受，这会儿是清晨，阳光斜射在他们身上并不使人疲乏。这时，桑丘·潘沙对他主人说：

“游侠骑士老爷，您听着，可别忘了您答应我的海岛，不论这海岛有多大，我也会管理好的。”

堂吉诃德回答说：

“桑丘·潘沙朋友，你应该明白，古代的游侠骑士每当征服一个海岛或王国，总封他们的侍从当这些地方的总督，这是常规。我已下了决心，绝对不会让这个规矩在我手中更改。恰恰相反，我还打算在这方面胜过古代的骑士呢。他们往往要等到自己的侍从年岁大了，厌倦了白天受累、黑夜吃苦的差使，才会封他们在或大或小的地区或行省里做个伯爵，至多做个侯爵。可是，只要我俩都还活着，我很可能在六天之内征服一个带有几个从属国的王国，那就可以封你做其中一个从属国的国王。你别以为这样做太过分了，游侠骑士干的事情向来是常人想象不到也从未见到过的。因此，即使比我允诺的再多给一点，对我来说，也易如反掌。”

---

① 相传耶稣骑驴进耶路撒冷城；天主教会的领袖们也骑驴。

“假如像您刚才说的那样出了奇迹，”桑丘·潘沙说，“我真的当上国王，那我家孩子他妈胡安娜·古铁莱斯不就成了王后了？我那几个孩子都是王子啦！”

“这还用问吗？”堂吉诃德回答说。

“我就不信，”桑丘·潘沙说，“我心里估摸着，即使老天像雨点一般将王国撒到大地上来，也没有一个会稳稳地落到玛丽·古铁莱斯①的头上。老爷，您该明白，她可没有当王后的福分，当个伯爵夫人还马马虎虎，这也得求上帝帮忙。”

“那你就听从上帝安排吧，桑丘，”堂吉诃德说，“他自会给她适当赏赐的。不过，你本人可不能太没志气，只想当小官，不想当大官。”

“我不会没有志气的，我的老爷，”桑丘说，“有您这样尊贵的主人在身边，我的志气就更大了。我相信，凡是对我合适，而我又能担当得起的职位，你都会给我的。”

---

① 桑丘妻子的名字时有变化，下面还会发生这种情况。

第八章

叙述英勇的堂吉诃德与风车进行了一场骇人听闻的恶战以及其他值得一提的事情。

说到这儿,他们在旷野里见到了三四十架风车。堂吉诃德一见,便对他的侍从说:

"我们运气真不错,命运的安排比我们希望的要好。你瞧,桑丘·潘沙朋友,那儿有三十多个耀武扬威的巨人,我想与他们打一仗,把他们全都杀死。缴获了胜利品,我们可以发财。这是一场义战。在地球上将这些孬种消灭,也是为上帝立了一大功。"

"什么巨人呀?"桑丘·潘沙问。

"不就在那里吗?"他主人说,"胳膊长长的,有些巨人的胳膊几乎有两西班牙里①长呢。"

"老爷,您好好瞧瞧,"桑丘说,"那不是巨人,是风车,那些像胳膊一样的东西是风车的翅膀。风吹动了这些翅膀,石磨就转动起来。"

"显然,你对历险方面的事儿还得好好学学,"堂吉诃德说,"他们确实是巨人。你如果害怕,就离开这儿,做你的祷告去吧。一会儿我就要和他们进行一场以少胜多的决战。"

说完,他便用踢马刺刺了一下罗西纳特,朝前冲去。他的侍从桑丘还在大声地对他说,他前去进攻的对象明明是风车,不是巨人,但他不予理会。他一味想着这些巨人,其实连桑丘的呼喊声也没有听到。他走到跟前,也没有看清是巨人还是风车,便一个劲儿地嚷道:"别跑,你们这些胆小鬼,无耻

---

① 一西班牙里合五千五百七十二米。

之徒！跟你们交手的只是个单枪匹马的骑士啊！”

这时，刮起了一阵风，巨大的风车翼开始转动起来。见到这个情景，堂吉诃德说：

“即使你们舞动的手臂比布利亚瑞欧①的胳膊还多，我也得叫你们吃败仗。”

说完，他便虔诚地向他的意中人杜尔西内娅小姐进行祈求，请她在这样生死攸关的时刻保佑他。随后，他拿盾牌护住胸口，举起长矛，纵马飞驰，向第一部风车刺去。矛头刺中了风车翼，一阵风吹得风车翼猛转起来，将长矛折成几截，把堂吉诃德连人带马卷起，又重重摔在地上。堂吉诃德在地上滚了几滚，露出一副狼狈相。桑丘·潘沙立即拍驴赶来救他。到了他身边，发现他已不能动弹，因为他从罗西纳特背上摔下来，摔得太重了。

“天啊，”桑丘说，“我刚才不是对您说了嘛，要当心点，那是风车。除非脑袋里也装着架风车，还有谁会不知道那是风车呢。”

“别说了，桑丘朋友，”堂吉诃德说，“打仗的事比别的事变化大。我想一定是那个摄走我的书房和书籍的弗莱斯通，为了剥夺我胜利的光荣，把巨人变成了这些风车。他恨死我了。不过，归根到底他那些歪门邪道总敌不过我这把锋利的宝剑。”

“那就要看上帝怎么说了，”桑丘·潘沙说。

他将堂吉诃德扶起，又帮他骑上跌伤了脊梁骨的罗西纳特。他们一边说着刚才的险遇，一边朝拉比塞隘口去的那条道走去。堂吉诃德说，那地方来往人多，因此，可能会遇到各种各样的险事。只是刚才长矛让风车折断了，他心里很不痛快。他对他的侍从说：

“我记得曾在书中读到过，有个叫迭哥·佩莱斯·德·巴尔加斯的西班牙骑士，在一次决战中他的剑砍断了，就从一棵橡树上劈下一根很粗的树枝。那天他就拿这根树枝打翻了许多摩尔人，创造了丰功伟绩。因此，人们就给了他一个外号，叫‘马祖卡’②。从那天起，他和他的后代的姓氏就改为‘巴尔加斯·依·马祖卡’。我跟你说这番话，是因为我有个打算。等会儿

① 希腊神话中的巨人，有一百只手臂。

② 意思是用大棒打人的人。

见到橡树，我要劈下一根树枝，就跟我想象中的那根树枝一样粗。我打算用这根树枝好好露一手，好让你亲眼见见这种令人难以置信的事情。这样，你就会认为这次跟我出来可交上好运了。”

“万事总得由上帝来安排，”桑丘说，“我是完完全全相信您的。请坐正一点儿，有点儿往一边歪了，准是刚才跌疼了吧。”

“不错，”堂吉诃德说，“我不叫痛的原因是，游侠骑士有个惯例，受了伤，哪怕从伤口掉出肠子来，也从不叫痛。”

“如果是这样，那我就没有什么说的了，”桑丘说，“不过不知什么原因，我倒喜欢您受了伤就哼哼。至于我本人，我可以说，只要身上有一点儿痛，我都会叫痛的，除非游侠骑士受了伤不叫痛的规矩也适用于他们的侍从。”

见他的侍从这么天真，堂吉诃德禁不住笑了。他对桑丘说，他完全可以叫痛，他爱怎么叫，在什么时候叫，都随他的便；不管他忍不住想叫，还是可叫可不叫，他都可以叫。他到那时为止，还没有读到骑士的规则中有侍从不准叫痛的规定。这时，桑丘对他说，已到了吃饭的时候了。主人回答说，眼下他还没有这个需要，桑丘想吃可以吃。得到主人的允许后，桑丘就在驴背上尽量坐得舒服些，然后，从褡裢里取出他出发时放进去的食物，不紧不慢地跟着他主人，边走边吃，还不时地拿起皮酒袋喝酒。他喝得津津有味，连马拉加①最有口福的酒馆老板见了也会眼红。他这样喝着酒朝前走去，早将主人刚才给他的承诺忘得一干二净。他认为，出来游侠历险，尽管有些危险，也不是个苦差使，倒是相当舒适的。

长话短说，那天夜里他们就在树林中过夜。堂吉诃德从一棵树上劈下一根枯枝，作为矛柄，将从已经折断的长矛上取下来的矛头插在柄上。那晚他一宿都没合眼，一直在思念他的意中人杜尔西内娅。他在骑士书中读到过，骑士们在森林中，或在旷野里连续几个夜晚不睡觉，想念自己的情人。堂吉诃德也要学他们的样。桑丘·潘沙可不是这样。他肚子已吃得饱饱的，又没有喝提神的菊苣汁，一觉睡到了大天亮。清晨的阳光照到他的脸上，鸟儿吱吱喳喳地在欢唱，迎接新的一天的光临。这些都没有能让他醒来。要不是主人叫醒他，他不知会睡到什么时候。桑丘一醒来，头一件事是

---

① 西班牙南部一小城，当地的酒很有名。

摸摸他的皮酒袋。发现它比前一天晚上更瘪了，心里不免有些烦恼，因为他认为，他走的这条道上无法很快弥补这个欠缺。堂吉诃德还是不肯开斋，因为上面已说过，他要以甜甜蜜蜜的情思作养料，养活自己。他们重新走上通向拉比塞隘口的道路，大约在下午三时，隘口已遥遥在望。

"桑丘·潘沙兄弟，"见到了隘口，堂吉诃德说，"这儿的险事真多得不可胜数。不过，我得提醒你，尽管我遭遇到了世界上最大的危险，你也不能拔剑相助，除非我的对手是一群泼皮无赖。在这样情况下，你可以帮助我。如果与我对阵的是一位骑士，按照骑士道的规矩，你帮我的忙是不合法的，是不允许的。等将来你也封授了骑士的称号，才能这样做。"

"老爷，"桑丘说，"您自己遵守这方面的规则，这没有错。不过，我本人生性平和，不爱争吵。但是，倘若我遭到侵犯，就顾不得这些规则了。我要进行自卫，因为不管是天上的规矩还是凡间的规则，受到侵犯进行自卫总是允许的。"

"这点我也没有二话，"堂吉诃德说，"不过，你要帮我打骑士这件事，你得忍耐着点，可不能太任性。"

"我一定照办，"桑丘说，"我要像遵守礼拜天的安息诫一样认真地遵守您这条训诫。"

他们说到这儿，路上来了两名圣本笃会的修士。他俩仿佛骑在两匹骆驼上似的，因为他们那两匹骡子像骆驼一样高大。他们都戴着面罩①撑着阳伞。后面是一辆马车，有四五名骑马的人和两名徒步的骡夫随从。原来车上是一位去塞维利亚的比斯开贵夫人，她丈夫眼下就在塞维利亚。他得了一个非常体面的官位，即将去印度②赴任。两名修士虽与她同路，却不是同伙。堂吉诃德还在远处，一见他们，就对他的侍从说：

"如果我没有弄错的话，那么，这就是亘古未有的最大的险遇了。前面走的两个黑洞洞的身影看来是……对，毫无疑问，肯定是两个魔法师。在马车里一定坐着一位被他们劫持的公主。我这会儿定要尽自己的一切力量打这个抱不平。"

---

① 面罩有护眼、防尘和防太阳晒的作用。

② 实际上是去美洲，当时西班牙人误将哥伦布发现的美洲当成印度。

“这么干，结果可能比风车的事还糟，”桑丘说，“您瞧，老爷，刚才您说的那两个人是圣本笃会的修士，那辆马车也一定是过往客商的。我说，您要多加小心，可不要让魔鬼给骗了。”“我早就对你说过，桑丘，”堂吉诃德说，“冒险的事你知道得太少。我刚才对你说的话是千真万确的，马上你就会看到了。”

说完，他就拍马向前，站立在修士即将到来的那条路的中间。等他们走近了，能听见他们说话声了，他便亮着嗓门，说：

“你们这几个硕大无朋的鬼怪，听着，快留下车上被你们劫持的几位贵公主！不然，你们就会立刻送命，这是对你们恶行的公正的惩处！”

修士们勒住骡子的缰绳，见到堂吉诃德的那副尊容，又听到他刚才的那番言论，显得异常惊讶。他们回答说：

“绅士先生，我们既不是鬼怪，也不是巨人，我俩是赶路的圣本笃会的教徒。我们不知道马车里面是不是坐着什么被劫持的公主。”

“我才不理你呢，你这个油嘴滑舌的家伙，我早识破你们是一伙不说真话的流氓！”堂吉诃德说。不等对方答话，他便用马刺刺了一下罗西纳特，提着长矛，向前面这个修士冲杀过去。他来势凶猛，要不是那修士自己从骡子上滚下来，一定会被他撞下来，不跌死也会身负重伤。后面这个修士见到堂吉诃德这么对付他的伙伴，忙用双腿在他那匹好骡子的肋部使劲一夹，骡子便顺着旷野一阵风似的狂奔起来。

桑丘见修士躺在地上，迅即跳下毛驴，奔到他的身边，着手脱去他的法衣。这时，修士们雇的那两个骡夫赶到了。他们问桑丘为什么要剥去修士的衣服。桑丘回答说，他主人堂吉诃德打胜了这一仗，作为战利品，这法衣理所当然属于他了。那两个骡夫既不会开玩笑，也不明白桑丘说的战利品和战争是什么意思。他们看见堂吉诃德这时已离开那里，正在和车上的人说话，便合力朝桑丘袭来，将他打倒在地，把他脸上的胡须拔个精光，还在他身上狠踢了一阵，踢得他直挺挺地躺在地上，气息奄奄，昏了过去。刚才跌倒在地的那个修士这时还惊魂未定，脸上没有一点儿血色。他急急骑上骡子，朝他同伴那儿奔去。他同伴这时正在远处等着他，顺便观看这次袭击怎么结束。他俩会合后，便不管怎样收场，继续赶他们的路了。一面走，他们一面在胸口划着十字。即使魔鬼在追赶他们也没有必要划这么多十字。

上文已经说过，堂吉诃德正在跟马车里的那位夫人交谈。他说：

“美丽的夫人啊，您现在可以随意行动了，因为劫持您的这几个强盗被我这条铁臂打翻在地，威风尽失了。免得您开口询问是谁救了您，我自己来说吧。我叫堂吉诃德·德·拉曼却，是个深爱历险的游侠骑士。我为之倾倒的绝代佳人是堂娜杜尔西内娅·德尔·托波索。您受了我的恩泽，我不要得到任何报偿，只希望您回到托波索，代我拜会那位小姐，并向她禀报，是我解救了您。”

堂吉诃德说这番话时，有个随车侍从仔细地听着。他是比斯开人，他听到堂吉诃德说不让马车前行，要他们回到托波索去，便走上前去，一手抓住他的长矛，操一口既不像卡斯蒂亚语更不像比斯开语的南腔北调，说：

“喂，倒霉的骑士，我以创造我的上帝的名义起誓，你如不放马车过去，我这个比斯开人就要真的杀了你，就像你真的身在此地一样。”

他的话堂吉诃德完全听得懂。他异常平静地回答说：“你不是个骑士。假如你是骑士，还这么大胆，这么放肆，我早就惩罚你了，你这个蠢奴才。”

比斯开人听了，回答说：“你说我不是绅士[①]？我对天发誓，你真的在撒谎，就像我真的是基督徒一样。如果你放下长矛，拔出剑来，那你马上就会看到，我会将猫儿投到水里[②]。无论在陆地上，还是在海上，比斯开人都是绅士。你把绅士说成魔鬼，你在说谎。”

“就像阿格拉赫斯[③]说的：‘你等着瞧吧。’”堂吉诃德说。

他把长矛撂在地上，举起盾牌，拔出剑，向比斯开人砍去，决心要结果他的性命。比斯开人见他袭来，本想从骡子上下来，因为这是匹租来的劣骡，他信不过，但已经来不及，只好拔剑相迎。幸好他此时正在马车边，便立即从车内取出一个垫子，暂作盾牌使用。两人一来一往，就像两个不共戴天的仇敌一般厮杀起来。站在一边的人想从中调解，但未能成功，因为比斯开人用他的南腔北调向众人宣称，若不让他把这一仗打到底，他就要亲手杀死女

---

① “Caballero”一词既指“骑士”，又指“绅士”。堂吉诃德指的是“骑士”，而比斯开人却以为是“绅士”。作为比斯开人重要组成部分的巴斯克人认为自己出身高贵，说他不是绅士，是一种极大的侮辱。

② 西班牙谚语，意思是敢于冒险。

③ 《阿马蒂斯·德·加乌拉》中的人物，每当他进入战斗，总要说“你等着瞧吧”。

主人,还要将妨碍他的那些人都杀死。马车内的这位夫人见到眼前这场恶战,胆战心惊,忙叫马车夫把马车赶远点儿,在远处观看这场你死我活的争斗。这时,比斯开人越过堂吉诃德的护胸盾牌,在他的肩膀上狠狠砍了一剑。要不是他穿着铠甲,这一剑准一直劈到他的腰部。比斯开人的这一剑砍得非常有力,堂吉诃德深深感到它的分量。于是,他大声叫道:

"我的意中人杜尔西内娅,美丽的花朵啊!快来救援你的骑士吧!他为了报答你的大恩大德,现在大难临头了。"

说完,他紧握手中剑,将盾牌紧紧地护住胸口,使尽劲向比斯开人劈去。这一剑劈得快,劲儿猛,他真想立即就将对方劈成两半。

比斯开人见堂吉诃德这股猛劲,知他已急红了眼,非要拼个你死我活不可,便决心以牙还牙,拿坐垫护着自己的身子严阵以待。可是,他的坐骑这时已疲乏不堪,加之这骡子也不是生来就干这玩意儿的,所以,连一步也挪不动了。上面已经说过,堂吉诃德此时高举着佩剑,向那动作灵活的比斯开人砍来,恨不得将他从中劈开。比斯开人也举着剑,用坐垫护着身子。站在旁边的那些人都战战兢兢地观看着,真不知双方这一剑砍下来会产生怎么样的结果。马车里的那位夫人和她的几个侍女此时正在向西班牙的所有神像和教堂千百次地许愿,求上帝保佑那个侍从和她们自己,免遭眼下这场大难。

事情真是糟糕,偏偏到了这个节骨眼上,这部小说的作者不再把这场厮杀写下去了。理由是堂吉诃德的生平事迹记载就只有这么一点。这部小说的第二个作者[①]不信这么一个稀奇古怪的故事会被人们遗忘,也不信拉曼却的文人学士会对这位鼎鼎大名的骑士这么不感兴趣,他们一定会在自己的文案中留下一些墨迹。因此,他满怀希望,想替这个趣味盎然的故事找到一个结局。老天帮了忙。这个结局找到了。如何找到这个结局,请看此书第二部[②]。

---

① 塞万提斯假装这部小说由若干个作者写成。

② 作者在这儿显然模仿了骑士小说在故事讲到紧要关头时,突然煞住,请读者"且听下回分解"的写法。

第九章

叙述大胆的比斯开人和英勇的曼却人一场鏖战如何结束。

这部小说的第一部分最后讲到那个胆略过人的比斯开人和名扬四海的堂吉诃德各自举着已经出鞘的宝剑,准备使劲地朝对方砍去。倘若这两柄剑不偏不倚,砍个正着,那么,他们两位都要从上到下,被劈成两半,活像一个绽裂的石榴。在这千钧一发的时候,这么有滋有味的故事就突然中断了,而且,作者也没有对我们交代那另一部分在什么地方能够找到。

这使我非常烦恼,因为这么个有趣的故事,离结束还差得远呢。可是,要找到另一部分却又比登天还难。想到这儿,原来阅读了这部小说引起的兴趣,像被浇了一盆冷水,变得索然。不过,像堂吉诃德这样一位优秀骑士,没有一个饱学之士将他空前绝后的英雄业绩记录下来,在我看来,这是不可能的,也是违反常情的。凡是"民众交口称赞,行侠历险"的骑士,每个人总有一两个博学多才的人,不仅将他们的丰功伟绩记载下来,而且将他们内心深处各种细微的念头和日常琐事也和盘托出。像普拉蒂尔①之流都有不少人为他写传记呢,难道我们这位优秀骑士会这么不走运,居然没有人为他立传?因此我不相信这么一个引人入胜的故事就会这样支离破碎,缺胳膊少腿。我把这个问题归咎于时间,是它在恶意捣乱。时间把所有发生过的事情都湮没了,换句话说,时间将这个故事遮盖起来,或吞噬掉了。

但是,我又认为,在堂吉诃德的藏书中,也有像《从忌妒中醒悟过来》和《埃纳雷斯的仙女和牧羊人》这样的现代作品。堂吉诃德的故事也是现代

① 一五三三年出版的一部骑士小说中的人物。

的。要是还没有被写成文字，那么，他本村和附近村庄的村民一定还会记得他的事情。想到这里，我心里非常焦虑，非常想了解我们这个西班牙名流堂吉诃德·德·拉曼却的真实生活和他创造的奇迹。他是本地区骑士道的一面镜子，是光辉典范。在我们这个时代，在这个多事之秋，是他首先投身于游侠骑士事业，消除暴虐，拯救孤寡，保护童贞。古时确实有完全保留着童贞的少女，她们骑马扬鞭，往返于山岭和峡谷之间。如果没有流氓或手执利斧、头戴斗笠的村夫或身材魁梧的大汉强暴了她们，那么，多少个年头过去了，她们活到了八十岁，却还没有在房子里睡过一夜，就像生养她们的母亲那样，保持着洁白无瑕的躯体进入坟墓。由于这个原因和其他许多原因，我们这个英气勃勃的骑士值得世代传诵，而对我本人也应该夸奖几句，因为我为寻找这部有趣的作品的下文付出了辛劳。我心里明白，倘若老天不帮我这个忙，倘若没有这个机会和幸运，世界上也就不会有这本书，人们也就不会享受到这个乐趣。如果仔细阅读，这个故事花上大约两个小时便可阅读完毕。现在来谈谈找到这部书的下文的经过。

一天，我在托莱多的阿尔卡纳街①溜达，这时来了个年轻人，他拿了些手抄本和废旧报纸卖给一个绸缎商。我向来爱看书，就是街上捡到一张废旧报纸，也喜欢看。出于这样的癖好，我从年轻人出售的那些手抄本中抽出一本，一看上面的文字是阿拉伯文。我虽知道这是阿拉伯文，却不识这种文字。我朝四周看看，想找个通晓卡斯蒂利亚文的摩尔人来帮我读一读。当时要找这样的翻译并不费劲，即使想找一个更古老一点的文字的翻译也不难。我终于找到了一个，对他讲了一下自己的要求，把书放在他手上。他从中间翻开，看了几行，便笑了起来。我问他笑什么，他回答说，他笑书边一个批注。我请他把这个批注的意思说给我听，他一面笑，一面说：

“就像我刚才说的，书边有这样一个批注：听说故事里多次提到过的这个杜尔西内娅·德尔·托波索是一位腌猪肉能手，整个拉曼却的女人没有一个比得上她。”

我一听到他提到“杜尔西内娅·德尔·托波索”这个名字，便一下子愣住了，因为我很快便想到，这个手抄本中有堂吉诃德的故事。我这么一想，

① 这是一条商业街，住着许多改信基督教的摩尔人。

便催他快把开头部分译给我听。他便把书翻到首页，随口把阿拉伯文翻译成卡斯蒂利亚语，说这书的书名是《堂吉诃德·德·拉曼却传》，作者是阿拉伯史学家熙德·阿梅德·贝纳赫利。我听到这个书名，费了好大的劲才控制住内心的狂喜。我从绸缎商手中抢过这笔交易，只花了半个里亚尔，便将那年轻人所有的旧书和废旧报纸全都买了过来。当时这小伙子如果机灵点儿，看出我这么需要他的这些玩意儿，他完全可以将价格抬高到六里亚尔。我立即带那个摩尔人离开那儿，来到大教堂的过道里。我请求他将书中有关堂吉诃德的那一部分一字不差地全都译成卡斯蒂利亚语，并答应他开价多少就支付多少酬劳。他只要了两阿罗瓦[①]葡萄干和两法内加[②]小麦，答应将这本书翻译得既好，又忠于原文，并在短期内交稿。为了译事方便，也为了不让我这本意外发现的书离开身边，我请这个摩尔人来到我家。他只花了一个半月多一点的时间，便将全书译完。以下是他的译文。

在抄本的第一册里有一幅插图，十分真切、自然地反映了堂吉诃德和比斯开人交战的场面，就连他俩的姿态也和书中说的毫无两样：两人都高举着剑，其中一人用盾护着胸口，另一个用坐垫护着身躯。比斯开人的那头骡子画得特别传神，远在几丈开外便能看出这头骡子是雇来的。比斯开人的脚下写着这样的字样：堂桑丘·德·阿斯贝亚。毫无疑问，这一定是他的名字了。在罗西纳特的脚下写有另一字样：堂吉诃德。罗西纳特也画得惟妙惟肖，它的身子又长又细，又弱又瘦，脊梁骨瘦似刀削，活像是害了痨病。叫它"罗西纳特"，显然是名副其实，入木三分。在罗西纳特的旁边站着桑丘·潘沙，手上牵着那头毛驴的缰绳。毛驴的下面也写有一行字：桑丘·桑卡斯。如画中显示的那样，他的肚子很大，个子矮小，两条腿却又细又长，也许因此就叫他"潘沙"[③]，又叫他"桑卡斯"[④]，故事里往往用这两个名字称呼他[⑤]。画中还有若干细节，不过，都不太重要，与故事的真实性关系不大。故事最要紧的是真实。

---

① 一阿罗瓦约合十一公斤半。

② 一法内加约合五十五公升半。

③ "潘沙"(Panza)的意思是"肚子"。

④ "桑卡斯"(Zancas)有"长腿"的意思。

⑤ 实际上只用了"潘沙"一个名字。

假如有人说这个故事不太真实，那无非是说它的作者是阿拉伯人，而阿拉伯人向来是爱撒谎的。由于阿拉伯人与我们结仇甚深，故事中有些事情只会贬低，不会夸大。我就是这样认为的，因为在这个故事里，原本要对这位优秀骑士进行褒奖的地方，作者却有意表示沉默。这样做就不好，并非出于善意。历史学家的使命应该是客观而真实地描述历史，绝对不能感情用事。无论是利诱、威迫还是个人的私仇、偏爱，都不能迫使他们背离真实。历史是真理之母，它与时间抗争，将重大的事件记录下来；它是往事的见证，当代的规范和鉴戒，也是未来的警示。我知道，这部历史书具有充分的条件，成为一部最有趣的历史书，如果它还欠缺一点什么，那么，我认为混账作者应负责任，这与题材无关。总而言之，根据译文，小说的第二部分是这样开始的：

两位勇猛而怒气冲天的斗士高高举起各自锋利的佩剑，他们似乎在向上天，向大地，向地狱示威。他们当时的神态和气势真不可一世。首先出击的是怒不可遏的比斯开人。他这一剑砍得异常凶猛，要不是这剑砍到了半道上往一边偏了一点，光这一剑便足以结束这场恶战，我们骑士的一生历险也从此告一段落。

然而，骑士的运气真不孬（因为往后还有很多大事要等他去干呢），他对手的这一剑砍偏了，结果，只砍到他的左肩，砍掉他左边的一片铠甲，还顺带砍下一大块头盔以及半只耳朵。砍下的东西零零落落地掉在地上，使堂吉诃德显得非常狼狈。

天哪，谁能正确无误地描述处于目前境地的我们这个拉曼却人心中燃烧的怒火呢。我们只能说，他此时重又在马鞍上挺了挺身躯，双手更紧地捧着那把剑，以更大的怒火朝比斯开人劈去。这一剑不偏不歪，正好砍到他的脑袋上，只是中间隔了一个坐垫。比斯开人虽然作了这么好的抵挡，这一剑还是像泰山压顶，砍得他鼻子、嘴和耳朵都冒出血来，看样子他就要从骡子上栽下来。他这时如果不用双臂抱住母骡的颈部，真的会摔倒在地。尽管这样，他双脚还是离开了脚镫，继而，双臂也松开了。骡子被刚才这一剑吓得魂不附体，立即落荒而跑，往前跑不了几步，就将它的主人摔倒在地上。

堂吉诃德反倒异常平静地注视着眼前这一幕，看着比斯开人如何从骡上跌落下来。他跳下马背，步履轻捷地来到比斯开人的身边，用剑锋直指他的脑袋，叫他投降；如不投降，就砍下他的头颅。比斯开人吓得瞠目结舌，一句话也说不出来。堂吉诃德这时正在火头上，什么事都会干出来，要不是马车上几个女眷过来求情，这比斯开人真会遭殃。原来刚才她们一直在战战兢兢地观战，这时来到堂吉诃德的身边，恳请他宽宏大量，饶了她们这个侍从的性命。堂吉诃德正言厉色地回答说：

"说真的，美丽的夫人们，我很愿意遵命。不过，这儿有一个条件，就是这位骑士必须答应我去托波索，代我拜见那位绝代佳人堂娜杜尔西内娅，并由她随意发落。"

这几位早已吓得六神无主的太太既没有考虑堂吉诃德提出这个要求的用意，也没有追问那杜尔西内娅究竟是谁，满口应承说，她们的侍从一定照办。

"有你们这句话，我就不难为他了，尽管我认为他应该受到严惩。"

第十章

继续叙述堂吉诃德和比斯开人之间发生的事情，以及这位骑士与杨桂斯人相遇后遭到的危险[①]。

桑丘·潘沙挨了修士的骡夫们一顿毒打，早已从地上爬起，看着他主人堂吉诃德打架。他心里暗暗祈求上帝，保佑他主人取得胜利，给他赢个把海岛，让他当个总督什么的，就像主人当初允诺他的那样。见到这场架已经打好，他主人准备重新上马，便过去替他扶住鞍镫。

在他上马之前，双膝跪地，吻了吻他的手，说：

"堂吉诃德老爷，请您将这次鏖战中赢得的海岛管辖权赏赐给我吧，不论这个岛有多大，我认为我有力量管好它。别人怎么管，我也怎么管，别人管得多好，我也管得多好。"

堂吉诃德回答说：

"桑丘老弟，你该明白，这次历险和其他与此类似的历险一样，不属海岛奇遇，这是十字路口上遭遇到的一场战争。这场战争除了打破了脑壳，赔掉一只耳朵，是赢不到别的什么东西的。别着急，奇遇总是会到来的，到时候不但会让你当总督，还能让你当更大的官儿呢。"

桑丘对堂吉诃德再三道谢，又吻了吻他的手，还吻了一下他铠甲的边缘。然后，扶他骑上罗西纳特，他自己也骑上毛驴，跟他主人走了。堂吉诃德既没有同马车上的几位女眷告别，也没有和他们交谈，便很快跑进附近的树林里。桑丘拍拍他的毛驴，拼命往前赶去。无奈罗西纳特跑得很快，眼看自己已落在后面，只好大声对主人说，请他等一下。堂吉诃德勒住罗西纳特

---

① 堂吉诃德与杨桂斯人之间的故事，实际上要到本书第十五章才讲到。

的缰绳，一直等他那精疲力竭的侍从来到他身边。桑丘到了他面前说：

“老爷，我认为我们应该找个教堂躲避一下。刚才给你打伤的这个人用不了多久，就会去报告神圣友爱团①，让他们的人来抓我们。说真的，我们要是给抓进监狱里，要出来可就得花大力气了。”

“住口，”堂吉诃德说，“你在哪儿见到过或读到过杀人累累的游侠骑士吃过官司的！”

“我可不懂什么叫结怨②，我这辈子还没有结过什么怨呢。我只知道，这神圣友爱团专门管在荒野里打架的那些人，别的我不懂。”

“别着急，朋友，”堂吉诃德说，“即使你落到咖勒底③人的手中，我也要把你救出来，更何况是神圣友爱团呢。不过，你得以自己的生命起誓，告诉我，在当今世上你还见到过比我更勇敢的骑士吗？我能猛冲，也能苦战，我有本领将对手打得遍体鳞伤，人仰马翻，你在骑士传奇中读到过，还有谁在这些方面比我强的吗？”

“说句实在话，”桑丘回答说，“我这辈子从来没有读过骑士传奇，因为我根本就不会认字写字。不过，有一点我可以打赌，我这一生从来没有侍候过比您还要胆大无畏的主人。上帝保佑，可别因为您这么胆大，让我们落到了刚才我说过的这些人手中。请您给自己治治伤吧，这只耳朵淌了好多血。我这褡裢里有纱布和白油膏。”

“如果当初我能想到给自己配制一瓶子菲亚拉弗拉斯④的香油的话，”堂吉诃德说，“这些东西都用不着了。这种油只要滴上一滴，就能药到病除。”

“是什么瓶子，装的什么油呀？”桑丘·潘沙问道。

“是一种香油，”堂吉诃德回答说，“我还记得配制这种香油的配方。有了这种油就不会死了，受了伤也不会死的。我炮制好了就给你。往后在打仗时，你若见到有人将我齐腰斩成两段（这种情景是常有的），你要趁血还

---

① 西班牙于一四七六年建立的治安机构，负责维护市郊和交通要道的安全。

② 上面堂吉诃德说到杀人时，用了“Homicidio”（杀人）一词，这个词在当时只是文人使用，桑丘听不懂，误以为是“Omecidio”（怨恨）。

③ 古代巴比伦的一部分。

④ 法兰西史诗中的人物，是个身材魁梧的大力士。

热时，巧妙地将掉在马下的那截身子安在还在马鞍上的那半截身子上。注意，一定要安得合缝，不差分毫。然后，你再给我喝两口我刚才说的那种香油，我就会完好无恙，比苹果还完好。”

“我如果有这种药，”潘沙说，“就不想当您答应过的海岛总督了。我对您效了不少劳，我也不要您给我别的什么报酬，只希望您将这种神油的处方传授给我。我估计一盎司[①]这种油能卖两个里亚尔，这到哪儿都能卖得出去。这样，我就用不到再操劳什么，就可以体体面面，安安稳稳地过完这一辈子了。不过您得先告诉我，配这种油是不是很花钱。”

“花不到三个里亚尔就可以配制三阿孙勃雷[②]的香油。”

“既然这样，”桑丘说，“您为什么现在不快点去配制这种香油？干吗还不快点教我？”

“别嚷嚷，朋友，”堂吉诃德说，“往后我有更大的奥秘教给你，更大的好处赏给你呢。可是，眼下你得给我治治伤。我这耳朵疼得受不了啦。”

桑丘·潘沙从褡裢里取出纱布和白油膏。这时，堂吉诃德见自己的头盔给劈烂了，疯劲又上来了。他一手按剑，双目注视着天空，说：

“当年伟大的曼图阿侯爵曾起过誓，他一定要为他外甥巴尔多维诺斯之死报仇，否则，他就不铺台布吃饭，不与他妻子亲热等等，还有其他方面一些事，我记不清楚了。现在我以万物的造物主和全套四部福音全书的名义起誓，那个人这样欺侮我，我如果报不了这个仇，就完全像曼图阿侯爵在誓言中说的那样过日子。就是那些我记不起的事，也算我已起了誓，都完全照办。”

桑丘听了，说：

“堂吉诃德老爷，您该明白，如果那个骑士听从您的吩咐，前去拜见我们那位杜尔西内娅·德尔·托波索小姐，那他该做的事也就做完了。倘若他没有犯新罪，就用不到再受罚了。”

“你这话说得很对，”堂吉诃德说，“因此，刚才要找他报仇的誓言作废了。不过，我得重新起个誓，我一定要找个骑士夺回一只头盔，样子要和我

---

① 约合二十八克。

② 液量单位，一阿孙勃雷约合两公升。

这只一样，还要和我这只一样好。否则，我就照我刚才说的那样过日子。桑丘，您别以为我这是信口开河，我是跟人学的。当年为曼布利诺的那顶头盔，也发生了和眼下一模一样的事情，萨克利潘特为此遭了殃①。”

“把刚才起的这些誓都送给魔鬼吧，我的老爷，”桑丘说，“这种誓言既有损健康，也有害心灵。否则，请您告诉我，要是过了好多天我们还是见不到一个戴头盔的骑士，我们该怎么办？您一定要实现自己的誓言吗？那就会有许多不舒服、不方便的地方。比如说，得穿着衣服睡觉啦，不能在村庄里过夜啦，像这样的自我惩罚的条款足有千百条，这都是那个疯老头曼图阿侯爵起的誓，而您又重申了他的誓言。您好好看看，这一路上来来往往的人中没有一个戴头盔的，他们都是骡夫和车夫。他们不但不戴头盔，而且连这玩意儿的名称也一辈子都没有听到过呢。”

“这你就错了，”堂吉诃德说，“在这个十字路口，要不了两个钟头，我们就可以见到全身披挂的武士，数量比赶到阿尔布拉去夺取美人安杰丽嘉的人还多②。”

“得了，但愿是这样吧，”桑丘说，“求上帝保佑我们走好运吧。只要能早点赚到使我付出这么大代价的海岛，我死也瞑目了。”

“我早跟你说过，桑丘，这件事不用你操心。如果没有海岛，像丹麦王国和索里亚迪萨王国③这样的王国有的是，对您来说，就像戒指套在你手上这么合适。再说，那是陆地，你一定会更满意。不过，这件事就以后再说吧。现在您在褡裢里拿点吃的来，我们吃点儿东西。然后，我们去找个城堡过夜。我还得给您配制我对你讲过的那种香油呢。说实在的，眼下我这只耳朵痛极了。”

“我这儿有个葱头，有点儿乳酪，还有几块硬面包，”桑丘说，“不过，像你这样威武的骑士是不该吃这样的东西的。”

---

① 据意大利诗人阿里奥斯托的《疯狂的奥兰多》，摩尔王曼布利诺一只有魔力的头盔被达尔狄纳尔·德·阿尔蒙特抢走，最后他为此付出了生命的代价。塞万提斯在这里将阿尔蒙特换成了萨克利潘特。

② 据意大利诗人博亚尔多《热恋的奥兰多》描述，为了夺取契丹公主安杰丽嘉，有二百万武士去攻打城堡。

③ 《阿马蒂斯·德·加乌拉》中虚构的王国。

“你这就不懂了，”堂吉诃德说，“我来告诉你吧，桑丘。一个月不吃饭，这是游侠骑士的光荣；即使吃，也是身边有什么吃什么。你要是像我一样读了很多传奇，你就会相信它了。我虽然读了许许多多传奇，可是，没有一本书上讲到骑士吃东西的。有时偶然提到，也都是一些规模盛大的宴会。平时，骑士们的日子过得很清苦。虽然书中告诉我们，他们也像我们一样是凡人，不能不吃饭，也不能不干人生必需的那些事情。不过，你也该明白，他们一生中的大部分时间是在丛林中，在旷野里度过的，没有人给他们做饭，因此，他们日常吃的多是粗茶淡饭，就像你现在给我吃的东西那样。因此，桑丘朋友，你别烦恼，有些事是我自己愿意干的，你不要别出心裁，另搞一套，改变游侠骑士们的习惯。”

“请原谅，老爷，”桑丘说，“我刚才说了，我是个睁眼瞎，游侠骑士的规矩我一窍不通。因为您是个骑士，往后我就在褡裢里给您装上各种干果；我不是骑士，就给自己采办一些飞禽走兽和其他有营养的东西。”

“我不是说，桑丘，”堂吉诃德说，“游侠骑士只能吃你说的那些干果，不能吃别的东西；我是说，他们平常吃的是这些食物，以及田野里挖到的野菜。他们能识别野菜，我也能这么做。”

“能识别野菜也是一桩本领呢，”桑丘说，“我想，总有一天会用上这门学问的。”

桑丘从褡裢中取出他带来的食物，两人亲亲热热地吃了起来。他们急于找个地方过夜，便草草吃完他们那一顿简便的饭食，各自上了坐骑，赶在天黑以前，想尽快找个村庄过夜。可这时太阳已下山，他们的希望落空了。附近发现有几间牧羊人的草房，他们便决定在那里投宿。桑丘因找不到村庄过夜，心里很难过；而他的主人却因能露宿而非常欢欣。他认为，露宿一次就是对骑士的一次考验，能提高自己的功力。

第十一章

叙述堂吉诃德与几个牧羊人之间的事。

堂吉诃德受到了牧羊人的盛情款待。桑丘竭力安顿好罗西纳特和他的毛驴后,来到草屋边,闻到了一阵煮腌羊肉的香味,就走了进去。原来锅子上正炖着一锅腌羊肉。这时节他虽然恨不得几口就将在锅子里煮的几块羊肉吞进肚子里,无奈牧羊人已经将锅子从炉火上端走,他想吃也吃不上了。牧羊人把几张羊皮铺在地上,很快就摆上了一桌并不十分丰盛的便餐。他们十分诚恳地邀请堂吉诃德他俩共同进食。草屋内一共住着六个人。他们用山村简朴的礼节邀请堂吉诃德坐上座,让他坐在一只反过来安放的木盆上,自己就围着羊皮四周坐了下来。堂吉诃德就了座,桑丘站在他一边,用羊角杯给他斟酒。他主人见他站着,便对他说:

“桑丘,你就坐在我的身边,和这几位朋友同席。我虽是你的主人,是老爷,但我们不分彼此,同在一个盘子里吃饭,同用一只酒杯喝酒。据说在爱情面前人人平等,游侠骑士的规矩也是这样。由此你可以看到游侠骑士道的优越性。凡是游侠骑士,不管他的职位怎样,只要为骑士道出力,都会受到世人的礼遇和尊敬。”

“太感谢您了,”桑丘说,“不过,我告诉您,对我来说只要有好吃的,一个人单独站着吃和坐在皇帝身边吃一样舒服,还吃得更香呢。而且,说句真心话,我一个人找个边边角角的地方坐下来,不用讲斯文,不拘礼节,即使啃面包,吃葱头也比酒席上的全鸡全鸭吃得香。在酒席上吃酒,得细嚼慢咽,酒还得一小口一小口喝,还要不停地拿餐巾擦嘴。你想打喷嚏,想咳嗽或干点别的什么的都不行,没有一个人吃饭那么自由。因此,我的老爷,我作为您的侍从，为游侠骑士效劳，您给了我种种荣誉。不过，您如果能给我一些更实惠的东西，那就更好。您给我的这些体面，我十分领您的情，不过，这些东西从现在起到世界末日来临我也用不着呢。"

"不管怎么说，你还得坐下来吧，因为上帝赞赏谦逊的人。"

说完，便一手抓住他的胳膊，硬拉他在自己身边坐下。

那几个牧羊人压根儿也听不懂什么侍从呀，游侠骑士呀这些名称，他们一声不吭地只顾吃饭，同时，愣愣地看着他们的客人。堂吉诃德他们俩倒很自在，胃口极佳，拳头般大小的羊肉一块一块地往嘴里送。羊肉吃完了，牧羊人又把一大堆干橡树子放在羊皮上，旁边又放了半块干奶酪，硬得像灰泥做的一样。这时，那只羊角杯在周围的人们中间传来传去，时而斟满，时而喝空，活像水车上的吊桶。面前两皮囊酒很快就喝空了一只皮囊。堂吉诃德酒足饭饱后，抓了一把橡树子，细细瞧了一会儿，便放开嗓门大发议论道：

"古代人称为黄金世纪的这个年代真是幸福的年代，幸福的世纪。这倒不是因为在我们这个黑铁时代如此珍贵的黄金在那个幸运的时代能毫不费劲地取得，而是因为当时的人们还不能区分'你的'与'我的'。在这个神圣的时代，所有的东西都是公有的。人们为了吃饱肚子，不必操劳，只要举起手来，在果实累累的橡树上采下又甜又熟的橡树子就行。清澈见底的水泉和奔腾不息的河流里有的是供人们饮用的又清凉又洁净的水。勤劳智慧的蜜蜂在岩缝里和树洞中建立了它们的'共和国'，将它们无比甜蜜的劳动成果贡献给人类，不收任何报酬。勇敢的栓皮槠①自己就脱下它大片的轻巧的树皮，让人们用来覆盖在未经细雕的梁柱上，建起房子，挡风避雨，御寒防晒。那个时候，天下升平，人间充满友情，人人融洽相处。弯曲的犁耙上那笨重的犁铧还不敢开挖大地母亲的五脏六腑，但她自己不用强迫，便从她那丰腴、宽广的胸膛里处处贡献出东西来，养活她的子女们，让他们吃饱喝足，生活欢愉。那时，天真美丽的牧女，梳着发辫，山上山下地来回奔跑，光裸着躯体，只是正正经经地遮盖着历来为了遮羞而需要遮盖的那个地方。

① 一种制软木的树。

她们这块遮羞布与现在人们的装饰不同，她们不用狄罗[①]的紫色，也没有丝绸制品，这遮羞布是她们用绿色的牛蒡草叶子和常春藤编织成的。这样打扮显得美观大方，与朝廷贵妇人为赶时髦穿的那种奇装异服相比，毫不逊色。那时候，人们表达内心的情意往往十分简捷。心里怎么想，嘴里就怎么说，从不矫揉造作，拐弯抹角。没有欺诈，奸刁还没有和真诚、坦率勾缠在一起；正义在当时还保持着自己的本色，还没有受到私利和小恩小惠的干扰和侵蚀。在法官的头脑里，还没有出现任意行使裁判权的观念，因为当时还没有罪犯需要他们进行判决。贞洁的年轻女子就像我刚才说的那样，单身一人可以到处奔跑，不用担心会遭到轻薄之徒的骚扰，也不必害怕好色之徒的奸淫。她们如果破了身，完全出于她们的本意，是她们心甘情愿的。但在我们这个可恶的年代里，没有一个姑娘的安全得到保障，即使像克里特迷宫[②]那样再盖一座迷宫，将她们藏在里面，也无济于事。情欲散发出来的那股恶臭以令人厌恶的钻劲通过壁缝，通过空气钻到迷宫内，尽管她们躲藏在里面，最后还会落得个身败名裂。随着时间的推移，恶势力与日俱增。游侠骑士道的建立就是为了保障人们的安全，保护少女的童贞，不使寡妇遭到欺凌，让失去双亲的孤儿和穷苦的人们得到帮助。牧人兄弟们，鄙人就是干这一行的，我和我侍从对你们的盛情款待，谨致深切谢意。尽管依照常规，照顾游侠骑士人人有责，不过，你们在不知晓这项义务的情况下，能够对我如此殷勤照料，我自然应该对你们表达最诚挚的谢意。”

刚才这篇宏论原来可以不发。由于我们这位骑士见到牧羊人送上来的那些橡树子，想起了黄金世纪，一时心血来潮，对他们说了这一大套废话。牧人们莫解其意，一声不吭地听他唠叨着。桑丘也一言不发，一个劲儿地嚼着橡树子，还不时地朝第二个皮酒袋那儿跑来跑去。牧羊人将酒囊挂在一棵树上，这样，酒不会很快地冷却。

堂吉诃德的晚餐早已用完，但还讲了很长一段时间话。等他讲完，一个牧羊人说：

“游侠骑士先生，我们真心诚意地款待您。为了给您助兴、解闷，我们让

---

① 地中海沿岸一古都，那儿的紫色染料颇负盛名。

② 根据希腊神话，克里特岛的国王造了一座迷宫，将牛首怪人幽禁在内。

一个伙伴来给您唱歌，他不久就要到来。此人非常聪明，也很多情。他能读能写，会弹会唱。他三弦琴弹得棒极了。”

他话音刚落，就听到了三弦琴声，随后弹琴的人也来了。这是个最多只有二十二岁的小伙子，模样儿十分讨人喜爱。大伙儿问他有没有用过晚餐，回答说已用过了。刚才介绍他的情况的牧羊人说：

“那么，安东尼奥，请你唱个歌，让我们乐一乐，也让这位贵宾听听。让他知道，山里、森林里也有懂音乐的人。刚才我们已经向他夸说过你的本事，现在想请你露一手，证明我们说的是真话。请你坐下，唱一曲你那个领教会薪俸的叔叔根据你的恋爱故事编成的情歌。这歌曲村子里的人都十分欣赏，你就给唱一唱吧。”

“我很高兴唱这支歌。”年轻人说。

于是，他就毫不谦让地坐在一棵已被砍倒并已经削去树皮的橡树干上，调了调三弦琴的音，娓娓动听地唱了起来：

安东尼奥之歌

奥拉娅，你对我一往情深，
虽说你没有向我讲明，
就连你的眼神也没有传情，
但我却知道你的一片心。

我明白你已心有灵犀，
知道我对你一片情意，
我的深情一旦被你获悉，
我就感到幸福无比。

姑娘，有时你向我显示，
这也确实是个事实，
你的心灵像是铜铸，
洁白的胸膛坚硬如石。

你虽对我时有抱怨，
无比端庄中对我冷淡，
但在你衣裙的边缘，
我见到了一片希望。

对我们之间的爱情，
我内心充满了信心，
它不因冷淡而消减，
受到青睐也不热情过分。

倘若你对我彬彬有礼，
我就能揣摩到你的心意，
我朝夕思念的这件事情，
也许有一天能达到目的。

假如我奉献的一片殷勤，
能博得意中人的怜悯，
那么我做的几件事情，
也许能赢得她几分欢心。

如果你对我的衣着稍加留意，
就会不止一次地看在眼里，
就在我平常的那些日子中，
还会打扮得仿佛在过节。

爱情和华美的衣衫，
常在一起并行相伴，
我愿在你的眼里，
永远整洁、优美、鲜亮。

我不想为您跳舞，
不再为你演奏乐章，
我的乐曲你很欣赏，
有时听到深夜、天亮。

我不再继续颂扬你，
也不再说你怎样美丽，
虽说这全是一片真意，
却遭到一些女人的嫌弃。

贝洛卡尔的德雷莎姑娘，
听到我对你的一片赞扬，
她说："你以为爱上了天使，
其实你在崇拜猴子。

"她靠的是珠宝的魅力，
她仗着假发的艳丽，
说她娇美实属无稽，
却使恋爱神为之心迷。"

我说她胡说，她大怒，
她表兄还为她一味袒护，
他向我提出挑战，
以后怎样，你已一目了然。

我对你的爱非属等闲，
我的情意非同一般，
我所以追求你，为你效力，
原是出于良好的本意。

教堂里一根情丝，
将我们牢牢系住，
你愿意套上自己脖子，
我更是心甘情愿。

我如果说半个不字，
愿以圣人名义起誓，
我将永远隐迹山林，
宁愿做个托钵僧。

牧羊人唱完后，尽管堂吉诃德要他再唱一曲，但桑丘·潘沙不同意，因为他此时只想睡觉，已无心听牧羊人唱歌了。他对主人说：

“老爷，您也该休息了，该到您过夜的地方去睡觉了。这几位兄弟白天干了一天活，也该休息了，不能整夜唱歌。”

“我明白了，桑丘，”堂吉诃德说，“我心里非常清楚，你刚才一而再，再而三地朝那只皮酒袋跑，这会儿自然要靠睡眠来补偿了，靠听唱歌是无济于事的。”

“感谢上帝，这酒实在太香了，大伙儿都喝得很痛快。”桑丘说。

“这我不否认，”堂吉诃德说，“你想睡觉，就找个地方就寝吧。干我们这一行的总认为守夜比睡觉好。不过，桑丘啊，你给我这耳朵再上点药好吗，眼下疼得都快吃不消了。”

桑丘便给堂吉诃德的耳朵上药。一个牧羊人见到堂吉诃德的伤势，叫他不用担心，他有一种药，上了伤就会好。他采了几片当地盛产的迷迭香叶子，放进嘴里嚼了几嚼，再撒上几粒盐，便将它敷在堂吉诃德的伤耳上，然后，给包扎起来。他对堂吉诃德打了包票，用不着上其他的药，伤口便能愈合。结果真的是这样。

第十二章

叙述牧羊人对堂吉诃德等人讲的故事。

这光景,有几个年轻人从村上送来了粮食。其中一人说:

“伙计们,你们知道村上出事了吗?”

“我们怎么会知道呢?”一个牧羊人回答说。

“那就听我说吧,”那年轻人说,“今天上午那个叫格利索斯托莫的牧羊大学生死了。人们说,他的死是因为他爱上了富豪吉列尔莫的女儿玛塞拉这妖女。这女人装扮成牧羊姑娘,常常出入于这一带荒僻的地方。”

“你是说他的死同玛塞拉有关?”一个牧羊人问道。

“是啊,”年轻的牧羊人说,“妙就妙在他在遗嘱中要求将他像摩尔人一样埋葬在野地里,墓地要选在栓皮槠泉水旁的那块岩石下。有人说,他曾经说过,他在那儿第一次见到了玛塞拉。他临死前还嘱咐了一些别的事情。村上的神父说,这些事都办不成,也不便照办,因为都有异教的嫌疑。他的好朋友,也就是同他一起当牧羊人的那个大学生安布罗西奥说,应该不折不扣地执行遗嘱。为这件事村子里闹得沸沸扬扬。据说后来还是按照安布罗西奥和他的那些牧羊朋友的意思办了。明天就要在我刚才说过的那个地方举行规模盛大的葬礼。我认为非常值得一看,至少我是一定要去的,哪怕当天回不了村。”

“我们大伙儿都去吧,”牧羊人说,“一会儿我们抽个签,看谁该留下来照看羊群。”

“你说得对,佩德罗,”一个牧羊人说,“不过,抽签倒是用不着,我替大伙儿留下来就是了。你别以为我是舍己为人,也不是我不想去看,是因为那天脚上扎了一根刺,不好走路。”

“不管怎样,我们还得感谢你啊,”佩德罗说。

堂吉诃德请佩德罗谈谈那个死者的情况,还有那个妖女,又是什么人。佩德罗回答说,据他所知,那死者是个有钱人家的公子,住在那边的一个山村里。在萨拉曼卡上了多年大学后,回到了自己的故乡,是个学富五车的大学问家。听说他特别精通有关星星的学问,知道太阳和月亮在天上发生的种种事情,他能确切地说出太阳和月亮哪一天给“吃”掉。

“这叫‘蚀’,朋友,不叫‘吃’,是这两颗最明亮的星星突然暗淡下去了,”堂吉诃德说。

可是,佩德罗没有注意到这些枝节问题。他继续说道:

“同时,他也能预测,哪一年是丰年,哪一年是‘欠’年。”

“朋友,你说是歉年吧,”堂吉诃德说。

“欠年和歉年,还不是一回事嘛,”佩德罗说,“我继续说下去吧。正由于他能预测未来,他父亲和他的朋友都很相信他,结果发了大财。他常常给他们出主意:‘今年种大麦,别种小麦;或今年种鹰嘴豆,不要种大麦;明年油料作物大丰收,未来三年里,一滴油也收不到。’他们按照他说的办。”

“这种学问就叫星相学。”堂吉诃德说。

“我也弄不明白这叫什么学,”佩德罗说,“反正这方面的事儿他全懂。他懂的事儿还不止这些呢。他从萨拉曼卡回来没有过几个月,一天他突然脱下有学问的人穿的长衫,拿起牧羊人用的弯柄杖,穿上羊皮袄,一身牧羊人的装束。他有一个好朋友,叫安布罗西奥,是他大学里的同学。这时,也和他一样,换上了牧羊人的装束。我还忘了说一件事。死去的这个格利索斯托莫还写得一手好诗,能写圣诞节颂歌,还能编写耶稣圣体节演的圣经故事剧,让村庄上的年轻人演。大伙儿都说,这些东西写得棒极了。村上的人看到这两个大学生突然一身牧羊人打扮,都觉得惊奇万分,猜不透是什么东西促使他们俩作这样奇异的改装。正在这个时候,我们这位格利索斯托莫的父亲去世了。他继承了大笔遗产:有动产,也有不动产,还有数目不小的牲口和大量的现款。这些他全都继承了,他也配得上,因为他是个很好的年轻人,专和好人交朋友,心地善良,就连那张脸蛋也长得很忠厚。原来这年轻人变换装束的目的是想在荒山野地里追逐那个叫玛塞拉的牧羊女,因为这个已经去世的格利索斯托莫爱上了她。我现在告诉你们这女孩子是什么人吧，让你们知道了也有好处。你们即使比‘萨纳’还长寿，也许(甚至不必用也许这个字眼)还没有听到过这方面的事。”

“你应该说萨拉[①]。”堂吉诃德容不得牧羊人念别字，纠正他说。

“萨拉真够长命的，”佩德罗说，“先生，您要是每句话都挑我的错，我们说一年也说不完。”

“对不起，朋友，”堂吉诃德说，“我是觉得萨纳和萨拉相差太大，才提醒你一下。不过，你说的也有道理，萨纳比萨拉的命还长呢。你讲下去吧，我再也不打岔了。”

“那我继续往下讲吧，我的先生，”牧羊人说，“我们村子里有个农夫，名叫吉利尔莫，家境比格利索斯托莫父亲还殷实。上帝除了赏赐他大笔财产，还给了他一个女儿。这女娃一出世，妈妈就咽了气。她妈妈是这周围一带最有脸面的女人。这会儿她好像就在我的眼前，那张脸仿佛上半部有个太阳，下半部有个月亮似的[②]。同时，她手脚很利索，还肯帮助穷人，因此，我认为此时此刻她的灵魂正在天堂里享福呢。她丈夫吉列尔莫失去了这么贤惠的妻子，伤心极了，不久也离开了人世，留下了女儿玛塞拉。她非常富有，父亲临终时托给她叔叔抚养。叔叔是个牧师，也是本村的神父。女孩儿渐渐长大，出落得非常漂亮，见到了她，就会使我们想起她妈妈。其实，她比她妈妈要好看得多。姑娘到了十四五岁，人见人爱，众人都赞扬上帝，给她塑造得这么完美。许多人似醉如痴地爱上了她。叔叔将她管得很严，要她深居闺房。不过，即使这样，她的美名还是传扬开了。她不但长得好看，而且又有大笔家产，因此，本村的还有周围好几西班牙里内的大户人家的公子都来找她叔叔求婚。她叔叔是个正正经经的基督徒，见到自己的侄女已到婚龄，很想替她找个婆家。不过，一定要得到她本人的同意。他虽然经营着这女孩子的产业，但并不想拖延她的婚事，从中得到好处。村子里的人三五成群地在一起时，常常议论起这件事，都说神父是好人。游侠先生，您该明白，

---

① 根据《圣经·旧约》，萨拉活到一百二十七岁。萨纳(Sarna)原文意思是疥疮。西班牙文有句成语：“比疥疮还老。”堂吉诃德以为牧羊人说的萨纳系萨拉之误。

② 意思是长得很美，因为西班牙语里常拿太阳和月亮来形容美貌。

在这人烟稀少的山村，有一点小事，人们就会议论纷纷。希望您相信我的话，一个神父只有好得不能再好，才能使他手下的教民说他的好话，尤其是在山村里。”

“说得对，”堂吉诃德说，“请你继续往下讲吧。这个故事很有趣，佩德罗，你又讲得非常风趣。”

“这是上帝赐予我的天赋吧。我再往下讲吧。叔父虽然多次向侄女提起过婚事，向她介绍这么多求婚的人中每个人的情况，劝她从中选个合适的人作自己的丈夫，但每次她都说自己年纪还小，没有能力自立门户，操持家务，不想成家。看起来，她的托辞也很有道理，因此，叔父也就不再去逼她，想等她年龄再长大一点儿再说，使自己有能力选择意中人。他说得对：做长辈的不应强迫自己的子女成家。然而，事情真出人意料，这个娇滴滴的玛塞拉居然成了牧羊女。她叔父和村上的老乡都不赞成她这样做，都劝她改变主意，可她一意孤行，跟着村上的牧羊姑娘们一起跑到山野里去放牧自家的羊群去了。她一在大庭广众中露面，人们看见了她的花容月貌，我也说不清有多少富家子弟、青年乡绅，像格利索斯托莫一样，一身牧羊人打扮，来到她身边向她求婚。在这些人中间，正如我刚才说的那样，有那个死者。他岂止是爱她，简直是崇拜她。玛塞拉开始过这种无拘无束、自由自在的日子后，平时很少在家，有时干脆不回家去。这样一来，你别以为她会干出什么有失体统的不光彩的事来。恰恰相反，她的一举一动很有分寸，非常注意自己的名声，使追求她的这么多年轻人中没有一个人能自夸她已经给了自己半点儿如愿的希望。情况的确这样。牧羊人和她作伴，与她聊天，她并不逃避，也不躲开，她总对他们以礼相待，友好相处。可是，一旦发现对方别有企图，尽管属堂堂正正的求婚，她也会像用扔石器一样将这些人扔得远远的。她这种脾气和个性对村上人的害处比瘟疫还大。她待人热情，又这么漂亮，谁与她相处都会向她表示好感，倾心相爱；但她发现了这点，便随即对你不理不睬，这又会使你感到绝望。因此，受到她冷遇的人真不知对她说什么好，他们只能大声哀叹，说她太残酷无情，太忘恩负义。这一顶顶帽子戴到她的头上倒挺合适。先生，您要是在这里待一些时候，您就能在这山上山下听到一阵阵由那些追求她而感到后悔失望的人发出的哀怨声。离这儿不远有一个地方，长着二十多棵大山毛榉，每棵树干上都有一块刮去树皮的地方，上面刻着玛塞拉的名字。有的名字上面还刻着一顶王冠，意思非常明白，爱她的人认为，她应戴上这顶王冠，只有她配得上，因为她是绝代佳人。那些失恋的牧羊人，有的在这里唉声叹气，有的在那儿满腹哀怨；那边有人在唱情歌，这边却在唱绝望的悲歌。有人通宵达旦坐在橡树下、岩石旁，一夜没有合过的双眼满是泪水，早晨阳光射到他身上，他还沉浸在一片相思中。也有人在夏日炎炎的正午，躺卧在滚热的沙地上，仰天长叹，向仁慈的上苍诉说自己的哀怨。美丽的玛塞拉将追求她的人个个都战胜了，而她自己仍然过着自由自在、无拘无束的日子。我们这些认识她的人都想有朝一日能见到她的傲气会有怎么样的结局，看看究竟是谁有这个福气能娶她，驯服她这个厉害的女人，享受她的绝世美貌。我讲的这些事都是真实有据的，因此，刚才我们的伙计一说格利索斯托莫的死也与她有关，便认为这是确实的。先生，明天的葬礼我劝您一定要去看看，肯定值得一看。格利索斯托莫有很多朋友，他选定的墓地离这儿只有半西班牙里地。”

“我一定想办法去，”堂吉诃德说，“非常感谢你给我讲了这么个有趣的故事，给我增添了乐趣。”

“哎，”牧羊人说，“我知道的有关追求玛塞拉的人的情况，还不到实际情况的一半呢。不过，明天路上也许能碰到个把牧羊人，他会把这些情况告诉我们的。眼下您还是到屋里去睡一会儿吧，外面露水太大，对您的伤口不利。刚才伤口上了药，不久就会好的。”

桑丘·潘沙听刚才牧羊人讲了那么长时间的话，心里一肚子火。这会儿他也劝主人到佩德罗的屋里去睡。堂吉诃德在屋里睡下后，学着玛塞拉的那些追求者，整夜地在思念他的杜尔西内娅小姐。桑丘·潘沙在罗西纳特和他自己的那匹毛驴的中间找了个地方躺下。他可不像那失恋的情人，只是像个挨了打、浑身疼痛的人那样进入梦乡。

第十三章

牧羊女玛塞拉的故事讲述完毕，还有其他的事情。

太阳刚刚在朝东的阳台上露脸，六个牧羊人中就有五人起来了。他们叫醒了堂吉诃德，并问他是不是想去看格利索斯托莫非同一般的葬礼，他们愿意和他一起去。堂吉诃德认为这是求之不得的事，便起身叫桑丘备好坐骑。桑丘很快就准备停当，大家便立即上路。还没有走完四分之一西班牙里路，他们便在一个岔道口上见到六个牧羊人朝他们走来。他们都身穿黑羊皮袄，头上戴着用柏树和苦夹竹桃枝条编的冠[①]，每个人手上还拿一根很粗的冬青树棍。同来的还有两个骑马的风度翩翩的人，一身衣着十分讲究，后面有三个年轻侍从徒步相随。大伙儿见了面，互相客气地问了好，一问才知道都是去参加葬礼的。于是，便一起同行。

一个骑马的旅客对他的同伴说：

"比瓦尔多先生，我们这次耽误了行程，去看非同寻常的葬礼，我认为是值得的。根据这几位牧羊人说的话，那去世的牧羊人和害死他的牧羊女的行为都十分古怪，因此，这次丧葬一定很别致。"

"我也有同感，"比瓦尔多说，"别说只耽误一天的路程，即使耽误四天，也值得去一看。"

堂吉诃德问他们俩有没有听到有关玛塞拉和格利索斯托莫的故事。一个骑马的旅客说，今天清晨他们见到了那几个牧羊人，看到他们均穿一身丧服，便问他们为什么要戴孝。一个牧羊人对他们叙述了一个叫玛塞拉的牧

① 意思是这些牧羊人都戴着孝。

羊女的事，说她长得如何漂亮，性情却又如何古怪，还讲到许多人爱慕她，追求她；又说格利索斯托莫如何为她而死，他们正是去参加他的葬礼的。总之，他把佩德罗跟堂吉诃德讲的那些话又复述了一遍。

这个话题结束后，他们又转入另一个话题。那个名叫比瓦尔多的人问堂吉诃德，这一带局势非常平稳，为什么要全身披挂。堂吉诃德回答说：

“干我们这一行的一到外面就一定得这样打扮。无所事事，坐享清福是那些胆小怕事的朝廷官员追求的目标；日夜操劳，废寝忘食，披坚执锐才是世人称为游侠骑士的那些人的分内之事。说来也惭愧，本人就是一名微不足道的游侠骑士。”

他话一说出口，大家便以为他是个疯子。为了探问个究竟，弄清他到底疯到了什么程度，比瓦尔多便问他游侠骑士到底是怎么回事。

“诸位想必都读过记述亚瑟王赫赫战功的英国历史吧，”堂吉诃德说，“这亚瑟王在我们卡斯蒂利亚语里历来都称阿图斯王。根据大不列颠王国众所周知的古老传说，亚瑟王并没有死，只是通过魔法变成了一只乌鸦，以后他一定还会回来执政，重新取得他对王国的统治和主权。因此，从那时起，英国人就不杀死乌鸦，这不是事实吗？就在这位贤明的国王执政期间，建立了大名鼎鼎的圆桌会议骑士道。也是在这个时期，湖上的堂朗塞罗特爱上了希内布拉王后，高贵的金塔涅娜女总管成了他们俩的牵线人和心腹，由此，产生了众所周知的在我们西班牙人人传诵的谣曲：

　　从来没有过任何骑士，
太太们款待如此周至，
就像接待朗塞罗特，
他才从不列颠到此。

“这首谣曲将这段男女恋情叙述得如行云流水，娓娓动听。打从那时起，这种骑士道便在世界各地逐步推广，发展壮大。许多骑士立下了丰功，扬名后世，其中就有那英勇无敌的阿马蒂斯·德·加乌拉和他延续到第五代的子子孙孙;英气勃勃的费利克斯玛特·德·依尔卡尼亚[1],还有有口皆碑的白衣骑士蒂朗德。像战无不胜的勇士希腊的堂贝里亚尼斯这样的骑士,我们至今仿佛还见到他,和他交往,聆听他的言谈呢。先生们,像他们这样的人就叫游侠骑士,什么是骑士道我刚才也说了。我已说过,我这个人毛病虽不少,却已献身于骑士道,就像本人在上面说到的这些骑士一样。所以,我才来到这穷乡僻壤,历尽艰险,舍身尽力,扶助弱者和穷人。"

两个骑马的旅客听到堂吉诃德这一番言论,肯定他是个丧失理智的人,也弄清他疯在哪儿了。他们和别人一样,初次见到他这么疯疯癫癫的样子,异常惊讶。比瓦尔多为人风趣,爱开玩笑,他听说离山里的墓地还有一段路,为了消闲解闷,就有意唆使堂吉诃德发表一些奇谈怪论。他说:

"游侠骑士先生,我认为您献身的事业是最艰苦的。在我看来,就是苦修会的修士也没有这么清苦呢。"

"他们可能一样艰苦,"堂吉诃德说,"不过,是不是也一样切合时代的需要,我就没有把握了。说真的,执行命令的士兵的功劳不亚于向他们发号施令的长官,我的意思是说,教士们只是平平和和地向上天祈求降福于人间,而我们这些士兵和骑士则要将他们祈求的东西变为现实。凭我们两臂的力气和剑锋捍卫世人得到的福祉。我们的事不是在室内而是在野外干的,夏天要遭到烈日的曝晒,冬天则要忍受刺骨的寒风。我们是上帝派到人间来的使者,是为上帝在人间维持正义和公道的双臂。凡是与打仗行军作战有关的事,不出汗,不出大力气是干不成的,因此,干这一行的人自然比起那些安安稳稳、平平和和地坐在家里祈求上帝降福于穷人的教士要艰苦得多。我不是说,游侠骑士和闭门修炼的修士的地位相同,我绝无此意。我只是凭我亲自吃的苦说,游侠骑士肯定更加劳苦。他们常常挨打,得忍饥耐渴,日子过得异常清贫;衣衫褴褛,满身的虱子。可以确定无疑地说,从前的游侠骑士在他们一生中吃了许许多多苦。如果有几个骑士凭武力爬上了帝王的宝座,他们流的血和汗也确实不少;他们想爬到这样至高无上的地位,如果没有魔法师和博学之士相助,也是一句空话,这些人的理想最终会成为泡影。"

---

① 即本书第一部第六章中提到的弗洛里莫尔德。

“我也是这么认为的，”骑马的旅客说，“不过，游侠骑士有些事干得也不太好。有一件事我认为干得特别糟糕，这就是每当他们处于危险境地，生命受到威胁时，基督徒总是把自己托付给上帝保佑，而游侠骑士却从不想到上帝，只是一片虔诚，心甘情愿地把自己交给他们的意中人庇护，仿佛她们就是自己的上帝。我觉得这有点儿异教徒的味儿。”

“先生，”堂吉诃德说，“这件事游侠骑士只能这么办。不这么办，事情就糟了。根据游侠骑士道的习惯和规矩，每当游侠骑士遇有重大战事，眼前就会出现他的意中人，他要对她投去充满情意的目光，仿佛通过目光向她恳求，请她在他极度危难之时予以协助和庇护。尽管没有人会听见，他也得从牙缝里挤出几句求助的话，衷心地请她保护自己。历史上这样的例子多得难以计数，别以为由此他们就不向上帝进行祈祷了，他们在整个战斗过程中完全有时间和机会这样做。”

“虽说如此，”骑马的旅客说，“我还有些事情不明白。我在读骑士小说时常常发现，两个游侠骑士话不投机便争吵起来，最后动了肝火。接着，两人便各自拨回马头，跑出好长一段，然后又掉转马头，飞一般地向对方冲杀过来。在他们冲杀的半道上就向他们的意中人祈求保佑，结果常常是这样：其中的一人给对方的长矛刺穿，翻身落马；另一个的遭遇也差不多，要不是他使劲地抓住了马鬃毛，也会跌落到地上。霎时间，那个被刺死的骑士怎么来得及求上帝保佑呢。我看他在骑马往前冲时，将他向他意中人求助的话改为向上帝作的祷告，就像一个基督徒应该做的那样，情况就会好一些。还有一个问题，并不是所有游侠骑士都在恋爱的，没有意中人，向谁求助呢？”

“这种情况绝对不可能发生，”堂吉诃德说，“我是说，游侠骑士不会没有意中人的，他们有恋人就像天空中有日月星辰那样自然。历史上肯定找不到没有情人的游侠骑士。再说，游侠骑士没有意中人，就不正规了，只能算个杂牌货。这种人进骑士堡时，不能从正门进去，只能像盗贼一样，翻墙而入。”

“话虽这么说，”骑马的旅客说，“不过，如果我没有记错的话，我曾经在书上看到，那个英勇无双的阿马蒂斯·德·加乌拉的弟弟堂卡拉奥尔就从来没有公认的情人，他向谁求助呢？尽管这样，他的地位并不因此而降低，他仍然是个勇猛显赫的骑士嘛。”

对这个问题我们的堂吉诃德作了这样的回答：

“先生，常言道，一花独放不是春。再说，我知道，这位骑士心底里是多情的。至于他见一个喜欢的女人就爱上一个，这是他的天性，我们就不计较了。总之，我们有确凿的证据说，他有一个心心相印的情人，他时常暗暗向她祈求庇护，因为他自称是个隐蔽的骑士。”

“游侠骑士既然非恋爱不可，”骑马的旅客说，“那么，想必您一定也在热恋中了，因为您也是干这一行的嘛。如果您不像堂卡拉奥尔那样自诩隐蔽的骑士，那么，我想以一行诸君的名义和我本人的名义恳求您将您那位意中人的尊姓大名、籍贯、身份和她的美貌给大家说说吧。她要是获悉，有这么多人知道她被您这样的骑士倾心相爱，一定会感到十分幸福。”

堂吉诃德随即长叹一声，说：

“我也弄不清我那位可爱的冤家喜不喜欢让大家知道我对她倾心相爱。刚才您既然这么客气地问我，我只好一一作答。她名叫杜尔西内娅，她的老家在托波索，是拉曼却的一个村庄。说到她的身份和地位，起码应该是位公主，因为她是我的王后和女主人。她的美貌堪称绝伦，诗人们用来形容他们情妇美色的许多夸张的、异想天开的词藻，用在她身上最恰当不过：她头发像黄金，天庭广阔得如极乐世界，眉毛弯似虹，双眼像太阳，双颊似玫瑰，双唇像珊瑚，牙齿似珍珠，脖颈白得像雪花石膏，胸部犹如大理石雕刻而成，双手像是象牙制品，全身的皮肤洁白如雪。谈到因害羞而遮挡起来的那部分，我认为，行为检点的正经人只能交口赞扬，不能拿任何事物相比。”

“我们还想了解一下她的出身门第、血统和家世。”比瓦尔多说。

堂吉诃德回答说：

“她既不是古罗马古尔西奥、卡约和西比翁等望族的后代，也不属现代的科罗纳家族和乌尔西诺家族；她不属加泰罗尼亚的蒙卡达氏和莱盖森氏，更不属巴伦西亚的莱贝亚家和比约诺瓦家；她的出身同阿拉贡的巴拉费克斯、努萨、罗卡贝尔茨、科莱约、卢纳、阿拉贡、乌莱亚、福斯、古莱亚等家族也不相干；还有卡斯蒂利亚的塞尔达氏、曼利盖氏、门多萨氏和古斯曼氏以及葡萄牙的阿伦卡斯特罗家族、巴约家族以及梅内斯家族也与她无缘。她出身于拉曼却的托波索家族。这家族虽不古老，但在未来的世纪里，一定能够发展成为名门望族。当年塞尔比诺在悬挂奥兰多的兵器的碑石上作了以下的题字：

不是罗兰的对手，
谁也别动这些武器。①

“我也以上述条件奉劝你们,不要反驳我上面说的话。”

“虽说我出身于拉莱多的卡恰比②家族,”比瓦尔多说,“我也不敢拿自己的姓氏和拉曼却的托波索氏相比。不过,说句实在话,这个姓氏到今天我还没有听到过呢。”

“您怎么会没有听到过呢?”堂吉诃德说。

同行的人都在全神贯注地听他俩交谈。这时,连那些牧羊人也清楚,我们这个堂吉诃德疯得实在太厉害。只有桑丘·潘沙认为,他主人说的这些话都是真的,因为他熟悉他的为人,而且是从小认识的。他只是对关于漂亮的杜尔西内娅·德尔·托波索的那段话有些半信半疑,因为他家虽离托波索不远,却从来没有听到过这样的名字,更没有听说过有这样的一位公主。

堂吉诃德一行人这样边走边谈着。这时,他们瞥见两座高山的山坳里走来二十来个牧羊人,他们人人穿一件黑羊皮袄,头上戴一顶冠。近前细看,这原来是用松柏枝条编成的。他们中间有六人抬着担架,上面盖着各色花朵和树枝。一个牧羊人见了,说道:

“前面过来的这些人抬着格利索斯托莫的遗体来了。死者请人们给他埋葬的地方就在那座山的山脚下。”

堂吉诃德一行人便加快步伐,赶到目的地。这时,抬遗体的人已把担架放在地上,其中有四人正拿着锋利的鹤嘴镐在一块坚硬的岩石边挖墓穴。

两方面的人见面后,客客气气地互相问了好。堂吉诃德一行人便去看那些人抬来的担架,见上面躺着一具尸体,上面覆盖着鲜花。死者年约三十岁光景,身穿牧羊人的服装。虽然死了,还看得出他生前眉清目秀,十分英俊。尸体四周放着几本书,还有许多手稿,有的书打开着,有的书合着。这

① 参见意大利诗人阿里奥斯托的长诗《疯狂的奥兰多》第二十四章。奥兰多即罗兰。

② 山区古老的家族。

时瞻仰遗容的、在挖墓穴的以及其他的人都神情庄严、肃静无声。抬遗体来的人中间有一个对他的同伙说：

“安布罗西奥，你不是想分毫不差地执行格利索斯托莫的遗嘱吗？你好好瞧瞧，这个地方是不是他在遗嘱中指定的地点。”

“是在这儿，”安布罗西奥说，“我这个不幸的朋友跟我多次讲过他的这段令人心酸的往事。他对我说过，他就在这儿第一次见到了这个要了他的命的死冤家，也在这同一个地方向她袒露了自己的心迹，满怀深情却又很有分寸。还是在这个地方，玛塞拉最后一次拒绝了他的求婚，态度异常傲慢，引发了这场悲剧，结束了他不幸的一生。为了纪念这一桩桩不幸的事情，他决定长眠在这里。”

他又回过头来对堂吉诃德和与他同来的人说：

“先生们，你们以怜悯的目光注视着的这具遗体，原本附过一个具有无比天赋的人的灵魂。死者格利索斯托莫是个罕见的天才，他最有礼貌，最斯文，最重友情，非常豪爽大方；他严肃而不高傲，活泼愉快而不低级庸俗。总之，论他的品德世间第一，论他的不幸，天底下也找不出第二个人。他真挚的情意遭到了厌弃，一往深情遭到了鄙视，他犹如对野兽求爱，仿佛向顽石言情；他像追逐于狂风之后，呐喊于无人的旷野之中；他追求这么一个无情无义的姑娘，到头来，断送了自己年轻的生命。害死他的是个牧羊女。你们见到的这些手稿他在遗嘱中吩咐我，在埋掉他遗体后便用火烧掉。要不是他这么嘱咐，你们读了就会知道，他生前还想让这个牧羊女永远留在人们的记忆中呢。”

“您如果这样处理这些手稿，”比瓦尔多说，“就比手稿的作者更残酷无情了。遗嘱中的规定如果不合情理，就不应该执行。当年奥古斯都凯撒如果让人们执行曼图阿诗圣[①]的遗稿，就不对了。因此，安布罗西奥先生，你既已埋了令友的遗体，就不该让他的作品在人们记忆中消失。他是遭到欺侮后才吩咐您这么做的，因此，您就不该冒冒失失地照办。我倒劝您保留这些遗稿，让后世的人们认识玛塞拉的残忍而引以为鉴，免得他们重蹈覆辙。

① 即古罗马诗人维吉尔（Virgilio），因为他是曼图阿人。他临终前嘱咐烧毁他的诗稿《埃涅阿斯记》，奥古斯都没有照办。

我本人和与我同来的人都已了解您这个痴心朋友的身世和你们之间的友谊,还有他的死因以及他临终时的嘱托。从这件令人痛心的往事,我们可以看到玛塞拉的冷酷无情,格利索斯托莫的多情和你们的诚挚的友情。同时,我们也可以看到,一个人如果放纵了自己的感情,误入爱情的迷途,最后会有怎么样的结局。昨晚我们听到了格利索斯托莫的死讯,并获悉要在这儿安葬。他那些事我们听了也很难过。我们怀着好奇和惋惜的心情,决定绕道前来这里,亲身参加他的葬礼。安布罗西奥,您是个办事稳重的人,我们(至少我本人以个人的名义)恳求您,请您不要烧毁这些遗稿,让我带走几份,因为我不仅同情死者的遭遇,而且还想弥补他去世造成的损失呢。"

没有等对方回复,他便伸手就近拿了几份遗稿。见到这一情景,安布罗西奥说:

"先生,出于礼貌,已经拿走的您就留着吧。不过,要我不焚烧其余的手稿,那是办不到的。"

比瓦尔多很想看看这些遗稿上究竟写了些什么,便摊开其中的一页,看到上面的标题是《绝望之歌》。安布罗西奥听他念了这个题目,便说:

"这是那不幸的人的绝命诗。先生,您念给大家听听吧,在挖掘墓穴的时间里,您完全可以念完。念完就会明白他当时是多么失意。"

"我一定念。"比瓦尔多说。

在场的人都想听听,便围成一圈,他便字正腔圆地念了起来。

第十四章

已故牧羊人的绝命诗，以及其他一些意想不到的事情。

格利索斯托莫的歌

　　你这个冷酷无情的人，
既然你打算当着芸芸众生，
显露你那颗残忍的心；
我也要变换自己日常的口吻，
用在地狱里的凄惨叫唤，
宣泄自己内心的郁闷。
我要以令人恐怖的调门，
诉说自己的愿望和悲愤，
还要控诉你的种种恶行。
我要以雷鸣般的呼嚎声，
倾诉我这颗粉碎了的心。
你应该竖起两耳细听，
这绝对不是和谐的琴音，
这是一种呼叫，是怨恨，
发自自己的胸膛很深很深，
或许我已丧失了理性，
也许会引起你的共鸣。

猛狮的怒吼，恶狼的狂嗥，
满身鳞甲的大蟒嘶嘶长啸，
魑魅魍魉撕心裂肺的呼叫，
不吉利的乌鸦呱呱鸣噪，
狂风掀起大海滚滚浪涛，
斗败了的公牛余怒未消，
不住地发出惊心动魄的咆哮，
失偶的鹁鸪宛转悲号，
遭忌的鹏鸮的哀鸣怪调，
与地狱中的鬼哭神嚎，
混成一片显得无比喧嚣；
我要借助所有这些声音，
才能发泄自己胸中的烦恼。

我心潮滚滚，一片混沌，
无论是塔霍河①边的沙滩，
还是著名的贝底斯河②两岸的橄榄，
都听不到这一片悲惨的回音；
我的阵阵叹息，声声哀鸣，
传遍崇山峻岭，幽谷深渊；
我转动着垂死僵直的舌头，
运用活泼生动的语言，
或在黑漆漆的山野里，
或在人迹罕见的河滩，
或在阳光照不到的地盘，
或在利比亚的广阔平原，
向着成群的毒蝎猛兽，

① 横贯西班牙中部的一条河流。
② 西班牙南部瓜达尔基维尔河的古名。

诉说我如何肝肠寸断。
我哀歌引发沉闷的回声，
在荒原上引起一片共鸣，
我数落你无比残忍、无情，
等我结束了自己短促的一生，
这哀歌将流传于世，与世长存。

　　蔑视会致人于死命，
猜疑会使你失去耐心，
不管事出有因还是无因，
妒嫉杀起人来更加残忍。
长时间的别离黯然销魂，
由于害怕遭到人们遗弃，
失去了坚决争得好运的信心。
这桩桩件件都是一把把刀子，
无可避免地要将我杀死；
而我居然还活在人世，
真是旷古未见的奇事。
妒嫉、别离、备受他人轻视，
受人猜疑真要了我的命，
遭人遗弃令我怒火填膺。
我受到这么多折磨、艰辛，
从未见到希望的任何阴影，
我已绝望，再也不想去追寻，
宁愿怀着无穷无尽的怨恨，
抛弃希望，只想了此残生。

　　期待与忧虑能否并存？
忧虑的理由已十分充分，
还能不能再心存希望？

使我嫉妒的事实已很分明，
我闭眼不看又有什么用？
我的心灵已千疮百孔。
自知已受蔑视，已遭猜疑，
失望的情绪自然油然而生。
啊，变化多端真令人头疼，
稳稳当当的事竟落了空！
嫉妒，你这恋爱王国的暴君，
为我套上脚镣手铐吧，
蔑视，你给我套上绞索，
让她在我心中的形象，
最后消失在痛苦之中。

　　我终于决定离开人世，
无论是活着还是死去，
我都不指望得到益处。
我一直紧抱着自己的幻想，
以为正当的爱情名正言顺；
听命于古老的专制爱神，
才能解脱束缚的灵魂。
我要说与我作对的冤家，
灵魂和躯体都美妙绝伦；
我被她遗弃咎由自取，
是爱神对我作的惩处，
好让爱的王国太平长治。
我已抱定这样的宗旨，
加上头脑已紧紧束缚住，
这一切加速了死期的来临，
导火索是你对我的蔑视。
我让躯体和灵魂随风消逝，

没有桂冠也没有棕榈树[1]。

　　你无理的行为显示一个道理，
它迫使我对久已厌倦的人生，
进行一番细细的思虑。
我想你已能够看清，
我心灵深处的创伤，
也已向你清楚地表明，
我愿意做出自我牺牲，
让冷酷的你感到高兴；
如能让你大交好运，
我就是死了也无怨恨。
你那双晴空般明亮的秀目，
如见到了我已离开了人世，
定会失去固有的光泽，
但我劝你千万别如此；
因为我把灵魂向你贡献，
并没有想到任何报偿，
但愿你在我葬礼上喜笑开颜，
但愿你能够发现，
我的末日就是你的节日。
但我对你这般奉劝，
愚蠢得实在可怜，
因为我心里明白，
我如此迅速走完人生历程，
这正可供你自我夸耀。

① 意即没有荣誉和胜利:桂冠象征荣誉,棕榈象征胜利。

忍饥耐渴的坦塔娄①,
已是从地狱里出来的时候;
昔昔浮②也背着巨石来吧;
悌修③带着他的秃鹫,
艾雄④在轮子上旋转不休,
姐妹们服苦役已天长日久⑤,
都来对着我胸膛倾诉,
你们各自的烦闷和苦愁。
如果绝望的人还值得悼念,
快趁我的尸体尚未入殓,
请你们低唱凄凉的挽歌。
守卫地狱之门的三脸鬼,
还有成千上万的妖魔,
都来参加这令人心碎的讴歌。
对一个痴情而死的人来说,
这个场面已属礼仪优厚。

离开了我这个不幸的人,
绝望的歌啊,你也该停一停,
既然使我绝望的这个姑娘,
我越是痛苦她越是欢畅,
那么,到了我的墓地也不必悲伤。

---

① 希腊神话中主神宙斯的儿子。主神罚他永受饥渴之苦。

② 科林托国王。死后入地狱服苦役,背巨石上山,石头又自动滚下,自此周而复始,永不停止。

③ 希腊神话中巨人。投入地狱后,一大雕啄食他的肝;吃完后,肝又长出,雕又啄食,如此永无尽止。

④ 原是拉比德王。罚入地狱后,被捆在旋转不停的火轮上。

⑤ 希腊神话中阿果斯国王的四十九个女儿,因在新婚之夜杀死了自己的丈夫,被罚在地狱里用筛子在井里打水。

众人听了格利索斯托莫的这首诗，大加赞赏。可是，诵读这首诗的这位先生却说，他觉得诗中说的好像与他听到的有关玛塞拉的情况有些不一致。玛塞拉为人很规矩，心地也很善良，可在格利索斯托莫的诗中，却抱怨什么妒忌呀、猜疑呀、抛弃呀，这都有损玛塞拉的声名。安布罗西奥深知他朋友的隐秘，他回答说：

“先生，为了消除这个疑团，请你让我把当时情况说一说。这个不幸的人写这首诗的时候，已离开了玛塞拉，他是主动离开她的，因为他想试试，没有她行不行。离开了自己所爱的人后，往往会疑神疑鬼，十分敏感。格利索斯托莫的情况就是这样。原本只是一些猜忌和怀疑，这会儿却变成真的了。事实上玛塞拉是个名实相符的女孩子。她丝毫也不冷酷，只是有点儿骄傲，有些瞧不起人。除这点外，即使最爱嫉妒的人也难从她身上找出一点毛病来。”

“这话有道理。”比瓦尔多说。

说完，他正想从没有焚烧的手稿中再抽出一份来读，可是还没有来得及，因为他突然见到了一个仙女（她真像仙女）。原来牧羊姑娘玛塞拉出人意料地出现在大家的眼前，她就站在墓旁的那块巨石上。她的相貌比传闻的还美。没有见过她芳容的人这会儿都默默地注视着她，心里赞叹不已；那些经常见到她的人惊讶的程度也不亚于初次见她的人。唯有安布罗西奥一见到她，便满腔怒火地对她说：

“你这个山里来的妖精，你是想来看看被你残酷地害死的可怜人，在你来后伤口会不会冒出血来吗[①]？或是你干下了这么残忍的事仍在沾沾自喜吗？或是想像那个冷酷无情的尼禄[②]一样，站在高处观看已烧成一片废墟的罗马城吗？或是要像达吉诺[③]那个忤逆的女儿践踏老父的尸首那样，想傲慢无礼地践踏这个可怜人的遗体吗？快告诉我们，你究竟来干什么？你到底想怎么干才能称心？我知道，格利索斯托莫生前对你唯命是从，眼下他虽已不在人世，我也要让他所有的朋友都能听命于你。”

---

① 中世纪的人认为，在杀人者面前，被杀人的尸体伤口会冒血。

② 罗马暴君，为了想看看特洛伊城失陷时焚烧的情景，下令焚毁罗马城。

③ 达吉诺（Tarquino）是古罗马王室姓氏。相传，达吉诺杀岳父取得王位。本书作者根据西班牙的民间传说，改成达吉诺的女儿杀父。

"安布罗西奥啊，"玛塞拉回答道，"你刚才说的这些全不对。我是为恢复自己的名誉来这里的。我想告诉大家，那些将格利索斯托莫的烦恼和他的死都怪在我的头上的人是没有道理的。我请求在场的各位仔细地听我说，反正对明白人说话，用不到多说，只要三言两语就可以把道理说清。按你们的说法，我是天生丽质。正因我长得好看，你们身不由己地爱上了我；根据你们的说法和想法，我也应该爱上你们。我凭上帝给我的悟性知道，凡是美的东西都是可爱的。可是，我并不认为，因为有人见你美，爱上了你，你就得爱他。也许爱上美女的那个人自己长得很丑，而丑是令人讨厌的。如果有人说，你很美，我爱上了你，即使丑你也得爱我，这种说法就没有道理了。就算男女双方一样美，也不见得就会产生互相爱慕之心。再说，美人并不人人可爱，有的使人悦目，却难使人倾心。假如见到一个美人就爱一个，那就乱了套，不知道到底该爱谁了。因为长得好看的人很多，难道一个人能爱那么多人吗？我听说真正的爱情是专一的，而且应该自愿，不能强迫。我以为这是对的。既然这样，那你们为什么要逼我相爱呢，仅仅因为你们说爱我吗？还有一点，假如老天没有让我生成美人，让我长得很丑，请问，我能由于你们不爱我而抱怨你们吗？再说，你们应该明白，我长得好看，也是老天的恩赐，我自己既没有恳求，也没有选择。同样的道理，毒蛇身上有毒，能毒死人，这也不能怪它，因为这也是天生的。因此，我长得漂亮，不应受到责备。一个长得好看的正经女人就像在远处燃烧的火焰，也好比一把锋利的剑，你若不靠近，就不会烧死，也不会被剑砍死。名节和品德是心灵的装饰品，没有这些东西，外表长得多美也算不上好看。如果贞操是使心灵和外表显得更美的一种美好的品德，那么，那些因为长得好看而受人爱慕的女人，仅仅为了满足那些只图一时之快、千方百计地想让女方失去贞操的男人的欲望，就该失去贞操吗？我是个天生喜爱自由自在的人，为了能过上无拘无束的日子，我选中了幽静的田园和山野。我与山上的棵棵大树作伴，清澈见底的溪水是我的一面面镜子。我与山上的树木谈心，溪水能照见我的倩影。我是远处的火焰，也是远处的剑。我见到有人爱上了自己，对我一片痴情，就对他说，千万不要这样。有的男人因得到了女方的某种暗示而变得更加痴心，而我对格利索斯托莫和其他任何人均没有作过这样的暗示。完全可以这样说，是他自己执迷不悟，害了自己的性命，不是我狠心。正由于这个原因,我有必要对你们作这样的解释。我要对你们说,就在挖他墓穴的这个地方,他向我吐露对我的情意。我回答说,我的愿望是一辈子独身,只准备过隐居的生活,把我美丽的躯体留给大地享受。我对他说得这么明白,他还一意孤行,开顶风船,结果在大海中翻了船,淹死了。他真傻啊!当初我如果敷衍他,我就是虚伪的;如果我答应他,就违背了我洁身自好的心愿。我已把问题说得一清二楚,他仍不醒悟;我没有嫌弃他,他却已伤心绝望。你们说说吧,把他的痛苦怪到我的头上,这样做合理吗?他受了骗才可以抱怨;我答应他,却没有赴约,他才能说失望;我主动叫他来,他才可以感到自信;我接受了他的求婚,他才能得意。然而,我既没有约见他,也没有欺骗他,也没有主动叫他来,更没有接受他的求爱,他怎能说我狠心,说我杀害了他呢?老天至今都没有叫我爱上什么人,有人想让我堕入情网,这是办不到的。我这一番表白但愿对每一个追求我的人都有好处。请大家注意,从今以后,如果有人为我而死,就不是受到妒忌或遭到抛弃。一个人如果谁也不爱,就不会引起妒忌;把情况如实说明,也不能看成是瞧不起人。叫我猛兽、妖精的人,就请你们把我看成坏人、害人虫,不要理我好了;说我无情无义的人,就别巴结我;说我负心的人就别讨好我;说我狠心的人就别追逐我。我这只猛兽,我这个妖精,我这个无情无义、残酷无情的负心人绝对不会来找你们,巴结你们,奉承你们,追逐你们的。格利索斯托莫急躁狂妄、害死了自己,为什么要怪罪于我这个贞洁谨慎的人呢?有人要我与男人相处时保持清白,却为什么不让我与林木为伴、洁身自好呢?你们都知道,我有财产,不贪图他人的财物;我生性喜爱自由,不喜欢受人管束;我不爱也不恨任何人。我既不欺骗这个人,也不追求那个人;我不取笑这个,也不玩弄那个。我喜欢和这些村庄里的牧羊姑娘交往,我要照看自己的羊群,这就是我的消遣。我平时思考的问题总不会超越这些山头。如果越出了这个范围,那只是为了领略天空的美,把自己的灵魂引向大自然。”

说完话,没有等人们的回话,她便回身走进附近山林深处。在场的人对她的智慧和美貌惊叹不已。有些人被她如雷电般秀目的光芒击中,丧魂落魄,尽管听了她这一番表白,还想继续追她。这个情况被堂吉诃德发现了,他认为这时正需要他这个骑士来保护这个弱女子。于是,便手按剑把,大声地说:

"不论你们有什么身份,什么地位,都不能去追美丽的玛塞拉。谁胆敢这样做,我就对他不客气了!她已经说得明明白白,格利索斯托莫的死不是她的过错。谁去向她求爱,她也不会答应。像她这样洁身自好的姑娘,在全世界也找不出第二个。这样的人理应受到好人的尊重,不应该对她紧追不放。"

也许是受到了堂吉诃德的威吓,也许是由于安布罗西奥要大家尽一尽对他们好友的义务,那群牧羊人一个也没有离开。墓穴挖好后,焚烧了格利索斯托莫的遗稿,他们就将他的遗体安放在墓穴内。在场的人淌了许多眼泪。他们暂时用一块大石头盖上墓穴,因为墓碑还没有准备好。安布罗西奥说,他们打算在墓碑上刻上这样的墓志铭:

　　这里长眠一痴心人,
他的遗体早已冰冷,
生前在这里牧羊,
因遭遗弃一命丧。

　　美女的脸冷若冰霜,
给他造成致命创伤,
她使爱神更加专制,
因此更加扩大了其统治。

接着,众人在坟墓上撒了许多花朵和树枝,又向格利索斯托莫的朋友安布罗西奥吊唁了一番,便辞别了。比瓦尔多和他的旅伴也告辞走了。堂吉诃德向款待他的牧羊人和比瓦尔多他们俩告别。他们俩邀请堂吉诃德跟他们一起去塞维利亚,说那个地方最适合冒险,每一条街,每一条街的拐弯处都会发生种种惊心动魄的事情。堂吉诃德对他们的介绍和邀请表示谢意。他说,眼下他还不想也不应该去塞维利亚,他要等到这周围山上的盗匪全都消灭后才能成行,因为听说这一带山区盗贼横行。比瓦尔多他们俩见他有这么大的雄心壮志,就不再勉强,再次与他道别后,便撇下他走了。他们在旅途上自然免不了会谈谈玛塞拉和格利索斯托莫之间发生的事,还有堂吉诃德那些疯疯癫癫的行为,倒也不觉得寂寞。堂吉诃德决心去找牧羊姑娘玛塞拉,全身心地为她效力。然而,根据这部真实的传记的记载,以后发生的事和他设想的不一样。这个故事的第二部分就在这里结束。

第十五章

叙述堂吉诃德与几个凶恶的杨桂斯人相遇，吃了大亏。

据学识渊博的熙德·阿梅德·贝纳赫利的记载，堂吉诃德告别了曾款待过他的那几个牧羊人和参加格利索斯托莫葬礼的那些人后，便同他的侍从走进刚才玛塞拉进去的那座森林。他们在里面走了两个小时，四处寻找着玛塞拉，却不见她的踪影。后来，他们来到一块绿油油的草地，旁边有一条小溪，溪水平静地流着，异常清凉。此时正是炎热的正午，他们来到这个诱人的地方，就身不由己地想停下来睡个午觉。

堂吉诃德和桑丘下了坐骑，让毛驴和罗西纳特自由自在地吃那儿长得极其茂盛的青草。他们自己取出褡裢里的干粮，主仆俩不拘礼节，安安稳稳地吃了一顿饭。

桑丘忘了拴上罗西纳特的前腿了。他满以为，这马非常老实听话，不会干出什么伤风败俗的事情来的，就是让它见了科尔多瓦牧场上所有的母马也不会起淫心的。然而，命运自有天定，魔鬼也不总是在睡觉的。那时节在草地上正好有一群加利西亚的矮脚母马在吃青草。它们的主人是几个加利西亚的搬运夫。他们有一个习惯，每到一个水草丰盛的地方，就停下来歇晌。堂吉诃德休息的那块草地，正好是加利西亚人①选中歇晌的地方。

说来也怪，见到这几位矮个子"姑娘"②，罗西纳特突然发起情来。原来它刚才闻到了母马的气味，一反常态，也没有得到主人的许可，便撒腿奔向

---

① 标题上说的杨桂斯人(Yangueses)与这儿说的加利西亚人是一回事。

② 即上面说的矮脚母马。

母马，同它们寻欢作乐去了。然而，对母马们来说，准是啃吃青草比其他任何事更有趣，所以，它们用蹄子和牙齿去迎接罗西纳特，转眼间踢得它肚带断裂，马鞍落地，变成了一匹光马。可是，还有使罗西纳特更难熬的呢。原来那几个搬运夫见到它一个劲儿地朝母马扑去，便顺手操起一根木桩①赶了过来，狠狠地打了它一顿，打得它青一块紫一块的，躺倒在地。

堂吉诃德和桑丘见罗西纳特在挨打，便气喘吁吁地奔了过来。堂吉诃德对桑丘说：

"桑丘朋友，在我看来，这几个人不是骑士，是卑贱下流的小人。我说这话的意思是，你完全可以助我一臂之力。刚才我们眼睁睁地瞧着罗西纳特受辱，一定要替它报仇。"

"见你的鬼去吧，报什么仇呀！"桑丘回答说，"他们一共有二十来个人，而我们才两人，也许还没有两人呢，只有一个半人。"

"我本人能以一当百呢，"堂吉诃德说。

他没有再多说，便拔剑向加利西亚人砍去。桑丘见了主人的榜样，受到鼓舞，也跟着他干了起来。只一个回合，堂吉诃德便砍中了一个加利西亚人，将他身上穿的一件皮衣砍破，还顺带切下他背上一大块肉。

加利西亚人多。他们见到自己人被这两个人欺侮，便各自操起一根木桩，将他们俩团团围住，狠狠地朝他们的头上打来。只两下桑丘便被打翻在地；堂吉诃德虽然武艺高强，勇猛非凡，但也遭到了同样的厄运。事有凑巧，他正好被打倒在罗西纳特的脚边。那匹马还没有从地上爬起来，因此，它能亲眼目睹那些满腔怒火的庄户人如何用木桩猛击它的主人。

加利西亚人见自己闯了大祸，便迅速地把货物装上牲口，撇下那两个冒险家走了，他们俩被打得鼻青眼肿，失去了知觉。

桑丘先醒过来，他见自己躺在主人身边，就有气无力地说：

"堂吉诃德老爷，哎呀，堂吉诃德老爷！"

"桑丘兄弟，你要什么？"堂吉诃德忍着剧痛，尖声尖气地说。

"如果可能的话，"桑丘说，"请您给我喝两口那种叫什么'弗奥布拉

---

① 搬运夫在马背上装货时，用木桩顶住驮鞍，不使偏坠。

斯'①的药水,不知您身边有没有。这种药能治外伤,想来伤筋断骨也能治吧。"

"我真倒霉,"堂吉诃德说,"就是没有这种药水;要是有,我们还怕什么呢?不过,我向你保证,桑丘·潘沙,我要以游侠骑士的名义向你发誓,如果命运不作别的安排的话,要不了两天时间,我就把这种药水配制出来,除非我这双手不能动弹了。"

"可是,"桑丘问道,"您认为,我们这双脚得等多久才能动弹呢?"

"依我看,"被打得遍体鳞伤的骑士堂吉诃德说,"这日子还长着呢。这都怪我,我压根儿就不该和这些没有像我一样被封授为骑士的人交手。由于我违犯了骑士道的规定,战神就给了我这样的处罚。为此,桑丘·潘沙,我有一句话吩咐你,你要好好地听,这可关系着我们两个人的祸福呢。往后你如果见到这样的泼皮无赖来欺侮我们,就不要等我拔出剑来(因为对这样的人我绝对不会这么干的),你就应该拔出你的剑,狠狠地教训他们。这时,如果有骑士来护卫他们,帮他们的忙,我就会来保护你,尽一切力量向他们发起进攻。你已经多次见到过,我这条铁臂的力气是很大的。"

这位可怜的骑士自从战胜了勇敢无比的比斯开人,已傲慢得不可一世。然而,桑丘·潘沙对他主人的这番言论却不以为然,他回答说:

"老爷,我是个平平和和、安安稳稳的老实人,不管受到什么样的欺侮我都能够忍受,因为我有妻小需要抚养。我虽然不能叫您干这干那,可也得跟您说清楚:无论是对老乡还是对骑士,我都不会动武的。打从现在起,一直到我去见上帝的这个时候为止,无论是上等人还是下等人,是有钱人还是穷光蛋,是绅士还是乡巴佬,无论他有什么样的地位和身份,不管他欺侮了我,还是想欺侮我,总之,不管这件事发生在过去、现在或将来,我一概原谅。"

主人听了他的话,回答说:

"我真想好好喘一口气,免得讲话那么吃力;我真希望我这边肋部的疼痛减轻一点,好让我告诉你,桑丘,你刚才说的话是不对的。听我说,你这个可怜虫,如果到今天为止,我们一直时运不济的话,那么,从今以后,就会时来运转,我们的命运之船就会一帆风顺,就会毫无挫折地驶入一个海岛的码

---

① 即本书第一部第十章中的菲亚拉弗拉斯香油,桑丘把这个大力士的名字说错了。

头。我不是答应要给你赢个海岛来吗？如果我征服了海岛，让你当上海岛总督，那时你会怎么样呢？你总不能因为自己既不是骑士，又不想当骑士，既没有勇气，也不想捍卫自己的尊严，就不去惩罚那些欺侮你的人，放弃了你作为一岛之主的权利吧？你应该清楚，在新近征服的那些王国和行省里，当地的老百姓总是不听话的，尤其是换了一个新的当政者，他们总会兴风作浪，想改天换日，或者如人们说的那样，想碰碰运气。为此，新的海岛总督必须有治国安民的本领，有在任何情况之下都能抗敌自卫的胆略。"

"处身于眼下的这个境地，"桑丘说，"我真希望自己有这样的见识和胆量。不过，我凭自己这个可怜人的名义发誓，我现在最需要的是膏药，而不是空谈。您看看能不能从地上起来，我们一起扶罗西纳特一把吧，尽管它不配我们帮助，因为刚才是它肇的事，害我们挨了这顿打。我从来不认为罗西纳特会这么不老实，我原以为它很正经，就像我一样非常稳重呢。常言道，'日久见人心'，又说，'世事无常'。谁会想到在您给了那个背了运的游侠骑士狠狠地砍了几剑后，紧接着棍子又会下雹子一般地落到我们俩的背上呢。"

"桑丘，" 堂吉诃德说，"你的背应该是久经风霜的，我的背可是穿惯了软布细纱的，娇嫩着呢，这次挨了打，自然疼得更加厉害些。要不是我想象——说什么想象呢？我确实明白，我吃的这种种苦都是和使枪弄棒的这个行业分不开的。否则，我真会活活地被气死。"

侍从回答说：

"老爷，既然这种不幸的事情都与骑士道紧密相连，那么，请告诉我，这种事是经常发生呢，还是在一定的时期内发生？因为我觉得这种事已发生两次了。除非大慈大悲的上帝帮忙，不然，如果再来个第三次，我们俩可就给报销了。"

"你应该明白，桑丘朋友，"堂吉诃德说，"游侠骑士一生要遭遇千百次的危险和苦难。可是，他们也有同样数量的机会成为国王和皇帝，就像各色各样的骑士的经历表明的那样，这些骑士的传记我都了如指掌。我要不是肋骨痛得连说话都有困难，我这就讲几个骑士的故事给你听听，他们就全凭双臂的膂力攀上了很高的地位。可是，在他们达到上述目的的前后，总遭受过各种各样的灾难和艰险。就拿英勇无双的阿马蒂斯·德·加乌拉来说吧，他曾经落到了他的死敌魔法师阿尔加拉乌斯的手中。据查，这个魔法师将阿马蒂斯捆在院子里的一根木桩上，用马缰绳打了他二百多下。还有个不大出名的作家（他的声望并不小）写了一本书，说那个太阳神骑士有一次中了圈套，掉进了脚底下的城堡里；接着，又落入一个很深的陷阱中，手脚都给捆住；然后，有人拿雪水混合着泥沙往他肚子里灌，从胃部一直灌到肠子里。要不是他的一个好朋友——一位魔法师在他极度困难的时候前来援救他，这个可怜的骑士可就没有命了。我能和这些名人站在一个位置上，我也就够幸运的了。不过，刚才说的这些人受的侮辱可比我们受的大得多了。你应该知道，桑丘，有人随手拿起自己手中的工具打伤了你，这算不得侮辱。这在决斗规程中有明文规定。比如，鞋匠拿起他手边的鞋楦打伤了人，虽说这鞋楦是木头制的，却不能因此说挨打的人挨了一顿棍子。我跟你说这话的意思是，我们虽然挨了这顿毒打，你别以为我们受了侮辱，因为那些人用来揍我们的器械都只是几根木桩。根据我的记忆，他们中间没有一个人带长剑、短剑或匕首。”

“当时我可来不及这么细看呀，”桑丘说，“因为我还没有拔出自己的蒂索纳剑①，他们那几根松木桩就横七竖八地打到我的肩膀上了。打得我眼前一片漆黑，两腿软绵绵的，一下子就跌倒在我现在躺着的这个地方。对我来说，让人用木桩打成这样是不是侮辱，我倒是无所谓的，我在乎的是给打得浑身疼痛，这是我一辈子也忘不了的。”

“桑丘兄弟，你该明白，”堂吉诃德说，“日子久了，记忆中的事也会消失；不论什么痛苦，人一死也就完了。”

“要等时间久了才能消失，”桑丘说，“要等人死了才能了结，这样一来问题不是很严重了吗？我们这次挨了打，如果贴几张膏药就能治好，那倒没有什么；可是，依我看，就是拿医院里的膏药全都贴到我们身上，也医不好我们的伤呢。”

“桑丘，别这么垂头丧气的，要振作起精神来，”堂吉诃德说，“我就要这么办。我们来看看罗西纳特怎么样了。我看这可怜的家伙这次遭的罪也不

---

① 西班牙古代英雄熙德用的两把宝剑中的一把，塞万提斯称桑丘的剑为蒂索纳剑，显然是一种讥讽。

轻。”

“这也不足为奇嘛，”桑丘说，“因为罗西纳特也是个优秀的游侠骑士呢。我觉得奇怪的倒是我这只毛驴，它一点事儿也没有，不像我们俩给打得肋骨也断了好几根。”

“天无绝人之路，”堂吉诃德说，“我说这话的意思是，我们可以让这头毛驴来顶替罗西纳特，将我驮到某个城堡去治疗身上的伤。而且，我认为使用这样的坐骑也不会失去面子。我记得曾经在书中读到过，笑神①的老师昔雷诺老头儿当年进‘百门城’②时，就是骑着一匹漂亮的毛驴，他可高兴呢。”

“他也许真的像您说的那样骑毛驴进去的，”桑丘说，“可是，堂堂正正地骑在驴背上进去是一回事，像一袋垃圾那样横搁在驴背上进去又是另一回事啊。”

“在战争中负伤只会增加荣誉，决不会丢脸，”堂吉诃德说，“因此，桑丘朋友，请你不要再和我抬杠了，还是照我说的话办吧。你先想办法爬起来；然后，用你认为最合适的办法将我安置在你的毛驴上。我们争取在天黑以前离开这儿，免得在这个荒野里过夜。”

“可我曾经听您说过，”桑丘说，“游侠骑士们一年中有大半时间露宿在人迹罕至的荒山野地里，还认为这样非常幸福呢。”

“那是在迫不得已的情况下，或者是在热恋中才这么干的，”堂吉诃德说，“这是千真万确的。有的骑士无论天晴天阴，不管刮风下雨，不怕烈日寒风，在一块岩石上整整露宿了两年，而他的情人对此却一无所知。阿马蒂斯就是这样的骑士。当时人们叫他‘忧伤俊杰’。他在一块光秃秃的岩石上露宿了整整八年，也可能是八个月，这我记不太清楚了。反正他在那儿赎罪，进行自我惩罚，因为他的情人奥莉安娜不知对他进行了什么样的责难。这些事就不说了吧，桑丘，快起来吧，别让这头毛驴也像罗西纳特那样遭了殃。”

---

① 指希腊酒神巴科斯(Baco)。

② 巴科斯是希腊底比斯(Tebas)城人，该城又称“七门城”。所谓“百门城”是埃及的底比斯城。

“那就一定是见了鬼了。”桑丘说。

他一连喊了三十声“啊唷”，叹了六十口气，还把带他到这儿来的那个人咒骂了整整一百二十次，才从地上爬了起来。他觉得全身无力，身躯就像一张土耳其弓一样弯着，没有办法直起来。他就这样弯着腰给他的毛驴备上鞍辔。这驴子逍遥自在了一天，一定也干了一些不正经的事情。接着，桑丘又扶起了罗西纳特，这匹马要是也能开口说话，那它一定也会大叫其苦，而且一定会胜过桑丘和它的主人呢。

闲话少说。桑丘将堂吉诃德扶上了毛驴，然后，又将罗西纳特拴在毛驴的后部，他自己拉着驴子的缰绳，估摸着方向，朝大道走去。也该他们时来运转了，还没有走上一西班牙里地，大道就在眼前，道旁还有一家客店。尽管桑丘不同意，堂吉诃德却硬说这是一座城堡。桑丘一再分辩说，那是客店，但主人固执己见，坚持说是城堡。主仆两人争论还没有结束，便来到了客店。桑丘没有细加打听，便领着一行人畜，走了进去。

第十六章

叙述在异想天开的绅士认为是城堡的客店里发生的事情。

店主见堂吉诃德横卧在驴背上，便问桑丘，他究竟怎么不舒服。桑丘说，病倒是没有，只是在一块大石头上跌了下来，肋部受了点伤。店主有个老婆，脾气和一般客店老板娘不一样。她为人厚道，关心他人的疾苦。她见堂吉诃德伤成这个样子，便过来为他治伤，还叫她的女儿也过来帮助她。她女儿是个年轻姑娘，模样儿俊极了。客店里还有一个女侍，是个阿斯图里亚斯姑娘，长一副宽脸盘、扁脑勺、鼻梁扁平，瞎了一只眼，另一只眼睛也有毛病。说真的，她的身材长得相当美，弥补了她许多缺陷。她从脑袋到脚跟不到七拃①长，背有点儿驼，因此，眼睛总是不由自主地朝地上看。这位"潇洒的"姑娘帮助店家女儿和老板娘替堂吉诃德铺了一张极其简陋的床，就在客店的阁楼上。这地方显然是堆草料和柴火的。里面还住着一名骡夫，他的床铺与我们那个堂吉诃德的床相去不远。他的床是用公骡的驮鞍和盖布拼凑起来的，但比起堂吉诃德的那张却要强得多。堂吉诃德的床是用四块粗糙的木板搁在两条高低不平的板凳上搭成的。床垫薄得像床罩，里面还有一个个疙瘩。要不是从一些破洞里露出一些碎羊毛，用手一摸，这些硬邦邦的疙瘩就像鹅卵石。两条床单硬得像是用盾牌上的皮革制成的；那一条线毯上面的经纬线稀稀拉拉的，你要是有这个雅兴去数一数，准可以数得一根不拉。

堂吉诃德就躺在这张糟糕透顶的床上，客店老板娘和她的女儿替他从

---

① 长度单位，张开了手，从大拇指端到小指端的距离，约二十厘米。

上到下敷上了油膏，那个名叫玛丽托纳斯的阿斯图里亚斯姑娘举着灯在一旁照着。老板娘给堂吉诃德上药时，发现他身上青一块紫一块的，就说这好像不是摔的，倒像是挨了揍。

“不是挨了揍，”桑丘说，“是那块大石头上有许多尖尖的棱角，一个棱角就撞出一块血斑。”接着，他又说：“太太，请您把纱布省着点儿用，给留下一点儿，说不定还有人要用呢。我的脊梁就有点儿疼。”

“这么说，”老板娘说，“你一定也摔下来了。”

“我倒是没有摔下来，”桑丘·潘沙说，“只是我见到主人摔下来时，吓了一大跳，结果，全身好像挨了一千棍似的疼痛起来。”

“这完全有可能，”店主的女儿说，“我常常梦见从高塔上掉下来，老是到不了地面，等到醒来时，全身酸疼，真像从塔上摔下来似的。”

“事情就怪在这儿，小姐，”桑丘说，“我当时根本没有做梦，比眼下还清醒呢，可是我身上青一块紫一块的血斑比我家老爷少不了多少。”

“这位绅士叫什么名字？”阿斯图里亚斯姑娘玛丽托纳斯问道。

“他叫堂吉诃德·德·拉曼却，”桑丘回答说，“是个冒险的骑士，是开天辟地以来世界上最了不起最有本领的骑士。”

“什么叫冒险的骑士？”侍女问道。

“你也太年轻了，连这个也不知道吗？”桑丘·潘沙说，“那你就听着，我的妹子，冒险骑士是指那些一会儿挨棍子，一会儿又当上皇帝的人；他们今天是世界上最倒霉、最可怜的人，明天却又变成手里有两三顶王冠赏给他侍从的人。”

“你既然是这么好的老爷的一个侍从，”老板娘问道，“看你模样为什么连伯爵都没有当上呢？”

“还早着呢，”桑丘说，“因为我们出门历险还才一个月，到今天还没有遇到一件真正的险事。有时你找的是这件事，遇到的却是另一件事。不过，说句老实话，我家老爷堂吉诃德这回受了伤或摔了跤，如果能养好，而我自己也没成残废，那么，即使拿西班牙最高爵位封我，还不称我的心呢。”

这时，堂吉诃德硬撑着，坐在床上，专心听着他们的谈话。他握住老板娘的手，说道：

“美丽的夫人，请相信我说的话，您留我在这个城堡内过夜，这是您的荣幸。像我这样的人不自赞自夸,因为常言道,自赞自夸,越赞越垮。不过,我是什么样的人,我侍从会告诉你的。我只想跟你说,你刚才服侍我,我将一辈子铭记在心,终生感激。我只想祈求上苍,情丝不要紧紧地缠住我的双脚,不要将我管得牢牢的;我在齿缝里念叨的那个负心的美人儿那双眼睛不要紧紧地盯着我,这样,我就会听命于这位漂亮的姑娘,唯她的眼色是从了。"

老板娘和她的女儿还有那个心地善良的玛丽托纳斯听了游侠骑士的这番话,不知所云,就像听他说希腊语一样。不过,她们也多少听懂一点意思,他是在对她们说奉承话,想讨好她们。她们没听惯他这样的话,愣愣地瞧着他,露出一脸的惊色,觉得他与一般人不一样。她们对他说了几句客气话,表示了对他的谢意后,就走出了房门。阿斯图里亚斯姑娘玛丽托纳斯去给桑丘治伤,他也正需要治疗呢。

骡夫和玛丽托纳斯约定当晚幽会;她说等客人和店主夫妇安睡后,她去找他,让他如愿。据说这个实心眼的女侍,要是答应了人家,从不失信,哪怕在深山老林,没有人作证的情况下,也会赴约,俨然像个一诺千金的小姐。她这样的人在客店里当用人不觉得有失身份,她只是说,她倒了霉,运气不好,才落到了这个地步。

堂吉诃德那张又硬、又窄、又简陋、又不平稳的床就放在那间星光能从屋顶上透进来的破屋中间,略靠近房门。旁边躺着桑丘,他只躺在一条席子上,盖着一条毯子。这毛毯不像是羊毛的,倒像是一块硬帆布。紧接着他俩的床铺,就是那骡夫的床。刚才已经说过,他的床是用他两匹最好的骡子的驮鞍盖布拼凑起来的。他总共有十二匹骡子,都长得膘肥肉壮,毛色闪闪发亮。据这部传记的作者说,他是阿莱瓦洛的骡夫中最富裕的,作者对这个骡夫非常熟悉,甚至有人说,他们之间还有点儿亲戚关系呢[①],所以,作者特别着墨与他。此外,熙德·阿梅德·贝纳赫利这个历史学家对什么事都感兴趣,总想追根究底,弄个水落石出。我们只要看看前面的叙述,就知道即使细小的琐事,他也要交代得清清楚楚。严肃的历史学家应该以他为榜样。

---

① 当时的骡夫一般都是摩尔人,而假托本书作者的熙德·阿梅德·贝纳赫利也是摩尔人。

他们叙事过于简略，不够生动。或者由于粗枝大叶，或者出于恶意，或者由于无知，他们写的东西我们还没有阅读，其中最主要的那一部分早就在人们记忆中消失了。真该千百次地祝贺《塔布兰德·德·黎加蒙德》的作者和叙述托米亚斯伯爵的功绩一书的作者，因为他们把书中的每一个环节都交代得一清二楚①。闲话少说，言归正传。骡夫照看了他的牲口，给它们喂过第二次饲料后，就躺在用驮鞍拼起来的床上，等待他那绝对准时的玛丽托纳斯的到来。桑丘的伤口已上了药，正躺在床上，他虽想入睡，但双肋疼得他难以合眼。堂吉诃德的肋部也痛得厉害，这会儿正像兔子一样张大着两只眼睛。客店里已十分安静，灯全都吹熄了。只有大门正中的那盏灯还点着。

客店寂静的环境促使我们的骑士想入非非，头脑中不断地重现他阅读过的骑士书上的一些情节。他脑海里突然涌现一个异常奇怪的想法：上文已经说过，他以为这次自己来到了一座有名的城堡（因为他将自己投宿的客店都看成是一座座城堡），店主的女儿就是城堡主的小姐。她见他这么英俊潇洒，一见钟情，答应当天夜晚瞒着她的父母前来与他幽会。这本是凭空臆造，他却坚信不疑，于是，就惶恐不安起来，觉得自己的名节已处于极度危险之中。他暗下决心，即使希内布拉王后亲自带着她的女总管金塔涅娜夫人前来与他相会，他也不会干任何不忠于他的意中人杜尔西内娅·德尔·托波索的事情的。

正在这样胡思乱想的时候，该当他倒霉，那个阿斯图里亚斯姑娘来找骡夫了。她只穿一件内衣，光着双脚，头上套着发网，蹑手蹑脚走进他们三人合住的那个房间前来赴约。她一到门口，堂吉诃德便发觉了，立即从床上坐起。尽管身上贴满了膏药，肋部疼得很厉害，他还是张开双臂，迎接他心目中美丽的姑娘。阿斯图里亚斯姑娘这时正蜷缩着身子，屏息敛气伸着双手摸索着朝前走来。她一只手正好碰到了堂吉诃德张开的双臂。他立即紧紧地捏住她的手腕，用力朝自己身上一拉，让她坐到自己的床上。这时，她一声也不敢吭。接着，他就去摸她的内衣，她穿的虽是一件粗麻布衣服，堂吉诃德却认为是一件细纱布衬衣。她两只手腕上戴着两串玻璃小球，他却认为她戴着闪闪发光的东方宝珠。她的头发乱蓬蓬的活像一撮马鬃，在他眼

---

① 作者在这里说的是反话，实际上，这两部作品并不是好的骑士小说。

中却变成金光闪闪的阿拉伯金丝，它发出的光亮使太阳也黯然失色。她呼出的气显然夹带着隔夜的凉拌菜的味道，他却觉得她满口芳香。总之，这时他头脑中浮现出自己在书中读到过的公主的形象，这位公主的体态和容貌与她完全一样。公主出于对一位身受重伤的骑士的一片深情，前去探望他。他这时已完全沉浸在幻想中。虽说他手中触摸到的，鼻子里嗅到的以及从这位实心眼的姑娘身上感受到的其他种种，除了那位骡夫外，都会让人恶心，却没能使他醒悟。他只觉得自己怀里抱着的是美丽的女神，他紧紧地搂着她，含情脉脉地低声说：

“高贵美丽的小姐，承蒙您光临寒舍，让我能一睹您无比俊美的芳容，我真不知如何才能报答您的盛情。可是，命运之神总爱对我们这些人过不去，这会儿竟让我全身是伤，骨折筋断地躺在床上，我虽有意满足您的愿望，却是力不从心。我难以满足您的意愿，还有一个更重要的原因，我这颗心早已许诺给了举世无双的杜尔西内娅·德尔·托波索，她是我内心深处唯一的意中人。要是没有这个原因，我可不会那么愚蠢，眼睁睁地放过您一片深情给我提供的这个良好机会，不享一享艳福。”

玛丽托纳斯被堂吉诃德紧抱不放，急得满头大汗。她既听不懂也无心去细听堂吉诃德刚才对她说的那一番话，只是默默无言地挣扎着，力图脱离堂吉诃德的怀抱。这时，骡夫淫心荡荡，难以入眠。刚才他的姘头一进门，他就知道了。堂吉诃德对她说的那一番言论他也专心听了，他以为这个阿斯图里亚斯女人由于另一个人的插足对他失信了，不免大吃其醋。他走近堂吉诃德床边，想再细细听听堂吉诃德究竟在说什么，因为他刚才没有听懂他话中的含意。他见到那女侍正在挣扎着试图脱身，而堂吉诃德却紧紧地搂抱着她，觉得这个玩笑开得实在太大了。他高高举起手臂，猛地一拳打在那个多情的骑士尖尖的下巴骨上，打得他满嘴流血。打了这一拳他还没有消气，又一跳跳到堂吉诃德身上，采用跑步的姿势，从他身上的第一根肋骨一直踩到最后一根。堂吉诃德的这张床本来就不结实，摇摇晃晃的，这会儿又上来一个骡夫，自然承受不起，哗啦一声就倒在地上。店主被这声音吵醒了，心想一定是玛丽托纳斯在捣什么鬼，因为他叫了她几声，她没有答应。想到这里，他就起身点燃了一枝蜡烛，循声走去。那个女侍见店主来了，知道他脾气火暴，爱大喊大叫，吓得缩成一团，躲到桑丘·潘沙的床上。桑丘这时还在呼呼大睡，她就蜷缩着睡在他的身边。店主一进门，就大声地说：

“你在哪儿？臭婊子！准是你捣的鬼！”

这时，桑丘醒来了，觉得有一个什么东西快压到自己整个身子上了。他还以为自己在做噩梦，就挥舞着拳头左右乱打，玛丽托纳斯因此不知挨了多少拳。她被打痛了，就顾不得面子，也一拳不少地回敬了他。桑丘被打得终于彻底清醒过来，见到眼下这个样子，也不知这个人是谁，只顾用力从床上爬起，一把扭住玛丽托纳斯，两个人好一阵厮打，那模样儿真叫人捧腹不止。

骡夫借着店主的烛光，见到他姘妇挨打，就离开堂吉诃德的床，前去救她。店主也赶过来，不过他的用意不同，他是想揍女侍一顿，因为他确信，这一场乱子全都是她一个人引起的。这就像人们常说的那样，猫儿追老鼠，老鼠咬绳子，绳子捆棍子①。我们这儿是骡夫打桑丘，桑丘打女侍，女侍打桑丘，店主打女侍。人人都忙得两只手一刻儿也不停。有趣的是这会儿店主手中的烛光突然灭了，周围漆黑一团。众人打得更狠了，拳头落到的地方，早已皮开肉绽，鲜血直流。

那天晚上正好有个托莱多的旧神圣友爱团的巡逻队员在客店里投宿。他听到这一阵阵奇奇怪怪的吵闹声，便一手提着一根不长不短的权杖②，一手拿着放置公文的铁皮匣，摸黑来到打架的那个房间，大声地说：

“快住手，听从法律裁决！快住手，服从神圣友爱团的命令！”

他进来后第一个碰到的就是挨足了拳头的堂吉诃德。这会儿他正直挺挺地仰卧在那张倒塌的床上，不省人事。巡逻队员在黑暗中摸到了他的胡子，嘴里不断地喊叫着：

“请帮助执法！”

他发现自己触摸到的这个人既不出声，也不动弹，便以为他已一命呜呼了；他还认为房子里的那些人一定是杀人凶手。他这么一猜疑，就运足了力气，大叫道：

“出人命了，快将客店的大门关好，谁也别想出去！”

这一声喊将众人吓了一大跳，大家便立即住手，溜了出去。店主回到自

---

① 西班牙以欧洲民间故事为基础写成的童话中说的情景。

② 权杖象征权力，权大的长，权小的短，巡逻队员的权杖不长不短，呈绿色。

己的卧室;骡夫回到自己那张用驮鞍拼凑成的床上;女侍回到了自己住的破房子里。只有倒霉的堂吉诃德和桑丘躺在原地无法动弹。巡逻队员松开揪住堂吉诃德胡须的手,出去找火点灯,准备捉拿犯人。他没有找到灯火,因为刚才店主回房去的时候,有意把蜡烛也吹熄了。无奈他只好到灶房里去点火,费了好大的劲,过了好一会儿时间,他才点燃了一盏灯。

第十七章

继续叙述勇敢的堂吉诃德因头脑有病，将客店当成城堡；他与他的好侍从桑丘·潘沙在客店里遇到许多事情。

这时，堂吉诃德已从昏迷中苏醒，他用那天躺在"钉满了木桩的山谷"①上呼唤他的侍从同样的声腔呼唤着他，说道：

"桑丘朋友，你睡着了吗？你睡着了吗，桑丘朋友？"

"我就是想睡能睡得着吗？"桑丘没好气地说，"今天晚上所有的魔鬼都来跟我作对。"

"不错，情况正是这样，"堂吉诃德说，"我以为这城堡一定着了魔，中了邪了，否则，我就太没学问了。我告诉你……不过，你得起誓，对我接下去跟你讲的这些话，要严守秘密，保密到我离开人世。"

"我愿意起誓。"桑丘说。

"我说这个话，"堂吉诃德说，"是因为我不想败坏别人的名声。"

"我已经说过，我起誓，"桑丘又说，"我一定对您说的话守口如瓶，一直到您百年以后。不过，愿老天帮忙，让我明天就能说出去。"

"我什么地方得罪你了，桑丘，"堂吉诃德问道，"你居然要我这么快就死？"

"不是这个缘故，"桑丘说，"只是由于我这个人有话心里藏不住，我不喜欢让东西搁在肚子里发霉。"

"不管怎么说，"堂吉诃德说，"凭你对我的这个情意和尊敬，我还是相

---

① 作者在这里引用了有关古代英雄熙德的谣曲中开头的一句"在那钉满木桩的山谷里"，实际上指的是他挨加利西亚搬运夫一顿打的那个草地。

信你的，因此，我愿把这件事告诉你。今天晚上我遇到了一件难以言喻的奇事，我可以用几句话把这件事的经过告诉你。刚才城堡的那个小姐来找我了，像这么聪明伶俐，长相俊美的姑娘恐怕在全世界也找不到第二个啦。她实在太漂亮太机灵了，这方面我真的找不出适当的字眼来加以形容。有关她遮盖着的那些地方显然也是妙不可言的，只是为了表示对我意中人杜尔西内娅·德尔·托波索的耿耿忠心，我就不去说了。我只是想告诉你，我这次有了这么大的艳福，也许老天爷眼红了；也许正如我刚才说的那样这个城堡已经着了魔，中了邪了（这点是确定无疑的），正当我与她进行最甜蜜最亲切的交谈时，我没有看清不知从什么地方伸过来一只巨人的大手，在我下巴骨上狠狠地揍了一拳，打得我满嘴流血。接着，他又狠狠地打我一顿，这顿打比昨天因罗西纳特行为不规矩挨加利西亚人那顿揍还厉害。因此，我猜想这个美丽的千金小姐准有个着了魔中了邪的摩尔人守护着，不让我得到她这个奇珍异宝。”

“我也得不到啊，”桑丘说，“因为当时足足有四百多个摩尔人揍我，昨天我挨加利西亚人的那顿木桩比起今天挨的这顿打，只是小菜一碟罢了。可是，老爷，我请问您，刚才这件事把我们俩坑害到了这个地步，您为什么还尽说是奇事妙事呢？您总算还不坏，搂抱过那个据您说是绝代佳人的姑娘。可我呢，除了挨那顿一辈子也从未挨过的毒打，又得到了什么？该我倒霉，也该生我的亲娘倒霉！我又不是游侠骑士，也从来没有想到当游侠骑士，可是绝大部分灾难都落到了我的头上。”

“这么说，你也挨打了？”堂吉诃德问道。

“我不是对您说，我挨打了吗？”桑丘说，“真是连祖宗的霉也给倒尽了。”

“别难过，朋友，”堂吉诃德说，“我这就来配制那种珍贵的香油，有了它，转眼间就会康复如初。”

那个巡逻队员已点了油灯，走进房间来看看他以为已经死了的那个人。桑丘见进来一个人，身上只穿一件内衣，头上裹着一块布，手里拿着一盏油灯，脸露凶相，便问他的主人道：

“老爷，这恐怕就是那个着了魔、中了邪的摩尔人吧。他刚才还没有打过瘾，这会儿又来找我们了。”

“不会是那个摩尔人的，”堂吉诃德说，“因为着了魔、中了邪的人，肉眼看不见。”

“肉眼看不见，”桑丘说，“肉体总感觉得到吧。要不，我的背总能感觉得到吧。”

“我的背也会感觉到，”堂吉诃德说，“不过，这还不能表明眼下见到的这个人就是着魔中邪的摩尔人。”

巡逻队员走进房间，听见他们俩在这么平平静静地聊着天，一时愣住了。堂吉诃德仍仰面朝天躺着，他浑身是伤，贴满了膏药，一点儿也不能动弹。巡逻队员来到他身边，对他说：“老家伙，你这是怎么啦？”

“我要是换了你，”堂吉诃德回答说，“说话就会更有礼貌些。你们这儿的人对游侠骑士说话是这个样子的吗？你这个蠢才！”

巡逻队员见这么狼狈的人还对他如此傲慢无礼，哪儿忍受得了。他举起满是灯油的油灯，朝堂吉诃德的脑袋上砸去，将他的头皮烫伤了好大的一块。这时房间里已一片黑暗，他只好走出房门。桑丘·潘沙说：

“老爷，这个人毫无疑问是个着了魔的摩尔人了。他一定替别人守护珠宝，对我们不是拳打脚踢，就是拿油灯砸。”

“是这样的，”堂吉诃德说，“因此，对着魔中邪方面的事不能过于认真，既不能因此发火，也不要生气，因为这玩意儿肉眼看不见，都是一些幻影，随你怎么想方设法，也找不到对象进行报仇雪耻。桑丘，你如果能起身，就起来找城堡主去，请他给我一些食用油、葡萄酒、盐，还有迷迭香，用来配制那种治伤用的香油。说实在话，眼下我非常需要这种治伤药，因为刚才那个鬼家伙给了我一拳，伤口还在淌血呢。”

桑丘虽然全身筋骨酸痛，还是挣扎着起来，摸黑找店主去。这时，正好巡逻队员在门口听他的对手说些什么。桑丘见到了他，就对他说：

“先生，不管您是谁，请您行行好，给我们一些迷迭香，再给一点儿油、盐和葡萄酒，因为有个世界上最优秀的游侠骑士被这客店里一个着了魔的摩尔人给打成重伤，眼下正躺在床上，需要用这些东西进行治疗。”

巡逻队员听了桑丘的话，认为他一定是个疯子。这时正好天开始亮了，他便打开客店正门，叫店主起来，并把刚才头脑有问题的那个人的要求转告他。店主把桑丘要的东西如数给了他。桑丘便把这些东西拿去给了堂吉诃德。后者刚才给灯砸了一下，这时正双手捂着脑袋叫疼。那一砸只烫出两个大水泡，堂吉诃德却以为在淌血，其实他是在流汗，是给刚刚发生的这场风暴急出来的。

闲话少说。堂吉诃德拿起那些药料，将它们搀和在一起，经过搅拌后，就放在炉子上熬。过了好大一会儿，他认为已经熬好了，就想要个瓶子装起来。客店里没有瓶子，店主给了他一个装油的铁皮罐子，他就把熬好的药装在里面。装好药后，他就对着药罐念了八十多遍《天主经》，又念了同样数量的《圣母颂》，接着又念了这么多次《圣母经》和《信经》。每念一次就像祈求祝福一样在胸口划一个十字。在这整个过程中，桑丘、店主和巡逻队员都在场。那个骡夫已经悄然无声地给他的牲口喂草料去了。

药配制好后，堂吉诃德就想亲口尝一尝他心目中的这种宝贵的香油，看看是不是有效。药锅里还剩有一些油罐里装不下的药，约有半个阿孙勃雷。他拿起来就喝，还没有喝完，就哇的一声吐开了，吐得热汗直流，把胃里的东西全吐出来了。他叫人们给他盖好身躯，让他一个人在房子里躺着。众人离开后，他在床上躺了三个多小时。醒来后，他觉得浑身轻松，伤口也不怎么痛了，认为已经痊愈了。他相信自己已经制成菲亚拉弗拉斯香油。有了这种药，他的胆子就壮了，往后不管怎样危险的恶仗、硬仗，他都敢冲敢打。

桑丘·潘沙见他主人已经好了，认为这是个奇迹，便请堂吉诃德将药锅里还没有喝完的药给他喝。锅子里还留了不少药，堂吉诃德就给了他。桑丘满怀信心，一片虔诚，端起药锅，一古脑儿往肚子里灌，喝的量不亚于他的主人。可是，可怜的桑丘的胃没有他主人这么敏感，喝下药后，不但没有先呕吐，反而引起肠胃一阵阵绞痛，恶心，全身出虚汗，脑袋晕得天旋地转。他觉得这次真的末日已经来临。他心里非常懊恼，嘴里不停地咒骂那种香油以及给他喝这种香油的混蛋。堂吉诃德见他这个样子，说：

"桑丘，你这么不舒服，一定是你还没有封为骑士。我认为，这种药对不是骑士的人是无效的。"

"你知道这个道理，为什么还让我喝呢？真是倒了我祖宗十八代的霉了。"

这时，桑丘喝下的药药性大发，可怜的侍从身上两条渠道同时决堤，上吐下泻，弄得他身子下垫着的那条草席和身上盖的那条线毯都不能用了。

他一阵阵冷汗，一次次昏厥，情况十分严重，他本人和所有在场的人都认为，他这次性命难保了。他身上的这阵狂风恶浪几乎延续了两个小时。之后，他没有像他主人那样把伤治好了，反而觉得全身瘫软，连站都站不起来。

刚才已经说过，堂吉诃德这时已浑身轻松，康复如初。他想立即出去历险。他认为，自己逗留在这里，就意味着世界上需要他帮忙的穷人弱者得不到帮助和庇护。再说，他又带了这种香油，更增强了他的信心。决心下定后，他亲自给罗西纳特套上鞍辔，也替他侍从的毛驴放上驮鞍，还帮他穿好了衣服，扶他上了毛驴。然后，他自己也上了马。他来到客店的一个角落里，拿起放在那里的一柄短矛，权作长矛使用。

这时，客店里的人都在瞧着他。他们总共有二十来号人，店主的女儿也在其中。堂吉诃德的目光一直没有离开过她，还发出一阵阵叹息声，仿佛全都来自心灵深处。在场的人都以为他是由于肋部疼痛——至少昨天夜里看他上药的那些人是这么认为的。

主仆俩各自上了坐骑。堂吉诃德在店门口停下，叫来了店主，以沉稳、严肃的口气对他说：

“城堡主先生，本人在贵堡承蒙盛情款待，感激不尽，此恩此德，铭记永生。倘使有横蛮无礼之徒胆敢欺凌您，我定为您复仇，以报答您的恩德。您要明白，我的职责就是扶弱济贫，惩罚不义，昭雪冤情。请您回忆一下，如有这类事情需要我效力，只要说一声，我以封授的骑士职位的名义向您保证，我一定让您称心满意，如愿以偿。”

店主也以同样沉稳严肃的语气回答说：

“骑士先生，我不需要您为我报什么仇，雪什么恨，因为如有人欺侮我，我自有办法对付。我只要您付清昨夜住宿的各种开支：两匹牲口的草料费，加上晚餐和客房的费用。”

“这么说，这是客店了？”堂吉诃德问道。

“是啊，是一家体体面面的客店。”店主回答说。

“那我搞错了，”堂吉诃德说，“我还一直以为这是一座城堡呢，而且还是一座不坏的城堡。既然这是一家客店，不是城堡，那眼下这笔费用只好请店主给免了吧，因为我不能违反游侠骑士的规矩。据我所知，游侠骑士住了客店从不付款，也不付其他任何费用，我迄今在书上读到的都是这样。这是因为他们有权利享受这种优待。他们出去冒险,常常不分白昼黑夜,不分春夏秋冬,或徒步或骑马,忍饥耐渴,不畏寒暑,受尽了大自然给他们的种种磨难,吃尽了人世间的各种苦头,对他们这样的人进行款待,也是理所当然的。”

“您说的这些与我不相干,”店主说,“请您不要再说什么故事,也不要再讲什么骑士道了。请您把欠我的费用付给我,别的事我不管,我只管收我的租金。”

“你这个客店老板实在太愚蠢,太没有良心!”堂吉诃德说。

说完,他便用双腿夹了一下罗西纳特,举着他的那根短矛,走出客店,谁也没有拦阻他。他也没有回过头来瞧瞧他的侍从有没有跟随着他,一口气就跑了很长一段路。

店主见堂吉诃德没有付款,就扬长而去,只好到桑丘·潘沙身边要账。桑丘说,既然他主人不想付账,他自然也不想这么做,因为他是游侠骑士的侍从,他主人住了客栈或旅店不用付款,这个规矩,这个道理也同样适用于他。店主听了,勃然大怒,吓唬他说,他若不付,就叫他吃些苦头,不由他不付钱。桑丘说,根据他主人奉行的骑士道,即使要了他的命,他也不给一分钱。游侠骑士自古以来的好规矩不能坏在他手里,他也不能让后世的侍从怪他,责备他丢弃了如此合理的权利。

遭了厄运的桑丘又该倒霉了。在客店的这些旅客中,有四个塞哥维亚的羊毛梳理工,三个科尔多瓦市波脱罗区的卖缝衣针的小贩,还有两个住在塞维利亚集贸市场附近的居民。这些人生来爱打闹,爱玩恶作剧,虽无恶意,却常常弄得你哭笑不得。这几个人仿佛受到某人的唆使和挑动似的一齐来到桑丘身边,将他从毛驴上拉了下来。其中一人走进客店,取来了店主床上的那条毛毯,将桑丘推倒在毛毯上。他们抬头一看,发现房子的天花板太低,在这里不能玩他们的把戏,就决定来到后院,那儿正好是头顶蓝天。到了那儿,他们将桑丘放在毛毯的中间,然后向空中高高抛起,用这个办法戏弄他,就像在狂欢节期间抛狗作耍一般。

被他们抛扔的这个可怜虫没命地呼叫起来,喊声终于让他的主人听到了。他侧耳细听,开始时还以为又遇到了什么新的险事。后来,他听清楚,是他的侍从在呼叫。他拨转马头,飞马回到客店门口,见店门紧闭,便绕着客店走了一圈，想找个门进去。他来到后院并不太高的围墙边，终于看到那些人在戏弄他的侍从。他见到桑丘被一起一落地往空中抛扔，那动作如此协调、准确，却又如此滑稽逗人，要不是他当时一腔怒火，也准会忍俊不禁的。他试图踩着马背爬上墙头，然而，当时他还浑身无力，连下马都不可能，只好在马背上向抛扔桑丘的那些人怒骂一番，这连珠炮般的骂声就连本书的作者也没法记录下来。然而，抛扔的那些人这时还在嬉笑，并没有住手，在空中翻滚的桑丘也没有停止他的喊叫。他时而恫吓，时而央求，但并没有起到应有的作用，他们仍然一刻不停地抛扔着，直到精疲力竭才住手。他们随即将桑丘的驴子牵来，扶他上驴，还替他披上了短大衣。心肠仁慈的玛丽托纳斯见他累成那样，觉得拿一瓦罐水让他喝，是对他最好的救助，便从井里汲了一罐冰凉的井水给他。桑丘接过凉水，正要送到嘴边，却听到他主人的叫声，没有喝进去。主人说：

"桑丘，我的孩子，别喝凉水，孩子，千万不能喝，这会要了你的命！你看到了吗？我这儿有香油，神极了！"他把盛药的那个铁皮罐拿给他看，"这香油你只要喝上两滴，管保药到病除。"

听到堂吉诃德的话，桑丘斜眼看去，用更大的声音说：

"您也许忘了我不是骑士吧？您还要我将昨天夜里吐剩下来的五脏六腑都吐个精光吗？这鬼油您自己留着吧，我的事您别管！"

说完话，他拿起瓦罐就喝。喝了一口，知道是水，就不想喝了，他请玛丽托纳斯给他拿酒来喝。她很乐意地给他拿来了酒，而且，还是她自己花钱买的。正如有些人说的那样，她虽然是个用人，却有基督徒的心肠呢。

这时店门已经大开。桑丘喝完酒，用脚踢了一下毛驴，迅速冲出店门。尽管他的背部和往常一样，当了他的担保人①，他仍然觉得非常得意，因为他坚持了自己的主张，没有付一分钱的住宿费。实际上店主已经将他的褡裢留下抵账了，只是桑丘急急出门，压根儿就没有察觉。桑丘一走，店主就打算闩上大门，但刚才抛扔桑丘的那一伙人不同意。在这些人眼里，堂吉诃德即使真的是圆桌游侠骑士中的一员，也分文不值。

---

① 意思是桑丘的背部挨了打，店主才允许他"赊欠"房费的。

第十八章

叙述桑丘·潘沙与他主人堂吉诃德的谈话以及其他值得记述的险事。

桑丘赶上他主人的时候，早已精疲力竭，连催赶驴子的力气也没有了。堂吉诃德见他这个样子，便对他说：

“桑丘，你这个老实人，听着，现在我终于相信，那个城堡（或者就叫客店吧）已经受魔法控制了，这是确凿无疑的。那几个这么残忍地折磨你的家伙，不是妖魔或是从阴间来的鬼怪，又会是什么呢？关于这一点，我以下列事实为证：当时我站在后院的围墙边见你演那一幕幕惨剧，我却无法爬上墙头，甚至我都不能从罗西纳特背上下来，可见我已中了他们的魔法了。我以骑士的名义向你起誓，那时节我如果能爬上墙头，或者能下马，我一定为你报仇，要让那一群泼皮流氓永远记住他们这一场恶作剧。当然，这样做是违反骑士规则的，就像我多次对你说过的那样。按规定，除非进行自卫防身，或者情势紧急，万不得已，一般情况下，骑士是不准和不是骑士的人交手的。”

“我不管自己是不是骑士，要是办得到，我一定会替自己报仇的，可惜我办不到。不过，我认为那些戏弄我的人既不是你说的鬼怪，也不是着魔中邪的人。他们和我们一样，是有血有肉的人，而且，他们每个人都有名有姓。他们将我往空中抛扔的时候，我都听到他们互叫姓名，有一个叫佩德罗·马丁纳斯，另一个叫特诺里奥·埃尔南德斯，我还听到他们管店主叫左撇子胡安·帕洛梅盖。因此，老爷，您爬不上围墙，下不了马，与着魔不着魔不相干。我现在明白了一个道理：我们出来四处寻找险事，到头来都是自己倒了霉，弄得哪一只是自己右脚都分辨不出。依我愚见，倒不如回到我们自己村庄,因为眼下正是收获季节,地里有许多活儿要干,不要再像老话说的'东奔西跑,越跑越糟'了。"

"桑丘,你对骑士道方面的事实在知道得太少了!"堂吉诃德说,"你别多嘴,也不要着急,总有一天你会亲眼目睹干这一行该有多光荣。你若不信,请你告诉我,世界上还有比打胜仗,比降伏了敌人更令人高兴,令人喜欢的事吗? 毫无疑问, 这样的事一件也没有。"

"你说的想必是有道理的,"桑丘说,"骑士道这方面的事我的确一窍不通。我知道,自从我们当上了游侠骑士,——或者说自从您当上游侠骑士后(因为像我这样的人是进不了这么体面的人的圈子里的),我们从来没有打过胜仗。与比斯开人干的那一次例外。不过,那一次您也赔了半只耳朵和半个头盔呢。打那以后,我们一次次挨棍子,一顿顿吃拳头,我还多沾了点光,让人家用毯子往空中抛。由于抛我的这些人是有魔法的,我还没有办法复仇。我真不明白,您说的战胜敌人的快意究竟在什么地方。"

"桑丘,我的苦恼正在这儿,"堂吉诃德说,"想必也是你的苦恼。不过,从今以后我一定设法弄到一柄精制的降魔剑,带着这把神剑,任何形式的魔法都不起作用了。甚至时来运转,'火剑骑士'阿马蒂斯①的那柄剑也会落到我的手中呢。这可是全世界骑士佩剑中的佼佼者,它不仅有我刚才说的那个优点,而且,还像剃刀一样锋利,任何铠甲,不管有多坚固,甚至施了魔法,都会被一剑劈开。"

"我这个人运气是够好的了,"桑丘说,"就算您说的这些是真的,您真的弄到了这么一柄宝剑,也像那种香油一样,只对封授了骑士的人才有用,像我这样的侍从嘛,只有吃苦头的分了。"

"这个你别烦,桑丘,"堂吉诃德说,"老天会让你交好运的。"

主仆俩正在这样边走边谈着,堂吉诃德忽然见到前面路上黄尘滚滚。他立即回过头来对桑丘说:

"桑丘啊,今天是我吉星高照的日子! 我是说,今天我要比往常更卖力地干,我要大显身手,让今天的作为名垂青史,永世留芳。桑丘,你看见前面那滚滚尘埃了吗? 这是由无数个民族组成的一支数量庞大的军队,它正朝

---

① 这里指希腊的阿马蒂斯(Amadis de Grecia)。

这儿开来。”

“这样说来，应该有两支军队啦，”桑丘说，“因为在相反的那个方面也掀起了一片尘土。”

堂吉诃德回头一看，果然如此，喜不自胜，心想确实是两支军队，开到这广阔的平原地带来一决胜负的。原来堂吉诃德的脑海里无时无刻不在想游侠骑士小说中讲到的行军作战呀，着魔中邪呀，冒险猎奇呀，谈情说爱呀，挑战决斗呀，以及其他种种疯疯癫癫的事，他平日说的、想的和做的也全都是这方面的事情。其实，堂吉诃德刚才见到的尘埃是从那条道两个方向赶来的两群羊掀起的。由于空气中弥漫着尘土，没等这两大群羊走到跟前，还真的看不清楚。堂吉诃德一口气咬定这是两支军队，弄得桑丘也信以为真。他说：

“老爷，那我们该怎么办呢？”

“怎么办？”堂吉诃德说，“救助贫困，扶持孤寡呗。我告诉你，桑丘，迎面来的这支军队的最高统帅是阿利方法隆大皇帝，是特拉玻瓦纳①大岛之王。从我背后来的是他的死对头卡拉曼托斯②的国王率领的军队，这位国王名叫光胳膊潘塔波林，因为他每次交战总是裸露着右臂。”

“那么，这两个国王为什么会这样仇恨呢？”桑丘问道。

“他们俩交恶的原因是，”堂吉诃德回答说，“阿利方法隆是个凶恶的异教徒，他爱上了潘塔波林的女儿。这位公主非常漂亮，异常活泼可爱，是个基督徒。他父亲不愿意将她嫁给一个异教徒国王，除非他背弃了伪先知穆罕默德，改信基督教。”

“我拿自己的胡子起誓，”桑丘说，“尽管潘塔波林这件事做得不太好，我也要尽一切力量帮助他。”

“你这样做就对头了，桑丘，”堂吉诃德说，“没有封为骑士的人也可以参加这样的战斗的。”

“这点我也知道，”桑丘说，“只是我们这头毛驴拴到什么地方去呢？得找个打完仗后能稳稳当当找得到的地方。骑毛驴打仗，我认为到今天还没

---

① 即现在的斯里兰卡。

② 非洲内陆一城镇名。

有这个先例。”

“是啊！”堂吉诃德说，“我看你还是随它去吧，走失不走失，就看它的造化了。我们打赢了这一仗，手里的马就多了，说不定罗西纳特都有被换掉的危险。现在你留心听我说，也留心看着，我把两支军队的主将向你介绍一下。为了让你看得清楚些，我们退到那边那块高地上，那儿看得清楚。”

他们来到那座小山上。堂吉诃德误认为是军队的那两大羊群，要是没有被它们掀起的灰尘遮住，在这座小山上应该看得清楚的。然而，在堂吉诃德的头脑里，还是只看到了他没有见到的、实际上并不存在的东西。他提高嗓门说：

“那边有一位骑士身穿黄铠甲，手中盾牌上画一只戴王冠的狮子，蹲伏在一个姑娘脚下。他是英勇无敌的银桥主劳尔卡尔科。还有一位的铠甲上有一朵朵金花，盾牌的底子是天蓝色的，上面有三只银色的王冠。这就是吉罗西亚大公，威镇四方的米科科莱波。他右边那个手长腿长的大汉是豹子胆布朗达巴巴拉·德·波里契，是阿拉伯三个部落的首领。他身披一张蛇皮作铠甲，举一扇门板当盾牌。据传，这门板是当年参孙①以死复仇，摧毁了一座寺院后从一扇门上拆下来的。你再在这边看看吧。这支军队的开路先锋是常胜不败的蒂莫纳尔·德·卡尔卡霍纳，他是新比斯开的王子。他身穿蓝、绿、白、黄四色铠甲，在褐色底子的盾牌上画有一只金猫，上面写着一个‘喵’字，是他意中人芳名的第一个字的发音。据说她就是举世无双的苗丽娜，是阿尔弗尼盖·德尔·阿尔加尔贝公爵的千金。就在他旁边沉重地压在那匹威武强壮的骏马上的那一位是个初出茅庐的新手，他一身白铠白甲，白色的盾牌，没带任何标记。他是法兰西人，名叫皮埃莱斯·巴宾，是个封地在乌脱里盖的男爵。还有一位骑一匹轻捷的条纹斑马，脚上的马刺老是踢着马肚子。他的铠甲上画着由银白色与天蓝色两种钟成双地排列着的图案。他就是威猛的纳尔比亚公爵埃斯塔费拉尔多·德尔·博斯盖，他的盾牌上画着一棵芦笋作为标记，还有用卡斯蒂利亚语写的一句口号：‘我的命运掠地而飞’。”

堂吉诃德凭着自己的想象一个一个地报出这两支军队将帅的名字，同

---

① 古犹太的法官，以力大著称。

时,还随意说出这些将领穿什么样的铠甲,甚至还说出铠甲的颜色和标记,以及上面写的口号。此时他疯病大发,滔滔不绝地继续说下去:

“前面这支军队由各个民族的成员组成:有喝著名的桑托河[①]甜水长大的人;有脚踩玛西利[②]土地的人;有在幸福的阿拉伯土地上筛选金沙的人;有在清澈见底的泰尔莫东泰河两岸有名的凉爽地区过着好日子的人;有开挖了许多水渠以排去金黄色的巴克多洛河[③]水的人;有说了话不算数的奴米底亚[④]人;有以射箭著称的波斯人;有边打边逃的帕提亚和米提亚[⑤]人;有过游牧生活的阿拉伯人;有性格凶残皮肤白皙的西徐亚[⑥]人;有嘴唇上穿孔的埃塞俄比亚人;还有无数其他民族的人。他们的脸我都认得出,只是我已记不得这些民族的名称了。在另一支军队里,有喝用来灌溉橄榄树的贝底斯河清水长大的人;有用金光闪闪口味甜润的塔霍河水洗脸洁身的人;有的人居住在神圣的赫尼尔河畔,享用着那儿能供饮用的河水;有来往于牧草丰盛的塔尔特苏斯草原的人;有生活在乐土般的赫雷斯草原的人;还有富有的拉曼却人,头上戴着用金黄色的麦穗编的冠儿;有身穿铁甲的古代哥特族的遗老遗少;有的人常在以水势缓慢出名的毕苏埃加河沐浴;有的人在弯弯曲曲的瓜狄亚纳河边一望无垠的牧场上牧放过自己的牛羊,瓜狄亚纳河有一条著名的暗流;有人住在森林密布的比利牛斯山上,冻得全身发抖;也有的住在高耸入云的阿比尼诺高原,银白色的雪花冷得他们不时地打冷战;一句话,全欧洲所有的民族都在那儿了。”

天哪,他一口气说出了这么多地区,这么多国家和民族,还说出了每个民族的特点,看来他读了谎言连篇的书,整个儿都融化、浸泡在里面了。桑丘·潘沙全神贯注地听他说话。他自己一言不发,时而回过头来瞧瞧,看能不能见到他主人讲到的这些骑士和巨人。结果,一无所见,他对堂吉诃德说:

---

① 即特洛伊河。

② 非洲一城镇名。

③ 古代小亚细亚的吕底亚河,相传满含金沙,故呈金黄色。

④ 古非洲一地区。

⑤ 帕提亚和米提亚均为亚洲古国。

⑥ 黑海北岸古国。

"老爷,该是见鬼了吧,您刚才说的这么多巨人和骑士,在这周围一带怎么连一个也见不到呢——至少我没有看见啊。兴许像昨天夜里的那些鬼魂一样,都是魔法师变的吧。"

"你怎么这么说呢,"堂吉诃德说,"难道你没有听到马嘶声、号角声和咚咚的战鼓声吗?"

"我只听到公羊和母羊的咩咩声,"桑丘说,"别的什么声音也没有听到。"

情况确实是这样,因为这两群羊已经快到他们身边了。

"桑丘,你是心里害怕,所以,耳不聪,目不明。心一发慌,感觉器官就失灵了,看到的和听到的东西就不是原来的那样。你真的这么害怕,就退到一边去,让我单独留在这儿。我单枪匹马就能使我援助的这支军队取得胜利。"

说完,他便用踢马刺踢了一下罗西纳特,一手提着长矛,风驰电掣般地冲下山去。

桑丘亮着嗓门,大声地说:

"堂吉诃德老爷,请您快回来,我对上帝起誓,你冲进羊群里了!快回来吧,连我的亲老子也倒了霉了!怎么会疯成这样呢?您好好瞧瞧吧,既没有巨人,也没有骑士,也没有什么猫呀,铠甲呀,劈成两片的盾牌或者整块的盾牌呀,更没有什么图案上的白钟、蓝钟和什么鬼钟。您这是干什么呢?上帝,真作孽呀!"

尽管桑丘喊破了嗓门,堂吉诃德就是不回头。他也提高了嗓音嚷道:

"喂,骑士们,凡是在英勇的光胳膊潘塔波林皇帝的大旗下作战的人全都跟我来!你们将会看到,我将不费吹灰之力就能击败你们的仇敌——特拉玻瓦纳岛上的那个阿利方法隆。"

喊声未了,人已经冲进了羊群,举起长矛猛刺起来。看他那股劲儿,仿佛真的在刺杀他的不共戴天的仇敌呢。跟着羊群来的牧羊人大声地说,请他不要这么干。他们眼看这样做不起作用,便纷纷解下扔石器,将拳头大的石块往他身上扔来。这些石头丝毫也治不了堂吉诃德的疯病,他仍然左冲右突,嘴里一个劲儿地嚷道:

"目空一切的阿利方法隆,你在什么地方?快过来,我是单枪匹马的骑士，我们一对一较量一番，我要杀了你。你欺侮了英勇的潘塔波林·卡拉曼塔，我要严惩你！”

这时，突然飞来一块鹅卵石，打到堂吉诃德一边的腋下，将他的两根肋骨打得陷了进去。遭到这一打击后，堂吉诃德以为自己纵然不死，也一定受了重伤。于是，他想起了那治伤的香油，立即取出那个油罐，往嘴里送。那油流进他的肚里。他认为油罐里的香油还不少，还没有喝足。这时又飞来一块石头，不偏不倚，正好打在他的手上和油罐上，把那只油罐打碎，还捎带磕下了他三四个板牙和盘牙，还砸伤了两个手指。

第一块石头来势凶猛，第二块石头也是够厉害的。这两块石头打得可怜的骑士从马背上掉了下来。牧羊人来到他身边，都以为他已一命呜呼，便迅速将羊赶到一起，扛起那七八只死羊，急匆匆地走了。

在这期间，桑丘一直站在一座小山上，看他主人发疯。他一个劲儿地揪着自己的胡须，嘴里诅咒着命运，为什么让他认识了这么个主人。见堂吉诃德倒在地上，牧羊人已经远离，桑丘才走下山来，来到主人身边，发现他的伤势很重，只是神志还相当清楚。他对主人说：

“堂吉诃德老爷，刚才我不是对您说过，回来，您攻击的不是军队，是两群羊吗？”

“我的对手足智多谋，诡计多端，他们会由人变成羊羔。桑丘，你应该清楚，这些家伙不费吹灰之力，就能做到他们变什么，我们就相信什么。老是跟我过不去的这个坏蛋，见我在这场战斗中即将获胜，便十分忌妒，立即将对阵的两军变成了两群羊。你如不信，就请你做下面一件事，做这件事为了我，也为了让你醒悟过来，相信我说的话全是真的。你骑上毛驴，悄悄地跟着他们，用不了跟他们走多远，就能见到他们又从羊羔变回原形，变成我刚才跟你说起过的那些人——一点也不假的人。不过，眼下你暂时不要走，我还需要得到你的帮助。你过来，替我瞧瞧我少了几个板牙和盘牙，我仿佛觉得满嘴牙齿被打得一颗不剩了。”

桑丘来到堂吉诃德身边，两只眼睛几乎凑到了他的嘴边。这当儿堂吉诃德刚才喝下的香油在胃里药性大发。就在桑丘贴着堂吉诃德的嘴看他的牙齿的一瞬间，后者吃进肚子里的东西就像水枪一样喷射到这个富有同情心的侍从的脸上。

“圣母玛利亚，”桑丘说，“这究竟是怎么一回事？这老先生的嘴里在喷血，他一定受了致命伤了。”

后来他再仔细看看，觉得从颜色、味道和气味上看，那不是血，是自己刚才见到他喝进去的香油。他立即一阵恶心，翻江倒海般呕吐起来，差一点将自己的五脏六腑都吐到他主人的身上。两个人都弄得一身淋漓。桑丘立即走到毛驴边，想从褡裢里找样东西把身子擦擦干净，同时也想找点药给主人治治伤。结果发现褡裢不见了，急得他差点发疯。他一再咒骂自己，同时心里暗暗盘算着。他想丢下主人回老家去，当然，这样一来就等于替主人白白干活，领不到工钱，而且主人许诺他当海岛总督的希望也成为泡影。不过，他也顾不了这些了。

这时，堂吉诃德已从地上爬起来。他怕嘴里仅剩的几个牙齿掉出来，拿右手捂住嘴，用另一只手抓住本性忠良、从不离开主人的罗西纳特的缰绳，来到侍从的身边。见桑丘胸口抵住驴背上，一手托着腮帮，露出一副忧虑多端的神情。堂吉诃德见他这副愁肠百结的样子，就说：

“桑丘，你应该知道，只有干得比别人多，得到的才能超过他人。我们经历过的阵阵暴风骤雨正是很快就会雨过天晴的征兆，这表明情况就会好转。不管好事坏事不可能历久不变，因此，厄运交久，好运就在眼前。请你不要为我的不幸遭遇难过，我的事没有一件与你相关的。”

“怎么不相关呢？”桑丘说道，“难道昨天给毯子兜着往天空抛的那个人不是我老子生的儿子？今天丢掉了那只装了我全部行装的褡裢不是我的，又是谁的呢？”

“桑丘，你的褡裢不见了？”堂吉诃德问道。

“是啊。”桑丘回答说。

“那我们今天就没有什么吃的了。”堂吉诃德说。

“您不是说能识别野菜吗？像您这样运气不好的游侠骑士就只好拿野菜充饥了。要是这草原上连野菜也找不到，那我们真的就只好喝西北风了。”

“不过，眼下我倒更喜欢吃上一大块白面包，或者黑面包，再加两条沙丁鱼呢。”堂吉诃德说，“这比狄奥斯科里德斯[①]撰写的并由拉古纳[②]医生添加了插图的那本书中描述的所有野草要好吃得多。这些就不去说它了。你还是快骑上你的毛驴，跟我走吧，好心的桑丘。上帝供养天下万物，无论是天上飞的蚊虫，还是地上爬的蠕虫，或者是水中游的蝌蚪，都给它们吃的喝的，难道会少了我们这一份吗？更何况我们在东奔西走为他效劳呢。上帝大慈大悲，让阳光普照好人坏人，无论是君子还是小人都能得到他雨露的恩泽。”

“您当说教布道的教士比当游侠骑士还强呢。”桑丘说。

“桑丘，游侠骑士无所不会，也应该样样都会，”堂吉诃德说，“几个世纪前有的游侠骑士就像毕业于巴黎大学的学生那样能随时在战场上说教或讲学。这就是说，矛不会使笔变秃，笔也不会使矛变钝。”

“您说的也有道理，”桑丘说，“现在我们离开这里吧。今天晚上得找个地方过夜。上帝保佑，那个地方没有毯子，没有用毯子兜着往上抛的人，也没有鬼怪和中了魔法的摩尔人。否则，我就要完蛋了。”

“孩子，你就祈求上帝帮你这个忙吧，”堂吉诃德说，“你爱上哪儿，就上哪儿，这回就由你来选择过夜的地方。不过，现在请你用手指摸摸我这儿，看看我这右上腭缺了几个牙。我这边觉得很痛呢。”

桑丘的指头伸进他的嘴里，一边摸一边问：

“您这儿原先有几个盘牙？”

“除了智牙[③]，一共四个，个个都是完好的。”

“老爷，请您再好好想想您刚才说的话，”桑丘说。

“我说是四个，也许五个吧，”堂吉诃德说，“因为我这辈子从来没有拔过牙，无论是盘牙还是板牙都没有拔过；也没有掉过牙，就连虫蛀和风湿病也没有坏死一个牙齿。”

“这么说，”桑丘说，“您在这下边只有两个半盘牙，上面连半个都没有，整个儿就像手掌一样光溜溜的。”

“我太不幸了，”听了侍从告诉他的这个令人沮丧的消息后，堂吉诃德

① 古希腊名医。

② 西班牙十六世纪名医，植物学家。他将狄奥斯科里德斯的著作译成西班牙文，并添加了插图。

③ 指成年后长的臼齿，共四枚。

说，“我宁可砍掉一只胳膊，只要不是拿剑的那一只。告诉你，桑丘，嘴里没牙就像磨盘里没有磨石，一颗牙齿比一枚钻石还宝贵得多呢。话又得说回来，我们干骑士道这个苦差使的人是注定要吃这种苦，受这种罪的。朋友，快上驴给我带路吧，走快走慢都随你。”

桑丘照办。他认为哪儿能找到个歇脚的地方，就朝哪儿走去，但一直没有离开那条笔直的大道。

他们缓步而行，因为堂吉诃德牙龈痛得他心烦意乱，无心走快步。桑丘不时地跟他说些话，逗他乐，给他解闷。桑丘说些什么，请看下一章。

第十九章

叙述桑丘和他主人的妙谈，以及堂吉诃德见到一具尸体等奇事。

“老爷，我们这几天倒霉事一桩接一桩，我看一定是因为您违反了骑士道的规则，犯了罪，所以遭到惩罚了。你曾经发誓，要把那个叫什么马拉特利诺[1]的摩尔人的头盔抢来，否则，您就不铺桌布吃饭，不和王后亲热等等，可是，这一切您都没有做到呀。”

“桑丘，你说得很有道理，”堂吉诃德说，“说句老实话，这件事我早已抛到脑后去了。不过，你没有及时提醒我，也有过错，所以给他们兜在毯子里抛扔，这点，你也不应该怀疑。不过，我决心补过自新。照骑士道的规矩，什么事都可以补救。”

“难道我也起过誓了？”桑丘问道。

“你没有发誓也不行，”堂吉诃德说，“我认为，你也许算个从犯。不管算不算，我们想办法进行补救总没有错。”

“如果是这样的话，”桑丘说，“那您可千万别把这件事和上次那个誓言一样给忘了。兴许那些鬼怪又会来戏弄我，如果他们见到您屡犯不改，也会来作弄您。”

两人边走边谈，走到半道上天就黑了，还没有找到投宿的地方。这时，他们都早已饥肠辘辘。丢失了褡裢后，他们路上吃的干粮全没有了。接着，他们又遇到了一件奇事，这件事真可以算是一件险事。当时已暮色苍茫，但他们仍往前走着。桑丘觉得这是一条大道，再往前走上一两西班牙里地，准

---

① 实际上应该是摩尔王曼布利诺。

能找到一家客店。

不久,天已全黑。侍从饿得发慌,主人也想吃东西。他们瞥见在对面有一大簇灯光,像一颗颗移动的星星,迎面而来。桑丘一见就怔住了,堂吉诃德也一时难以镇定自若。前者紧拉驴缰,后者勒住马头,静静地观察着眼前发生的事情。他们发现这点点火光离他们越来越近,越近越亮。桑丘吓得像中了水银毒一样,全身发抖;堂吉诃德也紧张得头发根也竖了起来。他强打精神说道:

"桑丘,可以肯定,我们遇到了一桩最大最险的事情。这件事要我拿出全身勇气,使出浑身解数才能对付。"

"我真倒霉,"桑丘说,"要是这次真的遇上了鬼怪,我还能受得了吗?我看他们真的是鬼怪。"

"即使他们比鬼怪还凶猛,"堂吉诃德说,"我也不允许他们碰你一根毫毛。上次他们耍弄了你,是因为我爬不上后院的围墙。这会儿我们是在一马平川的野地里,我可以自如地挥舞我这柄剑。"

"要是他们像上次一样,对您使了魔法,让您手脚僵直,"桑丘说,"在旷野里又有什么用?"

"即使这样,桑丘,"堂吉诃德说,"你也得壮起胆来,你也要振作精神。等一会儿你会亲眼见到我的胆量有多大。"

主仆俩站到路的一边,又细细地察看了一会儿那些火光。没有多久,他们就看见许多身穿白衬衣的人①。桑丘·潘沙一见,早已魂飞魄散,像得了疟疾一样,全身发冷,一个个牙齿都捉对儿厮打起来。情况越是看得清楚,他身上抖得越是厉害。那些穿白衬衣的人有二十来个,都骑着马,手中举着点燃的火把。后面是一乘驮轿②,轿子四周蒙着黑布。再后面又是六个骑牲口的人,全身披着黑色丧服,就连牲口也戴着孝,只露出四肢。这些牲口走得很慢,分明是骡子。那些穿白衬衣的人,口中念诵着什么,声音低沉、凄凉。在这样的时刻,在这样的旷野里,又见到这样的情景,怎么会不叫桑丘毛骨悚然呢。他的主人,要不是堂吉诃德,换了另一个人,也会害怕的。桑

① 当时西班牙士兵夜袭时,常在铠甲外罩一件白衬衣,作为识别标记。

② 状如马车,但没有轮子,由人或马驮行。

丘早已魂不附体,但堂吉诃德却一点也不怕,因为在他的头脑里早已把他眼前见到的情景想象成他书中读到过的那种险事了。

他把驮轿想象成为担架,上面一定躺着一名不是身受重伤就是一命呜呼的骑士,他的仇自然该由他堂吉诃德来报了。他二话没说,便提起那根长矛,在马鞍上坐正身子,十分威武雄壮地伫立在那批穿白衬衣的人必经的那条道的中间。见到他们走近了,便大声地说:

"骑士们,或者随你们是什么人吧,站住!快点交待,你们是什么人,从哪儿来,上哪儿去,那担架里抬的是什么人。看样子,你们是受到了伤害,或者伤害了他人。你们应该把实情告诉我,以便惩罚你们的恶行,或者为你们报仇雪恨。"

"我们有急事,"一个白衣人说,"客店离这里还远,我们没有时间停下来回答这么多问题。"

他踢一下骡子的肚子,往前走了。堂吉诃德听了勃然大怒,一把揪住对方骡子的笼头,说:"别走,应该讲点礼貌,快回答我刚才问的这些事,不然,我就跟你们大伙儿开战。"

那头骡子胆子小,笼头一给揪住,就吓得直立起前腿,将它的主人从骡的臀后掀翻在地。徒步行走的一名侍从见穿白衬衣的人跌落在地,便对堂吉诃德破口大骂。堂吉诃德怒不可遏,立即举起他的那柄长矛,朝一个身穿孝服的人刺去,将他刺成重伤倒地。他随即掉转马头,朝别的人刺去。他进攻的速度真是快得惊人。这时节的罗西纳特仿佛长了两只翅膀一样,跑动得非常轻捷、矫健。

那些穿白衬衣的人胆子都很小,又没有带武器,因此,没有交上手就落荒而逃。他们都举着火把,活像节日之夜举行的化装游行。那些穿丧服的人被无袖长袍和长裙裹住,行动不便,堂吉诃德轻而易举地将他们打了一顿,打得他们四散奔跑。他们认为,这家伙不是人,是地狱里来的鬼怪,来抢夺驮轿上的那具尸体的。

这一切桑丘都看得真切,他对主人的胆略敬佩万分,自言自语道:

"我这主人确实像他自己说的那样勇敢、有劲。"

这时第一个颠下骡子的人旁边有个火把还在燃烧。借着火光,堂吉诃德看到他了,就走到他身边,拿长矛的矛头搁在他脸上,叫他投降,否则,就要他的命。跌倒在地的那个人说：

“我早给您降伏了，我的一条腿都断了，起不来。您如果是个信基督教的绅士，我请求您别杀我，否则，就会亵渎神灵，因为我是硕士，已被授予初等神职。”

“您既然是教堂里的人，”堂吉诃德说，“哪个鬼家伙叫你到这儿来的？”

“有谁呢，先生，”倒在地上的人说，“还不是自己倒霉啊。”

“刚才我问你的话，你如不好好回答，”堂吉诃德说，“接下去你还会倒更大的霉呢。”

“让你满意，这并不难，”硕士说，“请听我说。我刚才说自己是硕士，其实我只是个学士，我叫阿隆索·洛贝斯，是阿尔科本达斯人。我刚从拜埃沙来，同行的还有刚才举着火把逃走的十一个教士。我们护送驮轿上的那具遗体上塞哥维亚去。那是一个绅士的遗体，他死于拜埃沙，在那儿入殓，眼下正如我刚才说的，准备将他的尸骨送去塞哥维亚安葬，那儿是他的故乡。”

“是谁杀死了他？”堂吉诃德问道。

“是上帝借助一场瘟病要了他的命。”学士回答说。

“原来是我主上帝要了他的命。”堂吉诃德说，“这就免得我为他复仇了。否则，我是要给他报仇的。既然是上帝要他死，我就只好耸耸肩不做声了；就是上帝要我本人的命，也只好这样。教士先生，我告诉您，我是拉曼却的一名游侠骑士，我的职责是走遍天下，大打不平，为民伸冤。”

“我原本是好好的，被你打断了一条腿，成了瘸子，看来一辈子也站不直了。我不明白，这叫什么打抱不平，”学士说，“你刚才为我伸冤，结果却使我受了冤，而且这个冤永远伸雪不了；您是来历险的，遇上您这样的人我真是倒了大霉了。”

“世界上每件事结果都不是一样的，阿隆索·洛贝斯先生，”堂吉诃德说，“这次的事坏就坏在你们来时正好在夜间，又穿着白色的法衣，手上还举着火把，口中念着咒语，有的还穿着丧服，真像是从阴间来的鬼怪，因此，我不能不尽我的责任来跟你们交战。我一直把你们当作地狱里的魔鬼，才向你们发起攻击的。”

“这也是我命该如此吧，”学士说，“害我倒大霉的游侠骑士先生，我的一条腿给压在骡子下面的驮鞍和脚镫的中间了，请拉我一把，让我把腿抽出来。”

“您怎么不早说呢?”堂吉诃德说,“我还只顾跟您唠叨了这大半天!”

他立即大声叫桑丘过来,但桑丘没有答应,因为那些先生带来了许多食品,他这时正在将骡子上的食品卸下来。他脱下自己的外套当作布袋,装了满满的一袋,驮在自己的驴子上,然后才奉命来到他主人的身边,帮那个学士从骡子底下抽出腿来;又抱他到骡背上,还将火把还给了他。堂吉诃德叫他去找他的伙伴,还请他向他的同伴们代致歉意,说他刚才多有冒犯,这也是他身不由己。桑丘插言道:“如果那些先生想知道将他们打成这个样子的这位勇士是谁,就请您告诉他们,他就是大名鼎鼎的堂吉诃德·德·拉曼却,别号叫‘狼狈相骑士’。”

学士走后,堂吉诃德问桑丘为什么叫他“狼狈相骑士”。

“我来告诉您原因吧,”桑丘说,“刚才我借助那个倒霉鬼的火把细细瞧了您一番,您的尊容实在太不雅观,这副模样狼狈极了。一定是这一仗打得太累了,也可能由于您掉了几颗牙齿吧。”

“不是这么一回事儿,”堂吉诃德说,“真正的原因是负责撰写我一生英勇事迹的那位饱学之士认为,我也应该和其他骑士一样有个别号。他们有的叫‘火剑骑士’,有的叫‘独角兽骑士’,有的叫‘姑娘们的骑士’,有的叫‘凤凰骑士’等;还有的叫‘狮身鹰头兽骑士’和‘死亡骑士’。他们凭这些绰号和标记名闻寰宇。我说,准是那位饱学之士将‘狼狈相骑士’这个别号放到你的舌头上和心眼里,这会儿让你脱口叫了出来。我今后就打算这么称呼自己。为了能名实相符,我打算让人在我的盾牌上画上我狼狈的模样。”

“您用不到费钱费神让人画这个像,”桑丘说,“其实,往后谁瞧您时,只要露出您的尊容,让他们看看,既不用画像,也不要盾牌,人家立即会说您模样很狼狈。请您相信我,我说的是实话,老爷。我告诉您,我顺便说句笑话吧,您腹内空空,又如我刚才说的,缺了几个牙齿,脸色实在难看。在这样的情况下,完全可以不画那幅一脸狼狈相的画。”

堂吉诃德听了桑丘的连珠妙语哈哈大笑。不过,他还是打算在使用这个别名的同时,按自己的想法让人画他的盾牌。

这时,那个学士又回来了,他对堂吉诃德说:

“我刚才忘了告诉您一件事。您听着,由于您粗暴地用双手触摸了神圣的事物，您被革除教籍了，juxta illud：Si quis suadente diabolo。①"

"我不懂这句拉丁文，"堂吉诃德说，"不过，我心里明白，我压根儿也没有用手去触摸，我用的是这根长矛。再说，我是个虔诚的天主教徒，我从来没有想到要去冒犯教士或教堂里的什么东西。我以为他们都是鬼怪，是另一个世界来的妖孽。我那样做的时候，头脑中浮现了熙德·鲁伊·地亚斯当年的情景；他当着教皇陛下的面将一个国王的使节坐的椅子砸烂了，因而被革除教籍②。可是，按罗德利戈·德·比瓦尔③那天的举动，他不愧是一个堂堂正正的勇敢的骑士。"

上面已经说过，学士听了这番话，未加驳斥就走了。堂吉诃德想看看驮轿上的那具尸体是不是只剩了一副残骸，可是，桑丘不允许，他说：

"老爷，我亲眼目睹的几次历险，要数这次最顺利。这一伙人虽给您打败了，但他们会发觉，打败他们的人只有一个。因此，他们必然会又羞又恼，重振旗鼓，又来寻找我俩，给我们点颜色瞧瞧。眼下驴子已准备停当，附近就是山，我们早已饥饿难忍，现在只要开步走，就可以像人们说的那样：'死人进墓道，活人吃面包'了。"

他赶着毛驴，请主人跟他走。堂吉诃德认为桑丘的话有道理，就不再说什么，跟他走了。他们在两座小山间走了一段路，来到一块广阔、僻静的平地，两人下了牲口，桑丘从毛驴背上卸下一些食物，他们就躺在草地上吃饭。由于饥饿，胃口大开，将早中晚三餐，外加一顿点心，都并作一顿吃了。教士先生向来不会亏待自己，这回伴送遗骸，驮骡上带了不少熟食，主仆俩一次就吃了一大篮，终于喂饱了肚子。

这时，出现了一件不如意的事，桑丘认为，这是最糟糕的一件事。原来他们没有酒喝，就连水也喝不到，渴得实在难熬。桑丘见到地上长满绿油油的青草，说出一番话来。要知桑丘说些什么，请看下一章。

---

① 拉丁文，作者引自十六世纪意大利著名的特兰托公会议上颁布的关于革除那些对教徒动手动脚的人的教籍的宗教命令，大意是，"据此……凡受魔鬼引诱者。"

② 据有关熙德的谣曲，熙德发现圣彼得大教堂法兰西国王的座位设在西班牙国王的上首，便一脚将法兰西国王的椅子踢翻。

③ 即熙德，西班牙民族英雄。

第二十章

叙述英勇的堂吉诃德·德·拉曼却遇到从未听到见到过的险事，却以世界著名骑士从来没有过的最安全的方法脱了险。

"老爷,这些绿油油的青草表明,这儿附近必然有滋润它们的清泉或小溪。因此,我们应该往前走一走,也许能找到解渴的地方。我们已渴得嗓子眼冒烟,这比饥饿更难受啊。"

堂吉诃德认为桑丘的主意不错。这时,他牵着罗西纳特,桑丘将吃剩的食物装上驴背,也牵着毛驴,两人摸黑朝草地的上方走去。由于这时天色已晚,周围什么也看不见。他们还没有走上二百步,就听到隆隆的流水声,好像有一瀑布从很高的悬崖上倾泻下来。听到这声音,他们欣喜万分,便停下来听听这声音来自什么地方。他们又听到了一种声音,这声音冲淡了他们刚才听到水声引起的欢乐,尤其扫了桑丘的兴,因为他生性胆怯。原来他们听到了有节奏的拍打声,还夹杂着铁片和铁链摩擦时发出的声音,加上他们原来听到的汹涌的水声,除了堂吉诃德,谁听了都心惊胆战。

上面已经说过,天已经黑了,他们来到一块林地,周围都是参天大树,微风吹动,树叶发出窸窣声,令人毛骨悚然。他们俩孤单单地在那个地方,天黑得伸手不见五指,一边是隆隆的流水声,另一边是沙沙的树叶声。刚才听到的拍打声仍不绝于耳,风还在不停地吹着,夜好像长得没有个尽头。此外,他们又不知身在何处,这真叫人胆战心惊啊。堂吉诃德对这一切仍毫不畏惧,他跳上马背,一手挎着盾牌,一手提着那根长矛,说道:

"桑丘朋友,你应该明白,老天爷让我出生在这个铁的时代,目的是让我去恢复金子的时代,也就是人们常说的黄金时代。我这一辈子就是要出生入死,历尽艰险,干出一番惊天动地的事业来。我再说一遍,我就是要重振圆桌骑士、法兰西十二武士和世界上九大英杰的事业。我要让人们忘记什么普拉蒂尔呀，塔布朗德呀，奥利瓦德呀、蒂拉特呀，以及费华和贝利阿尼斯之流，要让过去所有的著名骑士在人们的记忆中消失。我要在当今之世，干大事，创大业，立大功，让前辈骑士们创建的辉煌成就黯然失色。我忠实而公正的侍从，你应该注意，今夜这样黑暗，寂无人声，树林中又发出低沉的嘈杂声，加上我们跑来寻找好像从月亮的高山上冲泻下来的这股水流发出的可怕的声音，还有那种不停地响着的拍打声——这种种因素凑合在一起（或者单独的一种因素），都可以使战神也魂飞魄散，何况那些从来没有遭遇过这种危险、经历过这种奇事的人呢。可是，我刚才对你说的这种种情景反而更增添了我的勇气，使我难以控制自己，不管这次冒的险有多大，我一定要大干一场。为此，请你把罗西纳特的肚带勒紧一点，你就留在这里吧。在这儿等我三天，届时我若不回来，你就可以回村。回去后，劳你的驾，去一趟托波索，请告诉我那举世无双的杜尔西内娅小姐，就说那个为她倾倒的骑士，为了不辱没自己的名声，不给她的脸抹黑，已在战斗中捐躯了。”

桑丘听了主人的这番话，嚎啕大哭，说：

“老爷，我不明白您为什么要冒这么大的险。眼下是黑夜，周围没有人瞧见我们，我们完全可以绕道避险，就是三天不喝水也无所谓。既然没有人看见，就不会有人说我们胆小。再说，我曾经听村上那个您认识的神父讲道时说过，‘玩火者必自焚’①。因此，我们最好不要冒这么大的风险，去触动上帝。干这么大的事情，除非上帝创造了奇迹才能脱险。老天爷已经为您创造过好几次奇迹了。比如，您没有和我一样，让人家兜在毯子里往空中抛；您和护送那个死者的这伙人数众多的敌手交锋时，也占了便宜，自己一无损失。如果我说的这些都难以动摇您的铁石心肠，那么，请您想一想，您等一会儿一离开这里，我就会吓得魂不附体，不管谁来抢我的灵魂，我都会拱手奉送的。请您顾念这一点吧。我这次抛下妻儿，离开故乡，出来为您效劳，原以为能得到一些好处，不会吃亏的。可是，常言道，贪婪撑破了麻袋。对我来说，贪心打破了我的希望。我对您曾多次答应过要给我的那个充满霉气的海岛寄予很大希望，结果呢，不但得不到，还要将我丢弃在这个荒无

---

① 这个西班牙谚语如直译，应该是“谁去冒险，谁就会送命”。

人烟的地方。我的老爷,看在独一无二的上帝的分上,别对我这样无理。倘使您一定得这么干,至少也得等到天亮。我过去放过羊,根据我那时学到的一点天文常识,再过三个钟头天就亮了,因为小熊星的嘴巴已到了我的头顶上。它与我的左臂成一直线时,正好是半夜。"

"桑丘,今天夜里黑得伸手不见五指,"堂吉诃德说,"天上连一颗星星也没有,你怎么能见到什么成一直线呀,嘴巴呀,脑袋呀,这样一些玩意儿呢?"

"您说的也是事实,"桑丘说,"不过,人一害怕眼睛就亮了,连地下的东西也看得清清楚楚,更何况是天上的东西呢。头脑里只要好好想想,就会明白,眼下离天亮确实不远了。"

"离天亮虽已不远,"堂吉诃德说,"但我总不能因你淌了眼泪或进行请求就放弃骑士应该做的事情。无论是现在,还是别的什么时候,我都不能这样做。因此,桑丘,请你不要再说了。上帝既然给我安排了这件前所未见的险事,自然会保佑我平安,也会让你放心的。眼下你的任务是把马肚带给我勒紧一些,然后就留在这里。不管是死是活,我一定争取很快回来。"

桑丘见主人决心已下,无论眼泪,还是劝告都无济于事,便决定给他要个花招,迫使他等到天亮。他在勒紧马肚带的时候,悄悄地神不知鬼不觉地用他毛驴的缰绳拴住罗西纳特的两条前腿。这么一来,堂吉诃德想走也走不了啦,因为那马迈不开步,只能跳着走。桑丘·潘沙见到自己的这一招见了效,就说:

"啊呀,老爷,老天爷被我的眼泪打动了,不让罗西纳特跑了。您如果还是固执,硬要用踢马刺踢马,或用两腿夹它,结果也是瞎子点灯——白费蜡,还会触怒命运之神呢。"

堂吉诃德心急如焚,但越是使劲地踢,那马越是动弹不了。他没有想到马的前腿被捆住了,没奈何只好坐等天明,或者等到罗西纳特能挪动步子的时候再说。他压根儿也没有想到这是桑丘捣的鬼,总以为这是别的什么原因,因此,他对桑丘说:

"桑丘,既然罗西纳特动弹不得,我也只好等待黎明露出笑脸了。黎明迟迟不来,我只能流泪。"

"别哭,"桑丘说,"我给您讲故事解闷。除非您按游侠骑士的习惯,下马在青草地上睡一会儿，否则，我就给你讲到天明。你如能睡一会儿，等天亮后，您开始干这桩举世无双的奇事时，就有精神了。”

“你叫我下什么马？睡什么觉？”堂吉诃德说，“我难道是那种临危偷安的骑士吗？你去睡吧，反正你生来就是为了睡觉。你想干什么，就干什么，我可要干与我志趣相投的事情。”

“老爷，您千万别生气，”桑丘说，“我说的不是这个意思。”

说完，他就走过去，一手按在马鞍前部，一手按在马鞍后部，紧紧抱住他主人的左腿，寸步也不敢分离。他是被那不停地响着的拍打声给吓坏了。他刚才答应给主人讲故事，堂吉诃德就叫他讲个故事消消遣。桑丘说，如果自己听了那个拍打声心里不发慌，他一定要讲的。

“尽管这样，我还是要讲给您听。我要是能把这个故事讲完，中间不受人打扰，这可是个好故事，你仔细听着，我这就开始。往事早已过去，未来的好事让大家分享，坏事留给寻找它的人……老爷，您要知道，古人讲故事时，开场白不是随便说的，这是罗马检查官加东·松索里诺的一句名言。他说，‘坏事留给寻找它的人’，这句话在这个时候说，就像戒指套在手指上那么合适。这意思就是让您留在这儿，哪儿都不能去，别去寻找坏事。前面这条路太可怕了，眼下谁也不强迫我们走这条道，我们还是改道而行吧。”

“你讲你的故事，桑丘，”堂吉诃德说，“走哪条道的问题由我来决定。”

“那我就开始讲，”桑丘说，“在厄斯特列马杜拉的一个村子里，有个羊倌，也就是说，是个放羊的。我故事里的这个牧羊人或者就叫羊倌吧，名叫洛贝·鲁伊斯。这个洛贝·鲁伊斯爱上了一个牧羊女，她名叫托拉尔娃。这个名叫托拉尔娃的姑娘，父亲是个有钱的牧主。这个有钱的牧主……”

“照你这个讲法，”堂吉诃德说，“每句话都重复两次，这个故事恐怕两天也讲不完。你应该像有学问的人那样简明扼要地讲下去，否则，就别讲了。”

“我们村里的人讲故事都像我这样，”桑丘说，“别的讲法我不会，您也不该叫我换个样儿讲。”

“您爱怎么讲，就怎么讲吧，”堂吉诃德说，“反正我命中注定要听你这么讲。接下去讲吧。”

“那么，我的老爷，就听我讲吧，”桑丘说，“我刚才已经讲到，这牧羊人爱上了牧羊女托拉尔娃。这姑娘长得圆鼓鼓胖乎乎的，性子很野。由于她嘴上稀稀拉拉长了几根胡子，有点像假小子。她的模样这会儿仿佛就在眼前呢。”

“这么说，你早认识她了？”堂吉诃德问。

“我不认识，”桑丘回答说，“不过，跟我讲这个故事的人对我说，这个故事是完全真实的。还说我把这个故事讲给别人听时，可以一口咬定，并且发誓说，这故事中的事儿都是亲眼目睹的。我继续往下讲。日子一天天地过去，魔鬼是从不睡觉的，总爱把水搅混。经过魔鬼的一番挑唆，牧羊人原来是爱牧羊女的，现在反而恨她了。什么原因呢，就是有人多嘴多舌，让这姑娘害他吃了点醋。这醋味儿也浓了一点儿，出了格，超过了界限，牧羊人就讨厌她了。他想离开故乡，跑到一个永远也见不到她的地方去，免得再与她见面。托拉尔娃呢，她原来是瞧不起洛贝的，现在反而喜欢他了，尽管过去从来没有爱过他。”

“这是女人的本性，”堂吉诃德说，“你爱她，她反而瞧不起你；你讨厌她，她倒爱上你了。讲下去，桑丘。”

“牧羊人拿定主意后，立即行动起来，”桑丘说，“他赶着自己的羊群，朝厄斯特列马杜拉的乡下走去，打算到葡萄牙王国去。托拉尔娃知道后，也跟他去了。她赤脚步行，远远地跟着他，手里拿一根棍子，脖子上挂一个褡裢，据说里面放了一块破镜片，一把断梳子，还有一小瓶修面用的油膏。管她褡裢里带什么东西呢，反正我也不打算去追根究底。我只是说，当时听人说，这牧羊人赶着他的羊群要过瓜迪亚纳河。那阵子河水猛涨，快到岸上了。那个地方没有渡船，也没有摆渡的人将他和他的牲口渡过河去。他焦急万分，因为托拉尔娃已离他很近，她一到身边，定会对他哭哭啼啼，苦苦哀求，弄得他心烦意乱。他四下里竭力寻找，发现一个渔夫，身边有一条小船。船不大，只容纳一人一羊。他也顾不得这些了，和渔夫一商量，渔夫同意将他和他赶来的三百只羊都渡过河去。渔夫上船先渡过一只羊去，回来又渡过一只，又回来，又渡过一只。您可得把渔夫渡过去多少只羊记清楚，要是漏掉一只，这故事就完了，就一句话也讲不下去了。我继续讲下去。我说，河对岸下船的地方十分泥泞，渔夫来回一次得花不少时间。尽管这样，他还是回来一次，渡过去一只；又回来，又渡过去一只，又渡过去一只……”

“你就说全都渡过去了,不就得了,”堂吉诃德说,“干吗要说回来一次,渡过去一只,这样说一年也说不完。”

“到现在为止,渡过去多少只了?”桑丘问。

“鬼才知道呢!”堂吉诃德回答说。

“我不是对您说,叫您记清楚吗?现在这个故事完了,讲不下去了。”

“怎么会是这样呢?”堂吉诃德说,“记清渡过去羊的数目,对这个故事有那么重要吗?反过来说,记错了一只羊,难道这个故事就讲不下去了吗?”

“是讲不下去了,老爷,绝对讲不下去了,”桑丘回答说,“我刚才问您,多少只羊给渡过去了,您说不知道,就在这当儿,下面的故事我就忘了。不过,我可以肯定,下面的故事很有意思。非常有趣。”

“如此说来,”堂吉诃德说,“这故事就这么完结了?”

“完了,就像我老娘一样。”桑丘说。

“老实告诉你,”堂吉诃德说,“您讲的这个寓言,或者叫故事或历史,太新鲜了,世界上没有人能想得出来;你讲的方法和结束的方法也是我这辈子没有遇到过的。当然,对你这样不这么聪明的人我也不指望能听到别的什么好故事。不过,这也不奇怪,因为这不停地响着的拍打声一定把你的脑筋搞糊涂了。”

“怎么说都可以,”桑丘说,“不过,我知道,我这个故事已没有什么可以讲的了。渡过去的羊的数字一错,这个故事就完了。”

“随它爱在哪儿结束,就在哪儿结束吧,”堂吉诃德说,“我们现在来看看罗西纳特还能不能走路。”

他踢了一下马,它还是只跳了几下,又停下来了。它的两条前腿拴得非常结实。

这时天快亮了。也许由于早晨天凉受了点寒,也许桑丘吃晚餐时吃下什么致泻的东西,也许这是自然而然的事(这种可能性最大)。总之,桑丘急于想干一桩他人代替不了的事情。然而,这时他又害怕得要命,竟一步也不敢离开他的主人。可是,这件非干不可的事,不干也不行。他只好采取折衷的办法:松开抓住马鞍后部的右手,动作轻捷,悄无声息地解开了裤带上的活扣。平时他只用这条裤带系住裤子,带子一松开,裤子就往下掉,像脚镣一样套在脚上。接着,他又高高撩起衬衣,露出两片不算太小的屁股。他原以为这样一来，他已为摆脱困境迈出了最重要的一步，谁知下一步更难——他在排便时不能发出声响，这实在办不到。他时而咬牙，时而缩肩，还竭力屏住气，但效果终究不理想，最后还是发出了一点声音，这声音和吓得他心惊胆颤的那个声音完全不同。堂吉诃德听见了，说道：

“这是什么声音，桑丘？”

“我也不知道呀，老爷，”桑丘回答说，“准是又出了什么乱子了。险事和倒霉事总是一齐来的。”

说完，他又试了试，这会儿倒非常顺利，居然没有发出前一次那样的声音。他终于解除了刚才折腾得他那么厉害的负担，觉得轻松多了。堂吉诃德的嗅觉和他的听觉一样灵敏，桑丘此时又紧挨在他身边，那臭气几乎直线上升，难保不会有一部分气味进入堂吉诃德的鼻腔。他赶紧捂住鼻子，用两个手指紧紧捂住鼻孔，齆着鼻子说：

“桑丘，看来你心里非常害怕。”

“我是害怕，”桑丘说，“可这会儿您怎么会知道呢？”

“因为这会儿你身上的气味大得很，而且，不是龙涎香的香味。”

“非常可能，”桑丘说，“不过，这事儿不能怪我，要怪您老人家，是您在这半夜三更带我到这人迹罕见的地方来的。”

“朋友，你离开这儿几步吧，”堂吉诃德说话的时候，两个手指仍捏着鼻子。“从今以后，你的行为要多加检点，对我也要有分寸。我平时对你说话随便些，造成你对我不够尊重。”

“我可以打赌，”桑丘说，“您一定以为，我刚才的行为是有失检点了。”

“桑丘朋友，这件事还是不再往下谈为好，”堂吉诃德说。

主仆俩就这样谈谈说说，过了一个夜晚。桑丘见天快亮了，就悄悄地解开捆住罗西纳特前腿的绳索，自己也系上裤带。这匹马生性温顺，这会儿一松开，反倒来了气，只可惜它不会奔腾跳跃，却只是用前腿在地上跺了几下。堂吉诃德见罗西纳特能走动了，认为这是个吉兆，表明他可以去冒那个险了。这时，天已大亮，周围的事物看得一清二楚。堂吉诃德发现，他们原来就在几棵大树的中间，这是几棵栗树，把阳光都挡住了。这时，他觉得那拍打声还在继续，却不知谁在敲打，因此，他下定决心，用踢马刺刺了一下罗西纳特，再次与桑丘告别。他叫桑丘在那儿至多等三天，就像他上次对他说的那样。如果三天后他不回来,那一定是上帝的意思,让他在这桩险事里丧生了。他又讲到请桑丘给他的心上人杜尔西内娅小姐送口信的事。至于桑丘的报酬,堂吉诃德叫他不用操心,因为他在离开村子前,就在遗嘱中敲定,要按桑丘替他效力的时间付给相应的工钱。如果上帝保佑,他在这次历险中安然无恙,那么,他答应给的那个海岛,桑丘一定能得到。

听到他心地善良的主人这一番令人伤心的话,桑丘又哭了。他决心在他主人没有彻底办成那件事之前,不离开他。

本传作者根据桑丘·潘沙的眼泪和他下的这个充满诚意的决心,断定他是正经人家出身,至少是个老基督徒。桑丘的这一片情意打动了他主人的心,不过还没有达到软化他的程度。堂吉诃德竭力掩饰住自己的感情,开始朝水声和拍打声发出的那个地方跑去。

桑丘像平常一样,牵着毛驴徒步相随。不管走好运还是遭厄运,这毛驴总与他形影不离。他们在那些高大的栗树树荫下走了好长一段路,发现在一座悬崖下有一块草地,一股瀑布从悬崖上奔腾而下。那儿有几间简陋的房子,其实这不能算房子,倒像是倒塌的废墟。他们终于发现,一直到那时还没有停止的拍打声就是从那儿发出来的。

罗西纳特听到水声和拍打声,害怕得嘶鸣起来。堂吉诃德一边安抚它,一边慢慢朝那几间房子走去,心里一个劲儿地向他的意中人祈求,说他在这么危险的时刻,干这么危险的事,请她保佑,也顺便向上帝求告,不要忘记他。桑丘一直跟随在他的身边,拼命伸长脖子,张大眼睛,透过罗西纳特的腿缝,想看看究竟是什么玩意儿使他这般心惊肉跳。

他们俩大约又朝前走了一百余步,在一个拐弯处终于搞了个水落石出,真相大白。原来这个使他们担惊受怕了一宿,听起来毛骨悚然的声音,不是别的,正是捶布机上那六只大棒棰交替着拍打时发出的声音。

堂吉诃德看清事情的真相,不禁瞠目结舌,一动不动地愣在那里。桑丘瞥了他一眼,见他脑袋耷拉到胸前,羞愧满面。堂吉诃德也看了桑丘一眼,见他鼓着两腮,紧闭着嘴,显然是憋不住想笑出声来。见到桑丘这副模样,堂吉诃德虽然心里懊丧,也不禁笑了起来。桑丘见主人已开了个头,就无所顾忌大笑起来,笑得只好捧住腹部,免得撑破肚子。他四次忍住了笑,每次忍住后,又笑了起来,笑得跟第一次同样厉害。见他这样,堂吉诃德有些火了，尤其是当桑丘学他的模样，以讥讽的口吻说出下面的这番话后，更是火上加了油。

"桑丘朋友，你应该明白，老天爷让我出生在这个铁的时代，目的是让我去恢复金子的时代，或者是黄金时代。我这一辈子就是要出生入死，历尽艰险，干出一番英雄的事……"

堂吉诃德在初次听到那种可怕的拍打声时说出的那番话，桑丘几乎一字不漏地复述了一遍。

见到桑丘对他这般讥笑，堂吉诃德恼羞成怒，举起他那根长矛，打了他两下。幸好是打在背上，若砸在桑丘的脑袋上，他从此不用付工钱了，除非付给桑丘的继承人。桑丘见到自己开玩笑惹了祸，生怕主人还不罢休，连忙低三下四地说：

"老爷，您千万别生气，上帝知道，我是在开玩笑呢。"

"因为你在开玩笑，我就不开玩笑，"堂吉诃德说，"请过来吧，嘻嘻哈哈先生，如果我们遇到的不是捶布机上的棒棰，而是一件险事，你以为我就没有骑士应有的勇气，决心战斗到底吗？我作为骑士难道就非要能够辨别出各种声音，知道那是棒棰声吗？再说，这种棒棰我可能一辈子也没有见到过。我不像你这样的臭乡巴佬，从小生长在捶布机旁，自然见到过这玩意儿。你如果能把这六只棒棰变成六个巨人，让他们一个一个过来也行，一拥而上也行，我如果不能将他们打得个个仰面朝天，您爱怎么讥笑，我就随你怎么讥笑。"

"别说了，我的老爷，"桑丘说，"我承认，刚才这个玩笑是有些开过了头。但愿老天爷保佑您，让您在每次险遇中都能像这一次那样平安无事。现在我们已经讲和了。不过，请您说说，当初我们那么害怕的样子，不令人发笑吗？不会成为话柄吗？当时，至少我是吓坏了。我知道您是不害怕的，也不懂得什么叫害怕和恐惧。"

"我不否认，"堂吉诃德说，"昨夜发生的事情是有些可笑，但这不能当作话柄。智者千虑，必有一失嘛。"

"您至少在拿长矛打人时没有闪失，"桑丘说，"您瞄准我的脑袋，却打在我的背上。多亏上帝保佑，还亏我躲闪得快。算了，不说了，反正事情都已经弄明白了。我听人说，'打是疼，骂是爱'，又听人说，主人骂了下等人，事后常常赏给他一条裤子。我不知道主子们打了下等人后，赏给他们什么。如果主人是个游侠骑士，打了侍从后大概会赏给他岛屿或陆地上的王国吧？"

"只要时来运转，"堂吉诃德说，"你刚才说的这些都可以变成事实。过去的事就请多包涵了，你是个聪明人，应该明白，一个人一时性起，难免行为失控。不过，往后你应该多加注意，不要对我多说话。我读过无数本骑士书，没有见过侍从对主人像你对你主人那样饶舌的。我认为，这是我犯的大错误。说你错，是因为你对我尊重不够；说我错，是因为我对你太放任。阿马蒂斯·德·加乌拉的侍从甘达林，身为斐尔美岛的伯爵，据书上说，他每次与主人交谈，总是将帽子拿在手上，低头弯腰，像土耳其人一样，鞠躬到地。堂卡拉奥尔的侍从加沙巴尔又是怎样的呢？在那部篇幅很大的真实故事里，这个侍从的名字自始至终只提到过一次，你看他多么沉默寡言，真不简单啊。桑丘，我刚才说了这些话，是要让你明白，主仆之间，老爷和奴才之间，骑士和侍从之间，一定要有个界限。因此，从今以后，你我之间要稳重一些，不要嘻嘻哈哈的，因为我要是跟你发起火来，不管怎么样，到头来还是'瓦罐遭了殃'①。我答应你的封赏，到时一定会给你的；至于工钱嘛，我已经对您说过了，一分也不会少你的。"

"您说的话句句在理，"桑丘说，"不过，我想知道，万一封赏没有兑现，得靠工钱，那么，从前一名游侠骑士的侍从挣多少钱呢？工钱按月算，还是像那些打零工的泥瓦匠那样，按天数计算呢？"

"我认为，"堂吉诃德说，"那时节的侍从从来不领工钱，他们只靠赏赐。我在家中密封的那份遗嘱中提到了你，主要是考虑到今后会出现一些意外的情况。在眼下这个多事之秋，我真不知骑士道会出现什么问题。我不愿意为这些区区小事，让我的灵魂在另一个世界受罪。桑丘，你要知道，在这个世界上只有历险的人最危险。"

"是这样的，"桑丘说，"昨晚那几根棒棰就把您这样英勇的游侠骑士弄得六神无主。不过，您可以放心，从今以后，我再也不拿您的事情开玩笑了，我只把您作为老爷和天生的主子来加以赞赏。"

---

① 西班牙谚语："石头碰瓦罐，瓦罐倒霉；瓦罐碰石头，还是瓦罐遭殃。"

“你要是这样,就能在这个世界上生存了,”堂吉诃德说,“对父母固然要尊敬,对主人也要像对父母那样尊敬。”

第二十一章

叙述我们这位战无不胜的骑士一次重大历险，大获全胜，赢得曼布利诺头盔，以及其他的遭遇。

这时,天下起小雨来了,桑丘想和他主人一起走进捶布机工场里避避雨。可是,堂吉诃德因桑丘刚才那场不愉快的玩笑,已对捶布机深恶痛绝,死也不肯进去。于是,他们往右一拐,走上一条昨天没有走过的路。

没走多远,堂吉诃德就见到一个骑马的人,头上戴着一个闪闪发光的东西,像是金子做的。他还没有看清,就回头对桑丘说:

"在我看来,桑丘,谚语没有一句不是真情实话,因为它们都是经验的总结,而经验是一切科学之母。尤其是那句'东方不亮西方亮①',更有道理。我这样说,是因为昨夜幸运之神对我们关上了门,拿捶布机来欺骗我们;今天却对我们大大地打开了另一扇门,让我们进去寻找更好更确实的奇事。这会儿我如果不走进门去,责任就在我身上了,因为我既不能推说没有见到过捶布机,也不能以天黑作辩解。我说这话有个原因,如果我没有弄错的话,有一个头戴曼布利诺头盔的人已朝我们这边走来。我为这头盔起了誓,这你是知道的。"

"您说话做事都该好好想想,"桑丘说,"可不要又出现捶打得我们晕头转向的捶布机之类的事儿。"

"你真是人鬼不分了,"堂吉诃德说,"头盔和捶布机之间有什么联系呢?"

"我不知道,"桑丘回答说,"不过,我如果像往常一样能多说些话,我也

---

① 这个谚语如直译,应该是"这扇门关上,那扇门就打开。"

许能向您说出一些道理来，让您相信您刚才说的话是不对的。”

“我说的话还会错吗？你这个肆无忌惮的家伙！”堂吉诃德说，“告诉我，你没有看到朝我们走来的那个骑士吗？他骑一匹带花斑的灰马，头上戴着闪闪发光的金盔。”

“我只看到有个人骑一头毛驴，”桑丘说，“那是一头像我这头一样的灰驴。他头上是戴了个闪闪发光的东西。”

“这就是曼布利诺头盔，”堂吉诃德说，“你上一边儿去，让我一对一与他交手。你一会儿就会见到，为了节省时间，我不与他说话，马上结束战斗。这顶向往多年的头盔就是我的了。”

“我会走开的，”桑丘说，“不过，愿上帝保佑，这是牛至[①]，不是捶布机。”

“老弟，我已对您说了，别再提起捶布机的事儿，连想也别去想它，”堂吉诃德说，“但愿……[②]下面这个词我就不说了，捶打捶打你的灵魂。”

桑丘沉默了。他害怕他主人刚才那个像球一样圆的祝愿[③]真的会变成现实。

原来堂吉诃德见到的什么头盔、灰马和骑士是这么一回事儿：那儿有两个村庄，一个很小，村里既没有药店，也没有理发师；另一个村庄离小村不远，那儿有药铺，也有理发师。因此，大村的理发师也要为小村服务。那天小村有人生病，要放血，又有人要刮胡子，因此，理发师带了一只黄铜脸盆到小村去。事有凑巧，他走到半道上就下起雨来。他大概戴了顶新帽子，为了不让雨水淋潮，他就把铜脸盆顶在头顶上。这是一只新脸盆，半里路外都闪着金光。他骑了一头灰毛驴，就像桑丘说的。在堂吉诃德眼里，灰驴就变成带花斑的灰马，理发师成了骑士，铜脸盆就是金子做成的头盔。他见到的每一样东西都很容易通过他的奇思异想，变成与骑士道有关的物件。他见到这个可怜的骑士已到了近处，没有与他搭上话，就举着那根长矛，飞马直取，一心要将对方一下刺穿胸膛。然而，当他来到那人的身边时，他并没有勒住马，却说起话来：

---

① 一种食用香料。西班牙谚语：“上帝保佑，这是牛至，不是茼蒿。”桑丘只说了前半句。

② 这里省去“上帝”一词，如不省去，全句应是：但愿上帝捶打捶打你的灵魂。

③ 发西班牙文“祝愿”(voto a Dios)这一词组时，嘴是圆的。

“快应战吧，奴才，否则，你就把完全应该属于我的那件东西献出来！”

见到这么一个怪物朝自己冲过来，理发师一点也没有思想准备，自然也来不及提防。他别无他法，只好顺势从驴背上滚下来。身子刚着地，又一跃而起，撒腿往野地里飞跑，动作比雄鹿还轻捷，跑得连风都追不上他。跑时他把铜盆丢在地上了。堂吉诃德见了非常高兴，说这个异教徒行为乖巧，他在学海狸呢。海狸发现自己处于猎人的包围中，凭本能知道猎人需要什么，他就用牙齿咬下那件东西，自己则逃之夭夭。他叫桑丘过去拾起那只头盔。桑丘手中拿着那个脸盆，说道：

“上帝啊，这脸盆倒还是新的，值一枚八里亚尔的银币呢。”

他将脸盆给了主人。堂吉诃德立即将它戴在头上，转过来转过去地试着，想找到作为面盔的那一部分。结果怎么也找不到，就说：

“毫无疑问，这只有名的头盔一定是根据某个异教徒脑袋的大小铸造的，这个异教徒一定是个大脑袋。最糟糕的是，这只头盔缺了一半。”

桑丘听到他主人将脸盆说成是头盔，禁不住想笑；可是，想到他主人会发火，笑了一半又忍住了。

“你笑什么，桑丘？”堂吉诃德问道。

“我想到这头盔的主人——那个异教徒的头那么大，就觉得好笑。这头盔完全像理发师傅用的脸盆。”

“你知道我的想法吗，桑丘？这只有名的法力无边的头盔一定遭到了什么意外，落到了不识货、不知其价值的人手中。这个人见到这是一只纯金头盔，就稀里糊涂地将它的一半熔化后卖了，这是剩下的一半浇铸成的，因此，样子就如你说的，活像一只脸盆。不过，不管怎么说，我是识货的，我不在乎它变样。等会儿找个金匠来，叫他先给修理一下，要修得比冶炼之神替战神铸造的头盔还要好，至少也不能让战神的头盔超过。修好之前，我暂时先用着，反正有总比没有强。有人朝我扔石块，我至少可以拿这头盔来抵挡一阵。”

“那一定没有问题，”桑丘说，“只要人家不用扔石器，就像上次两军对阵时那样。那会儿他们用扔石器打下您好几枚大牙，还将害我差点把五脏六腑都吐出来的万灵神油的罐儿也砸碎了。”

“打碎这药罐我倒不怎么心疼，因为你也知道，桑丘，”堂吉诃德说，“那药的配方我早记在心里了。”

“我也记着呢，”桑丘说，“不过，我这辈子如果去配制这种药，或者喝一点试试，就叫我立即一命呜呼。我想，我并不需要这种灵丹妙药，因为我想充分地发挥自己五种感觉①的作用，保护自己，免受伤害，也不去伤害他人。至于会不会再次让人兜在毯子里往空中抛，对这个问题眼下我无话可说，反正这种倒霉的事儿也无法预防。要是发生了，就只好缩紧双肩，屏住气，闭上眼，听从命运的支配，该怎么抛就怎么抛。”

“您是个糟糕的基督徒，桑丘，”堂吉诃德听了他的话后说，“因为你遭人欺侮总是念念不忘。你要知道，大人不记小人过，要有这个海量。你既没有被打折腿，又没有打断肋骨，更没有打破脑壳，为什么老记着跟你开的那次玩笑呢？仔细想想这件事，不过是跟你闹着玩儿罢了。我要不是这样看这个问题，早回去为你报仇了。当年希腊人由于海伦被拐骗对特洛伊人进行严惩，我的惩罚将更厉害。海伦要是生长在当今，或者说我的杜尔西内娅出生在那个时代，可以肯定，海伦的美貌就没有那么大的名气了。”

说到这儿，他叹了一口气，又把杜尔西内娅吹捧了一通。

“就算是开玩笑吧，”桑丘说，“反正也不能真的报仇。当然我明白，真的是什么滋味，开玩笑又是怎么一回事。我也清楚，这件事我心里是忘不掉的，那种感觉我身上也是难以抹去的。不过，这件事就不谈了，现在请您告诉我，刚才您把那个曼尔蒂诺②打跑了，留下了这匹像灰驴一般的花斑灰马，成了无主马，我们该怎么处理？刚才看他如丧家之犬一般逃跑的样子，一定不会回来要这牲口了。这灰马要不是一匹好马，就拔掉我的胡子！”

“我一向不夺取我手下败将的财物；再说，按骑士道的规矩，除非战胜者在交战时失去了自己的战马（在这样的情况下，作为战利品获取战败者的坐骑是合法的），否则，是不能抢夺对方的马匹，让他们步行的。因此，桑丘，这匹马，或者是驴，或者是别的什么畜生，就随它去吧。它的主人见我们走远了，一定会回来牵走的。”

“我真想将它牵走，”桑丘说，“或者拿我的驴跟那个人交换，因为我这

---

① 指视觉、听觉、味觉、嗅觉和触觉。

② 应该是曼布利诺，桑丘说错了。

头毛驴并不太好。骑士道的规矩真严呀，连换一头毛驴也不行。那么，我要请问一下，能换一换驴身上的器具吗？”

“这个问题我没有把握，”堂吉诃德说，“还得查询一下。不过，如果你急需，就换了吧。”

“急需得很哪，”桑丘说，“比我自己身上穿的，头上戴的还急需呢。”

得到主人的允许后，桑丘便举行了一次换装仪式①，将自己的毛驴打扮得漂漂亮亮的。接着，他们又用了午餐，把上次从骡子身上抢来的干粮全都吃了，又喝了用来驱动捶布机的溪水，只是没有回过头来看看那些捶布机，因为这些玩意儿害他们担惊受怕，他们早已恨之入骨。

他们肚已饱，气也消，便各自骑上了牲口，行无定向，任罗西纳特随意而行，因为这样才是游侠骑士的本色。罗西纳特的主人随马愿上哪儿就上哪儿，那头毛驴也是这样，总是亲亲热热地跟着马走，作它的伴儿。最后，他们还是走到大路上，但仍是没有定向，顺着大道随便走。

他们这样一路走着，桑丘对他主人说：

“老爷，您能准许我同您说几句话吗？打从上次你严令我不许说话后，许多话都憋在肚子里，早发霉了。有一句话已到了嘴边，我不想让它烂掉。”

“说吧，”堂吉诃德说，“不过，要简明扼要，话说长了就不讨人喜。”

“老爷，那我就说了，”桑丘说，“这几天我一直在想一件事，您在这些荒无人烟的地方或在十字路口行侠历险，实在没捞到什么。您就是打了胜仗，冒了天大的险，也没人看见，没人知晓，到头来就永远湮没了，这可与您的本愿不符，也不利于您从事的冒险事业。为此，我想除非您有更好的打算，否则，我们去投奔一个正在交战的皇帝或王爷，这样，您就可以为他们效劳，显露您不凡的身手、过人的膂力和巨大的智慧。我们为之效劳的主上发现这些，就一定会根据我俩的功绩，给我们封赏，同时，也一定会有人将您的英雄事迹记录下来，留传后世。至于我本人的事迹，就不说了，因为干得再好也不过是个侍从。不过，如果按骑士道的规矩，侍从的事迹也要写，那么，我要说，我的事迹也不能从略。”

“你的话也对，”堂吉诃德说，“不过，一个骑士要达到那个地步，先要周

① 指每年复活节的那天，大主教脱去冬装，换上春装时举行的仪式。

游世界，冒险猎奇，干了几桩大事扬了名后，再去京城拜见国王，那就成了声名显赫的骑士了。您还没有走到城门口，一群年轻人就会围上来，或者跟着你指手划脚地说，这位就是太阳骑士，那位就是蛇骑士或别的称号的骑士。骑士总是用自己的称号干大事。人们还会说，这位骑士在一场罕见的鏖战中战胜了大力巨人布洛卡布鲁诺；波斯国玛梅鲁科大皇帝被魔法整整镇住了九百年，是那位骑士给他解脱了。骑士的事迹就这样一传十、十传百地传开了。后来，国王听到那些年轻人或别的人在大声说些什么，走到窗口，见到了骑士。根据他的铠甲和他盾牌上的标记就知道他是谁，国王就一定会这样说：'啊，骑士道的精英来了，骑士们，满朝文武快出来迎接呀！'朝中百官都奉旨前来相迎，国王本人走到阶梯的中间，紧紧地拥抱骑士，吻他的脸，然后手牵着手领他到王后娘娘的寝宫，参见娘娘和公主。这位公主必定是个找遍大半个地球也难以找到的绝世美人。接着发生的事必然是公主向骑士频传秋波，骑士也凝视着她，双方都觉得对方不是凡人，与天神无异。他们不知不觉地给解不开的情网罩住了，内心感到非常惆怅，因为他们不知怎样表达自己的爱慕之情。接下去，一定会有人将骑士领到宫中一富丽堂皇的房间里，给他脱去盔甲，穿上一件华丽的大红袍。他穿着铠甲已是英气勃勃，穿着便装更是仪表堂堂。到了晚上，他就和国王、王后以及公主共进晚餐。席间，他的两只眼睛没有离开过公主，一直偷偷地瞧她；她也是一样，也在偷偷地看骑士，因为我刚才说过，她是个行为稳重的姑娘。散席时，一个又丑又小的侏儒忽然走进宴会厅，后面跟着一位漂亮的女管家，旁边走着两个巨人。她提出一桩奇案，是古代一位法师造成的；谁能破这奇案，谁就是世界上最优秀的骑士。这时，国王就会命令在场的骑士试试，能不能破案。结果，谁也破不了，只有这位客座骑士成功了，这更大大增长了这位骑士的声名。公主非常高兴，因自己早已钟情于这样一位武艺高强的骑士，感到心满意足。事有凑巧，那阵子那个国王（或叫亲王，或叫别的什么王）正好同一位势力与他相匹敌的国王苦战。客座骑士在宫中待了几天后，就向国王请战，国王满口应允，骑士就毕恭毕敬地吻了吻国王的手，以示谢恩。当天夜里骑士就在御花园的栅栏边同他的意中人——公主告别。这花园就在公主寝宫的旁边，以往他就凭着栅栏同公主交谈了许多次。公主的一个贴心宫女就成了他们中间的牵线人和知情者。他一定会长吁短叹，她会晕过去，宫女忙去打凉水,她很着急,因为天快亮了,为了公主的名誉,她不喜欢此事张扬开去。后来,公主醒过来了,就将她那双纤纤玉手伸过栅栏,骑士吻了又吻,一直吻了上百次,上千次,泪水洒满了这双洁白的手。他们定会确定互通或好或坏的消息的方式。公主请求骑士,打完仗后,应尽快回来。他频频起誓允诺。他再次吻了吻公主的手,然后,就同她告别,心里难过得差一点活不下去了。接着,骑士就回到自己的房间,躺倒在床上,因离愁满怀,一夜难以入眠。次日大清早,他就去辞别国王和王后,还有公主。国王和王后告诉他,公主玉体欠安,不能接见他了。他想,这一定是因他要走,太伤心了。自己觉得心似刀绞,内心的痛苦差一点在脸上表露出来。那位从中牵线的宫女当时在场,这一切她都看在眼里,回去通报了公主。公主流着泪听她禀告,对宫女说,她最遗憾的一件事是不知这位骑士的身世,也不知他是不是帝王之后。宫女肯定地说,像这位骑士那样彬彬有礼,那样风度翩翩,那么勇敢无畏,一定是帝王将相的后裔。公主听了略感宽慰。她竭力让自己平静下来,免得让父母亲看出自己心里有事。两天后,她就出现在公众面前。骑士走了,在战场上交战,打了多次胜仗,打败了国王的敌人,夺得许多城池,胜利班师回朝,先去约会的地方看望他的心上人。他们约定,他要向她的父王求婚,娶她为妻,作为对他战功的赏赐。国王不允,因为不了解他的身世。尽管这样,或私奔,或通过其他办法,公主终于成了他的妻子。国王对这桩婚事也很满意,因为事后获悉,这位骑士是一位非常英勇的国王的儿子。我不知他的国土在什么地方,因为在地图上可能不会有。国王去世后,公主继承王业,这位骑士转瞬间成了国王。接着,他就封赏他的侍从和所有曾经帮助过他登上宝座的人。新国王将公主的一个宫女赐给他的侍从为妻。毫无疑问,她就是那个从中牵线的宫女,原来她还是一位很显赫的公爵的千金呢。”

“我要的就是这个,实实在在,一点儿也不搀假。”桑丘说,“我要争取的就是这个目标,我希望你说的这一切都能不折不扣地发生在您这个狼狈相骑士的身上。”

“不必多虑,桑丘,”堂吉诃德说,“我说过的这些游侠骑士就是用同样的方法,同样的路子爬到帝王宝座的。眼下就是要找个正在打仗而且要有美貌女儿的基督教国王或异教徒国王。不过,我们有充分的时间考虑这个问题，因为我刚才已经说过，进京之前要做的事是四处扬名。另外，我本人还有一个不足之处。假定我已找到了正在交战，又有美貌女儿的国王，我本人也已名震寰宇，我还不清楚我怎么能发现自己是帝王的后裔，或者至少是王侯的子孙。国王在这方面没有把握，即使我功勋卓著，完全配得上当驸马，他也不会把女儿许配给我。正因有了这样的缺陷，我怕得不到凭我的勇力应该得到的东西。不过，我是望族的后代，家资甚丰，还有权得到五百苏埃尔多[①]的罚金。也许替我写传记的这个饱学之士为我查家谱的时候，发现我竟是国王的第五代或第六代孙子呢。桑丘，我告诉你，世界上的家族一般有两种情况：一种由王公贵族往下传，一代不如一代，到头来只有一个点，形状像个倒置的金字塔；另一种情况是祖上地位低微，后来步步高升，一直升到王公贵族。因此，就出现了两种不同的情况：一种是祖上有地位，现在丧失了；另一种是现在有地位，过去却没有。我的情况大概属前者。据查考，我的祖先是名门望族，因此，想必我的国王老丈人会感到非常满意。纵然国王不满意，公主一定会喜爱我。明知我是驮水夫的儿子，她也会尊我为一家之主，认我为丈夫的。要不然，那就只好动手抢了。将她抢到一个我喜欢的地方，随着时间的消逝，或者等她父母去世，也就不会有人生我的气了。"

"这儿正好用上了有些没良心人说的一句话，"桑丘说，"'强抢如能到手，何必好言相求。'还有一句话，用到这儿更合适，'老老实实求人，不如溜之大吉。'我说这话的意思就是，万一那国王老丈人不肯就范，不想将公主嫁给您，那就只好依您说的，将她抢到别处。不过，这样做也有问题，就在您与国王还没有讲和，您还没有太太平平地当上国王之前，那个可怜的侍从还在眼巴巴地等待那份赏赐呢。除非那个作牵线的宫女（她一定会成为侍从的老婆）也和公主一起逃出，与侍从过一段名不正言不顺的日子，一直到上帝给他们做出安排，侍从的命运才会改变。当然，主人一定会将宫女许配给自己侍从作妻室的。"

"这点你放心好了，"堂吉诃德说，"谁也不会把宫女给抢走的。"

---

① 西班牙古货币名。按西班牙当时的法律，贵族如人身受到侮辱，可以要求得到五百苏埃尔多的赔偿。

“既然是这样，”桑丘说，“那我们就靠老天保佑，听命运的安排就是了。”

“桑丘，就让上帝按我的愿望和你的需要去安排吧。‘谁自甘卑贱，就是卑贱的人。’”堂吉诃德说。

“随老天安排吧，”桑丘说，“我是个老基督徒，弄个伯爵当当，也就心满意足了。”

“你还可以做更大的官呢，”堂吉诃德说，“即使做不到伯爵，你也不必着急，我当了国王，就可以封你爵位，你不必用钱买，也不必额外效力。你当了伯爵，就成了绅士。不管人家怎么说，尽管他们不愿意，也得叫你一声‘老爷’。”

“说句实在话，我可掌不了这个‘拳’？”桑丘说。

“你应该说掌权，而不是掌‘拳’，”堂吉诃德说。

“其实嘛，”桑丘说，“这个官儿我还是能对付着当下去的。说句老实话，从前我还在教会里供过职呢。那时节穿上当差的制服，挺有派头，大伙儿都说，凭我那神态，可以当总管呢。如果我穿上公爵的长袍，或者像外国的伯爵那样满身金银珠宝，那该有多神气！到那时，上百西班牙里方圆的人都会来看我呢。”

“你的模样确实很神气，”堂吉诃德说，“不过，到那时你得常常刮脸。你这一脸又浓又硬的乱蓬蓬的胡子，起码得用剃刀每两天刮一次。否则，凭你这副尊容，大老远就认出你来了。”

“这件事还不是很容易吗？”桑丘说，“只要家里雇个理发师，给他发工钱，不就得了？如果这样还不够，我就让他天天跟着我，就像大老爷的马弁。”

“您怎么会知道，”堂吉诃德问，“大老爷后面总跟着马弁？”

“我告诉您，”桑丘说，“从前我在京城待了一个月。我见到一位个儿很矮小的老爷在散步，大伙儿都说他是个大官。后面有一个人骑着马，活像他的一条尾巴。我问旁人为什么那个人老跟着那个老爷，却不跟别人在一起。回答说，那是老爷的马弁。大老爷后面跟一个马弁，这是当地的习惯。打从那时起，我就知道了，以后一直没有忘记。”

“你说得很有道理，”堂吉诃德说，“你完全可以带个理发师嘛。社会风气不能一朝一夕形成,也不是人们随意创造的。你完全可以当第一个随身带理发师的伯爵。再说,替你刮胡子的人一定比替你备马的人更贴心。”

“理发师的事就交给我了,”桑丘说,“您的任务是争取当国王,然后,再封我为伯爵。”

“总有一天会这样的。”堂吉诃德说。

说完,他抬起头,见到了什么。详情请看下一章。

第二十二章

叙述堂吉诃德释放了一大批不幸的人，他们正被押送去不愿去的地方。

拉曼却的阿拉伯作者熙德·阿梅德·贝纳赫利在这部主题严肃、手法细腻、夸张、极富想象力的有趣的故事书里作了如下记述：在第二十一章末尾，鼎鼎大名的堂吉诃德·德·拉曼却和他的侍从桑丘·潘沙进行了一次长谈。之后，堂吉诃德抬起头来，瞥见他们走的这条道的对面来了十一二个步行的人，每人脖子上有一条大铁链，将他们像念珠一般联成一串；他们都戴着手铐，与这伙人一起的还有两人骑马，两人步行。骑马的人拿着一支带转轮的火枪，徒步的人拿着标枪和剑。桑丘见了，说道：

"这是一批苦役犯，是国王强迫他们去海船上划船的。"

"这是什么意思？"堂吉诃德问道，"难道国王会强迫什么人吗？"

"我不是这个意思，"桑丘说，"我是说，这些人犯了罪，判了刑，他们被强迫在船上为国王服苦役。"

"不管怎么说，"堂吉诃德说，"这伙人是硬押着走的，不是出于自愿的。"

"是这样的。"桑丘说。

"这么说，"堂吉诃德说，"这件事就在我职责范围里了。我的职责就是锄强扶弱，救济穷人。"

"您要知道，"桑丘说，"这是国王亲自作的判决，他对这些人的处罚是公正的，因为他们犯了法，应该受到惩处。"

说到这儿，那一串犯人已来到跟前。堂吉诃德很有礼貌地请教那几个押解犯人的人，那些人为什么这样押着走。

一个骑马的公差回答说，他们是苦役犯，是国王亲自判处他们去海船上服苦役的。此外没有什么可说，他也没有什么可问的了。

“尽管这样，”堂吉诃德说，“我还想请问一下他们每一个人被判刑的原因。”

接着，他又说了不少好话，想请几个公差回答他提的这个问题。

另一个骑马的公差说：

“我们虽然随身带着这批倒霉鬼的案卷和判决书，但这个时候停下来取给您看，不太方便。请您去问他们自己吧。他们愿意的话，会告诉您的，因为这些人不但爱干坏事，也喜欢讲。”

其实堂吉诃德即使没有得到允许，他也会自作主张前去询问。他来到那伙犯人身边，问站在前面的那个人，他究竟犯了什么罪，落得如此下场。对方回答说，是为了恋爱。

“光为了恋爱吗？”堂吉诃德问，“如果为了恋爱，就要去划海船，那我早就该去了。”

“我谈恋爱不像您想象的那样，”犯人说，“我是爱上了一大筐浆洗好的白衬衣。我紧紧地抱着这筐子，如果执法人员不强制我放下，直到现在我都不甘愿放手。由于是当场被抓获，没有进行严刑拷问。审讯完毕，我背上挨了一百鞭子，还判了三年‘古拉扒斯’，案子就了结了。”

“什么叫‘古拉扒斯’？”堂吉诃德问道。

“就是罚你在海船上服苦役。”囚犯说。

此人是个二十三四岁的年轻人，他说是皮埃特拉依塔人。堂吉诃德又拿同样的问题问第二个人。他没有回答，神情非常沮丧。第一个犯人替他作了回答：

“先生，这位因为是只金丝雀，我是说，因为他是个音乐家，歌唱家。”

“怎么？”堂吉诃德说，“当音乐家和歌唱家也要罚去服苦役吗？”

“是啊，先生，”犯人说，“心情苦闷时唱歌是最难受的。”

“我倒是听说有这样一句老话，”堂吉诃德说，“‘唱歌能消愁解闷。’”

“我们那儿的说法正好相反，”犯人说，“‘歌唱一次，哭一辈子。’”

“我不明白。”堂吉诃德说。

这时，一个公差对他说：

“绅士先生，这帮子囚犯说的心情苦闷时唱歌是句黑话，意思是刑讯逼供。这个囚徒一上刑就招了供，说自己是窃马贼，专门偷盗牲口。由于他招了供，只判了他六年苦役，还在背上打了二百鞭子。一路上他总是愁眉苦脸，神情沮丧，因为与他一伙的盗匪（有的留在那儿坐牢，有的来这儿）见他招了供，没有能挺住，就瞧不起他，讥笑他，百般折磨他。他们说，回答‘不’或‘是’，都只有一个字，为什么要说‘是’呢。一个犯人的生死存亡全取决于自己的舌头，而不凭人证物证，这也算走运的了。我认为，他们说的这话也有道理。”

“确实是这样。”堂吉诃德说。

接着，他又拿同样的问题问第三个囚犯。此人毫无顾忌地迅即回答说：

“我由于手头上差了十个杜卡多[①]，得上‘古拉扒斯’太太家待五年。”

“我愿出二十杜卡多，”堂吉诃德说，“让你脱离这苦难。”

“我认为，”囚犯说，“这好像是有人困在大海中，饥肠辘辘，即使有银钱，也还是买不到需要的东西一样。我是说，我当初如果有您许诺给我的这二十个杜卡多，就可以用来买通书记官的这支笔，还可以让辩护律师的头脑更聪明些，这样，我就不会像狗一样被牵着在这条路上走，今天一定会在托莱多的索科多维尔广场上溜达呢。不过，上帝是伟大的，忍耐着点儿吧，别的就不用多说了。”

堂吉诃德问第四个罪犯。这个人道貌岸然，一绺花白胡须一直飘到胸前。听到有人问他为什么落到这个地步，即刻放声大哭，一句话也没有说。第五个囚犯成了他的代言人，说：

“这个体体面面的人要到海上服四年苦役，临到这儿来之前，还衣冠楚楚骑着骡子逛了大街。”

“在我看来，”桑丘说，“这就是游街示众了。”

“一点不错，”囚犯说，“他的罪名是作掮客，而且是皮肉交易的掮客。说得再明白点，这位绅士是拉皮条的，而且还会要点巫术。”

“要不是他还会要点巫术，”堂吉诃德说，“如果光拉皮条，他就不必去划船，倒可以去指挥这些船，当船队的司令了。因为拉皮条不是一桩随随便

---

① 西班牙古金币名。

便可以干好的差事,干这一行的人不但要头脑灵光,还要通达世情。在治理得有条有理的国家里,这一行是不可缺少的,只有名门出身的人才配干。像别的行业一样,这个行业也要有督促和考察;又像交易所的经纪人那样,使用的人得经过筛选,还要限定数量。这样,就能避免由于使用了那些头脑痴呆的笨蛋或糊里糊涂的年轻姑娘以及缺乏经验的小厮而造成的种种弊端。每当遇到紧急关头,需要他们做出重大决定时,上面说的这些人连将手里拿的面包往嘴里送这样的事也会出偏差,甚至连自己的左右手都分辨不清。我本想进一步阐明为什么要对从事这一国内这么重要的行业的人员进行精选的理由,只是这儿不是说话的地方,将来我会找负责改进这方面工作的人员详谈的。眼下我只想说,像他这样一大把花白胡子、道貌岸然的人,为了替人拉皮条受这样的罪,实在叫人觉得可怜;可是,他当了巫师,却又不值得同情了。当然,我知道,世界上并不存在某些头脑单纯的人认为的那样能迫使人们改变意志的巫术。我们的意志是自由的,没有任何药草或邪术能加以强制。某些知识浅薄的妇女和江湖骗子常常配制一些有害的药,将男人弄得疯疯癫癫的,仿佛他们有办法刺激性爱。其实,正如我刚才说的,强制他人的意志是办不到的。”

“是这样的,”那老囚犯说,“说句老实话,先生,我当巫师,并没有过错;拉皮条的罪名,我没法否认。不过,我从来没有想到我这是在干坏事。我的本意是让大伙儿快乐快乐,日子过得平平和和,既无争吵,也无烦恼。谁知好心得不到好报,我不得不到那个我不再指望能回来的地方去。我年事已高,小便又有毛病,弄得我一刻也不得安宁。”

他说完,又像开始时那样嚎啕大哭起来。桑丘可怜他,从怀里取出一个一当四的里亚尔银币,施舍给他。

堂吉诃德又前去问另一个罪犯,此人回答得比刚才那一个干脆得多。

“我来这儿是因为我跟我的两个表妹和别人家的两个姐妹玩笑开得过了火。我和她们尽情取乐,结果搞出孩子一大堆,连魔鬼也弄不清到底有多少。我干的事人证物证俱全,我既无人替我说话,又没有钱,差一点连脖子都保不住①。我被判六年苦役,我认了,这也是我罪有应得。我还年轻,只

---

① 指受绞刑。

要保住这条命，留得青山在，不怕没柴烧嘛。绅士先生，您如果有什么东西，请施舍点给我们这些可怜的人，上帝会在天上报答您的；我们在凡间也一定会向上帝祈祷，求上帝保佑您健康长寿，身子骨长得结结实实的，就像您眼下那样。”

此人身穿学生装。一个公差说，他十分健谈，是个颇有风度的拉丁人①。

询问了上面这些人后，又过来一个囚犯，此人年龄三十岁光景，长得仪表堂堂，只是两只眼睛有点斗鸡眼。他的锁链与其他的人不一样，脚上的那条铁链又粗又长，一直缠到身上。脖子上套着两个铁圈，一个铁圈与铁链固定住，另一个铁圈就是铁枷，又叫叉形枷②。铁枷下面垂着两根铁条，铁条到腰部装一副手铐，把双手铐住，上面还锁上一把大锁。这样一来，犯人既不能把双手举到嘴边，也不能把脑袋低垂到手边。堂吉诃德问，这个犯人为什么要比别人戴更多的枷锁。一个公差回答说，他一人犯的罪比其他的人犯罪的总和还要多；而且，这个人胆大包天，十分狡猾，即使给他戴上这么重的脚镣手铐，他们还对他不放心，生怕他会逃之夭夭。

“他究竟犯了什么罪呢？”堂吉诃德问，“怎么又只判他去海上服苦役呢？”

“他判了十年苦役，”公差说，“这就等于一辈子被剥夺公民权了。他的情况不用多问，只要知道这位老兄就是大名鼎鼎的希内斯·德·帕萨蒙德就够了，他的诨名叫希内西约·德·巴拉比约③。”

“公差老爷，”犯人说，“说话留点神，别太放肆了，居然叫起人家的别名、绰号来了。我叫希内斯，不叫希内西约，我姓帕萨蒙德，不姓巴拉比约，就像您刚才说的那样。各人自己管好自己就够了，别管得那么宽。”

“你还这么神气十足，你这个江洋大盗！”公差说，“不老实就给点儿颜色看看，叫你吃不了兜着走。”

“不错，每个人的行为是由上帝决定的。不过，总有一天人们会知道，我

---

① 指意大利拉齐奥地区的居民。

② 是一个有脚的铁架，撑在犯人的下巴下，使脑袋挨鞭打时不能转动。

③ 巴拉比约(Parapilla)，原文里有“专事抢劫”的含意。

是不是叫希内西约·德·巴拉比约。"囚犯说。

"大伙儿不是这样叫你的吗,你这个骗子?"公差说。

"没有错,"希内斯说,"可是,我要让人们不这样叫我。谁这样称呼我,我就拔掉他的毛!我说拔哪儿就拔哪儿。绅士先生,您如果有东西送给我们,这就送吧,我们再见了。别人的事您打听了这么长时间,真烦死人了。您如果要了解本人情况,请您听着,我叫希内斯·德·帕萨蒙德。我的历史已经用自己的双手写下来了。"

"他说得对,"公差说,"他自己写了一本传记,是一本自传。他在牢房里把这本书抵押掉了,得了二百里亚尔。"

"即使典当了二百杜尔卡多,"希内斯说,"我也要将它赎回来。"

"这本书有那么好吗?"堂吉诃德问。

"好极了,"希内斯说,"比《托美思河上的小癞子》①这一类书好得多,这类书不管已经写成的还是将要写的,比起我的书就相形见绌了。我告诉您,这本书说的全是真话,真极了,谎话绝对不可能编造得这么有意思的。"

"这书名叫什么?"堂吉诃德问道。

"《希内斯·德·帕萨蒙德传》。"希内斯回答说。

"写完了吗?"堂吉诃德问道。

"我这一生还没有结束,"希内斯说,"怎么会写完呢?这本书从我出生时写起,一直写到我最近这次被判去服苦役为止。"

"这么说,您已去服过苦役了?"堂吉诃德问道。

"我是为上帝和国王效劳,上次我服了四年苦役,硬面包和皮鞭的滋味早领教过了,"希内斯回答说,"因此,这次去我并不觉得很痛苦,我可以在那儿续写我的书,我还有许多话要说。西班牙的海船上空闲时间不少,再说,我也用不了很多时间,因为要写的东西心里已有数了。"

"看来你很有才华。"堂吉诃德说。

"也很倒霉,"希内斯说,"有才华的人老是遇到倒霉的事。"

"应该说遇到倒霉事的总是那些无赖。"公差说。

"我已经说过,公差老爷,"帕萨蒙德说,"请说话留点神。上边的老爷

---

① 西班牙十六世纪的流浪汉体小说,已有中译本。

交给您这根警棍,可不是让您对我们这些可怜人过不去的,那是让您将我们送到国王陛下命令我们去的那个地方的。否则,哼,……我也不多说了!客店里那些鲜血淋淋的事有朝一日会重演呢。大伙儿闭嘴吧,好好过日子,说话小心些。我们走吧,这会儿耽搁得久了。”

公差见帕萨蒙德吓唬他,就举起警棍要打他。这时,堂吉诃德走过去站在他们中间,请求公差不要难为他,说像他这样双手被铐得紧紧的人,让他放松一下舌头,也就算了。接着,他又对所有的犯人说:

“亲爱的兄弟们,根据你们刚才对我说的话,我得出这样的结论:虽说你们犯了罪,受了处罚,但是你们并不甘愿去吃那种苦。你们去服苦刑,这是不得已,是违反自己意愿的。眼下你们落到这个地步,有的是由于经不起酷刑,屈打成招;有的是由于缺少钱财;也有的是由于没有人替自己说话,而不公正的判决是你们遭受苦难的主要原因。上帝让我来到这个世上,就是要我干骑士这一行,履行我扶弱锄强的誓言。刚才你们说的这些话,重新唤醒了我的责任,我一定要在你们身上实现上帝派我到这个世界上来的意愿。不过,我也知道,问题如能通过协商解决,就不要动武,这才是谨慎之道。为此,我请求公差先生们行个方便,放了你们,让你们平平安安地离开这儿。替国王效劳的人有的是,用不到强制他人去服苦役。我认为,叫那些生来就自由的人去当奴隶,实在太残忍。再说,公差先生们,”堂吉诃德又补充说,“这些可怜的人并没有对你们过不去呀。谁犯罪,谁受过。上帝在天上明察秋毫,他不会忘了赏善罚恶。好人不该充当屠杀他人的刽子手,这个行业与他们不沾边。我这样平心静气、低三下四地向你们请求,你们如果同意放人,我自有酬谢;如果敬酒不吃,愿吃罚酒,那么,我凭这根矛,这把剑,还有我这一条铁臂会叫你们放人。”

“真是胡说八道,笑话奇谈!”公差说,“老兄真会开玩笑呢,居然要我们释放国王判定的囚犯,好像我们有这个权力似的,也好像老兄有命令我们这样做的权力!先生,还是您走您的路吧,把脑袋上的这只便盆戴正一点儿,‘可别找三只脚的猫儿’①了。”

“你才是猫呢,你是耗子,是流氓!”堂吉诃德说。

---

① 西班牙谚语,意思是不要故意找别人的茬儿。

话还没有说完,他就冲了上去,迅雷不及掩耳般发起攻击。对手猝不及防,被打翻在地,被矛刺成重伤。恰是堂吉诃德的运气,刚才刺伤的是个火枪手。别的公差见到这意外的情况,都一时愣住了。但不久他们就清醒过来,骑马的那些人[①]拔剑在手,步行的那些人提着标枪,一齐向堂吉诃德袭来。堂吉诃德异常沉着地应战。这时,囚犯们见到获得自由的机会已到,就想方设法砸烂将他们锁在一起的那根铁链,准备逃跑。要是不发生这样的情况,堂吉诃德一定会吃大亏了。当时大乱,公差们又要去追赶那些正在挣脱枷锁的犯人,又要去攻打一直找他们厮打的堂吉诃德,弄得手忙脚乱,两头都顾不过来。

桑丘也过来助了一臂之力。他砸烂了希内斯·德·帕萨蒙德的枷锁,让他第一个挣脱锁链,利利索索地参加战斗。他跑到倒在地上的那个公差的身边,夺过他的剑和火枪,一会儿朝这个瞄瞄,一会儿又朝那个指指,但一直没有射击,却把战场上的那些公差全赶跑了。因为他们既害怕帕萨蒙德的那支火枪,又要躲避那些早已挣脱了枷锁的囚犯向他们投掷过来的许多石块。

桑丘为这件事发起愁来,因为他估摸那些逃走的公差一定会去向神圣友爱团报告情况。神圣友爱团便会鸣起警钟,追捕囚犯。他把这个想法对主人说了,请他拿定主意,赶紧离开那儿,躲到附近的山上去。

"这个想法不错,"堂吉诃德说,"不过,眼下该怎么办,我自有主意。"

这时,犯人们正在乱哄哄地剥那个公差的衣服,将他脱得一丝不挂。堂吉诃德把他们叫来,犯人们站在堂吉诃德四周,看他有什么吩咐。堂吉诃德说:

"有教养的人,受恩必谢。上帝最难容忍的一条罪状就是忘恩负义。我说这话是有用意的,先生们,你们已亲身受到我的恩惠。作为报答,希望你们帮我了却一桩心愿。我要你们扛着我刚从你们脖子上解脱的这根铁链,立即去托波索城,拜会杜尔西内娅·德尔·托波索小姐。同时你们告诉她,受她那个狼狈相骑士的派遣,你们特地去向她问好;另外,还请你们将这桩

---

① 原文在这儿用了复数,但实际情况是,骑马的火枪手应只剩一人,因为两人中另一人已被刺伤。

大事的前前后后，从开头一直到我让你们获得自由的整个过程原原本本地讲给她听。办完这件事后，你们就可以去喜欢去的地方。祝你们交上好运。”

希内斯·德·帕萨蒙德代表众人回答说：

“我们的解放者先生，您叫我们办的这件事是绝对办不到的，因为我们不能成群结队在路上走。我们应该分开单独行动，各走各的路，尽量找个隐蔽的地方躲起来，这样，才不会被神圣友爱团发现。这个组织的人肯定会来追捕我们。请您改变一下方式，把去托波索拜见杜尔西内娅小姐改为替您念一定数量的《圣母经》和《信经》，这件事情无论是白天还是夜晚，无论在逃跑还是休息，无论在打仗还是在平时都能办成。可是，您要我们现在就回到埃及的锅子边①，也就是说，要我们扛着铁链上托波索去，这就等于把现在上午十时想象成夜晚，也仿佛是缘木求鱼②。”

“好啊，你这个婊子养的，你这个强盗希内西约，”堂吉诃德勃然大怒，说道，“我发誓，一定要叫你一个人夹着尾巴，背着这条铁链上那儿去。”

帕萨蒙德本来就不是个安安稳稳的人。他听到堂吉诃德刚才发表了一通谬论，又见他把他们这些犯人给放了，就知道他脑子有毛病。他挨了堂吉诃德辱骂后，就向伙伴们挤了挤眼。囚犯们朝一边走了几步，从地上捡起石块朝堂吉诃德扔来。雨点一般落下来的石子使堂吉诃德来不及拿盾牌进行招架。这时，可怜的罗西纳特又像铜打铁铸一般任你怎样用踢马刺去踢它，刺它，仍一动也不动站在原地。桑丘躲在他那匹毛驴的后面，总算躲开了向他俩落下的这一阵“大冰雹”。堂吉诃德的盾牌挡不住来势凶猛的石击，身上不知让多少块鹅卵石击中，他被打倒在地。他一倒下，那个大学生就冲过来，抢过他头上的那个盆子，用它在他背上猛击三四下，又在地上砸了三四下，把个脸盆砸烂了。囚犯们脱去堂吉诃德铠甲的罩衣。要不是让胫甲③给压住了，他们还打算把他的长袜子也脱走。桑丘的那件短大衣也给抢走了，只剩下内衣内裤。囚犯们瓜分了战利品后，就自找生路去了。他们特别

---

① 作者在这里引用了《旧约全书》中的一个典故，意思是要他们做难以做到的事情。

② 西班牙谚语，原文直译应该是“要榆树结梨子”。

③ 用来保护膝盖到腿肚子这部分的护膝。

害怕遇上神圣友爱团的人，因此，让他们扛着铁链去拜见杜尔西内娅·德尔·托波索小姐是绝对办不到的。

野地里只剩下毛驴、罗西纳特、桑丘和堂吉诃德。毛驴低着头，不时地摇晃着两只耳朵，若有所思。它似乎觉得雨点般的石子还在朝它飞来，耳中好像还在响着这种声音。罗西纳特刚才也被一阵石雨击倒，躺在主人的身边。只穿一身单衣单裤的桑丘这时生怕神圣友爱团的人到来。堂吉诃德对那些囚犯做了那么大的一件好事，却遭到了他们这么一顿痛击，心里真有说不出的委屈。

第二十三章

叙述著名的堂吉诃德在黑山的遭遇，这是本书讲到的最罕见的奇事。

堂吉诃德见自己给糟蹋成这个样子，对他的侍从说：

"桑丘，我常常听人说，给无知的小人做好事，就像往海里倒水。我当初如果听你的话，也不会吃这个大亏了。不过，事情已到这个地步，忍耐点吧，吃一堑，长一智嘛。"

"您会变得聪明些，就好像我会变成土耳其人一样，"桑丘说，"不过，您刚才说，您如听了我的话，就可以不吃这个亏。那么，就请您听我的话，免得再吃更大的亏了。我告诉您，跟神圣友爱团不能讲骑士道，他们把游侠骑士看得一钱不值。我跟您说吧，这会儿我的耳边好像在响着他们的射箭声呢①。"

"你生来就胆子小，桑丘，"堂吉诃德说，"不过，免得你说我生性固执，从来不听你的劝告，这次我就听你的，离开你害怕的凶神恶煞。不过，有一个条件：你这辈子无论是生是死，永远也不能对别人说我退却了，不能说我是由于害怕而逃避危险；你应该说，我这样做只是为了满足你的要求。如果你不这样说，就是说谎，那么，从现在到将来，从将来回到现在②，我都要揭穿你的谎言，我会说你在撒谎。每当你这样想或这样说时，我都会说你在说假话。你别再争辩了。你只要头脑中出现这样的念头：认为我离开这里，尤其是离开这个让人有点儿恐惧的地方，是由于害怕，那我就一个人留在这

---

① 按神圣友爱团的法令，逮到坏人，立即用箭射死。

② 西班牙文书写公文时常用的套话。

儿,不仅等着你害怕的神圣友爱团,还要等以色列的十二部族兄弟团,玛咖贝欧的七兄弟[①],以及咖斯特和波鲁克斯[②],我甚至还要等世界上所有的兄弟团和友爱团的到来呢。"

"老爷,"桑丘说,"退避可不等于逃跑啊。遇到风险很大,希望很小的场合,死死地等着也不是明智之举。聪明人善于保护自己,等待来日,不想在一天之内拼掉自己的老命。您要明白,我虽然是个庄稼汉,大老粗,却还懂得一点儿审时度势的道理。因此,请您听我的话,这样才不会后悔。如果能上马,就快上马吧;上不了,我来帮您,您跟我走。我的直觉告诉我,这会儿我们更需要使用我们的双脚,而不是双手。"

堂吉诃德没有再说什么,就上了马。桑丘骑着毛驴,在前面带路。两人进入附近的那座黑山。桑丘打算穿过黑山,到比索或者到阿尔莫达瓦尔-德尔冈坡,在深山老林里躲藏几天,免得让正在搜捕他们的神圣友爱团的人发现。

见到驮放在毛驴上的干粮没有被那批囚犯抢走,桑丘非常高兴,他认为这是奇迹。刚才囚犯们穷搜乱找,许多东西都被他们抢走了。

当天夜里他们进入黑山深处,桑丘打算在那儿过夜,还想在那儿再待几天,至少待到干粮吃完再走。他们在周围长满栓皮槠的两块大石头的中间睡了一夜。在缺乏真正信仰的那些人眼里,万事都由命运决定。命运让那个有名的骗子和强盗希内斯·德·帕萨蒙德又与堂吉诃德他们碰上了。原来这个戴着脚镣手铐的人,靠堂吉诃德发疯行侠,逃了出来。像他这样的人当然害怕神圣友爱团追捕,于是,就躲到这深山里来了。命运和恐惧又像驱使堂吉诃德和桑丘那样将他也驱使到堂吉诃德他们俩过夜的那个地方。那时主仆俩已经进入梦乡。这时天还未黑,他还能认出他们。一般说来,坏人总是忘恩负义,再说,一个人到了急迫的时候,也会干出不该干的事,有些人还只顾眼前利益,不顾未来的前途。希内斯本来就是个没良心的人,这时就不怀好意,就想偷桑丘的毛驴。他没有打罗西纳特的主意,因为这匹马太糟了,既不能当也不能卖。桑丘·潘沙睡得正香,希内斯就将他的驴了偷走

---

① 公元前二世纪争取犹太独立的英雄。

② 希腊神话中的人物,两人均是主神宙斯的儿子。

了。趁天还没有亮,他就远远地离开了那儿,再也追寻不到了。

晨曦微露,大地一片欢腾,但桑丘·潘沙却很伤心,因为他的灰毛驴不见了。失去驴子,桑丘呼天抢地般痛哭起来,把个堂吉诃德也给吵醒了。他听见桑丘一面哭,一面数说道:

“啊呀,我的心肝宝贝呀!你是在我家里养大的呀!孩子们就骑着你玩儿,我老伴拿你当个宝!邻居们见了你就眼红!你大大减轻了我的压力,支撑了我一半的生活重担!你每天赚二十六个马拉维迪①,分担了我一日三餐的一半开支!”

堂吉诃德见他哭得伤心,问明缘由,便竭力用好言相劝,叫他不要着急,还答应给他一张可换驴的票据,凭票他可以得到堂吉诃德家中五头驴子中的三头。

桑丘这才放宽了心。他擦干眼泪,不再哭泣,向堂吉诃德表示感谢。

堂吉诃德进入大山后,心里十分舒坦,因为这个地方正是他寻找险事的最合适的场所。他不断地回想着游侠骑士们在荒山野岭里遇到的种种奇事。他边走边回忆,想入非非,把其他的事全丢到脑后去了。桑丘认为已经到了安全可靠的地方,也不再觉得害怕,只想着上次从教士那儿抢来的干粮还没有吃完,正好拿来填饱肚子。他像女人般横坐在驴背上②,跟在主人的后边,一边走一边从干粮袋里掏出干粮,往嘴里塞。他这时压根儿不想遇到什么奇事了。

他抬头见主人停下马来,拿那根长矛挑地上的一件东西。他想主人或许需要他帮忙,就赶了过去。等他赶到,主人已用矛头挑起了一只旅行包,还有一只箱子,这两件用带子系着的行李都已经霉烂,一拿起来,就全散了。箱子相当沉,桑丘不得不从驴子上下来,将它们搬到一边。主人命他瞧瞧箱子里究竟有什么东西。

桑丘立即遵命,箱子虽然用一条铁链捆着,上面还上了锁,但因破烂不堪,里面的东西都看得一清二楚。箱子里有四件细麻纱衬衫,还有几件亚麻

---

① 古钱币名,一里亚尔约合三十四个马拉维迪。

② 《堂吉诃德》一六零五年第二版里,作者增添了堂吉诃德与桑丘进入黑山深处过夜,驴子被希内斯盗走,桑丘失声痛哭,堂吉诃德安慰他,答应拿三匹驴子赔他,桑丘表示感谢等四小段文字。驴子已盗走,怎么还能“横坐在驴背上”,这显然是作者疏忽之处。

布衣服，都相当精致、干净。桑丘还发现在一块手帕里，包着一堆金埃斯库多①。他一见金币，就大叫起来：

“谢天谢地，这次奇遇我们总算发财了！”

他继续寻找，又发现一个精装的记事本。堂吉诃德向他要了这个记事本，叫他把钱自己留着，这是赏给他的。为了感谢主人赏赐，桑丘吻了吻堂吉诃德的手。他又把箱子里的那些亚麻布服装拿出来，放进盛干粮的口袋里。堂吉诃德看了这些衣服，说：

“桑丘，我认为一定有个旅客进山后迷了路，遭强盗抢了，然后又把他杀了，再把尸体弄到这个僻静的地方埋掉。”

“这不可能，”桑丘说，“如果是强盗作了案，不会把钱留在这里的。”

“这倒也是，”堂吉诃德说，“那究竟是怎么一回事，我可猜不透了。不过，你别急，我来看看这个记事本，里面不知能不能给我们提供点线索，帮助我们解开这个疑团。”

他打开本子，第一眼就看到一首十四行诗。虽然是初稿，字迹却非常娟秀。他大声地念了起来，好让桑丘也能听到。这首诗是这样的：

　　兴许是恋爱之神头脑发昏，
也可能是他异常的残忍，
否则就是他对我处罚过分，
使我遭到如此惨重的酷刑。
　　然而，恋爱神也是一位天神，
他无所不知，一点也不凶狠，
这个道理已被世人公认，
那么，谁使我内心这般苦闷？
　　如说是你，菲丽，这话不真，
如此美玉岂能包藏祸心？
苍天也不会让我陷此困境。
　　我即将死去，这已完全确定，

① 西班牙古币名，分金银两种。

这病由谁引起尚未查明，
找到治病良药自是奇妙万分。

“从这首诗里似乎看不出什么来，”桑丘说，“除非从诗中的某一根线头着手，才能解开线团[1]。”

“诗里有什么线头呀？”堂吉诃德问。

“我好像听您念到‘线头’什么的。”桑丘说。

“我是说‘菲丽’[2]，”堂吉诃德说，“这显然是十四行诗作者抱怨的这位姑娘的名字。我确信这首诗写得不错，不然，我就对这门艺术一窍不通了。”

“这么说，您还会作诗吗？”桑丘问道。

“写得比你想象的还好呢，”堂吉诃德回答说，“下次让你给我的杜尔西内娅·德尔·托波索小姐送一封信去，从上到下全用诗写成，那时，你就知道我诗写得怎么样了。告诉你，桑丘，古代所有的，或者说几乎所有的游侠骑士都是大诗人，大音乐家。写诗和作曲这两大技能——或者说是这两种天赋和才能，与情意绵绵的游侠骑士是紧密相关的。说实在的，古代骑士的诗作感情十分丰富，只是缺少点精雕细刻。”

“请您再读下去吧，”桑丘说，“也许能发现某些重要的线索。”

堂吉诃德翻过去一页，说道：

“这是散文，像是一封信。”

“是公函吗，老爷？”桑丘问。

“从信的开头看，倒像是封情书。”堂吉诃德回答说。

“那您大声念念吧，”桑丘说，“谈情说爱的事儿我倒想听听。”

“我很高兴这样做。”堂吉诃德说。

他根据桑丘的要求，大声地读了起来。信是这样写的：

由于你言而无信，也怪我命苦福浅，终于我来到了这深山老林里。我在这里抱怨你的言论，要等我的死讯传到你的耳中后，你才能知道。啊，你这

---

① 西班牙谚语：找到线头，解开线团。

② 菲丽（Fili）与线头（Hilo）在古西班牙文里发音相近。

个负心人，你抛弃了我，因为他比我富有，但他并不比我高尚。如果美德是一种可以作价的财富，我不会忌妒他人的幸福，也不会哀哭自身的苦命。你的美貌抬高了自己的身价，你的行为却使你信誉扫地。凭你的美丽我把你看成天使，看你的行为我知道你只不过是个普通女子。好自为之吧，你这个惹得我心绪不宁的人，但愿苍天永远不让你识破你嫁的是个欺心骗子，免得你对自己做的事感到后悔，也免得我感到幸灾乐祸，因为这并非我的愿望。

念完这封信后，堂吉诃德说：

"写这封信的人是个被人抛弃的情人，只是这封信里比那首诗更找不出什么有价值的东西来。"

他把这个记事本从头到尾浏览了一遍，又见到了几首诗和几封信，有的能看懂，有的看不清。不过，无论是诗还是信，都是一些哀怨悲叹之辞，时而自信，时而失望；时而高兴，时而悲伤；时而受到青睐，时而遭到抛弃。有的不乏赞扬之词，有的充满一片哀情。

堂吉诃德翻阅那本记事本的同时，桑丘在翻那只箱子。他把整只箱子还有那个提包都翻了个遍，搜寻了每个角落，拆开了每条缝线，甚至将毛线衣的每根毛线都拆开看过，生怕有什么地方没有翻到。他找到了一百多枚埃斯库多，心里美滋滋的，像是吃了一顿美食。尽管没有再找到别的什么，但他认为有了这些钱，他让人兜在毯子里往上抛，喝了那种香油呕吐不止，让人拿木桩揍，挨了骡夫的一顿拳头，丢失了那条褡裢，短大衣被抢，这一切都是值得的。他还认为，有了这笔钱，他跟他的这位主人当差过程中受到的饥渴和劳累都已得到了丰厚的补偿。

这位狼狈相骑士很想弄清这只箱子的主人究竟是什么人。根据那首十四行诗，还有那封信，那些金币和质地良好的服装，他猜想此人定然出身名门，如醉如痴地爱上了一个姑娘，遭到了对方无礼对待和抛弃后，终于走上了绝路。可是，在这崎岖的山野里，荒无人烟，找不到人问讯，他只好顺着罗西纳特的意愿，往前走去。他始终认为，在这荆棘丛生的荒山野地里，必然会有意外的奇遇。

他怀着这样的念头缓步而行，突然见到前面一座小山上有一人飞快地奔跑着。他跃过了一块块岩石，跳过了一丛丛灌木，动作轻捷异常。他似乎觉得此人赤裸着身躯，胡须又黑又浓，头发又密又乱，赤着一双脚，小腿也是光光的，只有一条短裤裹住大腿。这短裤像是棕色丝绒的，但已破烂不堪，许多地方露出肉来。他头上没有戴帽子。虽说此人像刚才说的那样飞快地奔了过去，但狼狈相骑士却把这些细节看得一清二楚。这位骑士很想追上去，但没有办法这样做，因为罗西纳特太单薄，不惯于走崎岖不平的山间小道；另外，它生来动作慢，性子像温吞水，想叫它走快也走不快。

堂吉诃德料想那个人一定是那只提包和箱子的主人，他打定主意要去找他，哪怕在这山上待上一年，也要找到他。他叫桑丘下驴，抄近道去山的另一边；他自己从这边走去，他想用这个办法找到那个迅速从他眼前消失的人。

"我不去，"桑丘说，"因为一离开您我就害怕，眼前就会出现妖魔鬼怪，吓得我胆战心惊。我跟您明说了吧，从现在起，我寸步也不离开您了。"

"这样也好，"狼狈相骑士说，"你想依靠我的勇气，我很高兴。你即使吓得灵魂出了窍，我也有勇气扶持你。现在你在我后面慢慢走，或者信步而行，用你的两只眼睛当灯笼照。我们绕着这座小山包走一圈，也许能遇见刚才见到的这个人。毫无疑问，这个人就是我们捡到的这些东西的主人。"

桑丘听了说：

"还是不去找他为妙。如果找到了他，这些钱也是他的，那我得把钱还给他。我看没有必要白费这个劲了，这钱还是由我保管吧。过些时候，这钱的主人也许不用找，就自然地出现了。那时，钱已用光，连国王也奈何不了我了①。"

"这你就错了，桑丘，"堂吉诃德说，"我们既然猜到这钱是谁的，又知道此人就在附近，就有义务去找他，把钱还给他。我们如果不去找他，心里又强烈地感到他就是钱的主人，那我们就会感到内疚。因此，桑丘朋友，不要怕去找他。对我来说，找到了他，反而觉得高兴。"

说完，他就催动罗西纳特往前跑去。桑丘和平时一样，骑驴相随。他俩在那座小山包转了小半圈，便在一个山沟里见到一头死骡子，鞍辔俱全，躯

---

① 出自西班牙谚语："对身无分文的人，连国王也奈何他不得。"

体已被野狗和乌鸦吃去了一半。这更证实了他们的猜想——刚才那个一闪而过的人就是骡子和那个提包的主人。

他们正在看那头死骡子,忽听一声唿哨,像是牧羊人赶羊的哨声。随后,在他们左边跑过来一大群山羊。在羊群后面的山顶上,出现一个上了年纪的牧羊人。堂吉诃德大声与他打招呼,请他下山来。牧羊人也亮着嗓门与他们说话,问他们是谁将他们带到这个地方来的,还说这儿人迹罕至,除了过往的羊群,常常有豺狼等野兽出没。桑丘先请他下来,然后把情况原原本本告诉他。牧羊老人走下山来,走到堂吉诃德身边,说道:

"我可以打赌,你们是来看死在这山沟里的那条雇用的骡子的。说实在的,这死骡子六个月前就在这儿了。你们在这附近见到过它的主人吗?"

"没有,"堂吉诃德说,"只是在这儿附近发现一个提包和一只箱子。"

"箱子我也看见了,"牧羊人说,"只是没有去捡,甚至都没有走近去看看。一来怕沾上晦气,二来怕人家说我偷。魔鬼可狡猾呢,他在你脚下放点什么,让你绊一跤,还不知怎么跌的跟头。"

"我也是这么说的,"桑丘说,"箱子我也见到了,走到离它还有一箭之地,就没肯过去。箱子还原封未动地撇在那儿。我可不要带颈铃的狗[①]。"

"老哥,请问,您知道这些东西的主人是谁吗?"堂吉诃德问道。

"我把自己知道的一些情况告诉您吧,"牧羊老汉说,"大约六个月前,有一个年轻小伙子来到离这儿有三西班牙里地的一个牧羊人住的茅屋边。此人仪表堂堂,斯斯文文。他骑的骡子就是那匹死骡子,还带来一只提包和一只箱子,就是你们刚才说见到了却没有碰一碰的那些东西。他问我们,这一带哪儿最荒凉,最偏僻。我们就告诉他,我们眼下这个地方就是。这儿确实是个穷乡僻壤,你如果再往里走半西班牙里地,就可能出不来了。我觉得真奇怪,你们怎么到这儿的呢,因为到这里没有路,连羊肠小道也没有呀。我接着说下去,好吗?听了我们的话,那年轻人掉转辔头,往我们指的地方走去。他那翩翩的风度,真是人见人喜;听到他提出这样的问题,又见他这么急匆匆地回转身朝深山跑去,我们又觉得十分惊奇。此后,我们再也没有见到他。几天前,他突然在路上拦住我们一个同伴,一声不吭,就扑过去对

---

① 西班牙谚语,意思是不想自找麻烦。

他拳脚相加,然后来到驮骡身边,将骡子身上驮的面包和奶酪全都抢走,动作利索得惊人。完了,就又躲到深山里去了。我们几个放羊的知道了这个情况,就去找他,在深山里找了近两天时间,才在一棵又高又大的栓皮槠的树洞里找到了他。他和和气气地出来见我们,只是衣衫已破烂不堪,脸色也变了,皮肤被太阳晒得漆黑,因此,我们快认不得他了。不过我们还记得他的一身装束,凭那身破得不成样子的衣服,还能认出他就是我们要找的人。他很客气地同我们打招呼,言语不多,但异常恳切地对我们说,请我们见到他这样不要见怪,他罪孽深重,眼下正在进行自我忏悔赎罪。我们问他的姓名,他始终没有回答。我们还对他说,人要吃饭才能活命。他如需要粮食,请他说一下,我们在什么地方能找到他,我们给他送去。如果他不喜欢这样,他可以出来向我们要,只是不要抢夺牧羊人的粮食。他向我们表示了谢意,还对他前几次的抢劫表示歉意,说以后再也不会给人添麻烦,只求看在上帝分上,给他点粮食吃。他还说,他居无定所,每天走到哪儿,就在哪儿过夜。说完,就放声痛哭。见他哭得这么悲伤,又想到他来时的那个样子,这时又变成这个样子,即使是个铁石心肠的人,也不能不陪他落几滴眼泪。我刚才已经说过,来时他是个仪表堂堂、和蔼可亲的年轻人。说起话来,彬彬有礼,一看就是个出身名门、知书达礼的人。我们在场的这几个人尽管都是大老粗,但我们看得出他确实非常斯文。他讲到要紧的地方,突然不说了,眼睛死死地盯着地面,有好大一会儿工夫。我们在场的几个人都没有说话,都在看着他,想看看他这阵呆发完后又该怎么办。我们心里都很可怜他。他一会儿张大眼睛,长时间地直勾勾地连睫毛都不动一动地盯着地面,一会儿又闭上眼睛,紧闭双唇,皱着眉头。这样子我们一看就知道他疯病又发了。他紧接着的行为表明,我们的想法是对的。他先是躺在地上,随后怒气冲冲地从地上一跃而起,扑向他身边的那个人,对他又打又咬,我们如果不及时将他拉开,他准会将那个人打死。他在打咬的同时还嚷道:'费尔南多,你这个狗贼,你害得我好苦!眼下,你在这儿,我要报仇,我要用自己双手挖出你这颗藏着所有邪恶的黑心!'接着,他又骂了一通,骂的都是费尔南多,说他是个奸贼,是个骗子。我们费了好大的劲才把我们的同伴从他手中拉开。他没有再说什么就离开我们,飞快地跑到荆棘丛生的山地里去了,连我们也无法追上他。根据这个情况,我们猜想,他的疯病是发一阵好一阵,那个叫费尔南多的人干了坏事伤害了他。从他目前的情况看，确实受害不浅。这些猜想后来都得到了证实，因为他曾经出来过许多次，有几次他是来求牧人给他一点儿粮食，让他带回去吃；另外几次他是来抢的，因为他的疯病又犯了。在这样的情况下，即使牧人心甘情愿给他粮食，他也不要，一定要挥舞拳头去抢。他清醒时，总是客客气气地请大家看在上帝的分上，给他点吃的；拿了粮食后，千恩万谢，眼中噙着泪花。就在昨天，我和四个年轻人（其中两人是我的雇工，两人是我的朋友）决定去找他，而且一定要找到他。等找到了，不管他愿不愿意，我们一定要将他送到离这儿八西班牙里的阿尔莫达瓦尔镇给他治病。或者趁他神智清楚时，问清他的姓名，有没有亲友可由我们去报告他的不幸遭遇。先生们，你们问我的事，我知道的全都说了。另外，你们见到的那两件东西也是这个人的。那个衣衫破烂、皮肉外露、轻捷地跳来跳去的人就是他。”刚才堂吉诃德已对牧羊老汉说过，他看见那个人在山上飞奔。

听了牧羊人的这番话，堂吉诃德大为惊奇，他更想知道这不幸的疯子究竟是什么人了。于是，他决定把原来的打算付诸行动——他要找遍整座山头。连每个角落、每个山洞都不放过，务必将他找到才肯罢休。

不过，命运的安排比他原来想的、指望的要好得多——就在这个时候，他要寻找的这个小伙子在一个山沟里出现了。他一面走，一面喃喃自语。这些话就是有人站在他身边也听不懂，更何况离得这么远呢。他穿的衣服确实像上面说的那样非常破烂，只是等他走到跟前，堂吉诃德才发现他身上穿的那件撕烂了的皮上衣还是龙涎香皮①做的呢。他心里明白，穿这么名贵服装的人绝不会是卑贱的下等人。

年轻人来到跟前后，向他们问了好，声音虽有些嘶哑，不过很客气。堂吉诃德也客客气气地还了礼。然后，他下了罗西纳特，又文雅又潇洒地走过去拥抱了他，像相识很久的老朋友那样，在怀里紧抱了好一会儿。

我们既已把堂吉诃德称做狼狈相骑士，那么，这年轻人我们就叫他“衣衫褴褛的晦气脸”吧。他让堂吉诃德拥抱了一会儿后，身子朝后退一步，双手放在堂吉诃德的肩膀上，对他端详了一番，好像要瞧瞧是不是认识他。见

---

① 制革时，加上龙涎香，这种皮革很名贵。

到堂吉诃德那个脸相、身材,又见他全身披挂,心里惊讶万分,就像堂吉诃德见了他一样。拥抱后,首先开口的是那个“衣衫褴褛的晦气脸”。他说了些什么,请看下一章。

第二十四章

继续叙述黑山奇遇。

根据传记记载，堂吉诃德这时正在全神贯注地听那个衣衫褴褛的“黑山绅士”说话。他是这样说的：

“先生，我虽然并不认识您，不知您是谁，但我非常感谢您对我作的友好表示和礼遇。您热烈地欢迎了我，对我表露了一片诚意，我真想加倍地报答您。只是我时运不济，空有良好的愿望，却难以拿出实际行动来。”

“我一直有为您效劳的愿望，”堂吉诃德说，“我甚至拿定主意，不找到您决不离开这座山岭。您眼下过着这样奇怪的生活，内心一定非常痛苦，我已打定主意要弄清楚有没有解除这种痛苦的办法。如果有，我一定千方百计找到它。万一您的痛苦无法用任何方式加以减轻，那我打算陪您痛痛快快地哭一场。一个人遭到了不幸，如有人表示同情，多少也是一种安慰。如果我这一片好心能得到某种报答的话，那么，先生，我有个请求。我知道您很有礼貌。为了礼貌，为了您这一生中最爱的人，请告诉我您是什么人，为什么要像兽类一样来到这个荒无人烟的地方了此一生。从您服装和举止看，您不是与兽类同生死的人。”堂吉诃德接下去又说，“本人不才，却受过骑士道的封授，专司游侠骑士一职。我愿以骑士道和游侠骑士的名义起誓，如果您满足了我上面说的这个请求，我定以游侠骑士的一片热忱，为您的不幸找到解救的办法；如果这点办不到，我也一定如我刚才允诺的那样，陪您痛痛快快地哭一场。”

"林中骑士"①听了狼狈相骑士这番话,没有立即作答,只是对他看了一遍又一遍,直到对他上上下下看了个够,才说:

"你们如果带有干粮,看在上帝面上,给我吃一点儿。吃完后,我一定遵照这位先生的吩咐,把我的事情讲给你们听,以报答你们的一片心意。"

桑丘去掏他的干粮袋,牧羊老汉也从他的皮袋里取出干粮,让这个衣衫褴褛的人充饥。他就像呆子那样,给他什么吃的就往嘴里塞,来不及一口一口细嚼慢咽,东西塞到嘴里就一仰脖子吞了下去。在他吃东西的时候,他本人和瞧着他的人都没有开口。吃完干粮,他对他们做了一个手势,叫他们跟他走。他们就跟着他来到一块绿草如茵的平地,旁边不远处有一块大岩石。到了草地,他就躺了下来,其他几个人也和他一样,躺在草地上。在整个过程中,谁也没有说话。那个衣衫褴褛的人躺舒服了,才开口说:

"先生们,你们如果想让我将自己遭到的巨大不幸,一口气讲出来,得先答应我一件事:在我讲述这段伤心的经历时,你们不能提问,也不能用别的方法打断我。故事一经打断,就停在那儿不能继续讲下去了。"

衣衫褴褛的人的这一番言论使堂吉诃德回想起他侍从给他讲的那个故事。当时自己因记不清到底过了几只羊,故事就停在那儿了。我们再回头来说说这位衣衫褴褛的人,他接着又说:

"我给诸位事先打这个招呼的意思是想快点把我的不幸往事讲完。辛酸旧事的回顾,只会带来新的烦恼。你们问得越少,我就讲得越快。当然,一些重要的情节我绝对不会漏掉,你们要我讲什么,我都会讲给你们听。"

堂吉诃德代表在场的人答应了衣衫褴褛的人的要求。于是,他就讲了起来:"我名叫卡德尼奥,家在安达卢西亚一个美丽的城市里。我出身贵族世家,父母很富有,但纵有钱财,也无法减轻我的痛苦。我身遭不幸,叫父母伤心,也让家族的其他人感慨万端。老天要你受罪,财富往往是帮不了什么忙的。这个城市里有个姑娘,爱神把我希冀的所有的好的东西全都集中在她身上了。路辛达实在太漂亮了!她与我出身一样高贵,家境一样富有,但她比我走运。她只是不够坚贞,辜负了我对她的一片情意。打孩提时代起,我就喜欢她,爱她,崇拜她。她小小年纪还我一颗纯真的爱心。我们双方的

① 就是那个衣衫褴褛的年轻人。

父母亲都了解我们的心意,他们对此并不介意,因为他们心里明白,等我们长大成人后,让我们成亲就是了,反正论家世,论财富都是门当户对。随着年岁的增长,彼此的情意更深了。路辛达的父亲受到礼教的影响,对我进行了防范,不许我走进他的家门。诗人们常爱歌唱蒂斯贝①的故事,路辛达的父亲有点儿模仿蒂斯贝父母的做法。不让我进门反而使我们更加情炽似火,因为这样做虽封住了我们的舌头,却难以锁住我们的笔头。笔头比舌头更能无拘束地表达自己的情意,倾诉自己的衷肠。因为当着情人的面,决心最大的人也常常难以启齿,胆子最大的人也会舌头僵直。天哪,我给她写了多少封情书啊,她又给了我多少封坦诚而富有情意的回信呀!我还给她编了许多首情歌,写了许多篇爱情诗,表达内心的情愫,传达炽烈的欲望;在这些诗歌中,还回顾了往事,表达了自己的决心。后来,我已不满足写诗写信,急切地想见她一面。我决定将这个想法化为行动。我认为,为了得到她这个令我朝思暮想的珍宝,最合适的做法是向他父亲正式求婚,将她许配给我,作我的合法妻子。我真的这样做了。她父亲回答说承蒙我瞧得起他,向他求婚,他表示感谢,他也愿意将女儿许配给我。只是我父亲健在,求婚的事应该由他提出,才合情理。如果这桩婚事我父亲不乐意,路辛达可不是个违背父命愿意偷偷出嫁的姑娘。对路辛达父亲这个善意的建议我表示了谢意,我认为他说的话的确有道理,还认为这件事只要和父亲说明,他也一定会同意的。我怀着这样的想法,立即去向父亲说出自己的愿望。走进父亲的房间,发现他手里拿着一封已启了封的信。我还未开口,他就把信给了我,说:‘卡德尼奥,从这封信里可以看出,里卡多公爵是有心要栽培你呢。’先生们,你们想必知道,这里卡多公爵可是西班牙的大人物啊。他的封地是全安达卢西亚最肥沃的地方。我拿起信看了一遍。信的言词异常恳切,信中提出的要求,万一父亲不同意,我也会觉得不妥的。公爵要我立即去他那儿,作他大公子的伙伴——不是去当仆人。他还答应根据我的才能将会给我安排合适的职位。我看了信,心里有些着急,一时说不出话来。父亲接着

① 蒂斯贝的故事出自古罗马诗人奥维德的长诗《变形记》,古代巴比伦美貌少女蒂斯贝与邻居青年比若莫相爱。双方父母不许他们见面,他们只能从墙缝里互通消息。在一次约会中出了意外,比若莫以为姑娘已死,便自尽了。蒂斯贝见情人身死,也拔刀自刎。

说:‘卡德尼奥,两天后,你就动身去听候公爵的吩咐,你应该感谢上帝,让你走上这样的道路,以便获得与你才华相配的地位。’另外,父亲又说了一些别的鼓励我的话。我动身的前夕,把这件事原原本本告诉了路辛达,也告诉了她父亲,请他等候几天,把女儿的婚事暂缓一下,等我到那儿见到了里卡多,看看他到底要我干些什么再作决定。她父亲同意了。她当时山盟海誓,还晕过去不知多少次,表示了对爱情的忠贞。我终于来到里卡多公爵家,受到了非常盛情的款待。公爵对我太好了,反倒引起他人的忌妒,特别是那些老仆人。在他们看来,公爵对我如此青睐,必然会对他们造成某种损害。对我的到来最高兴的是公爵的二公子,他叫堂费尔南多,是个风流倜傥的少爷。我到那儿不久,我们就成了挚友,引起了人们的议论。虽说大公子待我也不错,对我很照顾,但总不如堂费尔南多对我好。一般说来,在交情很深的朋友之间总是无话不谈的。堂费尔南多对我的好感已变成了友谊,他把心事全都告诉了我,特别是那桩使他寝食不安的私情。原来他看中了一个农家姑娘,是他父亲管辖下的臣民。姑娘的父母很富有,她很聪明伶俐,美貌绝伦,还非常端庄、贞洁,真可说十全十美。认识她的人都说不出她在哪一方面更加突出一些。堂费尔南多对这漂亮而品德高尚的农家姑娘一往情深。他拿定主意要娶他为妻,因为不这样做,他很难占有这个贞洁的姑娘。作为他的挚友,我说出种种理由,举出种种生动的实例,劝他打消这个念头。眼看劝说不起作用,我决定将这件事告诉他父亲里卡多公爵。堂费尔南多是个很有心计的人,他怕这事张扬开去。他也知道我作为他家的一个忠仆,不能隐瞒有损于我的主人公爵家荣誉的事情。于是,他有一天对我说,为了忘记这个他眷恋的美丽姑娘,他别无他法,只有离家外出几个月。他想和我一起上我父亲家里去。在公爵面前他可以说,我家乡出产世界上最好的骏马,他想到那儿去买几匹好马回来。我听他这么一说,正中下怀。虽说他这个打算并不很好,但这样做能为我回去看看我那路辛达提供了一个良好的机会,我自然非常赞同。我怀着这样的想法和意愿,赞成他的主意,还对他说,要走就应该快点走,因为他和那农家姑娘虽然爱得很深,但人一离开,感情就慢慢变淡。后来我知道,他跟我说上面这番话的时候,已经以未婚丈夫的名义占有了那个农家姑娘,并正在等待机会将这件事作为既成事实张扬开来。眼下他担心的是他父亲知道他这么胡闹后,会做出什么反应。一般说来,年轻人谈情说爱,大多数算不了爱情,只能算是情欲,图个快活。快乐一阵后,情欲得到满足,爱情也就结束了。这是自然的界限,不能超越,只有真正的爱情才没有这个界限。堂费尔南多的情况正是这样。他同那个农家姑娘玩乐了一阵后,欲念渐消,爱情渐冷,关系就逐渐冷漠。如果他开始时说要离家,只是为了淡化他与那姑娘的关系,那么,后来他是有意躲避,以免履行婚约。公爵同意他走,还命我与他随行。我们一起来到我的家乡。我父亲按堂费尔南多的身份盛情款待他。我回家不久就去看望路辛达。尽管我对她的这颗爱心始终如一,既没有死去,更没有冷下来,但见了她以后,好像更获得了生气。合该我倒霉,我竟把与路辛达相爱的事告诉了堂费尔南多,因为我觉得我们的交情已这么深,不该对他隐瞒什么。我当着他的面大肆夸奖路辛达,说她多么漂亮,多么聪明伶俐,又多么有教养。听了我的话,他就产生了见一见这么美好的姑娘的愿望。更糟糕的是,我居然答应了他的请求。一天夜里,路辛达就站在我们经常会面的窗口,手里拿一枝蜡烛,我指给堂费尔南多看了。当时她只穿贴身小袄,披着一件披风。堂费尔南多一见,早把过去见到过的所有美女全都弃到脑后了。他一时瞠目结舌,说不出话来,好像掉了魂一般。之后,他就爱上了她,爱到什么程度,你们接下去听了我的故事就会明白。他对路辛达的感情是瞒着我的,只有老天知道。一天,命运之神又让他见到了路辛达写给我的一封便信,这更点燃了他的欲火。她在信中要我向她父亲正式求婚。这封信措辞得体,既合礼仪又充满一片深情。他看了信后,对我说,分摊在全世界妇女身上的美色和智慧全都集中在路辛达一个人身上了。现在我应该坦率地承认,当时我听了堂费尔南多对路辛达的溢美之辞,虽觉得十分合适,但是,这些话出自他的口中,我又有些担忧,甚至有些醋意,因为他在我俩闲聊时,几乎每时每刻都想把话题引到路辛达身上,有时甚至是非常牵强的。这样一来,在我心里自然产生了一种连我自己也说不清的妒忌。我并不害怕路辛达会变心。不过,她虽然非常靠得住,但我总怕自己命运不济。堂费尔南多千方百计想看我给路辛达的信和她给我的回信,说他很喜欢我俩的生花妙笔。一次,路辛达向我借阅一本我正在看的骑士书,因为她非常爱看这种书,书名是《阿马蒂斯·德·加乌拉》……”

堂吉诃德一听到骑士书,就说:

“您一开头只要对我说，那位路辛达小姐爱读骑士书，您就用不到多加夸奖，我就明白这位小姐一定聪明过人。反之，如果她缺乏这方面的雅兴，那她就不会像你刚才描述的那么美好了。对我来说，您用不到多费口舌，说她长得多么漂亮，多么贤惠，多么聪明，您只要告诉我她有这个爱好，我就判定她是世界上最俊俏最聪慧的女子。先生，但愿您将《阿马蒂斯·德·加乌拉》这本书送给她的同时，也将《希腊的堂路赫尔》这本好书也一起带给她。我知道，路辛达小姐一定会非常喜欢达拉依达和赫拉雅这两个人物，也会喜欢牧童达里纳尔的机灵劲儿，尤其是他演唱的那些牧歌，真叫人惊叹不已。他演唱得那么生动活泼，妙趣横生，真令人拍案叫绝。您没有把这本书给她也不要紧，要不了多久，便能弥补这个过失。劳您的驾，请您跟我去一趟我的老家，这种书在那儿可以给你三百多本，都是用来解闷消遣的。哦，我想起来了，这种书我一本也没有了，这都是那些恶毒的爱忌妒的魔法师捣的鬼。真对不起，我刚才打断您的话了，违背了自己的诺言，我这个人一听到有人谈起骑士道和游侠骑士方面的事情，要我不插嘴，就像要阳光不发热，月光不散发潮气①一样困难。因此请您见谅，现在再请您继续讲吧。”

就在堂吉诃德说话的时候，卡德尼奥的脑袋一直垂到了胸口，仿佛陷入了沉思。堂吉诃德接连两次请他继续讲述往事，他既不抬头，也没有答话。过了好一会儿，他才抬头说道：

“有一个念头总难以在我心中消除，世界上没有任何人能使我这样做，也无法使我改变看法：我认为艾利沙巴师傅这个大混蛋是玛达西玛王后的情郎②。不这样看这个问题的人一定是个傻瓜。”

“没有这回事儿，我可以发誓！”堂吉诃德突然大发雷霆，他像平常一样赌咒起誓地说，“这是恶意中伤，更确切地说，是一种流氓行为！玛达西玛王后是位高贵的女性，地位这样高的一位王妃怎么会和一个只会治疝气的江湖郎中私通呢？谁不同意我的看法，谁就是混蛋，就是在胡说八道！对这样的人，我可以同他步战，也可以进行马战；可拿武器交手也可以徒手格斗；可

---

① 古代西班牙人认为露水是由月亮散发潮气形成的。

② 《阿马蒂斯·德·加乌拉》中有三个玛达西玛，没有一个与理发师兼外科医生艾利沙巴有两性关系。

以夜战也可以白天打。总之,不管他用何种方式,我定要让他认错,才肯罢休。”

卡德尼奥一直目不转睛地注视着堂吉诃德。他这时疯病又犯了,已没法继续叙述他的往事。再说,堂吉诃德也不想听了,因为刚才听到卡德尼奥说了玛达西玛的坏话,心里非常不高兴。说来也怪,堂吉诃德就像护着自己的合法妻室一样护着这个玛达西玛,这都是那些传播异端邪说的书将他弄成这样的。刚才已经说到,卡德尼奥的疯病已经发作,他听到堂吉诃德骂他混蛋,胡说八道,以及其他难听的话,不禁怒火中烧,随即从身边捡起一块石头,朝堂吉诃德胸口打来,打得他仰面朝天,倒在地上。桑丘·潘沙见自己的主人被对方打倒,就捏紧拳头去找那个疯子。这衣衫褴褛的人随手一拳,就将桑丘击倒在地,接着就踩上他的身子,将他的肋骨踩了又踩。牧羊老汉想帮桑丘的忙,结果,也遭到同样的命运。疯子将这三个打得不能动弹后,就扬长而去,重新钻到密林深处去了。

桑丘从地上爬了起来。他无缘无故地让人给打了一顿,心里实在气不过,就去找那牧羊老头儿出气,怪他没有早告诉他们那个人会发疯。如果早点对他们说,他们就能早作防范。牧羊人说,他已经对他们说过这件事,他们没有放在心上,这不能怪他。桑丘不听,继续责怪他,牧羊人也继续申辩,双方一来一往,最后发展到揪胡子,动拳脚。亏得堂吉诃德从中调解,否则,他们准会厮打得头破血流的。桑丘紧紧地揪住牧羊人说:

“狼狈相骑士老爷,请不要管我,这老头儿和我一样,也是乡巴佬,也没有封为骑士。他刚才欺侮我,我完全可以像正人君子那样跟他交手,为自己复仇。”

“话是说得不错,”堂吉诃德说,“不过,我知道,刚才的事一点也不能怪他。”

堂吉诃德这句话总算让双方平静下来了。接着,这位骑士又问牧羊老汉,能不能找到那个卡德尼奥,因为他非常想了解他那个故事的结局。牧羊人还像开始时那样说,他不知道卡德尼奥究竟住在哪儿。不过,他们如果在那一带多走几趟,不管卡德尼奥发不发疯,准能找到他。

第二十五章

叙述英勇的拉曼却骑士在黑山的种种奇遇，以及他如何模仿“忧愁俊杰”[①]进行苦修赎罪。

堂吉诃德辞别了牧羊人，骑上罗西纳特，命桑丘跟随着他走。桑丘心里虽不高兴，但也只好骑驴随行。他们信步而行，来到了山林深处。桑丘总想跟主人说话，但又怕违反堂吉诃德作的规定，他真希望堂吉诃德能先开口说话，但他就是不说。后来，桑丘实在憋不住了，终于开了口。

“堂吉诃德老爷，请您为我祝福，并恩准我回老家吧，因为我很想从这儿动身回去，见见我的老婆孩子。跟他们在一起，我起码可以同他们说说话，想说什么，就说什么。您要我跟着您在这荒无人烟的深山老林里日夜奔走，我想同您说句话，您又不允许，这不是活活憋死我吗？如果命运让牲口也能说话，就像伊索的时代那样，那还不算太坏，因为我可以和我的毛驴说说心里话。这样，虽说倒了大霉，心里总好受些。眼下东奔西跑，一辈子忙着找什么险事，结果呢，不是挨踢，就是让人兜在毯子里往空中抛，还让人拿石头砸，拿拳头揍；这还不够，还得把嘴给缝起来，心里话也不敢说，像哑巴一样。这种日子能过得下去吗？这实在太苦了。”

“我明白你的意思，桑丘，”堂吉诃德说，“你非常希望我揭掉贴在你舌头上的那张封条。好吧，这封条就算已经揭掉了，你爱说什么，就说什么吧。不过，这只限于我们在这深山老林这段时间里，过了这段时间，封条还得贴上。”

“这么说，现在我就可以说话了，”桑丘说，“至于以后会怎么样，就只有

① 指《阿马蒂斯·德·加乌拉》中的主角阿马蒂斯。

天知道了。反正现在我得好好地使用这个豁免权。我说,您刚才为什么拼命要护着那个叫什么玛西玛沙①或者叫别的什么名字的王后呢?那个阿巴德②是不是王后的情人,这又关您什么事?这件事您自己也说不清。当时您如果不打这个岔,我认为那疯子准会把那个故事讲下去,这样,就免得让他用石头砸,用脚踩了;还能免去那六七个大耳光呢。"

"桑丘啊,"堂吉诃德说,"我确信,你如果像我一样了解这位玛达西玛王后多么高贵,多么正派,那么,我听到从那张嘴里说出这样亵渎的话,而没有将它撕烂,你一定会说我很有涵养。无论嘴里说,还是心里想,一个王后与一个外科大夫私通,这是一种极大的亵渎。故事里说的情况是这样的,那个疯子提到的那位艾利沙巴师傅是个谨言慎行,很有见识的人。他当过王后的私人教师和医生。可是,说王后是他的情妇,真是胡说八道,说这话的人真该挨揍。不过,卡德尼奥那样说时疯病已经犯了,连他自己也不知说了些什么,这点你应该明白。"

"我也是这个意思嘛,"桑丘说,"疯子的话,何必这么当真呢。刚才您为那个王后说话,幸亏您运气好,那块石头打在您的胸口,如果打在您的脑壳上,就有好戏瞧了。卡德尼奥是个疯子,就不必去计较他了。"

"不管是疯子还是头脑健全的人,只要他们说女人的坏话,游侠骑士就有义务反对他们,保护妇女们的名节,不管是什么女人。尤其像玛达西玛这样高贵的王后,就更应该为她辩护了。对这位王后我特别喜爱,因为她有许多优良品性,她不但美艳绝伦,而且,言行非常小心谨慎,从不失检点。另外,她还遭了不少磨难,幸喜艾利沙巴师傅与她作伴,给她出些点子,对她很有帮助,也减轻了她内心的痛苦,使她能小心谨慎不急不躁地生活下去。那些不知内情甚至别有用心的家伙就根据这些情况,说王后是艾利沙巴的情妇。这真是弥天大谎!我再说 遍,凡是那样想或那样说的人,就是一百个撒谎,二百个胡扯!"

"我可没有这么说,也没有这么想,"桑丘说,"'谁干了什么事,就让谁

---

① 应该是玛达西玛,桑丘记错了。

② 应该是艾利沙巴,桑丘又说错了。

和面包一起吃下去'[①]。他们有没有私通,上帝自然会知道。'我才从自己的葡萄园里出来,什么事也不知道'[②]。我不喜欢管别人的闲事。'谁买了东西又不承认,自己的包里看得清'[③]。再说,'我光着身子出生,眼下也是光身,我既不赔本,也无利可赢'。就算他们是一对情人,这又与我有什么关系呢?'许多人以为挂着咸肉,其实连挂肉的钉子也没有'[④]。不过,'谁能在田野里装上大门呢'[⑤]?再说,连'上帝还有人说闲话呢'。"

"天哪,桑丘,"堂吉诃德说,"你刚才说了一大串什么废话呀!你这一连串谚语,跟我们说的事究竟有什么联系呢?桑丘,以后你就别说话了。你只管赶你的驴子,与你不相干的事就别管了。你要充分利用自己的智慧,弄明白这样的道理:不论过去、现在或将来,我做的事都是合乎情理,也完全符合骑士道规矩的。对这方面的规矩,我比世界上任何骑士都熟悉得多。"

"老爷,"桑丘说,"我们成天在这个没有道路的山林里东跑西颠,寻找那个疯子;找到他又怎样呢,他不会继续讲他没有讲完的故事,他会将您的脑壳和我的肋骨都统统砸烂,难道这都符合骑士道的好规矩吗?"

"我再说一次,桑丘,你别多嘴了,"堂吉诃德说,"我告诉你,我来这儿,并不只是为了寻找那个疯子,我在这儿还想干一件大事,以便让自己英名永存,流芳百世。我如果办成了这件大事,就会成为一个完美无缺的著名游侠骑士了。"

"干这件大事一定非常危险吧?"桑丘·潘沙问道。

"不危险,"狼狈相骑士回答说,"因为我们掷的这个骰子的点数表明,我们会交好运,不会走背运。不过,办好这件事情还得仰仗你帮忙。"

"得靠我帮忙?"桑丘问道。

"是的,"堂吉诃德回答说,"因为我想派你去一个地方,你如果能很快回来,我的苦行就会早点结束,光荣可以很快开始。你听了我的话,一定会觉得莫名其妙,我来把情况告诉你吧。名闻遐迩的阿马蒂斯·德·加乌拉

---

① 谚语,意思是自食其果。
② 谚语,表示事情与己无关。
③ 谚语,意思是自己做了事,自己清楚。
④ 谚语,意思是捕风捉影,毫无根据。
⑤ 谚语,意思是,限制不了的事,就不要去限制。

是最完美的游侠骑士之一。我说他是最完美的骑士之一还说得不全面，他不是'之一'，他是独一无二的，是独占鳌头的天字第一号人物，是全球骑士的带头人。他的武艺谁也比不上。有人说堂贝利亚尼斯在某些方面可以与他匹敌，让堂贝利亚尼斯和说这话的人都见鬼去吧。我可以发誓，他们错定了。我还要告诉你，一个画家想在艺术上出名，应该从自己知道的名家中选出最杰出的几个画家的原作，模仿他们。凡是为国增光的事情都离不开这个规矩。有人想获得小心谨慎、吃苦耐劳的美名，就得拿尤利西斯①作榜样。荷马描绘了他的个性，叙述了他历险的过程，栩栩如生地刻画了他这个吃大苦耐大劳、精明能干的形象。维吉尔在描绘埃涅阿斯这个人物时，也突出了这个孝子的勇武和这个智勇双全的首领的英明。在刻画这两个人物时，作者并没有就事论事，只写他们的现状，而是写他们应该是怎样的人，以便让后世的人们学习他们的美德。因此，阿马蒂斯是那些英勇而多情的骑士中的北极星、启明星和太阳，我们在爱情和骑士道的旗帜下战斗的人都应该以他为榜样。根据这个道理，我认为，桑丘朋友，谁学他学得越积极，谁就离一个完美的骑士越近。有一件事充分表现了阿马蒂斯的机智、英勇、刚强、坚韧不拔、坚定不移和情深意长。他受到了奥莉安娜小姐的冷遇后，立即退隐到贫岩山苦修赎罪，改名为'忧愁俊杰'。你瞧瞧，这个名字取得意味深长，而且，与他选择的这种生活方式十分相称。我模仿他做这样一件事比将巨人一劈两半，将巨蟒的脑袋砍下，以及斩妖驱邪、击溃军队、摧毁舰队、驱除魔法要容易得多，在这个地方干这件事是最合适不过的了。机会既然来了，又怎么能轻易放过呢。"

"那么，您究竟打算在这深山里干什么呢？"桑丘问道。

"我不是对你说了吗？"堂吉诃德说，"我要学阿马蒂斯，在这儿做个断肠人，当疯子、当狂徒；同时也要模仿英勇的堂罗兰，他在一口泉水边发现一些蛛丝马迹，获悉美人安杰丽嘉已与梅多罗有暧昧关系，立即气得发了疯。他把树木连根拔起，把清澈的泉水搅混，他杀死了牧人，毁灭了羊群，烧毁了草房，推倒了房屋，把一匹匹母马在地上拖着走，还干了成千上万桩怪事，这

---

① 又叫奥德修斯，荷马史诗《奥德修记》中的主人公，在海上漂泊了十年，历尽千辛万苦，才回到故乡。

都值得载入史册,流传千古。罗兰(或叫奥兰多,又叫罗多兰陀,他一个人有三个名字)做的、说的和想的那些疯疯癫癫的事儿,我并不想一桩桩地学,我只想挑选几件最重要的事情,尽量进行模仿,学得大体上像个样。兴许我只打算学习阿马蒂斯一个人,他并没有发疯害人,只是伤心落泪。即使这样,他还是获得这么大的名气。"

"这些骑士这么做,"桑丘说,"都是受到了刺激,他们吃苦修炼,干出种种傻事,都是有原因的。而您呢?您为什么要发疯呢?是哪一位小姐冷遇您了?还是您也发现了什么蛛丝马迹,使您感到,杜尔西内娅·德尔·托波索小姐和摩尔人或基督徒有了什么越轨的行为?"

"问题的关键就在这里,"堂吉诃德说,"干我们这一行的妙处也就在这里。一个游侠骑士有缘有故地发疯,就没有味儿,不讨人喜;关键就是要无缘无故地发疯,这样,我那位小姐就会想,他无缘无故会发疯,有缘有故又会怎么样呢?再说,令我日夜思念的杜尔西内娅·德尔·托波索小姐已多日不见,这就是够让我发疯的了。你不是听那个叫安布罗西奥的牧人说过吗,情人不在身边,什么坏事都会发生,实在令人担心。因此,桑丘朋友,请不必白费口舌,别劝阻我,我不会放弃这次模仿的。这次模仿十分奇妙,是从来没有过的。我现在就发疯,一直疯下去。我让你送一封信给我的杜尔西内娅小姐,然后,看看她回信说些什么。她回信说的如果不负我对她的一片深情,我就不再发疯,也不再苦修忏悔。否则,我就要真的发疯。如真的发起疯来,心里反倒不怎么难受了。因此,不管她给我怎样的回信,等你捎来回信时,我就不会像你离去时见到的那样痛苦和烦恼了。倘若我的神志是清醒的,必能为你带来了喜讯而快慰;如果你给我带来了坏消息,反正我真的疯了,也就感觉不到痛苦。不过,桑丘,你告诉我,曼布利诺的头盔你还完好无损地收藏着吗?那个忘恩负义的家伙想砸烂它,可是砸不烂,足见它是经过精炼细制的。我见到你从地上将它捡起来了。"

桑丘说:"我以上帝名义起誓,狼狈相骑士老爷,您说的有些话我实在不理解,也没有耐心听下去。我觉得您跟我讲的有关骑士道的话,有关征服王国和帝国的话,还说什么要拿海岛来赏赐给我,还要给我别的封赏,我认为所有这一切都只不过是游侠骑士惯玩的把戏,像一阵风一样,刮过后就无影无踪了。这全是撒谎,是空话连篇,或者说连篇空话。您把理发师的铜脸盆说成是曼布利诺的头盔,而且长时间不承认自己的错误,人家知道了会对您怎么想呢? 他们一定会认为,说了这样的话却又坚持不改的这个人脑子一定有毛病。这脸盆我放在干粮袋里,全砸瘪了。有朝一日上帝开恩,让我见到自己的老婆孩子,我要带回家去把它修补好,自己刮胡子时好用。"

"你听着,桑丘,"堂吉诃德说,"我也以上帝的名义发誓,与世界上过去和现在所有的侍从相比,你是最蠢的。你跟了我这么长时间,怎么还没有看出,游侠骑士干的种种事情,看起来虚无缥缈,荒诞无稽,有时甚至是荒唐可笑的,但实际情况正好相反。事情原本都不是这样的,都是由于在我们身边混杂着一群魔法师,将我们周围发生的事全都随心所欲地改变了模样。他们爱怎么变,就怎么变,变的结果就要看他们想帮助我们,还是想害我们。所以,你刚才说那是理发师的脸盆,我却认为是曼布利诺的头盔,别人也可能会认为是另一样东西。这次魔法师站到我这一边来了,他是难得照顾我的,魔法师让众人把真正的货真价实的曼布利诺头盔当成面盆了。要不是这样,见到这么珍贵的东西,大伙儿准会缠住我不放,会将它夺走的。可是,现在在人们的眼中,这只是一只理发师的脸盆,就不会有人想得到它了。有人甚至将它丢在地上,想砸烂它呢,这就充分表明了这一点。如果此人识货,就绝对不会丢弃的。朋友,好好地将它保存着,眼下我暂时用不上。我得卸下全身披挂,脱得像从娘肚子里出来时那样一丝不挂呢,因为我打算学习罗兰,不学阿马蒂斯那样苦修苦炼。"

说着话,他们来到一座高山脚下。这山像一块切削过的巨石,孤零零地耸立在周围的群山中。山边有一条小溪,溪水平缓地流淌着。四面山坡上成片的牧草青翠欲滴,赏心悦目;山上有许多参天大树,点缀着红花绿草,使环境显得异常幽静。狼狈相骑士就选中这个地方进行苦修苦炼。一到这儿,他就疯了一般大声地说:

"老天爷,我就选中这块地方来哀哭命运给我造成的不幸了。我的眼泪将使这条小溪的溪水上涨,我一声声长叹将使这些参天大树的树叶摇晃不止,以此表明我这个苦命人内心遭受的痛苦。居住在这个荒无人烟的地方的诸位山神啊,不管你们眼下在什么地方,请你们细听我这个不幸的情郎的哀怨声。我与意中人长期分离,对她产生种种疑虑,终于来到这个荒山野岭,哭诉这个忘恩负义的绝代佳人的冷酷与无情。树林里和山谷中的诸位仙女啊，你们久居在这深山老林，那轻浮而好色的森林之神追求你们，你们也没有动心，仍然生活得甜蜜而又平静。请你们也和我一起哀哭我的不幸，或者起码也得洗耳恭听。杜尔西内娅·德尔·托波索啊，我长夜中的明灯，苦难中的救星，旅途中的北斗星！你主宰着我的命运！但愿老天保佑你万事称心！请你想一想，我来到此地，落到这个地步，全是与你分离造成的。务请你不要辜负我对你的一片深情，一颗忠心。孤寂的树林啊，从今以后，你们要与我这个孤苦伶仃的人作伴了。请你们摇晃一下枝叶，向我作一点表示，你们并不讨厌我在这个地方。你呢，我的侍从，无论在我事业兴旺发达之时，还是在我倒霉之际，都是我的好伙伴！我的言行，我的一举一动，请你牢记在心，以便将来好原原本本地向那位小姐进行禀报。请告诉她，我这一切都是她造成的。”

说完，他便下了马，立即从罗西纳特身上解下鞍辔，并在它的臀部拍了一下，说道：

“你这匹英勇盖世命运多舛的马儿啊，我这个没有自由的人给了你自由，你可以爱去哪儿，就去哪儿了。在你脑门上刻着这样的字样：论神速，阿斯托尔佛的伊波格里佛[1]也难以与你匹敌；著名的骏马弗朗蒂诺更自愧弗如了，尽管布拉达曼特为它付出了巨大的代价。”

桑丘见堂吉诃德放了罗西纳特，说道：

“那家伙偷了我的灰驴[2]，偷得好，免得我这会儿也得替它卸下鞍辔。我相信我也得在它的屁股上拍上几下，也少不得称赞它几句。不过，这驴子如果真的在这儿，我就绝对不允许别人卸下它的鞍辔。因为，托上帝的福，我曾经是它的主人。我可从来不谈恋爱，也不悲观绝望，也就不存在替它卸下鞍辔，让它自由的问题了。说句实在话，狼狈相骑士老爷，如果我真的要走，您也真的要发疯，那么，最好还是将罗西纳特的鞍辔重新备好，让它代替那匹被偷的毛驴，这样，一去一来，可以省下好多时间呢。如果我走着去，真不知什么时候能走到，也不知什么时候能回来，因为我这个人腿脚是不管用

---

① 名马，传说由鹰头狮身怪兽与母马交配所生。

② 第二十三章讲到灰驴被盗，后来几次提到驴子还在桑丘身边，显然是作者的疏忽。这儿重新提到灰驴被窃。

的。”

“好吧，桑丘，”堂吉诃德说，“就照你说的办吧，我认为你的主意不错。我想请你三天后动身，因为我希望你在这几天内好好瞧瞧我为她做了些什么，说了些什么，到时你可以向她一一面告。”

“除了我眼下见到的，还有什么可以瞧的呢？”桑丘问道。

“你要瞧的东西还多着呢，”堂吉诃德说，“我还得撕烂衣服，将甲胄丢向四面八方，还要拿脑袋往岩石上乱撞，以及诸如此类的事情，你见了一定会感到惊讶的。”

“看在上帝分上，”桑丘说，“您拿脑袋往岩石上撞，可得小心啊。如果撞到岩石的尖角上，你这部用来苦修苦炼的机器一下子就报销了。我的意思是，您干的这一套反正都是假的，装装样子的，闹着玩儿的，而您又认为这个脑袋非撞不行，不撞就没法进行苦修苦炼，那我劝您不妨将脑袋往水面撞，或者撞在像棉花之类的软绵绵的东西上。这件事就包在我身上了，我到时会对我们那位小姐说的，说您拿脑袋撞在比金刚钻还要硬的岩石的尖角上。”

“我感谢你的好意，桑丘朋友，”堂吉诃德说。“不过，我要告诉你，我做的这些事情绝对不是在开玩笑，这完全是当真的。如果不是这样，就违反了骑士道的规矩。按照那些规矩，我们不能撒谎，谁撒谎就要按叛徒处罚。你干了这件事，却说干了那件事，这就是说谎。因此，我拿脑袋撞一定得动真格，要撞得结结实实，货真价实，绝对不能搀假。另外，你走时还得给我留下点纱布，好给我包扎伤口，因为我们倒了霉，把那种治伤的香油给丢了。”

“丢了毛驴才更倒霉呢，”桑丘说，“毛驴一丢，纱布之类的东西全都丢了。我求求您，再也不要提起那该死的香油了。我一听您说到这玩意儿，连灵魂都翻过来了，更不用说反胃了。我还要求您一件事。您说给我三天时间，让我看您发疯，您就当成这三天已经过去了吧。您发的疯，我也算看见了，我有真凭实据了。我会去对我们的小姐进行详细禀报的。现在就请您写信，立即让我启程，因为我非常希望早点回来将您救出这座炼狱呢。”

“桑丘，你说这是炼狱？”堂吉诃德问道，“你应该叫地狱更合适。甚至比地狱还糟，如果还有这样一个地方的话。”

“我听人说，”桑丘说，“一个人进了地狱，就永远遭到拘留。”

“我听不懂你说的‘拘留’这个词的意思。”堂吉诃德说。

“‘拘留’的意思是，”桑丘说，“一个人进了地狱，就永远不出来，也出不来了。这与您眼下的景况完全不同。我的情况呢，我怕两条腿跑不动，如果让我骑上罗西纳特，拿踢马刺催它跑快一点儿，我就能跑到托波索，在杜尔西内娅小姐面前禀报您在这儿已经干了的和正在干的桩桩傻事和疯事——傻事与疯事，其实都是一回事。尽管她开始时态度比栓皮槠还要硬，但经我这样一禀报，她就会变得比手套还软。随后我就带着她像涂了蜜一样甜的回信，跟魔法师一样在空中飞回来，再将您从这炼狱中救出来。这儿看起来像是地狱，其实不是，因为人到这儿后还有希望出去。地狱我刚才说了，人进来后就出不去了。我想您对这个问题不会不同意吧。”

“说得有道理，”狼狈相骑士说，“可是，我们怎么写这封信呢？”

“您答应给我三头小毛驴的凭据也得写吧。”桑丘说。

“全都要写，”堂吉诃德说，“没有纸，我们就像古代人一样写在树叶上，或者写在蜡板上，尽管这儿要找到几块蜡板，也像找纸一样困难。哦，我想起来了，卡德尼奥不是有个记事本吗？写在那儿最合适了。写好后，你一到附近的村子，就找个小学老师，请他用工整的字体，拿一张信纸将我写的信加以誊清。找不到老师，就找个教堂的管事也行，可不能找法庭的书记官，他们写的那种公文字体，连魔鬼也看不懂的。”

“那签名怎么个签法呢？”桑丘问道。

“阿马蒂斯的信是从来不签名的。”堂吉诃德回答说。

“那好，”桑丘说，“不过，这毛驴的凭据可是一定要签字的。这凭据一誊写，人们就会说，签字是假的。这么一来，我这几头毛驴不就泡汤了吗？”

“凭据也写在记事本上，签上我的名字，我外甥女儿见到后，一定会照办，不会刁难的。至于情书嘛，你就署名‘至死忠于你的狼狈相骑士’吧，请人代签问题也不大，因为我记得杜尔西内娅是个文盲，她从来没有看到过我的笔迹，也没有看到过我的信。我们之间的恋爱向来是柏拉图式的①，平时至多也只是规规矩矩地看一眼罢了，就是这一眼也是难得一看的。我敢根据实际情况起誓，虽说我爱她爱得胜过我这一对早晚要入土的眼珠儿，但这

① 指精神恋爱。

十二年来，我一共才见了她四次，而她说不定连一次也没有发现我在瞧她呢。这足资证明，她为人多么稳重。她父亲洛伦索·科尔恰洛和母亲阿尔堂莎·诺加莱斯总是将她关在闺房里的。”

“哈哈！”桑丘说，“原来杜尔西内娅·德尔·托波索小姐就是洛伦索·科尔恰洛的女儿！她不是又叫阿尔堂莎·洛伦索吗？”

“就是她，”堂吉诃德说，“她有资格当全世界的女皇呢。”

“她我还不熟悉吗？”桑丘说，“我告诉您，她会掷铁棒，掷得和全村最棒的小伙子一样远。好家伙，她可是个货真价实的铁姑娘，胸口还长毛呢。哪个游侠骑士或四处游荡的人娶了她，即使陷入污泥中，她也能一把揪住胡子，将他拉出来。娘的，她真有劲，嗓门大极了。我告诉您一件事，有一次她爬到村里钟楼的顶上，叫唤几个正在他父亲一块土地上干活的长工。虽说他们离开钟楼有半西班牙里地，听起来她的声音仿佛就在头顶上响似的。她好就好在没有一点娇气，为人非常随和，跟谁都爱开个玩笑，对什么事都是嘻嘻哈哈的。现在，我要对您说，狼狈相骑士老爷，您不但可以为她发疯，而且应该发疯，您甚至有充分理由给她逼得自寻短见呢。即使您死了，魔鬼把您带走了，知道情况的人都会说，您这样做并没有过分。我真希望这会儿已经动身上路，专程去看望她了。这么些日子没有见到她，想必她的模样已经变了，因为农村妇女的脸，经过风吹日晒，会变黑变粗的。堂吉诃德老爷，我跟您说句实在话，直到今天我还被蒙在鼓里，一直真的以为杜尔西内娅小姐是一位您爱上了的公主，或者是一位您值得为她贡献珍贵礼物的闺阁千金呢。我没有作您的侍从以前，您就赢得了不少胜利；我当了您的侍从后，您又取得了对比斯开人，对苦役犯等许许多多的胜利。每次胜利，您都为她送去了珍贵的礼物。您不论现在还是将来，总是派遣被您战败的人去拜见阿尔堂莎·洛伦索小姐——我是说，杜尔西内娅·德尔·托波索小姐。可是，我仔细一想，这对她有什么好处呢？也许他们到了那儿时，这位小姐正好在梳理亚麻，或者在晒场上打麦。他们急匆匆地跑去见她，她只会对您送的这份礼物觉得又好气又好笑呢。”

“我已对你说过多次了，桑丘，”堂吉诃德说，“你这个人太多嘴多舌。虽说你生性愚钝，却又常常自作聪明。我想给你讲个小故事，让你知道自己多么的蠢，而我又是多么的高明。这个故事是这样的：有个年轻漂亮的寡妇,生性放荡,十分富有。她与一个长得矮矮胖胖的年轻教士勾搭上了,这个教士家境也相当殷实。这件事让教士的顶头上司知道了。一天,这位上司以十分友好的语气规劝这个寡妇,说:'夫人,我觉得很奇怪,像您这样一位年轻貌美、地位尊贵却又十分富有的太太,怎么会爱上某某人这样一个地位低微、身材矮小、头脑愚钝的人呢?我们修道院有的是大师、神学家和神学教师,您可以像选梨子一样进行选择,您喜欢这个或者喜欢那个,只要说一声就行了。'她回答得很干脆,而且妙趣横生:'先生,您错了,您认为我选上了某某人选错了人,您这样想太守旧了。您认为某某人头脑愚钝,我却认为他比亚里士多德还有学问呢,而我正是爱上了他这一点。'根据这个故事,我可以告诉你,桑丘,杜尔西内娅·德尔·托波索在某些方面比世界上最高贵的公主还高贵,而我正是爱上了她这一点。说真的,诗人歌颂的女人,无非杜撰个名字,实际上并无其人。你想一想吧,书里,歌谣里,还有理发店里,剧院里,到处都涂写着女人的名字,什么阿玛丽尔呀,菲丽呀,西尔维娅呀,地娅娜呀,卡拉脱娅呀,阿丽塔呀,等等,难道她们都是有血有肉的真人吗?还有,诗人们从古到今颂扬的女人也个个真有其人吗?不是的,她们绝大多数是虚构的,是诗人为了颂扬她们捏造出来的,以此表示自己正在恋爱,表明自己是懂得爱情的。因此,我只要确信阿尔堂莎·洛伦索姑娘的的确确是个端庄的美人儿,这就够了。她的家世无关紧要,在这方面用不到去深究,反正在我的心目中,她是世界上最高贵的公主。桑丘,我要告诉你一件事——我怕你不知道:女人有两点最讨人喜爱。一是美貌,二是美名。这两点在杜尔西内娅身上表现得最为突出。论美貌,举世无双;论名声,谁也比不上她。总之,我认为我说的话一句不多,一句不少,恰如其分。她的美貌和她的高贵都由我任意想象,随意描述。无论是海伦,还是鲁克瑞西娅①,还是古代希腊、罗马时期和东方蛮子中的美女都比不上她。别人爱怎么说,我管不着,也许愚昧无知的人会因此而责备我,但见识高明的人我想是不会这样对待我的。"

"我认为您说的话句句在理,"桑丘说,"我不过是头驴子罢了。可是,

① 古罗马时期的贵族妇女。

我也不知为什么又提起驴子来,因为'在绞死者家中,不该提及绳索'①的。好吧,快把信写好,我就要告辞动身了。"

堂吉诃德取出那个记事本,走到一边去,平平静静地写起信来。写完信,堂吉诃德把桑丘叫来,对他说,他想把信给他念一遍,让他记在心里,以防万一信在途中丢失,因为他这一阵子运气不好,什么意外情况都会发生。桑丘回答说:

"这封信您在本子上写上两三遍,然后交给我,我一定一路上小心地带着。您要我把信记在心上,这太荒唐了。我的记性实在太糟了,常常连自己的名字也给忘了。不过,您还是把信给我念念吧,我很喜欢听,它一定写得非常精彩。"

"你听着,信是这样写的。"堂吉诃德说。

堂吉诃德给杜尔西内娅·德尔·托波索的信

高尚尊贵的小姐:

久别未见,此心依依。每当念及小姐,肝肠寸断!最甜蜜的杜尔西内娅·德尔·托波索小姐,断肠人愿你身体安康。如果你这个美人儿蔑视我,你这个贵人不把我放在眼里,那么,我内心必然会痛苦万分。纵然我有巨大的忍耐力,这痛苦实在太大,时间实在太久,我已无法承受。啊,忘恩负义的美人,我亲爱的冤家,为了你我已落到什么样的地步,我忠实的侍从桑丘将会一一向你禀报。如蒙你垂怜救我,我就是你的人了。不然,就随你处置吧,反正我将结束此生,以满足你的这颗狠心,也了却自己的心愿。

至死属于你的

狼狈相骑士

"我凭我老子的这条命发誓,"桑丘听完信后说道,"我这辈子可从来没有听到过这么文雅的玩意儿。妈呀,您心里想说的话,这信里全说了,再配上'狼狈相骑士'这个签名,真是妙极了。说句真心话,您真像个魔鬼,无所

① 西班牙谚语,意思是不该提到令人伤心的事,而桑丘正为丢失驴子而难过。

不知,无所不会。"

"干我这一行的,是什么都要会一点儿。"堂吉诃德说。

"哦,对了,"桑丘说,"请您将三头小毛驴的凭据写在信的反面吧,还得工工整整地签上您的名,让人们一看就认出来。"

"我很乐意这样做。"堂吉诃德说。

写完凭据后,堂吉诃德对桑丘念了一遍。凭据是这样写的:

外甥女小姐:见此凭据后,请将我托付给您照看的五头驴子中的三头交给我的侍从桑丘·潘沙。这三头小毛驴是用来偿还我在这儿收到的三匹驴子的。凭此单据加上桑丘的收据便可以如数交付。此据

本年八月二十二日于黑山深处

"很好,"桑丘说,"请您签上名吧。"

"用不到签名了,"堂吉诃德说,"我画个押就可以了。这和签名一样,别说三头毛驴,就是三百头,也管用。"

"我信得过您,"桑丘说,"那我就去给罗西纳特套上鞍辔了。您这就给我准备祝福吧,我想立刻就动身。至于您还要干的那些疯疯癫癫的事儿,我就不看了。我会对她说,我已见到您干了许许多多疯事儿,我要说得她不想听为止。"

"桑丘,我的意思是,你起码得见到我脱光了衣服,再要上一二十套疯把戏再走,因为这是少不了的。这一二十套把戏我在不到半小时内便可要完。你亲眼目睹后,就可以赌咒发誓,说您还看到别的许许多多把戏,你爱说多少就说多少。我一会儿要干的玩意儿很多,你不可能全都说给她听的。"

"看在上帝分上,我的老爷,别让我看您那赤身露体的样子了,看了我心里不好受,一定忍不住会哭的。昨天夜里我为那头灰驴痛哭了一场,这会儿脑袋昏得很,可不能再哭了。如果您希望我看您要几套疯把戏,您就穿着衣服要吧,要简单些,要您最拿手的。其实,对我来说,根本没有这个必要。我已经说过,倒不如节省点时间,让我早点回来。我带回来的一定是您希望听到的好消息。不然的话,让杜尔西内娅小姐瞧着点儿!如果她的回信不合情理,我庄严地向上帝起誓,我要对她拳打脚踢,从她肚子里挖出一个好的

答复来。像您这样一位大名鼎鼎的游侠骑士发了疯,该遭多大的罪呀,到底为的什么,就为这个……她可别惹得我把下面的话说下去。见鬼去吧,反正我已豁出去了,什么话我都敢说。干这方面的事我是个行家!她不知道我的厉害,否则,我相信她一定会怕我的。”

“如此说来,桑丘,”堂吉诃德说,“你的神志看来也比我清醒不了多少。”

“我没有疯,”桑丘说,“我是在生气。这个问题就不谈了。我问您,在我回来之前,您吃什么呢?难道您也像卡德尼奥那样,去拦路抢劫,从牧人那儿夺取粮食吗?”

“这你就不用操心了,”堂吉诃德说,“我有干粮也不吃,只吃些草地上的野草和树上结的野果。干我这一行的妙处就在于不食人间烟火,只爱吃苦受罪。那我们就再见了。”

“您知道我担什么心吗?您这个地方很偏僻,我怕回来时,就找不到这个地方了。”

“你记住这个地方的一些特征,我尽量做到不离开这一带,”堂吉诃德说,“过些时候,我准备爬到那几块最高的岩石上,看能不能见到你回来。还有一个好办法,为了让你能找到我,不迷失方向,这儿有许多金雀花树,你砍下一些枝条,每走一程,就丢下一些,作为标记,一直到平地为止。这样,你回来时,就拿这些标记当路标,就像特修斯沿着一条线进出克里特迷宫一样①。”

“我一定照办。”桑丘说。

桑丘砍下一些金雀花树枝条,请他主人为他祝了福。主仆两人流了不少眼泪,桑丘便与堂吉诃德告别。堂吉诃德嘱咐桑丘要好生照料罗西纳特,要他看待这马像看待他本人一样。桑丘骑上马,朝平原走去,沿途每走一段路,就依从他主人的吩咐,撒几根金雀花树枝。堂吉诃德这时还想挽留他,一再要他看自己要疯把戏,哪怕只看一两套也行,但桑丘仍然走了。不过,他还没有走上一百步路,就回来对堂吉诃德说:

---

① 根据希腊神话,雅典王子特修斯牵一条线进入迷宫,杀死牛头怪后,又沿这条线走出迷宫。

“我说，老爷，您刚才的话很对，尽管我已见过您大发其疯，但这次我至少也得看您发一次疯，这样，我在小姐面前起誓说，我已见到您发疯了，就不会受良心的责备。”

“我不是早对你说了？”堂吉诃德说，“请稍等一会儿，桑丘，我马上要给你看。”

说完，他就迅速脱去裤子，全身脱得只剩一件衬衣。然后，他就在原地无缘无故地跳跃了两次；接着，头朝下，脚在上倒立了两次。倒立时，连那玩意儿也让人看到了。桑丘不好意思再看下去了，便拨转马头走了。这时他觉得非常踏实，非常满足，因为他可以发誓说他见到主人发疯了。桑丘就这样走了，我们暂且不去说他，因为他不久就会回来的。

第二十六章

继续叙述堂吉诃德为了爱情在黑山吃苦修炼。

我们回过头来，说说狼狈相骑士剩下一个人时究竟做了些什么。据传记说，堂吉诃德光着下半身，上身只穿一件内衣，在地上倒立，翻跟斗。他见桑丘已经走了，不想再在那儿见他要疯把戏了，便爬上一块高高的岩石的顶端，又开始思考起那个他曾思索过多次却从未得出结论的问题来：他究竟学罗兰还是学阿马蒂斯？罗兰是武疯子，大叫大嚷；阿马蒂斯属“文疯”，郁郁寡欢。哪一种疯更适合他呢？他一面思忖，一面自言自语地说：

“罗兰虽说名不虚传，是个非常优秀非常勇敢的骑士，但这又有什么了不起呢？因为他最后还是靠魔法保护自己。他一般是杀不死的，除非在脚底插进一根大号大头钉；可是，他脚上老穿着一双有七层铁鞋底的鞋子。他对贝尔纳多·德尔·卡比奥使的一套法术没有用，被对方识破了，贝尔纳多·德尔·卡比奥便在隆萨斯巴列斯用双手将他活活掐死了。他勇敢不勇敢的问题暂时不谈吧，我们来考虑一下他发疯的问题。他的确是失去了理智，因为他在泉水边发现了一些蛛丝马迹，又听牧人说，安杰丽嘉和梅多罗一起睡过不止两次午觉。梅多罗这小子是个鬈头发的摩尔人，是阿格拉曼特的侍童。当时罗兰认为这是真的，他意中人已干了件对不起自己的事，他不久就发疯了，这是理所当然的事。可我没有这样的根由，怎么能像他那样发疯呢？我敢发誓，我那杜尔西内娅·德尔·托波索可从来没有见到过像梅多罗那样穿摩尔人服装的摩尔人，眼下她就像生养她的妈妈一样纯正。我如果对她多心，像疯狂的罗兰那样发起疯来，这显然是冤枉她了。至于那个阿马蒂斯·德·加乌拉呢，我认为他并没有失去理智，也没有干什么疯疯癫癫的事,但他却赢得了多情人的美名,名气比世上最多情的人还大。据传记说,他也只是遭到了他情人奥莉安娜的冷遇。原来她吩咐过他,未经她邀请,他不能去见她。仅此而已,后来,他就退居贫石山,与一个隐士作伴。在那儿他终日啼哭,求上帝保佑自己。在他痛苦万分,急需救援的时候,老天爷终于来救他了。如果这都是事实的话,"(这的确是真的),"那么,我眼下为什么要把衣服脱光呢?我为什么要对这些丝毫也没有损害过我的树木过不去呢?我自然也不该去搅混这清澈见底的溪水,因为我渴了时,还得拿溪水解渴呢。对阿马蒂斯应该永志不忘,堂吉诃德·德·拉曼却应该尽可能在各个方面都学他的样儿。阿马蒂斯虽然没有完成他的伟大事业,但他为这些事业献了身。这是当年人们对他的评价,将来人们也会这样说堂吉诃德的。我虽说没有遭到杜尔西内娅·德尔·托波索的遗弃和冷遇,但我已经说过,我一直没有和她在一起,凭这点就够了。嘿,说干就干!让阿马蒂斯的事一桩桩全都浮现在我的脑海里,来启示我如何进行模仿吧。不过,我已经知道,他的拿手好戏是祈祷,求上帝保佑。然而,我没有念珠,这又该怎么办呢?"

这时,他突然想出一个妙法。他将衬衣的下摆撕下一大块,用它打了十一个结头,其中一个打得特别大。他在那里就一直拿这些结头当念珠用,念了上百万次《圣母经》。使他感到烦恼的是他身边没有像阿马蒂斯那样有个隐士,可以请他来听自己的忏悔,减轻内心的痛苦。别无他法,他只好在草地上踱来踱去,以此解闷;他还作了许多诗,有的写在树上或刻在树上,有的写在一小块沙地上。这些诗都抒发了他内心的忧伤,也有几首是赞美杜尔西内娅的。不过,后来人们在那儿找到他时,发现只有下面这几首诗比较完整,字迹也还清楚。

　　这里这么多参天大树,
遍地绿油油的青草,
还有漫山遍野的灌木,
你们如不对我讥笑,
请听我神圣的哀诉。
　　我虽然心痛似绞,

但不愿你们为我哀号；
堂吉诃德在这里哭叫，
也请你们分担点苦恼，
他久别了杜尔西内娅·
　　　德尔·托波索。

　　最坚贞忠诚的情人，
避开他心爱的小姐，
来到这深山老林；
他心头如此烦闷，
却不知为的什么原因。
　　若只给他带来忧愁，
实在不是好的爱情，
堂吉诃德在此痛哭，
眼泪湿透了衣襟，
他久别了杜尔西内娅·
　　　德尔·托波索。

　　在怪石林立的高山巅，
在崎岖不平的树林间，
诅咒着硬如铁石的心肠，
寻找着机会准备冒险，
然而得到的却是灾难。
　　爱情用的是皮鞭，
没有用软绵绵的带子，
打伤了他的后颈，
堂吉诃德在此痛哭，
他久别了杜尔西内娅·
　　　德尔·托波索。

看到这几首诗的人发现，在杜尔西内娅这个名字的后面，还加上“德尔·托波索”这几个字，都忍俊不禁，因为他们猜想，堂吉诃德一定认为，只提杜尔西内娅，而不加上“德尔·托波索”，这几首小诗就难懂了。堂吉诃德后来道出了真情，情况确实是这样的。除了这三首小诗外，堂吉诃德还写了不少诗，但正如上文说的，这些诗有的看不清楚，有的支离破碎，很不完整。他就这样作诗解闷，还不时地长吁短叹，呼唤着田野里的牧神和山野里的树神，还有河里的仙女和悲痛万分、泪湿衣襟的回声仙女，请他们回答他，安慰他，倾听他的哀诉。在桑丘回来以前，他常去找些野菜充饥。幸好桑丘过了三天就回来了，他如果过了三个星期才回来，狼狈相骑士的模样一定会变得连生养他的母亲也认不出来了。

堂吉诃德就这样在叹气，作诗，我们将他暂时搁在一边，再来说说桑丘被派去送信一路上遇到的情况。他一走上大道，就开始打听托波索怎么个走法。次日，他来到上次让人拿毯子兜着往空中抛的那个客店。他一见到这客店，就仿佛感到自己又被抛到空中，不想进去。其实这时正是开饭时间，能够进去，也应该进去，因为他多日来只吃干粮，这会儿真想吃点热气腾腾的饭菜呢。

有了这样的需要，他便身不由己地走到客店旁边，进去还是不进去，他正在犹豫不决中，这时，客店里走出来两个人，他们很快就把他认出来了。其中的一个对另一个人说：

“请问，硕士先生，那个骑马人是不是桑丘·潘沙？我们的那个冒险家的女管家说，他当了侍从，跟他主人出门去了。”

“是他，”硕士说，“那匹马就是我们那个堂吉诃德的。”

原来这两个人不是别人，就是桑丘村里的那个神父和理发师，也就是当时检查了堂吉诃德的藏书并加以焚毁的那两个人。他们自然也对桑丘非常熟悉。他们把桑丘和罗西纳特认出来后，很想了解一下堂吉诃德的情况，便走到桑丘身边。神父叫了一声桑丘，说：

“桑丘·潘沙朋友，你主人在哪儿？”

桑丘也很快认出了他们。他决定不向他们泄露他主人目前所在的地方和他的处境。于是，他便回答他们说，他主人眼下在某地正在干一件很重要的事情。这件事情，就是挖自己脸上长的两只眼睛，他也不能往外泄露的。

“这可不行，桑丘·潘沙，”理发师说，“你如果不告诉我们他在哪儿，我们有理由怀疑你抢了他的东西，又害了他的命，因为你是骑了他的马来的。我们正在这样想着呢。你一定得交出这马的主人，否则，有你好看的！”

“你们干吗要吓唬我呢，我从来不抢不偷，也没有杀过人。常言道，生死有命，一切由上帝决定。我主人眼下正在那座山里进行苦修忏悔呢，这完全是他心甘情愿的。”

接着，桑丘便一口气把堂吉诃德目前的处境，他遇到的种种险事以及自己如何去给杜尔西内娅·德尔·托波索捎信等情况全都说了出来。他还说这位小姐原来就是洛伦索·科尔恰洛的女儿。他主人如醉如痴般地爱着她呢。

听了桑丘的这一番话，神父他俩都惊讶万分。虽说他们早就知道堂吉诃德在发疯，也知道他发的什么样的疯，但每听说一次，总会吃惊一次。他们要桑丘·潘沙将那封信拿出来给他们看看。桑丘说，这信是写在一个记事本上的，主人吩咐过，到了前面第一个村庄就找人将这封信誊写在信纸上。神父说，这封信就交给他吧，他会工工整整地抄在信纸上的。桑丘·潘沙将手伸进怀里取那个记事本，结果，没有找到，其实，他即使找到现在，也找不到了，因为堂吉诃德把记事本又给留下了，并没有给他，而他也没有想起来向他主人要。

桑丘找不到那个记事本，立即面如死灰。他赶紧又摸了摸全身，还是没有发现。他不问情由，两手拼命揪自己的胡子，竟将胡子揪下一半；又拿拳头使劲揍自己的脸和鼻子，一连打了五六拳，打得满脸鲜血。神父和理发师见了，便问他发生了什么事，为什么把自己打成这个样子。

“还会发生别的什么事呢？”桑丘回答说，“转眼间，只是从这只手换到那只手，三头小毛驴给丢了，每头驴子都抵得上一座城堡呢。”

“这究竟是怎么一回事？”理发师问道。

“我把那个记事本给丢了，”桑丘回答说，“这个本子里有写给杜尔西内娅的一封信，还有我主人亲笔签名的一张凭据。凭据上说，他外甥女应该将他们家里四五头小毛驴中的三头给我。”

接着，他对他们讲述了他如何丢失自己那头灰驴的经过。神父安慰他说，等见到了他的主人，一定要让他给桑丘写一个正式凭据，而且要正正规规地写在纸上，因为写在记事本上总是不能算数的，是难以兑现的。

桑丘听了神父的话，才放了心。他说，既然这样，丢失杜尔西内娅的那封信倒不用太着急，因为他都几乎能把这封信给背出来了。只要他们愿意，随时随地可以把这封信笔录下来。

"那你就说吧，桑丘，"理发师说，"一会儿我们就把信写下来。"

桑丘·潘沙一个劲儿地搔着头皮，身躯的重心一会儿落在左脚上，一会儿落在右脚上，眼睛时而望天，时而看地，竭力回忆着信上写的话。理发师和神父一直等待着他开口。等了好大一会儿，桑丘把一个指头的指甲都啃去了半截，才说道：

"真是活见鬼了，硕士先生，我脑袋里记着的信上的那些话都让魔鬼给掏走了。不过，信的开头是这样说的：'高尚真贵的小姐'。"

"不会是'真贵'吧，"理发师说，"应该是'尊贵'或'尊敬'吧。"

"对，是这样的，"桑丘说，"如果我没有记错的话，下面说……如果我没有记错的话，接下去是这么说的：'雌心依依，肝脏撑断，断肠人吻你的手，你这个忘恩负义的美冤家'。接着，就祝她健康，希望她不要生病。就这么写下去，最后的结尾是'至死属于你的狼狈相骑士'。"

神父和理发师见桑丘这么好的记性，笑得前仰后合。他们大大地夸奖了一番他的好记性，还让他把那封信再背诵两遍，好让他们也记在心上，有时间再笔录下来。桑丘又将那封信背了三遍，每次说的都不一样，都是胡乱编造。接着，他把主人的一些遭遇又说了一遍，只是在他不愿光顾的这家客店里让人家兜在毯子里往空中抛这件事，他只字不提。同时，他还说，等他带回杜尔西内娅·德尔·托波索的佳音后，他主人就要设法登基称帝，或者至少也得当个国王。这个问题他们主仆俩早已商妥了。凭他主人的勇气和双臂的膂力，办成这件事易如反掌。主人称王称帝后，一定会给他桑丘娶个媳妇，因为那时他可能已成鳏夫了。给他娶的那个媳妇起码也应该是侍候皇后的宫女，她还是一大块肥沃的土地的继承人，这块土地应该在陆地上，不要什么海岛、岛屿什么的，他现在不喜欢岛屿了。

桑丘一边说，一边不断地擤着鼻涕。他说话的神情是那么平静，头脑又是那么糊涂，使神父他们再次惊讶不已。他们觉得堂吉诃德实在疯得太厉害，竟然弄得这个可怜虫的神志也丧失了。他们不打算花大力气去指出他的错误,认为像他这个样子也无损他的天良,还是听之任之吧。再说,听他说些傻话,也挺有趣的。因此,他们对桑丘说,他应该祈求上帝保佑他主人身体健康。随着时间的过去,他主人就像他刚才说的那样,真的会当皇帝的;当不了皇帝,也至少是弄个大主教之类的高官当当。桑丘听了,说:

“先生们,我现在有个问题请教一下,倘使我的主人命中注定当不了皇帝,让他当个大主教,那么,游侠大主教一般给他们的侍从赏赐些什么呢?”

“一般会给他们赏个神职,”神父回答说,“有的只领工薪,有的还管教区的事;也可能会让他们当个教堂的司事,有相当丰厚的固定收入。另外,在祭坛上做法事还有一笔额外收入,数目与司事的工薪不相上下。”

“要达到这个目的,侍从一定得是个没有结过婚的,而且,还至少要会帮着做弥撒吧?”桑丘问道,“如果真的是这样,那我可就倒大霉了。我是结过婚的,而且连第一个字母都不认识。如果让我的主人当了大主教,而不是按游侠骑士的习惯让他当皇帝,那我可怎么办呢?”

“桑丘朋友,别难过,”理发师说,“我们会去请求你的主人的,我们会规劝他,甚至唤醒他的良知,让他做皇帝,不当大主教。他是个武将,不是文人,因此,做皇帝比当大主教更容易。”

“我也这么想,”桑丘说,“不过,我敢说,他是个能文能武的人。我打算祈求我主上帝,委任他当个对他本人十分合适,对我又非常有好处的官儿。”

“你真是个聪明人,”神父说,“你可以像一个好的基督徒那样办好这件事。可是,这会儿还有一件事急需我们去办,你刚才说你主人还在那儿进行毫无用处的苦修苦炼,我们得想办法让他放弃这种做法。再说,现在已是开饭的时候,我们还是进客店去,边吃饭边想下一步该做些什么吧。”

桑丘请他们俩进去,他自己在店门口等他们,还说他以后会告诉他们自己为什么不进去,也不便进去的原因;他请求他们给他拿点热饭热菜来,再给罗西纳特要一些饲料。神父他俩就进去了,桑丘一个人留在门外。不久,理发师就给他拿来了饭食。接着,神父和理发师开始考虑用什么办法能让堂吉诃德不再进行苦修苦炼。神父想出了一个妙计,此计既会中堂吉诃德的意,也能达到他们的目的。神父就把自己的想法告诉理发师。他想把自己打扮成一个出门远游的姑娘,理发师将自己装扮成这个少女的侍从,然后,两人一起去堂吉诃德那儿。姑娘装出一副十分痛苦的样子,说自己遭了难,请堂吉诃德帮助。堂吉诃德是个勇敢的游侠骑士,一定会慷慨允诺。他会向他提出要求,自己走到哪儿,就请他跟到哪儿。由于她遭到了一个坏骑士的凌辱,请堂吉诃德去那儿为她报仇雪耻。同时,她还会请求他,在打败那个坏骑士并为她泄愤之前,不要让她脱去面罩,也不要去询问她的身世。神父相信,堂吉诃德一定会百依百顺的。这样他们便能让堂吉诃德离开那儿,回到老家。到了家里,他们再想办法治好他这古怪的疯病。

第二十七章

叙述神父和理发师怎样依计而行，以及这部伟大的传记里值得讲述的其他事情。

理发师认为神父这个计谋确实高明,便同意立即付诸行动。他们向客店老板娘借来一条裙子,几块女用包头巾,神父拿自己的道袍作抵押。店主有一条灰褐色的(也可能是暗红色的)牛尾巴,平时是用来插挂梳子的。理发师就用它做了一副假胡子。老板娘问他们要这些东西做什么用。神父便将堂吉诃德在发疯的情况简略地跟她说了一下;并说他目前还在深山老林里,他们需要进行一番化装,将他哄出深山。店主和他妻子立即明白,这个疯子就是当初在客店里炮制过什么香油的那个顾客,他的侍从曾让人兜在毯子里往空中抛过。他们将事情的经过原原本本地对神父说了一遍,连桑丘讳莫如深的那些事也说了出来。神父将客店老板娘给他的衣裙穿在身上,样子并不十分雅观:他穿一条呢制裙子,裙子上镶着一条条一拃宽的黑丝绒横条,每根横条都打上褶裥;上身穿一件绿丝绒的紧身衣,白缎子镶边。这上衣和裙子准是万巴王[①]时期的产物。神父不愿拿头巾裹头,只戴一顶自己晚间睡觉用的亚麻布睡帽。他将裹腿用的两条黑府绸带子,一条捆在前额上,另一条权充面罩,刚好遮住了胡须和面部。他还戴了一顶宽边大帽,大得可当阳伞用;身上披了一件不带风帽的披风,骑上骡子,像女人一样横坐在骡背上。理发师也骑上自己的骡子,他的大胡子一直垂到腰部,颜色是红中带白。上文已经讲过,这是用那根暗红色的牛尾巴做成的。

---

① 万巴王是西班牙西哥特人统治时期的国王,公元六七二至六八零年在位。这里指时代久远。

他们一一辞别了店里的人，也和那个心眼儿挺不错的女仆玛丽托纳斯告别。这姑娘虽然作过孽，却发愿要念一串《玫瑰经》，求上帝保佑，让他们办成已着手进行的这件艰难的善事。

还没有走出客店的大门，神父突然转了个念头，觉得这样做不妥。他是神父，这么乔装打扮，虽说为了办一件大事，但终究不成体统。他把这个想法告诉理发师，想和他对换服装，让理发师装扮落难的少女，由他自己当侍从，这样比较合适，也不至使他这个神父斯文扫地。如果理发师不干，那么，即使堂吉诃德让魔鬼给抓走了，他也不会朝前走一步。

这时，桑丘来了，见他们俩这副装束，不禁哈哈大笑。理发师接受了神父的建议，两人交换了衣衫。接着，神父便告诉理发师，见了堂吉诃德该采用什么方法，说些什么话来打动他，让他跟他们走，别再眷恋他选中的那块用来进行毫无意义的苦炼苦修的地方。理发师说，在这方面神父用不到给他上课了，他到时自有对付的办法。他不想马上进行化装，准备到堂吉诃德所在地的附近再乔装打扮。他把用来改装的衣裙折叠起来，神父也将那副假胡子收拾好，由桑丘在前面领路，一行三人往山里走去。桑丘把在山里遇见了那个疯子的事也讲给他们听了，不过，他没有告诉他们发现了那只箱子，也没有对他们说箱子里有什么东西。这小子虽然有些傻，可也真有点儿贪心呢。

次日，他们便来到了桑丘拿金雀花枝条作标记的那个地方。桑丘认出这个地方后，就对神父他们俩说，这就是到堂吉诃德所在地的入口处。如果他们认为只有乔装打扮才能救他的主人，那么，这时就可以进行改装了。原来神父和理发师已经对桑丘讲明，他们只有化装成那个模样才能使他主人摆脱他自愿陷入的窘境。他们还多次叮嘱桑丘，千万不要对主人讲明他们是谁，甚至也不能说自己认识他们。到时候堂吉诃德一定会问，给杜尔西内娅的信送到了没有。他如果问起这件事，就回答说，送到了，因她不识字，就只好请自己捎回口信，请堂吉诃德务必立即去见她，不去她会不高兴的。桑丘这么一说，加上他们俩原来打算对堂吉诃德说的那些话，一定会使堂吉诃德不再在那儿受罪，甚至还可以使他去当皇帝或国王呢。关于当不当大主教的问题，神父叫桑丘不用担心，他主人不会当大主教的。

桑丘听了神父和理发师的话，全都牢记在心。他感谢他们奉劝他主人只当皇帝不当大主教的一片心意。他自己早已盘算过，论赏赐侍从的权力，皇帝要比大主教强得多。他还对神父和理发师说，最好让他先去见自己主人，将他意中人的口信告诉他。凭她的这个口信，用不到神父和理发师大动干戈，就能将他主人哄出来了。神父他们俩认为桑丘的话很有道理，便决定在原地等桑丘见了主人回来，听了他的消息再说。

桑丘就让神父和理发师在一个山口等着，独自进山去了。山口有一条小溪，溪水缓缓地流着。溪边耸立着一块块山石和一棵棵大树，挡住了阳光，周围一片清凉。当时正是八月盛暑，又是下午三时光景，天气特别炎热，待在这儿非常舒服。他们决定在这儿静候桑丘回来。

两人正在树荫下休息，突然传来一阵没有任何乐器伴奏的歌声，异常婉转动听。他们想不到这个地方还有人唱得这么好，不禁大为惊讶。虽说他们曾听人说过，山林里，田野间有些牧人嗓音特别好，但他们总以为这只是诗人的夸张，实际情况并非如此。后来，他们发现，此人唱的不是牧歌，而是高雅的诗，就更加诧异了。他们确实没有听错，此人唱的是以下几首诗：

什么断送了我的前程？
离心。
什么使我更加痛苦？
忌妒。
什么使我的耐心得到考验？
多日不见。
如此说来，我内心的忧伤，
已经无法得到补偿；
离心、忌妒和长期分离，
使我完全失去了希望。

什么使我这般痛心？
爱情。
什么使我抛弃自己的光荣？
命运。

谁对我的痛苦毫不动念？
　　　　　　　　　　苍天。
如此说来，我内心的郁闷，
一定会加剧我身上的怪病；
爱情、命运和老天爷，
他们在一起要害我性命。

　　改变我的命运有何良方？
　　　　　　　　　　死亡。
怎样才能得到欢乐的爱情？
　　　　　　　　　　变更。
爱情的痛苦怎样才能避免？
　　　　　　　　　　疯癫。
如此说来，我若头脑清醒，
定难治愈我的相思病；
只有死亡、变更和疯疯癫癫，
才能治疗我身上的顽症。

在那个时候，那个季节，在这荒无人烟的地方，听到这么一副好嗓音，唱歌的技巧又这么高，真使倾听的人又惊讶，又高兴。他们屏息静听，希望再听他唱点别的歌。可是，等了好大一会儿，没有听到对方再唱，便决定过去寻找这位嗓音美好的歌手。他们正想动身，听见那个人又唱了起来，便停下来。这次吟唱的是一首十四行诗：

　　神圣的友情，张开轻捷的翅膀，
伴随升天的灵魂，飞向九天，
把自己的外形留在人世间，
你却高高兴兴地逍遥天堂。
　　你乐意时让我们隔幕仰望，
正义的和平似乎隐约可见，

邪恶常常以正义的面目出现，
善事好事终将变成坏事一桩。
　　友情啊，请你别再留在天上，
别让虚假之徒披上你的外衣，
由此毁灭了你的真心诚意。
　　你如不揭去骗子这层外皮，
世界很快会进入纷争时期，
就像开天辟地时争斗不已。

唱完这首歌，那歌手深深地叹了一口气。正在专心致志地倾听着的神父和理发师仍在盼望着唱歌的人再唱一曲。然而，歌声却变成了哭泣声和哀叹声。他们决定走上前去，看看这个歌唱得这么好却又这般唉声叹气的伤心人究竟是谁。没走多远，只拐过一块岩石，他们就看见一个人，他的身材和面容跟桑丘说的那个卡德尼奥非常相像。此人见到他们，并不感到吃惊，仍然低着脑袋，像是在沉思默想，也不抬头看看他们，只是在他们突然走到面前的时候，才瞥了他们一眼。神父是个好心人，他已知道这个人的不幸遭遇，这时又见他这个样子，便知道他是什么人了。他走到这个人的身边，用简洁委婉的言语恳切地规劝他不要再过那种苦恼的日子。如果他再这样下去，可能会断送自己的性命，这实在是太不幸了。卡德尼奥当时神志十分清醒，平时常常失去理智，但这时疯病没有发作。他见到眼前这两个人的衣着不像出没在荒山里的人，便觉得有些诧异。后来听到对方谈起自己的事情，就像个知情人一样(根据神父刚才说的这些话，显然已知道他的事)，他便更觉得惊奇了。因此，他回答说：

“先生们，我虽然不认识你们，但我明白，你们是上天派来解救我的。苍天保佑好人，但有时坏人也常蒙老天的垂怜。劳两位来到这人迹罕见的边远山林，我实在愧不敢当。有人说出种种令人信服的道理，说我待在这里实在不合情理，劝我离开这里，到好地方去。可是，我心里明白，我如果摆脱了目前的苦难，一定会陷入更大的困境。他们不了解这一点，以为我头脑糊涂，甚至以为我已丧失理智。当然，他们有这样的看法，也不足为奇，因为我心里清楚，每当我回想起那些不幸的往事，我就难以自制，自甘堕落，真会像石头一样失去知觉。当我丧失理智时，会做出一些不合情理的事情来。有人把我做的这些事情告诉我，说得有凭有据，我才知道自己头脑确实糊涂了。我别无他法，只好空自悲伤，或者毫无结果地诅咒自己的命运，或者将自己发疯的原因告诉愿意听的人，以便取得他们的谅解。通情达理的人知道了我发疯的原因，就不会对后果过于计较。他们虽然不可能给我治病良药，但至少不会责怪我，不会对我的疯疯癫癫感到厌恶，相反，他们会对我的不幸产生怜悯和同情。两位先生如果像别人那样准备来开导我，那么，我希望你们说出种种道理进行劝说之前，听一听我那数说不尽的不幸往事吧。你们听了，或许就不会费那么大的劲来安慰我了，因为我的痛苦是无法用言语进行安慰的。”

神父和理发师当时一心想听他亲口说一说致疯的原因，便请他讲述，并答应他，他们决不会违反他的意愿去帮助他，安慰他。于是，这个伤心的绅士便开始叙述他悲惨的往事，字字句句几乎和几天前他对堂吉诃德以及那个牧羊老汉讲的完全一样。上次讲到艾利沙巴师傅时，因堂吉诃德为了维护骑士道的尊严，在细节问题上与他争论不休，结果，他的故事没有讲完。这会儿走运，卡德尼奥的疯病没有发作，居然把故事讲完了。卡德尼奥说，上一回讲到堂费尔南多在《阿马蒂斯·德·加乌拉》这本书中，见到了那封信，他记得很清楚，信是这样写的：

路辛达致卡德尼奥：

你身上的优点和美德，我每天都有新的发现，这使我对你越来越敬重。我仿佛欠了你的债，你想让我偿还这笔债，而又不会有损我的尊严，这件事你容易办到。我父亲很了解你，也很钟爱我，如果你真像你说的和我认为的那样瞧得起我，他一定会顺着我的心愿将应该属于你的东西给予你。

“看了这封信，我就像上次说的那样，产生了向路辛达的父亲求婚的念头。也由于看了这封信，使堂费尔南多认为，路辛达是最聪明最有主见的女人。这封信也使他产生了邪念，要在我的愿望实现之前毁了我。当时我把路辛达父亲的意见告诉了堂费尔南多，她父亲的意思是要我父亲出面求婚，而我不敢对父亲说起这件事，怕他不会同意，这并不是因为我父亲不了解路辛达高贵的身份、善良贤慧的品德和绝世的美貌,路辛达在这几个方面所具备的条件足以使西班牙的任何家族增光。我是怕父亲不希望我过早地结婚,他想先看看里卡多公爵会怎样栽培我。总之,我对堂费尔南多说,我不敢将求婚这件事贸然告诉父亲,除了刚才这个原因外,还有不少连自己也说不清的原因。我顾虑重重,生怕我想要得到的东西永远也得不到。堂费尔南多回答说,他可以出面找我父亲谈谈我的婚事,请我父亲去找路辛达的父亲求婚。啊,你这个野心勃勃的玛利欧①呀!你这个残忍的卡悌利纳②啊!你这个恶贯满盈的苏拉③呀!你这个大骗子加拉隆④呀!你这个谋反的贝利多⑤呀!你这个公报私仇的胡连⑥呀!你这个贪心不足的犹大⑦呀!你这个丧尽天良、恩将仇报、招摇撞骗的恶贼呀,我这个可怜虫对你是多么的真诚,我将内心的隐秘向你和盘托出,我在什么地方冒犯了你?我对你说的每一句话,给你出的每一个主意,不都是为了增添你的声誉,对你有好处吗?可是,话又得说回来。我这个倒霉鬼又有什么可以抱怨的呢?灾星带来的灾难,仿佛自天而降,其势异常凶猛,世界上没有力量能阻挡住,人间也没有办法能进行预防。这是千真万确的事实。堂费尔南多是个地位显赫颇有涵养的绅士,我为他出力他还知感恩,凭他的势力,不管他在什么地方爱上了谁,都能如愿以偿。谁会想到像他这样的人居然还会像人们说的昧着良心从我手中夺去唯一的一只还未到手的羊羔呢。不过,这方面的事情现在不去说了,说也没有用,我还是把我没有讲完的不幸往事讲下去吧。当时堂费尔南多认为,我在那儿碍他事,使他难以实现自己的罪恶企图。他决定派我到他兄长那儿,向他借一笔钱,用来支付六匹马的马钱。原来他为了更好地实现自己的奸计,就在他自告奋勇出面和我父亲谈我婚事的那一天,买了六

---

① 罗马帝国时期将军,生于公元前一五七年,卒于公元前八十六年,曾任罗马执政官,施暴政,与苏拉争权,互相残杀。

② 罗马帝国时期的贵族,以善玩阴谋著称。

③ 罗马帝国独裁者,公元前八十八年任罗马执政官,公元前七十九年退位。

④ 法兰西史诗和西班牙谣曲、骑士小说中常常提到的臭名昭著的叛徒。

⑤ 相传他谋害了卡斯蒂利亚国王堂桑丘二世。

⑥ 西班牙公爵,曾任安达卢西亚总督,公元七一一年,为报国王堂罗德里戈凌辱其女之仇,与摩尔人勾结,引狼入室。

⑦ 相传系出卖耶稣的叛徒。

匹马。这是个阴谋,他要我借钱的目的是让我离开那儿。我当时怎么能认清这种背信弃义的行为呢?我怎么会想到这是一种骗局呢?这当然是不可能的。恰恰相反,我觉得这桩买卖很合算,心里很高兴,答应立即上路。当天夜里我去找路辛达,把自己和堂费尔南多商议好的这件事告诉她;还对她说,我确信我们这个合情合理的愿望一定能实现。她和我一样,压根儿也没有想到堂费尔南多会干出那样的事来,只是嘱咐我早点回来,因为她相信,只要我父亲向她父亲一提亲事,我们的愿望便能成为现实。我也不知是什么原因,她说完这话,竟然流下泪来,虽然还有许多话要和我说,但话到了喉咙口,都给梗住了,一句也说不出来。这种情况我从未见过,因此,深感诧异。以往我俩有机会见面时,总是有说有笑,非常高兴。我们交谈时,从来没有流过泪,叹过气,更没有猜忌、怀疑和恐惧,我总是说自己吉星高照,天赐她这个美女作我的妻室。我盛赞她的美貌,对她的品行和智慧深感钦佩。作为对我的回报,她也从情人的角度,看到我值得赞赏的地方,竭力称赞我。此外,我们还常常谈一些有关邻里和亲友的家常琐事。我最放纵自己的一个举动是硬将她的一只纤纤玉手拉过只隔着我俩的一道不太高的铁栅栏,在嘴上亲吻了一下。我准备动身的令人心酸的那一天前夕,路辛达行动反常,她时而哭泣,时而哀怨,时而长吁短叹,然后就离开了,弄得我莫名其妙。见到路辛达那个样子,见到她这么伤心,这么悲痛,我心里也惶惑不安,非常放心不下。可是,我总是将事情往好处去想,以为她这么爱我,见我离开她,自然会难过。情人分开心里难过也是十分自然的事。我满腹惆怅地走了,心里疑虑重重,但又不知在怀疑什么。其实,征兆已十分明显,不久我就要遭到不幸了。

"我到了目的地,把信递交给堂费尔南多的兄长,受到了他热情的接待。他没有立即打发我回去,让我在那儿等候八天,这使我非常不高兴。他还要我待在他父亲公爵见不到我的地方,因为他弟弟在信中说,捎钱的事儿不要让他父亲知道。其实,这都是堂费尔南多这个伪君子玩弄的把戏,他兄长根本不缺钱,完全可以马上打发我回去。不让我立即回去,这个命令实在使我难以服从,因为要我离开路辛达这么多天,是很难办到的,特别是我刚才已对您讲过,我临行时她心里非常难过。不过,我毕竟是公爵家的一名忠仆,明知待在那里会感到日子难挨,我还是服从了。在我到达那儿的第四天,有人拿了一封信来找我。我看到信封上写的收信人的姓名、地址，就知道是路辛达的来信，因为笔迹是她的。我拆信时战战兢兢，心想准是出了什么大事，她才远道给我捎来了信，平常我在她身边时，她是很少写信的。看信前，我问捎信人这信是谁交给他的，在路上耽搁了多长时间。他回答说，一天中午时分，他在城里一条街上走着，忽见一位美丽的小姐在窗口向自己招手。只见她泪水满眶，急急地对他说：‘兄弟，看样子你是个基督徒。你如果真的是基督徒，看在上帝的分上，求你将这封信交给收信人，他的姓名和地址已写在信封上了。姓名和地址都是大家熟悉的。这样做也是为上帝出了一分力。这手帕里包的东西请你收着，这样你一路上可以方便些。’①‘她说完话，便向我丢下一块包有东西的手帕和我给您的这封信，手帕里有一百里亚尔，还有一只我戴在手上的金戒指。她见我拿起信和包着东西的那块手帕，还对她做了一个手势，表示一定照办，没等我对她说些什么，她就离开了窗口。我亲自把信送到这儿来，虽然很费劲，但我已得到了丰厚的报酬。再说，信封上写的收信人原来就是您——先生，我认识您呢。另外，又想到了那位美人的满眶眼泪，我就不打算转托别人，自个儿把信送来了。从她把信给我一直到走到这儿，一共花了十六个小时，您知道，这段路的路程一共是十八西班牙里。’

“这位满怀感激之情的信差在讲述这番话的时候，我一直全神贯注地听着，两腿索索地抖个不停，差一点都快倒下去了。我终于把信拆开，信是这样写的。

堂费尔南多曾经答应找你父亲谈谈，请他找我父亲面谈我们的婚事。他确实找你父亲谈了，结果只对他有利，对你没有好处。先生，我告诉你，他向我父亲求婚了，要娶我为妻。我父亲考虑到他的条件比你优越得多，就满口答应了这门亲事，还急不可待地准备过两天就要举行婚礼。婚礼将秘密举行，参加的人很少，只有苍天和家里的几个人作为见证人。我目前的处境你可以想见。你如能回来，就请你回来。我是否真心爱你，从这件事的结局你可以看出来。上帝保佑，这封信到你手里的时候，但愿我还没有和那个不

① 上面是送信人转述的话，下面改用第一人称叙述。

守信用的人的命运联在一起。

“这是她这封信的要点。看了这封信后,我没有等堂费尔南多的兄长打发我走,也没有要那笔钱,就拔脚往回走。当时我心里明白,堂费尔南多将我派到他兄长那儿,不是为了买马,是为了买他看中的姑娘。我恨堂费尔南多,同时又怕失去经我多年的努力以一片真诚赢得的珍宝,因此,一路上像长了翅膀一样飞奔着。次日我便赶回家里,正好赶上与路辛达平时约会的那个时间。我偷偷地进了城,将一路上骑来的那匹母骡寄在给我送信的那个好心人的家里。事有凑巧,我去看路辛达的时候,她正好站在我们时常进行约会的铁栅栏的一边。路辛达立即见到了我,我也即刻见到了她。然而这次见面与往常我们见面时的情况不一样。世界上有谁能看透女人变幻莫测的性情,又有什么人能认清她那复杂难解的心态呢?确实没有一个人能做到这一点。路辛达一见到我,就对我说,‘卡德尼奥,我已穿上了新娘的礼服,堂费尔南多这个背信弃义的人和我父亲这个贪心人,还有几个证婚人都在客厅等我。其实,他们当不了我的证婚人,只能作我死亡的证人。朋友,你别慌,你得设法参加这个祭祀典礼。如果我用言词阻止不了这件事,我这里还藏着一把短剑,天大的恶势力也抵挡得住。我将一剑结束自己的生命,以表白我对你始终如一的真心。’当时我心慌意乱,生怕来不及把话讲完,就急急地说:‘小姐,但愿你说到做到,假如你身藏短剑以全自己的名节,我也身带佩剑,准备保卫你的名声。万一命运不济,我就准备自刎。’我想她可能没有听到我说的最后这几句话,因为我听到有人叫她,说新郎在等她,她就急忙回去了。她这一走,我欢乐的太阳就此陨落,凄凉的黑夜已经来临。我只觉得眼中失去了光明,头脑里失去了神志,我没有力气走进她家,但也不想离开那儿,上别处去。考虑到我在场对事情的发展很有关系,我便鼓起勇气进入她家。我对她家进出道路都了如指掌,加上她家里的人当时正不声不响地忙着办这件大事,因此,谁也没有发现我。我偷偷地潜入大厅,站在一扇窗下一个凹进去的地方,拿两块挂毯遮住自己的身躯。在这个地方别人见不到我,我却能从挂毯缝里见到大厅内人们的一举一动。我当时是何等心烦意乱啊!一时间思绪万千,百感交集,那种复杂的心境,谁也说不清楚。既然说不清楚,还是不说为妙吧。我只想告诉你们,新郎没有换装,只穿着日常穿的便装走进了客厅。跟他一起进来的是作傧相的路辛达的一个堂兄。大厅里没有外人，只有九名家人。不久，路辛达由她母亲和两名使女陪同，从卧室里出来。她的服饰与她的身份和美貌完全相称，显得又时髦又大方。我当时心猿意马，没有心思细看她究竟穿的什么服装，只是见到她衣服的颜色是肉红色和白色的，头上戴的首饰与服装上镶嵌的宝石闪闪发光，把她那一头美丽的金发衬托得更加好看。那些宝石与客厅里四枝有四个烛芯的大蜡烛发出的亮光，都没有她那一头金发光彩照人。记忆啊，你老是与我作对，使我难以平静！你为什么要让我回想起那个曾经爱慕过的冤家的无比美貌呢？冷酷的记忆啊，你倒不如让我想起她当时的所作所为，让我想到她如何欺骗我，这样，虽然不能为自己报仇雪恨，至少也能促使我快快结束自己的生命。先生们，请你们听了这些琐事不要感到厌烦，我辛酸的往事确实不能三言两语说清楚的。我觉得每个环节都可以讲个大半天。”

神父听了说，他们不但不对他讲的每个细节感到烦腻，而且很感兴趣，因为这些细节和重大事件一样重要，丝毫不能忽略。

“我刚才已经讲到，”卡德尼奥接着说，“大厅里众人到齐后，教区的神父也进来了。他按照结婚的仪式，拉着新郎新娘的手说：‘路辛达小姐，根据神圣教堂的规定，你是不是愿意这位堂费尔南多先生作为你的合法丈夫？’我将整个脑袋甚至连脖子都从两条挂毯中间伸出，全神贯注地倾听着路辛达的回答。我的生死就取决于她这一句话了。唉，当时我要是有这个胆量，出去大声地说出这样的话就好了：‘路辛达呀，路辛达！你要三思而后行啊！别忘了你对我的承诺，你应该是我的，不应该再属于第二个人。你应该明白，如果你说一声我愿意，我的生命就完了！哼，堂费尔南多，你这个背信弃义之徒！你夺走了我的心上人，你是我的催命鬼！你要怎么样？你想得到什么？你要明白，作为一个基督徒，你就不能随心所欲地得到你想得到的东西，因为路辛达应该做我的妻子，我应该是她的丈夫！’唉，我真是疯了！现在离开了那儿，不冒什么风险，反倒说起当时我该怎么办的空话来了。我让强徒夺走了我的珍宝，现在只能对他诅咒诅咒，别无他法。我如能将眼下对这个强徒的这股怨气化作复仇的力量，就可以找他算账！总之，我当时是太窝囊了，真是个笨蛋。现在发了疯，悔恨而死，也是活该。神父等待路辛达的答复。好长时间沉默着，没有做出回答。我原以为她会拔出短剑保全名节的,或者会说出几句有利于我的真心话的,却听到她有气无力地说:'我愿意。'堂费尔南多也说了同样的话后,便给她戴上了结婚戒指,两人就这样结下了不解之缘。新郎过来拥抱新娘,新娘却一手捂住胸口,晕倒在自己母亲的怀里了。现在就该说说我当时的心情了。听到她说'我愿意'后,我知道自己的希望已落了空,路辛达说的话和作的承诺都是虚假的,这时失去的这件珍宝我已无法再得到了。我感到自己已无依无靠,连老天爷也抛弃了我,养育我的大地成了我的仇敌。我窒息得连气也叹不出来,两只眼睛异常枯涩,只觉得眼泪也流干了。只有火气大得很,忿怒之火和忌妒之火合在一起,熊熊地燃烧着。路辛达一昏厥过去,众人都着了慌,她妈妈赶紧解开她胸口的扣子,让她缓过气来。这时,人们发现她怀内有一张折叠好的字条。堂费尔南多拿来后,立即就着四芯蜡烛的烛光读了起来。读完后,他坐在一把椅子上,一手托住腮帮,像是心事重重的样子。别人都在忙着抢救他的妻子,让她快点苏醒,他也不过去帮忙。我见这一家人乱成一团,便壮着胆子从挂毯内出来,不再理会会不会让人发现。我已下定决心,如果人们发现了我,就准备大闹一番,让众人都明白,我怀着满腔怒火惩罚堂费尔南多这个伪君子和那个昏厥过去的贱人——水性杨花的女人是完全合乎情理的。可是,如果往后我还会遭到更大的不幸,那么,当时命中就已经注定了,因为到这儿来后糊涂不清的头脑那时却特别清醒,我并不想将怒气发泄到这两个仇敌的身上,我只想亲手把要对他们两人施加的惩罚施加到自己的头上,甚至比惩办他们还要严厉些。由于他们一直没有想到我会突然出现,当时我如想进行复仇雪耻,并不十分困难。当然,我若杀了他俩,自己也不免一死,但这只是一时的痛苦;眼下内心的痛苦则是无穷无尽的,比自杀还更难挨。长话短说,我离开了路辛达家,来到寄放母骡的那户人家那儿,请那个送信的人给骡子备上鞍辔,也来不及向他辞行,便骑骡跑出城去,像罗德一样,都不敢回过头来看一眼①。到了空无一人的郊外,夜幕已经拉开,周围一片寂静,我完全可以痛哭一场,因为这里不会有人听到我的哭声,也不会有人将我认出。我亮开嗓门,大骂路辛达和堂费尔南多,仿佛这样大骂一场就能伸雪他们给我造成的耻辱。我骂她残忍,忘恩负义,虚伪,负心,尤其责备她贪

---

① 这儿引用《圣经》典故。罗德逃出所多玛城,天使叫他不要回头看。

心，让我仇敌的财富迷住了自己的心窍，将对我的一片深情移交给了那个大走红运的贵公子。大骂了一阵后，我又替她说起情来。我说，像她这样一个从不出门的姑娘，平时已习惯于听从父母之命，这次父母替她选了个这么高贵、这么富有、这么有风度的绅士作她的夫君，她怎么会不依从他们呢？如果她不接受这门亲事，人们一定会认为她是个糊涂虫，或者认为她已另有所爱，这对她的声名非常不利。接着，我又把话说回来，我说，她如果对父母说自己已选中了我作她丈夫，她父母一定会认为，她的选择也不错，他们可能会原谅她，因为在堂费尔南多向她家求婚前，她父母如果能理智一点，就不会认为能找到比我更好的女婿。再说，她在不得已走最后一步棋——与堂费尔南多结婚前，也可以对父母说，我与她已私自订下婚约，在这样的情况下，我自然会竭尽全力为她作证的。我最后做出结论，确信她是个见识短、情意浅、野心大、贪心足的女人，她已将用来欺骗我、博得我的欢心的一套花言巧语早已忘得一干二净了，而我却还将她的假话信以为真，迫切地希望实现自己的愿望呢。

“我这样一路叫骂着，像掉了魂一般整整跑了一夜。黎明时，我来到这里一座山口。进山后，一时辨不清东西南北，四处乱窜，又走了三天三夜，来到了一片草地，也不知是山的哪一面。我向几个牧人打听，在山的哪一部分最荒凉。他们告诉我，朝这边走最荒僻。于是，我就朝这边走来，想在这儿结束自己的生命。到了这一带一处最荒无人烟的地方，我的骡子因不堪饥饿和疲惫，倒下去就死了。其实，我倒认为这畜生一定不想驮我这个没有用的人才走这条路的。我只好徒步行走。这时，我也极度疲劳，饥肠辘辘，但没有人来救援我，我也不想求救于人。我仰卧在地，不知躺了多长时间。我从地上起来时，已不觉得饥饿，却发现身边站着几个牧羊人。毫无疑问，是他们解除了我的饥渴，因为他们对我说了怎样发现我的经过，还说当时我满嘴胡言乱语，显然，我已丧失了神志。从那时起，我自己觉得常常头脑糊涂，疯疯癫癫，时而乱撕自己的衣服，时而在这人迹罕见的地方大喊大叫，时而咒骂自己的命运，时而毫无意义地多次呼唤着那个背弃我的姑娘的小名。这时，我没有任何别的指望，只想呼号而死。等我清醒过来时，只觉得浑身无力，全身酸痛，连动也不想动一动。我平时就住在一棵栓皮槠的树洞里，这个树洞大得足以容纳我的身躯。往来于这山林的那些放牧牛羊的人可怜我,养活我,他们常常在路边,在岩石上放些吃的东西,因为他们估计我会路过这些地方,会发现这些食品。我虽然常常神志不清但出于生理需要,也知道怎么活下去,见了食物就产生食欲,想拿起来吃。有几次当我神志清醒时,牧人们就对我说,他们从村里将食物运到山里茅屋来时,我会拦住他们的去路,虽说他们都愿意拿食物给我吃,我总喜欢抢。我就是这样苦度着自己的残生,一直到上帝开恩,结束了此生才算得到了解脱;或者能让我失去记忆力,不再记得路辛达的美貌和她对我背叛,也忘记了堂费尔南多对我的凌辱,这样倒也好。如果苍天没有要我的命,只是让我忘记了过去发生的事情,那我就可以想一些好的事情。否则,我就只有祈求上苍对我的灵魂大发慈悲了,我觉得我已没有勇气也没有力量脱离我自己甘心陷入的这个苦海了。

"先生们,这就是我个人的一段痛苦的经历,请你们告诉我,像这样的事,我能讲得比刚才还平静吗?请你们不必苦口婆心,拿按常理可以解救我的方法来劝说我,因为我的情况就像名医给不想治好自己病的病人开药方一样,药方再好,也是没有用的。没有路辛达,我这个病人就不想恢复健康。她原本是我的,或者说她应该属于我的,现在却甘心成了别人的妻子,那么,我这个原本也是幸福的人,现在也自甘倒霉了。她这个反复无常的女人想一辈子毁了我,我就甘愿这样毁掉自己,让她感到高兴。在所有的失意的人们身上能找到的那种东西,我身上却没有。这就是说,他们如果找不到安慰,便能进行自我安慰;而我却反而会更加悲痛。我甚至想,就是结束了此生,我的痛苦也难以消除。这也许可以给后世的人们提供一个例证吧。"

卡德尼奥终于讲完了这个洋洋万言的不幸的爱情故事。神父正想对他说几句表示安慰的话,突然耳中传来一阵悲切的言语声,话到嘴边就停住了。要知道这个人说的什么话,请看本书第四部,因为学识渊博的历史学家熙德·阿梅德·贝纳赫利在这里结束了他的第三部。

第二十八章

叙述神父和理发师在黑山遇到的新的有趣的事情。

无比英勇的骑士堂吉诃德·德·拉曼却诞生的时代,真是非常幸福,非常欢乐的时代!因为他立下奇志,想在当时的世界上恢复并重建早已遭人遗弃的濒死的游侠骑士道。在当今这个需要娱乐的时代,有了这部真实的传记,我们不仅能领略个中的趣味,还能品尝里面穿插的一个个故事。这些故事和正传一样,也写得妙趣横生,技巧高超,真实可信。这部传记叙述的故事曲折离奇,跌宕起伏。刚才已经讲到,神父打算说几句话,对卡德尼奥进行一番安慰,这时忽然听到有人说话,神父话到嘴边就停住了。说话的这个人语音悲切,他说:

“天哪,我真能找到个地方,悄悄地埋葬了自己吗?我这身子已成了沉重的负担,我真不想再拖着它了。如果这荒山野岭真的这么荒僻,我一定能找到葬身的地方。唉,我这个身遭厄运的人,如果在这儿长眠,这些岩石与荆棘可以与我作伴,我也有个处所可以向苍天倾诉自己的不幸了。这个世界上就数我命最苦了。我有难题,找不到人给我出主意;心里烦闷无人安慰我;遇到了灾难,没有人解救。”

神父和他的几个伙伴听了这番话,料定说话的这个人就在附近,就起身去找他。还没有走上二十步,就见到一块巨石后面的一棵白蜡树下坐着一个农夫打扮的年轻人。当时他低着脑袋,正在从他身边流过的一条小溪溪水中洗脚,一时看不清他的脸。神父一行几个脚步很轻,走到了此人的跟前,他没有发现,还在专心致志地洗脚。小溪中有许多石头,他那一双脚犹如镶嵌在石头中的两块白玉。见到他那么洁白的一双脚,众人都异常惊奇。

他们认为,尽管从此人的衣着看,像个农夫,但他这一双脚根本不是生来跑山路的,也不是生来跟在犁耙和耕牛后面耕田犁地的。走在前面的神父发现这个年轻人还没有注意到他们,便做手势叫另外两人将身子下蹲或者躲藏在附近的岩石后面。他们都隐蔽起来,目不旁视地瞧着这小伙子,看他在干些什么。年轻人身穿一件两边开衩的灰色短外衣,腰间紧紧系着一条白毛巾。他穿的裤子和裹的护腿也是灰呢制的,头上戴一顶深灰色帽子,护腿卷到小腿的中间,露出了石膏一般洁白的一截小腿。他洗好那双好看的脚,就从帽子底下抽出一块擦布,将双脚擦干。在抽出擦布的时候,他抬起了头,那几个目不转睛地注视着他的人终于看清了他无比美丽的脸庞。卡德尼奥低声地对神父说:

"此人如果不是路辛达,就一定是个仙人,不会是凡人。"

小伙子摘下便帽,向左右摇晃了一下脑袋,让头发披散下来。这一头金黄色的头发让太阳的光芒见了也会眼红的。神父他们这才看清,这个农夫打扮的年轻人原来是个纤弱的女子,是神父和理发师见到过的女子中最好看的一个。卡德尼奥如果不认识路辛达,这样美貌的女人也未见过。卡德尼奥后来说,只有路辛达的美貌可以和她相比。她那一头金黄色的头发又长又密,不但盖住了她的背部,而且将她整个身躯全遮住了,只露出了一双脚。眼下她正拿双手梳理着自己的一头长发。如果她的一双脚浸泡在水中像两块白玉的话,插在头发中的一双玉手就像两团雪块。注视着她一举一动的这三个人越看越觉得惊奇,他们急切地想知道她究竟是什么人。

为了达到这个目的,他们决定走出隐蔽的地方。他们站起来时,发出了一点声音,让那俊俏的姑娘听到了。她用双手分开披散在眼前的长发,朝发出声音的这几个人瞥了一眼,还没有看清他们的脸,便站起身来,没有来得及穿鞋子,也没有时间梳一梳头发,就迅速地抓起身边的一捆像是衣服的东西,慌慌张张地准备逃走。还没有走上五六步,她那双娇嫩的脚踩在粗糙的碎石地上痛得钻心,就一屁股坐在地上。那三个人见了,就朝她奔去。走在前面的神父对她说:

"姑娘,不管你是谁,请不要跑了。我们这几个人是有意来帮助您的,您不用这么急匆匆地跑。这么跑,您这双脚也吃不消,我们也不会让您这么跑的。"

她听了神父的话，愣住了，一句话也没有回答。他们这时已来到她身边，神父拉住她的手继续说道：

“小姐，虽说您穿了这身衣服，我们一时没有认出您是女人，但您这一头金发暴露了自己的真相。从您这一身打扮看，您显然遭遇到了重大的事变，才会将自己这样漂亮的姑娘打扮成山野村夫，来到这个荒僻的地方。幸喜我们在这儿遇到了您。我们虽然解脱不了您的苦难，但至少也能给您出个主意。一个人不管遭了多大的难，不管内心有多大的痛苦，只要还活着，总不至于拒绝倾听别人出于善意提出的劝告吧。因此，我的小姐，或者是我的先生——随您喜欢怎么称呼吧，请您千万别害怕，同时，不管是好是坏，请将自己的遭遇告诉我们。我们每个人一定会对您的不幸表示同情。”

神父说话的时候，这个农夫打扮的姑娘愣愣地瞧着他们每一个人，一声也不吭，连嘴唇也没有动一动，就像乡下人突然见到了从来没有见到过的稀奇事情那样。神父又对她劝说了一番，她才深深地叹了一口气，打破沉默说：

“尽管我躲藏在这穷乡僻壤，还是让你们给发现了。我这一头乱发又暴露了自己真实的身份，我再遮掩也无济于事了。眼下你们不揭穿我，也只不过出于礼貌罢了。事已至此，先生们，我要说，我首先感谢你们表示的一番美意。因此，我也不得不满足你们的要求了。不过，我怕你们听了我那些不幸的事，除了同情还会感到难过，因为我的苦难是没有办法解脱的，我的痛苦是找不到言语进行安慰的。你们已认出我是女人，又见我年纪轻轻，单身一人，打扮成这个样子，一定会对我的品行产生怀疑。的确，刚才这几个情况凑合在一起，或者将这几个情况分开来单独看，都可以使我的声名扫地。为了消除你们对我名节的怀疑，我只好将我本来准备隐瞒的事情告诉你们。”

这个俊俏的姑娘一口气说完了上面的这一番话。她的伶牙俐齿和婉转的音调就像她的聪明才智和美貌一样，使他们倾倒不已。他们再次表示要帮她的忙，请她将答应告诉他们的事讲出来。她不再推辞，规规矩矩地穿上了鞋子，又挽起披散的头发，自己坐在一块石头上，又请神父他们三人坐在她的四周。她竭力忍住已在眼眶内打转的眼泪，平静清楚地讲述着自己的身世：

“安达卢西亚有块公爵的封地，领主是西班牙的头面人物。他有两个儿子，长子是他封地的继承人，同时也好像承袭了他良好的品德和习惯；次子继承了父亲什么品德我不知道，我只知道他承袭了贝利多的奸佞和加拉隆的欺诈。我父母是这个公爵管辖下的子民，出身低微，却很富有。倘使他们的家世与他们拥有的财富相称，他们就会称心如意，我也不会落到眼下这个地步了，因为我的薄命也许与他们不属名门望族有关。当然，他们也不那么低贱，用不到为出身而感到羞愧，但他们确实不高贵，我总认为，我的不幸与他们低微的出身有关。概括地说，他们是庄户人家，是清清白白的平民百姓，也是观念陈旧的旧式基督徒。不过，他们很有钱，凭着万贯家财和极好的人缘，居然也逐渐爬上了绅士的位置，甚至跻身于贵族的行列了。他们虽然有钱，有地位，但是他们心目中最珍贵的还是我这个女儿。由于家中只有我这样一个女儿继承父母的产业，他们对我非常宠爱，我就成了自古到今最受父母娇宠的女孩子。我是父母亲用来照鉴自己的一面镜子，成了他们年迈时的依靠。他们辛劳一辈子，全为了我。只要上苍允许，他们总是怀着良好的愿望，希望我好，由此，我自己的愿望与他们的希望自然也不会有多大的差异。我不仅主宰着他们的情绪，而且也是他们产业的女主人。家里的用人随我雇用和辞退，庄稼的播种和收割也由我安排。家里开的磨油的作坊，制葡萄酒的酒厂的账目全由我管，家里有多少头大小牲口，有多少箱蜂也只有我心里清楚。总之，像我父亲这样一个富裕农民拥有的全部产业都由我一手经营。我既是女总管，也是女主人。我勤勤恳恳地工作着，父母亲感到非常满意。我每天给领班、监工和长工分派好活儿后，空余时间就做些女孩子家分内的针线活儿和纺纱织布之类的事，以消遣解闷。有时候为了怡情养性，我放下手中的活儿，看一些宗教方面的书籍或弹弹竖琴，因为经验告诉我，音乐能够陶冶情操，振奋精神。这就是我在父母家中的日常生活。我讲得这么仔细，毫无炫耀之心，更无显示家中富有之意。我只是想表明，我从那么优越的地位跌落到眼下这个可怜的境地，我本人并没有过错。

“我每天忙着家事，而且成天待在家里，不常出门，就像进了修道院一样。平时除了家里的几个用人外，外人谁也见不到我。去教堂听弥撒总是在大清早，由我母亲和几个女用人陪同着，脸部遮得严严实实的；我又十分小心谨慎，走起路来，眼睛只看脚边的那一小块土地。尽管这样，比猞猁的眼睛还要明亮的那双花花公子的色眼还是看见了我。这个花花公子就是我刚才讲到的那个公爵的次子堂费尔南多。”

这姑娘一提到堂费尔南多这个名字，卡德尼奥脸色立即变了，冷汗直冒，情绪变动很大。神父和理发师见了，真怕他又发起疯病来。他们听人说，他常犯这个病。可是，卡德尼奥除了出一身冷汗外，情绪还算镇定，他只是目不转睛地瞧着这个农家姑娘，心里已猜想到她是谁了。这姑娘并没有注意到卡德尼奥神情的变化，继续讲述着她的往事：

“据他后来说，他一见到我，就如醉如痴般地爱上了我，这从他的行为可以看出来。为了尽快结束这个并非故事的故事，我不想详细叙述堂费尔南多为了能向我表示他爱慕之心而作的种种努力。总之，他对我家里的人都给了好处，还向我父母送了一份厚礼。我家门口那条街上，每天像过节一样的热热闹闹，喜气洋洋。到了夜间，鼓乐齐鸣，吵得人难以入眠。无数情书也不知通过什么方式，送到我的手里，信里满纸都是诉衷肠，献殷勤的言词。他的情书字儿不多，做出的保证和发出的誓言好像比书中的文字还多。然而他干的这一件件事情结果适得其反，不但没有使我心软，反而更使我横下了心。在我的眼里，他好像成了我的死对头。这倒不是由于堂费尔南多没有风度，也不是因为他过多地献了殷勤。像他这样一位贵公子瞧得起我，爱上了我，我确实感到说不出的高兴；在他的情书中读到赞美我的话我也不反感。作为一个女人，尽管长得不漂亮，只要有人说我们好看，心里总是乐滋滋的。可是，为了自己的贞操，也为了听从父母亲的劝告，我不愿接受他对我献的种种殷勤。我父母亲早已看出堂费尔南多的真实用心，而且，他也并不在乎让别人了解自己的意向。父母亲常常告诫我，他们全靠我的贞操来保全一家的名誉和声望；他们提醒我注意自己与堂费尔南多之间门第的差异。他们还说，明白这一点后，我就可以看清堂费尔南多头脑里到底在想些什么了。他嘴里虽然说得非常动听，但实际上，他只是为了满足自己的私欲，并没有顾及到我的幸福。我父母亲还说，我如果能向他做出某种表示，说这件事并不合适，让堂费尔南多打消这个坏念头，他们就可以让我嫁个合我心意的年轻人。凭父母的万贯家财和我的名声，无论是本村还是周围一带村庄的家境殷实、人品好的年轻人，听到我愿出嫁的消息，还不都跑来让我挑选吗。我觉得父母亲这番话确实很有道理，认为他们有关我婚事提出的办法也很实在,便加强维护自己贞操的决心。我从来没有对堂费尔南多答应过什么,也没有对他说过一句使他以为可遂自己心愿的话,或者使他产生某种希望。在他看来,我的端庄的举止都是傲慢无礼的表示,但这反而使他的邪欲淫念更加旺盛。他对我表示的心意我只能称为邪念。如果他对我的感情属真实的爱情,那么,你们今天也没有机会听我叙述往事了。后来,堂费尔南多明白,我父母亲已在为我择婿,目的就是想打消他占有我的念头。从另一个角度说,这样做至少可以多几个人来保护我吧。这个情况他是听人说的,也可能是猜到的。由此他就干了一件我下面要讲的事情。一天夜里,我在自己的卧室里,身边只有一个平时听我使唤的使女。卧室的几扇门都关得严严实实的,因为我怕一不留神,我的名节就会丧失。我虽然作了周密的防范,但他却突然出现在我的面前,我真不知在这个寂静的夜晚,他是怎么进来的。一见到他,我就吓得两眼发黑,舌头僵硬,不但说不出话,连声音也喊不出来,他也不让我叫喊,因为他立即向我扑来,将我紧紧地搂在他的怀里。刚才我已说过,此时我已吓得连自卫的力气也没有了。他对我说了许多好话,我真不明白,他为什么这么能说话,怎么会有这么大的本领,将假话说得像真话一样。这个伪君子拿眼泪来证明自己的话是真实可信的,拿叹气来表明他的一片真心。可怜我这时孤单一人,父母不在身边,这方面的事情我向来缺乏经验,连我自己也不知怎的,竟将他的谎言信以为真。不过,他的眼泪和叹气只引起我的同情,我绝对不会干出非分的事来。我开始时那一阵惊慌已经过去,这时的心情已经开始平静,我以连自己都没有想到的胆量对他说:'先生,即使抱住我的是一只凶猛的狮子,它要我做不光彩的事,说不体面的话,才肯放我,我也不会这么干的。要我做这样的事,说这样的话,就像要抹去已经存在过的事情那样难以办到。尽管你紧紧地抱住了我的身体,我心里自有自己的主张。你如果试图用暴力来迫使我就范,我就会让你看到,你的愿望和我的愿望是大相径庭的。我是你的臣民,却不是你的奴隶。你虽出身高贵。但不可能也不应该仗着自己的权势,糟蹋我这个出身卑贱的人。我虽然是个乡下人,是个农家姑娘,却像你这个贵公子、大少爷一样懂得尊重自己。在我的身上,你的力气起不了什么作用,你的财富也没有多少价值,你的言语骗不过我,你的声声叹息和眼泪也得不到我的同情。如果由我父母选上作我丈夫的人通过上面说的任何一种办法来求我,我会依顺他,我的意愿与他的愿望将是一致的。在这样的情况下,先生,虽然你强求硬迫的做法并不合我心意,但只要不失体面,我还会答应你。我说这番话的意思是,除了我的合法丈夫,谁也休想在我身上得到任何东西。'‘无比美丽的多罗脱奥,'(这就是我这个不幸的人的名字)这个反复无常的绅士说,‘如果你只是在考虑这个问题,那我这就伸出手来,与你握手订婚,让明察秋毫的苍天和这座圣母像作为证人。'”

卡德尼奥听到她名叫多罗脱奥,又吃了一惊,他刚才的猜想这时终于得到证实。虽然他早已知道事情的大体经过,但他还是不想打断她,因为他想了解此事的结局。他只是说了这样一句话:

“姑娘,你就叫多罗脱奥吗?听说有个与你同名的姑娘,她也和你一样遭到了不幸。你继续往下讲吧,等一会儿我也对你讲几件事,准会叫你又吃惊又难过的。”

听了卡德尼奥的话,又看到了他穿的那套奇奇怪怪撕得稀烂的衣服,多罗脱奥就请他将他知道的有关她的事情立即说出来。她还说,如果命运在她身上还留下一点好的东西,那就是她还未完全丧失勇气,还能承受一切灾难。她认为自己反正已经倒足了霉,即使再遇到什么灾难也不在乎了。

“姑娘,如果我的猜想是真的,”卡德尼奥说,“我一定会把我心里想的告诉你。只是眼下还不是时候,你知道了也没有什么意思。”

“那我就继续往下说吧,”多罗脱奥说,“这时,堂费尔南多将房间内的那尊圣母像放在我俩的面前,作为我们订婚的证人。他又说了不少甜言蜜语,还起了非同一般的誓,保证一定要娶我为妻。他的话还没有说完,我就对他说,这件事他还得慎重些,要考虑到他父亲见他娶了一个自己管辖下的乡下姑娘为妻,一定会生气的;我还劝他说,不要见我长得好看就晕头转向,因为这不能作为理由为他犯的错误进行辩护。我又说,他如果真的为我好,真的爱我,就该一切任其自然,命运规定该怎样就怎样,因为门不当户不对的亲事从来不会有好结果的。开始时可能会相处得不错,但绝对不会持续太久。这些话,另外还有一些我记不起来的话,我都对他说了,但没有起什么作用。他仍然我行我素,就像一个不打算付款的主顾,即使订好了合同,他也会不顾一切地加以撕毁的。这时,我作了一番简短的思考后,对自己说,‘对呀,女人结了婚后由卑微的地位升高到上流社会的也不是从我开始的;堂费尔南多也不是看中了美女,或由于盲目的恋爱而娶了与自己地位不相称的女人的第一个男人。反正我没有开新风,树榜样,命运给我这样一个机会,我何不加以利用呢。即使他的欲望满足了,不再爱我了,但在上帝面前,我已经是他的妻子了。反之,如果我对他采取蔑视的态度,拒绝他,他一定会对我采用暴力。我遭到了玷污后,那些不了解我怎么会落到这种地步的人一定会责备我,而我却无法为自己辩护,因为我没有充分证据让我的父母和其他人相信,这位先生是未经我的允许,闯入我的房间里来的。'在刹那间,我反复地考虑了这些问题。另外堂费尔南多起的誓,他请苍天与圣母像当证人以及他流的眼泪,加上他那翩翩的风度,堂堂的相貌和多次表达出来的真实的情意,这一切都在我身上产生了力量,使我不知不觉地走上了自我毁灭的道路。像我这样一个尚无婆家的姑娘,尽管平时规规矩矩,遇到了这样的场合,真也难以把握住自己。我对身边的那个使女说,请她与苍天一起为我作证。这时,堂费尔南多将他发过的誓又重发了一遍,还请了几位圣徒作证人,说如果他背弃诺言,就让他身遭千灾百难。说完,双眼流泪,嘴里发出声声长叹,他一直紧抱着我毫不放松,这时抱得更紧了。伺候我的那个使女走出房间后,我就失了身,他就成了假话连篇的负心汉。

“发生这场悲剧的这个夜晚显得特别长,黎明没有如堂费尔南多盼望的那样迅速来临。欲望一旦满足,对他来说,最大的享受就是尽快离开那里,免得被人发现。我这样说是因为堂费尔南多想急于离开我的房间。原来昨晚是我那个使女放他进来的,这次又由她设法将他在黎明前领出家门。他向我告别的时候,虽说没有来时那样情意深深,但还是叫我放心,说他说过的话是完全真的,他发的誓是真实可信的。为了证明这一点,他从手指上摘下一枚贵重的戒指,戴在我的手指上。他就这样走了。我当时是喜是悲,连自己也说不清楚。我只明白,新发生的这件事使我神志恍惚,甚至有些失魂落魄。我的使女出卖了我,让堂费尔南多暗藏在我的房内。对她的行径我没有精力也没有心思去责备她。再说我还弄不清夜里发生的这件事究竟是好是坏。堂费尔南多临行时,我曾对他说,反正我已是他的人了,往后夜里他想来,让使女领来就是了。这种现状可以维持到他将这件事公开时为止。结果,除了第二天夜里,他再也没有来过。整整一个月,无论在街上还是在教堂里我都没有见过他的面。我派人请他来,他也不来,因为我知道,他就在城里，还常常去打猎，这是他最喜爱的一项活动。

“我心里明白，那一阵子我确实异常惆怅。我对堂费尔南多的真诚产生了怀疑，甚至不信任他了。过去我从来没有责备过那个使女，这时，她听到了我对她的责骂，我怪她太胆大妄为。我还得忍住眼泪，强颜欢笑，为的是不让我的父母产生怀疑，否则，他们一定会问我为什么不高兴，我就得编造个理由进行搪塞。不过，这种状况很快就结束了，因为出现了新的情况。我的尊严受到了践踏，我的荣誉受到了蹂躏，我终于失去了耐心，将自己的私情全都和盘托出。原来几天后，村子里有人说，堂费尔南多已在附近一个城镇里与一位美艳绝伦的姑娘结婚了。这姑娘家境虽不太富裕，但父母亲出身高贵，因此，凭嫁妆虽然成不了这门亲事，但还是高攀上了。据说这姑娘叫路辛达，举行婚礼那天，还出了几件怪事。”

听到路辛达这个名字，卡德尼奥缩着双肩，咬着嘴唇，双眉紧皱，两行热泪像断珠般落了下来。多罗脱奥见了，没加理会，继续说：

“这个不幸的消息传到我的耳中，我不感到心寒，只觉得怒火中烧，差一点就要上街去大叫大嚷，将堂费尔南多背信弃义的欺骗行径公布于众。后来，我抑制住了心中的愤怒，准备当天晚上干一件事。这件事我真的干了——我换上了这身衣服，到那个城镇里去了。这衣服是在我家干活的一个长工给我的。听说我那个死冤家就在附近那个城镇里，我将自己遭到的不幸对这长工说了，请他陪我上那儿去。开始时，他说我太鲁莽，不赞成我这样做。后来见我决心很大，就表示他愿陪我去；还说，就是去天涯海角，他也愿意。我立即将一套女装、一些首饰和若干钱币塞进一个亚麻枕套里，以防不时之需。那天夜里万分寂静，我没有让那个出卖了我的使女知道，就在长工的陪同下，带着满腔心事，徒步朝那个城镇走去。我因急于到达目的地，快步如飞。虽说这件事木已成舟，难以挽回，但起码还可以让堂费尔南多对我做出解释，他这么做到底安的什么心。走了两天半我才到达目的地。进城后，我便打听路辛达父母亲的住址。我向他问路的那个人除了回答我的问话外，还对我讲了一些别的事情，他对我讲了这一家人的情况，还把这家女孩子婚礼上发生的事都对我讲了。这件事在这个城镇里早已满城风雨，人们三三两两地在议论着。那个人对我说，堂费尔南多与路辛达举行婚礼的那天夜里，那姑娘说完‘我愿意’这几个字后，就立即昏厥过去。她丈夫给她解开胸口的扣子，让她透透气，发现她怀中有一张她亲笔写的字条，声称她不能成为堂费尔南多的妻子，因为她已将自己终身许配给卡德尼奥了。据这个人说，这卡德尼奥也是一位很高雅的绅士，家也在这个城镇里。路辛达说‘我愿意’，纯粹是为了不违背父母亲的意愿。她通过那张字条表示，婚礼结束后，她准备自杀，自杀的理由已在字条里说清楚了。后来，人们在她衣衫内不知哪一处还发现了一柄短剑，这更加表明了她有这个意图。堂费尔南多目睹这一切后，认为是路辛达作弄了他，瞧不起他，他准备趁路辛达还没有醒过来，就拿那柄短剑去刺死她。要不是被她的父母和其他在场的人拦住，他就捅死她了。那个人还说，堂费尔南多不久就离开了，而路辛达到第二天才苏醒过来。她对母亲说，自己已将终身许配给我刚才说的那个卡德尼奥了。后来，我又获悉，举行婚礼时这个卡德尼奥也在场。他从来没有想到路辛达会成为别人的妻子，这次亲眼目睹她嫁了别人，万分绝望，留了一封信就走出城去。信中说，他受了路辛达的骗，准备到一个人迹罕至的地方去，这件事在这座城镇内早已家喻户晓，人人都在议论。后来又听说路辛达也离家外出，离开了这个城镇，因为人们找遍全城，都没有找到她。她父母亲急得像掉了魂一般，不知怎样才能找到她。我知道这个消息后，心里又燃起了希望之火，认为我这件事还有挽救的余地。我虽然没有见到堂费尔南多，但总比见到他已结了婚要好一些。我想，上帝没有让他办成第二次婚事，目的也许是想让他认清他对第一次婚姻承担着义务；还想让他明白，他是个基督徒，拯救灵魂的事应该比肉体上的享受更重要。我就这样想入非非，进行着毫无结果的自我安慰。我编出种种理由，给自己鼓劲，让早已厌倦的人生得到一点快意。我在那座城镇里找不到堂费尔南多，正不知怎么办时，听到有人当众发布告示，说谁找到了我，就能得到一大笔酬金，发布告示的人还说出我的年龄，身上穿的衣服和其他方面的特征。我还听人说，我是被那个陪我来城镇的小伙子从家里拐走的。这个消息实在让我伤心，这表明，我已声名狼藉，因为我离家出走已不光彩，又加上跟人私奔，还跟了一个这么低贱，根本不值得我依恋的人出走，事情不是更严重了。我听到这个告示时，正好同我家的用人走出城镇。这个用人这时已不像开始时他承诺的那样忠心耿耿了。当天夜里我们怕被家里人找到，就来到这座大山的密林深处。常言道，祸不单行，又说，一个灾难的结束，常常是另一个更大的灾难的开始。我的情况正是这样。这个到那时为止还是忠实可靠的仆人,见我单身一人在那荒山野林里,便想沾点便宜。这实在是他兽性发作,并不是我的美貌引诱了他。他不顾羞耻,也不怕上帝,更不尊重我这个女主人,竟来向我求欢。他见我对他的无耻行径进行了严厉的驳斥,便不再向我央求,开始使用暴力。幸好苍天是公正的,总是在庇护着正直善良的人们,我的情况也不例外。我力气虽小,但竟然没有费多大的劲儿,就将他推下悬崖。我离开那儿时,还不知他是死是活呢。之后,我虽然又怕又累,居然还健步如飞,很快地来到了这座大山里。我来这儿的目的就是想躲藏起来,免得让我父亲和他派来的人见到我。我怀着这个目的进山已经有好几个月了。一次,遇到一个牧场主,他雇用了我,将我带到深山的山坳里。此后,我就成了他雇用的羊倌。我想长期待在乡下,免得让人见到我这一头长发。刚才就是由于这头长发,无意中露出了我的本来面目。我虽经过乔装打扮,平时又十分小心谨慎,但还是露了马脚。我主人发现我不是男孩,就产生了和我仆人一样的坏念头。一个人遭了难,不一定都会遇到好运,这次我就没有像上次对付那个用人那样遇到悬崖峭壁,好将我的主人一把推下去。我觉得与其与他较量一番力气或向他跪地求饶,倒不如离开他,重新躲进这座大山里。我就这样来到这里,准备找个安身的地方,没有人会来打扰我,可以自由自在地叹气,流泪,祈求老天爷可怜可怜我这个苦命人,给我智慧和帮助,以摆脱眼下的困境。否则,就让我在这荒山野岭里一死了事,免得让我老家里的人和外地的人对我这个本无任何过失的女孩子说三道四。就让人们把我给忘了吧。”

第二十九章

叙述怎样使用妙计，使我们这个情长意深的骑士不再进行最严厉的赎罪自责。

“先生们,刚才讲的就是我的悲惨往事。现在请你们说一说,我该不该叹气,该不该抱怨,该不该流泪。你们只要想想我遭到了多大的不幸,便会明白,对我进行安慰已不起作用,因为事情已没有挽回的余地了。我只求你们办一件事,我想你们可以毫不费力地办好。请你们告诉我,在什么地方我可以用不到担惊受怕,能苦度光阴,因为我总怕家里派人来找人,会让他们发现。虽说我也明白,父母亲非常爱我,我回去定会受到他们的欢迎,但只要想到我与他们见面,在他们的眼中,已不像过去那么老实了,我就会羞得无地自容。我愿远走他乡,一辈子不见他们。”

说到这里,她不再往下说了,脸上泛出一片红晕,显然感到很难过,很羞惭。听她叙述往事的这几个人对她的不幸遭遇既同情,也感到惊异。神父正想安慰她几句,却给卡德尼奥抢了先,他说:

“这么说,小姐,你就是富翁克雷纳尔多的独生女,美丽的多罗脱奥了。”

听到对方提起自己父亲的名字,又见这个人一副寒酸相(上文已经提到,卡德尼奥衣衫褴褛),多罗脱奥倍感诧异。她问道:

“兄弟,你是谁,怎么会知道我父亲的名字?如果我没有记错的话,我刚才叙述自己苦难的经历时,没有提到过他的名字。”

“小姐,”卡德尼奥说,“我就是你刚才讲到的那个苦命人——路辛达的未婚夫,也就是那个倒霉的卡德尼奥。使你落到眼下这个境地的那个人,也把我弄成你眼中见到的这个样子:衣服破烂,难以遮身,失去了人间的温暖。

更糟糕的是失去了理智，只在老天爷允许的短暂时刻内神志还较清醒。多罗脱奥，堂费尔南多胡作非为的时候我确实在场，我也亲耳听到路辛达说，‘我愿意’作他的妻子。我当时实在没有勇气看看路辛达昏厥后的结局，也没有继续观察在她胸口发现那张字条后结果怎样。不幸的事接二连三地到来，我真难以承受。后来我只好离开了路辛达的家。我留给寄放骡子的那家主人一封信，请他亲手交给路辛达，随后就来到这荒山野岭，准备在这儿结束自己的一生。从那时候起，我就万分痛恨自己的生命，将它看成自己不共戴天的仇敌。然而，命运并没有要我丧命，只让我丧失了理智，留了我这条命也许就让我今天有幸与你相识。你刚才讲的，我相信都是实情，也许就在我们自以为满是厄运的这些事情里，苍天还让我们交点好运呢。路辛达本是我的，她不会嫁给堂费尔南多；他应是你的丈夫，自然也不能娶她。路辛达既然已经明确地表了态，我们完全可以指望，苍天将原本属于我们的东西还给我们。分属于你我的这些东西还完好无损地保留着呢。我这个想法并不是虚无缥缈的幻想，也不是凭空臆造，因此，小姐，请你改变原来的想法，另作打算吧；我也要改变自己的想法，另找出路了。让我们等待着好运的到来吧。我以绅士和基督徒的名义向你起誓，我一定要保护你，直到你见到了堂费尔南多。那时，我如果难以用言语劝他承担对你应尽的义务，那我就要行使一个绅士应该享受的权利，理直气壮地因他对你的胡作非为而向他提出挑战。为了替你报仇伸冤，我自己的冤屈只好请上苍代为昭雪了。”

听了卡德尼奥的这番话，多罗脱奥对他非常钦佩。他慷慨陈词，愿为自己效劳，真不知如何对他表示谢意。她很想趴下去吻他的脚，但卡德尼奥不同意。这时，神父说出了他们俩想说的话。他首先对卡德尼奥说的这番合情合理的话表示赞赏。接着他请求并劝说他们俩跟自己一起上他村子里去。到那里后，他们缺少些什么，都可以添足补齐。同时，还可以考虑怎样去寻找堂费尔南多，怎样将多罗脱奥送还给她父母，他们认为该办的别的事，也可以着手去办。卡德尼奥和多罗脱奥对此深表感谢，并接受了神父的建议。一直聚精会神地倾听他们讲话的理发师也说了一番很动听的话，他和神父一样表示要尽力为他们效劳。

接着，理发师就约略地向卡德尼奥和多罗脱奥说了说他们来这里的原因，还谈了谈堂吉诃德那罕见的疯病；又说他们是在等候堂吉诃德的侍从，他已进山去寻找他主人了。卡德尼奥像梦幻般模模糊糊地回忆起他曾和堂吉诃德打过架。他把这件事对大家讲了,只是他已忘记打架的原因了。

这时,他们听到有人在叫唤,听出这是桑丘的声音。原来桑丘到刚才与他们分手的地方去找他们,结果没有找到,就大声呼叫起来。他们过来与桑丘见面,并询问堂吉诃德的情况。桑丘说,他见堂吉诃德只穿一件衬衣,骨瘦如柴,面色蜡黄,都快饿死了,却还在为他的杜尔西内娅小姐长吁短叹。桑丘又说他已告诉自己主人,杜尔西内娅小姐叫他离开那里,上托波索去见她,她在那儿等候他。可是堂吉诃德回答说,他决心在那儿干出一番大事来,以博得美人儿的青睐,到那时再去见她。桑丘说,如果让他主人这样下去,皇帝恐怕是做不成了,就是当大主教也难。不过,他当不了皇帝,大主教总得设法当上吧。为此,桑丘请神父他们想想办法,让堂吉诃德离开那儿。

神父叫桑丘不要着急,他们一定会让堂吉诃德离开那儿的,不管他会多么不高兴。接着,他便将他们早已想好的解救堂吉诃德的办法告诉卡德尼奥和多罗脱奥,他认为用这个办法起码可以将他送回家去。多罗脱奥听了,说让自己来扮演落难女子这个角色比理发师更合适。再说,她还有现成的服装,穿戴起来一定惟妙惟肖。多罗脱奥还说,她读过许多骑士书,对落难女子如何向游侠骑士求助这套程式了如指掌。她请他们允许她扮演这个角色,她一定会很好地理会他们的意图的。

“这么说来,万事齐备,下面就是怎么动手干的问题了。看来,这次我们一定会交好运的,”神父说,“对你们两位来说,这次出人意料地发现了自己的事还有办法补救;而我们该办的这件事也顺利得多了。”

多罗脱奥立即从她的枕套里取出一条用上好衣料做成的连衣裙和一件精致的绿色斗篷,又从一只首饰匣中取出一根项链和其他首饰。转瞬间她就将自己装扮成一个雍容华贵的小姐。她说,她从家里带来这些东西,本来准备在需要时加以使用,可一直没有机会发挥它们的作用。众人见她这般活泼可爱,面貌姣美,都从心底里喜欢她,还认为堂费尔南多抛弃了这么漂亮的姑娘,实在是有眼无珠。可是,对她最倾倒的还数桑丘·潘沙,因为他一辈子都没有见过这么俊俏的姑娘(他确实没有见过),为此,他急切地询问神父,这漂亮的小姐是谁,为什么到这荒僻的地方来。

“桑丘兄弟,这个漂亮的姑娘你可别小瞧她,她是米科米公大王国王位的嫡派继承人，她是来求助你主人的。她受到一个凶恶的巨人的欺侮，想请你主人替她报仇雪耻。你主人是名闻全球的优秀骑士，这位公主慕名特地从几内亚赶来找他的。”

“找得好，碰见得妙，”桑丘·潘沙听了说，“如果我主人有幸杀了您刚才说的这个婊子养的巨人，报了这个仇，雪了这个耻，那就更妙了。只要那个巨人不是鬼怪，我主人如果遇上了他准能杀死他。如果碰上鬼怪，我主人就一点办法也没有了。硕士先生，我有件事情想请您帮忙，请您劝我主人快与这位公主结婚，这样，他就不会去当大主教了，而我就怕他会这样做。他结了婚就不必去当大主教了，可以轻而易举地当上皇帝，我也可以实现自己的愿望了。这件事我已作过细细的估量。我认为，我主人当大主教对我不利，因为我已结婚，不能在教堂里做事；我有老婆、孩子，如想领取教堂的工钱，还要得到特别许可，这太麻烦了。因此，先生，问题的关键就得劝我主人尽快与这位小姐结婚。这位小姐至今我还不知她的芳名，所以，就只好这么称呼她了。”

“她叫米科米科娜公主，”神父说，“由于她的王国叫米科米公王国，她这么称呼是顺理成章的事了。”

“没有错儿，”桑丘说，“我发现有许多人拿自己的故乡的名称作自己的姓氏，如有的人叫佩德罗·德·阿尔卡拉，有的人叫胡安·德·乌贝达，还有的人叫迭哥·德·巴利阿多里德。想必在几内亚情况也是这样的，王后就以她的王国命名。”

“我想应该是这样的，”神父说，“关于你主人的婚事，我一定尽力而为。”

桑丘听了非常满意，而神父对他头脑的简单也感到十分惊讶——他居然对自己主人的胡说八道完全信以为真，认为堂吉诃德肯定能当皇帝。

这时，多罗脱奥已骑上神父的骡子，理发师则戴上了用牛尾巴改制的胡子。他们请桑丘领他们到堂吉诃德那儿去，还叮嘱他，千万不能说自己认识神父和理发师，因为他主人能不能当皇帝，关键就在于他不说自己认识他们。神父和卡德尼奥不想与他们同行，后者因和堂吉诃德打过架，怕他会回想起这件往事；前者认为暂时还不必到场，所以两人就让其他人先走，他们在后面缓步跟随。临行前，神父对多罗脱奥该怎么行事作了一番叮咛。她叫神父放心,这件事她一定会根据骑士小说描述的那样去办,保证分毫不差。

多罗脱奥一行数人走了约四分之三西班牙里路程,就见堂吉诃德站在乱石堆里。这时,他已穿上衣裤,但没有戴铠甲。多罗脱奥一见,桑丘就对她说,此人就是堂吉诃德。她给自己的坐骑抽了几鞭,向前跑去;一脸大胡子的理发师紧紧地跟随着她。两人来到堂吉诃德的跟前,扮演侍从的理发师跳下骡子,过去抱扶多罗脱奥下骡。她轻轻巧巧地下了骡子,来到堂吉诃德面前,双膝跪地。尽管堂吉诃德竭力想扶她起来,她还是不肯起来。她说:

"勇武的骑士,我是天底下最伤心最受屈辱的姑娘。我求您一件事,希望您慷慨相助。这不但对我有好处,也能大大提高您的声望和荣誉。我现在要跪到您答应我这个请求时才起来。我是个身遭厄运的人,这次远道慕名而来,求您救苦救难。如果您的勇力果然名实相符,就应该义不容辞,救我脱离苦海。"

"美丽的小姐,您如果不起来,我就不回答您的问话,也不听您说话。"

"先生,您如果不答应我的请求,"遭了难的女孩子说,"我决不起来。"

"只要您这个请求不损害我的国王和我的国家,不损害主宰我心灵和自由的那位小姐,我一定答应您的请求。"

"我的先生,您说的这些都不会受到损害。"满怀忧伤的姑娘说。

这时,桑丘·潘沙来到他主人的身边,对着他的耳朵轻声地说:

"老爷,她的请求没有什么了不起的,您只管答应好了。她只是请您去杀个巨人罢了,而向您求援的是高贵的米科米科娜公主,是埃塞俄比亚米科米公大王国的女王。"

"不管她是谁,"堂吉诃德说,"我定要尽到自己的责任。办事总要凭自己的良心,遵循自己奉行的准则。"

说完,他回过头来,对姑娘说:

"美貌绝伦的小姐请起来,您要我办的事我一定照办。"

"那我就把求您办的事告诉您,"姑娘说,"有个背信弃义的家伙,胡作非为,篡夺了我的王国。我请您随我一起回去,还请您答应我,在为我复仇前,您不再从事别的冒险事业,也不对别人作任何承诺。"

“我再说一遍，我答应您的请求，”堂吉诃德说，“小姐，从今以后，您可以抛开烦恼了。您可以振作精神，不要再悲观失望。在上帝和我这双铁臂的帮助下，您很快就可以恢复王位，重新登上您那古老而伟大的国家的王座。那些流氓无赖要反对您，就叫他们完蛋。我们就着手干吧，常言道，办事不干练，常会冒风险。”

那位遭了难的年轻女子千方百计想吻一吻他的手，可是堂吉诃德在各个方面都非常谦逊，是个彬彬有礼的骑士，怎么说他也不答应。他将她从地上扶起，十分谦恭有礼地对她拥抱了一下，接着，他就叫桑丘检查一下罗西纳特的肚带，并吩咐桑丘立即给他戴上盔甲。当时堂吉诃德的盔甲像战利品一样挂在树上。桑丘从树上取了下来，又查看了一下马的肚带，迅速为他主人披挂停当。堂吉诃德见自己披挂整齐，便说：

“我们以上帝的名义，离开此地，为这位贵公主出力去吧。”

理发师这时还跪在地上。他费了好大的劲，才忍住笑，没有让假胡子掉下来。这胡子一掉下地，他们这条妙计就失败了。他见堂吉诃德已答应请求，并卖力地着手完成这项使命，便从地上站起，一手扶着他的女主人，与堂吉诃德一起，扶她骑上骡子。堂吉诃德随即骑上罗西纳特，理发师也骑上他的坐骑，只有桑丘步行。没有坐骑，桑丘触景生情，又想起了他那头驴子。不过，他心里还是乐滋滋的，因为他主人已经上路，很快就要当上皇帝了。毫无疑问，他主人会考虑与那位公主结婚的。这样一来，他主人起码是个米科米公王国的国王了。桑丘想到这个王国是在黑人的土地上，他封地上的子民一定也都是些黑人，心里就有些不痛快。但他很快就想出一个妙法，他自言自语地说道：

“我封地上的老百姓是黑人，这有什么关系？我可以将他们装上船，运到西班牙，然后把他们卖掉，可以得到一笔现金。拿这笔钱，我可以为自己买个爵位或官职，这样，我不就可以安度晚年了吗？不行吧，你还是睡你的大觉吧，你没有本领，没有办法做好这方面的事情，你能转眼间卖掉几万个老百姓吗？哼，我一定要将他们很快地脱手，不管是大人、孩子，还是别的什么人，随他们有多黑，我一定要将他们换成黄白二物①。你们等着瞧吧，我

① 指黄金和白银。

会装疯卖傻的！”

他就这样一边走，一边打着如意算盘，把徒步旅行的辛劳都抛在脑后了。

这时，神父和卡德尼奥正站立在一个荆棘丛生的地方瞧着他们，眼见对方已快到跟前，就是不知怎样迎上去与他们合在一起。神父头脑灵光，很快就想出一个妙法。他从随身带的一个套子里取出一把剪刀，动作非常麻利地剪掉了卡德尼奥的胡子，又将自己身上穿的一件灰褐色的外套给他穿上，还给了他一件黑色的披风，自己只穿一件紧身上衣和短裤。卡德尼奥的模样已完全判若两人，这时他如拿面镜子来照照，一定认不得自己了。在他们俩进行化装的这段时间里，堂吉诃德一行数人已走到前面去了。只是山路高低不平，荆棘丛生，骑马还不如步行快，因此，神父他俩反而先于他们走上大道。他们踏上平原时，就在山口见堂吉诃德和他的同伴们从山里走来。神父将堂吉诃德仔细地端详了一番，装作试图将他认出来的样子。过了好一会儿，他才张开双臂，大声地说：

“见到您真高兴，您这面骑士道的镜子，我的好乡亲堂吉诃德·德·拉曼却！您是绅士中的精英，穷苦人的靠山和救星。您也是游侠骑士的典范！”

说完，他就紧紧地抱着堂吉诃德左脚膝盖。堂吉诃德对此人的言行先是一惊，后来细细一看，才认出是神父。他很感意外，费了很大的劲准备下马，但神父不让他下来。堂吉诃德说：

“让我下来吧，硕士先生。我在马上，而像您这样受人尊敬的人却步行，实在太不像话。”

“我绝对不同意您下马，”神父说，“像您这样一个了不起的人应该骑马。我们这个时代许多轰轰烈烈的大事情，大冒险都是您骑着马干出来的。我呢，只是一名小小的神父。与您同行的这几位中如蒙哪一位不弃，让我骑在鞍后就行了。在我看来，骑在鞍后就像骑在贝加索①或骑在大名鼎鼎的摩尔人穆萨拉盖骑的那匹神奇的斑马上一样。这个摩尔人因中了魔法，至

---

① 希腊神话中的骏马。

今还被禁锢在离康布鲁托城①不远的苏雷玛大山下呢。"

"硕士先生,即使这样,我也不能同意,"堂吉诃德说,"我知道,我们这位公主会给我点面子,她会叫他的侍从将他的骡子让给你骑,如果骡子驮得动的话,他自己骑在鞍后。"

"我看骡子能驮得动,"公主说,"另外,我想这件事也用不到去吩咐我的这位侍从先生了。他为人很有礼貌,也很懂道理,明明有骡子骑,却让一位神父步行,这点他肯定不会同意的。"

"公主说得很对。"理发师说。

他立即从骡子上下来,请神父骑上。神父不再推让,骑上骡背。这骡子原是租来的,理发师一骑上它的臀部,它立即扬起后腿,往上踢了两下。这真是一头狡猾的骡子,它这两下如果踢在尼古拉斯师傅的胸口上,或脑袋上,他一定会认为这次出门找堂吉诃德倒了大霉了。骡子虽没有踢着他,却把他给吓得从骡子屁股上跌了下来,一不小心,那一副假胡子也掉在地上。理发师见胡子落地,没办法只好赶紧拿双手捂住脸,声称这一跤将他的大牙跌掉好几颗。堂吉诃德见这个侍从的一大把胡子全都脱离了他的下巴颏儿,却未见流血,更没有听他哼一声痛,便说:

"真是见鬼了,世界上哪有这般奇事!他的胡子仿佛有意拔下来似的,一下子全都掉下来了。"

神父生怕自己的妙计给识破,赶紧捡起胡子,来到躺在地上哼哼着的尼古拉斯师傅身边,扶起他的脑袋,让他依偎在自己的怀里,迅速给他安上了胡子。然后,口中念念有词,说这是专门用来安上胡子的咒语,结果如何,他们一会儿就会看到。说完,他就走到一边。那侍从又像原来那样满面长须,完好无损。堂吉诃德见了,异常惊奇,他请求神父有空将这咒语教给自己。他认为,这咒语除了能安上胡须外,一定还有别的用处。因为胡须拔下时,皮肉一定会受损,现在的情况是,不但胡子给安上了,皮肉的损伤也给治好了。

"您说的一点也不错。"神父说。他答应一有空就把咒语教给他。

神父和另外两人商定,在去客店的两西班牙里路程中,他们轮着骑骡

① 即塞万提斯的故乡阿尔卡拉-德埃纳雷斯。

子。神父先骑，随后，另外两人轮流着骑。这时，骑在牲口上的有堂吉诃德、公主和神父等三人，另外三人——卡德尼奥、桑丘·潘沙和理发师步行。堂吉诃德对那个姑娘说：

“伟大的公主，您愿意上哪儿，就带我们去哪儿吧。”

公主还没有回答，神父抢先说：

“公主，您打算领我们去哪一个王国呢？是去米科米公王国吧。准没有错，否则，我对这些王国就知道得太少了。”

姑娘生来乖巧，她立即明白，这时应该作肯定的答复，于是她说：

“是的，先生，我是去这个国家。”

“如果是这样，”神父说，“那我们一定会路过我的故乡，然后您再去卡塔赫纳。到了那儿，如果一切顺利的话，您可以坐船。要是顺风，又没有风暴，海上风平浪静，不到九年时间，您就可以望见梅奥纳湖，也就是梅奥蒂特斯湖了。再走一百多天，就可以到公主的国土了。”

“先生，您错了，”公主说，“我离开那里还不到两年。虽然一路上并不顺利，但我还是见到了我久仰的堂吉诃德·德·拉曼却先生。我一踩上西班牙国土，就听到了他的大名，决定前来找他，请求他为我作主，仰仗他战无不胜的勇力为我复仇，伸张正义。”

“好了，请别再夸奖我了，”堂吉诃德打断她说，“我这个人什么恭维话都不爱听，您刚才虽没有讨好我的意思，但我听起来仍很刺耳。公主，我要说的只有一句话，不管我有没有勇力，不管我的勇力有多大，我一定全力以赴为您效劳，直到生命终结。这件事到时再谈吧，现在请硕士先生对我说说，为什么单独一人，不带随从来到这儿，而且衣衫这么单薄，真令我吃惊。”

“我简要地说说我为什么会来这儿吧，”神父说，“堂吉诃德先生，我和我们的朋友——理发师尼古拉斯师傅来塞维利亚取汇款的。这钱是我早年去美洲的一个亲戚寄来的。这笔款数目不小，有六万多比索①。由于这批银元成色足，实际价值正好翻一番。我们带着这批钱来到这儿，遇上四个盗匪，将我们身上的东西全都抢走，连胡子都没有留下。没有了胡子，理发师只好戴上了假胡须了。”说完，他指了指卡德尼奥又说：“这个年轻人的模样

① 美洲西班牙殖民地流通的银币。

也给这批强盗弄得完全变了。有意思的是，近来这一带的人都在传说，抢我们财物的这几个盗贼原来是几名苦役犯。听说不久前，几乎就在同一个地方，有个骁勇无比的人，战胜了押送犯人的公差和头目，将这些苦役犯给放了。看来此人头脑准是有病，否则，就像那群囚徒一样是个大坏蛋，也可能是个没有心眼没有良心的人。因为他这样做，无异于将狼放入羊群，将狐狸放入鸡窝，将苍蝇放到蜂蜜里去。他这样做助长了歪风邪气，违反了国王和上帝的意愿，与国家公正的法令相对抗。他这么干也等于给海船砍去了双脚①，使清闲了多年的神圣友爱团又忙乱起来。总之，他干了一件既断送了自己的名声，又得不到实际好处的事情。”

原来桑丘已经对神父和理发师说过，他主人释放了一批苦役犯，感到非常光荣。因此神父有意谈到这件事，看看堂吉诃德会做出什么反应。堂吉诃德听着神父的话，脸色一会儿红，一会儿白，就是不敢承认是自己释放了那批囚犯。

“我们的钱财就是这些家伙抢走的，”神父说，“愿上帝大发慈悲，饶恕那个不让他们去受该受的惩罚的人吧。”

① 当时的囚犯在海船上用双脚划桨。

第三十章

叙述美丽的多罗脱奥的机智以及其他许多有趣的事情。

神父的话还没有说完，桑丘便接着说：

“硕士先生，说句真话，这件了不起的事情是我主人干的，而且，我事先不是没有提醒过他。我对他说，干这件事可得好好考虑，因为那批人个个都是大坏蛋，放了他们是犯法的。”

“你这个蠢才，”堂吉诃德训斥他说，“游侠骑士见到身遭大难，带着锁链，受到压迫的人，用不到去查究他们是犯了罪还是遭了冤才落到这个地步；这些人有困难，游侠骑士就应该去帮助他们。游侠骑士只注意他们遭到的苦难，对他们干的坏事并不在意。当时遇到了像念珠一样被锁链串在一起的一大批垂头丧气的落难人，我按照本骑士道的规矩打发他们走了，以后发生了什么，我就不知道了。除了德高望重的硕士先生，凡是认为我干错了的人，我看都是些对骑士道一无所知的外行！都是些婊子养的，出身下贱的人！他们尽会胡说八道，信口雌黄，我定要拿这柄剑去教训教训他们！”

他一面说，一面在马鞍上坐稳了身子，戴上了头盔。他当作曼布利诺头盔的那只理发师的脸盆一直挂在马鞍架的前部，上次给苦役犯砸烂了，等修理好了才能用。

多罗脱奥聪明机智，也很风趣。她早知道堂吉诃德神经不正常，除桑丘·潘沙外，大伙儿都在嘲弄他。她也不甘示弱，见堂吉诃德气成这样，就对他说：

“骑士先生，请别忘了您刚才对我作的承诺啊。根据您刚才说的，您不能再卷进另一件险事中去了，不管这件险事有多紧急都不行。请您息怒吧，硕士先生要是早知这些苦役犯是您这条战无不胜的铁臂放走的，他一定会将自己的嘴唇缝上三针，甚至会将舌头咬上三次，免得说出冒犯您的话来。"

"我可以起誓，我一定会这样做的，"神父说，"即使再割去我的胡须，我也情愿。"

"公主，这件事我不再说了，"堂吉诃德说，"我会将胸中燃起的怒火压下去的。我一定要平心静气地办好答应过您的那件事。不过，我既一心为您效劳，您如果没有不便，我请您告诉我，您到底遭了什么难？我该找谁去报仇雪耻？他们是些什么人？有多少人？"

"只要您听了我不幸的往事不觉得厌烦，"多罗脱奥说，"我很愿意讲给您听。"

"公主，我不会厌烦的。"堂吉诃德说。

"那就请诸位听我讲吧。"多罗脱奥说。

她话音未落，卡德尼奥、理发师立即站到了她的身边，他们很想听听聪明机灵的多罗脱奥怎样编造自己的故事。与他主人一样，对这位姑娘的真情实况一无所知的桑丘也凑了过去。她在骡鞍上坐稳了身躯，咳了几声，清了清嗓子，便娓娓动听地说了起来。

"首先，我要告诉诸位先生，我的名字叫……"

说到这儿，她停了一下，因为她忘记了神父给她起的名字。神父立即明白她的难处，马上接过话去说：

"公主啊，您讲起自己不幸的往事顿住了，这不足为怪，因为这些事情常常会使遭难的人失去记忆，有时甚至连自己的名字也记不得了，就像您刚才这样，忘记自己叫米科米科娜公主了。您是大米科米公王国的合法继承人，我这么一提醒，您记忆力虽然受损，但总可以把想说的话想起来了吧。"

"是这样的，"公主说，"我想往后用不到您再提醒我了吧，我一定会把这个真实的故事顺顺利利地讲完。我父王名叫智者蒂纳克里奥，他精通巫术。根据这门学问，他获悉我母后哈拉米娅要比他早死；随后不久，他自己也要离开人世。这样，我就成了没爹没娘的孤儿了。父王说，这件事虽让他担心，但还有一件事更使他着急。有一个名叫斜愣眼潘达菲兰多的硕大无比的巨人，是和我国接壤的一个大岛的岛主。据说此人的一双眼睛虽然长得还算端正，但看起东西来，两个眼珠就像斗鸡眼一样对着，叫人看了就害怕,显得无比凶狠。原来父王已算准这个巨人知道我父母去世后,一定会统率大军入侵,占领我整个王国,连安身的小村子也不给我留一个。不过,我若嫁给他,就不会遭到这场灾难了。父王认为,对这样一门不相配的亲事我是绝对不会同意的。他说的一点不错,我从来也没有想过会和那个巨人结婚。那些巨人,无论长得多高多大,我都不嫁。父王还说,他去世后,我如见到潘达菲兰多入侵我国,千万不要抵抗,因为这样做只会毁了自己。如果想让我那些善良的忠心耿耿的臣民不被全部歼灭,我应该让这个巨人长驱直入,占领国土,因为这个巨人力大无比,我们根本不是他的对手。父王说,离开国土后,我带几个侍从到西班牙去,在那儿我会遇到一个名震全国的游侠骑士,他会帮我脱离苦难。如果我没有记错的话,这位骑士的名字是堂阿索德,也可能叫堂希诃德①。"

"他恐怕叫堂吉诃德吧,公主,"桑丘·潘沙插嘴说,"别名叫狼狈相骑士。"

"对,就是他,"多罗脱奥说,"我父王还说,这位骑士的个儿很高,脸庞瘦削,在他左肩下面靠右的一个部位,或者就在那个部位的附近,有一颗褐色痣,上面长了几根猪鬃般的毛。"

听到这里,堂吉诃德就对他的侍从说:

"你过来,桑丘,快帮我脱下衣服,我要看看那位先知先觉的国王预言的骑士是不是就是我。"

"您为什么要脱去衣服呢?"多罗脱奥问道。

"我想看看自己有没有您父亲说的这颗痣。"堂吉诃德回答说。

"您不用脱衣服了,"桑丘说,"我知道您脊梁骨中间有一颗那样的痣,这是身强力壮的标志。"

"这就得了,"多罗脱奥说,"朋友之间不必拘泥于区区小事,痣长在肩上还是长在脊梁骨上关系不大,只要有就行。反正是长在身上,在哪个部位并不要紧。毫无疑问,我圣明的父王全都言中了;而我前来求助于堂吉诃德先生,这步棋也走对了。他正是我父亲说的这位骑士,因为我父亲说的面部特征与这位骑士的面貌完全吻合。他的名气可大着呢,不仅在西班牙,就是

---

① 希诃德(Gigote),西班牙文的意思是绞肉。

在整个拉曼却都是赫赫有名的。我在奥苏纳[1]一下船，就听到人们在传诵这位骑士的诸多丰功伟绩，心里立即想到我要寻找的这位骑士就是他。”

“可是，我的公主，您怎么会在奥苏纳下船的呢？那儿又不是港口。”堂吉诃德问道。

还没有等多罗脱奥回答，神父便接过话去，说：

“公主的意思可能是，她在马拉加下船后，首次听到您事迹的地方是奥苏纳。”

“我想说的正是这个意思。”多罗脱奥说。

“这也是符合情理的，”神父说，“公主，请继续往下讲吧。”

“下面没有什么可讲的了，”多罗脱奥说，“反正我的运气不错，终于找到了堂吉诃德先生。我现在笃笃定定可以当我国的女王了，因为他对我十分客气，异常慷慨地答应我的请求，愿意去我带他去的任何地方。我只想带他去见斜愣眼潘达菲兰多，将这个巨人杀死，夺回他非法从我那儿侵占的疆土。这些事一定会遂我心愿的，因为我圣明的父亲智者蒂纳克里奥早已预言过了。他还用我看不懂的文字——迦勒底文，也可能是希腊文，写下了书面指示：他预言的那位骑士将巨人斩首后，如果有意娶我，我一定要毫不推辞地认他为合法丈夫，将我的王国连同我本人全都交付给他。”

“桑丘朋友，你听到了吗？你认为怎么样？”听到这里，堂吉诃德说道，“我不是对你说过的吗？你瞧，我们不是可以做王国的国王，女王的丈夫了吗？”

“这点我毫不怀疑，”桑丘说，“砍掉了潘达菲兰多先生的脑袋，还不和公主结婚，那他一定是个搞同性恋的家伙了。与女王结婚该有多好！但愿我床上的跳蚤都变成女王！”

说完，他便纵身跳了两跳，以示内心的喜悦。然后，过去拉住多罗脱奥那匹骡子的缰绳，对着她双膝跪下，请她伸出手来，让他吻一下，表示他已认她为王后和女主人了。见到主人的那股疯劲和侍从的那副蠢样，大伙儿无不捧腹不止。多罗脱奥真的伸出手来让他吻，还答应等老天帮忙，收复了国

---

① 多罗脱奥因为缺乏地理常识，将拉曼地区却说成大于西班牙，将内陆城市奥苏纳说成是港口。

土后，一定封他当大官。桑丘说了一番感激的言辞，再次引起人们一阵大笑。

“先生们，”多罗脱奥继续说，“这就是我的故事。现在还有一件事没有对你们说：我离开王国时带出来的一批随行人员眼下只剩下这个大胡子侍从了，其余的人在快到港口时，突然遇到一阵狂风暴雨，都被淹死了。我和侍从靠两块木板游到了岸边，这真是奇迹。也许你们已经注意到，我这一生充满着奇迹。刚才的故事，如果我讲得太罗嗦或不甚确切，那就像硕士先生在我开始讲故事时说的那样，都怪我接二连三遭了大灾大难，我的记忆力给毁了。”

“尊贵的公主，”堂吉诃德说，“我为您效劳，不管遭到什么样的大灾大难，我绝对不会忘记自己答应过的话。现在我再次重申我的诺言，我发誓要和您一起走到天涯海角，找到您那凶恶的仇敌。我想，靠上帝保佑，凭我这条铁臂，一定要砍下他那高昂的头颅，就用我那柄锋利的……我不能说用我那把宝剑，因为它让希内斯·德·帕萨蒙德给盗走了。”

后面这句话是轻轻地说给自己听的。接着，他又说：

“砍下了那个人的脑袋，让您稳稳地当上女王后，对您自己终身大事怎么处理，悉听尊便。因为我一心一意似醉如痴般爱着一位姑……我不想往下说了，反正我是不可能结婚的，连想也不想，就是和凤凰结婚也不想。”

听到他主人不想结婚，桑丘觉得太不像话了，不禁火冒三丈，大声地说：

“我敢赌咒起誓，堂吉诃德老爷，您真是糊涂极了。跟这么高贵的公主结婚，您怎么还会犹豫不决呢？您以为眼下这份好运气是随时随地可以捡到的吗？难道杜尔西内娅小姐会比公主更好看吗？不，肯定不，连一半都够不上。我甚至可以说，比起我们面前这位公主，她都不配给公主擦鞋呢。您想在海底捞月吗，我这个伯爵也就封不成了。结婚吧，快结婚吧，我只好请萨塔纳斯①来促成这门亲事了。白白地送到您手中的这个国王您就收下吧，您当国王，就封我当侯爵或总督。以后会发生什么事，我就管不了啦。”

堂吉诃德听到桑丘如此亵渎他的杜尔西内娅小姐，是可忍，孰不可忍。他立即举起那根长矛，既没有对桑丘说些什么，甚至连嘴也没有张一下，就

---

① 《圣经》中的魔鬼名。

猛击他两下，将他打翻在地。要不是多罗脱奥大声地叫他不要打了，他准会把桑丘活活打死的。

“你这个下贱的乡巴佬，”过了一会儿，堂吉诃德说，“你以为我会老是让你这么忘乎所以吗？你老是犯错误，难道我总会原谅你吗？别打错了算盘，你这个该逐出教门的无赖！你就是这样的无赖，因为你诋毁了举世无比的杜尔西内娅。你这个下等人，庄稼汉，难道你不知道吗，如果不是她给了我勇气和力量，我这条胳膊恐怕连跳蚤都掐不死呢。你这个恶毒的诽谤者，你说吧，要不是杜尔西内娅给了我勇气和力量，用我这条铁臂创造了种种伟绩，又有谁去收复这王国的疆土？谁去砍下那巨人的脑袋？又有谁会封你作侯爵呢？在我看来，这些事情都等于已经办成了。你要明白，她通过我来厮杀，取胜；我靠她生存活命。有了她，才有我，才有我这个人。哼，你这个泼皮，婊子养的，你太忘恩负义了。我把你从泥腿子提拔上来，封了侯，当了官，你却恩将仇报，说恩人的坏话！”

桑丘的伤并不太重，主人的话他句句都听见了。他迅速地从地上爬起，躲到了多罗脱奥的坐骑后面，从那儿对主人说：

“老爷，请您告诉我，您如果打定主意不与这位高贵的公主结婚，那么，她的王国就不是您的了。在这样的情况下，您能给我什么封赏呢？我抱怨的就是这件事。眼下这位公主仿佛自天而降，您就娶了她吧。然后，您还可以去找杜尔西内娅小姐嘛。世界上有姘头的国王多的是。至于她俩谁长得好看，我不加评论。说句实在话，我认为她俩都长得挺好，尽管那位杜尔西内娅小姐我从来没有见过面。”

“怎么没有见过她的面呢？你这个胡言乱语没有良心的人！”堂吉诃德说，“你不是才从她那儿给我捎来一个口信吗？”

“我是说，我没有细细看她，”桑丘说，“因此，我看不出她哪儿长得美，哪个部位长得好看。不过。粗粗地看了一眼，觉得她很不错。”

“现在我原谅你了，”堂吉诃德说，“刚才我打了你两下，也请你原谅。都怪我一时心急，控制不住自己。”

“这我知道，”桑丘说，“我这个人也不会控制自己，心里想说什么，总憋不住，老是想说出来。”

“话又得说回来，桑丘，”堂吉诃德说，“你说话还得多留点神，因为‘水罐一次次提到井边……'①下面的半句我就不说了。"

"那好吧,"桑丘说,"上帝在天上,洞察一切。我刚才说错了话,您办错了事,我们俩谁更坏,请上帝来评判吧。"

"别说了,桑丘,"多罗脱奥说,"快过去吻你主人的手,请他原谅你吧。从今以后,你无论是称赞人还是骂人,都得当心点儿,可不能说那位托波索小姐的坏话。这位小姐我不认识,不过,我一定要听命于她。你应该相信,上帝会保佑你,一定会给你封个爵位,让你日子过得像王爷一样。"

桑丘垂着脑袋,来到主人身边,请他伸出手来。堂吉诃德平心静气地把手伸给他。桑丘吻了吻他的手后,堂吉诃德便为他祝福,并叫他朝前走几步,说有话要问他,有要紧事情要和他谈。桑丘和堂吉诃德离开了众人。堂吉诃德说:

"自从你回来后,我一直没有机会也没有时间跟你打听有关你来回捎信的情况。眼下有了这个机会和时间,务必要把你带来的好消息告诉我。"

"您想问什么事情,请问吧,"桑丘说,"反正我能钻进去,总有办法跑出来。不过,我的老爷,我求您往后报复心不能太重。"

"桑丘,你为什么要这样说呢?"堂吉诃德问道。

"我这样说的原因是这样的,"桑丘回答说,"你刚才打了我两下,主要不是因为我说了杜尔西内娅小姐的坏话,根子还在那天夜里魔鬼在我们之间挑起的那场争吵②。对杜尔西内娅小姐我像爱古董一样敬爱她。当然,这只是由于她是您的人,并不是说,她真像古董。"

"桑丘,你千万别重提那些话儿了,"堂吉诃德说,"我听了心里不高兴。这件事我当初就已经原谅你了。你该明白,常言道,'犯了新罪,重新忏悔!'"

他俩正说着话③,见到迎面有人骑一匹驴子走过来。走到跟前,众人都以为他是个吉卜赛人。桑丘只要一见驴子,两只眼睛就会死死地盯住不放。这会儿一见来人,就认出他就是希内斯·德·帕萨蒙德。由这条线索入手,

---

① 西班牙谚语:"水罐常常提到井边,总有一天会砸碎。"

② 指上文二十章桑丘为捶布机的事戏弄了他主人。

③ 从这儿开始,到下文桑丘向堂吉诃德表示感谢为止,这四段文字是作者在《堂吉诃德》第二版时添上的。

他推测那匹驴子一定是自己的。情况确实是这样。帕萨蒙德骑来的正是桑丘的那头灰驴。希内斯为了防止人们将自己认出，也为了便于出卖驴子，化装成吉卜赛人。他会说吉卜赛语，和其他若干种语言，说得和当地人一样流利。桑丘见到他，并认出他后，就大声地说：

“喂，希内斯，你这个贼！快留下我的宝贝，还我的命根子！快留下我的驴子，这是我的珍宝！滚开，你这个婊子养的！快离开这儿，你这个盗贼！还我驴子，别打扰我，让我好好休息！”

其实桑丘用不到说这么多，也不必臭骂一通，因为希内斯一听到他的声音，立即下驴飞跑，转眼间就在人们的视线中消失了。桑丘来到他灰驴的身边，抱着它说：

“我的宝贝，像我眼珠那么珍贵的灰驴儿啊，我的伙伴，这些日子你过得怎么样？”

他一面说，一面对驴子像人一样，又是亲吻，又是爱抚。驴子静静地任他亲吻、抚摸，没有发出声音。众人都过来向桑丘道喜，祝贺他重新得到了灰驴。堂吉诃德尤其高兴，他说，尽管桑丘喜获灰驴，他答应给桑丘三头毛驴的凭据继续有效。

主仆俩进行交谈的同时，神父对多罗脱奥说，她真是个聪明机灵的姑娘，刚才的故事编得异常巧妙，既简明扼要，又和骑士书上讲的故事十分吻合。她说自己空闲时，常常读骑士小说消遣，只是她不知道各省的位置，也不知哪些是海港，因此，瞎估摸着，说自己在奥苏纳下的船。

“这点我能理解，”神父说，“因此，我就赶紧接过话题，给你补上了漏洞。凡是人们随意编造的故事，只要和骑士书上说的胡言乱语一个腔调，这位倒霉的绅士便立即信以为真，你说奇怪不奇怪？”

“真够古怪的，”卡德尼奥说，“像他疯成这样，从来没有见过。除非像他那样能胡思乱想，否则，他这种疯病想装恐怕也装不像。”

“还有一件怪事，”神父说，“只有触及他的病根，这位绅士才满口胡话，谈到其他方面的事情，他总是头头是道，思维非常清晰。因此，只要不谈骑士道方面的事情，谁都认为他是个见识高明的人。”

神父和卡德尼奥在进行交谈的同时，堂吉诃德也和桑丘在谈话。他说：

“潘沙朋友，上次我们吵架的事，就一笔勾销了。现在请你平心静气地对我说说,你是在什么地方,什么时候,怎样找到杜尔西内娅的?那时她在做什么?你对她说了什么话?她是怎么回答你的?她看我信的时候,脸部表情怎样?那封信是叫谁誊写的?总之,凡是你认为值得让我知道的事情,都原原本本地告诉我,既不要为博得我的欢心而添油加醋,胡诌乱编,更不要斩头去尾,隐瞒实情。"

"老爷,"桑丘回答道,"对你实话实说吧,这封信谁也没有给我誊写,因为我压根儿就没有带去。"

"你算说了一句真话,"堂吉诃德说,"因为我用来写信的那个记事本在你走了两天后,发现还在我身上。当时我真急坏了,我还以为你发现信不在身上,会回来取的。"

"我原本是要回来的,"桑丘说,"可是您给我念了那封信后,我不知怎的全都记在心里了。我就请了个教堂的司事作笔录,把那封信一句一句口授给他。他说,他这辈子看过许许多多关于开除教徒的命令,却从来也没有读到过像您那封信那样文笔优美的信件。"

"你还记得这封信的内容吗?"堂吉诃德问。

"记不得了,老爷,"桑丘回答说,"我请司事笔录后,觉得记在心里已没什么用处,就忘掉了。如果我还记得一点儿的话,那就是'真贵的'——不对,应该是'尊贵的小姐',结尾是'至死属于你的狼狈相骑士'。在开头和结尾之间我口授了三百多个'灵魂'呀,'生命'呀和'我的眼睛'之类的字眼。"

第三十一章

叙述堂吉诃德和桑丘·潘沙进行兴味盎然的谈话及其他事情。

“你刚才说的这些我觉得还不错,继续讲下去吧,”堂吉诃德说,“你到了那儿后,那位倾国倾城的美女在干什么呢?你准是见她在替我这个拜倒在她脚下的骑士穿着珍珠,或者在用金线刺绣吧?”

“不是的,”桑丘说,“她正在自家的后院筛麦子,一共筛了两法内格①。”

“你该明白,”堂吉诃德说,“麦粒一过她的手,就变成一粒粒珍珠了。朋友,你看见那麦子了吗?是白的还是黑的?”

“是黄的。”桑丘回答说。

“那我可以向你保证,”堂吉诃德说,“经她筛过的麦子,做出的面包一定是很白的。继续往下讲吧。你把信交给她时,她吻了信没有?有没有把信放在脑袋上②?她有没有举行过什么仪式,来迎接我那封信?总之,她究竟做了些什么?”

“我给她信的时候,”桑丘说,“她一门心思正在筛麦子,筛子上盛了许多麦子。她对我说,‘朋友,请你把信放在那个麻袋上吧,眼下我没时间看,要等筛完麦子才有时间。’”

“真是一位小心谨慎的小姐,”堂吉诃德说,“她是想慢慢地看,细细地品味。再讲下去吧。桑丘,她一边干活,一边对你说些什么呢?跟你打听过

---

① 量谷物的单位,一法内格约等于五十五升半。

② 当时西班牙人的习俗,凡是接到有身份的人的来信,在开启前,放到头顶上,以示尊敬。

我的情况吗？你是怎么说的？快把经过原原本本、点滴不漏地告诉我。”

“她什么也没有打听，”桑丘回答说，“倒是我对她说，您正在为她进行苦修苦炼。光着上半身，像野人一样躲在深山里，夜里睡在地上，吃饭不铺台布，胡子也不梳理，一个劲儿地哭泣，诅咒着自己的命运。”

“你说我在诅咒自己的命运，说错了，”堂吉诃德说，“恰恰相反，我是在赞赏自己的命运。我要赞赏一辈子呢。因为我能爱上像杜尔西内娅·德尔·托波索这样一位高贵的小姐。”

“她确实长得很高，”桑丘说，“说真的，她比我还高一拃呢。”

“怎么，桑丘，”堂吉诃德说，“你还跟她比过身高吗？”

“是这样的，”桑丘说，“当时我帮她将一袋麦子抬上驴背。我俩挨得很近，我发现她比我高一大巴掌还多呢。”

“是啊，”堂吉诃德说，“她既然长得这么高大，一定也有数不清的美德。桑丘，有一件事你是无法否定的；你挨近她时，一定闻到一股萨瓦[①]味儿吧？这是一种芳香，一种难以名状的芬芳，像是出售名贵的手套店里散发出来的气味。”

“我只闻到一股男人的气味，”桑丘说，“准是她活儿干得多，出了汗，有点汗臭味儿。”

“不是这么一回事吧，”堂吉诃德说，“可能是你感冒了，也可能是你闻到自己身上的汗臭味儿了。我非常熟悉那种像带刺的野玫瑰、野百合花和像溶解了的龙涎香的气味。”

“也有可能吧，”桑丘说，“从我自己身上常常闻到这种气味。当时，我就以为是从杜尔西内娅小姐玉体上散发出来的。其实这也不足为奇，魔鬼彼此都很相似嘛。”

“好吧，”堂吉诃德说，“她筛完麦子，将麦子送到磨坊去了。那么，她在看信时，表情怎样呢？”

“她没有看信，”桑丘说，“因为她说自己是个文盲。她拿起信来就撕，撕成许多碎片，说自己不想让别人看到这封信，免得村里人了解她的隐私。她只叫我口头上对她说说您对她的一片深情，以及您为她进行的非同寻常

---

① 古代阿拉伯城市名，在今也门，盛产香料。

的苦修苦炼。最后，她要我转告您，她吻您的手，她不太想给您写信，只想见见您。为此，她要求您并且命令您：见到我后立即离开丛林，不再干那种蠢事，速速上路去托波索，除非另有急事。因为她实在非常想见您一面，我告诉她，您别号叫狼狈相骑士时，她大笑不止。我还问她，许久以前，有个比斯开人去她那儿没有。她说去了，可是个老实人。我也问过那些苦役犯去她那儿没有，她说，直到今天还没有见到一个。"

"你讲的这些事都挺不错，"堂吉诃德说，"不过，还有一件事你得告诉我：你给她送去了我的信，和她分手时，她送给你什么首饰了吗？游侠骑士和他们情人之间有个约定俗成的习惯：对替他们互相传递消息的侍从、使女或侏儒，总爱馈赠一些贵重的珠宝，以表示对他们的酬谢。"

"完全有可能这样，"桑丘说，"我认为这个惯例不错。不过，这个惯例可能是古代的吧。眼下只习惯于给一块面包和奶酪。我临走时，杜尔西内娅小姐就在畜栏的矮墙边给了我这两样东西。说得更确切一点，奶酪是一块羊奶酪。"

"她为人慷慨极了，"堂吉诃德说，"她当时没有给你金首饰，一定是由于身边没有带。不过，常言道，复活节后送东西，一样珍贵。反正我快要见到她了，该办的事，一定会办好。桑丘，你知道我对什么事觉得奇怪吗？我是觉得你像在空中飞了去又飞回来的，因为你这次去托波索往返才花了三天多一点时间，而这段路足足有三十多西班牙里呢。因此，我觉得一定有个精通魔法的魔法师在管我的事，此人还该是我的朋友。一定是的，否则，我就不是个优秀的游侠骑士了。我是说这位魔法师在你走路时，帮了你的忙，而你压根儿就没有感觉到。从前有个魔法师，乘一个游侠骑士在床上呼呼大睡的时候，也不知用什么办法将他摄走了。这个骑士早晨醒来时，发现自己已在离前一天晚上睡觉的地方一千多西班牙里地的另一个地方了。要不是这样，游侠骑士遇了险，别的骑士就没法进行救助了。实际上，他们是经常进行互助互救的。比如，一个骑士在亚美尼亚的深山里与一个巨魔，或恶鬼，或另一个骑士进行格斗，形势对他极其不利，都快要被对方杀死了。这时，转眼间他的一位身在英吉利的朋友突然踏着祥云，也可能乘着一辆烈焰飞腾的车子来救他了，使他免遭一死。当天晚上这位骑士就在被救骑士住的客店里津津有味地吃晚餐了。从这里到那里往往相隔两三千西班牙里地呢。这全仗经常对那些勇敢的骑士进行帮助的法力无边的魔法师的本领和智慧。所以,桑丘朋友,你在这么短的时间里就从这儿到托波索来回走了一趟,我并没有什么信不过的。因为我已说过,一定有个很有法术的朋友带你在天上飞行,而你却没有发觉。”

“也许是这么回事吧,”桑丘说,“说句真心话,当时罗西纳特跑起来像吉卜赛人的驴一样,仿佛耳朵里灌了水银①。”

“像是耳中灌了水银!”堂吉诃德说,“甚至还有一群魔鬼推着它跑呢。魔鬼像人一样能跑,还能随心所欲地让人畜都奔跑起来,跑久了也不累。这件事就谈到这里吧。眼下你看我该怎么办才好?我那小姐命令我上她那儿去见她,她的命令我是一定要服从的;可是,我又对和我们一起来的这位公主做出了承诺,这样,我就无法听从小姐的命令了。按照骑士道的规矩,说了话一定要算数,不能只顾个人的喜好。一方面,我非常想见一见我那位朝思暮想的意中人;另一方面,我已答应人家,一定要言而有信,而且,办完这件事,我能获得荣誉,这又激励着我办好这件事。看来我只好这么办:加快步伐,尽快赶到巨人那儿。一到我就砍下他的头颅,让公主平平安安地登基,然后就立即回头去见我那位光芒四射的小姐。见了她,我就好好向她解释解释,使她明白,我去得迟了不是件坏事,因为我是在为增加她的荣誉和名望出力。我这一生中无论是过去、现在还是将来,凭武力得到的一切成绩都靠她对我的庇护和帮助,全仗她这样的意中人。”

“啊呀,”桑丘说,“您的头脑真是够糊涂的了!我倒要请问您,老爷,您打算白跑这段路吗?您就这样随便放弃一门大富大贵的亲事?这门亲事的嫁妆是一个王国呢?跟您说实在的,我听人说这王国方圆足有两万多西班牙里,里面吃喝玩乐的东西应有尽有,它的面积比葡萄牙和卡斯蒂利亚加在一起还大。看在上帝分上,别再说话了。您应该为刚才说的话感到羞惭。请您听我的忠告,别怪我,前面什么地方有神父,您就结婚。如果找不到神父,我们的硕士就在这儿,他一定会把婚礼主持得尽善尽美的。像我这样年龄的人,应该给您出点主意。我刚才出的这个主意是最合适不过的了。俗话说,‘天上飞的老鹰不如手中一只小鸟’,‘有好的,偏选坏的,好的生了

① 吉卜赛人贩卖骡马时常用这种办法,好让牲口跑得快些。

气,就不来了①。'"

"你听我说,桑丘,"堂吉诃德回答说,"如果你劝我结婚,只是为了让我杀了巨人好做国王,好对你进行封赏,把答应给你的东西给你,那么,我告诉你,不结婚我也轻而易举的可以满足你的宿愿。我可以在交战前讲好条件,如果我胜了,虽说不结婚,也得将国土割让一部分给我,让我赏赐给我喜欢的人。我分到了国土,不给你,你说又给谁呢?"

"这是明摆着的事儿,"桑丘回答说,"老爷,您得注意挑选一块靠海的地方。我如果日子过得不舒服,可以将我属下的黑人装船运走,用我过去的办法将他们处理掉。您别一个劲儿地想去见杜尔西内娅小姐,您就去把那个巨人宰了,把这件事办好。我认为办完这件事,您可以名利双收呢。"

"我说,桑丘,"堂吉诃德说,"你说得很有道理,我听你的。这次先跟公主走,然后再去看望杜尔西内娅。我要提醒你,我们刚才说的话你要守口如瓶,对谁也不能说,包括跟我们一起来的这几个人。因为杜尔西内娅为人异常谨慎,她心里想些什么,不愿让别人知道。有关她的事我不能对外张扬,也不能让别人这样做。"

"如果是这样,"桑丘说,"那您为什么让被您铁臂战胜的人都去见我们的杜尔西内娅小姐呢?这样做不就等于签上了您的大名,声明您很爱她,您是她的情人了吗?那些人既然得跑去跪在她的面前,说是您派去向她表示敬意的,那么,你们两人的心思又怎么能隐瞒得了呢?"

"哦,你真够蠢的,真是个笨伯!"堂吉诃德回答说,"你不明白吗,桑丘,我这样做都是为了提高她的声誉呀!你要知道,按照我们骑士道的传统,一位小姐有许多游侠骑士为她效劳,这是很光荣的。这些游侠骑士不管小姐心里在想些什么,他们只一门心思为她出力,从不希望得到她的奖赏,只要她肯收录他们,作为她手下的骑士便感到心满意足了。"

"我听过神父讲道,"桑丘说,"说我们爱上帝就该这么爱,不是为了进入天堂,也不是怕进入地狱,我们就是为爱上帝而爱上帝。不过,我倒是因为上帝有权势才爱他,为他效劳的。"

---

① 这句西班牙谚语正确的说法应该是:"有好的,偏选坏的,选了坏的就别生气。"桑丘把后半句说错了。

"瞧你这个山野村夫,"堂吉诃德说,"有时说出话来还真有点儿学问,真像个读书人呢。"

"实话实说,我是一字不识的。"桑丘说。

这时,尼古拉斯师傅大声叫他们停一下,说那儿有一眼泉水,他们想歇一下,喝点儿水。堂吉诃德勒住了马,桑丘也很乐意,因为他说了这么多谎话也有些累了,心里又有些慌张,生怕他主人从中找到破绽,因为他虽然知道杜尔西内娅是托波索的一个农村姑娘,却从来没有见过她的面。

卡德尼奥这时已换上了多罗脱奥初次出现时穿的那身男装。这套衣服虽不太好,但比他换下的那套破衣服要好多了。他们一起在泉水边下了坐骑。这时,众人已饥肠辘辘,就拿神父在客店里买的少许食物聊以充饥。

这时,路上走过一个男孩,到了泉边,便细细地对周围的人们打量了一番。见到了堂吉诃德,他就过去抱住他的大腿,放声大哭,说:

"啊,老爷,您不认识我了吗?请您仔细看看,我就是当初被捆绑在橡树上的那个男孩子安德烈斯,是您放了我的呀!"

堂吉诃德认出来了。他一把握住男孩的手,回过头来,对众人说:

"你们瞧,游侠骑士在这个世界上多么重要!当今世上坏人当道,他们胡作非为,横行霸道,全靠游侠骑士去锄强扶弱,伸张正义。我来告诉你们这件事的经过吧。几天前,我路过一座森林,只听到有人在哭叫,像是遭了什么难。我认为这事与自己的责任有关,便奔向哭叫声发出来的地方,只见一棵橡树上捆绑着一个孩子。他就是眼前的这个娃儿。他这次来这儿我从心眼里感到高兴,因为他可以作证,我并没有说谎。我刚才说了,他被绑在一棵橡树上,一个乡巴佬拿着一条马缰绳在狠狠地抽打他,打得他皮开肉绽。后来我获悉,此人是孩子的主人。当时我问他,为什么要对孩子进行这般毒打。这乡下人说孩子是他的雇工,他不但脑子笨,手脚也不干净,干了不少坏事,所以打他。孩子听了,说:'老爷,是我向他要工钱,他就打我。'主人接着作了一番辩解,这些话我听是听了,但并不相信。后来,我就叫他把孩子放了,还让那个乡巴佬起了誓,叫他把孩子带回去,工钱一个里亚尔也不能少,还得高高兴兴地给他。安德烈斯孩子,我说的都是真话吧?我当时是如何威严地向他发号施令的,而他又怎样唯唯诺诺俯首听命的,我想你一定看得很清楚吧。你不必犹豫,也不要有顾虑,快把当时的情况说给这些先生听听,好让他们明白,游侠骑士在各处巡视确实是有好处的。”

“您刚才说的都是真的,”孩子回答说,“只是这件事的结果却与您想象的正好相反。”

“怎么正好相反?”堂吉诃德问道,“难道这乡巴佬没有给你工钱?”

“不但没有给我工钱,”孩子回答说,“而且等您一离开树林,只剩下我们两人的时候,他又将我捆绑在橡树上,狠狠地打了一顿,打得我成了被揭掉一层皮的圣巴托罗美[1]了。他每打一下,就对我说一句俏皮话,对您进行冷嘲热讽。我要不是疼得厉害,听到他的俏皮话,也会忍不住发笑的。那次他打得我真够惨的,自从挨那个坏家伙打后,我到现在还住在医院里治伤呢。这全都怪您。那时您如果只走自己的路,不到我那儿去,不管别人的闲事,我主人也许只打我一二十鞭就算了,最后他会放了我,还会把工钱如数给我。可是,您把他给骂了个狗血喷头,使他恼羞成怒,却又没法找您算账,等您一走,就把气全出到我的头上来了。害得我这辈子也难以抬头做人了。”

“问题出在我当时离开了那儿,”堂吉诃德说,“没有待到他付了你工钱后再走。我早知道,这些乡下佬除非对自己有好处,否则说话总不算数,这方面我深有体会。不过,你一定还记得吧,安德烈斯,我曾起过誓,如果他不给你工钱,我就去找他,即使他躲在鲸鱼肚子里,我也要找到他。”

“是有这回事儿,”安德烈斯说,“可是,这一点用处也没有。”

“有用没有用,”堂吉诃德说,“你很快就会知道的。”

说完,他很快起身,吩咐桑丘替罗西纳特备好鞍辔。这匹马在他们吃东西的时候也在吃草。

多罗脱奥问堂吉诃德准备干什么。回答说,他想去找那个乡下佬。虽说世界上有那么多乡下人,那家伙太坏了,我一定要找他,处罚他,迫使他把工钱全部付清,一文也不能少。多罗脱奥说,他不能这样做,他应该记得自己的承诺:在办完她的事情前,不能介入另一件事。她还对堂吉诃德说,这个规矩他应该比别人更清楚,因此,他应该平静下来,等从她的王国回来后再考虑那个问题。

---

① 基督的十二门徒之一。

“这话有道理，”堂吉诃德说，“看来安德烈斯得暂且忍耐一下。他的事就像刚才公主说的那样，要等我们回来再说了。不过，我要再次起誓，重新做出保证，我一定要替他复仇，让乡下佬给他付清工钱，否则决不罢休。”

“这种誓言我已不相信了，”安德烈斯说，“世界上这样那样的报仇我都不感兴趣。眼下我最希望弄到点路费，可以上塞维利亚去。您这儿有吃的，请给我一点儿，让我带点儿在路上吃。我这就要和您以及所有的游侠骑士告别了。但愿他们能行侠四方，惩恶锄奸，就像惩罚我一样。”

桑丘从他带的干粮袋里取出一块面包，一块奶酪，递给孩子，说：

“拿着吧，安德烈斯小兄弟，这回你倒了霉，害我们也沾了边。”

“你们沾了什么边？”安德烈斯问道。

“我给了你这块面包和奶酪，”桑丘回答说，“天知道我自己要不要吃呢。朋友，我告诉你，我们当游侠骑士侍从的常常得忍饥挨饿，遭灾遭难，有时遇到坏事儿，那滋味儿说不清楚，只能自己感受。”

安德烈斯接过面包和奶酪，眼看谁也不再给自己东西，就低头上路走了。临行前，他对堂吉诃德说：

“看在上帝分上，游侠骑士老爷，下次您如果见到了我，哪怕我被切成碎块，也请您别来救我，帮我，还是让我倒霉去吧。再倒霉也不会比您帮了忙后倒得更厉害。愿上帝诅咒您！诅咒世界上所有的游侠骑士！”

堂吉诃德想起身揍他，但他已拔腿飞跑，谁也赶不上他了。安德烈斯的这番话使堂吉诃德羞愧万分，在场的人只好竭力忍住笑，免得使堂吉诃德更加难堪。

第三十二章

叙述堂吉诃德等人在客店里的遭遇。

他们吃完饭，给牲口备好鞍辔，一路上没有发生值得一叙的事情，次日便来到了使桑丘感到害怕的那家客店。虽然他不想进门，却又不得不进去。老板娘、店老板和他们的女儿，还有玛丽托纳斯看见堂吉诃德和桑丘来了，便高高兴兴地出来迎接他们。堂吉诃德神情严肃地对店主他们说，这次该给他准备一张好一点的床铺，可别像上次那张一样歪歪斜斜的。老板娘说，只要他这回肯付比上次更高的租金，她可以让他睡在给王子睡的床上。堂吉诃德满口答应，他们就在他上次住过的阁楼上给他铺了一张还过得去的床铺。堂吉诃德一路上走得疲惫不堪，头昏脑涨，躺下很快就睡着了。

刚关上客店门，老板娘就来到理发师的身边，一把揪住他的胡子，说：

“凭我画的十字起誓，你不能再拿我的牛尾巴当胡子了，你得把它还给我！否则，我丈夫的那玩意儿只好放在地上了，你觉得好意思吗？我是说他的梳子，过去，我总是插在那根漂亮的牛尾巴上的。”

尽管她一个劲儿地揪着那根牛尾巴，理发师还是不想还给她。后来硕士说，还给她吧，因为那条妙计现在可以不再使用了，理发师也可以恢复本相，他只需对堂吉诃德说，那天他遭到那群苦役犯的抢劫后，逃到这家客店躲了起来。如果堂吉诃德问起公主侍从的情况，他们可以告诉他，公主已派他先回去通知王国的臣民，说她就要带着众人的救星回国了。理发师听了神父的这番话，才乐意将牛尾巴还给了老板娘，并且把借来解救堂吉诃德的那些东西全部奉还。客店里的人见多罗脱奥这么漂亮，都异常惊讶；见一身羊倌装束的卡德尼奥也这么仪表堂堂，更觉诧异。神父请店主拿店里好吃的东西烧来给他们吃,店主想多赚点钱,十分殷勤地给他们准备了一顿可口的饭菜。堂吉诃德这时正在呼呼大睡,大伙儿都主张不去叫醒他,因为这个时候,对他来说睡眠比进食更要紧。

饭毕,神父和理发师对在场的店主、他的妻子、女儿和玛丽托纳斯以及所有的旅客谈起堂吉诃德那奇怪的疯病,还谈了找到他的经过。老板娘也对神父他们讲了堂吉诃德和骡夫之间发生的事情。她看了看桑丘是不是在场,见他不在,就将他如何被兜在毯子里往空中抛的事都讲了出来,在场的人听了发出一阵哄笑。神父说,堂吉诃德过去看的这些骑士小说使他失去了理智。店主说:

"我不明白,怎么会出现这样的情况呢。说真的,在我看来,世界上没有别的书比这种书更好看的了。我这里就有两三本,还有一些手抄本,看了对我和别的一些人的生活都增添了情趣。收获季节,逢到假日,很多收割的人来到这里。他们中间总有几个识字的,就随手拿起一本这样的书读了起来。我们每次总有三十余人,围着读书的人津津有味地听着。听了这些故事起码可以让我少长一大把白头发。每当我听到那些骑士在猛砍猛打的时候,自己也恨不得上去砍杀一阵呢。这种故事叫我日日夜夜听都听不厌。"

"我也巴不得你日日夜夜听故事去,"老板娘说,"你听故事的时候,家里最安稳了。瞧你那痴呆呆的样子,好像连吵架都忘了。"

"这倒是真的,"玛丽托纳斯说,"说实在的,我也很喜欢听那些故事,好听极了,尤其是讲到一位小姐在橘子树下让她的骑士搂抱着,她的女管家在一旁满怀妒意,提心吊胆地替他们望风。真是妙得很,听起来像吃蜂蜜一样甜。"

"你呢,小姐,你的看法怎样?"神父问店主的女儿。

"先生,我也说不清,"她回答说,"不过,说句真心话,这种故事我虽然听不大懂,听着也挺有趣的。只是我不像我爸爸那样喜欢听砍砍杀杀的,我倒喜欢听那些与情人相隔两地的骑士的伤心叹气。说真的,有几回我听了都哭了,觉得这些骑士怪可怜的。"

"小姐,"多罗脱奥说,"要是他们为你哭泣呢,你会宽慰他们吗?"

"我不知道该怎么办,"姑娘说,"我只知道有些小姐实在太心狠。这些女人,骑士们都叫她们老虎、狮子之类很难听的名字。唉,我也不明白这些女人为什么这样残忍,这样没有良心。人家也是些体面的男子汉,你连瞧也不瞧他们一眼,叫他们不是一命呜呼就是疯了。我不懂她们为什么要这么装腔作势,如果怕失礼,那就与他们结婚好了,他们不就是为的这个吗?”

“快闭嘴,小丫头,”老板娘说,“看样子,这方面的事你倒是挺精通的。女孩子不应该去管这些事情,也不应多舌多嘴。”

“刚才这位先生问了我,”姑娘说,“我不能不回答呀。”

“好了,好了,”神父说,“店主先生,请您把刚才说的那几本书拿来给我看看,好吗?”

“行。”店主回答说。

他走进自己的卧室,取出一只上了锁的旧箱子。打开箱子,里面有三本大部头的书,还有若干手稿,字迹十分工整。店主打开第一本书,标题是《堂西罗希里奥·德·脱拉西亚》①,另一本书叫《弗利克斯玛尔特·德·伊尔加尼亚》②,还有一本叫《大统领贡萨洛·埃尔南德斯·德·科尔多瓦传,附迭哥·加西亚·德·帕雷德斯传》③。神父看了前面两本书的标题,就回头对理发师说:

“可惜眼下我朋友家的管家老太太和他外甥女不在这里。”

“她们不在这里也无妨,”理发师说,“由我来将这些书送到后院或送到炉灶上去好了,炉灶上火烧得正旺着呢。”

“这么说,您是想烧我的书啦?”店主说。

“只烧这两本:一本是《堂西罗希里奥》,另一本是《弗利克斯玛尔特》,”神父说。

“难道我的书在宣扬异端邪说,‘制造分别’,所以,您要烧掉,是吗?”店主说。

“朋友,”理发师说,“应该说制造分裂,而不是‘制造分别’。”

“对,对,”店主说,“要烧就烧关于大统领和那个迭哥·加西亚的那本。

---

① 骑士小说,书名全称为《勇敢的骑士堂西罗希里奥·德·脱拉西亚》,贝尔纳多·德·巴尔加斯著,一五四五年出版。

② 即第六章中提到的《弗洛里莫尔德·德·伊尔加尼亚》。

③ 这是一部编年史,作者埃尔南·佩莱斯·德尔·布尔加尔,一五五四年初版。后来,又重印过几次。贡萨洛·埃尔南德斯·德·科尔多瓦系十五世纪西班牙名将。

其余那两本一本也不能烧。我宁可让你们烧死个儿子，也不让你们烧掉这两本书。"

"老兄，"神父说，"这两本书都是谎话连篇，胡说八道。这部有关大统领的书倒是一部真正的历史书，记载了贡萨洛·埃尔南德斯·德·科尔多瓦的生平事迹。由于他功勋卓著，人们众口一词，尊称他为大统领。这个显赫的美称只有他才当之无愧。这迭哥·加西亚·德·帕雷德斯是个很有名望的骑士，出生于厄斯特列马都拉的特鲁希约城。他作战异常勇敢，力大无穷，石磨飞速滚动时，他只用一个手指就能让它停下来①。一次，他手持一柄宽刃剑，伫立在桥头，挡住了迎面袭来的千军万马，没有让敌人冲过桥去。诸如此类的事他干了不少。他是个虚怀若谷的绅士，又是给自己写自传，所以，留有余地。要是让别人写，无拘无束，不受限制，那么，他的事迹可以使赫拉克勒斯、阿喀琉斯和罗兰都相形见绌呢。"

"这有什么了不起，"店主说，"拿手指挡住飞转的石磨算得了什么！我想您一定读过弗利克斯玛尔特·德·伊尔加尼亚的事迹吧。他只要转动一下手腕，一剑劈去，就能同时将五个巨人齐腰斩为两段。在他剑下这些巨人就像孩子们用蚕豆荚做的修士②一样。又有一次，他与一支极其强大的军队交战，这支军队有一百六十万士兵，一个个全身披挂，可他们犹如一群羊羔，被他一个人打得七零八落。至于堂西罗希里奥·德·脱拉西亚，他的勇猛更不用说了。书上说，他有一次在河上航行，突然从水中过来一条火蛇。他一见，便向它扑去，骑在布满鳞甲的蛇背上，双手紧紧地扼住蛇的喉部。那条蛇眼看自己被掐死了，便只好沉到了水底，将紧紧扼住它不放的骑士也带下去了。到了水底，骑士见到几座宫殿，还有好几座非常漂亮的花园，景色妙不可言。这时，那条蛇变成了一个老者，对骑士说了许许多多很有趣的事情。先生，您别插嘴。您要是听了这些有趣的事情，一定会高兴得发疯的。您说的这个大统领和那个迭哥·加西亚算得上老几！"

多罗脱奥听了，悄悄地对卡德尼奥说：

"我们这位客店老板也快变成堂吉诃德第二了。"

---

① 他的绰号是厄斯特列马都拉的大力士。

② 指孩子用蚕豆荚做的、形状像修士的玩具。

“是呀，”卡德尼奥说，“根据他刚才说的话，他对书上说的全都信以为真，就连赤脚修士也难以改变他的信念了。”

“请你好好想想吧，老兄，”神父又说，“世界上压根儿就没有弗利克斯玛尔特·德·伊尔加尼亚，也没有堂西罗希里奥·德·脱拉西亚和骑士书上说的那些骑士，这都是那些闲着没事干的文人杜撰出来的。他们编织这些故事，为的就是你刚才说的让大伙儿消遣解闷。住在这儿的那些收割庄稼的人就是读这些书取乐的。我可以真心诚意地起誓，世界上从来没有那些骑士，当然也不会有他们创造的什么丰功伟绩和其他的奇奇怪怪的事情。”

“请您把这根骨头扔给别的狗吧，”店主说，“好像我连数到五都不会，连自己的鞋哪儿紧也不知道似的。请您别拿甜面糊来哄我了，我可不是娃儿，不上您的当。您要我相信这些好书中说的话都是胡言乱语，弥天大谎，好啊！这些书的刊印是得到卡斯蒂利亚会议①的那些老爷批准的，难道这些老爷会允许一派胡言，你争我斗，大施魔法，让人读了会神志不清的书出版吗？”

“朋友，我刚才已经说过，”神父说，“这些书是用来给我们解闷消遣的，在社会安定的国家里，不是也允许人们下棋、玩球、打台球吗？有些人没有工作，有些人不必工作，有些人不能工作，为了让这些闲着的人解解闷，当局允许刊印这些书。想来不会有人这么无知，竟将这些书上的事当成真的。实际上也是这样。至于骑士小说怎样写才好，才真正有用，甚至让某些人也会感兴趣，如果诸位愿意听，允许我现在跟大家讲一讲，我乐意这样做。不过，我希望将来会有人出来弥补这方面的缺陷，到时我可以跟这些人谈谈。店主先生，眼下请你相信我的话，把书拿回去。书上说的是真话还是谎言，就请你自己裁定吧。希望这些书对你有好处。上帝保佑，你千万不要犯堂吉诃德的那种毛病！”

“不会的，”店主说，“我绝对不会像他那样疯疯癫癫去当游侠骑士的。听说过去有游侠骑士周游世界，现在没有这一套了，这点我心里明白。”

神父与店主正说着话，桑丘来了。他听说游侠骑士目前已经不时兴了，

① 古西班牙最高法庭和国王的咨询机关。

骑士小说里说的都是胡说八道，谎话连篇，心里非常焦急，不知怎么办才好。他暗地里打好算盘，看他主人这次去有什么结果。倘若得不到他预想的好处，他就决定撇下主人，回去和妻子儿女一起干他过去干的活儿。

店主正准备把箱子和书拿走，神父又说：

“请等一下，我想看看这些手稿，不知是谁的手迹，字写得好工整呀。”

店主取出手稿给神父看，一共是八大张手抄稿。一开头是大字标题：《一个不该这样追根究底的人的故事》。神父拿起来，读了三四行，就说：

“这部小说的标题我认为确实不坏，我很想从头到尾读一读。”

“您只管读好了，我对您说实话吧，住在这里的几位旅客读了这部小说，非常满意，他们真诚地希望我把这部小说赠送给他们，但我不想这么做，因为这些书和手稿，还有那只箱子是一个旅客遗忘在这儿的，他很可能还会回来，我打算原物奉还。尽管我心里明白，我自己也需要这几本书，但我还是个基督徒呢。”

“朋友，你这话很有道理，”神父说，“不过，这部小说我很喜欢，你一定得让我抄录下来。”

“完全可以。”店主说。

他们俩说话的时候，卡德尼奥拿起小说读了起来。他和神父一样，也认为这部小说写得挺不错。他请神父将这部小说念给大伙儿听听。

“好的，”神父说，“如果大家想听我念小说，不想睡觉，我这就给你们念。”

“对我来说，”多罗脱奥说，“听听故事也是一种很好的休息。这些天我总有些心绪不宁，想睡也睡不着。”

“这么说，”神父说，“我就读吧。我读这小说首先是出于好奇，也许这故事真还有点儿道理呢。”

理发师也过来请神父读小说，桑丘也提出同样的请求。神父感到众人都有这个兴趣，而他自己也喜欢读，就说：

“那就请大家专心听吧，小说是这样开始的。”

第三十三章

《一个不该这样追根究底的人的故事》

佛罗伦萨是意大利托斯卡纳省的名城，十分繁华。当地有两名富有的贵公子，一个叫安塞尔莫，另一个叫罗塔里奥。他们俩是一对至交，因此，凡是认识他们的人都称他们为“朋友俩”。他们都未娶亲，还很年轻。两人不但年岁相同，生活习性也相仿，因此，交情很深。只是安塞尔莫比罗塔里奥更热衷于情场方面的事情，而后者更喜爱狩猎。然而，只要对方需要，安塞尔莫便会放弃自己热衷的事情，去干罗塔里奥爱干的事；罗塔里奥也会放弃自己的爱好，去满足安塞尔莫的需要。他们俩就这样同心同德，就是精确的钟表也没有他们那样步调一致。

安塞尔莫如醉似痴地爱上了本城的一位高贵美丽的小姐。由于女方父母和本人都很好，安塞尔莫就听从自己朋友罗塔里奥的主意（没有他朋友给自己出主意，安塞尔莫什么事情都办不了），向小姐的父母求婚。罗塔里奥代他说合，很快就把婚事谈妥了。安塞尔莫很高兴，不久，就将那位小姐娶了过来。卡米拉嫁给安塞尔莫这样的丈夫也很称心。为此，她常常感谢苍天，感谢罗塔里奥，成全了她这桩美满的婚事。大凡办婚事总要庆贺一番的。罗塔里奥在开头几天常常去朋友安塞尔莫家，竭力替朋友把喜事办得热热闹闹，喜气洋洋。办完喜事，贺客渐渐稀少，罗塔里奥便有意尽量少上安塞尔莫家里去。他觉得朋友已经成了家，自己就不应该像以前还未成家时那样常常去看望他。这种做法得到老成持重的人的赞赏。真正的好朋友之间是不能也不应该进行猜忌的。但朋友结婚后，关系就变得微妙了。稍一不慎，就会损害对方的尊严。就是亲兄弟之间有时也会闹摩擦，更何况是朋友呢。

安塞尔莫发现罗塔里奥不常去自己家,就很有意见。他对罗塔里奥说,他要是早知道自己结了婚后,他朋友不像过去那样经常去看他了,那他一辈子也不会娶亲的。他结婚前,他们俩情投意合,得到“朋友俩”的美称,眼下没有别的原因,仅仅出于小心谨慎,就让这个尽人皆知的美称丧失掉了,这实在是不应该的。因此,他请求(如果他们之间可以用“请求”这个字眼的话)朋友像过去一样将他的家当自己的家,经常出入。他还对朋友说,他妻子卡米拉也和他自己一样,非常喜欢罗塔里奥去自己家里。他妻子知道他们俩过去这么要好,眼下见他朋友不常去了,觉得很惶恐。

安塞尔莫还说了许多话,劝罗塔里奥像往常一样,常常上自己家里去。对此,罗塔里奥作了解释。他的话言词中肯、得体、恰到好处,安塞尔莫听了,对朋友的一片诚意颇感满意。双方商定,除了节假日外,罗塔里奥每周两次上安塞尔莫家去吃饭。朋友间虽然做出了这样的决定,但罗塔里奥仍然认为,他的行为应以不损害朋友的尊严为准。在罗塔里奥的眼里,朋友的声誉比自己的还重要。他常常这样对朋友说(而且说得确有道理),上苍赐给你一个俊俏的娇妻,你不但应该对来你家的朋友多加选择,而且也要注意你妻子与什么女友交往。作为丈夫,不能不让妻子上广场、去教堂,也不能不让她去参加公众的庆祝活动和去礼拜堂做祈祷。女方在上面说的那些公共场所不好干的事情,在她朋友和亲戚家时就干得很方便。罗塔里奥还说,夫妇双方都应该有个朋友来提醒他们有失检点的地方。由于丈夫往往对妻子过于宠爱,怕她生气,就不去提醒她,告诫她,什么事该做,什么事不应该做,而这一点却关系到自己的体面和尊严。这方面的事如有朋友及时提醒一下,就容易进行补救。然而,像罗塔里奥说的那种稳重、诚挚的朋友又到哪儿去找呢?我实在不知道了;只有罗塔里奥才是这样的朋友。他非常小心谨慎,竭力不损伤自己朋友的面子,平时尽量压缩、减少约定去朋友家的日子,因为像他这样一个门第高贵、风度翩翩、自己知道并非等闲之辈的富家公子,经常出入于卡米拉这样美貌的夫人家里,那些吃饱了饭没事干的人就会说闲话,甚至会恶意中伤。虽说卡米拉很贤惠,凭这点就能堵住那些诽谤者的嘴,但他总不愿让自己的声誉和朋友的名声遭人非议。因此,他约定去朋友家的大部分日子都推说有要事,不能分身。于是,朋友俩一个成天抱怨对方不去自己家里,另一个则一个劲儿地向对方进行解释。时间就这样一天天过去了。

一天,朋友俩在城外的一块草地上散步,安塞尔莫对罗塔里奥说了下面一番话:

"罗塔里奥,我的朋友,你一定以为我很有福气,因为承蒙上帝慷慨恩赐,我有这样好的父母;上帝同样慷慨地赐给我天赋和物质财富,对此,我实在感激不尽。尤其使我感激的是还赐给我像你这样的朋友和卡米拉这样的贤妻。你们俩是我无比珍贵的两件宝物。有我这样好条件的人,原本应该生活得非常幸福、愉快的,然而,我却是世界上最苦恼、最不如意的人。我不知从哪一天起,有一个异常稀奇古怪的意愿在纠缠着我,使我难以安宁。我自己也觉得奇怪,常常进行自责,同时又竭力克制自己,想把这个愿望埋藏在心底里。可是,我又控制不住自己,总想让心里想的这件事公开。事实上,它总有一天会让人们知道的,为此,我想首先将这桩心愿交付给你。你是我的好朋友,办事精细,相信你一定会设法帮助我,使我摆脱内心的烦闷。在你的关心下,过去由于这个古怪念头的纠缠产生的苦恼定能消除,内心一定会感到愉快。"

罗塔里奥听了安塞尔莫的这番话,一时愣住了,他真不知自己朋友说了这么大一篇开场白究竟有何用意。尽管他挖空心思在想是什么事情使朋友这么烦恼,但总得不出正确的结论。为了尽快解开这个疑团,罗塔里奥对朋友说,像他们这样的好朋友原本应该推心置腹,将内心的隐秘和盘托出,而刚才安塞尔莫却大绕弯子,实在太不像话了。作为朋友,安塞尔莫应该确信,他罗塔里奥一定会帮助他解除烦恼,满足他愿望的。

"你说得不错,"安塞尔莫说,"正由于我信得过你,才愿意把自己的心事告诉你。罗塔里奥,我的朋友,成天纠缠着我的这个心愿是这样的:我想了解我的妻子卡米拉是不是真的像我想的那样贞洁,那样完美无缺。我无法知道实情。我想,真金通过烧炼才知它的成色,她也要经过一番考验,才能了解究竟是不是贞洁。朋友啊,我认为,一个女人得有人去追求,才能显出她的贞操来,只有对追求她的男人做出的种种承诺,给予她的种种馈赠以及日日夜夜的纠缠坚不动心的女人才算得上坚贞。"安塞尔莫继续说,"如果没有男人去引诱她,使她变坏,女人的贤德又有什么值得夸耀的呢?换句话说,如果她没有机会放纵自己(而且,她一旦放纵,让她丈夫知道,就会要她的命的),那么,女人保持了贞操又有什么希罕?因此,在我看来,由于害怕或由于缺少机会才保住了名节的女人,就没有那些受了男人的挑逗、追求仍保持了清白的女人值得尊敬。除了上面说的外,我还可以说出一些理由来证明我的看法。为此,我希望我妻子卡米拉能经受一番考验,得到锤炼,看看她究竟有几分成色。也就是说,她应该受到引诱和追求,而追求、引诱她的人又应该是她能看得中的。如果她经受住了这场考验,那我就是最幸福的人了,我就可以说,我自己的愿望得到了满足。圣人说,'谁能找到这样的女人?'我说,我已经找到了。如果我的料想与实情不符,尽管我为试验付出了沉重的代价,我也不觉得可惜,反而会因自己见解的正确而感到欣慰。对我的这个打算你一定会提出不同看法,但我已下了决心,随你怎么说也难以阻止我将这个想法变为行动。为此,罗塔里奥,我的朋友,我希望你来充当我这件事的主角。我会给你提供充分的条件和方便,凡是为追求一个诚实贤惠、贞节女子需要的一切东西,我都会向你提供的。我把这件难办的事托付给你,还有一个原因:假如卡米拉让你战胜了,你就不必穷追猛打,争取全胜。你应该适可而止,事情没有办完就算大功告成了。这样,我只不过没有达到预期的目标,并没有丢失面子。你为人谨慎,对我丢脸的事一定会守口如瓶,不会让外人知晓。至于我这方面,自然会保持缄默,直到老死。你如果要我这辈子活得像个样子,你就应该在情场上积极主动地发起进攻,千万不能显出懒洋洋的没精打采的样子,我们是老朋友了。我希望你能做到这一点。"

罗塔里奥全神贯注地听完了安塞尔莫说的这番话,除了前面说的那几句插话外,几乎连口都没张开。见对方已经把话说完,他先对他朋友盯视了许久,好像在看一件从未见到过的使他觉得惊奇的怪物,然后才开口说话:

"安塞尔莫朋友啊,我很难相信刚才你对我说的不是一番戏言。我要是早发现你是在说正经的,我就不会让你说下去了,我会打断你,因为我不愿听你这番长篇大论。听了你的话,开始时我认为,我们俩不是你不了解我,就是我不了解你,但实际情况并不是这样,我很清楚,你就是安塞尔莫,你也明白,我就是罗塔里奥。不过,我确实认为,你已经不是过去的安塞尔莫了;你一定也会以为,我已经不是从前的罗塔里奥了。因为你刚才对我说的这些话不会出自我那个朋友安塞尔莫的口中;你要我办的这件事也不应该要你那个老朋友罗塔里奥去办。好朋友之间应该互相帮助,当然,也可以进行考验,但这一切都应该如一位诗人说的‘可供在祭坛’上①。我的意思是说,凡是与上帝意愿相悖的事就不能让朋友去干。一个异教徒对友谊尚且有这样的见解,基督徒难道不应该站得更高一点吗?因为基督徒明白,谁也不能因人间的友谊而失去神的友情。假如一个朋友不顾这一切,置苍天的意愿于不顾,一心为朋友效劳,那一定是一件有关朋友名誉和生命的大事,绝对不会是件转眼间消失的轻微小事。现在我问你,安塞尔莫,你要我不顾一切地帮助你,干一件你要我干的令人厌恶的事情,是你的名誉还是生命遭到危险了?显然两者都没有。恰恰相反,根据我的理解,你是想要我尽一切力量剥夺你的名誉和生命,同时,也把我的名誉和生命一起给毁掉。因为我如果毁掉了你的声誉,显然等于要了你的性命,须知一个人失去了名誉,比死去还更糟。你要我在这件事中充任主角,我把你害成那样,自己不也声誉扫地,成了行尸走肉了吗?安塞尔莫朋友,请你耐心听我把话说完。关于你那个愿望,我还有话要说。我们有的是时间,你可以反驳我,我一定洗耳恭听。”

“你有什么话,尽管说吧,我很乐意听。”安塞尔莫说。

“安塞尔莫啊,我认为你眼下的思维方法颇有点像摩尔人。要想让摩尔人认识他们在宗教归属方面的错误,光凭引用《圣经》或通过一般性的说理都难以起作用,只有通过看得见摸得着的实例,通过浅显易懂、确信无疑的例证,用难以否定的如‘从相等的两数中减去相等的两数,余数仍为相等的两数’这样的数学公式来加以佐证,才能达到目的。如果用语言对他们说教,他们听不明白(实际上他们确实听不懂),那就得用双手在他们眼前比划着手势。有时即使这样也难以使他们相信我们圣教的道理。对你也得采取这种方法,因为凡是稍有理性的人,绝对不会产生你这样的愿望,因此,要让你从糊涂(目前我只说你糊涂,我不想给你扣上别的帽子)的状态中清醒过来,我甚至觉得用一般方法是徒劳的。为了惩罚你这个坏念头,我都想不

---

① 实际上是公元前五世纪雅典政治家、演说家伯利克里(Pericles)的话。原文为拉丁文:usque ad aras。

理你了，随你胡闹去。然而，考虑到我们之间深厚的情谊，我不能这样忍心。明摆着你已处于自我毁灭的险境，我不能坐视不救。为了让你看清事实，我问你，安塞尔莫，你不是要我去追求一个足不出户、稳重、贞洁、贤淑的女人，要我对她进行引诱、献殷勤吗？是的，刚才你是这样说的。既然你已经知道自己的妻子平时足不出户，既稳重、又贞洁贤惠，那你还想得到什么呢？既然你心里在想，经过我的各种试探，她一定能够经得住考验（她确实会经得住考验），那么，除了她目前拥有的这种评语外，你还想给她加进什么更好的评语呢？换句话说，除了她目前拥有的这些美德外，你还要她具有什么美德呢？也许你并没有认为她真的像你说的那样好，也可能你连自己也不明白到底想得到些什么。倘若你并不认为她真的像你说的那样，那么，你又何必去考验她呢？你不妨把她当作不正派的女人，随意对待就是了。假如她确实如你想的那么贤惠，那么，对既成事实进行试验不是多此一举吗？因为试验的结果，结论还是跟原来的一样。因此，我的结论是，想干这种有害无益的事的人一定是个冒失鬼，糊涂蛋；想进行那种无必要无结果的试验的人头脑显然有毛病。人们干一件艰苦的事，不是为了上帝，就是为了世俗的利益，要不，就是同时为了两者。圣徒们为了上帝进行艰苦的修炼，以自己的血肉之躯过着天使一般的生活。为人世间利害打算的人常常飘洋过海，战严寒，冒酷暑，与各式各样的人打交道，目的是为了捞取财富。勇敢的士兵们既为上帝的利益，也为人间的利益。他们一见到对方城墙被炮弹炸开一个缺口，为了维护自己的信仰，为了保卫祖国和国王，便立即像飞一样冲了上去。他们这样做，根本没有考虑到自身的危险。这些事情都是人们要争取做到的，虽说有艰难险阻，却能赢得声誉、光荣和利益。可是，你打算干的这件事既不能赢得上帝赐给你的荣誉，也不能获取财富，更不能提高自己的声誉。假如这件事情得到你预想的结果，你也不可能比现在更神气，更富有，更体面；如果得不到预想的结果，你就会处于连自己都想象不到的悲惨境地。你以为在你身上发生的这件不幸的事没有别人知道，就可以万事大吉了吗？实际情况并非如此，因为你一旦知道实情，就会非常苦恼、伤心。为了证明这个道理，我将引证著名诗人路易斯·坦希诺①写的《圣彼得的眼

① 十六世纪意大利诗人。

泪》第一部分末尾的一小节诗，内容如下：

眼睁睁望着即将破晓的天，
彼得的心更加烦乱，更感悲伤，
虽然当时没有人在他身边，
只因犯了罪孽他深感羞惭。
由于他有一个博大的胸怀，
不用让人看见已羞赧满面，
除了天地虽无一人看见，
但犯了错误自我谴责难免。

“由此可知，事情虽然无人知晓，但内心痛苦仍难以避免，你会不断地流泪，如果流的不是眼泪，就是在心里流血泪。就像我们那位诗人提到的那个头脑简单的医生喝了魔杯中的酒那样。谨慎的利纳尔多[①]头脑灵光，没有喝这杯酒。尽管这是诗人的虚构，内含的伦理都值得我们学习、深思，并引以为鉴。我下面还要给你讲个道理，你听了后就会明白，你干了那件事会犯大错误。我问你，安塞尔莫，如果靠上帝恩赐，或者你自己交了好运，得到了一枚非常精美的钻石。宝石鉴赏家见到后，都很满意，他们异口同声地说，这钻石品质纯净，成色很足，是一枚货真价实的天然极品。你本人也同意这种看法，没有表示任何异议。在这样的情况下，你突然想把钻石放在铁砧上，拿铁锤使劲往下砸，想试试它到底硬不硬，纯不纯。你觉得这样做合理吗？如果这枚钻石经受住了这种无聊的考验，它的价值和知名度也不会有所提高；要是给砸坏了（很有可能），不是全完了吗？这是毫无疑问的。而这枚钻石的主人则成了众人眼里的糊涂虫。安塞尔莫，我的朋友，你该明白，无论在你的心目中还是在他人的眼里，卡米拉就是一枚精美无比的钻石，绝对没有理由要让她处于砸碎的危险。即使她保持了贞操，也增加不了

① 参见意大利诗人阿里奥斯托的长篇传奇叙事诗《疯狂的奥兰多》第四十三节。查理大帝手下的骑士利纳尔多住在另一骑士家，主人拿魔杯给他喝酒。据说，如妻子不忠，魔杯的酒会泼出来。另外，诗中还提到有一个医生用魔杯喝酒的事。

自己的声誉;万一经不起考验,你就得考虑好,往后没有了她,你日子该怎么过。由于她的失节和你自己的过错,你一定会自怨自艾。你要知道,一个贞洁端庄的妻子是稀世之宝。有了好的名声妇女才显得体面。你明明知道,自己夫人的名声已经好得不能再好了,既然这样,你为什么还要对此表示怀疑呢。朋友,你该清楚,女人是不完美的动物,你不该在她们前进的路上设置障碍,让她们绊倒,摔跤。你应该清除绊脚石,让她们能一无阻拦地由不完美而走向完美,成为贞洁贤良的女人①。生物学家说,白鼬是一种皮毛异常洁白的小动物。猎人猎取这种兽类时,常常采用下面的办法:在白鼬经常出没的地方堵上污泥,然后,将它们赶到那儿。白鼬到了污泥边,就停下来不动了,宁可让你捉住,它们也不会越过泥地,将一身洁白的皮毛弄脏,因为它们将洁白看得比自由和生命还重要。贤良贞洁的女人就像白鼬,贞洁这个美德比雪还白,还干净。要保持妇女的这种品德,不能采取对待白鼬的办法,即不能在她们面前堆上污泥,也就是说,不能叫男人去给她们送礼品,献殷勤,因为她们本人的品德还没有崇高到足以扫清一切障碍,大步前进的程度。我们应该替她们清除障碍,让她们顺利地争得美德和美名。贤惠的女人也像一面洁净、光亮的镜子,呵上一口气,就会模糊不清。对待正经的女人要像对待古人的遗物一样:只能瞻仰,不能触摸;也要像对待盛开鲜花和玫瑰的美丽的花园一般,园主不允许你进去践踏、采摘,只能站在远处,站在铁栏杆外观赏,领略鲜花的芳香。最后,我打算给你念几行刚才想到的诗,我是从新戏里听到的。我认为这几行诗非常适用于我们谈到的问题。一个老成持重的老者劝另一个老年人——一个姑娘的父亲,将女儿关在闺房里,别让她出门。他说了许多理由,其中有几条是这样说的:

　　女人像玻璃制品,
不必考验她的坚贞,
不要试试她会碎,不会碎,
因为两者均有可能。
　　敲碎玻璃非常容易,

① 这种观点早在古希腊哲学家柏拉图的著作中就可以见到,在古代西方相当流行。

碎了就难以焊接，
谁冒险作这样尝试，
他就是一个白痴。
　　这个看法一致公认，
我个人也深表赞成，
世人如真有达那艾，
也一定会有金雨进门①。

“安塞尔莫啊，上面说的这些话都是针对你的。下面我想说几句跟我自己有关的话，说得太长，就请多包涵了。由于你已进入迷宫，我要将你从迷宫中领出，总得多说几句。你把我当成朋友，却又要让我出丑，这完全是与友谊背道而驰的。这样做你还不够，还要我让你丢脸。我说你要让我出丑，这是明摆着的，因为卡米拉发现我像你要求的那样追求她，一定会把我看成不要脸的无耻之徒，事实上我准备干的这件事与我的为人和我们的友情实在太格格不入了。你要我丢你自己的脸也是昭然若揭的。因为卡米拉看到我追求她，一定会认为我在她身上发现了轻浮的举动，才胆敢在她面前显露邪念。这样一来，她一定会觉得自己出了丑，她丢了脸也就等于你丢了脸。人们常常谈论这样的事情：一个男人的妻子行为不规，虽说做丈夫的一无所知，也不是他咎由自取，也不是他粗心大意，未加防范，更不是他有意促成，但人们仍会给他戴上绿帽子，知道他妻子行为不端的人仍会鄙视他。他们明知这不是他的过错，是他妻子不正经，使他遭了厄运，但没有人会给他投去同情、怜悯的目光。虽说对妻子的丑事丈夫一无所知，也没有责任，更没有参与、促成，但他的确丢了脸，这个道理我来讲给你听。你不要觉得厌倦，我说的这些话，都是为你好。《圣经》里说，上帝在乐园里创造了我们的始祖亚当后，让他进入梦乡。在他熟睡的时候，取出他左边的一根肋骨，创造了我们的原始母亲夏娃。亚当醒来，见到夏娃，说：‘这是我肉中之肉，骨中之骨。’上帝说：‘为了她，男人要离开父母，与女人合为一体。’自此以后，制

① 据希腊神话，达那艾是古希腊阿克利修王的女儿。父亲将她囚禁在铜塔内，天神宙斯化作一阵金雨进入塔内，使达那艾怀孕，生下儿子，杀死阿克利修王，实现外孙杀外公的预言。

定了神圣的婚姻大典,将男女双方紧紧地维系在一起,直到死去才分开。这个神奇的典礼具有异常的功能和力量,它能使两个不同的人合成一体。一对感情融洽的夫妇,虽双方各有自己的灵魂,却只有一个心愿。正由于妻子与丈夫已联成一体,妻子身上有了污点,有了缺陷,丈夫也有一份,尽管像上面说的那样,这并不是丈夫造成的。一个人脚上或四肢的某部位产生的疼痛全身都会感觉到,因为都同属一体。脚踝受了伤,头部也会感觉到,尽管不是头部造成的。妻子丢了脸,丈夫脸上也无光,因为他们同属一体。世上的荣辱都由血肉之躯造成的,妇女的不正经也属这一类,丈夫自然脱不了干系,也要跟着受辱,尽管他不是知情人。安塞尔莫啊,你要好好想想,你如果去扰乱你贤妻的平静生活,该有多大的危险呀。眼下你贞洁的妻子在平平静静地过着日子,你要搅得她天翻地覆,看你这个爱追根究底的人多么无聊,多么令人讨厌!你应该清楚,你这么冒冒失失地干,所获甚微,失去的却很多,多得我难以用恰当的言语来加以叙述。如果我刚才说得这么多,还难以让你屏弃这个坏念头,那么,你完全可以去找另一个人来充当毁你名誉,使你倒霉的角色,我可不想扮演这个角色,尽管因此会失去你的友谊——这对我来说,是最大的损失。"

品德高尚、行为谨慎的罗塔里奥说完后,安塞尔莫思绪混乱、陷入沉思。过了好一会儿,他才开口说话:

"罗塔里奥,我的朋友,我一直在专心地听你说话,你提出的种种理由,举出的种种例子,打的一个个比方都让我感到你为人多么稳重,你对我的情意是多么真挚。同时,我认识到,如果不听你的意见,一意孤行,我便会弃善就恶。我坦率地承认这一点。尽管这样,还是想请你考虑一下我的现状:我目前好像得了一种女人们常犯的毛病,就想吃泥巴、石膏、木炭和其他难以入口、看一下都会恶心的东西。因此,你得想个办法治好我这个毛病。做到这一点并不难,你只要对卡米拉试探一下,态度不热不冷,做个样子就行。我想她总不会这么轻薄,试了几次就会体面尽失。你这么一试,我就会感到满意,你也尽到了做朋友的责任,让我活得心安理得,却又不失去面子。这件事你一定得办,这儿还有一个原因:我已决心做这个试验,你怕我丢脸,不同意我把这个傻念头告诉别人,但你如果不干,我只好另求他人。这样一来,你竭力不让我失去的名誉就有失去的危险了;至于你的名誉呢,你向卡米拉求爱可能会引起误会,但这关系不大,或者可以说毫无关系,因为我们一发现她像我们预期的那样贞洁,你就可以将我们这次试验如实告诉她,你的名誉也就恢复如初了。这件事你冒的风险并不大,却可以使我非常称心满意。尽管你再说出一大堆不适宜干的理由,你还是得干,因为我已经说过,这件事你只要试一试,就算完成了。”

眼见安塞尔莫决心很大,罗塔里奥已找不出更多的理由,举不出更好的例子叫他不要这么干了。同时,又感到安塞尔莫会把他这个怪念头告诉别人,那事情会更糟。因此,罗塔里奥决定满足朋友的要求,让他感到满意。他准备干这件事时,既不搅乱卡米拉宁静的心绪,又让安塞尔莫感到满意。他对安塞尔莫说,千万不要把他的想法告诉任何人,这件事就由他自己来办了,他高兴时就着手进行。安塞尔莫热烈地拥抱了自己的朋友,感谢他慨然答应,好像他给了自己莫大的恩惠。双方商定,就在翌日开始行动。安塞尔莫给朋友提供场合和时间,让他能与卡米拉密谈;还给了他金钱和珠宝,让罗塔里奥赠送给卡米拉。他还建议罗塔里奥给卡米拉演奏乐曲,给她写情诗赞扬她。如果他朋友不想做诗,他可以代劳。罗塔里奥全都答应,当然,他们俩这时的想法完全不一样。

双方这样商定后,便来到了安塞尔莫的家里。卡米拉焦急地盼着丈夫回来,因为那天他比平时回来得晚。

罗塔里奥不久就回到了自己的家。安塞尔莫留在家里,心情非常愉快;他朋友却异常懊恼,不知如何才能将这件讨厌的事情敷衍过去。当天夜里,他想出了一个既能骗过安塞尔莫又能不伤害卡米拉的办法。次日,他去朋友家吃饭,卡米拉热情地接待他,因为她知道自己丈夫和他很要好。

饭毕,撤走了杯盘,安塞尔莫对罗塔里奥说,请他和卡米拉一起稍待片刻,他自己有一桩要紧事要办,出去一小时半就回来。卡米拉请他不要出去,罗塔里奥说愿意陪他出去,安塞尔莫都没有同意。他请罗塔里奥留下来等他,说还有一件很重要的事情与他商量。他还对卡米拉说,在自己回家来前,别让罗塔里奥一个人待着。他装作有急事的样子,而且装得很像,谁也没有发现他是假装的,尽管他这样做毫无必要。安塞尔莫走后,餐桌边只剩下卡米拉和罗塔里奥两人,因为家中用人也都吃饭去了。此时,罗塔里奥已面临决战的场面,就像他朋友希望的那样。请想一想,他面前这个敌人光凭自己的美貌就能战胜一大队武装的骑士，怎叫罗塔里奥不胆战心惊呢？

他想出了一个对付的办法。他将两肘搁在椅子的扶手上，手托着腮帮，请卡米拉原谅他失礼，说自己想在安塞尔莫回来之前小憩片刻。卡米拉说，在椅子上休息不舒服，还是上女眷客厅休息去吧。罗塔里奥不肯去，就坐在那儿打盹儿，等着安塞尔莫回来。后者回来后，见卡米拉在自己的房间里，罗塔里奥已经睡着了，就以为自己回来得晚了，他们俩谈完了话，甚至还有时间睡觉。此时罗塔里奥还没有醒来，无法与他出去，问问他这件事究竟办得怎样了。

罗塔里奥醒来了。朋友俩走出家门，安塞尔莫问他事情办得怎么样。罗塔里奥回答说，他认为初次交谈就倾吐衷肠并不太合适，因此，他只是称赞了一番卡米拉的美貌，说全城的人都众口一词说她美丽、聪慧。罗塔里奥还说，他觉得这样开头很好，可以博得她的欢心，以后他的话她就爱听了。他说魔鬼诱惑警惕性高的人就使用这个手法。来自地狱中的恶魔总是化装成光明天使，面露笑容，进行欺骗，直到最后才露出真相，干自己想干的事情。安塞尔莫听了非常满意，他说，往后每天给他提供这样的机会。他自己并不打算离家，仍在忙着家里的事，只是不让卡米拉知道他在进行试验。

好几天过去了，罗塔里奥仍然没有对卡米拉说过任何要说的话，但他对安塞尔莫却说，他已经和她谈过了，她丝毫也没有露出心动的样子，却反过来提醒他，如果这个坏念头不驱除，她就要告诉自己丈夫了。

"很好，"安塞尔莫说，"卡米拉总算经受住了甜言蜜语的引诱，下面就要看看她能不能经得住物质的考验了。明天我就给你两千金埃斯库多，让你馈赠给她；另外，再给你同样数目的金币，让你买首饰赠送给她。女人一般都爱首饰，尤其是美貌的女人，不管她们有多贞洁，她们总爱打扮，爱戴金挂银。假如她经受住了这方面的引诱，我就心满意足，不再给你添麻烦了。"

罗塔里奥说，这件事已经开了头，他总要干到底。当然，他心里明白，事情结局一定会使自己焦头烂额，狼狈不堪。次日，罗塔里奥收到四千枚埃斯库多金币，同时，也等于收到了四千份烦恼，因为他不知道下一步该怎么撒谎。不过，他仍然决定告诉安塞尔莫，面对馈赠和承诺，卡米拉像上次对待甜言蜜语的引诱一样，十分坚贞，因此，没有必要在这方面再白白浪费时间了。

然而,命运却作了另一番安排。那天安塞尔莫跟平常一样,让罗塔里奥和卡米拉单独待在一起,自己则关在另一间房子里,透过锁孔观察着他们俩的动静。只见罗塔里奥过了半个小时也没有跟卡米拉说一句话,看样子,他就是在那儿待一个世纪也不会开口了。安塞尔莫这才明白,罗塔里奥跟他说的有关卡米拉的表现全是一派胡言。为了弄清事实真相,他走出房间,将罗塔里奥叫到一边,问他这次有什么新的情况,卡米拉的表现怎样。罗塔里奥说,这件事他不想继续干了,因为卡米拉的态度非常严厉,他再也不敢跟她谈那号事儿了。

"哼,"安塞尔莫说,"罗塔里奥呀,罗塔里奥!你真辜负了我对你的信任,竟然这么对待我托付你的事情!刚才我就在锁孔里看着你的一举一动,我发现你一句话也没有对卡米拉说。由此我明白,你前几次也是这样干的。如果真是这样——我看准是这样,那你为什么要哄我?为什么对我要这样的花招,害得我没法实现自己的心愿?"

安塞尔莫没有继续说下去,但这几句话已使罗塔里奥十分狼狈。他说假话被对方揭穿了,觉得很丢脸。他向安塞尔莫发誓说,往后一定让他满意,不再欺骗他了。安塞尔莫如果不信,可以留心侦察。不过,他不必费这个心了,因为他罗塔里奥这次一定顺着他的意思办。安塞尔莫就相信他了。为了让对方能放开手干,不至于拘拘束束,安塞尔莫决定离家八天,住到另一个朋友家里。这个朋友住在离城不远的乡村里。他请朋友派人来邀请,这样,卡米拉就知道他已离家走了。

安塞尔莫啊,你真倒霉,你打错了算盘!瞧你干了些什么,策划些什么,安排些什么啊?你在打自己的耳光,千方百计丢自己的脸,毁灭自己。你妻子卡米拉是贤慧的,你原本可以和她平平静静地过日子,谁也不会打扰你幸福的生活。她想的事情不会越出家庭这个范围。在这个世界上,你就是她的天,她心里想的都为你好;只有你快乐,她才愉快;她唯你的意志是从,她办的一切事情都要适合你的愿望和上苍的意志。她这座蕴藏着名声、美貌、贞洁和娴静等美德的宝矿,不用你费什么劲就为你提供全部宝藏,你为什么甘冒矿井倒塌的危险,还要深挖下去,在新的矿脉里寻找从来没有见到过的珍宝呢?说矿井会倒塌,是因为她这座"矿井"是以她娇弱的天性支撑着的。应该明白,一个人追求不可能办到的事,当然会把可能办到的事也耽误

了,就像一位诗人说的那样:

我想从死里求生,
求安康要治顽症,
在牢里争取自由,
封闭中寻求通行,
让叛徒变得忠诚。
然而我运厄命穷,
永远是劳而无功。
这也是苍天的决定,
追求不可能的事情,
好办的事也落了空。

翌日,安塞尔莫到乡下去了。临行前向卡米拉交代,在他离家期间,由罗塔里奥来照料家务,并陪她吃饭,她务必要把罗塔里奥当自己丈夫一样亲切地接待。卡米拉是个稳重、贞洁的女人,听了丈夫这番吩咐,心里有些不痛快。她提醒丈夫说,他离家期间,让别人坐在他的座位上吃饭不太好。如果他怕她不会料理家务,他可以让她试一试,以后他会明白,就是更重的家务重担她也能挑起来。安塞尔莫说,他喜欢这么安排,她不必多说了,还是听他吩咐吧。卡米拉说,她可以照办,只是心里有些不乐意。

安塞尔莫走了。次日,罗塔里奥来到他家,卡米拉亲切大方地接待他。她从来不和罗塔里奥单独待在一起,因为她身边总跟着一群男女佣,有个名叫莱昂纳拉的使女,更是形影不离。她很喜爱这个姑娘,因为从小在娘家和她一起长大。她嫁给安塞尔莫后,将这使女也带了过来。头三天罗塔里奥一句话也没有对卡米拉说。其实他是有机会对她说话的。因为等主人饭后撤走了杯盘,用人们便开始匆匆吃饭,这时,他可以与卡米拉交谈。用人匆匆吃饭是卡米拉吩咐的,她甚至还叫莱昂纳拉提前吃饭,这样可以让她时刻跟在自己身边。可是,使女的心常常记挂着自己乐意干的事,喜欢利用饭后的时间满足个人的嗜好,因此,女主人吩咐的事她不一定件件照办。仿佛有人命令她这么干似的,她常常让女主人和罗塔里奥单独待在一起。只是卡米拉神情严肃，举止端庄，罗塔里奥想说些什么，总是开不了口。

卡米拉的种种美德虽然使罗塔里奥缄口无言，但其结果却是害了他们两人。罗塔里奥嘴上虽然不说，脑子里却在思考。他细细地观察着她的一言一行，从头到脚端详着她的面貌和身段。如她这般贤德美貌的女子，就是石头人见了也会动情，何况是血肉之躯呢。

罗塔里奥利用可以和她说话的场合和机会对她一个劲儿地细细观察，觉得她实在太可爱了。这个念头渐渐地超越了他对安塞尔莫的尊重。他曾千百次想离开那个城市，到安塞尔莫和卡米拉永远见不到的地方去。可是，他见了卡米拉，心里实在愉快，想走也迈不开脚步了。他竭力控制自己，力图摆脱见到卡米拉引起的好感；他自责自贱，说自己丧失了理智，是个坏朋友，甚至说自己是个坏基督徒。他对自己和安塞尔莫进行了比较和思考，发现自己虽然对朋友不够忠诚，但安塞尔莫也太荒唐，太信任自己了。他觉得在这样的情况下，自己即使有了过错，在上帝和世人面前也是情有可原的。

总之，卡米拉的美貌和贤德，加上她那个糊涂丈夫提供的机会，使罗塔里奥对朋友一片忠心全部消失。安塞尔莫离家后的头三天，罗塔里奥还不断地进行思想斗争，努力克制自己。三天后，他就不顾一切地调戏起卡米拉来，言语异常肉麻，卡米拉听了，都惊呆了。她立即站起身来，一声不吭地回到自己屋里去了。罗塔里奥虽然碰了一鼻子灰，但他并没有因此失去信心，反而对卡米拉更加钟情了。她从来没有想到罗塔里奥会有这样的举动，一时也不知如何是好。她觉得给罗塔里奥再提供一次机会跟自己交谈并不合适，也不恰当。因此，决定当夜派一男仆给安塞尔莫送去一封信，信的全文见下一章。

第三十四章

《一个不该这样追根究底的人的故事》续集

“常言道，无将的军队必败，无主的城堡必破。我认为，除非万不得已，丈夫将年轻妻子丢在家中是非常不妥的。你不在家，我处境非常艰难，真难以忍受这孤寂。你再不快点回来，我就只好回娘家去住几天，就顾不得给你看家了。你委托料理家务的这个人徒有其名，我以为他只图个人快活，并不为你出力。你是个聪明人，不用我多说，多说也不好。”

安塞尔莫收到这封信后，心里明白，罗塔里奥已着手干那件事情了。卡米拉的反应正合自己的心意，因此，心里非常高兴。他托人捎回口信，叫卡米拉无论如何不要回娘家，自己不久就会回去。接到安塞尔莫的口信，卡米拉很吃惊，她更觉得为难了：她既不敢继续待在自己家里，又不好贸然回娘家去。留在家里名声会遭到玷污，回娘家去却又违背了丈夫的意愿。

最后，她决定采取下策，留在自己家里，不再躲避罗塔里奥，免得让用人们说三道四。她后悔给丈夫写了那封信，生怕丈夫怀疑是罗塔里奥看到她有失检点的地方才敢胆大妄为的。她确信靠上帝保佑，凭自己的谨言慎行，能保持自己的贞操。她准备不管罗塔里奥对自己说些什么，只是不理不睬，也不再把情况告诉自己的丈夫，免得引起争吵或其他麻烦事儿。她甚至考虑如果丈夫回来时问起她为什么写那封信，她该如何替罗塔里奥辩解。这些心思非常光明正大，只是不合时宜，也没有实际价值。她带着这样的想法又听了罗塔里奥次日对她说的话，这次他死死地缠住她，说了许多感人肺腑的话，缠得她那颗坚贞的心开始软化了。她努力克制自己的感情，眼中才没有流出感动的眼泪。这一切罗塔里奥均看在眼里，越发情炽似火了。

他觉得一定要趁安塞尔莫不在家的机会加紧对那个堡垒的围攻。他一个劲儿地说她长得俊俏，以此打动她的虚荣心。凡是美女都喜欢别人说她长得漂亮，因此，建立在这种虚荣心上的城堡只要通过一系列的赞美词就可能迅速攻破。罗塔里奥就用这种办法，对卡米拉发起猛攻。尽管她坚如磐石，甚至是铜打铁铸，也抵挡不住罗塔里奥的进攻。他又是哭泣，又是乞求，又是承诺，又是献媚，流露出无限的真诚与深深的情思，使向来谨慎贞洁的卡米拉一败涂地，罗塔里奥终于取得了意想不到却又求之不得的胜利。

卡米拉终于失败，投降了。可是，能怪罗塔里奥不够朋友吗？这似乎太过分了。这个明确的例子告诉我们，只有躲避逃开，才能摆脱感情上的纠缠。除非神力，凡人谁也无法和爱情这个强大的敌人交手。卡米拉失节这件事只有莱昂纳拉知晓，因为这一对背弃了友情的新情人对她是瞒不过的。罗塔里奥不打算将安塞尔莫的那个意图告诉卡米拉，也不想告诉她是她丈夫给他提供了这样的机会，他怕卡米拉会因此低估了他的情意，会认为他不是有意追求她，只是有了现成的机会才那么干的。

几天后，安塞尔莫回到了家里。他并没有发现家中少了一样他最珍贵却又保存得最不好的东西。他立即去罗塔里奥家，见到自己的这个朋友。两人拥抱后，安塞尔莫便向对方打听那件关系到他身家性命的事：

“安塞尔莫，我的朋友，”罗塔里奥说，“我把实情告诉你吧，你妻子的的确确是所有贤德女子的典范。我对她说的话她全都当成了耳边风；我对她作的种种许诺她也都不放在眼里；我馈赠她的东西她均不屑一顾，我假装淌下的眼泪反而引起了她的嘲笑。总之，卡米拉不但美艳无比，而且贞洁稳重，具有一个有身份的妇女应有的种种美德。朋友，我把你给的钱还给你吧，我压根儿就没有必要用这笔钱。像卡米拉这么坚贞的女人，想通过送礼、许愿这些卑鄙的手段去打动她是绝对不可能的。安塞尔莫，你该心满意足，不用再考验了。女人的事确实难办，容易引起猜疑，但你却安然无恙地过了这道难关，眼下不应该落到更大的是非圈中去。老天已给了你一个品德高尚的领航人，你不必另外找个领航人来给你的航船领进海港。你应该明白，目前你已停泊在安全港里了。你可以稳稳地抛下锚，平平静静地等待着世界上没有人能逃避的这一天的到来吧。”

听了罗塔里奥的话，安塞尔莫无比兴奋，这些话仿佛出自神灵之口一样，他确信无疑。尽管这样，他仍请罗塔里奥不要停止对卡米拉的考验，不过，这只是为了消遣猎奇，因此，用不到像上次那样卖力了。安塞尔莫只要求朋友以克罗莉的名义给卡米拉写几首赞扬她的诗。他会回去告诉卡米拉，说罗塔里奥爱上了一位小姐，给她取了克罗莉这样的名字，还准备写诗赞扬她。安塞尔莫还说，如果罗塔里奥不想动笔，他可以代劳。

“这倒不必了，”罗塔里奥说，“因为管文艺的女神对我还不错，每年总有那么几次来拜访我。你可以把我爱上了一个女人的谎言告诉卡米拉，诗我随后就做。尽管我的诗与主题不相配，但我一定尽力而为，写出最好的诗来。”

这两个朋友，一个是糊涂虫，另一个背信弃义，背叛了友谊。他们一起商量好后，安塞尔莫便回家去。他问卡米拉为什么要写那封信（她正觉得奇怪，安塞尔莫为什么不提起这件事呢）。她回答说，罗塔里奥有点不太规矩，不像安塞尔莫在家时那么正经，但后来她明白了，是她自己太多心，因为罗塔里奥后来老是躲着她，不愿单独与她待在一起。安塞尔莫对妻子说，她根本不用多心，因为罗塔里奥已爱上城里的一位高雅的小姐，他给她取名克罗莉，还写诗赞美她。即使罗塔里奥没有这回事，也不必怀疑他的真诚和他对自己的深情厚谊。卡米拉听到这个消息，并不着急，也不感到吃惊，因为罗塔里奥已事先告诉她了，他与克罗莉之间的恋爱是假的，他跟安塞尔莫说起这桩假恋爱的目的是想争得某些赞美卡米拉的机会。否则，卡米拉一定会争风吃醋的。

次日，他们三人一起吃饭的时候，安塞尔莫要罗塔里奥朗诵几行他为自己恋人写的诗。反正卡米拉并不认识克罗莉小姐，罗塔里奥可以不必拘束，畅所欲言。

“卡米拉即使认识她，”罗塔里奥说，“我也没有什么要隐瞒的，因为赞扬恋人的美貌，抱怨她的冷酷，一点也无损于她的声誉。昨天我写了一首针对这个薄情的克罗莉的诗，现在我来念给你们听吧。

十四行诗

在这万籁俱寂的深夜里，
世人们早已进入甜蜜梦中，
我却在诉说着无穷的苦痛，
向我主上帝，向我的克罗莉。
随着红日在东方冉冉升起，
玫瑰色大门照得闪闪发光，
我反复诉说着往日的苦恼，
一声声哭泣，夹着一阵阵叹气。
太阳登上光芒四射的宝座，
耀眼的光芒洒向人间大地，
我哭得更伤心，叹息倍增。
夜晚又降临，我又伤心诉说，
我发现你已耳聋，我的上帝，
你也心不在焉，我的克罗莉。”①

卡米拉认为这首诗写得不错，安塞尔莫更为赞赏，还说这位小姐实在太冷酷无情，对方在诗里已说得那么清楚，还不答理人家。卡米拉问道：

“热恋中的诗人说的话都是真心的吗？”

“诗人说的并非真话，”罗塔里奥说，“可是情人说的不但发自肺腑，而且还常常意犹未尽呢。”

“确实是这样。”安塞尔莫说。他的一举一动都是为了提高罗塔里奥在卡米拉心目中的信誉。卡米拉一直不了解安塞尔莫的那个鬼主意，她这时已一心一意爱上罗塔里奥了。

她对罗塔里奥的东西都感兴趣。另外，她也明白，他心里想的，诗中写的都是针对着她的，她就是真正的克罗莉。因此，她对罗塔里奥说，他如果还写了十四行诗或别的什么诗，就请他念念。

“好的，”罗塔里奥说，“不过，这首诗不如刚才那首写得好，更确切地说，是比那首诗更差。等我念完了，你们可以进行评判。

① 塞万提斯的喜剧《忌妒者之家》第三幕里引用了这首诗。

十四行诗

　　我自知将死，这点你若不信，
我将死去，这点应确信无疑，
我死在你的脚边也无悔意，
我仍无比爱你，薄情的美人。
　　待我忘了荣誉和自己的生命，
等我处于世事全忘的境地，
人们会见我剖开的胸腔里，
你那美丽的脸庞刻印多深。
　　那是我为临终遗留的至宝，
我执著的情意威胁着生命，
你对我越狠，我对你更深情。
　　可怜我这黑暗中的夜航人，
不辨方向，也不知去何港湾，
在不熟悉的海里冒险航行。”

安塞尔莫对这首诗像对第一首诗一样大加赞赏。他就这样环环相扣，让耻辱成为一条锁链，牢牢地捆在自己身上。罗塔里奥越是给他脸抹黑，他越是觉得对方在尊重自己。卡米拉越是一步步向下堕落，在她丈夫的眼中，却越是一步步高升，成为在品德和声誉方面尽善尽美的人。

一天，卡米拉见只有那个使女在旁，便对她说：

“莱昂纳拉，我的朋友，想到自己不太自重，深感惭愧。我都没有让罗塔里奥在我身上多花一些时间，就顺从了他。我怕他会说我轻浮，给他的东西给得太爽气了。他可能会忘记自己为了让我依从他不知使了多大的劲呢。”

“我的太太，这件事你就别烦心，”莱昂纳拉说，“只要给的是件珍宝，本身就有价值，给得爽气不爽气关系不大。常言道，‘给得爽快，一块抵两块。’”

“可是也有这样的老话，‘来得容易，不值分厘。’”卡米拉说。

“这个说法与你的情况不符。”莱昂纳拉说,“我听人说,爱情有时快如飞行,有时慢如徒步;与此人相爱快如奔跑,与那个相恋慢如跛行;有些人的爱情不冷不热像温吞水,另一些人却情炽似火;有人为爱情伤残,更有人为爱情送命;有的人产生情意之际也就是结束爱情之时。情况常常是这样:早上开始围攻城堡,到晚上就被占领,因为爱情的力量是无法抵御的。爱情趁我家少爷不在家的机会就把你和罗塔里奥给降伏了。对罗塔里奥来说,也是一样。既然如此,你又怕什么呢?你们双方相爱了,就得趁安塞尔莫不在家的时候成其好事,他一回来事情就不好办了。爱情能不能如愿,全要看机会,恋爱全靠机会促成,尤其是开头这个阶段。太太,这方面的事情我全明白,而且有亲身体验,不是道听途说。以后有机会我讲给你听,因为我也是有血有肉的年轻女人。况且,卡米拉太太,你并没有一来就依从了罗塔里奥,你是从他的眼神里、叹气声中,从他的言语和作的承诺、送的礼物中看出他的一片真诚,看中了他的品行,这才对他以心相许的。因此,你不必胡思乱想,自寻烦恼。你完全可以放心,罗塔里奥一定会像你尊重他那样尊重你,你可以高高兴兴地过日子,因为你爱的这个人是值得爱的。听说一个好的情人应该具有四方面的品德,而罗塔里奥不仅有这‘四德’[1],而且,他的品德用字母表排列,可以排到底呢。你若不信,我来说给你听。我认为他第一知感恩,第二厚道,第三有绅士风度,第四慷慨大方,第五痴情,第六坚定,第七风度翩翩,第八诚实,第九高雅,第十忠诚,第十一年轻,第十二高贵,第十三正派,第十四名门出身,第十五阔气,第十六富裕,第十七就是刚才说的‘四德’,第十八不多嘴多舌,第十九真挚,第二十能爱护你的名誉[2]。”

听了使女的这张“A、B、C”品德字母表卡米拉忍不住笑了,觉得她在情场上真有一套,堪称情场老手了。使女承认这一点,并对卡米拉说她正与本城一个年轻绅士谈情说爱。卡米拉听了,心里很不放心,生怕有了这一层关系,自己的名声就保不住了。她赶紧追问使女,他们的恋爱是不是已经超越了界限。使女大言不惭地说,已经越过了界线。女主人行为不检点,使女就

---

① 原文是四“S”,即以字母“S”开头的四方面品德:博学、专一、殷切和缜密。

② 这二十方面的品德原文第一个字母以“A、B、C……”的次序排列,如:Agradecido(感恩),Bueno(厚道),Caballero(有绅士风度)……说到字母“X”时,使女说这个字母硬邦邦的,拼不出词儿来。字母“Y”的发音和“I”一样,也不另组词了。

寡廉鲜耻,情况确实如此。使女见到女主人失足,自己就不在乎瘸脚拐腿,也不怕女主人察觉。

卡米拉没有别的办法,只好请莱昂纳拉不要将她的事情告诉自己的情人。另外,和情人往来也得在暗地里进行,免得让安塞尔莫和罗塔里奥发现。莱昂纳拉口头上答应照办,但实际上仍我行我素。卡米拉担心她的行为会丧失自己的名节,这种担忧不是没有道理的。这个使女放荡不羁,胆大妄为,她见女主人不像往常那样严厉了,便肆无忌惮地带自己的情人来家里住宿。她确信,即使太太知道了,也不敢张扬出去的。这是女主人自己作了孽带来的恶果,她们已成了使女们的奴隶,使女们干了不体面的事情,女主人还得替她们遮遮盖盖。卡米拉的情况就是这样。她曾多次见到莱昂纳拉与那个花花公子在自己家里的一个房间里过夜,不但不敢责备,还帮她窝藏情人,并想方设法不让自己的丈夫知道这件事。

然而,麻烦事仍然免不了会发生。一天清晨,罗塔里奥看见莱昂纳拉的情人从安塞尔莫家中出去。他没有看清是谁,开始时还以为是鬼呢。后来见那人蒙头遮脸,走起路来躲躲闪闪,小心翼翼,他顿时起了疑心,不像开始时想的那么简单了。他的疑心差点断送了一切,亏得后来卡米拉对这个漏洞作了弥补。罗塔里奥当时看到有个人这么早从安塞尔莫家跑出去,没想到是前一天莱昂纳拉领进去的,他甚至都没有想到世界上还有个莱昂纳拉呢。他以为自己能这么轻而易举地让卡米拉上钩,别人去勾引她,她也会这样的。这又是行为不端的女人给自己带来的恶果:连当初对她苦苦哀求、百般诱惑才使她失身的这个男人也不信任她的贞操了。他以为她会更容易地委身于别的男人。像他这样的人,一旦产生了这样的疑问,就一定会信以为真。罗塔里奥原本头脑很清醒,这会儿却糊涂了,思考问题不像过去那样周密了。尽管卡米拉没有做任何对不起他的事,他却满腔妒火,一肚子醋意,一个劲儿地要对她进行报复。他不顾一切后果地前去找安塞尔莫。当时安塞尔莫还没有起床,他就把他叫起来,说:

"告诉你,安塞尔莫,这些天来我一直在进行思想斗争。有件事我竭力想不告诉你,但不说实在不行,看来不能再瞒着你了。你要知道,卡米拉这座堡垒已经攻克了,现在完全听命于我了。我一直没有告诉你实情,这是因为我还想看看她是出于一时轻率,还是在有意试探我,想弄清我按照你的意思与她谈情说爱是否出于真心。我认为她如果真的像我们想象的那样清白,她早就会告诉你我追求过她。但她迟迟没有这样做,我就相信她当时对我做出的承诺是真心实意的。她答应等你下次出门时,让我去那间保存金银珠宝的密室里与她幽会。”是的,罗塔里奥确实常常在那里和卡米拉幽会的。“你不必急于去出这口气,因为她只有作孽的打算,还没有行动,说不定从想法到行动的过程中,卡米拉又后悔了。往常你总是全部或部分地采纳我的意见,这会儿也请你采纳我的意见,我给你出个主意,管保你能了解事实真相,还能叫你想个合适的办法进行报复。你平时常常离家,这次也假装离家两三天,实际上却躲在那间密室里。反正密室里有许多壁毯之类的东西。你躲起来也不费什么事。到时你可以亲眼看看卡米拉想干些什么,我也可以亲眼瞧瞧。如果她真的辜负了我们的期望,那么不正经,你就可以悄悄地稳稳妥妥地下手为自己雪耻。”

安塞尔莫原以为卡米拉已抵住了罗塔里奥的诱惑,正洋洋得意,这时听了罗塔里奥的话,惊得瞠目结舌,许久说不出话来。他两眼看着地面,睫毛一动不动,过了好长一会儿,才说:

“罗塔里奥,你做得对,你没有辜负我们的友情。往后我一定听你的,你爱怎么办,就怎么办。对这件万万想不到的事,你可以采用合适的办法避免对外泄露。”

罗塔里奥答应后,就告别了安塞尔莫。这时他又后悔了,他不该对安塞尔莫说那样的话,觉得自己实在太蠢了。他应该直接对卡米拉进行报复,用不到采用这种残忍的不光彩的手段。他骂自己糊涂,怪自己轻率,却想不出挽救的办法。后来他决定把事情的全过程都告诉卡米拉。他见卡米拉的机会很多,当天就见到了她。她见到身边没有别人,可以和他说话,就说:

“告诉你,罗塔里奥,我的朋友,我有桩苦恼的事情,憋在肚子里,快把肚子都胀破了——不胀破才怪呢。莱昂纳拉实在太不要脸了,居然每天夜里把一个花花公子领到我家来过夜,到第二天天亮才走。此人这么大清早从我家出去,谁见了也会起疑心的,这对我的名声大有损害。我苦就苦在不能去责备她,因为我们的事儿她全知道,要靠她保密,这就使我难以张口说她的事儿了。我怕这样下去,一定会出事的。”

开始时,罗塔里奥还认为这是卡米拉要的花招,想以此表明他亲眼见到出门去的那个男人不是她的情人,而是莱昂纳拉的。后来,见到她满面流泪,焦急万分,还请他想办法进行补救,才知道她说的是真的。这样一来,他更是六神无主,悔恨异常了。不过,他还是叫卡米拉不要烦恼,他会设法对付莱昂纳拉的,不让她再这么肆无忌惮。接着,他对卡米拉说,自己因一时误会生了气,对安塞尔莫说出了事情的经过,还让他躲在密室里,好亲眼看看妻子对自己是不是忠贞。他请卡米拉原谅他的冒失,他一时疏忽,弄得这样尴尬,他请她想办法予以补救。

卡米拉听了罗塔里奥的话,着实吃了一惊。她很生气,颇有节制地批评了他几句,说他心眼太坏,想出这么一个坏主意。女人正正经经想问题比不上男子,但无论干好事还是干坏事,急中生智的本领却天生胜过男人。对这个看起来已难以挽回的问题,卡米拉很快就想出补救的办法。她对罗塔里奥说,到时尽管让安塞尔莫躲到事先说好的那个地方,她准备将计就计,借机开个方便之门,往后他们俩幽会就可以不用担惊受怕了。她没有将自己的计策和盘托出,只是告诉罗塔里奥,到时候等安塞尔莫进来躲藏好了,听到莱昂纳拉叫他,他就进去。她问他什么,他尽管回答,仿佛不知道安塞尔莫躲着偷听一般。罗塔里奥一定要卡米拉将计策全都说出来,让自己心里有个底,如出什么意外,也能从容应付。

"我对你说吧,你不用应付什么意外的情况,"卡米拉说,"你只要做到,我问什么,你回答什么就行了。"卡米拉不打算将自己的主意事先告诉对方,她怕罗塔里奥听了不肯依计而行,要另想办法。她认为自己的这个计策很妙,他想出的办法未必会比她的更好。

罗塔里奥走了。翌日,安塞尔莫宣称又要上乡下朋友家里去。他一出门就回来躲藏起来。这件事他办得很顺利,因为卡米拉和莱昂纳拉有意给他提供了方便。

安塞尔莫躲在那儿,心里有多紧张,这是可以想见的,因为他的尊严马上就要丧失了。他心爱的卡米拉是他最宝贵的财富,这时眼看就保不住了。估计安塞尔莫已肯定躲藏好了,卡米拉和莱昂纳拉也走进了密室。卡米拉两只脚一踏进房内,就长叹一声,说:

"唉,莱昂纳拉,我的朋友!我怕你阻挡,有件事一直没有告诉你。不过,在办这件事之前,我看你倒不如拿我向你要的安塞尔莫的那柄短剑刺进我这倒霉的胸膛，这样办更好。当然，我并不真的要你这么干，因为要我代他人受过，实在太没有道理。首先我得搞清楚，罗塔里奥那双色胆包天的眼睛到底在我身上看到了什么，是什么使他敢于向我吐露这样一个既害了他朋友，又有损我名节的卑鄙的念头呢。莱昂纳拉，你快上门口去把他叫来。我料定他这时就在街上，准备实现他的龌龊的心愿呢。可是，我得先实现自己的心愿！我现在心有多正，就有多狠！”

“我的太太啊，”机灵的莱昂纳拉早已知情，她说，“你要这柄短剑干什么呢？你打算自杀还是想刺死罗塔里奥！随你干哪一件，都会败坏你的名声。最好的办法是暂时忍辱负重，别让这个坏家伙进来，发现家里只有你我两人。太太，你该想想，我俩是身单力薄的女流，他可是个男人，而且早已打定了主意，满怀淫心恶念，只怕还没有动手，他就来个先下手为强，害得你比死还糟。我那安塞尔莫少爷真够呛，居然让这样一个不要脸的人到家里来胡搞！太太，我想你是准备杀死他了。可是，杀死他后，这尸首该怎么处理呢？”

“朋友，你问尸首怎么处理吗？”卡米拉说，“就留着让安塞尔莫去埋掉吧。我想让他亲手埋掉自己的耻辱，这应该是件轻松的事儿。快去把罗塔里奥叫来吧。我受了侮辱理应报复，哪怕拖延一时一刻都是对我丈夫的不忠。”

这番话全都让安塞尔莫听到了。卡米拉说的每句话都促使他改变自己的看法。后来他听到卡米拉要杀死罗塔里奥，真想出来阻止她。但他又想看看卡米拉做出这样壮烈的决定到底会有什么样的结局，便没有出来，只准备在关键的时刻出来阻拦。

这时，卡米拉突然晕了过去，倒在一边的床上。莱昂纳拉伤心地哭了起来，边哭边说道：

“啊呀，你这朵全世界少有的贞洁之花呀，贤德妇女的王冠和贞操的典范呀，如果死在我的怀里，那实在是太糟糕了！”

她哭诉得这么伤心，谁听了都会觉得她是世界上最悲戚、最忠诚的使女，而她的女主人则成了拥有许多求婚者的佩涅洛佩[1]第二了。过了一会儿，卡米拉苏醒过来了。她一醒过来，就说：

"莱昂纳拉，你为什么还不去把那位最忠实的朋友叫来呢？像他这么忠实的朋友天底下少见！快去，跑着去，赶紧把他叫来！我正要找他理直气壮地报仇呢。你别拖延了时间，消了我的火气，弄得我到时报复不起来，只是骂他几句，吓唬他一番了结。"

"我的太太，我这就去把他叫来，"莱昂纳拉说，"不过，你得先把那柄短剑交给我。你可不能趁我不在就自寻短见，免得喜欢你的人一辈子伤心落泪。"

"你放心吧，莱昂纳拉，我的朋友，我绝对不会干那种事情的，"卡米拉说，"尽管在你眼中，我为了挽回自己的面子，变得冒冒失失，头脑简单，但我绝对不会像鲁克瑞西娅[2]那样干的。听说她并无任何过错，没有杀掉那个污辱她的人，反倒自杀了。我死就死，但一定要对那个害我无缘无故伤心落泪的狂徒报了仇，雪了恨，才会这么做。"

莱昂纳拉经女主人再三催促，才出去叫罗塔里奥。卡米拉在她还没有回来前，自言自语地说：

"唉，我当初像往常那样一口回绝他就好了，免得他将我当成不正经的坏女人。当然，我一会儿就会让他明白，我究竟对他抱什么态度。那时一口回绝他，这种做法确实不错，但这么一来，他动了邪念，落入泥坑后，也就舒舒服服地出来了，我就不能报仇，我丈夫也没法雪耻了。这个背信弃义的家伙既然一肚子邪念，尽想干坏事，我就叫他用生命来抵偿！我要让全世界都知道，我卡米拉不仅对丈夫保持了忠贞，还惩罚了那个胆敢凌辱自己丈夫的狂徒。不过，我认为最好还是把这件事告诉安塞尔莫。其实，上次他在乡下时我给他的信中已提到这件事。他太厚道，太轻信自己的朋友了，对我给他指出的问题没有及时采取补救的措施。他不愿意也不会相信这么好的朋友竟然会包藏着这样的祸心。其实，我也是过了好多天才相信的，要不是他后

---

① 荷马史诗《奥德修记》中奥德修斯的妻子。丈夫十年未归，许多贵族追求她，她百般设法拒绝，保持了贞洁，被认为是贞操的象征。

② 罗马贵族女子，因遭人奸污，自杀身亡。

来越来越不要脸,老是送东西给我,不停地对我许愿,还一把眼泪一把鼻涕地向我做出保证,我也不会相信他会这么坏呢。可是,我现在想这些又为了什么?既已拿定了主意,何必还要畏首畏尾呢?当然不必了。凡是与我拿定的主意相反的念头都应该抛弃!让复仇的念头留下!叫这个伪君子进来吧!叫他到这儿来!到我的身边来!不管会出现怎样的结局,我就是要让他死,叫他完蛋!当初,我嫁给天赐我的丈夫时,我是清白的;我离开他时也要清清白白。否则,就让我浴血而死吧,让我全身沾满自己贞洁的鲜血和那负心朋友的污血!"

她一面说,一面拿着那柄已经出鞘的短剑,跌跌撞撞地在房间内来回走着;还打着奇奇怪怪的手势,真像是丧失了理智。这时的她已经不是一个娇弱的女子,倒像个亡命之徒。

躲在壁毯后面的安塞尔莫全看得一清二楚,他感到异常惊异。他认为凭他刚才的所见所闻,再大的疑团也能消除了。这时,他倒不希望罗塔里奥来进行证实,他怕出现意外。正当他准备从藏身处出来拥抱他妻子,向她说明真情时,忽然见到莱昂纳拉领着罗塔里奥走了进来,便只好停留在原地。卡米拉一见罗塔里奥,便用短剑在自己面前的地上使劲地划了一道长线,说:

"罗塔里奥,你给我听着,你如果胆敢跨越甚至靠近眼前的这条横线,我就立即拿手中的短剑刺进自己的胸膛。你暂且不要回答,先听我把话说完,随后你愿怎么回答就怎么回答。罗塔里奥,我要你首先告诉我,你认识我丈夫安塞尔莫吗?你对他有什么看法?其次,我还要问你,你认识我吗?快回答我的问题,别支支吾吾的,也用不到多加思索,因为我问的这些问题都不难回答。"

罗塔里奥头脑并不笨。当时卡米拉要他唆使安塞尔莫在密室里躲藏起来,他就明白她的用意。这次他配合得相当默契,两人一唱一和,把这台假戏都演活了。他回答道:

"美丽的卡米拉,你问的事和我来这儿的用意完全是两回事。我没想到你叫我来是要问这样的问题。如果你想延迟你答应我的好事,那么,你尽可以这样做,因为如愿的希望越近,困难就越大。不过,免得你说我不回答,我就来回答你的问题吧。我认识你丈夫安塞尔莫,我们从小就相识。你对我们的交情也是了解的。不过,我不想谈我们的友谊,因为我实在对不起他。当然,我这样做也是为了爱情。为了爱情,一个人犯了更大的过错,也应得到谅解。我也认识你,我像他一样尊重你。如果不是为了你这样的珍宝,我根本用不到违背自己的本性,破坏神圣的友谊。现在由于出现了爱情这样的强敌,神圣的友情惨遭破坏和践踏。”

“你是一切值得爱慕的事物的死敌,”卡米拉说,“你既然已经不打自招,说了刚才的话,怎么还有脸站在我面前呢?你知道,我是他的镜子,而你也应该以他为镜,照鉴自己。这样,你才会明白,你欺侮他实在没有道理。唉,我真倒霉呀,我现在明白了,你这样不守本分,可能是由于我自己有时不太严肃。我不愿意说自己不正经,因为我不是有意这么做的。女人在不必太拘谨的场合,无意中常常会疏于检点。不过,我来问你,你这个背信弃义之徒,当时我说过一言半语或对你暗示了什么,使你心生妄想吗?我对你的乞求不都严词拒绝了吗?对你那些情意绵绵的话,我哪一次不进行了严厉的申斥?你给我许下的愿我相信了吗?你送的那么多东西我收下了吗?当时我以为你这种痴心妄想,没有希望变成现实,就会断绝了。现在看来,你对我这么无礼纠缠,是我有时不太注意,使你产生了幻想。因此,我愿意惩罚自己,你该受的处罚也由我来承受。今天叫你来,就是要你到场看看,让你知道,我对自己都这么狠心,对你我也是饶不过的。我丈夫是个很体面的人物,可是,你却想方设法给他脸上抹黑。当然,我自己也有失检点,助长了你的邪气,现在,我要为丈夫受的凌辱进行赎罪献祭,我要你来亲眼看一看。我重申,我一直在恨自己一时疏忽,让你滋生了妄想,想到这点,我心里很难过,正因为这样,我才决心亲手惩罚自己。如果让另一个人来处死我,我的过失可能会张扬出去。不过,在我这样做之前,我要先杀一个人,让他跟我一起走,以便为自己报仇雪恨。这样,我无论到哪个世界,都会看到正义和公道是无私的,对那个让我处于如此绝望境地的人,正义和公道也没有饶过他。”

说完,她以令人难以置信的力量和速度将那柄出鞘的短剑朝罗塔里奥身上刺去。看那样子是真的要将短剑插进他的胸口,就连罗塔里奥也弄不清她这一番表演到底是真是假。他只好凭自己的武艺和力量来进行抵挡,没有让卡米拉得逞。卡米拉这场难得一见的假戏演得非常生动,她为了使

这场演出更具真实感,甚至不惜用自己的鲜血进行渲染。她见自己刺不中罗塔里奥(也可能她假装刺不中),就说:

"尽管命运没有满足我杀死他的愿望,但它不会有这么大的能耐,不让我杀死自己的愿望得到满足。"

罗塔里奥当时已抓住了她握短剑的那只手。她用力挣开,把剑锋对着自己身上不是要害的部位,一剑刺在左肩锁骨下,然后,像是昏厥过去一样,倒在地上。

莱昂纳拉和罗塔里奥见了,惊得目瞪口呆。他们见卡米拉已倒在血泊中,一时还弄不清这是真的还是假的。罗塔里奥慌忙过去,拔出短剑。一见伤势不重,这才放心。他对美丽的卡米拉的机智、精明深表钦佩。现在轮到他来演下面一场戏了。他趴在卡米拉的身上,仿佛她真的已经死去似的嚎啕大哭,边哭边骂。他不仅痛骂自己,还大骂造成这一切不良后果的指使者。他知道自己的朋友安塞尔莫在一边听,故意说了些话,让安塞尔莫听了,觉得卡米拉虽然死得可怜,但他罗塔里奥处境更糟,更值得同情。

莱昂纳拉将卡米拉抱到床上,请罗塔里奥悄悄地去找个医生为卡米拉治伤。同时,她还向罗塔里奥请教,万一安塞尔莫回来时,卡米拉的伤口还未愈合,该怎么向主人交待。罗塔里奥回答说,她们愿怎么说就怎么说吧,他这时已没有心思给她们出主意。他只嘱咐莱昂纳拉,要给卡米拉的血止住,他自己要到人迹罕见的地方去了。他装作异常痛苦的样子走出门去。他到了门外,见四周无人,便不停地画着十字,暗暗钦佩卡米拉的妙策,对莱昂纳拉恰到好处的表演也十分佩服。他料想安塞尔莫一定会把卡米拉看成是波尔西娅[①]第二。他很想与安塞尔莫会晤,以便一起庆贺这出非常出色的假戏的成功演出。

莱昂纳拉依罗塔里奥的吩咐,给女主人止了血。卡米拉其实流血不多,只够把假戏演成真的。莱昂纳拉拿了点酒给她洗了洗伤口,再给她包扎好。在治伤的同时,使女又说了不少赞扬卡米拉的话,即使她先前什么也没有说,光凭这些话也完全可以让安塞尔莫相信,在贞操方面卡米拉堪称典范。

---

① 古罗马马克·布鲁多的妻子。丈夫密谋杀死奥古斯都未成,战死,她随即自尽,被认为是贞妇的典范。

卡米拉的话也配合得天衣无缝。她说自己缺乏胆量,在需要勇气结束自己已感厌恶的生命时却偏偏害怕了。她请教使女,要不要将这件事全都告诉她心爱的丈夫。使女说,不要告诉他,否则,他会找罗塔里奥报仇的,这就危险了。作为一个贤德的女人,不应该让丈夫与他人争斗,要竭力避免发生这样的事。卡米拉说,莱昂纳拉的话很有道理,她决定照办。不过,她总还得想个办法向安塞尔莫说明她为什么负伤,因为伤口不让丈夫看见是办不到的。莱昂纳拉说,她从来不会撒谎,就连闹着玩儿的谎话她也不会说。

"妹妹啊,难道我会撒谎吗?"卡米拉说,"即使要了我的命,我也不会撒谎,就连帮个腔也不会啊。要是在这方面想不出办法,还是把事情的经过和盘托出为好,免得说了谎给当场揭穿。"

"太太,你别着急,"莱昂纳拉说,"跟少爷说些什么,明天以前我一定想好。也许这伤口的位置不显眼,你可以遮起来,他就看不见了。我们办事正大光明,也许老天会保佑。我的太太,别太激动,安静点,别让少爷看出你心神不定。你做到这点就行了,别的事全交给我,由我来办,并请求上帝保佑。上帝会保佑好心人的。"

安塞尔莫聚精会神地观看了这出断送了他声誉的悲剧。剧中这几个角色演得太精彩了,真可以说已达到以假乱真的程度。他焦急地盼望着夜晚的来临,好利用夜色离家,与他的挚友罗塔里奥会面,与他共同庆贺,因为他获得了自己的妻子这样一枚瑰宝。卡米拉和莱昂纳拉给他提供了出门的机会,他不失时机地走出藏身处,然后去找罗塔里奥。找到后,安塞尔莫把他热烈地拥抱了一阵,然后,一个劲儿地称赞卡米拉。他当时兴奋的心情已很难用言词进行表述。罗塔里奥听了,脸上没有露出一丝笑容,因为此时他心里想的是他的朋友受了欺骗,反过来说,是他自己欺骗了朋友,感到非常内疚。安塞尔莫虽然也发觉罗塔里奥有些不高兴,但以为他是因卡米拉受了伤,心里不好受。他反而劝罗塔里奥,叫他别难过,卡米拉的伤势不重,她们俩已商量好不把卡米拉受伤的事告诉他,可见情况并不严重,不用操心。往后罗塔里奥倒是应该和他自己多多行乐,因为靠罗塔里奥的帮助,现在他终于成了最幸福的人了。安塞尔莫还要他朋友空下来就做做诗,赞扬赞扬卡米拉,消消遣,让她能够流芳百世。罗塔里奥非常赞赏朋友的这个主意,并说他自己一定帮助树立这座丰碑。

安塞尔莫就此成为上了当还怡然自得的大傻瓜，天底下找不到第二个。他亲自将他的朋友请到家里，让他毁了自己的声誉，却以为他为自己赢得了荣誉。卡米拉见了丈夫，脸色很不好看，心里却是乐滋滋的。骗局还维持了一些日子，直到几个月后，命运的轮子转到另一个方向，掩盖得非常巧妙的丑事终于暴露了。安塞尔莫为他不知分寸的追根究底，竟付出了自己的生命。

第三十五章

《一个不该这样追根究底的人的故事》结束。

神父行将念完这部小说的时候，桑丘·潘沙突然慌慌张张地从堂吉诃德沉睡的阁楼上跑来，大声地说：

“先生们，快去帮我主人打仗啊，我这辈子还没有见过打得这么激烈的仗呢。那个跟米科米科娜公主作对的巨人，被我主人挥手一剑，脑袋像切萝卜那样给齐耳根砍下来了。”

“你说什么，桑丘？”神父放下还没有念完的那部小说问道，“你疯了吗？那巨人离这儿还有两千西班牙里地呢，你说这样的话，是不是活见鬼？”

这时，众人听到那边房内一阵巨响，堂吉诃德大喊道：

“站住，你这个贼，你这个恶棍，无赖！你已落到了我的手中，你手中的弯刀也不管用了！”

听声音，他好像在拿剑猛砍墙壁。桑丘说：

“别在这儿听了，快进去劝架吧，或者进去帮我主人一把吧。不过，眼下也用不到了，因为巨人肯定已经给杀死了，他已向上帝招供一生的罪孽去了。我见到地上全是血，脑袋已经砍下，滚到一边，足有大皮酒袋那么大。”

“那床头边上堆着几只装红葡萄酒的酒袋，我可以拿脑袋打赌，那个堂吉诃德（或者就叫他堂魔鬼吧），准是一剑砍在酒袋上了，而这位老兄就将淌了一地的红酒当成鲜血了。”店主听了说。

说完，他就走进那个房间，众人也跟他走了进去，他们发现堂吉诃德的衣着非常怪异。他上身只穿一件很短的衬衣，前襟遮不住大腿，后摆比前襟还短六指；两条腿又细又长，满是黑毛，脏污不堪；头上戴一顶红色睡帽，满是油污，那是店主给他的；左臂上裹着一条毛毯。桑丘见了就一肚子火，什么原因，桑丘自己非常清楚①。他右手拿着那柄出了鞘的剑，上下左右乱砍乱舞，嘴里还在大叫大嚷，仿佛真的在和巨人鏖战不休。有意思的是他的双眼还没有睁开，此时他仍在酣睡，他是在梦中与巨人交战。原来他对即将完成的这桩大事想得太多了，所以梦中就到了米科米公王国，与他的敌人交战去了。他把酒袋当成了巨人，对它们乱劈乱砍，结果酒流得房间里满地都是。店主见了，怒不可遏，挥舞拳头，猛击堂吉诃德。要不是卡德尼奥和神父过去将店主拉开，他就结束这场和巨人的交战了。即使这样，这个可怜的骑士还没有醒来。这时，理发师从井里汲来一大罐凉水，一下子全浇到了堂吉诃德身上，这才将他浇醒，但他的神志好像还没有完全清醒，还弄不清究竟是怎么一回事儿。

多罗脱奥见堂吉诃德衣不蔽体，不肯进来看这位救星和她的敌人交战。

桑丘遍地寻找巨人的脑袋，没有找到，说：

“我明白了，这客店里的东西全都着了魔。上次就在我站着的这个地方，有人揍了我好多拳，打了我好多棍，我却不知是谁打的，连一个人也没见到。刚才就在这儿我亲眼看到一个脑袋被砍下了，血就像泉水似的往外冒，这会儿那脑袋却又不见了。”

“什么血呀，泉水呀，你胡扯些什么，你这个上帝和圣徒的死对头！”店主说，“你这个贼，你没有看见吗？你说的血和泉水就是从这些捅破的酒袋里淌出来的红葡萄酒呀！这个捅破酒袋的家伙，我真恨不得叫他的灵魂进入地狱，泡在酒里！”

“别的事我不管，”桑丘说，“我只知道要是找不到那个脑袋，我就倒霉了，我那块伯爵的封地就像盐泡在水里一样无影无踪了。”

桑丘虽然醒着，头脑却比他睡着的主人还要糊涂，这都是他主人给他许了那么多愿造成的。店主见侍从这么迷糊，主人又这么疯，心里真生气。他发誓决不再像上次那样让他们赖账跑了。这次他们骑士道的特权不管用了，新账老账得一起算，连修补捅破的皮酒袋的费用也要算在他们的账上。

神父握住堂吉诃德的双手。这位骑士以为大功告成，自己正站在米科

① 显然指桑丘被兜在毯子内往空中抛这件事。

米科娜公主面前报功呢。他便双膝跪在神父的面前，说：

“伟大、尊贵、声名显赫的公主，从今以后您可以安居乐业，那坏家伙再也不能为非作歹了。至于我呢，靠上帝帮忙，靠我当作生命主宰的那位小姐的庇护，已实现了对您的承诺，以后就不再承担义务了。”

“我不是说了吗？”桑丘听了说，“我刚才头脑清醒得很呢。你们瞧，我主人不是已经将那巨人宰了，还给他撒上盐给腌上了。没说的，我这个伯爵是当定了。”

听了主仆俩的胡言乱语，谁能不笑呢？大家都笑得前仰后合，唯有店主气得发抖。后来，理发师、卡德尼奥和神父费了不少劲才将堂吉诃德抬到床上。一上床，他就立即沉沉入睡，像是异常疲倦的样子。众人就让堂吉诃德睡着，他们来到客店门口，安慰了一番桑丘，因为他没有找到巨人的脑袋很伤心。他们对店主进行安慰，就费点儿事了，因为这么些酒袋突然给捅破，店主的火气大着呢。这时，老板娘嚷道：

“这个游侠骑士进了我们客店，算我们倒了大霉，他给我们造成的损失太大了，我真讨厌这种人。上次他和侍从、一匹马、一头驴在这儿住了一宿，一顿晚餐，加上住宿费、草料费，一分钱不给就走了。还说什么他是冒险的骑士，因此他可以分文不付，骑士道的收费规定就是这么说的。但愿上帝让他和天下所有的骑士都倒大霉！这回又是由于他，跑来一位先生，把我的牛尾巴拿走了，还来的尾巴毛都掉光了，我丈夫想用也无法用了，损失真不小。这还不够，他又将我家的酒袋捅破，葡萄酒流了一地。我真希望在地上淌的是他的血！这次他别想得太美，我凭我老子的尸骨和我妈妈的在天之灵起誓，他一定得把欠款一分不少地付清！否则，我就不姓现在的姓，也不是我爹妈养的！”

老板娘气急败坏地咒骂着，那个心肠并不太坏的使女玛丽托纳斯也在一旁帮腔。店主的女儿没有吭声，她不时地露齿微笑。神父答应尽力赔偿一切损失，包括酒袋和酒，尤其是那条老板娘特别珍惜的牛尾巴。这样，店主他们才平静下来。多罗脱奥安慰桑丘说，一旦他主人砍下巨人头颅一事查证属实，她回去坐稳了王位，一定将王国内最肥沃的伯爵领地封赏给他。桑丘听了很满意。他对公主说，自己确实看见过那个巨人的脑袋，上面的胡须一直拖到腰际。他还说，这头颅找不到，原因是整个客店的东西都着了魔,他上次住在这儿就有亲身体验。多罗脱奥说,这话她都相信,请桑丘不要着急,以后的事情一定会顺顺利利的,他会感到称心的。

众人都平静下来后,神父想把那本小说念完,因为只差一点儿了。卡德尼奥、多罗脱奥和在场的其他人都请他继续念。为了满足大家的愿望,同时他本人也有这个兴趣,就继续读下去:

安塞尔莫知道卡米拉是个贞洁的女人后,非常高兴,日子过得无忧无虑。卡米拉故意对罗塔里奥板着脸,她的用意是让安塞尔莫明白,她恨罗塔里奥。罗塔里奥也随即对卡米拉进行配合,他请求安塞尔莫允许自己今后不去他家,因为卡米拉见了他心里很不高兴。然而,还蒙在鼓里的安塞尔莫怎么说也不同意。他这样千方百计在自己脸上抹黑,却以为自己日子过得非常惬意呢。

这时,莱昂纳拉已越来越肆无忌惮。她仗着女主人对自己的庇护,色胆包天,整天与情人鬼混。卡米拉不但不管教她,还常常教她少担风险的办法。结果,一天夜里,安塞尔莫听到莱昂纳拉房内有脚步声,想进去瞧瞧,发现房内有人顶着门,他越发想进去看看。他用力一推,终于把门推开了。进了房门,发现有一男子跳窗而逃。他想追上去看看是谁,没有达到目的,因为莱昂纳拉抱住了他,说:

"我的少爷,请你冷静点,千万别声张,也别追他了,这是我个人的事,他是我丈夫。"

安塞尔莫不信。他气势汹汹地拔出短剑,往莱昂纳拉身上刺去,一面对她说,如不如实招供,就要了她的命。莱昂纳拉吓坏了,也没理会自己说的是什么话,随口说道:

"少爷,饶了我吧,我有一件重要的事情禀告你呢。"

"快说,"安塞尔莫说,"否则,我就宰了你。"

"现在不行,"莱昂纳拉说,"这会儿我心里太乱了。请宽限到明天吧,到时我告诉你一个惊人的消息。你放心吧,刚才从窗口跳下去的是本市的一个小伙子,我们已定亲了。"

安塞尔莫听了,开始冷静下来,他答应宽限到明天。他对卡米拉的贤德很有把握,因此,没有想到莱昂纳拉会对他说卡米拉的坏话。他离开房间时,将莱昂纳拉反锁在里面,并对她说,等她将该说的话说了,才放她出来。

接着,安塞尔莫去见卡米拉,将莱昂纳拉的事详细地跟她述说了一遍,还说这个使女还有要事向他禀报。卡米拉听了,吓得魂不附体。她心想莱昂纳拉一定会把有关她失节的事告诉安塞尔莫。她已经没有勇气来验证自己的猜想是否与现实相符。当天夜里,她估计安塞尔莫已进入梦乡,立即将自己最值钱的珠宝首饰和钱币收拾停当,悄悄地溜出家门,来到罗塔里奥家中,把事情的经过向他叙述了一遍,并请求他设法将自己藏起来,或两人一起离城,逃到安塞尔莫找不到的地方去。罗塔里奥听了,惊慌得一句话也说不出来,更不知下一步该怎么办。后来,他决定领卡米拉到修道院去,院长就是他亲姐姐。卡米拉同意了,罗塔里奥便迅速领她到了修道院。给她安顿好后,自己也很快离城,谁也不知他的去向。

次日早晨,安塞尔莫发现卡米拉已不在自己身边,但他没有细加查问,因为他一心一意想听听莱昂纳拉究竟会对自己说些什么。他起床后,就径直来到锁着使女的那个房间,发现莱昂纳拉已不在房内,只见窗口上挂着几条结在一起的床单,料想她已顺着床单从窗口逃走了。他心里十分懊恼,想回来把这个情况告诉卡米拉,发现她不在床上,找遍整个家都没有见到她。安塞尔莫急了,找用人们打听,谁也不知女主人的下落。

他在寻找卡米拉的时候,发现有几只箱子已被打开,里面最值钱的珠宝首饰不见了。他这才明白,家里出事了,而肇事者并不是莱昂纳拉。于是,他连衣帽都来不及穿戴整齐,便垂头丧气地来找他的朋友罗塔里奥,想把家里发生的祸事告诉他。罗塔里奥也不在家,用人对他说,罗塔里奥昨夜就出门去了,还把家中的现钱带走了。安塞尔莫差点儿丧失了神志。真是祸不单行啊。安塞尔莫回到家后,发现家里的男女用人全都逃离,家里财物被洗劫一空,只剩一座空屋。

这究竟是怎么一回事呢?他不知该说些什么,也不知该干些什么。慢慢地他的神志开始迷糊,他意识到自己已失去了妻子,失去了朋友,失去了仆役,连老天也不保佑他了。糟糕的是他已声名狼藉,因为卡米拉一消失,他就知道自己的名声完蛋了。

经过长时间的思考后,他决定去乡下的朋友家。他这番祸事就是他住在这位朋友家时闯下的。他关好家里的门,骑上马,没精打采地上了路。走到半道上,他便觉得心烦意乱,不愿往前走了,只好下马,将马拴在树上,自己倒在树下放声痛哭,一直待到日落西山。这时,忽见一人骑马从城里来,安塞尔莫与此人打过招呼,便问他佛罗伦萨方面有什么消息。从城里来的那个人说:

"出了一桩许久没有听说过的怪事。听说住在圣胡安区的财主安塞尔莫的妻子卡米拉让他的好朋友罗塔里奥给拐走了。安塞尔莫也不见了。这话都是卡米拉的一个使女说出来的。昨天晚上这使女靠一条床单从窗口往下滑,逃出安塞尔莫家。省长也知道这件事了。这事情的来龙去脉我也不太清楚,我只听说全城人都觉得非常惊奇,因为安塞尔莫和罗塔里奥关系很好,人们都称他们'朋友俩'。像这样的至交居然也会出这种事情!"

"罗塔里奥和卡米拉上哪儿去了?有人知道吗?"安塞尔莫问道。

"谁也不知道,眼下省长正在加紧缉查。"城里来的那个人说。

"再见了,先生,愿上帝保佑您。"安塞尔莫说。

"愿上帝保佑您。"城里人说完就走了。

听到这个令人心酸的消息,安塞尔莫差一点疯了,他真想一死了之。他挣扎着站起身来,来到他朋友的家里。朋友还不知安塞尔莫家出了事,只见他面色蜡黄,形容憔悴,以为他生了大病。安塞尔莫到朋友家后,就请朋友给他安排个地方睡觉,还要来纸笔,想写点什么。朋友依着他,让他单独在一个房间里躺着,还替他关好房门。房内只剩下自己一个人后,安塞尔莫心情非常沉重,感到自己实在太不幸了。这时,他意识到自己的生命已到了尽头。他打算留个字条,说明自己突然去世的原因。他动笔写了几句,还没有把想写的事写完,就咽了气。他那没有分寸的刨根究底,害他送了命。

安塞尔莫的朋友到天晚还没有听到安塞尔莫的叫唤,决定进房内看看他的病是不是加重了。只见他上半身趴在书桌上,下半身在床上,面前摊着他留下的字条,手中还握着那管笔。朋友走到安塞尔莫的身边,先叫了一声,对方没有答应;又摸了摸他的手,发现已经冰冷了,这才知道他已死去。朋友非常惊慌,也很难过,忙把家里的人叫来让他们作证。他又看了一下安塞尔莫留下的那张字条,认得是他的笔迹。上面说:

我那个愚蠢的不应该产生的愿望害了我的性命。如果卡米拉获悉我的死讯,我希望她明白,我原谅她,因为她没有必要创造奇迹,我当时也没有必要让她这么做。是我本人玷污了自己的名誉,因此,没有……

安塞尔莫的字条到这儿就完了。显然,他还没有把该写的写完,就断了气。翌日,安塞尔莫的朋友将他的噩耗通知了他的亲属。他们早已知道安塞尔莫出了事,也知道卡米拉躲在哪一个修道院。卡米拉差一点跟着丈夫走同一条绝路,这倒不是因为她听说丈夫去世,而是因为听说她的情人已经出走。据说她虽然守了寡,却不肯正式当修女,也不肯离开修道院。没有过几天,传来了罗塔里奥在前线阵亡的消息。原来这个后悔莫及的朋友来到那不勒斯,参加了洛特瑞先生①和大统领贡萨洛·埃尔南德斯·德·科尔多瓦②的战争。卡米拉听到罗塔里奥战死的消息,才正式当了修女,但不久她便因忧伤过度,离开了人世。这个荒谬的故事终于得到这样一个悲惨的结局。

"我觉得这部小说写得还不错,"神父说,"只是故事情节缺乏真实性。即使是编出来的,编得也有毛病。像安塞尔莫这样的糊涂丈夫,不惜付出这么大的代价,试验妻子是不是忠贞,这是很难想象的。倘使这件事发生在一对未婚恋人身上,倒还说得过去;发生在夫妇之间,可能性微乎其微。不过,这本书叙事的方式,我倒没有发现不妥的地方。"

---

① 法兰西元帅。

② 参见第三十二章第263页注③。

第三十六章

叙述堂吉诃德与几只皮酒袋的一场恶战[①]，以及客店里发生的其他一些怪事。

这时，店主在客店门口大声地说：

“这几位客人长得好标致呀，要是在这儿住店，可就热闹了。”

“是些什么人啊？”卡德尼奥问道。

“一共是四个人，”店主回答说，“他们都骑着短镫高鞍的马，手执长矛和盾牌，还戴着黑面罩。跟他们一起来的还有一个妇女，身穿白衣，骑着马，坐在横鞍上，也戴着脸罩。后面还徒步跟着两名年轻的侍从。”

“他们已离这儿不远了吗？”神父问道。

“不远了，”店主回答说，“都快到这儿了。”

多罗脱奥听了，立即戴上面罩；卡德尼奥也走进堂吉诃德的房间里躲起来。卡德尼奥的脚还没有跨进房门，店主说的这几个人已经走进客店。骑马的这四个人下了马，个个器宇轩昂、仪表堂堂。他们过去帮那个女子下马，其中一人将她从马鞍上抱下来，让她坐在卡德尼奥躲藏的那个客房门前的一把椅子上。直到这时，女人和四个男子均没有除去面罩，也没有说一句话。只是那女子在椅子上就座后，深深地叹了一口气，双臂下垂，像个身体

---

① 这场大战已在第三十五章结束，因此，这个标题应放在前面一章才合适。对于这种标题和文字错位的原因，胡安·巴蒂斯塔·阿巴那-阿尔塞注释的《堂吉诃德》第三十六章注①作了如下解释：根据小说原稿，“皮酒袋之战”放在第三十六章，但付印前作者进行了一次修改，将原本应在第三十四章结束的《一个不该这样追根究底的人的故事》留了一个结尾给第三十五章。为增加悬念，塞万提斯又将“皮酒袋之战”插入第三十五章。由于一时疏忽作者没有将标题同时进行改动。为保持原文的风貌，本章标题照原文译出。

十分虚弱的病人。徒步来的两个侍从将马都牵到马厩去。

神父见这光景,很想去打听一下这几个衣冠楚楚、默不作声的人究竟是些什么人。他来到那两个年轻侍从的身边,向其中一人打听情况。那小厮回答说:

“天知道呢,先生,连我也说不清他们是谁。我只知道他们地位很高,尤其是您刚才见到的那个将小姐从马上抱下来的老爷。我说这话是因为其余几位都很尊敬他,都听从他的吩咐和安排。”

“那么,那位小姐又是谁呢?”神父问道。

“小姐是谁我也无法奉告,”小厮回答说,“因为一路上我都没法看清她的脸。我只听到她一声声叹气,一阵阵呻吟,每次都像要昏死过去的样子。除了刚才说的外,其余情况我一无所知。这也不奇怪,因为我和我的伙伴只跟随了他们两天。我们是在途中相遇的,他们话说得很客气,一定要请我们跟他们到安达卢西亚,还答应给我们重赏。”

“你没有听见他们互相称呼吗?”

“没有,真的没有听到过,”小厮说,“他们一路上沉默得出奇。除了那位可怜的小姐一声声哀叹和啼哭,我们再也没有听到他们说些什么。小姐哭得怪可怜的,我们想她准是被逼着到那儿去的。从她的装束看,她大概是个修女,或者说,她准备去做修女的。也许她本人不愿意,所以才会哭得这般伤心。”

“也许是这样吧。”神父说。

离开这两个年轻人后,神父又回到多罗脱奥的身边。她刚才已听到那位戴面罩的女子在叹气,十分同情她,便来到她的身边,说道:

“我的小姐,你有什么不舒服吗? 如果是女人的常见病,我有办法给你医治。我非常愿意为你效劳。”

那令人同情的姑娘还是没有开口。尽管多罗脱奥一再表示要帮她的忙,但她还是一声不响。后来,那个带面罩的绅士(就是刚才小厮说的别人都得听从他吩咐的那一位)来到多罗脱奥的身边,对她说:

“小姐,你不用多费口舌了,这个女人你帮不上忙。人家帮她做事,她向来不知感恩。你问她什么她也不会答复,除非你爱听她撒谎。”

“我从来没有说过谎话,”一直没有开过口的这个女子终于说话了,“正好相反，正由于我一片真诚，从不撒谎，才遭了现在的横祸。这点我想你自己心里明白。正因为我非常真诚，才显出你的虚伪、欺诈。”

卡德尼奥这时正在堂吉诃德的房间里，和刚才说话的这个女子只隔着一扇门。她说的话他听得非常清楚。他听了立即大声地说：

“天哪，这说话的人是谁呀？我刚才听到的是什么人的声音呢？”

那个小姐听到说话声，大吃一惊。回过头去一看，却没有见到说话的人。她站起身来，想走进房里。那个绅士见了，急忙拦住她，不让她移动一步。慌乱中那位小姐用来遮脸的一块绸布掉在地上，露出一张无比俊俏的脸庞，只是脸色苍白，神情慌乱，两只眼睛骨碌骨碌地转动着，四处张望，急得像发了疯似的。见了她那个样子，虽不知为什么，多罗脱奥和在场的人都非常可怜她。那个绅士紧紧地抓住姑娘的双肩，自己的面罩滑下来也腾不出手来重新整理一下。最后，面罩整个儿掉了下来。多罗脱奥这时正搂着那个姑娘。她抬头一瞧，发现抓住那姑娘双肩的绅士就是她丈夫堂费尔南多。她一认出来，就“啊呀”一声，从心底里发出一声无比凄楚的长叹，随即仰面倒下，昏厥过去。要不是理发师站在她身边，将她扶住，她一定会摔倒在地。

神父急忙过来给她除去面罩，好给她脸上泼凉水。一揭开多罗脱奥的面罩，搂着另一个姑娘的堂费尔南多便立即认出来了，他顿时脸如死灰。不过，他并没有因此而松开正在他怀里挣扎着的那个姑娘。她就是路辛达。听到卡德尼奥在叹气，路辛达就知道是他，而卡德尼奥也听出她的声音来了。刚才听到多罗脱奥“啊呀”叫了一声，就晕了过去，卡德尼奥以为是路辛达喊的，立即慌慌张张地从房间内冲出来。他首先见到搂着路辛达的堂费尔南多，他也很快认出了卡德尼奥。路辛达、卡德尼奥和多罗脱奥此时都呆若木鸡，一时弄不清究竟发生了什么事。

在场的人都你看看我，我看看你，没有人说话。多罗脱奥看着堂费尔南多①，堂费尔南多看着卡德尼奥，卡德尼奥看着路辛达，路辛达看着卡德尼奥。最后还是路辛达先开口，打破了寂静。她对堂费尔南多说：

“堂费尔南多先生，请你放开我。不为别的，就为你自己的身份，你也得

① 下一段又说“多罗脱奥已苏醒过来”，显然是作者的疏漏之处。

放开我。我是常春藤,你让我缠绕到墙上去吧。无论是无礼取闹、威胁恫吓,还是许愿送礼都无法将我从自己缠绕的墙上拉开。请你睁大眼瞧瞧吧,苍天在不知不觉中将我送到了自己真正的夫君的面前来了。你已多次付出沉重的代价,应该从中得到教训,并要懂得,我只有死了才能将他从自己的记忆中抹去。现在事情已经非常清楚,你除了将爱变成恨,将喜欢变成厌恶,从而结果了我的性命外,已没有别的对付我的办法了。我能在心爱的夫君面前献出自己的生命,也死得其所。也许这正好向他表明,我对他的爱心至死不变。”

这时,多罗脱奥已苏醒过来。路辛达说的话她全都听见了,她已弄清这个姑娘是谁了。她看见堂费尔南多还紧紧地搂住路辛达不放,也不对路辛达说的话做出回答,便竭力挣扎着站起身来,跪在堂费尔南多的面前,秀丽的脸上挂满了伤心的泪珠,对堂费尔南多说道:

“我的先生,如果你抱住的太阳的光芒没有让你眼花缭乱的话,你应该看到,在你眼前跪着的就是苦命的多罗脱奥。我该苦命到什么时候,就取决于你了。我本是地位低微的村姑,你出于一片好心——也可能为图一时之快,抬举我成为你的人。我向来贞洁,日子过得高高兴兴。后来听了你那一番甜言蜜语,以为你对我情真意切,才失去了自己的贞操,冒冒失失地将自己的身子交付给你。你占了我的便宜后,便把我丢到了脑后。我落到目前的境地,又亲眼看到你这会儿的情况,就知道你没有把我放在心上。不过,你别以为我出走是因为丢了脸,我只是被你遗弃,心里悲伤才到这儿来的。你当初想占有我,并终于达到了目的;眼下你想不承认你是我的丈夫,这是办不到的。我的先生,你应该好好想想,我是一心一意爱着你的。我的一片深情可以抵得上另一个姑娘的美貌和高贵的门第。你不能成为美丽的路辛达的丈夫,因为你是我的。路辛达也不能成为你的妻子,因为她是卡德尼奥的。你只要好好想想我对你说的话,将你的感情转向一心爱着你的这个姑娘,不要强迫讨厌你的这个姑娘爱你,就容易解决这个问题了。你当初利用我一时的轻率,向我求欢,使我失去了贞节,你并不是不知道我的出身门第;你心里也很清楚,我是在什么样的情况下失身于你的。因此,你也没有理由说自己受了欺骗,如果我说的这些都是真的。而实际情况也的确是这样,那么,你作为一个基督徒和绅士,为什么不像开始时答应我的那样和我及时举行婚礼,一直拖延呢?我是你真正的合法妻子,如果你不愿把我当你的妻子,那你至少也应该把我当作你的奴仆。只要能在你身边服侍你,我就觉得非常幸福。你千万不能抛弃我,使我无依无靠,让好事多嘴的人聚在一起说我的闲话。我父母亲是你属下的好子民,他们对你家向来忠心耿耿,你实在不该让他们晚年感到痛苦。如果你认为,你的血统与我的血统搀和后,你的血统就不纯,那么,请你想一想这样的事实:世界上高贵的血统都是搀杂过的,例外的情况绝无仅有。血统的高贵与女方没有什么关系,况且真正的高贵还应以道德为标准。如果你否认我作为你合法妻子的地位,你就于理有亏,在道德品质方面我就胜你一筹了。总而言之,先生,我扔给你最后一句话,不管你愿意不愿意,我就是你的妻子,而你当初对我作的承诺就是证人。你瞧不起我,无非是因为自己高贵;你若自以为高贵,你的诺言就不应该是谎言。你当初签的字也可作为证明。另外,你向我做出保证时,还指天起誓,老天爷自然也是证人了。如果这些证人和证明起不了作用,那么,在你寻欢作乐时,你的良心一定会默默地发出呼喊,为我鸣冤叫屈,使你在欢乐的时候深感内疚。"

受到伤害的多罗脱奥还说了不少别的话,心情异常激动,声泪俱下,使得跟堂费尔南多一起来的那几个人和其余在场的人也跟着流下了眼泪。堂费尔南多只是默不作声地听着,一直到她把话说完,接着又见她叹气,流泪。除非铁石心肠的人,否则,见她这么伤心,谁还会无动于衷呢。路辛达在一边目不转睛地瞧着她,她既同情多罗脱奥的处境,更对她的聪慧美貌感到惊异。她想走到多罗脱奥的身边安慰她几句,却被堂费尔南多紧紧搂住,脱不开身。堂费尔南多这时又惭愧,又惶恐,对多罗脱奥看了好半天,才松开双手放了路辛达,说道:

"美丽的多罗脱奥,你赢了,你摆出这么多道理,谁还敢加以否定呢。"

路辛达因一路上辛苦,身体虚弱,堂费尔南多猛一撒手,她就朝地上倒了下去。这时,卡德尼奥正好在她身边。他不愿让堂费尔南多看见,正躲在堂费尔南多的背后。这时他毫不畏惧地赶上前去,一把扶住了路辛达,将她搂在自己的怀里,说:

"我忠贞、美丽的小姐啊,如果大慈大悲的苍天让你得到休息,那么,我以为我的怀里是最可靠的地方了。当初命运安排我俩订立婚约时,我也曾张开双臂拥抱过你。”

听了这话,路辛达才将目光投到了卡德尼奥的身上。刚才听到他说话时,她就听出是他;现在亲眼见到了他,便不顾羞怯地用双臂搂住卡德尼奥的脖子,拿自己的脸紧贴着卡德尼奥的脸,说:

“我的先生,你才是我这个奴婢的真正主人。尽管厄运从中作梗,尽管我的生命受到了威胁,但是,我终于来到了你的怀中。”

堂费尔南多和其他在场的人见到这一从未见到过的场面,十分惊讶。多罗脱奥见堂费尔南多脸色很不好看,还见到他一手按住剑柄,仿佛要和卡德尼奥拼命的样子,便立即抱住他的双膝,亲吻了几下,又紧紧地抱住他的身躯,不让他动弹。她双眼不停地流着泪水,说:

“你是我唯一的依靠。在这意想不到的紧急关头,你想干什么?你的妻子就在你脚下,你想她成为妻子的人却在她丈夫的怀里。请你想想,你试图拆散天赐良缘,这样做对吗?做得到吗?她已排除了一切障碍,表明了自己的忠贞,就在你的面前把自己美酒一般的热泪洒在她真正丈夫的脸庞和胸口,你还想硬将她拉过来作自己的配偶,这样做合适吗?我求你看在上帝和你本人人格的分上,不要看到眼前的这一情景就生气,你倒是应该平心静气地让这一对有情人终成眷属,以示你慷慨、博大的胸怀和高尚的情操,也让世人知道,你能以理智战胜自己的情感。”

多罗脱奥说话的时候,卡德尼奥尽管搂着路辛达,但他两只眼睛却一直死死盯着堂费尔南多。他如发现对方有任何伤害自己的举动,就决心不顾生命进行自卫,并尽力抗击一切侵害他的人。这时,一直在场的堂费尔南多的几个朋友,还有神父和理发师以及那个心地善良的桑丘都过去将堂费尔南多团团围住,请求他珍惜多罗脱奥的眼泪,他们认为多罗脱奥说的显然是真情实话,堂费尔南多不该辜负她真诚的期望。他们还请他想一想,他们这些人在这儿不期而遇,绝非偶然,这是上苍有意安排的。神父提醒堂费尔南多说,只有死亡才能让路辛达和卡德尼奥分开。即使剑锋要让他们分离,他们也定然视死为乐。神父还说,对待这一对难解难分的情人,最明智的办法是克制自己,显露出宽大的胸怀,顺他们的心意,让他们享受苍天赐予的幸福;神父叫他细细端详一下多罗脱奥的美貌,他一定会发现,像她这么好看的姑娘实在不多。况且她对他低三下四,一往情深，她就显得更美了。神父特别警诫他，如果他以绅士和基督徒自居，就一定要实现自己的诺言，只有言而有信，才对上帝尽了义务，也能得到有识之士的赞许。爱美之心，人皆有之。美人纵然出身低微，如果品德高尚，不论地位多高的男子都配得上。男子将她提高到自己的地位，并不意味着降低了自己的身份。一个人受了情感的支配，只要他的行为不犯法，便不应该受到指摘。

其他的人也说了许多好话。堂费尔南多毕竟是名门出身，心胸豪爽，他渐渐回心转意，承认这一切都是他想否认也无法否认的实情。他俯下身躯，抱起多罗脱奥——这表示他已听从了人们向他提出的善意劝告，说道：

“我的夫人，请起来吧，你是我的心上人，我不该让你这样跪在我的面前。我直到现在才对你说这句话，也许是上天要我更加清楚地看到你对我的一片真情，叫我知道该怎样尊重你，才不辜负你的情意。我过去的行为有失检点，过于孟浪，请你多加原谅。当初我促使你就范，后来不肯娶你，居心是完全相同的。这都是事实。不过，你只要回过头来，看看快乐的路辛达的那双眼睛，就会明白我的全部过错已得到谅解。她终于找到了自己心爱的人，而我也找到了你这样的意中人。但愿她万事如意，与卡德尼奥白头偕老；我请求苍天保佑我和我的多罗脱奥也和他们一样。”

说完，他再次拥抱了多罗脱奥，并一片深情地将自己的脸紧贴着她的脸。他竭力控制住自己，不让爱怜和悔恨的眼泪夺眶而出。路辛达和卡德尼奥，还有其他在场的人却不像他那样。他们有的因为快乐极了，有的因为见到别人快乐，都感动得涕泪满面，仿佛遭了大祸。连桑丘·潘沙也呜呜地哭了起来。不过，他事后说，他原以为多罗脱奥是米科米科娜女王，指望从她那儿得到一份厚厚的赏赐，不料她并非女王，他是为此缘故才哭的。众人又是流泪，又是赞叹。过了好一会儿，卡德尼奥和路辛达来到堂费尔南多的跟前，双膝跪下，感谢他的一番美意，言词异常恳切，使堂费尔南多无言以对。他连忙将他们扶起，热情有礼地拥抱了他们。

堂费尔南多问多罗脱奥是怎么远离故乡，来到这个地方的。她把对卡德尼奥说过的话又简明扼要地复述了一遍。多罗脱奥叙述自己的不幸遭遇，娓娓动听，堂费尔南多和他的同伴们巴不得她讲得更详细些。多罗脱奥讲完后，堂费尔南多紧接着讲了城内发生的事。那天夜里，他在路辛达怀里发现一张字条,声明她已与卡德尼奥订了亲,不能再做堂费尔南多的妻子。堂费尔南多说,他当时真想杀死她,如果路辛达的父母不过来劝阻,他真会这么干的。他恼羞成怒,随即离开路辛达家,决心伺机进行报复。次日,他听说路辛达已离家出走,不知下落。过了几个月,他获悉路辛达已进了修道院,还扬言如果不能和卡德尼奥结为夫妇,就一辈子留在那儿。他知道这个情况后,便邀这三位绅士和自己一起来到修道院所在的村庄。他没有去会见路辛达,怕修道院里的人知道他来了会严加防范。一天,修道院敞开着大门,他叫两个绅士在门外守着,自己和另一个绅士进入修道院去寻找路辛达。他发现路辛达在走廊上和一个修女聊天,乘她不备,将她劫持出门。他们带她先到一个地方,置办了一些带着她上路必备的用品。这些事情他们干得很顺当,因为那座修道院在乡下,离城很远。堂费尔南多还说,路辛达被劫持后,立即昏迷过去。苏醒后,不是啼哭,就是叹气,一句话也不说。他们一路上都沉默寡言,路辛达总是满面泪痕,最后来到了这个客店。他现在觉得仿佛到了天堂,人世间所有烦心的事都没有了。

第三十七章

继续叙述美丽的米科米科娜公主的故事和其他若干有趣的事情。

刚才众人讲的话桑丘都听到了,他心里好难过啊,眼看自己封爵做官的希望成了泡影,美丽的米科米科娜公主变成了多罗脱奥,巨人变成了堂费尔南多,而他的主人却只管呼呼大睡,对发生的这些事情一无所知。多罗脱奥对自己获得的幸福还不大相信,只怕自己还在梦里;卡德尼奥的心情也与她差不离;路辛达的想法也大同小异。堂费尔南多感谢苍天施恩,将自己领出迷宫,否则,自己很可能会身败名裂。总之,客店里所有的人见到乱麻般的纠纷梳理得有条有理,都很高兴。神父头脑灵光,他立即指出这都是天意,并向众人一一祝贺。最高兴的还数客店的老板娘,因为卡德尼奥和神父答应赔偿堂吉诃德给客店造成的全部损失。上文已经说过,只有桑丘心里懊丧,自认倒霉,郁郁寡欢。他哭丧着脸,走进主人的房间。堂吉诃德这时已经醒来,桑丘对他说:

"狼狈相老爷,您只管睡吧,睡个够,用不到去杀巨人了,也用不到为公主收复王国了,因为这些全都办好了。"

"这点我确信无疑,"堂吉诃德说,"因为我刚才同那个巨人进行了一场前所未有的恶战。我反手一剑,喀嚓一声,那巨人的头颅就滚到了地上。鲜血像河水一样淌了满满一地。"

"您应该说像红葡萄酒一样,这样更确切一些,"桑丘说,"如果您还不知底细,就请听我说吧。那个死巨人其实是一只捅破了的皮酒袋;血呢,原来是装在酒袋里的六阿罗瓦①红葡萄酒;那砍下来的脑袋嘛,就是生我的婊子,妈的,真是见鬼了!”

“你在胡说些什么,你这个疯子?”堂吉诃德说,“你脑子还管用吗?”

“请您快起来吧,”桑丘说,“起来后,您就会知道自己干的好事,还会明白我们这次得赔多少钱。您还可以看到,那个公主已变成一个普普通通的女人,叫什么多罗脱奥。还有一些事情,您知道了一定会觉得奇怪的。”

“我觉得这些事并不奇怪,”堂吉诃德说,“如果你还记得的话,上次我已对你说过,这儿的东西全都给施上魔法了。现在的情况还是那样,这有什么稀奇呢。”

“如果我当初给人兜在毯子里往空中抛也是您说的这一类事,”桑丘说,“那我就确信无疑了。可惜情况并不是这样。我那件事是真的,一点儿假也不搀的,我亲眼看见今天在场的那个店主抓住毯子的一端,将我用力往空中抛,劲儿真大,笑得也真欢。虽说我是个大老粗,可那几个人我都认识,哪儿来的魔法呢,只不过是我倒霉,遭了那么大的罪罢了。”

“别耿耿于怀了,上帝会补偿你的,”堂吉诃德说,“快把衣服拿来给我穿,让我出去,我想看看你刚才提到的那些事情和变故呢。”

桑丘拿衣服给他穿上。在这段时间里,神父对堂费尔南多和他的几个同伴说了说堂吉诃德的疯病,说他怎么胡想自己遭到意中人的遗弃,到深山里赎罪;他们又用什么妙计将他骗出山来。神父将桑丘讲给自己听的这些奇奇怪怪的事全都说了。众人听了,无不感到惊异、好笑。他们认为,这样古怪的疯病真是从来没有见过。神父接着说,由于多罗脱奥夫人遇上了好事,原来那条妙计已无法执行,因此,他们得另想办法,将堂吉诃德哄回故乡。卡德尼奥的意见是继续执行原来的计策,多罗脱奥的这个角色可由路辛达来扮演。

“不,用不到这样,”堂费尔南多说,“我认为多罗脱奥可以继续扮演她的角色。如果这个老先生的家离这儿不远,我愿意帮他一点忙,给他把病治好。”

“离这儿只有两天路程。”

---

① 重量单位,一阿罗瓦约合十一公斤半。

"那算不了什么,即使路再远一点儿,为做这样的好事,我也乐意走。"

这时,堂吉诃德出来了。他全身披挂,那顶曼布利诺头盔虽砸瘪了,也戴在脑门上,还一手拿一面盾牌,一手拿那根矛(实际上是一根树枝)。见到堂吉诃德这副尊容,堂费尔南多他们都愣住了。他的脸足有半西班牙里长,又黄又干巴,身上的盔甲东拼西凑,一点儿也不整齐,但神态却很安详。众人都没有开口。堂吉诃德两眼注视着多罗脱奥,神情严肃,语调平稳地说:

"美丽的公主,听我侍从说,您已经失去至尊的地位,您的身份也改变了,您不再是女王和贵公主,已变成平民百姓了。这都是您精通巫术的父王下令干的,他是怕我不肯给您提供必要的帮助。其实,他是个外行,对游侠骑士的历史了解得太少。他如果能像我那样认认真真地读点这方面的书,那他时时都会读到那些名气比我小得多的骑士,完成了更艰难的事业。个把小小的巨人,随他多么自高自大,杀死他也费不了多大的劲。就在几个小时前,我就跟他干了一仗,将他……我不说了,免得有人说我在撒谎。不过,随着时间的推移,原来不为人知的事情自然会水落石出了,我这件事总会在意想不到的时候传播出来的。"

"你是跟两只皮酒袋交手,不是跟巨人。"店主插言说。

堂费尔南多叫他别往下说了,千万不能打断堂吉诃德的话。堂吉诃德继续说:

"尊贵的被夺去王位继承权的公主,我说,如果出于我刚才说的这个原因,您父王让您改变了身份,那么,您完全可以不必把它当作一回事。因为不论处境有多艰险,凭我这把剑一定能开辟出一条道路来。用不了几天时间,我就可以将您冤家的脑袋砍下来,将王冠戴在您头上。"

说到这儿,堂吉诃德没有接着说下去,等候公主回答。公主已经知道堂费尔南多决定将这个骗局继续下去,把堂吉诃德骗回故乡。所以,她一本正经地说:

"英勇的狼狈相骑士,有人说我已改变了自己的身份和地位,不管这话是谁说出来的,我说都是不对的。我的确交了点好运,我的境遇也变得好了一些,但这并不意味着我的身份已经发生了变化,今天的我仍然是昨天的我。我仍然要依仗您这条力大无穷、无坚不摧的铁臂。因此,我的先生,请您不要责怪我的生身父亲。要承认他确有先见之明,凭他的学问,替我找到了一条使我免遭厄运的真正的捷径。先生,我相信要不是您帮忙,我一辈子也得不到现在这样的幸福。我说的全是真话,在场的诸位先生都可以作证。今天时间已经不早,走不了多少路了,明天我们就动身,往后的事情就依靠上帝的保佑和您的勇力了。"

聪明机智的多罗脱奥说完这番话,堂吉诃德听了,回过头来,怒气冲冲地对桑丘说:

"我说桑丘,你这小子真是全西班牙天字第一号大流氓。我来问你,你这个贼无赖,你刚才不是说这位公主已经变成了一个名叫多罗脱奥的民女吗?还说我砍下的那个巨人的头颅是生你的婊子。诸如此类的胡言乱语真把我搞得稀里糊涂,我这辈子还没有这么糊涂过呢,现在我起誓……"他眼睛朝天,咬紧牙关,"我要狠狠地惩罚你,让世界上所有游侠骑士的撒谎的侍从都引以为鉴。"

"我的老爷,请您息怒,"桑丘说,"关于米科米科娜公主改变身份的问题,很可能是我搞错了。至于巨人的脑袋这件事嘛,皮酒袋确实给捅了几个窟窿,那血的确是红葡萄酒,这点我没有弄错,因为那两只戳破的皮酒袋就在您床头边,红葡萄酒都把您房间变成湖泊了。您如果不信,'炒鸡蛋的时候,您就明白了'①。我的意思是说,等店主先生叫您赔偿全部损失时,您就明白了。至于女王的身份没有变,我打心底里觉得高兴。因为这样一来,大伙儿都有好处,自然也有我的一份。"

"现在我告诉你,桑丘,"堂吉诃德说,"你是个笨蛋。对不起,别的就不说了。"

"好了,"堂费尔南多说,"这方面的事就不说了。刚才公主说今天太晚了,我们明天上路,那就这么办吧。今晚我们可以好好聊聊,聊它一夜,明天我们就和堂吉诃德先生一起动身。他担当了这件大事,一定会大显身手,我们真想亲眼看看呢。"

"该由我来跟随您,为您效劳,"堂吉诃德说,"我感谢您的美意,多谢您

---

① 西班牙谚语,意思是,到一定时候,事情就会水落石出。这个谚语的另一种说法是:"煎炒之际才是笑的时候。"

的抬举，我愿意舍生忘死，决不辜负您的期望。即使要我做出比死更大的牺牲，我也毫不含糊。”

接着，堂吉诃德和堂费尔南多又说了不少客气话，还相互恭维了一番。这时，客店里进来一个旅客，打断了他们之间的交谈。此人上身穿一件蓝布短袖无领上衣，下摆束得紧紧的；下身穿一条蓝布裤子，头上的便帽也是蓝色的；脚上穿一双枣红色高统皮靴，肩带上挂着一把摩尔弯刀。从他的衣着看，好像是才从摩尔人盘踞的地方来的基督徒。他身后跟着一个骑驴子的摩尔人装束的女子。她裹着头巾，戴着面罩，还戴一顶软缎便帽，身上穿的那件长袍将自己从肩膀到脚跟裹得严严实实的。

男人身材健美，年龄四十出头，脸庞微黑，一脸的大胡子，修剪得非常整齐。凭他堂堂的仪表，如果衣着方面能再讲究一点，人们一定会把他看成是名门出身的贵人。

他一进店门，就要一间客房，听说没有，一脸的不高兴。他走到那个摩尔人装束的女子身边，将她从驴子上抱下来。路辛达、多罗脱奥，客店老板娘和她的女儿，还有玛丽托纳斯从来没有见过摩尔人的服装，觉得很新鲜，一齐围过来看。多罗脱奥是个和蔼可亲、十分机灵的女孩子，她见那个男子和那个同他一起来的女子由于没有客房感到十分懊丧，就对那女子说：

“我的小姐，客店里条件差一些，请别着急，这种情况在别的客店里也会常常遇到的。您如果愿意的话，就和我们俩——”她指了指路辛达，“一起过一夜，也许再往前走还找不到这样条件的客店呢。”

那个戴着面罩的女人没有回答。她只是从自己坐位上站起来，两手交叉地放在胸前，低头躬一躬身，表示谢意。见她没有说话，大伙儿想她一定是个摩尔女子，不会说西班牙语。那个俘虏[①]刚才一直在忙着别的事情，见众女子都围着那个摩尔女人说话，她听了她们的话却一直没有作答，就说：

“太太们，小姐们，这个姑娘只会说她本国语言，连我的话也不太听得懂，因此，你们问她的话想必她都回答不了。”

“我们没有问她什么事，”路辛达说，“只是告诉她，今晚她可以到我们客房里和我俩一起过一宿，客店里提供的方便她都可以享用。这也是我们

① 即上文中穿蓝衣的男子。

的一片心意。凡是需要我们帮忙的外国人,尤其是女人,我们都愿意提供方便。”

“小姐,我以她和我本人的名义吻您的手。”俘虏说,“处于目前这样的境地,有您这样一位小姐表示这番心意,真是情重意深,我表示无比感激。”

“请问,先生,”多罗脱奥说,“这位小姐是基督徒还是摩尔人?因为从她的服饰和一直沉默寡言这两方面看,我们猜想她可能是我们不喜欢的那种人。”

“她的衣着和外表是摩尔人,但她的内心却是十足的基督徒,因为她有成为基督徒的强烈愿望。”

“那么,她还没有受洗礼吧?”路辛达问道。

“还没有机会这样做,”俘虏说,“根据神圣教堂的规定,接受洗礼前应熟悉各种礼仪,只有处于生命危险的人才可以省免。她离开自己的故乡阿尔及尔后,一直没有遇到过这样的危险。不过,上帝保佑,她不久就会根据自己的身份体体面面地举行洗礼的。她和我的服装是配不上她的身份的。”

听了他的话,众人都很想了解这摩尔女子和俘虏究竟是什么人。然而,这时谁也没有提这样的问题,因为大家认为这时应该让他们休息,不该向他们提这方面的问题。多罗脱奥拉着摩尔女子的手,让她坐在自己的身边,并请她摘下面罩。她朝俘虏看了一眼,仿佛在询问他多罗脱奥对自己说了些什么,她自己该做些什么。俘虏用阿拉伯语对她说,她们请她摘下面罩。她照办了,露出一张无比俊俏的面庞。多罗脱奥认为,她比路辛达长得还俊,路辛达则认为她比多罗脱奥还漂亮。在场的人都一致认为,如果有人能与多罗脱奥和路辛达相比美,那么此人就是这个摩尔女子。也有人认为,她比她们俩还长得好一些。美人总会得到人们的青睐,令人一见倾心,所以众人见了这么好看的摩尔姑娘,个个都恨不得多为她效点劳出点力,讨她的好。

堂费尔南多问俘虏,摩尔姑娘叫什么名字。俘虏说,她叫莱拉·索拉达[①]。她听了,明白他们在向那基督徒询问她的名字,便一脸娇嗔地抢着说道:

“不,索拉达,不,玛利亚,玛利亚!”意思是说,她名字不叫索拉达,她叫

① 意即索拉达小姐。

玛利亚。

众人听了,尤其是见了她刚才说话时那种恳切的神情,都十分感动,有人还落了泪,特别是几个姑娘,因为她们本来就性格温柔,极富同情心。路辛达深情地搂着她说:

“对,对,是玛利亚,是玛利亚!”

摩尔女子回答说:

“对,对,玛利亚,索拉达,不!”

这时,天色已晚。店主根据堂费尔南多几个同伴的吩咐,非常殷勤细心地准备好晚餐,将客店里的美食全都端了上来。就餐时,由于客店没有圆桌,也没有方桌,大伙儿就在一张长桌边就了座。众人不顾堂吉诃德的推辞,让他坐了首席。堂吉诃德请米科米科娜公主坐在自己身边,因为自己是她的保护人。随后,依次坐着路辛达和索拉达;她俩的对面是堂费尔南多和卡德尼奥,然后是那个俘虏和其他几位绅士。神父和理发师坐在几位小姐的身边。众人吃得非常高兴,尤其见到堂吉诃德放下刀叉,像当初和牧羊人一起共进晚餐时那样发表了长篇大论,兴致更高了。堂吉诃德说:

“诸位先生,只要好好想想,就会明白,从事游侠骑士这一行的人见到的确实都是大事和怪事。不然的话,你们说吧,如果这时有人从这个城堡的大门进来,见到我们现在的情景,谁能想象我们的身份呢?谁会说坐在我身边的这位小姐就是声名显赫的女王,而我本人就是那个有口皆碑的狼狈相骑士呢?现在我们可以肯定地说,游侠骑士这一行超越了人世间的一切行业。风险越大的行业,越应该受到尊重。说笔杆子胜过枪杆子的人,请他们滚到一边去吧!对这种人,不管他们是谁,我都要说他们是在信口雌黄。这些人凭借的一个论据往往是劳心胜于劳力,而使枪舞棒的人干的都是体力活儿,也就是说像那些干粗活的人那样用的是蛮力。在他们看来,我们从武的人好像就不需要运筹帷幄,进行攻防战似的;他们也好像没有考虑到那些率领千军万马的武将,在防守围城时,实际上都是体脑并用的。试问,光凭体力能识破敌人的阴谋,洞察敌人的策略和弱点,预见即将遇到的危险吗?要做好上面说的这几方面的事情,都需要费尽心机,光凭体力是绝对不行的。既然文武两行都得劳心,那么,我们来权衡一下,究竟哪一行更辛苦一些。当然,这还得看看双方各自追求的目标,目标越高,志向就越可贵。说到文人追求的目标嘛……我暂且不说从事神圣事业的教士们。他们的目标是引导人们的灵魂进入天堂，这自然是至高无上的目标。我现在谈的是一般的文人，他们的目标在于做好公平分配，将应得的一份分给每个人，并让人们懂得并遵守公平合理的法律。的确，这个目标是伟大崇高的，是值得称颂的。然而，比起拿枪杆子的人追求的目标，就差了一截。拿枪杆子的人的奋斗目标是和平，这是人类今生今世期待的最大的幸福。世界和人类听到的最早的福音是天使在光明之夜传来的。天使们在空中高唱：'在至高之处，荣耀归于上帝；在大地之上，平安归于善意的人。'①关于向他人问安的问题，凡间和天上最好的导师教导他的门徒和信徒，无论走进哪一家，'先要说愿这一家平安'。② 他还多次对信徒和门徒说，'我留下平安给你们，我将我的平安赐给你们'③。和平就是他亲手赐给我们的珍宝，没有这件珍宝，无论人间还是天堂都不会有什么幸福。战争的真正目标就是争取这样的和平，而这里说的战争和拿枪杆子是一回事。既然打仗追逐的目标是和平，这就比文人的目标要崇高。现在就请诸位权衡一下，文武这两行究竟哪一行最费力气。"

堂吉诃德口若悬河，侃侃而谈，义正词严，听他说话的人谁也没有把他看成是个疯子。况且在场的人中大多是绅士，而绅士一般都带着武器，所以，他们听堂吉诃德的话特别入耳。堂吉诃德接着又说：

"我现在谈谈读书人的事儿。首先他们很穷。并非所有读书人都很穷，我只是拿最穷的来说的。我说他们穷，就是说他们命运不好，什么好事都没有他们的份儿。贫穷的人处处受苦，有的挨饿，有的受冻，衣不蔽体；也有的又挨饿又受冻。当然，说他们挨饿，并不是说他们完全没有吃的。他们只不过是不能按时用餐，或者吃的是有钱人的残羹剩饭罢了。书生中日子过得最清苦的要数那些靠施舍度日的人了。说到他们受冻，其实还可以在邻里的炉边灶旁待一会儿。虽不能把身躯烤得滚热，至少也能暖和暖和，晚上还能在室内睡觉。我不想详谈穷人如何受苦，只想简单地提一下，穷人没有足

---

① 《新约全书·路加福音》第二章第十四节。
② 《新约全书·路加福音》第十章第四节。
③ 《新约全书·约翰福音》第十四章第二十七节。

够的衬衣和鞋子,平时衣着十分单薄;偶尔交上好运,有人请吃饭,就会吃得撑破肚子。书生们在我形容的这条崎岖小道上行走,这儿有人绊倒,那儿有人跌跤;这儿有人爬起来,那儿又有人摔倒,最后终于得到了他们企求的学位。我们看到不少人历尽千辛万苦,克服了千难万阻,终于达到了自己的目的。于是,我们见到他们坐在安乐椅里发号施令,治理世界。丰衣足食代替了饥寒交迫,他们再也不会衣不蔽体,恰恰相反,他们衣着华丽,他们再也不会睡在破席子上,而是睡在铺着细布花缎的床上。这是他们依靠自己的才能和品德得到的应有的奖赏。不过,他们受的苦比起武士来,就差得太远了。下面我来谈谈武士们吃的苦。”

第三十八章

叙述堂吉诃德就文武两行作的奇谈怪论。

堂吉诃德接着说：

“刚才我们谈到书生如何贫困，以及他们因贫困而吃的种种苦头。现在我们来看看当兵的是否富裕些。我们会看到，他们每个人都穷得丁当响，原因是他们本来就少得可怜的军饷常常不及时发放，有时甚至无限期地拖延。没奈何他们只好抢劫，但这要冒生命危险，也要受良心谴责。士兵也常常衣不蔽体，一件满是破洞的上衣既当礼服，又作内衣。寒冬腊月在野地里露宿，只靠嘴里呵气御寒；而空空的肚里呵出的气也违反大自然的规律，是冷冰冰的。他劳累了一天，好容易盼来了天黑，可以躺在现成的床上好好休息一下。士兵的床倒永远不会嫌太窄，因为他可以拿自己的脚在地上量，要多宽就有多宽，而且可以自由翻滚，绝对不用怕床单会掉下去。平常他就过这样的日子，打起仗来，就意味着他毕业获得学位的机会来了。他头上包扎伤口的纱布就是他的学士帽，子弹也许会穿过他的太阳穴，也可能会伤了他的一条胳膊或一条腿。如果蒙苍天开恩，他既没有被打死，也没有受伤，那么，他大概还会像过去那样穷，并且不免还要一次次地上前线，一次次地打仗。只有每战必胜，才会得到某些好处，但这样的奇迹很难得出现。先生们，我请问你们，你们想到过没有，在战争中立功受奖的人比在战场上阵亡的人要少多少？你们一定会回答说，这不能相比，因为战死的人多得难以计数，而立功受奖的人不会达到三位数①。文人的情况与此正好相反。他们可以名

① 意即不满一千人。

正言顺地靠薪俸过活,暗地里还有外快。因此,当士兵的虽然立了大功,报酬却比文人少得多。不过,也有人拿下面的话来进行反驳:奖励二千名文人比酬谢三万名武士来得容易。奖励文人只要给个与本行有关的职位就行了,酬谢武士呢,除非他们效忠的主子拿自己的财产赏赐给他们,就无法酬报。后面说的这种情况很难兑现,这就更证明我刚才说的话有理。这个问题就像一座迷宫,钻进去就出不来了,因此,我们暂且将它搁在一边。我们还是回到枪杆子是不是比笔杆子强这个老问题上来吧。这个问题因为各执己见,至今还无定论。除了我上面摆的理由外,文人还说,没有笔杆子,枪杆子就失去了依托,因为战争需要法规,而法规是文人学士们制订的。但武将们起来反驳说,没有枪杆子,法规变得无依无靠,因为民主国家的捍卫要靠枪杆子,王国的防御、城市的保卫、交通要道的安全以及肃清海盗,保证海运的畅通都要靠枪杆子。反之,如果没有枪杆子,无论是民主国家,还是王国、帝国,无论是城市,还是海陆交通要道,都会陷入混乱。乱得时间久了,还会爆发战争。一旦发生战事,有人就会横行霸道,灾难也就没完没了。一般说来,代价越高,换来的东西就越宝贵,这个道理已经得到了证实。文人要出人头地,就要舍得花时间,还得废寝忘食,忍饥挨饿;有的人还要遭受衣不蔽体、头昏目眩、消化不良以及其他方面的痛苦。关于这方面的情况,刚才我已说了一些。然而,要作一个好的士兵,除了当书生的那些苦都要吃外,他还得吃更大的苦,因为他随时都有可能献出生命。书生忧穷吃苦怎能和士兵相比呢?士兵在受包围的碉堡内站岗放哨,或者守着内堡或外堡,这时,如果他发现敌人正朝他那里挖地道,埋炸药,那他绝对不能擅离岗位,也不能逃离险地。他只能将这个情况报告长官,让长官采取对策,而他自己还得安下心来,坚守阵地,心惊胆战地等待着炸药的爆炸,不用翅膀就飞上天空,然后又跌落到地底下去。如果这样的情况还算不得危险,那我们再来看看另一种情形吧。在一望无际的大海中,两只战船的船头靠在一起,敌我双方互相拼杀。这两只船的船头像用钉子钉住一般连在一起,难解难分。士兵们只靠船头上两英尺宽的一块破浪板作为自己的立足之地。在他们面前只隔着一根长矛的距离,敌人一门门像催命鬼一样的大炮正对着自己。他们稍一疏忽,就会跌进海神的怀里。尽管这样,他们毫不畏惧,一心想立功争光,冲着炮火,通过破浪板这条狭窄的通道,向敌船扑过去。更令人钦佩的是,一个士兵倒下了(他这一倒下,要到世界末日才能起来),另一个士兵就会顶替他的位置;这第二个士兵如果跌进大海(大海像敌人一样等候着他呢),第三个士兵就会顶替上去。他们就这样一个接一个地冲了上去,一刻也不停留。这是战争紧急关头表现出来的英勇气概和大无畏的精神。古代可没有大炮发威逞凶,那真是幸福啊。我认为,发明枪炮这种杀人武器的人目前一定在地狱里领奖。发明了枪炮后,一个卑鄙的胆小鬼竟然可以杀害一个勇猛的骑士!正当这个英气勃勃的骑士在大显神威的时候,一颗流弹击中了他,马上结果了他的性命,同时也使他原本应该流芳百世的英雄业绩化为乌有。然而,射出这颗流弹的家伙却可能是个见了这种该死的武器里发出耀眼的火光就吓得逃跑的胆小鬼呢。想到这儿,我要说,在当今这个可恶的时代当游侠骑士实在令人懊丧。尽管像我这样的人什么危险都吓不倒,但一想到现在有了炸药和铅弹,我没有机会靠自己的铁臂和剑锋在世上扬名了,心里就非常不安。不过,万事该由老天来安排。如果我能实现自己的心愿,那么我比古代的游侠骑士多担几分风险,也就多得人家几分尊敬。”

堂吉诃德在众人用晚餐的时候发表了这通高论。尽管桑丘·潘沙几次提醒他,叫他先吃饭,饭后完全有时间可以畅谈,但他仍一口饭也没有吃。听他说话的人见他谈起上面的种种问题时思路清晰,颇有见地,可是一讲到那倒霉的骑士道,头脑就糊涂了,不由得又对他感到惋惜。神父说,他本人虽是个文人,还取得了学位,但对堂吉诃德刚才发表的赞扬武士的言论深表赞许。

饭毕撤走了杯盘,老板娘和她的女儿,还有玛丽托纳斯就去整理堂吉诃德·德·拉曼却住的那间阁楼。众人决定,当晚就让几位女客在那儿过夜。

堂费尔南多请那个俘虏谈谈他们的经历,因为从他和索拉达进客店时的情景看来,他们的经历一定相当离奇而富有情趣。

俘虏说,他很乐意这么做,只是怕讲得枯燥乏味,引不起众人的兴趣。尽管这样,他还是从命,把自己的经历讲给大家听。神父和在场的其他人都向他表示了谢意,又敦促他讲。俘虏见众人一片诚意,就说不必请求,只要大家吩咐他讲,他就讲。

“请诸位听着,我来给你们讲一段真实的经历。这段经历也许比精心编造的故事更曲折离奇。”

众人坐好后，就静静地听他讲述。俘虏用平静、悦耳的语调讲了下面的故事。

第三十九章

俘虏叙述自己的身世和经历。

“我家祖祖辈辈都住在莱昂的一个山村里。老天爷对我家相当不错，只是命运却很无情。尽管这样，在那贫穷的山区里，我父亲还算是个财主。如果他能认真经营家产，不肆意挥霍，那他确实可以做富翁了。年轻时，他在军队里服过役，养成了胡乱花钱的习惯。军队是个花钱的训练班，在那儿，一毛不拔的人也会变得慷慨大方，而原本慷慨大方的人则成了挥金如土之徒。军队里如能找到几个俭朴的士兵，那可是件希罕事儿，而这些士兵就被看成难得一见的怪物。在花钱方面，我父亲何止是慷慨，简直可以说是挥霍了。这对于结了婚、有孩子继承的人来说，是没有任何好处的。我父亲有三个孩子，都是男孩，已到了就业的年龄。据父亲说，他眼见自己旧习难改，就想铲除爱花钱的病根，也就是说，分散家产。因为没有钱财，即使你慷慨得像亚历山大①，也会变得精打细算地过日子，所以他有一天将我们兄弟三人叫到一个房间里，对我们大致说了下面一番话：‘孩子们，你们都是我的亲生儿子。这一句话，就表明我衷心希望你们好。然而，我若在理财方面无所节制，就会对你们造成危害。从今以后，我一定要让你们感到，我是爱你们的亲爸爸，不是想毁了你们的继父。经过多日的思索和周密的考虑，我决定为你们办一件事。你们已到就业的年龄，至少已能为自己选择一门将来可使自己名利双收的手艺。我打算将家产分为四份，三份分别给你们三人，我留下一份养老，以终天年。我希望你们每个人拿到自己的一份产业后，就照我

① 即亚历山大大帝，以慷慨著称。

的吩咐各人走各人的路。我们西班牙有句老话：或上教堂，或下海洋，或效忠国王。我觉得这句话很有道理，因为老话都是在多年生活经验基础上提炼出来的，言简意赅。如果把话说得更清楚些，这句老话的意思是，谁想扬名致富，一是进教会当差，二是出洋做生意，三是进王宫为国王效劳。常言道，帝王家给的面包屑也比公侯家的赏赐要强。我说这话的用意是希望你们三人中有一人习文，一人经商，另一人为国王打仗。进宫去侍候国王也不是一件容易的事。打仗虽不能致富，却能扬名。八天之内我就将你们应得的那份产业分文不少地用现金支付给你们。现在请你们说说，愿不愿意采纳我的主意。'我是长子，父亲就叫我先回答。开始时，我说不要把家产分开，全部家产留着让父亲支配，他爱怎么花就怎么花；我们年纪轻，自己会去挣钱。后来，我同意了父亲的建议，说自己愿意从军，为上帝和国王出力。二弟起初也和我一样，表示愿将家产留给父亲。后来，他说愿去印度①，将分给自己的这一份产业作为经商的资本。我认为小弟最聪明，他说自己愿进教会，也就是说，他想去萨拉曼卡继续自己未竟的学业。

"我们商量停当，各自选好了自己的职业，父亲一一拥抱了我们，并说在短短的八天里将答应我们的事情办妥。我有个伯父，他不愿意让祖传的产业落入他人手中，用现金买下了我们三人的产业。我们每人各得一份现金，我记得一共是三千杜卡多金币。当天我们兄弟三人就辞别了慈父。我觉得让年迈的父亲靠这么一点钱养老，于心不忍，就从分给我的三千杜卡多里抽出二千，给了父亲，因为我认为剩下的这笔钱已足够我从军的开销了。两个弟弟见我这么做，也每人给了父亲一千杜卡多。因此，父亲一共拥有四千杜卡多现金，外加三千杜卡多的房地产，因为他没有将分给自己的这份产业卖掉。最后，我们兄弟三人辞别了父亲和那个伯父，大家都难过得落了泪。父亲和伯父叮嘱我们，只要有机会，不论成败，都要把情况通报给他们。我们一口答应。他们对我们拥抱、祝福后，我们就分头上路——一人去萨拉曼卡，另一人去塞维利亚，而我到了阿利坎特，因为我听说那儿有一条装了羊毛的船上热那亚去。

"我离家已经有二十二年了。我虽给家里写了几封信，却从来没有得到

① 实际上是美洲。

父亲和两个弟弟的音信。下面我打算大致说一说在这二十二年时间里我干了些什么。我在阿利坎特上船后,旅途顺利,到了热那亚,随后又到了米兰。我在米兰购置了武器和几套像样的军服。我原本打算去比约蒙特[①]投军。我去亚历山大-德拉帕约[②]的路上,获悉阿尔瓦大公爵要去佛兰德,就改变主意投奔了他,为他效力。我亲眼目睹艾格蒙伯爵和霍尔诺斯伯爵被处决[③]。我在瓜达拉哈拉一位著名上尉迭哥·德·乌尔比约[④]的部下当了一名旗手。我在佛兰德待一段时间后,听说颇受民众拥戴的教皇庇护五世与威尼斯及西班牙结成联盟,以对付他们的共同敌人土耳其。当时土耳其海军占领了著名的塞浦路斯岛。该岛原属威尼斯管辖,失去这个岛屿是个很大的损失。

"根据确凿的消息,我们英明的堂菲力普国王的异母兄弟堂胡安·德·奥地利将出任联军司令。有消息说他正在备战。这一切对我产生了很大的吸引力,我决心参加正在进行准备的这场战争。尽管当时已有人向我透露,甚至已切实地向我许诺,一有升迁机会就提拔我为上尉,我仍然放弃了这个机会,到了意大利。这时,堂胡安·德·奥地利先生已到了热那亚,他打算去拿不勒斯,和威尼斯的海军会师。后来实际上是在梅西纳会合的。至于我呢,我终于参加了那场辉煌的大战。当时我已擢升为步兵上尉。晋升这个体面的职位凭的是运气,并非我已立了赫赫战功。那一天对基督教国家来说是个好日子,因为世界各国一向认为,土耳其人海上无敌,就在这一天人们不再相信这一点了。也就在这一天,许多人交了好运,那些在战场上献身的人比活着的人运气更好。只有我一人运气不佳,我原本指望自己会像罗马帝国时期的人那样在头上戴上海战胜利者的桂冠。然而结果正好相反。就在当天夜里,我双脚戴镣,双手戴上了手铐。事情的经过是这样的:阿尔及尔国王艾尔·乌恰利是个有胆识又走运的海盗,他袭击并战胜了马耳他的旗舰。舰上的士兵除三名身受重伤外,其余都战死了。胡安·安德瑞亚统率的旗舰急忙赶去救援,我带领我的属下随舰前去。我当时做了

---

① 意大利北部一地区。

② 米兰大公国的一个要塞名。

③ 这两人因叛国罪于一五六八年六月五日在布鲁塞尔被斩首。

④ 这个上尉在一五七一年的勒班多海战中出了名。塞万提斯在他部下当兵。

自己分内之事——跳上敌舰。这时，这艘敌舰突然朝后退去，这样一来，我属下的士兵就无法跟在我身后，我只身陷入敌舰内。由于寡不敌众，我浑身受伤，终于被俘了。先生们，我想你们一定听人说过，艾尔·乌恰利国王的舰队一无损伤，而我却成了他的俘虏。在众多欢乐的人们中，只有我愁肠百结；在那么多自由人中，只有我是俘虏，因为那天给土耳其舰队划船的一万五千名基督徒全都被释放了。

我被他们带到君士坦丁堡。我那时的主人为了在战场上显示自己的勇武，曾夺取了马耳他教士团的旗帜，土耳其大皇帝塞林因此封他为海军统帅。第二年，也就是一五七二年，我在纳瓦利诺[①]，在一艘三灯旗舰上划桨。我发现我们失去了一个机会，没有将停泊在这个港口的土耳其船舰全部俘获。当时土耳其的陆海军官兵都以为我们会在港口对他们发起攻击，因此，他们已收拾好服装和'帕萨马盖[②]'，也就是鞋子，准备没等我方发起攻击，就趁早溜之大吉。他们对我们的舰队害怕极了。然而，老天却作了另一番安排。这不是我们海军统帅的疏忽和过错，这是上帝有意给我们留下这些土耳其的杀手，借他们之手来惩罚罪孽深重的基督徒。艾尔·乌恰利率部退到纳瓦利诺一边的摩东岛[③]。他命官兵登陆，坚守要塞，稳稳地等待着堂胡安大人率部回来。堂胡安挥师途中，那不勒斯的'母狼'号旗舰俘获了敌人的'猎物'号战舰。这条战舰的舰长是大名鼎鼎的海盗巴尔巴罗哈的儿子[④]，而'母狼'号的指挥官就是外号为'士兵之父'、'战地霹雳'的常胜福将阿尔瓦罗·德·巴桑，他是圣克鲁斯的侯爵。下面我想讲一讲'猎物'号被俘的经过。巴尔巴罗哈的儿子性格凶残，不把俘虏当人看待。给战船划桨的那些俘虏一见'母狼'号向'猎物'号追来，立即一致放下手中的桨，一把抓住站在船尾指挥台上喝令俘虏赶快划船的舰长。他们将舰长挨着座位[⑤]依次从船尾向船头传递过去，边传边咬他，还没有传过桅杆多远，他的阴魂就进了地狱。由此可见他对俘虏多么残忍，俘虏对他又是多么仇恨。

---

① 爱琴海边的一个港口。

② 土耳其语，即皮制凉鞋。

③ 海军要塞。

④ 应该是巴尔巴罗哈的孙子，名叫穆罕默德·贝。

⑤ 划桨的俘虏都是锁在自己的座位上的。

我们回到了君士坦丁堡。又过了一年,也就是说到了一五七三年。听说堂胡安大人占领了突尼斯,从土耳其人手中夺下了这个王国,交给莫雷·哈默德管辖。从此以后,世界上最残忍最勇敢的摩尔人莫雷·哈密达再也不能指望去统治这个国家了。土耳其大皇帝丧失了这个附属国深感惋惜。他家族的人都很机灵,这时正好碰上威尼斯人也很想媾和,双方就握手言和了。下一年,也就是一五七四年,土耳其大皇帝派兵攻打果雷塔①以及堂胡安大人在突尼斯附近才建成一半的堡垒。在这段时间里,我一直在船上划桨,没有任何获得自由的希望,至少我没有指望花钱赎身,因为我已打定主意不将自己的不幸遭遇写信告诉父亲。果雷塔和突尼斯附近的那个堡垒失陷了。参加这次军事行动的土耳其军队有七万五千人,另外,从非洲各地来的摩尔人和阿拉伯人有四十多万。这么庞大的一支军队,还带着这么多的武器、弹药和敢死队员,他们只要每人手里拿一把泥土就可以将果雷塔和那个堡垒给掩埋了。果雷塔先失守,这不是守卫者之过,他们已做到全力以赴,无可指摘。经验告诉我们,在沙漠地带修筑工事非常容易。在一般的土地上,往下挖掘两拃深就见地下水。然而在沙漠地带就是掘到两巴拉②深也没有水。因此,土耳其人可以用沙袋将工事筑得比要塞的城墙还高,然后,居高临下,向下射击。面对这样的攻势谁也无法抵挡。一般人都认为,当时我军不该困守在果雷塔,等敌军登陆时,我军应主动出击。说这种话的人不是在说风凉话,就是缺乏战斗经验。据守果雷塔和那个堡垒的人还不到七千,尽管他们很英勇,但这么少的人怎么能主动出击,怎么能抵挡得住排山倒海而来的敌军呢?敌军人多势众,攻得又那么急,而且又在他们自己的土地上,一座外无援兵的孤城怎能不失守呢?在许多人看来,果雷塔的失陷是老天爷帮了西班牙的忙,我本人也同意这一看法。这座城堡是个祸根,是个填不饱的无底洞,它像海绵和蠹虫那样吞吸、消耗难以计数的金钱,唯一的用处仅仅在于纪念战无不胜的卡洛斯五世③征服了该地。这位君王要扬名后世,仿佛还得靠那几块石头似的!那座堡垒也失守了,但土耳其人赢得非常

---

① 用来护卫突尼斯港的一个要塞。

② 长度单位,合零点八三五九米。

③ 西班牙国王,一五一七年即位。他执政时期,是西班牙历史上最强盛的时期。

不易，因为守卫堡垒的将士骁勇善战，敌人进攻了二十二次，付出一万五千人的生命才攻占了这座堡垒。堡垒里还活着的三百名守卫者中，没有一个不是受了伤才被俘的。这充分证明堡垒的守卫者打得多么英勇顽强。在湖中还有一个小堡垒，或者叫它碉堡吧，它的守军由堂胡安·塞诺盖拉统率。这位巴伦西亚的绅士也是个很有名气的指挥官。这座碉堡是经谈判讲定了条件才投降的。果雷塔的守军指挥官堂佩德罗·普艾尔托卡莱罗在弹尽粮绝的情况下被俘，在解送到君士坦丁堡的路上忧愤而死。土耳其人还生俘了那个堡垒的守军指挥官，他叫卡布利奥·塞维利翁，是米兰的绅士，英勇善战，还精通机械制造和工程设计。许多颇有名望的人都在上面说的那个要塞和堡垒里战死了，其中就有巴冈·德·奥利亚，他是圣胡安骑士团的成员，为人慷慨仗义。他的弟弟叫胡安·德·安德莱亚·德·奥利亚，也很有名气。从巴冈·德·奥利亚对自己弟弟那种豪爽的态度就可以看出他的侠义心肠。他死得特别惨。他是让几个自己非常信任的阿拉伯人害死的。眼见堡垒即将丢失，那几个阿拉伯人请他换上摩尔人的衣服，说可以领他去塔瓦尔卡。这是个热那亚采集珊瑚的渔夫在海边建立的小渔港，也是他们的临时居留所。到了那儿，那几个阿拉伯人便砍下他的脑袋，献给土耳其的舰队司令。据说舰队司令因他们没能献上活人，下令绞死了那几个阿拉伯人。这正如我们西班牙谚语里说的：‘背叛诚受欢迎，叛徒实在可恨。’在堡垒里被俘的基督徒中，有一个名叫堂佩德罗·德·阿基拉尔，他是安达卢西亚不知哪个地方的人。他是堡垒的旗手，人很聪明，很有些名气。他很会作诗。我提起这个人，是因为他凑巧也来到我那条海船里划桨，就坐在我的一边，我俩同属一个主人。我们离开那个港口前，他写了两首十四行诗，形式像墓志铭，一首写果雷塔，另一首写那座堡垒，我很想背给你们听听，因为我已熟记在心。我想你们听了会喜欢的，不会感到伤感。”

刚才俘虏提到堂佩德罗·德·阿基拉尔这个名字时，堂费尔南多就对他的三个伙伴看了一眼，他们都会心地笑了。这会儿说到十四行诗，其中一人说：

“在背诵这首十四行诗前，我想请问您，刚才讲的那个堂佩德罗·德·阿基拉尔后来下落如何？”

“据我所知，”俘虏答道，“他在君士坦丁堡待了两年，后来扮成阿尔巴尼亚人,跟一个希腊间谍逃走了,但不知他有没有逃成。不过,我估计他已经自由了,因为他走了一年后,我在君士坦丁堡又碰到了那个希腊人,只是不敢向他打听那次逃跑的结果。”

“他逃成了,”刚才提问的绅士说,“这个堂佩德罗就是我哥哥,现在就住在本村,身体健康,也很有钱,结了婚,已有三个孩子了。”

“这要感谢上帝的保佑,”俘虏说,“我认为,重获自由是天底下最令人高兴的事。”

“另外,我哥哥写的那两首十四行诗我也读过。”绅士说。

“那就请您背给大伙儿听听,”俘虏说,“您一定记得比我清楚。”

“我很乐意,”绅士说,“关于果雷塔的那一首是这样的。”

第四十章

俘虏继续叙述自己的经历。

十四行诗

　　脱离了凡人躯体的忠魂，
为了祖国你们献出了生命，
脱开了凡尘你们冉冉上升，
进入了至高至美的天庭。
　　胸中满腔义愤，热血在沸腾，
浴血奋战一直到精疲力竭，
用自身鲜血和敌人的血，
将海洋和沙地染成殷红。
　　生命已结束，然而勇气犹存，
疲惫不堪的双臂已被战胜，
但是最后胜利却属于你们。
　　在城墙边枪弹下不幸牺牲，
人虽亡却在世上留下英名，
苍天赐给你们无上的光荣。

“我记得的这首诗正是这样的。”俘虏说。

“如果我没有记错的话，”绅士说，“那首献给堡垒的诗是这样的：

十四行诗

离开荒凉、疮痍满目的屠场，
脱离处处断垣残壁的土地，
那三千名将士神圣的英魂，
升向天空，进入了美好的天堂。
他们的双臂发挥无穷的力量，
寡不敌众终难与强敌对抗，
战斗到最后力尽遍体鳞伤，
终于在敌人剑锋之下阵亡。
就在这样的一块土地上，
从古到今捐躯者成千上万，
令人们对他们永志不忘。
然而，并非每个牺牲的忠魂，
都能升入圣洁无瑕的天庭，
大地深处还埋着壮士遗体。”

众人觉得这首十四行诗写得不错。俘虏获悉有关他过去伙伴的消息，异常兴奋。他接着讲自己的往事：

“果雷塔要塞和那个堡垒失守后，土耳其人便下令拆除要塞的军事设施。那座堡垒已被夷为平地，自然用不到拆除了。为了图省事、快捷，土耳其人在三个地方埋上炸药。然而看样子不怎么坚固的旧城墙却一个地方也没有炸塌，而那个‘小修士’①设计建造的在战争中残存的那段新墙却一炸就倒。后来，土耳其舰队得胜回到君士坦丁堡。几个月后，我的主人艾尔·乌恰利去世。他有个绰号，叫‘乌恰利·法塔克斯’，土耳其语的意思是‘长癣的叛教者’②，因为他就是这样一个人。土耳其人有根据每个人的优缺点

① 这是希亚戈梅·佩莱亚索的绰号，他是西班牙卡洛斯五世时期的军事工程设计师，参与过直布罗陀要塞的设计。

② 此人原是基督徒，后改信伊斯兰教。

取绰号的习惯,原因是他们自奥托曼皇室衍生出来时只有四个族姓。其他的人就如我上面说的那样,根据自己生理上的缺陷或道德品质方面的特点命名,这个'长癣的'原本是土耳其大皇帝的奴隶,在船上划了十四年桨。在他过了三十四岁那一年,因跟他一起划桨的一个土耳其人打了他一记耳光,他憋了一肚子气要报仇,就叛了教。此人很有胆识,土耳其大皇帝的幸臣要占据高位,总得跌跌爬爬好些年,而他却一跃成了阿尔及尔国王,后来又成了海军统帅,这在土耳其官场就是第三把交椅了。他是卡拉布里亚人,人品不错,对待俘虏非常宽厚。他一共拥有三千名俘虏。他逝世后,依据他的遗嘱将俘虏的一半分给土耳其大皇帝(他有权承袭所有死者的遗产,和死者的儿子对分),另外一半给了他属下的叛教者。我被分给一个威尼斯籍叛教者。他原本是个船上的见习水手,被艾尔·乌恰利俘虏后,深受主人的宠爱,成了他最喜爱的侍童。他是叛教者中最残忍的。他叫阿桑·阿格,后来成了大富翁,还当上了阿尔及尔国王。我跟他从君士坦丁堡来到阿尔及尔。由于离西班牙近了,我心里觉得高兴,我倒不是想写信将自己的不幸遭遇告诉家里人,我是想看看到阿尔及尔后,自己的运气会不会比在君士坦丁堡好一些。在君士坦丁堡时我想方设法企图逃跑,但一次也没成功。我想在阿尔及尔另想办法,实现自己多年的心愿。我从来没有失去重获自由的希望。过去想了不少逃跑的办法,但每次都失败了。我并不气馁,仍继续设法逃出去。尽管希望不大,但对自己也算是个鼓励,我就这样打发着日子。我平时被关在牢房里,有时也关在土耳其人称之为'浴室'的小屋里。被俘的基督徒都关在一起,有的属国王支配,也有属私人所有。还有一种'栈房俘虏',属市政府管束,服役于城市的公益事业,还做其他方面的事。这些俘虏很难获得自由,因为他们属于公家,并非私人所有,即使家属来赎身,也不知跟谁去商谈。上面我已说过,城里有些人将私有的俘虏送到被称为'浴室'的屋子里,尤其是那些等候赎身的。待在那儿俘虏就不用干活了,但也无法逃跑。属于国王的等待赎身的奴隶也不用去干活。如果赎金迟迟不来,为了迫使俘虏写信去催钱,就强迫他们和别的俘虏一起去山上砍柴。这活儿可不轻。

"我是等候赎身的俘虏。他们知道我是上尉,尽管我一再表明,家境贫寒,没有家产,他们仍不理会,将我归入待赎的绅士这一类。他们给我套上一条铁链，其实这只能作为待赎俘虏的标记，用来防我逃跑用处不大。我就住在那些像浴室一般的房子里，和我住在一起的还有好几个绅士和很有地位的人，他们都是作为待赎俘虏挑选出来的。我们常常挨饿，衣衫也很破旧，但这还算不了什么，最叫人难过的是耳闻目见我们主人对基督徒的残酷虐待。他有时为一区区小事，有时平白无故，把自己的俘虏杀害，有的被绞死，有的割掉耳朵，也有的被尖刀捅死。这么残忍真是破天荒的。土耳其人认为他这么干是出于自己的天性，以杀人为乐，真是全人类的一颗灾星。他只宽待一个姓什么萨阿维德拉的西班牙士兵①。此人为了获得自由，干了许多使俘虏们历久难忘的事。他干了那么多事，只要拿出其中最小的一件，大伙儿都认为他准要给尖刀捅死了，他自己也害怕会这样，但主人从来没有打过他，也没有叫人打他，甚至也没有骂过他一回。可惜眼下时间有限，否则，我可以讲讲那时他做了些什么事情，这比我本人的经历显得更惊险，更动听。

“我继续往下讲吧。我们的监狱有一个院子，旁边有一所房子，房子的窗户正好对着我们院子的上方。房主是个富有、高贵的摩尔人。摩尔人房子的窗户其实只是几个大洞，上面还遮着又密又厚的百叶窗帘。有一天，我和三个同伴在屋顶平台上戴着铁链练习跳跃，消磨时间。当时只有我们四个人，其他的基督徒都去干活了。我抬起头来，看见刚才说的那一排窗子的一个窗口伸出一根竹竿，竿头系着一块布。这竹竿不断地上下晃动，像是在示意让我们过去将它接住。我们看了一会儿，和我在一起的一个伙伴走到竹竿下面，他想看看对方会不会松手，让竹竿掉下。等他到了竹竿下，竿头又往上翘了，同时又左右摆动，仿佛在摇头表示拒绝。那基督徒回到了原来的地方，竿头又朝下低垂，又像原来那样上下晃动起来。另一个同伴走到竹竿下，遭遇和第一个一样。后来，第三个伙伴又跑去，遭遇也和前面两人没有两样。我看了忍不住也想去试试。我一到那根竹竿下，竹竿就掉了下来，正好掉到我的脚边。我俯下身去解开那块布。原来那块布打了一个结，里面包着十个西亚尼。这是成色低的摩尔金币，每一枚相当于我们的十个里亚尔。我当时该有多兴奋自然不必说了。我不但觉得高兴，还感到很惊奇。

---

① 这个西班牙士兵就是作者本人。塞万提斯曾有过和这个俘虏相似的经历。

这钱是从什么地方来的呢？为什么要专门给我呢？刚才那根竹竿只等我到了跟前才往下掉，这不是明摆着钱是给我的吗？我拿了钱，折断竹竿，回到屋顶平台上去看望那窗口，发现从那儿伸出一只洁白的手，五指伸开，然后又合了起来。我们看了猜想这笔钱准是这家女眷给的。为了表示对她的谢意，我们学摩尔人的样，将双手交叉放在胸前，对她深深鞠了一躬。过了一会儿，又从窗口伸出一个用竹子做的十字架，伸出不久，又收回去了。这表明，在那所房子里有一名被俘的女基督徒，刚才这笔钱是她给的。然而，她那只手非常洁白，另外我们还见她手上戴了几只手镯，这又推翻了我们原来的猜测。我们估计她可能是个叛教徒，主人往往喜欢将女叛教徒纳为正式妻室，因为摩尔人将她们看得比本国女子还珍贵。其实，我们的猜想与实际情况相去甚远。此后，我们常常看那窗口消磨时间，我们将那窗口当成北方，希望那根竹竿就像北极星一样出现在我们的面前。整整过去了十五天，我们既没有见到竹竿，也没有见到那只白手，更没有见到任何别的信号。在这期间，我们想方设法打听这房子里是不是住着一个女叛教徒。后来我们得知，里面住着一个很有钱也很有地位的摩尔人，名叫阿吉·莫拉托，过去当过拉帕塔①的总督，这个职位在当地是相当显赫的。当我们已不再指望从那所房子的窗口会像雨点般落下金币的时候，那根竹竿突然又出现了，上面又系了一块布，还打了一个更大的结。这时，关俘虏的地方和上次一样，仍只有我们那几个人。我们像上次一样，作了试验。我三个同伴都在我的前面一个个跑到竹竿下，结果一无所获。后来，我去了，竹竿就落下来了。我解开那个结子，发现布里包着四十枚西班牙金埃斯库多，还有一张用阿拉伯文写的字条。字条上除了正文外，下面还画了一个很大的十字。我吻了一下十字，拿了金币，回到了屋顶平台。然后，又像摩尔人那样行了鞠躬礼。那只手又伸了出来，我做了一个手势，意思是我会立即看那张字条的。接着窗子就关上了。这件事弄得我们又高兴，又糊涂。由于我们几个人谁也不懂阿拉伯文，尽管很想看看条子上究竟写了些什么，但要找个人读读又谈何容易。后来，我决心将这件事交给一个叛教徒去办。此人是穆尔西亚人，和我相处得不错。他有把柄操在我手中，我委托他办什么事，他不得不替我保

---

① 要塞名，离奥兰约两西班牙里。

守机密。有些叛教徒有意想回到基督教国家去，身上常常带着颇有地位的俘虏为他们写的证书。证书形式很随便，只是表明某个叛教徒是个好人，常常对基督徒做好事，并且立志一有机会就逃回本国云云。取得这种证书的人有的心怀诚意，也有的人别有企图。他们到基督教国家去抢劫，如偶尔失散或被俘，便取出证书为凭，说自己和土耳其人一起来抢劫，是想回基督教国家居住。他们就用这种方法逃避俘获后该受的惩罚；然后，又与教会取得谅解，可以丝毫无损地重新入教。以后如有机会，他们还可以回蛮人那儿当叛教徒。也有一些人弄了这种证书正当使用，他们回到基督教国家就定居下来。我刚才说的这个叛教徒朋友就属于这一类。我们这几个伙伴都给他写过证书，在证书中对他倍加称赞。这种证书如让摩尔人发现，准会被活活烧死。我知道他精通阿拉伯文，能说也能写。我没有将事情的经过向他和盘托出，只是告诉他，我在牢房的一个墙洞里发现一张字条，想请他念给我听听。他摊开字条，看了好大一会儿，嘴里喃喃地说些什么。我问他，是不是看懂了。他说，完全看懂了，如要逐字逐句地译出，请把墨水和笔给他，笔译显得更精确一些。我立即将他要的东西给了他，他就动手翻译。译完了，他说：‘这张纸条上摩尔人的文字都已一字不漏地译成西班牙文了。只是有一点要注意，这儿说的蕾拉·玛利安就是我们的圣母玛利亚。’

“我们读到的译文是这样的：

“‘我小时候，父亲有个女奴。她教我用本国语言作基督教的祷告，还讲了许多有关蕾拉·玛利安的事情。后来，这个女基督徒去世了。我知道她没有去地狱，她上阿拉①那儿去了，因为我在她死后还见到她两次。她叫我去基督教国家找蕾拉·玛利安，说蕾拉·玛利安很喜爱我，但我不知怎样去那儿。从这个窗口我见到了不少基督徒，但除了你，我认为他们都不像个绅士。我是个年轻女子，相貌很美，还有许多钱可以带去。请你考虑一下，我们有什么办法上那儿去。到了那儿，你如果愿意，就做我的丈夫；如不愿意，也不必勉强，蕾拉·玛利安会给我找到丈夫的。我写了这张字条，你拿给别人看时得小心些，摩尔人没有一个可靠的，他们都是背信弃义的人。我为此很担心，请你千万不要对别人说这件事。如果我父亲知道了，他就会立

---

① 即伊斯兰教的上帝。

即将我投入井内,再在上面盖上石块。下次我在竹竿顶端系上一条线,请你将回信用这根线绑在竹竿上。如果没人替你用阿拉伯文写回信,你可以做手势回答我,蕾拉·玛利安会让我明白你的意思的。愿蕾拉·玛利安和阿拉保佑你。下面的十字架我已吻了许多次,是那个女奴嘱咐我这样做的。'你们想一想吧,先生们,我们读了这字条是不是会觉得又惊又喜呢?是的,我们的确有这样的感觉。那叛教徒明白,这张字条不会是偶然捡到的,肯定是有人有意写给我们中间的某一个人的。他说,如果他的猜想是对的,那么,就请我们相信他,将实情告诉他,他会冒生命的危险替我们争得自由的。说完,他就从怀里掏出一个金属十字架,满眼流泪地说,他虽然是有罪的坏人,却一片虔诚,笃信这个十字架所象征的上帝。他凭这个上帝起誓,如果我们愿将自己的情况告诉他,他一定为我们效忠保密。他认为——甚至几乎已料到,写这张字条的女子会帮他和我们这些俘虏都重获自由,而他本人还能实现自己重皈圣教的宿愿。当初由于自己无知,作了孽,脱离了圣教这个母亲的怀抱,成了一名腐朽的叛教徒。这个叛教者说这番话时痛哭流涕,悔恨交加。我们见他这样,都一致同意将实情毫不隐瞒地告诉他。我们将伸出竹竿的那个小窗口指给他看,他认清那所房子后,答应想方设法去打听谁住在里面。我们还一致同意,给那个摩尔女子写一封回信。由于这个叛教者会摩尔人的文字,当场由我口授,他就把回信写好了。这件事的全部经过我都亲自参与,其中的一些重要环节至今仍历历在目,今后一辈子都忘记不了。因此,这封回信我可以一字不漏地背给你们听。给那个摩尔姑娘的回信是这样写的:

"'我的小姐,愿真主和圣母玛利安保佑你。圣母很喜爱你,让你立下宏愿去基督教国家。你应该祈求圣母,请她告诉你怎样才能实现她让你立下的宏愿。圣母非常仁慈,一定会这样做的。我和与我在一起的基督徒都愿赴汤蹈火帮助你实现自己的愿望。你打算怎么办,务请来信告知,我一定给你回信。伟大的阿拉赐给我们一个精通你本国语言的基督徒俘虏,他能说能写,你看了回信,就会知道。因此,你不必害怕,心里想说些什么,尽管来信告诉我们。你来信中说,到了基督教国家,愿做我的妻子;我作为一个好基督徒,答应你的要求。想必你也知道,基督徒说到做到,这方面他们比摩尔人强。愿阿拉和圣母玛利安保佑你,我的小姐。'

“回信写好后，我把它装进信封，等了两天，关俘虏的地方又像平常那样只剩下我们这几个人。我就来到了平时常去散步的那个屋顶平台，看看那根竹竿会不会从窗口伸出。过不了多久，竹竿真的伸出来了。我一见竹竿，虽弄不清是谁挑出来的，但还是拿出那封回信晃了几晃，意思是请对方在竿头上系一根线。实际上线已经系在竿头上了，我就将那信系上。过了一会儿，我们的北极星——那根竹竿又伸出来了，竿头上还系着象征和平的白旗——那个小布包。竿头落到地上后，我捡起那个布包，里面有各种金银币若干枚，至少值五十埃斯库多。这意味着我们的欢乐也增加了五十倍，同时，我们重获自由的信心也增强了。当晚那个叛教徒来找我们说，他已打听到，那所房子的主人就是上次说起过的那个阿吉·莫拉托，他家境非常富有，只有一个独生女，是他全部产业的继承人。全城人一致公认，这姑娘是柏柏尔[①]地区最漂亮的女孩子。附近地区有不少总督来向她求婚，她都一一加以谢绝。叛教徒还打听到这姑娘家里过去有一个基督徒女俘，已经去世。打听到的这些情况和那封信中说的完全相符。我们接着又和那个叛教徒商量，用什么办法才能让那个姑娘离家出走，并把她带到基督教国家。

“最后我们商定，等收到索拉达（这是姑娘的原名，现在她喜欢人家叫她玛利亚）第二封信后再作决定，因为我们都明白，只有通过她才能克服前进途中的重重困难。作出这个决定后，叛教徒叫我们不要着急，他即使送了命也要让我们重获自由。接下来的四天关俘虏的地方人很多，因此，那根竹竿一直没有出现。到了第五天，俘虏营里又像往常那样冷清清了。这时，我们看见竹竿上挑出一个鼓鼓的布包，看来里面一定包着不少东西。竹竿和布包落到我的身边，我发现布包里又有一封信，还有一百枚金埃斯库多。那个叛教徒也在场。我们回到自己的牢房，请他念念那封信。信的内容如下：

“‘我的先生，我不知道我们怎样才能去西班牙，尽管我已祈求过蕾拉·玛利安，她也没有对我说些什么。这里有一个办法，我通过这个窗口，给你很多很多金币，你可以拿这些金币替自己和你的朋友赎身。你们可以先让一个人回基督教国家，在那儿买一只船，然后回来接其余的人。届时你

---

① 古代北非地区名，包括当今的摩洛哥、阿尔及利亚和突尼斯三国的一部分疆土。

们可以在我父亲的花园里找到我。这花园在滨海的巴巴松门[①]附近，今年整个夏天我和父亲以及用人们将在那儿避暑。到了夜里，你们就可以放心大胆地将我带离那儿，送上船去。请你注意，你一定要做我的丈夫，否则，我就祈求玛利安来惩罚你。如果你不放心让别人去买船，那你就赎了身自己去。我知道这件事你一定会办得比别人好，因为你是个绅士，又是个基督徒。你得熟悉一下那个花园的环境。我见到你在平台上散步，就知道关俘虏的地方没有别人了，我会给你许许多多钱。愿阿拉保佑你，我的先生。'

"这就是第二封信的内容。大伙儿听了，都愿先赎身，并保证准时返回。我也愿意这样做，但那个叛教徒表示反对。他说，绝对不能让谁先去。经验表明，有人一旦获得自由，就把当俘虏时做出的保证抛在脑后了。因此，要走就大伙儿一起走。过去几个有地位的俘虏多次使用过那种办法：他们先拿钱赎出一人，让他拿一批钱去巴伦西亚或马略尔卡岛买一条船，回来接那些替他赎身的俘虏。结果，没有一个回来的。叛教徒说，发生这种情况的原因是，重获自由的人生怕再次失去自由，就把一切义务都抛到九霄云外去了。为了表明他刚才说的话是真的，他还对我们简略地讲了几个基督徒绅士的遭遇；在那个每时每刻都发生怪事的地方，这件事是最怪的。后来，他说了个切实可行的办法，就是把用来替被俘的基督徒赎身的钱交给他，让他在阿尔及尔买一只船，并假装在德土安[②]沿海一带经商。他成了船主后，就能轻而易举地将我们救出牢房，送上船去。再说，那个摩尔姑娘不是说要出钱给大家赎身吗？大家如果获得了自由，即使大白天上船，也没有多大问题。然而，最大的困难是摩尔人不允许叛教徒买船当船主，只有出海巡航的大船是个例外。他们害怕叛教徒——尤其是西班牙人买了船就会回到基督教国家去。不过，他说有办法克服这个困难，他可以同一个塔加林人[③]合伙买船，做生意赢利两人平分。他借这个幌子就可以做船主。做了船主，一切问题就迎刃而解了。尽管我和我的伙伴们仍主张照摩尔姑娘的意思，派人去马略尔卡岛买船，但我们不敢违抗叛教者的意愿，生怕不照他的话行事，

---

① 即阿尔及尔城的南门，在海边。

② 摩洛哥北部一城市，曾经是西班牙属地的首府。

③ 指住在西班牙本土阿拉贡王国的摩尔人。

他就会去告发。索拉达的事一旦泄露，我们就有生命危险，而那姑娘的生命是我们舍了命也要加以保护的。于是，我们决定将自己的命运交给上帝，也交给那个叛教徒。我们立即给索拉达写了回信，告诉她，我们准备完全按照她的意思行事，因为她把这件事安排得非常周全，仿佛蕾拉·玛利安教过她一般。这件事是立即进行还是拖延一些时日，全由她决定。我再次向她重申，愿做她的丈夫。交给她信的第二天，牢房里又是冷清清的，她就分几次用竹竿和布包给了我两千枚埃斯库多金币，另外，还有一张回条，说在下星期五她要上父亲的花园去；她还说，如果这些金币还不够，可以写信告诉她，在走以前她可以给我们更多的钱。如果下次给了钱后还不够，还可以告诉她。总之，我们要多少，她可以给多少，因为她父亲的钱实在太多了，少了钱也发觉不了；再说，家里的钥匙全由她保管。接着，我们给那个叛教徒五百枚埃斯库多金币让他买船，我拿八百枚金币准备替自己赎身。我将这笔钱交给当时正在阿尔及尔的一个巴伦西亚商人，由他去国王那儿赎我。他先以我的名义向国王做出保证，等从巴伦西亚来的下一班船一到，就付我的赎金。当时他不敢立即付款，怕会引起国王的怀疑，以为我的赎金早已带到了阿尔及尔，商人不肯早早交出的原因是想从中牟利。还有一个原因是我的主人生性多疑，我绝对不敢立即把赎金交出。美丽的索拉达是星期五去花园的，在星期四她又给了我们一千埃斯库多，同时将她的行期告诉我们。她还请求我赎身后，去她父亲的花园熟悉一下环境；同时，要想方设法去那儿见她一面。我简明扼要地回信告诉她，我一定遵命照办，同时，请她别忘了对蕾拉·玛利安念诵那个女奴教会她的各种经文，祈求圣母保佑我们。随后，我又替我的三个伙伴赎了身，让他们离开牢房，因为我怕他们见我赎了身，有钱不赎他们，会跟我捣乱，受到魔鬼的挑唆，干出危害索拉达的事情。尽管他们的为人让我放心，但为了谨慎起见，我采用赎自己的办法将他们赎出。我将赎金交给那个商人，让他放心大胆地出面作保。为了防止出事，我们没有将自己的隐秘泄露给他。”

第四十一章

俘虏继续叙述自己的遭遇。

“不到十五天时间，我们那个叛教徒就购了一条好船，足足能容纳三十人。为了把事情做得更稳妥些，显得更加真实，他又到撒黑尔[1]去做了一趟买卖。这个城镇离阿尔及尔三十西班牙里，位于阿尔及尔和奥兰之间。在镇上无花果干的生意十分兴隆。他和上文说到的那个塔加林人一起在这条水路上跑了两三趟。那时柏柏尔地区的人称阿拉贡的摩尔人为塔加林人，称格林纳达的摩尔人为穆德哈人，费斯[2]王国则将穆德哈人称为艾利切人。费斯国王便利用这些人发动战争。离索拉达居住的那个花园不到两箭之地有个海湾，那个叛教徒每次行船路过那儿总要抛锚停靠，有时故意和划桨的摩尔小伙子在那儿待一段时间；有时停下来做祷告；有时像做游戏似的对那件真要干的事情进行预演。他也常去索拉达家的花园要水果吃。她父亲给了他水果，但不知道他是什么人。据他后来对我说，当时他很想找索拉达谈谈，说明他就是根据我的主意准备带她到基督教国家去的人。他想叫她放心，不要着急，但他一直没有找到机会，因为未经丈夫和父亲的许可，摩尔女子是不能会见任何摩尔男子或土耳其男人的。可是她们和基督徒俘虏却可以交往，甚至可以随意谈笑，我就怕叛教徒和索拉达有过接触，因为她如果听到自己的这件事从叛教徒口中说出，一定会大吃一惊的。不过，上帝另有安排，使这个叛教徒的如意算计落了空。当时叛教徒觉得从阿尔及尔到撒

---

① 阿尔及尔西部一城镇，现名塞塞里。

② 在摩洛哥。

黑尔这段航路十分安全可靠,不论何时何地或什么情况下都可以抛锚停靠;而且他的伙伴——那个塔加林人也事事顺从他的心意;另外,我也赎了身,因此,只需找几个基督徒划桨,事情就全妥了。他对我说,准备带走的基督徒,除了已经赎身的那几个外,还可以多找几个。他还让我通知准备带走的那些基督徒,他决定在下星期五动身。我听了他的话,就去找了十二个西班牙人,个个都是身强力壮的划桨好手,而且都可以自由出入城市的。我一下子找到这么多划桨的也不是一件容易的事,因为这阵子有二十条船出海抢掠,几乎将划手全带走了。这十二个人的主人有一条海船还在船厂建造,当年夏天没法出海抢掠,才让我给找来了。我对他们没说别的话,只是叮嘱他们在下星期五晚一个一个悄悄地到阿吉·莫拉托的花园外等候我,这都是个别通知的。我还吩咐他们说,到了那个花园,万一见到了别的基督徒,只说我叫他们在那儿等候,别的话一概不说。这一切就绪后,我只差一件事没有做了,这件事是我最乐意做的。我得通知索拉达事情已经进行到哪一步,让她心中有数,早做准备。否则,索拉达以为基督徒的船还没有来,而我们却突然跑去找她,必然会惊吓了她。我决定去那座花园,看看是否能跟她面谈一次。我动身之前,有一天我装作拔野菜来到那儿,遇到的第一个人就是她的父亲。他跟我说的语言既非摩尔语,也不是西班牙语,更不是别的什么语言,是各种语言混在一起的大杂烩。不仅在整个柏柏尔地区,甚至在君士坦丁堡,摩尔人和俘虏交谈时都使用这种混合语。他用这种语言问我在他的花园里找什么,还问我主人是谁。我说自己是阿纳乌德·玛米[①]的奴隶(因为我事先已经知道,这个阿纳乌德·玛米是他的挚友),想在那儿找点野菜回去作凉拌菜。继而,他又问我是不是在等待赎身,还问我主人要价多少。就在这样一问一答的过程中,美丽的索拉达从花园的内宅出来了。她早已看见我了。我前面已经说过,摩尔女人见了基督徒毫无拘束,也不回避,因此,她若无其事地朝我们这儿走了过来。他父亲见她走得很慢,还叫她走快一点呢。

“我真无法形容我心爱的索拉达在我眼里是多么美丽,多么绰约多姿,服饰是多么华贵。我只说,她无比美丽的脖子上、耳朵上和头上戴的珍珠比

① 他是俘虏塞万提斯的海盗船船主。

她的头发还多。她按照当地的风俗光着脚踝，戴一对镶满宝石的纯金脚镯，摩尔人称为‘卡尔卡赫’。后来索拉达告诉我，据她父亲估计，这一对脚镯值一万枚多乌拉①。她手腕上戴的一对手镯也具有同样的价值。她浑身戴着珍珠，都是最值钱的，因为摩尔女人最华贵的装饰品就是各式各样的珍珠。因此，摩尔人拥有的大大小小的珍珠比世界各国的总和还多。索拉达父亲拥有的珍珠在全阿尔及尔以质高量多著称。此外，他还有二十万西班牙埃斯库多，这些财产全都属于这位小姐的。只要瞧她这次长途跋涉，历尽艰辛，还这么好看，就可以想象当年她披金戴银，满身珠宝时多么美了。众所周知，女人的美貌并非持久不衰的，随着境遇变化，会增加或减少。一个人心情愉快时，会变得好看；反之会变得难看，甚至会把美貌给毁掉，这是很自然的事情。索拉达当时浑身珠宝，容光焕发，实在太美了。或者说，起码在我眼里，她是我见到过的最漂亮的姑娘。想到她给我的恩惠，我简直以为她是一位为我降福消灾、自天而降的仙女。等她走到我们身边，她父亲就用本国语言对她说，我是他好友阿纳乌德·玛米的奴隶，是来花园里采野菜的。她握了握我的手，用我刚才说的那种混杂语问我，原来是不是绅士，为什么至今还没有给自己赎身。我回答说，已经赎身了，还说凭我的身价就可以知道主人对我多么看重，因为我出了一千五百索尔塔米②的赎金。她听了，说道：‘假如你是我父亲的奴隶，你就是多付两倍的赎金我也不让他放了你。你们这些基督徒满口谎言，总爱装穷，欺骗我们摩尔人。’‘这种情况是有的，小姐，’我回答她说，‘但我对主人向来忠诚老实，我对所有的人都老实，而且永远是这样。’‘那你准备什么时候走？’索拉达问。‘我想明天走，’我回答说，‘因为这儿有一艘法国船明天启航，我想坐这条船走，’‘法国人不是你们的朋友，等西班牙的船来，搭西班牙船走不更好吗？’索拉达说。‘不，还是明天走好，即使有确切的消息说西班牙有船来，我也不想等了。我急于回国和亲人团聚，别的机会再好，如不是现成的，我可等不及了。’‘你一定在国内结过婚了吧，’索拉达说，‘所以想早点回去夫妻团圆。’‘我还没有结婚，’我说，‘不过，我已有婚约，一到那儿我就结婚。’‘与你订婚的那个

---

① 古代西班牙金币名。

② 摩尔人之间流通的金币名。

姑娘漂亮吗?''漂亮极了,'我回答说,'我跟你打个比方,你就知道她有多美了,她很像你。'她父亲听了,哈哈大笑,说,'基督徒,如果你的未婚妻像我女儿,那一定很漂亮。我女儿是全国第一大美人,你如不信,好好瞧瞧,就会相信我说的话一点不假。'索拉达的父亲懂拉丁语系的语言,我与索拉达交谈时,多半靠他翻译。索拉达虽会一点儿当地通行的大杂烩语言,但主要靠做手势表达自己的思想。

"我们正谈得起劲,突然跑来一个摩尔人,他嚷道,有四个土耳其人跳进围墙,正在采摘未熟的果子。老人大吃一惊,索拉达也很害怕,因为摩尔人一般说来都有点儿怕土耳其人,尤其怕当兵的。土耳其军人对他们管辖下的摩尔人横行霸道,对他们比对奴隶还凶狠。当时索拉达的父亲对索拉达说:'孩子,快回房里去,关好门,我马上去找这几个畜生。你这个基督徒嘛,就请你采野菜去吧。再见了,愿阿拉保佑你回国一路顺风。'

"我向他鞠了一躬。他就撇下我和索拉达去找那些土耳其人。索拉达这时也好像想依从父亲的吩咐,回到房内去。但她父亲的身影刚刚在前面的树丛中消失,她就回过头来,热泪满眶地说:'阿梅西?基督徒,阿梅西?'她这话的意思是,你要走了吗?基督徒,你要走了吗?我回答说:'小姐,我是要走了,不过,无论如何,我不会撇下你走的。下星期五你等着我,见了我不要惊慌,我们肯定要上基督教国家去了。'我这么一说,她心里全明白了。她一条胳膊勾住我的脖子,慢慢地朝屋里走去。偏偏这时我们运气不佳,但还亏得老天帮忙,不然事情就糟了。刚才我已说了,索拉达一条胳膊勾住我的脖子,正当我们这个样子朝屋内走去时,恰好他父亲赶走了土耳其人回来。他看到了我们这副样子,我们也知道让他看见了。幸亏索拉达很机灵也很有主见,她没有放下勾在我脖子上的那条胳膊,反靠得我更紧,将脑袋枕在我胸口上,双膝微微下蹲,显然是要晕过去了。我就趁机做出不得已只好扶着她的样子。她父亲急忙来到我们的身边。见他女儿这个样子,忙问这是怎么一回事。见她没有回答,就说:'准是听到这几个畜生进来,吓得昏过去了。'说完,他就将女儿从我怀里接过去,抱在自己怀里。她叹了一口气,眼泪汪汪地说:'阿梅西,基督徒,阿梅西!'意思是说,'你快走,基督徒,你快走!'她父亲听了,说:'孩子,基督徒不必走,他没有伤害你。土耳其人已经走了。你没什么可害怕的,谁也不能伤害你。刚才我已经说了,那些土耳其人经过我的劝说，已从原路出去了。’‘先生，正如你刚才说的，是那些土耳其人把她给吓坏了，’我对她父亲说，‘不过，既然她刚才说要我走，我不愿惹她生气，我这就走。愿你平安。如果需要的话，我还会回来采野菜的。我主人说，这儿的野菜最适合做凉拌菜了。我可以再来这儿吗？’‘你什么时候来都可以，’阿吉·莫拉托说，‘我女儿刚才说那句话，并不是你或其他的基督徒惹她生气了，她是想说叫土耳其人走，结果却说叫你走了。她说那句话的意思也可能是你该去摘野菜了。’说到这儿，我就告别了父女俩。

“索拉达显露出撕心裂肺一般痛苦的样子，跟父亲走了。我假装采摘野菜，自由自在地在花园周围走了一遭，细细地观察了一番花园的出入处和房子的保安设施，还发现了一些实现我们计划的有利条件。接着，我就去找那个叛教徒和我的几个伙伴，把经过全对他们说了。这时，我只等有朝一日能与美丽善良的索拉达共同生活，无忧无虑地享受命运给我的幸福。时间一天天过去，我们企盼的这一天终于到了。我们经过深思熟虑、细细斟酌制订出来的一整套办法取得了预期的成果。我和索拉达在花园谈话的下星期五傍晚，我们的叛教徒将船停泊在紧靠绝世美人索拉达居住地的水面上。那些划桨的基督徒早已准备就绪，静候在花园的四周，等待我的到来。他们个个摩拳擦掌，打算袭击眼前的那只船。他们并不了解那个叛教徒的安排，以为只要凭一身勇力杀死船上的那几个摩尔人，自己就能赢得自由。我和几个伙伴一到场，他们就从藏身处向我们走来。这时，城门已经紧闭，郊外不见人影。我们聚在一起后，商量起来，究竟是先去找索拉达呢，还是先去制服船上那几个划船的摩尔人。正当我们拿不定主意的时候，那个叛教徒来了。他问我们干吗迟疑不决，他说眼下正是行动的合适时机，因为船上的摩尔人多半已进入梦乡，毫无防备。我们告诉他为什么犹豫不决。他说，首先应该制服船上的摩尔人，这件事情可以轻而易举地办成，不会冒任何风险；接着再去将索拉达接出来。大伙儿觉得他的话很有道理，便立即行动，由叛教徒带领上船。他手拿摩尔弯刀，第一个跳上船去，用摩尔人的语言大声说：‘谁也别动，否则我就要了他的命！’

“喊声未了，我们这些基督徒都进了船舱。摩尔人胆小怕事，他们听船主这么说，便吓得魂飞魄散，谁也不敢拿起武器，进行抵抗。其实他们没几件武器，甚至可以说是赤手空拳。他们一声不吭地让基督徒捆住双手。基督徒的动作非常利索，他们边捆边吓唬摩尔人，如胆敢呼救，就立即拿刀捅死他们。我们捆完，留下一半人看守，另一半人就在叛教徒的带领下，来到阿吉·莫拉托的花园。我们的运气真好，到了门口，那门不用费劲就打开了，好像没关上似的。接着，我们就悄悄地来到宅前，谁也没有发觉。

“美貌绝伦的索拉达这时已在窗口等我们。她觉得门外有人，就低声地问我们是不是‘尼萨里尼’，就是说是不是基督徒。我回答说，是的，并请她下来。她听出是我的声音，一刻也没有耽搁，连话也没有说一句，就下楼给我们开了门，并与我们见了面。她相貌的娇艳和服饰的华丽，我简直无以言喻。我见了她，就捧住她的手亲吻，叛教徒和我的两个同伴也吻了她的手。其余几个人不了解事情的来龙去脉，但他们也学我们的样，吻了吻索拉达的手。在他们看来，我们好像是感激她给了我们自由，在向她致谢。叛教徒用摩尔话问她，她父亲是否在花园里。她回答说，是的，正在睡觉呢。‘那我们得叫醒他，’叛教徒说，‘并将他带走。另外，这花园里所有贵重物品都得带走。’‘不行，’她说，‘我父亲是绝对不能碰一碰的，家里值钱的东西我准备全都带走。这些东西可值钱呢，可以让诸位快快活活地过上富裕日子。请稍等片刻，我拿给你们看。’说罢她走进屋里，说很快就出来，并叫我们安静点，别发出声音来。我问叛教徒刚才索拉达说了些什么，他把她说的话告诉了我。我就对他说，一切都要听索拉达的，不要擅自行动。索拉达这时已拿着一只手提箱出来了，箱里装满了金埃斯库多，重得她都快提不动了。合该倒霉，他父亲忽然从梦中醒来，听到花园里有动静，便从窗口探头一看，发现一群人都是基督徒，便惊慌失措地用阿拉伯语大叫大嚷起来：‘基督徒，基督徒！有贼，有贼！”他这么一叫喊，我们全都慌了手脚。叛教徒一看情势紧急，觉得应该趁屋里其他人还没有惊醒之前赶紧离开。他迅即上楼去找阿吉·莫拉托，我们中间也有几个人跟他上了楼。索拉达早已倒在我怀里，像是晕过去了，我不敢撇下她。上楼的那几个人动作十分麻利，转眼间就架着阿吉·莫拉托下来了。他被捆绑着双手，嘴里还塞了一块布。他们不让他做声，还吓唬他说，如果做声，就要他的命。他女儿见到这个样子，就用双手捂住眼睛，不敢看他。父亲还不知女儿落到我们手中是出于自愿，吓得六神无主。这时，我们最要紧的是尽快离开那儿。我们飞快地回到了船上。留在船上的人生怕我们会发生意外，这时正在焦急地等我们回去。不到午夜两时,我们全都上了船。到了船上,我们就给索拉达的父亲松了绑,并拿下塞在他嘴里的那块布,但叛教徒仍禁止他说话,否则,就要他的命。他见到女儿也在船上,伤心得直叹气;又见到我紧紧地搂着她,而她既不挣扎,也不反抗,更没有大喊大叫,只是静静地待在我怀里,越发难过得连声长叹。尽管这样,他没敢开口说话,他怕吓唬他的叛教徒真的会要了他的命。索拉达瞧自己已上了船,而且我们就要启航,而她父亲还在船上,其他摩尔人还被捆绑着,就通过叛教徒向我求情,说看在她面上,给那些摩尔人松绑,并释放她父亲;她宁可跳海也不愿见到慈父为她当了俘虏。叛教徒就把她的话译给我听,我说我很乐意照办,但叛教徒却说,这样做不合适,如果放他们回去,他们一上岸,就会大喊大叫,惊动全城的市民。届时当局会派出快船前来追击,如海陆两方面齐头并进,我们根本逃脱不了。最好的办法是等我们到了基督教国家的地面,再释放他们。对此众人都表示同意。索拉达听了我们即将采取的办法和我们为什么不能采纳她的意见的原因,也表示谅解。我们虔诚地祈求上帝保佑。身强力壮的划手们个个满怀喜悦,拿起桨轻快地朝马略尔卡岛划去,那是离我们最近的基督教国家。可是这时刮起了一阵北风,海上掀起了波浪,我们没法走马略尔卡岛这条航道,只好沿着海岸朝奥兰驶去。我们很担心,因为沿着那条海岸走,离阿尔及尔六十海里就是撒黑尔,我们怕被那儿的居民发现。我们也怕在这里会遇到常从德土安运货去阿尔及尔的商船。不过,我们都认为,商船不同于海盗船,遇到商船,我们不但不会遭殃,还可以将商船夺过来。乘了商船旅行,更为安全。航行途中索拉达一直将脑袋埋在我的两只手掌里,免得看见她父亲。同时,我一直听她在呼唤蕾拉·玛利安,请她保佑我们。

"我们大约航行了三十海里,天已亮了,发现船离岸只有三箭之地。尽管陆地上冷清清的,没有人看见我们,但我们还是使劲将船往海上划,因为这时海面上已平静一些了。我们划了两西班牙里后,便叫划手分班休息,同时吃点东西。船上带的食品非常充足。可是划手们说,这时他们不应该休息,还是请不划船的人将食物喂给他们吃,他们不想放下桨来。不划桨的就拿食物喂给他们吃。这当儿刮起了一阵从船尾吹来的顺风,我们立即扬起风帆,放下手中桨,朝奥兰驶去,因为除了这条航道,没有其他路可走。这一切我们都干得十分麻利。有了帆,航船的时速超过了八海里。当时我们别无顾忌,就怕遇到海盗船。我们也给划船的摩尔人吃了些东西。叛教徒安慰他们说,他们不是俘虏,一到目的地就释放他们。对索拉达的父亲也安慰了一番。她父亲说:‘基督徒啊,如果你们慷慨大方,答应给我别的东西,我会相信,也会指望;你们说要释放我,别以为我头脑这么简单,会相信你们。你们冒了这么大的风险,将我劫持到这儿,难道就为了这样释放我吗?更何况你们已知道我是谁,知道我的身价,还会这样做吗?你们要多少赎金,就请开个价吧。我为了自己和这个不幸的女儿,你们要多少就给你们多少。要不然就单放她也行,因为她是我的心肝宝贝。’说完,他便嚎啕大哭,哭得连我们都感到有些伤心。索拉达也不得不抬起头来看了看他。她见父亲哭成这个样子,自己也不免心酸,立即从我脚边站起来,过去拥抱父亲,将自己的脸紧贴他的脸。父女俩哭得实在悲切,令我们在场的许多人也都陪着落泪。父亲见她打扮得像过节似的,而且浑身珠宝,便用本国话问她,‘这究竟是怎么一回事,孩子?昨晚我们遭到这场惨祸之前,我见你穿着平常穿的衣服,可现在你穿的却是我最富时给你做的最讲究的衣服,你怎么来得及换的呢?我向你报了什么喜讯,要你这样盛装庆祝呢?你快回答我的问题,这件事我觉得实在蹊跷,弄得我心神不定,比这场惨祸本身还揪我的心呢。’

“摩尔人对他女儿说的这一番话,叛教徒全翻给我们听了。索拉达没有回答。阿吉·莫拉托忽然见到女儿平时放珠宝的手提箱在一旁搁着。他记得非常清楚,这只小箱子原来是在阿尔及尔的,他们没有带到花园里去。他越发纳闷了,便问索拉达,这只手提箱为什么会在这儿,里面装了些什么。叛教徒听了,没等索拉达开口,就回答说:‘先生,请你别再对你女儿索拉达问这问那了,我只要一句话就可以回答你提的全部问题。你应该明白,她现在已是基督徒了,是她帮我们锯断了铁链,让我们重获自由的。她来这儿是自愿的,我看她对当前的情况非常乐意,好像从黑暗走向光明,从死亡走向新生,从受辱走向光荣一样。’‘这位先生说的话是真的吗,孩子?’摩尔人问道。‘是真的,’索拉达回答说。‘你真的是基督徒?’老人问,‘真的是你害父亲落到了仇敌的手中?’索拉达回答说:‘你问我是不是基督徒,我说是的;害你落到这个地步的可不是我。我并不愿意离开你,更不会害你。我只是为自己造福。’‘你为自己造什么福呢,孩子?’‘这个嘛,’她回答说,‘你去问蕾拉·玛利安吧。她会告诉你的,她比我说得更清楚。’

“她这句话还没有说完，摩尔人立即跃身一跳，投进海里，动作快得出人意外。要不是他这身衣服又长又大，落入水中一时难以下沉，那他也许已经淹死了。索拉达大呼救命，我们赶紧下水揪住他的长袍，把他拖上船来，他已淹得半死，失去了知觉。索拉达悲痛万分，扑在父亲的身上放声大哭，仿佛他已经淹死了一般。我们将他翻过身来，头朝下，让他吐出大量海水，过了两个小时他才苏醒过来。这期间，风向变了，航船向岸边驶去。我们得使劲划桨，免得离岸太近，船撞上岸去。这时，我们遇到了好运，船驶进了一个海湾，旁边是一个小海角，摩尔人叫‘卡瓦·鲁米亚角’，用我们的语言说，就是‘基督教坏女人之角’。根据摩尔人的传说，那个断送了西班牙的卡瓦①就埋葬在那儿。‘卡瓦’在摩尔人的语言里是‘坏女人’，‘鲁米亚’是基督徒。直到今天，摩尔人仍认为船在这儿停靠是不吉利的，除非不得已，他们是从来不在这儿停船的。当时海上风浪很大，这个地方对我们来说，就不是坏女人的埋葬地，而是个稳稳当当的避风港了。我们派了几个人上岸望风，划桨的手中的桨没有放下。我们吃了一些叛教徒给我们准备的干粮，并衷心祈求上帝和圣母，保佑我们顺顺利利地结束这趟开头良好的旅行。在索拉达的请求下，我们准备将她父亲和捆绑在一边的几个摩尔人送上岸去。她精神上有些支持不住了，她的心实在太软，再也不能看着父亲被绑，本国同胞成了俘虏。我们答应开船前办完这件事，因为那一带荒无人烟，释放他们不冒什么风险。我们的祈祷上苍好像听到了，不久风平浪静，我们又可以高高兴兴地继续我们的航行。我们给摩尔人松了绑，一个一个地将他们送上岸。见我们这样对待他们，摩尔人深感惊讶。索拉达的父亲这时已完全清醒过来了。他快上岸时对我们说：‘基督徒，你们知道这小贱人为什么一再要你们放了我吗？你们以为她是出于孝心吗？不是，肯定不是，她是怕我在这里妨碍她，难以实现她的淫心恶念。你们也别以为她改变宗教信仰的原因是她认识到你们的宗教优于我们的宗教，不是这样的，她是以为在你们的国家里，干那些见不得人的事比在我国更自由。’

“我和另一个基督徒抓住他的胳膊，防他有什么丧失理智的举动。他回

① 相传当时统治西班牙的西哥特国王堂罗德里戈奸污了胡连公爵的女儿“卡瓦”。公爵为了复仇，引摩尔人入侵西班牙，于公元七一一年在瓜达莱脱打败了堂罗德里戈的军队。

过头来对索拉达说:‘喂,不要脸的小丫头,你这个听从了别人坏主意的孩子!你盲目地糊里糊涂地跟这群狗杂种上哪儿去?他们是我们天生的仇敌。我生了你,算我倒霉!我更不应该在你身上花那么多钱,让你吃好,穿好,将你养这么大!’我见他打算没完没了地闹下去,就迅速将他送上了岸。到了岸上,他还谩骂、诅咒,祈求穆罕默德,请求阿拉毁灭我们。我们扬帆开船。船渐渐离开,我们已听不到他的叫骂声,却还看得见他在揪自己的胡子,拔自己的头发,在地上打滚。他一度极力嘶号,我们听到了他的话:‘回来吧,亲爱的孩子!回到岸上来吧,我全原谅你!那些钱反正已经落在那些人手里了,送给他们就算了。你快回来安慰安慰你伤心的父亲吧!你要是扔下他,他就会在这荒无人烟的地方送命的。’这些话索拉达全听到了,每句话都使她伤心落泪。她不知怎样来答复他,只是说:‘我的父亲,是蕾拉·玛利安叫我当基督徒的。但愿阿拉让蕾拉·玛利安来安慰你,别让你这么痛苦了。阿拉知道,我这么做是身不由己。我对这些基督徒提供帮助也是天意,即使你让我待在家里,不让我跟他们来,也办不到。亲爱的父亲,眼下的这件事,你认为是件坏事,我认为是件好事,我一心一意想尽快做好这件事。’

“她说这话时,她父亲已听不到了,我们也见不到他了。我竭力安慰着索拉达,大伙儿专心地划着桨。这时,正好顺风,我们认为次日凌晨到达西班牙的海岸是不成问题的。可是,一路开顺风船是绝无仅有的,好运总会夹杂着厄运。这时,或许是厄运来了,也可能是摩尔人对女儿的诅咒应验了,因为父亲的诅咒总是令人生畏的。这时,大约是午夜三时许,我们已进入海湾。由于顺风,我们不用划桨,只凭扯足的风帆航行便能快速行驶。忽见皎洁的月光下,一艘方帆大船朝我们驶近。船上的风帆均已张开,舵手将舵偏到一边,借着风力,船很快就来到了我们的身边。两船挨得很近,我们怕相撞,赶紧收起风帆。对方也用力稳住船舵,让我们的船过去。这时,大船上有人走到船边问我们是什么人,从什么地方来,上哪儿去。我们那个叛教徒听出对方说的是法国话,便说:‘谁也不许答话,因为这些人肯定是法国海盗。他们烧杀抢掠,无恶不作。’听了他的警告,谁也没有说话。我们的船朝前驶去,那条大船已处在我们下风。突然,那船上的两门大炮一齐开了火,听起来那种炮弹像是连锁弹[1]。其中的一发击中我们的桅杆，将它折为两段，断下的那截桅杆和风帆一起落入海中。与此同时，另一门炮射出的炮弹击中船的中部，别的东西虽没有损坏，却将船身击穿了。我们眼看船要下沉，便齐声向对方呼救，请求他们收容我们，因为我们快葬身海底了。他们收起风帆，放下船上的小船，或者就叫小划子吧，十二个法国人带着火炮和点燃着的火捻子，坐上小船，来到我们船边。见我们人数不多，船也即将下沉，便让我们到他们的小船上去。他们说，刚才我们不答话，太无礼了，才惹他们开了炮。我们的叛教徒抓起索拉达那只装满金币的箱子，没有让任何人看见，把它偷偷沉入海底。我们上了法国人的船，他们首先对我们细细地盘问了一番，随后，像死对头似的把我们随身带的东西全都抢光，就连索拉达的一对脚镯子都抢了。我很为索拉达担忧，尤其怕法国人抢了她贵重的珠宝后，还会来抢夺她身上最为珍贵的东西。幸喜这些人贪图的只是钱财。他们贪得无厌，如果我们俘虏穿的衣服值几个钱，他们也会剥去的。他们中间有些人主张将我们这些人裹在风帆里扔进大海，因为他们准备以布列塔尼人的名义去西班牙的几个港口经商，如果让我们活着到了那里，他们抢劫的事情就会暴露，最后难逃法网。然而，亲手将我亲爱的索拉达身上的珍宝抢掠一空的船长说，他对这次抢到的东西已心满意足，不想去西班牙任何港口做生意了。他想利用夜色和别的办法通过直布罗陀海峡，回到罗切拉[2]去，因为他们就是从那儿来的。他们同意将那条小船给我们用，还为我们提供短途航程所需的物品。第二天，西班牙的陆地就在眼前了，他们就如言照办了。我们一见到祖国的土地，把以往吃的苦、受的罪一古脑儿全忘了，就像根本就没经历过一样；重新得到失去的自由实在叫人太高兴了。

“中午时分，法国人让我们上了那只小船，同时，给了我们两桶水和一些饼干。船长不知什么原因，大发慈悲，在美丽无比的索拉达上船时，竟给了她四十枚埃斯库多金币；另外，还不准手下的士兵剥去她身上的这套衣服。我们上船后，对他们的关照表示感谢，并表示对他们只感恩，不怀恨。他们朝着直布罗陀海峡驶去，我们的航行目标是陆地。我们使劲地划着桨，到太

---

① 两枚炮弹中间以一链条相连，以增强杀伤力。

② 大西洋上一法国属地。

阳落山时,离岸已很近,估计到深夜之前就可以靠岸了。那天夜里没有月亮,天空一片漆黑,我们又不知自己在什么地方,在这样的情况下,驾船靠岸实在不妥。然而,我们中间也有不少人认为,尽管岸边怪石林立,人烟稀少,还是应该上岸。德土安的海盗船常在这一带出没,海盗们白天在西班牙沿海进行抢劫,傍晚回到柏柏尔地区,然后,回家去过夜。因此,上了岸就用不到提心吊胆,害怕海盗前来袭击了。我们根据上述两种不同意见,采用第三种办法,即让航船慢慢驶向岸边,如果海面平静,又有合适的登陆点,我们就上岸。我们真的这样做了。半夜时分,我们来到一座险峻的高山脚下。这座山离海岸还有一段距离,中间有一块平地,我们可以很方便地将船靠上去。我们将船停靠在沙滩边,大家跳下船,吻了吻大地,眼中含着欣喜的泪花,感谢我主上帝的大恩大德。我们将船上的粮食搬到岸边,又将船拖上岸来,然后,朝山上走了很长一段路。到了那儿,我们似乎还不相信已经登上基督教国家的国土。

“我觉得那天我们盼望了许久天才亮。我们登上了山顶,想瞧瞧周围有没有村庄和牧人住的茅舍。我们极目四望,始终见不到一座村落,也见不到一个人,甚至连大大小小的道路也没有一条。我们决定继续往里走,心想总能碰到个把行人为我们提供一点信息。山路异常崎岖,我见到索拉达一脚高一脚低地走着,心里很不好受。我背过她一次,她见我太劳累,尽管自己舒服了却心里不安,思想负担重了,就不肯再让我驮。我只好搀着她走,她倒很有耐心,心情也挺好。这样我们又走了四分之一西班牙里地,突然听到铃铛声,这显然表明附近有放牧的牛羊。众人瞪大眼睛四处搜寻,发现在一棵栓皮槠下有一个年轻的牧人在悠闲地拿刀子削一根木棍。我们大声呼叫他,他抬起头,立即轻捷地站起身来。后来我们知道,他第一眼只看到索拉达和叛教徒。由于他俩都是摩尔人装束,他以为我们都是从柏柏尔地区来的人,是来抓他的,就没命地朝前面的森林里奔去,边跑边大声地呼喊着:‘摩尔人来了,摩尔人登陆了!快拿起武器!摩尔人来了!’听到他的呼叫声,我们陷入一片惊慌,不知如何是好。后来细细一想,觉得牧人这么一叫,定会惊动当地的人,海岸巡逻队闻讯一定会来看个究竟。于是,我们决定叫叛教徒脱去土耳其服,我们中间的一个人脱下俘虏的外衣给他穿,自己只穿一件内衣。我们一面祈求上帝保佑,一面沿牧人刚才走过的那条路朝前走去,希望在这条路上能遇到海岸巡逻队。我们的想法果然没有错。朝前走了约两个钟头,我们便走出丛林,到达一片平地。这时,我们望见五十余名骑兵朝我们这个方向纵马疾驰而来。我们索性停下脚步,等待他们的到来。他们跑近前来一看,并没有见到自己要寻找的摩尔人,只见到一群贫困潦倒的基督徒,都觉得异常纳闷。其中一人问我们,刚才一个牧人高叫'摩尔人来了,快拿起武器',是不是由于见到了我们。'是的,'我回答说。我正打算将我们的遭遇,我们从什么地方来以及我们的身份等详情细细地向他诉说,跟我们同来的一个基督徒却认识刚才问话的骑兵,他没有等我开口,就抢着说:'先生们,感谢上帝将我们领到这个好地方来了!如果我没有弄错的话,我们脚下踩的就是贝莱斯马拉加的土地了。我虽然当了多年俘虏,但我还没有忘记,你这个刚才问我们话的先生就是我的舅舅佩德罗·德·布斯塔曼德。'

"基督徒俘虏的话还未说完,那骑兵已经翻身下马,过来抱住这个年轻人说:'我的亲外甥啊,我认出你来了。我和我姐姐——你的母亲,以及你的那些还健在的亲人都以为你已经死了,哭得好伤心啊。上帝保佑你还活着,他们见了你一定会非常高兴的。后来我们才知道你还活着,而且就在阿尔及尔。从你装束和眼前你伙伴的衣着看,你们一定是奇迹般地逃出来的。''不错,'年轻人回答说,'详情以后有机会再对你细细讲述。'

"那些骑兵听说我们都是被俘的基督徒,便立即下马,请我们骑上他们的马,带我们进城,贝莱斯马拉加城离那儿还有一西班牙里半。我们告诉他们有条小船丢在什么地方,有几个骑兵便去那儿将小船划到了城边。其余的骑兵请我们骑在鞍后上,那个年轻的基督徒的舅舅鞍后带了索拉达。这时,已有人赶回城去传了消息。城里的人知道我们来了都出来迎接。他们见到被释放的俘虏或被俘的摩尔人都不觉得惊奇,因为这儿海边的人常常见到这两种人。然而,他们见到索拉达这么美貌,都赞叹不已。这个姑娘感到自己已到了基督徒的地盘,便不再担惊受怕,心里非常愉快,加上旅途劳顿,这时两颊绯红,越发显得楚楚动人。也许我是让爱情迷住了眼睛,我敢说,她是世界上最漂亮的姑娘,至少我没有见过比她更美的人了。

"我们径直去教堂向上帝表示感谢。索拉达一进教堂,就说教堂里有许多张面孔和蕾拉·玛利安的脸一样。我们对她说,这都是蕾拉·玛利安的圣像。叛教徒竭力向她解释圣母像的意义，让她将这些圣母像当作和她交谈过的蕾拉·玛利安的真身那样顶礼膜拜。她头脑灵光，听了有关圣母像的话①，很快就领会了。我们出了教堂，就分派到城里居民家暂住。和我们一起回来的那个基督徒把叛教徒、索拉达和我带到他父母亲家里。这户人家日子过得还可以，他们对我们就像对自己的亲儿子一样亲热。

“我们在贝莱斯马拉加城住了六天。六天后，叛教徒打听到了需要办的手续，便去格林纳达城通过宗教法庭的裁定，重新加入了圣教。获得自由的其他基督徒也选择了合适的途径各自走了。最后，只剩下索拉达和我。当时我们身上只有那个发了慈悲的法国船长给我们的那几十枚埃斯库多金币。我用这些钱买了她骑来的这头牲口。我一直以父辈和侍从的身份照应她，我还不是她的丈夫。我打算回去看看我父亲是否还健在，我两个弟弟是否比我走运。不过，苍天既然让我做了索拉达的伴侣，任何别的运道随它有多好，我也不希罕了。索拉达一路上历尽艰辛，受尽苦楚，她那坚忍不拔的精神和一心一意想成为基督徒的意愿令我无比敬佩，我决心一辈子为她效劳。现在就不知我能不能在自己的故乡给她找到一个栖身之地，也不知我父亲和兄弟的生命财产有没有发生变故。万一他们有个三长两短，我就连亲人也没有了。这些忧虑不免冲淡了我与她相依为命的快乐。

“先生们，我的这段经历就讲到这儿，是否新奇有趣，就请诸位凭高见酌定吧。我怕你们听得腻烦，想尽量讲得简明扼要些，有四五个细节我都略去了。”

---

① 伊斯兰教不崇拜偶像。

第四十二章

叙述客店里接着发生的事情，以及其他许多值得一叙的事。

俘虏说完后，堂费尔南多说道：

“上尉先生，你这段经历的确非常曲折离奇，你也讲得异常动听。事情从开始到结尾都是闻所未闻的新鲜事儿，谁听了都觉得有趣。像这样的故事就是叫我们听到明天，我们也愿意听；即使重讲一遍，我们也会听得津津有味。”

堂费尔南多说完话，卡德尼奥和其他在场的人都表示愿意为俘虏效劳。他们言辞恳切、真诚，上尉听了，非常感激。尤其令人感动的是堂费尔南多答应，如上尉愿意跟他一起回去，他可以请他的那个侯爵兄长作索拉达行洗礼时的教父；他本人还要给上尉提供资助，让他能体体面面地衣锦还乡。对这一切慷慨恩赐，俘虏都彬彬有礼地表示了谢意，但他都没有接受。

这时，天色已晚。暮色中客店里又来了一辆马车，还来了几个骑马的人，他们要在店里过夜。客店老板娘说，客店里挤得连巴掌大的空地方都没有了。

“不管怎么样，”其中一个骑马的人说，“来客是大法官，总得给他让出一个床位吧。”

老板娘听到这个官衔，心里有点慌了，说：

“老爷，小店缺的是床铺，如果法官人人随身带有铺盖——我想他应该带来的，就快请搬进来。我和我丈夫将我们的卧室让出来给法官大人住。”

“好吧。”那个侍从说。

这时，马车内的那个人已走了出来，一看他的衣着就知道他的官有多大。他身穿长袍,袖口上镶着花边,显然就是侍从说的大法官。他一手搀着一个年约十五六岁的女孩子。她身穿旅行服装,眉清目秀,端庄大方。众人一见,都齐声称赞。如果人们没有见到过眼下在客店内的多罗脱奥、路辛达和索拉达,一定会认为像这样美丽的姑娘很难找到第二个。堂吉诃德见那大法官搀着那个女孩子走进了客店,就说:

"您只管放心进这城堡休息吧。这里地方不大,设施也很简陋。尽管这样,凡是文武大员来到这儿,总该好好接待。尤其像阁下这样还有漂亮的女子引路的,更不用说了。对这样的美女,不但城堡应该开门迎接,就连岩石也应裂开,山岭也要让出一条道来低头迎候她呢。我是说您请进这个天国吧。这儿有星星,有太阳,与您带来的天作伴①。您会发现,住在这儿的人不是英雄盖世的武士就是国色天香的美女。"

听了堂吉诃德的话,大法官异常惊异,对他细细地端详了一番,觉得他的模样和他的言谈一样古怪。正当他不知如何回话时,忽见路辛达、多罗脱奥和索拉达来到他跟前。原来她们听说来了新客,又听老板娘说,新来的那个小姑娘模样儿很俊,就特意来看看,并对她表示欢迎。大法官见到这几位女客,也大加赞赏。堂费尔南多、卡德尼奥和神父也对大法官表示热烈的欢迎。大法官在客店见到了一些从未见到的事,又见这几个漂亮的姑娘前来欢迎自己的女儿,一时弄不清这究竟是怎么一回事。

不过,大法官已经看出来客店里的这些人都不是等闲之辈,只是堂吉诃德的装束、举止、言谈叫人把握不准他究竟是什么人。双方寒暄了一番,考虑到客店的条件,他们决定还是按原先的安排,让女客住到前面说到过的那座顶楼上,男宾像守卫她们似的住在外间。大法官和他的女儿(就是那个小姑娘)对这样的安排很满意。小姑娘高高兴兴地与那几位女宾住在一起。她们房间内原来有一张不太宽的床,加上大法官带来的半份铺盖,这一夜可以过得比预想的要舒服些。

那俘虏一见大法官,心头一惊,他觉得这大法官就是自己的弟弟。他向大法官的一个随从打听这大法官叫什么名字,祖籍在什么地方。随从回答说,他叫胡安·佩莱斯·德·比埃特玛,听说他老家在莱昂的一个山村。听

---

① 这里说的"星星"、"太阳"和"天"都指美女。

了随从的回答,又见了大法官的面貌,他确信对方就是依照父亲的嘱咐,出门去习文的弟弟。他又激动又兴奋,立即将堂费尔南多、卡德尼奥和神父叫到一边,把情况告诉他们,并说这大法官就是他的弟弟。刚才那个随从还告诉他,他弟弟被任命为墨西哥法院的大法官,正要赴任去。同时,他还获悉,这小姑娘就是他的女儿,她母亲生下她时就死了。大法官得到了去世的妻子留下的陪嫁很有钱。俘虏请教他们该用什么方法向大法官说明事实真相,要不要先试探一下,看看弟弟会不会嫌他穷,怕丢自己的脸,还是真心诚意地认他这个兄长。

“就让我来试一试吧,”神父说,“上尉先生,我看你不必多虑,你一定会受到他热烈的欢迎,因为从你弟弟那和善的面貌和严谨的举止可以看出,他绝对不会是个傲慢无礼、六亲不认的人。另外,他对人生的得意失意也一定会有正确的看法。”

“尽管这样,”上尉说,“我还是不想一语道破,准备拐着弯儿对他露点儿底。”

“我已经对你说过,”神父说,“我有办法让大家都感到满意。”

这时,晚餐已准备停当,男客除了俘虏围着桌子坐下,女客们在她们的客房里用餐。晚餐用了一半,神父开口说:

“大法官先生,几年前我在君士坦丁堡做过俘虏,当时我有一个伙伴与您同姓。他在西班牙步兵里曾经是最勇敢的士兵和上尉,他力气大,胆量大,但倒的霉也大。”

“我的先生,这个上尉叫什么名字?”大法官问道。

“他叫鲁伊·佩莱斯·德·比埃特玛,老家在莱昂山区的一个村子里。他跟我讲过他父亲和他们兄弟几个之间的一件事。这件事要不是由他这样的老实人亲口说出,我准以为是老祖母冬日围炉讲的故事呢。他说他父亲将家产一分为三,分别给了他的三个儿子,还对他们作了一番吩咐,含意比加东说的话还高明。我可以说,他选择了从军的这条道,成绩卓著。几年后,凭他的胆识、武艺和优良的品德,他很快就晋升为陆军上尉,而且不久就有望晋升为陆军团长。然而,他命运不济,勒班多大战中许多人赢得了荣誉,而他却失去了自由,原来指望交的好运全都落空了。我是在果雷塔被俘的,后来几经折腾,在君士坦丁堡与他碰在一起了。后来他到了阿尔及尔,我获悉他在那儿遇到了一桩世界上从未见到过的奇事。"

接着,神父就扼要地将大法官的哥哥与索拉达之间发生的事说了一遍。大法官全神贯注地听他讲述,比听审时还专心。神父只讲到法国海盗将基督徒乘坐的那艘船洗劫一空,弄得他那位伙伴和那位美丽的姑娘一贫如洗。至于他俩今后的情况如何,他们是回到了西班牙,还是让法国海盗带走了,他都没有说。

神父讲话的时候,上尉就在离他不远处听着,并注意着他弟弟的一举一动。他弟弟听神父已讲完了这段往事,便长叹一声,眼泪汪汪地说:

"先生啊,您不知道您刚才讲的这段往事对我何等重要!我是个不轻易动感情的人,但听了您讲述的事,我禁不住流下了眼泪。那位勇敢的上尉就是我的大哥,他向来比我和我的小弟长得壮实,志气也比我们高。您不是像听故事似的听他讲到我父亲提出的三条道路吗?他走的就是一条光荣的从军道路。我决定习文,承蒙上帝照应,加上我本人的努力,升到了目前这个职位。我小弟弟现在在秘鲁[①],已发了大财,光是给父亲和我寄来的汇款就超过了他当年带走的资财。父亲靠他寄来的款子,继续大手大脚地过着日子。我也仰仗他的资助,得以安安心心地完成我的学业,终于获得了眼下这个官职。我父亲还健在,他的宿愿就是能见大儿子一面。他不断地作祷告,祈求上帝能让他活着亲眼看一看他的长子。我大哥为人向来谨慎,他经历了这么多吉凶祸福,为什么不给父亲报个信儿,真叫人感到奇怪。如果我父亲或我们随便哪个弟弟知道了这个消息,早就将他给赎出来了,何必还要等那根竹竿创造的奇迹呢。现在我非常担心,不知法国人会不会释放他。我就怕法国人为了掩盖罪迹,把他害死了。本来我这次出来很开心,听到这个消息,下一段旅程我就高兴不起来了。我的好大哥啊,我要是知道你在什么地方,我一定去找你,即使赴汤蹈火,我也要将你从苦难中解救出来!谁要是能将你还活着的消息告诉老父亲,即使你被埋藏在柏柏尔地区最深的地底下,凭父亲、小弟弟和我本人拥有的财产,我们也一定要将你挖出来。啊,美丽豪爽的索拉达,你给我兄长的恩典太大了!待你的灵魂获得新生,我要是能参加你们的婚礼,该有多好!届时大伙儿一定会非常愉快。"

---

① 据本书第三十九章,去美洲经商的应是二弟,小弟弟是习文的。

大法官听了他兄长的消息非常悲伤,说了上面的那一番话。在场的人听了,也流下了同情的眼泪。

神父觉得自己的目的和上尉的目的都达到了,不愿意让人家的痛苦继续下去,就起身离开饭桌,来到索拉达那儿,拉着她的手回到原来的地方。路辛达、多罗脱奥和大法官的女儿也跟他们过来了。上尉正在等着神父下一步的行动。神父来到上尉身边,用另一手拉着上尉的手,来到大法官和其他客人的面前,说:

"大法官先生,您不用流眼泪了,您的愿望实现了。您的好大哥和好大嫂就在您面前。站在您眼前的这一位就是比埃特玛上尉,这一位就是对他有大恩的摩尔美女。刚才我对您说过,那些法国人弄得他们分文全无,您正可以显示自己豪爽的胸怀对他们多加资助了。"

上尉赶过去拥抱他的弟弟,他弟弟两手撑住上尉的胸口,想离开点儿细细端详。待他认出是自己的大哥后,就紧紧地拥抱他,兴奋的眼泪不断地往外流。在场的人见了,也禁不住落下高兴的泪水。这时兄弟俩说了什么话,流露出什么样的感情,想象都不容易,更无从描述了。他们简略地讲了各自的经历,表达了骨肉间的深情。接着,大法官拥抱了索拉达,并表示愿意把自家的全部资产供她使用。同时,又叫女儿过来拥抱索拉达。众人看到基督教美人和摩尔美人拥抱在一起,又高兴得落了泪。

堂吉诃德一声不吭地站在一边,留神地观察着。在他看来,这许许多多奇事都和骑士道的幻想有关。当下众人商定,索拉达和上尉跟他的弟弟去塞维利亚,同时派人将上尉的下落和获得自由的消息告诉他父亲,请他尽快赶去参加婚礼和索拉达的洗礼。大法官的行程不能耽误,因为他听说商船队一个月后就要离开塞维利亚去新西班牙①,如果误了航班,就麻烦了。

总之,众人为俘虏交了好运而欢欣鼓舞。这时夜已很深,大家都想在天亮前休息一下。

堂吉诃德自告奋勇,愿意守卫这座城堡,因为城堡内有那么多绝世美人,他要防备贪花好色的巨人或无赖前来骚扰。了解他底细的人都对他表示谢意。他们将堂吉诃德得的怪病告诉大法官。大法官听了很感兴趣。

---

① 指当年西班牙在美洲的殖民地。

只有桑丘·潘沙对众人迟迟不就寝很不高兴。当夜他躺在自己毛驴的全副驴具上睡得比谁都香。他为这套驴具付出很大的代价,这在下文即将讲到。

女客们就在自己房间里休息,男宾们将就着找个地方安顿下来。堂吉诃德就像他刚才答应过的那样,站在客店门口当城堡的卫士。

黎明即将来临的时候,突然传来一阵婉转悦耳的歌声,女客们不由得都侧耳细听起来,尤其是多罗脱奥,因为她早已醒来了。大法官的女儿堂娜克拉拉·德·比埃特玛在她旁边却睡得很熟。谁也想象不起来究竟是谁在唱这么动听的歌曲,而且是清唱,没有任何乐器伴奏。她们时而觉得此人在天井里唱歌,时而又觉得他在马厩里唱。她们正在猜测的当儿,卡德尼奥出现在房门口,说道:

“没有睡着的人请听听,有个年轻的骡夫在唱歌,唱得太好听了。”

“我们已经听到了,先生。”多罗脱奥回答说。

卡德尼奥说完就走了。多罗脱奥专心细听,歌词的内容是这样的:

第四十三章

年轻骡夫有趣的经历以及客店内发生的其他趣事。

　　我在情海远航，
四面大海茫茫，
能否到达港口，
心里实在无望。

　　远处见一颗星，
我追逐得很紧，
巴利努罗①所见，
哪有那么光明。

　　她引我上何方？
我航行无定向，
有意漫不经心，
一心扑在她身。

　　她言谈很拘谨，
品行也很端正，
我越想看清她，

① 古罗马诗人维吉尔史诗《埃涅阿斯记》中的人物。

她偏躲进云层。

明亮[①]灿烂的星，
我追求你光明，
如你隐没不见，
我就顷刻丧命。

唱歌的人唱到这儿，多罗脱奥认为，这么悦耳的歌声不让克拉拉醒来听一听，实在可惜。就将她来回摇了几下，将她摇醒，说：

“对不起，小妹妹，我将你摇醒了。我想让你听听这个人的好嗓子，或许你这一辈子都没有听到过呢。”

克拉拉睡眼惺忪，一时还没有听懂多罗脱奥说的话，便问她刚才说的什么。多罗脱奥又说了一遍，克拉拉这才倾耳细听，还没有听完对方唱的两句歌词，她就非常奇怪地颤抖起来，像是得了严重的疟疾病。她紧紧地抱住多罗脱奥，说道：

“啊，我的好小姐，你为什么要摇醒我呢？这时候我如果能闭上眼睛，掩住耳朵，看不见这个不幸的歌手，听不见他唱的歌，就是我最大的幸福了。”

“你说的什么呀，小妹妹？你要知道，唱歌的听说是个年轻的骡夫。”

“不是的，他是个有几块封地的贵族，”克拉拉说，“他已牢牢地占有了我这颗心，如果他本人不想放开，我永远也摆脱不了啦。”

听了女孩子这几句充满情意的话，多罗脱奥深感惊讶。她觉得这姑娘小小年纪，说出话来居然像个大人一样，便对她说：

“克拉拉小姐，你刚才说的话我都没有听懂。请你把话说得明白一点儿好吗？你刚才说的心呀，封地呀，究竟是什么意思？你听了歌手的歌声神情这样不安，他到底是什么人？不过，这会儿你暂时别回答我的问话。刚才为了跟你说话，我没有顾得上欣赏他唱的歌，我想继续听他唱下去。他仿佛换了一个曲调，在唱另一首歌了。”

“请便吧。”克拉拉回答说。

---

① “明亮”（Clara）发音是“克拉拉”，即歌唱者意中人的名字。

她双手捂住耳朵,不想听。多罗脱奥更感惊奇。她专心地听着歌手唱歌,歌词是这样的:

　　我的甜蜜的希望,
你不顾千难万阻,道路崎岖,
　　坚定地走上征途,
勇往直前,一刻也不要停止!
　　请你千万不要犹豫,
即使每走一步,就向死亡靠近一步。

　　懒汉们不去竞争,
既得不到胜利,更难获取光荣;
　　如果只顺从命运,
想成为幸福的人,绝对不可能!
　　一个沉湎于酒色的人,
想得到欢乐,只不过是一场梦。

　　爱情来之不易,
这是个大道理,非常合乎情理。
　　凡是珍贵的东西,
价值应以提供的情趣作估计。
　　唾手可得的物体,
很显然,它自身的价值非常低。

　　为爱情百折不挠,
困难再大,也能够达到目标;
　　顾不得重重险阻,
为了爱情,最不易的事也要办到;
　　纵使难于登天,
我也毫不犹豫,坚定地往上攀。

唱到这儿歌声停止了,克拉拉抽抽噎噎地哭了起来。听了这么美妙的歌声,克拉拉反倒哭得这么伤心,多罗脱奥真想了解一下其中的原因。于是,她重新拾起话题,询问克拉拉刚才说的那一番话究竟有什么含意。克拉拉怕让路辛达听见,便紧紧地搂着多罗脱奥,将嘴唇贴近她的耳根,估计自己的话不会让别人听到了,才说道:

“我的小姐,这唱歌的是阿拉贡王国一个绅士的儿子,这位绅士有两块封地。他住在京城,就住在我家的对面。尽管我父亲要我们冬天在窗子上挂上窗帘,夏天关好百叶窗,但我也不知是怎么一回事,这个正在上学的公子看见我了,我想可能在教堂或别的什么地方瞧见的。后来,他就爱上了我。他在自家的窗口对我打暗号,做手势,还流了许多眼泪,向我表达自己的情意。我终于相信他,甚至心里也喜欢他了。只是不明白他为什么会喜爱我。他做的众多手势中,其中有一个是将两手合拢,意思是他想同我结婚。虽说我也乐意和他结婚,但因我自幼丧母,不知跟谁谈这方面的事情,所以只好将此事束之高阁。我唯一能办到的一件事是乘彼此的父亲不在家的时候,将窗帘拉大一点,或将百叶窗打开得大一点,让他看到我整个脸庞。每当遇到这样的场合,他一定会喜笑颜开,高兴得像疯了一样。后来,我父亲要离开京城,他知道了这个消息,当然不是我告诉他的,因为我从来没有机会和他说话。我估计他难过得病倒了,因为我们离京的那一天,我没有见到他,想临别看他一眼都不能。我们走了两天,来到离这儿一日旅程的一个乡村,进一家客店住宿时,我见他站在门口,一身骡夫打扮,扮得很像,要不是他的模样早已深深地刻印在我的记忆中,真难认出来。认出他后,我又惊又喜。他背着我父亲,偷偷看我。无论在途中还是在我们投宿的旅店里,他碰见我们时总躲开我父亲。我知道他的身份,想到他为了爱我,历尽艰辛,步行相随,心里非常过意不去。他足迹到了哪儿,我的目光也跟到哪儿。我不知他这次来有些什么打算,也不知他怎么能背着父亲溜出来的。他父亲只有他这么一个儿子,非常钟爱他,而他也确实配得上父亲这么爱他,等一会儿你见了他就会知道。我还可以对你说,刚才他唱的歌词全都是他自己编出来的。我听说他很有学问,诗也写得很出色。我还可以告诉你,我每次见了他,或听他唱歌,就害怕得浑身颤抖,因为我怕父亲识破他,并看出我俩的心事。我从来没有跟他说过一句话,但我非常爱他,没有他我简直难以活下去。我的小姐,你欣赏的好嗓子就是这么个人,我知道的就是这些了。凭那嗓音分明可见他不是你所说的年轻的骡夫,而是我所说的封地的主人和占有了我这颗心的人。"

"堂娜克拉拉小姐,你别再说了,"多罗脱奥吻了她许多次,说道,"你不必再说了,等待着黎明的到来吧。我希望上帝保佑你们,让你们把这件事办成。这件事开头一片纯正,结局一定十分圆满。"

"小姐啊,"堂娜克拉拉说,"他父亲地位这么高,又这么有钱,我能指望什么好结果呢。像我这样的人给他当丫头都不够资格,别说做他的妻子了。再说,要我瞒着父亲去和他结婚,我是绝对不干的。我没有别的办法,只希望这年轻人离开我,回家去;他离得远远的,我见不到他,这样内心的忧伤也许能减轻一点儿。当然,我也知道我想的这个办法其实也解决不了多大的问题。我也不知道自己见了什么鬼,怎么就爱上了他。我和他都还小呢。说实在的,他好像跟我同年,我今年还不到十六岁,我父亲说,要到圣米盖尔节我才满十六岁。"

听堂娜克拉拉说话时一股孩子气,多罗脱奥禁不住笑了。她说:

"小姐,天快亮了,我们再休息一会儿吧。上帝会保佑你的,俗话说,除非自己太笨,万事总有希望。"

说完,她们又入睡了。整个客店寂静无声,只有店主的女儿和那个使女玛丽托纳斯没有睡。她们知道堂吉诃德犯了疯病,也知道他此时全身披挂,骑着马在客店门口当卫士,便决定捉弄他一番,至少也可以听他说说疯话,消遣解闷。

原来这客店的窗户都不临街,只在堆放草料的房子有个墙洞是朝外开的,干草就从这个墙洞扔进房子里。这两个半大不小的女孩子就趴在这个墙洞上朝外看,只见骑在马上的堂吉诃德拄着那根矛,深深地叹着气。这叹气声听起来撕心裂肺。随着叹气声,她们又听到他柔声细语道:

"啊,我那美貌绝伦、聪明绝顶的杜尔西内娅·德尔·托波索小姐,你是贞操的化身,是人世间全部美德的最高典范!你眼下在干什么呢?拜倒在你脚下的骑士为了替你效力,历尽艰险,你想到他了吗?变换着三张面孔的月亮[1]啊，请将有关她的消息告诉我吧。也许你怀着仰慕的心情，在注视着她。此时此刻兴许她正在华宫的走廊上漫步，或在阳台上凭栏远眺，也许她正在思考，我这个断肠人为她吃尽千辛万苦，她该怎样做才能既无损于自己的体面和高贵的身份，又能给我一些安慰呢。我为她出了这么多力，她该给我赏赐些什么呢？太阳啊，你这会儿正忙于备马，大清早你就得上路，去看望我的意中人。你见了她，一定要代我向她问好。不过，你要注意，见到她向她问好的时候，千万不能吻她的脸。我可是会吃醋的。当年你也为那个奔跑如飞的负心女人忌妒过。我已记不清你是在德沙利亚平原，还是在贝纳欧河边，你这个情郎满怀妒火，汗流浃背地追逐着那个女人[2]。眼下我忌妒得比你当年还厉害呢。"

堂吉诃德这番缠绵悱恻的话刚说到这儿，店主的女儿就大声地对他说：

"喂，先生，劳驾上这儿来一下，好吗？"

堂吉诃德听见有人叫他，便回过头来。当时月明如昼，他看见有人在墙洞口叫他。在他的想象中，这客店应是一座富丽堂皇的城堡，这墙洞是窗户，窗外自然应该有金黄色的护栏。接着，这个疯子的脑海里立即又浮现了上次他住店时发生的事：城堡主俊俏的女儿情炽似火，上他的卧室来找他。想到这儿，他不愿让自己显得无情无义，便掉转马头，来到那个墙洞边。见了那两个姑娘，说道：

"美丽的小姐，你对微不足道的游侠骑士表达了一片深情，遗憾的是他无法报答你，只好辜负你高贵小姐的一片心意了。请你不要见怪，他已钟情于另一位小姐，将她奉为自己独一无二的心上人，因此，他不可能再去爱第二个姑娘了。对不起，我的好小姐，快请你回房去吧，别那么痴情了，否则，我会拿更难看的脸色给你看的。假如你出于对我的爱慕，在我身上发现别的你喜欢的东西，只要不是爱情，你完全可以向我索取。我以那个不在自己身边的甜蜜的冤家的名义起誓，即使你向我索要一绺根根都是活蛇的梅杜莎[3]的头发，或者要一瓶太阳的光芒，我也会立即给你。"

---

① 月亮有时圆，有时亏，有时如镰刀。三张面孔即指月亮的这三种形状。

② 希腊神话，太阳神阿波罗追逐河神之女达芙纳。即将追上时，她变成一棵桂树。

③ 希腊神话中的人形妖魔。她的一根根头发都是一条条活蛇，她的目光射向谁，谁就变成石头。

“骑士先生,我家小姐不需要这些东西,”玛丽托纳斯听了说。

“聪明的女管家,那么,你家小姐需要什么呢?”堂吉诃德说。

“只要你这双美手伸一只给她,让她平息一下熊熊燃烧的欲火就可以了,”玛丽托纳斯说,“刚才她欲火烧得太旺,不顾体面就跑到这墙洞口来了。这件事要是让老爷——她父亲知道,少说也得割下她一只耳朵呢。”

“这我倒想亲眼看看呢!”堂吉诃德说,“不过,我劝他还是别那么干的好!如果他胆敢碰一碰他多情女儿的嫩皮细肉的话,那么他的下场就是世界上所有父亲中最惨的!”

玛丽托纳斯估计堂吉诃德一定会答应自己的要求,把手伸给她。她立即想了一条妙计。于是,她离开墙洞,来到马厩,拿了桑丘·潘沙毛驴上的那根缰绳,又迅速回到了墙洞口。这时,堂吉诃德刚站到罗西纳特的马鞍上,因为他料想那个伤心的姑娘这时一定守在带铁栏杆的窗口,他得站到马鞍上才够得到那个高度。他给她伸出手去,说:

“小姐,请接受我这只手,这是一只惩罚过世界上许许多多坏人的手。请握住这只手吧。我可以说,任何女人都没有碰过我这只手,就连那位主宰我整个身心的小姐也不例外。今天我伸给你并不是让你亲吻,我是让你看看这上面纵横交错的筋、发达的肌肉和粗壮的血管。你看一看这样的手,就会知道连着它的那条胳膊该有多大的劲儿。”

“我这就来看。”玛丽托纳斯说。

她在那条驴绳上打了个活结,套在堂吉诃德的手腕上。然后,跳下墙洞,将绳子的另一端结结实实地系在草料房的门闩上。堂吉诃德觉得手腕被粗绳勒得难受,说:

“你好像不在看我的手,倒像是在刮我的皮,抽我的筋。别这样虐待它啊。刚才怠慢你也不能怪它,那是我心灵支使的。再说,你一腔怒火发泄在一只小小的手上,也不太合适吧。你应该明白,恋人是不会这么残酷进行报复的。”

然而,堂吉诃德的这些话已无人听见了,因为玛丽托纳斯一拴好驴绳,便和另一个姑娘笑得前仰后合地走了。堂吉诃德就这样拴在那里,脱不了身。

这位骑士就像前面讲的那样站在罗西纳特的背上,一条胳膊伸进墙洞内,手腕让绳子拴住,绳子的一端又系在门闩上。他异常恐惧,生怕罗西纳特朝左右移动,这样一来,他就会悬空吊在一条胳膊上了。他动也不敢动地待在那儿。幸好罗西纳特很耐心,性格平稳,估计即使在那儿待上一个世纪,它也不会动一动的。

堂吉诃德见自己被拴住了,两个姑娘都已经走了,就联想起上次着魔的情景。那件事也发生在这座城堡内,那个魔法支使的摩尔骡夫狠狠地揍了他一顿。他暗暗咒骂自己太没有头脑。按照骑士道的常规,任何一件险事第一次尝试失败了,就表明这件事不适合自己干,该让别人去干,自己没有必要去试第二次。他上次在这座城堡内吃了大亏,这次本不该又来这儿。他将那条胳膊往回抽一抽,看能不能挣脱。不行,胳膊给牢牢地拴住了,抽了多次,也没有挣脱。当然,他抽的时候,怕引起罗西纳特移动,只能轻轻地抽。他想坐下来或跪在马鞍上,也不行,他只能立着,除非把胳臂扯断。

这时,他真想拥有阿马蒂斯的那柄剑,这把剑不怕任何魔法。他哀叹自己命运不济,他确信自己让魔法给镇住了,担心世界上没有他会乱得不可收拾。他想起了自己意中人杜尔西内娅·德尔·托波索。他呼唤着自己的侍从桑丘·潘沙,这老兄躺在自己毛驴的鞍垫上,正在呼呼大睡,就连生养自己的老娘也记不起来了。他也呼唤着博学的黎冈特奥和阿尔吉斐这两个人的名字,请他们前来相救。他还请自己的好友乌尔甘达前来搭救。天快亮了,他急得像公牛般吼叫着,但仍无济于事。他并不指望天亮以后可以摆脱困境,因为他认为自己已被魔法镇住,一辈子得这样待在那里。他发现罗西纳特也几乎一动不动地站在那儿,这更使他相信自己和这匹马得这样不吃、不喝,也不睡觉,一直待在那里,待到灾星陨落,或有一个法术更高的魔法师来解除魔法。

看来他这个想法错了。东方才发白,客店就来了四个骑马的人。他们的行装、服饰都很讲究,马鞍架上都挂着一支火枪。店门还没有开,他们就把门像擂鼓一样敲得咚咚响。堂吉诃德这时并没有放弃守门的职责,他一见这个情景,便提高嗓门威严地说:

"骑士们,侍从们,或者是别的什么人,你们为什么要这样敲这座城堡的门呢。很明显,这个时候城堡里的人还在睡觉,照规矩要等太阳出来才开城门。请你们快离开这儿,等天亮后我们再看情况是不是给你们开门。"

“这是什么鬼城堡，鬼要塞，”一个客人说，“竟有这么多清规戒律！你如果是店主，就快叫人来开门。我们是过路旅客，只要给坐骑喂些饲料就走，接下去还得赶路呢。”

“骑士们，你们看我的模样像个店主吗？”堂吉诃德问道。

“我不知道你的模样像什么，”另一个客人说，“只知道你把客店叫做城堡是胡说八道。”

“这就是城堡嘛，”堂吉诃德说，“而且是全省最好的，里面还住着手执权杖、头戴王冠的人物呢。”

“还是倒过来说更合适一些，”旅客说，“权杖顶在脑袋上，王冠拿在手上。这里面兴许住着个戏班子吧，这些演戏的常有你所说的权杖和王冠。在我看来，像这样一个小客店，里面静悄悄的，不可能住下头戴王冠、手拿权杖的大人物。”

“你这个人太不通世事了，”堂吉诃德说，“你对游侠骑士经常遭遇的事一无所知。”

同来的旅客听他们对话听得不耐烦了，又使劲敲起门来，把店主吵醒了。住店的客人也都醒了。店主起来问谁在敲门。这时，旅客骑来的四匹马中有一匹过去闻了闻罗西纳特。罗西纳特正耷拉着耳朵，垂头丧气，一动不动地驮着它那个直挺挺地站着的主人。尽管它看似木马，毕竟也是有血有肉的活马。这时，它也动了情，回过头来嗅一嗅刚才过来爱抚自己的那匹马。罗西纳特只稍微动了一下身子，堂吉诃德那两只并立着的脚就离开了马背，要不是那只胳膊还吊着，他准会跌倒在地。他感到一阵剧痛，以为自己的手腕断了，也可能是胳膊脱臼了。他离地面很近，两只脚尖几乎能触到地面，但这样反而更糟糕，因为就差这么一点点。有时他使劲往下拉一拉，脚尖也能碰一碰地面，但这么一拉，胳膊就痛得更厉害。这种情况有点像遭受吊在滑轮上的苦刑一样①，受刑者以为两脚触地能减轻一点痛苦，其实正好相反，越往下垂就越疼痛。

---

① 西班牙宗教法庭的一种酷刑。犯人戴着脚镣，脚下还悬一重物，反剪双手吊在滑轮上。

第四十四章

继续叙述客店内发生的怪事。

堂吉诃德一阵阵狂呼大叫，闹得店主急急开了大门，出来看看究竟是谁。店门外的那几个旅客也赶上去看看到底出了什么事。玛丽托纳斯醒来听见这一阵喊叫声，心里已明白是怎么一回事，便来到草料房，偷偷地解开拴住堂吉诃德的那根驴绳，堂吉诃德立即摔倒在地。店主和那几个旅客见他摔下来，就过去问他为什么大叫大嚷。堂吉诃德一声不吭，他首先解开拴住手腕的那根绳子；随后从地上站起身，骑上罗西纳特，一手举着盾牌，一手提着长矛，纵马往旷野里疾驰了好长一段路。然后，才缓缓地跑回来，说道：

"谁说我中了魔法是咎由自取，不管他是什么人，只要我那米科米科娜公主允准，我就说他是在造谣！我要和他挑战！和他进行决斗！"

新来的几个旅客听了堂吉诃德的话惊奇万分。店主赶忙对他们说，他叫堂吉诃德，是个疯子，请他们不要去理会他。他们这才明白过来。

随后他们跟店主打听，是否有个十五六岁、骡夫打扮的少年来店里住过。从他们描述的特征看，这个年轻人很像堂娜克拉拉的恋人。店主说，旅店里客人太多，他们没能注意到他们打听的人。这时，他们中间有一人看见了大法官乘坐的马车，说道：

"他准是在这儿了，因为有人说他是跟这辆马车走的。我们派一个人看着大门，其余的人进去找他。不过，最好再派一个人在客店周围巡逻，防止他从后院跳墙逃走。"

"就这么办吧。"另一个人说。

两人进入客店，一人留下守门，另一人在客店四周巡逻。店主看得分明,只是不明白他们为什么要这样干。他料想他们是想找刚才他们跟自己打听过的那个小伙子。

这时天已大亮,加上堂吉诃德刚才这一阵大叫大嚷,旅客们都醒了,也都起了床。堂娜克拉拉和多罗脱奥早已起来。两人都没有睡好,一个因自己的恋人就在近处,心神不定;另一个则急切地想看一看那个唱歌的小伙子。堂吉诃德见那几个旅客谁也没理会他,也没有对他的挑战做出任何反应,不禁火冒三丈,气冲斗牛。可惜按骑士道的规定,像他这样已经对米科米科娜公主做出承诺的骑士,在承诺兑现之前是不能办另一件大事的,否则,他一定会去找他们算账,迫使他们应战的。再说米科米科娜公主还没有恢复王位,在这样的情况下,他再重新办一件大事显然也是不适合的。没奈何只好强压怒火,不声不响地待在一边,瞧那几个旅客会找出谁来。一个旅客居然找到了那个小伙子,他就睡在一个年轻骡夫的身边。他根本没有想到会有人来找他,更不会想到会找到他。那旅客一把揪住那少年的胳膊,说道:

"堂路易斯少爷,看您穿的这身衣服倒真的与您的身份很相称,您躺在这样的床上,真也对得起您妈妈养您的一片心啊!"

少年擦了擦还没有睡醒的双眼,对抓住他胳膊的那个人端详了一会儿,认出他就是父亲的仆人。他一时愣住了,好大一会儿说不出话来。仆人继续说道:

"堂路易斯少爷,您现在除了老老实实跟我们回去,没有别的路好走了,除非您愿意您的父亲——我家老爷离开人世;他为您离家出走,伤心死了。"

"我父亲怎么会知道我穿着这身衣服,上这儿来了呢?"堂路易斯问道。

"是您的一个同学说的,"仆人说,"您跟这个同学透露了自己的心事。他见您父亲为您出走伤心得不得了,于心不忍,就把情况跟他说了。于是,您父亲就派了我们这四个用人前来寻您。此刻我们在这儿都听从您的吩咐。找到了您我们都非常高兴,把您带回去和日夜思念着您的父亲见面,我们也可以圆满地交差了。"

"这还得看我本人愿不愿意,也得看老天爷怎么安排呢,"堂路易斯说。

"还有什么愿意不愿意,还得看老天爷什么安排啊。除了回去,还有什么别的办法吗?"

睡在堂路易斯身边的那个骡夫将刚才他们俩的话全听在耳里了。这时,堂费尔南多、卡德尼奥和其余几个人均已穿好衣服。骡夫就起身来到他们身边,将事情的经过全告诉了他们,说那仆人称那个小伙子为"堂"①,还将他们之间的谈话学说了一遍,说那仆人要小伙子回去。他们领教过这小伙子天赐的一副好嗓子,听了骡夫的话,便急切地想过去看看他的模样;如果仆人强迫他回去,他们还打算帮他的忙。他们一齐来到小伙子的身边,他这时还在和那仆人争辩呢。

这时,多罗脱奥也正好从房间里出来,惶惑不安的堂娜克拉拉跟在她身后。多罗脱奥将卡德尼奥叫到一边,将那唱歌的小伙子与堂娜克拉拉之间的事约略地对他说了说。卡德尼奥也把小伙子的父亲派仆人寻找的事跟多罗脱奥说了。他说话的嗓门大了一点,让站在一边的克拉拉听到了。这可把这女孩子给吓坏了,要不是站在一旁的多罗脱奥一手扶住了她,她一定会吓瘫在地。卡德尼奥叫多罗脱奥陪她回房去,他说这事由他设法处理。她们俩就回到了房内。

前来寻找堂路易斯的那四个仆人这时已全都进了客店,围着堂路易斯,劝他别再耽误时间,马上跟他们回家,免得他父亲牵肠挂肚。堂路易斯回答说,他一定要办完一件事才能回去,因为这件事与他的名誉、生命息息相关。于是,那几个仆人紧紧地揪住他说,他不走,他们也不回去;不管他愿意与否,他们一定得带他回去。

"这可办不到,"堂路易斯说,"除非你们带我的尸体回去。等我死了,你们爱怎么带就怎么带吧。"

这时,客店里的那些旅客,尤其是卡德尼奥、堂费尔南多和他那几个伙伴、大法官、神父和理发师等也都过来看他们争论。堂吉诃德也来了,因为他觉得这时已没有必要看守城堡大门了。卡德尼奥已知道这年轻人的恋情,便问那几个要带他回去的仆人为什么要强迫他。

"为了救他父亲的命,"其中一人回答说,"由于这位少爷离家出走,他父亲怕是活不成了。"

"你别在这儿宣扬我的事情,"堂路易斯说,"我有自己的自由,我想回

① 在塞万提斯那个时代,"堂"这个尊称只适用于地位很高的贵族。

去就回去。我不想回去,你们谁也不能强迫。”

“您总得讲道理吧,”仆人说,“您不讲理,我们可得讲理。我们照老爷的命令办事,这就是大道理。”

“我们想了解一下这究竟是怎么一回事儿。”大法官说。

由于大法官是主人家的邻居,这仆人认识他,说道:

“大法官老爷,您难道还没有认出这位少爷吗?他是您邻居的儿子呀。他穿了这身不三不四的衣服,离家出走,您没有看出来吗?”

大法官这才对那少年细细地端详了一番,认出了他,然后拥抱了他一下,说:

“堂路易斯少爷,您穿了这身不合自己身份的衣服上这儿来,是孩子气闹着玩呢,还是有什么重要的原因?”

那小伙子眼含热泪,一时没有作答。大法官对那四个仆人说,请他们不要着急,问题会顺利解决的。他握住堂路易斯的手,将他拉到一边,然后问他究竟为什么要到这儿来。

大法官正在向那小伙子接二连三地提问题,这时,突然听到有人在客店门口大喊大叫。原来有两名住店的旅客,见众人都在集中注意力打听那小伙子来这儿的原因,就想乘机不交房钱溜之大吉。然而,店主毕竟更关心自己的生意,正当那两个旅客走出大门时,他就一把揪住他们讨房钱,还痛骂他们存心不良,直骂得那两个旅客恼羞成怒,以拳脚相报。可怜的店主给打得只好大呼救命。老板娘和她的女儿见这时只有堂吉诃德闲着,可以去救店主。店主女儿对堂吉诃德说:

“骑士先生,凭上帝赋予您的本领,请快去救救我那可怜的爸爸吧,那两个坏人像捣谷子一样在狠狠地揍他呢。”

堂吉诃德听了,过了好一会儿,才不急不慢地说:

“美丽的姑娘,你现在不该提出这样的要求,因为我已有承诺,在没有办完那件事之前我不能经历新的险事。不过,我给你想个办法,你现在快跑去告诉你父亲,叫他一定要挺住,绝对不能让对方打败。我这会儿去求米科米科娜公主准许我去搭救你父亲。她要是允许,我一定会救他脱离险境。”

“我的天哪,”站在对面的玛丽托纳斯说,“等您得到准许,我主人恐怕已经在另一个世界里了。”

“小姐，请你容许我去求得这个准许，”堂吉诃德说，“只要我得到了许可，即使他到了另一个世界，问题也不大。我可以从那儿将他救回来，那边不同意也不行。万一救不成，我也可以找送他命的人报仇。这样，你们也就会心平气消了。”

他没有再说什么，便立即过去跪在多罗脱奥跟前，用游侠骑士说的那套用语，请求公主恩准他去救援正在遭受苦难的城堡主。公主慨然允诺。于是，他迅即举着盾牌，提着利剑，赶到客店门口。那两个旅客这时还在狠狠地揍着店主。可是，堂吉诃德赶到那儿，却又愣着不动了。玛丽托纳斯和老板娘问他为什么站着不动弹了，她们俩一个说请他救救主人，另一个说请他救救她的丈夫。

“我为什么站着不动呢？”堂吉诃德说，“因为我拿剑和侍从级的人物交战是不合规矩的。你们将我的侍从桑丘叫来吧，保卫城堡主并替他复仇这件事他来干最合适。”

这时，他们都在店门口。那两个旅客挥拳劈掌，每一下都准确地击到店主的身上，店主正在遭大难呢。站立在一旁的玛丽托纳斯、老板娘和她的女儿既为堂吉诃德的胆小怕事而怒火满腔，也为自己的主人（丈夫或父亲）在遭难而焦急万分。

我们暂且将这件事放在一边，反正总会有人来救店主的。如果没有人来救他，那就让他挨打去吧，谁叫他冒冒失失不自量力呢。我们再往回走五十步，看看堂路易斯对大法官提出的问题是如何回答的。这小伙子像是有什么烦心的事儿沉重地压在心头上似的，他紧紧地抓住大法官的手，泪流满面地说：

“我的先生，事到如今，我只好将这件事的来龙去脉全都对您说了。出于老天的意愿，也多亏我们两家是近邻，我见到了您的女儿堂娜克拉拉小姐。我一见到她，她就攫住了我的心，成了左右我身心的主人。您作为我的父辈，如果不加以反对的话，我们今天就可以成婚。为了她我换上了这身衣衫，离家出走，像飞箭对着靶心，像水手跟随着北极星一样，她走到哪儿，我就跟她到哪儿。她还不明白我的心，只是有几次从远处看到我在流泪，也许会猜到一点。先生，您一定知道我父母拥有的财富和高贵的地位，我是他们的独生儿子。您如果觉得我家的财富和地位还合适的话,就请您同意我作您的女婿吧,这样我就非常幸福了。万一我父亲对我自己找到的幸福不满意,他试图另作安排,那就让时间来改变他的决定吧。随着时间的推移,人们原来的一些想法一定会发生变化的。"

这个情长意深的年轻人说到这儿就停止了。大法官听了，深感震惊，一时不知如何作答。他赞赏堂路易斯刚才袒露心迹时那种委婉的语气和稳重的态度，但由于这件事来得太突兀，太出人意料，他有点慌乱，拿不定主意。他只是对堂路易斯说，请他不要着急，同时，得设法留住那几个用人，别让他们马上回去，这样就有充分的时间考虑一个对双方都有利的办法。堂路易斯一定要吻大法官的手，眼泪一滴一滴地落到了大法官的手上。见到这一情景，就连铁石心肠的人也会受感动，更何况是大法官呢。他是个聪明人，知道这门亲事对自己女儿非常有利。不过，这件事还得尽量征得堂路易斯父亲的同意。从堂路易斯那儿获悉，他父亲在为儿子谋取爵位。

这时,那两名旅客已与店主和解了,看来堂吉诃德的好言相劝比威胁更为有效。两名旅客已付清了房钱。堂路易斯的那几个用人正等着大法官与他们的少爷谈完话,听他们的少爷怎么决策。可是魔鬼从来不休息,那个被堂吉诃德夺走了曼布利诺头盔、又被桑丘·潘沙换走驴子上的鞍辔的理发师,在魔鬼的驱使下走进客店。理发师将驴子牵到马厩时,见到桑丘·潘沙正在那儿修理驮鞍。理发师一见那副驮鞍,立即认出那是自己的。他壮了壮胆,上前揪住桑丘说:

"哼,你这个老贼,我终于逮住你了！还我铜脸盆,还我驮鞍,将你偷去的全副驴具都还我!"

桑丘猛不防被人揪住衣领,又听对方对自己这般怒骂,便一手抓住驮鞍,另一只手在理发师脸上猛击一拳,打得他满嘴流血。理发师虽挨了打,仍抓住驮鞍,不肯松手,还提高嗓音,大叫大嚷,使客店里的人全都过来看热闹了。理发师说:

"这是国王管辖下的地方,难道没有王法吗？这拦路抢劫的强盗,抢了我的东西,还要害我的命!"

"胡说八道,"桑丘说,"我可不是拦路抢劫的强盗,这些玩意儿都是我老爷在打了胜仗后赢来的战利品。"

这时,堂吉诃德就站在他们面前。他见到自己的侍从既能为自己进行辩护,又能主动出击,觉得非常满意。他从此就将桑丘看成有出息的人,心里暗暗盘算着往后一有机会,就封他为骑士,估计他一定会成为一个名副其实的骑士。理发师也竭力进行争辩,他说:

"先生们,这驮鞍是我的,这就像我们最后一定要去见上帝一样确实无疑。我就像认识亲生儿子一样认识这副驮鞍。我的驴子就在马厩里,我想撒谎也撒不了,不信,可以当场试验。如果这驮鞍与驴子不相配,我就是无赖。还有一件事,我有一只全新的铜脸盆,买来后还没有用过,值一枚埃斯库多金币,就在那天也给他们抢走了。"

听到这儿,堂吉诃德沉不住气了,他必须出来说几句话。他站到桑丘和理发师的中间,将他们分开,并将驮鞍放在地上,让大家看清楚事实的真相。他说:

"这是为了让诸位看清楚,这位侍从刚才将曼布利诺头盔说成是铜脸盆,这是完全错误的。这头盔就是头盔,过去是,现在是,将来也是,是我在战争中缴获的,这是名正言顺的合法所得。至于驮鞍的问题,我不介入。只是有一点我可以说明,当时这个被我打败的胆小鬼有几件马具,我的侍从请我准许他拿来装点一下自己的坐骑,我同意后,他就拿了。至于马具怎么又变成了毛驴的驮鞍,我只能作这样的解释:像这样变来变去的事儿,对游侠骑士来说实在是家常便饭。为了证明这一点,桑丘,你快将这老兄刚才说是脸盆的那个头盔给我取来,让大伙儿瞧瞧。"

"嘿,老爷,"桑丘说,"如果我们就只有您刚才说的这么一个证据,那就得承认,马利诺的头盔显然是个铜脸盆,而马具就是这老兄的驮鞍了。"

"我叫你干什么,你就干什么,"堂吉诃德说,"这城堡内的东西不一定全都是着了魔的。"

桑丘进去取来了脸盆。堂吉诃德一见,将它拿在手里,说:

"诸位请看,刚才这侍从说这是脸盆,而不是我说的头盔,这实在太不要脸了。我以自己遵循的骑士道的名义起誓,这个头盔就是当时缴获的那一只,是货真价实的原物。"

"这是毫无疑问的,"桑丘说,"我主人缴获了这只头盔后,迄今只用来打过一次仗，就是释放那些带铁链的倒霉鬼的那一次。当时飞石雨点般落到了他的头上，幸好有了这只盆盔[1]，才没有吃大亏。”

① 桑丘认为这是脸盆，却又不能违反堂吉诃德的意愿，只好杜撰了这个名称。

第四十五章

对曼布利诺头盔和驮鞍的疑案做出裁决，并叙述其他的实事。

“这两位先生一口咬定，说这不是脸盆，是头盔。先生们，你们的看法怎样呢？”理发师说。

“如果哪个骑士说这不是头盔，我就要他承认这是撒谎；如果说这话的是个侍从，我就要他承认自己撒了一千次谎，一万次谎！”堂吉诃德说。

我们熟悉的另一个理发师也一直在场。他早已熟悉堂吉诃德的脾气，这会儿有意帮堂吉诃德的腔，跟他一起胡说，让众人乐一乐。他对新来的那个理发师说：

“骑士先生，或是别的什么先生，你应该明白，我是你的同行。我在二十多年前就领来理发的执照，对理发工具件件都熟悉，没有一件不知道的。另外，我在年轻时还当过一段时间的兵，对头盔、高顶盔和带面甲的头盔还有其他的军用物资——我是指士兵使用的各种武器都相当内行。除非别人另有高见，否则，我要说，眼前这位先生手中拿的这个东西不但不是理发师用的洗脸盆，而且，还跟洗脸盆相差十万八千里呢。它们之间的差异就像黑与白，真与假那样不能混淆。另外，我还要说，虽说这是一只头盔，但不是一只完整的头盔。”

“自然是不完整的，”堂吉诃德说，“因为只有一半，还差个护颌。”

“是这样的。”神父已领会到他这位理发师朋友的用意接口说道。

卡德尼奥、堂费尔南多和他的几个伙伴都表示赞同。大法官这时正一心一意考虑着堂路易斯的那门亲事，否则，他也会过来凑热闹的。只是他考虑的这件事非比寻常，这时他压根儿也没有心思去开这个玩笑。

“上帝啊，”受嘲弄的那个理发师说，“这么多正正经经的人都说这不是脸盆，是头盔，这怎么可能呢？这件事就是让最有学问的大学教授遇到了，也会觉得蹊跷的。算了吧，如果这脸盆儿就是一只头盔，那么，这驮鞍自然就是这位先生刚才说的马鞍了。”

“我倒觉得这是驴子的驮鞍，”堂吉诃德说，“不过，我刚才已经说了，这件事我不介入。”

“是驴子的驮鞍还是马鞍，就以堂吉诃德先生的话为准。有关坐骑和骑士方面的事在场的诸位和我本人都得听他的。”神父说。

“先生们，”堂吉诃德说，“说句心里话，这城堡内的事情实在太复杂，太奇妙了。我前后在这儿投宿两次，许多事情我都说不准究竟是怎么一回事，总觉得在这儿的东西全都中了魔法了。我第一次住在这儿时，一个会使魔法的摩尔人给我添了许多麻烦，他的同伙还让桑丘吃了不少苦头；昨天夜里我这条胳膊又给吊了近两个钟头，也不知为什么会遭这场灾难的。因此，我现在如果对这桩复杂的疑案发表个人的见解，就不免会有失误。刚才有人说这是脸盆，而不是头盔，对这个问题我已做出回答；至于那样东西是驴子的驮鞍还是马鞍，我不敢贸然下定论，要凭诸位的高见加以决定。诸位不像本人那样封过骑士，也许就不受制于此地的魔法，定能自由自在地思考问题，就这个城堡的现实情况做出合乎实际的判断。”

“堂吉诃德先生说的话的确很有道理，”堂费尔南多说，“这桩疑案是得由我们来裁定了。为了让裁决更符合事实，我先暗中将诸位的意见集中起来，然后再当众公布裁决的结果。”

知道堂吉诃德得了疯病的人，觉得这一切是绝妙的笑料；那些不了解堂吉诃德为人的人却觉得荒谬绝伦，尤其是堂路易斯的四个仆人以及堂路易斯本人，还有三个刚到那儿的旅客。这三个人看样子是神圣友爱团的巡逻队员。在场的人中间只有那个理发师心里最着急，他眼前的这个铜脸盆已变成了曼布利诺头盔，看来他的驮鞍也一定会变成豪华的马鞍。大伙儿见堂费尔南多跟在场的每个人窃窃耳语，征求他们对这件争论不休的宝贝的看法，到底是驮鞍，还是马鞍，都忍不住哈哈大笑。堂费尔南多向所有认识堂吉诃德的人征集了意见后，大声说：

“老兄，情况是这样的，我请教了许多人，他们都说，这明明是马鞍，而且是良种马的马鞍，当作驴子的驮鞍是荒谬的。每个人都这么说，我都听烦了。请你不要着急，看来这件事由不得你和你的驴子了。这确实是马鞍，不是驮鞍，你的说法是不对的。”

“你们全都搞错了，”那个遭愚弄的理发师说，“要不然，叫我上不了天堂！我认为这是驮鞍，不是马鞍，这就像我的灵魂会去见上帝那样确实。可是，‘法律总是顺从……’①下面的话我就不说了。我显然没有喝醉，如果我没有弄错的话，我还没吃早饭呢。”

理发师的这一番妙语和堂吉诃德的那一派胡语一样引起了人们一阵哄笑。堂吉诃德说：

“现在就请每个人拿走自己的东西，‘上帝把赏赐给了谁，圣彼得②就给谁赐福’。”

四个仆人中的一个说：

“我想这一定是在开玩笑吧。在场这几位看来都是头脑健全的人，我不信他们居然会说这不是脸盆，那不是驮鞍。不过，既然他们硬是要这样颠倒是非，混淆黑白，我想其中定有奥妙。因为我可以起誓，”他真的发了誓，“全世界的人都没法让我相信这脸盆不是理发师的脸盆，那驮鞍不是公驴的驮鞍。”

“也可能是母驴的呢。”神父说。

“那是一回事，”仆人说，“问题不在这里。问题的关键在于这是驮鞍，还是像你们说的这不是驮鞍。”

这时，刚进客店的一个巡逻队员听了他们的争论，怒气冲冲地说：

“这显然是驮鞍，就像我父亲就是我父亲一样。不管在过去还是将来，谁说这不是驮鞍，准是喝醉了酒！”

“胡说，你这个无赖！”堂吉诃德说。

说完，他高高地举起那根从不离手的长矛，狠狠地朝巡逻队员的脑袋上砸去，要不是对方侧身躲过，早被他打翻在地了。那长矛落在地上，折成数段。其余几个巡逻队员见自己的同伴受欺，就以神圣友爱团的名义大呼

---

① 西班牙谚语：法律总是顺从国王的意志。

② 耶稣十二门徒之一。

求救。

店主也是神圣友爱团的成员。他迅速走进自己的房间,拿来了权杖和剑,准备助自己的同伴一臂之力。堂路易斯的几个仆人团团围住了堂路易斯,以免他趁乱溜走。理发师眼见客店里一片混乱,随即抓起自己的驮鞍,但桑丘也紧紧地揪住不放。堂吉诃德拔出佩剑,向巡逻队员狠狠砍去。堂路易斯大声地对自己的仆人们说,别只管围着自己,快去帮堂吉诃德,帮卡德尼奥、堂费尔南多等声援堂吉诃德的人。神父大声地呼喊着;老板娘尖声尖气地叫嚷着;她女儿难过得直叹气;玛丽托纳斯急得直流泪;多罗脱奥吓得六神无主;路辛达慌得说不出话来;堂娜克拉拉吓得昏过去了。理发师抓起棍棒朝桑丘打来,却反被桑丘狠狠地打了一顿。堂路易斯的一个仆人怕主人逃跑,揪住他一条胳膊,被小主人一拳打得满口鲜血。大法官在一旁保护着堂路易斯。堂费尔南多一脚将巡逻队员踢倒在地,踩到他身上,踩了个痛快。店主又以神圣友爱团的名义大叫求救。一句话,整个客店乱成一团:有的哭,有的号;有的喊,有的叫;有的惊慌失措,有的吓得缩成一团;有的遭了殃,有的挨了刀;有的挥拳劈掌,有的使枪舞棒;有人被打得在地上打滚,有的被砍得浑身鲜血。眼见大家乱成一团,善于想象的堂吉诃德觉得自己仿佛已投身于阿格拉曼德大混战①中去了。他雷鸣般大叫一声,震得客店都晃动了:

"大家都住手! 插剑入鞘,快安静下来! 谁想活命,就听我说话。"

听他这么一叫嚷,众人都住了手。堂吉诃德接着又说:

"先生们,我刚才不是对你们说了吗? 这城堡已经中了魔法,里面的魔鬼多得很呢。你们如果不信,就请你们看看吧,阿格拉曼德大混战已经转移到我们这儿来了。你们看吧,那边的人为一把剑而争,这边的人为一匹马而战;这儿为一只鹰,那儿为一个头盔②,你争我夺,其实都是误会。大法官先生,请您过来;神父先生,请您也过来。你们两位一个扮演阿格拉曼德王,一

---

① 参见阿里奥斯托《疯狂的奥兰多》第二十七篇。阿格拉曼德是伊斯兰教盟军的首领。"阿格拉曼德大混战"已成为西班牙文的一个成语,形容混乱的局势。

② 这儿提到的剑、马和鹰各有所指。据《疯狂的奥兰多》第二十七篇,剑指杜林达纳剑,马是有名良马弗隆蒂诺,鹰指徽章上的那只白鹰。只是头盔是堂吉诃德自己加上去的,当然指曼布利诺头盔了。

个扮演索布利诺王[1]。你们就这样讲和吧。我以全能的上帝的名义起誓，在场的这些体面的人，竟为这点区区小事而互相残杀，实在太没有意思了。”

那几个巡逻队员没有听懂堂吉诃德的这套奇谈怪论。他们刚才被堂费尔南多、卡德尼奥和他们的同伴狠狠地揍了一顿，这会儿不想就此罢休。理发师不想再斗了，因为在刚才这场混战中，他一脸大胡子被拔得所剩无几，他的驮鞍也毁坏了。桑丘是个忠实的侍从，对主人唯命是从。堂路易斯那几个仆人眼见再闹下去对自己已没有多大好处，便都安静下来。只有店主坚持要严惩那个傲慢无礼的疯子，因为他每次来客店，总搅得店里不得安宁。最后，争斗总算平息下来，但对堂吉诃德来说，要弄清究竟是驮鞍还是马鞍，是脸盆还是头盔，是客店还是城堡，这恐怕要等到世界末日到来的那一天了。

在大法官和神父的劝说下，众人终于心平气和，不再争斗了。堂路易斯的那几个仆人又催少爷跟他们回去。大法官趁堂路易斯和他的仆人在谈判，就将堂路易斯对自己说的那些情况全对堂费尔南多、卡德尼奥和神父说了，并请教他们这事该如何处置。商量的结果是堂费尔南多先向堂路易斯的仆人透露自己的身份，并表示他愿意请堂路易斯去安达卢西亚见他的那位侯爵哥哥，相信一定会受到他兄长盛情款待的。因为堂费尔南多明白堂路易斯的决心已定，这时即使将他千刀万剐，他也不会回到自己父亲那里去的。那四个仆人知道堂费尔南多的身份和堂路易斯的决心后，决计先回去三人，将实情向堂路易斯的父亲禀报；留一人照料并看守堂路易斯，不让他乱跑，待他们面见了堂路易斯的父亲，看他有什么吩咐，再作安排。

这一场混战靠阿格拉曼德的权威和索布利诺王的智谋终于平息下来了。然而那个爱搬弄是非的和平的死对头[2]感到自己遭到了蔑视和嘲弄，又觉得在自己挑起的这场混战中一无所获，决定再显身手，重新挑起一场纠纷。

事情的经过是这样的。那几个巡逻队员知道对手的身份后，便平静下来，退出了刚才这场混战，因为他们感到再打下去，不管怎么了结，到头来吃

① 和阿格拉曼德属同一阵营的一个伊斯兰教国王。
② 指魔鬼。

亏的还是他们自己。然而,那个刚才让堂费尔南多踩得半死的巡逻队员,这时突然想起他身上还带着几张捉拿罪犯的通缉令,其中有一张正是逮捕堂吉诃德的。看来当时桑丘的担心不是没有道理的。由于堂吉诃德释放了那批苦役犯,神圣友爱团已下令捉拿他了。

那巡逻队员想到了这张通缉令后,想拿出来验证一下,看看通缉令中提到的有关堂吉诃德的特征是不是与本人相符。他从怀中取出一张羊皮纸,找到了有关堂吉诃德的那一部分,一字一字地念起来——因为他识字不多。他念一个字,就对堂吉诃德看一眼,将通缉令上写的有关堂吉诃德的外形特征和他本人的面目细细核对。结果,确认此人就是通缉的对象。核实完,他就将羊皮纸折叠好,左手拿着这张纸,右手就一把使劲揪住堂吉诃德的衣领,揪得对方连气也喘不过来。然后大声地说:

"快过来帮神圣友爱团的忙!我抓他是有凭有据的,你们看看这张通缉令吧,上面写得一清二楚,通缉这个拦路抢劫的强盗!"

神父接过那张通缉令,一看情况正如巡逻队员说的那样,上面写的特征与堂吉诃德完全相符。堂吉诃德见这乡下的混小子敢这样对待自己,不禁火冒三丈,气得全身骨头都嘎吱嘎吱的响,立即用双手狠狠地卡住巡逻队员的脖子。要不是他的几个伙伴赶忙前去救助,这巡逻队员早就一命呜呼了。店主对自己的同僚理应相助一臂,这时便赶忙过来帮忙。老板娘见自己的丈夫又卷进是非圈里去了,就又尖声尖气地大叫起来;玛丽托纳斯和店主的女儿也在一旁尖叫呼应,祈求上天保佑,也求在场的人相助。桑丘见了眼前发生的事,说:

"天哪,我主人说这城堡着了魔,真是一点也不错。在这儿投宿没有一刻的安宁。"

堂费尔南多将巡逻队员和堂吉诃德分开。这两个人 个揪住对方的衣领,一个卡住对方的脖子,堂费尔南多拆开双方的手,他们俩才缓过气来。巡逻队员并不就此善罢甘休,他们请在场的人帮忙,将通缉犯捆起来,交他们带回去处理,说这样才尽了对国王和神圣友爱团的责任。他们正式以神圣友爱团的名义再次请求帮忙,缉拿这个拦路抢劫的盗贼。堂吉诃德听了这话,冷笑一声,非常平静地说:

"你们这几个下流的贱人,快过来听着:你们将释放带铁链的苦役犯和囚犯，将救苦济贫，扶助弱小的行为说成是拦路抢劫，这像话吗？你们这些卑鄙的小人，头脑简单的低能儿，上天没让你们知道骑士道的真正价值，这也是罪有应得！你们压根儿就不明白，不尊敬骑士道是犯罪，当然，你们就根本别指望得到任何游侠骑士的帮助了。快过来听着，你们不是巡逻队员，你们是结帮的盗贼，是得到神圣友爱团默许的拦路抢劫犯！我来问你们，是哪个无知之徒签发通缉令来拘捕我这样的游侠骑士的？游侠骑士享受豁免权，他们的剑就是法律，他们的勇气就是自己的权力，他们自己的意志就是该服从的命令。是哪个糊涂虫连这点也不懂？我再说一点，游侠骑士一旦受了封并开始履行骑士的繁重的职责后，他们享受的优先权和豁免权比贵族证书上规定的要多得多。哪个笨伯连这点也不懂？试问，哪个游侠骑士还交过产业税、贸易税、国王娶亲税、土地税、道路交通税和航道税？哪个裁缝给骑士做了衣服还收工钱？哪个城堡主请骑士留宿后，还要他交房钱？哪个国王不请骑士入席？哪个姑娘见了骑士不倾心相爱？最后，我还要问你们，不论过去、现在或将来，世界上有哪个骑士见了四百名巡逻队员不能打他们四百大棍的？”

第四十六章

叙述巡逻队员遭遇的奇事和我们这位好骑士堂吉诃德的暴怒。

在堂吉诃德说上面这番话的同时，神父在一边对那些巡逻队员进行解释，说堂吉诃德有精神病，这点从他的言论和举止就可以看出，因此，就不必认真地执行通缉令了。否则，即使将他捉拿归案，最后，还是要把他作为疯子放出来的。那个带着通缉令的巡逻队员说，堂吉诃德是不是疯子，这与他不相干。他只听从上司的命令，将堂吉诃德缉捕归案。至于人家要释放他，哪怕放他三百次，他也管不着。

"话是这么说，"神父说，"这次就请你们别将他带走了；再说，依我看，他也不会让你们给抓走的。"

情况确实如此。神父说了这么多好话，堂吉诃德又干了这么多疯事，巡逻队员如果还不承认堂吉诃德这个毛病，他们自己就是特号大疯子了。因此，他们觉得还是息事宁人为妙。他们甚至还出面调解了一直还气忿不休的桑丘·潘沙和理发师之间的纠纷。他们以司法机关成员的名义结了这桩悬案，从中做出裁决，驮鞍由双方互换，肚带和笼头归还原主。对这样的决定，双方虽然说不上称心满意，倒也不再争吵了。关于曼布利诺头盔的事，神父背着堂吉诃德，偷偷给了理发师八个里亚尔作为补偿。理发师给神父开了收条，还保证今后永不争执。

这两件最为棘手的重要争端就此了结。下面只剩下堂路易斯的问题了。只要他那几个仆人同意回去三人，留下一个陪着堂路易斯上堂费尔南多家里去，客店里就平静无事了。这时，客店里的这一对恋人和那些勇士都时来运转，问题逐一得到解决，最后可望有个圆满的结局。堂路易斯的那几个仆人都表示听从少爷的吩咐。堂娜克拉拉知道这个情况后，非常高兴。谁只要看一看她的脸蛋，就知道她内心有多兴奋。

索拉达虽不太理解眼前发生的种种事情，但她一直注意观察每个人的脸色，看到别人高兴，她也愉快；看到别人伤心，她也难过。她尤其注意观察她那个西班牙未婚夫，她已经将自己这颗心系在他身上了。店主早已看到神父交给理发师一笔赔偿费，他也要堂吉诃德付清住宿费，还要求赔偿捅穿的皮酒袋和流失的酒。他发誓说，如果不将欠款和赔偿费一文不少地付清，无论是罗西纳特还是桑丘的那头灰驴都别想离开客店。神父又出面调解，大法官愿意支付这笔款项，但最后还是由堂费尔南多代交了。客店终于完全平静下来。堂吉诃德说的那种阿格拉曼德大混战，这时已变成屋大维时期①的一片和平、安定的景象。大家公认，这多亏神父办事热心，又会说话；也亏得堂费尔南多无比的慷慨。

堂吉诃德觉得自己已摆脱了纠纷，不再为自己和侍从的事烦心，便打算继续赶路，把公主选中他干的那件大事完成。他打定主意，跑去见多罗脱奥，跪在她面前。多罗脱奥一定要他站起来，才允许他说话。为了尊重她的意愿，他只好站起来，说道：

"美丽的公主，常言道，勤奋是好运之母。经验表明，许多事情只要认真去干，即使难办，也能办成。这方面的道理在军事上尤其明显。打起仗来，你若行动迅速，就能出其不意，攻其不备，取得胜利。尊贵的公主，我说这番话的用意是这样的，我们在这个城堡继续待下去已毫无意义，不但没有好处，对我们反有大害，这点我们以后会明白的。我是怕与您为敌的那个巨人通过他派来潜伏在这儿的奸细、密探，获悉我要去歼灭他，就会事先修建攻不破的城堡和要塞来对付我。这样一来，我虽作种种努力，也徒劳无功；我的胳膊虽有无穷的力气，也难以发挥作用。所以，我的公主啊，我刚才已经说了，我们得趁早动手，防他这一着，这样才能马到成功。等我与您的仇敌见了面后，您就可以安享清福了。"

堂吉诃德说完后，就静静地等候着美丽的公主的答复。公主装出帝王的姿态，顺着堂吉诃德的语气回答说：

---

① 指古罗马奥古斯都大帝（公元前六十三年至公元十四年）统治时期。

“骑士先生，作为一名骑士，您胸怀扶助鳏寡贫弱的大志，决心协助我摆脱困境，对此我不胜感激。愿苍天保佑，您我都能实现自己的愿望；届时您将会看到，世界上确实有知恩图报的女人。关于我的行期，早走为好，这点我同意您的看法。我的事情，该怎么处置，悉听尊便。我既已将身子都委托给您保护，把复兴王国的事业也托付您去完成，往后的一切自然任凭您安排，我决无异议。”

“我一定尽力而为，”堂吉诃德说，“公主如此礼贤下士，我一定不失时机地扶助您重登世袭的王座。关于行期，早走早好。常言道，拖拖拉拉，危险加大。想到这句话，我就急着想动身。反正让我害怕的人，老天还没有让他出生，地狱里也没有这号人。桑丘，快备马，也将你的驴子和女王的马匹准备好，我们辞别城堡主和这儿各位先生，即刻启程。”

桑丘一直站在他身边，听候吩咐。这时，他摇晃着脑袋，说：

“啊，老爷啊，老爷，常言道，村里的丑事，比传闻的还多。我说这话，请女士们见谅。”

“你这个乡巴佬！世界上有哪个村庄、哪个城市在传闻着坏我名声的丑事呢？”

“我作为一个好的基督徒和好侍从，”桑丘说，“有些话应该对自己的主人说。不过，您别生气，否则，我就闭口不说了。”

“你爱说什么，就说什么吧，”堂吉诃德说，“不过，你别拿话来吓唬我。其实，我也不怕，因为我本来就无所畏惧。你生来胆小，要是害怕了，我也管不着。”

“我的老天，不是这个意思，”桑丘说，“我是说，那个自称为大米科米公王国女王的姑娘，其实只是个跟我妈一样的老百姓。这件事我已调查清楚了。如果像她自己说的是个女王，她就不会趁别人一转脸，或找个隐蔽的地方，和我们这伙里的某个人没完没了地亲嘴了。”

多罗脱奥听了，顿时满脸通红。原来她丈夫堂费尔南多确实有几次背着人拿自己的嘴唇向她索取过作为情人应得的奖赏。这件事让桑丘见到了。他认为她举止这么轻浮，倒像个卖淫的，压根儿就不像大王国的女王。多罗脱奥听了桑丘的话，一时语塞，不过，她也不想插嘴，任他继续说下去：

“老爷，我说这话有自己的用意。我们这些天来，走南闯北，夜里睡不好觉,白天日子过得更艰苦,到头来却让那个在客店里无所事事的人来坐享其成。既然这样,您又何必催我备马、备驴,给那个娘们准备什么坐骑呢?我们倒不如稳稳地在这儿待着,'让每个婊子去纺纱,我们吃现成饭'①。"

天哪,堂吉诃德听了自己侍从的这一派胡言,生了好大的气啊!他气喘吁吁,两眼直冒火星,舌头都僵硬了。他说:

"好啊,你这个土流氓,冒失鬼!你什么也不懂!你胆大妄为,满嘴喷毒,竟敢在背后污蔑他人!你当着我的面,当着这么多尊贵的女士、小姐的面,胆敢说出这样的话来!你这个糊涂脑袋究竟在想些什么乌七八糟的事!给我滚得远远的,你这个天生的恶鬼!你是撒谎成性的大骗子、大流氓!你专门惹是生非,造谣中伤,你是不敬重王室里的人的逆贼!快滚!别站在我面前,免得我见了生气!"

他一边骂,一边紧皱双眉,两边腮帮子一鼓一鼓的,眼睛瞪着周围的人,右脚使劲地在地上跺着,显然怒火在他胸内熊熊地燃烧着。听了堂吉诃德的话,又见他生这么大的气,桑丘吓得缩成一团。这时,他恨不得脚下的地皮裂一条大缝,让他能钻进去。他不知该怎么办,只好背转身子,离开了气冲斗牛的主人。多亏多罗脱奥机灵,她熟悉堂吉诃德的脾气。为了平息他的怒火,说道:

"狼狈相骑士先生,请息怒。您这位好侍从说的那些糊涂话也许有些根由呢。他是个明白人,也有基督徒的良心,不会平白无故地污蔑他人的。骑士先生,您不是常常说,这城堡里的每件事都是让魔法给控制住了吗?照我看,桑丘刚才这样说,也一定是着了魔。这样,他才会看到那些有损我体面的事情。"

"我以全能的上帝的名义起誓,"堂吉诃德说,"公主的话说到节骨眼上了。桑丘这孽种一定是中了魔法,所以才看到了那些常人见不到的东西。我知道这倒霉鬼心肠不坏,也挺忠厚,原本不会随意污蔑他人的。"

"毫无疑问,是这么回事,"堂费尔南多说,"因此,堂吉诃德先生,您应该原谅他,和他握手言欢。'一切跟原来时一样'②,免得让他这样继续糊涂

① 西班牙社会下层人士的粗话。另一种说法是:"让妓女去干活,他坐享其成。"

② 原文是拉丁文。

下去,失去了理智。"

堂吉诃德说,他原谅桑丘了。神父便将桑丘找回来。桑丘低垂着脑袋,跪下要求吻主人的手。堂吉诃德将手伸给他,并给他祝了福,说道:

"桑丘,我的孩子,我多次对你说过,这城堡内的东西全都中了魔法。现在你终于相信了吧?"

"相信了,"桑丘说,"不过,那毯子的事情是个例外。那是正常手段干的事。"

"你别那么去想,"堂吉诃德说,"要真有那么一回事,我当时就替你复仇了。就是现在也会给你报仇的。可是,无论当时还是现在,我都没法替你报仇,我找谁去出这口气呢?"

众人都想知道毯子的事究竟是怎么一回事。店主就将桑丘怎样在空中翻滚的经过一五一十地说了,大家听了一阵大笑。亏得他主人再三地说,这是魔法,否则,桑丘一定会羞得无地自容的。不过,桑丘头脑虽然不太灵,但他始终不相信自己着了魔。他觉得自己当时是让那些有血有肉的人兜在毯子里往空中抛的,不是像自己主人一再说的那样,是那些如梦似幻的幽灵干的。

这群颇有名望的客人在客店内待了整整两天后,觉得该动身了。他们打算让神父和理发师照原来的设想,将堂吉诃德带回家乡治病,而多罗脱奥和堂费尔南多就不必依照原来的打算,即借解救米科米科娜女王的谎言,跟他们一起走了。他们对这件事作了这样的安排。当时正巧有辆牛车从客店门口路过,他们就和赶车的商定,将堂吉诃德用牛车运走。他们用木条钉成一个像笼子一样的东西,大小足够让堂吉诃德舒舒坦坦地待在里面。随后,根据神父的主意和安排,堂费尔南多和他的几个伙伴、堂路易斯的几个仆人、巡逻队员以及店主都蒙上脸,化装成各式各样的人物,叫堂吉诃德认不出来。

这些事情做好后,他们便悄无声息地来到堂吉诃德的床前。堂吉诃德这两天打了几次架,这时正在休息,睡得很沉,压根儿也没有觉察他们的到来。他们一把按住他,将他的手脚捆绑得结结实实。待他惊醒时,发现自己已动弹不得,只是瞪着眼瞧着周围这些奇形怪状的人物,惊讶得连话也说不出来。这时,往常持续不断地在他疯疯癫癫的头脑中浮现的那个想法又出现了。他认为,眼前的这些都是让魔法控制着的这座城堡内的鬼怪。毫无疑问,他自己已经中魔法了,因此,既不能动弹,也不能进行反抗。这整个过程都是神父事先定计时预料到的。在场的人只有桑丘没有化装,他的头脑是正常的,虽说他有时和主人疯得差不多,但他还是认识那些化了装的人。不过,他不想开口说话,只是静静地等着瞧他主人被绑架后,到底会有什么样的结局。堂吉诃德也没有开口,他也在等待着这场大祸究竟怎么了结。人们抬来了那只笼子,将堂吉诃德关了进去。然后,又用木条将入口处钉得结结实实,即使用劲拉几下也不会破裂。

接着,他们将笼子扛在肩上。这时,突然传来令人毛骨悚然的说话声。众人都知道,说话的人是理发师(不是那个驮鞍的主人,是和神父一起来的那一位)。他说:

"狼狈相骑士啊,你关在木笼子里,千万不要太伤心,因为这样做可使你大力承担的事业早日完成。拉曼却的怒狮和托波索的白鸽将低垂他们高昂的头颅,接受婚礼的约束,两相结合,成为一体,这就是你事业成功的时候。这一对前无古人的夫妇将生育出一群勇猛的小狮子,它们将和勇武的父亲一样,张牙舞爪,施展自己的才华。追赶仙女的太阳神还没有在黄道上跑完两圈[①],这件事就能变成现实。至于你这个侍从呢,你是腰里佩剑、留着胡子、鼻子的嗅觉特别灵敏的那些侍从中最高尚、最听话的一个!你眼见游侠骑士的精华这样被带走,千万别气馁、悲伤。只要世界的造物主愿意,你就会变得高贵,到时连你自己也不认识自己了。你那个好心的主人对你作的许诺全部会兑现。我以谎言大仙的名义向你保证,你的工钱一定照付,到时你自会明白。你跟着这位英勇的着了魔的骑士往前走,因为你们俩的结局是相同的。天机不可泄漏,我不能再说什么了。愿上帝保佑你,我要回到自己知道的地方去了。"

预言快结束时,他将嗓门提得很高;随后又降低下来,变成轻声细语。那些明知是在开玩笑的人,听了也觉得像是真的。

堂吉诃德听了预言,情绪立即稳定下来,因为他很快就领会了这预言的全部含义。他知道自己已注定要与意中人杜尔西内娅·德尔·托波索缔结

---

① 意思是不到两年时间。

良缘，往后她的腹内要出一窝窝小狮子——也就是他的儿女，使拉曼却的光辉永照千秋。他确信这是事实，于是，提高了嗓音，长叹一声，说道：

“预告我未来幸福的这位先生请听着，请您替我求求那位主持我的事情的大魔法师，在刚才说的这些鼓舞人心、妙不可言的预言成为现实之前，千万不能让我死在关禁我的这个笼子里。只要这些预言能够兑现，即使关在笼子里，我也觉得以苦为荣；即使我身上带着这些锁链，也觉得舒服；就是让我睡在这硬邦邦的木条上，我也不会觉得像在战场上那样受罪，反觉得像是躺在软床上那样舒坦。关于怎样安慰我侍从桑丘·潘沙的问题，我相信他心地善良，行为端正，无论我的命运是好，是坏，他都不会弃我而去。如果我俩都遭到了厄运，我答应给他的海岛之类的许诺不能兑现，那么，他的工钱至少是不会落空的。因为在我的遗嘱中已经写明，虽然不能按他付出的辛劳计酬，至少能根据我的财力付给他一份工薪。”

桑丘·潘沙毕恭毕敬地向他主人鞠了一躬，亲吻了他的双手。由于他两只手被捆在一起，不能只吻一只。

接着，那几个鬼怪就抬起木笼，将它安放在牛车上。

第四十七章

叙述堂吉诃德·德·拉曼却异乎寻常地着了魔和其他一些怪事。

堂吉诃德见自己就这样被关在笼子里,装上牛车,就说:

“我读过许许多多正规的游侠骑士传记,却从来没有读到过,也没有见到或听到过着了魔的骑士用这种办法给运走的。牛是一种又懒、动作又慢的牲口,这一定得花很多时间,才能到达目的地。一般说来,着了魔的骑士都是驾一块乌云走的,轻巧极了;也有的乘火焰车或半鹰半马的怪兽走的。可现在却把我装在牛车里运走,天哪,真把我给弄糊涂了。也许当今的骑士道和魔法与古代不一样了;也可能我是今日世上新一代的骑士,是我首先恢复了早已被人们遗忘的骑士道,因此,使我着魔中邪的方式也发生了变化,将我摄走的方法也不一样了。桑丘,我的孩子,你的看法呢?”

“我也不知该怎么看这件事,”桑丘说,“因为我没有像您那样看过那么多骑士书。不过,我敢肯定,这儿的鬼怪并非全是货真价实的。”

“不是真的?我的爹呀!”堂吉诃德说,“既然是鬼怪,怎么会是真的呢?鬼怪原都是虚幻的东西,是来这儿对我施行魔法的。你如果不信,可以摸一摸,碰一碰,一定会发现鬼怪没有实在的肉体,只是一团气那样的东西。”

“老爷,说句实在话,我已经触摸过了,”桑丘回答说,“这个鬼在这儿忙个不停,他身上圆鼓鼓的都是肉;另外,还有一个情况。听说鬼身上有硫磺之类的异臭味,而这个鬼在半西班牙里外就能闻到身上散发出来的龙涎香味。”

桑丘说的是堂费尔南多,他是贵公子,身上自然有桑丘说的那种香味。

“桑丘朋友,这件事你别觉得奇怪,”堂吉诃德说,“告诉你,魔鬼都是很有头脑的。尽管魔鬼身上沾染了某种气味,但一般闻不出来;再说,魔鬼本是精灵,本身没有气味。如果让人给闻出来了,那一定不是香味,准是非常难闻的臭味。因为鬼怪无论到什么地方,总摆脱不开地狱,摆脱不了磨难和痛苦。芳香是好东西,闻了使人心情舒畅,但从魔鬼身上却闻不到香味。如果你刚才说的这个鬼有龙涎香味,那么,不是你自己搞错了,就是这个鬼想欺骗你,不让你认为他是魔鬼。"

主仆俩就这样交谈着。堂费尔南多和卡德尼奥生怕让桑丘识破他们的计谋(桑丘已快猜透他们的计策了),决定赶紧出发。他们将店主叫到一边,命他替罗西纳特备好鞍辔,给桑丘那头灰驴备好驮鞍。店主立即照办。

这时,神父已和几个巡逻队员讲妥,由他们护送到目的地,并答应每天给他们一份报酬。卡德尼奥将堂吉诃德的盾牌和那只铜脸盆分别挂在罗西纳特鞍架的两边,并做手势叫桑丘骑上驴子,牵着罗西纳特;又叫两名巡逻队员拿着火枪在牛车两边押送。牛车上路前,老板娘和她的女儿,还有玛丽托纳斯走出店门,与堂吉诃德告别。她们假装为他身遭大难而伤心落泪。堂吉诃德对她们说:

"请别哭了,我的好太太、好小姐们,干我们这一行的人免不了会遭点殃,受点灾的。像我这样的人,如果不遭受灾难,就算不上有名的游侠骑士了。反过来说,那些默默无闻的骑士就不会遇到这样的情况,因为在这个世界上谁也不去理会他们。那些勇敢的骑士情况就不同了。他们的品德和武艺遭到了许多王爷和骑士们的嫉妒,这些人就运用恶劣的手段来陷害这些好人。然而,美德的威力是无穷的,光凭它本身的力量便足以战胜巫术的祖师爷琐罗亚斯德①的全套妖术,克服重重困难,像阳光映照天际一样在全世界发出万丈光芒。美丽的夫人、小姐们,如果我有时因疏于检点,得罪了你们,敬请原谅,我绝对不是有意的。眼下我让别有用心的魔法师关进了这木笼里,请你们代我祈求上帝,将我放出这牢笼。我如果获得了自由,绝对不会忘记我在这城堡里受到的优待,一定予以报答、酬谢。"

城堡里的这几位女眷在这边和堂吉诃德进行交谈,神父和理发师在另一边正与堂费尔南多及他的几个伙伴、上尉和他弟弟,还有多罗脱奥和路辛

---

① 古代波斯国王。相传是魔法的鼻祖。

达等称心如意的小姐们一一话别。他们热烈拥抱,并约定往后互通音信。堂费尔南多将自己的通讯处告诉神父,并叮嘱他,务必将堂吉诃德的情况写信告诉他,因为他对此很感兴趣。他本人也准备将那些估摸着神父会感兴趣的消息告诉神父,例如他本人的婚礼、索拉达的洗礼、堂路易斯的婚事和路辛达的回家等。神父答应一定将消息及时奉告。他们又一次拥抱,并重申前约。

店主走到神父身边,交给他一些手稿,说是从存放《一个不该这样追根究底的人的故事》的箱子夹层里找到的。店主说,这箱子的主人至今未回,这些手稿就请他们带走吧,他本人不识字,留着也没有用。神父表示了谢意。他翻开一看,扉页上的标题是《林科内达和科达迪略的故事》①。这才知道,原来是一部小说。他想,《一个不该这样追根究底的人的故事》是一部好作品,想必这部小说也是好的,因为很可能出自同一人的手笔。他将手稿收藏好,准备以后有空再看。

他和他的理发师朋友为防止堂吉诃德识破他们,都戴上了面具。两人一齐骑上牲口,跟随在牛车后。一行人按以下的次序出发:由车主驾驭的牛车走在前头;两边是刚才说的两名带火枪的巡逻队员;后面紧跟着骑驴的桑丘·潘沙,他还牵着罗西纳特;最后面是神父和理发师,他俩各骑一匹膘肥体壮的骡子。前面已经说过,他们都戴着面具,慢慢地跟在牛车后面。牛车走得很慢,他们也不好超前。堂吉诃德坐在木笼内,捆住双手,两腿前伸,身子靠在笼子的木条上,不吵不闹,耐着性子忍受着一切。看样子不像个活人,倒像一尊石像。

他们就这样不急不慢地静悄悄地走了两西班牙里地,来到了一个山谷里。牛车的车主认为这个地方可以让牛歇一歇,吃点青草,就把这个意思跟神父说了。理发师却主张再往前走一段路,因为他知道附近有座山岭,过了这座山岭,还有一个山谷,那儿的青草长得更肥嫩,那儿更适合他们歇脚。大伙儿采纳了理发师的意见,继续前行。

这时,神父回头一看,见背后来了六七名骑牲口的旅客,行装都很整齐。他们很快就赶上来了,因为他们不像牛车那样缓缓而行。他们好像骑着教

---

① 这是塞万提斯另一部名著《训诫小说集》中的一篇。

长的骡子,急着要赶往不到一西班牙里地的一家客店歇脚的样子。急匆匆赶路的那些人追上了慢吞吞地走着的人,相互间客客气气地打了招呼。急急赶路的旅客中有一人是托莱多的教长,其余的人都是跟他来的用人。教长见这一队人行列整齐——牛车、巡逻队员、桑丘、罗西纳特、神父和理发师,又见堂吉诃德关在笼子里,禁不住想打听一下为什么要将那个人关在笼子里押走。后来他见到了巡逻队员的标记,料想那个人不是抢劫犯,就是犯其他罪的凶犯,落到了神圣友爱团的手中。他问一个巡逻队员,对方回答说:

"先生,这位绅士到底为什么要关在笼子里押着走,我们也不知道,请他自己来说吧。"

堂吉诃德听了,说道:

"绅士先生们,你们熟悉游侠骑士方面的事情吗?如果熟悉,我就跟诸位谈谈我不幸的遭遇。否则,我就不打算白费口舌了。"

神父和理发师见那几个赶路的旅客在跟堂吉诃德·德·拉曼却说话,生怕自己的计谋被识破,立即来到他们跟前。

教长听了堂吉诃德的话,回答说:

"兄弟,说真的,我对骑士书可熟悉得很呢,比维亚尔潘多[①]的《伦理学概论》读得还熟。因此,你如果只有这点要求,就只管放心,把心里想说的话告诉我。"

"那我就放心地说了,"堂吉诃德说,"绅士先生,我告诉您吧,我遭了几个恶毒的魔法师的忌妒,受了欺骗,中了他们的魔法,被关在这个笼子里押走。美德虽受好人的爱护,却更遭坏人的玷污。我是游侠骑士,但我不是那种默默无闻早被人们遗忘了的游侠骑士。我是名垂青史、流芳千古、值得未来的骑士们效法的优秀骑士。我不怕别人忌妒,即使波斯的所有魔法师加上印度的婆罗门和埃塞俄比亚的神秘家[②]全来和我作对,我也不怕。"

"刚才堂吉诃德·德·拉曼却先生的话很有道理,"神父插言说,"他中了魔法被关在笼子里运走,这不是他的过错,却是那些让贤者唾弃、遭勇士

① 阿尔卡拉教长,著名神学家。他的著作《伦理学概论》是阿尔卡拉大学的必修课教材。
② 这儿的神秘家实际上是古印度的一个哲学流派,不是埃塞俄比亚的。

憎恨的坏家伙设计陷害了他。先生，他就是那位狼狈相骑士，也许你也听到过他的大名。他的丰功伟绩将铭刻在青铜鼎上或大理石纪念碑上，万古不灭。忌妒者费尽心机，也掩盖不住他的光辉。”

教长发现关在笼子里的这个人和笼子外的那个人说话时都是同一个腔调，着实吃了一惊，差一点要在胸口画十字①。他真不知他们在说些什么，跟他一起来的那几个仆人也有些莫名其妙。

桑丘想听听他们在交谈些什么，朝前凑了上来，像是有意要把水搅混似的说：

“先生们，不管你们爱听不爱听，我说的可是真话。像我主人堂吉诃德老爷这样算是着魔，那我家老娘也该着魔了。他头脑完全清醒，能吃能喝，也像旁人那样上茅房大小便。这些事就像他昨天关进笼子前一样，全都干了。照这样子，怎能叫我相信他是着了魔中了邪呢？我多次听人说过，着魔的人不吃不睡，也不说话。我主人如没人管着，说起话来，比三十个律师说的话还多呢。”

他回过头来，对神父看了一眼，又接下去说：

“神父先生啊，神父先生，您以为我不认识您吗？您以为我猜不透您要这套新魔法的意图吗？我来告诉您吧，随您戴上什么假面具，我都认识您；随您怎么弄虚作假，我都能识破。总而言之，嫉妒占优势的地方，美德便没有立足之地；在吝啬的地方，慷慨的人就倒霉。魔鬼没有好下场！要不是神父先生来这一手，我主人早和米科米科娜公主结亲了，我也至少是个伯爵了，因为无论凭我主人狼狈相骑士的赏赐，或者凭我为他立下的汗马功劳，这是稳稳当当的。可是，我们那儿有句老话，我看是千真万确的：命运的轮子比磨盘上的轮子转得还快。昨天你还是如日中天，今天就落入泥坑。我是为自己老婆孩子难过。他们原本可以指望做爸爸的当了海岛或王国的总督，衣锦还乡，可是结果却见他当了人家的马夫回来了。神父先生，我说这番话的目的只是想提醒您一下，您应该明白，您在虐待我主人。您将堂吉诃德老爷关在笼子里，不让他出去救贫扶弱，小心到了来世上帝跟您算账！”

“别胡说八道了！”听桑丘说到这里，理发师说，“桑丘，看来你跟你主人

① 西班牙某些地区的人惊恐时，有在胸口画十字的习惯。

已成了同行啦。天哪，我觉得你应该进笼子去陪他；你也该像他一样着了魔才好呢，因为你和他一样，也得了疯病，也迷恋骑士道。你脑壳里一门心思想着他给你的许诺，也许你肚子里已怀了海岛这个胎了。”

“我什么胎也没有怀，”桑丘说，“就连让我怀国王的胎，我也不怀。我虽然很穷，但我是个老基督徒，对谁我都没有亏欠。如果有人说我贪图海岛，那么，还有人贪图更多的东西呢。常言道，‘干什么事，成什么人’。‘只要是人，就能当教皇’，更不用说当海岛的总督了。何况我主人赢来的海岛，多得没有人可给呢。理发师先生，请您说话注意点儿，‘天下的事，不光只是刮刮胡子’，况且，‘佩德罗和佩德罗之间还有差别’呢。我们都是老相识了，所以才说这话。请您千万别骗我了。说到我主人着魔的事儿，上帝知道真情。这件事就不谈了，‘再搅下去，情况会更糟’。”

理发师不打算跟桑丘纠缠下去了，因为他怕桑丘愣头愣脑的再说下去，就会将自己和神父竭力加以掩饰的那件事全部说出来。神父也防他这一着。他请教长朝前走几步，说自己可以向他解答人在笼中的谜，还可以告诉他别的趣事。教长依言带着仆人跟神父朝前走了几步，然后，专心地倾听神父讲述堂吉诃德的情况。神父先从堂吉诃德的性格、身世、他的疯病和生活习惯等讲起，随后又扼要地说了说他为什么会发疯，发疯后又干了些什么，最后又说了说他怎样被关进笼子里的。神父还说，他们用这个办法将他送回家乡，打算在那儿找个医生给他治一治疯病。听了堂吉诃德这段非同寻常的经历，教长和他的几个仆人不胜惊奇。教长说：

“神父先生，这些所谓骑士小说我觉得确实对国家非常有害。尽管我有时为了消闲，有时出于好奇，几乎涉猎了所有的骑士书，但每本都只读了开头一部分，始终没有一本从头看到尾的，原因是这种书千篇一律，差别不大。在我看来，这种书比米雷托[①]地区流行的那些故事还不如呢。骑士书里的故事都十分荒诞，只供消遣，丝毫没有教育意义，和那些寓教于乐的寓言大相径庭。尽管骑士书的主旨是消遣，但书中尽是些胡言乱语，我真不懂有什么趣味。人要从实际或想象的事物中看到或领略到完美与和谐，才会感到

① 古代小亚细亚爱琴海边一港口城市。在当地流行的故事称米雷托故事，内容多属荒诞离奇，格调低下。

心旷神怡;反之,凡是本身丑恶、脏乱的东西,绝对不可能在人们心里产生快感。比如有的书讲一个十六岁的孩子一剑将一个铁塔似的巨人像切蛋糕一样劈成两半;或者描写战事,敌军陈兵百万,而书中的主人公单枪匹马,凭他一条胳臂,大获全胜,这样的书有什么美可言呢?怎么能谈得上部分与整体或整体与各部分之间的和谐和统一呢?或者写一个王后或女王,见到一个素昧平生的游侠骑士,便立即倒在他怀里,面对这样轻浮的女人,我们又能说些什么呢?有时写一座塔楼,里面挤满了骑士。这座塔楼像一只顺风行驶的船,在大海中航行,今晚在伦巴第①,明天早上就到了教士国王胡安统治下的地盘,或者又到了连托勒密②也从未发现,马可·波罗③也从未到过的地方。这种书除了无知无识的粗人,还会有谁去欣赏呢?如果有人驳斥我,说作者写这种书的时候,原本是随意编造的,没有必要对故事的真实性使大劲,那么,我要反驳他说,随意编造的东西也是越真实越好,越有必然性和可能性,便越有兴味。编织的故事应该和读者的理解力相适应,将那些难以理解的事写成容易理解的,将深奥的东西写得浅显些,增加点悬念,增强故事的惊险性,读来又惊又喜,惊喜结合。作者如果脱离了作品的真实性和对现实的模仿,上面说的这几点都无法做到,作品也就不会完美。我读过的骑士小说没有一部是浑然一体的,都是支离破碎,中段无法与开头相衔接,结尾又与开头和中段相脱离。这种书的作者似乎并不打算塑造一个完美的形象,倒是想拼凑一个怪物。此外,笔法生硬、粗糙,情节古怪离奇,爱情写得庸俗不堪,礼节写得不得体,战争写得冗长,议论发得粗俗,旅途写得荒诞。总之,写这种书的人丝毫也不懂得写作技巧。因此,这种书应该像无用的人一样被驱逐出基督教国家。”

神父聚精会神地倾听着。他觉得这位教长很有见地,说的话很有道理,就告诉他,自己所见略同,也讨厌骑士小说,所以,就将堂吉诃德的大量骑士书都烧掉了。接着,神父讲了自己怎样审查了那些书,哪几本书被判处极刑,付之一炬;哪几本书幸免一“死”。教长听了,忍俊不禁。他说:“刚才虽

---

① 意大利北部一地区。

② 古希腊天文学家。

③ 意大利旅行家。一二七一年取道中亚来中国,历游中国各地。回国后,口述东方见闻,由别人记录出版《马可·波罗游记》一书。

然列举了骑士小说的种种弊病，却也发现有一大长处：它的题材广泛，一个有才华的作家可以借题发挥，爱怎么写就怎么写，不会感到有什么约束。他可以写海上遇难，写狂风暴雨，写相聚重逢，也可以写各种战事。他写一名勇敢的指挥官时，可以把一名勇将的才能一一刻画：有预见性，能及时预防敌人的种种阴谋；能言善辩，能对士兵的不正确言行进行劝说和劝阻；运筹帷幄，遇事能当机立断；无论待机而动还是主动出击，都非常勇敢。他可以描写令人伤心落泪的惨事，也可以叙述轻松愉快的奇遇。他既可以写美貌绝伦、端庄大方的贵夫人；也可以写智勇双全的基督教绅士；或者一个口出狂言、肆无忌惮的暴徒，或者一个彬彬有礼、有勇有谋的王爷。他可以写大臣的忠诚、善良，也可以写君王的伟大、仁慈。他既可以以天文学家的身份出现在读者面前；也可以充任优秀的宇宙学家、音乐家和国务活动家；如果他愿意的话，还可以充当魔法师。他可以写尤利西斯①的智谋，埃涅阿斯②的孝顺，阿基琉斯③的勇猛，赫克托尔的不幸④；他也可以写席侬的变节⑤，欧利阿里奥的友情⑥，亚历山大⑦的豪放，凯撒大帝的胆识，图拉真⑧的仁慈和真挚，索比罗⑨的忠诚和加东⑩的严谨等。上面说到的构成一个完整的英雄人物的各种特征既可以集中在一个人身上，也可以分散在许多人身上加以描写。如果文笔生动，故事情节既富想象力，又尽量显得真实可信，那么，作品写成后，必然会像一匹锦缎一样绮丽多姿，完善无缺。这样的作品一定能达到我刚才说的既有教育意义又能消遣娱乐的双重目的。由于骑士小说这类作品的文体不受韵律的约束，作者可以充分运用美妙的诗学和修辞学中

---

① 荷马史诗中的希腊酋长。

② 罗马诗人维吉尔的史诗《埃涅阿斯记》中的主人公。伊利昂城被攻陷后，他抛弃妻子，带着父亲、儿子逃亡。

③ 荷马史诗《伊利昂记》中的英雄。

④ 赫克托尔是特洛伊王子。在战场上被阿基琉斯杀死。

⑤ 席侬是特洛伊人。他劝说自己的同胞开城迎接希腊人的木马，使特洛伊失陷。

⑥ 维吉尔史诗《埃涅阿斯记》中的人物，特洛伊将士，以与尼索的友谊闻名。

⑦ 即古代马其顿国王亚历山大大帝。

⑧ 古罗马皇帝。

⑨ 古波斯大流士国王属下的督军，以忠君闻名。

⑩ 古罗马监察官。

的一切手段随意进行写作，可写史诗、抒情诗，也可以写悲剧和喜剧。史诗可以用散文写，也可以用韵文写。”

第四十八章

教长继续议论骑士小说，还谈了其他值得思考的问题。

“教长先生，您说得很有道理，”神父说，“直到今天，还有人不认真构思，不尊重艺术法则，仍然在拼凑那种骑士书，真该受到严厉指责。不遵循艺术法则，想在散文方面像希腊、拉丁诗坛两杰[①]那样出名是办不到的。”

“我有时也想用自己刚才说的这些原则和标准试写一部骑士书，”神父说，“坦率地说，我已经写了一百多页了。为了验证自己的估计是否切合实际，我曾请教过爱读骑士小说的有学问的人，也征询过那些没有文化、只热衷于追求骑士小说荒诞情节的人的意见，他们都同声赞许。然而，我没有继续写下去，因为觉得写这样的书不是我的本职工作，而且发现头脑简单的人比有头脑的人多。尽管少数有识之士的赞赏足以抵消众多无知之徒的嘲笑，但我仍然不愿让自己成为庸碌之辈评头品足的对象，因为这些人大多喜欢看这类小说。不过，我中途辍笔，并拿定主意不再写下去，还有一个缘由。这件事和目前上演的戏剧有关。我想，眼下演出的剧本的故事情节，有的纯属虚构，有的虽取材于历史，但几乎都是没头没尾的胡说八道。即使如此，观众仍然看得饶有兴味，那些远非上乘之作，却得到了他们的一致好评。剧作者和演员都说，戏剧就应该这样，因为观众喜欢，否则，就难投观众所好。那些按照戏剧艺术的规则和要求写的剧本就只能博得少数内行人的青睐，多数观众难以领会它的技巧。无论是剧作者还是演员，都想迎合多数人的兴味，混碗饭吃，不想获取少数内行人的赞赏。根据这一情况，再来看看我

---

① 指古希腊诗人荷马和古罗马诗人维吉尔。

写的书。我如按上面说的艺术观点煞费苦心写成了书,到头来也只能是个'街角上的裁缝'①罢了。我曾多次告诫那些演员们说,他们目前这样的看法是错误的,演出具有艺术性的剧本比演那些胡言乱语的戏更能吸引观众,更能扬名。然而,他们太固执己见了,随你对他们怎样摆事实,讲道理,他们都当耳边风。我记得有一天我对一个固执己见的剧作者说:'您还记得几年前西班牙上演了国内一位著名的剧作家写的三个悲剧吗?这三个戏无论谁看了都喜欢,真是雅俗共赏。演员们演这三个悲剧得到的报酬比上演三十个好戏的收入还多。'那个剧作者回答说:'您一定是说《依萨贝拉》、《拉斐丽斯》和《拉阿莱汉德拉》②这三个戏吧。''是的,'我说,'现在请您想想,这几个戏是不是严格地遵循了艺术规律。这是几部既遵循了艺术规律又赢得观众好评的杰作。因此,不能怪观众想看荒诞无稽的戏,怪只怪演员们只演这方面的戏,不演别的戏。其实,像《负心者的报应》③、《奴曼西亚》④、《情长意深的商人》⑤和《欢喜冤家》⑥等剧作都丝毫也不荒诞。还有些著名作者写的剧本也不错。这些作品既为作者赢得了声誉,也让演员得到了好处。'除此之外,我还发表了一些别的看法。他听了,似信非信,看来没有口服心服,还不能摆脱他原来的看法。"

"教长先生,"神父听了,说道,"您这么一讲,倒使我想起往日对时新戏的厌恶。像对骑士小说一样,我对时新戏也很讨厌。按照图利奥⑦的看法,戏剧应该是人生的镜子、习俗的榜样和真理的映象。可是,眼下上演的戏却是荒谬的镜子、愚昧的榜样和淫乱的映象。例如,有的戏第一幕第一场出场的角色是个襁褓中的婴儿,到了第二场就成了一脸大胡子的成年人了。难道会有比这更荒唐的事吗?再说,有人将老人写得十分勇猛,小伙子却成了胆小鬼,仆人出口成章,小厮满腹经纶,国王成了苦力,公主被写成洗碗女

---

① 西班牙谚语:"街角上的裁缝,白干了活,还赔了线。"意思是吃力不讨好。

② 《依萨贝拉》的作者是阿里亨索拉。其余两部戏的作者不详。

③ 这个剧本的作者是西班牙著名剧作家洛佩·德·维加(一五五九——一六一三)。

④ 塞万提斯著。

⑤ 加斯加·德·阿基拉著。

⑥ 弗兰西斯科·德·塔莱加著。

⑦ 即图利奥·西塞罗,古罗马政治家、修辞学家。

工，你说荒唐不荒唐？至于剧情的展开应该遵守一定的时限的问题，我看写剧本的人也没有注意到。我看到有的戏第一幕在欧洲，第二幕在亚洲，第三幕在非洲告终。如果还有第四幕的话，那它的结局准在美洲了。这么一来，一出戏就囊括了世界四大洲。一般地说，模仿现实是戏剧的一个重要原则。可是，有的戏剧情属贝比诺王或查理曼大帝①时代的事，而剧中的主人公却是艾拉克里奥大帝②，他像戈多弗莱·德·布利翁③那样捧着圣十字架进入耶路撒冷，光复了圣陵。这几件事情的年代相差不知多少年呢。有的戏剧情是虚构的，但又添上一些历史上的真人真事，将发生在不同时代、不同人物身上的事东拼西凑，混杂在一起。这种戏没有任何真实性，谬误却十分明显，难道不值得批评吗？糟糕的是有些无知之徒还硬说已经十全十美，如果要求改进，就是吹毛求疵了。我们再来看看宗教剧吧。戏里捏造了多少虚假的奇迹呀！许多情节随意杜撰，牵强附会，甚至将这个圣徒的奇迹挪到那个圣徒身上去了。在世俗剧里，只要剧作者愿意，就可以随意制造个奇迹或奇观，引起那些无知的观众的注意，引他们来看戏。所有这一切都是歪曲事实，违反历史的，而且，也对西班牙的知识界产生危害，因为外国人都是严守戏剧规则的，他们看了我们这种荒唐透顶、谬误百出的戏，一定会把我们看成是野蛮无知的人。有人说，在社会秩序稳定的国家里，允许公开演戏的目的是让民众娱乐、消遣，免得无事生非；不管是好戏，还是坏戏，只要是戏就能达到这个目的。为此，没有必要制定那么多清规戒律，用来束缚剧作者和演员们的手脚。这种说法是不恰当的。我对这种论调的答复是，用不到进行任何比较，就能得出结论，演好戏能更好地达到娱乐消闲的目的。因为观众看了一场艺术性强、内容安排得体的戏，便能从诙谐的那一部分中得到娱乐，从严肃的那部分中得到教育，随着剧情的跌宕起伏，情绪也不断地发生变化。戏的论理部分可以使他增长才智，戏中的阴谋诈骗可以使他提高警惕，戏中的模范行为可以使他作为借鉴，腐朽堕落会引起他的义愤，美德会使他产生爱慕之情。随他多么愚蠢的人，看了好戏，定能获得上面说的诸方

---

① 查理曼大帝（七四二—八一四）于七六八年继承王位；贝比诺王即位时间在公元七五一年。

② 艾拉克里奥大帝（五七五—六四一）在位的时间是公元六一零年至六四一年。

③ 第一次十字军东征的首领。一零九九年成为耶路撒冷第一任国王。

面的教益。如果说一出具有这些特征的戏反不如不具有这些特征的戏更能赏心悦目,那是绝对说不通的。眼下上演的戏,大多数是不合格的。这也不能去责怪剧作家。有些作家明知自己做得不对,也深知该怎样做,但由于剧本已成了可供买卖的商品,他们也身不由己了。他们说得也有道理,如果剧本不合演出者的胃口,他们就不会出钱购买。为此,剧作家一定要迎合演出单位的喜好,因为演出单位是剧作家的主顾。这种情况只要看看我国的那个天才剧作家写的无以计数的剧本就一目了然了。他的作品文笔优美,妙趣横生;他的诗非常高雅,合乎情理,还有许多寓意深刻的警句。总之,他的作品文字美,格调高,因此,他誉满全球①。他为了迎合演员们的喜好,常常降格以求,因此,他的作品并不是每部都达到完美的地步,真正好的作品也只有几部。有些作家编剧时粗心大意,作品上演后,戏里损害了某某国王的形象,损坏了某某家族的声誉,因此演员们时常挨打,人身安全受到了威胁,演完戏就只好逃之夭夭。然而,上面涉及的这些问题,加上许多我没有谈到的情况,最终都是可以避免的。只要在京城里委任一名有才华有胆识的官员,让他先对所有即将上演的剧本(不光是在首都演出的,在全国各地演出的剧本也包括在内)都进行一番审核即可。未经审查通过的剧本,当地司法机关禁止上演。这么一来,演员们会设法选好的剧本送去京城审核,以保证以后能顺利演出;剧作家也会精心编好剧本,因为他们知道自己的作品须经行家严格审查。用这个办法就能写出好的剧本来,戏剧方面预期的目标就能顺利达到。也就是说,民众有了娱乐消遣,西班牙的文人出了名,演出者既赚了钱,又有了安全感,他们再也不必提心吊胆,也不会挨揍了。如果在骑士小说方面也设一审查官,或由审核剧本的官员兼任,由他来审核新出的骑士小说,那么,您说的那种完美的骑士小说一定能出现。这不仅会使我们的文坛增光添色,也会大大丰富我们的语言。新骑士小说的涌现会使旧骑士小说黯然失色。这种书不仅能让无所事事的人消闲,也能使工作繁忙的人读后得到正当的娱乐。就像弓弦不能老是绷得很紧一样,人的弱点就是不能老是处于紧张状态,需要合理的娱乐,放松自己。”

教长和神父谈到这里,理发师突然来到他们的身边,对神父说:

---

① 指洛佩·德·维加。

“硕士先生，刚才我说的这个地方已经到了。这个地方正适合我们歇晌。另外，这儿牧草丰盛肥嫩，可以让牛好好吃一顿。”

“你的话正合我意。”神父说。

神父将这个意思告诉教长。教长见眼前一派美景，也想在这谷地里停留一会儿，便说他也愿意和大伙儿一起在这儿休息一下。他既想欣赏风景，又因和神父很谈得来，想和他多聊一聊。此外，他也想进一步了解一下堂吉诃德的事情。他决定也在这儿歇晌，并吩咐几个仆人去前面不远的那家客店里给大家买饭食吃。一个仆人说，驮食物的那匹骡子此时可能已到客店了，带的食物相当丰盛，除了喂牲口的大麦外，别的食物不必向客店购买。

“既然是这样，”教长说，“那你们就将所有的坐骑都赶到前面的客店里去，将那匹驮食物的骡子牵到这儿来。”

桑丘对时刻守护在他主人身边的神父和理发师的一举一动是有怀疑的。这时见这两人不在身边，就来到笼子边，想和主人说几句话。他说：

“老爷，对您着魔这件事，我想对您说几句话，不说心里堵得慌。我告诉您吧，跟我们来这儿的那两个戴面具的人，一个是我们村上的神父，一个是理发师。我想他们一定见您干了几桩赫赫有名的大事，名望超过了他们，就产生了妒忌心，想出这个办法将您押走。如果我说的话是真的，那么，您根本不是着了魔，您是上当受骗，当了大傻瓜。为了证实这一点，我想问您一个问题。如果您能如我想象的那样回答我，那么，他们这个骗局就是真的了，您就会发现，自己不是着魔，是头脑太糊涂了。”

“那你就问吧，桑丘，我的孩子，”堂吉诃德说，“我一定认真回答，让你满意。你刚才说，跟我们来这儿，这会儿又上那边去了的那两个人是我们熟悉的邻居神父和理发师，看样子确实是他们俩。不过，这只是表面现象，实际情况并非如你想象的那样。你应该明白，如果真的像你说的那样他俩像神父和理发师，那么，他们一定是让我中了魔法的那几个魔法师变的。魔法师想变什么，就变什么，易如反掌。他们会变成我们朋友的样子，让你觉得他们真是我们的朋友，搞得你稀里糊涂，让你陷入迷宫，即使你有特修斯的那条线也出不来了。他们还可以让我感到捉摸不定，叫我弄不清为什么会引起这场灾难的。比如，你刚才说，跟我来这儿的那两个人是本村的神父和理发师；而我呢，却明明白白地感到自己关在笼子里。我知道自己的力气，如果没有魔力,光靠人力是没法将我关进笼子里的。我只能说,这次着魔的方式是我读到过的骑士小说中从来没有过的。除此之外,我还能说些什么呢? 因此,你就不必胡思乱想了,他们绝对不是你说的那两个人,就像我不是土耳其人一样。至于你想问我什么,你就问吧。你就是问到明天,我也会对你做出回答的。"

"愿圣母保佑!"桑丘大声地说,"难道您会这么糊涂,头脑会这么笨,连我对您说的话都听不懂吗? 我刚才的话句句是真的。您这次遭了殃,关在笼子里,是遭人暗算了,不是着了魔。尽管您不信,我还是要明确地告诉您,您并没有着魔。您如果还不相信,那么我就只好祈求上帝来解除您的魔难,让您出人意料地投进杜尔西内娅小姐的怀抱里去……"

"你别替我祈求上帝了,"堂吉诃德说,"你要问什么,就问吧。我已对你说过,我一定有问必答。"

"我的要求正是这样,"桑丘说,"您是游侠骑士,我希望您以尚武的游侠骑士的认真态度来如实地回答我的问题,一句话不多说,一句话不少说……"

"我告诉你,我不说一句假话,"堂吉诃德说,"桑丘,你快提问吧,别这么没完没了地祈求呀,赌咒呀,拐弯抹角的,都快烦死我了。"

"我要说,我对老爷的真诚是确信无疑的,"桑丘说,"现在我有件事想问您,它和我们刚才讲的那件事有关。自从您进了这笼子后,也就是您认为自己着了魔后,还想不想干人们平常说的大小方便的事儿呢?"

"什么叫方便的事儿,我听不懂,桑丘。如果你要我直截了当地回答问题,你就得把话说明白一点儿。"

"难道您连大方便和小方便也听不懂吗? 这连断奶不久刚上小学的娃娃都知道呢。好吧,那我就告诉您,我的意思是您是不是想干那件每个人都必须干的事情。"

"哦,我懂了,桑丘。有好几次呢,现在就想。快帮我卸去这个包袱吧,否则,会弄脏身子的。"

第四十九章

桑丘·潘沙跟他主人堂吉诃德说了一番颇有见地的话。

“好啊,我终于找到根据了!”桑丘说,“这就是我一心想知道的事。老爷,现在请您听我说。一个人身体不适或心绪不宁,人们常说,某某人怎么啦,不吃不喝,也不睡,问他什么,答非所问,他准是着魔了。这样说没有错吧。由此可见,着魔的人是不吃不喝,也不睡,也不干我刚才说的那件生理上必需的事情的。如果像您这样急着想干那件事,如果有人给您喝,您就喝,有人给您吃,您就吃,问您什么,就回答什么,那您肯定没有着魔。”

“桑丘,你说得对,”堂吉诃德说,“可是,我已经对你说过,着魔的方式是多种多样的,也许时代不同,着魔的方式也不同了。从前着魔的人确实不干我想干的这件事,现在想干了。一时有一时的习惯,不必妄加议论,也不能由此做出什么结论。我心里明白,自己确实着魔了,这样一想,也就心安理得了。如果我认为自己没有着魔,却这样懒懒散散,胆小怕事,任人家将自己关在笼子里,不去救援那么多急着等我去救苦救难的穷人弱者,那我的良心必然会受到极大的谴责。”

“话虽是这么说,”桑丘说,“但我的意思还是希望您最好作一次试验,这样,心里就更有底了。您不妨试着从笼子里出来,我一定竭力帮忙,甚至可以拉您出来。随后您再试试骑上您的好马罗西纳特。瞧它那个懊丧的样子,好像也着魔了。您骑上了马,我们就去碰碰运气,进行一番探奇历险。如果不成,您再回到笼子里也不晚。万一您真的这么倒霉,或者是我的头脑真的这么糊涂,我刚才说的试验失败了,那么,我以一个忠心耿耿的好侍从的名义向您保证,我一定到笼子里来陪着您。”

"桑丘兄弟,你说的有道理,我同意这么办,"堂吉诃德说,"你觉得什么时候合适,我就什么时候出来,我都听你的。不过,桑丘,你一会儿就会发现,你对我这次着魔的看法是错误的。"

这位游侠骑士和那个不太称职的游侠侍从说着话,来到了神父、教长和理发师的身边。他们这三位已下了坐骑在等候堂吉诃德他们俩。赶牛车的这时已给几头牛卸下了车轭,让它们在宁静的遍地碧草的山谷里乱跑。这儿非常凉爽,除了像堂吉诃德这样着了魔的人外,像他侍从这样头脑清醒的人都想在那儿舒舒服服地休息一会儿。桑丘请神父允许他主人出笼子走走,否则,弄脏了笼子,像他这样的游侠骑士就会丢脸。神父听懂了桑丘话中的含意,回答说,他倒是很愿意让他主人出来走走,就怕他一出来就旧病复发,到处乱跑,你想找也找不到他。

"我担保他不跑。"桑丘说。

"我也可以担保,"教长说,"不过,他如果能以骑士的名义做出保证,在得到我们允许之前,不离开我们,那就更好。"

"我愿意作这样的保证,"堂吉诃德一直在听他们的谈话,说道,"再说,像我这样着了魔的人已失去了自由,想干什么也干不了。魔法师将你镇住后,可以叫你在一个地方待上三百年。万一你逃走了,他也可以将你从空中揪回来。"接着,他又说,既然这样,不妨就放了他吧,这对大伙儿也有好处。如果不让他出笼子,那么,除非大家早点避开,否则,大家的鼻子就得受罪了。

尽管堂吉诃德的双手捆在一起,教长还是抓住他的一只手,让他起誓做出保证,随后就放他出笼。堂吉诃德一出笼,喜不自胜,先舒舒服服地伸了个懒腰,继而来到罗西纳特的身边,在它的臀部拍了两巴掌,说:

"马儿中的佼佼者,我还是相信上帝和圣母会保佑我们俩尽快实现各自的心愿:你驮着自己的主人,我骑在你背上,执行上帝派我到世上来担当的使命。"

说完,堂吉诃德和桑丘一起跑得远远的。回来时,堂吉诃德心里轻松多了,他更想实现侍从刚才的这个计划了。

教长一直在观察堂吉诃德,他觉得此人疯得实在离奇。平常言谈,应答如流,头脑十分清楚,只是如前面多次讲到过的那样,人们一讲到骑士道,他就疯病发作了。这时，大伙儿已在青草地上坐下，等候教长那匹驮食物的骡子的到来。教长有些可怜堂吉诃德，对他说；

“绅士先生，您读了那些粗制滥造的无聊的骑士小说，怎么头脑会这样糊涂，竟然相信自己已着了魔呢？这种事情明摆着是假的嘛。从前世界上会有数不清的阿马蒂斯吗？会有那么一大批一大批的骑士吗？什么特拉比松达皇帝呀，弗利克斯玛尔特·德·伊尔加西亚呀，还有那么多女人坐的马匹和四处游荡的少女，那么多巨蛇、怪兽和巨人，那么多从未听说过的险事以及五花八门的魔法，那么多战争和穷凶极恶的搏斗，那么多富丽堂皇的服装，那么多多情的公主，那么多获伯爵称号的侍从，那么多滑稽可笑的侏儒，那么多情书和谈情说爱，那么多武艺高强的女郎，总之，骑士小说里说的那么多荒诞怪异的事情，凡是有头脑的人会相信吗？我本人可以这样说，我看这种小说的时候，如果没想到那是无稽之谈，觉得还有点儿兴味；如果想到了，即使是一部最好的骑士书，我也会把它往墙上摔去；要是我身旁有个火盆，我就会将它扔到火中。这也是罪有应得，因为这种书不仅谎话连篇，而且标新立异，制造异端邪说，欺骗迷惑了许多愚昧无知的人。这种书甚至把一些有学问有地位的绅士的头脑也搞糊涂了。就以先生您为例吧。您竟然让人关进笼子里，装在牛车上拉着走，就像关在铁笼里的狮子、老虎，让人拉来拉去，给人看来赚钱似的。堂吉诃德先生啊，您应该珍惜自己，头脑应该清醒一下了，别辜负了自己的天赋和才智。您这么聪明，就该多读一些有益于身心、也能对个人的声名有好处的书。如果您特别喜爱读记载武士丰功伟绩的书，那就请您读一读《圣经》中的《士师记》。在书里您可以读到真正的英雄业绩，完全是真的。您一定也知道，卢西塔尼亚有个比利亚托①，罗马帝国有个凯撒大帝，迦太基有个汗尼拔②，希腊有个亚历山大，卡斯蒂利亚有个费尔南·冈萨莱斯伯爵③，巴伦西亚有个熙德④，安达卢西亚有个贡

---

① 卢西塔尼亚是罗马帝国统治西班牙时划分的一部分疆土，相当于今天葡萄牙的大部分国土。比利亚托是反抗罗马帝国统治的起义军首领，于公元前一四零年被杀害。

② 迦太基为古代非洲一城市，在突尼斯附近。汗尼拔是迦太基人抗击罗马帝国入侵时的重要将领。

③ 冈萨莱斯伯爵于公元十世纪建立了独立的卡斯蒂利亚王国。

④ 西班牙著名的民族英雄。晚年从摩尔人手中收复了巴伦西亚。

萨洛·费尔南德斯①,厄斯特列马都拉有个迭哥·加西亚·德·帕雷德斯,赫雷斯有个加尔西·佩莱斯·德·巴尔加斯②,托莱多有个加西拉索③,塞维利亚有个堂曼努埃尔·德·莱昂④。这些人的英雄事迹,即使对很有学问的文人学士来说,读起来也能怡情悦性,获益匪浅。我的堂吉诃德先生,像您这样的聪明人读这样的书才合适。读了这些书后,您不仅能增长历史知识,陶冶情操,修身养性,养成良好的习惯;同时,还能增长胆识,敢作敢为,无所畏惧。所有这一切都是为上帝争光,也对您自己有好处,替您故乡拉曼却——我听说您是拉曼却人——赢得美名。"

堂吉诃德一直在聚精会神地聆听教长的一番高论。教长讲完后,他还盯视了教长好一会儿,才开口说道:

"绅士先生,我认为您刚才这番话的意思是想让我明白,世界上从来没有游侠骑士,而那些骑士书全是撒谎骗人的东西,对民众有害无益;读这种书是不对的,读后信以为真更不对,学骑士的榜样,出来从事游侠骑士道这桩艰苦卓绝的事业,那更是大错特错。您还认为,世界上根本就没有阿马蒂斯,不管是加乌拉的那个,还是希腊的那个,都不存在,充斥于骑士书中的所有骑士全都不存在。"

"我说的正是这个意思。"教长听堂吉诃德说到这里,插言道。

堂吉诃德接下去说:

"您还说,这种骑士书对我造成了巨大的危害,搞得我丧失了神志,被关进笼子里;您说我应该改弦易辙,别看那种书了,要我看一些真正有助于怡情悦性的书。"

"正是这样。"教长说。

"那么,照我看,丧失了理智,着魔中邪的正是先生自己啊,"堂吉诃德

---

① 即本书第三十二章中的"大统领"贡萨洛·埃尔南德斯,十五世纪西班牙名将。下面说到的迭哥·加西亚·德·帕雷德斯是他的部将。

② 即本书第八章中讲到的那个用树枝跟摩尔人作战的巴尔加斯·依·马祖卡。

③ 一四九二年在格林纳达最终将摩尔人赶出西班牙国土的名将。

④ 十五世纪费尔南多执政时期的著名武士。他相爱的贵夫人的手套落入狮子笼里,他毫不畏惧地进去拾取。西班牙剧作家洛佩·德·维加以此为题材,写了题为《堂娜布兰卡的手套》的剧本。

说，“您刚才一味咒骂的骑士道是举世公认、千真万确的事。您说看了骑士书，非常生气，恨不得将这种书扔进火里。其实，像您这样否认骑士道的人，才该受这种刑罚呢。谁想表明世界上根本没有阿马蒂斯，根本不存在贯穿整个历史的那么多的游侠骑士，那就等于要人们相信太阳并不发亮，冰雪并不寒冷，大地并不养育万物一样。世界上有哪个大学问家能让人相信，像弗罗丽贝斯公主和古依·德·波尔戈尼亚的事，或查理曼大帝时代发生的菲亚拉弗拉斯和曼底布雷大桥有关的事也是假的吗①？我可以起誓，这一切就像现在是白天一样确实无疑。如果这是谎言，那么，像赫克托尔、阿基琉斯和特洛伊战争，还有法兰西十二武士、英吉利的亚瑟王也都是假的了。这位亚瑟王已变成乌鸦，国内的人还时刻等着他复位呢。照您刚才的说法，那么，人们也可以说古阿利诺·梅斯基诺②的事和寻找圣杯③的事是谎言；像堂特利斯坦和伊塞欧王后的恋爱，以及希内布拉和朗塞罗特④的恋情也是胡编的了。也许有人还约略记得当年见到过金塔涅娜⑤宫廷女管家吧。她是大不列颠最了不起的斟酒女人。这件事完全是真的。我还记得我祖母每每见到披长头巾的女管家就说，‘孙儿，这个女管家很像金塔涅娜。’我想，我祖母一定亲眼见到过那个女管家，也可能见过她的画像。再说说比埃莱斯和美人玛格洛纳⑥的故事吧，谁能否认它的真实性呢？勇敢的比埃莱斯骑着木马在空中飞行，启动木马的转轴至今还陈列在皇家兵器陈列室里，它只比车辕略大一点儿。在这转轴旁边，陈列着巴维埃卡⑦的鞍辔。罗兰的号角还保存在隆塞斯巴列斯，足有一根横梁那么大。可见十二武士都是真

---

① 弗罗丽贝斯公主是查理曼大帝手下武士菲亚拉弗拉斯的妹妹，也是古依·德·波尔戈尼亚的妻子。据尼古拉斯·德·比阿蒙德写的《查理曼大帝和法兰西十二武士传》称，曼底布雷大桥由土耳其人支持的巨人加拉弗雷把守，查理曼大帝手下的武士杀死了巨人，夺下了这座大桥。

② 一五一二年在塞维利亚出版的《高贵的骑士古阿利诺·梅斯基诺传》中的主人公。

③ 这是亚瑟王传说中的故事。圣杯是耶稣最后一次晚餐用的酒杯。失踪后，被亚瑟王和他手下的骑士找回。

④ 堂特利斯坦和朗塞罗特均是著名骑士。希内布拉是亚瑟王的妻子。

⑤ 希内布拉的宫女。

⑥ 一五一九年在布尔戈斯出版的《那不勒斯王之女美丽的玛格洛纳和力大无比的骑士比埃莱斯传》中的主人公。

⑦ 熙德的马。

有其人的；像比埃莱斯呀、熙德呀，这种到处冒险的骑士也都是真实可信的。勇敢的卢西塔尼亚人胡安·德·梅尔罗也是个游侠骑士[①]。他去过博尔果尼亚，在拉斯城和声名显赫的查尔尼郡王比埃莱斯打了一仗；然后，又在巴西雷亚城和恩列盖·德·莱梅斯坦大人较量了一番。这两次交手他都取得了胜利，威名远扬。请您告诉我，这位游侠骑士是不是真的？勇敢的西班牙人佩德罗·巴尔瓦和我家男系嫡派祖宗古铁雷·吉哈达[②]也在博尔果尼亚打了一仗，打赢了圣波罗伯爵的几个儿子。这难道也会是假的吗？堂费尔南多·德·格瓦拉[③]到德意志去历险，和奥地利公爵家的骑士豪尔赫先生交过手，您能否定这个事实吗？您能说苏艾罗·德·吉涅纳斯在关口[④]的战斗，还有路易斯·德·法尔塞斯大人和西班牙著名骑士贡萨罗·德·古斯曼之间的大比武[⑤]，以及基督教骑士们在国内建立的那么多丰功伟绩也都是骗人的假话吗？我再说一遍，谁否认这些事实，谁就是彻头彻尾的糊涂虫。”

教长听了堂吉诃德这一番真真假假的言论，发现他对游侠骑士道方面的事确实知道得不少，不免暗暗吃惊。他回答说：

“堂吉诃德先生，我不能否认，您刚才讲的有一部分情况是符合事实的，尤其是有关西班牙游侠骑士方面的事。我也承认法兰西十二武士确有其人。但是，杜尔宾大主教写的许多事情，我就无法相信了。那十二名武士都是法兰西国王亲自挑选的骑士。由于他们在武艺、身份和胆略方面不相上下，因此，统称为十二武士。这十二个人的情况虽然不能说完全相同，但至少可以说大体相似。像眼下的圣地亚哥骑士团或卡拉特拉瓦骑士团那样，

---

① 梅尔罗是卡斯蒂利亚国王胡安二世时期葡萄牙籍骑士。胡安·德·梅纳写的《命运的迷宫》中歌颂了他的事迹。

② 巴尔瓦和吉哈达是表兄弟，这两名骑士的事迹在《西班牙国王胡安二世编年史》中有记载。

③ 堂费尔南多·德·格瓦拉是《西班牙国王胡安二世编年史》中的另一名骑士。

④ 这个关口叫“光荣关”。根据胡安·德·比纳达修士所著《优秀骑士苏艾罗·德·吉涅纳斯守护的光荣关》一书的记载，一四三四年于奥尔比戈河桥畔发生过一次具有历史意义的激烈的战争。

⑤ 法尔塞斯是纳瓦拉人，古斯曼是卡斯蒂利亚人。他们俩的大比武在《西班牙国王胡安二世编年史》中有记载。

这十二个人个个武艺高、胆量大、出身好。就像目前称圣胡安骑士团骑士或阿尔冈塔拉骑士团骑士那样，当年人们就称那十二名精选的情况相同的武士为十二武士团的骑士。至于有关熙德和贝尔纳多·德尔·卡比奥的情况，自然是真实无疑的。不过，有关他们创立的种种英雄业绩，我觉得也不一定完全可信。您刚才说，比埃莱斯伯爵用来启动木马的那个转轴至今还在皇家兵器陈列室里，就陈列在巴维埃卡的鞍鞯边。可是，对不起，我实在太粗心了，也可能我是个近视眼，尽管您说的那个转轴很大，我却没有看见，只看见那个马鞍。”

“转轴肯定在那儿，这是毫无疑问的，”堂吉诃德说，“我还有一个根据，听人说，为了防止霉烂，外面还套上了牛皮套子。”

“这也有可能，”教长说，“不过，凭我封授的教职起誓，我的确没有见到过。即使那儿有那个转轴，我也无法相信那么多阿马蒂斯的故事都是真实可信的，也难以相信那么一大堆骑士都是真有其人。更使人无法理解的是像您这样一位有身份、有才华、头脑又这么灵光的人，居然也将那些污七八糟的骑士书上的胡言乱语当成真东西了。”

第五十章

叙述堂吉诃德和教长进行了一场充满睿智的辩论以及其他一些事情。

"瞧您说的!"堂吉诃德说,"您要知道,这些书是经过审查官审查合格,由国王恩准才刊印的。不管老少、贫富、雅俗、贵贱,或各种各样身份或性格的人,都喜欢看这种书。书上每讲到一个骑士,都将他的父母、籍贯、亲属,还有他们建立功勋的时间、地点,一点一滴全都交代得一清二楚。难道这都是谎言吗?请您闭嘴吧,别再诬蔑这些书了。您是个明白人,应该听从我的劝告。您如不信,可以读一读这种书,您就会体会到个中的兴味儿。例如,这会儿在我们眼前突然展现一个大湖,湖水沸腾,冒着无数水泡,湖中畅游着许多水蛇、巨蟒、大蜥蜴和其他多种可怕的兽类。这时,湖中传来一个非常凄凉的声音,说:'喂,这位正在注视着这可怕的湖的骑士,如果想得到在这黑水下面的珍宝,你就该毫无畏惧地跳进这乌黑、滚热、烈酒般的水中去。这漆黑的湖水下埋藏着七座城堡,里面有七个女妖。你如果不敢跳下去,就见不到这水下奇观了。'骑士一听到这恐怖的声音,未加细细思索,也没有时间脱去穿在身上的沉重的甲胄,只祈求上帝和自己的情人多加保佑,便奋不顾身地跳进沸腾的湖水中。正当他辨不清方向,不清楚自己落到了什么地方时,忽然发现已处身于万紫千红的花丛中了。这儿的风景比天堂还美。他觉得这儿的天特别蓝,太阳特别亮。前面就是一片宁静的树林,绿树成荫,赏心悦目。无数色彩缤纷的小鸟在纵横交叉的树枝间跳来跳去,吱吱唧唧,啼声婉转悦耳。旁边一条小溪,水晶般的溪水清澈见底;水下的细沙和白色的碎石宛若淘洗过的金沙和纯洁的珍珠。另一边有座用彩色玉石和光洁的大理石砌成的喷泉;靠近这一边还有一个喷泉,外形显得比较粗糙,是用细小的贝壳和黄白两色的蜗牛壳砌成的。贝壳有大有小，错落有致，中间还嵌着耀眼的水晶片和人造翡翠。这个喷泉的造型模仿自然形态，却又比天然的更美。喷泉的对面是一座坚固的城堡，也可能是一座巍峨的王宫。它的外墙是用金块砌成的，城垛镶嵌着金刚钻，门是用红宝石制成的。总之，这座建筑物异常富丽堂皇，用的建筑材料都是钻石、红水晶、红宝石、珍珠、黄金和翡翠等，建筑设计巧夺天工。更妙的还在后头呢。城门打开，一大群姑娘走了出来。她们的服饰无比美丽，此时我们如果加以一一描述，恐怕一辈子也讲不完。这时，看样子是领头的那个少女搀着那个跳进沸腾湖水中的勇敢的骑士，一声不吭地将他领进那座富丽的王宫(也可能是城堡)里。接着，将这个骑士脱得一丝不挂，就像刚从娘肚子里出来时那样，让他在温水里洗了个澡，再给他全身敷上了香味四溢的油膏。然后，让他穿上一件薄如蝉衣、异香扑鼻的丝绸衬衣。另一个姑娘给他披上一件价值连城的长袍。随后，就将这个骑士带进一间客厅，里面早已摆好了酒席，酒肴的丰盛和酒具的精致您见了准会瞠目结舌。姑娘们给骑士洗手，那水是用龙涎香和各种鲜花蒸滤的。她们请他坐在象牙椅子上。姑娘们都默默无言地侍候他。送上来的菜肴都经名厨烹煮，山珍海味，味道极佳。这么多的佳肴，骑士不知吃哪一样好。他一面吃喝，一面听人唱歌，只是不知谁在唱，在什么地方唱。吃饱喝足，饭桌收拾好后，骑士就斜靠在椅子上，也许根据当地的习俗在剔牙齿。这时，客厅里突然进来一个比在场的几个少女好看得多的姑娘。她在骑士身边就座后，就对他说，这是什么样的城堡，她自己因中了魔法被禁锢在这座城堡里。她还讲了不少奇奇怪怪的事情，使骑士听了，惊异万分，让读者看了，也觉得十分惊讶。我不想继续讲下去了，因为无论是谁，读了随便哪本骑士小说中的随便哪一段，都会给迷恋住的。请您相信我，先生，正像我刚才对您说的那样，您该读一读这种书。您一定会发现，读后能消除烦恼，心情愉快。就拿我本人来说吧，自从我当了游侠骑士后，我就变得勇敢、文雅、豪爽、有教养、慷慨大方、彬彬有礼、大胆无畏、仁慈、很有耐心、不辞辛劳、任劳任怨，无论被关在笼子里，还是着了魔，都毫无怨言。尽管我不久前被当作疯子，关在笼子里，但只要老天爷能帮我忙，命运不和我作对，我希望凭自己的力气，不出几天就能成为一个王国的国王。届时我就可以显示自己是个知恩图报、慷慨豪爽的人。先生，说句真心话，一个身无分文的人，尽管慷慨万分，也难以表示出来。一个人只有感激之情，没有行动表示，就像只有信仰不办善事一样，完全是空的。为此，我希望命运赶紧给我提供一个机会，让我当上皇帝，好让我表明自己的心迹，给朋友做点好事，尤其对我这位可怜的侍从桑丘，他可是天底下的大好人啊。我早答应过要封他为伯爵，这次真想满足他的心愿。我只是害怕他没有本领治理好自己的封地。”

桑丘听了主人的最后一句话，说道：

“堂吉诃德老爷，这个伯爵的封地您不知许诺过多少次，我也盼望很久了，您可一定得给我啊。我保证自己有能力治理好。如果治理不好，我听说世界上有人愿意租用领主的封地，每年给领主缴纳一定数额的租金，封地的管理就由这些人负责。领主什么事都不用烦心，只是稳坐在家中收取租金。我就打算这么干。到时候我什么事也不干，全都推给别人去管，自己就像个公爵那样坐收租金。”

“桑丘兄弟，”教长说，“关于收地租的事儿，你可以照自己说的去办；不过，有关封地的行政、司法方面的事务，还得封地的主人亲自过问啊。为此，就需要有治国的本领，明辨是非的头脑，尤其需要具有做出正确判断的良好愿望。如果缺乏这种愿望，办起事来就容易出错，预期目标自然就达不到了。上帝总是成全老实人的好意，不让奸诈之徒达到罪恶的目的。”

“我可不懂这些哲学上的大道理，”桑丘·潘沙说，“我只知道，一旦封地到手，我就会治理。我和别人一样，也有一副头脑，也和别人一样有个躯体；别人能在封地上称王，我也一定能照办。我一旦做了封地上的君王，自己想干什么，就可以干什么。万事称心如意，心情自然舒畅；心情一愉快，就没有什么别的要求了；没有要求，就不用操心；到了这一步，就像一个瞎子对另一个瞎子告别时说的那样：愿上帝保佑你，再见了①。”

“桑丘，就像你刚才说的，这是一些哲学上的大道理。不过，有关伯爵封地方面的事儿，问题还不少呢。”

这时，堂吉诃德插言说：

“我不清楚还有什么问题，伟大的阿马蒂斯·德·加乌拉给我树立了

① 这是一句俏皮话。瞎子看不见，告别时，却说再见。

榜样，他封自己的侍从为斐尔美岛的伯爵，我也要学他的样。桑丘·潘沙是游侠骑士侍从中最出色的一个，封他当伯爵我是心安理得的。”

教长见堂吉诃德刚才那套疯话说得有条有理，对湖中骑士的那段历险故事也编得合情合理，心里不免感到惊奇。又见堂吉诃德读了骑士书后，对书上的谎言全都牢记在心，那桑丘傻头傻脑，一门心思想得到主人答应的伯爵封地，更觉得奇怪。

这时，教长的几个仆人已从前面的客店里牵回了那只驮食物的骡子。众人便在几棵大树下席地而坐，在草地上铺了一块毯子，权当饭桌，在上面摆了食物，随即吃了起来。赶牛车的便乘机利用那块草地放牛。他们正吃着饭，忽听附近茂密的灌木丛中传来一片嘈杂声，还夹着铃铛声。不久，他们便见到在灌木丛中跳出一只漂亮的母羊，全身的毛呈黑、白、灰三色，煞是好看。后面追来一个牧羊人，嘴里吆喝着，用牧羊人常用的语言叫那只羊停下来，也可能叫它回去。那只逃出来的母羊显得非常慌张，它跑到了人们的身边，立即站住，仿佛在向他们求救。牧羊人来到母羊身边，抓住它的双角，当它有灵性似的对它说：

“大花羊啊，大花羊，你的心实在太野了！这些天满山乱跑，是狼吓着你了吗，孩子？你能告诉我，到底为什么，美丽的大花羊？可是，你有什么原因呢，还不是因为你是只母羊，不能安静地待着罢了。你实在太野，不学好，你的伙伴也都跟你一样。回去吧，朋友，快回家去吧！待在羊圈里或跟你的朋友在一起，即使不那么愉快，至少也是安全的。你原本应该带领自己的伙伴，做个领头羊。眼下你自己也这么漫无目标地乱跑，你的朋友会怎么样呢？”

众人听了牧羊人的这番话，觉得很好笑，尤其是教长。他对牧羊人说：

“兄弟，我劝你在这儿歇一会儿，别急急忙忙将羊赶回家去。你刚才说，它是只母羊，那就得顺着它的性子，别硬逼着它回去。快过来吃点儿东西，喝点酒，平息一下火气，让那母羊也歇一会儿。”

说完，教长便用刀尖挑了一块兔子背部的肉给牧羊人吃。牧羊人接住后，说了声谢谢，就吃了起来，又喝了些酒，定了定神，然后说道：

“我希望各位别因为我对这畜生说了那些话，就认为我头脑有毛病。我刚才说的话是有用意的。我虽然是个大老粗，但还不至于连人畜都分不清吧。”

“这点我明白，”神父说，“根据经验我知道，山中常是藏龙卧虎之地，牧羊人的茅屋里有的是哲学家。”

“先生，”牧羊人说，“别的没有，至少有吃一堑长一智的人。为了让大伙儿相信我这话不假，我想冒昧给大家讲一桩实实在在的事情，各位如果不介意，肯费点功夫听一听，就会明白，这位先生”——他指了指神父，“和我刚才说的话都是真的。”

堂吉诃德听了，说道：

“老弟，我觉得你要说的这件事似乎有点儿骑士冒险的味儿，因此，我很想听一听。我想你这个故事准是非常有趣，在座的诸位虽然都很有学问，但他们也喜欢听一些趣闻轶事，一定喜欢听你讲。朋友，请你开始讲吧，我们都洗耳恭听。”

“我可要退场了，”桑丘说，“我拿这个肉馅饼到河边去吃，把肚子填满，三天也不用吃东西。我听主人堂吉诃德老爷说过，游侠骑士的侍从有吃的就要拼命吃，因为他们常常进入深山密林里，有时五六天也出不来。如果肚子吃不饱，或者干粮袋里没有带足食物，就会饿得像木乃伊一样。这种情况是常有的。”

“你说得很对，桑丘，”堂吉诃德说，“你爱上哪儿，就上哪儿；能吃多少，就吃多少吧。我肚子已经吃饱了，只是心灵有点空虚，需要加点餐。听听这位老弟讲的故事，就不会觉得空虚了。”

“那我们大家都来给灵魂加点餐吧。”教长说。

接着，教长就请牧羊人讲故事。牧羊人抓着母羊的羊角，在它背上拍了两巴掌，说：

“大花羊，你就在我身边躺下吧，我们还得待一会儿才回去。”

母羊仿佛听懂了他的话，因为待主人坐下后，它也安静地躺在一边，看着主人的脸，像是在专心地听他讲故事。牧羊人讲述了下面的这个故事。

第五十一章

牧羊人对押送堂吉诃德的一行人讲的往事。

"离这谷地三西班牙里地有一个村庄,地方不大,却是这周围一带最富庶的。村上有个颇有声望的农夫。一般地说,有钱就有名望,但他的名声不是靠财富赢得的,主要还是因为他人品好。不过据他本人说,他最得意的是有一个非常美丽、聪颖、娴静的女儿。凡是认识她或见到过她的人,都为苍天和大自然给了她这么好的品貌而赞叹不已。她自小就长得很俊,越大就越发好看,到了十六岁,竟成了绝代佳人,周围村子里的人都知道她很美。其实何止周围的村庄呢,她的美名早已传到了遥远的城市,传进了王宫和贵族的家里,传到了各式各样的人的耳中。人们从四面八方跑来看她,把她当成稀罕的东西,或是创造奇迹的神灵。父亲对她管教很严,她自己也非常小心谨慎。其实,女孩子全靠自己多加检点,否则,父母亲就是成天将她锁在家里,也是管不住的。父亲的富有和女儿的美貌促使村里村外许多人来向她求亲。父亲就像要处置一件异常珍贵的宝物一样,一时拿不定主意。面对这么多求婚的男子,他真不知将女儿许配给谁合适。我是众多的求婚者之一。大伙儿认为我大有希望,因为她父亲了解我,我又是本村人,家里世世代代都是基督徒,年纪轻,家境富裕,人也相当聪明机灵。本村还有个求婚的年轻人,条件和我相似。为此,她父亲有些举棋不定,觉得将女儿许配我俩中的任何一人都是合适的。这富家姑娘名叫莱安德拉,她把我害得好苦啊。当时她父亲认为我们俩的情况差不多,最好还是让自己心爱的女儿本人来进行挑选。他就将我们的情况告诉了她。我觉得凡是要给女儿找婆家的父母都可以学一学这个做法。我不是说让她们去挑选卑鄙下流之徒,我的意思是父母亲将条件好的人摆在女儿面前，由她从中挑选自己的意中人。我至今也不知道莱安德拉当时选的是谁，我只知道，她父亲为了不使我们太难过，只说女儿还年幼，又说了一些不着边际的话，既没有答应，也没有拒绝。我的竞争对手是安塞尔莫，我本人叫欧亨尼奥——我先向你们介绍这个悲剧里的人物。结局如何，还不得而知，不过，看样子准是悲惨的。

"当时，我们村上来了个名叫维森特·德·拉罗萨①的年轻人。他原本是本村一个贫苦农夫的儿子。他当过兵，到过意大利和其他许多地方。他十二岁那年，有个带兵的上尉路过本村，将他随军带走。又过了十二年，这年轻人身穿五颜六色的军装，全身挂满了玻璃和金属制的装饰品，回到了村里。他每天换一套新衣服，一天一个样。不过，服装的质地并不太好，色彩很鲜艳，只是不结实，也不值多少钱。村上的人喜欢吹毛求疵，一有空闲，就更喜欢挑挑剔剔，评头品足。他们统计了一下维森特穿的衣服，发现他的服装，连绑腿和袜子在内，也不过只有三套，每套的颜色各不相同。他将这三套衣服变换着穿，搭配着不同的颜色。如果你没有留心观察，准以为他有十来套衣服，二十余种羽饰。我说的这些情况都不是题外话，与这个故事有密切的关系。

"村子里有一个广场。维森特就坐在广场上一棵白杨树下的石板上，跟我们讲他本人的经历。他常常讲得我们张大着嘴巴，心里真希望他把他的往事一口气讲完。照他自己说，地球上没有一个地方他没有去过，没有一次战争他没有参加过。他亲手杀死的摩尔人比摩洛哥和突尼斯所有的摩尔人还多。他还说，他参加决斗的次数比甘德、卢那②，还有迭哥·加西亚·德·帕雷德斯等一千多名有名有姓的武士参加决斗的总数还多。每次总以他的胜利而告终，而且，从来没有流过一滴血。但同时他又让我们看他身上的伤疤，说是历次战斗中留下的痕迹，其实我们什么疤痕也没有见到。另外，他还隐隐约约地流露出傲慢的态度，不仅对平辈和熟人总以'你'③相称，还常说他的胳臂就是自己的生身父亲；他立下的战功就是自己的家世。

---

① 《堂吉诃德》第三版出版时，将"德·拉罗萨"改为"德·拉罗加"。

② 甘德和卢那都是当时著名的武士。

③ 西班牙文里，对年幼者、下级、亲人以"你"相称，其余情况以"您"相称。

他还说，自己当了士兵后，对谁也不欠什么，对国王也不例外。这个出言狂妄的人还懂点音乐，会弹吉他。有人说他把吉他弹活了，像在说话一样。他的才华还不止这些。他还是个诗人，每当村上发生鸡毛蒜皮一样的小事，他就能编出足有一西班牙里半长的谣曲。

“我刚才进行了一番描述的这人名叫维森特·德·拉罗萨，这位士兵、勇士、时髦小伙子、音乐家和诗人被莱安德拉瞧见了。她家有个窗子对着广场。她凭窗远眺时，常常见到他。她看中了他身上的鲜艳服装，也很喜爱他编的谣曲。他每编一首，总要手抄二十份四处散发。他讲的个人经历也传到了她的耳中。总之，这件事像是由魔鬼安排似的，男方还没敢妄想去求亲，那姑娘却先爱上了他。恋爱方面的事情，只要女方愿意，就容易办成。莱安德拉和维森特就这样顺顺当当地同心合意了。许多向她求婚的人还没有一个看出她的心愿，她已经把自己的心愿兑现，离开了心爱的父亲（她母亲已去世），跟着那个士兵，逃出了村庄。他这次取得的胜利比他自吹的每次战斗取得的胜利都要大。村上的人和所有获悉这个消息的人都异常惊奇；我知道后惊得瞠目结舌，安塞尔莫也惊得呆若木鸡。她父亲非常伤心，亲友们非常气愤。司法机关对这件事也很关切，神圣友爱团的巡逻队也出动了。他们把守住各条路口，还到山上进行搜寻。三天后，终于在一个山洞内找到了那个任性的莱安德拉。她身上脱得只剩下一件衬衣，从家里带出来的一大笔现金和名贵首饰都不见了。巡逻队员将她送还给伤心透顶的父亲。人们问她事情的经过。用不到对她施加压力，她就坦率地承认，是维森特·德·拉罗加[①]欺骗了她。他答应娶她为妻让她离家出走，并说要带她上世界上最富丽豪华、穷奢极欲的城市那不勒斯去。她年轻幼稚，上了大当，轻信了他的谎言，从家中偷偷拿了钱财，当天夜里就交给了维森特。他将她带到一座陡峭的山上，把她关进巡逻队员发现她的那个山洞里。她还说，那个士兵并没有玷污她，只是抢走了她的钱物，将她撇在山洞里跑了。这又使人们感到十分惊讶。那小伙子有那么大的自制力，真令人难以置信。然而，她一口咬定，这是真的，这倒使极度伤心的父亲得到了一点安慰。女儿的贞操是件宝物，一旦失去，就再也找不回来。保存了这件宝物，失去了

① 即上文的“德·拉罗萨”。

一些钱财,他就不计较了。就在莱安德拉回家的当天,父亲便将她关进附近村庄的一个修道院里,不让我们再见到她。他希望随着时间的消逝,人们对他女儿丢脸的事会渐渐忘却。莱安德拉很年轻,有了过错,人们会谅解她,尤其是那些对她的品德好坏并不十分在意的人。然而,那些一向认为她聪明机灵的人并不认为她错在不懂事。他们认为她太轻率,太任性,终于上了大当。在一般人的眼中,女人总是头脑简单,不够稳重。

"自从莱安德拉关进修道院后,安塞尔莫的两只眼睛失去了光泽,至少已见不到他喜爱的人了。我更觉得眼前一片漆黑,再也见不到闪光的东西了。我们见不到莱安德拉,心里越来越难过,越来越烦躁。我们常常诅咒那个服装鲜亮的士兵,也埋怨莱安德拉的父亲防范疏忽。后来,我和安塞尔莫决定一起离村,来到这个谷地。他放牧一大群绵羊,我放牧一大群山羊,两人就在森林里消磨时光。我俩有时在一起赞扬美丽的莱安德拉;有时又咒骂她,以发泄心中的怨气;有时在一起叹气;有时独自一人对天诉说内心的苦闷。向莱安德拉求过亲的许多人也学我们的样子,来到这崎岖不平的山坳里牧羊。来这儿的人非常多,到处都是牧羊人和羊群,随处都可以听到美女莱安德拉的名字。这个地方竟然成了这些牧羊人遁世的地方。有人骂莱安德拉,说她朝三暮四,水性杨花;有人谴责她,说她骨头轻,身价贱;有人诅咒她,说她品质低劣;也有人为她说情,表示原谅她;更有人称赞她,说她长得好看。总之,大伙儿都怪她不正经,却又非常喜欢她。有人从来没有和莱安德拉说过一句话,却怪她瞧不起自己;有人甚至犯了妒忌的毛病,怨气冲天。其实,莱安德拉从来没有挑起任何人的忌妒,因为我刚才已经说过,她还没有来得及表示喜欢谁,便出事儿了。人们待在山洞里、树荫下、溪水边,对天长叹,诉说心头的郁闷和不幸。处处都能听到莱安德拉的名字:悬崖下响起了'莱安德拉'的回声,溪水也在呜呜地呼唤她的名字。在这群疯疯癫癫的人中,我的竞争对手安塞尔莫最缺乏理智,但实际上最有理智。他有满腹哀怨,却只哀叹自己恋人不在身边的愁苦。他弹一手好三弦琴,诗也写得很好。他弹着琴,唱着自己写的诗,无比凄凉。我走另一条路,在我看来,这是一条捷径,也是一条正确的道路。我咒骂女人轻佻,见异思迁,两面三刀,背信弃义;还骂她们目光短浅,滥用感情。我才到这儿时和大花羊说的那一段话,实际上就是这个意思。这只羊虽是羊群中冒尖的,但由于它是只母羊,我偏不喜欢它。以上就是我答应跟诸位讲的真实的故事。我跟你们讲得相当详细,等一会儿我还要盛情款待你们。我的草屋就在附近。我家里有鲜奶和可口的奶酪,还有各种熟透了的水果,不仅味美,而且非常好看。”

第五十二章

堂吉诃德和牧羊人打了一架；又冲犯一批苦行者，出了一身大汗，事情才圆满了结。

众人听了牧羊人的故事，觉得很有意思，尤其是那位教长。他发现牧羊人叙事非常生动，根本不像个粗野村夫，感到十分惊奇。他说，刚才神父的话很有道理，山林确是藏龙卧虎之地。在场的人都表示愿意帮欧亨尼奥的忙，堂吉诃德更愿意慷慨相助。他说：

"羊倌小兄弟，遗憾的是我目前已无法再去冒险了，否则，我一定立即动身为你效力。毫无疑问，莱安德拉是不愿意待在修道院里的。我如能去冒险，将不顾院长和所有反对她出修道院的人的阻挡，毅然救她出院。只要你遵守骑士道的规矩，不欺侮女孩子，你可以随意处置她。但愿上帝保佑，来一个心地善良的魔法师，不论作恶的魔法师法力多大，也敌不过行善的魔法师。到那时，我责无旁贷，一定帮你的忙，因为扶弱济困是我们骑士的天职。"

牧羊人看了看堂吉诃德，见他衣衫褴褛，面黄肌瘦，大感惊讶，赶忙问站在身边的理发师说：

"先生，瞧这人的这个模样，说话的这个腔调，他是谁呀？"

"还会是谁呢？"理发师回答说，"他就是鼎鼎大名的堂吉诃德·德·拉曼却呀！他除暴安良，伸张正义，保护弱女，是个让巨人胆战心惊、百战百胜的常胜将军呢。"

"我觉得您说的话跟骑士小说里说的很像，这都是游侠骑士干的事儿。我想你大概在说笑话吧，或者呢，这位绅士的脑袋大概是空的。"

"你这个大流氓！"堂吉诃德立即做出了反应，"你自己的脑袋才是空的呢。你是个大白痴！我的脑袋才满呢，比生养你的那个婊子生的婊子妈妈的肚子还饱满！”

他一边骂，一边从身边拿起一块面包，用力朝牧羊人脸上摔去，差一点将他的鼻子也砸扁了。牧羊人平时不爱开玩笑，他见对方在有意伤害自己，便不顾地毯上的杯盘和围坐吃饭的人，立即跳起来朝堂吉诃德扑去，用双手死死卡住他的脖子。要不是这时桑丘赶来营救自己的主人，牧羊人准会将他卡死。桑丘一把抱住牧羊人的背部，将他摔倒在毯子上，将上面的杯盘全都砸得粉碎，弄得汤水四溅，食物滚了满地。堂吉诃德脱出身来，立即骑到牧羊人身上。牧羊人被桑丘踢得血流满面，全身红肿。这时，他在地上爬着，想在毯子上找把刀子，准备拼个你死我活。教长和神父过来劝阻。理发师给牧羊人帮了个忙，让他翻过身来，反将堂吉诃德压在下面。牧羊人的拳头像雨点一般落到了堂吉诃德的脸上。这个可怜的骑士就像牧羊人一样，满脸都是鲜血。教长和神父见了，差一点笑破了肚子；几个巡逻队员也大笑不止。他们像看两只狗打架一样，故意从中挑唆，让他们打得更凶。只有桑丘·潘沙焦急万分，因为自己让教长的一个仆人抓住，脱不开身，无法去帮助主人。

这时，除了在地上对打的两个人互相扭着、抓着，其余的人都在一旁观看嬉笑。突然从一边传来号角声，异常凄切，众人不免回过头，循声看去。堂吉诃德听了，显得特别激动。尽管他让牧羊人压在身下，难以动弹，而且还被打得全身青肿，但他还是对牧羊人说：

“你有胆量有力气将我压在下面，想必是个魔鬼吧。魔鬼老弟呀，我求你休战一会儿吧，只停一个小时就够了，因为我觉得这一阵凄楚的号角声是召唤我的，准是出了要我去冒险的事。”

牧羊人已经打过了瘾，便立即放开手。堂吉诃德从地上站起身来，回头朝号声传来的方向看去，只见顺着山坡下来许多穿白衣的人，看样子都是苦行者。

情况原来是这样的。那年久旱无雨，周围各村的村民为求苍天开恩，速赐甘霖，纷纷举行迎神会，进行祈祷和苦行赎罪。上面说的这些人正是附近村庄的村民，他们结队前去朝拜一个隐居的圣徒。

堂吉诃德过去多次见过苦行者的装束，但已经忘记了。这次见到他们穿着古怪,以为又遇上了什么险事,该由他这位游侠骑士去一显身手了。苦行者们正好抬着一尊穿丧服的偶像,这更证实了他的胡思乱想,以为是一批地痞流氓抢走了一位千金小姐。想到这里,他立即奔向正在啃食青草的罗西纳特,从马鞍架上取下缰绳和盾牌,迅速备好了马;又向桑丘要来了剑,翻身上马,挎着盾牌,大声向所有在场的人说:

"尊敬的朋友们,你们马上就可以亲眼见到游侠骑士在世上是多么重要。我是说,等我释放了这位被抢走的小姐,你们就会知道该不该尊敬骑士了。"

说完,他便用双腿使劲夹了夹马肚——因为他靴上已没有马刺了——全速朝那群苦行者冲去。在这部真实的传记里,罗西纳特还是第一次蹄不沾地飞驰着。神父、教长和理发师想拦也没有拦住,连桑丘大声吆喝,也没有将他喊住。桑丘说:

"您上哪儿去啊,堂吉诃德老爷?您中了什么邪?竟然反对起我们的天主教来了?真作孽呀!您应该明白,这是苦行者去赎罪的,他们抬着的是圣洁的圣母玛利亚的神像呀!老爷,您得想一想自己究竟在干什么!您这次干的事情可不是您想象的那样啊!"

即使桑丘喊破了嗓子,也没有用,因为堂吉诃德这时已一心一意打算赶上那批穿白衣服的人,将那位穿丧服的小姐解救出来,他压根儿就没有听见桑丘的喊声。其实,他即使听到了,也不会回头的,就是国王命令他回去,他也不干呢。他赶上苦行者,罗西纳特已累得走不动了。他勒住马,扯着嘶哑的嗓门,喘吁吁地说:

"你们这批人也许不是好人,才蒙着脸儿。你们仔细听着,我有话对你们说。"

队伍前面抬着神像的几个人先停下。队伍中有四个唱经的教士,其中一人见堂吉诃德一副怪相,骑着一匹瘦马,实在感到好笑。他说:

"老兄,有话就请快点儿说吧。这些弟兄已将自己打得遍体鳞伤①,除非你三言两语把话说完,否则,我们实在不想停下来听你说话。"

"我就说一句话,"堂吉诃德说,"你们立即释放这位美丽的小姐!瞧她

---

① 苦行者鞭打自己以赎罪。

愁眉苦脸，满脸泪痕的样子，显然是给你们抢来的，而且，还明摆着受了你们的欺凌。我出生在这个世界上，就是要为受凌辱的人伸张正义。这位小姐要自由，你们如果不放了她，我就不让你们往前走一步！”

大家听了堂吉诃德这番话，知道此人准是个疯子，便哈哈大笑起来。众人的笑声仿佛是火上浇油，使堂吉诃德更加怒不可遏。他不再说话，随手拔出佩剑，向抬圣像的人们刺去。一个抬圣像的人抽出身来，举起休息时用来支撑担架的一根木棍，前来迎战。堂吉诃德向他猛砍一剑，将他那根木棍劈为两段。那人用剩下来的一截木棍在堂吉诃德拿剑的那条膀子上猛击一棍。这乡下人手劲大，堂吉诃德的盾牌挡不住，被他一棍从马上打翻在地，狠狠地摔了一跤。

这时，桑丘气喘吁吁地赶了上来。他见堂吉诃德已被打倒在地，便提高嗓门，对那个持木棍的人说，别打他了，他是个着了魔的可怜的骑士，他一辈子没有伤害过别人。那乡下人没有理会桑丘的呼叫，但他见到堂吉诃德已直挺挺地躺在地上，连手脚也没有动一动，以为他已经死了，便赶紧撩起长袍，掖在裤带里，像一头鹿似的朝野地里逃走了。

这时，跟堂吉诃德一起来的那一伙人全都赶来了。抬神像去朝圣的那些人见这一行人跑步前来，又见那几个巡逻队员还带着投石器，怕来者不善，便立即团团围住圣母像。苦行者们摘掉尖顶兜帽，手中紧握鞭子；教士们捏紧长柄烛台，作好了准备。如对方发起进攻，便进行自卫；如打得过对方，还要狠狠还击。然而，命运的安排却大出人们所料。原来桑丘以为主人已死，便双膝跪在他的身旁，呼天抢地痛哭起来。那哭声听起来又伤心又可笑。

神父认识抬圣母像去朝圣的一个神父。后面的这个神父一见前面的这个神父，便立即消除了因见到巡逻队员引起的恐惧。前面的这个神父扼要地向后面的神父介绍了堂吉诃德的情况，后面的神父便同苦行者们一起去看看这个可怜的骑士是不是真的已经死了。只见桑丘在声泪俱下地哭叫着说：

“啊，骑士中的英才，你这么挨了一棍，就英年早逝了！你是本家族中的骄傲，是整个拉曼却，甚至是全世界的光荣！世界上失去了你，坏人没有人惩罚，他们将肆无忌惮，为所欲为！啊，你真比所有的亚历山大都慷慨，我才为你干了八个月，你就答应将海上最好的岛屿赏给我。啊，你对傲慢的人非常谦逊，对谦逊的人非常傲慢[①]；你冒死向前，忍辱负重，一味单相思；你专学好人，鞭挞坏人，是地痞流氓的克星。千言万语并作一句话：你是一个名符其实的游侠骑士！"

桑丘的嚎啕大哭将堂吉诃德哭醒了。他开口的第一句话就说：

"甜蜜无比的杜尔西内娅，我与你别离的痛苦比现在遭到的痛苦还要大呢。桑丘朋友，你快扶我上魔车吧，我这条膀子给打烂啦，在马鞍上坐不住了。"

"我的老爷，我一定按您吩咐的办，"桑丘说，"我们和这几位存心为您好的先生一起回乡吧。下次再出来，准会名利双收。"

"你说得对，桑丘，"堂吉诃德说，"眼下我们遭尽厄运，等过了这阵子出来，最为妥当。"

教长、神父和理发师都对堂吉诃德说，他这样做非常正确。他们刚才听了桑丘那几句傻话，笑了一阵后，便把堂吉诃德重新放在那辆牛车上。那些抬着圣像去朝圣的人又重整队伍，准备上路。牧羊人辞别了众人。巡逻队员不打算往前走了，神父付给他们酬金，打发了他们。教长要神父将以后堂吉诃德疯病的治疗情况告诉他，说完，也告辞了。总之，该走的，该分手的都分手走了，只留下了神父、理发师、堂吉诃德和潘沙，还有那匹好马罗西纳特。它总是像主人一样，默默地承受着眼前发生的一切。

赶牛车的将他的几头牛套上车，还给堂吉诃德身子下垫了一捆干草，便又像来时那样缓慢地随神父指引的路朝前走去；六天后，到了堂吉诃德的故乡。那天正好是礼拜天，又是中午时分，村里的人全都在广场上。堂吉诃德的牛车经过广场，众人都围上来观看。他们认得这位老乡，大为惊讶。一个男孩子奔到堂吉诃德的家里，告诉女管家和堂吉诃德的外甥女，说她们家的主人面黄肌瘦，坐在牛车的干草堆上回来了。两个女人听了，一齐哭叫起来；一边哭，还一边打自己的耳光。这情景让人见了伤心。她们再次诅咒那些该死的骑士小说。这个情景等堂吉诃德走进家门时，又重复了一次。

桑丘·潘沙的妻子知道自己的丈夫跟堂吉诃德出去当了侍从，听说堂

---

① 也许由于过度伤心，桑丘把话说反了。

吉诃德回乡，便赶忙来到广场。她一见桑丘，第一句话就是问自己家的驴子好不好。桑丘回答说，它比自己的主人还好。

“这得感谢上帝啊，”她说，“上帝开了大恩了。不过，你得赶快告诉我，孩子他爹，你这次当了侍从，究竟得到了什么好处呢？你给我买连衣裙了吗？给孩子买鞋子了吗？”

“这些东西我都没有带回来，孩子他娘，”桑丘说，“可我带回来的东西更珍贵，更有意义。”

“那我太高兴啦，”桑丘的妻子说，“快把那些更有意义、更贵重的东西拿出来给我看看呀，孩子他爹！看看这些玩意儿，也可以让我乐一乐。自从你出走后，我心里真愁闷得慌。”

“到家后再给你看吧，孩子他娘，”潘沙说，“眼下你别急，只要上帝保佑我们再出去冒一次险，我就很快会成为伯爵，或者做了海岛的总督。还不是一般的海岛呢，那是第一流的岛屿。”

“孩子他爹，愿上帝保佑，这事能成。这玩意儿正用得着。不过，你得告诉我，这海岛是什么东西，我不懂。”

“蜂蜜不是用来喂驴的，”桑丘说，“到时候你自然会知道的，孩子他娘。到那个时候，你听到臣民称你夫人，准会感到非常奇怪。”

“桑丘，你刚才说的夫人呀，海岛呀，臣民呀，究竟是什么意思呢？”胡安娜·潘沙问道。胡安娜·潘沙是桑丘妻子的名字。虽说他们不是本家，但是，按拉曼却人的习惯，女子结婚后，用丈夫的姓氏。

“胡安娜，别急，不要指望一下子就会知道那么多事情。反正我说的都是真话，别的事你就别问了。顺便我再告诉你一件事，给一个喜欢冒险的游侠骑士体体面面地当个侍从，这可是世上第一大乐事啊。话又得说回来，出去冒险也不是每次都遂人心愿的。冒一百次险，总有九十九次的结局不如人意。关于这一点，我有亲身体会，因为我曾经挨过打，还让人兜在毯子里往空中抛。尽管这样，我们出去寻找险事时，常常穿越崇山峻岭，攀登悬崖峭壁，访问城堡，夜里随便找个客店住下，连一分钱也不用花，这真是够惬意的。”

就在桑丘和他的妻子胡安娜聊天的同时，堂吉诃德的女管家和外甥女将堂吉诃德接到家里，给他脱去了外衣，让他在日常睡觉的那张床上躺下。堂吉诃德斜着眼睛看着她们，心里却不明白自己这时在什么地方。神父对她们说了说这次花大力气将堂吉诃德哄骗回来的经过,嘱咐外甥女要对他好生照料,还叫她们多加小心,免得让他再次跑出去。两个女人听了,又是一番哭叫,并再次诅咒那些骑士小说,还祈求上帝将那些谎话连篇、胡说八道的作者全都打入地狱。骂完了,她们又开始担心,生怕堂吉诃德养好了伤,又跑出去。果然不出她们所料,他后来又走了。

可是,这部传记的作者尽管费尽心机,搜集有关堂吉诃德第三次出走的资料,结果却一无所得,至少没有获得真实的文字资料。不过,据拉曼却人的回忆,堂吉诃德第三次出走,去的是萨拉戈萨,参加了那儿举办的几场比武,还干了一番与他的胆识和智慧相称的大事。至于他怎么结局,怎么去世,这部传记的作者实在一无所知。幸好作者遇到了一个老医生,他还保留了一只铅皮匣子。据这医生说,匣子是在一次翻修一个隐士的旧居时,从瓦砾堆里发现的。匣子里有几张羊皮纸手稿,字属哥特体①,原来是几首用卡斯蒂利亚语写成的诗。诗里叙说了堂吉诃德的许多事迹;还说杜尔西内娅·德尔·托波索长得很美,桑丘·潘沙对主人很忠;诗中还描绘了罗西纳特的外形。这几页手稿还提到了堂吉诃德的坟墓,另外,还有几首与他的生平事迹有关的挽诗和碑文。

这部新奇传记的真正作者将手稿中可以辨认的几首诗誊清,附录如下。他翻阅了拉曼却地区的全部文献资料,作了大量调查研究写成的这部传记不求别的,只要读者看了,也像有文化修养的人看了骑士小说那样信以为真,那么,他就会觉得功夫费得不冤枉,可以心满意足,并有信心去收集新的历史资料,写出新的传记;即使不能像这部传记那样真实,至少也是一部新奇有趣的书。

以下是铅皮匣内羊皮纸上的诗。

拉曼却地区阿尔格玛西亚城诸院士对堂吉诃德·德·拉曼却英勇的一生的悼念诗

---

① 即古代印刷用的花体字。

阿尔格玛西亚城摩尼冈果[1]院士
给堂吉诃德写的墓志铭

这疯人让拉曼却增光的事迹，
连哈松·德·克雷塔也望尘莫及；
他头脑灵活得像只风信鸡，
可惜的是使用得太不相宜。
凭武力他的英名传遍异域，
从契丹[2]一直延伸到加埃塔；
他是一位才华横溢的诗圣，
青铜器上留下了他的诗文。
凭自己的胆略和一往情深，
将阿马蒂斯之流抛在身后，
令卡拉奥尔等也步其后尘。
让贝利亚尼斯等湮没无闻，
这个骑着罗西纳特遨游的人，
现今在青石板下永世长存。

阿尔格玛西亚城德尔·巴尼瓜多[3]院士
赋诗赞杜尔西内娅·德尔·托波索

十四行诗

姑娘长得肥头大耳宽脸盘，

① 无论是上面说的院士还是这位摩尼冈果（意即冈果人）都是作者杜撰的，意在幽默取笑。

② 即中国。

③ 这个院士名字原文的意思是“仆人”。

挺胸凸肚飒爽英姿豪气扬，
她是托波索王后杜尔西内娅，
伟大的堂吉诃德拜倒她脚下。
　　为了她足迹踏遍黑山两边，
奔驰于著名的蒙铁埃尔郊野，
还到过碧绿的阿朗惠斯平原。
他这样徒步跋涉，辛劳不堪，
　　这个账要找罗西纳特去算！
命运对他们俩何等的残酷，
美丽的拉曼却姑娘英年早逝，
　　这位战无不胜的游侠骑士，
尽管大理石上刻下他名字，
仍然是个狂人，还是个情痴。

阿尔格玛西亚城才华横溢的德尔·卡普里丘索[①]院士
赋诗赞扬堂吉诃德·德·拉曼却的坐骑罗西纳特

十 四 行 诗[②]

　　镶金刚石的宝鞍无比富丽，
却遭战神双足肆意地蹂躏，
拉曼却那个狂人勇武无比，
竟在宝鞍上挥动他的战旗。
　　马鞍的两边挂着件件兵器，
挥舞着利剑猛砍、猛刺、猛劈，
建立了新功，创立了新业绩，
艺术为新骑士开创新风气。

① 原文的意思是“异想天开的人”。

② 这首十四行诗共有十七行，即比正常的十四行诗多三行。这种超常的十四行诗在塞万提斯的那个时代相当流行。

当年加乌拉以阿马蒂斯为荣，
他的子孙为希腊立了大功，
千百次胜利使其英名传诵。
如今贝罗娜①赐他一顶王冠，
堂吉诃德已成拉曼却的英雄，
希腊、加乌拉都没有拉曼却光荣。
人们永远不会忘记他的英名，
连罗西纳特也属超群绝伦，
布利亚多罗②、巴亚多③步其后尘。

阿尔格玛西亚城德尔·布尔拉多④院士献给桑丘的诗

十 四 行 诗

这位是桑丘·潘沙，他个儿小，
胆量却很大，事情真奇妙，
在所有的侍从中，我可担保，
他最单纯，从来不使乖弄巧。
他差点儿得到伯爵的称号，
然而处身于这罪恶的时期，
欺侮他的恶势力沆瀣一气，
连他的灰驴儿也遭到盗窃。
他骑着毛驴（恕我用词不当），
这位侍从紧跟着罗西纳特，
和主人一起奔走南北东西。

① 古罗马时期的战争女神。
② 《疯狂的奥兰多》中奥兰多的骏马名。
③ 利纳尔多的坐骑名。
④ 原文的意思是嘲笑者。

啊,人间的希望是过眼烟云,
原指望功业已就坐享其成,
到头来却成泡影,幻梦!

阿尔格玛西亚城德尔·却切地亚布洛[①]院士给堂吉诃德墓写的碑文

这儿长眠着的骑士,
挨够了打,身遭厄运,
罗西纳特驮载着他,
奔到了西,又奔向东。
桑丘·潘沙这大傻瓜,
也在主人身旁安息,
自从有侍从那时起,
要数这位侍从最忠。

阿尔格玛西亚城德尔·铁基托克[②]院士给杜尔西内娅·德尔·托波索写的碑文

杜尔西内娅长眠此地,
尽管她长得脑满肠肥,
面对狰狞凶恶的死神,
她早已变成一堆灰泥。
她出身于清白的农家,
颇像是一位贵族小姐,
自从堂吉诃德爱上她,
她的乡土也有了名气。

---

① 意思是化装成魔鬼的人;也是查理五世时期一个著名的阿尔及尔海盗的名字。
② 原文的意思是教堂里的打钟人。

上面就是能辨认的几首诗。其余的诗文因遭虫蛀，字迹模糊不清，只好委托一位院士，请他进行考订。听说他费了许多神，度过了许多个不眠之夜，已考订完毕，准备和堂吉诃德第三次出走的记载一起予以出版。

也许有人能用更好的拨子进行弹唱[1]。

① 原文为意大利文。作者引自意大利诗人阿里奥斯托长诗《疯狂的奥兰多》第三十篇第十六节。

下 卷

献　　辞

敬献莱莫斯伯爵①

几天前，我将自己几部已经印好但还未上演的喜剧献给阁下时，记得曾经说起，堂吉诃德只等穿好马靴，便能前来拜见阁下。现在我向您奉告，他已经穿上马靴上路了。他如能到达您处，那我觉得自己为阁下做出了一点微薄的贡献。眼下出了另一个堂吉诃德，这个冒牌货自称属《堂吉诃德》第二部，四处奔跑，惹人厌恶。因此，各地都催我快将堂吉诃德送去，以抵消这冒牌货产生的恶劣影响。最急切地盼着堂吉诃德的是中国的大皇帝。大约一个月前，他派专人给我送来了一封中文信②，信中要我——说得更确切一些是请求我将堂吉诃德送去中国，因为他想建一所西班牙文书院，准备拿堂吉诃德这部传记作为教材。他在信中还要请我去当这个书院的院长呢。

我问那个送信的人，皇帝陛下有没有托他给我捎来旅费。他说这件事倒没有考虑到。

"如此说来，老兄，"我说，"您还是以日行一二十西班牙里的速度，或根据您来时的速度回您的中国去吧。我身体不行，走不了这么漫长的旅程。除了身上有病，我还是个一贫如洗的穷人。让他做他的帝王去吧，我在那不勒斯有伟大的莱莫斯伯爵。他虽没有答应给我书院院长之类的头衔和职

① 原名堂佩德罗·费尔南德斯·德·卡斯特罗，袭封莱莫斯第七代伯爵（一五七六——一六二二），公元一六一零至一六一六年任那不勒斯总督，除《堂吉诃德》第二部外，塞万提斯还将《训诫小说集》（一六一三）和八出喜剧及八出幕间短剧敬献给他。

② 据说中国明朝一个皇帝确实曾托一传教士给西班牙国王捎去过一封信。

位,却一直在扶植我,庇护我,给我种种连我本人都没有想到的恩赐。”

说完,我就打发他走了;同时也向阁下告辞,并准备将《贝雪莱斯和西吉斯蒙达历险记》奉献给您。只要上帝保佑,四个月后这本书就能写成。在用我们的语言写成的作品(我是指用来消遣解闷的作品)中,这书如不属最坏,就是最好的一本。我刚才不该说“最坏”,因为根据朋友们的意见,这书一定会成为最好的一本。敬祝大人福体健康。待您回来时,《贝雪莱斯》也许已等着吻您的手了;我作为阁下的仆人,也准备吻您的脚。一千六百十五年十月底于马德里。

阁下的仆人
米盖尔·德·塞万提斯·萨阿维德拉

序言致读者

啊，尊敬的绅士或平民读者，此时你一定在急切地等待着我这篇序言吧。《堂吉诃德》已出了第二部[①]，听说是在托尔德西利亚斯脱稿，在塔拉戈纳出版的。你一定会以为我在序言里会对这个作者大骂一番，以消心里的怨气吧。说真的，在这方面你可能想错了。受人欺侮，尽管连最虚怀若谷的人也会生气，但我的情况是个例外。你要我骂他蠢驴，骂他白痴，胆大妄为吗？我连想也没有想过。谁作了恶，就自作自受，让他和面包一起吃下其恶果吧。使我难以忍受的是他说我老了，还说我少了一条胳膊[②]。难道我能让时间停滞，永葆青春吗？难道我这条胳膊是在酒店里打伤致残的吗？我是在自古至今最伟大的战役里失去这条胳膊的，这样的战役在将来也属罕见。我的伤残看起来虽不光彩夺目，但知道我怎样伤残的人至少会对此表示尊敬。作为一个士兵，我宁愿战死疆场，也不愿逃命。如果我有回天之力，让时光倒流，我仍然愿意参加那次战斗，当个残废人。士兵脸上和胸口上的伤疤犹如一颗颗星星，能指引人们去争光，赢得声名和赞誉。还有一点值得注意：文章写得好坏与年龄无关，写文章要靠智慧，随着岁月的流逝，人的知识也越来越丰富。

使我难以容忍的是这个作者还说我好嫉妒，他像对一个无知之徒一般，

---

① 指于一六一四年在塔拉戈纳假托阿隆索·费尔南德斯·德·阿维利亚纳达(Alonso Fernández de Avellaneda)之名出版的《异想天开的绅士堂吉诃德·德·拉曼却第二部》。

② 一五七一年十月七日，塞万提斯参加抗击土耳其军队的勒班多海战，英勇地冲上敌船，左手负伤致残。

还对嫉妒的含义向我作了解释。其实,这个词拥有的两种意思[1]中,我只知道神圣、高雅、善意的那一种。因此我绝对不会对一个教士过不去,更何况他还是宗教裁判所的一位使节[2]呢。如果这个作者是在为他说话,那么,他就大错特错了。我敬仰此人的天才,欣赏他的大作,也敬佩他一贯的道德修养[3]。不过,我也得感谢这位作者,他说我的训诫小说[4]写得不错,说这些小说讥讽的作用大于示范的作用。其实,如果不能做到两者兼而有之,就称不上是好小说了。

我认为你一定会说我太拘束,太过于谦恭自制。我只是认为对这位先生不要"雪上添霜"[5]了。看来他确实够狼狈的了,居然不敢在光天化日下露脸,却像犯了叛国罪一样隐名改姓,伪造自己的籍贯。如果你有幸能见到他,务请你以我的名义告诉他,我并没有感到自己受了欺侮。我深知魔鬼怎么诱惑人们,最大的诱惑就是让你相信,写书出书就能名利双收。请你用说笑的方式将下面的这个故事讲给他听,这样,我刚才这番话的意思就更明确了。

塞维利亚有个疯子,干了一件非常荒唐的事情。他取了一根竹竿,将竹节打通,又将一端削尖,在街上或在别的地方捉到一只狗,便一脚踩住一只狗爪,提起另一只狗脚,将那根中空的竹管抽进去,对着它吹气,将那只狗吹得滚圆,活像一只皮球。随后,他在狗肚子上拍了两下,将狗放走,同时,对四周众多的围观者说:

"诸位以为将狗吹成这个样子一定是件轻而易举的事情吧?"而您也一定以为写一部书是件很容易的事情吧?

---

① 那个作者说塞万提斯"好嫉妒"时,用了"invidioso"一词。这个词有两种意思:一为"好羡慕的人",一为"好嫉妒的人"。

② 这儿说的"教士"和"宗教裁判所的使节"都是指剧作家洛佩·德·维加。他于一六〇九年成为宗教裁判所的名誉使节,一六一四年成为教士。

③ 塞万提斯这儿说的是反话。洛佩·德·维加的私生活十分放荡。

④ 指塞万提斯另一部名著《训诫小说集》。

⑤ 原文如直译应该是"让苦恼的人增添忧愁"。

读者朋友，你如果认为这个故事对他不合适，那就换一个，也是个疯子和狗的故事。

科尔多瓦有个疯子，常拿一块大理石或一块分量不轻的石头顶在头上。遇到一只缺乏警觉性的狗便走到它身边，将石头朝它身上砸去。狗被砸得汪汪叫，一连跑了三条街也不停下。有一次，他的石头砸了一条帽店老板的爱犬。他将石块砸在狗脑袋上，狗受了伤，大声吠叫。主人见了，心疼极了，立即抓起一根尺子，追上疯子，打得他浑身上下根根骨头都受了伤。他一边打，一边说：

"你这狗贼，胆敢欺侮我的小猎兔狗！你这狂徒，难道没有见到我这狗是猎兔狗吗？"

他说一声"小猎兔狗"，就打一下，一直打得那疯子皮开肉绽。疯子挨了打，接受了教训，躲在家里，一个多月没有出门。后来，他又故态复萌，而且头上顶的石头比上次还重。他见到狗，便来到它身边，盯着它细看，却不敢将石头往下砸。他说：

"当心，这是只小猎兔狗！"

不管他碰到了什么狗，即使是只大狼狗或爱汪汪叫的小狗，他都说是小猎兔狗，不敢将石头往狗身上砸。也许这位传记的作者也有同感，他再也不敢将自己的才华施展在写书上了。写得不好的书，比顽石还坚硬、笨重。

还请你告诉他，尽管他吓唬我，说他的书会挤掉我的收入①，但我并不在意。我可以引用著名的幕间剧《拉贝莱德加》②里的话来回答他："祝我那位当市议会议员的主人长命百岁！祝大家平安！"我祝愿伟大的莱莫斯伯爵万寿无疆！他那基督徒的品性和慷慨大方是尽人皆知的。我在坎坷的运途上全仰仗了他，才没有跌倒。我也祝愿托莱多大主教大人堂贝尔纳多·

① 阿维利亚纳达在他的《序言》里说："我的作品会抢走他第二部的生意，随他埋怨去吧。"

② 塞万提斯那个时代没有这样的幕间剧，也许只是传闻，没有出版。

德·桑多瓦尔-罗哈斯[①]健康长寿。即使世上没有印刷机,或者出版攻击我的书比《明戈·雷布尔戈诗集》[②]的字还多,我也不怕。这两位大人不用我乞求,也无需我奉承,就对我慷慨相助。即使命运按其常规让我发迹生财,我的日子也不会比眼下过得更舒畅,更宽裕。贫者能得到人们的尊敬,恶人却得不到;贫困会遮盖住高贵的品质,但不会永远被埋没,因为这种品质会从贫困遮盖不住的缝隙里透射出光芒,博得贵人们的青睐,得到他们的爱护。

你不必再对他说别的话了,我也不想对你再说些什么了。我只是请您注意,我奉献给你的《堂吉诃德》第二部和第一部一样,属同一题材,用同一手法裁剪而成。这本书将继续讲堂吉诃德的故事,直到他去世,埋葬。这样一来,就不会有人敢编新的有关他的故事了。他的故事已经不少,他那些疯疯癫癫的事情,由一个正正经经的作者来进行记述也就够了,用不到别人再去插手。好东西多了就会失去它的价值;东西一缺,即使不好,也会提高自己的身价。我忘了告诉你,《贝雪莱斯》[③]和《伽拉苔亚》[④]的第二部即将脱稿。请你等着它们问世吧。

---

① 公元一五九九至一六一八年为托莱多大主教。

② 这是一部在西班牙国王亨利四世时期出版的政治讽刺诗集,作者佚名。

③ 这部书全名是《贝雪莱斯和西吉斯蒙达历险记》,一六一六年四月十九日写成,一六一七年出版。

④ 《伽拉苔亚》的第二部没有出版。如塞万提斯确已写成,那么这部作品也许已散失了。

第一章

神父和理发师跟堂吉诃德谈论他的病。

熙德·阿梅德·贝纳赫利在本传记的第二部讲到堂吉诃德的第三次出行时说，神父和理发师几乎有一个月时间没有去看堂吉诃德了，因为他们不希望勾起他对往事的回忆。不过，他们仍不时地去看望堂吉诃德的外甥女和女管家，叮嘱她们要对他多加照料，让他多吃一些养心补脑的食品，因为他的病根就在心脑这两个器官里。她俩说，她们一直是这样做的，以后还准备对他多加护理调养。不过在她们看来，她们家主人有时头脑非常清楚。神父和理发师听了，非常高兴。这部伟大的真实的传记的第一部最后一章里讲到，神父和理发师让堂吉诃德着了魔，用牛车拉回家里。他们认为这样做非常正确。他们决定去拜访他，顺便看看他的病到底好了没有。他们估计他的病不可能全好。两人约定不跟他谈游侠骑士方面的事情，怕他的伤口才结了薄薄的一层痂，一碰就会破。

他们去看望堂吉诃德，见他坐在床上，上身穿一件绿色的羊绒内衣，头上戴一顶托莱多生产的红色绒帽，整个身子枯瘦得活像个木乃伊。堂吉诃德热情地接待了来客。听到对方问起自己的身体，回答得很有分寸，语言也非常得体。闲聊时，他们谈到了治理国家的办法，说哪些弊端应该消除或进行谴责，哪些恶习应该进行改革或予以埋葬。这三个人俨然都成了新上任的议员，当代的李库尔戈①或再世的梭伦②。他们将国家进行了彻底的改

---

① 公元前七世纪斯巴达的立法家。

② 公元前六世纪雅典的立法家。

革，仿佛将它投入了熔炉里，重新铸造了一个新国家。对闲谈中涉及到的每个问题，堂吉诃德都说得头头是道，使这两个前来探视他病情的人认为，他已神智清楚，完全康复了。

当时，外甥女和女管家也在场。她们见到家里的主人头脑这么清楚，对上帝表示了无限的感谢。神父这时改变了原来的想法。他本来不想触及骑士道的事，可是他想切切实实地了解一下堂吉诃德的病是不是真的好了，便东一言西一语地谈起了从京城传来的新闻。他说，根据确凿的消息，土耳其人已集结了大量的海军，向西班牙国境进发，不知安的什么心，也不知这一阵暴风骤雨会降落到什么地方。由于害怕土耳其人入侵，基督教国家年年得加强战备，国王陛下在那不勒斯、西西里沿海一带和马耳他岛都设了防。堂吉诃德听了，说：

"陛下在国境及时设防，免得让敌人乘虚而入，足见他深谙用兵之道。不过，他如能听取我的意见，我一定给他出一良策，陛下这时一定还没有想到这着妙棋呢。"

神父听了，心里暗暗地想道：

"可怜的堂吉诃德啊，但愿上帝能拉你一把！我看你这会儿已疯到了顶点，傻得没有底了。"

理发师也有同感。不过，他还是询问堂吉诃德有什么良策。他还说堂吉诃德这个妙计也许和许多人向王爷们献的计策一样，是不合时宜的。

"剃头师傅先生，"堂吉诃德说，"我这个计策绝对不会不合时宜，它才适合当前的形势呢。"

"其实我的意思也不是说您的计策不行，"理发师辩解说，"我是说根据以往的经验，凡是向国王陛下敬献的良策大多是行不通的，有的属无稽之谈，还有的甚至是祸国殃民的。"

"可我这条妙计一定行得通，也不荒诞，"堂吉诃德说，"像这样方便易行、切合实际的妙策再也不会有人能想得出来了。"

"堂吉诃德先生，您卖什么关子啊，快把您这条妙计说出来吧。"神父说。

"我可不打算现在就说出来，"堂吉诃德说，"我这会儿一说出来，明天大清早就会传到顾问老爷们的耳中去了。我这功劳和好处不是就白白地让别人拿走了吗?”

“我在这里,在上帝面前起誓,”理发师说,“您说的话我保证不对任何人说。我这个誓言是从《神父谣曲》①中学来的。这位神父让强盗抢去一百多乌拉金币,外加一头善走的骡子。他发誓不对别人说,但在做弥撒的开场白里向国王透露了这个情况。”

“这方面的故事我是一窍不通,”堂吉诃德说,“我只知道这个誓起得很好,因为我相信理发师先生是个信得过的人。”

“万一他不是这样的人,我也可以替他担保,”神父说,“保证他像哑巴一样,不将您的妙计说出去。否则,我就要判他罚款。”

“神父先生,”堂吉诃德说,“那么,您又由谁来进行担保呢?”

“就由我的职业来担保吧,”神父说,“因为保守秘密是我的职责嘛。”

“我以圣体的名义起誓,”堂吉诃德这时才说,“国王陛下只需发布一道命令,让在西班牙各地的游侠骑士于指定的一天在京城集中。我估计来五六个总不成问题吧。就来一个也可以将土耳其的海军彻底消灭了。请你们两位仔细听我讲。一个游侠骑士单枪匹马就将二十万大军彻底歼灭,这也许是件新鲜事儿吧?这二十万人好像只长一个脖子似的,也像是一块蛋糕一般就给消灭了!情况确实是这样的,否则,专记这方面奇事的传记怎么会这么多呢?不过,要是大名鼎鼎的堂贝利亚尼斯还活着,或者是阿马蒂斯·德·加乌拉数不胜数的子子孙孙中,也有个把还没有死,那对我来说,就有碍我的前程了,更不用说对别的什么人了。这些人中间只要有一个人还健在,让他去对付土耳其人,土耳其人准得完蛋!当然,这些人都已经作古了。不过,上帝一定会照应他的子民的,准会给他们再派个骑士来的,这个骑士虽然没有过去那些游侠骑士那样凶猛,但在勇气方面绝对不会逊于他们。上帝懂得我的意思,我不多说了。”

“啊呀!”外甥女插言道,“我舅父一定又想去当游侠骑士了!要不,就叫我马上死!”

堂吉诃德听了,说道:

“我一定要当游侠骑士,至死不渝。不管土耳其人从东边来,还是从西

---

① 西班牙民间故事。

边来,不管他们的兵力有多强大,我都不在乎。我再说一遍,上帝明白我的心意。"

这时,理发师说:

"我请诸位听我讲一个发生在塞维利亚的小故事。由于这个故事很适合眼下的情况,我想讲给大家听听。"

堂吉诃德同意他讲,神父和在场的其他人也愿洗耳恭听,理发师就开始讲故事。

"塞维利亚有个失去理智的人,家里的人将他送进了疯人院。此人毕业于奥苏那大学①,专门研究教会的法规。其实在许多人看来,此人即使毕业于萨拉曼卡大学②,也免不了会精神失常的。这位大学生在疯人院里待了几年后,自以为头脑已经清醒,完全恢复了理智,便写信给大主教,请大主教给他解脱自己正在遭受的苦难。他说自己靠上帝的仁慈,一度丧失的神志现在已经恢复了。然而,他家里的人为了占有他那一份产业,硬是要让他继续待在疯人院里。尽管他早已康复,但他们总想让他一辈子当疯子。这封信写得言词恳切,道理也说得很透彻。像这样的信大主教一连收到了好几封,他终于被打动了,便派一名管理那个教区的神父去找疯人院院长了解情况,看看那个硕士信中说的是不是与事实相符;同时还叫他和那个疯子面谈一次,如果他认为这疯子真的恢复了理智,就放他出疯人院。神父就去找疯人院院长了解情况。院长说,那个人的疯病还没有好。尽管他说起话来常常像思维清晰的人那样头头是道,但是谈到后来就原形毕露,胡话连篇,将他开始时说的那一番高论全都抹去了。关于这方面的情况,只要神父与他面谈一次,便能亲自有所体验。神父真的想体验一下,便去找那个疯子谈话。他与疯子谈了足足有一个多小时,在这段时间里,疯子连一句胡话也没有说,自始至终语言很有条理,神父不得不相信,那疯子已经康复了。疯子对神父说,院长得到了他家里人给的小恩小惠,对自己有成见,硬说他疯病时好时坏,没有痊愈。他还说,他倒霉就倒在家产太多,他的那些冤家对头

---

① 这所大学成立于一五四九年,一八二零年解散。塞万提斯提到这所大学时,往往带嘲弄的口吻。

② 西班牙最古老最有名的大学之一。

为了霸占他的那份产业,就是不肯相信,也不让别人相信,他靠上帝的恩惠,已经由畜类变成了人。总之,跟他谈完话后,神父觉得院长的所作所为值得怀疑;疯子的那些亲属由于贪心,丧失了天良;而疯子本人头脑已完全清醒。神父决定带他去面见大主教,由他亲自对这件事的真假做出判断。这位好心肠的神父根据这个决定请院长下令将那硕士入院时穿的衣服还给他。院长请神父再好好考虑一下自己的这一做法,他认为那硕士的疯病还没有好,这点是毫无疑问的。尽管院长多次对神父说了这样的话,但神父还是坚持要将他带去见主教。院长觉得这是大主教的命令,就只好服从,便让那硕士穿上体体面面的新衣服。硕士见自己已脱去了疯人院的服装,穿上了常人穿的衣服,便请求神父同意他去和同院的病友告别。神父说,他想跟他一起去,因为他想去看看疯人院里的疯子。他们便和院长等人一起上楼。楼上有个笼子,里面关着个'武疯子',不过,这时他倒十分平静。硕士来到笼子边,对他说:'兄弟,我要回家去了,您有什么事要托我办的吗?上帝恩德无量,像我这样的无名之辈,也得到保佑,恢复了理智,现在我已经完全康复了。上帝是万能的,您应该相信上帝。上帝既然能让我康复,也一定会让您恢复健康的,不过,您一定要相信上帝。往后我会送些东西来给您吃,您一定要吃。我本人深有体验,我们这种疯病的起因都是肚子太空,而头脑中又都是气。振作起精神来吧,别那么垂头丧气了。否则,会伤害身体,缩短寿命的。'

"对面另一个笼子里也关着一个疯子,他全身脱得光光的躺在一张旧席子上。刚才硕士说的这番话全让他听到了。他便大声地问,是谁康复出院了。硕士回答说:'是我就要出院了,兄弟,我没有必要再待在这儿了。这非常感谢苍天,给了我这么大的恩惠。''硕士,你得好好思量思量刚才说的话,别上了魔鬼的当。'那疯子说,'我劝你别乱跑了,还是安安稳稳地待在这里吧,免得到时候又得回来。''我知道自己已经痊愈了,'硕士说,'干吗还要回来呢?''你已经痊愈了?'疯子说,'那好吧,等着瞧吧,愿上帝保佑你。我是朱庇特①在凡间的代理人,我要以朱庇特的名义向您起誓,就凭塞维利亚将你当成健康的人放你出院这一条罪状,我就要狠狠地处罚这个城

① 罗马神话中的主神,相当于希腊神话中的宙斯。

市，让塞维利亚人千秋万代也忘不了这件事，阿门。傻瓜硕士，你要知道，我真的会这么干的！因为我刚才已经说了，我就是雷神朱庇特，我掌管着熊熊燃烧着的雷电，我常常以此威吓世人，毁灭世界的。不过，这次我用别的办法处罚这座愚昧的城市。我要从现在起，整整三年让塞维利亚整个城区加上市郊不下一滴雨！你倒自由了，健康了，头脑也清醒了，而我却还是个疯子，还是个病人，还被关在笼子里！我根本不想下雨，就像我不想吊死一样。'

"在场的人都在专心地听疯子大声地说着话。我们那个硕士回过头来，握住神父的手，对他说：'我的先生，请别害怕，这疯子的话不必介意。如果他就是朱庇特，不想下雨，那我就是尼普顿[①]，是水的父亲，也是专管水的神灵。任何时候，只要我想下雨，或者需要下雨，雨就会下个不停。'神父听了，就回答说：'尼普顿先生，不管怎么说，惹朱庇特先生生气也不是好事。您还是待在疯人院里吧。等哪天方便，有时间我们再来找您。'院长和在场的人听了，都哈哈大笑。神父给弄得很不好意思。硕士脱下那套新衣服，又继续留在疯人院里。这故事就完了。"

"理发师先生，"堂吉诃德说，"您认为这个故事现在讲正合适，不讲不行，是这样吗？剃头师傅先生呀，剃头师傅先生，隔着筛子看东西——什么也看不见！再说，您也应该明白，将双方的才智、胆量、面貌和家世都一一进行对比，这样的比喻能不引起反感吗？理发师先生，我并不是水神尼普顿，我也不企求别人将我看作很有学问的人，因为我并不是这样的人。我只是费尽心机试图让世人明白，不恢复崇尚骑士道的太平盛世，是个大错误。那时有游侠骑士肩负保卫国家的重任，由他们来护卫弱女，拯救孤儿和幼童，惩罚凶徒，安抚良民，生活在那个时代的人就非常幸福。我们这个腐败堕落的时代就不能和那个时代相比了。眼下大多数骑士的身上已听不到铜盔铁甲的丁当声了，只能听到绸缎锦衣的沙沙声。现在也没有骑士全身披挂，冒着严寒酷暑，任凭狂风暴雨的吹打，露宿荒野了。更没有人像过去的骑士那样，双脚不离鞍镫，手中紧握长矛，困倦了只是像人们说的那样打个盹儿了。从前有的游侠骑士常常从这一座深山密林跑到那座荒山，然后又来到荒无

① 罗马神话中的海神。

人烟刮着狂风下着暴雨的海边。他在海边或在海滩上见到一只没有桨、没有帆、没有桅杆,也没有绳索的小船,立即胆大无畏地跳上船去,投身到大海的惊涛骇浪中去。他随着海浪的翻腾,时而被掀到半空,时而又落到海底。他抗击着常人难以抵御的风暴,不知不觉地来到了离原来下船处三千西班牙里的一块遥远、陌生的土地。他跳上岸,遇到了许多事,都值得铭刻在青铜器上,而不是书写在羊皮纸上。目前这样的骑士一个也没有了。当今这个世道,懒惰战胜了勤劳,勤勤恳恳干活的人反不如游手好闲之徒,恶习胜过了美德,居功自傲的人反比勇敢的人吃得开;就连尚武的人也只重空谈,不愿实干了。拿枪杆子的人当年在黄金世纪出尽了风头,特别是那些游侠骑士。如果不信,那请你们告诉我,还有谁比声名显赫的阿马蒂斯·德·加乌拉更诚实、更勇敢?谁比英国的帕尔梅林更聪明机智?谁比白衣骑士蒂朗德更加随和,更加和蔼可亲?谁比希腊的利苏阿尔德更多情、更有风度?谁比堂贝利亚尼斯受的伤更多,被他杀伤的人也更多呢?谁比贝利翁·德·加乌拉[①]更胆大无畏呢?谁比费利克斯玛特·德·依尔卡尼亚更不畏艰险、勇往直前呢?谁比艾斯普兰狄安[②]更加坦率真诚呢?谁比堂西隆西里奥·德·脱拉西亚更奋不顾身呢?谁比罗达蒙特更勇敢呢?谁比索布利诺国王更小心谨慎呢?谁比利纳尔多更无所畏惧呢?谁比罗兰无敌于天下呢?谁能比鲁赫罗更英俊潇洒、彬彬有礼呢?根据杜尔宾的《环球志》[③]记载,目前的几个费拉拉公爵都是鲁赫罗的后代。神父先生,除了上面说的这些外,我还能说出许许多多名字来,他们都是为骑士道争了光的游侠骑士。我刚才建议国王招纳的就是这一类骑士。陛下如果收罗了他们,不仅自己有了依靠,还能省下许多费用。土耳其人见了,准会急得直揪自己的胡子。这么一来,即使刚才说的那个神父不让我出疯人院,我也不会待在那儿了。刚才理发师说,朱庇特不肯下雨,怕什么,有我在这儿呢!我想什么时候下雨,就什么时候下雨!我说这话的意思是要让那个跟洗脸盆打交道的先生明白,我懂得他刚才这个故事的含意。”

---

① 阿马蒂斯·德·加乌拉的父亲。

② 阿马蒂斯·德·加乌拉的儿子。

③ 实际上并没有这本书,是作者杜撰的。

“堂吉诃德先生,”理发师说,“说真的我讲那个故事并没有这个意思。愿上帝为我作证,我是出于一片好心,您实在不该生气。”

“该不该生气,”堂吉诃德说,“我自己心里清楚。”

这时,神父插言道:

“直到现在我一直没有说话。可是,听了堂吉诃德先生刚才说的话,心里产生了疑问,不说出来憋得慌。”

“神父先生有问题,尽管问吧,”堂吉诃德说,“有疑问闷在肚子里不说出来,不是个味儿。”

“那我就说了,”神父说,“堂吉诃德先生,我有个问题想不通。您刚才说的这一大批骑士,难道个个都是这世界上有过的有血有肉的真人吗?我认为情况正好相反,那都是假的,是胡乱编出来的谎话,是那些刚从梦中醒来或半睡半醒的人说的梦话。”

“这又是许多人常有的一个误解,”堂吉诃德说,“他们认为世界上压根儿就不存在这样的骑士。我曾经在各种场合多次对形形色色的人进行解释,以使他们消除误会,弄清事实真相。有时我这样做并没有达到目的,有时凭借事实,人们理解了我的意图。我凭借的事实是千真万确的。我可以说,自己亲眼见到过阿马蒂斯·德·加乌拉。此人身材修长,白净面皮,一脸的黑胡子修剪得整整齐齐,脾气又和气又严厉;话说得不多,平时不轻易发怒,生了气也很快就消气了。我可以将全世界游侠骑士传记里写的骑士一个个都像阿马蒂斯这样细细描绘他们的音容笑貌。读了他们的传记,了解了他们创建的丰功伟绩和他们日常生活习惯,我就自然而然地能推测出他们的面貌、肤色和身材了。”

“堂吉诃德先生,”理发师问道,“您认为巨人莫冈德该有多高呢?”

“关于世界上有没有巨人的问题,”堂吉诃德回答说,“世人的看法各不相同。不过,《圣经》里说的事是一点假也不掺的。《圣经》告诉我们,巨人是有的,还给我们讲了个斐利斯人歌里亚斯的故事,说他身高七腕尺半①,这就非常高大了。另外,在西西里岛上还发现了巨大的胫骨和脊梁骨。从其长度进行判断,这些骨头准是巨人身上的,那些巨人该有铁塔那么高大

① 一腕尺相当于由肘部到指尖的长度,约合二十英寸。

了,这可以用几何学的方法进行推算。不过,莫冈德究竟有多高,我还是说不准。我估计他不会太高,因为我从他的传记①里读到,他常常睡在屋子里。既然屋子里容纳得了,我想他肯定不会太高大。"

"说得对。"神父说。

堂吉诃德这番胡言乱语神父觉得挺有意思。他便说出像利纳尔多·德·蒙塔瓦尔、堂罗兰和法兰西十二武士等许许多多骑士的名字,请堂吉诃德来想象他们的音容笑貌。

"根据我的猜想,"堂吉诃德说,"利纳尔多准是个宽脸盘、大红脸的汉子,一双眼睛的眼珠子往外鼓,骨碌碌地转个不停;性情暴躁,喜欢和盗贼、无赖混在一起。至于那个罗兰,他也叫罗托兰多,又叫奥兰多,这几个名字在他传记里是通用的,我可以肯定,他准是中等个儿,宽肩膀,背有点儿驼;脸色黝黑,红胡子,身上的毛很多;目光咄咄逼人;平时寡言少语,但彬彬有礼,很有教养。"

"照您这样说,罗兰确实不够标致,"神父说,"怪不得美人安杰丽嘉小姐瞧不起他,将他撇在一边,爱上了那个才长胡子的摩尔小青年了;看来这小伙子一定长得英俊潇洒,聪明机灵吧。安杰丽嘉不喜欢严肃的罗兰,却爱上了情意绵绵的梅多罗,确实很有眼力。"

"神父先生,"堂吉诃德说,"这个安杰丽嘉是个心猿意马的姑娘,喜欢到处乱跑,比较轻佻。她干了不少有失检点的事,这方面的情况和她的艳名一样,流传四方。她抛弃了成千上万个王亲贵族、才子和武士,却偏偏爱上了个嘴边没毛的小厮。这小子一没有财产、二没有名望,就由于他重友情②愿为朋友两肋插刀,才有了点名气。安杰丽嘉的失节显然不怎么体面,因此,歌颂她美貌的大诗人阿里奥斯托写到这儿,就不敢也不愿再往下写了。他在撇下她之前,写了下面两行诗:

> 至于她怎样在契丹当上了女王,

---

① 指意大利人路易斯·普尔希写的《巨人莫冈德》。

② 据《疯狂的奥兰多》,梅多罗为埋葬朋友达狄纳尔的尸体,受了重伤。

也许别人会用更好的拨子进行弹唱①。

毫无疑问，这是预言。诗人也被人们称为预言家。看来，他的预言很灵验。后来，我们这儿有个很有名气的安达卢西亚诗人为她的眼泪悲歌②，卡斯蒂利亚那个独一无二的名诗人也赋诗歌颂了她的美貌③。"

"堂吉诃德先生，"理发师插言道，"请您告诉我，这么多诗人赞颂她，是不是也有诗人嘲笑这位安杰丽嘉小姐呢？"

"我认为，"堂吉诃德说，"如果萨克利潘多或罗兰④是诗人的话，他们一定会赋诗讥讽她的。诗人选中了哪一位小姐作为自己的意中人，不管这位小姐是真有其人，还是假的，只要她瞧不起他，或者将他鄙弃了，他就写诗进行讽刺、诽谤，以消胸中的怨气。这是诗人们的惯技。当然，心胸开阔的诗人是不会这么做的。不过，根据我知道的情况，直到现在还没有人作诗来挖苦这位让世人为之倾倒的安杰丽嘉小姐呢。"

"这可是个奇迹啊！"神父说。

说到这儿，早已离开了他们的外甥女和女管家在院子大喊大叫，他们便出去看看究竟出了什么事。

---

① 这是阿里奥斯托《疯狂的奥兰多》第三十篇第十六节最后两行诗。
② 指路易斯·巴拉奥纳·德·索多写的《安杰丽嘉的眼泪》。
③ 指洛佩·德·维加一六零二年出版的诗集《安杰丽嘉之美》。
④ 这两位武士都遭到了安杰丽嘉的遗弃。

第二章

叙述桑丘·潘沙跟堂吉诃德的外甥女和女管家的争吵，以及其他一些有趣的事情。

这部传记说，堂吉诃德、神父和理发师听到堂吉诃德的外甥女和女管家在大喊大叫。原来是桑丘硬要进来看望堂吉诃德，而她俩却守住门不让他进来。

"你这个呆头呆脑的家伙上这儿来干什么呀！老兄，回你自己的家去吧！都是你将我家主人哄出去，到深山老林里东奔西走！"

桑丘回答说：

"你这个撒旦的管家婆，给哄出去，在深山老林里东奔西走的应该是我，不是你的主人！是他带了我到处乱跑的，你们把情况全搞错了。他甜言蜜语，许诺赏给我一个海岛，将我哄出家门。眼下我还等着他赏给我那个海岛呢。"

"让你溺死在海岛上才好呢，"外甥女说，"该死的桑丘！海岛是什么玩意儿？海岛能吃吗？是美食吗？你这个馋鬼！"

"海岛不是能吃的东西，"桑丘说，"是让我管理的。我可以将海岛管得比四个城市和四个京都的长官还强呢。"

"即使是这样，"女管家说，"也别进这个家，你这个满脑袋鬼点子、满肚子坏主意的家伙！你还是管自己的家，种那一小块地去吧！别打什么海岛、海屿的主意了！"

神父和理发师听到他们三人的拌嘴觉得很好笑。可堂吉诃德生怕桑丘不注意把话说过了头，说出一些有碍自己名声的胡话来，就叫了一声桑丘，还对外甥女她们说，别拦着桑丘，让他进屋里来吧。桑丘走进屋内，神父和理发师告辞出门。他们对堂吉诃德的病情深感失望，觉得他受那该死的骑士道的毒害很深，头脑还是非常糊涂。神父对理发师说：

"老兄，等着瞧吧，说不定哪一天我们这位老先生又要张开翅膀飞走了。"

"我丝毫也不怀疑这一点，"理发师说，"不过，这侍从的傻，竟像骑士的疯一样，叫我吃惊呢。他居然一心一意还在记挂着他那个海岛，看来你对他解释千百次也打消不了他这个念头了。"

"但愿上帝治好他们的病吧，"神父说，"我们得留点神，看看骑士和侍从两人究竟会疯到什么地步。看样子他俩是在一个模子里铸出来的。主人的疯如果没有侍从的傻相配，就没有任何价值了。"

"是这样的，"理发师说，"我倒很想知道他俩这时候在说些什么。"

"这方面的情况外甥女或女管家以后一定会对我们说的，"神父说。"像她俩这样性格的人，这会儿一定在偷听呢。"

就在这同时，堂吉诃德关上了房门。见房内只有自己和桑丘两人，他就对桑丘说：

"桑丘，刚才听到你说，是我将你哄出家门的，我心里很难过，因为你明明知道我也没有待在自己家里嘛。我们是一起出门，一同上路，一道东奔西跑的；我俩同呼吸共命运呀。如果说，你给他们兜在毯子里抛了一次的话，那我呢，我给打了上百次啦，这就是我比你多沾的光吧。"

"这也是应该的嘛，"桑丘说，"您不是说过，倒霉的事情总是和游侠骑士紧紧地连在一起，与侍从连接得就没有那么紧了。"

"桑丘，你错了，"堂吉诃德说，"头脑患了病……"①

"我只会讲本国话，外国话我不懂。"桑丘说。

"我的意思是说，"堂吉诃德说，"脑袋有了病，全身都会不舒服。我是你主人，你老爷，我就是你的脑袋；你是我的仆人，就是我身上的一部分。因此，我如果有病，就会影响到你；你如果不舒服，也会牵连到我。"

"大概是这么一回事吧，"桑丘说，"不过，那会儿人家拿我这'一部分'

---

① 堂吉诃德在这里引用了一句拉丁文谚语的开头两字，整个谚语的意思是"头脑患了病，则全身不舒服"。

兜在毯子里往空中抛的时候，我那个‘脑袋’却在围墙外瞧着我在空中打滚，好像一点儿也没感到疼痛啊。既然脑袋有了病，全身各部位一定会觉得不舒服，那么，身上某一部位有病，脑袋也应该感到不舒服呀。”

“桑丘，你这话的意思是说，”堂吉诃德说，“人家将你兜在毯子里往空中抛的时候，我并不感到痛苦，是这个意思吧？如果是这个意思，请你别这么说，也别这么想。其实，当时我精神上感到的痛苦也不小，甚至比你肉体上感到的痛苦还大。不过，这件事我们暂时就谈到这儿，将来有时间我们再讨论吧。现在我想请你告诉我，桑丘朋友，村里的人对我有什么议论？老乡们对我有什么看法？绅士和骑士们对我有什么意见？另外，大伙儿对我的勇敢，我的功绩和我的礼貌有什么评论？我要将早已被人们遗忘了的骑士道重新加以振兴，对这件事大家的看法怎么样？总之，桑丘，凡是有关这方面的情况，你听到了什么，就原原本本地告诉我，既不要添一句好话，也不要漏掉一句坏话。做一个忠心耿耿的仆人就要将真实的情况向自己的主人报告，既不能为了讨好主人尽说些好事，也不能斩头去尾将坏事隐瞒。桑丘，你应该明白，要是过去的君王听到的全是不加粉饰的真情实况，没有阿谀奉承的甜言蜜语，那么，世道早就变了样，我们这个时代也就不该称为铁的世纪了；在我看来，应该称为黄金世纪了。桑丘，我刚才这番话你得放在心上。我问你的这些事儿，你得将自己听到的实实在在地告诉我。”

“我一定照办，我的老爷，”桑丘回答说，“不过，丑话得说在前头。您既然要我将自己听到的情况原原本本地告诉您，不加任何遮掩，那我说了，您可不能生气啊。”

“我绝对不会生气的，”堂吉诃德说，“桑丘，你只管直说好了，千万别拐着弯儿。”

“那我先告诉您，”桑丘说，“老乡们都说您是个大疯子，说我也够呆的了。另外，绅士们说，您当个绅士还不满足，家里才有那么几棵葡萄树，那么两垧地，身上的衣服前面挂一块，后面拖一截的，还要自称‘堂’，自称骑士。骑士们说，他们不喜欢绅士们和他们唱对台戏，特别是那种只够当侍从的绅士。这种人连皮鞋也得自己动手擦，脚上穿的黑袜子补着一块绿丝绸。”

“我可不是这样的人，”堂吉诃德说，“我向来衣着整齐，从来没有穿过打补钉的衣服。衣服破了的情况是有的，那不是穿破的，是穿盔甲时磨破的。”

“说起您的勇敢、礼貌和建立的功业，各有各的看法：有人说您疯，但很风趣；有人说您挺勇敢，但运气不佳；也有人说您很有礼貌，但太鲁莽。还有人说了别的许多话，反正把您我说得浑身上下没有一块骨头是好的。”

“桑丘，你该明白，”堂吉诃德说，“枪打出头鸟嘛，这在哪儿都一样。历史上的名人不遭小人的诽谤，那是不多的，甚至可以说是绝无仅有的。就拿胡里奥·凯撒来说吧，他是个极端英明勇敢的统帅，但有人说他野心勃勃；甚至还有人说他穿的衣服和饮食起居都有些不干净的地方。再说亚历山大吧，凭他建立的赫赫战功赢得了‘大帝’的称号，但有人说他有时爱酗酒。另外，像赫拉克利斯功勋卓著，但有人说他好色，贪图享受；阿马蒂斯·德·加乌拉的弟弟堂卡拉奥尔，有人在背后说他爱打架；同时说他的哥哥爱淌眼泪。因此，桑丘啊，好人都免不了会受人诽谤。别人说我的坏话，如果只是你刚才说的这些，我看就算不了什么了。”

“我的爹呀，问题的关键就在这儿！”桑丘说。

“怎么回事？还有别的话吗？”

“‘连尾巴的皮都还没有剥呢’①，”桑丘说，“刚才我对您讲的这些，只不过是小菜一碟罢了。您如果想了解大伙儿对您说的所有坏话，我一会儿就给您带个人到这儿来，他会一字不漏地原原本本地学说给您听。昨天夜里巴托洛梅·卡拉斯科的儿子在萨拉曼卡上完大学，得了学位回来了。我去看望他，他对我说，您的那些事情已经写成书了，书名是《异想天开的绅士堂吉诃德·德·拉曼却》。他还说，书上也有我，就用我现在桑丘·潘沙这个名字。另外，还有杜尔西内娅·德尔·托波索小姐。书上有不少事情都是我俩经历的，我不明白那个写传记的历史学家怎么会知道这些事情的，我惊奇得一个劲儿地在自己的身上画十字。”

“桑丘，我可以肯定地说，”堂吉诃德说，“我们这部传记的作者准是个很有学问的魔法师。这种人想写什么，就会知道什么，什么事也瞒不过他们的。”

“啊，原来是个很有学问的魔法师！”桑丘说，“怪不得我刚才说的那个

---

① 西班牙谚语，意思是事情还没有开始。

名叫参孙·卡拉斯科的学士说，这部传记的作者名叫熙德·阿梅德·贝伦赫纳呢。"

"这是个摩尔人的名字。"堂吉诃德说。

"也许是吧，"桑丘说，"我听说摩尔人大多喜欢吃茄子[①]。"

"桑丘，"堂吉诃德说，"这'熙德'在阿拉伯文中是'先生'的意思，我想你一定将这位先生的姓氏搞错了。"

"这很有可能，"桑丘说，"您如果要我将这位学士叫到这儿来，我立即照办。"

"很好，"堂吉诃德说，"刚才你这么一说，我真想把事情了解得一清二楚。不把事情搞清楚，吃起饭来也不香。"

"那我马上去把他叫来。"桑丘说。

说完，他就离开主人叫那个学士去了。不一会儿，桑丘便带着他回来，三人进行了一番饶有兴味的谈话。

---

① 桑丘将熙德·阿梅德·贝纳赫利说成熙德·阿梅德·贝伦赫纳。"贝伦赫纳"(berenjena)在原文中的意思是"茄子"。

第三章

叙述堂吉诃德、桑丘·潘沙和参孙·卡拉斯科学士间进行的一番有趣的谈话。

堂吉诃德一边等待着卡拉斯科学士,一边在深深地思索着刚才桑丘说的话。他想问问学士,书中究竟对他是怎么说的。他不信真的出了这么一部传记,因为染在他剑锋上被他杀死的敌人的血迹都还没有干,他为发扬骑士道而建立的功勋就这么快被写成书出版了吗?可是,他想象这件事一定是哪一位精通魔法的学者干的,这个人可能是自己的朋友,也可能是自己的对头。如果他是自己的朋友,就会夸大他的事迹,将他干的桩桩件件抬得比游侠骑士最杰出的成就还要高;要是他是自己的对头,就会贬低自己的成绩,将自己的所作所为写得比最卑微的侍从干的最卑鄙行为还低劣。"不过,"他自言自语地说,"侍从们干的事是从不上书的。如果刚才桑丘说的这部传记确实是有的,而讲的又是有关游侠骑士方面的事,那准是一部具有说服力的书,是一部高雅、严肃、真实的好书。"

想到这儿,他略感安慰,但不久又担起心来,因为他想到作者自称为"熙德",一定是个摩尔人。摩尔人没有一个是老实的,他们都是些爱说谎话、想入非非的人,想让他们说真话是办不到的。他又怕书中将他的恋爱写得不严肃,损害了杜尔西内娅·德尔·托波索小姐的美好名声。他真希望书里能写出他对她的一片忠心和无比的诚意。为了她,他鄙弃了王后和女皇,将形形色色的女人全都不放在眼里;为了她,他克制了自己的欲望。正在他这样胡思乱想的时候,桑丘带着卡拉斯科来了。堂吉诃德立即客客气气地将他迎入房内。

这位学士虽然名叫参孙[1]，只是个儿并不太高大，却十分狡猾。他脸色苍白，头脑倒非常灵光。年龄约摸有二十四岁，圆脸，扁平的鼻子，大嘴巴。瞧他那副长相，就可以看出他非常调皮，喜欢开玩笑，爱玩恶作剧作弄人。他一见堂吉诃德，立即暴露了自己的本性，双膝跪地，说：

"堂吉诃德·德·拉曼却先生，请先生伸出贵手，让我亲吻。我虽然只属教会中下四等[2]的职员，但我可以凭这件圣佩德罗的法衣[3]起誓，您是全世界古往今来最有名的游侠骑士！熙德·阿梅德·贝纳赫利将您的卓著功勋写成传记，值得庆贺；那个喜欢寻求奇书的人将这部书从阿拉伯文译成我们的西班牙文，让众人都能欣赏，更值得加倍庆贺！"

堂吉诃德将他扶起，说道：

"这么说，真的出了一部有关我的传记，而作者是个博学的摩尔人？"

"这完全是真的，先生，"参孙说，"据我估计，这部书到目前为止已累计印刷了一万二千册了。您若不信，可到出版这部传记的葡萄牙、巴塞罗那和巴伦西亚去打听。听说在安特卫普也在印刷这本书呢。我觉得这部大作将来每个国家、每种语言都会有译本的。"

"一个品德高尚的杰出人士最高兴的一件事就是见到自己做的事情写成了书，让自己的美名在讲各种语言的人们中间流传。我是说'美名'；如果情况正好相反，是恶名，那真比死还难过。"

"就美名而言，"学士说，"您比所有的游侠骑士都强。您那潇洒的英姿，视死如归、一往无前的勇气，以及遇到了挫折能忍辱负重，碰到了倒霉事，甚至受了伤能默默忍受，还有您的诚恳，您对我们那位堂娜杜尔西内娅·德尔·托波索小姐超脱情欲的爱情多么忠贞等等，无论是那个摩尔作者还是那个基督徒译者，都以本国语言描绘得有声有色、栩栩如生。"

"我从来没有听谁称杜尔西内娅小姐为'堂娜'的，"桑丘插言道，"她就只叫杜尔西内娅·德尔·托波索小姐。在这个问题上传记就出了偏差。"

"这没有什么大不了的。"卡拉斯科回答说。

---

① 《圣经》中有个大力士参孙。参阅《旧约全书·士师记》第十四至第十六章。

② 天主教会中最低级的四个教职是：看门人（Ostiario）、诵经师（Lector）、驱邪师（exorcista）和牧师做弥撒时的助手（acólito）。

③ 这种教士服同时也是大学生的学士服。

“这确实是无关紧要的，”堂吉诃德说，“不过，我请教您，学士先生，这部传记中讲到我建立的功勋时，哪几桩最杰出呢？”

“在这个问题上，”学士回答说，“由于各人的喜好不同，看法也不一样。有人说风车之战（就是您见到了几个布里奥莱奥①式巨人的那一次）最精彩；也有人认为您遇到锤布机那一次最动人；有人最喜欢您形容两支大军（后来变成了两群绵羊）的那一番话；也有人对您遇到了送往塞哥维亚殡葬的那具遗体的场面感兴趣；有人觉得您释放了苦役犯这件事办得特别出色；也有人说，您遇到了两个圣本笃会的巨人，后来又同英勇的比斯开人打了一仗，这件事干得最漂亮。”

“请问，学士先生，”桑丘插言说，“我们和杨桂斯人那桩险遇——就是罗西纳特那家伙突然动了邪念，想去找野食吃的那个场面也写上了吗？”

“这位大学问家什么也没有漏掉，”参孙回答说，“桩桩件件全都写上了。就连老实人桑丘在毯子里翻筋斗的事情也写进书里去了。”

“不是在毯子里，”桑丘说，“这筋斗是在空中翻的，我不想翻也得翻啊。”

“在我看来，”堂吉诃德说，“人生在世有所得必有所失，尤其是我们干游侠骑士的，绝对不可能是一帆风顺的。”

“话虽这么说，”学士说，“可也有人说，他们看了这部传记，见堂吉诃德先生多次挨打，总希望作者让他少挨几次呢。”

“看来这部传记倒是真的了。”桑丘说。

“说句公道话，”堂吉诃德说，“这些事情不写也无妨。某些无损作品真实性的细节，如果写了会歪曲作品主人公的形象，就可以不写。说实在的，埃涅阿斯实际上也没有维吉尔描绘的那样孝顺，尤利西斯也不像荷马写的那样精明。”

“没有错儿，”参孙说，“不过，那是诗人写的诗，这是传记作者写的传记。诗人讴歌的并非真情，是想当然的事；传记作者就不能凭想当然进行写作了，他应该根据实情写，既不能增添也不能删减。”

“这位摩尔先生如果真的想说真话，”桑丘说，“那么，我老爷挨的那些

---

① 西方古代神话中的巨人，天地所生，有五十个脑袋，一百条长臂。

棍子里，肯定也有我的一份了，因为他每次背上挨打，我就得全身挨揍。不过，这也不足为奇，我主人亲口说过，脑袋有病，全身各个部位都会难受。”

“桑丘，你真是个滑头，”堂吉诃德说，“有些事情你总是忘不了，你的记忆真不坏呀。”

“我挨了那么多棍子，”桑丘说，“我是想忘掉，可我两边肋骨还痛着呢，能忘得了吗？”

“别说了，桑丘，”堂吉诃德说，“别打岔了。还是请这位先生继续讲讲这部传记里怎么说我的。”

“还有我的事呢，”桑丘说，“听说我也是这本书里的一个主‘脚’。”

“是主角，不是主‘脚’，桑丘朋友。”参孙说。

“又来个咬文嚼字的！”桑丘说，“要是这么老爱挑字眼儿，一辈子也没有个完。”

“桑丘，你是这部传记里的第二号人物，”学士说，“我要是骗你，就让我倒霉！有人喜欢听你说话，觉得你说的话比这本书中最高明的人说的话还有味儿；但也有人说，你太轻信了，在座的这位堂吉诃德先生答应让你当海岛的总督，你就信以为真了。”

“‘太阳还在墙头上呢’①，”堂吉诃德说，“等桑丘岁数再大一点儿，再多积累一点经验，到那时候当起总督来，就更合适，更得心应手了。”

“我的天！”桑丘说，“老爷，如果活到我这把年纪还不会管海岛，那么，恐怕让我活到玛土撒拉②这样的年龄也管理不了海岛啦。问题出在那个海岛还不知道在什么地方呢，倒不在于我有没有管理海岛的能耐。”

“求上帝保佑你吧，桑丘，”堂吉诃德说，“一切都会安排好的，说不定安排得比你设想的还好呢。没有上帝的旨意，连一片树叶也不能动一动。”

“对呀，”参孙说，“只要上帝愿意，一千个海岛也会给桑丘管的，何在乎一个呢。”

“总督在这儿我也见到过，”桑丘说，“我觉得他连给我擦皮鞋也不够格。尽管这样，还得叫他‘大人’，吃饭喝酒用银盘银杯。”

---

① 西班牙谚语，意思是为时还不晚。

② 《圣经》中的人物，活到九百六十九岁才去世，参见《创世记》第五章第二十七节。

“那不是海岛的总督,”参孙说,“这种土总督比海岛的总督容易当。当海岛总督至少也得懂点文法。”

“那‘狗牙根草’我倒还熟悉,这‘弹球’我可玩不了,也不知道这是什么玩意儿①,”桑丘说,“管理海岛的事就听从上帝的安排吧,但愿能派我到最能用得着我的地方去。参孙·卡拉斯科学士先生,眼下我有句话要说,那个写传记的作者讲到我的事情时,没有惹我生气,我觉得挺满意的。我以一个好侍从的名义说句真心话,如果这个作者写我的事情与我这个老基督徒的情况不相符,那聋子也会听到我们说话的②。”

“这不就成了奇迹了。”参孙说。

“奇迹不奇迹我们不管,”桑丘说,“不过,要写人物,总得注意这个人怎么说,怎么做,才能怎么写,不能脑袋里怎么想就怎么写。”

“这部传记也有一些缺陷,”学士说,“其中之一是作者在书中还穿插了一部小说,题目是《一个不该这样追根究底的人的故事》。不是说这部小说写得不好,也不是情节不行,而是穿插得不伦不类,与堂吉诃德先生您的故事风马牛不相及。”

“我可以打赌,”桑丘说,“那小子准是‘将卷心菜和筐子混在一起’③了。”

“现在我已明白,”堂吉诃德说,“我这部传记的作者压根儿就不是个饱学之士。他准是个不学无术的人,胡言乱语,想怎么写就怎么写,就像乌贝达的画家奥尔瓦纳赫作画那样。有人问这位画家在画什么,他回答说:‘画出来什么,就是什么。’有一次他画一只公鸡,画得实在太差,一点儿也不像,无奈他只好用粗体字在旁边注明:‘这是一只公鸡’。我那部传记大概也是这样的货色,得加一番评论才能看懂。”

“那倒不是这样的,”参孙说,“这部传记行文流畅,看起来毫不费劲。孩子们都能翻翻读读,年轻小伙子都爱看,成年人读了深解其意,老年人读了都说这本书写得好。总之,这本书老少妇孺都喜欢看,爱不释手。有时看

---

① 上文参孙说当海岛总督得“懂点文法”,桑丘在回答时,故意将“文法”(gramática)一词拆成两部分:“Grama”(狗牙根草)和“tica”(弹球),以增加情趣。

② 意思是在那样的情况下,桑丘就会大吵大闹。

③ 西班牙谚语,意思是将不相干的事物混杂在一起。

到一头瘦马，就有人会说：‘瞧，罗西纳特来了。’读得最起劲的要数那些侍童了。没有一家富贵人家的客厅里没有《堂吉诃德》这部书的，而且众人都抢着看：这个人读完了，那个人立即拿去看；有的人还为抢读这本书争吵；也有的人为得到它说了不少好话。一句话，这部传记确实是本迄今最有趣、最无害的消闲好书。通读全书，没有一句不正经的话，也见不到一丝一毫的异教邪说。”

“如果不这样写，”堂吉诃德说，“那就会不真实，就会谎言连篇了。那些撒谎成性的历史学家就该像伪币制造者一样被活活烧死[①]。我不明白，我的事情都多得写不完，写我传记的作者为什么要在书中夹杂一些不相干的故事呢。他准是想起了这样一句俗话：‘不管禾草、牧草……[②]’说实在的，只要将我头脑里想的事儿，将我的阵阵叹息声、我淌的泪水、我的意愿和我的遭遇都写下来，准能写成一本大部头的书，少说也有托斯塔多[③]的全集那么厚。学士先生，我个人认为，写历史书或撰写别的任何一类的书，都需要有很高的智慧和成熟的识见。有才华的作者写出的作品才会满纸警句，妙趣横生。喜剧里看起来是痴痴呆呆的丑角，其实是最聪明的演员扮演的，因为让一个头脑简单的人来扮演这个角色一定演不好。历史像是一件神圣的事物，因为它一定得具有真实性；真理在哪儿，上帝就在哪儿。尽管这样，还是有人写了书就把它像垃圾一般扔在一边不管了。”

“一本书再不好，”学士说，“也总有某些用处吧。”

“这话不假，”堂吉诃德说，“有不少人靠写书赢得了美名，可是作品一出版名声一落千丈，或者名声没有开始时那么大了，这种情况也是常有的。”

“产生这样的情况有其原因，”参孙说，“比如作品出版后，读者可以细细阅读，就容易发现一些毛病。写书的人名气越大，读者越会对他挑挑剔剔。另外那些以才华闻名的大作家——名诗人和大传记作者，常常会遭到某些人的忌妒。这些人自己从来没有作品问世，却特别爱对别人的作品评头品足，以此为乐。”

---

① 当时西班牙的刑法确有这一条款。

② 这句西班牙谚语完整时应该是：“不管禾草、牧草，吃饱肚子就好。”

③ 托斯塔多是阿维拉主教阿隆索·德·马德里卡尔（一四〇〇？——一四五五）的别名，是个多产的作者。“写得比托斯塔多还多”，是形容著作多的习惯语。

"这也不足为奇,"堂吉诃德说,"许多神学家自己不善于讲道,但说起别人讲道时的缺点,他们总是一大套一大套的。"

"堂吉诃德先生,您说的这些都很有道理,"卡拉斯科说,"我希望那些爱评头品足的人发点儿慈悲,别吹毛求疵,千万不要在光彩夺目的作品里偏要找出几点黑斑来。'高明的荷马也常常会打盹儿'[①]呢,尽管我们都明白,荷马为了使自己的作品洁白无瑕,已经作了很大的努力,自己总是聚精会神地进行写作。也许这些爱评头品足的人找到的黑斑却是几颗美人痣,长在脸上,反增添几分妩媚。不过,归根到底,我认为出书的风险还是很大的。出了书能让读者人人满意,个个高兴,确实很难办到。"

"我的那部传记大概只有几个人满意吧。"堂吉诃德说。

"情况正好相反。正如'愚昧之徒,数不胜数'[②]一样,喜欢这部传记的人也非常多。有人批评作者记性不好,忘了说谁偷了桑丘的驴子;驴子被偷也没有说明,只是让读者从字里行间进行推测。一会儿又见桑丘骑着自己的驴子,却不知这驴子是怎样弄回来的。也有人说,桑丘在黑山捡到一只手提箱,里面有一百埃斯库多金币,这笔钱以后再也没有提到,作者忘记交代了。很多人想知道这笔钱桑丘是怎么花的,买了什么东西。显然这是一个很大的疏漏。"

桑丘听了,说道:

"参孙先生,我这会儿没有心思替您算这个细账。我肚子饿得慌,要是不喝上两口,填填肚子。我可得晕过去了。我家里有陈年老酒,孩子他娘正等着我呢。吃喝完了,我再回来。到那时候,您和大伙儿有什么事情要问,无论是有关毛驴怎样丢失的事,还是一百埃斯库多怎样花的事,我一定会做出满意的答复。"

说完,他没等对方回答,也没有再说些什么,就径自朝家里走去。

堂吉诃德邀请学士在家里吃饭,学士同意了。除日常的饭菜外,加了两只雏鸽。主客两人边吃边谈,说的都是骑士道的事,卡拉斯科都顺着堂吉诃德的意思说。饭毕睡过午觉,桑丘回来了。于是,他们又接着原来的话题谈。

---

① 古罗马诗人贺拉斯《诗艺》中的名句,原文为拉丁文。

② 原文为拉丁文。引自《旧约全书·传道书》第一章第十五节。

第四章

桑丘回答了参孙·卡拉斯科学士提出的问题，以及其他值得一叙的事情。

桑丘又来到堂吉诃德家,接着原来的话题讲下去,说:

"刚才参孙先生问我,那毛驴是谁偷的,在什么时候,怎样被偷的。对这个问题我作这样的答复。这件事情就发生在我们逃避神圣友爱团的追捕,躲进黑山的那天夜里。白天我们遭到那批苦役犯的石击,后来,又遇到了那具送去塞哥维亚殡葬的尸体。当天夜里我主人和我来到深山老林。由于白天打了几架,我俩都已精疲力竭,我主人倚着他那根长矛,我就在驴背上,像睡在垫了四条羽绒被褥上一般舒舒服服地进入梦乡。我睡得特别死。这时,不知是谁,拿了四根木桩,在四边撑住了我的驮鞍,让我仍然骑在上面,他却偷偷将毛驴从我身子下面牵走,我竟然一点儿也没有发觉。"

"这么干并不难,而且也不是新招。萨克利潘特在围攻阿尔布拉卡的时候,也遇到了同样的情况。那个名叫布鲁纳洛的有名盗马贼就用这个办法从他的两腿中间盗走了那匹马①。"

"后来天亮了,"桑丘继续说,"我翻了个身,那四根木桩就倒了,我重重地摔在地上。我一看驴子不见了,眼泪就哗哗地淌下了,我大哭了一场。写我们传记的那个作者如果没有将这场痛哭写进去,就漏掉了一件有趣的事。后来过了不知几天,我跟着米科米科娜公主在一路上走的时候,又见到了我那头驴子。我一眼就认出来了。那个骑毛驴的人一身吉卜赛人打扮,他就

---

① 这段话原文没有说明是谁说的。从语气看,可能是堂吉诃德的话。萨克利潘特的马被窃一事,请参阅《疯狂的奥兰多》第二十七章第八十四节。

是希内斯·德·帕萨蒙德,也就是被我主人和我释放的那个江洋大盗。"

"错误不在这儿,"参孙说,"毛病出在驴子还没有物归原主,作者却说桑丘骑着他原来的那头驴子。"

"这个问题我可回答不了,"桑丘说,"这不是作者的错,就是印书的人疏忽了。"

"情况准是这样,"参孙说,"那么,那一百埃斯库多上哪儿去了呢?都花掉了吗?"

桑丘回答说:

"我都花在我自己、老婆和几个孩子的身上了。正由于这样,我老婆才安安稳稳让我跟主人堂吉诃德老爷东奔西走,到处乱跑呀。要是离家这么长时间,空着两手回来,还赔上自家的这头毛驴,那可不得了啦。如果还有什么事情要问我,我就在这儿恭候,就是国王本人在场,我也照样回答。其实这笔钱我带回家没有,花了没有,谁也管不着。如果我东奔西走时挨的棍子拿钱来赔偿,就算打一棍给四个马拉维迪,即使再给一百枚埃斯库多金币,也不够赔一半的钱。各人伸出手来,摸摸自己的胸口吧,不要将白的说成黑的,将黑的说成白的。每个人的行为就像上帝创造的那样,有的人甚至还要坏许多倍呢。"

"我一定得设法告诉那位作者,"卡拉斯科说,"这部传记下次再版时,一定得添上刚才桑丘说的这一段话,准能将这部书拔高一大截呢。"

"学士先生,这部传记还有什么地方需要修改的吗?"堂吉诃德问道。

"总还有吧,"学士回答说,"不过,像刚才说的那些大毛病已经没有了。"

"作者是不是答应再出第二部呢?"堂吉诃德问。

"答应了,"参孙说,"可是他又说,第二部的手稿没有找到,不知在谁那儿,能不能找到也是个问题。另外,也有人说,小说的续集从来没有写得好的;还有人说,堂吉诃德的故事都写得差不多了。因此,这书的第二部能不能出得来,还没有把握。当然,也有些生来性格活泼、喜欢逗乐的人说:'再出点堂吉诃德的书吧,只要写堂吉诃德打仗,桑丘·潘沙说话的书,不管怎么写,我们都爱读。'"

“那作者打算怎么办呢?”

“他眼下正在翻箱倒柜找第二部手稿,”参孙说,“一找到他就准备立即付印。他眼下只着眼于出版后获得的好处,不太计较人们对这本书的褒贬。”

“作者出书就为了钱?这样能把书写好才是怪事呢!他就得像复活节前的裁缝那样没日没夜地赶,这样赶出来的东西能是好作品吗?请那位摩尔先生写书认真点儿,我和我主人以后冒的险和其他各种各样的遭遇够他写的,不用说写第二部,就是写一百部也够了。这会儿那些好人准是在想,我们俩倒在干草堆里睡着了。请他们来看看我们的处境,就知道难处在哪儿。不过,我可以说,我主人如果听我的话,我们现在早按照游侠骑士道的老规矩、老习惯在外面锄暴安良了。”桑丘说。

桑丘话还没完,他们就听到罗西纳特的嘶叫声。堂吉诃德认为这是大吉之兆,便决定过三四天就出去走一趟。他将这个想法告诉了学士,并请教他这次出门先去哪儿好。学士回答说,他认为先去阿拉贡王国的萨拉戈萨城,因为那儿过几天要隆重地庆祝圣乔治节①,还要大比武。堂吉诃德如在比武场上战胜阿拉贡的所有骑士,就等于战胜了全世界的骑士,这样,名气就大了。另外,学士还称赞堂吉诃德这个决定非常正确,充分表明了他的勇敢坚定;不过也劝他在冲锋陷阵时,多加小心,因为他的生命不光属于他自己,也属于那些靠他救苦救难的人。

“我就是不同意我主人不顾性命地干,参孙先生,”桑丘听了说,“我主人见了一百个全身披挂的人就像个嘴馋的孩子见了半打甜瓜那样立即扑了上去。学士先生啊,该往前冲时得往前冲,该后退时就得朝后退呀!可不能老是‘圣地亚哥,为了西班牙,冲啊!’另外,如果我没有记错的话,我还听主人亲口说过,胆小怕事是一个极端,胆大妄为是另一个极端,勇往直前才是适中。如果这话是对的,我就既不希望他无缘无故地逃跑,也不希望他该退却的时候还拚命往前冲。我主人如果要我跟他走的话,我有件事特别要对他讲明白:打仗方面的事全由他管,我只管他的吃喝换洗的事,在这方面我

① 从中世纪起,圣乔治被认为是阿拉贡王国骑士的保护神,圣乔治节在每年的四月二十三日。

一定让他满意。可是，要我拔剑厮杀，即使对那些地痞流氓、小泼皮我也不会干的。参孙先生，我并不想赢得勇士的美名，我只想当个为游侠骑士效劳的最忠实的好侍从。我主人堂吉诃德老爷说，外面的海岛多得很，到处都是。如果他念我为他殷勤效力，愿意赏给我一个海岛，那我一定感恩不尽。要是他不赏给我，我为人在世谁也不靠，只靠上帝。再说，我做不做总督，一样吃饭；也许当个老百姓，饭吃得更香呢。我想说不定在总督衙门里魔鬼设下个陷阱，让我往下掉，把大牙都会磕掉的。我这个人生下来就是桑丘，我想死时我还是桑丘。不过，话也得说回来，如果既不用我去请求，也不冒什么风险，老天爷就白白地送给我一个海岛，或者跟海岛相类似的东西，那我也不会那么傻，就一口加以拒绝。不是有这么一句老话吗：'如果有人给你一头小母牛，赶紧拴上绳子将它牵走。'还有这样一句：'你如得到好东西，赶快送进家里去。'"

"桑丘大哥，"卡拉斯科说，"您刚才这番话说得真像个大学教授。不过，说来说去。还得信赖上帝和堂吉诃德先生，他准会赏给您一个王国，何止一个海岛呀。"

"大一点，小一点倒不在乎，"桑丘说，"卡拉斯科先生，我可以对您说，我主人如果将王国给了我，他绝对不会把王国像装在破麻袋里一样给漏掉的。我已给自己作了一番估量，觉得既有能耐治理好王国，也有本领管好海岛。这方面的情况我过去已经跟主人说过了。"

"桑丘，您要当心，"参孙说，"当了官就会变样的。您如果当了海岛的总督，说不定您连生养您的亲娘都不认了。"

"这种事情只会发生在那些出身下贱的人身上，"桑丘说，"像我们这种地地道道的老基督徒是绝对不会干出这种事情来的，绝对不会的。您只要看看我的为人，就会明白，我不是那种忘恩负义的人！"

"愿上帝做出安排吧，"堂吉诃德说，"什么时候让你当总督，全由上帝说了算。不过，我觉得这件事好像就在眼前了。"

说完，他又对学士说，他想去辞别他的意中人杜尔西内娅·德尔·托波索小姐；还对学士说，他如能赋诗，烦他替自己写几句辞别诗。他请学士将小姐名字的每个字母依次作为每行诗的第一个字母，最后，将全诗每一行的第一个字母拼在一起，就成了"杜尔西内娅·德尔·托波索"这个名字。

学士回答说，听说西班牙名诗人只有三个半。他尽管算不上名诗人，但这样的诗他也能做。不过，这种体裁的诗写起来难度颇大，因为这个名字共有十七个字母，如果写四首四行诗，还多出一个字母；如果写四首五行诗，或者写两首十行诗或复体句，则差三个字母。尽管这样，他一定想办法插进去一个字母，写成四句四行诗，拼成“杜尔西内娅·德尔·托波索”这个名字。

“一定得这么办，”堂吉诃德说，“因为一个女人不看见自己的名字明明白白地出现在诗里，是不会相信这诗是专门为她写的。”

这件事就这样谈妥了；同时，还商定八天后出发。堂吉诃德请学士对这件事严守秘密，尤其不能将风声透露给神父、尼古拉斯师傅、自己的外甥女和女管家，免得他们出来阻拦，使自己难以实现壮举。对堂吉诃德的叮嘱卡拉斯科一口答应。告辞前，学士还对堂吉诃德说，不管事情进行得顺利不顺利，有机会一定得将情况告诉自己。说完，他们便分手了。桑丘也回去收拾行装，准备按期出发。

第五章

叙述桑丘·潘沙和他妻子特雷莎·潘沙之间进行的一番妙趣横生的谈话以及其他一些值得记述的事情。

（这部传记的译者译到这里，说这一章是伪造的，因为桑丘·潘沙向来头脑简单，他在这一章里说话的口气与过去大相径庭，说出一些他根本不可能知道的事情。不过，为了尽到自己的责任，他不打算中途辍笔，仍然翻译如下。）

桑丘兴高采烈地回到家里。他妻子在远处就发现他很高兴，就问道：

"孩子他爹，你遇上什么好事了，喜成这个样子?"

桑丘回答说：

"老伴儿啊，如果上帝愿意的话，我真不想让自己这么高兴呢。"

"孩子他爹，我听不懂你的话，"她说，"你刚才说，如果上帝愿意的话，你不想让自己这么高兴。我这个人脑子笨，弄不明白为什么你不想让自己快乐快乐。"

"你听我说吧，特雷莎，"桑丘说，"我心里可高兴呢，因为我主人堂吉诃德已打算第三次出门历险去了，我已决定跟他一块儿走。我这次跟他出去，一来，家里也有这个需要，二来，我们已花掉了那一百枚埃斯库多金币，这次出去，说不定又有希望捡到一百枚呢。想到这里，我心里自然挺高兴。但转念一想，心里又很难过，因为我得离开你和孩子们。上帝如果让我待在家里，不用干活，不用到外面去东奔西走，就有饭吃，这样我当然非常高兴。其实上帝如果愿意这么做，根本不用费什么劲。眼下我是又高兴，又夹杂着与你分离的痛苦，因此，我刚才说得对，如果上帝愿意，我真不想让自己这么高兴呢。"

“桑丘,你看看自己吧,”特雷莎说,“自从你与游侠骑士他们结成一伙后,说起话来也绕着弯儿,谁都听不明白啦。”

“孩子他娘,只要上帝明白就行了,”桑丘说,“上帝什么事情都懂。我告诉你,孩子他娘,这三两天内你要精心照看我们那头灰驴子,让它能出门去跟着我披坚执锐。饲料得加倍喂,还得好好地检查一下驮鞍和别的驴具。这会儿出去,可不是去参加什么婚礼的,我们要周游世界,和巨人、妖魔鬼怪争个高下,还要听鬼哭狼嚎、狮吼虎啸。其实,我们只要不碰到那些杨桂斯人和身上有魔法的摩尔人,刚才说的那些玩意儿也算不了什么。”

“这我完全相信,老伴儿,”特雷莎说,“游侠侍从这碗饭也不是容易吃的,所以,我一定要不断地祈求上帝,让你早日脱离这个厄运。”

“我告诉你吧,老伴儿,”桑丘说,“要不是想到不久就能当上海岛的总督,我这会儿就不想活了。”

“这可不行啊,我的老伴儿,”特雷莎说,“老话说,‘老母鸡得了病,也得活下去’。即使魔鬼将世界上所有海岛总督的位置都霸占了,你也得活下去啊。你从娘胎里出来时,也没有当总督;你活到现在这么大一把年纪,也没有当过总督;将来上帝叫你进坟墓,你不当总督也能进去。你自己不去,由人家抬你去。世界上不当总督的人多着呢,难道他们就因此不做人了?难道就不能当人看待了?世界上最好的调味品是饥饿。饥饿穷人是少不了的,因此,穷人吃饭最有味儿。不过,你要注意,桑丘,万一你交了好运,真的当上了总督,可不要忘了我和你那几个孩子。你别忘了,小桑丘已经十五周岁了。他叔叔是修道院院长,如果他希望自己的侄子当教士,小桑丘就得上学去了。另外,也请你注意,你女儿玛丽·桑却如果这时给她找个婆家,她也不会去寻死觅活的。我估摸着,她这会儿正像你盼着当总督那样盼着给她找个男人呢。老话说得好,‘婆家找得再不好,也总比当个好姘头强。’”

“说句真心话,”桑丘说,“如果上帝让我当个总督之类的官儿,我的老伴啊,我一定要给玛丽·桑却找个好婆家,非得让人们叫她夫人不可。”

“这可不行,桑丘,”特雷莎说,“最好是替她找个门当户对的婆家。你叫她脱下木屐,换上厚底鞋,脱下灰色的粗呢裙,换上绸衬裙;不叫她‘小玛丽’,不称‘你’,改称‘堂娜’和‘夫人’,那这姑娘准会弄得晕乎乎的分不清东南西北,随时随地会出丑,露出她原来的寒酸相!”

“别说了,你这傻老婆子,”桑丘说,“过上三两年,不就全都习惯了吗?到那时节,一副贵夫人的气派,和她的身份相配得就像一个模子里浇铸出来的一样。万一不行,也没有多大关系嘛。不管她是什么样子,还不是一样是个夫人吗?”

“桑丘,你还是估量估量自己的地位吧,”特雷莎说,“别一个劲儿地往高处攀。有句老话你别忘了:‘你将邻居家的儿子,擦干净鼻涕,接纳到自己家里’①。你要是将我们的玛丽嫁给伯爵的儿子或者年轻的绅士,她男人发起脾气来,就会欺侮她,骂她乡下女人、庄稼汉的女儿、纺线女什么的,那怎么行?孩子他爹,这种事情我是绝对不答应的!我养女儿难道就让他们来作贱的吗?桑丘,你只管去赚钱,嫁女儿的事由我来管。村里胡安·多丘的儿子洛佩·多丘是个身强力壮的小伙子,我们都熟悉,我知道他对我们家的丫头挺喜欢。像他家这样的家庭跟我们家正好门当户对,这门亲事非常合适。女儿出嫁后,我们还能常常见面,父母、儿女、儿孙、女婿,和和睦睦地在一起,共享天伦之乐。你千万不能将女儿嫁给王亲国戚,让她到老爷们的府第里去。到了那儿,人家不会体贴她的,她自己也一定会感到很不自在。”

“听我说,你这蠢猪!你这魔鬼的老婆!”桑丘说,“你干吗无缘无故地阻挡我,不让我将女儿嫁给贵公子?要是嫁给这种人,我们的小外甥不也就成小公子了吗?特雷莎,你要明白,我常听上一辈的人说,福来不享,福去别怨。眼下好运道正在敲我们家的门,我们不能关起门来不理不睬。我们应该乘着这阵顺风,朝前奔去。”

(根据桑丘说话的这种语气和他下面说的话,这部传记的译者认为,这一章是伪造的。)

“我要是能捞到总督这个肥缺,我们这辈子就再也不受穷了,你不认为这样做很好吗,你这头蠢猪?”桑丘接着说,“如果将玛丽·桑却嫁给我选中的女婿,大伙儿就得称呼你堂娜特雷莎·潘沙了;将来上教堂,你就可以坐在铺着呢绒或丝绸垫子的凳子上,墙上还挂着壁毯,村镇上那些绅士的太太见你这样,心里虽不高兴,也不敢说什么。否则,你就永远是这个样子,既不长大,也不缩小,就像墙上贴的画像那样。这件事就这样说定了。随你怎么

---

① 西班牙谚语,意思是和地位相当的人家结亲最合适。

表示反对,小桑却将来一定要当伯爵夫人!”

“瞧你说了些什么呀,孩子他爹!”特蕾莎说,“你虽然说得这么好听,可我总害怕我们的孩子当了伯爵夫人就会毁了自己。你爱怎么干就怎么干,你可以让她当公爵夫人,还可以让她当公主娘娘,可我绝对不能同意。老伴儿,我一贯主张门当户对,反对那种没有根基的胡乱高攀。我受洗礼时取名特雷莎。这个名字干净、利索,前面没有添补的,后面没有拖带的,更没有戴上‘堂’或‘堂娜’这样的帽子。我父亲姓卡斯卡霍。我嫁给你后,大伙儿就叫我特雷莎·潘沙,我出嫁前就叫特雷莎·卡斯卡霍。可是,‘帝王总顺着法律的意愿’[①]。特雷莎这个名字我挺满意,前面用不到再给我加个‘堂’字,这个字沉重得很,我实在也背不动,也不愿招别人背后议论。我如果打扮成伯爵夫人和总督夫人,出门去人们就会说:‘瞧这个喂猪的老婆子够神气的了,昨天还在忙着纺麻线呢;上教堂去听弥撒,头上没有包头巾,只好撩起一片裙子遮脑袋。今天的样子完全变了,穿着钟形裙子,还带着首饰,好像我们不认识她似的。’如果上帝还让我保留着七官、五官或者眼下身上拥有的随便几种感觉器官吧,我绝对不愿意让自己处在这样尴尬的境地。孩子他爹,你做海岛总督去吧,你愿意怎么威风就怎么威风。我以长命百岁的我妈妈的名义起誓,我和我女儿绝对不会离开故乡的。常言道,‘规矩的女人像断了一条腿,从来不出家门。’‘正派的姑娘,在家干活就是快乐。’你跟你的堂吉诃德出门去冒你的险去,让我们母女俩留下来和厄运打交道吧。只要我们心地善良,上帝会将厄运变成好运的。说实在的,他父母亲和祖父母都没有‘堂’这个称号,我不明白这个称号是谁封给他的[②]。”

“我说你准是让魔鬼附在身上了,”桑丘说,“愿上帝保佑你吧,老伴儿。你刚才将那些没头没脑的事扯到一块儿,这是什么意思?什么卡斯卡霍呀,首饰呀,谚语呀,摆威风呀,这跟我说的事究竟有什么关系呢?过来,你这个糊涂蛋,没知没识的人!我只能这样称呼你了,因为你压根儿就听不懂我的话。好运来了,你反而避开。我如果叫女儿从塔顶上往下跳,或者叫她像堂

---

① 这句谚语特雷莎说颠倒了,本来应该是“法律总顺着帝王的意愿”。

② 这里显然是指堂吉诃德。

娜乌拉卡公主那样出去闯荡江湖①,那么,你不依我还有个道理。可是,我一眨眼的功夫就给她安上个'堂娜'的头衔,让她当夫人,她用不到上地里干活儿了,我得让她坐在头顶上还挂着幔子的座位上,或者让她待在女眷客厅里,这客厅里的长毛绒垫子比摩洛哥阿尔莫哈达斯王朝统治下的摩尔人还多呢。像这样的好事你为什么不同意呢?为什么不和我同心同德地干呢?"

"你知道为什么吗,孩子他爹?"特雷莎回答说,"就为了这么一句老话:'谁掩盖你,谁也会揭露你!'人们看见穷人,目光根本就不停下来;对有钱人就不同了,会盯着你细看。如果这个有钱人过去是个穷光蛋,大伙儿就会在背后议论纷纷。那些爱说风凉话的人多着呢,多得就像成群结队的蜜蜂。"

"特雷莎,"桑丘说,"你听着,我有话对你说,也许你活了这大半辈子还没有听到过呢。这话也不是我自己想出来的,是去年四旬斋说教时,那位神父说的。这位神父在村里说教的时候,如果我没有记错的话,他是这么说的:我们眼前见到的东西,比记忆中的往事更加美好,更加令人激动。"

(桑丘说的这番话又使本传记的译者认为这章是伪造的,因为桑丘没有本领说出这样的话来。桑丘接着又说。)

"因此,当我们见到有人衣着华丽,打扮入时,还有不少用人跟随在身后,就会身不由己地对他表示尊敬。尽管在我们的记忆中,这个人十分贫困,但这已不起作用了。这就是说,不管这个人过去怎么穷,出身怎么低贱,都已是过去的事了,我们只看眼下的情景。命运如果能让这个人摆脱了贫困(当年神父就是这么说的),走上富裕的道路,那么,他只要不高傲自大,对大伙儿慷慨大方,彬彬有礼,不和那些世袭的贵族争高下,那么,特雷莎,你可以确信,没有人再会记得他的过去,大伙儿只看他目前的情况。除非那些心怀忌妒的人,谁日子过得红火他们都会不高兴。"

"老伴儿,我听不懂你的话,"特雷莎说,"你爱怎么干就怎么干吧,别长篇大论的说得我头脑发晕。你既然已拿定'主义',要按你说的那样去

---

① 桑丘在这儿引用了当时谣曲中的一个故事。西班牙国王费尔南多一世的女儿乌拉卡,因父亲没将国土分给自己,深感不满,威胁他说:她要像个烟花女子一样出去闯荡江湖。

做……”

“孩子他娘，你应该说‘拿定主意’，”桑丘说，“而不是拿定‘主义’。”

“老伴儿，你别对我来这一套，”特雷莎说，“上帝叫我怎么说，我就怎么说，我不会咬文嚼字。我对你说，你如果真的那么想当总督，就将我们的儿子小桑丘带去吧，你可以从现在起教他怎样当总督。子承父业嘛，这是天经地义的事。”

“我一当上总督，”桑丘说，“就通过驿站派马将他接去，我还会寄钱给你。到时我就不会缺钱了，因为总督没有钱，会有很多人借给他的。你要买点好衣服给孩子打扮打扮，不能还是穿得破破烂烂的，得像个总督儿子的样子。”

“你把钱寄回来吧，”特雷莎说，“我一定将他打扮得像个大少爷。”

“我们已经商量好了吧，”桑丘说，“我们的女儿要当伯爵夫人。”

“哪一天我见到她当了伯爵夫人，”特雷莎说，“我就当她已经死了。不过，我再说一遍，你爱怎么干，就怎么干吧。我们当女人的，生来就是这个命。即使男人是个傻瓜、笨蛋，我们也得听他们的。”

说到这儿，她痛哭起来就像真的见到小桑却已经死了，被埋入土内似的。桑丘安慰她说，尽管他一定得让她当上伯爵夫人，但时间方面他会尽可能往后拖延。他们的谈话就到这儿为止。桑丘又去见堂吉诃德，商量如何出行。

第六章

叙述堂吉诃德和他外甥女及女管家之间发生的事情。这是这部传记最重要的一个章节。

就在桑丘·潘沙同他的妻子特雷莎·卡斯卡霍进行闲聊的同时,堂吉诃德的外甥女和女管家也没有闲着。她们根据种种迹象,知道自己的舅父(自己的主人)准备第三次溜出家门,去充当在她们眼中异常倒霉的游侠骑士。她们想方设法想让他打消这个坏念头,但她们所作的一切努力就像在沙漠里说教,也像在冰冷的熔炉内打铁,一无结果。尽管这样,她们还是劝说了他好大一会儿,说了许多话。女管家说:

"我的老爷,说真的,您要是不拴住脚,老老实实待在家里,而像个冤魂似的在山上山下东奔西颠,去寻找什么险事(其实,我看是自找倒霉),那我就得大声地向上帝和国王求告,请他们采取措施,管住您,不让您出去了。"

堂吉诃德回答说:

"管家,我不知道上帝听了你的央求会作怎样的答复,也不知国王陛下会怎样进行回答。我只知道,我本人如果是国王,就不想对每天那些没完没了的请求央告作出答复。国王的事情很多,他在百忙中每天还得倾听民众的意见,并作出回答。他实在太忙了,我不想拿自己的事情去增加他的负担。"

女管家说:

"老爷,请问您,陛下的朝廷里有没有骑士?"

"有啊,"堂吉诃德回答说,"数量还挺多的呢。朝廷拿骑士来进行装点,以显示王室的伟大和国王陛下的尊严。"

"那么,老爷您为什么不老老实实待在宫殿内,为国王陛下效劳呢?"女管家说。

“你听我说，老妈妈，”堂吉诃德说，“并非所有的骑士都应该在朝伴君，反过来说，也并不是所有在朝伴君的臣子都应该是游侠骑士。世界上有各种各样的骑士。尽管我们都是骑士，但彼此各不相同。在朝伴君的那些骑士，每天足不出户，连宫殿的门槛也不跨出。他们不费任何力气，从来没有尝过寒暑饥渴的苦，看看地图就算周游世界了。可是，我们这些地地道道的真骑士就得忍受酷暑严寒的熬煎，风里来雨里去，有时徒步，有时骑马，没日没夜地在世界各地奔波。和我们交手的并不是纸上画的敌人，我们的对手是真人。我们得不顾一切危险，舍生忘死地去和他们进行拼杀。我们这种拼杀没有任何规则，也没有决斗时必须遵循的种种规定。决斗时的规则你不懂，我懂。例如，使用的刀枪剑等武器的长度如何，决斗双方身上有没有携带用来护身的圣物和其他物件，阳光对双方的照射是不是均匀等，都有明确规定。还有一些事情我也得告诉你，让你明白。作为一个优秀的游侠骑士，他有时会遇上十几个巨人，每个巨人不仅头顶蓝天，而且还直插云霄，两条腿犹如两座高塔，两条胳臂活像两根巨大的海船上的桅杆，每只眼睛都有磨坊磨盘上的大轮子那么大，而且比熔炼玻璃的火炉还明亮。即使碰上这样的对手，他也毫不畏惧，勇敢地冲上前去与他们厮打。这些巨人常拿某种甲壳类生物的贝壳作为自己的护身甲，这种甲壳听说比钻石还坚硬。他们不用剑，用的是削铁如泥的大马士革钢刀①，或者使用我曾见过多次的那种带钢尖的狼牙棒。尽管这样，这位骑士还是有本领在一眨眼的功夫就将他们打得东逃西躲，一败涂地。我的老妈妈，我刚才说了这些只是想让你明白，骑士与骑士之间各有差异。我上面说的这第二类骑士（更确切地说，是属于一流的游侠骑士）博得君王的青睐，这完全是合情合理的。我们在传记中读到过，像这样的游侠骑士，有时一人就救了一个国家，甚至还救了好几个国家呢。”

“啊，我的舅父啊，”外甥女插言道，“您该明白，刚才您说的这些有关游侠骑士的情况全是骗人的谎话。有关游侠骑士的传记即使不烧掉，也该让

① 用大马士革产的钢制成。中世纪时，大马士革以产钢闻名。

它们都穿上悔罪衣①,或者给它们作一标记,让人们都知道这是一些伤风败俗的坏东西。”

“我以养活我的上帝的名义起誓,”堂吉诃德说,“你如果不是我亲姐妹生的亲外甥女,你这样满口污言,我一定要打得你呼天抢地。像你这样一个连花边都不会织的黄毛丫头竟然胆大包天,批评起游侠骑士传记来了。你的话要是让阿马蒂斯先生听见了,他会说些什么呢？不过,他倒一定会饶恕你的,因为他是一位在他那个时代里最谦和最懂礼节的骑士。另外,他还是个年轻女子的伟大的保护人。可是,你这话如果让别的骑士听见了,他们可就不会对你这么好了。骑士并不是个个都彬彬有礼的,他们中间也有爱耍无赖的,更有蛮不讲理的。再说,并不是每个自称骑士的人都是货真价实的骑士。他们中有的是真金,有的是冒牌货。从表面上看,他们都是骑士,但并非个个都经得起试金石的考验。有些出身低微的人,费尽心机想当骑士;有些出身高贵的人却甘愿当个下贱的人。前面这种人或因有雄心壮志,或因品德好,终于爬上去了;后一种人由于懒散,或者染上了恶习,自甘堕落了。因此,我们一定要有识别这两类骑士的本领。这两种人虽同称骑士,但他们的行动却截然相反。”

“我的天哪,”外甥女说,“你懂的事儿真多啊,我的舅父。如果需要的话,您完全可以到外面去登上布道坛进行布道说教呢。可话又得说回来,您知识虽然丰富,却什么也看不明白,头脑糊涂得实在厉害。您年老力衰,身上又有病,却硬说自己很有勇力;您是进入暮年的人了,却要去替别人伸冤报仇;再说,您明明不是骑士,却偏说自己是骑士。尽管绅士也可以称骑士,但穷绅士却不行……”

“外甥女，你刚才说的话很有道理，”堂吉诃德说，“关于家世方面的事情，我有一些看法，如果说出来，你准会感到吃惊的。不过，我不打算将神圣的事业和世俗的事儿混为一谈，因此，就没有对你们讲过。现在请你们仔细地听我说。世界上的家族可以归纳成四类。一种是开始时卑贱，后来逐渐兴旺发达，最后成为显贵的大族；另一种开始时是豪门望族，后来，仍然不断地保持着原来的气势，至今还是像原来那样显赫；还有一种

① 凡是经宗教法庭判决进行悔过的人都穿这种悔罪衣。

原先气派很大，后来渐趋衰败，最后走向没落，变得一无所有，就像金字塔那样，尽管塔基十分庞大，但越往上就越小，最后变成一个细小的塔尖；最后一种占各家族中的多数。这些家族开始时就不怎么好，发展到了中间也是平平常常，到后来也冒不了尖，出不了名，平民百姓的家世就是属于这一种。第一种，即开始时卑贱，后来兴旺发达，最后成为显贵的大族，我可以举奥斯曼①皇室的例子加以说明。这个家族原来是卑贱的牧民，现在已发展到了登峰造极的地步。第二种，家族一开始就很显赫，后来一直保持原状，许多王亲贵族家庭就属于这一种。他们承袭了上一辈的爵位、产业，后来始终保留着祖上传下来的东西，既没有增多，也没有减少，安居现状。那种开始时无比显赫，后来走向没落的家族何止成千上万。像埃及的法老和托洛美奥家族、罗马的凯撒家族，还有米提亚、亚述、波斯、希腊及北非各国的数不尽的王爷、国君和贵族老爷们。这一大帮子家族的人到了眼下都已经没落，变得一无所有了。现在这些家族的后裔几乎已经绝迹。即使还有少量的后代，也大多处于卑微、贫困的状态。至于平民百姓的家族，我没有别的话可说，他们的存在只是充充数而已，既无美名，也没有任何值得称道的地方。你们这两个愚昧的人啊，我讲了这么多话，目的是要向你们说清楚，家族与家族之间的界限目前已非常含糊不清，只有品德高尚、富有而慷慨的家族才算得上是个高贵的家族。我为什么要说品德高尚、富有而慷慨的家族才算得上高贵的家族呢？因为一个品质恶劣的贵人实际上是个大贱人；有钱舍不得花，和叫花子差不多。有钱人光有钱不见得就幸福；有钱还要会花钱——不是想怎么花就怎么花，要善于花钱，这样，才有福气。一个穷绅士别无他法，只有靠自己优良的品德才能成为真正的绅士。他应该和蔼可亲，待人诚恳，知书达礼，虚心谦恭，殷勤好客，不骄横，不傲慢，不对他人说三道四；更重要的是乐善好施。一个人如能心甘情愿地给穷人两马拉维迪，这种人可以说和打着钟进行施舍一样慷慨大方。凡是具备上述品德的人，即使让一个陌生人见了，也一定会认为他出身高贵。不这么看，那反倒成了怪事了。美德必然会受人称赞，品德高尚的人自然是有口皆碑。你们两位听我说，一个人

① 奥斯曼一世（一二五九——三二六），土耳其奥斯曼帝国的创始人。原来是个牧人。

想发财扬名，有两条途径：一是习文，一是尚武。我偏好武功，不太喜欢舞文弄墨。根据我爱好使枪弄棒的习性，我想我是在战神星座的照耀下降临人间的。正由于这个原因，我必须走上战神指引之路，即使众人一致反对，我也得这样做。这是天意，是命运的安排，也是我本人的意愿，是合情合理的事，你们即使煞费苦心劝我不这么干，也是枉费心机。我明白，做一个游侠骑士，必须历尽千辛万苦；但同时我也清楚，干这一行的人也有无穷的乐处。我知道通向美德的道路异常狭窄，通向罪恶的路十分宽阔。然而，我也明白，这两条道的目的地和归宿完全不同：那条通向罪恶的路虽然又阔又长，却是一条死路；美德的路虽然狭窄，却是一条生路，甚至还能得到永生。我记得，我们伟大的卡斯蒂利亚诗人曾经这样说过：

　　只有这崎岖的小路，
才是通向永生之途，
进入虚无永恒的境地。”①

“啊呀，真了不起！”外甥女说，“我舅父还是个诗人呢！您真是无所不知，无所不会。我可以打赌，您如果当了泥瓦匠，准能将房子盖得像鸟笼一样！”

“外甥女，我跟你说句实在话，”堂吉诃德说，“我要不是一心都扑在这骑士道上，什么事儿我都能干。我这双手巧着呢，什么东西我都会做，尤其是鸟笼和牙签。”

这时，他们听到有人敲门，一问才知道是桑丘·潘沙。女管家一听到桑丘的声音，就躲进内室，因为她讨厌他，不想见到他。外甥女过去将门打开。堂吉诃德张开双臂向他表示欢迎。随后，关好房门，主仆俩又进行了一番比上一次更有兴味的谈话。

---

① 这是西班牙托莱多诗人加尔西拉索·德·拉·维加（Garcilaso de la Vega，一五〇三——一五六八）《挽歌》第一篇中的诗句。

第七章

叙述堂吉诃德与他侍从的谈话以及其他的要事。

女管家见桑丘·潘沙和他主人关起门来在里面说话，就立即猜想到他们在谈些什么。她估计这次商量好了，他们就要第三次出行。于是，她穿上外衣，忧心忡忡地去找参孙·卡拉斯科学士。她觉得这个人能言善辩，又是她主人才交上的朋友，他也许能劝她主人打消那个怪念头。

学士这时正在自家的院子里散步。女管家满头大汗地来到他家，一见到他，就一脸愁容地趴倒在他的跟前。卡拉斯科见到她这般着急、痛苦的样子，立即问道：

“这是怎么啦，管家太太？瞧您这副揪心的样子，究竟出了什么事儿了？”

“事儿倒没有出，参孙先生，只是我家主人憋不住了，他准是憋不住了！”

“他憋不住了？哪儿漏了？”参孙说，“他身上哪儿漏了？”

“不是漏了，”她答道，“我是说他的疯病又犯了。我亲爱的学士先生啊，他又要出门去了，这已经是第三次啦。他又要出去碰运气了。碰上那些事儿能说是运气吗？我可不明白。他第一次出门是横躺在驴背上让人给送回来的，全身皮肉都给棍子打得青一块紫一块的；第二次是关在木笼里用牛车送回来的，而他却说自己中了魔法了。这个看了令人伤心的人回来时面黄肌瘦，两只眼眶深深地凹了进去，成了两个大坑。他这模样就是生养他的亲娘见了也认不出来了。我让他吃了六百多个鸡蛋才总算使他恢复成原来的样子。这事上帝明白，大伙儿也清楚，我养的那几只老母鸡更清楚，它们是不会让我撒谎的。"

"这事儿我完全相信,"学士说,"您这群老母鸡可好呢,养得又肥又听话,就是打死它们,它们也不会随便乱说什么的。管家太太,您真的只是怕堂吉诃德先生出门吗?没出别的事吗?"

"没有,先生。"她回答说。

"那您就不用这么着急了,"学士说,"您就只管放心地回去吧。到家给我做顿热乎乎的早餐。您如果会念圣阿波罗尼亚①经,可以一边走,一边念回去。我一会儿就上您那儿去,妙事还在后头呢。"

"这我就不明白了,"女管家说,"您刚才是叫我念圣阿波罗尼亚经吧?我主人如果牙痛,念这经倒挺合适,可他的病是在脑壳里呢。"

"我没有说错,管家太太,您回去吧,别再跟我争了。您要知道,我是萨拉曼卡大学毕业的学士,您能争得过我吗?"卡拉斯科说。

女管家一走,学士便迅即去找神父,将自己的想法告诉他。他们想出一条妙计,下文自有交代。

在这期间,堂吉诃德和桑丘关在房间里进行了长谈。这番谈话这部传记作了详尽真实的记载。

桑丘对他主人说:

"老爷,我已经'打洞'了我女人的思想,她同意让我跟您走。您上哪儿,我就上哪儿。"

"你应该说打通了思想,桑丘,"堂吉诃德说,"不是'打洞'了思想。"

"如果我没有记错的话,"桑丘说,"我好像请求过您一两次,您如果听得懂我的话,就别纠正我的字眼儿。假如听不懂,您可以说,'桑丘'——或者说,'你这鬼家伙,我听不懂你的话。'我要是再说不清楚,就请您改正。我这个人生来'驯生'……"

"我不懂,桑丘,"堂吉诃德立即说,"你说你生来'驯生',我不明白这是什么意思。"

"我说生来'驯生',"桑丘回答说,"意思是说,我这个人挺那个的。"

"我更不明白了,"堂吉诃德说。

---

① 圣阿波罗尼亚是西班牙人牙痛时的保护神。

“假如您还听不懂，”桑丘说，“那我就不知道怎么办了。别的词儿我不会说，只好请上帝帮忙了。”

“哦，我明白了，”堂吉诃德说，“你是说你生性驯顺，是吧。这是温顺、听话的意思。也就是说，我让你干什么，你就干什么；我让你去哪儿，你就上哪儿。”

“我可以打赌，”桑丘说，“您一上来就听懂了，您是有意戏弄我，好让我一口气说出一两百个错别字来。”

“也许是这样吧，”堂吉诃德说，“好了，我们说正经的，特雷莎是怎么说的呢?”

“特雷莎说，”桑丘回答道，“我对您要‘小心谨慎，不出问题’，还要‘写好字据，免得口说无凭’，‘讲好条件，避免争论’；她还说，‘有人答应给你两件，不如给你一件’。我说，‘女人出的主意，没有多大道理’，不过，‘不听女人的话，男人就是傻瓜。’”

“我也是这个话，”堂吉诃德说，“桑丘朋友，你接着说吧，今天你的话真是字字珠玑啊。”

“情况是这样的，”桑丘说，“老爷您也明白，我们每个人都难免一死。今天我们活在世上，明天就不见了。无论老羊还是羊羔，说走就走。除了上帝给的这一点阳寿，谁也不可能在这个世上多待一会儿。死神是个聋子，当他来敲门的时候，总是匆匆来，匆匆去，无论你怎样软求、硬抗，不管你是公侯将相，他都一概不理。这个道理每个人都知道，神父在讲道的时候，也是这么说的。”

“这话一点儿也不假，”堂吉诃德说，“我只是不明白你说这话有什么用意。”

“是这么回事，”桑丘说，“我希望你明码实价地对我讲明白，我侍候您的这一段时间里，您每个月给我多少工钱。另外，这工钱您得从自己家产里支付给我。我不愿意靠您的赏赐，这赏赐有时给得很晚，有时很少，有时压根儿就不给。愿上帝保佑我吧。总之，我是想知道个数目，挣多挣少倒也不太在乎。常言道，‘一个蛋母鸡也孵’，‘积少成多’，‘赚到一点，总不吃亏’。说句真心话，如果您真的给了我您答应给的海岛（这件事眼下我不相信，也不指望了），那我也不是个忘恩负义的人，更不会那么小气。到时可以从岛上的总收入中按'比利'[①]扣去我的那一份工钱。"

"桑丘朋友,"堂吉诃德说,"按'比利'和按比例其实也是一回事吧?"

"我明白了,"桑丘说,"我可以打赌,应该说按比例,而不是按'比利'。不过,这无关紧要,反正您刚才已听懂了。"

"我懂得很呢,"堂吉诃德说,"您脑子里想什么我全都明白。您像连珠炮一样一口气说了那么一大堆谚语,目的何在,我也清楚。你听着,桑丘,工钱的事,我要是能在哪一本游侠骑士的传记里,即使是在字里行间能找到个把例子,说明侍从每月或每年能挣到多少工薪,那我一定会给你讲明的。所有的骑士书我几乎全看过,可是,我记不起哪个骑士跟他的侍从明码实价地讲好工钱的。我只知道侍从们全都靠赏赐过日子;在你意想不到的时候,主人突然时来运转,交了好运,就赏给侍从个把海岛之类的东西作为酬谢;不给海岛,爵位或称号总是会给的。桑丘,你如果凭赏赐和外快愿再次侍候我,那很好;如果想让我破坏游侠骑士的老规矩,那是办不到的。我的桑丘,你快回家把我这个意思告诉你的特雷莎吧。如果她乐意让你跟我领犒赏,你本人也愿意,那事情就成了;假如她不同意,那也不要紧,我们依旧是朋友。常言道,'鸽棚里有饲料,不怕没有鸽子'。我还要告诉你,老弟,'拿到糟的,不如想着好的','报酬不高,不如不要'。桑丘,我这样说是想让你明白,我这个人说起话来,也跟你一样,满口谚语。最后,我对你说句话,假如你真的不愿意单凭赏赐跟我出去共命运,那么,愿上帝保佑你,让你成为圣人吧。我有的是侍从,我找到的侍从准比你更听话,更殷勤,他不会像你那么呆,那么多嘴多舌。"

桑丘原来以为他主人没有他陪着,即使全世界遍地是财富,也不会出去的。这会儿听主人决心这么大,顿时感到眼前一片漆黑,心里怀着的一腔希望全都成了泡影。他正在呆呆地想着心事,参孙·卡拉斯科进来了,外甥女和女管家也跟着进来,她们很想听听这位学士究竟怎样劝阻她们家的主人出去冒险。参孙这个有名的调皮鬼一进门,就像上次那样抱住堂吉诃德,提高嗓门说道:

"啊,游侠骑士的精英,武士中的典范,西班牙的光荣和骄傲!有那么一

---

① 桑丘这儿又说错了,应该是按比例。

两个人想阻止您第三次出门,给您制造障碍,我要祈求全能的上帝,叫这些人绞尽脑汁也想不出办法,永生永世也难以达到目的!”

他又回头对女管家说:

“管家太太可不必再念圣阿波罗尼亚经了。我知道上苍已决定让堂吉诃德先生再次出去实现他的崇高理想了。在这样的情况下,我如果再不奉劝这位骑士赶紧出去施展神威,大发慈悲,救苦救难,我就会受到良心的责备。游侠骑士道的使命就是伸雪冤屈,保护孤寡,扶助弱女等。他这次如迟迟不出门,就没法完成这些使命了。啊,英俊、勇敢的堂吉诃德先生,阁下用不到等到明天,今天就动身吧。如果出门还欠缺些什么,尽管对我说好了,我本人和家产全都供您支配。如果需要我为阁下当侍从,我一定效劳,这对我来说,是最大的幸福!”

堂吉诃德听了,立即回头对桑丘说:

“我不是对你说了吗,桑丘?愿当我侍从的人多得很呢!你瞧,是谁自告奋勇愿当我的侍从?就是参孙·卡拉斯科学士呀,真是闻所未闻的事儿!他可是萨拉曼卡大学最活跃的人物,身体健壮,四肢灵活,沉默寡言,经寒暑,耐饥渴,游侠骑士侍从应有的条件完全具备。不过,像他这样一个人文科学的中坚,自然科学的巨擘,文坛上的才子,上苍不会为了遂我的心愿而委屈他的。让这位才回来的参孙留在家里,为自己的故乡和两鬓染霜的父母亲争光吧。我就随便找个侍从,当然,桑丘是不想跟我去了。”

“我想跟您去,”桑丘已深受感动,这时,双眼满含泪水地说道,“我的老爷,我可不是那种‘肚子吃饱,撒腿就跑’的人,我也不是那种忘恩负义的家伙。大伙儿——尤其是我们村里的人都明白,我们潘沙这一家人世世代代都是什么样的人。况且,我心里也非常清楚,您已给了我不少赏赐,还答应给我许多好处;我也明白您是会给我重赏的。我刚才跟您讲工钱,原本是为了讨我老婆的欢喜。她这个人如果拿定主意让你干一件事情,就紧紧地逼着你去干,给木桶上箍也没有她捶打得那么紧。可是,男人总得有男人的样子,女人毕竟是女人。我到哪儿也是个男子汉,这是事实;在家里我也得像个男人的样子。这件事尽管她不愿意,我也顾不得了。我们的事,您就只要写个遗嘱，附上个条款就行了，免得有人'翻灰'[1]。完了，我们马上就动身，省得参孙先生心里着急。刚才他不是说，从心底里都'盼往'[2]您第三次出门去历险吗？我再一次地向您表示，我愿意忠心耿耿地为您效劳，我要成为跟古今所有为游侠骑士效劳的侍从一样好的侍从，甚至要干得比他们更出色。"

学士听了桑丘·潘沙说话的那种腔调和用的字眼大感惊奇。他虽然读过《堂吉诃德》第一部，但总难以相信桑丘会像书上写的那么滑稽可笑。这会儿听他把遗嘱上的条款不能"翻悔"，说成不能"翻灰"，才明白书上说的都是真实可信的，并确认他是我们这个时代的头号大呆子。他心里想，像这样的主仆俩都是一对疯子，世界上恐怕再也找不到第二对了。

接着，堂吉诃德和桑丘两人互相拥抱，恢复了往日的友情。了不起的卡拉斯科这时成了他们的先知，他们听从了他的主意，在他的允许下，决定三天后出发。在这三天时间内，他们要作旅途的准备工作，特别是要准备一只带面甲的头盔，因为堂吉诃德说过，这头盔是无论怎样也得带去的。参孙答应送堂吉诃德一只，因为他朋友有，相信一定会给他的，只不过这玩意儿已经锈迹斑斑，颜色也发黑了，不像钢盔那样闪闪发亮。

女管家和外甥女千百次地咒骂学士。她们将主人的这次出门看成是出去送死，因此，自己揪头发，抓面孔，像哭丧婆那样哭得十分伤心。参孙劝堂吉诃德再次出门，原是一条计策，下文自有分晓。这都是他与神父、理发师事先商量好的。

长话短说。三天的时间里堂吉诃德和桑丘将他们认为出门必备的东西已准备齐全。桑丘打通了他老婆的思想，堂吉诃德稳住了他的外甥女和女管家。傍晚时分，在除了学士外，谁也没有看见的情况下，离家往托波索去了。学士送他们走了半西班牙里路。堂吉诃德还是骑着他的好马罗西纳特，桑丘也骑着他原来的那头灰毛驴儿。桑丘的褡裢里装满了干粮，钱包里装满了堂吉诃德给他的以备急需的钱。参孙拥抱了堂吉诃德，希望他不管命运是好是坏，务必给自己捎个信来，让他能为他们遭的厄运而高兴，或为

---

① 应该是"翻悔"。

② 应该是"盼望"。

他们交的好运而伤心[1],以尽友情。堂吉诃德一口答应,参孙便回到自己家里。堂吉诃德主仆俩便朝大城市托波索[2]奔去。

① 参孙有意把话说颠倒了,以取乐。

② 当时托波索只是一个乡村小镇,户口不足一千。作者称它为“大城市”,似有取笑之意。

第八章

叙述堂吉诃德在前去拜访他的意中人杜尔西内娅·德尔·托波索的路上发生的种种事情。

"愿全能的阿拉赐福!"在第八章开头时,阿梅德·贝纳赫利这样说。"愿全能的阿拉赐福!"他这样重复了三次。他为什么要这样说呢,因为堂吉诃德和桑丘又离家出门了,这部有趣的传记的读者们又能够领略堂吉诃德和他侍从桑丘的种种奇事和趣谈了。不过,他要求读者们忘掉这个异想天开的绅士前一段时间创建的骑士功勋,着眼于他今后建立的种种功业。作者既已做出了这样的承诺,对读者提出的这一点要求也并不过分。上次的功业是从蒙铁埃尔郊外出发开始创建的,而这次出发的目的地是托波索。作者接着讲他的故事。

参孙一告辞,路上就只剩下堂吉诃德和桑丘两人。这时,罗西纳特便开始嘶叫起来,那灰驴儿也一阵阵地放屁。在骑士和侍从的眼里,这两件事情都是好苗头,是大吉大利的征兆。不过,实际情况是那灰驴儿又是叫,又是放屁,声音盖过了罗西纳特的嘶鸣声,因此,桑丘认为,他的运气应在自己主人的运气之上。桑丘这样的看法不知是不是跟他擅长的占星术有关系。历史书上对这点没有说明,人们只听他说过,他绊一次或摔一次跤,就庆幸自己没有出门,因为一出门,不是鞋子破了,就是肋骨跌断了。这小子虽傻,倒也有些道理。堂吉诃德对他说:

"桑丘朋友,天慢慢地黑了,到托波索恐怕就得摸黑走了。我打算这次出门,第一站去托波索,到那儿我可以得到天下第一美人杜尔西内娅的祝福和赞许。我想,在她的赞许下,我准能胜利地历尽风险。在当今世上,唯有心上人的青睐最能激励游侠骑士的勇气。"

“我也是这么想的，”桑丘说，“不过，我认为你这次同她见面说话并不容易，尤其是得到她的祝福更不容易，因为没有一个合适的地方。我第一次同她见面是在后院的围墙边。那时，您在黑山发疯，叫我给她送信去的。除非你们这次见面也在那个地方。”

“桑丘，”堂吉诃德说，“你怎么老是觉得你见到了这个绝世美人的地方是后院的围墙边呢？那准是富丽堂皇的宫殿里的走廊、门廊或别的什么地方。”

“这都有可能，”桑丘说，“不过，我觉得确实是围墙，除非我丧失了记忆力。”

“即使这样，我们也得去那儿，”堂吉诃德说，“只要我能见到她，不管是在围墙边，还是在窗子下，在门缝里或是在花园的栅栏边，我都不在乎。她那阳光般光彩夺目的容颜照得我心底里透亮，头脑灵光，使我成为世界上最聪明最勇敢的人。”

“不过，说句老实话，老爷，”桑丘说，“我见到杜尔西内娅·德尔·托波索小姐这个太阳的时候，她并不怎么发亮，更没有发出任何光芒。我对您说过，她当时正在筛麦子，也许灰尘太多，像云彩一样挡住了阳光，使她黯然失色。”

“桑丘，”堂吉诃德说，“你怎么老是说，老是以为我那位杜尔西内娅小姐在筛麦子呢，你真太死心眼儿了。筛麦子这玩意儿与贵人们干的事是风马牛不相及的。贵人们干的事，他们从事的娱乐，让人们从远处就能看出非常高雅……桑丘啊，你一定忘了我们的诗人描写水晶宫里那四位仙女干活儿时的几行诗①了吧。她们从人们喜爱的塔霍河里钻出来，坐在绿草地上编织华丽的花边。据那位才智过人的诗人的描绘，那花边是用金钱、丝线穿上珍珠编成的。你当时见到我那小姐的时候，她也一定在干这样的活儿。问题是这儿准有个坏魔法师在妒忌我，将我喜爱的东西全都改变了模样。因此，我怕就怕在人们传说已经出版的我那本传记里，万一那个写书的饱学之士是我的对头，他就会颠倒是非，混淆黑白，说一句真话，就带上千百句假话，压根儿就没有根据写信史的要求来进行写作。他以此来戏弄我。唉，嫉

---

① 参见西班牙诗人加尔西拉索·德·拉·维加《牧歌》第三篇。

妒是万恶之源，是美德的蠹虫。桑丘，别的恶习还能产生某种快意，独有这嫉妒只能给人们带来厌恶、仇恨和愤怒。”

“我也是这个意思，”桑丘说，“我想，卡拉斯科学士对我们说的那个故事或者是传记里的，我的名声一定也给糟蹋得不成样子了，可以说一片狼藉了。凭良心说，我从来没有说过魔法师的一句坏话，自己也没有招人忌妒的本领和财富。说真的，我这个人是有点儿狡猾，也有点儿流里流气，不过，我那朴实无华的傻气像一件大披风一样将这一切全都笼罩住了。我尽管没有别的长处，却虔诚地笃信上帝和罗马天主教，而且是犹太人不共戴天的仇敌。因此，请写传记的作者大发慈悲，可不要在他的大作里对我过不去。其实，他们爱怎么说，就让他们怎么说去吧。我这个人光屁股出生，现在还是一无所有；我既没有失去什么，也没有赚到什么。既然我被写进书里，供人们传阅，大伙儿对我说什么，我就不在乎了。”

“桑丘，你刚才说的这番话使我想起当代一位名诗人的事，”堂吉诃德说，“他写了一首揶揄妓女的讽刺诗①。其中有一个女的他确定不了是不是妓女，就没有在诗中提到她。这女人发现自己的名字不在诗中提到的那一大堆女人的名单中，便向诗人抱怨说，她究竟有什么问题，为什么将她的名字给漏掉了；她建议诗人增加这首讽刺诗的篇幅，将她的名字也写进去。否则，她警告诗人要当心点儿。诗人依了她的意思，扩大了诗的篇幅，狠狠地挖苦了她一番。她觉得很满意，因为她终于扬了名，尽管这是臭名。还有个与这件事相仿的故事。有个牧羊人仅仅为了留名后世，便纵火焚烧了有名的狄亚娜神庙，这是世界七大奇观之一。虽说当局下令，谁也不准口头或书面提到这牧羊人的名字，免得让他如愿，可是，大伙儿还是知道他叫艾罗斯特拉托。这件事又使人想起大皇帝卡洛斯五世与罗马的一个骑士的故事。这位大帝想参观著名的圆穹殿②。这在古代叫诸神殿，眼下改了个更好听的名字，叫诸圣殿。这是古罗马建筑物中保留得最完整的一座。也最能体现当年建造者的雄伟庄严的气魄。这座建筑物的形状活像半只硕大无比的

---

① 这儿指塞维利亚诗人维森特·艾斯比纳尔（一五五〇——一六二四），他写了一首《讽刺塞维利亚娘们》的诗。

② 相传波洛尼亚国王塞西斯蒙多一四一四年访问意大利时，曾同教王胡安十三世登上殿顶观望全城景色。该城的统治者曾试图将他们俩从顶部推下。

柑橘，阳光是从一个窗口——说得更确切一点，从开在顶端的一个圆形天窗射入，照得全殿一片透亮。大皇帝就站在这天窗口俯视全殿，旁边站着一位罗马骑士，给皇帝解释这座伟大殿堂的建筑设计如何精巧。他们离开天窗后，那骑士对皇帝说：‘陛下，为了让自己千古留名，我曾多次想抱着您一起从天窗上往下跳。’‘你没有将这个坏念头变为行动，’大皇帝回答说，‘我深表感谢，往后我不会再给你提供机会让你显示忠诚了。我命令你再不要和我接触交谈，也不准你待在我身边。’说完，就给了他一大笔赏钱让他走了。桑丘，我跟你说这些话的意思是想说明，成名的愿望是个很大的动力。你想一想，贺拉斯①全身披挂，从桥上跳进台伯河，难道是有人推他的吗？穆西奥②将自己的胳臂和手放在火里烧，也是有人强迫他这么干的吗？库尔西奥③跳进罗马城中裂开的一个很深的火坑，究竟是谁让他这样做的呢？凯撒不顾种种于己不利的预兆，挥师渡过儒比贡河，这又是谁驱使他的呢？下面再举个当代的例子吧。最文质彬彬的科尔特斯④统率着英勇的西班牙人登上新大陆，沉没了船只，孤军作战，这又是谁命令他这么干的呢？古往今来的英豪们图的什么？都是为了图个名啊。世人们干非凡的事，目的就是为了名垂青史，流芳百世。当然，基督教徒、天主教徒和游侠骑士们考虑的不光是后世留名的问题，他们更注重在天堂获得永恒的光荣，而不在乎得到今世的虚名。由于世界的末日已定，人世间的虚名不管多么持久，等世界末日一到，名声自然也完了。因此，桑丘啊，我们的行为不能越出我们皈依的基督教给我们规定的范围和界限。我们一定要狠狠地煞一煞巨人们身上的傲气；要消除嫉妒，做到心胸开阔，慷慨大度；要心平气和，克制暴怒；不能贪吃贪睡，应该做到少食少眠；对我们的意中人一定要保持忠诚，切莫淫乱；我们还要反对好逸恶劳。我们不仅是基督徒，还要做个有名的骑士。我们要走遍天下，寻找成名的机会。桑丘，你明白了吧，要得到人们的称赞，赢得美

---

① 古罗马神话中的英雄。相传他单独一人据守台伯河桥头，受伤失去一目。

② 古罗马神话中的英雄。

③ 古罗马传说中的英雄。

④ 埃尔南·科尔特斯（Hernán Cortés，一四八五——一五四七）是西班牙征服新大陆的著名将领。一五一九年率五百余名士兵，乘十一条船只在新大陆登陆。他曾下令焚毁船只，以断绝退路。在征服墨西哥等地的战斗中，残酷地杀害了许多土著印第安人。

名，一定要在多方面进行努力。”

“您刚才对我说的这番话我全懂，”桑丘说，“不过，眼下我还有一个疑问，请你‘解析’一下。”

“你是说解释一下吧，”堂吉诃德说，“你说吧，我一定尽力给你解答。”

“老爷，请您告诉我，”桑丘说，“那些胡里奥呀，奥古斯都呀，还有您刚才说的那一个个建功立业的骑士现在都已不在世了。那么，他们现在在什么地方呢？”

“那些异教徒嘛，”堂吉诃德说，“毫无疑问，现在都在地狱里了。基督徒就得看情况，如果是好基督徒，这时不是在炼狱，就是在天堂里。”

“那好，”桑丘说，“可是，我还要问您，那些埋葬着贵族老爷遗体的墓前不都点着一盏银灯吗？在他们公墓的墙上，挂着拐杖呀、寿衣呀、头发呀，还有蜡制的腿和眼睛之类的东西。如果没有这些东西，该装些什么呢？”

堂吉诃德回答说：

“异教徒的陵墓大多是雄伟的殿堂。比如，胡里奥·凯撒的骨灰安放在一座无比巨大的石砌金字塔的顶端，这金字塔罗马人称为‘圣佩德罗尖塔’；阿德里亚诺皇帝①的陵墓是一座城堡，大得不得了，足有一个大村庄那么大，称为‘阿德里亚诺陵’，现在改称为罗马圣安赫尔堡；阿尔梯弥莎王后替她丈夫玛乌索雷奥②建造的坟墓，后来成为世界七大奇观之一。不过，上面说到的这些坟墓，还有异教徒的许许多多其他的陵墓都没有寿衣之类的东西作为点缀。挂着寿衣和其他的供物是表明在这些坟墓中埋葬着圣人。”

“这些我都明白，”桑丘说，“现在请您告诉我，救活一个死人重要呢，还是杀死一个巨人重要？”

“这个问题的答案很明显，”堂吉诃德回答说，“当然是救活一个死人重要啊。”

“现在我可抓到您的把柄了！”桑丘说，“依您刚才说的话，一个人如能让死人复活，让瞎子复明，让瘸子不瘸，让病人康复，死后他墓前点着灯，坟

---

① 古罗马皇帝。

② 公元前四世纪小亚细亚加里亚国王。他的名字应该是玛乌索洛（Mausolo），他的坟墓是世界七大奇观之一。

墓前挤满信徒，跪着瞻仰他的遗物，那么，无论在当今还是在未来，他都享有盛名，他的名气超过了世界上所有的异教徒皇帝和游侠骑士。”

“是这样的，”堂吉诃德说。

“所以，只有圣人的遗体和遗物才享有刚才说的那种名气，受到人们的尊敬，享受特殊的待遇；在圣人的遗体或遗物前，我们圣教准许点着灯烛，供着寿衣、拐杖、画像、头发、眼睛和腿等物，以表明人们对圣徒的崇敬和信仰，扩大基督教的声誉。帝王把圣人的遗体和遗物扛在肩上，还亲吻圣人遗骨的碎片，并用来装饰他们的礼拜堂和他们最珍贵的祭坛。”

“桑丘，你说了这么一大堆话，究竟有什么用意呢？”堂吉诃德问道。

“我的意思是我们应该争取当个圣人，”桑丘说，“这样，我们追求的美名就能更快地到手。老爷，您要知道，昨天，或者是前天——反正是不久前吧，我们就说昨天或前天吧，两个赤脚小修士被册封为圣人。他们拴在身上折磨自己的那两条铁索，现在有人能吻一吻、碰一碰，就能交极大的好运。我主国王（愿上帝保佑他）有一所兵器陈列室，里面陈列着罗兰的那柄宝剑。我听说大伙儿将那两条铁索看得比罗兰的宝剑还神圣。所以，我的老爷啊，我认为随便哪个教团卑微的小修士都比了不起的游侠骑士要强得多。这也就是说，在上帝的眼里，你就是狠狠地拿长矛往巨人身上，往妖魔鬼怪身上捅两千下，还不如拿鞭子往自己身上打二十下，进行悔罪自责强呢。”

“你说的这些话都有道理，”堂吉诃德说，“可是，我们不能人人都成为修士呀。上帝要将自己的子民引入天堂有许多道路呢。骑士道也是一门宗教。骑士也能成为圣人，进入天堂。”

“不错，”桑丘说，“可是，我听说天堂里的修士比游侠骑士多得多。”

“这是由于人世间的修士比骑士多。”堂吉诃德说。

“可是‘游侠’的人也不少啊。”桑丘说。

“多是多，”堂吉诃德说，“但真能称得上骑士的人还是凤毛麟角。”

主仆俩这样东拉西扯，度过了一个夜晚和次日一个白天，没有遇到值得叙的大事。为此，堂吉诃德感到十分烦躁。次日傍晚，他们望见了托波索这座大城。堂吉诃德一见，顿时兴高采烈，桑丘却十分烦恼，因为他不知道杜尔西内娅的家在什么地方。他和他主人一样，从来没有见到过这位小姐。主仆俩，一个因为想见到她，另一个因为没见过她，这时都有些惴惴不安。

桑丘想,这时主人如果派他进托波索城去,他真不知该怎么办呢。堂吉诃德决定待夜深人静时进城。眼下他们静候在托波索附近的一片橡树林里。到时他们进了城,遭遇到一些重要的事情。

第九章

本章叙述的事情读后就知道。

堂吉诃德和桑丘离开橡树林，进入托波索时，恰好是半夜，要差也差不了多少。这时，全镇一片寂静，老百姓早已上床安息，都已安安稳稳地进入梦乡。那天夜里，月色朦胧。其实，桑丘倒巴不得天黑得伸手不见五指，这样可为自己笨拙的行为找到借口。全镇一片狗吠声，惹得堂吉诃德心烦，更使桑丘感到心慌。时而也能听到几声骡叫、猪叫和猫叫声，在寂静的夜晚，听起来更加刺耳。这一切对这位情长意深的骑士来说，却是不祥之兆。尽管这样，他还是对桑丘说：

"桑丘，我的孩子，你快领我到杜尔西内娅的宫殿里去吧。这时，也许她还没有安寝呢。"

"我的天哪！您叫我领到哪座宫殿里去啊！"桑丘说，"上次见到这位千金小姐时，她的家好像挺小的呢。"

"也许那时她就像贵夫人和公主们那样，"堂吉诃德说，"在宫殿的偏房内进行休息，和她身边的使女们进行娱乐消闲呢。"

"老爷，"桑丘说，"您一定要将杜尔西内娅的家说成是一座宫殿，我也没办法。我问您，现在什么时候了？她家的门还会开着吗？在这个时候去敲门，吵得人家全家不得安宁，这样做合适吗？难道我们得像情人去幽会那样干吗？他们不管去多晚，随时可以去叫门，我们行吗？"

"桑丘，我们得先想办法找到那座宫殿，"堂吉诃德说，"随后该怎么办，我再告诉你。你瞧，桑丘，除非我看花了眼，前面那一片黑压压的房子，准是杜尔西内娅的宫殿。"

“那就请您带我去，也许这就是宫殿吧，”桑丘说，“不过，我即使亲眼见到，亲手摸到，要我相信这是宫殿，就像要我相信现在就是白天一样。”

堂吉诃德领了桑丘约摸走了两百多步，来到那黑压压的东西的眼前。原来那是一座很高的塔楼。他立刻明白，那一大片建筑物并不是宫殿，那是村镇上的一座大教堂。他说：

“桑丘，这是一座教堂。”

“我早知道了，”桑丘说，“但愿上帝保佑，别让我们走到自己坟墓跟前。这个时候在墓地前走来走去，可不是吉利的事。再说，我记得已对您说过，这位小姐的家是在一条死胡同里。”

“你这个该死的糊涂虫！”堂吉诃德说，“你在什么地方见到过王公贵族的府第是建造在死胡同里的？”

“老爷，”桑丘说，“一个地方有一个地方的风俗习惯嘛，也许托波索人就喜欢将高楼大宅建造在死胡同里呢。请您允许我在附近的大街小巷里找一找，也许在哪个角落里会找到呢。这鬼东西害得我们到处跑，我真巴不得它让狗吃了。”

“桑丘，别满嘴胡言，那是我小姐的家，你说话得当心点，”堂吉诃德说。“‘我们和和气气地过节’吧，‘别砸了吊锅，还赔了根绳索’①。”

“我以后注意点就是了，”桑丘说，“可我上我们小姐家才一次，你就要我在这深更半夜里找，而且一定得找到；而您一定已来过千百次，自己却找不到，您这么对我叫我能忍受得了？”

“你这么说，我真受不了啦，”堂吉诃德说，“听着，你这混蛋！我不是对你说了一千次了吗？我这辈子从来没有见到过这位绝世美人杜尔西内娅，也从来没有跨进她宫殿的门槛；我只是听说她既长得美，也很聪慧，才慕名相爱的。”

“这我现在才听说，”桑丘说，“我告诉您吧，您既然没有见到过她，我照样也没有见过她呀。”

“这不可能，”堂吉诃德说，“你不是对我说过，你替我送信给她，还带回她的回音，当时，你就看见她在筛麦子嘛。”

---

① 以上两句都是西班牙谚语。

“老爷，您别那么看重这句话，”桑丘说，“我对您实说了吧，我说那次见到了她，并捎回了口信，其实，也是听人说的。要我认识谁是杜尔西内娅小姐，就像一拳打在天上那样难。”

“桑丘呀，桑丘，”堂吉诃德说，“玩笑有时可以开，有时就开得不适宜。你听我说我从来没有见到过心上人，也没有同她说过话，你也照样说你也没有见到过她，没有和她说过话，这怎么行呢。你的情况正好相反，这你自己知道。”

两人正在这样说着话，忽见迎面过来一个人，此人赶着两头骡子。听到犁耙拖地发出的响声，他们估计这个人准是天还没有亮就上地里去干活的农夫。这农夫一边走，一边还哼着谣曲：

> 你们交了厄运，法兰西士兵，
> 在隆塞斯巴列斯身遭不幸。①

“糟了，桑丘，”堂吉诃德听了农夫唱的这首谣曲后说，“今天夜里我们别想碰到好事了。你没有听到这乡巴佬唱的这首谣曲吗？”

“听到了，”桑丘说，“不过，在隆塞斯巴列斯被俘这件事和我们又有什么相干呢？他这时如不唱这首谣曲，也可能唱有关卡拉依诺斯②的歌儿。”

这时，农夫已走到他俩身边。堂吉诃德问道：

“朋友，愿上帝保佑你交好运。请问，那举世无双的美女堂娜杜尔西内娅·德尔·托波索公主的宫殿在哪儿？”

“先生，”那年轻的农夫说，“我是外乡人，来这儿才几天。我在村镇里一个富裕农民家当雇工，帮他们干农活。村镇里的神父和教堂的司事就待在我东家的对面，他俩有托波索全体居民的花名册。您要打听这位公主的住址，他们一定会告诉您。不过，依我看，这镇上没有什么公主，太太小姐倒有不少，她们在自己家里，大概也算是个公主了。”

---

① 这是《海军上将瓜里诺斯伯爵》谣曲中的两行诗。谣曲叙述摩尔人怎样俘虏伯爵的经过。

② 卡拉依诺斯是个摩尔人，有关他的谣曲很多，当时十分流行。

"这么说,朋友,"堂吉诃德说,"我跟你打听的这位公主大概也就在你说的那些小姐中间了。"

"可以是这样吧,"年轻人说,"再见吧,天快亮了。"

他不再理睬对方的问话,便赶着骡子走了。桑丘见他主人哭丧着脸,愣在那儿,便对他说:

"老爷,天都快亮了。等会儿太阳一出来,我们还在街上就不太好。您还是上附近树林里去躲一躲,我等天明再上这儿来找我们小姐的房子或宫殿。这次我每个角落都要找遍,要是找不到,就算我倒霉。如果找到了,我就对这位小姐说,您在什么地方等着,希望她在不影响自己声名的情况下,安排让您见一次面。"

"桑丘,你刚才这几句话可抵得上千言万语呢,"堂吉诃德说,"你这个主意正合我的心意,我很喜欢。就这么办吧,朋友,我们去找个合适的地方,我就在那儿躲起来;你就像刚才说的那样再回到这儿来找我那位小姐,见到她就和她谈谈。她聪明知礼,我也许能得到她奇迹般的恩赐呢。"

桑丘急于将主人哄出村镇去,因为他怕主人识破了杜尔西内娅托他捎口信到黑山去的那套谎言。他们匆匆离开村镇,在离村镇两英里的地方找到一座树林。堂吉诃德就在里面躲了起来,桑丘又回去找杜尔西内娅说话。他办这件事的过程中发生的一些事情,值得细细一读。

第十章

叙述桑丘让杜尔西内娅小姐着魔的巧计以及其他一些既真实又有趣的事情。

这部伟大传记的作者写到这章时说，他怕这章的事没人相信，原本打算略过不讲了。原因是堂吉诃德实在太疯了，疯得越过了人们想象的界线，比世界上头号大疯子还疯得多。后来，他不管读者信不信，还是将事实不折不扣地记录下来。他不怕别人说自己制造谎言。他这样做也很有道理，因为真理即使被压成一张薄薄的纸，也不会被撕破；就像油浮在水面上一样，真理总是浮在谎言的上面。

因此，他继续将故事讲下去。上文已经讲到，堂吉诃德躲在离大城托波索不远的一座树林（可能是橡树林，也可能是一座原始森林）里，派桑丘回城去面见他的那位小姐，并请求小姐准许他这个为她倾倒的骑士前去拜见，领受她的祝福，好让他在今后艰难的事业中取得良好的结果。堂吉诃德还告诫桑丘，这件事如果办不成，就别回来见他。桑丘满口应允，并表示一定要像上次那样带着好消息回来。

"你走吧，朋友，"堂吉诃德说，"见到了像阳光那样光彩照人的美人别头脑发晕。世界上所有的侍从就数你最有福气了。她怎样接待你的，这整个过程你都得牢记在心。比如，在你给我传话的过程中，她脸色有没有起变化；她听到我的名字，心情是不是激动；她如果在女主人会客室里接见你，你看她是不是能安安稳稳地坐在垫子上[①]；如果她站着的话，你得注意，她是不是一会儿将重心放在这条腿上，一会儿又着力于另一条腿上；她答复你的

① 在古代女主人会客室里，主宾均坐在垫子上。

问话，是不是一再地重复；她的情绪是不是发生变化，由温柔变为粗暴，又由粗暴变为热情；她是不是头发不乱，还举手梳理自己的两鬓。总之，朋友，她的一举一动你全得注意。你如能将她的举动全都如实告诉我，我就能看出她心底里究竟对我怀着什么样的感情。桑丘，如果你不知道，我来告诉你吧。恋人之间的一举一动是传情达意的最好方式，能将内心感情极其正确地传达给对方。朋友，你走吧，你一走我就孤单单地待在这儿了。但愿你交好运，带回的消息比我惴惴不安地期待着的更好。"

"我这就走，很快就会回来的，"桑丘说，"我的老爷，您只管放宽您这颗小小的心吧。您这颗心这会儿大概不比榛子大了吧。老话说，'好心能冲破厄运'；又说，'没有咸猪肉的地方，就没有挂肉的钩子'①；还说，'在你意想不到的地方，蹿出了一只野兔'。你就想想这些话吧。我为什么这么说呢？昨天夜里我们虽然没有找到我们小姐的宫殿，这会儿天亮了，我想准能找到，至少我是这么想的。如果让我找到了，我自有对付的办法。"

"桑丘，说实在的，你的谚语倒总是用得恰到好处，"堂吉诃德说，"愿上帝保佑我们交上好运，让我能称心如意。"

堂吉诃德说完话，桑丘便回转身，在灰驴身上抽了一鞭走了。堂吉诃德满怀愁思，骑在马上，倚着长矛休息。我们暂且将他扔在那儿，再来看看桑丘在做什么。桑丘这时也是心事重重。他一离开树林，回过头来，已看不见堂吉诃德，便从驴子上下来，坐在一棵树下，开始自言自语道：

"桑丘老弟，请问，你这会儿上哪儿去啊？你驴子不见了，是不是去找驴子呀？""不，没有这回事。""那你去找什么呢？""我去找一样东西，说出来你也不信，我去找一位公主，她美得像太阳，像整座天堂。""你打算去哪儿找她呢，桑丘？""去哪儿？到托波索这座大城市去找。""好啊，那你是替谁找的呢？""替大名鼎鼎的骑士堂吉诃德·德·拉曼却。他专打抱不平，谁渴了，他就给谁吃，谁饿了，就给他喝。②""这太好了。那么，你知道这公主的家吗，桑丘？""我主人说，她肯定住在王宫大宅里。""你去过她的家吗？""我

---

① 桑丘把这句谚语说错了，正确的说法应该是："你以为挂着咸肉的地方，其实连挂肉的钩子也没有。"

② 桑丘学说骑士们惯用的那一套用语，结果说颠倒了。

主人和我都没有去过。”“这么说,要是托波索人认为,你来这儿勾引公主,对这儿的太太小姐进行骚扰,狠狠地揍你一顿,打断你几根肋骨,打得你没有一根完好的骨头,那不也是罪有应得吗?”“他们这么干,确实也有道理,不过,他们应该明白,我是受人所托,常言道:

朋友,你是个送信人,
有了错也没你的份。[①]”

“桑丘,你不要过分自信,曼却人虽很正经,但火气也挺大,你千万惹不得。你如果让他们识破了,可就倒大霉了。”“快离开这儿吧!天雷,千万别朝这儿打下来啊!”“不行,我这会儿还不能走,为了讨好别人,我得去找‘三只脚的猫’。其实,又岂止是找三只脚的猫呢,在托波索城内找杜尔西内娅,就像在‘拉维纳城找玛丽卡’,在‘萨拉曼卡城找某位学士’[②]一样。这件事一定是魔鬼让我干的,准是魔鬼,不会是别人!”

桑丘这样自问自答一番后,心里有了点数。他接着又自言自语地说:

“是啊,别的事情总有对付的办法,只有死是避不开的。每个人的生命到了尽头,就得套上死亡这个枷锁。我这个主人从他的种种表现看,他是个应该捆绑起来的疯子。我呢,也比他好不了多少。有句老话说得不错:‘近朱者赤,近墨者黑’[③];又说,‘不问你在谁家生,只看你在谁家长’。我一直跟着他,侍候他,就比他更傻了。他确确实实是个疯子。一发起疯来,就常常把这个看作那个,将白的看成是黑的,将黑的看成是白的,这类事他遇到过不少。例如,他将风车说成是巨人,将修士的那几匹骡子说成是单峰骆驼,将两大群羊说成是互相敌对的两支军队等。像他这样的疯子,我在这儿随便找个农村姑娘,说她就是杜尔西内娅小姐,让他相信,这也不是一件难事。他如果不信,我就发誓;他仍然不信,我再发一次誓;他还是不信,我就一个劲儿地赌咒发誓。无论如何,我总要比他技高一筹。也许这么一来,他

---

① 西班牙诗人贝尔纳多·德尔·卡比奥《歌谣》中的诗句。

② 上面两句都是谚语,意思是不易找到。拉维纳是意大利一人口稠密的城市,萨拉曼卡是著名的萨拉曼卡大学的所在地。

③ 这句谚语的直译应该是“告诉我你跟谁在一起,我就知道你是什么样的人”。

见我出这趟差没有给他带来好结果，下次就再也不会派我这种差使了。他平时常说魔法师与他作对，也许他认为这次也有个魔法师在与他捣乱，将杜尔西内娅变样了。”

这么一想，桑丘·潘沙就平静下来了。他觉得他这趟差事已经完成了，他就在原地待到了下午，好让堂吉诃德产生错觉，以为他真的去了托波索后又回来了。真是无巧不成书，正当桑丘站起身来，准备上驴动身的那一会儿，他见从托波索方向走来三名村姑，每人骑一匹驴驹——是驴驹还是小母驴，作者没有说清楚。不过，很可能是小母驴，那是村妇们常用的坐骑。反正驴驹和小母驴相差无几，用不到细加考究——桑丘一见这几个村姑，便迅即回去找他主人堂吉诃德。见他这时正在长吁短叹，悲悲戚戚地诉说着衷情。他一见桑丘，便说：

“桑丘朋友，有什么消息吗？今天我能拿白石作标记，还是用黑石①？”

“您最好用赭石，就像‘大学教授的膀子’②那样，让人们看了一目了然。”桑丘回答说。

“这么说，”堂吉诃德说，“你带来了好消息啦。”

“好极了，”桑丘说。“您只要用马刺刺一下罗西纳特，跑出这座树林，就会见到杜尔西内娅·德尔·托波索小姐，她正带着两名侍女前来看望您呢。”

“我的上帝啊，你说什么，桑丘朋友？”堂吉诃德说，“你可不能骗我啊。你别拿假喜信来消除我的真烦恼呀。”

“我骗您有什么好处呢？”桑丘说，“再说，我要是骗了您，这骗局很快就要揭穿的。老爷，快刺一刺马，走吧，您很快就会见到我们的公主娘娘了。瞧她那副梳妆打扮，就像个公主。她和她那两个使女全身都一片金黄，还戴着一串串珍珠、钻石、红宝石，穿的衣衫全是锦缎，那锦缎足有十层③厚呢。她们披散在肩上的金发像阳光一样闪闪发亮，随风飘扬。她们骑着三匹花斑小女马，模样儿好看极了。”

---

① 古罗马时代的人常以白石志喜，以黑石志忧。

② 古时西班牙各大学招考教授，发榜时，榜文用赭色书写。桑丘将榜文说成“膀子”。

③ 最有名的锦缎有三层，桑丘在这里有意进行夸张。

“你的意思是说坤马[1]吧，桑丘。”

“女马和坤马不是一回事吗，”桑丘说，“不管她们骑着什么牲口，反正她们是最俊俏的姑娘，俊到极点了。特别是我的女主人杜尔西内娅公主，真是光彩照人啊。”

“桑丘，我的孩子，那我们走吧，”堂吉诃德说，“为了感谢你给我带来这么出人意料的喜信，下次我一遇险事，一定在赢得的胜利品中挑最好的一件送给你作为酬劳。如果你还不满意，那我家有三匹母马，我就把今年产的小驹子送给你。你知道，我家这三匹母马正圈养在村子里公有的草场上等着产小驹呢。”

“我就要这几匹小马驹，”桑丘说，“因为下次冒险得到的胜利品是好是坏，还是个未知数呢。”

说到这儿，他们走出树林，见到了离他们不远的三个村姑。堂吉诃德睁大着眼睛朝去托波索的那条路上望去。除了那三个村姑外，再也没有见到什么人。他满腹狐疑地询问桑丘，是不是让杜尔西内娅她们三人朝城外方向跑走了。

“怎么会让她们朝城外跑走呢？”桑丘说，“难道您的眼睛是长在后脑勺上的吗？她们正朝我们这儿跑来，您没有见到她们吗？她们就像中午的阳光那样，发出万道光芒。”

“桑丘，”堂吉诃德说，“我只见到三个乡下女子骑着三头毛驴。”

“上帝啊，快将我从魔鬼手里解救出来吧！”桑丘说，“难道这三匹像雪花一样白的小母马，或者别的什么马，在您的眼中就变成毛驴了？天哪，如果真的是毛驴，您就将我这几根胡子全拔光。”

“那我实话对你说吧，桑丘朋友，”堂吉诃德说，“这明明是小毛驴，也可能是小母驴，就像我就是堂吉诃德，你就是桑丘·潘沙那样确实无疑。至少我认为是这样。”

“快闭嘴吧，老爷，”桑丘说，“别再这么说了。您睁大眼睛瞧瞧，您心目中的小姐就要到了，快上去向她行礼吧。”

说完，他就抢前一步朝三个乡下女子迎上去。他跳下驴，扯住这三个女

---

① 指女人骑的马。

子中的一头驴子的笼头，双膝跪地，说：

“美丽的王后、公主和公爵夫人啊，请您屈尊见一见为您倾倒的骑士吧。他此刻在您大驾面前慌得手足无措，脉搏也停止跳动了，成了一块大理石了。我是他的侍从桑丘·潘沙。他就是东奔西跑的骑士堂吉诃德·德·拉曼却，别号狼狈相骑士。”

这时，堂吉诃德也已过去跪在桑丘的身边了。他圆睁着双眼惶惶然地瞧着桑丘说是王后和公主的那个女人，他怎么看也觉得她只是个村姑。她的脸庞并不怎么好看，圆圆的脸，扁平鼻子。他只觉得异常惊奇，不敢开口说话。另外两个乡下姑娘见到这两个与众不同的人跪在地上，挡住她们那个女伴的去路，也惊得说不出话来。这时，那个被挡住去路的女子板着脸，极不耐烦地说道：

“请你们趁早走开，让我们过去吧，我们有急事呢。”

桑丘听了，回答说：

“公主啊，托波索公认的女主人啊，见到游侠骑士道的台柱子跪在大驾的面前，您那宽大的胸怀怎么不发点慈悲，可怜可怜他呢？”

另外两个女人中的一个听了，说道：

“吁，我公公的驴儿，我给你挠痒痒吧！① 你们瞧，这两个老爷干什么来着，竟然拿我们乡下女人取笑！好像我们就不会用同样的办法回敬似的！你们走自己的路吧，让我们走我们的路！别自讨没趣！”

“桑丘，你起来吧，”堂吉诃德说，“我现在明白了，命运老是在和我过不去，没完没了地在折腾我，使我失去了生活中的全部乐趣，苦闷的心情得不到任何安慰。啊，无比聪明美丽的小姐！你是崇拜你的这个断肠人的唯一救星！恶毒的魔法师在迫害我，在我眼前笼罩着一片乌云，使我这双眼睛像害了白内障一样看不清东西。你这个绝代佳人的芳容在我眼里却变成了穷苦的乡下女子一张普通的脸了。如果魔法师没有将我的脸变成一张鬼脸，让你见了就觉得讨厌，那么，你见到我对你一片敬意，尽管没有见到你的国色天香，仍然跪拜在你脚下，你就用温情脉脉的目光看我一眼吧。”

---

① 这是一句谚语，意思是不接受对方向自己讨好，反以讥讽的语气挖苦对方。

“起来吧，我的爷爷！”那村姑说，“我才不爱听你那套‘奉成话’[①]呢。快走开，让我们过去！我们多谢你了。”

桑丘走到一边，让她过去，乘机摆脱了纠缠，心里非常高兴。

被当作杜尔西内娅的那个村姑见没人挡道了，就用一根带刺的棍子打了一下她那匹“小女马”，飞快地朝前面的草地跑去。驴儿觉得这一棍非同寻常，被刺扎得生痛，便腾跃起来，立即将杜尔西内娅小姐掀翻在地。堂吉诃德见了，迅速赶上去将她扶起。桑丘也过去将已经滑到驴肚下的驮鞍重新安顿好，捆扎结实。驮鞍安顿妥后，堂吉诃德就要过去将他认为已着了魔的小姐抱上坐骑。这位小姐早已从地上站起，她不要堂吉诃德抱自己上驴。她后退几步，然后朝前一个快步，双手在驴子的屁股上轻轻一按，就势纵身一跃，就像男人一样骑在驮鞍上，动作轻捷得像只猎鹰。桑丘见了，说道：

“我的天哪，我们女主人小姐的动作比燕子还轻捷呢。就连科尔多瓦和墨西哥最高明的骑手也得拜她为师了。她一跃跳过了驮鞍后半部，没有马刺也能让她的那匹‘小女马’跑得像斑马一样快。那两位侍女也不落后，都一阵风地跑了。”

情况确实是这样。那两个侍女见杜尔西内娅已经上了坐骑，就打着毛驴在她后面飞奔，一口气跑了半西班牙里地也没有回头看一看。堂吉诃德一直注视着她们，见她们已在视线中消失了，才回头对桑丘说：

“桑丘，你看，这些魔法师多么恨我呀！他们竟然不让我见到我那位小姐的本来面目，连这点快乐都给我剥夺走了，可见他们恨我恨到什么样的地步了！我这辈子真是倒足了霉，是个不折不扣的倒霉鬼。厄运让所有的灾难全都降临到我的头上。桑丘，你要知道，那些背信弃义的魔法师不但改变了杜尔西内娅的模样，还故意将她变成那样一个又蠢又丑的村姑；同时，他们还将贵夫人、小姐们所特有的那种香味也剥夺掉了。那是一种介于龙涎香和花香之间的芳香。桑丘，我告诉你吧，刚才我过去将杜尔西内娅扶上她那匹‘小女马’（你说是小女马，我看像头小母驴）的时候，我闻到了一股刺鼻的生蒜味儿，熏得我头发晕，直恶心。”

“啊，真是混蛋，这群黑心肠的魔法师！该让你们倒大霉才好呢！我巴

---

① 乡下女子把“奉承话”错说成“奉成话”。

不得让你们像沙丁鱼一样,拿绳子在腮帮子上联成一串儿。你们办法多,本领大,干的坏事也多。你们这群恶棍、流氓!居然将杜尔西内娅小姐那双珍珠般明亮的眼睛变成了两粒榛树子,将她那纯金般光亮的头发变成了牛尾巴上的红鬃毛。一句话,你们将她所有美妙动人的地方变成丑陋不堪的玩意儿,就连她身上那香味也都没有留下。有了这香味,我们还能猜想到在那丑陋的皮肤掩盖下原来是什么样的人!其实说句实在话,我一点儿也没有感到她丑,我觉得她长得挺俊的,尤其是她嘴唇右边的那颗痣,更增添了她几分姿色。这痣的上面长有七八根像金线一样的黄毛,足有一拃长,活像一撮八字胡。"桑丘说。

"这种痣脸上有,身上一定也有,"堂吉诃德说。"杜尔西内娅脸上既然有一颗,与这颗痣的部位同一侧的大腿上一定也有一颗。只是你刚才说的那几根痣上长的毛太长了点儿。"

"不过,我可以告诉您,"桑丘说,"那几根毛长在痣上非常相称。"

"这我相信,朋友,"堂吉诃德说,"因为大自然赋予杜尔西内娅身上的东西,样样都是完美无缺的。就拿你说的那颗痣来说吧,她身上如果长了一百颗,那就不是一般的痣,那是一百颗灿烂的月亮和星星。可是,我问你,桑丘,你刚才给她安顿好的那玩意儿我看像个驮鞍。那究竟是扁平的马鞍呢,还是女人用的横鞍?"

"都不是,"桑丘回答说,"那是一种高鞍,上面有一个出门用的罩子,贵重极了,值半个王国呢。"

"可这些东西我一样也没有看见,桑丘啊!"堂吉诃德说,"我再说一遍,我是世界上最不幸的人!这话我要说上一千次!"

堂吉诃德不知不觉已经受骗上当,鬼头鬼脑的桑丘听了主人一番傻话,费了好大的劲才没有让自己笑出声来。主仆俩继续聊了一会儿后,便各自骑上牲口,朝萨拉戈萨的道上走去。在这座名城每年都有隆重的庆祝活动,他们打算及时赶上。不过,他们到达目的地前又遇到了不少重要的事情,值得好好书写一番。要知发生了什么事,请看下一章。

第十一章

叙述大奇事：英勇的堂吉诃德看见大板车上“死神召开的会议”。

堂吉诃德一路朝前走去，心里想着魔法师玩弄恶作剧，把他的心上人杜尔西内娅小姐变成奇丑的村姑，自己却又想不出用什么办法能让她恢复原来的模样，心里窝着一肚子火，不知不觉地将罗西纳特的缰绳撂在一边了。那马感到没有人拉着自己，自由自在，每走一步，就停下来啃吃路边茂盛的青草。桑丘·潘沙打断了堂吉诃德的沉思，他说：

“老爷，畜生是不会觉得伤心的，只有人才会有这种感觉。不过，人如果伤心过度，就会变成畜生。请您别太难过，别这么丧魂落魄的。快拾起罗西纳特的缰绳，清醒清醒头脑，振作一下精神，拿出游侠骑士应有的那种气魄来！你遇上魔鬼了吗？干吗这样垂头丧气的？别让魂儿出窍了。让世上所有的杜尔西内娅都给魔鬼摄走好了。游侠骑士的健康最宝贵，什么着魔呀，变形呀，都算不了什么！”

“你给我闭嘴，桑丘，”堂吉诃德声色俱厉地说，“我说你快闭上嘴，别再信口雌黄，诽谤那位着了魔法的小姐了。她遭到不幸我有责任，因为那些坏家伙嫉妒我，才干出这样见不得人的勾当。”

“我也是这么说的嘛，”桑丘说，“谁过去见过她，今天又见了她，怎么能硬着心肠不落泪呢[①]？”

“这话让你说最合适，桑丘，”堂吉诃德说，“因为你见过她国色天香的

① 当时流行歌曲的词句，作者略作改动。原词是：“谁过去见过你，今天又见了你，怎么能硬着心肠不落泪？”

姿容,当时没有魔法挡住你的视线,掩盖她的美貌。这恶势力的荼毒只对着我一个人,对着我的一双眼睛。哦,我想起一件事,桑丘,你形容她的俊美形容得不对头。如果我没有记错的话,你说她那一双眼睛像珍珠。海鱼的眼睛才像珍珠,女人的眼睛怎么会像珍珠呢。我认为,杜尔西内娅的那双眼珠子一定像碧绿的翡翠,她的眼睛准是大大的,弯弯的眉毛像天上的彩虹。你应该将她眼中的珍珠取出来作她嘴里的牙齿。桑丘,你肯定是将眼睛和牙齿说颠倒了。"

"这完全有可能,"桑丘说,"因为我见到她这么美,就像你见到她这么丑一样,头脑糊涂了。不过,我们还是听从上帝的安排吧。在这愁泉泪谷①里,在这万恶的世界上,每件事情都与邪恶、欺骗和奸诈混杂在一起,只有上帝明察秋毫,知道会发生什么事情。我的老爷,眼下有一件事情叫我特别担心:将来您战胜了巨人或骑士,让他们去参拜美丽的杜尔西内娅小姐,那么,这可怜的巨人(或者是骑士)又上哪儿去找她呢?我好像已经看到他们在托波索的街上像傻子一样东跑西颠,寻找着杜尔西内娅小姐。即使他们遇上了,也像他们见到了我父亲那样全然不认识。"

"桑丘,"堂吉诃德说,"那些被战胜的巨人和骑士也许不会受魔法的影响,他们会认识杜尔西内娅的。往后我们作一次试验,我把被我打败的骑士派一两名去参拜杜尔西内娅,然后,再命他们回来向我禀报参拜的经过,这样我们就知道他们有没有见到她了。"

"老爷,我说您刚才说的这个办法很好,"桑丘说,"用这个办法,我们就能了解我们想知道的事情。如果只有您一个人看不见她的本来面目,那遭殃的只是您本人,她不会受害。只要杜尔西内娅小姐身体健康,心情愉快,我们就可以放心大胆地寻找险事去。她着魔的事儿就别操心了,随着时间的过去,问题总会解决的。时间是最好的医生,什么大病都能治好。"

堂吉诃德正想接下去说话,还没有开口,就见大路上穿过一辆大板车,车上坐着的人模样儿奇怪得令人难以想象。车夫是个面目奇丑的魔鬼,他领着驾车的几头骡子在前头走着。这辆大车是敞着的,既没有顶篷,也没有围栏。堂吉诃德首先看到的是个死神,身躯是僵尸,但脸却是一张活人的

① 指苦难深重的尘世。

脸;在死神的旁边是一个天使,有一对涂上色彩的大翅膀;另一边是个皇帝,头上戴一顶看来是金制的皇冠;死神的脚边站着丘比特神①,他眼睛没有蒙住,但随身带着弓箭和箭袋。车上还有一个骑士,全身披挂,进入临战状态,但没有戴头盔,也没有面盔,只戴一顶上面插着五颜六色羽毛的宽边帽子。另外,车上还有一些人物,服装和脸相各不相同。堂吉诃德突然见到这个场面不免有些吃惊,桑丘早已吓得魂不附体。堂吉诃德以为又遇到了新的险事,这么一想,他立即欢欣鼓舞,抖擞精神,凭着他那天不怕地不怕的胆量,站在大板车的前面,大声地喝问道:

"随你是车夫,是魔鬼,还是别的什么东西,快快告诉我:你是谁,上哪儿去,车上坐着的是些什么人。你这辆车不像普通的板车,倒像是卡隆②的那条渡船。"

魔鬼停下板车,和和气气地回答说:

"先生,我们是安古罗・艾尔・马洛剧团的演员。今天是圣体节的第八天,上午我们在山坡后面的村子里演了一出戏,戏名是《死神召开的会议》。今天下午,我们还得上前面附近的那个村子里去演。由于两村相距不远,我们免得卸装又要化装,就穿着戏装上路了。这个小伙子装扮死神;那个演天使;那是剧团领班的太太,演皇后;那一位演士兵;他演皇帝;我演魔鬼。这是戏里的一个主角,我在剧团里是演主角的。您如果还想打听别的什么事情,请您问我好了,我会一一作答。我是魔鬼,什么事我都知道。"

"我是游侠骑士。说句实在话,"堂吉诃德说,"我刚才一见了这大车,还以为遇到了一桩险事呢。现在才知道,眼睛看到的东西,还得亲自用手摸一摸才知道是真是假。再见吧,朋友们,你们欢度节日去吧,如有事需要我帮忙,你们尽管吩咐,我非常乐意相助。我年轻时还是个戏迷呢,小时候老爱跟着戏班子跑。"

也是命中注定要出事。正当他们说话的时候,剧团里那个扮演丑角的演员来了。此人身上系着许多小铃铛,手上拿一根棍子,棍子的一端挂着三个吹得鼓鼓的气球。小丑来到堂吉诃德的身边,挥舞着棍子,拿气球在地上

---

① 罗马神话中的爱神,他蒙着双目,象征爱情盲目。

② 希腊神话中将鬼魂渡到阴曹地府中的摆渡人。

拍打，同时，在地上乱蹦乱跳，抖动得身上的铃铛响个不停。罗西纳特一见这个怪样，吓坏了，尽管它骨瘦如柴，此时却咬着马嚼子，一阵风似的往田野里狂奔。堂吉诃德根本没有劲儿将它勒住。桑丘估摸着他主人一定会从马上跌下，他跳下毛驴，急急奔去救援他。等他来到堂吉诃德身边，发现他已躺在地上，罗西纳特也躺在他的身边。看来它是和自己的主人一起摔倒的。它每次拼命奔跑，得到的都是这样的下场。

桑丘跳下灰驴去救援堂吉诃德时，那个拍着气球在地上蹦跳的鬼家伙立即跳上灰驴，并拿气球拍打驴身。灰驴虽不觉得疼痛，但很害怕，又听见浑身铃铛响，吓得没命地在田野里奔跑，并朝着剧团要去演出的那个村庄奔去。桑丘见到自己的灰驴在飞奔，又见主人跌倒在地，两头需要照管，不知先顾哪头才好。不过，他毕竟是个好侍从、好仆人，他虽疼驴子，但他更爱自己的主人。当然，他每次见到那气球高高举起，然后又落到那灰驴的屁股上时，真像要他命那样又难过又害怕。他宁可让气球一下一下地打在自己的眼珠上，也不愿它碰一碰灰驴尾巴上的一根毫毛。他就这样忧心忡忡地来到堂吉诃德身边，发现他摔得比自己想象的还重，忙扶他骑上罗西纳特，说道：

"老爷，魔鬼将灰驴骑走了。"

"哪个魔鬼？"堂吉诃德问道。

"就是拿气球的那个鬼家伙。"桑丘回答说。

"我一定要将驴子抢回来，"堂吉诃德说，"他即使带着你的驴子躲在地狱里最深最黑的地窖里，我也要给你抢回来。你跟我来吧，桑丘，那辆大板车走得不快，我拿他们几头骡子来抵偿你的那头灰驴。"

"老爷，不用您费这个劲儿了，"桑丘说，"请您息怒吧。依我看，那鬼家伙已从驴子上下来，灰驴儿又回来找它的主人了。"

情况确实是这样的。原来那个鬼家伙在学堂吉诃德和罗西纳特的样儿，故意从毛驴上摔下来，随后就步行上前面的村子里去了。灰驴又回来寻找自己的主人。

"尽管这样，"堂吉诃德说，"这鬼东西也太无礼了。应该在大车上随便找个人来惩罚一下，就找那个皇帝也行。"

"请您千万别动这个念头，"桑丘说，"您听我的话，别跟演戏的过不去，因为大伙儿喜欢他们。我知道有个演戏的因出了两条人命，坐了班房，但很快就出来了，连一个子儿也没有花。您应该明白，戏子都生性开朗，爱说爱笑，逗人取乐，因此，大伙儿都护着他们，帮助他们，尊重他们；特别是皇家剧团和受国王命名的那些戏班子中的演员，他们中间大多数人从服饰和气派看，简直和王爷不相上下。"

"不行，即使全人类都替那个鬼戏子说话，"堂吉诃德说，"我也不能让他这么得意地走掉。"

说完，他就掉转马头，朝大板车奔去。那辆车子这时已快进村了。堂吉诃德大声地吆喝道：

"快停下，别朝前走了，你们这群爱吵爱闹的家伙！我得教训教训你们，让你们明白该怎样对待作为游侠骑士侍从坐骑的灰驴儿？"

堂吉诃德的吆喝声非常洪亮，大车里的人听得一清二楚。他们从对方说的这番话里听出说话人的用意。死神立即跳下车，紧接着是那个皇帝，随后，那个当车夫的魔鬼还有天使也从车上下来，就连皇后和丘比特也没有留在车上。他们从地上捡起石头，一字儿排开，准备拿鹅卵石来迎接堂吉诃德。堂吉诃德见对方毫无惧色，摆着一字儿长阵，人人高举手中的石头，准备狠狠地朝自己砸来，便勒住马缰绳，开始思忖用什么办法才能冲上去，而自己又没有多大危险。就在他停下来的时候，桑丘也赶到了。他见堂吉诃德准备朝队列整齐的那一行人冲去，就说：

"您这么干就是疯了，我的老爷。您该想一想，除非将自己罩在铜钟内，您才能挡得住这雨点般的鹅卵石的袭击啊。同时，您还得考虑到这样的情况：您单枪匹马要和一支由死神在场的军队交战，而且，皇帝皇后也亲自出马，天使和魔鬼都出来助阵。你这么干不能算勇敢，只能算是冒失。如果我说这些还不能让您住手，那么，再请您想想，尽管对方有皇帝、皇后，还有种种大人物，却没有一个游侠骑士。凭这一点，您也该住手了吧。"

"桑丘，你这话正好说到节骨眼上了，"堂吉诃德说，"我决定改变原来的打算。我多次对你说过，我不能同没有封授骑士的人交手。桑丘，这会儿就轮到你了。他们抢了你的灰驴儿，你如果想报仇的话，我在这儿给你呐喊助威，还帮着出出主意。"

"老爷，我不想对谁进行报复，"桑丘说，"受了欺侮进行报复的人可不是好的基督徒。我还要告诉我的驴子,它得听我的,不能随意进行报复。我的愿望是和和平平过一辈子。”

“桑丘啊,”堂吉诃德说,“你可是个好人,聪明人;你也是个好的基督徒,你真诚恳!你既然已决定这么办,那我们就离开这群妖魔鬼怪吧。这也算不得什么冒险,我们还是去找更大更有意义的险事去吧。在我看来,这块土地上准有许多意想不到的奇遇呢。”

说完,他便拨转马头,桑丘也骑上他的灰毛驴儿;死神和那一队到处奔波的人马上车继续赶路。多亏桑丘·潘沙对主人的忠言相劝,这场遇到死神之车的险事终于以圆满的结果告终。次日,堂吉诃德主仆俩遇到一个情长意深的游侠骑士,这次遭遇和上一次一样惊险。

第十二章

叙述大奇事：英勇的堂吉诃德和勇猛的镜子骑士会面。

与死神相遇的那天夜里，堂吉诃德在桑丘的劝说下，吃了一些灰驴驮来的干粮，主仆俩就在几棵高耸挺拔、枝繁叶茂的大树下过了夜。吃晚饭的时候，桑丘对他主人说：

“老爷，当时我如果要了您这一次冒险的战利品作为赏赐，放弃了您答应给我的那三匹母马产的小马驹，那我就是个大傻瓜了。老话说，‘天上飞的老鹰，不如手中一只小鸟’，这是千真万确的。”

“话也不能这么说，”堂吉诃德说，“桑丘啊，当初你如果随我的心意，让我冲上前去，那你得到的战利品可多了，至少皇后的那顶金冠和丘比特那两张五彩缤纷的翅膀我一定会夺过来，交给你的。”

“舞台上的皇帝、皇后的金冠、金杖都不是纯金制的，”桑丘·潘沙说，“那都是铜箔或铁皮做的。”

“这倒是真的，”堂吉诃德说，“因为戏班子里的道具用不到那么精致，只要看起来相像就可以了，就像戏剧本身一样，也只是个假相。不过，桑丘，我希望你不要瞧不起戏剧，也不要瞧不起演戏和编戏的人，因为他们为我们提供了一面随时可以照自己的镜子，以此为国家做出贡献。通过这面镜子，我们可以真实形象地照见自己日常的言行；戏剧通过演出，不仅形象地再现了我们的精神面貌，还告诉我们应该成为怎样的人。不过，话又得说回来，戏剧毕竟是假的。难道你没有见到戏中扮演的国王、皇帝、大主教、骑士、贵夫人等等角色吗？演员有的扮流氓，有的演骗子，有的演商人，有的扮士兵，有的扮演单纯的文人学士，也有的人扮演情痴。戏演完了，卸了装，他们又都恢复了原来的样子,成了彼此都一样的演员。”

“是这样的,这我都看到了,”桑丘说。

“在人生舞台上情况也是这样,”堂吉诃德说,“有人当皇帝,有人当大主教,总之,戏里的角色应有尽有。这辈子活够了,生命到了尽头,戏也就演完了。死神给大家剥去扮演各种角色的戏装,大伙儿进了坟墓,又都是一个样子了。”

“这个比方打得妙,”桑丘说,“不过,这种说法也不是新鲜的,我已听到过好多次了。也有人拿下棋作比喻。下着的时候,每枚棋子都有自己的功用;下完棋,就都混在一起,装在一个袋子里,就像人活了一辈子,埋进坟墓里一样。”

“桑丘,”堂吉诃德说,“你是越来越聪明,头脑越来越灵光了。”

“是啊,我是沾了您聪明的光啦,”桑丘说,“贫瘠干旱的土地,施上粪肥,再进行精耕细作,就能得到好收成。我的意思是说,您对我的谈话就像肥料一样,施在我那贫瘠土地一般的笨脑袋上。长时间来我一直侍候着您,和您聊天,就等于在精耕细作,但愿将来硕果累累,免得辜负您对我的栽培。”

堂吉诃德见桑丘在假装斯文,不禁哑然失笑。他觉得桑丘自称有进步,这倒是真的。这个侍从有时说出话来,真叫他吃惊。然而,桑丘若装模作样,卖弄词藻,结果往往适得其反,彻头彻尾地露出了他那副傻相。他在运用谚语方面,不管用得是否恰当,倒表现了自己的才能和记性。关于这点,读者在阅读这部传记的过程中,想必已注意到了。

两人说着话过去了大半夜。这时,桑丘很想放下眼帘——每当他想睡觉时,他就这么说。他卸下灰驴的鞍辔,让它自由自在地找青草丰盛的地方吃草。他没有卸下罗西纳特的鞍子,因为他主人明确地吩咐过,他们如不住在室内,在野外露宿,就不能卸马鞍。游侠骑士自古以来就有这样的习惯:辔头可以摘下,挂在马鞍架上,但马鞍却不能卸下。桑丘便用这个办法让罗西纳特也像灰驴那样自由自在地啃青草去。关于灰驴和罗西纳特之间的深情厚谊,真可谓世上罕有,民间早有传说,本传记的作者也曾用几章的篇幅加以记载,但为了保持这部庄严的史书的严肃性,在出版时,又将这几个章节删掉了。不过,作者在写作的过程中,又常常忘记了这个原则,描写这两头牲口在一起时就挤挤擦擦;吃饱了休息的时候,罗西纳特的脖子总爱架在灰驴的脖颈上(罗西纳特的脖子比驴脖子长半码还多),两头牲口痴痴地两眼望地,常常一站就是三天;就算没有这么长,只要没有人去打扰它们,或者不是因为饿了想找东西吃,它们至少可以老是这么站着。听说作者曾把这一对畜生的友情比做尼索和埃利亚诺以及比拉德斯和奥雷斯德斯[①]之间的友谊。如果情况真的是这样,那么,这一对和和睦睦的牲口如此牢固的友谊,真值得世人的钦佩;反之,人与人之间的友情却常常难以持久。正如诗里说的那样:

朋友间反目为仇,
竹竿变成了长矛。[②]

又有人说:

朋友之间,好像有只臭虫在里边。[③]

作者将这两头牲口之间的友情与人与人之间的情意相比,人们并没有不伦不类的感觉,这是因为人类从动物那儿得到了不少启示,学到了许多有益的东西。比如,从鹳那儿学到了灌肠法;从狗那儿学会了呕吐和知恩图报;从鹤那儿学到了机警;从蚂蚁那儿学会深谋远虑,防患于未然;从大象那儿学到诚实、忠贞;从马那儿学到忠诚等等。

闲话少说,言归正传。桑丘已在一棵栓皮槠树下进入了梦乡,堂吉诃德也在一棵粗壮的橡树下打盹儿。没有过多久,他觉得自己背后有动静,便惊醒过来,一跃而起,朝四面观看这声音究竟从哪儿来的。他见到有两个骑马的人,其中一人下马对另一人说:

"下马吧,朋友,给这两匹马卸下辔头。我认为这儿水草丰盛,马有草

① 这两对朋友的情谊,是古希腊时期友谊的典范。
② 塞万提斯时代流行的谣曲中的诗句。
③ 西班牙谚语。

吃,环境也幽静,正可以在这儿让我思念心上人。”

说完,他就躺在草地上。人一落地,身上的盔甲发出一阵铿锵声。堂吉诃德非常熟悉这种声音。他知道对方准是游侠骑士。于是便来到呼呼大睡的桑丘身边,使劲地摇他的一只胳臂。摇了好一会儿,才将他摇醒,轻声地对他说:

“桑丘老弟,我们遇到险事了。”

“但愿上帝给个好的,”桑丘说,“可是,我的老爷,这位险事夫人在哪儿呢?”

“你问在哪儿吗,桑丘?”堂吉诃德回答说,“你掉转脑袋看看,那儿躺着一个游侠骑士。看样子他一定心里不太痛快,因为我见他一下马,便往地上一躺,一副丧魂落魄的样子。他一躺下,身上的盔甲就发出铿锵声。”

“您说这是一桩险事,究竟险在哪儿呢?”桑丘问道。

“我并没有说这件事本身就是险事,”堂吉诃德说,“这仅仅是险事的开端,所有险事都是这样开始的。你听,他好像正在给琵琶或六弦琴调音,还在吐痰、清嗓子,看样子是打算唱什么歌儿呢。”

“准是这样,”桑丘说,“看来他定是个多情骑士了。”

“没有一个游侠骑士不是多情的,”堂吉诃德说,“我们听他唱吧。他一唱,我们就找到了‘线头’,随后就能解开他思想上的这个‘线团’①。‘因为心里所充满的,口里就说出来’②。”

桑丘正想回答,话头却被那位“林中骑士”的歌声打断。这骑士的嗓音不好也不坏,两人静心细听,他唱了下面一首十四行诗:

　　小姐,请根据你自己的意图,
给我指引一条相随的道路,
我一定非常尊重你的意愿,
紧紧跟从决不会越轨一步。
　　如果你要我死去,不再倾诉,

---

① 这句话是由西班牙谚语“找到线头,便能解开线团”演变而来的。

② 引自《新约全书·马太福音》第十二章第三十四节。

你可以认为我已一命呜呼；
你想我对你进行哀哀细语，
就让爱情自己实现此一举。

　　我由质地相反的物质构成，
软软的蜡加上钻石的坚硬，
而我的心灵完全向着爱情。

　　献给你这颗又软又硬的心，
你可随意在上面刻印镂铭，
我誓将全部印记永远保存。

林中骑士唱到最后，又"唉"了一声，仿佛从心底里抽出来似的，结束了歌唱。停了一会儿，他又以哀怨沉痛的声音说道：

"啊，最娴静的卡西尔德亚·德·万达莉亚，世界上最秀丽最薄情的小姐啊！你怎么能这样忍心让拜倒在你脚下的骑士永无止境地折磨自己、受苦受难呢？我已经让所有的纳瓦拉骑士、莱昂的骑士、安达卢西亚的骑士和卡斯蒂利亚的骑士，还有所有的拉曼却骑士都一致承认，你是天底下头号大美人，这样还不够吗？"

"没有这回事儿，"听到这儿，堂吉诃德说，"我是拉曼却的骑士，我从来没有承认过这件事，这可是有损于我那美丽的意中人的大事，我绝对不会做，也不应该做的。桑丘，你听到了吧，这骑士在胡说八道呢。不过，我们再听听吧，也许还有什么情况相告呢。"

"肯定还有，"桑丘说，"瞧他那个样子，恐怕说一个月也说不定。"

然而，情况并非如此。林中骑士隐隐地听到有人在说话，便不再进行哀诉，他站起身来，大声地却很有节制地问道：

"谁在那儿？请问您是什么人？是称心愉快的人，还是断肠人？"

"是断肠人。"堂吉诃德回答说。

"那就请您上这儿来吧，"林中骑士说，"您见了我，就知道我有多愁苦，多伤心了。"

堂吉诃德听对方的答话言语委婉，很有礼貌，就来到林中骑士身边，桑丘也跟了过去。

那个自怨自艾的骑士抓住堂吉诃德的胳臂,说道:

“骑士先生,请这儿坐。见到您在这个幽静、偏僻的地方,我就知道您是什么人了。您一定是从事游侠骑士道的骑士,因为这个地方正是最适合游侠骑士休息的场所。”

堂吉诃德回答说:

“我是骑士,正是干你说的这一行的。尽管我自己遭到了不幸,倒了大霉,心里痛苦万分,但并不因此就不愿意聆听他人的不幸。刚才我听了你唱的歌,我明白你为爱情而苦恼。也就是说,你的痛苦是爱上了你在诉苦时已提到了姓名的那个薄情的美女。”

他俩坐在坚硬的草地上,好像很合得来。他们平平和和地说着话,根本不像等天一亮彼此就会拳脚相加,打破了头似的。

“骑士先生,”林中骑士问堂吉诃德,“你大概也在恋爱吧?”

“我是在恋爱,”堂吉诃德回答说,“爱情虽然会使人苦恼,但这不能认为是不幸,倒应该看成是欢乐呢。”

“说得对,”林中骑士说,“只是对方不能太瞧不起我们。如果对方常常不把我们放在眼里,像是有意报复似的,那会使人发疯的。”

“我那位小姐倒从来没有瞧不起我,”堂吉诃德说。

“确实是这样,”站在一旁的桑丘插言道,“我们那位小姐像一只温顺的小羊羔,比黄油还柔软。”

“这位是你的侍从吧?”林中骑士问道。

“是的。”堂吉诃德答道。

“我从来没有见到过哪个侍从在主人说话时敢插嘴的,”林中骑士说,“至少我身边这个侍从是不敢这样的。虽说他长得和他父亲一般高了,我说话时,他从来不敢开口。”

“可我确实已经插嘴了,”桑丘说,“我还敢在别人说话时……我不往下说了,少搅乱为妙。”

林中骑士的侍从挽着桑丘的胳膊,对他说道:

“我们去找个地方畅谈我们当侍从方面的事儿,让这两个主人谈他们的恋爱史吧。就是让他们谈到天亮,一定还谈不完呢。”

“好极了,”桑丘说,“等一会儿我告诉您我是谁,您就会知道我是不是算得上爱说话的侍从了。”

说完，这两个侍从便走到一边去了。他们进行了一番饶有兴味的谈话，与此同时，两位主人也进行了严肃的交谈。

第十三章

继续叙述堂吉诃德和林中骑士的事以及两个侍从新鲜别致的谈话。

侍从和骑士分成两部分后,侍从俩各自谈自己的身世,骑士俩介绍本人的艳史。这部传记先叙侍从的谈话,后叙主人的言谈。传记的作者说,那两名侍从离开主人没有多久,林中骑士的侍从对桑丘说:

"我的先生,我们这些干游侠骑士侍从的人日子过得真够艰辛的。这正像上帝诅咒我们祖先时说的那样,'你必汗流满面,才得糊口'[①]。"

"也可以说,"桑丘说,"冻得全身冰凉,才得糊口。我们这些可怜巴巴的游侠骑士的侍从得经受酷暑和严寒,这方面吃的苦谁也比不上。即使这样,有得吃还好,因为'肚子吃饱,痛苦减少'。可是,我们有时整整一两天汤水不进,只能喝西北风。"

"只要我们有希望得到赏赐,这一切都还熬得过去,"林中骑士的侍从说,"我们侍候的游侠骑士要是不倒大霉,我们当侍从的至少也能捞到个海岛总督这样的肥缺,或者领到一块很不错的伯爵封地。"

"我已对主人说了,"桑丘说,"我想当海岛总督。他为人慷慨大方,已答应我好多次了。"

"我辛辛苦苦服侍主人那么久,"林中骑士的侍从说,"能在教会里弄个一官半职,拿一份高薪,就心满意足了。我主人已给我留了一个职位,而且是挺好的!"

"看样子您主人准是教士团的骑士,"桑丘说,"才能这样赏赐自己的侍

---

① 引自《旧约全书·创世记》第三章第十九节。

从。我主人不是教士。我记得有个把有识之士(我看他们是别有用心)曾劝他当大主教,可他只愿当皇帝。当时我真紧张得全身发抖,生怕他一转念就去教会里当官。因为我知道,自己不是吃教会这碗饭的料。我告诉您吧,尽管我的模样儿像人,可做起教会里的事就像畜生那样笨。”

“其实您算计错了,”林中骑士的侍从说,“海岛总督并非全是肥缺。有些海岛不像海岛,有的非常贫瘠,也有的十分荒凉。即使是最好最没有毛病的海岛也总有一大堆麻烦事,惹得你难以安宁。谁当上这个总督,就算他倒霉,肩膀上就压上了这副担子,像我们这种干侍候别人的活儿的人,最好还是回自己的老家去,干些轻松愉快的事儿打发日子,比如打猎、钓鱼之类。你想在家乡消遣消磨时光,只需一匹马、两只猎狗加一根鱼竿就可以了。天下会有哪个侍从穷得连这几件东西都没有呢?”

“这些东西我都有,”桑丘说,“当然,马我没有,但我有一头毛驴,它的价值比我主人那匹马的两倍还多呢。我要是拿自己的驴换他那匹马,那就让我在复活节倒霉吧,而且就在下一个复活节!他就是再补贴我四法内格①的大麦我也不干。我那么看重自己那头灰毛驴(因为它的毛是浅灰色的),您一定会觉得很可笑吧。说到猎狗,村子里多得很,要多少有多少,而且借旁人的猎狗打猎,更有味儿。”

“我跟您实话实说吧,侍从先生,”林中骑士的侍从说,“我已决定不再跟着这些骑士东跑西颠了。我打算回自己的村子里教养孩子。我有三个东方明珠般的孩子。”

“我有两个,”桑丘说,“他们俩都可以献给教皇呢②。尤其是那女孩子,如果上帝允许,我是准备让她当伯爵夫人的。她妈妈不同意,我也顾不得了。”

“那位准备当伯爵夫人的小姐多大了?”林中骑士的侍从问道。

“十五岁光景吧,”桑丘说,“可个儿已长得像根长矛,鲜嫩得像四月的早晨,力气大得像个脚夫。”

“她有这么多的优点,”林中骑士的侍从说,“不但可以当伯爵夫人,还

---

① 谷物的计量单位,一法内格约合二十二升半。

② 意思是这两个孩子都非常优秀。

可以当绿色森林中的仙女呢。啊,这婊子养的!这婊子!这小娘们该有多大的力气啊!”

桑丘听了,有点生气地说:

“她不是婊子,她娘也不是;只要我还活着,有老天保佑,她们俩没有一个会做婊子。请您说话懂点儿规矩。您是游侠骑士培养出来的,游侠骑士最懂礼貌,您刚才这种说法我认为非常不合适。”

“哎呀,侍从先生,您误会了,我是在说恭维话呢,”林中骑士的侍从说,“每当一位骑士在斗牛场上一枪刺中了公牛,或者有人将某一件事办得很出色,老百姓往往会说,‘嘿,这婊子养的,这狗杂种,这一手干得真漂亮!’这话您难道没有听说过吗?这种说法听起来像是在骂人,实际上是在夸奖。先生,儿女们干的事,不让别人在父母面前进行称赞,这就等于不承认他们是自己的儿女了。”

“对,我就不承认他们是自己的儿女!”桑丘说,“这样一来,您就可以将我、将我的子女、妻子全都叫做婊子了吧,因为我们干的事,说的话,都值得赞扬一番呢。为了能去看看我的妻儿,我一直在祈求上帝,免除我的死罪——也就是说,免去我这侍从的危险差事。有一次,我在黑山深处捡到了一只皮包,里面有一百枚杜卡多金币。我想再次遇到这样的好事,便又一次当了侍从。魔鬼常常将满满一口袋金币放在我的眼前,有时放在这儿,有时放在那儿,反正不在这儿,就在那儿。我每走一步,仿佛就能触摸到,能将这一口袋金币抱在怀里,拿回家去,购买土地,收取地租,往后就像王爷一样过日子。我心里这样算计着,跟着我那个糊涂主人在一起,虽吃点苦受点累,也没有什么了。我心里明白,我那个主人与其说是骑士,倒不如说是个疯子。”

“正因为这样,”林中骑士的侍从说,“大伙儿都说,‘贪婪撑破了口袋’。说起我们的主人,我那位可是世界上头号大疯子。老话说,‘为了别人事,驴子都累死’,他就是这样的人。他为了治好一个丧失理智的绅士的病,自己也成了疯子。他出来寻找什么玩意儿,我想等他找到了,头脑准也不管用了。”

“他大概也在谈恋爱吧?”

“是啊,”林中骑士的侍从说,“他爱上了一个名叫卡西尔德亚·德·万达莉亚的姑娘,天底下也找不出比她更粗暴更泼辣的女人了。不过,我主人的问题不是他女人太泼辣,他是肚子里有几条很厉害的诡计在咕咕作响,不久就要破肚而出了。"

"世界上最平坦的路总也免不了有磕腿绊脚的地方,"桑丘说,"只是'别人家煮蚕豆用小锅,我们家得用大锅'①。跟我们在一起的人,疯疯癫癫的比头脑清醒的多。不过,有句老话说得很有道理,'患难之时有个伴,内心烦恼减一半'。和您待在一起,我心里就好过得多了,因为您的主人和我那位一样疯。"

"他疯是疯,却很勇敢,"林中骑士的侍从说,"他尤其十分狡诈。"

"我的主人可不是这样,"桑丘说,"他一点儿也不奸诈,他的心眼儿可好呢。他从来不怀恶意,对大伙儿都很好。他是个实心眼儿,连小孩儿都可以骗得他相信大白天就是黑夜,我就喜欢他心地单纯,像自己心肝一样爱他。尽管他成天疯疯傻傻的,我总舍不得离开他。"

"虽说是这样,"林中骑士的侍从说,"可是,老兄,您该明白,'若是瞎子领瞎子,两个人都要掉在坑里'②。我们还是尽快回头,回自己故乡去吧,出门历险的人不一定会有什么好结果的。"

桑丘一个劲儿地吐口水,吐出的唾液又黏又稠。那位心地善良的林中骑士的侍从见了,说:

"我看刚才我们说了那么多话,早已口干舌燥了。我马鞍架上带有生津止渴的好东西呢。"

他站起身来,转眼间取来了一大皮袋的酒和一大块肉馅饼。这肉饼的直径毫不夸张地说,足有半巴拉长,里面的馅子整整用了一只大白兔的肉。桑丘一摸,就知道这是一只"大山羊",不是"小羊羔"。他看了这酒饭,问道:

"这都是您随身带来的吗?"

"怎么,您不相信?"林中骑士的侍从说,"您以为我是个无足轻重的侍从吗?我马鞍后面驮来的干粮比将军出门时带的食物还精美呢。"

---

① 西班牙谚语,意思是说自己家的问题总比别人家多。

② 引自《新约全书·马太福音》第十五章第十四节。

桑丘毫不客气地大口大口地吃了起来。他趁天黑狼吞虎咽，一口就咬下一块像牛绳大结头那么大的馅饼。他边吃边说：

“您这顿丰盛的酒饭如果不是真的用魔法变来的，起码也像是用魔法变的。看了这顿饭，就知道您是一个忠诚的侍从，是个很有气派的侍从。您真了不起，又阔气，又讲排场，不像我这样穷困潦倒。我褡裢里只装着一小块干酪，硬得可以拿它砸烂巨人的脑袋。此外，还有几十颗角豆，几十粒榛子和核桃。这都怪我主人太穷，而且他总认为，游侠骑士只能以干果和野菜为生，他一直遵守着这个规定。”

“老兄，说句心里话，”林中骑士的侍从说，“你让我吃野菜、野梨，吃山上采来的根根茎茎这些玩意儿，我的肚子是吃不消的。我们的主人爱吃什么，我们管不着。让他们去固执己见，遵守他们骑士道的规矩吧。我兜里装着熟肉，马鞍架上挂着皮酒袋。这皮酒袋可是我的心肝宝贝，喜欢得不得了。我每走几步，总要拥抱、亲吻它上千次。”

说完，他便将那只皮酒袋递给桑丘。桑丘将它竖起，放在自己嘴上，仰脸观看天上的星星，整整观看了一刻钟。喝完，他歪了歪脑袋，长长地舒了一口气，说道：

“妈的，婊子养的，这酒实在太棒了！”

“您看，”林中骑士的侍从听到桑丘也说了“婊子养的”，说道，“您称赞这酒的时候，不是也说‘婊子养的’吗？”

“坦率地说，”桑丘回答说，“如果赞赏什么人，说句‘婊子养的’，不能算是侮辱，这点我明白了。不过，先生，请您以自己最心爱的人的名义起誓说句真话，这酒是皇城产的吗？”

“您真是个品酒的行家！”林中骑士的侍从说，“这酒确实是在那儿酿造的，而且是好几年的陈年老酒了。”

“这还能骗得过我吗！”桑丘说，“我只要一品尝，就知道是什么酒了。我品酒的本领可大呢，而且是天生的。什么酒只要拿来一闻，就知道它的产地，属什么样的品种，口味怎样，已经陈了多长时间了，会不会变口味等。侍从先生，您觉得我这方面不简单吧。其实这也没有什么稀罕的，因为我父系祖先有两位非常出色的品酒专家，拉曼却很长一段时间里没有人比他们强。下面我给您讲一个他们品酒的故事，由此可见他们确有本领。有人给他们提来一大桶酒，请他们品尝，要他们说出这酒酿制得怎样，质量如何，有什么优缺点。他们俩一个只用舌尖舔了一下，另一个只拿酒在鼻子尖闻了闻。前面的那个说这酒有股铁腥味儿，后面的那个说这酒还有一股羊皮味儿。酒的主人说，酒桶是清洗干净的，酒里没有任何带铁腥味儿和羊皮味儿的添加剂。尽管这样，这两位著名的品酒行家还是坚持自己的意见。后来，酒销售完了，人们在清洗酒桶时，发现桶底里有个小钥匙，上面挂着个羊皮圈。从这个故事您可以看出，这两位行家的后代在品酒方面也应该有自己的发言权吧。”

“正由于这样，我说，我们就别出来冒什么险了，”林中骑士的侍从说，“家里有大面包，我们为什么要出来找窝窝头吃呢。我们回家去吧。上帝如愿意，请到我们家里来找我们吧。”

“我还得侍候我的主人到萨拉戈萨。到了那儿以后，看情况再说。”

这两个好侍从话说得很多，酒也喝得不少。最后，实在困极了，才停止说话，口也不那么渴了。当然，要彻底解除口渴很难办到。他们俩手中还抓着那只已喝得半空了的皮酒袋，嘴里还含着只嚼了一半的食物，就沉沉入睡了。眼下我们就让他们待在那儿吧，再来说说这林中骑士和狼狈相骑士的情况。

第十四章

继续叙述林中骑士的遭遇。

据传记记载，堂吉诃德和林中骑士进行了一番长谈。林中骑士对他说：

“骑士先生，我告诉您吧，最后，或许由于缘分，说得更确切一点，或许由于我自己的选择，我终于爱上了绝代佳人卡西尔德亚·德·万达莉亚。我为什么称她为‘绝代佳人’呢，因为论身高，比地位，比美貌，她都是举世无双的，谁也比不上她。我虽对她一片深情，但行动方面十分检点，从来没有越轨。然而，她对我却像赫拉克利斯[①]的继母对待赫拉克利斯那样，一个劲儿地派遣我去干异常艰险的事儿。每干完一件事，她总说再干完一件，才能满足我的愿望。然而，干了一件又一件，我的差事不知干了多少件了，但始终未能如愿。后来，连我自己也不清楚，究竟干完了哪一件差事，才能满足心愿。一次，她命令我向塞维利亚的著名女巨人希拉尔达[②]挑战。她长得身强体壮，全身仿佛像铜铸一般。尽管她一动不动地老是待在一个地方，但却是个水性杨花、见风使舵的女人。我‘赶到、见到，战胜了她’[③]，迫使她规规矩矩待着，不让她乱说乱动，因为正好那一个多星期直刮北风。又有一次，她派我去举起几块古老的名叫吉桑多公牛的巨石[④]。这活儿叫干苦力

---

① 希腊神话中的英雄，主神宙斯和阿尔西梅娜之子。继母赫拉妒恨他，派他干种种异常艰险的事。

② 这是塞维利亚大教堂塔楼顶上的一座女神的铜像，上面装着随风转动的风标。

③ 这儿套用了凯撒的名言：“我来了，见到了，战胜了。”

④ 系石制的史前纪念碑，在西班牙阿维拉省。塞万提斯时期有五块，目前还保存着四块。

的去干比派骑士去干更合适。还有一次，她叫我跳进卡布拉深洞①，这可是个玩命的差事，谁也没有干过。她要我到洞底去看看，究竟有什么东西，然后，回来向她报告。我制服了巨人希拉尔达，又举起了吉桑多公牛，还跳进那深洞，揭露了洞底的隐秘，但我的愿望仍然一再落空，她对我的差遣仍然没完没了，她对我的蔑视丝毫未减。最后，她居然命我走遍西班牙各省，让在当地历险的所有的游侠骑士都承认，她是当今活在世上的女人中最漂亮的美女，而我本人则是全世界最勇敢最痴心的骑士。我奉命走遍了大半个西班牙，战胜了胆敢与我顶撞的许许多多骑士。不过我最值得自豪的是在一次空前激烈的战斗中，战胜了那个大名鼎鼎的堂吉诃德·德·拉曼却，迫使他承认，我那卡西尔德亚比他的杜尔西内娅漂亮。光凭这一次胜利，我就可以说已经战胜了全世界的所有骑士，因为这个堂吉诃德已经将他们全都打败了。我打败了他，他的荣誉、名声和威风全都转到我的名义下了。正是：

> 战败者声望越高，
> 胜利者越发荣耀②。

这也就是说，我刚才讲到的这个堂吉诃德建立的无数赫赫战功，这会儿全都记在我的账上，都属于我的了。”

听了林中骑士这番话，堂吉诃德大吃一惊。他不止一次地想对林中骑士说，他在撒谎，有时话已到了舌尖，他又忍住了。他是想让对方自己承认在撒谎，因此，竭力控制住自己的情绪，平心静气地说：

“骑士先生，您刚才说，您已战胜了西班牙、甚至全世界的大部分骑士，这我没有话说；您说已经制服了堂吉诃德·德·拉曼却，我却不信。也许那个人面貌和堂吉诃德相似，不过，和他面貌相似的人也不多。”

“怎么不是他呢？”林中骑士说，“我以头上蓝天的名义起誓，我和堂吉

① 这个深洞在科尔多瓦省，离卡布拉约五公里。

② 塞万提斯在这里对西班牙诗人阿隆索·德·埃尔西利亚-苏尼加（一五三三——一五九四）的史诗《阿劳加纳》中的两行诗进行了改动。原诗是这样的：“战败者声望虽高，不增加战胜者的荣耀。”

诃德较量了一番,我赢了,就将他制服了。此人是个高个子,脸庞瘦削,四肢又细又长,头发花白,鹰钩鼻,鼻梁非常高,嘴上留着浓黑的八字胡,两边朝下耷拉着。他出马交锋,自称是狼狈相骑士。他还随身带着个名叫桑丘·潘沙的农夫,作为自己的侍从。他那匹马叫罗西纳特,是匹名马。另外,他的心上人叫杜尔西内娅·德尔·托波索。她本来叫阿尔堂莎·洛伦索。这跟我那位意中人一样,她原名是卡西尔达,是安达卢西亚人。我将她改名为卡西尔德亚·德·万达莉亚。我说出这么多证据,如果还不足以让您相信,那么,我的剑就在这儿,这能叫不信的人也能相信。"

"骑士先生,"堂吉诃德说,"请您息怒,我有话对您说,请您细听。您该明白,您说的这个堂吉诃德是我这辈子最好的朋友,我简直把他当我本人一样看待。您刚才对我说的有关他的体貌特征,都非常确切,这就不得不使我相信,被您战胜的那个人就是他本人。然而,凭我实际的经验看,您打败的那个人不可能是他。这儿不排斥一种可能。堂吉诃德这个人有许多会魔法的仇敌,其中有一个老是跟他过不去。准是这些魔法师中的一个摇身一变,成了他的模样,让您战败,以此来贬低他凭自己高尚的骑士道风格在全世界赢得的美名。为了证明这一点,我还可以告诉您一件事。两天前,和他作对的那几个魔法师将美丽的杜尔西内娅·德尔·托波索的体貌全都改变了,竟将她变成了一个俗不可耐的乡下女子。我想他们准是采用这个办法将自己变成堂吉诃德的模样。如果您听了我说的这些话,还不相信,那么,我要说,堂吉诃德本人就在这儿,他将用武力来证明自己说的全是真的:步战、马战,还是用别的方式进行交锋,任凭您选择。"

说完,他便站起身来,紧握剑柄,等待着林中骑士做出决定。这位骑士也很镇定。他平静地回答说:

"常言道,'肯还债的人,拿珍宝作抵押也不会心疼'。堂吉诃德先生,我既然已战胜过假堂吉诃德,我也有信心打败他本人。不过,游侠骑士不能像拦路抢劫的盗贼一样在黑夜里作战,我们还得等到天亮,在太阳下决个胜负。我们这场战斗应该有个条件:被战胜者应该听候战胜者的摆布,只要不损害游侠骑士的尊严,战胜者让干什么,就得干什么。"

"我非常赞成这个条件。"堂吉诃德说。

讲好条件后,他们分别去寻找自己的侍从,发现他俩都在呼呼大睡,自开始躺下到现在，连身子也没有翻一翻。骑士们叫醒自己的侍从后，便吩咐他们备好马，因为等太阳一出来，他们俩就要进行一场空前激烈的血战。桑丘听到这个消息，惊得目瞪口呆，他为自己主人的安全担心，因为他已从林中骑士侍从的口中获悉，这位骑士的本领非同小可。不过，他嘴里没有说什么，便和那个侍从一起去寻找牲口去了。那三匹马和那头灰驴早已互相熟悉，待在一起了。

林中骑士的侍从一边走，一边对桑丘说：

"老兄，您该明白，安达卢西亚决斗的人有个规矩：两人在决斗的时候，他们的副手也不能袖手旁观。我说这话的意思是想告诉您，等会儿我们主人交锋时，我们也得打个头破血流。"

"侍从先生，"桑丘回答说，"这个规矩只能适用于安达卢西亚的地痞流氓，想在游侠骑士的侍从中推行，绝对不可能。游侠骑士的规矩我主人全都背得滚瓜烂熟，我可从来没有听他说起过有这样的规定。即使有，而且明文规定主人决斗时，侍从也要决斗，我也不会这么干的。也许我这样不爱打架的侍从会受罚，那么我就宁可受罚。我心里有数，要罚也只出两磅蜡烛①而已。这两磅蜡烛我愿意出，因为打起架来，准会打得头破血流，治伤买纱布的钱一定会比买两磅蜡烛的钱要多。再说，我这辈子从来没有带过剑，没有剑就没法进行决斗。"

"这不要紧，我有个好办法，"林中骑士的侍从说，"我这儿有两只一样大小的麻袋，您拿一只，我拿一只。我们就用这两只相同的麻袋进行战斗。"

"这倒是个好办法，"桑丘说，"这样决斗，不但不会受伤，还可以拍去我们身上的灰尘。"

"不是这样打，"另一个侍从说，"麻袋太轻，摔打起来会让风吹走的，得在里面放进半打光滑干净的鹅卵石，两只袋子里的石头要一样轻重。用这个办法摔着麻袋厮打，不会把人打坏。"

"你瞧，我的爹！"桑丘说，"最好在麻袋里塞进紫豹皮②和棉花团之类的东西，这样，砸在身上就不会伤筋动骨。不过，我的先生，我得告诉您，即使

---

① 教会里有一条章程规定，违章者罚交蜡烛，在祭坛前点燃。

② 应该是紫貂皮，桑丘说错了。

在麻袋里塞进蚕茧，我也不会跟您交手的。让我们的主人决斗去吧，这是他们的事；我们在这儿喝酒，过我们的日子。人老自然死，瓜熟蒂自落。我们用不到给自己催命，早早结束自己的生命。"

"不管怎么说，"林中骑士的侍从说，"我们总得打一架吧，哪怕只打半个钟头也行。"

"不行，"桑丘说，"我吃了您的饭，喝了您的酒，又跟您打架，我能这么无礼，这么没有良心吗？不行，即使小打小闹我也不干的。再说，我一没有生气，二没有动火，这么无缘无故的能打得起架来吗？"

"这我自有妙法，"林中骑士的侍从说，"我们在动手前，我只要跑过来打您三四个耳光，将您打倒在地。这么一来，即使您的火气比睡鼠还好睡，也一定给我打醒了。"

"对您这一招我也有对付的办法，"桑丘说，"而且，还不会比您的差。我拿起一根棍子，不等您过来打醒我的火气，我先一棍将您的火气打晕过去，叫它到了另一个世界上也不会苏醒。在那个世界上大伙儿都知道，我这个人的脸是谁也碰不得的。老话说，'各人注意自己的箭'。当然，最好的办法是让每个人的火气睡大觉。'知人难知心'啊，'偷鸡不着蚀把米'①，'上帝祝福和平，诅咒争斗'。猫儿给围追得走投无路，也会变成狮子。更何况我是个人，天知道我会变成什么样呢。所以，打从现在起，我对您讲明，我们打架如果造成什么不良后果，这账全都记在您头上。"

"那好吧，"林中骑士的侍从说，"天亮了，我们自有办法。"

这时，五彩缤纷的各种鸟儿已在树上宛转啼鸣，仿佛是在迎接鲜艳的黎明女神。这位女神已在朝东的大门口和阳台上显露了她美丽的脸庞；她摇晃着自己的头发，散落了无数晶莹的水珠。地上的青草沐浴朝露，似乎也冒出无数白色的小珠。杨柳树上滴着甘露，泉水在欢笑，小溪在低声细语，森林兴高采烈，草地上点缀着无数宝石明珠。东方刚刚发白，能辨认出东西，桑丘就一眼看出这林中骑士侍从大得出奇的鼻子。这大鼻子与他的身材显得很不协调。据说，他的鼻子实在大，鼻梁的中间向上隆起，上面全是疙瘩。鼻子的颜色像茄子一样呈紫色，鼻尖盖过嘴巴足有两三指的宽度。这样一

---

① 这句谚语的另一种译法是"出去剪羊毛，回来给剃成秃瓢"。

个紫色拱梁大鼻，上面又满是小疙瘩，使他的脸显得奇丑无比。桑丘见了他这副嘴脸，就像小儿抽疯似的手脚都抽搐起来。他心里暗暗打算，即使让对方打二百下耳光，也不能大动肝火，与这个妖魔打一架。

堂吉诃德打量了一下自己的对手，见他已戴上了头盔和面甲。虽看不清他的脸面，却还能看出他身体壮实，个儿不太高大。他甲胄外面还罩着一件外套，布料像是用纤细的金线织的，十分精致，上面点缀着无数个像明月一般闪闪发亮的小镜子。这身打扮使他看起来显得英气勃勃，十分威武。他头盔上飘着一大把呈绿、黄、白三色的羽毛。他那根又粗又长的长枪倚在一棵树上，枪头用纯钢制造，足有一拃多宽。

这一切堂吉诃德均看在眼里，记在心上。从眼前见到的这些情况看，他估摸着这个骑士准是力大无穷。然而，他并不像桑丘·潘沙那样胆战心惊。正好相反，他显出一身胆气，泰然地对那个镜子骑士说：

"骑士先生，您一心想进行战斗，这我没有话说。但如果您还懂一点礼节的话，那么我想请您撩一下面甲，让我看一看您的尊容，是不是也像您的身材一样威武雄壮。"

"骑士先生，这次决斗结束，不管是输是赢，您都有充裕的时间对我进行端详，"镜子骑士说，"眼下我难以从命，这有个原因，您已知道，我的目的是要您承认，卡西尔德亚·德·万达莉亚是头号大美人，我如撩起面甲，就会耽误时间，这样就对不起她了。"

"那么，在我们上马之前，"堂吉诃德说，"还请你对我说说清楚，我是不是就是那个被您打败过的堂吉诃德。"

"这个问题我们①想对您作这样的答复，"镜子骑士说，"您和被我打败的那个骑士看起来就像两只相同的鸡蛋，分不清彼此。不过，您刚才说，有魔法师在迫害您，在这样的情况下，我就不敢肯定您是不是就是那个骑士了。"

"听您这番话，我确信您已受骗上当了，"堂吉诃德说，"为了让您彻底醒悟过来，我们就上马吧。如果上帝和我那位小姐能保佑我，我这条膀子能听我使唤，用不了您掀面甲的时间，我就能见到您的尊容；您也会明白，当初

① 古代国王对朝臣说话时，自称"我们"。镜子骑士有意模仿国王的口气说话。

让您打败的那个人,并不是我堂吉诃德本人。”

说完,双方便不再说什么,各自翻身上马。堂吉诃德掉转罗西纳特的辔头,朝后跑了一段适当的距离,以便回过头来朝自己的对手进行冲杀。镜子骑士也采用同样的办法拍马朝相反的方向跑去。堂吉诃德还没有跑上二十步路,便听到镜子骑士在大声叫唤他。他们俩各自勒住马,镜子骑士对他说道:

“骑士先生,请别忘了我刚才说的决斗条件:战败者要听候战胜者的发落。”

“我已经知道了,”堂吉诃德说,“不过,战胜者让战败者做的事,不能越出骑士道规定的界限。”

“是这样的。”镜子骑士说。

这时,堂吉诃德忽然见到了那侍从的怪鼻子,惊奇得不亚于桑丘。他竟把那个侍从当成了妖魔鬼怪,或者是地球上从来没有过的新出现的人种。桑丘见主人打算朝前奔跑,生怕自己单独一人留下来,让那怪鼻子一顶撞,就会连顶撞带惊吓,从驴背上跌下来,这样,这架不打就输了。他赶上主人,揪住罗西纳特鞍镫上的那根皮带,和主人一起跑了一段路程。待他认为该回头的时候,才对主人说:

“我的老爷,我求您在回马冲杀之前,帮我爬上前面那棵栓皮槠。我觉得在这棵树上瞧您与那骑士冲杀时的威武气势,比在平地上观看更有劲,看得更清楚。”

“桑丘,我认为你根本不是那么一回事儿,”堂吉诃德说,“你是打算坐山观虎斗,是不是?”

“实不相瞒,”桑丘说,“那侍从的大鼻子把我给吓坏了,我真不敢跟他单独待在一起。”

“他这鼻子确实不同寻常,”堂吉诃德说,“我要不是堂吉诃德,也会给吓坏的。好吧,你过来,我来帮你爬上树去。”

就在堂吉诃德帮桑丘上树的这段时间里,镜子骑士已朝前跑了一段路程。他认为这段距离已足够了,并认为堂吉诃德也一定跑出了相应的距离,便不等吹起号角或其他的信号,立即拨转马头。他那匹马并不比罗西纳特轻捷,外观也不比它强,尽管他纵马疾驰,其实也不过是一阵小跑。正当他准备向对手进行冲杀时,忽地见到堂吉诃德在帮助桑丘上树,便赶快勒住马头,在半道上停了下来。他那匹马正好跑不动了,这一停正合它的心意。堂吉诃德见对手已朝自己飞马奔来,忙用马刺狠狠地刺罗西纳特的瘦骨嶙峋的肚子。据书上记载,这次刺得很痛,罗西纳特总算正正经经地跑了几步。这是唯一的一次,因为平时这马总是慢吞吞地踱着方步。罗西纳特怒气冲冲地朝镜子骑士的那匹马疾驰而来。镜子骑士这时也在狠狠地刺自己的那匹马,他那靴子上的马刺都已经扎进了马肚子里好几分了,那马还是待在那儿,纹丝不动。堂吉诃德见到自己的对手此时不仅马不听使唤,手中的那杆枪也出了毛病。也许他从来没有使过枪,也许他手忙脚乱,竟然没有将那根长枪放在矛托①上。这时,堂吉诃德已冲到对手跟前。他没有在意对方遇到的种种麻烦,稳稳地毫无险意地继续冲过来。他的冲劲很大,使镜子骑士身不由己地从马屁股方向跌到了地上。他摔得很重,手脚都不再动弹,看样子像是一命呜呼了。

桑丘见镜子骑士跌倒在地,立即从栓皮槠上滑下,急匆匆来到自己主人身边。堂吉诃德也从马上下来,来到镜子骑士一旁,替他解开头盔上的带子,看看他是不是已经死了。如果还活着,就让他透透气……解开带子,他一看,大吃一惊。书上说,他竟然见到此人的面貌、神色、五官,和参孙·卡拉斯科学士完全一样。堂吉诃德见到这个模样,不禁大声地说:

"桑丘,快过来看看!你就是亲眼目睹也不会相信的!快过来呀,孩子!你就会明白这魔法的威力,你也会明白巫师和魔法师的本领!"

桑丘过来,一见卡拉斯科学士的脸,便立即在自己的胸口画十字,前后画了不下一千次。在这段时间里,那个摔倒的骑士仍然没有显露出任何还活着的迹象。桑丘对堂吉诃德说:

"我的老爷,我认为不管是真是假,您拿剑对这个模样儿像参孙·卡拉斯科学士的家伙的嘴刺一下,也许这样一来,您就杀了一个与您作对的魔法师了。"

"你说得对,"堂吉诃德说,"常言道,'仇敌越少越好'。"

他拔剑出鞘,准备照桑丘出的主意办。这时,镜子骑士的侍从赶来了。

---

① 古时甲胄上用以支撑长矛的铁架子。

他已摘去那个奇丑无比的大鼻子，大声地说：

“堂吉诃德先生，请千万别冒失！倒在您脚下的这个人就是您的朋友参孙·卡拉斯科学士。我是他的侍从。”

桑丘见他已不像初次见到时那么难看了，便问道：

“您那大鼻子呢？”

对方回答道：

“在我上衣口袋里呢。”

说完，他伸手从右边衣袋里取出一个用硬纸做的涂上油漆的假鼻子，其外形特征上文已进行了描述。桑丘对那个人看了又看，异常惊讶地说：

“圣母玛利亚，保佑保佑我吧！你不是我的邻居，我的老乡托美·塞西阿尔吗？”

“是啊，我就是托美·塞西阿尔啊，桑丘·潘沙老朋友！”那个已摘去假鼻子的侍从说，“我为什么会上这儿来，这个中的奥妙，有什么骗局，一会儿我再告诉你。眼下请你求求你的主人，对他脚边这个镜子骑士千万不能碰一碰，更不能打他、伤他、杀害他。因为他的的确确是我们村上那个不听别人相劝冒冒失失到这儿来的参孙·卡拉斯科学士，他是我们的老乡啊！”

这时，镜子骑士已苏醒了。堂吉诃德见他已醒过来，便拿出已出鞘的剑锋指在他的脸上，说：

“骑士，你如不承认天下第一美人杜尔西内娅·德尔·托波索比你那个卡西尔德亚·德·万达莉亚漂亮，我就要你的命！此外，你如果这次决斗摔倒后，还没有送命，你就得向我保证，一定要去托波索城，代我面见那位小姐，听候她的发落。如果她放你回来，你一定得再次前来见我，将拜见她的情景原原本本地向我禀报。我这一路前往，创建的丰功伟绩，必然会留下蛛丝马迹，你可以根据这些踪迹前来找我。我说的这些要求都是符合我们决斗前讲好的条件的，也没有超越骑士道规定的范围。”

“我承认，”摔倒的骑士说，“杜尔西内娅·德尔·托波索小姐那又破又脏的鞋子都比卡西尔德亚未经梳理但倒也干净的胡须还要贵重。另外，我还答应去拜见您那位小姐，并且照您的吩咐，回来向您禀报拜见的全部经过。”

“同时，你还得承认，”堂吉诃德补充说，“上次被你打败的那个骑士尽管模样儿和堂吉诃德·德·拉曼却相像,却不是他本人,也不可能是他本人;就像你尽管样子很像参孙·卡拉斯科学士,其实,并不是他,是另一个人。这是我的仇敌有意将你变成他的模样,遏制我火气发作的劲头,也不让我打胜了显得过分得意。"

"您怎么想,怎么认为,怎么感觉,我全都承认,"摔得直不起腰来的骑士说,"这一跤摔得真不轻。如果我还能起来的话,请让我起来吧。"

堂吉诃德和那个叫托美·塞西阿尔的侍从将他从地上扶起。桑丘一直目不转睛地瞧着这个侍从,同时还问了他一些话。根据对方的回答,显然如他自己说的那样就是托美·塞西阿尔。可是,桑丘听自己的主人说,那些魔法师将镜子骑士的脸变成了卡拉斯科学士的脸,由此他产生了疑虑,连自己亲眼目睹的事也不敢相信了。主仆俩最终还是没有弄清事实的真相。镜子骑士带着他的侍从垂头丧气地和堂吉诃德、桑丘告别,打算找个地方给自己的伤敷点药,并检查一下身体,看看有没有伤着骨头。堂吉诃德和桑丘仍然去萨拉戈萨。这部传记暂且就让他俩待在那儿不提,先来说说这镜子骑士和他的大鼻子侍从究竟是什么人。

第十五章

镜子骑士和他的侍从究竟是谁。

堂吉诃德由于战胜了他原本以为武艺非常高强的镜子骑士，一路上兴高采烈，趾高气扬，得意非凡。而且这个被他打败的骑士为了不失去骑士的身份，还不得不履行诺言，前去拜见杜尔西内娅小姐，并回来向自己报告拜见的经过。这样，他便可以知道他那位小姐的魔法是不是已经解除。可是，堂吉诃德有自己的想法，镜子骑士也有自己的打算[①]。正如上面说的那样，镜子骑士一心想找个地方替自己治伤。

传记说，参孙·卡拉斯科当初奉劝堂吉诃德继续从事他未竟的游侠骑士事业是别有用心的。他事先已与神父和理发师进行过一番秘密商谈，目的是想让堂吉诃德安安稳稳待在家里，不要再出去冒险猎奇，搅得丧魂落魄。当时根据卡拉斯科的建议，并经其他两位一致同意，决定让堂吉诃德出去，因为硬让他留在家里似乎已不可能。同时，他们还决定，由参孙装扮成骑士，在半道上拦住他的去路，然后，随便找个理由与他进行决斗，并战胜他。他们认为这件事易如反掌。在决斗前，双方应讲好条件，战败者应该听从战胜者的发落。因此，装扮成骑士的学士就可以命令被打败的堂吉诃德回老家去，两年内不得出门；或者听从战胜者进行其他方面的安排。堂吉诃德不能违背骑士道的规矩，打败了就只好乖乖地听候发落，这是最明白不过的事。也许在他待在家里的这一段时间里，脑袋里那种种胡思乱想会渐渐消失；或者在这段时间里，他们会找到合适的办法来治好他的疯病。

---

① 西班牙谚语："淡黄色的马有自己的打算，为它备鞍的人又有另一套打算。"

卡拉斯科接受了自己应承担的使命,桑丘·潘沙的邻居和朋友托美·塞西阿尔自告奋勇,愿意充当卡拉斯科的侍从。此人生性活泼,爱逗爱闹。参孙·卡拉斯科就像前面已经说过的那样全身披挂,托美·塞西阿尔则在鼻子上套上了上文说过的假鼻子,免得与自己的老朋友桑丘见面时,让他给认出来。他们走在堂吉诃德他们走过的那条路上,尾随而来。堂吉诃德遇到"死神会议"的那辆大板车时,都快给追上了。到了那座森林里,他们终于赶上了堂吉诃德和桑丘,并发生了细心的读者已经读到的种种事情。要不是堂吉诃德异想天开,以为学士不是学士,这位学士恐怕永远也当不成硕士了,因为"他没有找到以为有鸟儿的鸟窝"①。

托美·塞西阿尔见自己主人的愿望落了空,自己这条道也没有走对,就对学士说:

"参孙·卡拉斯科先生,说句实在话,我们也是罪有应得。干任何事情,想想容易,做起来也不难,但要做成功就困难重重。堂吉诃德是个疯子,我们是头脑健全的;他倒毫无损伤,高高兴兴地走了,而您却摔得全身是伤,十分沮丧,你们俩谁是疯子? 一个是身不由己,另一个是自己愿当疯子,究竟谁疯,不是一目了然了。"

参孙听了,回答说:

"这两个疯子的不同点是:身不由己的那个疯子永远是疯子;自愿当疯子的那个,如不想疯就不是疯子了。"

"这倒也是,"托美·塞西阿尔说,"我自告奋勇出来当您侍从的时候,我也是自愿当疯子的;眼下我不想当疯子了,我就回家去了。"

"你可以这样做,"参孙说,"不过,要我不将堂吉诃德用棍子打得鼻青眼肿,遍体鳞伤之前就回家去,那是办不到的。眼下我去找他,已不是为了治好他的疯病,我要找他复仇。我两边肋骨痛得厉害,已没有那副慈悲心肠了。"

他俩这么边谈边走,来到了一个乡村小镇,凑巧找到了一个骨科医生,专治跌打损伤,给倒了霉的参孙·卡拉斯科治好了伤。托美·塞西阿尔便离开他回家去了。参孙·卡拉斯科留在当地苦思冥想复仇的妙法,本传记

---

① 这句话是从下面的西班牙谚语演化而成的:"过去的鸟窝里,现在已没有鸟儿了。"

在一定的章节里还会讲到他的事儿。现在我们再回过头来跟堂吉诃德一起共度良辰。

第十六章

堂吉诃德遇到了拉曼却的一位有识之士。

上文已经讲到，这时的堂吉诃德一路上兴高采烈，神采奕奕，趾高气扬，自以为打了这一场胜仗后，已经成了当今世上头号游侠骑士了。他认为，往后不管遇到什么样的险事，他都能旗开得胜，马到成功。他这时已不将魔法和魔法师放在眼里了。当年他当游侠骑士时挨的无数次棍打，遭到石击砸掉他半嘴牙齿，还有那些苦役犯对他的恩将仇报，以及那些胆大妄为的杨桂斯人对他用木桩一阵乱打，这一切全都抛到九霄云外去了。最后，他暗暗思忖，只要能找到什么办法或诀窍，将心上人杜尔西内娅身上中的魔法予以解除，就万事大吉，连古往今来最走运的游侠骑士遇到的天大好运他也不眼红了。他正在这么想入非非的时候，桑丘忽然开口道：

"老爷，我老朋友托美·塞西阿尔的那个硕大无朋的特号大鼻子现在还出现在我的眼前，您说这是件好事吗？"

"这么说，桑丘，你还认为那镜子骑士就是卡拉斯科学士，他的侍从就是你的老朋友托美·塞西阿尔了？"

"这件事究竟怎样，我也说不清楚，"桑丘回答说，"不过，我听他讲我家老婆孩子的情况，要不是他本人就说不清楚。他脸上那个大鼻子去掉了，那张脸也就是托美·塞西阿尔的脸，我和他同住一个村，两家的房子中间只隔一道墙，这张脸我不知见过多少回。再说，他说话的腔调也完全一样。"

"桑丘，这件事值得我们好好思考，"堂吉诃德说，"你想想，参孙·卡拉斯科学士为什么要全副武装地装扮成游侠骑士和我决斗呢？他是怎么想的？我什么时候得罪他了，遭他这么怨恨？我又不是他竞争的对手，他又不干我们舞枪使棒这一行的，我赢得了自己的名声，他也不会忌妒我呀。”

“可是，老爷，”桑丘说，“那个骑士不管是谁，为什么那么像卡拉斯科学士呢？他的侍从为什么这么像我的老朋友托美·塞西阿尔呢？这件事我们该怎么解释？如果像您说的那样，这都是魔法，那么，世上有这么多人，为什么偏偏像这两个人呢？”

“这都是和我作对的那些魔法师的阴谋诡计，”堂吉诃德说，“他们早已预知，在这场决斗中我会打赢，就事先作好安排，让那个被我打败的骑士变成我那位学士朋友的脸相。这样一来，我出于对他的友情，心头的怒火就消去了几分，手也不那么有劲了，剑也刺不下去了，那个妄图谋害我性命的家伙就因此保住了自己的生命。桑丘啊，这件事你如果不信，只要想想两天前的那件事就明白了。你见到的绝代佳人杜尔西内娅光彩照人，而我见到的却是一个面目丑陋、粗俗不堪的乡下女子，眼角上全是眵目糊，嘴里臭气熏天。可见魔法师要改变一个人的面容，将美的变丑的，将丑的变美的，非常容易。这件事你亲身经历过，一定不会错吧。那恶毒的魔法师既然敢进行那样的变化，这回他将镜子骑士和他的侍从变成参孙·卡拉斯科和你老朋友的模样，来剥夺我已到手的光荣，也就不足为奇了。不过，不管他们将我的仇敌变成什么样儿，反正我已经打赢了。想到这儿，我也就可以感到自慰了。”

“这件事上帝心里最明白。”桑丘说。

他知道，杜尔西内娅改变脸容的事全是他捣的鬼，因此，主人怎么解释，总难使他信服。不过，他也不想与他争论，免得说错了话，露出马脚。

这时，有个旅客骑着一匹漂亮的黑白混色的母马从背后撵上了他们。他上身穿一件镶着棕黄天鹅绒的绿哔叽外套，头戴棕黄天鹅绒便帽；马具是出远门的装束，短镫高鞍，也都是棕黄色和绿色的；黄绿两色的宽背带上插着一把摩尔弯刀，高统靴的皮帮子上与宽背带上扎的是同样的花纹；靴子上的马刺并没有镀金，只是上了绿色的油漆，异常光亮，与全身衣衫的色调浑然一体，比纯金制造的还好看。这位旅客赶上他们后，便很有礼貌地与他们寒暄了几句。随后又刺一刺母马，朝前跑去。堂吉诃德说：

“绅士先生，您如果和我们同路，又不急于赶路，能不能和我们结个伴一起走？”

“实不相瞒，”那个骑母马的旅客说，“我是怕我这头母马与您的坐骑在一起，会惊扰它，所以，才这么匆匆朝前赶路。”

“先生，”桑丘插言道，“您尽管放心地勒住您的母马吧，我们这匹马是世界上最老实、最本分的马，遇到母马，从来不干丑事。只有一回，它不老实，害得我和我主人吃了大亏。我再说一遍，您如果愿意，可以跟我们一起慢慢走。即使将您这匹马紧扣在两个盘子里送上来①，我们这匹马也不会过来闻一闻的。”

行路人勒住马头，打量了一番堂吉诃德的面容和装束，感到十分惊讶。堂吉诃德这时没有戴头盔（他的头盔由桑丘当旅行包那样挂在灰驴儿驮鞍的前头呢）。穿绿衣的这个人盯着堂吉诃德看了许久，堂吉诃德更是细细地打量着这位旅客。他觉得此人非同寻常，瞧他年龄在五十上下，两鬓几乎还没有染霜，鹰钩鼻，眼神既欢快又庄严。总之，从他的服饰和举止看，似乎是个有身份的人。

穿绿衣的这个行路人觉得，堂吉诃德·德·拉曼却的模样和举止都是他从来没有见到过的：他的马那么瘦，他的个儿那么高，脸又黄又瘦；再瞧他那一身甲胄，一副表情和说话的腔调——总之，像他这样的人在当地已好久没有见到过了。堂吉诃德知道对方在细细端详自己，心里明白他为什么感到诧异。他向来待人很有礼貌、和蔼可亲，因此，不等对方发问，就说：

“我的这身打扮新奇别致，与众不同，您见了一定会感到奇怪，这是很自然的事。不过，我如果告诉您，我是个骑士，是个‘人们常说的那样，爱好冒险猎奇’的游侠骑士，您就不会觉得诧异了。我离开了故乡，典当了家产，抛弃了舒适的生活，将自己的一生交付命运安排，命运让我怎么干，我就怎么干。我的愿望是重振已经衰亡的骑士道。许久以来，尽管我东绊一脚，西跌一跤，这儿摔倒，那儿又爬起来，我总算实现了自己的大部分夙愿——拯救寡妇孤儿，保护弱女，帮助已婚女子和孩子。这也是游侠骑士的天职。我做了这么多每个英勇的基督徒应该做的事，人们认为都值得写在书上，让世界各国（或者说让世界上绝人部分国家）都知道我做的事情。我那部传记至今已经刊印了三万册。如果老天爷不从中作梗，照眼下这个趋势，这本书会

① 这儿将马比做一道好菜。上菜时，为防止冷却、香味散失，用另一只盘子盖在上面。

印到三千万册呢。长话短说吧,我就是堂吉诃德·德·拉曼却,别号狼狈相骑士,'自卖自夸,好事变坏',但是在必要的情况下,也只好作一番自我推荐了。绅士先生,您知道了我是什么人,干的是哪一行,往后再见到我这匹马,我这根矛,我这面盾牌和我这个侍从,还有我这一身甲胄,加上我这张黄脸皮和瘦长的身材,您就不会感到惊奇了。"

堂吉诃德说完话,那位穿绿衣的旅客愣了好大一会儿没有作答,仿佛一时不知说什么才好,后来,他终于开口说:

"骑士先生,我为什么见了您会感到惊异,其中的原因您猜中了,只是您还没有能够一语破的般地消除我内心的惊诧。先生,您刚才说,我知道了您是谁,就不会感到惊讶了。可是,实际情况适得其反。眼下我知道您的情况后,反而更加觉得奇怪了。在当今世界上怎么还会有游侠骑士呢?怎么还会出版真实的游侠骑士传呢?我无法相信在今日的世界上还会有人去救助孤寡,保护弱女,援助已婚女子和孩子。如果我今天没有亲眼看见您,这些事我确实是不会相信的。感谢苍天,您说的那部记载着您那些高尚而真实的骑士事迹的传记问世了。但愿从此使充斥于世的数不清的胡乱杜撰的骑士小说销声匿迹。这种骑士小说不仅有伤风化,而且使人们对真正的历史书也不相信了。"

"游侠骑士传记是不是杜撰,还大可商榷嘛。"堂吉诃德说。

"难道还有谁不相信这些书是假的吗?"绿衣人说。

"我就不相信,"堂吉诃德说,"不过,这个问题眼下暂且不谈吧。如果今天我们能同行,愿上帝保佑,让我能向您说清楚,许多人硬要说骑士小说都是胡言乱语,我希望您不要人云亦云,和他们一般见识。"

那旅客听了堂吉诃德这几句话,觉得这个人很可能是疯子。为了能确认这一点,他准备再听他说几句。可是,这方面的谈话未能继续进行,因为堂吉诃德介绍了本人的身份和生平后,要求那位旅客也谈谈自己的情况。那绿衣人说道:

"狼狈相骑士先生,我是前面村子里的一个绅士,如果上帝允许,今天我们就可以上那儿去用饭。我名叫堂迭戈·德·米兰达,家境比较富裕。家里有妻子和几个孩子。我常和几个朋友一起行猎、钓鱼,消磨时光。不过,我没有豢养猎鹰和猎犬，只有一只驯良的竹鸡和一只凶猛的白鼬[1]。我有七八十本西班牙文和拉丁文的藏书，有的是历史书，有的是宗教书，只是骑士书从来没有进过我家的门槛。宗教书我涉猎不多；闲来无事，我常常翻阅与宗教无关的书，因为这类书语言优美，故事动人，颇能消闲解闷。只不过这方面的书在西班牙实在不多见。我有时上邻里和朋友家去吃饭，我也常常宴请他们。我宴请的饭菜不但清洁、精致，而且相当丰盛。我这个人不爱说长道短，也不允许别人在我面前议论他人。我不爱打听别人的私事，事不关己，高高挂起；我每天望弥撒，常分出一部分家产周济穷人；做了善事我从不夸耀，免得使自己成为爱虚荣的伪君子。伪善和虚荣是每个谦谦君子的大敌，应注意防范。我如知道有些人不能和睦相处，就从中调解，化敌为友。我是圣母的虔诚信徒，对我主上帝的大慈大悲，我总是寄予无限信任。”

绅士在讲述自己的生平和为人准则时，桑丘听得异常专注。他认为像他这样心地善良，像圣人一样笃信上帝，常行善事的人，准能创造奇迹。于是，他跳下灰驴儿，迅速过去抓住那绅士的右脚蹬，怀着虔诚的心情，含着眼泪，一次又一次地吻着他的双脚。看他这样，绅士问道：

“老弟，你这是干什么呀？为什么要吻我的脚啊？”

“让我吻吻您的脚吧，”桑丘回答说，“我认为您是我这一辈子见到的第一位骑在马上的圣人。”

“我不是圣人，”绅士说，“我的罪孽可不少呢。老弟，瞧你那个老实的样子，我看准是个好人。”

桑丘又骑上毛驴。这情景就连他那整天愁眉苦脸的主人见了也禁不住笑了，堂迭戈却更感诧异。堂吉诃德问堂迭戈有几个子女，还对他说，古代哲学家不知有上帝，他们认为，人生在世，只要天赋优厚，鸿运当头，友人多，子女好，就是最大的幸福。

“堂吉诃德先生，”绅士回答说，“我有一个儿子，如果不生下他，我或许会更幸福一些。不是说他不行，是他的言行不合我的愿望。他今年快满十八岁了，在萨拉曼卡大学整整攻读了六年的拉丁文和希腊文。我希望他钻研点学问，他却酷爱诗歌。诗歌能算得上一门学问吗？我希望他攻读法律，

---

① 又叫雪鼬，常用来捕猎野兔。经过训练的竹鸡可用来捕获野鸟。

怎么说他也不肯;神学是各门学科的基础,他也不想学。在当今世界上,政府重奖品学兼优的人,因为学问好品德差的人,就像扔在垃圾堆里的明珠。我希望自己的孩子能光耀门庭。可是,他却成天在研究荷马的《伊利昂记》中哪一行诗写得好,哪一行写得不好,马西阿尔①的某一警句是不是有伤风化,维吉尔的某几行诗该这样理解,还是该那样理解。总之,与他说话,他就跟你谈诗,不是谈上面讲到的这几个诗人的诗,就是谈贺拉斯、贝尔西奥②、胡文纳尔③和悌布鲁④等人的作品。可是,他对用罗马族语言⑤写的当代诗歌却不屑一顾。尽管他不喜欢西班牙文诗,却又好高骛远地根据萨拉曼卡寄来的一首四行诗,在写一首扩张诗⑥,看来想参加赛诗会呢。"

堂吉诃德听了,说道:

"先生,孩子是父母的心肝宝贝,是好是坏,父母亲都应该像自己的命根子一样倾心相爱。做父母的应该从小教育他们,使他们成为品德优良、有教养、有良好的基督徒修养的人,使他们长大后,能赡养父母、光耀门庭。我认为,勉强让他们学这门或那门学科,并不相宜。当然,劝劝他们也无多大害处。有的学生天生福气好,父母亲供给他们吃的穿的,让他们上学,用不到自己去挣钱度日。像这样的学生,我个人的看法,不妨顺着他的意,他爱学什么,就学什么。学写诗虽不实用,却能陶冶身心,也不像有些学科那样学了会有伤大雅。绅士先生,在我看来,诗就像一个娇嫩无比、美貌非凡的少女,其他各门学科仿佛是专门替她进行修饰、进行梳妆打扮的侍女,她们听她使唤,由她管辖。对这样一位少女千万不能举止轻佻,不能拉她到大街上游荡,更不能让她露迹于广场的一角或藏匿于深宫内院。像经过高手精心提炼才能炼成纯金一样,诗也是精心制作出来的。作诗的也不能随心所欲,得有个度,不要随便写拙劣的讽刺诗和无聊的十四行诗。除了史诗、催人落

---

① 一世纪古罗马诗人,著有《警句集》。

② 公元一世纪古罗马诗人,著有《讽刺诗集》。

③ 公元一世纪古罗马讽刺诗人,常写诗讥讽罗马帝国时弊。

④ 公元前一世纪罗马诗人,著有《哀歌集》,情调伤感。

⑤ 指西班牙文、意大利文和法文等由拉丁文演变而成的语言。

⑥ 这是西班牙十六七世纪流行的特殊诗体:原诗为四行,每一行扩张为十行,第十行重复原诗的诗句,最后变成一首四十行诗,本书第十八章将出现这种诗。

泪的悲剧和轻快精巧的喜剧外，诗也绝对不能用来进行买卖。那些泼皮无赖和难解诗中真情实意的无知小人绝对不配同诗打交道。先生，您别以为我这儿说的无知小人仅指那些地位卑微的平民百姓。凡是缺乏知识的人，不管你是王公还是贵族，都应该看成无知小人。因此，凡是照我刚才提出的要求做诗的人，就能成名，受到全世界各文明国家的敬重。先生，您说您的儿子不重视用西班牙语写成的诗，我认为这样做不太正确。我说这话有自己的道理。伟大的荷马没有用拉丁文写作，因为他是希腊人；维吉尔没有用希腊文写作，因为他是拉丁人。总之，古代诗人都是用自己的母语进行写作的，他们不会另找别国语言来表达自己高雅的意境。为此，应该将这种做法在世界各国进行推广。德国诗人不能因为用本国语言进行写作而遭到蔑视，西班牙诗人，甚至比斯开诗人也不该因为用自己的语言进行写作而让人瞧不起。先生，照我猜想，您儿子倒不一定不喜欢用西班牙文写成的诗，他可能不喜欢只懂本国语言，不懂外语，不通晓能激发诗的灵感的其他各门学科的那种诗人。不过，即使这样，他还是错了。诗才是天生的，这是确凿无疑的。这就是说，有天才的人，一出娘胎就是诗人。有了天赋，无需学问和技巧，就能写出像写'上帝和我们在一起'①的诗人那样的杰作。我还认为，天才加上技巧，就会好上加好，会大大胜过那些光凭技巧的诗人。我这么说的理由是，技巧虽不及天才，却可以使天才更完美无缺。天赋加上技巧，或技巧加上天赋，就是个完美无缺的诗人。绅士先生，我说了这番话，归根到底，就是希望您让自己的儿子随着命运的指使，走自己愿走的道路。看来他准是个好学生，而且，又有语言方面的根底。凭他这个基础，经过自己的努力，就能达到文学方面的顶峰。一个身披斗篷，腰上佩剑的绅士能有这方面的修养那是非常光彩、体面的事情，这就像主教戴上了主教帽，法官穿上了长袍那样神气。如果您的儿子写讽刺诗，诋毁他人的名誉，您就应该斥责他，撕毁他的诗；如果他像贺拉斯那样，赋诗讥讽人间的恶习，笔法又很高超、文雅，那就应该赞扬他。诗人写诗谴责嫉妒，批评妒贤忌能的人，这是允许的。只要不指名道姓，诗人也可以批评其他的种种弊端。不过，也有的诗

---

① 原文为拉丁文："est Deus in nobis"。引自古罗马诗人奥维德的诗《爱的艺术》。

人甘冒被流放去庞托岛①的危险，写诗骂人。品德良好的诗人，写的诗也一定很纯正。笔头是心灵的喉舌。心里在想些什么，笔头就写什么。诗如果得到国王的赏识，认为是高雅、端庄、严肃的东西，诗人因此也会受到尊重，名利双收，还能戴上桂冠。据说桂树不会遭雷击，头上戴上了桂冠，就象征着诗人不会遭到任何人的凌辱。”

绿衣人听了堂吉诃德这番言论，十分钦佩。于是，原来认为他是个疯子的看法随之消失。堂吉诃德刚才说的话不合桑丘的胃口，他听了一半，就跑到附近几个挤羊奶的牧羊人那儿去讨口奶喝。绿衣人对堂吉诃德的见识和思维能力非常赞赏。他正想继续跟他谈谈，堂吉诃德却突然抬头见到前面的路上过来一辆插满国旗的大车。他以为出现了新的奇事，便大声呼唤桑丘，要他将头盔拿来给自己。桑丘听到主人的呼叫，便离开牧羊人，使劲踢了一下灰驴儿，飞速来到堂吉诃德身边。接着，发生了一件令人惊异的奇遇。

---

① 这儿指古罗马诗人奥维德，他曾流放到黑海之滨，或庞托岛附近的地区。

第十七章

堂吉诃德和狮子相遇时，表现了非凡的勇气，结局圆满。

据历史记载，堂吉诃德呼唤桑丘取来头盔的时候，桑丘正在向牧羊人买几块奶酪。他听主人呼唤得急，慌了神，不知该拿这几块奶酪装在什么地方好。他已经付了款，扔了又很可惜。他突然想起主人的这个头盔可装东西，便将奶酪装进头盔，急急来到主人身边，看有什么吩咐。堂吉诃德见桑丘来了，便说道：

“朋友，快把头盔给我吧。我发现前面有险事，得赶紧穿戴好盔甲。我相信自己看得很准，否则，我就算不上冒险家了。”

绿衣人听了，极目四望，没有看到别的，只见一辆大车向他们这边驶过来，车上插着两三面小旗。照这样子看，他认为定是替王室押解银钱的车子，他就将这个意思对堂吉诃德说了。堂吉诃德不信，因为他头脑里想的，除了险事，还是险事。他对绅士说：

“常言道，有备无患。我事先作好准备，总不会吃亏。根据自己亲身体会，我知道我的仇敌有的是看得见的，有的是看不见的。我不清楚他们会在哪一天，在什么地方，几时几刻变成什么模样向我发起攻击。”

他回过头来向桑丘要那顶头盔。桑丘没有来得及将头盔里的奶酪倒出，就只好这样将它交给主人。堂吉诃德接过头盔，也没有时间看看里面有什么东西，立即扣在脑袋上。奶酪一经挤压，立即化成奶液，沿着堂吉诃德的脸庞和胡须淌了下来。堂吉诃德大吃一惊，问桑丘道：

“这是怎么一回事呀，桑丘？是我的脑壳溶化了，还是我的脑浆流出来了，或者是我从脚跟到脑袋在淌大汗？如果是在冒汗，那绝对不是吓出来的冷汗。不过，话又说回来，眼下发生的这桩险事的确是很可怕的。你快拿什么东西给我擦擦吧，这一脸大汗将我的眼睛都糊住了。"

桑丘一声不吭，拿了一块布给他，心里暗暗感谢上帝，没有让他主人识破。堂吉诃德擦干净脸，摘下头盔，看看里面有什么东西，因为他觉得脑袋上冷冰冰的。看见头盔里那几块软乎乎的东西，便拿到鼻子尖闻了闻，说道：

"我凭我那杜尔西内娅·德尔·托波索小姐的生命起誓，你将奶酪盛在我的头盔里了，你这个调皮捣蛋的无赖！"

桑丘假装若无其事的样子，慢吞吞地说道：

"如果真的是奶酪，您就给我，我吃了它……不过，还是让魔鬼吃吧，准是魔鬼放在头盔里的。我有这么大的胆，敢弄脏您的头盔吗？您确实抓到那个胆大包天的家伙了！老爷，我对您说实在话，上帝已经让我明白，我是您一手栽培的，又与您连成了一体，所以那些魔法师一定也在和我作对。他们有意将这些脏东西放在您的头盔里，好叫您忍不住发起火来，又像往常一样，狠狠地揍我一顿，打断我几根肋骨。这次他们总算白费心机，我相信我主人准能做出正确的判断，会考虑到我身边既没有奶酪，也没有奶，更没有别的奶制品。要是有这些玩意儿，我早就吃进肚里去了，还会放在您的头盔里吗？"

"情况可能真是这样。"堂吉诃德说。

这一切那位绅士都看在眼里，觉得非常惊奇，尤其见了堂吉诃德接下去干的事，更觉诧异。原来他擦干净头顶、脸、胡须和头盔后，又戴上了头盔，在马鞍上坐稳了身子，按了一下剑把，紧握长矛，说道：

"现在谁来都不怕了，就是撒旦亲自来这儿，我也敢较量！"

这时，那辆插着旗子的大车已来到眼前。车上只有一个赶车的，前面有几头拉车的骡子，还有一个人坐在车头上。堂吉诃德拦住去路，说道：

"兄弟们，你们上哪儿去？这是什么车？车上拉的是什么东西？这几面旗子是什么旗？"

赶大车的回答说：

“这车子是我的,车内装的是两头关在笼子里的凶猛的狮子,这是奥兰①的总督送给朝廷,献给国王陛下的贡品。车上插的是我们王上的旗帜,表明这车上的东西是他的。”

“这两只狮子都挺大吗?”堂吉诃德问道。

“大极了,”坐在车门口的那个人回答说,“从非洲运到西班牙来的狮子从来没有这么大的。我是个驯狮员,我运过不少狮子,像这么大的,还没有运过一头。这两头狮子一公一母,雄狮关在前面的笼子里,母狮关在后面的笼子里。今天还没有给它们喂过呢。请您让开一点儿,我们得赶到前面去给它们喂食。”

堂吉诃德听了,微微一笑,说道:

“拿这两头小狮子来吓唬我,要我让路吗?就在这个时候,拿狮子来吓唬我,让我走开?我以上帝的名义起誓,我要运送狮子的这两位先生看明白,我可不是见狮子就害怕的人!请你下车吧,伙计,你不是驯狮子的吗,请您打开笼子,将它们放出来!尽管魔法师们给我送来了狮子,我不怕,你们可以在这旷野里看看我堂吉诃德·德·拉曼却究竟是个什么样的人!”

“啊呀,我们这位好骑士终于露出马脚来了,”那个绅士自言自语地说,“准是刚才的奶酪将他的脑壳泡软,将他的脑浆泡熟了。”

这时,桑丘来到绅士的身边,对他说道:

“先生,请您看在上帝的分上,想个办法,别让我主人堂吉诃德和狮子打架。他这么一打,狮子准会将我们都撕成碎片的。”

“你主人真会这么疯吗?”绅士问道,“你以为他真的会和这两只猛兽交手吗?”

“他不是疯,”桑丘回答说,“他是胆子大。”

“那我得想办法别让他这么干。”绅士说。

堂吉诃德这时正在催那个驯狮人,快点打开笼子。绅士来到他的身边,对他说:

“骑士先生,游侠骑士应该干那些有希望成功的险事,对毫无希望的险事,就不要干了。一个人过于勇敢,就是鲁莽;冒冒失失的人算不了勇士,只

① 阿尔及利亚一城市,位于地中海,十六至十八世纪期间归西班牙托管。

能算个疯子。再说,这两头狮子并没有冒犯您,这么干它们连想也没有想过。它们是送给国王陛下的贡品,您在这儿挡道,不让运走,是不对的。”

“绅士先生,”堂吉诃德回答说,“您还是玩您那驯顺的竹鸡和凶猛的白鼬去吧。各人干各人的事。这是我的事,请别插手。这两只狮子先生和狮子太太是不是冲我来的,我心里明白。”

说完,他回头对驯狮人说:

“你这个无赖听着,我发誓,你如果不立即给我打开笼子,我就拿这根长矛将你钉在大车上!”

赶车的见这全身披挂的怪物非要让他们打开笼子不可,就对他说:

“我的先生,请行个方便,让我先卸下这几头骡子的车轭,让它们逃离这儿,然后,再放出狮子来吧。我除了这辆大车和这几头骡子外,一无所有。这几头骡子要是让狮子给咬死了,我就完了。”

“你这个人真没有信心!”堂吉诃德说,“那你就快点下车,给骡子卸下车轭吧。你想干什么,就快干。不过,一会儿你就会明白,你这是多此一举。”

赶车的跳下车,很快地卸下那几头骡子。驯狮人大声地说:

“请在场的诸位做个证人吧,我是迫不得已才开笼放出这两头狮子的。我还要向这位先生提出警告,这两只野兽出来后,造成的全部损失和危害,都由他负责,就连我扣掉的工薪也得算在他账上。先生们,在我打开笼子前,请快点躲开。我本人不会受到伤害,这点我是有把握的。”

那绅士再次奉劝堂吉诃德,不要干这样的蠢事,以免遭上帝的处罚。堂吉诃德回答说,他干什么事,自己心里有数。绅士对他说,这件事他应该三思,还说他这么做肯定是不对的。

“那好吧,先生,”堂吉诃德说,“您既然认为我干这件事准是场悲剧,而您又不愿成为这场悲剧的观众,那就请您刺一下您那匹黑白混色马,跑到安全地带去吧。”

桑丘听了堂吉诃德的话,眼泪汪汪地请求主人别干这样的事。他说,无论拿主人过去经历过的风车大战和令人胆战心惊的锤布机事件,还是拿他这一生中经历过的任何一次险事,与这次相比,都只能是小菜一碟罢了。

“老爷啊,您得好好想想,”桑丘说,“这儿可没有什么魔法在起作用了。

我刚才从笼子的铁栏杆里见到了真狮子的一只脚爪。根据这只脚爪看,那狮子怕比一座山还大呢。”

“这都是你心里害怕了,”堂吉诃德说,“一害怕,甚至会觉得这狮子比半个地球还大呢。桑丘,你快躲到一边去吧,别管我。我要是死在这儿,你一定记得我们有约在先:你得去见杜尔西内娅,我不多说了。”

接着,堂吉诃德又说了不少话。看来,要他放弃一心要干的事,已经没有指望了。绿衣人很想出来阻止,可是,自己没带什么武器,打不过全副武装的堂吉诃德;再说,他早已明白,堂吉诃德是个十足的疯子,和疯子进行较量也犯不着。堂吉诃德不断进行威吓,催驯狮人快快打开笼子。面对这样的情势,绅士只好催动自己的母马,桑丘也拍打着灰驴,车夫赶着自己的那几头骡子,他们都趁狮子还未出笼,尽可能离得远一点。

桑丘以为自己的主人这次必然会死在狮子的脚爪下了,不禁失声痛哭,还诅咒自己的命运,怪自己不该又出来当他的侍从。他边哭,边抱怨,同时,还使劲拍打着驴子,朝远处跑去。驯狮人见该离开的那些人已远远地离开了,就再次将刚才劝说堂吉诃德的话说了一遍。堂吉诃德说,他说的话自己全都听到了,不过,这些话他都不想听,再说下去,也是白费口舌。他只是催促快快打开笼子。

就在驯狮人准备打开笼子的这段时间里,堂吉诃德在盘算着,进行步战,还是进行马战。他怕罗西纳特见了狮子会害怕,决定进行步战。他跳下马,将长矛抛在一边,拔出佩剑,举着盾牌,仗着自己一身胆气,过去站立在大车的前面;同时,暗中祈求上帝和意中人杜尔西内娅保佑自己。本传记的作者写到这儿,赞叹道:“堂吉诃德·德·拉曼却啊。你真勇敢,真了不起!你是全世界所有勇士的一面镜子!堂曼努埃尔·德·莱昂[①]是西班牙武士们的光荣和骄傲,你就是堂曼努埃尔·德·莱昂第二!我无法找到恰当的词汇来描述你这惊天动地的英雄业绩,我也没法让后世的人们相信你的事迹。即使用尽全部夸张的手段对你进行赞扬,也不会过分。你徒步单身,浑身是胆,英气勃勃,只持一把剑(还不是上面刻铸着小狗的利刃[②]),一只并

---

① 西班牙著名武士,他情人的手套掉进狮子笼里,他进笼去拾取手套。

② 托莱多著名铁匠胡连·德尔·雷伊铸造的名剑上面刻着一只狗,作为标记。

非用闪闪发亮的纯钢铸成的盾牌，便在等候着两头非洲原始森林里长大的最凶猛的狮子？曼却的勇士，还是让你自己的行动来夸耀你吧。由于找不到恰当的词汇来进行称道，我只好说到这儿不说了。”

作者的赞叹就到此为止，下面继续讲故事。驯狮人见堂吉诃德已摆开架势，自己再不打开笼子，就会遭到这个怒气冲冲、胆大包天的骑士的毒手。他将第一只笼子的门完全打开。刚才已经讲到，那里面是一头公狮。这狮子个头大得出奇，形状狰狞可怕。它原本是躺在笼子里的，这会儿翻了一个身，伸出一只脚爪，身子全放松，伸了个懒腰。然后，张开嘴，慢吞吞地打了个呵欠，又伸出几乎有两拃长的舌头，舔了舔眼圈上积的灰尘，洗了洗脸。接着，将脑袋伸到了笼子的外面，睁着两只像火球一样的眼睛，东张西望，那样子实在令人心惊胆寒。堂吉诃德只是目不转睛地注视着它，巴不得它跳下车朝自己身上扑来，这样，他可以亲手将它剁成肉泥了。

他的疯劲这时已达到了顶点。然而，这只威武雄伟的狮子并不气势汹汹。倒显得斯斯文文，堂吉诃德对它进行无理取闹、吓唬，它也毫不在意。它如刚才说的那样东张西望了一阵后，便又回转身躯，拿屁股对着堂吉诃德，没精打采、慢条斯理地又在笼子里躺下了。见到这个情景，堂吉诃德便叫驯狮人拿棍子打它，引它发火，让它跑出笼子。

“这个我绝对不能干，”驯狮人说，“如果惹它生了气，我自己首先就要被它撕成碎片。骑士先生，您刚才这一举动已经勇敢得没法儿形容，应该知足了，可不能再来个锦上添花啦。狮子的笼门已打开，出来不出来全取决于它。如果它到现在还不出来，这表明今天一整天就不出来了。您的神威已有目共睹。据我所知，决斗的人只要敢于向对方发出挑战，敢于在决斗场上等待决斗，已显得无比勇敢了；对方不出场，那是他自己出丑，等待决斗的人已赢得了胜利的桂冠。”

“这话很有道理，”堂吉诃德说，“朋友，那就请你关上笼门吧；还请你给我作个证人，将你在这儿亲眼见到我干的事情，尽量向大家说说清楚。具体地说，就是你怎样打开了笼门，我怎样等狮子出来；它不出来，我还等着；它又不出来，接着就躺下了。我该做的事全都做了。玩魔法的，快离开这儿吧。愿上帝保佑正义和真理，庇护真正的骑士道！我刚才已经说了，快关上笼门吧。我这就给逃离这儿的那几个人发出信号，让他们回来。就请你将我刚才的所作所为对他们说一说。”

驯狮人关上了笼门。堂吉诃德将自己用来擦脸上奶浆的那块布系在长矛尖上，向逃跑的人们发出信号，叫他们回来。那几个人由绅士领头，还在一个劲儿地往前跑呢。他们一边跑，一边不断地回头看。桑丘见到了白布发出的信号，说：

“我主人在叫我们回去呢，他准是战胜了那两只凶猛的野兽了，要不，你们就杀了我吧。”

他们停了下来，看清楚向他们发信号的正是堂吉诃德。他们没有开始时那样害怕了，慢慢地往回走，终于能听清堂吉诃德的叫喊声了，便回到了大车旁边。堂吉诃德对赶车的说：

“老兄，请您重新给骡子套上车轭，继续上路吧。桑丘，你拿两枚埃斯库多金币给他和驯狮人。我耽误了他们的行程，就算是给他们的补偿吧。”

“这两枚金币我愿意给，”桑丘说，“可是，那两头狮子怎么样了？给打死了，还是还活着？”

于是，驯狮人便将这场决斗的经过详详细细地讲给他们听。他竭力夸耀堂吉诃德的胆气，说狮子见了他，害怕极了，尽管笼门大开，有好大一会儿时间，那狮子就是不想也不敢出笼。后来，这位骑士要自己激怒狮子，让它出笼；他就对骑士说，这样做会使上帝生气的，这位骑士便无可奈何地让他又关上了笼门。

“桑丘，你听了有什么想法？”堂吉诃德说，“在真正的勇士面前，魔法能起作用吗？魔法师可以剥夺我的好运，但要夺走我的勇气和胆量，他们休想！”

桑丘将两枚金币给了他们。赶车的驾上车，驯狮人吻了吻堂吉诃德的手，对他的赏赐表示感谢，还说到了朝廷，见了国王，一定要将他的这桩英雄业绩禀报给王上。

“万一国王陛下问起这件事是谁干的，就请你告诉他，是‘狮子骑士’干的，我以往一直自称‘狼狈相骑士’，现在要易名了。从今以后，我要改称‘狮子骑士’了。我这样做也是遵循游侠骑士的老规矩，他们可以根据情况，随意改变自己的称号。”

那辆大车继续赶路，堂吉诃德和桑丘，还有那个绿衣人也继续自己的行程。

一路上堂迭戈·德·米兰达一直没有说话，只是聚精会神地观察着堂吉诃德的言行。在他看来，堂吉诃德这个人说他聪明，却很疯傻，说他疯傻，却又很有见地。当时他还不知道已出版了堂吉诃德传记的第一部。他如果读了这部书，就不会对堂吉诃德的言行感到惊奇了，因为他会知道他究竟得的是什么样的疯病。由于绅士不了解堂吉诃德的底细，就把他一会儿看作很有见识，一会儿又看作疯子。说起话来，堂吉诃德总是头头是道，立论正确，谈吐高雅，而他的行为，却又常常冒冒失失，疯疯傻傻，荒谬绝伦。绅士自言自语地说：

“他将盛了奶酪的头盔扣在脑袋上，却以为魔法师打烂了自己的脑壳，难道还有比这更疯傻的吗？一个劲儿地想与狮子进行决斗，难道还有比这更莽撞，更荒唐的吗？”

他正在这么细细猜想，自言自语，堂吉诃德突然打断了他，说道：

“堂迭戈·德·米兰达先生，您一定以为我是个荒谬的疯子吧？您这样认为，也不足为怪，因为我的行为确实是疯疯癫癫的。不过，我还是希望您明白，我并不像自己的行为中表现出来的那么疯傻。一个威武的骑士当着国王的面，在巨大的斗牛场上，一枪刺中了暴怒的公牛的心脏，他是好样儿的；在比武场上，身披锦衣彩甲的骑士，在贵夫人、小姐们的面前驰骋入场，也是一件很光彩的事。在军事演习和其他类似的活动中，骑士们的表演可供王公贵族们消遣、娱乐，还能发扬国威，这些骑士也出尽了风头。但与上面说的这些骑士相比，游侠骑士更显光彩。他常常出入于沙漠中、荒野里、大道上、深山内，探奇历险，创建英雄业绩，以图万世留名。我认为，游侠骑士在荒野里救助一个寡妇比在朝陪伴君王的骑士在京城里给一个姑娘献殷勤更了不起。每个游侠骑士都有他们自己的职守。朝廷里的骑士确实有许多事情要做：他们要侍候夫人、小姐；身穿漂亮的制服，为朝廷装饰门面；拿自家饭桌上的好酒好饭去养活那些穷绅士；他们还要安排各种比武，有时步战，有时马战。他们在完成自己任务时，还要显露出高雅、豪爽的气概，更要做一个好的基督徒。这样，才算是个称职的骑士。然而，一个游侠骑士还得走遍天涯海角，进入蜿蜒曲折的迷宫；他要随时随地准备与敌人作战；在荒无人烟的野地里，他要经受盛夏烈日的炙烤，还要在寒冬腊月经受刺骨寒风的吹袭;他们不怕猛狮,不怕恶魔,不怕毒龙。不但不怕,还要前去寻找它们,和它们进行决战,将它们全都打败。这才是游侠骑士们主要的、也是真正的职责。我既然有幸成为游侠骑士中的一员,凡属自己职责范围的事,我见了就不能不管。就拿刚才和狮子搏斗这件事来说吧,我明知这是极端鲁莽的行为,但这件事属我职责范围,我就得去干。我知道什么是勇敢,那是介于鲁莽和胆怯这两个极端之间的一种美德。一个人勇敢有余成为莽汉要比勇敢不足成胆小鬼要好。挥霍无度的人比吝啬鬼更容易成为慷慨之士,同样的道理,莽汉比胆小鬼更容易成为真正的勇士。堂迭戈先生,关于冒险方面的事,请您听我说一句话:同样是输,多打一张牌比少打一张强;耳中听人说'某某骑士是个莽汉、冒失鬼',心里总比听人说'某某骑士是个胆小鬼、懦夫'舒服一些。"

"堂吉诃德先生,"堂迭戈说,"在我看来,您的一举一动,一言一行都非常合乎情理。游侠骑士道的规矩和法则都牢牢地记在您的心里呢。将来这方面的东西失传了,来找您这个活档案就可以了。天色不早了,我们走快一点儿,上我们村庄,到我家去歇歇脚吧。您刚才这场搏斗尽管不用体力,但精力上消耗不小,身体一定很累了吧。"

"堂迭戈先生,承蒙邀请,不胜荣幸,万分感激。"堂吉诃德说。

他们催赶着坐骑,下午两点便到了那个村庄,来到了堂吉诃德称为"绿衣骑士"的堂迭戈的家里。

第十八章

叙述堂吉诃德在绿衣骑士家的种种趣事和其他许多奇事。

堂吉诃德觉得堂迭戈·德·米兰达的家大得像个村庄。临街大门的门额虽用粗石块砌成,却雕刻着花纹。院子下面有个储放新酿的葡萄酒的酒库,门厅的下面则是个大地窖①。院子的四周堆放着许多酒坛。这酒坛是托波索的产品,触景生情,堂吉诃德思念起已经着了魔、变了脸相的杜尔西内娅。他长叹一声,情不自禁地吟唱道:

“当年赏心悦目的这些东西,
现在见了,只引起痛苦的回忆!②

啊,见到这些产于托波索的酒坛,使我想起了令我陷入无比痛苦的那个甜蜜的姑娘。”

堂迭戈的儿子——那个爱作诗的大学生听了,随即跟他的母亲出来接待客人。母子俩见堂吉诃德那奇异的装束,大为惊诧。堂吉诃德下了马,很有礼貌地请堂迭戈的妻子伸出手来让他吻。堂迭戈说:

“太太,这位是堂吉诃德·德·拉曼却先生,是世界上最勇敢、最有见识的游侠骑士,你要盛情款待他啊。”

---

① 酒库和地窖都是建在地下的。新酿的酒先储存在酒库里。随后再装在酒坛内或瓶子里,置放在地窖中,地窖里还置放火腿、咸肉和其他各种食物。

② 塞万提斯在这儿引用了西班牙诗人加尔西拉索·德·拉维加十四行诗集第十首诗的开头两行。

堂迭戈的夫人名叫堂娜克利斯蒂娜，她对堂吉诃德非常客气，殷勤招待，堂吉诃德也应答得彬彬有礼。他对那个大学生也很有礼貌地寒暄了一番。大学生听堂吉诃德的言语，觉得他很文雅，头脑也很灵光。

本书的作者在原著里将堂迭戈这个富有的乡绅家的陈设及屋内外的环境都作了详尽的描述。然而，本书的译者觉得这些细节与传记的主旨关系不大，就全部删去了。传记贵在真实，不必要的议论尽可略去。

主人们将堂吉诃德让到一间客厅内。桑丘替他卸去盔甲，身上只穿一件肥腿长裤和一件羚羊皮紧身上衣，上面沾满了盔甲上的铁锈。他衬衣的领子是大翻领，属学生装的式样，没有上浆，也没有镶花边；脚上穿一双柿子色的软皮靴，外面还套一双上了蜡①的皮鞋。他的剑挂在用海豹皮制的肩带上，据说他已患肾病多年②。他外面披一件灰呢大氅，呢料的质地很好。他一进门，就首先要了五六锅热水（每锅热水有时满些，有时浅些）冲洗自己的头脸，洗下来的水都是乳白色的。这要归功于桑丘，是他买来了美味佳肴——那几块倒霉的乳酪，将他主人染成个大白脸。堂吉诃德穿上了上面说的那身衣服，风度翩翩地来到另一间房间。大学生就在那儿等候他，打算在开饭之前与他闲聊一会儿。女主人堂娜克利斯蒂娜见贵客临门，为了显示自家的好客和富裕，正在精心准备饭食。

堂迭戈的儿子叫堂洛伦索。就在堂吉诃德脱卸盔甲的那个时候，他问父亲道：

“父亲，您带回来的这位绅士究竟是什么人呢？瞧他的称呼，还有他的模样儿真够怪的，又说他是游侠骑士，都把我和我妈弄糊涂了。”

“孩子，我也说不清他是什么样的人，”堂迭戈回答说，“我只能告诉你，我亲眼见到他干了些非常疯傻的事情，但他说起话来，却又很有头脑，因此，他干的傻事也就给抹去了。你去找他谈谈吧，看看他的头脑到底怎么样。你脑子灵，可以凭自己的头脑判别他是聪明还是疯傻。说实在的，我还是认为他疯傻，不能算是个聪明人。”

为此，堂洛伦索就过来和堂吉诃德进行闲聊了。他们谈了一会儿，堂吉

---

① 当时还没有鞋油，只用蜡擦鞋。

② 剑一般挂在腰部，他因肾脏有病，只好挂在肩带上。

诃德就对堂洛伦索说：

“令尊堂迭戈·德·米兰达先生告诉我，您天资聪明，很有才华，特别是诗写得很好。”

“诗我倒是写了一些，”堂洛伦索回答说，“但很好就谈不上了。说真的，我是很喜欢写诗，也喜欢读好诗，但我父亲说我的诗写得很好，我可不敢当。”

“您这么谦逊，我很赞赏，”堂吉诃德说，“因为诗人没有一个不骄傲的，他们都自诩为天底下头号大诗人。”

“任何事情总有例外吧。”堂洛伦索说，“也许有个把诗人并不以大诗人自居呢。”

“这种情况不多，”堂吉诃德说，“令尊大人说，您正在写诗，您眼下在写什么诗呢？如果是扩张诗的话，我倒对这种形式的诗略知一二，很想拜读拜读。您如果打算参加赛诗会，那应该争取得个二等奖，因为头等奖往往让评委们的熟人或贵人拿去了，二等奖才靠的真本领。这样一来，三等奖也就等于二等奖；而头等奖呢，反倒成了三等奖了。这种情况和大学里颁学位证书的情况一模一样①。不过，尽管这样，得个头奖总是件了不起的事儿。”

“直到现在为止，”堂洛伦索暗暗想道，“我还不能说你是疯子呢。再看看你下面怎么说吧。”

他说：

“我想您一定在学校里念过书。您专攻哪门学问呢？”

“我专门研究游侠骑士道方面的学问，”堂吉诃德回答说，“这门学问和诗学一样重要，甚至比诗学还高一等呢。”

“这骑士道是什么学问，我可不知道，”堂洛伦索说，“我至今还没有听说过。”

“这门学问把世界上所有的学科几乎全都囊括进去了，”堂吉诃德回答说，“为什么这样说呢，因为干这一行的人应该成为法学家，懂得合理分配、公平交易的规则，让每个人得到原本属于自己的或应该得到的东西；他应该是神学家，不管他到哪儿，只要有人来请教他，他就得将自己皈依的基督教

① 塞万提斯在他的中篇小说《玻璃学士》中，对颁发学位证书徇私舞弊的情况有所描述。

的教义讲解得一清二楚；他应该是个医学家，他更应该精通草药，能在人迹罕至的荒山野地里识别药草，用以治疗创伤，因为在那种地方，很难找到医生治伤；他也应该是个天文学家，通过观察星星的位置，便能了解已经是午夜几点钟了，也能确定自己的方位，知道自己已到了世界上哪一地带；他还应该精通数学，因为这门学问是他时时处处不可缺少的。另外，他还应该具备宗教和伦理规定的品德，这里就不说了。我们先说说那些小节吧。他应该像'人鱼'尼古拉斯（也叫尼古拉欧）①那样会游泳；也应该会给马蹄钉掌，会修理鞍辔。再回过头来，说说上面说到的那些品德吧：他应该对上帝和自己的意中人保持忠诚；他应该心地纯正，言谈文雅，慷慨大方，行为勇敢，遇到困难，坚韧不拔，对穷人一片仁慈。最后，还有一点，他应该坚持真理，为了维护真理，他应不惜牺牲自己的性命。一个优秀的游侠骑士就应该具备上面说到的这些大大小小的品德和本领。堂洛伦索先生，现在请您想一想，这门每个游侠骑士都应该学，都应该在行动中进行贯彻的学问，是雕虫小技呢，还是一门能和学院里最高深的课程相比美的大学问？"

"如果情况确实如此，"堂洛伦索说，"那么，我要说，这门学问比别的任何学问都要高深。"

"您说'如果情况确实如此'，这话是什么意思？"堂吉诃德问道。

"我的意思是说，"堂洛伦索回答说，"拥有这么多方面的品德和才能的游侠骑士过去是不是有过，现在还有没有，我有些怀疑。"

"这个问题我已说过许多次，现在我再说一遍吧，"堂吉诃德说，"世界上有许多人认为游侠骑士是从来没有过的。根据我多次的切身体验，除非老天爷显灵，创造奇迹，才能让人们相信游侠骑士确实过去有，现在也有，否则，你就是磨破嘴皮，也是白搭。因此尽管您也患了众人的通病，我并不想多费口舌。我只希望上苍能让您及时醒悟，让您明白，游侠骑士在古代非常有用，在当今也非常需要。只是在当今的世界上，懒散、贪图享受、热衷于吃喝玩乐的人越来越多了。"

"看来我们这个客人要溜了②，"堂洛伦索暗暗地想道，"不过，他怎么说

① 西班牙神话中的人物，善游泳。

② 意思是，堂洛伦索没法确认堂吉诃德是个疯子。

也是个疯子,只是个心胸开阔的疯子罢了。我要是看不到这一点,我自己也就成了无用的傻瓜了。”

他们的谈话就到这儿为止,因为有人来叫他们去吃饭了。堂迭戈问他的儿子,这客人的头脑究竟怎样。儿子回答说:

“他的头脑乱糟糟的,看来世界上没有一个良医能治好他的疯病了。不过,他这病的特点是一时糊涂,一时清醒,而且,清醒的时候居多。”

说完,他们就进去用餐。饭菜正如堂迭戈在旅途上说的那样,既清洁,又丰盛,味道也很好。堂吉诃德特别喜欢主人家环境的幽静,四周静悄悄的真像个隐迹山林的修道院。饭毕,撤走了杯盘,向上帝谢了恩,大家洗了手,堂吉诃德恳切地要求堂洛伦索将他参加赛诗会的诗念给自己听。堂洛伦索说,他不像有些诗人那样,别人请他们念时,他们偏不肯念;别人不叫他们念时,他们却又忍不住想念。接着,他又说:

“我将自己的扩张诗念给您听吧。我并不指望拿这首诗获奖,我只是练练自己的笔头罢了。”

“我有一个很有见识的朋友,”堂吉诃德说,“他认为,没有必要将精力耗费在作扩张诗上面。他说这话的理由是,扩张诗总是与原诗脱节,也常常超越原诗的含意与主旨。再说,扩张诗的诗律太严,不能用问句,也不能用‘他曾说’,‘他将要说’这样的词句;不能将动词改成名词,也不能改动原诗的意思。此外,还有种种规矩,约束着写这种诗的作者,这情景想必您也一定明白。”

“不瞒您说,堂吉诃德先生,”堂洛伦索说,“我一心想找您的岔子,就是找不到。您滑溜得像鳗鱼,早已溜走了。”

“您说我溜走了,”堂吉诃德说,“我不明白您这话的意思。”

“这话以后再说吧,”堂洛伦索说,“眼下请您仔细听,我来念我的四行原诗和扩张诗:

原　诗

如能将我过去变为当今,
那就用不到我苦苦相等;

让时间回头完全不可能，
但又害怕自己未来的命运……！

扩张诗

　　就像万事都在不断变幻，
命运之神给我无限幸福，
早成往事，一去不再复返；
无论大事，还是点点滴滴，
早已变成了历史的陈迹。
命运，我拜倒在你的脚跟，
千百年来一直向你敬恳，
务请你再一次对我开恩，
我将会感到无比的欢欣，
如能将我过去变为当今。

　　我不再追求享乐或光荣，
不图虚荣，不思取得成功，
不想取得胜利，出人头地，
只希望苦苦思念的幸运，
重又回来与我朝夕与共。
幸运啊，你如回到我身边，
我内心就会感到很平静，
再也不会受痛苦的熬煎，
但愿幸运之神快快降临，
那就用不到我苦苦相等。

　　我要求的事不可能办成；
时间的长河你向前飞奔，
早已成过去的那些事情，

让它们又重演怎么能行?
世界上谁也没有这本领。
光阴似箭,岁月朝前飞腾,
飞驰的时间再也无回程,
想让时间返回实属愚蠢;
过去的事已经成为过去,
让时间回头完全不可能。

困惑茫然中度过这一生,
时而期待什么,时而恐惧,
生怕死亡很快就会来临;
这样活着不如一命归阴,
为摆脱痛苦找到了捷径。
我愿这样结束自己生命,
但真要这样做却又不行;
开动脑筋细细进行思忖,
活着我真感到胆战心惊,
但又害怕自己未来命运。”

堂洛伦索念完他的扩张诗后,堂吉诃德立即站起身来,紧握堂洛伦索的右手,提高嗓音,叫嚷一般地说道:

“老天爷啊,真是后生可畏!您是当今世上头号大诗人!您可以当之无愧地戴上诗坛的桂冠,而为您加冕的并不是如某个诗人①(请上帝原谅他吧)说的在塞浦路斯或加埃塔②。如果雅典的皇家学院还在的话,该由这个学院给您加冕,否则,由眼下的巴黎科学院、波洛尼亚科学院或萨拉曼卡大学为您加冕!如果赛诗会的评委们不让您得头奖,我要祈求苍天,叫太阳神

① 这个诗人指与塞万提斯同时代的胡安·巴蒂斯塔·德·比瓦尔。他在一首讽刺诗中说他自己是个应在塞浦路斯或加埃塔加冕的诗人。

② 意大利濒地中海一城市。

用箭射死他们！叫那些文艺女神永远不迈进他们家的门槛！先生，您真是个令人钦佩的天才！我很想全面了解您的才华，您如果愿意的话，请再念一首长句诗①给我听听，好吗？"

尽管堂洛伦索将堂吉诃德视为疯子，但听到他的赞扬仍然感到沾沾自喜。啊，恭维奉承真是力量无穷，谁不爱听好话，谁不喜欢听甜言蜜语呀！堂洛伦索也不例外。他慨然答应堂吉诃德的要求，为他念了一首十四行诗。这首诗是以比若莫和蒂斯贝的恋爱故事②为题材写成的。

十四行诗

　　美丽的姑娘你捅破了墙洞，
向情郎比若莫敞开自己心胸；
爱神从塞浦路斯前来观望，
想看看这奇妙小洞有何功用。
　　两情相欢默默地站立洞中，
不敢用言语表达内心隐衷；
最大的困难也难不倒他们，
心有灵犀一点拨早已相通。
　　然而故事的结局令人心痛，
鲁莽的姑娘竟然走上死路，
这样做与她愿望截然不同。
　　两人在一把剑下结束生命，
合葬一墓，传说中起死回生，
这样的事历史上闻所未闻。

"感谢苍天，我的先生，"堂吉诃德听堂洛伦索念完这首十四行诗后说，"在当今无数个蹩脚诗人中，我终于见到了您这样一位登峰造极的大诗人。

① 指每行十音节以上的诗，因为堂洛伦索念的这首扩张诗为八音节诗。
② 这个故事出自古罗马诗人奥维德的长诗《变形记》。

凭这首诗的技巧，我就可以看出您是一位高手。”

堂吉诃德在堂迭戈家受到隆重的接待。他住了四天后，向主人告辞说，承蒙盛情款待，不胜感激，只是游侠骑士不能老是闲着享清福，他们身负重责，需要出去探奇历险；他听说这一带险事不少。他打算在这一带逗留几天，一直待到萨拉戈萨大比武的日子，再到那儿去。这样走，也是走的顺路。他听蒙德西诺斯洞周围的人们说，这洞内有许许多多怪事，他很想进入洞中看个究竟，随后他还想去探寻一下人们通称“七湖”的鲁伊德拉湖的发源地，想看看真正的源泉在哪儿。

堂迭戈和他的儿子称赞堂吉诃德，说他这样做很对。他们还告诉他，他们家里的东西，他喜欢的都可以拿去，他们将竭力为他效劳。他们还说，对堂吉诃德这样人品好、职业又崇高的人，他们有义务这样做。

告别的那一天，堂吉诃德喜气洋洋，但桑丘·潘沙却是愁眉苦脸。他在堂迭戈家有吃有喝的，日子过得非常适意。这会儿又要去荒无人烟的深山老林里忍饥挨饿，或者靠褡裢里的这一点干粮，过着半饥半饱的日子，心里实在不愿意。不过，他不走也不行，只好将自己认为需要的东西尽量装进褡裢里，将褡裢装得满满的。分手时，堂吉诃德对堂洛伦索说：

“我有件事不知对您说过没有。如果说了，现在对您再说一遍。您如想找条捷径，一举成名，就不能走作诗这条道路。这条道路太窄。您应该走做游侠骑士这条道路。这条路虽然更加狭窄，但很快就能让您当上皇帝。”

堂吉诃德是不是疯子，凭他这几句话，就可以定案了。他接下去说的话，就更是铁案如山了。

“我真想带您堂洛伦索先生一起走，这样就可以教您怎样宽容弱小，惩罚凶暴。这是我从事的这一行的美德。不过，您年纪很轻，还要继续您的学业，不能和我同行。我只想提醒您一句话，作为一个诗人，您如能虚心求教，采纳他人意见，就能成名。做父母的看不见子女的丑，对写文章作诗的人而言，这种偏见就更严重了。”

堂迭戈父子俩听了，再次感到万分惊异。他们觉得堂吉诃德说的话，有时很有道理，有时糊涂，两者混杂在一起。同时，他说来说去，最后，还是想出去猎奇冒险。宾主双方再次依依惜别，女主人也出来相送。堂吉诃德随即跨上罗西纳特，桑丘也骑上灰毛驴，一起告辞走了。

第十九章

叙述多情的牧人的故事和其他确有趣味的事情。

堂吉诃德离开堂迭戈的村庄还没有走多远，就遇到两个教士或大学生装束[①]的人，还有两个乡下人。一行四人都骑着毛驴。其中一个大学生模样的人拿一块绿麻布作包袱，里面似乎包着几件白色细毛料的衣服和两双毛线袜子。另一个大学生只带一对击剑用的崭新的黑剑[②]，剑头上套着皮套子。两个乡下人带着不少东西，看样子他们是在较大的集镇上采购了物品，准备回自己村子里去的。大学生和乡下人见堂吉诃德那个怪样，也像别人初次见到他那样感到十分惊异，并急切地希望知道这个人究竟是谁。

堂吉诃德和他们打了招呼，知道这几个人和自己同路，便表示愿和他们结伴同行。他请他们放慢驴子，因为他的马走得比毛驴慢。他没有等人家发问，就约略地说了说自己是什么人，从事什么职业。他说自己是走遍世界各地猎奇冒险的游侠骑士，名叫堂吉诃德·德·拉曼却，别号“狮子骑士”。这些话在两个乡下人听来，就像是希腊语和黑话一样难懂。然而，两个大学生却明白了他话中的含意，而且，很快就明白，这堂吉诃德的头脑有毛病。尽管这样，他们还是怀着又惊奇又尊敬的心情注视着他。其中一人说：

“骑士先生，游侠骑士猎奇冒险没有固定的路程。您如果愿意，就跟我们一起参加婚礼去吧。这家的婚事办得十分隆重，在曼却周围远远近近多年来没有办过这么阔绰的喜事了，您不妨去观光观光吧。”

---

① 当时教士和大学生的服装相同，都穿长袍。

② 用黑铁铸成，学习击剑时用。

堂吉诃德问,这么隆重的婚礼,是哪位王子迎亲?

“不是王子,”大学生回答说,“是庄户人家娶个农村姑娘。小伙子家是这一带的首富,姑娘是个绝代佳人,这场婚事办得非同一般,很有特色。婚礼在新娘村庄边上的一块草地上举行。新娘由于面貌姣好,大伙儿叫她美女吉德莉亚,那新郎叫财主卡马乔。姑娘今年十八岁,小伙子二十二岁,天造地设般的一对儿。有几个人爱管闲事,熟悉每个人的家世,他们说美女吉德莉亚家的门第比卡马乔家高一些。不过,大伙儿已不在意这点了。门第低一点没什么,只要钱多,也就变高了。这个叫卡马乔的小伙子真舍得花钱,他坚持要在整块草地上盖个大凉棚,将阳光遮挡得严严实实的,再也晒不进来。他还准备了各种舞蹈,有剑舞,也有带着小铃铛跳舞的舞蹈①。村上有的人跳起这种舞来,将铃铛摇晃得震天响。还有踢踏舞。不用我多说,他准是请了一大批人来跳这种舞。不过,我想那个伤心透顶的巴西里奥这次一定会来大闹一场。我刚才讲的这些事和许多我还没有讲到的事,过一些时候大家可能会忘掉,而巴西里奥的事是忘不了的。巴西里奥是吉德莉亚同村的年轻人,他家离姑娘家只是一墙之隔。比若莫和蒂斯贝的恋爱故事已被人们遗忘了,爱神又让这个故事重演了一遍。巴西里奥和吉德莉亚是青梅竹马,从小就非常要好。因此,村上人闲来无事,就把这一对小比若莫和小蒂斯贝的恋爱故事讲来消遣。孩子们渐渐长大了,吉德莉亚的父亲就不让巴西里奥像往常一样进入自己家门。他生怕以后会出什么意外,决定将女儿许配给财主卡马乔。他不愿意将女儿嫁给巴西里奥,这小伙子人品不错,但家境并不太好。平心而论,我们认识的小伙子中数他最矫健:铁棒他掷得最远,摔跤是个能手,球也打得很好;奔跑起来,像鹿一样轻快;跳起来比山羊还有劲。在玩击柱游戏时,他发出的球仿佛像着了魔似的。他唱起歌来像只百灵鸟,一把吉他弹得神极了。他尤其擅长击剑,他的剑术是一流的。”

“光凭他的剑术,”堂吉诃德插言说,“这小伙子不仅可以娶美女吉德莉亚,要是希内布拉王后还活着的话,他也配娶她,即使朗塞罗特之流出来阻

---

① 剑舞是托莱多王国的舞蹈;“带着小铃铛跳舞的舞蹈”指节日跳的集体舞,跳舞的人在腿肚子绑着一串铃铛,跳时随着节拍发出丁当声。

挡也没有用。”

“这件事就得听我老婆的了，”桑丘·潘沙一直默默无言地听着，这时也插言道，“她一向主张门当户对。她常常爱说这样的老话：‘山羊配山羊’。我认为巴西里奥这小伙子不错，我也挺喜欢，但愿他能娶上这个吉德莉亚小姐。谁不让相爱的人结婚，就祝福他——不对，我的意思正好相反，该处罚他，让他不得长寿快乐。”

“如果双方相爱就能结合，”堂吉诃德说，“那么，女儿嫁给谁，父母就无法进行选择；什么时候办喜事父母也无权过问。如果选择自己的丈夫全凭女儿的意愿，那么，她也可能选中父亲的用人，甚至有的见到街上走过一个爱打爱闹的流氓，因为他长得英俊潇洒，就被选为乘龙快婿。择偶成家非常需要眼力，而爱情又往往会迷人心眼，让你看不清事实的真相，出了偏差。为此，需要慎之又慎，还要靠上天特别保佑，才能把这件事办得妥帖。小心谨慎的人出远门，出发前要找个靠得住、合得来的人做伴儿。人生的道路漫长，一直要走到死才是尽头，为什么不也找个伴儿同行呢。再说夫妻这一对人生旅伴还要同床共寝，同桌用餐，时时处处都要在一起的。成家立业不同于商品买卖，娶了女人可不能随便退货，也不能交换，这是一辈子的结合，再也不能分开。婚姻是一条绳索，一旦套上自己的脖子，就打成了死结，除了死神这把镰刀能割断外，谁也无法解开。有关这方面的情况，我还有许多话要说，只是我很想知道，硕士先生对有关巴西里奥的事是不是还有话说，所以，就暂时说到这儿吧。”

堂吉诃德称为“硕士”的那个取得了学士学位的大学生回答说：

“要讲的都快讲完了。巴西里奥获悉美女吉德莉亚即将与财主卡马乔结婚这个消息后，再也没有见他脸上露过笑容，也没有听他说过一句有头有脑的话儿。他整天愁眉苦脸，郁郁寡欢；也常常自言自语，显然头脑已不太清楚了。他吃得不多，睡得也很少。要吃就吃点水果，要睡就睡在野地里，像畜牲一样。他时常两眼观天，也常常盯视着地面，痴呆呆地瞧着，活像一尊穿着衣服的塑像，只见风吹着他的衣服在飘动。总之，他是一心一意爱着那个姑娘。因此，熟悉他的底细的人都清楚，如果明天婚礼上美女吉德莉亚答应一声‘我愿意’，这就等于宣判他的死刑。”

“上帝会有更好的解决办法的，”桑丘说，“老话说，‘上帝让你长个疗，总有药给你治病’；‘事情还未到，谁也不知道’。从现在到明天还有好多个钟头呢，而房子塌下来只需一个钟头，甚至只需一瞬间。‘我见过半边下雨半边晴’；‘今晚躺下身强力壮，明天早起动弹不了’。请问，‘谁能夸口说自己命运的轮子上钉了一个钉子呢？’显然不能这么做。在女人说的‘我愿意’和‘我不愿意’之间，我连别针的针尖也插不进，因为压根儿就没有这个空隙。我只觉得吉德莉亚在一心一意爱着巴西里奥呢。我愿意奉送巴西里奥满满一口袋好运气。我听人说，‘情人眼里，黄铜变纯金，穷人变富翁，眼屎变珍珠’。”

“桑丘，你这个鬼家伙，你还有完吗？”堂吉诃德说，“你一旦讲起谚语格言来，就只有请魔鬼来将你带走，才有个头。我请问你这个畜生，你说的什么钉子呀，轮子呀，还有什么别的东西，你自己懂得这些话的意思吗？”

“哦，我说了半天，没人听懂我的意思，”桑丘说，“怪不得您将我的这些话都当成胡说八道了。不过，不要紧，反正我自己明白，我刚才说的话并不是胡话。我的老爷，只是您对我说的话，甚至对我做的事儿，太‘可求’了。”

“你应该说‘苛求’，而不是‘可求’，”堂吉诃德说，“好好的话，都让你这个说别字的糟蹋了。”

“请您不要老是同我过不去，”桑丘说，“您心里明白，我不在京城里长大，又没有在萨拉曼卡上过大学，压根儿就不会咬文嚼字。是呀，愿上帝保佑我吧。我们总不能让萨亚戈人说话都和托莱多人一样①吧；即使是托莱多人，也不是每个人的话都说得那么文雅的。”

“没有错儿，”硕士说，“同是托莱多人，生长在制革厂和索科多维尔这一带的人说起话来就和成天在大教堂走廊上散步的那些人不一样②。除非是有修养的贵人，否则，即使是出生在马哈拉洪达③的人，说起话来也不一定都很纯净、精确、高雅、明快。我说‘有修养’，是因为许多人没有修养。有修养的人，说起话来才符合规范。先生们，我在萨拉曼卡大学是专攻教会法规的，我自己觉得在表情达意方面明白无误，有表达能力。”

---

① 塞万提斯时期一般人认为，萨亚戈（属今萨莫拉省）人说话比较粗俗，而托莱多人说话比较文雅。

② 制革厂和索科多维尔这一带是西班牙社会下层人士、流浪汉聚居的地方。

③ 马德里西北部一城镇。

“你自诩在击剑方面下的功夫超过在运用舌头方面下的功夫，”另一个大学生说，“要不是这样，你在获取硕士学位时，可以雄居榜首，而不至于成了最后一名。”

“学士，你听我说，”硕士说，“世人都把击剑术看成没用的东西，你也是这么看的，这种看法非常错误。”

“这不光是个看法，这是有根有据的事实，”科尔楚洛①说，“你如果想让我用事实来证实一下，你身上就带着两柄剑，这儿有的是场地，我有手劲，有力气，也有这个胆量。用不了多长时间，我就会让你承认，我这看法是对的。你快下驴，运用你的剑步，使出你那套圆弧形和方角形的看家本领吧。我就用自己的笨办法，准打得你白天眼冒金星。愿上帝保佑。我想，我这一套谁都敌不过，能打得我转身逃走的人还没有出生呢。”

“你转身逃跑不逃跑，我不管，”击剑手说，“不过，说不定你一上场，脚跟还未站稳，小命就送掉了。我的意思是说，你瞧不起的剑术可以叫你当场毙命。”

“那就看着瞧吧。”科尔楚洛说。

他立即一跃从驴背上下来，怒冲冲地抽出一把硕士驴子上带的剑。

“请你们火气别这么大，”这时，堂吉诃德插言说，“我愿意成为这场击剑比赛的场外指导和裁判。”

他从罗西纳特身上下来，紧握手中的长矛，站立在路的中间。这时，那硕士已走着剑步，动作异常潇洒地朝科尔楚洛逼近。科尔楚洛也像人们常说的那样，眼里迸出火花，迎了上去。那两个一起来的乡下人仍骑着毛驴，观看这场你死我活的恶战。科尔楚洛这时又是砍，又是刺，又是劈，又是反手刺，又是双手劈，那把剑像下雹子一样向对方袭来，一下子不知砍了多少次。瞧他那进攻的样子，真像一头怒狮。硕士以剑相迎，拿剑头上的皮套子在对方嘴边打了一下，使他在盛怒中也不得不停下来，像吻圣物一般地对皮套子吻了一下，尽管并不像吻圣物那样怀着一片虔诚。

最后，硕上的剑锋屡屡刺中对手短道袍上的纽扣，将道袍的下半部分撕得一片一片的，活像章鱼的触须。他还将对方的帽子打落了两次，弄得他狼

① 学士的名字。

狈不堪，又气又急，终于抓住剑柄，用尽平生之力将剑抛得老远。那两个乡下人，其中一人是公证人，他赶过去拾那柄剑。他后来作证说，这柄剑扔出去足足有四分之三西班牙里地①。这足以证明，技巧胜于蛮力。这是人们一致公认的。

科尔楚洛精疲力竭地一屁股坐在地上。桑丘来到他身边，对他说：

“学士先生，您听我一句话，往后您对谁也别比剑了，要比就跟人家比摔跤和扔铁棒。您年纪轻，有的是力气，这方面准行。我听人说，那些击剑手可厉害呢，他们能将剑锋刺进一根针眼里。”

“我这会儿栽了跟斗，反而觉得高兴，”科尔楚洛说，“因为经验表明，我确实不如他。”

说完，便站起身来，拥抱了硕士，两人的友情更加深了。他们估计那公证人去拾取那柄剑，回来还需一些时间，就不想等他了，决定立即上路，尽早赶到吉德莉亚的那个村庄。他们一行四人也是那个庄上的人。

一路上，硕士对大家讲述剑术的妙处，说得有凭有据，形象生动，大伙儿听了都明白这门学问确实有用，科尔楚洛也因此抛弃了自己的成见。

天已黑下来了。他们还没有进村，就见到村前灯火辉煌，像是满天繁星。同时，耳中还传来各种乐器的吹奏声，有笛子、小鼓、萨尔特里欧②、钹、手鼓和串铃等。他们来到村口，见到那儿有一座用树枝搭成的很大的棚子，上面挂着无数盏灯笼。当时风很微弱，连树叶都吹不动，灯笼不会被风吹熄。那些弹奏乐器的人也都是来贺喜的客人。他们三五成群地在一起，有的跳舞，有的唱歌，有的演奏着上面说的各种乐器。整个草地洋溢着欢乐、愉快的气氛。

还有不少人正在忙着搭看台。人们站在这些看台上，可以舒舒服服地观看翌日即将在这儿演出的戏剧和舞蹈，以庆祝财主卡马乔的婚礼，同时，也是巴西里奥的丧礼。尽管乡下人和硕士一再请堂吉诃德进村，他却执意不肯。他说了一大套自己认为十分充分的理由：游侠骑士向来只在野外露宿，村镇内即使有镀金天花板的房子，他也不进去投宿。说完，他便离开大

---

① 这显然是夸张，因为一西班牙里合五公里半。

② 一种古琴。

道，朝野地里走了一段路。这样做大大有悖于桑丘的愿望，他这时正在回想在堂迭戈家受到盛情款待的情景。

第二十章

叙述财主卡马乔的婚礼和穷人巴西里奥的遭遇。

太阳神那灼热的光芒还没有烘干白色的黎明女神金发上的点点湿淋淋的露珠，堂吉诃德便伸展开四肢，伸了个懒腰。他随即起身，并准备叫醒他的侍从桑丘。桑丘这时还在打鼾呢。堂吉诃德见了，没有叫醒他，只是说：

"唉，你呀，真是世界上最有福气的人。你既不妒忌他人，也没有人来妒忌你；你舒舒服服地睡你的觉，既没有魔法师来迫害你，也没有魔法来惊扰你。我再说一遍，你睡吧，这话我还要说一百遍呢。你用不到为情人吃醋，整夜失眠；也不用为债务与一家数口的一日三餐费尽心计，辗转难眠。你既没有雄心大志，也不追求虚荣；你最大的愿望就是喂饱你的驴子，至于你个人的温饱，已全都包在我的身上了。这也是做主人的应尽的义务，历来如此。仆人在睡大觉，主人彻夜不眠，在思考着怎么养活他，提拔他，奖赏他。如果天干地旱，许久未降甘霖，主人感到忧心忡忡，仆人却无动于衷；丰年时仆人为主人效劳，荒年歉收时，主人养活仆人。"

堂吉诃德这番话，桑丘没有听见，因为他还在睡觉。如果堂吉诃德不拿矛柄将他拨醒，他还会睡下去。他醒来了，但还是睡眼惺忪，全身懒洋洋的。他回头朝四周看了一眼，说：

"如果我没有弄错的话，从棚子那边飘来了烤肉的香味，还带点儿香料的味道。我可以保证，这喜事一开始就这么香气四溢，饭菜一定是非常丰盛的。"

"快闭嘴吧，你这个贪吃的家伙！"堂吉诃德说，"走，我们去看看婚礼，再看看这个被人冷落的巴西里奥会干些什么。"

“他爱干什么，就让他干什么吧，”桑丘说，“他如果有钱，就可以娶吉德莉亚；他连一个子儿都没有，能高攀得上吗？说真的，老爷，我向来主张穷人要安分守己，不要异想天开。我可以拿自己的一条胳膊打赌，卡马乔的里亚尔多得可以将巴西里奥的身子都埋起来呢。情况的确是这样的。卡马乔准是送了吉德莉亚许多漂亮的服装和珠宝首饰。吉德莉亚如果不要这些东西，反选中了那个掷铁棒、耍黑铁剑的巴西里奥，那她真是个傻姑娘了。铁棒掷得无论多远，剑术无论多高明，也换不到酒馆里的一杯酒。这方面的本领换不了钱，就连狄尔洛斯伯爵[①]有这种本领也赚不到钱。除非家财万贯的人，又有这种本领，那才了不起！打好地基，才能建起万丈高楼，而金钱就是世界上最牢固的地基。”

“看在上帝的分上，你快别噜苏了，”堂吉诃德说，“我看你这个人见什么就说什么。如果让你一个劲儿地说下去，你恐怕连吃饭和睡觉的时间都没有了。”

“如果您记性不坏，”桑丘辩驳说，“您一定还记得，我们这次出门有约在先，只要不触犯别人，不触犯您，您得让我爱说什么，就说什么。我觉得到现在为止，我一直没有违反过这个约定。”

“我可记不得有这样一个约定了，”堂吉诃德说，“即使有，我也希望你别多说了。快走吧，昨天夜里听到的那种乐器又在草地上演奏了。婚礼准是趁早晨凉快举行，不会拖到炎热的下午的。”

桑丘依从主人的话，给罗西纳特套上鞍辔，又给灰驴套上驮鞍，主仆俩跨上坐骑，缓缓地朝那个棚子走去。

首先映入桑丘眼帘的是用整棵榆树做成的大木叉上烧烤着整只牛犊，用来烧烤的木柴堆成一座小山丘。柴火的四周安放着六只大锅。这不是一般的锅子。那是六只只剩下半截的大酒坛，每只酒坛足以容纳屠宰场所有的肉。一只只全羊扔进锅子里，就像小鸽子那样见不到影儿。树上挂着数不清的剥去皮的兔子和拔掉毛的母鸡，等着下锅。树上还晾着无数只禽鸟和野味。

每只容量超过两阿罗瓦的皮酒袋，桑丘点了一下，共有六十余只。后来

---

① 西班牙传统歌谣中的人物。

证实,每只酒囊里全都装满了上好的葡萄酒。白面包像打麦场上的麦子一样,堆成一堆一堆的。奶酪就像砖块一样,砌成了一座高墙。两只比染缸还大的油锅正在炸面食,旁边放着一只满是蜂蜜的锅子。面食炸好了,就用两把大铁铲捞起来,在蜜锅里浸一浸。

男女厨师有五十余名,人人都手脚勤快,高高兴兴地干着活儿。那只正在烧烤的牛犊的肚子里,塞进了十二头肥嫩的乳猪,牛肚子外面缝上,这样烤出来的乳猪特别鲜嫩。各种香料和食品的佐料不是论磅,而是以阿罗瓦计买回来的,全都堆放在一只大柜内。总的说来,这次喜酒办得虽有些土里土气,但确实非常丰盛,足足可以让一支军队大吃一顿。

这一切桑丘·潘沙全都一一细看细瞧,不禁心花怒放。他首先给大锅内的炖肉吸引住了,恨不得一口气吃它大半锅;接着,他看中了那几只皮酒袋;最后他又喜欢上油炸果子。那些炸果子的油锅太大了,简直不像煎锅。他实在忍不住了,就来到一个忙个不停的厨师身边,客客气气地对他说,自己饿得不行了,想拿块面包蘸着锅里的肉汤吃。厨师回答说:

“大哥,多亏财主卡马乔,今天谁也不会饿肚子。快下驴吧,找一把勺子,捞一两只母鸡,好好地吃一顿。”

“这儿没有勺子。”桑丘说。

“请等一下,”厨师说,“我的天哪,你也太拘谨了,真不中用!”

说完,便抓起一只吊锅,伸进炖肉的大酒坛里一下子就舀出三只母鸡、两只熟鹅,对桑丘说:

“吃吧,朋友,吃中饭还得等一会儿呢,先吃点这个垫垫底吧。”

“我没有东西装呀。”桑丘说。

“那你就连锅子一起端走吧,”厨师说,“卡马乔财大气粗,今天又是大喜日子,拿这点算个啥。”

与此同时,堂吉诃德却在瞧着走进棚子内的十二个村民,他们各骑一匹非常漂亮的母马,鞍辔华美精巧,皮带上还系着许多铃铛。这十二个人都穿着节日的盛装,喜气洋洋,以整齐的步伐,绕着草地奔驰了好几圈。一边跑,一边欢呼着:

“卡马乔是大财主,吉德莉亚是天下第一美女,财主配美女,祝他们长命百岁,白头偕老!”

堂吉诃德听了，心里想道：

“这些人显然没有见过我的杜尔西内娅·德尔·托波索。如果见到过她，他们就会明白，自己赞扬吉德莉亚有点过分了。”

不久，各种舞蹈队就从棚子的各个角落进入棚内。舞剑的这一队是二十四个英俊的小伙子，身穿白色麻纱上衣，头上包着一块五彩绣花丝巾。领头的是一个动作轻捷的少年。刚才骑母马的人中间有一个问那少年，舞剑的人中间有没有人受伤。

“托上帝的福，到现在为止，大伙儿都挺好，没有人受伤。”

说完，他便和他的伙伴们跳起剑舞来。他们时而转身，时而纵跳，技术非常高超。堂吉诃德虽见到过这种剑舞，却从来没有见到过跳得这么精彩的。

他认为另一个舞蹈队也很出色。队员都是年轻漂亮的姑娘，年龄均在十四岁到十八岁之间，服装呈淡绿色，头发一部分编成辫子，一部分披散着，全是金发，比阳光还要耀眼。她们头上还戴着用茉莉、玫瑰、长春藤和耐冬等各色花草扎成的花环。领队的是一个德高望重的老者和一个很有身份的老太太。两人虽然都上了年纪，但动作却十分灵便。有人吹着萨莫拉短笛为他们伴奏。姑娘们脸上的表情和眼神都很庄重，舞步却非常轻盈。看来她们都是世界一流的舞蹈家。

随即又进来一个舞蹈队，那是表演舞剧或“吟诵剧”的，全队有八名仙女，分成两组，一组由丘比特率领，另一组由财神带领。爱神身上有一对翅膀，还有弓、箭和箭囊；财神穿金戴银，衣着异常华丽。由爱神率领的那几名仙女背后缀着一方白色羊皮纸，上面以大号字体写着她们各自的名字；第一名仙女是“诗神”，第二名是“智慧”，第三名是“高贵”，第四名是“勇敢”。用同样的方法，跟在财神后面的仙女也标着自己的名字，第一个仙子叫“慷慨”，第二个叫“馈赠”，第三个叫“珍宝”，第四个叫“享用”。在众人面前还有一个木制的城堡，由四个扮成野人的人拉着走。他们身上缠着藤条，还裹着绿色的麻布，装扮得活像野人，差一点吓着了桑丘。在城堡的正面和四周都书写着“谨慎之堡”几个大字。有四个技巧娴熟的鼓手和吹笛子的为他们伴奏。

舞剧由丘比特领先开场。他转动了两下，又舞动一下身子，抬眼拿弓瞄

准站立在城堡雉堞上的一个少女,说道:

我就是万能的爱神,
我管辖天上和人间,
无论是什么样的人,
哪怕到了阴间、海底,
想躲开我绝不可能。
我不知什么是害怕,
我要什么,定能办妥;
即使办不成的难事,
我也要利用我的权势,
让它能顺遂我的意志。

他念完这首小诗,便对着城堡的顶部射出一箭,然后,退到原来的位置上。接着,财神出场。他也转动了两下,舞动一下身躯。鼓声停止后,他说:

走在前面的是爱神,
我却比他更有本领;
若论出身我属豪门,
我的名气也大得很,
全世界数我最有名。
与我财神爷交朋友,
只有少数人有成就;
没有我将一事无成,
如能得到我的帮助,
你一定能繁荣昌盛。

财神退场后,“诗神”上场。她也像刚才两位那样转了两下,舞动一下身子,抬头望了望城堡上的那个姑娘,说:

我是人见人爱的诗，
高雅、庄严、满怀情思，
无比甜蜜，充满睿智，
姑娘，我对你的情意，
包含在千百首诗里。
眼看你交上了好运，
却遭女人们的妒忌；
如不厌弃，我帮助你，
这可以提高你名气，
使别人都比不上你。

“诗神”退场。财神队里的“慷慨”出来，也转了两下，又舞动一下身子，说道：

大伙儿都叫我“慷慨”，
可我并不乱花钱财；
吝啬刻薄，挥霍浪费，
两者都是极端行为，
豪爽大方才是美德。
可是，为了你的脸面，
往后我要放手花钱，
虽是过分，却不丢脸，
为的是胸中的情爱，
由此得以充分表现。

两组的角色就这样一一出场，先是转两下，舞动一下身子，随后就吟诵诗。有的诗相当高雅，有的滑稽可笑，诵完就退到原位。堂吉诃德的记性虽好，也只记住了上面的那几首。继而，两组的演员合在一起，手拉着手，翩翩起舞。他们时分时合，舞姿优美动人。爱神每次通过城堡时，总对着城堡的顶端射出一箭。财神通过时，只对着城堡壁掷金色的储钱罐，一碰在壁上罐就破碎了。

跳了好大一会儿舞后，财神便取出一只用罗马大猫皮缝制的口袋，里面像是装满了钱币。他使劲将口袋朝城堡掷去，城堡给砸塌了，木板一块块掉下，城堡内的那个姑娘失去隐身处，整个身子都显露出来。财神带着他那一组人来到她面前，拿一条粗大的金项链套在她脖子上，意思是已将她擒获，使她当了俘虏。爱神的那一组人见了，连忙做出种种姿态，意思是要救她，帮她摘掉项链。所有这些动作全都以舞蹈的形式表现出来，同时配上鼓乐。四个野人出来调解，两组人不再争斗。接着，野人们又迅速地支起木架，将城堡重新装好，并将那姑娘重新关进城堡内。舞剧就这样结束，大伙儿看了，都异常高兴。

堂吉诃德问一个扮演仙女的演员，这舞剧是谁编导的。她回答说，是村上的一位教士，此人在这方面很有些才能。

“我可以打赌，”堂吉诃德说，“这位教士准是跟卡马乔要好，跟巴西里奥不好；他不爱做晚祷，却喜欢吟诗演戏。这出舞剧里将巴西里奥的才干和卡马乔的财富表现得恰如其分。”

他们间的谈话桑丘全听到了。他插言说：

“哪只公鸡赢，我喜欢哪一只①。我拥护卡马乔。”

“桑丘，说到底，你是个势利眼，”堂吉诃德说，“你就是大喊‘胜利者万岁’的那种人。”

“我属于哪一类人，连我自己也不清楚，”桑丘说，“我只知道，从巴西里奥的锅里，我永远也不可能捞到从卡马乔的肉锅里捞到的那么多好吃的东西。”

说完，他便将满满的一锅鹅、鸡端给堂吉诃德看。随后抓起一只母鸡，津津有味地大嚼起来。他又说：

“巴西里奥的才干顶个屁用！你有多少钱，就有多大价值；你有多大价值，就有多少钱。就像我奶奶说的那样，世界上只有两种人，一种人有钱，一种人没有钱。她站在有钱人的那一边。我的堂吉诃德老爷啊，当今这个世道，有钱的比有本领的强。老话说，‘配上金鞍辔的驴胜过套上驮鞍的马’。

① 这句西班牙谚语也可以译成“成者为王”。

所以，我再说一遍，我拥护卡马乔，他锅里的玩意儿可多着呢，又是鹅，又是鸡，又是家兔，又是野兔，丰富极了。巴西里奥的锅里呢，只是一锅清水罢了。捞不到什么，反会烫了自己的脚。”

“桑丘，你还有个完吗？”堂吉诃德说。

“没有完也得完啊，”桑丘回答说，“因为我已看出您听得不耐烦了。您如果不打断，我足足可以说上三天。”

“桑丘啊，我要祈求上帝，”堂吉诃德说，“在我死之前，让你变成哑巴。”

“照眼下这种日子过下去，”桑丘说，“您还没有闭眼，我就入土了。到那时我就成了真正的哑巴了。只有等到世界末日——至少是等到最后裁判日，我才能开口。”

“桑丘啊，即使发生了这种情况，”堂吉诃德说，“你的沉默还是抵不过你这辈子过去、现在和将来说的话。再说，按照自然规律，我总是死得比你早，因此，我这辈子就别想见到你变成哑巴了。即使在你喝酒和睡觉的时候，也没有这个可能。这点我可以肯定。”

“说实在的，老爷，”桑丘说，“对白骨精——也就是死神你可不能过于信任。无论是羊羔还是老绵羊，死神都照吃不误。听我们村上的神父说，死神的脚不仅踩进穷人的茅舍，也一样踏入帝王家宫殿。死神的权力极大，他既不矫揉造作，也不挑肥拣瘦，什么东西死神都吃，吃什么都行，不管是什么人，不管有多大的年龄，死神全都塞进自己褡裢里。死神从不睡午觉，一天二十四小时不停地在收割，干草青草一起割。死神吃东西似乎不咀嚼，爱囫囵吞，面前放着什么，就吞吃什么，因为他饥不择食，而且永远吃不饱。死神尽管没有肚皮，却似乎害着水肿病，喜欢拿活人的生命像喝瓦罐里的凉水一样喝进肚里解渴。”

“别说了，桑丘，”听到这里，堂吉诃德打断他说，“常言道，适可而止，不会出事。说句实在话，你用通俗的语言对死神发表的这番议论比得上一个好的讲道师呢。桑丘，我对你说吧，像你这样天生的好口才，如果再配上一副聪明的头脑，你就可以随身带个讲坛，到世界各地传经讲道去。”

“老话说，‘人缘好，胜讲道’，”桑丘说，“我可不懂什么神学圣学的。”

“其实也用不着，”堂吉诃德说，“不过，我不明白你为什么会懂得这么多。敬畏上帝是智慧的开端①。可你连蜥蜴都害怕,却不畏惧上帝。”

“老爷,您就只管您的骑士道吧,”桑丘回答说,“别人怕不怕您就管不着了。其实我和村上每个人一样,也敬畏上帝。您现在让我快点把锅子里的这些好吃的东西打发掉吧,别的全都是废话,留到来世去讲也不晚。”

说完,他便大口大口地吃起锅子里的美食来。瞧他吃得那么津津有味,堂吉诃德的嘴也馋了。要不是发生了下一章要讲到的那件事,他准会上去帮桑丘的忙。

① 《旧约全书·诗篇》第一百十一篇第十节:“敬畏耶和华是智慧的开端。”

第二十一章

继续叙述卡马乔的婚礼和其他有趣的事情。

堂吉诃德和桑丘正如前一章说的那样在说话时,突然听到一阵喧闹声,原来是那十二个骑母马的人在奔驰呐喊,欢迎新郎新娘的到来。新郎新娘在一片鼓乐声中,进入凉棚内。陪同他们的有本村的神父和男女双方的亲属以及村庄周围的头面人物。大伙儿都穿着节日的盛装。桑丘一见到新娘,就说:

"啊,瞧她那模样一点儿不像农村姑娘,倒像个俊俏的贵族小姐!我看她胸口挂的不是那个铜牌牌儿①,而是名贵的珊瑚项链;她身上穿的不是昆卡产的绿色毛呢,而是有三十层绒面②的天鹅绒。她衬衣上的镶边,不是白麻纱,我可以发誓,那是绸缎。她手上戴的那些戒指肯定不是玉石的,那是金戒指,是纯金打的。戒面上镶着像奶酪一样洁白的珍珠,每颗珍珠的价钱抵得上脸上的一只眼珠子。妈的,婊子养的,瞧她头发有多漂亮!除了假发,我这辈子没有见过这么长、这么金黄的头发!瞧她那举止和身材,完美得谁也挑不出一点毛病来。她头发上,脖子上挂着一串串首饰,活像一棵能移动的棕榈树,上面结满枣子般的果实。我凭自己的灵魂起誓,这样漂亮的姑娘,还有谁能比得上!"

堂吉诃德听了桑丘这个土里土气的乡巴佬这一番赞词,忍俊不禁。不过,他也觉得,除了自己的意中人杜尔西内娅·德尔·托波索小姐,他确实

---

① 西班牙乡村妇女作为装饰品挂在胸口的金属片,上面有圣人像或刻着某些宗教语句。

② 这是桑丘的夸张,天鹅绒一般只有两面绒。

还没有见到过这么标致的姑娘。美丽的吉德莉亚这时气色不太好，大概她这个做新娘的由于今日要举行婚礼，昨夜连夜梳妆打扮，没有睡好觉。新郎新娘一行人来到棚子一边的一座临时搭起来的舞台边，舞台前铺着地毯，四周装点着树枝。舞台是用来举行婚礼，观看舞蹈演戏的。他们正要走上舞台，突然听到背后有人大声说话。他说：

"请你们等一等，别这么只为自己着想，这么着急！"

众人闻声回头，见到一人身穿黑色外套，上面镶嵌着一块块火焰般的红布；接着，又看到他头上戴一顶象征死亡的柏枝冠，手中拿一根长长的手杖。待这个人再走近一点儿，大家认出他就是那个英俊的巴西里奥。一时间人们都愣住了，不知他刚才说了这几句话后还想干些什么，生怕他这个时候来这儿，会生出事端。

他跑累了，上气不接下气地来到新郎新娘的面前，将一端镶着钢尖的手杖插在草地上，脸似死灰，双目注视着吉德莉亚，用嘶哑的颤抖着的声音说道：

"你这个没良心的吉德莉亚，你心里明白，根据我们定下的神圣约法，只要我还活着，你不能嫁给别人。我为了不让你丢脸，一直在发奋图强，振兴家业，因此，婚事就得过一些时候操办，这点你心里也清楚。可是，你辜负了我一片心，竟然将原本许给我的又给了他人。他很有钱，他交上了好运，真是鸿运当头，吉星高照呀。看来这是天意，我也只好服了。为了使他福上加福，我准备替他亲手扫除妨碍他获得幸福的障碍，毁了我自己。但愿财主卡马乔和没良心的吉德莉亚长命百岁，白头偕老！我巴西里奥这个穷光蛋该死，我太穷，得不到幸福，只能进坟墓！"

说完，他一把抓住插在地上的手杖，往上一抽，抽掉的是个剑鞘。原来那是一把手杖剑，剑柄还深深地插在泥地里。他动作十分轻捷地朝剑锋毅然扑去，剑锋立即刺透胸膛，血淋淋地在他的背部露出。他混身是血，躺倒在地。

巴西里奥的朋友见到这一悲惨的景象，立即赶去救援他。堂吉诃德也下了马，前去救助。他将他抱在怀里，发现他还没有咽气。有人想拔出插在他身上的剑，但在场的神父主张先让他进行忏悔，因为他怕剑一拔，他就没命了。巴西里奥这时缓过一口气来，以非常微弱的声音哼哼着说道：

“狠心的吉德莉亚，你如能在我生命的最后时刻愿做我的妻子，我觉得我这样做还是值得的，因为我终于成了你的丈夫。”

神父听了，对他说，他应该首先考虑怎样拯救自己的灵魂，不要一心念及肉体的性爱；他应该真诚地请求上帝宽恕他的种种罪孽，并原谅他做出这样轻率的决定[①]。巴西里奥回答说，如果吉德莉亚不答应做他的妻子，他绝对不会进行忏悔。只有这方面遂了心后，他才有愿望，才有力气来进行忏悔。

堂吉诃德听了伤者的要求，大声地说，巴西里奥提出的这点要求合情合理，而且也容易办到。卡马乔先生从勇敢的巴西里奥那儿娶过他的遗孀和从吉德莉亚父母身边娶过一位小姐一样，不会丢失面子的。他又说：

“这件事只不过是答应一声‘我愿意’罢了，因为这位新郎的洞房就是他的坟墓。”

卡马乔这时急得不知如何是好。巴西里奥的朋友们吵吵嚷嚷地都要他同意让吉德莉亚与巴西里奥成婚，免得巴西里奥的灵魂脱离了躯体后，永难超度[②]。这些话打动了卡马乔的心，促使他说出了这样的话：吉德莉亚可以和巴西里奥结婚，他本人愿意，因为这样做只不过使他自己的婚礼往后拖延片刻而已。

随后众人又对着吉德莉亚，有人对她进行央求，有人对着她淌眼泪，也有人说出令人信服的理由，要她同意和可怜的巴西里奥成亲。她却比大理石还坚定，比雕像还沉着。不过，看样子她是不知怎么回答好，也可能说不出口，或者干脆不想回答。这时，神父催她早作决定，别再犹豫，因为巴西里奥的灵魂已到了牙关，不久就要出窍。

美女吉德莉亚显得很伤心、痛苦的样子，一言不发地来到巴西里奥的身边。这时，巴西里奥双目上翻，呼吸微弱、急促，牙关紧咬，只从牙齿缝里挤出一点声音，呼唤着吉德莉亚的名字。看来他是不想忏悔，准备像一个异教徒一样死去。吉德莉亚跪倒在他的身边，没有说话，只作手势，叫他伸出手来。巴西里奥张开眼睛，眼皮眨也不眨地看着她，说道：

---

① 指他自寻短见。

② 根据基督教的说法，自杀者的灵魂堕入地狱，永远不能超度。

“唉，吉德莉亚，你这会儿倒可怜起我来了，可是，你的一片仁慈反倒成了结束我生命的一把刀子！你虽已答应嫁给我，可我已经没有力气承受这份福气了。我浑身疼痛，死神可怕的阴影已笼罩住我的眼睛，我已无法抵御了。你这颗我无法摆脱的灾星啊，我只是请求你不要拿结婚对我进行搪塞、欺骗。我请求你开诚布公地说，你这次和我结婚，认我为你的合法丈夫，完全自愿，并非出于强迫。我已死到临头，你再骗我，太不应该了。我一向对你一片真心，你更不该对我虚情假意。”

他说这番话的时候，曾昏厥过好几次。他每次昏厥，在场的人都以为他已灵魂出窍了。吉德莉亚非常真诚、羞怯地伸出右手，握住巴西里奥的手，说道：

“我意已决，任何力量都无法改变；我完全自主地向你表示，我愿意做你的合法妻子，同时，你如果愿意做我的合法丈夫的话，我也同意。但愿你在做出这个决定时，不要受到眼下这种处境的影响，失去了神志。”

“靠上苍的保佑，我的头脑非常清醒，毫不混乱，”巴西里奥说，“我表示也愿意做你的合法丈夫。”

“不管你很快就会离开我死去，还是能长命百岁，我都愿做你的妻子。”吉德莉亚说。

“这小伙子伤得这么重，”桑丘插言道，“还说这么多话，快叫他别谈情说爱了。得让他注意自己的灵魂。照我看，这会儿他的灵魂不在牙关上，倒是逗留在舌尖上了。”

巴西里奥和吉德莉亚的一双手握在一起的时候，神父流着同情的眼泪，向他们祝福，还祈求上帝让新郎得到安息。新郎得到神父的祝福后，随即从地上一跃而起，又非常干净利落地拔出插在身上的那柄手杖剑。在场的全都愣住了，只有几个没有头脑的人大声地嚷嚷道：

“真是奇迹啊，奇迹！”

可是，巴西里奥回答说：“这不是‘奇迹啊，奇迹！’应该说是妙计呀，妙计！”

神父惊得瞠目结舌，他走过去用双手摸巴西里奥的伤口，发现那剑锋根本没有穿过他的皮肉或骨头，只是插进了一根缚在身上的里面灌满了鲜血的铁管。后来获悉，这血是事先经过处理的，不会凝固。

神父、卡马乔和在场的人们终于明白,自己受了愚弄。新娘受了骗,并不感到懊丧。她听到有人说,刚才这场婚礼是个骗局,不能算数,便再次重申,她愿和巴西里奥成亲。因此,众人估摸着这件事准是他们俩事先策划好的。卡马乔和他的朋友们勃然大怒,准备动手进行报复。许多人拔出佩剑,要与巴西里奥格斗。巴西里奥的朋友也拔剑出鞘,双方人数不相上下。堂吉诃德提着长矛,拿盾牌护着自己的身躯,飞马抢先冲出人群,人们纷纷让开。桑丘向来不爱干这种冲冲杀杀的事情。在他看来,刚才捞到鸡鹅美食的锅子边是块神圣不可侵犯的宝地,便跑到那里躲了起来。堂吉诃德大声地说:

“快住手,先生们,快住手吧!婚姻方面受了点委屈,不要进行报复了。你们应该明白,情场如战场,打起仗来,兵不厌诈;谈恋爱时,为了战胜情敌,也可以使用妙策。只是这样做时,不能损害自己情人的面子。巴西里奥和吉德莉亚是天赐良缘,天造地设的一对。卡马乔是个大财主,有的是钱,想买个新欢,随时随地都能办到。巴西里奥只有一只小羊羔[①],不管是谁,权势有多大,都不该夺去他拥有的任何东西。‘上帝配成对,人不可分开’[②]。谁想将他们分开,得先问我这根长矛允许不允许!”

说完,他就用力舞动长矛,枪法十分娴熟,不熟悉他底细的人见了,都吓得战战兢兢。卡马乔见吉德莉亚背弃了自己,心里很气愤,决定不再娶她了。神父是个通情达理的好心人,他对卡马乔也进行了一番规劝。卡马乔和他的伙伴们终于平静下来,将剑重新插进了剑鞘。他们只怪吉德莉亚变化多端,对巴西里奥耍的诡计倒并不怎么计较。卡马乔想,如果吉德莉亚做姑娘时,已经爱上巴西里奥了,那么,她与自己结婚后,恐怕也是旧情难断。因此,与其硬从巴西里奥手中夺过吉德莉亚,倒不如趁势将这姑娘给了他,这样反而更能符合上帝的心意。

卡马乔和他的伙伴们想通后,不再生气,巴西里奥那一帮子人也冷静下来。财主卡马乔为了表明自己受了愚弄,毫不在乎,吩咐庆祝活动照常进

---

① 这儿引用了《旧约全书·撒母耳记下》第十三章第三节的话:“穷人除了买来养活的一只小母羊羔外,别无所有。”

② 参见《新约全书·马太福音》第十九章第六节。

行,仿佛婚礼仍在举行。不过。巴西里奥和他的妻子,还有他的伙伴们不想参加,他们回到了自己的村庄。就像财主有人拍马奉迎一样,有德有才的穷汉也有人跟随、拥戴的。

巴西里奥和他的朋友们认为,堂吉诃德这个人很有胆识,对他十分敬佩,请他和他们一起回村。桑丘很不情愿,因为卡马乔家丰盛的酒宴和庆祝活动要到夜晚才结束,而这一切都没有他的份儿了。他垂头丧气地跟着自己的主人和巴西里奥他们一帮子人离开了"埃及的肉锅"①,心里总还是惦记着那美味佳肴。他身上带着的那只锅子里只剩下一点点鸡鹅,他真为错失了大嚼一顿的良机而感到惋惜。他尽管肚子吃得饱饱的,心里却非常懊丧,若有所思地骑着驴子跟随在罗西纳特的后面。

① 参见《旧约全书·出埃及记》第十六章第三节。

第二十二章

叙述英勇的堂吉诃德·德·拉曼却冒着巨大的危险进入拉曼却中心的蒙德西诺斯洞，并大有收获。

巴西里奥和吉德莉亚这一对新婚夫妇感谢堂吉诃德为他们出了大力，帮了大忙，对他盛情款待。他们认为，堂吉诃德有勇有谋，武艺可与熙德媲美，口才与西塞罗不相上下。桑丘也受到新郎新娘的招待，快快乐乐地过了三天。小两口告诉他们，假装受伤这件事美女吉德莉亚事先并不知晓，那完全是巴西里奥想出来的妙计。不过，他估计她一定会做出人们已经见到的那种反应。巴西里奥承认，他曾将自己的打算告诉过几个朋友，好让他们在必要的时候帮自己一把，保证自己的骗局取得成功。

"像这样光明正大的事情，不能说是骗局。"堂吉诃德说。他又说，恋爱结婚是非常崇高的目标。不过，他告诫说，饥饿和贫困是爱情的大敌。恋爱原本是欢乐、愉快的事情，尤其是男方娶到了自己心目中的恋人。可是，饥饿和贫困会与他作对，成了他的死对头。堂吉诃德说，他说这番话的用意是想让巴西里奥先生不要搞他擅长的好些玩意儿了，因为搞这些东西虽能出名，但挣不到钱。他劝巴西里奥务点正业。像他这样心灵手巧的人，只要勤快些，多动点脑筋，准能发家致富。

"老实正派的穷人娶到了漂亮的妻子，为自己赢得了面子。如果自己的妻子被别人抢走，就等于失去了面子，丢了丑。穷人的妻子美丽贞洁，就可以戴上胜利的桂冠，赢得了荣誉。女人光凭美貌就会招来众多男人的垂涎，他们会像鹰隼见了美食一样向她扑去。如果她长得俊俏，但很贫穷，那就连乌鸦、苍鹰等鸟儿都会飞来抢吃，如果她受到了这种种骚扰，仍能保持贞洁，那她就为丈夫赢得了极大的荣誉。机灵的巴西里奥啊，"堂吉诃德接着说，

“请你想一想这样一句话的意思(这话我已记不清是哪个学者说的了):好女人世上只有一个。这位学者奉劝每个男人将自己的妻子看成是世界上仅有的好女人,这样,他的日子就过得非常满意了。我没有结过婚,直到今天都不想结婚。不过,如果有人来请教我,该找怎么样的女人结婚,我不揣冒昧,可以给他出点主意。首先,我会告诉他,得注意她的名声,家产不如名声重要。正派女人光凭自己的美德还不能获得美名,还需要在行为上表现出来。一个女人在公众场合举止轻浮,行为放荡,比暗暗地偷鸡摸狗更丢人现眼。你如果娶了好女人,要保持她的美名,这不难,你甚至还能使她更好呢。你如果娶了个坏女人,想让她变好就不那么容易了,因为要从一个极端到另一极端,终非易事。我没有说这件事压根儿办不到,我是说不好办。”

桑丘听了这番言论,自言自语地说道:

“我这个主人呀,一听我讲的话有道理,就说我可以用双手搬个讲坛,到世界各地讲道去。我说他用一大串一大串的老话教训起人来,不但可用双手搬个讲坛,还可以用每个指头顶着两个讲坛,上广场上去大讲一通。他这个游侠骑士什么事儿都懂!连魔鬼也比不过他!我原来以为他只懂他的骑士道呢,其实,他是无事不知、无事不晓。”

桑丘在自言自语时,有几句话让他主人听到了,就问道:

“桑丘,你在咕哝什么呀?”

“我什么也没有说,也没有咕哝,”桑丘回答说,“我只是暗暗地在想,我要是在结婚前就听到您刚才说的这番话就好了。也许眼下我只能说:‘没有牛绳的牛,浑身可舔个够。’”

“桑丘,你那个特雷莎就那么不好吗?”堂吉诃德问道。

“她坏倒不是太坏,”桑丘回答说,“但也不太好,起码没有我希望的那样好。”

“桑丘,你说自己妻子的坏话可不好,”堂吉诃德说,“她毕竟是你孩子的母亲嘛。”

“我们俩谁也不欠谁,”桑丘说,“她想说我坏话时,照说不误,尤其是吃醋的时候。吃起醋来她厉害得谁也受不了。”

主仆俩在新婚夫妇家住了三天,受到了王公贵族般优厚的礼遇。三天后，堂吉诃德请那位精通剑术的硕士①为自己找个向导，领他去蒙德西诺斯洞，他很想进去亲眼看看洞穴周围的人们有关这地洞的奇妙传说究竟是真是假。硕士对他说，他可以请自己的一个表弟作向导。他是个大学生，已小有名气，是个骑士小说迷。他一定很愿意陪他们去洞口，还可以带他们去看看鲁伊德拉湖。那几个湖泊不仅在拉曼却很有名气，就是在全西班牙也算得上是一大名胜。巴西里奥还说，他表弟一定会与他相处得很好，因为这年轻人已出版了不少书，献给王公贵族。他表弟来了。他牵来一匹怀孕的母驴，驮鞍上覆盖着一块五彩缤纷的毡毯。桑丘替罗西纳特备好鞍辔，将自己的灰驴也装备好，还将两只褡裢装满了干粮。那位表弟也带来几袋食物，和桑丘的放在一起。他们祈求上苍保佑，然后，辞别众人上路，朝蒙德西诺斯洞这个名胜地走去。

堂吉诃德在路上问那表弟从事什么职业，有什么特长。他回答说，自己是搞人文科学的，专门写书出版。他的书都很有实用价值，也很有趣味儿。他写了一本标题为《服饰大全》的书，里面讲了七百零三种礼服，描述每种礼服的颜色、该佩戴的徽章和标记。绅士贵族们每逢节日喜庆，需穿什么礼服，可以查书选样，用不到再去请教他人，也不必费力气去自行设计。他又说：

“我在书中讲到的这些服装，无论是心怀忌妒的、受人蔑视的、遭人遗忘的，还是离家出走的人，都能找到合适的式样，穿了非常适合自己的身份。我还有一本书，书名叫《变形记》，或者就叫它《西班牙的奥维德》②吧。这部书堪称一绝，因为在这本书里，我模仿奥维德的那首长诗，采用戏谑的手法，描写了塞维利亚的希拉尔达③、玛达雷纳的天使④、科尔多瓦的贝希盖拉水沟⑤、吉桑多公牛⑥，还有黑山岭、马德里的莱加尼托斯和拉瓦比埃斯这两股

---

① 即巴西里奥。

② 长诗《变形记》是古罗马诗人奥维德（公元前四三—公元丨七）的代表作。

③ 即本卷第十四章中讲到的那个“女巨人”——塞维利亚大教堂女神铜像。

④ 指萨拉曼卡城玛达雷纳教堂的塔楼。

⑤ 指科尔多瓦城的排水沟，该城的污水均由这条排水沟排入瓜达尔基维尔河。

⑥ 参阅本卷第十四章注。

泉水。另外,我也没有忘记比奥霍、金沟和普利奥拉这几处名泉①。我写这些名胜的时候,采用比喻、象征等手法,借以增加情趣,读来既能赏心悦目,也能扩大见闻。我还有一本书,书名叫《维吉尔·波利多罗②拾遗》,专门探究事物的起源。这本书内容丰富,考据详尽,波利多罗书里没有讲到的一些重要事情,我经过一番考证,用高雅的文笔,全都说清楚了。维吉尔忘了告诉我们,世界上第一个患感冒的人是谁,也没有说明谁首次拿水银软膏治疗淋病。我参考了二十五种以上的专著,终于把这些问题都说得一清二楚。由此您可以看出,我工作得多么认真,我这本书对世人该有多大的用处。"

桑丘一直在专心地听这位表弟说话,他说:

"先生,但愿上帝保佑您,让您的书都能顺利出版。现在我想请教您,第一个抓脑袋的人是谁?您什么事都知道,这件事也一定清楚。我认为这一定是我们的老祖宗亚当吧?"

"对,准是他,"表弟回答说,"亚当有脑袋,也一定有头发,这是没有问题的。既然这样,他作为世界上第一个人,总得抓脑袋吧。"

"我也是这么认为的,"桑丘说,"现在再请教您一个问题:世界上第一个翻跟斗的是谁?"

"说真的,老兄,"表弟回答说,"这个问题我一时回答不上,等我以后回书房去翻翻书,考证一番,下次见面,再把答案告诉你吧。我想下次我们还能见面的。"

"先生,请您听我说,"桑丘说,"这件事您就不必费心了。刚才问的这个问题,我现在想到答案了。我告诉您吧,世界上第一个翻跟斗的是魔鬼,因为他从天上摔下来后,就一直翻着跟斗,跌到了地狱。"

"朋友,你说得对。"表弟说。

堂吉诃德说:

"刚才这个问题和答案都不是你自己想出来的,是你听人说的吧。"

"别这么说,老爷,"桑丘说,"说真的,如果让我这样进行自问自答,从

---

① 这几处名泉也在马德里。在建成现代化的自来水厂以前,这几处泉水都是市民生活用水的水源。

② 维吉尔·波利多罗(一四七〇——一五五五),意大利人文主义者,著有《事物发明者考》。

现在问答到明天也完不了。是啊,问个傻问题,再随便找个答案,这还用请人帮助吗?"

"桑丘,你说出来的话,往往超过你的智力呢,"堂吉诃德说,"有些人煞费苦心,进行考证,但得出的结论往往既不能增长见识,也不能增添学识,真是毫无意义。"

他们就这样一边走路,一边说着闲话,过了一天,晚上在一个小村庄里投宿。表弟对堂吉诃德说,从村庄到蒙德西诺斯洞只有两西班牙里地了。他如果真的下决心要进洞,就得准备好绳索,将自己捆住,慢慢往洞底下滑下去。

堂吉诃德说,即使是个万丈深渊,他也要下去看个究竟。于是,他们购买了近一百西班牙寻①绳索。翌日下午两点,他们来到了洞边。洞口很大,只是周围长满了灌木和荆棘,什么野枸杞呀,野无花果树呀,密密集集,将洞口全封死了。一见洞口,三人随即下了坐骑。桑丘和那个表弟将堂吉诃德身躯用绳子牢牢拴住。桑丘边拴边对堂吉诃德说:

"我的老爷,您下去可得当心啊,别将自己活埋了,也不要像挂在井内冰镇的酒瓶那样悬挂在那里。说真的,这比地牢还可怕的地洞,跟您有什么相干,为什么要下去看个究竟呢?"

"快拴吧,别多说了,"堂吉诃德说,"桑丘朋友啊,这样的大事是专等我来干的。"

这时,那个向导说:

"堂吉诃德先生,请您下去一定要好好看,得多长几只眼睛,将洞内的情况细细观察。兴许这里面有些东西可以写进我那部《变形记》里面呢。"

"您这件事托他办,真是最合适不过了。"桑丘·潘沙说。

说到这儿,他们已将堂吉诃德用绳索拴紧了。绳子没有捆缚在盔甲上,却捆在甲胄内的紧身衣上。堂吉诃德说道:

"我们这次上这儿来,一时疏忽,忘了带一只小铃铛来了。拿个铃铛,拴在我这边绳子上,铃铛一响,就知道我还在往下缒,而且还活着。不过,现在不可能了,只好听天由命吧。"

---

① 长度单位,一西班牙寻约合一点六七米。

他随即双膝跪地，对天低声进行祈祷，求上帝帮助自己，在这次险事中取得成功。接着，他又高声地说：

“光彩夺目的绝世美人杜尔西内娅·德尔·托波索小姐啊，你是我行动的主宰！以你这样的大美人作为自己的意中人，真是我的好福气！如果我的请求你能听到的话，那么，务请你听一听。我现在急需你的庇护和帮助，恳求你一定要答应。眼下我就要下洞了，这对我来说，无异于万丈深渊，我这样做只是为了扬名于世。我只要得到你的保佑，就什么事都能办成。”

说完，他就朝洞口走去。他发现自己无法下洞，甚至都没有可能接近洞口。他非得拨开杂草，砍去荆棘，开辟出一条路来才行。他拔出剑，对洞口的灌木、茅草一阵乱砍，立即惊飞了一大群乌鸦。它们的个儿大得出奇，数目也多得无法计算。乌鸦飞得急，密密集集一大片，将堂吉诃德撞翻在地。要是他像笃信基督那样相信预兆，就会认为这是不祥之兆，他就不会下洞去，免得让自己埋在洞内。

他站起身来。他们看看乌鸦都已经飞走，其他的夜鸟——如蝙蝠等也都飞走了，那个表弟和桑丘便给堂吉诃德放出绳子，让他朝阴森可怖的地洞里缒下去。堂吉诃德一入洞中，桑丘便为他祝福，又在他身上画了无数次十字，说道：

“游侠骑士中的精英，让上帝和法兰西高山上的圣母①以及加埃塔的三位一体②来给你指路吧！钢心铜臂的大勇士啊，我再一次请求上帝为你指引方向。你就要钻进这黑洞里去了，但愿您能平平安安回来，重见光明！”

表弟也和桑丘一样，为他祈祷祝福。

堂吉诃德下洞后，大声地嚷嚷着，要他们只管放绳子，他们就缓缓地放着绳子。后来，从洞内传来的叫嚷声听不到了，手里那上百西班牙寻的绳索也放完了，他们就想将堂吉诃德再吊上来。不过，他们还是等了半个小时，才开始将绳索往回收。这时，只觉得一点不用费劲，毫无重量，由此可见堂吉诃德还在洞内。桑丘这么一想，就痛哭起来，同时将绳子加快往回拉，想看个究竟。可是，他们估计约摸往回拉了八十西班牙寻的绳索，又感到有了

---

① 指供奉在萨拉曼卡和罗德里戈城之间修道院内的圣母。

② 在加埃塔这座意大利滨海城市里，有一座教堂，供奉着圣父、圣子、圣灵三位一体。

重量,他们高兴极了。又往回拉了十寻,就清清楚楚地看到了堂吉诃德。桑丘大声地叫喊他,说道:

"我的老爷啊,欢迎您胜利回来,我们还以为您要留在下面传宗接代呢。"

然而,堂吉诃德没有回答。他们把他拉出洞口,发现他紧闭双目,像是睡着了。他们让他躺在地上,解开绳索,但他仍然没有醒来。他们便对他不断地翻身、摇晃。过了好大一会儿,他才醒过来,还伸了伸腿,仿佛大梦初醒的样子。他吃惊地朝两边看了看,说道:

"愿上帝饶恕你们吧,朋友们!我正在过人世间从未见到过的美好日子,你们却将我吵醒了。我现在才明白,人世间的欢乐,犹如过眼烟云,转瞬即逝;也像野地里的鲜花,很快就会枯萎。啊,遭厄运的蒙德西诺斯①!啊,身受重伤的杜兰达尔德②!啊,苦命的贝雷尔玛③!啊,爱流眼泪的瓜蒂亚纳④和鲁伊德拉⑤几个不幸的姑娘!看了你们那儿的湖水,就知道你们那双美丽的眼睛里淌了多少泪水!"

表弟和桑丘听到堂吉诃德这一番撕心裂肺的哀叹,便请他解释一下这话中的含意,还请他谈谈在那地狱里见到了什么东西。

"你们将这个洞称为地狱?"堂吉诃德说道,"快别这么称呼吧,因为这么叫不合适,一会儿你们就知道了。"

他向他们要点东西吃,说自己饿极了。他们将表弟盖在驮鞍上的那块毡毯铺在草地上,取出褡裢里的干粮,三人亲亲热热地坐在一起,将午餐和晚餐合在一起吃。吃完饭,堂吉诃德·德·拉曼却说:

"孩子们,谁也别起来,静心地听我讲吧。"

---

① 西班牙谣曲中的人物,也是骑士小说中的人物,因住在那个洞内,故名蒙德西诺斯洞。

② 蒙德西诺斯的表弟。

③ 杜兰达尔德的妻子。

④ 瓜蒂亚纳是杜兰达尔德的侍从,魔法师将他变成一条河。

⑤ 鲁伊德拉是贝雷尔玛的女管家。她几个女儿被魔法师变为几座湖泊,统称鲁伊德拉湖。

第二十三章

奇人堂吉诃德讲述他在蒙德西诺斯深洞内见到的种种怪事，这些事情离奇得令人难以置信。

这时，大约是下午四时，太阳隐在云间，天阴沉沉的，光线暗淡。堂吉诃德乘天气凉爽，对自己面前的两个听众讲述着他在蒙德西诺斯洞内见到的事物。他是这样开始的：

“从洞口下去大约二十多米深，右边有一块凹进去的地方，足可容纳一辆几头骡子拉着的大车。光线穿过岩缝，射进洞里。我当时悬挂在洞内，漆黑一团，不知朝哪个方向下去，身体累，心里急，正好见到这块凹进去的地方，就想进去休息一会儿。我大声地对你们说，叫你们暂时别往下放绳子，你们大概没有听见。我将你们放下来的绳子收起来，盘在一起，坐在绳子上，想着下一步该怎么办。没有人将我缒下去了。我怎么到洞底去呢？我正在这样不知该怎么办时，忽然睡着了。后来又不知怎么醒来。发现自己已在一处风景如画的草地上，那美好的风光从来没有见到过，就连想象力最丰富的人也难以想象。我睁大眼睛，又揉了几下，发现自己确实醒着，没有在梦中。我也摸了摸自己的脑袋和胸脯，想再次验证一下在那儿的是我本人，而不是虚象或幽灵。我的触觉、感觉和正常的思维能力都表明，当时在那儿的我，就是现在在这儿的我。我随后就见到了一座豪华的王宫，宫殿的墙全是用透明的水晶砌成的。殿门打开后，我见到从中出来一位气概非凡的老者，朝我走来。他身穿一件紫红色的呢料长袍，长及地面；双肩和胸部围着一条绿缎子学士围巾；头戴一顶黑色米兰制造的软帽；雪白的胡子垂到腰际。他没有带剑，只拿一串念珠，每颗珠子比中等个儿的核桃还大，每隔十颗，有一颗跟鸵鸟蛋一般大。他那庄严的举止和服饰令人肃然起敬。他来到我面前,先对我紧紧拥抱,然后,对我说:‘英勇的骑士堂吉诃德·德·拉曼却,多年来,我们这些被魔法禁锢在这寂寞的地洞里的人都一直在盼着你来,好将这个名叫蒙德西诺斯洞的深洞内的情况通报给世人。这件大事只有你这样的无往而不胜的英豪才能干得了。尊敬的先生,请您跟我来吧,我要带你去看看这座透明的地下宫殿里的许多奇妙的东西。我就是蒙德西诺斯,是这座宫殿的终身主管。这座洞就是以我的名字命名的,’我一听说他就是蒙德西诺斯,便问他外部世界传说,蒙德西诺斯根据他的好友杜兰达尔德的临终所托,用小刀剖开这位朋友的胸部,取出他的心送给了贝雷尔玛夫人,这是不是真的。他回答说,这都是真有其事,不过,用的不是刀子,更不是小刀,而是一把比锥子还锐利的短剑。”

“这柄短剑准是塞维利亚人拉蒙·德·奥塞斯铸造的吧。”桑丘插言说。

“这我倒不清楚,”堂吉诃德说,“不过,这短剑恐怕不是这位工匠铸造的,因为他才去世,而这桩发生在隆塞斯巴列斯的惨事却是好多年前的事了。再说,这件事与史实关系不大,用不到进行考证。”

“说得对,”那个表弟说,“请堂吉诃德先生接下去讲吧,我觉得非常有趣。”

“我讲着也觉得很有趣,”堂吉诃德说,“我接着讲吧,这个令人敬佩的蒙德西诺斯领我进入那座水晶宫,来到一间地下室,那屋子非常凉爽,全是用雪花石膏砌成的。室内有一座大理石的坟墓,建得十分精巧,墓穴内直挺挺地躺着一位骑士。他并非通常见到的那样用青铜、大理石或玉石制成的塑像,而是有骨肉的真人。我见到他那只右手毛茸茸的,青筋暴露,足见此人很有力气。这只右手放在心脏的一侧。蒙德西诺斯见我瞧着墓穴,面露惊色,没等我发问,便说:‘这就是我的朋友杜兰达尔德,在当时勇敢多情的骑士中,他是冒尖儿的。他和我,还有许多男男女女,都是被那个法兰西魔法师梅尔林①用魔法禁锢在这儿的。听说此人是魔鬼的儿子。不过,我觉得他不是魔鬼的儿子,他比魔鬼还技高一筹呢。他为什么要禁锢我们,用的什么妙法,谁也不知道。不过,随着时间的推移,在不久的将来总会水落石

---

① 游侠骑士书中的著名魔法师。

出的。有一件事我觉得很奇怪,这件事就像现在是白天那样确实无疑。杜兰达尔德是在我怀里闭眼的。他死后,我亲手取出了他的心。说实在的,这颗心足有两磅重。据生物学家说,心脏大的人胆子比心脏小的人要大。根据上面说的情况,这个骑士显然已经去世,那眼下为什么他还会像活着那样不时地呻吟、叹气呢?'蒙德西诺斯这话刚说完,那个悲惨的杜兰达尔德就大叫一声,说道:

'啊,我的表兄蒙德西诺斯,
临终前我托你办一件事:
等我的灵魂脱离了躯体,
也就是我已离开了人世,
你拿一柄短剑,或用刀子,
剖开我这可怜人的胸膛,
将在里面的这颗心摘取,
送到我情人贝雷尔玛处。'

"令人尊敬的蒙德西诺斯听了,立即泪流满面,双膝跪在那可怜的骑士面前,说道:'杜兰达尔德先生,我最亲爱的表弟啊,在我们不幸失利的那一天,你托办的事,我已经办了。我小心地将你这颗心全都挖出,一点儿也没有留在胸腔内。随后,拿手绢将心擦干净,捧着它飞驰去法兰西。我双手在你胸膛内摘取心脏时,已染红了你的鲜血,但我为您流了那么多眼泪,竟将手上的鲜血全都冲洗干净了。我亲爱的表弟,除上面说的外,我还有一些细节可以告诉你。我离开隆塞斯巴列斯后,到前面的那个村庄时,我在你的那颗心上撒了一点儿盐,防它变味儿。这样一来,这颗心送到了贝雷尔玛夫人的手里,虽已不太新鲜,至少已腌过了。多年来,这位夫人,还有你和我,你的侍从瓜蒂亚纳,女管家鲁伊德拉和她的七个女儿,两个外甥女,以及你的许许多多相识和友人都被魔法师梅尔林禁锢在这儿。五百年过去了,我们没有一个人死去,只有鲁伊德拉和她的几个女儿、外甥女不在这儿了。梅尔林见她们哭得伤心,可能有点怜悯她们,就将她们都变成了湖泊。在人世间,在拉曼却省称为鲁伊德拉湖。七个女儿变的湖属国王所有,两个外甥女变的湖属圣胡安会所有。你的侍从瓜蒂亚纳由于你身遭不幸，伤心落泪，变成了一条河，就以他的名字命名。这条河流到地面上，看到高空中的太阳，想到自己将你抛下了，非常伤心，便又钻到地底下去了。然而，它毕竟不能不顺着自然的河道径往前流，因此，还不得不出来见见阳光，见见世人。上面讲到的那几个鲁伊德拉湖，加上好几个别的湖的湖水都汇集到河里，然后，奔腾咆哮着流入葡萄牙国境。不过，这条河不管流到哪里，总是郁郁寡欢。因此，河里长大的鱼也肉质粗糙，没有鲜味，和金黄色的塔霍河里的鱼儿大相径庭。我的表弟啊，我这番话已对你说过多次，你总不回答，因此，我认为你不相信我的话，或者压根儿就没有听见。上帝知道，我心里该有多么悲伤啊。现在我要给你通报个消息，你听了虽然不一定会减轻痛苦，但也不会增添烦恼吧。你张开眼睛看看吧，魔法师梅尔林作过多次预言的那个伟大的骑士就站在你的面前，他就是堂吉诃德·德·拉曼却。他使早已被人们遗忘的骑士道重新获得了生命，并使这一事业比过去更加繁荣。由他出来帮忙，我们身上的魔法也许能得到解除。伟大的事业总是等待着那些大人物来干的。'‘即使不能得到解除，'那可怜的杜兰达尔德有气无力地说，‘我说呀，表哥，也得耐心点儿，洗牌吧①。'随即转过身躯，不再说话，继续无声无息地躺着。这时，耳中传来了哭叫声，夹杂着一声声长叹和一阵阵痛苦的抽噎。我回过头去，透过水晶墙壁，见到隔壁房间有一队十分美丽的姑娘，排成两行，朝我们走来。她们都身穿孝衣，头上像土耳其人那样缠着白头巾。队伍的后面是一位贵夫人，神态庄重，也穿着黑色丧服，头上的头巾又长又大，一直拖到了地面。缠在头上的白头巾比别的姑娘至少大两倍。她两道眉毛浓得几乎连在一起，鼻梁有点儿塌，嘴很大，嘴唇颜色鲜红；牙齿也许有些外露，长得不整齐，有些稀稀落落，不过，洁白得像去了皮的杏仁。她双手捧着一块细纱手绢，里面包的我估摸就是那颗已干瘪的用盐腌过的心。蒙德西诺斯说，刚才那一队人都是杜兰达尔德和贝雷尔玛的使女，跟她们的男女主人一起，被魔法禁锢在那儿的。走在后面的那个用手绢捧着那颗心的女人就是贝雷尔玛夫人。每周有四天时间她带着自己的使女这样边走边唱，更确切地说，就是对杜兰达尔德的遗体和那颗干巴巴的心唱着挽

---

① 这是赌徒的语言，意思是：我们接着干吧。

歌。蒙德西诺斯说,贝雷尔玛在我眼中,也许丑了点儿,并没有传说中那么美。这都是因为她中了魔法,日夜受罪,只要看看她两个黑眼圈儿和一脸病容就会明白。他说:'她脸色发黄,眼下有黑眼圈,并非因为她患有妇女的常见病——月经失调,她已有好几个月,甚至好几年没有那玩意儿了。她主要是时时看到手中捧着的那颗心,又想着自己心上人的不幸遭遇,心里非常悲痛。如果不是这样,她天生丽质,又聪明活泼,就可以把这一带无人不知、举世闻名的了不起的杜尔西内娅·德尔·托波索小姐都比下去呢。''请您别这么说,'我当时对他说,'蒙德西诺斯先生。您讲您的故事吧。您也明白,比长比短,令人反感,因此,没有必要拿谁跟谁比。绝代佳人杜尔西内娅·德尔·托波索和贝雷尔玛夫人她们俩各不相干,别拿她们相比,这就完了。'他听了,说道:'堂吉诃德先生,请您原谅,我是说溜了嘴。我刚才说杜尔西内娅小姐比不上贝雷尔玛夫人,是我说错了。我现在突然明白了,您就是她的骑士。往后,我就是咬烂了舌头也不拿她和任何人相比,我只拿她和天比。'我开始时听了他的比方心里很恼火,后来,伟大的蒙德西诺斯对我道了歉,我就不生气了。"

"可我觉得很奇怪,"桑丘说,"您当初为什么不把这老头儿打翻在地,踩在他身上,将他的根根骨头都踩断,再将他的胡子都拔得一根不剩呢!"

"不能这么干,桑丘朋友,"堂吉诃德回答说,"我如这样做,就不对了。我们得尊敬老人,即使他们不是骑士,也要尊敬。更何况他既是骑士,又中了魔法,那就更应尊敬了。我们俩还谈了许多话,有问有答,双方谈得都很尽兴。"

这时,那个表弟插言道:

"堂吉诃德先生,我不明白,您在洞下只待了这么一点时间,怎么能见到这么多东西,说了这么多话呢?"

"我下去多少时间?"堂吉诃德问道。

"一个多小时吧。"桑丘回答说。

"这不可能,"堂吉诃德说,"我在那儿天黑了,又天亮;然后又天黑,又天亮,前后共三次。这么说来,我在那个隐洞内已过了三天时间了。"

"我主人说的也有道理,"桑丘说,"他在那儿遇到的事物都是中了魔法的。也许我们在这儿只是一个钟头时间,在那儿就是三天三夜了。"

“准是这样。”堂吉诃德说。

“我的先生,您在这段时间里吃饭了吗?”表弟问道。

“我一口都没有吃,”堂吉诃德回答说,“可是,我也不觉得饿,连想都没有想到要吃饭。”

“着魔的人吃饭吗?”表弟问道。

“不吃,”堂吉诃德说,“他们也不大便。不过,一般认为,他们的指甲、胡子和头发还是长的。”

“老爷,着魔的人睡觉吗?”桑丘问道。

“当然不睡觉,”堂吉诃德回答说,“至少在这三天和他们在一起的时间里,没有一个人合过眼,我也没有。”

“这就跟那句老话说的一样了,”桑丘说,“‘近朱者赤,近墨者黑’。您和着了魔不吃不睡的人在一起,当然也不吃不睡了。不过,我的老爷,我有句话要说,您别见怪。您刚说的事儿,我如有一件相信,就让上帝(我差一点要说魔鬼)把我带走。”

“怎么不信呢?”表弟说,“难道堂吉诃德先生说谎了?就是他想这么做,他也编不出这么多谎话来啊。”

“我也不认为我主人在撒谎。”桑丘说。

“你既然不认为我在说谎,那你认为我在做什么?”堂吉诃德问道。

“我认为,”桑丘回答说,“那个梅尔林,或者是那个将您在洞下见到的那批人全都施了魔法的魔法师,将您刚才跟我们讲的这一整套故事都装进您的脑袋里去了。”

“桑丘啊,您说的情况也是可能的,”堂吉诃德说,“但我的情况并非这样,因为我讲到的都是亲眼见到过,亲手触摸过的。蒙德西诺斯还让我看了许许多多奇事,这些事眼下没时间细说,一会儿上路后再慢慢对你们讲。蒙德西诺斯还指给我看了三个村姑。她们在那美丽的草地上像山羊一般蹦来跳去。我一见到她们,就认出其中一人是绝代佳人杜尔西内娅·德尔·托波索,另外两人就是我们在托波索城外与她们讲过话的那两个与她在一起的农家姑娘。我问蒙德西诺斯,是不是认识她们。他说不认识,不过,她们看样子像是几个着了魔的贵族小姐,几天前才到这草地上来的。他又说,这也不足为奇,因为那儿中了魔法的女人比比皆是,有的属古代,有的是当代的，形状各异。在这些女人中，有两个他认识，一个是希内布拉王后，一个是她的女管家金塔涅娜，朗塞罗特‘刚从不列颠到此’时，她曾为他斟过酒。”

桑丘听了他主人这番话，觉得他在说疯话，忍不住要笑出声来。他知道杜尔西内娅的着魔是假的，魔法师就是他自己，这件事的证据也是他编造的。因此，他确信自己的主人已神志不清，完全疯了。他说：

“我亲爱的主人，您这次下洞运气不好，没有选上个好日子，好时辰，又在倒霉的时刻遇上了那个蒙德西诺斯先生，让您回来变了样儿。您在地上时好好儿的，脑子就像上帝给你时那样挺好使，出口就是格言警句，还常常出主意、想办法，可现在说起话来，简直胡说八道，荒唐极了。”

“桑丘，我了解你的为人，”堂吉诃德说，“所以，我不会拿你的话当真。”

“您说的话我也不会当真的，”桑丘说，“您尽管为我刚才说出口的话或者为我还没有说出口的话打我、杀我，您自己说的话不作更改，我还是不会相信的。趁我们还在平心静气地说着话，我想请问您，您凭什么认为那位小姐就是我的女主人？您如果跟她说过话，您对她说了些什么？她又怎么回答的？”

“她还是穿着上次您指给我看的时候她穿的那套衣服，”堂吉诃德说，“所以，我认识她。我跟她说话了，但是，她没有答理我，回过头就跑走了，快得连飞箭也赶不上。我想追上她，要不是蒙德西诺斯劝我别追，我一定会去追赶她。他叫我别在这方面白费精力，因为我追不上她，再说，我出洞的时间也到了。他还对我说，往后他会教我怎么解除他，杜兰达尔德和贝雷尔玛以及在洞内其他人身上中的魔法。这时，发生了一件最令我伤心的事情。蒙德西诺斯和我讲话的时候，绝代佳人杜尔西内娅女伴中的一个不知不觉来到我的身旁，流着眼泪，颤抖着身躯低声对我说：‘我们的杜尔西内娅·德尔·托波索小姐吻您的手，并请您把近况告诉她。眼下她手头上很拮据，所以，请您慷慨解囊，凭我这儿的这条新衬裙作抵押，借六个里亚尔给她；或者您身上有多少，就借给她多少，她保证尽快还给您。’我听了这个口信很吃惊，就回头问蒙德西诺斯道：‘蒙德西诺斯先生，贵人中了魔法也会感到手头拮据吗？’他回答说：‘堂吉诃德·德·拉曼却先生，请您相信我的话，手头上紧一点这样的事人人都会发生，谁也免不了，着了魔的人也不例外。杜尔西内娅·德尔·托波索小姐派人来借六个里亚尔，作抵押的这条裙子不错，您可以借给她。看来,她手头确实很紧。'‘抵押品我倒不要,'我回答说,‘可我也不能如数给她,因为我这儿只有四个里亚尔。'我就将四个里亚尔给了她。桑丘,这钱是你上次给我路上布施穷人的。我对她说:‘我的朋友,请您转告你的小姐,她手头不宽裕,我知道了很难过。我真希望自己成为傅加①,以便资助她。同时,请告诉她,我见不到她的芳容,听不到她的连珠妙语,身体想好也好不了。我恳求她能赏个脸,让为她倾倒的骑士跟她见个面,说几句话。另外,还请您告诉她,当年曼图阿侯爵看见自己的外甥巴尔多维诺斯在深山里气息奄奄时,曾起誓要为他复仇,说此仇不报,往后吃饭就不用桌布,等等。我也跟他一样,曾发誓要解除她的魔法。我今后要走遍全世界七大洲,比葡萄牙堂佩德罗王子②走得还远。不达目的,决不止步。我想这话可能已传到了她的耳中了吧。'‘您对我们小姐这样完全是应该的,即使这样,还不够呢。'那姑娘说。她拿了那四个里亚尔,没有对我行礼,只往空中一跃,就离地两巴拉高走了。"

"神圣的上帝啊,"桑丘大声地说道,"世界上真的会有我主人这样的人吗?他原本是好好的头脑,怎么会变得这样疯疯癫癫的呢,这魔法师和魔法的威力会有这么大吗?老爷,看在上帝分上,您得注意自己的名声,别这么胡思乱想,将自己的头脑搞糊涂!"

"桑丘,你因为爱我,才这么说,"堂吉诃德说,"你太孤陋寡闻了,因此,见到难办的事,就以为不可能了。我刚才已经说过,我在下面见到的事,以后会慢慢讲给你听的。到时你就会相信,我这次说的全是真的,没什么可争辩的。"

---

① 十五世纪瑞士的富豪。

② 葡萄牙国王胡安一世的儿子。一五七零年,萨拉戈萨出版了《葡萄牙堂佩德罗王子四大洲旅行记》一书。堂佩德罗王子的旅行在当时富有传奇色彩。

第二十四章

叙述许多对深刻理解这部伟大的传记不可缺少的琐事。

据这部伟大传记的译者说,他在翻译熙德·阿梅德·贝纳赫利写的这部原著时,译到蒙德西诺斯洞奇遇这一章,发现书页的一边有作者亲笔写的这样一段话:

"我无法理解,也无法相信英勇的堂吉诃德确实遇到了前一章说到的种种险事。他以前遇到的各种奇事都有可能,也像是真的,但这次洞内发生的事实在太离奇了,没有任何真实的影子。可我也不能认为堂吉诃德这个最正派的正人君子,最高尚的骑士会撒谎。像他这样的人,就是拿箭射死他,也不会说假话的。再说,他还说到了种种细节,我想他不可能在这样短的时间内编出这么一大套谎话来。因此,这段故事如有失实之处,我不负责任。我对它的真实性既不予肯定,也不否定,我只是有闻必录。读者自有眼力,请自行做出判断,我已无能为力,也不想介入。不过,确实有人说,堂吉诃德在临终时谈到了这段经历,承认这是他编出来的,因为这段经历和他读过的书上讲到的完全一致。"

接着,作者继续讲故事。

那个表弟见桑丘·潘沙胆敢这样与主人顶撞,堂吉诃德的脾气又这么好,感到非常惊奇。他想,这一定是由于杜尔西内娅·德尔·托波索小姐尽管着了魔,堂吉诃德还是见到了她,心里一高兴,态度就好了。要不是这样,桑丘说了那几句话,准得挨一顿痛打,因为他认为桑丘对自己的主人实在太放肆了。那表弟对堂吉诃德说:

"堂吉诃德·德·拉曼却先生,我觉得今天这一天跟您在一起,过得非常有意义,因为我得到了四个方面的收获。首先,我认识了您,觉得非常荣幸。其次,我知道了蒙德西诺斯洞内的秘密以及瓜蒂亚纳河和鲁伊德拉湖的变化过程,这对我这本《西班牙的奥维德》来说,都是很有用的资料。第三,我获悉古代就有人玩纸牌。您刚才说,杜兰达尔德听蒙德西诺斯说了那一大通话后,醒来说:'得耐心点,洗牌吧。'可见至少在查理曼大帝时期已经有人玩纸牌了。因为他这句话不可能是着了魔后学来的,一定在法兰西查理曼大帝时期他还未着魔时就会说了。这一点对我目前正在编写的另一本题为《维吉尔·波利多罗之〈古代事物渊源考〉拾遗》的书很有意义。波利多罗在自己的书里没有讲到纸牌的渊源,我正好加以补充,这点非常重要。再说像杜兰达尔德这样严肃认真的人,说的话一定很可靠。第四,我弄清楚了瓜蒂亚纳河的起源。关于这一点,到今天为止,人们还一无所知呢。"

"您说得很有道理,"堂吉诃德说,"不过,您这几本书能不能准许出版,还成问题呢。如果上帝保佑,能够出版,您准备将这些书献给谁?"

"西班牙能接受我献书的王公贵族多得很呢。"表弟说。

"不太多吧,"堂吉诃德说,"这倒不是他们不配,是他们不愿意。他们认为作者对自己表示的敬意应给以酬谢,他们不想承担这方面的义务。可是,我认识一位贵人①。他与那些人不一样,他大力承担这项义务,对我慷慨相助。我如将他如何待人的方方面面说出来,就连最豪爽的人都会自叹不如的。不过,这方面的事以后慢慢谈吧,眼下我们得物色个地方过夜。"

"离这儿不远,住着一个隐士,"表弟说,"据说他当过兵。大家认为他是个好基督徒,为人颇有识见,也乐善好施。他居室旁边还有一间小屋,是他自己盖的。房子虽不大,却能让几个人过夜。"

"这位隐士养母鸡吗?"桑丘问道。

"不养母鸡的隐士不多,"堂吉诃德回答说,"现在的隐士可不同于当年隐居在埃及沙漠里的那些隐士了。埃及的隐士穿的是棕榈树叶,吃的是草根。我说当年的隐士好,并不是说现在的不好。我是说现在的隐士没有像过去的那样苦行苦修。不过,也不能因此而认为现在的都不行,至少我认为他们还是好的。即使现在的都不行,我还是认为,假装好人的伪君子总比公

---

① 指莱莫斯伯爵,《堂吉诃德》第二部就是献给他的。

开作恶的坏人要好一些。”

这时，他们见到有个人徒步朝他们走来。他用棍子赶着一头驮着长矛长戟的骡子急急地赶着路。他来到他们跟前，与他们打了个招呼，就擦身而过。堂吉诃德对他说：

“老兄，歇一会儿吧。你走得太急了，只怕这牲口会吃不消。”

“我不能歇啊，先生，”来人说，“因为我带的这些兵器明天就要用的，所以，不能休息。再见吧。如果您想知道这些兵器作什么用的，今晚我打算在隐士住地再往前的那家客店过夜。你们如果也走这条道，我们就可以在那客店里会面了。到时我就给您讲些有趣的事情。再见。”

说完，他就赶着骡子急急地走了。堂吉诃德没有来得及问他有什么有趣的事讲给他们听。他好奇心重，有什么新鲜事总想尽快知道。他决定立即动身，并打算在前面那家客店投宿，表弟说的那隐士的居处他就不去了。

说干就干，三人上了坐骑，径直朝客店走去，傍晚才赶到了目的地。半道上表弟对堂吉诃德说，他们可上隐士住处要口酒喝。桑丘听了，立即调转驴头朝那儿跑去。堂吉诃德和表弟也各自掉转马头，上那儿去了。可是，桑丘运气不佳，隐士不在家，这是跟隐士一起修道的一个女人说的。他们想跟这个女人要点上好的葡萄酒喝。她说，她主人没有这种酒，他们如果要水喝，她乐意供给。

“我如果想喝水，”桑丘说，“一路上水井有的是，完全可以喝个够。卡马乔那顿喜酒啊，还有堂迭戈家那丰盛的酒饭啊，总叫我念念不忘！”

他们离开隐士家，催赶坐骑朝客店奔去。走不多远，见前面有一个小伙子，不急不慢地走着路。他们很快就赶上他了。

这年轻人肩上扛着一把剑，上面挑着一捆衣服，看样子都是些裤子、披风、内衣等日常穿的服装。他身上只穿一件天鹅绒短袄，这衣服上面镶嵌着几块闪闪发光的软缎，短袄下面露出衬衣。他脚上穿着丝袜和京城流行的方头鞋。年轻人年龄大约十八九岁，脸露喜色，身体矫健灵活。他一面走，一面唱着民歌小调解闷。堂吉诃德一行赶上他时，他正好唱完一曲。那表弟记得他是这么唱的：

都是因为穷，

只好去从军；
家中如有钱，
决不上前线。

堂吉诃德首先和这小伙子说话。他说：

“先生真潇洒呀，您这么轻装走路，请问上哪儿去呀？能告诉我们吗？”

年轻人回答说：

“这都是因为大太热，家里也太穷。我是去从军的。”

“您说天热，这可以理解，”堂吉诃德问道，“您说家穷，这怎么个解释？”

“先生，”年轻人回答说，“我这捆衣服里有一条天鹅绒裤，和身上这件小袄正好配套。如在路上弄脏了，进城就没有衣服穿了，我又没钱买一套新的。我是为这缘故，同时，也为了图凉快，我才这么轻装赶路的，等赶到了陆军驻地再穿上。我准备上那儿投军，到目的地还有十二西班牙里地。从那儿上船反正有牲口；听说在卡塔赫纳上船。我不喜欢在京城侍候那些穷光蛋，我宁可为国王效力，参军上前线去。”

“您得到过什么奖赏吗？”表弟问道。

“我要是替西班牙的哪一位要人或王公贵族出力，”小伙子回答说，“准能得到奖赏。这就看你投奔什么人了。如果主人是个达官贵人，当差的就可以捞个旗手当当，甚至还能晋升上尉什么的，那就捧上好饭碗了。可我总是不走运，老是侍候那些在京城里混日子、碰运气的光棍儿，工钱少得可怜，浆洗一件衬衣就花去工钱的一半。像我这样东家干了上西家的用人能交什么好运呢。”

“朋友，请您说句真心话，”堂吉诃德说，“您干了这么几年，难道连一套号衣①也没有捞到吗？”

“号衣他们给过我两套，”小伙子说，“但那是专门用来装门面的。他们上京城去办事，就让我穿上，办完事就收回去了。就像那些还没有正式加入教会的新修士那样，出修道院就得交还修士服，穿上原来的衣衫。”

“这真像意大利人说的‘够精明吝啬的’了，”堂吉诃德说，“不过，您胸

① 王公贵族家用人穿的制服。

怀壮志，离开了京城，还是值得庆贺的。因为世上最光荣最有益的事情首先是为上帝效劳，其次就是为国王出力，特别是在军队里服役。我已多次阐明，从武虽不如习文赚钱，但至少能赢得更大的荣誉。尽管靠笔杆子发家的人比拿枪杆子的多，但我总觉得拿枪杆子的要比拿笔杆子的了不起，比他们光彩，比他们强得多。我现在有句话要告诉您，请您牢记在心，这对您有好处，遇到困难，会觉得轻松些。我的意思是希望您将不顺心的事全都撇在一边。最不顺心的事无非就是死吧，如果死得好，死是最好的事。有人问罗马英勇的皇帝胡里奥·凯撒，怎样死最好。他回答说，最好是意想不到的、突然的、没有准备的。尽管这话出自不知有真正上帝的异教徒之口，但他说得还是很对，因为这样免去了精神上的折磨。假如一个人在战场上阵亡，管他是炮弹打死，还是地雷炸死呢，反正总是一死，事情就完结了。泰伦提乌斯说，作为一个士兵，宁愿战死疆场，也不愿逃命①。一个好的士兵，对指挥官越服从就越光荣。孩子，您要明白，战士身上带着火药味，胜于带着麝香味。假如您到了老年，还是在干这一行，那么，尽管您浑身是伤，断了胳膊拐了腿，您至少还是个体体面面的老人，即使一贫如洗，您那份荣誉是去不掉的。再说，国家正在颁布命令，要优待老弱、残废军人呢。现在有些人家眼看那些黑奴年岁大了，不中用了，就将他们赶出家门，美其名曰‘解放奴隶’，其实是要他们冻死饿死。千万不能用这个办法去对待年老的士兵。眼下我不想对您多说，快请您骑在我的鞍后，我们一起去客店吧。上那儿后，我请您吃晚饭，明早您再赶路。但愿上帝保佑您，交上好运，免得辜负您的大志。”

那小伙子没有接受堂吉诃德的邀请，坐在马的臀部上，但他同意去客店吃晚餐。这时，桑丘暗暗想道：

“愿上帝保佑我主人吧！像他这样刚才能说这么一大通大道理的人，怎么又说自己见到了蒙德西诺斯洞里那些乱七八糟的事情呢，真是莫名其妙。”

他们到客店时，夜幕已经拉开。桑丘见主人没有像往常那样将客店当城堡，心里感到高兴。他们一进门，堂吉诃德就向店主打听那个运送长矛长

---

① 泰伦提乌斯（公元前一九〇—公元前一五九），古罗马喜剧作家。这句话其实不是他说的。塞万提斯在本书的《序言》中也引用了它。

戟的人。店主说此人正在马厩里安顿他的骡子。桑丘和那个表弟也上那儿去安顿自己的牲口,他们让罗西纳特占用最好的牲口槽和最好的地方。

第二十五章

叙述学驴叫、演木偶戏和猴子预卜吉凶等趣事。

堂吉诃德急不可待地想听那个运送武器的人讲述趣事。他听店主说此人在马厩,便上那儿去找他。找到后,便要他立即讲述旅途中答应过的趣事。那个人说:

“我的故事不能站着讲,得坐下慢慢道来。好先生,请您让我喂好牲口,再给您讲有趣的事儿。”

“您别磨蹭了,我来帮您忙吧。”堂吉诃德说。

说完,他就去筛大麦,冲洗牲口槽。瞧他这么低三下四的样子,那个人也就愿意照他的请求给他讲故事。他坐在一条石凳上,堂吉诃德坐在他身边。那个表弟,还有那个小伙子、桑丘和店主也过来听。那人说道:

“我给你们讲个故事吧。离这儿四西班牙里半地有一个市镇。镇政府里有个委员丢了一头公驴。这都是他家一个使女耍的花招。这件事说来话长,不详细说了。这个委员虽费尽心机,仍然没有找到驴子。半个月过去了,听说镇政府的另一个委员在广场上见到了那个丢驴子的同事,就对他说:‘老兄,告诉你一个好消息,你的驴子找到了,你得谢谢我啊。’‘我一定谢你,而且还要重谢呢,’丢驴的委员说,‘可请您告诉我,驴子在哪儿?’‘在山上,’见到驴子的委员说,‘今天上午我见到了,已没有了驮鞍,身上也没有别的装备,瘦得叫人看了挺可怜。我本来想将它牵到你家,可它已经野了,怕见人。我一靠近,它就跑到山里躲起来了。你如果要我陪你去找,那我回家去安顿了这母驴就回来。’‘好极了,’丢驴人说,‘我一定重金酬谢。’我讲的这些细节,凡是知道这件事真相的人都是这么讲的。长话短说。这两位委员一起步行到山上寻找那头驴子。到了山上，找遍了该找的地方，就是没有见到那头驴子。见到过驴子的委员对他的同事说：‘老兄，你听我说，我想到一个找驴子的办法。用这个办法准能找到驴子，哪怕它不在山上，钻进地底下，也能让它出来。我会学驴叫，而且很像；你如果也能学着叫两声，这事就成了。’‘老兄，你说叫我学着叫两声？’丢驴子的委员说，‘我以上帝的名义起誓，我比谁叫得都像，就连驴子也不如我叫得像呢。’‘那我们等着瞧吧。’另一个委员说。‘我看这么办吧：你从山的这一边找，我上另一边找，这样能将整座山都找遍。我们走几步，学一声驴叫，你叫，我也叫。驴子在山上，一定会听到，就会答理我们。’驴子的主人说：‘我说老兄啊，你真是个天才，这个办法妙极了。’于是，他俩便依约分头找驴。结果怎样呢？他们俩几乎同时学驴叫，都将对方当成了驴子，以为驴子找到了，循声前往。见面后，那丢驴子的说：‘老兄，刚才叫的不是我的驴子吗？’‘不是的，那是我。’另一个委员说。‘老兄，我要说，’丢驴子的说，‘单凭学驴叫，你跟驴子已经没有什么不同了。我这辈子还没有听到有人叫得这么地道的。’‘老兄啊，’出主意的那个委员说，‘这几句赞美词用在你身上更合适。我以创造我的上帝的名义起誓，你比世界上学驴叫学得最好的大专家还技高一筹呢。因为你声音高、中气足、高低快慢合适、节奏分明。总之，我甘拜下风，承认你是这一绝技的第一把手。’‘这么说，’驴的主人说，‘往后我就可以认为自己有一技之长了。凭这一点，我应感到自豪。过去我自认为学驴叫学得不错，却没有想到已达到了你讲的这个水平。’‘可以这么说吧，’另一个委员说，‘世上有不少绝技是白白地被糟蹋了。有些人有这方面的本事，却不能让它们发挥作用。’‘就拿我们这套本领来说吧，’驴子的主人说，‘如果不用在今天的场合，在别的方面就用不上。就在今天这个场合，也得求上帝保佑，才能发挥作用呢。’

“说完，他俩又分两路走开，再次学起驴叫来。每叫几声，他们总以为对方就是驴子，重又聚合在一起。后来他们约定一个暗号，每叫一次，必须连续叫两声，以表明是他们在学驴叫，不是真驴在叫。他们就这样每走几步，就学两声驴叫，两人走遍了整座山林，那失踪的驴子始终没有答应，连个影儿也没有。这头可怜的驴子怎么会答理他们呢？因为它已在山林深处让狼给吃掉了。见到了驴子的残骸，驴的主人说：‘怪不得它没有答理呢。它要是没有死,听到我们的叫声,一定会答应的,否则,就不是驴子了。老兄,我这次虽只找到一头死驴,却听到了你惟妙惟肖的驴叫声,这次来找驴,也不觉后悔了。'‘哪里,哪里,'另一个委员说,‘老兄啊,第一把手还是你。不过,修道院长唱得好,助手也是呱呱叫。'说完,他们一无所获,哑着嗓子回到了村里。他们将上山寻驴的经过,全都讲给自己的亲友、邻里听,同时还吹嘘了对方学驴叫的本领。这件事在周围的村镇里传开了。魔鬼从不睡觉,他最爱兴风作浪,搬弄是非,制造不和。他让别的村镇里的人见了我们镇上的人就学驴叫,显然是在羞辱我们的市政委员。小孩子也跟着起哄,这等于是发动了整个地狱的小鬼起来胡闹。学驴叫这件事,从这个村传到了那个村,村村都学,弄得我们镇上的人像白人堆里的黑人那样显眼。这个玩笑后来越开越大,最后酿成悲剧,人们动起武来。我们镇被嘲弄的人多次拿起武器,结队和嘲弄我们的那些人斗殴。斗到后来谁也劝阻不止,无论怎么吓唬,都没人听。我估计明后天我们学驴叫的镇上的人一定会成群结队地出去跟离我镇两西班牙里地的一个村里的人打一架,因为这个村上的人最爱欺侮我们。我买那些长矛长戟,就是为了早作准备。这就是我要跟诸位讲的奇事。不知你们觉得稀奇不稀奇。不过,我可没有更稀奇的事可讲了。"

他刚讲完,客店里就进来一个人,此人穿的长统袜、裤子和上衣全都是用羚羊皮制的。来人大声说:

"店主先生,有客房吗?未卜先知的猴子就要到了,梅莉孙德拉脱险的戏也要来这儿开演了。"

"啊,佩德罗师傅来了,"店主说,"今天晚上这儿可热闹了。"

刚才忘记交代了,这个佩德罗师傅左眼和左边半边脸贴着一张用绿绸子摊的膏药。显然,他这半边脸有病。店主接着说:

"欢迎您,佩德罗师傅。猴子在哪儿?演戏的道具在哪儿?我怎么没有看见?"

"这些东西随后就到,"穿一身羚羊皮的人说,"我先来看看,有没有客房。"

"您佩德罗师傅要房间,"店主说,"就是阿尔瓦公爵①住在这儿,也要叫

① 西班牙十六世纪重要将领。

他让给您！快把猴子和道具运来吧。今晚店里有客，您的戏和耍的猴儿准能赚钱。"

"那太好了，"脸上贴膏药的人说，"我减票价，只要能保本就成。我去招呼拉猴儿和道具的大车快上这儿来。"

他立即离开了客店。

堂吉诃德随即问店主，这佩德罗师傅是谁，他带来什么戏的道具，什么样的猴儿。店主回答说：

"这个人是演木偶戏的，很有名气，早在曼却-德阿拉贡[①]一带演出，演的是大名鼎鼎的堂盖依斐罗斯解救梅莉孙德拉的木偶戏。这个戏情节很有趣，演得也很精彩，这一带已有多年没有看到过这样的好戏了。他还有一只猴子，它的本领不但在猴儿里罕见，就连我们人也没有。如有人问它什么，它会专心听着，然后，跳到主人的肩上，对着他的耳朵说出问题的答案，再由佩德罗师傅当众宣布。它讲过去的事较多，未来的事讲得较少。虽不能说句句都对，但也很少说错。因此，我们都认为这猴子准有魔鬼附身。每问它一个问题，只要猴子回答了，也就是说，猴子在主人耳边说了什么，再由主人替他回答，就得交两个里亚尔。因此，人们都认为佩德罗师傅已赚了不少钱。用意大利话说，他是个'上等人'，是个'好伙伴'，日子过得非常舒服。他说起话来，一人抵六人；酒量大得一个抵上十二个人。他发财全凭自己的一张嘴、一只猴子，还有一台木偶戏。"

这时，佩德罗师傅又回来了，后面跟着一辆大车，车上载着演木偶戏的道具和那只猴子。这猴儿很大，没有尾巴，屁股上盖一块毡布，脸相看起来不凶。堂吉诃德一见猴子，就问它：

"未卜先知的先生，请您告诉我，我们的命运怎样？将来会发生什么事情？这是我的两个里亚尔。"

说完，他就吩咐桑丘给佩德罗师傅两个里亚尔。佩德罗替猴子回答说：

"先生，有关未来的事，这猴子不作回答。有关过去的事，它知道一些，现在的事也知道一点。"

"哼！"桑丘说道，"请人讲我过去的事，我连一个子儿都不花！过去的

① 在拉曼却的东部。

事,还有谁比我自己知道得更清楚吗?花钱请人讲自己知道的事,这不是大傻瓜吗?不过,它还知道眼下的事,那好,我这儿有两个里亚尔,请猴儿先生告诉我,我老婆特雷莎·潘沙现在在干什么?在拿什么消遣?"

佩德罗师傅不肯收钱,他说:

"还没有替您效劳呢,我不能先拿酬劳。"

他拿右手拍了两下自己的左肩,猴子便跳上去,猴嘴紧贴他的耳根,牙齿咬得紧紧的。这样过了一会儿,猴子又跳到地上。这时,佩德罗师傅赶忙来到堂吉诃德的跟前,双膝跪地,抱住他的腿,说道:

"我抱着您这两条腿,就像抱着赫拉克利斯的两根柱子①!啊,您是重振已遭人们遗忘的骑士道的名人!您就是有口皆碑的骑士堂吉诃德·德·拉曼却,您是弱者的精神支柱,快要跌倒的人靠您支撑,已倒在地上的人靠您扶起,一切不幸的人需要您的帮助和安慰!"

堂吉诃德惊得瞠目结舌,桑丘也惊呆了,那表弟、小伙子和刚才讲学驴叫的那个人也愣住了,店主也惊得说不出话来。总之,在场的人听了那个演木偶戏的这番话,个个感到无比惊讶。他接着又说:

"桑丘·潘沙啊,你是世界上头号骑士的好侍从,你应该感到高兴,因为你那好妻子特雷莎很好,她这时正在梳理一磅麻。我还可以说得更详细一些:她左边有一个缺了口的瓦罐,里面装了不少酒。这时,她正在一边干活,一边喝酒呢。"

"你这话我完全相信,"桑丘说,"她就是那么个会享福的人。要不是她爱争风吃醋,就拿我主人说的那个十全十美的女巨人安当多娜②跟我交换,我也不干呢。有些女人即使让自己的儿女吃点苦,也不肯亏待自己,我那特雷莎就是这样的人。"

"行万里路,读万卷书的人才能见多识广,"堂吉诃德说,"我为什么会说这句话呢?因为事实已经使我不得不相信,世界上确实有未卜先知的猴儿,就像我刚才亲眼所见那样。我就是这猴儿说的堂吉诃德·德·拉曼却,

---

① 指地中海入口处的两座对立的山峰,一座在直布罗陀,一座在摩洛哥的休达,相传两峰本属一山,赫拉克利斯将它一劈为二。

② 著名骑士小说《阿马蒂斯·德·加乌拉》中的人物。

只是它有点儿过奖了。不过，不管它怎么说吧，反正我这个人确实是一副菩萨心肠，总想替众人做点好事，从来不会去害别人。”

“我如果有钱，”那个去投军的小伙子说，“就想问问猴子先生，我这次出门吉凶如何。”

佩德罗已从堂吉诃德身边站起来。他听了，说道：

“我已经说过，凡是涉及未来的问题，这小猢狲一概不回答。它如肯回答，那不给钱也行。我能为在场的堂吉诃德先生出点力，什么利益都可以不要。现在为了给大伙儿助助兴，让在客店里的客人解解闷，我准备搭台免费给大家演出。”

店主听了，非常高兴，便忙去指点在哪儿可以搭戏台。一会儿，戏台就搭成了。

堂吉诃德见这猴子这么精灵，心里有些不太愉快。他觉得这猴子不管能知未来也罢，过去也罢，总属歪门邪道。他见堂佩德罗师傅在搭戏台，就拉桑丘到马厩边，偷偷地对他说：

“桑丘，你听我说，我刚才细细地想了想这猴子的事儿，觉得它的主人佩德罗师傅准和魔鬼明里暗里订立了契约。”

“如果庭院①很乱，又是魔鬼的庭院，”桑丘说，“那一定也脏得很。不过，佩德罗师傅要这庭院作什么用呢？”

“桑丘，你没有听懂我的话。我是说，他准和魔鬼事先商量好了，让猴儿拥有魔鬼的这种本领，他就靠这个赚钱。等自己赚够了钱，就把灵魂交给了魔鬼，这正是魔鬼这个全人类的敌人追逐的目标。我为什么会这么认为呢，因为我发现这猴子只知道过去和眼前的事，而魔鬼也只有这个本领。魔鬼不能预卜未来，只会猜测，但猜得不太准。只有上帝不受时间的限制，无所不知。对上帝来说，不存在过去，也不存在未来，所有的事都像眼前发生的一样。因此，那猴子显然是跟魔鬼同一个腔调。我觉得很奇怪，人们为什么不到宗教裁判所去控告他，对他进行审问，逼他说出真情，究竟靠了谁才猜得这么准。显然，那猴子不是星卜家，它和它的主人都不会占卜，也不会观

① 上文堂吉诃德说，佩德罗跟魔鬼订立了契约。桑丘将“契约”（pacto）听成是“庭院”（patio）。

察星象。抽牌算命这些玩意儿眼下在西班牙很时髦,连小娘们、小厮,还有补鞋的老头儿都会这一套,就像在地上捡一张纸牌这么容易。他们不懂装懂、胡言乱语,玷污了星卜学这门奇妙的学问。我知道,有位夫人请教一个星卜家,她养的那只小哈巴狗会不会怀孕生小狗,一窝能产几只,所产的小狗毛色怎样。那位先生占了卜,说那只哈巴狗会怀孕,能生三只狗崽:一只绿色,一只红色,还有一只属杂色。不过,这只母狗受孕的时间必须在星期一或星期六的白天或晚上十一时到十二时。那只哈巴狗过了两天,因吃得太饱胀死了。那个占卜的就像别的星卜家一样,出了名,成了'铁嘴'。"

"不过,我倒希望您让那位佩德罗师傅问问那只猴子,"桑丘说,"您在蒙德西诺斯洞内遇到的那些事情是不是真的。请别见怪,因为在我看来,这都是骗人的鬼话,也许只是个梦。"

"这也有可能,"堂吉诃德说,"你这个主意可以照办。不过,我心里总有点儿连我自己也说不清的顾虑。"

这时,佩德罗师傅来了。他对堂吉诃德说,演出已准备就绪,请他去看戏,因为这出戏值得一看。堂吉诃德便借机对佩德罗师傅说,请他问一下他的猴子,他在蒙德西诺斯洞里的那段经历究竟是真是假,因为他自己也弄不清楚。佩德罗师傅没有答话,径自回去牵来了猴子,让它站在堂吉诃德和桑丘的面前,说道:

"听着,猴子先生,这位骑士想请问你,他在一个叫蒙德西诺斯的地洞里遇到了一些事情,不知是真是假。"

和平时一样,佩德罗师傅对猴子做了个手势,猴子便跳到他的左肩上,对着他的耳根说了些什么。佩德罗师傅接着就说:

"猴子说,您在那洞中的经历,有一部分是假的,有一部分是真的。这个问题它就只知道这些,别的就不知道了。您如果还想知道些什么,那就等到下星期五吧。到那时候,它有问必答。它还说眼下自己的灵气已消耗完了,要到下星期五才能恢复。"

"我的老爷,我不是早就说了吗?"桑丘说,"您在洞中的经历我不能全信,就连一半也不信。"

"是真是假将来总会有分晓,"堂吉诃德说,"随着时间的推移,任何事情都会见分晓。有些事情即使埋在地底里,也有水落石出的时候。这件事就到此为止吧。我们看戏去，我想这佩德罗先生的戏总会有点儿新鲜东西吧。”

“何止一点儿啊，”佩德罗师傅说，“我那木偶戏里总共有六万种新鲜玩意儿呢。堂吉诃德先生，我告诉您，我那出戏是全世界最值得看的，‘你们纵然不信我，也当信这些事’①。时间不早了，戏得开演了。演出时，有许多话要说，还有许许多多的动作要表演出来。”

堂吉诃德和桑丘顺着他的意思，来到演出地。戏台已经搭好，周围点了无数根蜡烛，灯火辉煌。佩德罗师傅随即来到后台，因为木偶全由他来操纵。前台站着个年轻人，是佩德罗师傅雇用的伙计。他手里拿一根棍子，一边指着出场的木偶，一边给观众解释戏里的情节。

客店里的人都出来看戏了。他们有的站在台前，堂吉诃德、桑丘、投军的小伙子和那位表弟则坐在最好的位置上，讲解的人就开始讲解剧情。他讲些什么，请看下一章。

① 引自《新约全书·约翰福音》第十章第三十八节。

第二十六章

继续叙述演木偶戏的趣事和其他一些饶有兴味的事情。

“提尔人和特洛伊人全都寂静无声。”①

这话的意思是说，人人都在专心地等着听讲解。后台响起了一阵铜鼓和喇叭声，又响起了好几下炮弹的爆炸声。这阵喧闹声过后，那年轻人随即大声地说：

“今天在诸位面前演出的这出戏是真实可信的，这个故事是原封不动地从法兰西历史和在民间口头传诵的西班牙的谣曲中移植过来的。讲的是堂盖依斐罗斯解救他妻子梅莉孙德拉的故事。她落入摩尔人的手中，关在西班牙的圣苏威涅城，也就是眼下的萨拉戈萨城。诸位请看，堂盖依斐罗斯这时正在下十五子棋②，正如谣曲里唱的：

堂盖依斐罗斯正在下棋，
他已将梅莉孙德拉忘记。

这会儿出场的这个人物是查理曼大帝。他头戴皇冠，手执权杖，人们都说他就是梅莉孙德拉的父亲。他见女婿这么悠闲，无动于衷，很生气，出来

---

① 这是古罗马诗人维吉尔的史诗《埃涅阿斯记》第二卷第一行诗，作者引自一五五七年安特卫普出版的西班牙文译本。

② 颇似国际象棋。

训斥他。请看他训斥得多厉害呀,真恨不得拿权杖狠狠地打他几下。也有人说他已经打了,而且打得很重。他对女婿说了许多话,指出如果他不去拯救妻子,他就会名誉扫地。他说,

我的话已经说尽,
希望你细加思忖。

诸位瞧,皇帝转身走了。堂盖依斐罗斯大发雷霆,将棋盘和棋子摔得老远,还吩咐速速准备好甲胄武器,又向自己的表弟堂罗兰借他的杜林达纳宝剑。堂罗兰不肯把剑借给他,却愿意陪他去冒这个险。可是,这个满腔怒火的勇士不要他陪,说自己单身一人就能把妻子救出来,即使她被关在地底下,他也要这么做。说完,他便全身披挂,火速上路。现在,再请诸位看那边的那座塔楼,那是萨拉戈萨城堡的几座塔楼中的一座,现在叫阿尔哈斐利亚。那位摩尔人打扮的站在阳台上的夫人就是绝代佳人梅莉孙德拉。她自落入摩尔人手中后,一心想着巴黎和自己的丈夫,两眼常常瞧着通向法兰西的道路,聊以自慰。现在再请大家看一个也许从没有见到过的场景,诸位看到那个摩尔人了吧?他将一个手指按在嘴上,一声不吭地偷偷地来到梅莉孙德拉的背后,对她的嘴唇吻了一下。她立即啐了一口,又用白衬衣的袖口擦了擦嘴。瞧她心里多么难过,一个劲儿地揪自己的头发,仿佛这一头秀发是她这次受辱的祸根。再请看在那边过道上的那个威严的摩尔人。他是圣苏威涅的玛西利奥国王。他刚才见到了那个摩尔人的无礼的举动,尽管他是自己的亲属和幸臣,还是下令将他抓起来,抽打二百鞭,并游街示众:

宣布告示的人前面走,
举着棍子的公差押后。

瞧,这个人的罪恶行径还没有得逞,却已受到了惩处,因为摩尔人和我们不同,他们不必'起诉',也没有什么'在押听审'之类的法律程序。"

"小伙子,小伙子,"堂吉诃德大声地说,"请你直截了当往下讲,别拐弯抹角,也不要乱插话。要审清一个案子,总得有许多证据才行。"

佩德罗师傅也在后台说：

“孩子，可别添枝加叶了，照这位先生说的办，没有错。你只管笔直往下讲，不要绕道儿。否则，会弄巧成拙的。”

“我一定照办。”小伙子说。他继续往下讲道：“这边这个身披法国式斗篷的骑马人就是堂盖依斐罗斯。他的妻子站在塔楼的瞭望台上。刚才那个色胆包天的摩尔人受到了惩罚，她消了气，脸部表情也显得平静了。她把丈夫当成普通的行人，像谣曲中唱的那样对他说：

你如果到法兰西去，骑士，
请打听一下盖依斐罗斯。

她还说了不少话，我就不重复了，因为太噜苏了。现在请看堂盖依斐罗斯怎样脱去帽子，露出本相。从梅莉孙德拉那欢快的表情我们知道她已认出他来了。她这时正从阳台上往下缒，准备骑在她那好丈夫的马后逃走。可是，她真不走运！她的裙子让铁栏杆给勾住了，她悬空挂着，没法落地。不过，仁慈的老天爷总会救人于急难中。这时，堂盖依斐罗斯过来了。他顾不得会不会撕破她那条漂亮的裙子，一手抓住她，硬是将她拉到了地上，随即一扭身将她搁在自己的马鞍后部，让她像男人那样叉开两腿骑着。又吩咐她用双手扣在他胸前，紧紧地抱着他，免得从马上摔下来，因为梅莉孙德拉夫人不习惯用这个方法骑马。你们听到马嘶声了吧，这表明这马也很高兴，因为它载着一个英雄、一个美人，也就是它的男女主人。瞧，夫妻俩这时转身出城去了，然后，兴高采烈地朝巴黎驰去。你们这一对世所罕见的情人啊，祝你们一路平安，顺顺利利地回到家乡！祝你们长命百岁，白头偕老！”

这时，佩德罗师傅又在后台大声地说：

“小伙子，直截了当些，别话儿太多，别装腔作势！”

讲解人这次没有作答，只是继续往下讲道：

“总有那么几个爱管闲事的人，他们看见梅莉孙德拉从塔楼上缒下，上马走了，就赶忙去向玛西利奥国王禀报。国王立即下令打钟，宣布处于紧急状态。瞧，刹那间，全城一片钟声，所有的塔楼也都响起了钟声。”

“不对呀，”堂吉诃德插言说，“佩德罗师傅的钟在这儿打得不伦不类，因为摩尔人不打钟，他们只敲鼓，或吹一种像我们的笛号那样的笛子。说圣苏威涅城打起钟来，真是胡扯！”

佩德罗师傅听了，停止打钟，说道：

“堂吉诃德先生，请您别这么天真了。可不能这么吹毛求疵，否则，还有个完吗？荒谬透顶，错误百出的戏不是也天天在演吗？不光在演，而且还演得很顺利，不但赢得了观众的掌声，还受到了他们的赞赏呢。孩子，继续讲下去吧，别理会别人说些什么。只要能塞饱自己的钱包，即使戏里的错误像阳光下的灰尘那么多，也别去管它了。”

“这倒是真的。”堂吉诃德说。

小伙子又继续往下讲道：

“你们瞧，多少骑兵披挂着闪闪发亮的甲胄，出城去追赶这一对基督徒夫妇！多少支号角和笛子吹响了！鼓声冬冬，地动山摇！我就怕他们会给撵上，拴在大兵的马尾巴上给拖回来，那就糟了。”

堂吉诃德见到这么多摩尔人，又听到震耳欲聋的鼓声，认为这时应给逃亡的夫妇助一臂之力，便站起身来，大声地说：

“只要我还活着，我决不允许像堂盖依斐罗斯这样著名的骑士和英勇的情人，在我的眼前身遭毒手！站住，你们这些无赖！不准追赶他们！否则，你们就得跟我打一仗！”

说完，他就拔出剑，一跃就到了戏台边，急急地对着那些摩尔人模样的木偶一阵猛砍。有的被撞倒了，有的被砍去了脑袋，这个断了腿，那个折了腰。有一剑从上到下劈了下来，佩德罗师傅这时要不是弯腰闪身躲过，他那个脑袋早就像面粉捏的一样被剑切成两半了。佩德罗师傅大叫道：

“堂吉诃德先生，快住手吧！您该明白，您在砍杀的这些玩意儿可不是真的摩尔人呀，那是用硬纸糊起来的木偶！您瞧，这下我可倒了大霉了，您把我的全部家当都给毁了！”

然而，堂吉诃德并没有因佩德罗的叫嚷而停止他的砍杀；他又是劈，又是刺，又是斫，又是砍，转眼间就把整个戏台全打塌了，将道具和木偶打得七零八落：玛亚利奥国王受了重伤，查理曼大帝的脑袋和皇冠都被劈作两半。观众也乱成一团。那猴儿爬上屋顶跑了。那个表弟，还有那小伙子和桑丘也都吓得战战兢兢。据桑丘事后发誓说，他从来没有见到过自己的主人生这么大的气，他完全疯了。等一台木偶戏的道具全部毁坏后，堂吉诃德才平静了一些。他说：

"有人不相信，有人不愿相信游侠骑士的作用，我现在要让这些人都来看看游侠骑士在世界上多么有用！你们想一想吧，要不是我今天在这儿，勇士堂盖依斐罗斯和美人梅莉孙德拉早就让这帮狗崽子给撵上了，那时他们可就惨了。因此，游侠骑士在许多方面都是少不了的，游侠骑士道应该永世相传！"

"让骑士道永世相传，"佩德罗师傅有气无力地说道，"那就让我死去吧。我这下可倒足了霉，就像堂罗德里戈国王说的那样：

昨天我是西班牙的国王……
今天城上的每一截矮墙，
都已经不属于我的财产①。

刚才我还是帝王般的主人，马厩里都是我的马，箱子里和旅行包内全都是盛装华服。可是，只半小时功夫，甚至才一转眼功夫，我就被打得落花流水，两手空空，成了个一无所有的乞丐。特别令我痛心的是我那猴子也跑了。这次要将它找回来，准会累得我连牙齿都出汗。这都怪这位骑士先生，无缘无故地发起火来。有人还说他专门扶弱锄暴，伸张正义，平时常行善事呢。苍天在上，他怎么偏偏对我就没一点慈悲呢！总而言之，这个狼狈相骑士害得我的脸也露出了一副狼狈相。"

桑丘·潘沙听了佩德罗师傅的这番话，很可怜他，说道：

"佩德罗师傅，别难过，不要埋怨了，我听了心里也不好受。我告诉您吧，我主人可是个毫不含糊的真正基督徒，他只要明白自己在什么地方冒犯您了，就会向您承认错误，赔偿损失，甚至还能多赔些钱呢。"

"堂吉诃德先生如能给我赔偿点儿损失，我就满意了，他也可以不受良心的谴责了。谁要是损坏了他人的财物，不进行赔偿，就进不了天堂。"

---

① 这几行诗作者引自歌谣《堂罗德里戈怎样失去西班牙》。堂罗德里戈是西哥特族统治西班牙的最后一个国王，七七一年由于阿拉伯人的入侵而亡国。

“这话有道理,”堂吉诃德说,“可是,佩德罗师傅,到眼下为止,我还不知损坏了您什么东西呢。”

“您怎么会不知道呢,”佩德罗师傅说,“这坚硬的地上堆着的这些乱七八糟的东西,是谁的杰作?不就是您这个常胜将军那条铁臂干的吗?这些尸体是谁的?不就是我的吗?我就是靠它们养家糊口的呀!”

“有件事我过去一直是这么想的,现在终于得到了确认,”堂吉诃德说,“这就是说,那些魔法师总是和我过不去。他们先将事物的本相在我面前显露一下,随后就随心所欲地改变了它们的形态。在场的各位先生,我坦率地告诉你们吧,我刚才见到的全都是真人真事,那梅莉孙德拉就是当年的梅莉孙德拉,堂盖依斐罗斯真的就是他本人,还有玛西利奥和查理曼大帝也是当年的真人。因此,我义愤填膺,决心尽我游侠骑士的职责,给这对逃亡的夫妇帮一点忙。我刚才的所作所为,都是出于一片好意。如果我这件事做得不对,责任不在我身上,这笔账要算到迫害我的那些坏家伙的头上。不过,我这次犯错误虽非出于有意,但我还是决定认错赔钱,就请佩德罗师傅估摸一下,那几个毁坏的木偶值多少钱,我愿拿响当当的现钱赔他。”

佩德罗师傅对他躬了躬身,说道:

“英勇的堂吉诃德·德·拉曼却,您真是我们这些流落江湖的穷人的真正救星和保护人。您基督徒的精神空前崇高。关于赔钱的事,我也不想多要,就请店主先生和桑丘大哥做个中间人,我们一起对毁坏的木偶做出估价吧。”

店主和桑丘都表示愿当仲裁。于是,佩德罗师傅从地上捡起那个已经掉了脑袋的萨拉戈萨国王玛西利奥,说道:

“这个国王显然已无法恢复原状了。杀了我这个国王,得赔我四个半里亚尔,你们认为怎么样?”

“同意。”堂吉诃德说。

“这个木偶中间已被劈开,”佩德罗师傅拿起那个一劈两半的查理曼大帝说,“我要五又四分之一里亚尔,不会太多吧?”

“这已经不少了。”桑丘说。

“但也不多,”店主说,“根据木偶毁坏的程度,就给五个里亚尔吧。”

“就给他五又四分之一里亚尔吧,”堂吉诃德说,“这次闯了大祸,只考虑算总账,不去计较这四分之一里亚尔了。佩德罗师傅赶紧吧,已到开饭的时间,我肚子有点儿饿了。”

“这是美人儿梅莉孙德拉,”佩德罗师傅说,“这个木偶掉了鼻子,又少了一只眼睛。我要个公道价:两里亚尔,再加十二个马拉维迪。”

“梅莉孙德拉这时和她丈夫要是还没有到法兰西国境,”堂吉诃德说,“那才见鬼呢。我认为,他们骑的那匹马不是在跑,简单在飞。我看您也别对我挂羊头卖狗肉了,您干吗拿这个没鼻子的木偶充当梅莉孙德拉呢,她这会儿早和丈夫舒舒服服地在休息了。但愿上帝保佑人人都能保住自己的财物。佩德罗师傅,我们走路要放稳脚跟,别存坏心。您继续说下去吧。”

佩德罗师傅见堂吉诃德头脑又有些不正常,又将刚才演的那场戏当真了。他生怕堂吉诃德发起疯来,不认账,就说:

“这位可不是梅莉孙德拉了,是服侍她的使女。给我六十个马拉维迪,我就心满意足了。”

他就这样根据木偶损坏的情况作价,再由那两个中间人做出最后裁决。堂吉诃德一共赔了四十又四分之三里亚尔,双方都感到满意。桑丘当场付了款。佩德罗师傅还另外要了两个里亚尔,作为寻找猴子的费用。

“桑丘,你就给他两个里亚尔吧,”堂吉诃德说,“不是让他去找猴子,是让他买酒喝的。现在如果有人能确切地对我说,堂娜梅莉孙德拉夫人和堂盖依斐罗斯先生已回到法兰西,与自己的亲人团聚,我情愿赏给他二百里亚尔。”

“这件事只有我那只猴子说得最清楚,”佩德罗师傅说,“可是,这时连魔鬼也捉不到它。不过,我估计它和我有感情,今晚肚子饿了准会回来找我。‘船到桥头自会直’,我们明天再见吧。”

由木偶戏引起的这场风波总算平息下来。大伙儿平平和和地坐在一起用晚餐。堂吉诃德非常慷慨大方,这顿晚餐是他付的饭钱。

天还没有大亮,运送长矛长戟的那个人先走了。天亮后,那个表弟和去投军的年轻人也来和堂吉诃德告别:表弟回故乡去,年轻人继续自己的行程，堂吉诃德资助他二十个里亚尔。佩德罗师傅深知堂吉诃德的毛病，不想再和他打交道，因此天还没有亮就起身，带着他的木偶戏道具和猴子，闯荡江湖去了。店主原来不认识堂吉诃德，见他这么疯，却又这么大手大脚，觉得十分惊异。桑丘根据主人的吩咐，给店主加付了房租。上午八时许，主仆俩离开客店，上路走了。我们让他们走吧。这样，可以腾出手来，将这部著名传记的其他一些情况作一交代。

第二十七章

叙述佩德罗师傅和他猴子的来历；堂吉诃德调解学驴叫引起的纠纷，但事与愿违，以失败告终。

这部伟大传记的作者熙德·阿梅德在本章开始时，说道:“我像基督徒那样起誓……”对此，译者解释说，毫无疑问，熙德·阿梅德是摩尔人，他说要像基督徒那样起誓，意思是他自己发的誓就像基督徒起的誓一样真实可信。也就是说，他说的话，就像基督徒起的誓一样全是真的。这不但指他写的有关堂吉诃德的事，而且指有关佩德罗师傅和使周围一带村民感到异常惊异的那只猴儿的事，也是这样。

作者说，凡是读过本书第一部的读者想必一定还记得，堂吉诃德在黑山释放了一批苦役犯。这批为非作歹的恶棍不知感恩，反而恩将仇报，其中一人叫希内斯·德·帕萨蒙德，堂吉诃德叫他希内西约·德·巴拉比约，正是他偷盗了桑丘的那头灰驴儿。本传记第一部付印时，由于印刷方面的疏漏，希内斯偷驴的时间和方式都没有交代清楚。许多读者不知事实真相，将印刷方面的疏忽归咎于作者，埋怨作者不够严谨。其实，希内斯是乘桑丘·潘沙骑在驴上打瞌睡，将驴儿偷走的。当年萨克利潘多围攻阿尔布拉卡时，布鲁纳洛就从他的两腿间偷走了他的马匹。希内斯正是用了这同样的办法。后来，桑丘又重新得到了灰驴，这在书中已有交代。就是这个希内斯，罪恶累累，他本人就写了厚厚的一本书记述自己犯的罪行。他怕自己落入法网，便决定逃入阿拉贡境内，在左眼部贴了一块膏药，干起演木偶戏的营生，因为演木偶戏和偷盗正是他最拿手的本领。

那只猴子是希内斯从土耳其释放回国的几个基督徒那儿买来的。经过他的训练，猴子一见他作某种手势，就会跳上他的肩膀，对着他的耳朵嘀咕些什么,或者做出仿佛是在说些什么的样子。他带着木偶戏的道具和猴子,每到一地之前,总得在近处了解该地有没有发生什么非同一般的事,这些事又涉及到什么样的人,然后,牢记在心。到了那个地方后,他总是先演木偶戏,剧目不一,剧情都很有趣,而且,为人们熟知。演出结束,他就宣扬猴子的本领,说它知道过去和现在的事情,只是不会预测未来。每回答一个问题,他收两个里亚尔。他根据提问题人的情况,有时可以少收一点儿。有时他会主动上出过事的人家家里去。人家怕花钱,没有问他什么,他却给猴子作手势,然后说,猴子告诉自己什么什么事情,说得与事实分毫不差。他用这个办法提高了自己的威信,人们都去找他问这问那。他头脑灵光,有时虽不知提问人的情况,但答复总能与问题相一致。谁也没有问他猴子怎么会知道这些事情的。他尽可以欺骗人们,将钱包装得鼓鼓的。

那天他一进客店,就认出了堂吉诃德和桑丘。由于他知道堂吉诃德的底细,便轻而易举地获得了堂吉诃德和桑丘·潘沙的敬佩,也使客店里所有的人都感到震惊。不过,上一章里堂吉诃德在砍杀玛西利奥国王和他的骑兵时,那柄剑如果再朝下砍一砍,这个佩德罗师傅就要付出沉重的代价了。

以上这些就是有关佩德罗师傅和他那只猴子的情况。

下面再来说说堂吉诃德的事。他离开客店后,决定先上埃布罗河①两岸及其周围地区游览一番,随后再去萨拉戈萨城,因为离大比武还有一些时日,他尽可以上那儿去游赏。他怀着这个目的一直朝前走去,一连走了两天,没有发生值得记载的事。第三天,他爬上一座小山时,听到了震耳欲聋的鼓号声和枪声。开始时,他以为军队路过那儿,就催赶罗西纳特,上山顶去看看。到了山顶,他看见山脚下有两百来号人,手执各种兵器,有长矛、弓箭、长戟、长柄斧、长枪等,还有几支土枪和许多盾牌。他走下山岭,又朝前走了一段路,才看清那些旗帜的颜色和上面的标志。最引人注目的是一面白缎子旗帜上画的一头驴子,画得很像,跟一头小毛驴一般大小。这驴儿扬着脑袋,张大着嘴,吐着舌头,正在叫着呢。驴子的四周用大号字体写着下面两行诗:

---

① 西班牙北部的一条较大的河流,发源于康泰布里卡山,流经萨拉戈萨,注入地中海。

两位镇长学驴叫，
学得相当有成效。

堂吉诃德明白，这群人是学驴叫的那个镇上的。他把这个意思告诉了桑丘，还将旗上的那两行诗讲给他听。他说，那个给他们讲学驴叫这件事的人错了，他说学驴叫的那两个人是镇政府委员，但根据旗上的那两行诗，他们分明是镇长。桑丘听了，说道：

"老爷，这倒关系不大。也许这两位学驴叫时是个委员，后来，升任镇长了，因此，称委员或镇长都行。再说，学驴叫的是委员还是镇长，也无关紧要，只要他俩都学过就是了。不管是镇长，还是委员，都有可能学驴叫的。"

总之，他们俩已弄清楚，这个镇上的人受了嘲弄，出来跟另一个镇上的人进行械斗。那个镇上的人对他们羞辱得太厉害，实在难以和睦相处了。

堂吉诃德朝人群走去。桑丘向来不喜欢参与这方面的事，心里非常紧张。那个镇上的人以为堂吉诃德是自己人，随他加入自己的行列里。堂吉诃德撩起面甲，英气勃勃地来到了画着驴子的那面旗帜下。那支队伍为首的那几个人见了他，也像所有初次见到他的人一样，觉得十分惊异，都围上来看他。堂吉诃德见人们一个劲儿地瞧着自己，却没有人跟自己说话或盘问，就利用这段沉默的时间，大声地说道：

"先生们，我有几句话想对大家说说，务请诸位让我把话说完。如果你们不爱听，只要稍有表示，我便立即在嘴上贴上封条，夹住自己的舌头。"

众人都表示，他想说什么，只管说，他们都愿意听。堂吉诃德于是接下去说：

"先生们，我是个游侠骑士，我的职业就是使枪弄棒；扶助弱小，解救穷困是我的职责。几天前，我听说了你们那件不愉快的事，也知道你们为什么会经常动武，报仇雪耻。你们这件事我曾思考过多次，觉得根据决斗的规则，你们认为自己受了侮辱，这是不对的。任何个人不能侮辱全镇的人。除非镇上有人犯了叛国罪，却又不知是谁，在这样的情况下，只好向全镇的人发起挑战。我们拿堂迭戈·奥多涅斯·德·拉腊作为例子吧，他不知叛国杀君的只是贝利多·多尔福斯一个人，就向萨莫拉全城挑战。结果，全城的人都遭到了报复。在这件事情上，堂迭戈先生确实做得过火了，他为什么还要和死人、泉水、面包、还未出生的孩子等过不去呢,这就大大越出挑战的范围了[①]。不过,一个人盛怒之下,他那条舌头发起号令来,就连他的老子、师傅也管不住,甚至拿钳子都夹不住。根据我刚才说的这个意思,个人是不能去冒犯整个国家、整个省市或村镇的。正由于这个缘故,村镇里的人也没有必要以为自己受了某一个人的侮辱而出来报仇,因为他们压根儿就没有受到侮辱。孩子们和老百姓取的绰号或诨名多着呢,比如'钟太太镇'呀[②],'卖瓦罐的'呀,'卖茄子的'呀,'捕鲸鱼的'和'制肥皂的'[③]等等。如果上面说到的这些地方的人一听到自己的绰号就和人家相拼,那还得了!如果这些名城的人为芝麻绿豆大的小事就翻脸不认人,终日寻衅动武,挥舞刀剑,那怎么行呢!这绝对是不行的,上帝也不允许这么干的。每个明智的男子汉和治理得秩序井然的国家,只为四件事才该拿起武器,不顾生命财产,冒死相拼:第一,保卫正教;第二,保卫自己的生命,这是人之常情;第三,保卫自己的名誉、家庭和财产;第四,在正义战争中,为国王效力。如果我们想再加一条的话,那就是保卫祖国,这应该算作第二条。上面说的这五个方面是最主要的。此外,还有一些事也允许人们拔刀相争,这样做也是合情合理的。可是,如果为了区区小事,或者是为了那些只能一笑了之,根本算不上侮辱的事情而大动干戈,这就没有道理了。况且冤冤相报本来就是不合理的,也是违反我们信奉的圣教的教义的。根据圣教的教义,我们要对敌仁慈,以德报怨。这条戒律看起来有些难以遵循,其实,违反的也只是这样的一种人:他们看重尘世,轻视上天;只重肉体,忽视灵魂。耶稣基督是上帝,也是真正的人。作为我们的立法者,他说:'我的轭是软和的,我的担子是轻的。'[④]他绝对不会命令我们做办不到的事情。因此,先生们,无论根据圣教的教义还是按照人世间的规则,你们都应该平下心来,不再相争。"

---

① 塞万提斯关于堂迭戈·奥多涅斯复仇一例,来自民间歌谣《堂迭戈·奥多涅斯已上了马》:"……萨莫拉人,我向你们挑战,因为你们都已背叛;我向全体死人下战书,……我向大人、孩子、向鱼、向河里的水决一死战!"

② 指塞维利亚的埃斯巴底纳斯镇。据传,镇上的人想替教堂的钟楼买一只"怀孕的钟太太",让她生小钟,因而得名。

③ "卖瓦罐的"指巴利亚多利德人,因为当地产瓦罐;"种茄子的"指托莱多人,因那儿产茄子;"捕鲸鱼的"指马德里人,"制肥皂的"指塞维利亚人。

④ 参见《新约全书·马太福音》第十一章第三十节。

桑丘听了,暗暗地想道:“我这个主人如果不是个神学家,那就让魔鬼将我带走好了。就算不是吧,他和神学家也就像两个鸡蛋一样,非常相像。”

堂吉诃德停下来喘了一口气。他见人们静静地听他说话,就打算继续讲下去。可是,桑丘忽然自作聪明,趁主人停顿之机,说道:

“我主人堂吉诃德·德·拉曼却,过去别号狼狈相骑士,现在改称狮子骑士。他是个很有学问的绅士,拉丁文呀,西班牙文呀,就像个大学生一样全都精通。他作为一个优秀士兵,对大家作了这番忠告;他对所谓决斗的种种规定和法则了如指掌。因此,你们听他的话,没有错儿;出了问题,由我负责。再说,他刚才已经说了,听了人家学一声驴叫,就发起火来,也确实没有道理。我记得自己年轻时,想学驴叫就学驴叫,谁也管不着我。我学得棒极了,只要我一叫,谁也管不着我。我学得棒极了,只要我一叫,村里的驴子全都叫起来。尽管这样,我照样还是自己爹娘的儿子,我父母亲是非常老实的。我这点本领还招来了村里好几个头面人物的妒忌,管他呢,我可一点儿也不在乎。我说的都是真话,不信,我可以叫给你们听。这门学问和游泳一样,学了一辈子也忘不了。”

说完,他就一手捂住鼻子,学了一声驴叫,声音非常洪亮,在周围的山谷引起了共鸣。不料,站在他身边的一个人以为他在嘲弄他们,便举起手中的棍子,对桑丘·潘沙猛击一下,将他打倒在地。堂吉诃德见桑丘遭了殃,立即举起长矛,向刚才打桑丘的那个人冲去。可是,中间拦着许多人,他没法替桑丘报仇。这时,雨点般的飞石落到了他的身上,千百张弓箭和土枪瞄准着他。无奈他只好掉转马头,全速冲了出来。一边跑一边祈求上帝,保佑他脱离险境。他老是害怕背后会飞来一枚子弹,穿透自己的胸膛。他跑一阵,还得喘息一阵,否则,会上气接不上下气。

那一队人见他跑了,也就算了,并没有对他开枪。桑丘苏醒后,他们便将他安放在驴背上,让他跟着主人一起走。桑丘神志还没有完全恢复,没法驾驭驴子,好在灰驴和罗西纳特平时步调很一致,这次自然跟得很紧。堂吉诃德跑了好长一段路,才回过头来,见桑丘就在后面。他看看没有人在追赶,就停下来等他。

那一队人一直待到天黑,见对方没有出来应战,便喜气洋洋地回到镇上。他们要是熟悉古希腊人的风俗,一定会在那儿建一座胜利纪念碑的。

第二十八章

作者贝纳赫利说，认真阅读，便能领会本章叙述的事情。

勇敢的人发觉了对方的阴谋，才会逃遁；机警的人，都知道保护自己，等待良机。这个道理在堂吉诃德身上得到了验证。他发现那镇上的人生了气，大有加害自己的意思，便掉转马头飞跑，竟将桑丘给忘记了，没有想到他还处于危险的境地。他跑了很长一段路，认为自己已没有危险，这才停了下来。桑丘横躺在驴背上，跟随着他，这在前面已有交代。他来到主人身边时，已经完全清醒；他从灰驴上下来，伏在罗西纳特的脚边，由于挨了打，全身疼痛。堂吉诃德下马看他伤在哪里，发现他从头到脚一点儿伤也没有，便没好气地说：

"桑丘，你这次学驴叫学得真不是时候！在'绞刑犯家里讲绳子'①，会有好结果吗？拿棍子来给你的驴叫进行伴奏，这不是非常恰当的吗？桑丘，你应该感谢上帝，只挨了一棍，没有让人家用刀子在脸上画个十字。"

"我不想说些什么，"桑丘说，"因为我认为，我们是在背后议论别人。我们骑上牲口，离开这儿吧。往后我不再学驴叫了，不过，有句话我不能不说，有些游侠骑士自己逃走了，却让自己忠实的侍从落入敌人手中，让他们磨成粉，剁成肉泥。"

"撤退不等于逃跑，"堂吉诃德说，"桑丘，你应该明白，光勇敢不谨慎就是冒失。冒失鬼做出点成绩，只能说运气好，不能说他很勇敢。我承认，我那是退却，并不是逃跑。许多勇士逃得性命，等待良机，我是学他们的榜样。

① 西班牙谚语："在绞刑犯家里，不该提到绳子。"

历史上这方面的事多得很，只是现在我不想讲，一来这对你没多大好处，二来我本人也没有兴趣。”

这时，堂吉诃德已扶桑丘骑上毛驴，自己也骑上罗西纳特。他们见前面有一片杨树林，大约还有四分之一西班牙里地，便慢慢地朝那儿走去。一路上桑丘“啊唷，啊唷”地叫个不停，堂吉诃德问他哪儿疼，桑丘说，从屁股到后脑勺这一片全痛，快痛得晕过去了。

“你这么痛，准是因为揍你的那根棍子很长，”堂吉诃德说，“一棍子就将你整条脊梁骨都打疼了。如果他这一棍子接触面更大一些，就更痛了。”

“啊，亏您这么一讲，我才明白过来！”桑丘说，“我的天哪，那一棍子打得全身都痛，自己还不知道为什么痛，要您来告诉我疼痛的原因！假如我脚后跟觉得痛，那确实得找找原因，可我疼痛的部位正好挨了棍子，这还用找原因吗？我的主人老爷啊，说句实在话，‘别人身上的疼痛，一根头发丝都挂得住’[①]。我现在越来越明白，跟您在一起没有什么可以指望的了。这一回您就这样让我白白挨打了。有这一回，就有下一回，还会有一百回，您还会让我像上次那样被人兜在毯子里往空中抛，或者让别人耍其他的恶作剧。这次您让他们打我的脊梁，下次人家会打我的眼睛。我真够蠢的，这样下去，我这辈子也不会有什么出息了！我要不是这么蠢，准比现在有出息多了。我这会儿回老家去，回到老婆孩子身边，靠老天爷帮忙，养家糊口，也比跟着您强得多。我跟着您，荒山野地里没完没了地跑，喝的是凉水，吃的更糟。说起睡觉呢，侍从老弟呀，自己量七尺地吧，如果不够，再加七尺，泥巴地有的是，你自己量吧，要多宽有多宽。我真巴不得让第一个干游侠骑士的人，或者至少得让第一个替那些傻瓜（古代的游侠骑士全是大傻瓜）当侍从的人烧成灰！对眼下的游侠骑士我没有话说，我是尊敬他们的，因为您就是其中之一嘛。我知道，您无论说话还是思考，都比魔鬼高一筹。”

“我完全可以打赌，桑丘，”堂吉诃德说，“这会儿只要让你痛痛快快地把话说出来，你身上就不觉得疼痛了。我的孩子，你就说吧，想说什么，就说什么。只要你不觉得疼，我即使听了你的一派胡言生点气，也愿意。你既然这么想回家去和老婆孩子团聚，上帝也不会允许我来阻挡你的。反正我的

① 西班牙谚语，意思是说将他人的痛苦看得很轻微。

钱都在你身上,你估摸一下,我们第三次出门多久,你每月该拿多少工钱,你自己取就是了。”

“我在参孙·卡拉斯科学士的父亲托梅·卡拉斯科家干活的时候,除了管饭,每月挣两个杜卡多[①]。托梅·卡拉斯科您是很熟悉的。跟您我就不知该赚多少了。不过,我知道替游侠骑士当侍从比干农家活要苦。替庄户人家干活,白天虽然苦一点,累一点,但晚饭吃的是热饭热菜,晚上睡觉有床铺。我跟了您后,我再也没有在床上睡过觉。除了在堂迭戈·德·米兰达家舒舒服服过了几天,在卡马乔的那只大锅里捞了些美味,还有在巴西里奥家有吃,有喝,也有床铺睡觉;其余的时间,我总是露天睡在硬邦邦的泥地上,受尽风霜雨露的苦,吃的是干奶酪的边边角角和硬面包片儿,喝的是路边或野地里的河水和泉水。”

“桑丘,我承认你刚才说的全是真的,”堂吉诃德说,“那么,我得比托梅·卡拉斯科多给多少呢?”

“我认为,”桑丘回答说,“您每个月再多给我两个里亚尔,我就心满意足了。这是工钱。另外,您曾经答应给我当海岛总督,一直没有兑现,您还得再赔我六个里亚尔,加在一起,一共是三十个里亚尔。”

“很好,”堂吉诃德说,“我们这次出门一共二十五天,你就照自己定的工钱算吧,一共得给你多少。我已经说了,你自己取吧。”

“啊呀,您这笔账算错了,”桑丘回答说,“因为您答应给我当海岛总督这件事,得从答应我的那天算起。”

“那么,我答应你有多少时间了?”堂吉诃德问道。

“如果我没有记错的话,”桑丘回答说,“大概有二十年零三天左右了。”

堂吉诃德拿巴掌在自己的前额上拍了一下,哈哈大笑,说道:

“我自从出入黑山以来,或者就算上我这三次出门的全部时间,也只不过两个多月。桑丘,你怎么说,我在二十年前就答应给你海岛了呢?现在我明白了,你是想把我给你的钱全都算在工钱内,一口独吞。如果真的这样,那我就把钱全都给你,但愿这些钱对你有好处。只要能甩掉你这样一个没良心的坏侍从,我就是当个身无分文的穷光蛋也愿意。不过,你这个不遵守

---

① 在塞万提斯那个年代,一杜卡多约合十一里亚尔。

骑士道规矩的家伙，你得告诉我，你在哪儿见到过，或者读到过，游侠骑士的侍从跟他主人斤斤计较工钱的？你这个流氓，无赖，魔鬼！游侠骑士的传记浩如烟海，你去读吧，去读一读吧！如果你读到有侍从像你那样跟主人说，你每个月得给我多少工钱，如果有侍从这样说了，甚至这样想了，你就拿这句话钉在我额头上[①]吧；然后，还可以拿你的手指弹我四下鼻子[②]！你掉转驴头回老家去吧！从现在起，再也不要你跟我走了！我白白扔掉了那么多面包[③]！算我瞎了眼，将海岛许诺给了你这样的人！你这个人还有点人样儿吗！我倒一直在考虑提拔你，让人家不管你老婆怎样，也称你一声'老爷'，你却打算辞职不干了！我到正打算真的让你当世界上最好的海岛的总督，可你却要走了。总之，正像你自己多次说过的那样，'蜂蜜不是用来喂驴的'。你就是驴子，往后也是头驴子，就是这辈子过完了，也还是头驴子。我认为，你这个人就是到死也不会知道自己就是个畜生！"

堂吉诃德对桑丘臭骂了一顿。桑丘一直瞪着双眼瞧他，悔恨得热泪满眶。他颤抖着声音，沉痛地说：

"我的老爷，我承认，只差一条尾巴，我就完完全全是头驴子了。您如给我安上一条，就非常合适。往后我愿当驴子，侍候您一辈子，请您原谅我吧，我太不懂事。我这个人没知没识，话说得虽多，但都是胡言乱语，并没有坏心眼。老话说，'有错就改，老天喜爱'嘛。"

"桑丘，你说话时，不夹带几句谚语，那才怪呢。好吧，我原谅你了，不过，你得把毛病改改，不能老是这样爱打小算盘。你得将心胸放宽大一些，振作起精神来。我答应给你海岛，虽说会耽误一些时候，但一定会给你的，你鼓起劲来等着吧。"

桑丘回答说，他虽然没有劲儿，但一定要振作起精神来。

说话间，他们已来到那片杨树林边。树虽然没有手，却有脚。堂吉诃德就在一棵榆树脚下安顿下来，桑丘则躺在一棵山毛榉下。夜间露水大，桑丘这一夜过得很艰难，因为棒伤一沾上露水就更疼。堂吉诃德则一直在思念

---

① 堂吉诃德这句话的意思是绝对没有这回事。

② 用一只手的食指扳起另一只手的中指，弹对方的鼻子，以示轻蔑。

③ 西班牙谚语："你这个人没良心，白吃面包不见情。"

自己的心上人。不过,他们俩还是睡着了。次日天一亮,他们便继续上路,边走边打听,朝著名的埃布罗河岸走去。要知他们在那儿遇到了什么,请看下一章。

第二十九章

叙述上魔船，冒奇险。

堂吉诃德和桑丘离开了杨树林，走了一程又一程，整整走了两天，才到埃布罗河边。骑士见了这条河，满心欢喜。两岸风光明媚，河水滔滔，清澈见底；河面异常宁静，闪闪发亮。美丽的自然景色引起了他无限的情思，特别使他想起了蒙德西诺斯洞的见闻。尽管佩德罗师傅的猴子说，他在洞内见到的事物半真半假，但他认为都是真的。这和桑丘的看法截然相反，桑丘认为，那些事情全是假的。

他边走边看，见河边一棵树上拴着一条小船。船上既无绳缆，也没有桨。堂吉诃德朝四周看了一眼，未见一人，便毫无目的地下了马，也吩咐桑丘从驴子上下来。随后，将那两头牲口一起拴在一旁的杨树上。桑丘问他为什么突然下马，又要将牲口拴在树上。堂吉诃德回答说：

"桑丘，你应该明白，眼下准有骑士或贵人遭了大难，需要我前去救援，眼前这条小船就是来邀请我乘了去的。游侠骑士小说描写魔法师施魔法常常采用这种手法。有骑士遭了难，自己无法脱险，需别的骑士营救。尽管他们俩相距两三千西班牙里地，甚至更远，魔法师会摄来一朵云或一条船，刹那间就可以让前去救援的骑士从宫中或海上到达遭难骑士的身边。桑丘啊，这条船拴在这里，显然就是这个缘故。这是千真万确的，就像眼下就是白天一样。你快抓紧时间，将灰驴和罗西纳特拴好，随上帝带我们上哪儿，就上哪儿。这会儿我一定得上船，即使赤脚修士出来阻挡，我也得上去。"

"那好吧，"桑丘说，"反正您老是爱干这方面的事儿，我也不知道是不是瞎胡闹。在这样的情况下，我只好低头服从了，就像老话说的那样：'吃主人家的饭,你就得受他管’。不过,心里有话不说出来,也不舒服。我得提醒您,我认为这条船不是魔法师的,是这条河上的渔夫的,因为这条河里的鲱鱼是世界上最好的。”

桑丘一边拴牲口,一边说着上面的这番话。他将牲口留给魔法师去照管,心里怪心疼的。堂吉诃德说,照料牲口的事不用担心,派船千里迢迢来接他们的人一定会设法喂养它们的。

“我不懂这‘千里条条’是什么意思,”桑丘说,“我一辈子也没有听到过这个字眼。”

“千里迢迢的意思是离这儿很远,”堂吉诃德说,“这个词你不会也不奇怪,因为你不懂拉丁文。可不要像有些人那样,嘴里说精通拉丁文,实际上一无所知。”

“牲口已经拴好了,”桑丘说,“现在我们干什么呢?”

“干什么?”堂吉诃德回答说,“画十字起锚呗。我的意思是说,我们上船去,将拴船的那根绳索割断。”

堂吉诃德一跃上了船,桑丘也跟着上去。他们割断了绳索,船就慢慢地离开了河岸。桑丘见船离岸已有两巴拉,全身发抖,生怕掉到河里淹死。然而,他感到更加难受的是听到灰驴在叫,见到罗西纳特想挣脱缰绳。他对主人说:

“灰驴见我们走了,难过得叫起来;罗西纳特想挣脱绳子跟我们一起走。啊,亲爱的朋友们,你们安安稳稳地待在那儿吧!有人头脑发疯,让我们离开了你们,一会儿清醒过来,又会回到你们身边的。”

说完,他便伤心地哭起来。堂吉诃德火了,对他说:

“你怕什么呀,胆小鬼?你的心是黄油做的吗,干吗要哭啊?谁在迫害你了,你这个胆小如鼠的家伙!你现在应有尽有,还不知足吗?你眼下又不是赤足在黎斐阿山①行走,你是像一位大公爵一样坐在船舷上。航行在平稳的河道上的这条船转眼间就会到达浩瀚的大海。其实我们已经出海了,至少我们已航行了七八百西班牙里了。如果我现在有一台星盘,用来测量北极星的位置,就可以告诉你,我们已走了多少路。

“不过,我认为平分南北两极的赤道线可能已经过了,也可能快到了。

---

① 黑海北部一雪山。

我如果估计不准,就算是个无知无识的人。"

"我们到了您刚才说的'赤豆线',"桑丘说,"一共走了多少路了?"

"这路走得可多了,"堂吉诃德说,"根据最伟大的宇宙学家托勒密的计算,由水面和陆地两部分构成的地球共分三百六十度。我们到了赤道线,正好走了一半。"

"天哪,您还找了个名人来为您刚才的话作证,他还是个'芋头学家',叫什么'美'的。"桑丘说。

堂吉诃德听桑丘将宇宙学家和托勒密的名字都搞错了,不禁哈哈大笑,说道:

"桑丘,我告诉你吧,从加的斯坐船到东印度群岛去的西班牙人和别国人想知道自己是不是已经通过了赤道线,常常凭借下面的办法:船一过赤道线,身上的虱子全都死光,即使你拿金子去换,整艘船上都找不到一只活虱子。为此,桑丘,你只要伸手去摸摸腿上有没有活东西,心里就有底了。如摸不到,我们就已通过赤道线了。"

"这话我才不信呢,"桑丘说,"不过,您叫我办的事,我还得照办。我就不明白为什么要我摸这摸那的,因为我明明看到,我们离岸还不到五巴拉,离拴着两头牲口的地方只有两个巴拉,罗西纳特和灰驴不就在原来的那个地方吗?照我这个办法观看,我可以发誓,我们行船的速度比蚂蚁爬还慢呢。"

"桑丘,你就照我说的办,别的事你就不要管。有关天文、地理方面的许多事,你都不懂,譬如像分至圈、经纬线、黄道十二宫、南北两极、两分两至、行星、方位、距离等等。你如果知道这方面的事,或者多少懂一些,你就能清楚地见到,眼下我们已经到了纬度几度,看到了黄道十二宫的哪一宫了;什么星座我们已经过来了,眼下正朝哪个星座行进。我还要对你再说一遍,你得摸一摸身子,我看你眼下准比白纸还光洁。"

桑丘伸手摸了摸,他轻轻地摸到左大腿窝里,抬起脑袋,看了看主人,说道:

"这个办法不灵吧,否则,就是我们还没有到达您说的这个地方,还差许多许多西班牙里地呢。"

"怎么回事?"堂吉诃德说,"你摸到几个了吗?"

“何止几个呢?”桑丘回答说。

说完,他弹了一下手指,又将手在河水里浸了一下。这时,河水平稳,不用魔法,也用不到暗藏的魔法师的推动,小船顺着水势在河心缓缓地向前漂去。

他们见到河中有几座高大的水磨房。堂吉诃德一见,大声地对桑丘说:

“你看见了吗,朋友,就在那儿有一座城堡。那儿准有骑士,或者王后,或者公主在遭难,我被请到这儿就是来救他们的呀。”

“老爷,您说什么见鬼的城堡呀?”桑丘说,“您没有见到在河中的是几座用来磨麦子的水力磨房吗?”

“你给我闭嘴吧,桑丘,”堂吉诃德说,“那些玩意儿看起来像磨房,其实不是。我已经对你说过,任何东西一遇上魔法就会变样。倒不是将事物的本性改变了,只是让你看起来改变了模样。我的心上人杜尔西内娅改变了样子,这就是明证。”

这时,小船已驶到河心,已不像刚才那样慢吞吞地漂流了。磨房工人见在河心驶来的这条小船很快就会被卷进水磨轮子转动时激起的急流里,都赶紧拿长棍子出来阻挡。这些工人身上、脸上全都沾满雪白的面粉,看起来怪可怕的。他们大声嚷道:

“你们这两个家伙,上哪儿去啊?你们不要命了吗?想找死呀?想淹死,还是想让水磨的轮子打成碎片呀?”

“桑丘,我不是对你说了吗?”堂吉诃德听了磨房工人的话说,“我们已到了显示我这条铁臂力量的地方了。你瞧我们面前有这么多强徒和流氓,还有那么多妖怪,他们的面目多狰狞啊……哼,你们这些混蛋,该看我的了!”

他在船上站起来,对磨房工人大声地吆喝道:

“你们这群流氓、坏蛋,别听信鬼话,快将关在你们城堡内或监狱中的人给我放出来!不管他是贵族还是老百姓,都一律还他们自由!我就是堂吉诃德·德·拉曼却,别号狮子骑士,受上天的委托,我特来要求放人的。”

说完,他就拔出佩剑,对着磨房工人乱砍乱舞。磨房工人听不懂他那一派胡言乱语,只是一个劲儿地拿棍子去挡那只小船。这时,船已进入水磨轮子中间的那股急流里了。

桑丘见情势危急,便跪倒在地,虔诚地祈求上苍,保佑自己脱险。老天果然这样做了。原来那些磨房工人技巧高超,动作迅捷,终于拿长棍挡住了小船。只是这样一来,将小船给掀翻了,堂吉诃德和桑丘都落到水里。堂吉诃德倒没有什么,因为他像鸭子一样,会游泳。只是甲胄太重,使他两次沉入水下。要不是磨房工人纷纷跳入水中,将他们打捞上来,他们早就给淹死了。

主仆俩被救上岸后,全身湿淋淋的,只是口倒不渴了。桑丘双膝跪地,合着双手,两眼望天,一片虔诚地请求上帝保佑自己,往后不要再跟主人这样胡闹了。

这时,小船的主人来了,那是几个渔夫。他们见小船已让水磨轮子撞得只剩下几块木板,便过来要剥桑丘的衣服,还要堂吉诃德赔偿损失。堂吉诃德显得很平静,他仿佛什么事也没有发生过那样对磨房工人和渔夫说,船撞了他愿意赔,不过,他们得释放城堡里关押着的那些人。

“你这个疯子,你说什么关押的人,什么城堡呀?”一个磨房工人说,“你想把那些上这儿来磨麦子的人带走吗?”

“算了,”堂吉诃德暗暗想道,“跟这批无赖讲道理,让他们干点好事,等于对牛弹琴。在这件事情上准有两个大魔法师在斗法呢。这个要干的事,那个出来阻挠;这个派船来接我,那个把船砸烂,这事只好请上帝帮忙了。眼下这年头有的是尔虞我诈,你争我夺,我有什么办法呢。”

他对着磨房,大声地说:

“关在这座监狱里的朋友们,请你们原谅我吧!我倒了霉,你们也遭了殃,我没法解救你们脱离苦难了。这件事只好等别的骑士来办了。”

说完,他便和渔夫们商谈了一阵,答应付给他们五十里亚尔,赔他们的船。桑丘付了款,心里很不高兴,说道:

“再这么坐两次船,我们的钱袋就全掏空了。”

渔夫和磨房工人看着这两个与众不同的人感到非常惊异,他们始终没有弄明白堂吉诃德对他们的喊话和质问究竟是什么意思。他们估摸这两个人准是疯子,就不去理会他们了。磨房工人回到磨房,渔夫也回家去了。堂吉诃德和桑丘返回他们的牲口那儿,又去过他们牲畜一般的生活。上魔船的故事就到此为止。

第三十章

堂吉诃德遇到一个漂亮的女猎人。

骑士和侍从垂头丧气地来到拴牲口的那个地方。桑丘显得特别伤心，因为这次动用了他钱袋里的钱，这等于要了他的命。对他来说，从钱包里拿走一文钱无异于挖掉他的一颗眼珠子。他们默默无言地各自上了牲口，离开了那条大名鼎鼎的河。堂吉诃德一门心思在思念自己的心上人，桑丘在想着怎样发家致富，只感到遥遥无期。他头脑虽笨，却也能认清自己主人的行为纯属胡闹。他打算找个机会，来个不辞而别，偷偷溜回老家去。然而，命运的安排和他的打算完全背道而驰。

次日夕阳西下，他们才走出树林。堂吉诃德纵目朝一片绿草地望去，发现草地的边缘有不少人。他们走近了，才看清是一群带鹰打猎的猎人。他们又朝前走了几步，见人群中有一位美丽的贵夫人，骑一匹洁白无瑕的驯马，马上的鞍鞯等物都呈绿色，马鞍还镶着白银。夫人自己也全身着绿，服饰华丽，娇艳绝伦。她左手托着一只苍鹰。堂吉诃德一见，就知道她一定是这一群猎人中的女主人。情况确实如此。堂吉诃德对桑丘说：

"桑丘，我的孩子，快过去对那位骑白马、擎苍鹰的夫人说，我狮子骑士吻她这个大美人儿的手。如果她允许的话，我就亲自过去吻她的手，并愿为她这位贵夫人效犬马之劳。桑丘，你说话时得注意点儿，可别胡乱使用你的谚语。"

"我会这么干吗？真是的，这你就用不着吩咐了，"桑丘说，"跟贵夫人、小姐们捎话，这已不是第一次了。"

"除了给杜尔西内娅小姐捎过一次话，"堂吉诃德说，"我不知道你还给谁传过话。至少我没有派你去过。”

“没有错儿，”桑丘说，“不过，‘肯还债的人，不会舍不得抵押品’；‘有钱人家做晚饭，立刻就成’。我的意思是说，用不到进行叮嘱，我什么都会，什么都懂一点儿。”

“你说得对，桑丘，”堂吉诃德说，“快去吧，愿上帝指引你。”

桑丘催赶着灰驴，飞快来到那位漂亮的女猎手身边，下驴跪在她面前，说道：

“美丽的夫人，后面那位骑士是我的主人，他叫狮子骑士。我是他的侍从，家里人叫我桑丘·潘沙。这位狮子骑士不久前也称狼狈相骑士。他派我前来禀告夫人，很想为您这位尊贵美丽的夫人效劳。夫人您如能赏他这个脸，不但您自己能增光添色，他也一定会感激不尽。”

“好侍从，”夫人说，“你这个口信带得完全合乎规格。快从地上起来吧。狼狈相骑士在我们这儿很有名，你是这位伟大骑士的侍从，自然不能让你这样跪着。快起来吧，朋友，请告诉你主人，我们在这儿有一间别墅，我和我的丈夫公爵恭候他光临。”

桑丘站起身来。他见这位贵夫人不但长得好看，而且很懂礼貌，非常客气，觉得很惊讶。尤其使他感到奇怪的是她说认识自己的主人狼狈相骑士。她没有称他为狮子骑士，想必是因为这个别号是新起的。这位还不知封号的公爵夫人接着又说：

“侍从大哥，请你告诉我，你这个主人是不是最近出版的一部题目叫《异想天开的绅士堂吉诃德·德·拉曼却》的传记中的那一位呀？他的心上人不是叫什么杜尔西内娅·德尔·托波索吗？”

“正是他呀，夫人，”桑丘回答说，“这部传记里一定还有个侍从，他叫桑丘·潘沙，那就是我。除非我在摇篮里给换掉了——我的意思是说，除非在付印时我给换掉了。”

“听了你说的这番话，我很高兴，桑丘大哥，”公爵夫人说，“请你回去告诉你家主人，我欢迎他上这儿来。他能来这儿，我太高兴啦。”

桑丘听了夫人的这番令人愉快的答复，兴冲冲地回去见他的主人，将这位贵夫人说的话如实转告，还将这位夫人的美貌和彬彬有礼的举止，用他乡下人的语言，着实吹捧了一番。堂吉诃德在马上振作精神，踩稳脚蹬，扶正面甲,催赶罗西纳特,风度翩翩地过去吻那位公爵夫人的手。公爵夫人早已派人请来了自己的丈夫公爵,将堂吉诃德派桑丘捎来的那番话转告他。夫妇俩已读过堂吉诃德传记的第一部,知道此人疯疯傻傻,非常滑稽,正想亲眼见见这个人,便高高兴兴地在那儿等候他。他们准备迎合他的情趣,他说什么都顺着他。骑士书他们都读过,也很喜欢,他们打算在堂吉诃德与他们相处的那些时日,完全按骑士小说中招待游侠骑士的种种礼节来招待他。

堂吉诃德撩起面甲,已经来到跟前。桑丘见他打算下马,立即准备下驴,给他扶住马镫。谁知运气不好,一只脚给驮鞍上的那根绳子套住了,怎么甩也甩不开,倒挂着摔了个嘴啃泥。堂吉诃德每次下马,总有人来给他扶住马镫。这次他也以为桑丘会来扶着,便一翻身准备下来。罗西纳特背上的马鞍可能没有绑好,堂吉诃德一侧身,便连人带鞍跌了下来。他满面羞惭,齿缝里嘟嘟哝哝地在咒骂桑丘,可这个倒霉鬼这时一只脚还套在"脚镣"里呢。

公爵吩咐手下那些打猎的仆人去救助骑士和侍从。他们扶起堂吉诃德。他这会儿摔得不轻,可还是拐着腿走过去准备跪倒在两位贵人的面前。公爵执意不允,自己先下了马,前来拥抱堂吉诃德,说道:

"狼狈相骑士先生,您初次来到我的封地,就遇到了这样不顺心的事,我很抱歉。可是,侍从办事粗心,有时还会引发更糟糕的事呢。"

"公爵大人,"堂吉诃德回答说,"能见到您就是件大好事,不能说不顺心。这次我即使跌进万丈深渊,也会乘着和您相见的这股喜气腾身而起。我这个该死的侍从只会耍嘴皮子,胡言乱语,连个马鞍都绑不紧。可我不管是跌倒了,还是爬起来了,无论是立在地上还是骑在马上,总是为您公爵大人和公爵夫人效劳的。公爵夫人美貌绝伦,和蔼可亲,真不愧为您的好伴侣。"

"哪里,哪里。堂吉诃德·德·拉曼却先生啊,"公爵说,"世界上有堂娜杜尔西内娅·德尔·托波索小姐在,赞扬别人的美人就不好了。"

这当儿桑丘·潘沙已挣脱套在脚上的绳子,来到了他们的身边。他主人还没有开口,他就抢先说道:

"我家女主人杜尔西内娅·德尔·托波索确实长得美,这是没话可说的。不过,老话说,'在意想不到的地方,会窜出一只野兔来'。我听说大自然跟制陶器的陶器工人一样，造出一只漂亮的陶杯，就能造第二只、第三只，甚至第一百只。我为什么这样说呢，因为我们公爵夫人的美貌真不亚于我女主人杜尔西内娅·德尔·托波索小姐。"

堂吉诃德回头对公爵夫人说：

"尊敬的夫人，您看，世界上没有游侠骑士的侍从比我这个侍从更会说话，更滑稽可笑的了。如果夫人您真的允许我在贵府当几天差，您往后从他的言行中就可以看出，我的话没有错儿。"

公爵夫人说：

"桑丘要是滑稽可笑，我就另眼相看了，因为这说明他很聪明。堂吉诃德先生，您知道愚蠢的人说不出连珠妙语。桑丘既然挺滑稽，爱逗乐，我料定他很机灵。"

"他还特别爱说话。"堂吉诃德说。

"那就更妙了，"公爵说，"三言两语道不尽满肚子的笑话。我们别老是只顾说话，耽误时间，现在就请伟大的狼狈相骑士……"

"大人您应该称他为狮子骑士了，"桑丘说，"因为他脸上没有狼狈相了，他现在是狮子脸了。"

公爵又说：

"那就请狮子骑士到我离此地不远的城堡里去吧。我和公爵夫人一定根据他高贵的身份，盛情款待他。凡到那儿去的骑士我们都是这样招待他们的。"

桑丘早已将罗西纳特的鞍子扶正，捆扎好。堂吉诃德上了坐骑，公爵也上了骏马，他们让公爵夫人走在中间，一行数人向城堡进发。公爵夫人叫桑丘走在自己的身边，因为她很想听听他的俏皮话。桑丘不用别人请，就不断地插科打诨，逗得公爵和公爵夫人很高兴。他们觉得能将这个游侠骑士和他的游侠侍从请到自己的城堡里，这是莫大的幸运。

第三十一章

本章讲了许多大事。

桑丘以为赢得了公爵夫人的青睐,喜不自胜。他一向爱吃爱喝,这会儿设想公爵府对自己的款待一定不亚于堂迭戈家和巴西里奥家。只要有得享受,他决不放过。

据历史记载,公爵先行回府,吩咐家人该怎样接待堂吉诃德。堂吉诃德随公爵夫人到公爵府门口,府内就走出两名仆役,他们都身穿红色缎袍,长及脚面,像起床时穿的便服。他们将堂吉诃德抱下马,随后,对他说道:

"劳驾,请您去抱我们公爵夫人下马吧。"

堂吉诃德就要抱公爵夫人下马,双方谦让了好大一会儿。公爵夫人执意不肯,一定要让公爵抱自己下马,说她不配让这样的大骑士抱自己下马。最后,公爵出来抱她下马。他们一进大院,就出来两个俊俏的少女,在堂吉诃德的肩上披上一件非常珍贵的大红披风。霎时间,大院四周的长廊上挤满了公爵府的男女仆役。他们大声地说:

"欢迎游侠骑士的精英!"

众人都拿着香水瓶向堂吉诃德、公爵夫妇身上洒香水。对此,堂吉诃德感到非常惊异。这天他首次感到自己是真正的游侠骑士,而不是假想的了,因为他受到了书上读到的古代骑士受到的同样礼遇。

桑丘丢下灰驴,紧跟着公爵夫人进公爵府。可是,他将灰驴丢在外面又感到很不放心,于是,他来到和侍女们一起出来迎接公爵夫人的女管家身边,低声地对她说:

"冈萨莱斯夫人……对不起,我不知道您怎么称呼。"

“我叫堂娜罗德里格斯·德·格里哈尔娃，”女管家回答说，“大哥，您有什么吩咐？”

桑丘回答道：

“我想请您到府门外看看我那头灰驴，再派个人将它送到马厩里去，或者您自己送去也行。这可怜虫胆小，不敢单个儿待在外面。”

“要是主人跟仆人一样精，那我们可好了！”女管家说，“但愿你和你那主人倒足了霉！老兄，驴子还是你自己去照看吧，我们当管家的可不管这号事儿。”

“我主人读过所有的游侠骑士书，”桑丘回答道，“我确实听他讲过那个朗塞罗特的故事，说的是：

> 他刚从不列颠到此，
> 得到夫人们的接待，
> 马匹交女管家去喂。

说到我那匹驴子，就拿朗塞罗特的马匹跟我交换，我还不干呢。”

“老兄，你如果是个卖唱的，”女管家说，“请留着你这套油嘴滑舌的玩意儿，等有了主顾，再去卖弄吧。我这儿除了赏给你个无花果①外，你什么也别想捞到。”

“好啊，那你一定得赏给我一个烂熟的！”桑丘回答说，“要是以年龄大小来赌输赢，那你准输不了。”

“你这个婊子养的！”女管家火冒三丈地说，“我年纪大小，上帝心里明白，跟你有什么相干，你这个满嘴大蒜臭的无赖！”

她说话的声音很高，连公爵夫人都听到了。夫人回头一看，见女管家满脸怒气，两眼火红，便问她跟谁生气。

“跟他，”女管家回答说，“就跟这个老兄呀。他居然要我将他那头在府门外的毛驴牵到马厩去，还说什么他在哪儿听到过有这个先例，夫人们接待了一个叫什么朗塞罗特的，女管家给他喂马。特别让我生气的是，他说我老

---

① “赏给你个无花果”的意思是向对方扬一扬拳头，表示蔑视的意思。

了。”

“这确实不像话，太气人了。”公爵夫人说。

她回头对桑丘说：

“桑丘朋友，告诉你吧，堂娜罗德里格斯还很年轻呢。她包着头巾，并不是因为她岁数大了，那是身份的表示，也是这儿的习惯。”

“我刚才说的话要有那个意思，就叫我下半辈子没有好日子过！”桑丘说，“我只因为太喜爱自己的驴子了，就想托好心肠的堂娜罗德里格斯夫人照看一下，托别人我还不放心呢。”

刚才的这番争吵堂吉诃德全听到了，就对桑丘说：

“桑丘，你能在这儿说这样的话吗？”

“老爷，”桑丘回答说，“不管在哪儿，该说的话总得说呀。刚才我就在这儿想起了灰驴儿，就在这儿说了；如果我在马厩想起来，我就在那儿说了。”

公爵听了，说：

“桑丘说得对呀，别怪他了。灰驴儿有人喂，桑丘不必担心。他的驴就像他本人一样，会得到好生照料的。”

这番话，除了堂吉诃德，大家听了都觉得很有意思。说话间，他们来到楼上，请堂吉诃德进入客厅，里面挂着极其华丽的金色绸缎帷幔，六名侍女过来充当小厮的角色，替堂吉诃德卸去盔甲。公爵和公爵夫人为了让堂吉诃德感到他们是以游侠骑士的身份款待他的，事先已教会她们该如何侍候堂吉诃德。卸去甲胄后，堂吉诃德只穿紧身的裤子和羚羊皮上衣。他又高又瘦，身板笔挺，两边的颌骨仿佛要合在一起亲嘴似的。见到他这副模样，要不是公爵夫妇已事先打过招呼，她们真会笑破肚子的。

侍女们要堂吉诃德脱光衣服，换衬衣，堂吉诃德死也不肯。他说，尊严和勇敢一样，对游侠骑士来说，是至关重要的。不过，他说，请她们将衬衣交给桑丘。他们俩进入一间豪华的卧室，关好门，堂吉诃德脱去内衣，换了衬衣。他见室内只有他们两人，就对桑丘说道：

“告诉我，你这个新小丑、老混蛋，你得罪了这么一个有身份、受人尊敬的女管家，心里还觉得非常得意吗？公爵夫妇对我们这么盛情款待，他们还会亏待我们的牲口吗？你为什么还想到自己的灰驴呢？看在上帝分上，桑丘,你可得小心点儿,别露出马脚,让人家看出你是个乡巴佬、大老粗。你真会作孽!你要明白,仆人越体面,越有教养,主人的脸面便越好看。贵人与一般人相比,有一个优势:他们的用人也和他们一样彬彬有礼。你这家伙这么一闹,害得我也倒了霉。你要知道,人家要是把你看成粗鲁的乡下人,或者是个只会逗人笑的丑角,那么,他们也一定会将我看成江湖骗子或冒牌骑士的。桑丘朋友,你别这样,千万不能干这种蠢事了。你要知道,言多必失。像你这样信口开河,插科打诨,一不小心,就会成为令人厌恶的小丑。不要再胡言乱语了,话说出口之前,要先好好想一想。你要知道,我们到了这儿后,只要上帝肯帮忙,就凭我的本领,我们准能名利双收。"

桑丘满口答应,并向他保证说,自己宁愿将嘴缝起来,或者咬破舌头,也不胡言乱语了。往后一定如主人吩咐的那样,先想一想再开口。他请堂吉诃德放心,决不会因他而使他们丢脸。

堂吉诃德穿好衣服,套上用来挂剑的肩带,披上大红披风和侍女们给他的绿缎帽子,来到大客厅。他见到侍女们排成两行,捧着洗手的用具,恭恭敬敬地侍候他洗手。随后,领班带了十二名小厮接他去用餐。这时,公爵夫妇已在餐厅恭候他了。他被公爵府的家人簇拥着,浩浩荡荡来到了餐厅。在一桌丰盛的宴席上只有四个座位。公爵和夫人在餐厅门口迎接他,与他们一起的还有一位威严的教士。在王公贵族的府第里,常常有一名教士指导家政。这些教士出身不太高贵,因此,他们不可能教导那些贵族做与自己身份相符的事。恰恰相反,他们会让宽宏大量的贵族,像他们一样,变成心胸狭窄的人。他们教诲贵人们节约,结果却使他们变得非常小气。和公爵伉俪一起在餐厅门口迎候堂吉诃德的那个威严的教士想必就是这样的一种人。宾主说了一大套客气话。最后,男女主人让堂吉诃德走在中间,进去就座。公爵请堂吉诃德坐首位,堂吉诃德再三谦让,还是拗不过主人,只好依从。教士坐在对面,公爵夫妇一左一右,坐在两边。

这一切桑丘全都看在眼里。他见公爵夫妇对自己主人给予这么高规格的礼遇,真惊呆了。他见公爵和堂吉诃德为坐首席只顾谦让,就说:

"如果诸位老爷允许的话,我想讲一个有关坐席的故事,这事就发生在本村。"

桑丘的话还没有说完,堂吉诃德便紧张得全身发抖,他想这家伙准又要

胡说八道了。桑丘瞧了主人一眼,已明白他的意思,说道:

“我的老爷,您别害怕,我不会信口开河的。不该说的话,我不会说的。您刚才教导我,要我什么时候多说,什么时候少说;什么时候该开口,什么时候不该开口,我全都记在心上呢。”

“桑丘,我可记不得教训过你什么了,”堂吉诃德回答说,“你想说什么,就快说吧。”

“我说的情况完全是真的,”桑丘说,“我主人堂吉诃德就在这儿,他不会让我撒谎的。”

“桑丘,你撒谎跟我有什么关系?”堂吉诃德说,“你想怎么撒,就怎么撒,我才不管你呢。不过,你说话前,还得好好想一想。”

“这件事我反反复复想了好多遍了。老话说,‘打钟报警的反而安全。’等会我说出来,你就知道了。”

“这傻瓜最爱信口雌黄,还是请公爵大人和夫人叫他出去吧。”堂吉诃德说。

“我凭公爵的生命起誓,”公爵夫人说,“我非常喜爱桑丘。我知道他挺聪明,一刻也不准他离开我。”

“谢谢公爵夫人这么瞧得起我,愿公爵夫人一辈子聪明!其实我自己并不聪明。我要讲的这个故事是这样的:我们村上有个非常富有、非常尊贵的绅士。有一次他请客。他是阿拉莫斯·德·梅狄那·德尔·冈坡的后代,他的妻子是堂娜梅西娅·德·吉涅纳斯,是圣地亚哥教士团骑士堂阿隆索·马拉尼翁的女儿。这位骑士是在艾拉杜拉①淹死的。为了他,我们村上几年前还打了架,听说我主人堂吉诃德也卷进去了。铁匠巴尔巴斯特罗的儿子,绰号叫淘气鬼的那个小托马斯就在这次斗殴中受的伤……我的主人啊,您说说,这些事是不是都是真的,免得在座的老爷太太以为我又在信口开河了。”

“到现在为止,我还没有发现你在撒谎,我只觉得你的话实在太多,”教士说,“你再说下去,我就不能担保了。”

“桑丘,你说得这么有鼻子有眼睛的,我也不得不承认,你说的是真的。

---

① 这是离马拉加八西班牙里的一个海港,一五六二年发生过一次海难,四千余人丧生。

你讲下去吧，讲得扼要些。瞧你这样讲法，两天恐怕也讲不完。”①

“我喜欢听，就这么讲吧，”公爵夫人说，“即使六天讲不完，也照讲不误。如果他真的讲了这么长时间，那这段时间，是我一生中最开心的时刻。”

“老爷、夫人们，那我继续讲吧，”桑丘说，“这位绅士（他的事我了如指掌，因为我们两家只相隔一箭之地）请一个庄稼汉吃饭。这个人穷虽穷，却是体体面面……”

“讲快点吧，兄弟，”教士打断他说，“照你这样讲，一辈子也讲不完。”

“只要上帝帮忙，半辈子就讲完了，”桑丘说，“我讲下去吧。那个庄稼汉到了请客的那个绅士的家——但愿这绅士的灵魂得到安息，因为他已经死了。据说，他死时像个天使，可我不在场，当时我上坦布雷克收割庄稼去了……”

“啊呀，老兄，快从坦布雷克回来吧。别再等这绅士下葬，更不要给他举行追悼仪式了，快把故事讲完吧。”②

“当时的情况是这样的，”桑丘说，“主客双方正要在餐桌边就座——他们俩的情景这时我看得很清楚……”

教士见桑丘讲得这么噜苏，显得非常不耐烦；堂吉诃德呢，气得肺都要炸了；可公爵伉俪却觉得非常有趣。

“我讲下去吧，”桑丘说，“刚才说了，主客双方正要在餐桌边就座，那庄稼汉坚持要让绅士坐首席，绅士请庄稼汉坐上座，因为这是在绅士家，当然得听绅士的。可庄稼汉自以为有礼貌，有教养，硬是不肯就座。后来，绅士火了，双手按住庄稼汉的肩膀，逼他坐下，并说道：‘坐下吧，你这傻瓜，我不管坐在哪儿，总是在你上首的。’这就是我的故事，我想这个时候讲正合适。”

堂吉诃德黝黑的脸膛顿时红一阵，白一阵的。贵族夫妇已领会桑丘话中的含意，竭力忍住笑，怕堂吉诃德恼羞成怒。公爵夫人打算改变话题，不让桑丘继续胡言乱语下去，便问堂吉诃德，有没有杜尔西内娅小姐的消息，最近又向她奉献了什么巨人或歹徒，因为他一定降伏了不少这类人物。堂

① 按照说话的口气，说话人应该是堂吉诃德。

② 根据语气，这话似乎是教士说的。

吉诃德回答说：

“夫人啊，我的不幸只有开头，却没有尽头。我降伏了巨人，也派了坏蛋和歹徒去向她表示敬意，可他们上哪儿去找她呢？因为她已经中了魔法，变成了奇丑无比的村姑了。”

“我也不明白，为什么在我眼中，她是世界上最美丽的姑娘呢，”桑丘说，“至少她非常活泼，蹦蹦跳跳的，动作比要杂技翻筋斗的人还灵活。公爵夫人，说真的，她像猫儿一样，从地上一跃，就上了驴背。”

“桑丘，你见她着魔了吗？”公爵问道。

“这不是看见不看见的事儿，”桑丘说，“她着魔的事还不是我先说出来的吗？她就像我父亲那样着了魔！”

教士听他们在说巨人呀、歹徒呀、着魔呀，心里明白，在座的这个人准是堂吉诃德·德·拉曼却。他的传记公爵经常阅读。他已多次批评过公爵，说读这种胡说八道的东西，太没有意思了。他证实了自己的猜想后，便非常生气地对公爵说：

“公爵大人，这位仁兄干的事情，您得向上帝报告。这个堂吉诃德或堂傻瓜或者堂别的什么玩意儿，大人别以为他真的那么呆，可别招他装疯卖傻。”

他将话头转向堂吉诃德说：

“我来问你，你这个糊涂虫，你是游侠骑士，你降伏了巨人，抓住了歹徒，这都是谁让你这么想的？你如果老老实实，我也好好儿对你说话。你快回家去吧，有儿女就好好抚养他们，照看好自家的产业，别这么老是东跑西颠，尽干些傻事，让认识你或不认识你的人耻笑。你这个倒了霉的，究竟在什么地方见到过游侠骑士呢？过去见到过吗？西班牙有巨人吗？拉曼却有歹徒和中了魔法的杜尔西内娅吗？你干的种种傻事有哪一件是真的呢？”

堂吉诃德一直异常专注地倾听着这位令人尊敬的教士说话。他一说完，堂吉诃德便不顾公爵夫妇在座，脸红脖子粗地站起身来，说道……

究竟他说些什么，需另立一章记述。

第三十二章

叙述堂吉诃德对责难者的答复和其他严肃的或有趣的事情。

堂吉诃德站起身来，像中了水银毒一样，全身发抖。他以颤抖的声音急速地说：

“我尽管义愤填膺，但考虑到眼下所处的场合，又有两位贵人在场，再说，您的职业我向来是尊重的，因此，我竭力控制自己。还有一点众所周知。穿道袍的人和女人一样，唯一的武器是舌头。所以，我准备拿同样的武器——我的舌头来与你进行一番较量。我原指望从您那儿得到忠告，结果却是一顿臭骂。与人为善的批评应该另选场合，而且，也不该发表您这样的议论。在我看来，您这样当众责骂，语言又如此粗暴，早已超越了与人为善这个界限了。循循善诱的劝说比粗暴的谩骂更能达到与人为善的目的。自己压根儿还没有弄清对方犯了什么罪孽，就指责对方是罪人，是疯子和傻瓜，这样做对吗？我倒要请问您，您骂我疯子，您见到我干了什么疯傻的事情了吗？您叫我回家去经营产业，照看妻儿，您知道我有没有妻子儿女呢？有些人原本是一介寒士，这辈子也没有离开过二三十西班牙里方圆这块小地方，没有见过任何世面，居然阴错阳差地进入贵人家主起家政来，还对贵人们发号施令，甚至还胡乱地批评起骑士道和游侠骑士来，这样做行吗？游侠骑士东奔西跑，足迹遍布全世界，含辛茹苦，不图什么好处，一心干一些能流芳千古的好事，难道能说他们在虚度光阴吗？如果英雄豪杰、王公贵族们说我是傻瓜，我承认，这是无法洗刷的耻辱；那些对骑士道一无所知的读书人说我脑子不清楚，我一点儿也不在乎。我现在是骑士，只要苍天允许，至死我仍然是个骑士。人各有志：有人雄心勃勃，壮志凌云；有人奴颜婢膝，阿谀奉迎;有人弄虚作假,招摇撞骗;有人皈依圣教,笃信上帝。我也有自己的志向。我随命运的指引,走了游侠骑士这条险道。我干这一行不为钱财,只重名声。我一贯扶弱锄暴,伸张正义,制伏巨人,镇压妖魔。我有自己的意中人,因为游侠骑士一定要有恋人。作为情人,我并不贪恋色欲,只追求精神上的心心相印。我时刻注意自己的言行,竭力为众人做好事,绝对不加害任何人。一个怀着这样愿望,干着这样事情的人,能骂他傻子吗?请尊贵的公爵和公爵夫人发表高见吧!"

"上帝啊,说得太棒了!"桑丘说,"老爷,我的主人,该说的话全都给您说了,以后不必再说什么,也不用再进行争论了。这位先生不承认世界上曾有过游侠骑士,也不相信今天仍有游侠骑士,他知道的事儿实在太少了。"

"老兄,你大概就是那个桑丘吧。据说你主人答应赏给你一个海岛,有这回事吧?"教士说。

"有这回事。"桑丘回答说,"别人能当海岛总督,我也能当嘛。'你与好人做伴,就成他们一员';'不问你生在谁家,只问你吃在谁家';'大树底下好乘凉'。这些老话对我都适用。我找到了个好主人,与他一起奔走了好几个月。如果上帝答应,我也会成为像他这样的人。只要他活着,我也活着,他准会当皇帝,我也会当海岛总督。"

"你一定能当总督,桑丘朋友,"公爵插言道,"我有一个相当好的海岛,眼下无人管理。我以堂吉诃德先生的名义,委托你为海岛总督。"

"快跪下呀,桑丘,"堂吉诃德说,"吻公爵大人的双脚谢赏吧。"

桑丘真的这样做了。教士见了,勃然大怒,他立即站起身来,说道:

"我凭这一身道袍起誓,大人您简直和这两个罪人一样傻了。瞧,连聪明人都发起疯来,这两个可怜虫怎么会不发疯呢?大人就跟他们在一起吧。他们待在这儿,我就回自己家里去。反正您也不听我的劝告,我也不想白费口舌了。"

他没有再说什么,放下刀叉就走了。公爵伉俪对他进行挽留也没有用。公爵认为,这位教士压根儿就没有必要生这么大的气,觉得很好笑,也没有怎么劝留他。公爵笑完了,对堂吉诃德说:

"狮子骑士先生,您刚才这番话说得很有道理,为自己赢得了体面。他刚才说的话,像是一种侮辱,其实根本不是。您一定非常清楚,教士和妇女一样，都不会侮辱人。”

“是这样的，”堂吉诃德说，“凡是没有资格受侮辱的人，自己也没有本领去侮辱他人。妇女、孩子和教士受人欺侮，不能自卫，所以，他们都没有资格受侮辱。大人您明白，冒犯和侮辱有一定的区别。有人不止一次地对他人进行了冒犯，那才是侮辱。冒犯可以随时发生，却不一定全都构成侮辱。例如：有人在街上毫无防备，给十个拿武器的人打了一顿。此人拔剑自卫，但因对方人多势众，自己难以挽回面子。在这样的情况下，此人遭到了冒犯，却没有受到侮辱。下面这个例子情况也是一样。有人拿棍子在别人背后打了几下，拔腿就跑，挨打的人没能追上他。这挨打的人受到了冒犯，却没有受到侮辱。只有那个打手一再进行冒犯，才能算是侮辱。如果刚才那个打棍子的人，偷偷地打了几棍，随后又拔剑站定不动，那么，挨打的人既受了冒犯，又受了侮辱。我们说他受了冒犯，是因为对方是乘他不备打他的；我们说他受了侮辱，是因为对方打了他后，并没有转身逃跑，而是站在那儿，还想打他。为此，根据令人厌恶的决斗的规则，像我刚才这样的情况，我只能算是受到了冒犯，并没有受到侮辱。孩童不懂事，妇女不能逃跑，也没法站定了进行抵抗，教士的情况也一样，因为这三类人都没有用以进攻他人的武器，也没有自卫的武器。尽管他们也得进行自卫，但他们却并不一定要去冒犯他人。我刚才说自己受到了冒犯，现在我要说不，连冒犯也算不上，因为没有资格受侮辱的人，是不能侮辱他人的。为此，我不必为那位先生的话生气，我确实也没有生气。我只是希望他别拔腿就走，在这儿再待一会儿。刚才他说世界上压根儿就没有游侠骑士，过去没有，现在也没有。我要让他明白，这完全是错误的。如果他的话让阿马蒂斯或他子子孙孙中的哪一个听到了，我想他准得吃不了兜着走。”

“我可以起誓，”桑丘说，“他们准会给他一刀，将他从头砍到脚一劈为二，就像掰开的石榴和熟透了的甜瓜一样。他们可不是好惹的！如果让利纳尔多·德·蒙塔尔瓦听到这小矮个儿的话，准一巴掌打得他三年开不得口。让他跟这些人较量一番吧，看他能逃出他们的手心！”

公爵夫人听了桑丘的话，忍俊不禁。她觉得桑丘比他主人更滑稽，疯得更厉害。当时跟公爵夫人有同感的人很多。堂吉诃德总算消了气。吃完饭，撤走杯盘，便过来四个侍女。其中一人手捧银面盘，另一人提一只银水壶,第三人肩上搭两块洁白细软的毛巾,第四个卷起衣袖,露出两条雪白的胳膊,手里拿一块那不勒斯产的圆形香皂。手捧银脸盆那个侍女动作异常麻利地将脸盆捧到堂吉诃德的胡子下面,模样真逗人。堂吉诃德不熟悉这样的礼节,以为不洗手,先洗胡子是当地的风俗习惯,便拼命将下巴往前伸。拿水壶的侍女便往胡子里浇水,拿肥皂的便动作非常利索的在他胡子上打肥皂,那雪花似的肥皂沫便溅得到处都是。骑士显得非常听话,随她们摆弄。结果,不但胡子上沾满了肥皂沫,而且,脸上、眼皮上也都沾上了,害得他只好闭上了眼睛。

公爵夫妇对这一套奇怪的盥洗方法一无所知,他们都想看看这样洗下去会洗成怎样的结果。洗胡子的侍女将肥皂沫涂得足有一拃厚,尔后佯装水用完了,叫提水壶的侍女去取水,请堂吉诃德先生稍等片刻。提壶的侍女取水去了,堂吉诃德就等在那儿,那副怪相真令人捧腹。

在场的人相当多,大伙儿都瞧着他。堂吉诃德那黝黑的脖子伸出足有半巴拉长。他紧闭双眼,胡子上全是肥皂沫。瞧他那副尊容,还能忍住笑,这可是个奇迹,需要多大的克制力啊。那几个拿堂吉诃德寻开心的侍女,低着脑袋,不敢朝主人夫妇俩看一眼。公爵伉俪这时又好气,又好笑,真不知是该责罚她们,还是奖励她们。

后来,提水壶的侍女取水回来,她们给堂吉诃德冲洗干净,拿毛巾的侍女给他轻轻地擦干。然后,四人对他深深一鞠躬,准备退出。可是公爵怕堂吉诃德发现自己遭到了戏弄,便对捧脸盆的那个侍女说道:

“你过来给我洗洗脸,别洗了一半,又没有水了。”

那姑娘很机灵。她过来将脸盆跟刚才一样,端到公爵的下巴下面。然后,别的姑娘又很快地给他打上肥皂,洗净擦干,给公爵行了礼后退出。事后人们获悉,公爵当时起了誓,如果她们不像跟堂吉诃德那样给他洗,他就要处罚她们。幸好她们头脑灵光,主客一视同仁,才弥补了这个过失。

桑丘一直专注地瞧着刚才这个盥洗的礼节,他自言自语地说:

“天哪,如果按这儿的习俗,给骑士洗了胡子,也给侍从洗,那有多好!我正需要好好洗洗胡子呢。要是再拿剃刀给我刮刮,那就更好了。”

“桑丘,你在叽叽咕咕地说些什么呀?”公爵夫人问道。

“我是说,夫人,”桑丘回答说,“在别的贵族老爷的府第,我听说吃完饭后,只洗手,不用肥皂洗胡子。看来命长一点确实有好处,长寿见识多嘛。尽管也有人说,多活多受罪,可像这样让人洗胡子,不是受罪,而是享受呢。”

“桑丘朋友,你别着急,”公爵夫人说,“我会叫侍女来给你洗的。如果需要的话,还可以让你全身泡在水里洗个痛快。”

“我只要洗洗胡子就够了,”桑丘说,“至少眼下是这样。往后怎么着,上帝会安排的。”

“管家的,你听着,”公爵夫人说,“你要好好照看这位桑丘朋友。他说什么,你要切切实实地照办。”

管家的说,他一定听从桑丘先生的吩咐。说完,就带桑丘去用餐了。公爵夫妇和堂吉诃德留在餐桌边闲聊,东拉西扯,无所不谈。不过,说来说去,无非总是与行军打仗和游侠骑士有关的一些事情。

公爵夫人请堂吉诃德描述一下杜尔西内娅·德尔·托波索小姐的美貌。她说这位小姐的名气很大,准是个举世无双,甚至连拉曼却[①]也是绝无仅有的大美人。堂吉诃德先生的记性很好,一定会描述得绘声绘色。堂吉诃德听了公爵夫人的话,叹了口气,说道:

“杜尔西内娅·德尔·托波索小姐美得令人难以想象。她那漂亮的身影早已印在我的心里了。我要是能取出自己这颗心,装在盘内,放在桌子上,供在尊贵的夫人面前,您就可以看看,用不到我多费口舌了。其实,杜尔西内娅的美貌又何必由我来一一加以描绘呢。这件事与其让我来办,倒不如请巴拉西奥、梯芒德斯和阿波莱斯[②]等画家用画笔来完成;还可以请雕刻家李西波[③]用刻刀将她的美貌刻在木板上、大理石上和青铜上。另外,还得借助西塞罗和德模斯提纳的修辞来赞颂她。”

“堂吉诃德先生,这‘德模斯提纳’[④]是什么意思呀?”公爵夫人问道,“这个词我一辈子也没有听说过呢。”

“德模斯提纳的修辞就是德模斯登纳斯的修辞,”堂吉诃德说,“德模斯

---

① 公爵夫人有意将拉曼却和全世界的关系颠倒过来。

② 巴拉西奥等三人均为古希腊名画家。

③ 古希腊雕刻家。

④ 德模斯登纳斯(Demóstenes)是古希腊演说家。这个名词变为形容词时,应该是“Demosteniana”,而堂吉诃德却说成“Demostina”。公爵夫人故意挑他的错。

登纳斯和西塞罗是世界上最伟大的两个修辞学家。”

“是啊，”公爵说，“你怎么糊里糊涂的，连这么简单的问题也不明白呢。话虽这么说，如果堂吉诃德先生能亲自对我们描绘一番杜尔西纳娅的美貌，我们一定会非常高兴的。您即使只用上三言两语给我们画个轮廓，她也一定能栩栩如生地展现在我们面前，让所有美人见了都妒忌她。”

“前些日子她遭到了不幸。一想到她遭了难，我就忍不住想哭，没有心思来描绘她的容貌，否则，我一定照办。尊贵的公爵大人和夫人，请你们听我说。几天前，我去吻她的手，希望她准许我第三次出门，并为我祝福。谁知她的模样全变了，她已中了魔法，公主变成了一个村姑，美女变成了丑八怪，天使变成了魔鬼，香气四溢变成了臭气熏天，谈吐文雅变成出言粗俗，斯文端庄变成轻佻粗暴，光明变成黑暗。总之，杜尔西内娅·德尔·托波索变成了萨亚戈[1]的乡下女子了。”

“天哪，”公爵这时大叫一声，说道，“这坏事究竟是谁干的呢？是谁剥夺了她那人见人爱的美貌和令人尊敬的优良品德呢？”

“您问是谁吗？”堂吉诃德答道，“除了那一大帮子迫害我忌恨我的恶毒的魔法师外，还会是谁呢？这些坏家伙生来就是与好人作对，与坏人为伍，破坏好事，助长歪风邪气的。魔法师过去、现在都在迫害我，往后还会这么干，一直要让我和伟大的游侠骑士事业在人们的记忆中消失，才肯罢休。而且，他们总是选要害处伤害我。夺去游侠骑士的心上人，无异于挖去他的双目，夺走照明他的太阳和滋养他的食粮。有句话我过去已说过多次，今天还要再说一遍：没有心上人，游侠骑士就像无叶的树，无基的屋和无形的影。”

“这话很有道理，”公爵夫人说，“堂吉诃德先生的传记不久前问世后，受到普遍欢迎。我相信这是一部值得信赖的真实传记。如果我没有记错的话，传记中好像说您从来没有见到过那个杜尔西内娅小姐，而且世界上根本就没有这个人，只是头脑中虚构的，是您将她描绘得完美无缺的。”

“这件事不是三言两语能说清楚的，”堂吉诃德回答说，“世界上有没有杜尔西内娅，她是不是虚构的，这些问题只有上帝知道，这些问题也用不到去追根究底。我的心上人并不是我杜撰臆造的，我在心目中确实见到了这

---

① 位于萨莫拉省，塞万提斯时期一般认为，该地区的人很粗野。

样一位娇美无比的小姐,她国色天香,白璧无瑕;端庄而不骄横,多情而能自重;她知书达礼,很有教养。总之,她出身名门,拥有闺阁千金应该具有的完美品性,这决非小家碧玉能与之相比的。”

“您说得很对,”公爵说,“不过,我拜读了您这部传记,有句话很想跟堂吉诃德先生说一说,我想您一定不会见怪的。照书上说,在托波索和别的什么地方确实有这么个杜尔西内娅,她也正如您描述的那样是个绝代佳人。只是她的出身,如与您熟悉的骑士传记中常见的那些奥利安娜、阿拉斯特拉哈瑞娅和玛达西娅等大家闺秀相比,就没有这么高贵了。”

“这个问题我可以这样进行解释,”堂吉诃德回答说,“杜尔西内娅是怎么样的人,要看她的行动。血统是否高贵与品德有关。品德高尚的人,虽出身低微,比出身高贵的无赖更应受人尊敬。凭杜尔西内娅的品质,她可以晋升为头戴王冠、手执权杖的女王呢。一个貌美品优的女人甚至还能升得更高一些。她尽管表面上并不太高贵,但骨子里是非常崇高的。”

“堂吉诃德先生,”公爵夫人说,“您说的话实实在在,有根有据,我今后不但自己相信,而且还要让我府上的人相信,甚至,必要时还让我丈夫公爵也相信。托波索确实有个杜尔西内娅,她很漂亮,出身高贵,像您堂吉诃德先生这样的骑士为她倾倒,她是当之无愧的。我想,这是对她的最高奖赏了。不过,我总有个疑虑,而且,对桑丘·潘沙也有些意见。在您的那部传记中讲到,桑丘替您给她送信去时,见到杜尔西内娅小姐正在筛一口袋麦子,还说这是荞麦,这就使我不得不对她高贵的出身产生怀疑了。”

堂吉诃德听了,回答说:

“我尊贵的夫人,您知道吗,发生在游侠骑士身上的种种事情,一落到我的身上就全都变了样。这也许由于令人捉摸不定的命运在作祟,也可能哪个爱妒忌的魔法师在恶意捣乱。众所周知,有名望的游侠骑士都有某些非同常人的地方。有人不会中邪着魔,有人皮肉坚硬,刀枪不入。就拿法兰西十二武士之一的名震四方的罗兰来说吧,据说他全身除了左脚掌外,都不会受伤。要刺伤他的左脚掌,只能用一根很粗的大头针,别的武器都不行。贝纳尔多·德尔·卡尔比奥在隆塞斯巴列斯知道用刀枪杀不死他,便将他从地上抱起,将他卡死。贝纳尔多当时想起了赫拉克利斯杀死地神的儿子——那个凶恶的巨人安泰的办法。根据上面说的情况,我知道自己也有某些与众不同的长处。这倒不是说我也刀枪不入。经验多次证明，我的皮肉很嫩，根本经不起刀劈剑砍；我也没有不中魔法的本领，因为我曾被关进笼里，要是没有魔力，谁也休想将我关进去。不过，我打从解脱了那次魔法后，便相信再也不会有任何魔法能在我身上得逞了。魔法师们眼见他们的鬼把戏在我身上已不灵验，便拿我最心爱的人发泄他们的怨气。他们虐待我的命根子杜尔西内娅，这等于要了我的命。我想，正是怀着这样的目的，他们乘我的侍从给她捎信的机会，将她变成一个正在干筛麦子这样粗活的乡下女子。不过，我已经说过，那既不是小麦，也不是荞麦，那是一粒粒东方明珠。为了证明这一点，尊贵的夫人，我想跟您讲一件事情。不久前，我去托波索，就是没有找到杜尔西内娅的府第。次日，我的侍从桑丘见到了她的原形，那真是世上的绝世美人。然而，我见到的却是一个又傻又丑的村姑。尽管她原本非常聪明，却连话都说得颠三倒四。我头脑清醒，没有着魔，那着魔的自然是她了。她受了屈辱，改变了模样，我的仇敌将对我的仇恨发泄到她身上去了。我在见到她恢复本相之前，将永远为她流泪。我说这番话的用意无非是希望大家都别将桑丘说她在筛麦子的话当真，因为她既然会在我的眼里变样，自然也会在他的眼中变相。杜尔西内娅门第高贵，是托波索的绅士家的女儿。像她这样的家庭在托波索还不少呢。可以肯定，将来她的故乡定将以她这个绝代佳人而扬名，就像特洛伊以海伦而出名，西班牙以卡瓦[①]而出名一样，只是杜尔西内娅的名声更好。另外，我要请公爵和夫人明白，桑丘·潘沙是游侠骑士侍从中最滑稽的，他有时真是够傻的，但有时又很调皮，你要弄清楚他是傻还是调皮，真还是件挺有意思的事。他要起恶作剧来真像个流氓，瞧他那稀里糊涂的样子，又像个傻瓜。他怀疑一切，却又什么都相信。正当你认为他是个大笨伯时，却突然发起高论，令你对他刮目相看。总之，他这个侍从就是有人再补贴我一座城市跟我交换，我也不干。公爵大人已任命他当海岛的总督，这件事合适不合适，我还一时说不清楚。我认为让他当官，他倒有些能力，凭他这副头脑，再稍加磨练，当个官应该不成问题，就像国王能管理税务一样。经验已多次证明，当总督既不需要

① 即《堂吉诃德》第一部第四十一章中讲到的那个胡连公爵的女儿。相传她遭当时统治西班牙的西哥特国王奸污后，其父为了复仇，引摩尔人入侵。

多强的能力,也无需多高的文化,我们有上百个总督甚至都是文盲,但管起老百姓来,却像老鹰抓小鸡一样厉害。问题的关键是心术要正,要有办好事情的愿望。关于怎么干,帮他们想办法出主意的人总会有的。如有些总督是武官出身,没有文才,审案子得靠顾问。我只打算对桑丘奉劝一句话:不贪非分之财,不失应得之利。我还有些话先存在心里,以后对他说吧,这些话对他本人和对他管理海岛都会有好处的。"

公爵伉俪和堂吉诃德谈到这里,猛听得府里一片喧闹声,忽见桑丘怒气冲冲地走了进来,像孩子戴围嘴一样围着一块粗麻布,后面跟着好几个仆人——其实都是厨房里的帮工和干杂活儿的。其中一人端着一只盛满水的盆子,看那水混浊不清的样子,显然是一盆洗过碗的脏水。端盆子的那个人紧跟着桑丘,显出十分殷勤的样子,硬要将盆子端到他胡子下面,另一个帮工好像要替他洗胡子。

"这是怎么回事,兄弟们?"公爵夫人问道,"你们要对这位先生干什么?你们怎么不想想,他已被任命为总督了。"

准备给桑丘洗胡子的那个帮工说:

"这位先生不让我们按这儿的习惯给他洗胡子,就像刚才公爵老爷和他主人洗的那样。"

"我怎么不想洗呢?"桑丘怒冲冲地说,"可我希望用干净点儿的毛巾,干净点儿的洗脸水,不能用这么脏的水洗呀。我主人洗的是天使的净水,而我洗的是魔鬼的脏水,我俩之间的差距实在太大了。无论是民间的规矩还是王公贵族家的习惯,总不能让人觉得讨厌才是。这样洗胡子可遭罪了,比苦行者过的日子还糟。我的胡子并不脏,用不到他们来替我清洗。谁来替我洗,谁胆敢碰一碰我头上的一根毛——我是说我的胡子,那就对不起了,我就给他猛击一拳,让我的拳头嵌进他的脑壳里!用这种办法替人家洗胡子,不是'宽待'①了客人,这是对客人的戏弄!"

公爵夫人见桑丘气成这个样子,又听了他这番言语,差一点笑破了肚子。可是,堂吉诃德见他围着这样一块又脏又黑的粗布,四周站着许多厨房里打杂的,心里很不舒服。他站起来先对公爵夫妇行个礼,仿佛是请他们允

---

① 桑丘将"款待"说成了"宽待"。

许自己说几句话。随后便沉着地对那一群围着桑丘的人说道：

“喂，先生们，请你们别老是围着他了。诸位从什么地方来，就请回到什么地方去，或者回到自己愿意去的地方吧。我的侍从很干净。这木盆儿就像细脖子的酒盅一样①，他是不欢迎的。请你们听我的劝告，离开他吧。他和我一样，都不喜欢胡闹腾。”

桑丘紧接着说：

“别走，就让他们来拿我这个傻瓜寻开心吧！他们要是能从我这儿捞到便宜，就好比现在是黑夜！你们拿把梳子什么的给我梳理一下胡子吧，要是能梳出什么脏东西来，那就任他们将胡子剪成乱七八糟的样子。”

公爵夫人一边笑，一边说道：

“桑丘·潘沙说的都很对，他怎么说都有道理。就像他自己说的那样，他确实挺干净，用不到进行清洗了。我们的习惯他不喜欢，那就随他去吧。你们这几个人办事也实在太粗心了，甚至可以说是太冒失了。你们替这样一个人物洗这样的胡子，应该用纯金脸盆和水壶，还有德国毛巾嘛，怎么把木盆、木桶和擦桌子的抹布都拿来了，这像话吗？你们这号人真坏，太没有教养了。你们这群无赖对游侠骑士的侍从不怀好意，这是明摆着的。”

想替桑丘洗脸的这批泼皮无赖，还有那个跟他们一起进来的管家，见公爵夫人在一本正经地训斥自己，便扯下围在桑丘胸口的那块粗麻布，满脸羞惭地撇下桑丘，退出客厅。桑丘认为这是一场灾难，幸喜脱了险，便过去跪在公爵夫人的面前，说道：

“贵夫人恩重如山。今天的大恩我实在无法报答，只好希望自己能封为游侠骑士，在下半辈子天天侍候尊贵的夫人。我是个庄稼人，名叫桑丘·潘沙，已经结婚，有了儿女，眼下是侍从。我哪方面能为贵夫人效劳，请只管吩咐，我立即从命。”

“桑丘，看来你是进过专门培训礼节的学校的，”公爵夫人说，“我的意思是说，你是堂吉诃德先生亲自培育的。堂吉诃德为人和蔼可亲，最讲究礼貌——或者是像你说的‘礼毛’。有其主必有其仆。你们俩一个是游侠骑士的北斗星，一个是忠实侍从的启明星。快起来吧，桑丘朋友，为了酬谢你

---

① 这种酒盅因口子小，酒流得慢，不受饮酒人的欢迎。

的殷勤，我要催促我的丈夫公爵大人尽快兑现他的承诺，让你当上总督。”

谈话就到此结束。堂吉诃德睡午觉去了。公爵夫人对桑丘说，如果他不想睡午觉，可以跟她和使女们在一间凉爽的客厅里度过整个下午。桑丘回答说，尽管他夏天有每天睡四五个小时午觉的习惯，可是，为了侍候公爵夫人，他一定硬撑着不睡。说完就走了。公爵又对家人吩咐了一番，要他们分毫不差地完全按骑士小说规定的礼节款待堂吉诃德。

第三十三章

公爵夫人在侍女们的陪伴下和桑丘·潘沙进行一番趣谈，值得细细一读。

据说桑丘因为有言在先，那天没睡午觉，饭后就去拜见公爵夫人。夫人很喜欢听他说话，见他来了，就叫他坐在自己身边的一条矮凳上。桑丘很讲礼节，不肯坐。公爵夫人说，他不妨以总督的身份坐下，但以侍从的身份说话。凭他这双重身份，就连武士熙德·鲁伊·迪亚斯的椅子[①]他也能坐。

桑丘耸了耸肩膀，表示恭敬不如从命。侍女们和女管家都围着他，静静地等他开口。可是，先说话的是公爵夫人，她说：

"我读了才出版的伟大的骑士堂吉诃德传，有些问题还不太清楚，眼下没有别人，想请教一下总督大人。其中的一个问题是桑丘从来没有见到过杜尔西内娅——我是指杜尔西内娅·德尔·托波索小姐，也没有将堂吉诃德先生的那封信给她捎去，因为那个记事本还留在黑山呢。桑丘怎么敢假造回信，还说什么见到她在筛麦子，这完全是胡扯乱编，一派谎言。这样一来，不是把举世无双的大美人杜尔西内娅的名声给毁了吗？同时，这么做，不也与忠心耿耿的好侍从的称号不相符了吗？"

桑丘听了这番话，没有做声，站起身来，哈着腰，伸出一个指头按在嘴唇上，轻手轻脚地在客厅内走了一圈，将周围的帘子、窗幔都掀开看了看，才重新坐下，说道：

"我的夫人，我已经看过，周围没有人偷听，现在我可以放心地回答您提

① 据西班牙史诗《熙德之歌》，民族英雄熙德征服巴伦西亚后，威名大震，回到京城，国王阿方索六世赐他坐在象牙椅子上。

的问题，用不到害怕了。首先，我要说，我主人堂吉诃德是个地地道道的疯子，尽管他有时候说起话来，不光是我，连所有听他说话的人都认为很有见地，说得头头是道，真连魔鬼撒旦也没有他说得好。尽管这样，我还是很有把握地认为他是个大疯子。所以，我才敢无中生有，给他假造了那个回音。还有一件事，它发生在七八天前，还没有写进那本书里呢。这就是有关堂娜杜尔西内娅着魔的事儿。我哄他说，这位小姐着魔了，其实，压根儿就没有这么回事。”

公爵夫人便请他讲讲这桩着魔的事儿。桑丘便将事情的始末原原本本地讲了一遍，在座的人都听得津津有味。公爵夫人又说：

“好桑丘，听了你刚才讲的，我心里又产生了一个疑问，耳中仿佛有个声音在悄悄地说：‘既然堂吉诃德·德·拉曼却是个货真价实的疯子，而他的侍从桑丘·潘沙又清楚地知道，但他却一直跟随着他，还对他开的空头支票信以为真，一个劲儿地指望能兑现。照这么看，桑丘准是比他主人还要疯，还要傻。如此说来，公爵夫人啊，你将海岛委托这么个人去管理，能行吗？一个连自己都管不好的人，还能去管辖别人吗？’”

“夫人啊，”桑丘说，“您有这样的疑虑是合情合理的。不过，请您告诉对您说话的这个声音，不妨把话挑明了吧。我承认这声音说的是事实。我如果是个聪明人，早就离开我这个主人了。不过，这也是我命该如此，该我倒霉，我没有别的办法，只好跟着他。我们是同村人。我吃他的饭，对他挺好；他也没有亏待我，将家里的几头小毛驴给了我。我对他是忠心耿耿的。除非用铁锹和锄头①，否则，是无法将我们拆散的。公爵夫人如果不愿让我当公爵大人已经许我的总督，这也无妨，也许我天生就不是这个料，不当总督，心里更觉得踏实一些。我傻是傻，但我也明白这句老话的意思：‘蚂蚁长翅膀，反倒遭了殃’②。桑丘当了侍从比当总督更容易进入天堂。‘这儿的面包，跟法兰西的一样好’；‘猫儿在夜间全是灰色的’；‘午后两点没吃早饭，一定是个倒霉蛋’；‘肚子都是一般大，相差不过只一拃’。老话还说，‘不论干草、稻草，肚子一样塞饱’；‘田野里的小鸟，上帝给它喂饱’；‘四巴

① 铁锹和锄头用来掘墓，意即死亡。

② 蚂蚁在空中飞，反而容易被飞鸟吃掉。

拉昆卡的细绒比四巴拉塞戈维亚的粗绒暖和'；'一旦离开人世，贵人平民同路'；'教皇的地位虽比教堂司事高，死后占的地盘却一般大小'，因为死后进入坟墓，我们都得把身躯缩成一团，或者让别人将我们的身躯包成一团，然后，就是漫漫长夜了。我再说一遍，夫人如果认为我傻，不愿将海岛交给我，我也通情达理，绝不会计较。我听人说，'魔鬼就躲在十字架的后面'；'闪闪发光的并不一定全都是黄金'。如果古代谣曲里说的都是真话，那么跟在牛屁股后犁田的庄稼汉班巴做了西班牙的国王，享不尽荣华富贵的罗德里戈却被抓去喂蛇了。"

女管家堂娜罗德里格斯也在一旁。她听了桑丘的话，忍不住插嘴说：

"怎么不是真话呢？有一首谣曲说，罗德里戈国王被活埋在坟墓里，里面全是蛤蟆、蛇和蜥蜴。两天后，国王还在坟内以低沉的声音说道：

我身上哪一部位罪孽最重，
它们便朝那儿发起进攻。

做了国王还得喂毒虫，怪不得这位先生说，宁愿做农夫，不愿当国王呢。"

公爵夫人听了女管家的这番傻里傻气的话，哈哈大笑。听了刚才桑丘的那一番连珠妙语，也深感惊奇。她说：

"好桑丘，你想必知道，大丈夫一言既出，驷马难追。我丈夫公爵大人虽不是游侠骑士，但他是个男子汉大丈夫。他答应给你海岛，不管别人怎么嫉妒、怀恨，一定要给你的。桑丘，你别着急，说不定你在不知不觉中就坐上了海岛总督的交椅。当上了总督就要紧抓不放，等有了更好的位置，才能松手。我只奉劝你一句话，要好好地对待百姓，他们都是忠心耿耿的，都是好人。"

"好好对待百姓，这事请不必嘱咐，"桑丘说，"因为我心眼儿好，同情穷人。'他自己和面自己蒸，他的面包不能偷'；'当着我面掷骰子，来不得半点虚假'；'我是条老狗，你别来哄我'；我头脑清醒，谁也别想来蒙骗我。因为'我知道自己鞋子哪儿太紧'。我说这话的意思是，好人我会帮忙，坏人绝对不宽容。我觉得当总督难在开头。干上半个月，我就内行了，管起事来比从小就会的农活儿还得心应手呢。"

“桑丘,你说得很有道理,”公爵夫人说,“谁也不是天生就有本领的。主教也是人学出来的,不是石头雕就的。不过,我们再来说说刚才说的杜尔西内娅着魔的事儿吧。桑丘把那个村姑说成是杜尔西内娅,他主人不认识,就说杜尔西内娅着了魔。桑丘自以为戏弄了主人。其实,我有确凿的证据表明,这都是那些迫害堂吉诃德先生的魔法师捣的鬼啊。我确实知道,那个跳上驴背的姑娘就是杜尔西内娅·德尔·托波索。好桑丘,你以为自己骗了人,其实你受骗上当了。有些事情我们虽从来没有见到过,却是千真万确、不容怀疑的。桑丘·潘沙先生,你要知道,我们也有要好的魔法师将世界上发生的事情如实向我们报告。桑丘,请您相信我,那个蹦蹦跳跳的村姑确实是杜尔西内娅·德尔·托波索,她和生养她的妈妈一样着了魔。说不定哪一天她恢复了本来面目,到那时桑丘才会明白,自己是受骗了。”

“这一切都有可能,”桑丘说,“现在我相信我主人说的那件事了。他说,他在蒙德西诺斯洞见到了杜尔西内娅·德尔·托波索,当时她的服装就跟我胡扯说她着魔时见到的完全一样。我的夫人啊,您说的一点儿也不错,真是我把事情弄颠倒了。其实像我这样笨头笨脑的人,怎么能在一刹那间编出这么一套精巧的谎言呢?再说,我主人也没有那么疯呀,听了我那套没有影儿的胡言乱语就信以为真。不过,夫人呀,您千万别以为我这么做是别有用心。像我这么个笨蛋能猜透那些恶毒魔法师的阴谋诡计吗?我怕主人骂,才说了谎,我并不想害他。如果我想害他,苍天在上,谁想干什么都逃脱不了老天爷的眼睛。”

“说得对,”公爵夫人说,“现在请你告诉我,你刚才说的蒙德西诺斯洞究竟是怎么回事?我很想听你讲讲。”

于是,桑丘就将那桩事的来龙去脉一五一十讲给公爵夫人听,听后,她说:

“从这件事可以看出,桑丘在托波索城外见到的那个乡下女子就是伟大的堂吉诃德在洞中见到的那一个,她就是杜尔西内娅。那些魔法师在那儿可活跃呢。”

“我说,”桑丘·潘沙说,“如果我女主人杜尔西内娅·德尔·托波索着了魔,那只好由她自己受罪了。我不想过问这件事,因为我主人的仇敌又多又坏,我可不想去和他们作对。说实在的,当时,我见到她时是个乡下姑娘,我当然认为她只是个乡下姑娘罢了。如果她是杜尔西内娅,那不能算在我的账上,这不能怪我。人们老是喜欢责怪我:‘这件事是桑丘说的,那是桑丘干的。’反正这也是桑丘,那也是桑丘,好像桑丘是个平庸无奇的人。可是,参孙·卡拉斯科对我说,我桑丘·潘沙已经被写进了游侠骑士的书里了。参孙·卡拉斯科起码也是个萨拉曼卡大学的大学生,像他这样的人不会随便说谎的。所以,谁也不该无缘无故地和我过不去。我的名声是好的。我听我主人说过,名声比财富更重要。让我去当总督吧,我还能创造点奇迹呢。像我这样一个好侍从,一定也会成为一个好总督。”

“好桑丘,你刚才说的这番话,真像加东的格言警句呢,”公爵夫人说,“要不,至少也像英年早逝的米卡埃尔·贝利诺[①]说的。总而言之,就用你桑丘自己的话说:‘身穿破大衣的,往往是个大酒鬼[②]’。”

“说实在的,夫人,”桑丘说,“我这辈子饮酒从来不过量,需要喝时,我才喝。我这个人是实心眼儿,心里想喝时才喝。有时不想喝,人家请我喝,我出于礼貌,或不让人家说自己做作,就只好喝。朋友祝酒,谁是铁石心肠,能不跟他干杯呢?‘尽管我穿了鞋,并不将鞋弄脏’[③]。再说,游侠骑士的侍从一般只喝水,他们成天奔驰于崇山峻岭或荒野里,即使你献出一只眼睛,也搞不到一滴酒喝。”

“我也认为这样,”公爵夫人说,“现在请桑丘去休息吧,以后我们有机会再详谈。当总督的事,我们会尽快作好安排的。”

桑丘再次吻了吻公爵夫人的手,并请她吩咐手下人好生照料他的灰毛儿,因为它是自己的眼珠子。

“这灰毛儿是什么?”公爵夫人说。

“是我的驴子,”桑丘说,“我不叫它驴子,平常总叫它灰毛儿。我刚到府里时,曾委托这位管家太太照料它一下,结果跟她吵了起来。她似乎以为我说她又老又丑。其实女管家喂驴子比在客厅里当摆设更合适。我们那儿有位绅士就跟这些太太相处得不好。”

---

① 佛罗伦萨诗人,十七岁去世。

② 这个谚语的意思是“人不可以貌相”。

③ 意思是虽喝酒,并不喝醉。

“那他准是个乡下佬，”女管家堂娜罗德里格斯说，“他如果真是个绅士，出身又好，那他就会将她们高高供在月宫里。”

“好了，别说了，”公爵夫人说，“堂娜罗德里格斯别说了，请桑丘先生也冷静点儿。照料灰毛儿的事由我负责。它既然是桑丘的宝贝，我一定像爱护自己眼珠子一样爱护它。”

“将它拴在马厩里就行了，”桑丘说，“贵夫人说要像爱护眼珠子一样爱它，无论是它，还是我本人，都是不敢当。这仿佛拿刀子扎我一样，我绝对不会答应的。虽说我主人说过，‘同样是输，少出一张牌，不如多出一张’。可是，对驴子要恰如其分，不能好得过分了。”

“桑丘，你当总督时带着它去吧，”公爵夫人说，“到时爱怎么供养就怎么供养它，老了还可以让它退休呢。”

“公爵夫人，”桑丘说，“您别以为这是言过其实，带驴子去当总督的事，我已见过两起了。因此，我带驴子去赴任也不是新鲜事儿。”

桑丘的话又引起公爵夫人的一阵大笑。她叫桑丘去休息，自己便去找公爵，将与桑丘的谈话详细转告。夫妇俩便开始策划怎样戏弄堂吉诃德。他们要让这次玩笑完全按游侠骑士的规矩开得非常有趣。在这部伟大的传记里，与堂吉诃德开玩笑已不止一次，每次开得都十分精彩。

第三十四章

叙述为绝代佳人杜尔西内娅·德尔·托波索小姐解除魔法的办法，这是本书最大的奇事。

公爵夫妇听了堂吉诃德和桑丘·潘沙的谈话，兴味盎然，决定按照骑士小说的样式，策划一些奇事，开一开他们的玩笑。他们根据堂吉诃德给自己讲述过的蒙德西诺斯洞的见闻，设计安排了一桩极妙的趣事。令公爵夫人特别吃惊的是桑丘会那么天真，居然会对杜尔西内娅·德尔·托波索着魔法一事信以为真，而这个“魔法师”偏偏又是他自己——这个骗局不是他自己搞的吗？公爵夫妇事先对家里用人作好交待，教会他们该如何行事。六天后，便请堂吉诃德同去打猎。这次行猎，排场极大，就是国王出去围猎也不过如此。他们给堂吉诃德一套猎装，也给桑丘一套，是绿色细毛呢的。堂吉诃德不想要，说自己不久还得干他那艰苦的骑士本行，不能随身携带衣包和行李。桑丘要下了，他想往后一遇买主，就将它卖掉。

盼望的这天终于到了。堂吉诃德全身披挂，桑丘也穿了猎装，骑上自己的灰毛驴。人家请他骑马，他都舍不得丢下自己的毛驴。他夹杂在围猎的人们中间。公爵夫人华服出猎。堂吉诃德出于礼貌，尽管公爵不同意，他还是替公爵夫人牵着缰绳。围猎的人们来到夹在两座大山之间的一座树林里。随后便按规定，各自占领自己的位置。一阵叫喊，围猎就开始了。猎犬的狂吠声加上号角声，吵得连人们说话都听不见。

公爵夫人下马后，手执一根尖利的标枪，站立在野猪经常出没的地方。公爵和堂吉诃德下马后，站立在公爵夫人的一边。桑丘待在全体行猎人员的后面。他怕丢下毛驴不安全，一直没敢下驴。公爵夫妇和堂吉诃德还没有站稳脚跟，还没有和为数众多的仆役人员排成一行，就见到一头肥大的野猪,露着獠牙利齿,口中吐着白沫,朝公爵他们飞奔而来。堂吉诃德一见,手执盾牌,拔出佩剑,迎上前去。公爵也提着标枪赶上前去。要不是给公爵拦住,公爵夫人也抢上前去了。只有桑丘见到这头猛兽,便丢下自己的灰驴,没命地逃跑。他见到一棵高大的橡树,便往上爬,爬到一半,倒了霉,那根树枝断了,身子立即往下掉,却又给另一根树枝挂住,整个身子一直悬在半空中,落不到地面上。他见自己上不能上,下不能下,那件绿呢猎装也撕破了,心想如果那头猛兽朝自己跑来,他就没命了,直急得大叫救命。人们听到他的叫声,都以为他让野兽给咬住了。

那只露出两只獠牙的野猪终于让密密集集的标枪刺中了。堂吉诃德这才回过头来,听到桑丘还在呼叫,见他头朝下倒挂着,在他遭灾时不愿离开他的那头灰驴就在他的身边。熙德·阿梅德说,桑丘·潘沙和他的灰驴两情相依,桑丘离不开灰驴,灰驴也离不开自己的主人。

堂吉诃德过去将桑丘从树上放下。桑丘脚一落地,便查看身上这套猎装破在哪儿,心疼得很,因为在他眼中,这套猎装抵得上他一份家产呢。这时,大伙儿将这头肥大的野猪横放在骡背上,上面盖上几枝迷迭香和桃金娘花枝,表明这是战利品。众人一起来到搭在树林中间的几座大篷帐里。篷帐里早已摆好了几桌酒席。美酒佳肴,非常丰盛,足见主人非常阔气。桑丘将自己猎装被撕破的地方指给公爵夫人看,说道:

"这次出来如果打野兔飞禽之类的玩意儿,我这件衣服就不会撕成这样。野猪这种家伙,谁碰上它的獠牙,就会送命。我也不知道碰上这畜生是什么样的味儿。我记得过去听人唱过这样两句谣曲:

你就像著名的法维拉,
让几头熊吞进肚里了。"

"法维拉是哥特族国王,"堂吉诃德说,"出去打猎,让一头熊吃了。"

"是啊,"桑丘说,"我可不赞成王公贵族出去冒这么大的险,再说,野兽也没犯法,杀了它们有什么乐趣呢。"

"桑丘,你说错了,"公爵说,"上山行猎,这是王公贵族们最合适的活动。打猎颇像打仗,也得讲究策略,还得多动脑筋,费些心机,才能自己不受损失,战胜敌人。出门打猎还得耐酷热战严寒,不能贪懒贪睡;打猎还可以增强体力,使四肢变得十分灵活。总之,这是一项对谁也没有害处的活动,对许多人来说,却是一桩趣事。再说,围猎大野兽,又非同一般的打猎,就像放鹰隼打猎一样,只有王公贵族才办得到。因此,桑丘,你得改变原来的想法。等你当了总督,也该去围猎。到时你就会明白,打猎大有益处呢。"

"这我可不干,"桑丘说,"好总督像是断了腿一样,得待在家里。人家有事,辛辛苦苦跑来找你,你却在山上打猎消遣,这像话吗?照这样,这个总督准当不好!因此,公爵大人,在我看来,打猎消遣只是游手好闲的人干的,总督不能干。依我看,复活节打打纸牌,礼拜天和节假日玩玩九柱戏,就算是消闲了。至于打猎捕兽这玩意儿可不是我这样的人干的,我良心上也挺不安。"

"但愿如此吧,桑丘,"公爵说,"不过'从说到干,相差很远'呢。"

"不管怎么说,"桑丘说,"'肯还债的人,不惜拿东西典当';'尽管你每天起大早,总没有上帝保佑好';'是肚子带动双脚,不是双脚带动肚子'。我是想说,如果上帝帮忙,我又认真地干,我一定把海岛管理得比能人还出色。'只要将指头放在我嘴里,就会知道我咬不咬'。"

"该死的桑丘,愿上帝和所有圣人都来诅咒你!"堂吉诃德说,"我已多次说过,你要少用谚语,你到哪一天能说话不用谚语呀!公爵大人和夫人,请别理会这呆子。他说起话来,不是用一两句谚语,有时要用上两千句,真让人讨厌。若用得合适,愿上帝保佑他平安;我如愿意听他的,也请上帝保佑我平安!"

"桑丘的谚语简明扼要,"公爵夫人说,"尽管他比希腊勋爵①用的还多,但并不因此就失去了价值。在我看来,别人的谚语用得再确切,也不如他的谚语有趣。"

他们这样说说笑笑,走出篷帐,来到树林里,看了看猎手设立的埋伏和陷阱。白昼消逝,夜晚来临。当时虽是盛夏的夜晚,但夜色朦胧,不如平时那样明亮。这样的天气对实现公爵夫妇的那套安排很有好处。天越来越黑

① 指萨拉曼卡大学教授,著名的希腊语文学家费尔南·努涅斯·古斯曼(一四七五——一五五三)。著有《西班牙语谚语》一书。

了。这时,仿佛整个森林的四周着了火似的一片通红,随后,又从四面八方传来了号角声和其他的军乐声,像是有大队骑兵穿过森林。在森林里的那些人简直给火光照得眼睛花了,让军乐声吵得耳朵都快聋了。

随后,人们又听到了一阵紧接一阵的“勒利利”①的叫喊声,仿佛两军正在交锋。同时,喇叭声、号角声、鼓声和笛子声响成一片,闹得众人心烦意乱。公爵惊得目瞪口呆,公爵夫人吓得六神无主,堂吉诃德也感到震惊,桑丘全身发起抖来。总之,连知道这件事底细的人都感到害怕。大家正在害怕,喧闹声突然停止,一片死寂。一个魔鬼模样的信使吹着号角,骑马从人们面前驰过。那号角是一只中空的牛角,非常大,吹出的声音阴森凄凉。

“喂,送信的老兄,”公爵说,“你是谁呀?上哪儿去?那是支什么样的军队?看样子要从这儿经过呢。”

那个信使听了,以令人恐怖的声音说:

“我是魔鬼,我是来找堂吉诃德·德·拉曼却的。上这儿来的共有六队魔法师,带来一辆凯旋车,车上坐着绝代佳人杜尔西内娅·德尔·托波索。她中了魔法,这次与法兰西武士蒙德西诺斯一起来告诉堂吉诃德怎样替她解除魔法的。”

“你说自己是魔鬼,看你的样子,也是这样。那你一定认识堂吉诃德·德·拉曼却骑士了,他就在你的面前。”②

“我凭上帝和自己的良心起誓,我没看见他,”魔鬼回答说,“我脑子里乱糟糟的,把正经事忘了。”

“看来这魔鬼准是个好人,是个好基督徒,”桑丘说,“要不,他就不会说‘我凭上帝和自己的良心’起誓。我现在明白了,就是在地狱里,也有好人。”

魔鬼没有下马。他回过头见到了堂吉诃德,说道:

“有朝一日该落到狮爪下的狮子骑士啊,落难的勇士蒙德西诺斯派我来见你,并告诉你,他已带来了杜尔西内娅·德尔·托波索小姐。请你在这儿等着,他来教会你怎样破除魔法。除了这点,没有别的话要说。我就要走

① 这是摩尔人战场上厮杀时的呐喊声。

② 根据语气,说话人该是公爵。

了，愿像我这样的魔鬼和你待在一起，好让天使和这几位老爷夫人待在一起。”

说完，他就吹起那只硕大无朋的牛角号，没有等待谁回答，就转身走了。

众人再次感到无比惊异，尤其是堂吉诃德和桑丘。桑丘惊奇，是因为他明知杜尔西内娅没有着魔，不料众人都认为她着了魔；堂吉诃德惊奇，是因为在蒙德西诺斯洞里的那段经历自己还拿不定是真是假呢。他正在追想这些事，公爵对他说：

“堂吉诃德先生，您打算在这儿等着？”

“怎么不等呢？”堂吉诃德回答说，“即使全地狱的魔鬼都来和我作对，我也不怕，我就在这儿威风凛凛地等着。”

“我要是再见到一个魔鬼，再听到刚才这样的牛角号声，就到佛兰德[1]去等候了。”桑丘说。

夜越来越深了。森林里四处闪耀着火光，像是从干燥的地面上往空中喷出的火气，看起来也颇像空中的流星。这时，又听到一种令人毛骨悚然的声音，仿佛是牛车的实心轮子转动时发出来的。这种刺耳的咯吱咯吱的声音就是让狼和熊听到了，都会给吓跑的。接着森林的四周传来阵阵喊声，这边又响起隆隆的炮声，那边是劈劈啪啪的枪声，厮杀呐喊声就在耳边回响，远处又传来摩尔人那种“勒利利”的叫喊声。这一切都显示，森林的周围都有军队在交战。这时，号角声、喇叭声、鼓声、枪炮声，还有那令人毛发直竖的车轮声，交织在一起，连堂吉诃德也得鼓足勇气，才承受得住。桑丘早给吓坏了。他在公爵夫人的裙子边上晕过去了。夫人让他躺在自己的裙子上，并吩咐家人快给他脸上洒水。洒了水后，桑丘苏醒过来。这时，刚才咯吱咯吱响的那辆牛车已来到了他的身边。

四头懒牛拉着这辆车。牛的全身都披盖着黑色的毛毯。牛角上缚着一支点燃着的大蜡烛。牛车上有个高高的座位，上面坐着一位令人肃然起敬的老者，雪白的长须垂到了腰际。他身穿一件黑色长袍。车上点燃了无数支蜡烛。灯火通明，车上的一切全都看得一清二楚。驾车的是两名面目奇丑的魔鬼，也是一身黑衣。这两个魔鬼的面目实在太难看了。桑丘只看了

---

① 欧洲中世纪伯爵领土，这儿的意思是，桑丘要逃走了。

一眼，就闭起眼睛，不想再看了。牛车到了堂吉诃德他们的身边，那位令人肃然起敬的老者从高高的座位上站起身来，高声地说：

“我是里卡德奥法师。”

说完，他就默默地让牛车继续朝前驶去。接着，又上来一辆同样的牛车，上面也坐着一位令人肃然起敬的老者。他叫牛车停下，随后，也跟刚才那老人一样以严肃的语气说：

“我是阿尔基菲法师，是捉摸不定的乌尔干塔的好朋友。”

牛车又朝前驶去。

随后，又驶来同样的一辆牛车。可车上坐的已不是像刚才两辆车上那样的老者，却是个身强力壮、面目凶狠的大汉。大汉一到，就跟前面两位那样站起身来，声音显得异常沙哑，异常吓人。他说：

“我是魔法师阿尔卡拉乌斯，是阿马蒂斯·德·加乌拉和他这个家族全体成员的死对头。”

牛车又驶过去了。这三辆牛车驶了一段路程就停下了，那刺耳的咯吱声也随即停止。这时，耳中听到的已不是嘈杂声，却是轻柔悦耳的音乐。桑丘听了大喜，认为这是个吉兆。他对公爵夫人一直紧紧相随，一刻都没有离开。桑丘对她说：

“夫人，有音乐的地方，就不会有坏事。”

“有光亮的地方，也不会有坏事。”公爵夫人回答道。

桑丘辩驳说：

“火产生光，火堆发出亮光，我们周围不都是火堆吗？说不定会将我们烧焦呢。可音乐总是表示欢乐和喜庆的。”

“究竟怎样，还得过一会儿看。”堂吉诃德说。他一直在听他们说话。

看了下一章，就知道他说得没有错。

第三十五章

继续叙述为杜尔西内娅解除魔法的方法和其他一些奇事。

随着悦耳的音乐。驶来一辆大车,人们叫它凯旋车。这车由六匹褐色骡子拉着,骡身上披着白纱,每头骡子上骑着一名拿蜡烛的悔罪者①。这些人都身穿白衣,每人手上拿一根点燃的大蜡烛。这辆板车比先前那几辆要大两三倍,板车的两边站着十二名身穿白衣的悔罪者,他们每人手上都拿一根燃烧着的蜡烛。这情景让人见了,又惊奇又害怕。大车的中间有一高座,上面坐着一个仙女般的姑娘。她身上披着好几层银纱,上面满缀着金箔。她的装束如果还说不上富丽,至少可以说相当娇艳。脸上罩着的那一层薄纱遮不住这个少女无比秀丽的面容。辉煌的烛光不仅让人们看清了她的芳容,也看出她的年龄——还不到二十岁,但也不小于十七岁。在她身边还坐着一个身披黑色长袍、头上罩着一块黑纱的人。那辆大车驶到公爵夫妇和堂吉诃德跟前时,首先,笛子声停止,随后,车上竖琴和琵琶也不再弹奏。披长袍的站起身来,解开长袍的扣子,掀去罩在头上的黑纱,原来是一具不堪入目的骷髅。堂吉诃德见了,心情沉重;桑丘见了十分害怕;就连公爵夫妇见了,也有几分惧色。这个还了魂的僵尸站起来后,舌头不太灵便,有气无力地说道:

　　我是历史上有名的梅尔林,
　人们说魔鬼是我生身父亲,

① 宗教游行中一般有两种悔罪者,一种拿蜡烛,另一种拿鞭子抽打自己。

多少年来谎言掩盖了真情，
琐罗亚斯德这门学问，
第一把交椅该由我来占领，
　　岁月流逝，我要与日月共存。
建立了丰功的游侠骑士们，
我对他们怀有亲切的感情，
历史永远记住他们的英名。
虽然魔法师向来十分残忍，
而我又是他们中间的一人，
但我却与他们反其道而行。
我心胸宽厚，待人一片慈悲，
乐善好施，为人类做出牺牲。

　　我在凄凉可怖的阴曹地府，
正在聚精会神地写字画图，
用这个办法进行清闲自娱；
忽听绝代佳人杜尔西内娅·
德尔·托波索的一声声惊呼，
知道她身遭不幸已着了魔，
贵小姐变成了粗野的村姑，
对她的处境我感到很痛苦。
为了探究这门深奥的学问，
光书籍就翻阅了十万多本。
现在我附灵魂于这具尸身，
特地前来营救这位大美人；
她遭了灾中了邪痛苦万分，
我一定要替她解脱困境。

　　啊，堂吉诃德·德·拉曼却先生，
你是披坚执锐武士的精英，

是发出闪光指路的北斗星！
你这个不图安逸清闲的人，
放下笔杆子，毅然披挂上阵；
你东奔西跑，不怕苦难艰辛，
流血流汗，甘愿做出了牺牲，
帮助苦难的人们脱离困境。
你这个有口皆碑的大骑士，
曼却的光辉，西班牙的星座，
请细细听着，我有要事告知：
美女杜尔西内娅·德尔·托波索，
如要让魔法脱离她身躯，
得叫你侍从桑丘脱去裤子，
露出他两片肥胖的大屁股，
自己狠打三千三百下鞭笞，
打得他皮开肉绽无比痛苦。
只有这样她才能恢复原形，
这是使她着魔的法师的决定。
老爷先生们，今天我来这里，
为的是将这一点告诉你们。

"天哪，"桑丘立即说，"不要说自己打三千下，就是打三下，也等于向自己捅三刀！这样解除魔法，真见鬼了！我不明白，我的屁股与魔法有什么关系。我在上帝面前说，如果梅尔林先生除了这个办法外，想不出别的办法解除杜尔西内娅·德尔·托波索的魔法，那就让她一辈子着魔吧！"

"你这个满肚子是大蒜的乡巴佬，"堂吉诃德说，"我一定会把你抓起来，将你全身剥得就像你才从娘肚子里钻出来时那样赤条条的，然后把你拴在树上，不但要打你三千三百下，还要打你六千六百下，而且要狠狠地打，你就是挣扎三千三百下，也别想挣脱。你别顶嘴，否则，我就将你的心肝挖出来！"

梅尔林听了，说道：

“这不行，好桑丘这一顿鞭子一定要出于他自愿，不能强迫。他什么时候愿意，什么时候打，时间不定。不过，他如果不想自己打，也可以让别人打，那就会打得重一些了。”

“不管自己打，还是别人打，不管重打还是轻打，都不行！”桑丘说，“谁也别想碰我一下！杜尔西内娅·德尔·托波索又不是我肚子里生出来的，我干吗要拿自己的屁股去替她顶灾呢。我主人应该替她顶灾，他一个劲儿地叫她‘我的生命’呀，‘我的灵魂’呀，‘我的精神支持’呀，他与她心心相印，紧密相连，应该替她挨鞭子。为了解除她的魔法，让他干什么都行。要我自己打自己，决对①不干！”

桑丘的话还没有说完，梅尔林身边的那个仙女般的美女突然站起身来撩起薄薄的面纱，露出一张无比娇美的脸庞。她像男子般毫无羞惭的表示，声音也不像个女孩子。她直接冲着桑丘说道：

“啊，你这个倒大霉的侍从，没良心的傻瓜，不要脸的蠢才！难道有谁让你从高塔上跳下来了吗？你这个全人类的公敌，有谁让你吞下十二只蛤蟆、两条蜥蜴、三条大蛇了吗？难道会有人让你拿锋利的弯刀砍死自己的妻儿了？如果真的这样，你感到为难，还情有可原。三千三百鞭子，对孤儿院的孩子来说，还不是每个月都得挨的家常便饭？而你却认为是件大事！那些心地善良的人，就是过了几百年后，听说你会这样，也会感到诧异的。啊，你这个无耻的铁石心肠的畜生！睁开你这双可怕的猫头鹰眼睛，看看我这两颗明星般的眼珠子吧！看看我眼中流出的泪水吧！泪水已在我美丽的脸颊流成大大小小的河流了。像我这样豆蔻年华，花朵般的少女——我今年才十九岁，还不满二十，就变成粗野的村姑，青春就这样给糟蹋了！你这个狡诈阴险的魔鬼，你难道一点同情心也没有吗？也许我眼下并不像个村姑，那是在场的梅尔林先生的特别关照，他想拿我的美貌来打动你，因为落难美女的眼泪能使顽石变成棉团，使老虎变成羔羊。你快打吧，快打屁股吧，你这个桀骜不驯的畜生，别那么懒懒散散，成天只顾吃呀吃的！你得帮我恢复细腻的皮肉、温柔的性情和美丽的脸庞呀！如果你对我毫无怜惜同情之心，那你也得替你身边这个可怜的骑士想一想呀——我是说你的主人。我现在已

① 桑丘说错了，应该是“绝对不干”。

见到他的灵魂了。它这时正卡在他的喉咙里,离嘴边不到十指的距离,只等你一声回答,行还是不行,它就会冲到嘴外,或回到肚子里。”

堂吉诃德听了这话,摸摸自己的喉咙,然后,回头对公爵说:

“大人,我以上帝的名义起誓,杜尔西内娅说的都是真话。我的灵魂就像弓弦上的栓子一样卡在我的喉咙里呢。”

“桑丘,你对这点还有什么话说呢?”公爵夫人问道。

“夫人,我还是那句话,”桑丘说,“要我挨鞭子,‘决对不干’!”

“桑丘,你应该说绝对不干,刚才你说错了。”公爵说。

“公爵大人,请别管我,”桑丘说,“说错个把字眼,现在也管不上了。我得挨这么多鞭子,或者我自己得打这么多鞭子,这件事真把我搅得六神无主,自己也不知该说什么,干什么了。可我实在不明白,我家女主人杜尔西内娅·德尔·托波索小姐是在哪儿学来这套求人的方法的。她来求我打自己的屁股,却又说我是个‘没良心的傻瓜’,‘铁石心肠的畜生’,还外加一大串连魔鬼听了都忍受不了的坏名称,这究竟是怎么一回事?难道我的屁股是铜打铁铸的?她解除不解除魔法究竟和我有什么关系呢?她来向我求情,怎么可以泼口大骂呢,她应该送给我一大筐白色床单、衬衣、头巾、袜子之类的东西,虽说这些东西我也用不着。我想她一定也知道大伙儿常说的老话,‘驴子背上驮黄金,爬起山来就有劲’;‘礼物能碾碎岩石’;‘你要求上帝,也得送东西’;‘许我两件,不如给我一件’。至于我那位主人老爷,他如果真想让我变得像梳理过的棉花和羊毛一样软,就得拿好言好语来哄我。可是,他却说要将我抓起来,脱光了绑在树上,还得加倍鞭打。我这两位好心肠的主人应该想一想,他们请求鞭打的不光是个侍从,还是个总督呢。然而,他们把这件事看得好像请人‘用樱桃下酒’那么容易。他们还得学学怎样求人,怎样说话才有礼貌。‘天有不测风云’,人的脾气也不能老是这么好。眼下因为我这套绿呢猎装撕破了,心里正在难过呢,他们却又来求我鞭打自己。这件事就像叫我当印第安人酋长一样,压根儿不是我心甘情愿的。”

“桑丘朋友,我实话实说吧,”公爵说,“你如果不将心肠变成像熟透了的无花果那么软,你就别想当总督了。我总不能给岛上的老百姓派个心肠像岩石一般硬的残忍的总督去吧。派这么一个面对落难女子的眼泪和德高望重的大法师的请求都无动于衷的总督去，能对得起百姓吗？桑丘，归根到底一句话：你或者鞭打自己，或者让别人打你。否则，你就只好不当总督了。”

“大人，”桑丘说，“您给我两天时间，让我考虑考虑，好吗？”

“不行，绝对不行，”梅尔林说，“这件事必须在此时此地立即决定：杜尔西内娅或者恢复村姑的模样，回到蒙德西诺斯洞去；或者保留现在的面貌，被送到极乐净地，等待打完那三千三百鞭子。”

“好桑丘啊，”公爵夫人说，“你吃了堂吉诃德先生的饭，可得知恩图报呀。堂吉诃德先生人品好，又是个高尚的骑士，我们都应该帮他的忙嘛。老兄，这顿鞭子你就答应下来吧，让魔鬼滚蛋！只有胆小鬼才害怕！你一定很清楚：‘好心能赶走厄运’。”

这时，桑丘突然避开了话题，回头问梅尔林说：

“梅尔林先生，请问您一件事，刚才送信的魔鬼到这儿，给我主人带来蒙德西诺斯的口信，让他在这儿等着。蒙德西诺斯就要上这儿来教他怎样替杜尔西内娅·德尔·托波索解除魔旨，怎么到现在连他的影子也没有见到呢？”

“桑丘朋友，”梅尔林回答道，“那魔鬼是个糊涂虫、大混蛋。我派他上这儿来见你主人，是给我传话，可没有让他带蒙德西诺斯的口信。蒙德西诺斯还在洞里，等待着有人去给他解除魔法，这件事‘还有尾巴上的皮没有剥下来’呢[①]。蒙德西诺斯如果欠了你什么，或者你有什么事找他，我可以叫他来，你愿意在哪儿见他都可以。眼下请你将挨鞭子的事先应承下来吧。我相信这对你的肉体和灵魂都大有好处。说对你的灵魂有益，是因为你做了一件好事；说到肉体嘛，我知道你属多血的体质，出点血也不会有多大的危害。”

“天下的医生真多，连魔法师也是医生了，”桑丘说，“既然大伙儿都这么说，虽说我还是不明白这是什么意思，这三千三百鞭子我就答应下来了。不过，我有一个条件，得趁我高兴的时候打，不能规定期限。我一定设法尽快还清这笔账，让世界上的人都能领略杜尔西内娅·德尔·托波索小姐的

---

① 意思是还需等待一些时日。

芳容。看来,她的相貌和我想的完全不一样,的确是很好看的。我还有一个条件,就是这次鞭打,一定不能出血,有时像牛尾巴赶苍蝇一样轻轻摔打几下,也得算数。还有,如果我数错了,梅尔林先生什么事都知道,他得给我记着数儿;还得告诉我,是打少了,还是打多了。"

"打多了倒不用告诉你,"梅尔林回答说,"因为打够了数,杜尔西内娅小姐的魔法便立即解除。她满怀感激,一定会跑来向你好桑丘道谢的,甚至还会酬谢你呢。因此,打多打少,你就不用操这份心了,老天爷也不会允许我对谁进行任何欺骗的。"

"唉,那就只好听天由命了,"桑丘说,"反正我走了背运,就按我刚才提出的条件,接受这次惩罚吧。"

桑丘的话还没有说完,号角、喇叭又立即吹奏起来,还劈劈啪啪地放了许多枪。堂吉诃德立即围住桑丘的脖子,还在他的额头和脸上吻了千百次。公爵夫妇和所有在场的人都非常高兴,那辆大车又开始朝前驶去。驶过公爵夫妇面前时,美丽的杜尔西内娅向他们低头致意,还对桑丘行了一个大礼。

这时,天已大亮。山花烂漫,淙淙溪水,清澈见底,流过灰白相间的鹅卵石,到远处与别的河流汇合在一起。大地欢腾,天气晴朗,空气清新,阳光明媚,这一切都预示着那一天将是一个好天。公爵夫妇行猎很有收获,这个玩笑也开得顺顺利利,两人兴高采烈地回到了公爵府。他们打算将这个玩笑继续开下去,因为他们认为这比干正经事还有趣。

第三十六章

叙述多罗里塔夫人——又叫脱里法尔蒂伯爵夫人的令人难以想象的奇事，以及桑丘·潘沙给妻子特雷莎·潘沙写的一封信。

公爵有个总管,此人幽默风趣,很会开玩笑,梅尔林这个角色就是他扮演的;昨夜里那出戏也全是他编导的,诗也是他做的;他还让一个小厮扮演了杜尔西内娅。在公爵夫妇的授意下,他又编导了一出戏,这是一出非常滑稽的戏。

翌日,公爵夫人问桑丘,他答应为解除杜尔西内娅中的魔法而进行的体罚是不是已经着手进行。桑丘回答说,已经开始了,昨天夜里就打了自己五鞭。公爵夫人问,用什么打的,他回答说,用手打。

“这么用手拍打几下,可不能算数呀,”公爵夫人说,“我想,你这么不肯使劲打,梅尔林法师知道了,准会不满意的。好桑丘,你得做一条带刺的鞭子,或者在皮鞭上打几个结子,打起来觉得痛才行。老话说,‘要识字,得流血’①。像杜尔西内娅这样高贵的小姐,要想使她解脱魔法,只付出这么轻微的代价,怎么行呢。桑丘,你应该明白,要想积德行善,敷衍了事是不行的。”

桑丘回答说:

“夫人,您给我一条打在自己身上不太痛的鞭子或绳子吧。夫人啊,我告诉您吧,我虽然是个乡巴佬,可我的皮肉却不是茅草做的,倒更像棉花。我总不能为了别人,而将自己的皮肉毁掉呀。”

“好吧,”公爵夫人说,“我明天就给你一条鞭子,非常合适,它对你的细

---

① 这是一句为教师体罚学生进行辩护的谚语。

皮嫩肉就像亲姐妹那样体谅。”

桑丘接着说：

“尊敬的夫人，我告诉您吧，我给妻子特雷莎·潘沙写了一封信，把离家后发生的事都告诉她了。这信就揣在我怀里，只差姓名地址没写上。就请夫人给我念一念，因为我觉得这封信应该有总督的气派，也就是说，应该与总督说话的口气相吻合。”

“这信是谁口授的？”公爵夫人问道。

“除了我本人，还有谁呢？”桑丘回答说。

“是你自己写的吗？”公爵夫人问道。

“这我连想都不敢想，”桑丘回答说，“我是个文盲，只会签个名。”

“快拿出来给我看看吧，”公爵夫人说，“这封信一定充分地显露了你的才华。”

桑丘从怀里取出还没有封口的信。公爵夫人拿过来看，信是这样写的：

桑丘·潘沙给他妻子特雷莎·潘沙的信

我虽然挨了好大一顿鞭子，却是个体体面面的骑士①；我现在尽管当上了总督，却付出了一顿鞭子的代价。我的特雷莎呀，这些事你眼下不懂，但以后你会明白的。告诉你，特雷莎，我已决定让你今后出门坐马车了，这完全符合你的身份。走路不坐车，就像四脚爬。你是总督夫人，当心别人背后说你的闲话。现在我送给你一件绿色猎装，这是我女主人公爵夫人送给我的，你可以用它给我们女儿改做一条裙子。听这儿的人说，我主人堂吉诃德是个有头脑的疯子，也是个滑稽的傻瓜，我在这方面也没有落在他的后面。我们到过蒙德西诺斯洞；梅尔林法师揪住我，要我替杜尔西内娅·德尔·托波索小姐解除魔法。她就是我们那儿的阿尔堂莎·洛伦索。我得打自己三千三百鞭(我已打了五鞭)，她就会像生养她的母亲一样，解除魔法。这件

① 这是一句西班牙谚语，是骑驴游街的犯人自我解嘲说的话。在西班牙语里“骑士”和“骑牲口的人”是同义词。

事你对谁也别说。“如果把你那玩意儿露出来，有人说是白的，有人说是黑的”①。再过几天，我就要赴任当总督去。到了那里，我就想多捞点钱。据说新上任的总督都有这个愿望。我先到那儿看看情况，到时再通知你是不是来和我住在一起。灰毛驴很好，它向你问好。我不想扔下它，即使让我去当土耳其大皇帝，我也得带它走。我的女主人公爵夫人吻你的手一千次，你得还礼，吻她两千次。我主人说过，礼多不花钱，却又很值钱。上帝没有像上次那样，再给我一只装了一百埃斯库多的手提箱。不过，我的特雷莎，你也别着急。老话说，“最安全的还是打钟人”。做了总督，什么问题都好解决。我只是有些担心，听人说，一旦尝到当总督的甜头，就老是舔舔指头，放不下手。如果真的这样，我付出的代价不会太小。不过，老话说，“残疾人和讨饭的要来的钱，也是一笔收入”嘛。因此，不管怎样，你总能发财致富，总能交好运的。愿上帝保佑你有好福气，保佑我健康，好侍候你。

你的丈夫
桑丘·潘沙总督
一千六百十四年七月二十日于公爵府

公爵夫人念完信，对桑丘说道：

“好总督，你有两件事做得不对：第一件，你在信中好像说，你这个总督是挨鞭子换来的。可你明知不是这么一回事嘛。因为我丈夫公爵大人封你做海岛总督时，还没有任何人想到要鞭打你呢。第二件，你在信中露出了自己的贪心，我只怕你会空欢喜一场，因为‘贪心会撑破口袋’，贪婪的总督就不会讲公道。”

“夫人，我不是这个意思，”桑丘说，“夫人如果认为这封信写得不合适，我可以撕掉重写。我就怕自己没有学问，越写越糟。”

“别撕了，”公爵夫人说，“这封信写得挺不错，我想让公爵也看一看。”

说完，他俩就上花园去，那天大家打算在那儿吃饭。公爵夫人将桑丘的信拿给公爵看了，公爵大喜。饭毕，撤走杯盘，众人和桑丘谈笑了好一会儿。突然传来凄凉的笛子声和急促、低沉的鼓声。众人听到这种阴森可怕、杂乱

---

① 这句秽亵语的意思是对于他人的隐私，各人的看法不一样。

无章的军乐声，感到异常惶恐，尤其是堂吉诃德，早已坐立不安了。桑丘更不用说，他害怕得早已躲到他往常的藏身地——公爵夫人的裙子边去了。这声音听起真是够凄厉阴森的。

正当人们惶惑不定时，却见两个身穿丧服的人走进花园，那丧服长得都拖到地面了。这两个人一边走，一边各自敲着一面大鼓，鼓面上也蒙着黑纱。他俩身边是个吹笛子的人，他也全身穿着黑衣。这三人的后面是个身材魁梧的人，他那件黑色的又长又大的道袍是披在身上，而不是穿在身上的。道袍外面斜挂一条很宽的肩带，也呈黑色，上面插着一把大弯刀，刀鞘和刀把也是黑色的。此人脸上蒙着一块透明的黑纱，透过黑纱，一脸雪白的大胡子隐约可见。他按鼓声的节律朝前走去，神情严肃，步伐平稳，他那高大的身躯，配上他走路的姿势和一身黑衣，再加上那伴奏的军乐，使从未见到过他的人见了都心惊胆寒。

公爵和其他的人都站在一边。那身材高大的人缓步来到公爵的面前，双膝跪地。可是，公爵一定要他站起来说话。这高个子便站起身来，撩起面纱，露出一部世界上最长、最大、最白、最浓密的胡子。随后，他注视着公爵，从他那宽阔的胸膛发出洪亮的声音，说道：

"尊贵的公爵大人，我叫白胡子脱里法尔丁，是脱里法尔蒂伯爵夫人（她又叫多罗里塔夫人）的侍从。奉夫人之命，特来拜见大人。我家夫人有一件烦心的事儿，这件事稀奇古怪，像这样的烦心事儿，在世界上也是少见。她希望大人能准许她将这烦心事告诉您。不过，她首先想了解一下那位勇敢的战无不胜的骑士堂吉诃德·德·拉曼却是不是在府上。她是不吃不喝徒步从冈达亚王国①到这儿来的。这件事如果不靠魔法的力量，也该是个奇迹了。她现在在府门外等候，大人如允准，她就进来。我的话完了。"

他咳了几声，又用双手从上到下捋了捋白胡子，静静地等候公爵的答复。公爵说道：

"好侍从白胡子脱里法尔丁，我们早已获悉脱里法尔蒂伯爵夫人遭了难，魔法师们因此又称她为多罗里塔②夫人。好侍从，你可以告诉她，请她

---

① 在印度的东部。

② "多罗里塔"原文有"痛苦、凄凉"的意思。

进来,英勇的骑士堂吉诃德·德·拉曼却就在这儿。他慷慨仗义,你主人有什么困难,可以得到他的帮助。你还可以告诉她,她如需要我的帮助,我也完全答应。作为一个骑士,我有义务为妇女们提供保护,尤其像你女主人那样的寡妇遗孀,受了欺侮,心里难过,我们更应该对她提供帮助。"

脱里法尔丁听了公爵的话,弯膝行礼,并向吹笛子和敲鼓的人示意,叫他们奏乐。他便像进来时那样随着音乐的节拍走出花园。众人见他那个神态,都感到惊奇。公爵对堂吉诃德说:

"著名的骑士啊,无知和邪恶终掩盖不了美德散发出来的光芒。我为什么会这样说呢?因为您到这儿才六天,就有身遭苦难的人千里迢迢从偏僻的地方跑来找您。他们没有坐马车。也没有骑骆驼,而且还饿着肚子徒步到这儿来的。他们确信,凭您这条强有力的铁臂,个人遭到什么样的苦难,也能得到解救。这都是因为您建立了丰功伟业,已在全世界闻名了。"

"公爵大人,"堂吉诃德说,"我真希望那天在餐桌上对游侠骑士表示切齿痛恨的那位教士今天也在场,让他亲眼看看这个世界上究竟需要不需要这样的骑士。身遭大难而无比痛苦的人们,不求助于文人学士,不找村上教堂里的司事,也不找从不离开本乡本土的绅士,更不找懒散的朝臣,那种朝臣成天只爱打听遗闻轶事,自己从来不干些像样的能流芳后世的事业。只有游侠骑士才能解危济困,保护弱女,安抚寡妇遗孀,因此,身遭大难的人们都来找他们帮助自己摆脱困境。我有幸成为游侠骑士,对上苍无比感恩;为了履行这一光荣的职责,我愿历尽艰辛,牺牲自己的一切。请这位夫人上这儿来,有什么要求,尽管说吧。我凭自己这条铁臂和这颗无所畏惧的雄心,定要帮她解脱危难。"

第三十七章

继续叙述多罗里塔夫人的奇事。

公爵夫妇听了堂吉诃德说的这一番话，觉得完全符合他们的心意，满心欢喜。这时，桑丘插言道：

"我可不希望这位女总管来给我当总督这件事制造什么麻烦。托莱多有个药剂师，很会说话。他说，什么事情只要女总管一参与，就糟了。看来这位药剂师对女管家是没有好感的。因此，我认为，既然所有的女管家都让人讨厌，那么，悲痛的女管家[①]自然也不例外。她不是叫多罗里塔夫人吗？还叫什么'三裙夫人'[②]或'三尾巴'夫人什么的，因为在我们老家，裙子又叫尾巴，尾巴又叫裙子。"

"桑丘朋友，别胡扯了，"堂吉诃德说，"这位管家夫人既然千里迢迢前来找我，一定不会是药剂师讲的那种人。况且，这位女管家还是伯爵夫人呢。伯爵夫人当管家，侍候的对象不是女王，就是皇后娘娘了。像她这样的贵夫人，自己家里还有女管家侍候她呢。"

这时，在一旁的堂娜罗德里格斯插言道：

"我们公爵夫人的女管家如果运气好，也可以当伯爵夫人嘛。只是'法律总顺遂国王的意志'。谁也别说女管家的坏话，更不要说老姑娘管家的坏话。我虽不是老姑娘，可我知道老姑娘当管家比寡妇当管家强。'谁剪了我

---

① 这儿指多罗里塔夫人。

② "脱里法尔蒂"（Trifaldi）有"三条裙子"的含意，也可以如本卷第三十八章讲到的那样理解为"有三个尖角的裙子"。

们的羊毛，自己也难免挨剪刀’①。”

“可是，女管家身上该剪掉的羊毛可多呢，”桑丘说，“话又得说回来，‘饭虽已粘锅，还是别搅和’②。”

“这些侍从老是爱同我们作对，”堂娜罗德里格斯说，“他们像鬼魂似的在客厅里转来转去，老是瞧着我们的一举一动。他们空闲得很，但从不作祷告，却一个劲儿地在背后对我们评头品足，说东道西，简直将我们祖宗的老底儿都兜出来了，毁了我们的名声。可是，我要正告那些木头疙瘩③，我们尽管食不果腹，尽管不论皮肤粗细都得穿一身黑衣，就像在宗教游行的时候拿一块黑布盖在垃圾箱上那样，可是，我们还能活在世上，甚至还住在贵人家里呢。侍从们虽然觉得不舒服，但这又有什么办法呢。说真的，只要有机会，我不仅可以叫在场的人，甚至可以让全世界的人都知道，我们女管家身上，什么样的好品德都有。”

“我认为，堂娜罗德里格斯说得很有道理。”公爵夫人说，“不过，她要为自己和其他的女管家恢复名声，驳倒那个坏药剂师的胡言乱语，让伟大的桑丘·潘沙去掉偏见，还需等待时机。”

桑丘听了，回答说：

“等我当上了总督，在我身上就再也闻不到侍从的气味了。到那时，所有的女管家都不在我眼里了。”

当时人们如果没有听到笛声和鼓声再次响起，议论女管家的话还会继续下去。看来多罗里塔夫人就要到了。公爵夫人问公爵，该不该亲自去迎接，因为对方是高贵的伯爵夫人。

“她是个伯爵夫人，”桑丘还没等公爵开口，就抢先回答说，“我认为你们两位应该出去迎接。可是，她又是个管家，我认为你俩一步也别动。”

“谁叫你插嘴的，桑丘？”堂吉诃德说。

“还有谁呢，老爷？”桑丘回答说，“是我自己呗。作为侍从，我可以插嘴呀。您是全世界最有礼貌、最有教养的骑士，我是您亲手培养的侍从嘛。我

---

① 这句谚语的意思是说，说别人坏话的人，自己身上毛病也不少。

② 意思是少说为妙。

③ 指又粗又笨的侍从。

亲耳听您说过,‘同样是输,少出一张牌,不如多出一张’,‘对机灵人三言两语就能说清’。”

“桑丘说得对呀,”公爵说,“我们先看看这伯爵夫人究竟是什么人,然后再确定用什么礼节去迎接她。”

这时,吹笛子的和敲鼓的又像前次那样吹吹打打进来了。

这短短的一章就到此为止,下一章继续讲这部传奇中最大的一件奇事。

第三十八章

多罗里塔夫人讲自己遭受的灾难。

跟随着奏哀乐的乐师后面进入花园的是十二名排成两行的女管家。她们个个身穿宽大的黑衣。布料是经过捶布机捶打的斜纹布;头披细纱白头巾,头巾很长,将黑衣遮盖得只露一点儿边缘。脱里法尔蒂伯爵夫人在自己侍从白胡子脱里法尔丁的搀扶下,随后进入花园。她身穿极精致的黑呢上衣。如果将这种毛料进行卷结整理,刷下的绒毛结成的一个个疙瘩比马尔托斯出产的豌豆还大。她裙子的"尾巴"(或叫裙梢)有三个尖端,三名穿丧服的小厮各执一端。这三个尖端是三只锐角,形成一个美丽的几何图形。凡是见到她穿尖角裙的人都明白她为什么叫脱里法尔蒂伯爵夫人,因为"脱里法尔蒂"的意思就是"有三个尖角的裙子"。贝纳赫利说,情况确实是这样的。她原名是狼伯爵夫人,因为她的伯爵封地狼很多。如果当地狐狸多,那她就该叫狐狸伯爵夫人的了。因为那儿的风俗是这样的:封地主人常以当地出产最多的东西命名。由于这位夫人喜欢穿这种有三个角的时髦的裙子,所以人们叫她"三角裙"伯爵夫人。

十二名女管家在前,夫人在后,缓缓地像进行宗教游行一般地进入花园。她们脸上都蒙着黑色面纱,这面纱不像脱里法尔蒂的面纱那么透明,却非常厚密,将脸庞遮得很严实。

女管家一行进入花园后,公爵夫妇、堂吉诃德和在一旁观看的人都站起身来。十二名管家停下来分列两旁。多罗里塔夫人在脱里法尔丁的搀扶下,走在中间。公爵夫妇和堂吉诃德朝前走十余步前去迎接。多罗里塔夫人双膝跪地,说话的声音不像银铃,却显得异常沙哑。她说:

“老爷、夫人请不必多礼。我是你们的仆人——我是说，我是你们的女仆[①]。我内心无比凄怆，都不知怎么回礼了。我身遭奇灾大祸，方寸已乱。我虽强作镇定，总难免失礼。”

“伯爵夫人，”公爵说，“谁看不出您是个贵夫人，那他准是个糊涂虫。凭您的身份，完全应该享受最高的礼仪。”

说完，公爵便将她扶起，领她在公爵夫人身边的一把椅子上坐下。公爵夫人也对她非常恭敬。

这期间，堂吉诃德一直没有说话。桑丘一个劲儿地想见见这位脱里法尔蒂夫人或随便哪一个女管家的脸，可在她们自己撩开面纱以前，他怎么能如愿呢。

众人默默无言，仿佛在等待着谁来打破寂静。还是多罗里塔夫人先开口，她说：

“最尊敬的公爵夫人，最美丽的夫人，见多识广的在座各位先生，你们宽广博大的心胸一定会对我遭受的无比痛苦寄予深厚的同情。我遭到的苦难实在太深重了，即使心肠硬得像金刚钻和钢铁一样的人，知道我的遭遇后，也会软化下来。在开始讲述我的苦难遭遇之前，我想请问一声，那位极端真诚的伟大骑士堂吉诃德·德·拉曼却和他忠实的侍从桑丘·潘沙是不是在这里。问清楚这件事后，我才向诸位禀告我的情况。”

“在下就是潘沙，”桑丘抢先回答说，“这位就是了不起的堂吉诃德。悲惨无比的夫人啊，您把心里要说的话快说出来吧，我们都甘心情愿地为您效劳呢。”

堂吉诃德随即起身，对多罗里塔夫人说：

“痛苦的夫人，如果游侠骑士的胆量和武力，能帮助您解脱困境，我愿为您尽微薄之力，效犬马之劳。我就是堂吉诃德·德·拉曼却，扶危济困是我的职责。因此，夫人，请您不必客气，也不用绕着弯儿，尽可以直截了当地将自己的痛苦说出来，我们听了，即使不能帮您解脱危难，至少也能对您表示同情。”

多罗里塔夫人一听，便立即扑向堂吉诃德的脚边，抱住他的双脚，说道：

---

① 这位夫人是公爵的一个仆人扮演的，他一不小心就露了马脚。

"战无不胜的骑士啊,您的这两只脚和两条腿是游侠骑士道的基石和台柱,我就跪在它们的面前。我想吻一吻您这双脚,因为解脱我的灾难全靠这一双四处奔走的脚了。英勇的游侠骑士,您创造的真正的英雄业绩已让阿马蒂斯、艾斯普兰狄安和贝利亚尼斯之流的伟绩黯然失色了。"

她离开堂吉诃德,又握住桑丘·潘沙的手,说道:

"你是古往今来游侠骑士最忠实的侍从!你的恩惠比我身边这个叫脱里法尔丁的朋友的胡子还要大,还要多。你可以感到自豪,因为你侍候了伟大的堂吉诃德就等于侍候了全世界的骑士。我请求你,凭你对主人的耿耿忠心,替我在他面前美言几句,请他尽快帮一帮我这个又可怜又不幸的伯爵夫人吧。"

桑丘听了,回答说:

"夫人啊,我的恩惠是不是像您侍从的胡子那么大,那么多,我觉得并不很重要;对我来说,重要的是'灵魂离开躯体,胡须还很整齐',肉体上的胡子倒是无关紧要的。其实您刚才不用拜托,我也会请求主人给您帮忙的。我知道,他很喜欢我,而且有件事他还得求助于我呢。请您快说一说自己的烦恼吧,我们之间什么事都可以通过商量求得一致。"

公爵夫妇和知道这场玩笑的真情实况的人都笑得前仰后合,他们暗暗地称赞这脱里法尔蒂夫人演得真出色。脱里法尔蒂夫人重又坐下,说道:

"著名的冈达亚王国位于广袤的特拉玻瓦纳①和南海之间,离科梅林②海峡两西班牙里地。国王阿尔契皮埃拉的遗孀堂娜玛贡西娅执政。国王夫妇的独生女——王室的继承人安东诺玛西娅公主从小在我看管下长大,因为我是她妈妈手下最年长的管家,我的身份也最高贵。随着岁月的流逝,安东诺玛西娅慢慢长大。到了十四岁,已是个国色天姿的少女,完美得连大自然也无需为她增减什么。别以为她智力不如常人。她是个才貌双全的姑娘,论智慧也是全世界绝无仅有的。除非司命女神③出于嫉妒,剪断了她的生命线,否则,她在才貌两方面稳居天下第一。当然,上苍也不会允许女神

---

① 即斯里兰卡。

② 在印度斯坦的南部。

③ 根据希腊神话,地狱中的司命女神一共有三人,掌管着人的生命。

们这样做的，因为这等于将最甜美的葡萄还未成熟就给摘下来了。我这张嘴挺笨，她有多美，我实在无法细细描述。无数的公子王孙爱上了她，有本国的，也有外国的。这中间，有个家在京城的年轻人，身无一官半职，只凭自己年轻漂亮，多才多艺，巧舌如簧，也想癞蛤蟆吃天鹅肉。如果诸位不感到厌倦，我可以将这个人的本领说给大家听听。他吉他弹得能让琴弦说话；他既是诗人，也是个舞蹈家；他还会做鸟笼。如果他将来生活拮据，光凭做鸟笼这一手艺，就可以保证他有吃有穿的。他身怀的种种本领和绝技能推倒一座大山呢，别说征服一个乳臭未干的小姑娘了。可是，这个不要脸的偷香窃玉的窃贼如果没先用巧计征服我，他要单凭这些本领来攻占我们姑娘的那座堡垒是根本办不到的。那个流氓、无赖博得了我的欢心，我就像个昏庸的城堡主，将城堡的钥匙交给他了。简单地说，他送给我不少金银首饰，打动了我的心。不过，令我最感动的还是他写的一首小诗。我房间的一个窗口正好对着他家所在的那条胡同。一天晚上，我听他唱着下面的这一小调：

　　心灵的痛苦来自何处？
来自我那甜蜜的冤家；
我只能感受，不能吐露，
这使我感到更加痛苦①。

在我看来，这首小调字字珠玑，他的歌喉也非常甜润。从此以后，我认识到这种诗的害处，认为应该将诗人——至少是那些写淫诗的人像柏拉图说的那样，从治理得当的共和国中驱逐出去。曼图阿侯爵的诗能催人泪下，也能让妇孺们消遣解闷。可是，这些人写的诗，像是一把把软刀子，能穿透你的胸膛。它像闪电一样，伤害人的内脏，却不损害身上穿的衣服。他又唱道：

　　悄悄地到来吧，死神，
别让我感到你来临，

---

① 作者引用了十五世纪意大利诗人塞拉斐诺·阿基拉诺的著名诗句。

因为死虽带来愉快，
却不可能使我重生。①

这类诗句，听起来令人愉快，读起来脍炙人口。如果诗人们屈尊写几首冈达亚流行的那种叫‘塞基迪亚’的短诗②，又会有什么样的结果呢？那一定会让你坐立不安，全身跳动，就连灵魂都会像中了水银毒一样颤抖起来。为此，大人、夫人们，我认为写这一类诗的诗人都应该流放到蜥蜴岛③去。不过，责任不在他们身上，这都是头脑简单的糊涂虫将他们吹捧起来的。另外，还有那些傻子相信他们。我如果是个名副其实的好管家，我就不会相信诗中的那些陈词滥调，诸如‘在死亡中生活’，‘在冰雪中燃烧’，‘在火中颤抖’，‘没有希望的希望’，‘离开了你，还在你身边’等等。另外，他们还会许诺给你阿拉伯的凤凰，阿利迪亚纳的王冠，给太阳神驾车的马匹，南海的珍珠，铁巴尔的黄金和潘加亚的香料等。这些东西全都是得不到的，答应给你，纯然是空头支票，只不过是诗人笔下的一番铺张罢了。唉，扯到哪儿去了呢，我这个倒霉蛋！我为什么没完没了地数说别人的过错，而自己有那么多的错误却没有讲。唉，我真是倒霉呀！我不是让诗歌给迷惑住了，是我自己头脑太简单；也不是让音乐给引诱上了，是我自己太轻浮。我实在太无知太没有见识了，这为堂克拉维霍（我讲到的这个花花公子就叫这个名字）的行动提供了方便。我成了牵线人。在我的牵引下，他以合法丈夫的名义一次又一次地来到受骗的安东诺玛西娅的卧室里。安东诺玛西娅是受我的骗，并不是受他的骗。他是答应作她的丈夫，我才让他进去的，否则，尽管我罪孽深重，我绝对不让他靠近她一步的。在这个问题上，绝对不含糊。下面的一步就是要正式举行婚礼。这儿有一个很大的障碍：他们两人的身份截然不同。堂克拉维霍是个没有一官半职的花花公子，而安东诺玛西娅公主则是王位的继承人。这点我刚才已经说了。由于我小心谨慎，多方遮盖，这桩私情在开始的一段时间外人并不知晓，但后来事情差一点要败露，原因是

---

① 这首诗是西班牙黄金世纪的名作，作者是巴伦西亚诗人艾斯克里瓦，《堂吉诃德》的作者在引用时略作修改。

② 这种诗一般是四行或七行，常用来作舞曲。

③ 这是一座无人居住的孤岛。

安东诺玛西娅的肚子突然鼓了起来。这一下我们三个都慌了手脚，我们决定趁还未走漏风声前，赶紧采取对策。堂克拉维霍拿了公主写的表示愿作他妻子的字据，向教区牧师要求准许他和公主结婚。这张字据由我口授写成，论据充分，铁证如山，就连《圣经》中的那个大力士也推不倒。教区开始办理这桩婚事。神父看了那张字据，又听公主亲口将事情的经过说了一遍，便下令将公主暂时安顿在一个颇有身份的警官家里……"

桑丘插言道：

"原来冈达亚也有警官，也有诗人，也有叫'塞基迪亚'的短诗。这么说来，全世界都是一样的。脱里法尔蒂夫人，请快点儿讲吧，天不早了，我急着想知道这个老长的故事怎么结束呢。"

"好的，我一定照办。"伯爵夫人回答说。

第三十九章

脱里法尔蒂夫人继续讲她那个奇妙的令人难忘的故事。

桑丘说什么话,公爵夫人都喜欢听。这可把堂吉诃德急坏了,他叫桑丘闭嘴,让多罗里塔夫人继续讲下去。她说:

"总而言之,经过多次盘问,公主还是坚持原来说的那番话,丝毫也没有改口。于是,教区神父便做出决定,同意堂克拉维霍的请求,将公主许配给他,作他合法妻子。安东诺玛西娅的母亲堂娜玛贡西娅王后知道后,可气坏了。三天后,我们就将她给埋了。"

"她准是死了。"桑丘说。

"这还用说吗?"脱里法尔丁说,"冈达亚不埋活人,只埋死人。"

"侍从先生,"桑丘说,"也有人将晕过去的人当死人埋掉的。我认为玛贡西娅王后一定是昏过去了,并没有死。只要人活着,许多事情总有办法补救。再说,公主也没有干那么大的荒唐事,她妈妈怎么会气成那个样子呢。我常听人说,有的小姐和家中的小厮或奴仆结婚;如果这位公主干了这种事,那才糟得无可挽救呢。可她是和一位很有风度很有学问的少爷结婚,要说她傻也有点儿傻,其实也不那么傻。根据我主人(他就在我身边,不允许我说谎)的说法,文人学士将来可以当大主教,也可以当骑士。如果当上了游侠骑士,还能当国王和皇帝呢。"

"桑丘,你说得很有道理,"堂吉诃德说,"游侠骑士只要交上了一点好运,就有可能成为天下之主。多罗里塔夫人,请继续往下讲吧。这个故事讲到现在还是甜蜜的,苦的还没有讲呢。"

"是啊,苦的还在后头呢,"伯爵夫人说,"而且非常苦。相比之下,苦瓜反而变甜，夹竹桃变成美食了。王后不是晕过去了，是真的死了，我们将她给埋了。我们刚盖上土，刚说出‘永别了’，突然见到——啊，这事‘谁能听了不流泪’[①]！原来这时巨人玛朗布鲁诺骑着一匹木马站在王后的墓边。他是王后玛贡西娅的表哥。他是个凶恶无比的魔法师，特地来那儿为他表妹复仇的。为了惩罚色胆包天的堂克拉维霍和执迷不悟的安东诺玛西娅，他立即在墓前对他们俩施了魔法，将她变成了一只铜猴，将堂克拉维霍变成一条用不知什么金属铸成的可怕的鳄鱼。他们俩中间隔着一根金属柱子，上面刻着几行叙利亚文，译成冈达亚文，现在再译成西班牙文，意思是这样的：‘这一对胆大妄为的情人要等英勇的曼却人和我进行决战后，才能恢复原形。命运之神特意将这桩险事留给这位勇士。’接着，那巨人又从刀鞘内拔出一把又大又宽的弯刀，揪住我的头发，看样子他是想割断我的喉管，砍下我的脑袋。我慌了，声音梗在喉咙口，就是说不出话来。我急得不得了，拼命进行挣扎，终于挣出颤抖的声音，向他苦苦哀求，他才没有下毒手。后来，他将宫里所有女管家都叫来（也就是我们在场的这些人），将我一个人的过失摊到大伙儿的头上，泼口大骂 ，说我们心眼儿坏，手段毒；还说他不想让我们一下子就死去，想让我们受尽折磨，慢慢地死去。他话一说完，我们大家觉得脸上的毛孔全张开了，整个脸部像针扎一般疼痛。用手一摸，大家发现脸部已成了这个样子。”

多罗里塔夫人和其他的女管家揭开面纱，人们发现她们每个人的脸都长满胡须，有黄的，有黑的，有白的，也有灰的。公爵夫妇见了，异常惊奇；堂吉诃德和桑丘惊得瞠目结舌；在场的其他人也都惊得说不出话来。

脱里法尔蒂夫人接着说道：

“玛朗布鲁诺那个别有用心的恶棍让我们的嫩脸上长满又粗又硬的鬃毛，用这样的办法来惩罚我们。天哪，我们宁愿让他用那把大弯刀砍下我们的脑袋，也不愿让乱蓬蓬的大胡子将我们容光焕发的脸遮挡起来啊。我想到自己的不幸遭遇，泪水流得将大海都灌满了，现在泪水已经枯竭，想哭也没有眼泪了。要不然，我讲到这话又会泪流成河。我继续说下去吧。长一

① 这句话原文为拉丁文，是作者将维吉尔的长诗《埃涅阿斯记》第二卷第六到第八行择词拼凑而成。

脸大胡子的女管家以后还能干什么呢?父母亲会心疼她吗?谁会帮她的忙呢?即使她的脸长得很光滑细腻,又用各种美容油膏进行涂抹,但那一脸像茅草一样的大胡子怎么办呢?难道还有谁会爱上她吗?女管家们,我的朋友们,我们父母亲生我们的那个时辰真是太不吉利了。"

说完,她就晕了过去。

第四十章

叙述几件与这个令人难忘的故事有关的事情。

爱读这部传记的读者们真该感谢本书的原作者熙德·阿梅德,他叙事详尽,将每个细节都交代得一清二楚。他将书中人的心思全都描写出来;读者有什么疑问,他都能解答。总之,他一丝不苟,将该交代说明的事全都谈清楚。鼎鼎大名的作者啊!吉星高照的堂吉诃德啊!名扬四方的杜尔西内娅啊!滑稽可笑的桑丘·潘沙啊!但愿你们每个人都流芳百世,为世人消遣解闷。

言归正传。当时桑丘见多罗里塔夫人晕过去了,说道:

"我凭好人的信仰和我潘沙历代祖宗的名义起誓,像这样的奇事我既没有见到过,也没有听说过,我主人也没有对我讲过,甚至连想都没有想过。玛朗布鲁诺,你既是魔法师,又是巨人,我不来诅咒你,但愿成千上万的魔鬼来保佑你吧。对这些作了孽的女人你难道没有别的办法进行惩罚吗,干吗要让她们脸上长胡子呢?你可以割掉她们半个鼻子嘛,这样,她们说起话来,虽然有些齆声齆气,但总比满脸胡子好吧。我敢打赌,她们一定没钱找人给自己刮胡子。"

"是的,先生,"十二个女管家中的一人说,"我们确实没钱找人刮胡子。我们中间有的人找了个省钱的办法:她们拿来一块胶布或膏药,往脸上一贴,然后,猛劲一撕,脸皮就像石臼底一样光滑了。冈达亚也有一些挨家挨户给妇女修眉毛、去汗毛的女人,她们还会制作化妆品。可我们主人家的女管家从来不让这种女人进门的,因为这种人自己已经老了,却专门替人拉皮条。我们的事如果堂吉诃德先生帮不了忙,那就只好带着胡子进坟墓了。"

“我要是不帮你们去掉胡子，”堂吉诃德说，“我自己就像摩尔人那样揪掉自己的胡子①。”

这时，脱里法尔蒂夫人已苏醒过来。她说：

“英勇的骑士啊，我在昏迷中听到您这一声响亮的承诺，就立即苏醒过来了。我再次请求您，永不屈服的先生，希望您刚才的慷慨承诺能够兑现。”

“我不会耽误的，”堂吉诃德说，“我已作好了为您效劳的准备。夫人，您看我该怎么干呢？”

“情况是这样的，”多罗里塔夫人说，“从这儿到冈达亚共和国，从陆路走，有五千西班牙里地；若在空中飞行，走直线，有三千二百二十七西班牙里地。另外，还有一个情况，玛朗布鲁诺说过，如果我们有幸找到了解救我们的骑士，他要送一匹坐骑给他。这可是一匹好马，很听话，比出租的骡子要强得多。这匹马就是英勇的比埃莱斯抢回美人玛格洛纳时乘坐的木马②，这匹木马的额头上有个关捩子，就靠它进行驾驭。它仿佛由一群魔鬼抬着似的，在空中飞起来轻快极了。根据古代的传说，这木马是梅尔林魔法师制造的。比埃莱斯是梅尔林的至交，曾借了这匹马远行。就是刚才说的，他去抢回美人玛格洛纳，带在鞍后，在空中飞行，地面上的人见了，都惊呆了。这马梅尔林只借给自己喜欢的人，或重金出租。不过，打从伟大的比埃莱斯骑过后，还没有听说有谁骑过呢。现在玛朗布鲁诺用魔法将它搞到手，占为己有，并一直乘坐着东奔西跑，游遍了全世界。今天他在这儿，明天就到了法兰西，后天又到了波多西。这匹马好就好在不吃不睡，也不磨损马蹄铁；它没有翅膀，却能在空中疾驰，而且非常平稳，骑马人手上端一碗水，一滴都不会洒掉。美人玛格洛纳骑上它，非常高兴。”

桑丘听了，说道：

“要说走得平稳，得数我那灰毛驴。虽说它不能在天上走，可在地上，我保证它能赛过世界上最快的马匹。”

众人都笑了。多罗里塔夫人接着又说：

“如果玛朗布鲁诺想让我们免除灾难，在后半夜半小时内他就会把这

---

① 据说摩尔人遇到不顺心的事，就揪自己的胡子。

② 这个故事在《堂吉诃德》第一部第四十九章中已讲到过。

匹马关到我们面前。因为他曾对我说过，我一旦找到了想找的那位骑士，他就会将马送来给我。”

“这匹马能骑几个人？”桑丘问道。

“能骑两人，”多罗里塔夫人回答说，“一人骑在鞍上，另一人骑在鞍后。如果没有被抢的姑娘，这两个人往往就是骑士和侍从。”

“多罗里塔夫人，”桑丘问道，“我想请问一下，这马叫什么名字？”

“这马的名字嘛，”多罗里塔回答说，“它既不是佩洛罗封德的贝加索，也不是亚历山大大帝的布塞法罗，不是疯狂的罗兰的布利亚多罗，也不是利纳尔多·德·蒙塔尔班的巴亚尔德，更不是鲁黑罗的佛隆蒂诺。听说给太阳神马车驾车的两匹马，一匹叫博泰斯，一匹叫贝利托奥；哥特族最后一个国王——倒霉的罗德里戈的那匹马叫奥莱里亚，他正是骑着这匹马丧命亡国的。这些名字那匹木马都没有采用。”

“既然刚才讲到的这些名马的名字都没有采用，”桑丘说，“那我可以打赌，它也不会取我主人这匹马的名字。罗西纳特这个名字其实非常合适，比刚才讲到的这些名称都强。”

“你说得对，”一脸大胡子的伯爵夫人说，“不过，木马的名字也取得不错，它叫轻如燕克拉维莱涅[①]，意思是说，它是木马，额头上有个关捩子，奔跑起来，异常轻快，这个名称和大名鼎鼎的罗西纳特这个名字相比，毫不逊色。”

“这名字我也挺喜欢，”桑丘说，“那它用什么缰辔驾驭呢？”

“我刚才已经说了，”脱里法尔蒂夫人说，“用关捩子。这关捩子可以随意转动，骑马人只要拧一拧关捩子，木马便能顺着他的意愿或在空中飞驰，或者掠地奔跑，或者不高不低，选择一条最适宜于疾驰的道路奔驰。”

“我真想看一看这匹木马，”桑丘说，“不过，要我骑上去，不论骑在鞍上还是鞍后，都等于‘要榆树结梨子’。我骑着自己的灰毛驴，坐在比丝棉还柔软的驮鞍上，这还算平稳；现在要我骑在木马的屁股上，硬邦邦的又没有垫子，怎么受得了呀！不管怎么说，反正我不打算为了让别人脸上去掉胡须，让自己的屁股磨平。剃胡子的事情请各人自想办法吧，我不打算跟主人

---

① “克拉维莱涅（Clavileño）”这个词由“Clavi”（关捩子）和“Leño”（木头）组成。

作这次长途旅行了。再说,剃胡子的事和替杜尔西内娅小姐解除魔法不是一回事,我可以不管。"

"你一定得管,朋友,"脱里法尔蒂夫人说,"这件事你如果不管,我们将一事无成。"

"办事总得讲道理吧,"桑丘说,"主人干的险事究竟和侍从有什么关系呢?事情成功,美名他们享,苦活我们干。哼!难道历史学家会说'某某骑士得到了他侍从某某的帮助,办成了某某险事,否则就办不成'这样的话吗?他们只会这样干巴巴地说,'三星骑士堂巴拉利博梅侬降伏了六个鬼怪';尽管侍从一直跟随着这个骑士,却只字不提,仿佛世界上根本不存在这个人似的。老爷、夫人们,我再说一遍,还是让我主人一个人去吧,祝他成功。我就留在这儿陪伴我女主人公爵夫人吧。说不定等我主人回来,杜尔西内娅小姐的情况已有转机了,因为我打算空闲下来,就给自己一顿鞭子,打得身上汗毛都不长。"

"不管怎么说,好桑丘啊,如果需要的话,你还得陪主人去,因为是好人在求你。这些夫人小姐们总不能因为你那不必要的顾虑而永远长一脸胡子,那可太糟糕了。"

"我再说一遍,办事总得讲理嘛,"桑丘说,"如果替监禁的少女或育婴堂的婴儿行善事,冒多大的险也应该;可为女管家去掉几根胡子,让我去受罪,我就不干!我倒喜欢看到她们从年长的到年幼的,从一本正经的到装腔作势的,全都长上胡子。"

"桑丘朋友,你这样对待女管家,就太狠了点,"公爵夫人说,"你太轻信托莱多那个药剂师的话了。说真的,在这方面你错了。我家有的管家可称得上女管家的楷模呢。就拿我身边这个堂娜罗德里格斯来说吧,我就说不出她一点毛病来。"

"有没有毛病,随您夫人说就是了,"罗德里格斯说,"实情怎样,反正上帝最清楚。我们当管家的是好是坏,不论长不长胡子,都和别的女人一样,是从娘胎里生出来的。上帝让我们出生在这个世界上总有自己的安排。我只靠上帝的慈悲,别人的胡子我就管不着了。"

"罗德里格斯夫人,你就别说了,"堂吉诃德说,"脱里法尔蒂夫人和她的随从们,你们遭了难,但愿苍天能怜惜你们。桑丘一定会听候我的吩咐。

快让克拉维莱涅上这儿来吧。这样,我就可以跟玛朗布鲁诺交手了。我知道,用我这把剑砍下他的头颅比拿剃刀刮你们的胡子还容易。‘上帝允许坏人猖狂一时,但不能猖狂一世’!”

“啊,英勇的骑士啊,”多罗里塔夫人说,“但愿天上的星星都张开慈祥的眼睛注视着您,给您勇气,祝您成功,让您成为我们这些遭药剂师们厌弃、受侍从们议论、被小厮们欺侮的女管家的保护人。年轻姑娘不去当尼姑,却来当管家婆,真是个糊涂虫。即使我们的嫡亲祖先是特洛伊王子赫克托尔,我们的女主人还是爱对我们大声吆喝,仿佛这样就觉得自己像个王后了。巨人玛朗布鲁诺啊,尽管你是个魔法师,却是最守信用的!请你快将盖世无双的克拉维莱涅送到这儿来吧,好让我们消灾去难。要是天热起来,我们这一脸大胡子还没有去掉,这日子可怎么过呀!”

说到这儿,脱里法尔蒂夫人无限伤心,在场人听了都流下泪来,就连桑丘也不例外。他暗暗想道,为了让这些可敬的夫人去掉脸上的胡须,即使让他陪主人走遍天涯海角,他也心甘情愿。

第四十一章

克拉维莱涅登场，这个冗长的故事终于结束。

这时，夜幕已经拉开，按预定的时间，克拉维莱涅该来了。堂吉诃德急得像热锅上的蚂蚁。他认为，玛朗布鲁诺迟迟不将马匹送来，也许上苍没有选他这个骑士去完成这桩大业，否则，就是玛朗布鲁诺不敢来和他较量了。这时，花园内突然进来四个身披绿色常春藤的野人，他们肩上抬着一匹大木马。进来就将这匹木马安放在地上，一个野人说：

"有胆量的就请骑上这匹神马吧。"

"我不骑，"桑丘说，"我没有这个胆量，再说，我也不是骑士。"

野人又说：

"如果骑士有侍从，就请他坐在马的臀部。英勇的玛朗布鲁诺说，骑士前去比剑，他保证不会受到暗害。这匹马的脖子上有个关捩子，只需旋转一下，它就会将你们带到玛朗布鲁诺那儿去。可是，为了防止升空引起头晕，你们得蒙上眼睛。等会儿听到马嘶，就表示已到达目的地，到那时才能张开眼睛。"

说完，野人们便丢下克拉维莱涅，沿着原来进来的那条路缓步走出花园。多罗里塔夫人见了这匹木马，流着泪对堂吉诃德说道：

"英勇的骑士，玛朗布鲁诺的承诺兑现了，木马已经送来了。我们的胡子越长越长，我们脸上的每根胡须都恳求您，快替我们刮脸吧。这件事其实也不难，您只须跟您侍从骑上马，上那儿走一趟就成了。"

"脱里法尔蒂伯爵夫人，这件事我一定照办，而且很愿意这么做。为了不耽误时间，我不用垫子，连马刺也不带了。我也希望早日见到夫人和女管家们的脸刮得光光的。”

“我不去，”桑丘说，“我不想去，就是逼我去，我也不去。如果刮胡子的事没有我骑上马屁股就办不成，那就请主人再找个侍从做伴吧。请这几位夫人也另想办法刮脸吧。我不是巫师，不喜欢在空中飞行。如果我岛上的老百姓知道自己的总督在天上飞来飞去，会怎么说呢？还有一点，从这儿到冈达亚有三千多西班牙里地，万一那木马累了，或者那巨人生气了，我们起码得花五年时间才能回来。到那时，世界上还有什么海岛海屿要我去当总督呢？老话说，‘拖拖拉拉，危险增加’，又说，‘给你小母牛一头，赶紧拴上绳就走’。请这几位夫人原谅，我顾不得她们的胡子了。‘圣佩德罗在罗马很好’，我的意思是说，我在这儿过得不错，主人待我很好，我还指望他委任我当总督呢。”

公爵听了，说道：

“桑丘朋友，我答应给你的这个海岛既不会移动，也不会逃跑的。它的根子扎得很深，一直扎到了海底，谁也别想拔出来，或移动它的位置。我想你一定也知道，要想得到像海岛总督这样的肥缺，总得多多少少给我点好处。我想你给的好处就是陪你主人堂吉诃德先生去完成这桩扬名后世的奇事。你骑着克拉维莱涅，它身轻如燕，用不了多长时间就能回来。万一你运气不好，得步行回来，那就只好晓行夜宿，慢慢地往回走。反正你回来时，海岛一定还在原地。海岛上的居民照样会欢迎你去当总督，我本人也不会变卦。桑丘先生，我说的都是真话，你别不信。否则，你就辜负我对你的一番美意了。”

“请您别说了，大人，”桑丘说，“我是个可怜的侍从，大人对我这么客气，实在不敢当。请主人上马，再给我蒙上眼睛，并为我祈求上帝保佑吧。另外，还请你们告诉我，我们在空中飞行的时候，能祈求上帝保佑或天使的庇护吗？”

脱里法尔蒂回答说：

“桑丘，你完全可以求上帝保佑，求谁保佑都可以。玛朗布鲁诺不但是个魔法师，也是个基督徒。他使魔法小心谨慎，从来不得罪人。”

“好啊，那就请上帝和加埃塔最神圣的三位一体来保佑我吧。”桑丘说道。

“打从令人难忘的捶布机事件以来，”堂吉诃德说，“还没有见桑丘像现在这样害怕过。如果我也像有些人那样相信预兆，他那么恐惧一定也会影响我的情绪。可是，桑丘，你上这儿来，请在座的先生、夫人们原谅，我想单独和他说几句话。”他将桑丘领到花园的几棵大树下，拉着他的双手说道：

“桑丘兄弟，你已知道，这次我们就要出远门了。办这件事，什么时候才能回来，在办事的过程中，会不会有空余时间，那就只有上帝知道了。因此，我想请你回房去一下，就说你去拿点出门用的东西，乘机将你承担的这三千三百鞭子打它一部分吧，至少也得打五百下，反正早晚也得打的呀。老话说，‘良好的开端，成功的一半’嘛。”

“天哪，”桑丘说，“您准是疯了。您要我这么干，这不等于像老话说的，‘明明见我怀了孕，却指望我是处女’吗？眼下我就得坐在硬邦邦的木马上出远门，而您又要我打烂自己的屁股，这怎么行呢？您这会儿是确确实实疯了。我看我们现在就给这几个管家剃掉胡子吧；等我们回来，我一定尽快办好自己该办的这件事，让您称心满意。我的为人您是知道的，别的我就不说了。”

堂吉诃德回答道：

“好桑丘，有你这句话，我也放心了。我相信你会说到做到的。说真的，你这个人虽有点傻，倒是个守信用的人。”

“我不是青皮肤①，我是黑皮肤，”桑丘说，“不过，就算我是杂色皮肤，我也一定会说到做到的。”

说到这里，他们又回到原来的地方，准备上马。上马之前，堂吉诃德说道：

“桑丘，快蒙上眼睛上马吧，人家从这么远的地方到这儿来，一定不会骗我们的。再说，我们这么信任人家，人家也不该欺骗我们呀。即使事情的结果与我们的愿望背道而驰，我们这次光荣的使命是任何阴险的人都没法抹杀的。”

---

① 上面堂吉诃德说桑丘“守信用”（Verídico），桑丘将这个词听成“Verdico”（青色的）。

“老爷，我们走吧，”桑丘说，“这几位夫人的胡子和眼泪我是忘不了的。她们的脸如不像过去那样光光的，我连饭都吃不下去。我反正得骑在马屁股上，那就请您骑在鞍上的先上马吧。”

“说得对。”堂吉诃德说。

他从口袋里拿出一块手帕，请多罗里塔夫人给他将眼睛蒙上。蒙上后，他又拉开手帕，说道：

“我在维吉尔的著作中读到过特洛伊巴拉迪翁的故事。如果我没有记错的话，那是希腊人献给巴拉斯女神[①]的一匹木马。木马肚子里都是全副武装的骑士，特洛伊城就这样给毁了。因此，我们最好先看看克拉维莱涅肚子里装了些什么东西。”

“这就没有必要了。”多罗里塔夫人说，“我可以为木马进行担保。我知道，玛朗布鲁诺这个人不奸诈，没有坏心眼。堂吉诃德先生，请您别害怕，只管上马，万一出什么事，后果由我来承担。”

堂吉诃德认为，在安全问题上过分斤斤计较，就会有损于他这个大勇士的名声。于是，就没有再说什么，骑上了克拉维莱涅，并试了试转动灵便的关捩子。由于没有马镫，只好垂着两条长腿，这模样活像佛兰德挂毯上用手工画的或织成的罗马凯旋图中的人物。桑丘无可奈何地慢吞吞地走过去骑在马的臀部。他力图坐得舒服一点儿，但总感到这木马的屁股太硬，一点儿也不软，便请求公爵，如有可能，给他从公爵夫人的客厅里或哪个小厮的床上拿个坐垫或枕头来，给自己垫上。他认为这马屁股不是木制的，像是大理石制的。

脱里法尔蒂夫人听了说，克拉维莱涅背上是不能放任何鞍垫之类的东西的，最好像女人那样横着坐，也许会舒服一些。桑丘真的这样做了，并说了声“再见”，就让人们给自己蒙上眼睛。刚蒙上，他又扯开，依依不舍地噙着眼泪，瞧着花园里的人们说，请他们帮个忙，为自己的危难多念几回天主经和圣母经。这样，自己遭了难，上帝就会派人去救他们。堂吉诃德听了，说道：

“你这个混蛋，干吗要这样求告上苍呢？难道是叫你上绞刑架了，还

① 希腊神话中的智慧女神，主神宙斯的女儿。

是就要咽气了？你这个没有良心的窝囊废，你现在坐的位子，不就是当年美人玛格洛纳坐的吗？她下马后，没有进坟墓，却当了法兰西的王后，历史难道还会说谎吗？我就坐在你的一边，这个位置当时是勇士比埃莱斯坐的，我难道会比不上他吗？快蒙上眼睛吧，快点儿，你这个垂头丧气的畜生！你心里害怕，可别嚷嚷，至少别在我的面前这么做！”

“请你们给我蒙上眼睛吧，”桑丘说，“我想求上帝保佑，您不答应；我请人代作祈祷，您又不愿意。我害怕了，这能怪我吗？说不定我们会在贝拉尔维约①遇上一大堆②魔鬼呢。”

主仆俩蒙上眼睛。堂吉诃德认为一切已准备停当，便打算拧那个关捩子。他的手指刚摸上，所有的女管家和在场的人们都高声喊道：

“英勇的骑士，愿上帝给你指路！”

“大胆的侍从，愿上帝保佑你！”

“你们这时已经升天了，迎着风朝前飞驰，比射出的箭还快！”

“在地面上望着你们的人，都惊得目瞪口呆了。”

“勇敢的桑丘，坐稳点儿，你在摇晃呢，当心别掉下来呀！你如果摔下来，一定会摔得比太阳神的儿子——那个驾马车的冒冒失失的小伙子③还惨呢。”

桑丘听了叫喊声，紧挨着主人，双手抱住他的腰部，说道：

“老爷，他们说我们已在高空中飞了，可是，他们的声音怎么听起来像在自己的身边呢？”

“你别这么想，桑丘，”堂吉诃德回答说，“这种情况就和我们这次飞行一样，都已超越了一般的自然规律。即使离开我们一千西班牙里地的东西，你想看就能看到，想听也能听到。你别把我抱得这么紧呀，都快把我扳倒了。说句实在话，我真不明白你为什么这么害怕，这么惊慌失措。我敢起誓，我这辈子还没有坐过这么平稳的坐骑呢，简直像是一直待在原地似的。朋友，别害怕，看来事情进行得十分顺利，真可谓是一帆风顺啊。”

---

① 这是神圣友爱团处决犯人的地方。

② 应该是“一大队”，桑丘说错了。

③ 根据希腊神话，太阳神的儿子法埃东驾驭父亲的马车戏耍，因失控，马车驶近地球，差一点将地球给烧毁了。

“是这样的，”桑丘说，“我这边的风大极了，好像有上千只风箱在对我鼓风呢。”

情况确实是这样，有几只大风箱正对着他们鼓风。公爵夫妇和他们的总管将这件事安排得非常周密，可以说是天衣无缝了。

堂吉诃德也感到有风在吹，说道：

“桑丘，毫无疑问，我们已到了第二层天了，冰雹和雪就在这儿产生的，雷电霹雳是在第三层天产生的。我们如果以这样的速度升上去，用不到多久就能升到产生火的那一层天了。我还不知道怎样控制这个关捩子，才免得升到熊熊燃烧的火层里去。”

这时，有人用竹竿挑着几块易燃易灭的麻絮，将它们点着了，在远处熏烤他们的脸。桑丘感到脸热烘烘的，说道：

“我们准是到了火层了，或者离得很近了。如果不是这样，就砍我的脑袋。我的胡子都快烤糊了。老爷，我真想扯开蒙眼布看看，现在究竟在哪儿呢。”

“别这样，”堂吉诃德说，“你还记得托拉尔瓦①的那段真实的经历吧。他闭着眼睛骑在一根竹竿上，由魔鬼带着他在空中飞行，十二个小时就到了罗马，降落在罗马一条叫托雷德诺纳的街上。他亲眼目睹当地的骚乱和波尔博②攻城被杀害的经过。第二天早晨，他又回到了马德里，将自己亲眼见到的事讲给大家听。他说，自己在空中飞行时，魔鬼叫他张开眼睛。他张开了，看见月亮近得不得了，自己只要一伸手，就能摸到。他不敢往地球看，怕头发晕。因此，桑丘，你就不必扯开蒙眼布了。负责送我们去的那个人会照看我们的。也许我们正在空中盘旋上升，然后，就突然下降，正好落在冈达亚王国。这就像老鹰抓鹭，老鹰盘旋上升，是为了俯冲下去抓鹭。我们尽管离开花园才半个小时，但一定已走得好远了，请你相信我的话。”

“您说的这个情况我不知道，”桑丘说，“不过，我要说，那个叫玛格

---

① 托拉尔瓦是十六世纪西班牙昆卡的一个医学博士。他曾声称自己带着全家骑一根竹竿在空中飞行。为此，于一五二八年受宗教法庭的审判，并遭监禁。一五三一年获释。

② 波尔博公爵（一四九〇——一五二七）是西班牙国王卡洛斯一世的元帅，在攻打罗马时阵亡。

娅纳斯或叫玛格洛纳的夫人如果坐在这样的马屁股上，还觉得挺高兴，那她的皮肉一定不那么细嫩。”

公爵夫妇和花园里其他的人听了这两个勇士的这一番对话，都笑得前仰后合。他们打算结束这桩精心策划的“险事”，就用几团麻絮点燃了克拉维莱涅的尾巴。这木马的肚子里原本装满了鞭炮，这时便噼里啪啦地响了起来。把烤得半焦的堂吉诃德和桑丘掀翻在地。

这时，脱里法尔蒂夫人和那一群满脸大胡子的女管家都不见了，花园里的人全都躺卧在地，像是晕过去似的。堂吉诃德和桑丘狼狈地从地上爬起来，朝四面观看，发现自己还在花园里；又见地上躺了那么多人，便觉得异常奇怪。后来又见到花园的一边有一根长矛插在地上，矛头上系着两根绿色丝带，上面挂着一张很光洁的白羊皮纸，更感惊异。羊皮纸上用金色大号字母写了下面一段话：

鼎鼎大名的骑士堂吉诃德·德·拉曼却轻而易举地解救了脱里法尔蒂夫人（又叫多罗里塔夫人）和她的伙伴们，办成了一件奇事。

玛朗布鲁诺感到很高兴，也很满意。女管家脸上已光光的，没有一根胡须。国王堂克拉维霍和王后安东诺玛西娅也恢复了原形。魔术师的祖师爷梅尔林法师有令：等侍从打满了那一顿鞭笞，白鸽就能摆脱鹰隼的迫害，投入她情人的怀抱。

堂吉诃德读了羊皮纸上的这段文字，心里明白，这是在说替杜尔西内娅解除魔法的事。他深深地感谢上苍，自己只冒了这么一点点风险，就完成了这样一桩大业，那些可敬的女管家的脸部早已恢复了原来的样子，这时已都走了。他来到尚未苏醒过来的公爵夫妇的身边，握住公爵的手，对他说：

“公爵大人，好消息，灾难全消除了。没有一人伤亡，这件事圆满结束了。关于这点，那长矛上挂的羊皮纸上写得一清二楚。”

公爵好像从沉睡中渐渐苏醒，公爵夫人和倒在花园里的其他人也和他一样。他们个个都面露惊色，仿佛刚才发生的这一切并非假装，就像真事一样。公爵张着睡眼看了看那张字条，随后就伸开双臂去拥抱堂吉诃德，说他是亘古未有的最优秀的骑士。

桑丘一个劲儿地在寻找多罗里塔夫人，他想看看这位夫人没有胡子究竟是什么样子，她的脸蛋是不是也和她的身材一样俊美。可是，人们对他说，克拉维莱涅燃烧着从天上刚落下地，脱里法尔蒂夫人和女管家们的胡子就随即消失，她们这一帮子人也不知去向了。公爵夫人问桑丘这次长途旅行的情况怎样。桑丘回答说：

“夫人，我觉得我们已飞到了火层，这是我主人说的。当时我想扯开蒙眼布看看，就问我主人可以不可以，他不同意。可我这个人就有点儿好奇心，不让我知道的事，我就越想知道。于是，就偷偷地将蒙眼睛的那块手帕靠鼻子的那部分扳开一条缝，向地球看了一眼。我觉得整个地球还没有一粒芥子那么大，上面来来往往的行人比榛子稍大一点儿。可见我们当时离地面实在太高了。”

公爵夫人说道：

“桑丘朋友，你得想想刚才说的话啊。看来你见到的不是地球，而是在地球上来往的行人。如果你见到的地球只有芥子那么大，而每个行人倒有榛子那么大，那么，一个人就将整个地球都遮住了，这不是明摆着的事实吗？”

“这倒是真的，”桑丘回答道，“不过，我是从一个侧面看的，所以，整个地球都看到了。”

“桑丘，你得想想，”公爵夫人说，“从一个侧面怎么能见到事物的全貌呢？”

“这方面的道理我不明白，”桑丘说，“我只想告诉夫人，我们在天上飞，靠的是魔法；同样靠魔法我就能从任何方向见到整个地球和地球上所有的人。如果您连这点也不信，下面说的您也不会相信了。我将蒙眼的那块手帕掀到眉梢。见到天离开自己很近，就只有一拃的距离。我的夫人，我还敢发誓，天不但近，还挺大的呢。我们当时就在七羊星座①附近飞行。我凭上帝和自己的灵魂起誓，小时候，我在老家当过羊倌，所以，一见那七只羊，就想跟它们玩一会儿。要是达不到目的，我真会难过死了。

① 指昴星团的七颗星。

怎么办呢？我就不声不响，也没和主人说一声，偷偷地下了克拉维莱涅，跟那七只母羊玩了三刻钟左右。这七只羊真好玩儿，像几朵花儿，像紫罗兰。克拉维莱涅一直停在原地，没有往前飞行。”

“好桑丘跟母羊玩耍的时候，”公爵问道，“堂吉诃德先生在跟谁玩乐呢？”

堂吉诃德回答说：

“这一类事情都不符合自然界的法则，因此，刚才桑丘的话虽然荒唐，也不足为奇。我的情况怎样呢？我无论飞高飞低，都没有扯开蒙眼布，所以，无论天、地，还是海洋、陆地，我都没有看见。我觉得我们已飞过了第一层天，快飞到火层了，这是千真万确的。不过，我们到不了那层天，因为火层是在月亮和天顶之间。如果我们真的到了桑丘说的七羊星座，恐怕早就给烧焦了。我们身上没有着火，这表明桑丘不是在撒谎，就是在说梦话。”

“我既没有说谎，也没有说梦话，”桑丘说，“如果不信，可以盘问我那几只羊是什么样子的。这样，就会明白我说的是不是真话。”

“桑丘，那你就说说这几只羊是什么样儿的。”公爵夫人说。

“两只绿色，两只蓝色，两只肉色，还有一只是杂色的。”桑丘说。

“这些羊的颜色真够怪的，”公爵说，“我们这一带的羊可没有这种颜色的，也就是说，没有这种颜色的羊。”

“天上和地上的羊不一样，这不是明摆着的吗？”桑丘说。

“桑丘，请你告诉我，”公爵说，“在那些母羊中间，有公羊吗？”

“没有，大人，”桑丘回答说，“因为我听说没有一只公羊能斗得过月亮的两只角。”

他们不想再跟桑丘打听这次旅途的情况，因为看他那个样子虽然没有离开过花园，却似乎已游遍了九重天，准备将旅途见闻一一向他们报告呢。

多罗里塔夫人的故事就到这儿为止。这件事不仅让公爵夫妇当时取乐，而且可以让他们一辈子津津乐道。桑丘如果能活几百年，那他一定也会将这件事讲几百年。堂吉诃德对着桑丘的耳根，说道：

“桑丘，你如果要别人相信你在天上的这段经历，那你就得相信我在蒙德西诺斯洞的见闻。我就只说这句话。”

第四十二章

叙述桑丘·潘沙就任总督前，堂吉诃德对他的一番叮嘱和其他一些重要的事情。

多罗里塔夫人的趣事圆满结束。公爵夫妇兴高采烈，决定将玩笑继续开下去。他们准备根据原来的承诺，让桑丘去当海岛的总督。同时，事先定好计策，叫自家的仆役和老百姓们认真执行。次日，也就是克拉维莱涅升空后的第二天，公爵便通知桑丘，准备行装，前去赴任，说岛上的居民像等待春雨一样盼着他去。桑丘对公爵深深一鞠躬，说道：

"我在天上俯瞰地球，觉得它实在太小了。打那以后，我想做总督的愿望就不那么强烈了。对芥子这么大的玩意儿发号施令，有什么意义呢？管辖半打像榛子那么大的人，这又有什么威严呢？我认为，整个地球也就只有那么几个人。大人如果能赐给我一小块天，不到半西班牙里也好，我就比得到世界上最大的岛屿还称心。"

"桑丘朋友，你听我说，"公爵回答道，"我不能拿一块天赏给你，就是指甲那么大也不行，这只有上帝才能做到。我能给你的，已经给你了。这是一座货真价实的海岛，圆圆的，外形很好看，而且土地肥沃，物产丰富。你如果能管理得当，可以赢得巨大的财富，过天堂般的日子。"

"好，我就要这个海岛吧，"桑丘说，"我一定要当好海岛的总督，即使有坏人捣乱，我也要升天堂。我并不贪图富贵，想出人头地，我是想尝尝当总督的滋味。"

"桑丘，你尝了后，一定会觉得发号施令，说一不二，真是妙不可言，你这个总督当了准还想再当，"公爵说，"你主人呢，根据他的所作所为，准能当皇帝。当上皇帝后，他就不会让人轻易夺去皇位，只会悔恨为什么不早点儿登基。”

“大人，”桑丘说，“我想，发号施令确实是件好事，就是对一群牲口吆喝一阵，也不坏呀。”

“桑丘，‘让我跟你埋在一起吧’①，你什么都懂，”公爵说，“你这么聪明一定能当个好总督。这件事就谈到这儿了。我通知你，明天你就要到海岛去走马上任了。今天下午还得给你置办一些你当总督穿的服装和旅途的必需品。”

“随便给我添置点服装就可以了，”桑丘说，“不管穿什么衣服，我总归还是桑丘·潘沙。”

“说得对，”公爵说，“不过，服装一定要和职位相称。让法官穿得像个士兵，士兵和教士一样打扮，这就不成体统了。桑丘，你这次的装束可以半文半武，因为我给你的这个海岛，既需要文人，也需要武将。”

“我肚里的墨水实在太少了，”桑丘说，“连头几个字母也不识。不过，我还记得一个‘十’字②，这就够我当个好总督了。论武我倒什么兵器都能摆弄几下，一直摆弄到精疲力竭。到那时，就请上帝帮忙了。”

“桑丘记性这么棒，”公爵说，“准不会出差错的。”

这时，堂吉诃德来了。他听了公爵和桑丘刚才的交谈，又获悉桑丘即将赴任做总督，便打算对桑丘出点主意，教他怎样才能当好总督。得到公爵的允许，堂吉诃德便拉着桑丘，来到自己的房间。两人一进屋，堂吉诃德便随即关上房门，硬把桑丘按在自己身边坐下，平静地对他说：

“桑丘朋友，我深深地感谢上苍。因为你比我先交上好运，获得了幸福。我原本想通过自己交上好运来酬谢你的，现在就用不到给你支付酬劳了。我的好运还才开了个头，而你却出人意料地抢先实现了自己的夙愿。有些人又是行贿，又是请求，起早摸黑，费尽心机，到头来还是一无所获；有的人稀里糊涂，连自己也不知是怎么一回事，就将许多人竭力追求的职位拿到手里。这就完全应了一句老话：‘事情的成败，取决于运气的好坏。’在我的眼中，你完全是个呆子，可你用不到起早摸黑，也没有费什么大劲，只不过沾上

① 西班牙谚语，表示意气相投。

② 即印在识字课本扉页上的十字架。

了游侠骑士道的一点儿边，就不声不响地当上了海岛的总督。桑丘啊，我说这番话的意思只不过要你别以为自己功有应得。你应该感谢苍天的大恩，也应该感谢伟大的骑士道。我的孩子，我就是你的主人，我的话你一定要听进心里去。你马上就要当大官了，官场犹如波涛汹涌的大海，你就要卷进惊涛骇浪中去了。我来作你的领航人，给你指路，让你进入避风港。孩子啊，你首先要畏惧上帝。'畏惧上帝，智慧自生'①。有了智慧，就不会犯错误了。其次，你一定要有自知之明，充分认识自己，这是最难办到的一件事。你若有自知之明，就不会像那只青蛙②一样，鼓起肚子想跟公牛比个高下。如果你骄傲了，就得想想自己当年在自己老家当过猪倌，你就会像开屏的孔雀一样，看到了自己那双丑脚③。"

"是啊，"桑丘说，"不过，当猪倌时我还是个孩子呢。后来长大了，就放鹅不放猪了。可我觉得这无关紧要，因为当总督的也不一定全都出身在帝王家里。"

"你说得对，"堂吉诃德说，"不是富贵家庭出身的人当了官，就应该宽严结合，小心谨慎，这样，才能免除别人嘀嘀咕咕说你坏话。不管你当什么官，遭人议论总是难免的。桑丘，你应该公开挑明自己出身贫贱，可以毫无愧色地说自己是庄稼汉出身。人家见到你不自轻自贱，就不会来羞辱你。你应该为做贫贱的好人而自豪，不要做富贵的罪人。出身贫苦后来升做教皇和皇帝的人多得很，我如果一一举例说明，你一定会听得不想听了。桑丘，你要记住，你如果注重美德，以品德好而感到自豪，就不会妒忌那些富贵人家出身的人。血统可以世代相传，美德却靠自己培养。美德本身拥有血统所缺少的那种价值。为此，你当了总督后，如有亲戚来看你，就不要撵他们回去，也不要得罪他们，相反，你应该好生欢迎，盛情款待。只有这样，你才能使上苍感到满意。老天爷不喜欢自己创造的人互相瞧不起，你宽于待人就顺应了天意。

"如果你将自己的妻子接去（当了总督，长期与家眷分开，并不太好），

---

① 《旧约全书·诗篇》第一百十一篇第十章。

② 指《伊索寓言》中的青蛙。

③ 西班牙谚语："瞧瞧自己那双丑脚，孔雀就会收屏"。据说孔雀开屏炫耀时，见到自己脚很丑，便立即收拢开屏的尾巴。

就要开导她。教育她,让她去掉乡下人粗野的习性。贤明的总督取得的种种政绩常常会毁在他粗野、愚蠢的夫人的手里。

“你万一丧偶(这种情况常会发生),想凭自己的职位找个更好的夫人,千万不要娶那种拿你当诱饵或钓竿的女人,也不要娶那些嘴里说‘不要、不要’的女人[①]。我跟你说真心话,法官妻子勒索到的种种好处,等到世界末日来临,都得由她丈夫偿还。生前没有算清的这笔账,死时得加四倍偿还。

“无知无识的人自作聪明,判起案来,独断专行,你千万不能那样。你不能听富人的一面之词;穷人的眼泪可以赢得你的同情,却不能袒护他们。富人许愿送礼也罢,穷人哭诉求告也罢,你都得尽力查明真相。对犯人能宽大就宽大,别过于严酷;执法过严的法官的名声往往不如宽大为本的法官的名气大。你不要因为得到了什么好处而执法不公正;你执法若想手下留情,那只是出于一片慈心。如果让你审判仇人的案子,你应该抛开私怨,尽力做到凭事实断案。审判案件,切忌感情用事,分不清是非,因为办错了案件,往往难以补救;即使得到了补救,也会丧失自己的声誉,甚至家产。如有美女前来告状,你别去看她的眼泪,也不要听她叹气,你要认真思考她究竟状告些什么。这样,你就不会因她流泪而失去自己的理智,因她叹气而动摇自己的意志。如对犯人需用大刑,就不要再辱骂他,因为这不幸的人受了大刑已痛苦万分,不必再让他挨一顿痛骂。在你管辖下犯有过失的人,如只属品行不正,生性邪恶,却没有伤害他人,就要宽恕他们。因为仁慈和正义虽同属上帝的美德,但在我们的眼里,前者要比后者更显光彩。

“桑丘,你如果能照我上面说的这些准则行事,你就会得高寿,扬美名,享不尽荣华富贵。你就可以根据自己的意愿嫁女娶媳,子子孙孙都能世袭爵位。你自己能安度晚年,和大家和睦相处。到你晚年阳寿将尽时,你的玄孙们会依恋不舍地替你合上眼睛。我上面讲的这些是教你怎样洗刷灵魂的。下面再给你讲讲怎样修饰自己的仪表。”

---

① 西班牙谚语:“我不要,不要,请扔在我帽子里吧。”讽刺某些嘴里说不要,心里却非常贪婪的人。

第四十三章

叙述堂吉诃德给桑丘的第二次忠告。

听了堂吉诃德刚才的这一番话,谁都会说他见多识广,志趣高雅。然而,正如这部伟大的传记中多次说到过的那样,他只有讲到骑士道时,才开始胡言乱语,在别的问题上,他头脑向来非常清楚,因此,他的言行常常互相抵触。不过,他给桑丘的第二次忠告的确讲得妙趣横生,尽管他还是个疯子,却从另一个高度显示了他的智慧。

桑丘听得十分专注,竭力牢记在心,准备赴任后贯彻执行,力争当个好总督。堂吉诃德继续说道:

"桑丘,关于如何管好你个人和家庭的问题,我认为你首先应该注意个人卫生,要勤剪指甲,不要像有些人那样,让指甲长得很长。这种无知的人认为指甲越长越好看,殊不知指甲长了,就成了猛禽的爪子了。这实在是既不礼貌又很肮脏的坏习惯。

"桑丘,你腰带一定要扎紧。松松散散,衣冠不整,这是懒散的一种表现。胡里奥·凯撒尽管也有这样的毛病,但他是有意这样的,因此,没有受到人们的嘲笑。你得估量一下自己这个职位有多少收入。你如果想给仆役做制服,只求实用,切忌奢华,而且,还要顾及穷人。我的意思是说,你如果打算替六名小厮做号衣,那你就只做三套,将其余三套衣服的钱赏给三个穷人。这样一来,你不仅在人间有仆役,到了天堂也有人侍候。这样替仆人做制服是一种新的做法,爱慕虚荣的人很难做到。你不要吃大蒜和葱头,免得别人闻到气味,将你看作乡巴佬。走路别太快,说话要沉着,可也不要慢得像自己在听自己说话似的。'装腔作势,并非好事'。不要暴食,晚餐尤宜少吃，身体的健康都靠胃部的消化功能好。饮酒别过量，酒喝多了会泄密，也会失约。桑丘，你要注意，吃饭时千万不要两边牙齿同时嚼，也不要在人们面前嗳气。”

“这‘嗳气’①是什么玩意儿？我不懂。”桑丘问道。

“桑丘，嗳气就是打嗝的意思。‘打嗝’这个词虽然很生动，却是西班牙语中最让人讨厌的一个词。所以，有文化的人就从拉丁文中引进一个词，不说‘打嗝’，说‘嗳气’；不说‘一阵阵打嗝’，说‘一声声嗳气’。这新引进的词有些人虽然不明白，却也无妨，时间用久了，就习惯了，也就容易懂了。用这个办法可以丰富语言。语言就是在使用中丰富起来的。”

“老爷，说真的，”桑丘说，“你告诫我，叫我别打嗝，我真得记在心上，因为我就常常打嗝儿。”

“你要说‘嗳气’，”堂吉诃德说，“别说‘打嗝’。”

“我以后一定说‘嗳气’，”桑丘说，“再也不会忘记。”

“还有一点，桑丘，”堂吉诃德说，“你平时说话，老爱用一大串谚语，以后别这样了。谚语本属格言警句，言简意赅，可你常常用得牛头不对马嘴，使谚语不像格言，倒成了胡言乱语了。”

“这个问题只有上帝才能解决，”桑丘说，“我记得的谚语比一本书还多。每次一张口，这些谚语就争先恐后地涌来，想让我说出来，我的舌头碰上哪句，不管合适不合适，就说出来了。不过，我以后会注意，一定选用那些适合我身份的谚语。反正‘有钱人家的晚饭，立刻就能上桌’；‘条件讲明，不必争论’；‘最安全的还是打钟人’；‘留着还是送人，应该有个标准’。”

“那好吧，桑丘，”堂吉诃德说，“你就成串成串地把谚语说出来吧，谁也管不了你！‘让妈妈打我吧，我还是老样子’。我刚叫你别用谚语，你倒一下就来了这么一大串。这些谚语和我们谈的这个话题究竟有什么关系呢，真是风马牛不相及。桑丘，你听着，谚语用得恰如其分，并不是坏事；如果不顾场合，随意乱用，就显得低级庸俗，毫无意义。

“骑马时，不要把身子朝后仰，也不要僵直地撑开双腿，更不能松松散散地好像还是骑着你那头灰毛驴儿似的。有人骑马像骑士，也有人骑马像个

---

① 堂吉诃德说“嗳气”时，用了一个才从拉丁文中引进的词：“Erutar”，桑丘没有听懂。

马夫。

“别像过去那么爱睡懒觉了。黎明即起，一天舒畅。桑丘啊，你要知道，勤奋是好运之母。反之，懒懒散散，虽有大志还是一事无成。

“现在我想对你进最后一句忠言，虽然对你仪表的修饰没有什么帮助，我还是希望你牢记在心。我以为这对你来说，和我刚才讲的那几条同样有用。这就是说，你千万不要追究别人出身的好坏，至少不要去将他人的家世进行比较，一比较就会分出高低。给你比下去的就会恨你，给你抬高的却不会感激你。

“关于服装，你要穿紧身长裤和长内衣，外衣还得更长一些。千万不能穿肥腿裤，无论是绅士还是总督，都不适宜穿这种裤。桑丘，眼下我只想到这些。往后你得随时跟我通报情况，我再根据你的情况提出自己的看法。”

“老爷，”桑丘说，“我心里明白，您刚才说的这些话对我都很有好处。只是我一句也没有记住，这又有什么用处呢？不过，你叫我别把指甲留得太长，有机会再娶个女人，这两件事我倒没有忘记。别的事您噜噜苏苏说了一大堆，就像往年的云彩一样，我脑子里早消失得无影无踪。因此，您得给我写下来。虽说我一字不识，但可以拿去交给听我忏悔的神父，让他在需要的时候提醒我。”

“我的天哪！”堂吉诃德说，“当了总督还一字不识，真够糟的了。桑丘，你要知道，一个人不识字，或者是个左撇子，原因不外乎下面两条：或者是他父母非常卑贱、贫困，或者是他本人非常调皮，不听话，坏习惯改不掉，书读不进。你这个毛病可不小，因此，我希望你至少得学会签名。”

“名我倒是会签的，”桑丘说，“我在老家当过教会的总管，会涂写几个字母，像货包上的印记。有人说这就是我的名字。况且，我还可以假装右手瘫了，让别人替我签字呢。除了死，别的事总有补救的办法。我当了官，有了权，想怎么干，就能怎么干。再说，‘法官是我父亲……’[①]我是总督，比法官还大呢。我总督做得怎么样，来看看就知道了。谁胆敢瞧不起我，说我的坏话，我准叫他‘偷鸡不着蚀把米’。老话说，‘上帝喜欢他，知道他的家’[②]；

---

① 西班牙谚语：“法官是我父亲，官司准能打赢。”

② 意思是说，只要上帝喜欢，不论到什么地方，都能交好运。

‘富人的胡言，世人当格言’。我打算当了总督后，赚了钱，出手大方一点儿，有什么毛病，全都会掩盖过去的。‘自己成了蜜，苍蝇会叮你’。我外婆曾经说过，‘你有多少钱，就有多大价’；‘人家财大气粗，你想报仇无路’。”

“桑丘，该让上帝咒死你才好呢！”堂吉诃德听了说道，“让六万名魔鬼来将你和你的谚语统统带走吧！你将谚语一串一串地说出来，足足说了一个钟头了。听你一个谚语，我就受一次罪。我可以肯定地对你说，总有一天你会给这些谚语送上绞刑架的，也可能因这些谚语被自己的子民赶下台，或起来造你的反。告诉我，你这个蠢才，这些谚语你从哪儿学来的？傻瓜，你又是怎么使用的呢？我觉得自己就是正确地说上一句，就像是挖土那样会累得全身冒汗。”

“我的主人老爷，”桑丘说，“你干吗要小题大做呀。我这个人既没有家产，也没有现钱，有的就是这一套一套的谚语。我说几句谚语，您生什么气呢。我现在就有四句，非常合适，就像篮子里装的四个梨子。可我眼下不说，因为‘能保持沉默的是桑丘’①。”

“这个‘桑丘’不是你，”堂吉诃德说，“因为你不但不保持沉默，还喜欢多嘴多舌。不过，我倒想知道你这会儿想到了哪四句合适的谚语。我现在也在想，我觉得自己的记忆力不错，可连一句也没有想出来。”

“‘你千万别将大拇指放在两个智齿之间’；‘有人叫你滚出他家，或问你干吗找他妻子，这都是没法进行争辩的’；‘不管瓦罐碰了石头，还是石头碰了瓦罐，倒霉的总是瓦罐’；这些话不都说到节骨眼上了吗？”桑丘说，“一个人千万不要和总督及别的上司顶撞，因为顶撞的结果总是自己吃亏，就像将自己的指头放在两枚智齿中间一样——即使不是智齿，别的牙齿也是一样的。再说有人叫你‘滚出他家’，或者‘问你干吗找他妻子’，你也就不必再同他争辩了。至于瓦罐碰石头的问题，连瞎子也看得一清二楚。‘有人能见到他人眼中的一粒灰尘，也应该见到自己眼中的梁木’②。这样，别人就不会说他‘死神见到砍了脑袋的女尸，都给吓跑了’。我想您也知道，‘傻瓜

---

① 这句谚语应该是“能保持沉默的是圣人”。桑丘故意进行了改动。

② 这个谚语出自《新约全书·马太福音》第七章第三节：“为什么看见你弟兄眼中有刺，却不想自己眼中有梁木呢。”

对自家的事比聪明人对别人家的事还清楚’。”

“这个说法不对，”堂吉诃德说，“傻瓜天生就是个笨蛋，想学聪明也学不了。他既不知自家的事，也不了解别人家的事。桑丘，这方面的话我们就到此为止吧。你如果做不好总督，你本人固然有责任，我也没有脸去见人。不过，我可以感到自慰的是我已将自己想到的一些问题都开诚布公地对你说了。这样，我也就尽了自己的责任，当初答应给你海岛的承诺也兑现了。桑丘，愿上帝指引你，督促你当好总督，让我也放心。我是有些放心不下，生怕你将海岛搞得乱七八糟；而我如果及早告诉公爵，说你这个胖子只不过是只塞满了谚语和鬼点子的布口袋，那么，这个海岛就不致遭殃。”

“老爷，”桑丘回答道，“如果你认为我不配当这个总督，我现在就立即辞职。我对自己的灵魂看得比全身更重要，不让它沾上污点。我桑丘不当总督，面包、葱头总有得吃，而当了总督，不过吃石鸡、阉鸡罢了。再说，‘不论贵贱贫富，进了梦乡，全都一样’。其实，您只要好好想一想，就会知道，这当海岛总督的事还是您先提出来的，我像只坐山雕似的，压根儿就不知道海岛总督这方面的事儿。如果您觉得我当了总督，就会让魔鬼带走，那我宁可当桑丘进天堂，不愿当总督进地狱。”

“桑丘啊，”堂吉诃德说，“光凭你刚才说的最后几句话，你就可以当一千个海岛的总督了。你的本性是好的。如果本性不好，学问再大也没有用。求上帝保佑你吧。确定目标，就不要犹豫。我的意思是说，你一定要下决心将该办的事情办好。苍天不负善心人。我们吃饭去吧，公爵夫妇准在等我们了。”

第四十四章

叙述桑丘如何赴任当总督，以及堂吉诃德在公爵府遇到的奇事。

有人说，凡是读过熙德·阿梅德原著的人都会知道，这一章译者没有按原文翻译。那位摩尔作者怪自己写的这部堂吉诃德的传记太单调、枯燥乏味，只讲堂吉诃德和桑丘的事，不能另外穿插一些有趣的故事。他说自己脑袋里想的，手里握着笔写的总是那么一个题目，出场的人物也只有那么几个，这样的写法实在令人难以接受。为此，他在本书的第一部里穿插了几个故事。《一个不该这样追根究底的人的故事》和《被俘的上尉》这两个故事与本传记没有联系，而其他的几个故事都与堂吉诃德的经历交织在一起，是不能不写的。作者还说，他认为有不少读者只想读堂吉诃德的故事，对那几个穿插的故事就漫不经心地一带而过，根本就没有注意这几个故事的写作技巧。其实，这几个故事如果自成一书，不和堂吉诃德那些疯疯癫癫的事及桑丘那些傻里傻气的事交织在一起，反倒更能显出本身的妙处了。因此，作者在本书的第二部里对那种穿插的故事，不管与堂吉诃德的故事有没有关联，一概不予采用，只安排一些与本传记有关的情节——就连这些情节也要言不烦。他尽管才思丰富、技巧高超，能将整个宇宙都写下来，但还是约束着自己，只在他讲述的狭小的范围内施展身手。他请求读者能领略自己的这番用心，别只说他写得好。其实，他略去不写的那部分才更妙呢。

言归正传。堂吉诃德那天对桑丘告诫了一番。吃完饭，当天下午就将自己说的写下来交给桑丘，好让他找人给自己念念。桑丘拿到手后不久，就掉了，这篇书面的告诫就落到了公爵的手中。公爵看了，就告诉公爵夫人，他们俩再次对堂吉诃德这个疯子的高见惊讶不已。他们打算将玩笑继续开下去，就将自己封地上的一座小城权作海岛，当天下午就派桑丘带了一大批随行人员走马上任去了。

事有凑巧，跟桑丘去照料他的起居的就是当初扮演过脱里法尔蒂夫人的那个总管。此人十分机灵，也非常滑稽——大凡滑稽的人也一定是很机灵的。他的幽默风趣在扮演脱里法尔蒂夫人时，已发挥得淋漓尽致。他原有这方面的专长，又经公爵夫妇一番点拨，对桑丘的这场闹剧确实演得非常精彩。当时桑丘一见这个总管，觉得他的面孔很像那个脱里法尔蒂夫人，便回头对自己主人说：

"老爷，公爵大人这位总管的面孔和那个多罗里塔夫人完全一样。要不是这样，就让魔鬼将我立即从这儿带走。"

堂吉诃德对那个总管细细端详了一番，对桑丘说：

"桑丘，魔鬼干吗要将你带走呢，更没有必要立即将你带走呀。我不明白你的意思。多罗里塔夫人的相貌虽和总管一样，但这并不能说明总管就是多罗里塔夫人呀。如果总管就是她，那就有很大的矛盾。现在不是对这件事进行调查研究的时候，弄得不好，还会越调查越玄。朋友，你听我说，我们得衷心祈求上帝，保佑我们俩免遭恶毒的巫师和魔法师的伤害。"

"老爷，我不是在开玩笑，"桑丘说，"我刚才听那总管说话了，他的声音和脱里法尔蒂夫人一模一样。好吧，现在我不多说了。不过，往后我还得多多观察，看能不能再发现一点蛛丝马迹，来证明我的这个看法。"

"桑丘，这样做就对了。"堂吉诃德说，"往后这方面发现了什么，你当总督后有什么情况，要及时告诉我。"

桑丘在一大帮人的簇拥下离开了公爵府。他一身文官装束，穿一件棕黄色驼毛绒外衣，帽子也是棕黄色的，骑一匹短镫公骡。后面跟着他那匹灰毛驴，鞍辔鲜丽，还覆盖着一块绸布。这都是公爵的意思。桑丘不时地回头看看他的毛驴。他带着这个伴儿非常高兴。这时，即使让他跟日耳曼皇帝换个位子，他也不会同意。

他辞别公爵夫妇时，吻了吻他们的手，还接受了主人的祝福。堂吉诃德当时噙着眼泪，桑丘也差一点哭出声来。

亲爱的读者，我们让好桑丘一路顺风，走马上任去吧。等一会儿你要是知道他在任上干了些什么，准会笑得你前仰后合。现在我们来说一说他主人当天夜里的遭遇。你读了如果不捧腹大笑,至少会像猴子似的咧着嘴嬉笑。堂吉诃德身上发生的事情不是使人感到惊奇,就是使人忍俊不禁。

据史书记载,桑丘一走,堂吉诃德就开始想念他。如果他能让公爵改变决定,免去桑丘总督的职务,他真的会这么干的。公爵夫人见他愁眉苦脸,便问他为什么这么不高兴。还说,要是因为桑丘走了难过,公爵府里有的是侍从、管家和使女,他们都能侍候得他满意的。

“尊贵的夫人,说真的,我是在想念桑丘,”堂吉诃德说,“不过,这还不是我郁郁寡欢的主要原因。夫人对我的种种关怀,我只能心领,我请求夫人让我单独待在房内,不需要任何人来侍候我。”

“堂吉诃德先生,”公爵夫人说,“这可不行。我手下有四个使女,个个美得像朵鲜花,让她们来侍候你吧。”

“在我看来,”堂吉诃德说,“她们不是鲜花,是几枚刺痛我心灵的刺。她们是绝对进不了我的房间的。请夫人原谅,让我独自一人待在房内,别让她们来侍候我,免得我把握不了自己,毁了个人的声誉。我怕辜负了您对我的一片殷勤。总之,我宁可和衣而眠,却不允许别人来侍候我宽衣。”

“别说了,别说了,堂吉诃德先生,”公爵夫人说,“我一定下命令,连一只雌苍蝇都不让它飞进您的卧室,更不用说是一个姑娘了。我绝对不是有意要破坏堂吉诃德先生贞操的人。我知道,贞洁是您拥有的众多美德中最重要的一条。您完全可以在房间里干自己爱干的事,绝对不会有人来打扰您。卧室内的用具一应俱全,您用不到打开房门,到外面索取。但愿伟大的杜尔西内娅·德尔·托波索小姐能流芳百世,她的美名能传遍全球!她完全值得您这样一位英勇、贞洁的骑士爱慕。同时,也希望仁慈的苍天能感化我们总督桑丘·潘沙的心,让他早日完成自我鞭笞,好让世人能及早重新瞻仰杜尔西内娅小姐的芳容。”

堂吉诃德听了,说道:

“夫人的这番言论正合您高贵的身份。像您这样贵夫人的嘴里不会说坏女人的事。杜尔西内娅得到尊贵夫人的赞扬,福气会更好,名气将更大。尽管她受到了世人的交口称赞,但怎能比得上您贵夫人这几句话的分量呢。”

“哦,堂吉诃德先生,”公爵夫人说,“我们该吃晚饭了,公爵一定在等我们了。您快去吃饭吧,吃了饭,好早点休息。昨天上冈达亚的这趟路可不近啊,您准是很累了。”

“我一点也不累,夫人,”堂吉诃德说,“我可以向夫人起誓,克拉维莱涅这匹木马实在太平稳了,我这辈子还没有骑过这么平稳这么好的牲口呢。我不明白玛朗布鲁诺为什么不想要这么一匹又轻捷又漂亮的坐骑,无缘无故地就这样将它烧了。”

“想必是他害了脱里法尔蒂夫人和跟随她的那些管家,以及其他的一些人,有点儿后悔了,”公爵夫人说,“作为巫师和魔法师,他总难免干一些坏事,他想将自己用来干坏事的工具全都毁掉。克拉维莱涅这匹木马是让他东奔西跑、使他不得安宁的罪魁祸首,他就将它烧了。伟大骑士堂吉诃德·德·拉曼却的英名就永远留在这匹木马的灰烬里和那幅凯旋图上了。”

堂吉诃德再次向公爵夫人表示谢意。晚餐后,他独自回卧室,不让任何人进房侍候自己。他一心记住游侠骑士道的镜子和精英阿马蒂斯的美德,生怕自己受了诱惑,一时把握不住,失去一心为杜尔西内娅小姐保持的贞操。他关好房门,在两支蜡烛的烛光下准备脱衣就寝。脱袜子时,他突然发现一件很糟糕的事儿——这倒不是一件有碍他清白的事,也不是有失体统的事,原来他脚上的一只袜子脱了线,一共脱了二十多针,这只袜子都快成了百叶窗了。这位老先生急得不得了,当时他如果能买到一支绿色的丝线(因为他这双袜子是绿色的),他真愿意支付一盎司白银呢。

贝纳赫利写到这儿,深有感触地说:“啊,贫困呀贫困,我不明白那位科尔多瓦大诗人为什么将你称做‘未获世人感恩的神圣礼品’①!尽管我是个摩尔人,但根据我与基督徒的交往,知道仁慈、谦逊、笃信上帝、服从和安于贫困都是圣德,而其中尤以安贫更加难能可贵。当然,这不是某一位大圣人②说的那种贫困。这位圣人说:‘你应该将你的财产看作不是自己的。’这一类贫困已属超凡脱俗,寡欲清心。我现在说的是另一种贫困。贫困啊,你为什么总爱跟出身名门的绅士过不去呢?你为什么要迫使他们自己刷鞋呢?为什么要让他们衣服上的扣子,有的是丝绸缝的,有的是猪鬃缝的,有

---

① 作者引自科尔多瓦诗人胡安·德·梅纳的长诗《迷宫》。

② 指圣保罗。

的是玻璃制的呢？为什么要让他们的衣领总是皱巴巴的，而不让他们熨得挺一点呢？"由此可见，衣领上浆后进行熨烫，古代就有这个习惯了。贝纳赫利接着又说："那些出身名门的穷人真可怜啊，为了顾全自己的体面，他们只好关起门来吃糠咽菜；尽管腹内空空，压根儿没东西塞牙缝，出门却装模作样地拿根牙签剔牙。这些可怜虫实在太要面子了，远在半西班牙里之外就怕人家见到他们鞋子上有补钉，帽子上有汗渍，衣衫破旧，肠肚空虚。"

堂吉诃德见到自己的袜子脱了线，也尝到了这种贫困的滋味。后来他见到桑丘临行时有一双出门穿的靴子没带走，略感宽慰，打算明天借穿。他靠着枕头倚身床上，满心忧愁。桑丘一走，他感到孤单；袜子脱了线，他无法缝补。他真想找点线来，补一补袜子，即使不是同一种颜色的丝线也成。当然，这样就更显露了他的穷酸样儿了。他吹灭了蜡烛。天热，他睡不着，就从床上起来，打开了窗门，窗外有铁栅栏，外面是一座美丽的花园。他一开窗，就听到花园里有人来回走动，还有人说话。他竖起耳朵听着，说话的人嗓门很大，他听得很清楚，其中一个说：

"艾美伦西娅，你别逼我唱啦。他一定也知道，打从这个外地人进了公爵府后，我就不想唱歌，只想哭。再说，公爵夫人这会儿也没有熟睡，我一唱歌就会将她吵醒。我绝对不想让她发现我们在这儿。即使夫人睡着了，要是那个瞧不起我的新埃涅阿斯也同时进入了梦乡，听不见我的歌声，我唱也没有用啊。"

"阿尔迪索多拉，我的朋友，你说得不对，"另一个人说，"公爵夫人和府里的人一定都已睡着了，只有害你难以入眠的这位先生还没有睡。我觉得他刚才打开了窗门，这时准是还醒着。唱吧，我的痴情人，你弹着竖琴，轻声地唱吧。公爵夫人如果听见了，我们就说天太热，睡不着，出来乘乘凉。"

"艾美伦西娅，你这话没有说到节骨眼上，"阿尔迪索多拉说，"我是怕一唱歌，心里想的事就暴露了。那些不知爱情威力的人就会将我看成轻佻、任性的姑娘。不过，我豁出去了，'宁可脸露羞容，免得心里疼痛'。"

这时，耳中响起了宛转悦耳的竖琴声。堂吉诃德听了，甚觉诧异，因为他头脑中立即浮现了无数个与此相类似的故事：她对着装着栅栏的窗口凭窗观望，下面是花园，有人在唱歌，表达一片衷情，随后她就晕倒等等。这都是他在那些毫无意义的骑士书上读到的。随后，他就想到准是公爵夫人手下的哪个使女看中自己了，只是不好意思直接说出口。他怕自己动情，心里暗暗下了决心，绝对不能当爱情的俘虏。同时，衷心祈求心上人杜尔西内娅·德尔·托波索保佑。他决心听一听这姑娘唱些什么。他假意打了一个喷嚏，表示他就在那儿听着。姑娘们听了，非常高兴，因为她们巴不得堂吉诃德在听她们唱歌。阿尔迪索多拉调拨了一下琴弦，随即唱起了下面的一首谣曲：

　　你呀，伸展着两条长腿，
仰卧在洁白的床单上，
打从天黑进入了梦乡，
一觉就睡到了大天亮。
　　拉曼却的众多骑士里，
就数你最勇敢最坚强！
你与阿拉伯黄金相比，
显得更纯净，更为精良！
　　请听可怜姑娘的歌唱，
我出身名门，命运坎坷；
你的双眼像两颗太阳，
将我的心灵照得透亮。
　　你只管自己冒险猎奇，
却给别人增添了麻烦；
害苦了人家相思成疾，
你又不给她治病良方。
　　愿上帝使你热情奔放！
告诉我，勇敢的年轻人，
你在利比亚出生成长，
还是生养在哈卡山上？
　　你是靠毒蛇的奶滋养？
长期生活在深山老林，
使你的性格变得粗犷，

你的脾性无比的疯狂。
　　杜尔西内娅真是健壮，
这木桶一般粗的姑娘，
是她驯服了一头猛虎，
她应该为此感到自豪。
　　她从此名声传遍四方，
从埃纳莱斯到哈拉玛，
从塔霍到芒萨那雷斯，
从毕苏埃加到阿兰萨①。
　　我如能和她换个位置，
我愿意送她一条裙子，
颜色艳丽，还镶上金边，
将最好的送她也愿意。
　　如不能投入你的怀里，
我只求坐在你的床边，
让我帮你抓一抓脑袋，
还让我去掉你的头屑。
　　帮你干这样体面的事，
我实在没有这个福祉；
我只配为你搓搓脚心，
这件事才是我的本分。
　　我要送给你许多礼品，
你收到了一定很高兴；
一双舞蹈鞋镶上了银，
还有丝绸裤子和大衣。
　　还要赠你上好的珍珠，
每一颗大得像五倍子，
没有一颗的形状相似，

① 这儿提到的都是西班牙的河流的名称。

都可称得上“独一无二”①。

你这个曼却的尼禄啊，
用你一把火焚烧了我，
请别在塔尔贝雅观望，
更不要在火上又加火。

我是年轻幼稚的姑娘，
论年龄我还不到十五，
我凭上帝和灵魂起誓，
实际才十四岁三个月。

我不缺胳膊也不缺腿，
屁股长得一点也不歪，
我的长头发直拖到地，
和百合花一样的美丽。

虽说我天生一张鹰嘴，
我这个鼻子又扁又塌，
满口的牙齿恰似黄玉，
但老天爷却说我很美。

你如果在听着我唱歌，
就知我嗓子该有多甜；
若想问我的身材高低，
比中等个儿还差一点。

这么娇美可爱的姑娘，
早已成了你囊中之物，
我是本府的一名侍女，
名字叫阿尔迪索多拉。

含情脉脉的阿尔迪索多拉唱完后，将堂吉诃德挑逗得不知该怎么办才好。他长叹一口气，自言自语地说：

---

① “独一无二”是西班牙国王王冠上一颗明珠的名称，于一七三四年火灾中焚毁。

"我真是个倒霉的骑士,每个姑娘见了我,就爱上了。绝代佳人杜尔西内娅·德尔·托波索运气真不好。我一心一意向着她,可总有人来分享我对她的一片痴情。王后们,你们想要她怎样呢?女皇们,你们为什么要迫害她呢?爱神已决定将我的这颗心献给她了,就让这位可怜的小姐取得胜利吧,让她享受爱的幸福吧,你们就别去干扰了。痴情女子们,你们听着,我这个人只有对杜尔西内娅才像一团面糊,一块甜糕那样软,对别的女人就硬得像一块火石;对她来说,我甜如蜜,对你们而言,我苦如黄连。在我的眼中,只有杜尔西内娅是个美人,她聪明、贞洁、高雅、出身高贵;别的女人都很丑陋、愚蠢、轻佻,出身低贱。我生下来就是她的,不属于任何别的女人。阿尔迪索多拉,你哭吧,唱吧!在中了魔法的摩尔人那个城堡里害我挨揍的小姐①,你挣扎吧!我不管怎么样,就是被煮烂烤熟了,还是杜尔西内娅的人;我一身清白,忠贞不贰,地球上的任何魔法都没法使我就范!"

说到这儿,他砰的一声关上窗门,像是发生了什么巨大的不幸似的怀着满腔忧愁,在床上躺下了。我们就让他躺着吧,伟大的桑丘已走马上任当总督去了,他在召唤我们呢。

---

① 这里指《堂吉诃德》第一部第十六章里讲到的那个店主的女儿。堂吉诃德以为她爱上了自己,挨了一顿揍。

第四十五章

叙述伟大的桑丘如何就任海岛总督和怎样行使他的职权。

太阳啊,地球上下两面你都看得一清二楚!你是照亮全球的大火把,是天空的眼睛!你促使世人摇晃着水壶[①],这儿的人叫你丁布留,那儿的人叫你费波[②];你在这儿是个射手,到那儿就成了医生;你是诗的父亲,也是音乐的创始人。你总是在上升,看似下落,却永不陨落,太阳啊,在你的帮助下,人们繁衍生息,传宗接代。我请求你帮忙,启发我的心智,让我能顺利地写出桑丘·潘沙当总督期间的这段故事。没有你,我就缺乏热情,缺乏生气,我就变成了糊涂虫。

言归正传。桑丘带着自己的随行人员,来到一个只有上千居民的小城,那是公爵封地中最好的一块。人们告诉他,这地方叫巴拉塔里奥岛。也许是因为这小城原来就叫巴拉塔里奥,也可能由于桑丘"很便宜地"[③]取得了这个地方因而得名。小城四周有城墙。桑丘来到城门口,市议员们就出城迎接。城里钟声四起,市民们兴高采烈,欢呼庆祝。小城的官员们带着桑丘去城里的大教堂隆重地向上帝谢恩。接着,又举行了若干奇奇怪怪的典礼。然后,就将城市的钥匙交给他,承认他为巴拉塔里奥岛的终身总督。

新总督的服装、胡须和矮胖的身躯都使对这件事的始末一无所知的人们感到惊讶。也有不少人知道桑丘当总督的来龙去脉,但见了他这个样子,

---

① 夏天天热,人们摇晃水壶,让水快点冷却。

② 丁布留和费波都是太阳神阿波罗的别名。

③ "巴拉塔里奥"与"便宜"一词谐音。

也觉得新奇。众人将桑丘从教堂送到总督府大堂,让他登上总督宝座。公爵的总管对他说:

"总督大人,这个著名的海岛向来有个规矩,新上任的总督得解答一个不易解答的难题,民众用这个办法来揣测新总督的智力,以此确定他的到来是喜还是忧。"

总管说话的时候,桑丘正在瞧着自己对面墙上的好些个大字。他一字不识,就问墙上那些画的是什么。有人回答说:

"大人,墙上写着总督大人到本岛上任的日期,意思是'某年某月某日堂桑丘·潘沙先生来本岛就任总督,祝他永享此职'。"

"堂桑丘·潘沙指谁呀?"桑丘问道。

"指您大人嘛。岛上除了坐在宝座上的这一位外,没有第二个桑丘了。"

"兄弟,照这么说,我告诉你,"桑丘说,"我不用'堂'这个称呼,我们祖祖辈辈都没有用过这个称呼。我父亲也叫桑丘,祖父也叫桑丘,都姓潘沙,没有'堂'和'堂娜'的称号。我看这岛上的'堂'比石头还多呢。不过,这没有关系,上帝明白我的心意,我只要当上四天总督,就将这些'堂'连根拔去。老百姓准是像讨厌蚊子那样讨厌这么多的'堂'。总管先生有问题就请问吧,不管民众是喜是忧,我一定尽力回答。"

这时,大堂上进来了两个人,一人是庄稼汉打扮,另一个人好像是裁缝,因为他手上拿了一把剪刀。裁缝说道:

"总督大人,我和这庄稼人是来告状的。请在座诸位原谅,我是经过考试合格的裁缝。昨天这位老弟来到我的店铺,他将一块布放在我手里,问道:'先生,这块布够做一顶风帽吗?'我估摸了一下这块布的长度,回答说可以。他可能有些小心眼,又对裁缝有些成见,以为我会偷他的布——我当时是这样想的,看来是对的。他就要我好好量一下这块布,并问我做两顶帽子行不行。我已摸透了他的心思,就回答说行。他接着又问,做三顶行不行,我又说行。这样一顶又一顶地增加着,一直增加到五顶。刚才他来取这五顶帽子,我如数给他了。他不但不付给我工钱,反而要我赔他钱或将布还给他。"

"兄弟,情况是这样的吗?"桑丘问道。

“是这样的，大人，”庄稼人回答说，“可是，请大人让他将给我做的五顶帽子拿出来看看吧。”

“好的。”裁缝说。

说完，他就从披风里面伸出一只手，五个指头各戴一顶小帽子。他说：

“这就是这位老弟要我做的五顶帽子。我在上帝面前凭良心起誓，他那块布全用上了。我的活经得起行业检查人员的检查。”

在座的人们听了这个新奇的案子，又见了这么多小帽子，全都哈哈大笑。桑丘思索了一会儿，说道：

“我认为这个案子用不到拖延时日，凭正人君子的判断力就可以立即断案。大家听我宣判：裁缝白白赔了工钱，庄稼人赔掉了布，帽子拿去送给监狱中的犯人①。宣判完了。”

桑丘刚才宣判了有关一个牧场主的钱包一案②，大堂上大家都很佩服。现在又听了这个判决，忍不住发出一阵哄笑。不过，总督的宣判还是执行了。这时，公堂上又来了两个老者，其中一人扶着一根竹杖。不拿手杖的老人说道：

“大人，前些日子我借给这位老先生十枚埃斯库多金币。当时讲明，我需钱用时，他就得还给我。我见他日子过得紧巴巴的，一直没有向他要还这笔钱。后来，我发现他不想还这笔钱了，就向他要了好几次。他不仅不还钱，还企图赖账，说自己从来没有跟我借过这笔钱；还说，假如借过，早已还了。我借钱给他时，没有证人；他还钱时，也没有人看见，因为压根儿他就没有还。我希望大人能让他发个誓。如果他能起誓，说已将钱还给我了，我就不再向他要这笔钱；就是他去见了上帝，我也不会向他要了。”

“拿拐杖的这位先生，你对这件事有什么话说？”桑丘问道。

老人回答说：

“大人，我承认我确实借过他十枚埃斯库多金币。请您垂下手中的这根权杖，让我起誓吧。我将发誓，我确实已还清了他借给我的十枚金币。”

总督垂下了他的权杖。拿竹杖的老人好像手拿竹杖不方便，就交给另

① 作者在嘲笑当时西班牙当局虐待囚犯。

② 此案前面并未讲到，想是作者的疏漏，也可能有意省略。

一个老人拿着。他将一只手搁在权杖一端的十字架上说,对方确实借给了自己十枚埃斯库多金币,但他已亲手还给债主了。债主没有把这件事放在心上,所以,还一再要债。总督大人听了,便问债主有什么话说。债主说,借债人为人诚实可靠,又是个基督徒,看来他一定不会说谎。想必是自己忘了这笔钱是什么时候还的,是怎么还的。反正从今以后,他不会再向借债人要这笔钱了。借债的老人要还了他的竹杖,低着脑袋,退出公堂。桑丘见他急匆匆地走了,又见借主无可奈何的样子,便将右手的食指按在眉心和鼻梁的中间,低头思忖了一会儿。然后,抬起脑袋,派人将拿手杖的那个老者叫回来。老人回来后,桑丘对他说:

"老先生,请将手杖给我,我有用处。"

"好的,"老人说,"给您吧,大人。"

老人将手杖交给桑丘。桑丘拿来就交给另一个老人,说:

"愿上帝保佑你,你的债还清了。"

"还清了,大人?"老人说,"这根竹杖值十枚金币吗?"

"值,"桑丘说,"如果不值,我就是世界上头号大傻瓜了。现在请大家看看吧,凭我的本领,也许能治理整个国家呢。"

他下令当着众人的面,劈开那根竹杖,发现里面果然放着十枚埃斯库多金币。大伙儿佩服得五体投地,觉得这个总督真是所罗门[①]再世了。

众人问他,怎么知道这十枚金币就在竹杖内。桑丘回答说,那老者先将竹杖交给对方,然后发誓说,他确实已将金币还了;发好誓,他又将竹杖要回,他就想到这钱准是藏在竹杖内。可见,当总督的人即使是个白痴,上帝也会帮助他断案。再说,他听自己村里的神父讲过一个与此相似的故事,他还牢记在心。他的记忆力可好呢,要不是他有意将该记的事情忘掉了,那么,整个岛上找不到像他这么好记性的人了。两个老者,一个满面羞惭,一个得到了债款高高兴兴,他们都走了。在场的人都甚觉惊讶。为桑丘写传记的人到现在为止还说不清他究竟是傻,还是聪明。

这个案子才了结,又进来一个女人。她紧紧地揪着一个男子。此人从

---

① 犹太人国王,在位长达四十年(公元前九七〇—公元前九三一),以聪慧著称于世,尤善断疑难案件。

他的衣着看,像是个富裕的牧人。女人一进门,就大声地说:

“总督大人,要替我伸冤呀,要还我公道呀!如果人间没有公道,我只好到天上去找了。总督大老爷呀,这个坏蛋在野地里抓住我,将我奸污了。我真是太不幸啦!整整保持了二十三四年的清白身子,无论是摩尔人还是基督徒,无论是本地人还是外乡人,谁也没敢侵犯,却给他这么轻而易举地给玷污了。我向来比栓皮槠还坚硬,将自己保存得像火中的金蛇一样完整,像荆棘丛中的羊毛一样洁白,现在却让这老兄给占了便宜。”

“这花花公子是不是真的占了你的便宜,这还得调查一番呢,”桑丘说。

他回过头去,问那个男人,对刚才那女人的这番话是不是想进行申辩。那男子显得十分尴尬地说:

“先生们,我是个可怜的养猪户。今天早上我进城卖掉四头猪(请原谅),交了税,又经过东敲西榨,这四头猪钱已所剩无几了。在回村的路上,我遇到了这位太太。专爱把水搅浑的魔鬼让我们俩成了好事儿。我给了她不少钱,可她不满足,一直揪住我不放,将我拉到这公堂里来了。她说我强奸了她,她在撒谎。我可以发誓,我说的全是真话,一句也不假。”

总督问他,身上有没有带银币。他说揣在怀里的小皮包里有二十枚杜卡多银币。总督命令他拿出来,连钱包一起交给原告。养猪的颤抖着将钱包交给那女人。她接过钱包,对众人千恩万谢,行了许多礼,又为救助弱女的总督祈求上苍,保佑他健康长寿。她先看了看钱包内的钱是不是银币,随后就用双手紧紧抓住钱包,走出公堂。

那个养猪的眼里噙着泪水,两只眼睛和一颗心还紧紧地盯着自己的钱包。桑丘等女人一出门,就对他说:

“老弟,快去追赶那个女人,使劲将她那个钱包夺回来,再拉她回来见我。”

养猪的一听,立即动身,像闪电一般离开了公堂。在座的人都在静静地等待着观看这桩案子怎样了结。没有过多久,这一对男女扭成一团,又回来了。这次比前一次揪得更紧。那女人撩起裙子,将钱包放在裙兜里。男的想将钱包夺回来,可是,那女人死命护着钱包,就是夺不回来。她大声地嚷了起来:

“快来维护上帝和世界的公道吧!总督大人,您看,这个不要脸的家伙胆大包天,竟敢在大街上夺走大人下令给我的这个钱包。”

“他将钱包夺走了吗?”总督问道。

“怎么能夺走呢?”女人回答说,“就是要了我的命,也夺不了我的钱包。我难道是这么好对付的吗?这叫人恶心的倒霉鬼想来讨我的便宜,休想!就是拿铁钳、榔头、大锤和凿子都撬不开我紧握的拳头;就是狮子的爪子也不行。除非将我一劈两半,挖出心肝才行。”

“她说得对,”养猪的说,“我认输了,我实在没有这么大的力气能夺下她的钱包。这钱包只好给她了。”

于是,总督对那女人说:

“你这个又老实又勇敢的女人,快把钱包拿出来让我看看。”

她拿出钱包,总督拿过来就还给了养猪的。随后对那个力大无比并没有遭到强奸的女人说:

“大姐啊,你只要拿出刚才保护钱包一半的力气来保护自己的身子,就连赫拉克勒斯也奈何你不得了。你快走吧,让上帝惩罚你吧。你得立即离开本岛,不准你在本岛六西班牙里方圆的地带露面,否则,就打你二百鞭。你这个不要脸的骗子,快给我滚出去吧!”

那女人害怕了,很不高兴地低着脑袋走出大堂。总督又回头对那养猪的说:

“朋友,愿上帝保佑你,快拿着钱回老家去吧。往后如果不想吃亏,就不要再去干那种见不得人的事儿了。”

那男子满脸羞惭地对总督道了谢就走了。在场的人对总督的判案能力更加钦佩。记录桑丘言行的人将这些情况全都记录下来,准备立即提交给公爵,因为他很想了解桑丘的情况。

桑丘的事暂时就讲到这儿吧。他主人让阿尔迪索多拉的歌唱得六神无主,我们得赶紧去看看他。

第四十六章

叙述堂吉诃德对一片痴情的阿尔迪索多拉唱歌作答时，遭到了铃铛和猫儿的骚扰，大受惊吓。

前面讲到，伟大的堂吉诃德听了阿尔迪索多拉这个多情姑娘的歌声，心烦意乱。躺到床上后，仍然思绪万端，像有许多跳蚤在叮咬似的使他辗转难眠，连一刻也得不到安宁。想到自己的袜子已脱了线，更觉烦恼。可是，时间从不停留，光阴一小时、一小时地过去了，很快他就熬到了天明。堂吉诃德见天已大亮，就从温暖的被窝中起来，利索地穿上了羚羊皮外衣，还穿上了那双出门走远路的靴子，免得让人们见到他那只脱了线的袜子。接着他又披上深红色的披风，戴上那顶银线镶边的绿天鹅绒帽子，又将挂着他那把锋利的名剑的肩带挎在肩上，然后，拿起随身带的那串大念珠，神情严肃地朝前厅走去。公爵伉俪已穿戴整齐，在那儿等候他了。阿尔迪索多拉和她的女友——另一个侍女也早在走廊上等待。见他来了，阿尔迪索多拉便假装身不由己地晕过去了。她女友让她倚身在自己的膝盖上，迅速地解开她胸部的扣子。堂吉诃德见了，便走到她俩的面前，说道：

"我已经知道她晕过去的原因了。"

"可我还不知道呢，"女友说，"阿尔迪索多拉是公爵府里最健康的侍女。打从我认识她以来，从来没有听到她哼过一声'唉'。世界上的游侠骑士如果个个都是这么没良心的，那就让他们全都倒霉！堂吉诃德先生，请您离开这儿吧。您在这儿，这可怜的姑娘就不会醒来。"

堂吉诃德回答说：

"小姐，请您派人今天夜里在我房间里放一把吉他，我要竭力安慰这位伤心的姑娘。相思病刚发作时，把情况早点说清楚倒是治病的良方。"

说完，他怕引起人们注意，就走了。他还没有走多远，昏过去的阿尔迪索多拉立即醒了过来，对她的女友说：

“我们就把吉他放在他的房间里吧。堂吉诃德准是想给我们唱歌。他的歌一定唱得不错。”

她们将刚才的情况向公爵夫人进行禀报，还说堂吉诃德想要一把吉他。夫人听了非常高兴，她和公爵以及几个侍女商量了一下，决定对堂吉诃德开一个既有兴味却又不产生危害的玩笑。他们兴致勃勃地等待夜晚的来临。那天白天公爵夫妇和堂吉诃德进行了一番饶有兴味的谈话，天很快就黑下来了。公爵夫人当天还派了一个小厮（就是当初在森林里装扮着了魔的杜尔西内娅的那个）去找桑丘·潘沙的妻子特雷莎·潘沙，将桑丘给她的那封信和准备捎回家的那捆衣服送去；并叮嘱他，回来时要将桑丘妻子的情况细细向自己禀报。

该办的事情办完后，已是夜里十一点了。堂吉诃德见到自己卧室内放了一把吉他，便弹拨了一下琴弦。随后又打开窗门，发现花园内有人走动。他安放好琴弦下的柱码，调了调琴音，清了清嗓子。他的嗓音虽有点儿沙哑，却并没有走调。他唱了当天自己编的一首谣曲：

　　爱情能有什么本领，
叫你整天神魂颠倒？
它利用你清闲无事，
东奔西走好逸恶劳。
　　你如要找一帖良药，
治好你害的相思疾，
纺纱织布，忙于家务，
这是最好的解毒剂。
　　规矩端庄的女孩子，
如想找个如意丈夫，
贞洁是她最好嫁妆，
她的行为有口皆碑。
　　无论是朝廷的将士，

或游侠四方的君子，
调情找轻佻的娘们，
结婚要找正经女人。
　　有的男女清早相爱，
转眼间就难分难解；
但很快就到了黄昏，
因为他们已经分开，
　　也有的人一见钟情，
今日相恋，明日离开，
没有任何深刻印象，
留在了自己的心灵。
　　一幅画上再画一幅，
两幅画就重叠相混，
心里已经有个美人，
再加一个实不可能。
　　杜尔西内娅这美女，
早已占据了我的心，
她的形象永难磨灭，
因为铭刻得非常深。
　　情人之间一片坚贞，
这是最珍贵的品行；
爱神为此创造奇迹，
将他情人变成了神。

堂吉诃德唱到这儿就停下了。公爵夫妇、阿尔迪索多拉和公爵府里几乎所有的人都聚集在那儿听着。这时，从堂吉诃德窗口栅栏上面的走廊上突然垂下一条绳索，上面挂着一百多个铃铛。接着，又从上面倒下一大口袋猫儿，每只猫的尾巴上都系着小铃铛。铃铛声和猫叫声响成一片，公爵夫妇尽管是这场玩笑的策划者，他们听了，也有些心惊肉跳。堂吉诃德吓愣了，不知究竟出了什么事。这时，命运之神又让两三只猫越过栅栏，进入堂吉诃德的卧室。它们犹如一群魔鬼在房里东跑西蹿,将房内点燃的几根蜡烛全扑灭了,只一个劲儿地想找个出口处逃出去。系着一百多个大铃铛的那根绳索还在上下摆动。公爵府里的大部分人不知事情的真相,都有些惊慌失措。

堂吉诃德站起身来,拔剑向栅栏乱砍,边砍边嚷道:

"滚出去,恶毒的魔法师!滚出去,玩弄巫术的流氓!我是堂吉诃德·德·拉曼却,你们的恶行在我身上起不了作用!"

他又回过头来对在房内乱窜的猫儿砍杀了一阵。它们拼命朝栅栏冲去,终于从那儿逃出去了。然而,其中有一只猫被堂吉诃德一阵乱剑,逼得无路可逃,竟跳到他脸上,用它的利爪和牙齿对他的鼻子乱抓乱咬。堂吉诃德痛得拉开嗓门大叫大喊。公爵夫妇听到叫喊声,心里想到这是怎么一回事了,便迅即赶到堂吉诃德的房门口,用备用的钥匙打开房门,见可怜的骑士正在拼命挣扎,想将那只猫从脸上拉开。他们掌着灯走了进去,清楚地见到了这场双方力量悬殊的战斗。公爵上去将猫拉开,堂吉诃德大声地说:

"谁也不要来帮忙!让我一个对一个,跟这个魔鬼,跟这个巫师,跟这个魔法师较量一番!我一定要让他明白,我堂吉诃德·德·拉曼却可不是好惹的!"

然而,猫儿压根儿就没有理会他的吓唬,继续嗥叫着抓他的脸。最后还是公爵过去将猫拉下来,扔到栅栏外。

堂吉诃德的脸全被抓破了,满是伤痕,鼻子上的伤也不轻。然而,他生气的是同那个恶毒的魔法师的这场鏖战没有让他进行到底。有人奉命拿来了阿巴里西奥治伤油①。阿尔迪索多拉伸出一双洁白如玉的手,亲自为他包扎所有的伤口。一边包扎,一边轻声地对堂吉诃德说:

"冷酷无情的骑士啊,正因为你固执不化,铁石心肠,才发生了刚才这些倒霉事儿。但愿上帝让你的侍从桑丘忘了对自己的鞭笞,让你痴心相爱的杜尔西内娅永远解脱不了魔法,你也永远享受不到她解脱魔法后的欢乐。只要为你倾倒的我还在世上,你就休想和她进洞房。"

堂吉诃德听了,一句话都没有说,只是长叹一声,又上床躺下。他向公

---

① 这种治伤油是阿巴里西奥·德·苏比亚发明的。

爵夫妇表示了谢意。这倒不是他害怕那些变成猫儿、带着铃铛与他作对的坏蛋,他是感谢他们前来相救的一片心意。公爵夫妇为了让他好好休息,就告辞走了。他们想不到这场玩笑会造成这样不良后果,甚感懊丧。他们更没有想到堂吉诃德为此吃了这么多苦头,在床上整整躺了五天。在这段时间里,他又遇到了一件更奇妙的事情。这件事为他写传记的作者眼下暂时不想讲,他得去照应一下桑丘·潘沙,他这时正在很卖劲地当他的总督。他的趣事可多呢。

第四十七章

继续叙述桑丘怎样做总督。

据史书记载，桑丘·潘沙退出公堂后，人们便将他簇拥到富丽堂皇的官邸。在宽敞的餐厅里，一桌可供王公贵族享用的丰盛精美的宴席已经摆好。桑丘一进门，喇叭和笛子就立即吹奏起来。四个小厮出来给他倒水洗手，桑丘板着脸，摆出一副官架子让他们侍候。

乐声一停，桑丘就在首席坐下。这也是全桌唯一的座位，因为桌上只有一副餐具。有个人站立在他的旁边，手中拿一根鲸鱼骨做的棍子。后来知道他就是医生。仆人掀开洁白的毛巾，下面是水果和各种美酒佳肴。一个学生模样的人为他祝了福；然后，一个小厮替桑丘围上镶有花边的围嘴。一个上菜的侍从上了头道菜，那是一盆水果。桑丘还没有来得及吃上一口，拿棍子的那个人用棍子在盘子里一点，就有人飞快地将这盆水果拿走了。接着，又上来一道菜，桑丘又准备动手尝尝，刀叉还没有碰到这道菜，更不用说尝到了滋味，棍子又在盘子里点了一下，那小厮又像刚才撤走水果盘子一样迅速地撤走了这道菜。桑丘见这情景，非常吃惊。他看了看众人，问这是吃饭还是在变戏法。拿棍子的那个人回答道：

“总督大人，海岛总督吃饭得按照在各岛通行的惯例。大人，我是医生，受海岛的雇用，专门为总督治病。我将总督的健康看得比自己的健康还重要。我日夜研究他的健康情况，这样，他一旦有病，便能正确下药，治好疾病。我头一件事情是侍候总督中午、晚上两顿饭食。我认为合适的，就让他吃；我认为有伤他肠胃的食物，就命令撤走。刚才那盆水果，我觉得太生冷；那盆菜肴，我又觉得热性太大，而且又加了许多佐料，会引起口渴。一个人水一喝多，就会冲淡赖以维持生命的血液。”

“按你这么说，那盆烤石鸡我看烹调得不坏，吃了不会有害吧。”

医生听了，回答说：

“只要我活着，就不让总督大人吃石鸡。”

“为什么呢？”桑丘问道。

医生回答说：

“我们医学界的泰斗和指路明灯、一代宗师伊博克拉特斯有句格言：‘多吃伤脾胃，石鸡更有害。’①这就是说，吃什么东西都不能过量，石鸡吃得过多，更有极大的危害。”

“要是这样，”桑丘说，“那就请医生先生看看这满桌子的菜肴，哪个菜吃了对身体有好处，哪个菜不那么伤身体，就让我吃一点，请别拿棍子瞎指点了。上帝让我来当总督，我愿以总督的生命起誓，我已经都快饿坏了。不管你这位医生先生怎么说，这个时候不让我吃东西，只会要了我的命，绝对不会增我的寿。”

“总督大人，您说得有道理，”医生回答道，“照我的看法，大人就别吃那盘炒兔子肉了，因为炒得太生，消化不了；这盘烤小牛肉要不是腌制过的，倒能吃，可现在不行了。”

桑丘说：

“前面那一大盆热气腾腾的东西好像是个沙锅，里面煨了好多东西，我想总有些玩意儿可以吃的吧。”

“绝对不行②！”医生说，“您这个想法是不对的，千万不能这样想。这沙锅对身体最没有好处了。沙锅只是给教士或学校的校长之类的人享用的，乡下人办新婚喜宴也常常用沙锅，可总督的饭桌上绝对不能用！总督吃的应该是又有营养又卫生的精品。食品和药物相似，在任何情况下，一味纯药比由几种成分混合的杂药更贵重一些。纯药不会用错，复合药就不一样了，里面复合的成分有增有减，弄得不好，毛病就出来了。我认为，总督大人如想拥有健康的体魄，眼下可吃一百个薄面饼儿，再吃几片木瓜。木瓜能帮助

---

① 原文是拉丁文。

② 原文是拉丁文。

消化,对胃有好处。"

桑丘听了,往椅背上一靠,眼睛死死地盯着那医生,疾言厉色地问他叫什么名字,在什么地方学的医。医师回答说:

"总督大人,我叫佩德罗·雷西奥·德·阿桂罗,是蒂尔泰阿富埃拉镇人。这个地方就在加拉奎尔到阿尔莫多瓦尔-德尔坎波的路上,位于道路的右侧。我是奥苏纳大学的医学博士。"

"这么说,家住在从加拉奎尔到阿尔莫多瓦尔-德尔坎波路边右侧的蒂尔泰阿富埃拉镇的奥苏纳大学医学博士,倒霉的佩德罗·雷西奥·德·阿桂罗先生,请你马上离开这儿!否则,我就对太阳起誓,我要拿起大棒,从你开始,把岛内的医生都赶出去,至少把你这样不学无术的人赶走。对那些有真才实学的高明医生我是非常尊敬的,我对他们像神灵一样敬仰呢。我再说一遍,佩德罗·雷西奥,快离开这儿!否则,我就拿这把椅子将你的脑袋砸个稀巴烂。就让人们来查究我好了,我完全可以理直气壮地进行申辩;杀个把害人匪浅的坏医生,这是在替上帝效劳。现在拿饭来给我吃吧。没有饭吃,我这个总督也不想当了。连饭也不管的官儿一文不值!"

医生见总督发这么大的脾气,一时慌了手脚。他正打算拔腿往外跑,忽听街上传来驿车的号角声。刚才上菜的那个侍从探出脑袋,往外看了一眼,随后又缩回来说道:

"是从公爵府来的邮车,准带来了重要的消息。"

邮差慌慌张张满头大汗地走进来,从怀中取出一封信,呈递给总督。桑丘转交给总管,命他念一念信封上怎么写的。信封上写着:"巴拉塔里奥岛总督桑丘·潘沙亲启,或由秘书转呈。"桑丘听了,便问:

"这儿谁是我的秘书?"

在场的一个回答说:

"我就是,大人,我能读能写,是比斯开人。"

"凭你最后一句话①,"桑丘说,"就连皇帝的秘书你也能做。你快把信拆开,看看里面写的是什么。"

刚刚自荐的秘书奉命拆开书信,看完后就说信上说的事需要单独对总

---

① 指对方说自己"是比斯开人"。比斯开人在古代西班牙以忠心耿耿闻名,常充任秘书。

督讲。桑丘命令众人退出，只留下总管和上菜的那个侍从，其他的人连同那个医生都出去了。秘书随即念了那封信。

堂桑丘·潘沙先生：据悉，我的若干仇敌将于某一天夜晚进攻您管辖下的海岛。您务必日夜戒备，免遭袭击。另据密报，已有四人乔装潜入城内，打算暗害您，因为他们忌妒您的才华。您要提高警惕，有人找您谈话，要多加防范，不要吃别人送来的食物。您如有危难，我会前来相救。您很能干，定能作好全面安排。

你的朋友

公爵

八月十六日晨四时于公爵府

桑丘听了，大吃一惊。在场的其他人也很惊慌。桑丘回过头来，对总管说：

"有一件事眼下得立即去办：马上将雷西奥医生关进地牢。如果有人要杀我，就是他。他是想让我饿死，将我慢慢地折磨死。"

"在我看来，"上菜的侍从说，"桌上的这些菜肴大人都不能吃，因为这都是修女们送来的。常言道：'魔鬼就躲在十字架后面'。"

"我不否认这一点，"桑丘说，"不过现在得给我吃一块面包和三四磅葡萄。葡萄总不会有毒吧，不吃东西我是挺不住的。我们即将打仗，要打仗就得吃饱肚子。老话说，'是肚子带动着心，不是心带动肚子'。秘书，你写封回信给我的主人公爵大人吧，说他的嘱咐，我一一照办，一点也不马虎。同时，请代笔给我的女主人公爵夫人请安，请她别忘了派个亲信将我那封信和那捆衣服送给我妻子特雷莎·潘沙。我很感谢她，往后一定尽力报答。同时，你还可以顺便问一下我的主人堂吉诃德·德·拉曼却，我并不是个忘恩负义的人。你是个好秘书，又是个好比斯开人。你觉得还可以说些别的，尽管添上。现在请你们撤下这桌酒菜，拿些东西来给我吃吧。不管有多少密探、刺客和魔法师来害我，我都有办法对付。"

这时，进来一个小断，禀报说：

“有个农夫求见大人，他说有件要事与您谈谈。”

“这个人也真奇怪，”桑丘说，“头脑竟这么糊涂，现在是求见的时候吗？我们这些当总督、当法官的不也是有血有肉的人吗？我们又不是大理石做的石头人，总也得休息一下吧。我这个总督如果时间做得长（看样子是做不长），我要以上帝和本人良心的名义发誓，一定得给这些求见的人作个规定。现在你就告诉这位老兄，请他进来。不过，你得先弄清楚，他会不会是密探或刺客。”

“大人，这倒不会的，”小厮说，“看样子他是个好人。除非我是个糊涂人，照我看，他是个好面包似的大老实人。”

“不用怕，我们都在这儿呢。”总管说。

“上菜的师傅，”桑丘说，“现在佩德罗·雷西奥医生走了，能让我吃点管饱的东西吗？即使一片面包，一个葱头也成。”

“大人没有吃午饭，今晚就多吃点晚饭吧。晚餐保证让您吃个饱。”上菜的侍从说。

“愿上帝保佑，让你说的变成事实吧。”桑丘说。

这时，那个农夫进来了。他长得慈眉善目，一千西班牙里之外就能看清楚是个大好人。一进来他就问道：

“这儿哪一位是总督大人？”

“还会是谁呢？”秘书说，“坐在宝座上那一位不就是吗？”

“那么，我向他行礼了。”农夫说。

他双膝下跪，请桑丘伸出手来让自己亲吻。桑丘没有让他吻，请他站起身来说话。农夫站起来，说道：

“大人，我是个庄稼人，家在米盖尔杜拉镇，离雷阿尔城约两西班牙里地①。”

“又是个从蒂尔泰阿富埃拉镇来的！”桑丘说，“兄弟，有话就说吧。告诉你吧，我对米盖尔杜拉镇很熟悉，因为我老家离那儿不远。”

“大人，我将自己的情况对您说一说吧，”农夫接着说，“仰仗上帝的慈悲，经罗马天主教教会的同意，我结了婚，有两个孩子，都在上大学。小的在

---

① 实际上米盖尔杜拉镇离雷阿尔城约五公里。

读学士，大的在攻读硕士学位。我是个鳏夫，因为我妻子已经死了，说得更确切一点，她是经庸医害死的。她怀了孕，医生给她吃泻药，没命了。假如上帝保佑，让她生下了那个孩子，又是个男孩，我就要让他攻读博士学位。这样，他见了一个哥哥是学士、一个是硕士就不会眼红了。"

"这么说，假如你妻子没有死，或者说，没有让医生给害死，你现在就不会是鳏夫了？"桑丘说。

"不会的，大人，绝对不会的。"农夫回答说。

"好极了，"桑丘说，"兄弟，你快继续往下讲吧，因为现在不是谈话的时候，该午睡了。"

"那我就讲下去吧，"农夫说，"我那个上大学读学士学位的儿子爱上本村的一个女孩子，名叫克拉拉·贝尔雷利娜，她父亲叫安德烈斯·贝尔雷利诺，是个家境很富有的庄稼人。'贝尔雷利'这个姓氏并非祖传，用这个姓是因为他这个家族里的人都害'贝尔雷西亚'[①]病。将这个病名略作改动，就成了'贝尔雷利'这个姓氏。说句实在话，这姑娘真像一枚东方明珠。从右边看去，她真像田野里的一朵鲜花；可是从左边看，就不那么好看了，因为她少一只眼，是出天花时瞎掉的。尽管她脸上有许多坑坑洼洼，但许多钟情于她的男子都说那不是麻子，那是让情人陷进去出不来的陷人坑。她非常爱干净，为了不让流下的鼻涕弄脏了自己的脸蛋，她的鼻孔是向上翘的，仿佛有意在躲开自己的嘴巴。尽管这样，她的模样还是很好看的。她的嘴很大，要不是嘴里少了十一二枚牙齿，那么，最漂亮的嘴也没有她的嘴美。她的两片嘴唇，我就不用说什么了，真是又薄又软，如果有人想拿她的嘴唇像绕线一样卷起来，就可以卷成一团。只是她嘴唇的颜色与众不同，呈蓝、绿、紫色，斑驳陆离，世间罕有。总督大人，请原谅，我为什么将这姑娘的长相细细加以描述呢，因为她长得很不错，我很喜欢她，她早晚会成为我的儿媳。"

"你想怎么描述就怎么描述吧，"桑丘说，"我听了倒也能消消遣。我要是已经吃饱了肚子，听你这番描述，真比吃饭后的甜食还可口呢。"

"这份甜食我一会儿给您端上来吧，"农夫说，"不过，眼下没有时间，得过一会儿。大人，我要是能将那姑娘婀娜纤细的身段描绘出来，准能令人拍

---

① 即瘫痪病。

案叫绝。可我办不到,因为她嘴顶着双膝缩成一团。如果她能站起身来,她的脑袋准能顶到天花板上呢。她原本早就该伸出手来[1]答应做我那学士儿子的妻子了,可她的手老是握着拳头,五指伸展不开。她的指甲很长,指甲面上有许多槽沟,看起来倒很美。"

"好了,兄弟,"桑丘说,"你已将她从头描述到脚了。你这次来究竟想干什么呢,直截了当地说吧,别这样拐弯抹角,东拉西扯没完没了。"

"大人,"农夫说,"我这次来的意思是想请大人开封介绍信给我的亲家,求他成全这门亲事。无论从两家拥有的资产看,还是男女双方的天赋看,都可说是门当户对,天生一对。总督大人,我实话实说吧,我那个儿子让魔鬼给缠住了,每天总得让恶鬼折磨上三四次。有一次还跌到火里,此后脸皮皱得像张羊皮纸,两只眼睛老是淌着泪水。不过,他性格温和得像个天使,要不是他一个劲儿地拿棍子、拳头捶打自己,他真可以当圣人了。"

"老弟,除了开介绍信,还有别的事吗?"桑丘问道。

"我还有件事,只是不好意思说出口,"农夫说,"管它呢,说吧,总不能让它闷在肚子里呀。我说,大人,我想请您给我三百杜卡多,六百也行,资助我那学士儿子成家;也就是说,帮他添置家具,自立门户。归根到底,他们总得分开过日子,免得跟双方父母在一起闹一些不必要的矛盾。"

"你再想想,还有什么事吗?"桑丘问道,"有事尽管说,别不好意思了。"

"没有了,这回真的没有了。"农夫回答说。

还没等对方把话说完,总督便霍地站起身来,抓住坐椅,说:

"无知的乡巴佬,你打错算盘了!你要是不立即滚开,跑得远远的,我发誓拿这把椅子砸烂你的脑袋。婊子养的流氓,你倒会给魔鬼画像!你竟然在这个时候来向我要六百杜卡多,你这个臭小子,我从哪儿弄到这笔钱呢?即使有,我干吗要给你这个糊涂蛋呢?这米盖尔杜拉镇和那些姓贝尔雷利的人和我有什么相干!快滚开!要不,我就凭我主人公爵大人的生命起誓,我一定说到做到!你压根儿就不是米盖尔杜拉镇人,你是从地狱里派来引诱我的魔鬼!我问你,没有良心的家伙,我当总督还不到一天半,你就指望我有六百杜卡多了吗?"

---

① 西班牙文"伸出手来"的意思是接受对方的求婚。

上菜的那个侍从使了个眼色，叫农夫出去。农夫仿佛怕总督真的拿椅子劈自己，低着脑袋走了。这个角色这小子表演得真出色。

我们让桑丘生气去吧，愿大家相安无事。现在我们再回过头来，看看堂吉诃德，当初他让猫儿抓伤脸，伤口包着纱布，过了八天才愈合。在这期间，他遇到了一件奇事。熙德·阿梅德答应，要按他往常叙事的手法，将这件事原原本本、毫不走样地讲出来。

第四十八章

叙述堂吉诃德和公爵夫人的女管家堂娜罗德里格斯之间发生的奇事，以及其他一些值得书写并流传后世的事情。

堂吉诃德满脸是伤，神情异常懊丧。他脸上包着纱布——这伤不是上帝造成的，却是猫儿的爪子给他留下的。作为游侠骑士，遭这样一点灾，也在所难免。他在房内整整待了六天，没有出门。一天夜里，他正辗转难眠，思虑自己遭到的种种不幸和阿尔迪索多拉对他的纠缠。突然觉得有人拿钥匙开他的房门。他立即意识到准是那个痴情的姑娘前来勾引自己，破坏他的贞操，使他陷于对杜尔西内娅·德尔·托波索小姐不忠的境地。

“不行，”他觉得自己的胡思乱想是真的，便大声地说道，“就算你是天底下的第一大美人，也无法替代我已深深地刻印在我心中的情人！我的杜尔西内娅小姐啊，不管你变成了粗笨的乡下姑娘，还是变成了金色塔霍河上用金线织布的仙女；无论梅尔林或蒙德西诺斯将你幽禁在什么地方，反正你在哪儿也是我的，我在哪儿也是你的。”

他刚说完这番话，门就打开了。他立即从床上站起，全身裹着一块黄缎子的床单，头上戴着睡帽，脸和胡须都包扎着（脸是因为受了伤，胡子是因为想让它的两边往上翘），这副怪样看起来，真像个幽灵。

他一双眼睛盯着房门，以为进来的一定是相思病害得满脸憔悴的阿尔迪索多拉，想不到却是十分庄重的女管家。她头上披一块又长又宽的白头巾，从头一直盖到脚。她左手拿着点燃的半截蜡烛，右手挡着烛光，免得光线刺眼。她还戴着一副大眼镜。静悄悄地进来，脚步迈得很轻。

堂吉诃德站在床上，好像在瞭望塔上观看敌人。看她那副打扮，而且一声不响，以为是巫婆或魔鬼装成管家的模样来害他，便赶紧在自己身上画十字。这个幽灵一般的人来到房子中间，抬头一看，发现堂吉诃德正在急急地画着十字。如果说，堂吉诃德见了她的模样害怕了，那么，她见了堂吉诃德的样子，也吓坏了，因为她见他披着一块床单，全身呈黄色，高大的身材，脸上和胡须都包着纱布，面目已完全变样了。她禁不住大叫一声，说：

"耶稣啊！这是什么人呀？"

她一惊，蜡烛就从手上掉下来了，房间内一片漆黑。她想转身逃跑，慌乱中让自己的裙子绊了一跤，摔了个大跟斗。堂吉诃德战战兢兢地说：

"不管你是什么样的鬼怪，我还是想问问你，你究竟是谁？来这儿有什么事？你如果是冤魂，可以对我直说，我一定竭尽全力帮你的忙。我是天主教徒，愿为众人行善。正因为这样，我才当上了游侠骑士。干我们这一行的，即使炼狱里的鬼魂请我们帮助，我们也会慨然应允。"

惊恐万状的管家听了堂吉诃德的这番表白，由自己的害怕体会到堂吉诃德的恐惧，便愁眉苦脸地低声回答说：

"堂吉诃德先生——我想您大概就是堂吉诃德先生吧？您一定把我当做鬼怪幽灵或者是炼狱中的鬼魂了吧，其实我都不是。我是公爵夫人手下体体面面的管家堂娜罗德里格斯。我有一件难事。久仰您的大名，善于解危济困，今天特地前来求助。"

"堂娜罗德里格斯夫人，"堂吉诃德说，"请问，您是不是给谁牵线搭桥来了？如果这样，那我得告诉您，我只钟情于绝代佳人杜尔西内娅·德尔·托波索，对别的人我是不会动情的。堂娜罗德里格斯夫人，归根到底一句话，您只要不干牵线搭桥方面的事儿，您可以回去点了蜡烛再来。除了男女私情，您要我干什么都可以。"

"堂吉诃德先生，我不是来牵线搭桥的，"女管家说，"你不了解我的为人。我尽管上了点年纪，但这种无聊的事我是不干的。托老天爷的福，我身子骨还不错，除了当年阿拉贡流行感冒，我染上了，掉了一二颗牙齿，除此之外，我一口大牙齿都还齐全。请您等一等，我回去点了蜡烛就来。我有些烦心事，想找您这个专为世人解危济困的人谈谈。"

没有等对方回话，她就走出了房间。堂吉诃德默默无言，平静地等着她回来。可是，没有过多久，他便犯了疑心病，生怕自己受骗上当，受了对方的诱惑，动摇了对杜尔西内娅小姐的一片忠心。他暗暗地想道：

"魔鬼最狡猾。他过去变成女皇、王后、公爵夫人、侯爵夫人和伯爵夫人引诱我,都没有得逞,这次他变成女管家想叫我上当。我常常听有学问的人说,'如果塌鼻梁的女人能勾引人,就不必让鹰钩鼻的出马了'[①]。在这夜阑人静的时刻,万一萌发了我多年抑制着的欲念,我安分守己了一辈子,那不是全都完了?在这样的情况下,我冒冒失失地冲锋上阵,还不如逃之夭夭。可是,我这样想对头吗?我准又在胡思乱想了。这么一个披白头巾、高个子的戴眼镜的女管家,即使世界上最好色的人见了,也不会产生邪念的。世界上有细皮嫩肉的女管家吗?哪个女管家不让人讨厌,不满脸皱纹,不装腔作势呢?滚开吧,你们这伙不通人性、毫无用处的管家婆!据说有一位夫人在客厅里放着两个戴眼镜、背靠软垫的女管家半身塑像,仿佛坐在那儿做针线活儿似的。她这样做很有道理呀,这两个塑像放在那儿,就像真人那样,让家里的用人见了,觉得害怕。"

想到这儿,他跳下床,准备关好门,不让罗德里格斯夫人进来。可是,他刚到门边,就见到罗德里格斯夫人已点了一支白蜡烛回来了。她劈面见到堂吉诃德身裹床单,脸上包着纱布,头上戴着睡帽,又害怕起来了。她后退了两步,说道:

"骑士先生,我们能互相信赖吗?我觉得您从床上下来,好像有点儿不太规矩呢。"

"夫人,我正要问您,"堂吉诃德说,"我能得到保证,我不会受到侵犯吗?"

"骑士先生,您想得到谁的保证,您又怕谁来侵犯呢?"女管家问道。

"我要得到您的保证,也怕您来侵犯嘛,"堂吉诃德说,"我不是一块石头,您也不是铜铸的;现在不是上午十时,而是半夜,据我估计,也许已过了半夜。再说,我们就在一间僻静的房间里,就像当年那负心而大胆的埃涅阿斯与多情美丽的狄多[②]幽会的那个山洞,甚至比那山洞还隐蔽呢。不过,凭我那忠贞不贰的操守和您头上披的令人肃然起敬的白头巾,我们就可以互

① 西班牙谚语,意思是丑女人能迷住人,就不必让美女出场了。

② 狄多是迦太基女王。据维吉尔的史诗《埃涅阿斯记》,伊利昂城攻陷后,埃涅阿斯逃出城,流亡到迦太基,受到狄多的接待,两人相爱。

相信赖了。夫人,请您伸出手来,让我握一握吧。”

他说完,吻了吻自己的右手,然后,握住了对方的手。她也和堂吉诃德一样先吻吻自己的手,然后,才伸手给他。

写到这里,熙德·阿梅德插言说,他如果能见到这两个人手牵着手从门口走到床前,让他拿出一件最好的摩尔人穿的披风也愿意。

堂吉诃德上了床,堂娜罗德里格斯坐在离床稍远的一把椅子上。她没有摘下眼镜,也没有放下拿在手中的蜡烛。堂吉诃德躺在床上,全身裹得严严实实的,只露出了一张脸。两人定了定神,堂吉诃德先开口说话:

“堂娜罗德里格斯夫人,现在就请您将烦心事儿和盘托出吧。我一定细细倾听,尽力相助。”

“我相信您会帮助我的,”管家说道,“见您那慈眉善目的模样儿,我就知道您一定会这样答应我的。堂吉诃德先生,我的情况是这样的。我虽然身在阿拉贡,坐在这把椅子上,穿着这身衣服,活像个饱经风霜、备受艰辛的女管家,其实我是奥维多的阿斯图里亚斯人①,论家世,我家和本省的许多名门望族都是亲戚。可是,我命运不济,父母亲又不会经营家业,将一份家产早早地断送掉了。于是,我就稀里糊涂地来到了京城马德里,父母亲为了让我有个安身立命的地方,便将我安排在贵夫人家里当使女。我告诉您吧,给衣服镶个边,缝个扣子等一般针线活我全内行,而且,干得比谁都好。我父母亲把我撇下后,便回家乡去了。过了几年,想必他们都上天堂了,因为他们都是十分虔诚的基督徒。我成了没爹没娘的孤儿,就靠自己一点微薄的工薪和府里给使女的一点并不丰厚的赏赐过日子。当时,府里有个侍从看中了我,不过,我没有挑逗过他。此人年纪已不轻,一脸胡子,仪表还不错,而且,还像国王一样,是个绅士,因为他是山里人。我俩相爱已不是个秘密,连我女主人也知道了。她为了避免往后发生麻烦事儿,经罗马天主教会的同意,安排我俩结了婚。婚后,我生了个女儿。我如果享过一点福,那么,从那时起,就失去了幸福。我倒没有难产送命,可是我丈夫在孩子出世不久就去世了,他是吓死的。我现在如有机会把这件事跟您讲讲,您听了准会感到惊异的。”

---

① 当时西班牙有两个阿斯图里亚斯,一个属奥维多,一个属桑蒂亚那。

说到这儿,她便抽抽噎噎,泣不成声。接着又说:

"堂吉诃德先生,请您原谅,我实在很难控制住自己。每次想到我那不幸的丈夫,我就禁不住泪流满面,愿上帝保佑他在天之灵吧。当年他让女主人坐在骡子鞍后带着她真够神气的。那头骡子膘肥体壮,全身乌黑发亮,像块黑玉。那时节可不像现在,夫人、小姐出门,不坐马车、轿子,一般都坐在侍从的马鞍后面。有件事我一定得跟您说一说,因为从这件事可以看出我丈夫多讲礼节,办事多么认真。一次,他来到不太宽阔的马德里圣地亚哥街,正好遇上一位京城的大官,前面有两名差役为他开路。我丈夫一见,立即带转骡子的缰绳,准备让他们先走,自己跟在后面。我那女主人就坐在他的鞍后,她低声地对他说:'怎么搞的,窝囊废,你没有想到我在这儿吗?'那位大官倒很有礼貌。他勒住马头,对我丈夫说:'先生,您朝前走吧,我走在堂娜加西尔达夫人的后面。'加西尔达夫人就是我那女主人。我丈夫将帽子拿在手里,一个劲儿地要让那位官员先走,自己跟在后面。女主人见这情景生气了,拔出一枚很粗的别针,也可能是套在套子里的一根锥子,对着他的脊梁下部猛扎一下。我丈夫大叫一声,身子一弯,就将女主人掀到地上。跟随女主人的两名仆人立即赶过去扶她,那名官员和两名差役也下马扶她。瓜达拉哈拉门一时沸腾起来,许多无所事事的人都赶过去看热闹。我女主人步行回家,我丈夫说自己的肚子给捅穿了,上理发店找理发师①去了。我丈夫讲究礼节的名声就传开了,他上街孩子们就纠缠着他。正由于这个原因,再加上他有点儿近视,女主人公爵夫人就将他辞退了。我想他准是因这件事气恼成疾而死的。我成了寡妇,失去了依靠,身边还拖着一个孩子。她像海浪一样,越长越高,越来越好看。我能干一手好针线活儿,这点大伙儿都知道。我女主人公爵夫人嫁给了公爵大人,她就将我和我女儿带到阿拉贡来。岁月不断流逝,我女儿已长大成人,成了个多才多艺的姑娘。唱起歌来,像只百灵鸟;各种舞蹈也跳得轻盈自如。她像个学校的老师那样能读能写;算起账来,比守财奴还精。关于她的整洁,我不想多说,反正河里的流水也比不上她干净。如果我没有记错的话,她现在的年龄是十六岁五个月零三天左右。长话短说吧。那时节有个家道非常殷实的农家子弟看上了我的

① 当时理发师也能做一点简单的外科手术。

女儿,他的村子属于我主人公爵大人的封地,离这儿不太远。我也不知他们怎么搞的,居然同意了。原来他通过一番花言巧语,向我女儿许诺,愿做她丈夫,就将她给骗了。达到目的后,又不想兑现自己的承诺。我主人公爵大人也知道这件事,因为我在他面前说过多次。我请他下令,强迫那个农家子弟与我女儿成亲,但公爵一直充耳不闻。原来这小子的父亲是个大财主,他常常借钱给公爵[①],公爵跟别人借钱,也常请他作保人。因此,公爵不愿得罪他。骑士先生,我请您为我伸张正义,不管是通过好言相劝,还是诉诸武力,务请您替我要回这个公道。我听众人说,您生在这个世上,就是要锄强扶弱,主持公道。我求您怜念我女儿自小丧父,年轻幼稚。她的种种好的方面我都已经说了。我凭上帝和自己的良心说话,我女主人手下这么多使女,没有一个比得上她的,还差得远呢,就连她的脚后跟都到不了。其中有个叫阿尔迪索多拉的使女,大伙儿都说她长得玲珑可爱,可拿她和我女儿比,还差一大截。骑士先生,我希望您明白,闪闪发亮的并不全是黄金,这个阿尔迪索多拉有些自以为是,其实并不太好看;再说,她过分活泼,不够文静,而且身体也不太好。嘴里还有味儿,谁跟她多待一会儿都受不了。就拿公爵夫人来说吧……我不想说了,因为隔墙有耳呀。"

"我凭自己的生命请问,堂娜罗德里格斯夫人,我女主人公爵夫人怎么啦?"堂吉诃德问道。

"您既然发誓问我,"女管家说,"我只好据实回答您的问话。堂吉诃德先生,您认为公爵夫人很美吧?她脸上的皮肤光得像磨光的宝剑;两颊白里透红,一边像太阳,另一边像月亮。她步履轻盈得好像脚不沾地,让人见了,觉得她浑身爽健。可是,您要知道,她身体健康,首先得感谢上帝;另外,也得益于腿上开的两个口子[②]。据医生说,她身上全是脏水毒液,这些东西都是从这两个洞里流掉的。"

"圣母玛利亚啊,"堂吉诃德说,"我女主人公爵夫人怎么会开着两个口子呢?如果这件事让赤脚修士说出来,我都不会相信的。不过,堂娜罗德里

---

① 贵族地位虽高,但经济状况并非全都非常优裕。

② 在塞万提斯那个时代,医生常给病人在腿部或臂部切开几个口子,让体内的有害成分排出。

格斯夫人既然这样说,情况一定是真的了。只是她这两个口子里流淌的不是脏液,应该是琥珀的溶液吧。现在我真的相信,在身上开几个口子对健康确实有很大的好处。"

堂吉诃德刚说完话,房门就砰的一声打开了。堂娜罗德里格斯一惊,蜡烛就从手里落下,屋内立即漆黑一团。可怜的管家随即感到有人用双手紧紧地卡住自己的脖子,叫都叫不出声来。另一个人一声不吭,迅速掀起她的裙子,仿佛拿了一只拖鞋在她身上狠狠抽打,打得让人见了怪可怜的。堂吉诃德见了尽管心里很不好受,但他没有从床上起来,也不知这是怎么一回事。他静静地一动不动地躺在床上,生怕这一顿毒打接着会轮到自己。果然不出他所料,这两个打手将女管家狠揍一顿后(她连一声都没有哼),便来到他身边,揭开他身上裹的被单和床单,狠狠地拧他,拧得他只好挥舞拳头,进行自卫。在这整个过程中,双方都没有做声。这一仗打了近半个小时,两个鬼怪才退出房间。堂娜罗德里格斯整理好裙子,连一句话也没有对堂吉诃德说,便哀叹着走出房间。堂吉诃德被拧得浑身疼痛,独自一人躺在床上,心里还不明白究竟发生了什么。他真想知道这是哪个恶毒的魔法师干的,我们暂时将他撇下,因为桑丘在呼唤我们了。

第四十九章

叙述桑丘巡视海岛。

前面讲到那个油腔滑调的农夫将自己未来的儿媳妇模样描绘了一番，惹得这位大总督一腔怒火。这个农夫是总管叫他来的，而总管是受公爵支派的。他们串通一气，跟桑丘开玩笑。尽管桑丘是个又蠢又傻的乡下佬，却能应付自如。公爵送来的那封密信已经读完了，那个佩德罗·雷西奥医生又回来了。桑丘对众人说道：

"现在我总算真正明白了，当法官和总督一定要铜打铁铸的，才能经得起无穷的折腾。这些要求接见的人，不管什么事，不管什么时候，都会跑来求见，好像当长官的就只为他们效劳似的。如果当法官的不愿接见他们，或者那不是接见的时候，不能接见他们，他们就会嘟嘟哝哝地说怪话，发牢骚，冷嘲热讽，甚至还会挖祖宗的老底儿。有事求见的傻瓜、笨蛋，你急什么呢，你得等个合适的时间嘛。你千万不要在吃饭和睡觉的时候来找法官。当法官的也是有血有肉的人呀，他们也有生理上的需要。可我的情况是个例外，我要吃却不让我吃，这都是站在前面的这位佩德罗·雷西奥·德·蒂尔泰阿富埃拉医生的功劳。他明明要我饿死，却又说饿得半死不活能长命百岁。但愿上帝让他和跟他一样的那些医生都饿死吧。我这话是针对那些坏医生说的，好医生是应该受到敬重和褒奖的。"

认识桑丘的人听他发表了这一番高论，都感到惊异。他们不明白桑丘一时间为什么会变得这么高明。看来人们当了大官后，有的人变得聪明了，有的人却变糊涂了。后来，佩德罗·雷西奥·德·阿桂罗·德·蒂尔泰阿富埃拉医生顾不得伊博克拉特斯格言警句中的种种规定，答应天一黑就给他开晚饭。总督听了非常高兴,就急不可待地盼着天快黑下来。他总觉得时间像是凝固了一样,过得实在太慢。后来他急切盼望的开饭时间终于到了。侍者给他送来了葱头拌牛肉和煮牛蹄子。这牛蹄子已煮了好几天了。桑丘胃口大开,狼吞虎咽,就是让他吃米兰的石鸡、罗马的雉鸡、索莱托的小牛肉、莫隆的斑鸡和拉瓦霍的鹅也没有现在吃得这么香。他一边吃,一边回过头来对医生说:

"大夫先生,你听着,往后你用不到给我吃什么山珍海味了,这些玩意儿吃了反而会伤我的脾胃。我这个人已吃惯了牛羊肉、咸猪肉、腌牛肉、萝卜、葱头,有时吃得讲究一点,反而不舒服,有几次都恶心了。上菜的侍者给我来一个沙锅大杂烩,那乱七八糟的肉越是不新鲜,吃起来就越香。这沙锅里凡是能吃的东西都可以放进去煮。我将来一定会谢谢这位上菜的师傅,有机会我会酬劳他的。谁也不要来捉弄我,因为我们都是'半斤八两,没有两样'。'同吃同住,和平共处';'上帝早起,光照万里'。我管辖这座海岛,该属于我的我不会放过,不该属于我的,我一概不要。大伙儿得睁大眼睛,'盯着自己的目标,'因为'魔鬼就在冈底亚那'。只要给我机会,我会创造出奇迹来的。不过,'你将自己变成蜜,苍蝇就会来叮你'。"

"总督大人,"上菜的侍从说,"您刚才说的这番话都完全正确。我以全岛居民的名义向您保证,我们一定要尽心竭力为您效劳。您一上任就办了这么几件好事,我们怎么能怠慢您呢。"

"你说得对,"桑丘说,"如果有人想怠慢我,那准是个傻瓜了。我再说一遍,我肚子得吃饱,我那头灰驴也得喂饱,这两件事情最重要。到一定的时候,我们还得出去巡视。我打算将岛上乱七八糟的东西和不务正业、游手好闲的人员全都清除出去。你们应该明白,朋友们,一个国家里无所事事的闲散人员就像蜂窝里的雄蜂,工蜂酿的蜜就白白给它们吃掉了。我准备对庄稼人多加照顾,维护绅士的权利,奖励有道德有修养的人,尤其要尊重宗教和教士。朋友们,你们觉得我说得有道理呢,还是我多管闲事?"

"总督大人,您说得很有道理,"总管说,"据我所知,您并没有文化,但您说出来的话全是金玉良言,真令人吃惊。派我们上这儿来的公爵夫妇和我们来这儿的人都没有想到您有这么高明的见解。世界上的新鲜事儿层出不穷,原本是开玩笑的事儿,却弄假成了真;嘲弄别人的人,自己反受嘲弄了。"

天黑下来，总督得到雷西奥大夫的准许，吃了晚饭。饭后，准备出去巡视。总督的随行人员有总管、秘书、上菜的侍从，记录总督日常言行的史官，此外，还有若干名公差和公证人。桑丘手执权杖，非常神气地走在一行人的中间。他们在城内还没有走完几条街，就听见械斗声，立即赶到现场，发现有两个人在打架。他们见岛上的长官来了，就停止了格斗。其中一人说道：

"这是上帝和国王管辖的地盘，大白天就在市中心进行抢劫，还行凶杀人，这怎么行呢！"

"老弟，你别激动，快把这次格斗的原因告诉我，我是本岛的总督。"桑丘说。

参加格斗的另一个人说：

"总督大人，我来简略地告诉您这次格斗的原因吧。这位老兄刚才就在前面的那家赌场上赢了一千多里亚尔。他是怎么赢来的，这只有上帝知道了。当时我也在场。发现他并不老实，弄虚作假还不止一次。我昧着良心，没有将他揭露出来。他赢钱，拍拍屁股就走了。按理他至少得送给我个把埃斯库多的彩头钱呀。像这种有身份的人在一旁看赌，专看有没有人作弊，总是替作弊的人掩饰，以免吵架。赢家照例分些彩头给我。可是，他却把钱往口袋里一塞，就离开了赌场。我心里不服，就跟着他出来，好言好语求他，请他少说也得给我八个里亚尔。他知道我是个有身份的人，而且既没有职业，也没有家产，因为我父母没有教我职业，也没有留给我遗产。然而，这个跟盗贼卡科和骗子安德拉迪亚一样坏的流氓只给了我四个里亚尔。总督大人，您看看他多不要脸，多没有良心呀！说句实在话，您要是没有来，我一定让他将赢的钱全都吐出来，我还得好好教训教训他！"

"对他刚才说的你有什么说的吗？"桑丘问格斗的另一方。

那人说，对方讲的都是事实。他只给他四个里亚尔，因为他已给了他好多次了。再说，向赢家讨彩头钱，说话得和颜悦色，陪着笑脸，人家给多少，就拿多少，除非确实知道赢钱的是个骗子，这钱是靠舞弊赢来的。他彩头钱给得少，正说明自己是个好人，不是骗子，因为只有骗子才会把赢来的钱分给那些看他赌博的熟人。

"他说得也有道理，"总管说，"总督大人，您看对这两个人该怎样处理呢?”

“我看这件事得这样处理,”桑丘说,“赢钱的,我不管你是好人还是坏人,或者是不好不坏的,立即拿一百里亚尔给跟你格斗的这个人,还得拿出三十里亚尔给监狱里的穷苦人。你呢,是个没有职业也没有资产的岛上游民,拿了这一百里亚尔后,明天就给我离开海岛,流放十年;这期间如果偷偷回来,我就让你到另一个世界去补足未满的刑期,因为我要将你挂上绞刑架——我至少会命令刽子手这么干的。你们谁也不要辩驳,免得我手下无情。”

那两个人一个掏钱,一个拿钱。拿钱的离开了海岛,掏钱的回家去了。总督又说:

“我觉得这些赌场为害不浅,只要我有这个权力,就打算全都取缔。”

“至少对面这一家您是无法取缔的,因为它是属于一位要人的,”公证人说,“再说,这位要人玩牌输多赢少。您还是取缔几家规模小一点的赌场吧。这种小赌场舞弊行为严重,害处大。在王公贵族开办的赌场里,那些有名的骗子一般不敢施展他们的本领。眼下赌风大盛,让大家在贵人开的赌场里聚赌比在那些手艺人开的小赌场里赌要好一些。在那些小赌场里,拉来一个倒霉鬼,从半夜赌起,直到把他的皮活剥了才罢休。”

“公证人啊,”桑丘说,“我现在明白了,这儿还大有名堂呢。”

这时,一名公差抓来一个年轻人,说道:

“总督大人,这年轻人刚才朝我们走来,一见我们是衙门里的人,转身就跑,快得像一头鹿似的,看样子像个不法之徒。我在后面撵他,要不是他绊了一跤,我一辈子也赶不上他。”

“年轻人,你干吗要跑呢?”桑丘问道。

“大人,衙门里的人爱问这问那,我怕他们盘问。”年轻人回答说。

“你是干什么的?”

“我是织布工人。”

“你织什么呢?”

“请原谅,我织长矛的矛头。”

“你倒会开玩笑!想跟我耍油嘴滑舌,是吗?那好!你准备上哪儿去?”

“大人,我出来透透空气。”

“岛上什么地方可以透空气?”

“有风的地方。”

“好啊,你这小子真是对答如流,好机灵呀!不过,你要知道,我就是空气,我要对着你背部吹,将你吹进牢房里去。将他抓起来带走,今天晚上就叫他闷在牢房里睡觉。”

“我以上帝名义起誓,”年轻人说,“您想让我在牢房里睡觉就像叫我当国王那样难以办到。”

“我怎么不能让你在牢房里睡觉呢?”桑丘说道,“我什么时候想抓你就抓,什么时候想放就放,难道我没有这个权力吗?”

“您即使有更大的权力,”小伙子说,“也无法叫我在牢房里睡觉。”

“怎么不能呢?”桑丘说,“立即将他带走,到时候他就会明白自己错了。即使典狱长让你给买通了也不行。他如果让你走出牢房一步,我就罚他二千杜卡多。”

“这都是笑话奇谈!”年轻人说,“当今世上谁也不能让我在牢房里睡觉!”

“你这个魔鬼,我问你,”桑丘说,“我要下令让你戴上脚镣关在狱中,难道你有天使会给你去掉脚镣,放你出来吗?”

“总督大人,”年轻人严肃地说,“我们还是正正经经地谈谈吧。您要将我送到牢房里,让我戴上脚镣手铐;还说典狱长如放我出来,您就要重罚他。就算您的这一套命令全都执行了,如果我自己不想睡觉,整夜睁着眼不睡,您权力再大,也不能逼我睡呀?”

“他说得对,”秘书说,“他已经把话说得很明白了。”

“这么说,你不睡觉是自己不愿意,不是想同我作对?”桑丘说。

“大人,我没有跟您作对的意思,”年轻人说,“我连想也没有想过呢。”

“那就祝你交好运了。”桑丘说,“快回去睡觉吧,愿上帝给你好梦。我并不想剥夺你的好梦。不过,我奉劝你往后不要跟长官开玩笑,万一他当了真,你就倒霉了。”

年轻人走了。总督继续进行巡视。没有走多远,又有两名公差抓了一个人来。公差说:

“总督大人，这人看起来像个男人，其实是个女的。模样儿还不难看，是女扮男装。”

两三只灯笼凑到她脸上，灯光下大伙儿见到一张女人的脸蛋，年龄只有十六七岁。头上套着一只黄绿丝线织成的发网，面貌像珍珠一般晶莹透亮。众人对她从头到脚打量了一番，见她脚穿红色丝袜，白塔夫绸的袜带镶着金线和细珍珠；下身穿一条镶金丝的绿色的肥腿裤，上身穿一件绿色套衫，敞着胸，里面穿一件黄白色的细布紧身衣；脚上穿一双白色男鞋。她腰上挂的不是剑，是一柄极其精致的匕首；手上还戴着好多枚珍贵的戒指。众人都认为这姑娘很漂亮，可没有一个人认识她，就连当地的老百姓也不知道她是谁。合谋跟桑丘开玩笑的那些人尤其诧异，因为这件事突如其来，并不是他们事先谋划好的。他们都希望弄清到底是怎么一回事。

桑丘见了这么美丽的姑娘也很吃惊。他问她是谁，上哪儿去，为什么要这样打扮。她两眼望地，羞羞答答地说：

“总督大人，我的事不能当着这么多人的面说，因为得严守秘密。我只想说清楚一件事：我不是窃贼，也不是歹徒。我是个不幸的姑娘，由于爱情方面的事，给自己丢了面子。”

总管听了，对桑丘说：

“总督大人，请您叫大伙儿走开吧，因为这位小姐不愿当众人的面，说出心里想说的话。”

桑丘立即叫众人离开。大伙儿遵命，只剩下总管、秘书和上菜的那个侍从。那姑娘见只剩下了几个人，就说道：

“先生们，我是佩德罗·佩莱斯·玛索尔卡的女儿。我父亲是牧场主，他将羊租给牧民，收取羊毛。他常常上我父亲家里来。”

“小姐，你这话可不对头了，”总管说，“我认识佩德罗·佩莱斯，他可没有子女。另外，你刚才说他是你父亲，却又说他经常上你父亲家。”

“我也发现了这个矛盾。”桑丘说。

“先生们，我现在太心慌，连自己也不知道说了些什么，”姑娘说，“其实我父亲叫迭哥·德·拉亚纳，我想各位一定认识他的。”

“这就对了，”总管说，“我认识迭哥·德·拉亚纳，他是个富贵的绅士，有一子一女。打从他妻子死了后，本地的人谁也没有再见到过他女儿的脸。

她父亲将她紧锁在房内,连太阳都见不到她。尽管这样,人们还是交口称颂她的美貌。”

“没有错儿,”姑娘说,“那女儿就是我。我长得漂亮不漂亮,你们都心里有数,因为诸位都见到了。”

说完,她就痛哭起来。秘书见到这一情景,来到上菜的侍从身边,对着他的耳根轻声地说:

“像她这么一位出身高贵的千金小姐,在这个时候女扮男装离家出走,准是出了什么大事了。”

“情况准是这样,”上菜的侍从说,“她的眼泪就证明我们的猜想没有错。”

桑丘竭力用好言好语安慰她,叫她不要害怕,将自己的遭遇告诉大家。他们一定会想尽办法帮助她的。

“先生们,我的情况是这样的,”她说,“我母亲去世十年了。十年来,我父亲一直将我关在家里,就是做弥撒也在家中一个漂亮的小教堂里。在这十年时间里,除了白天见到太阳,夜里见到月亮和星星外,我对外面的事一概不知。我不知道街道、广场、教堂是什么样儿,就连男人是什么模样,我也不太清楚。我只见到自己的父亲,一个弟弟和收羊毛租子的牧场主佩德罗·佩莱斯。此人常到我家来。我刚才突然心血来潮,说他是我的父亲,免得说出自己父亲的名字。我长时间关在家里,出不了门,连教堂都去不了,心里实在闷得很。我想见见这个世界,至少能看一看自己出生的这个城镇。我觉得这个愿望是正常的,与自己富贵人家小姐的身份并不抵触。有时我听人说,外面在斗牛,在拿竹枪比武,在演喜剧,就问比我小一岁的弟弟,这些玩意儿是怎么一回事。我还问他许多我从来没有见到过的事。他认真地讲给我听。我每次听他讲后,就心里痒痒地想亲眼瞧瞧。这些事我就不细说了。现在我简略地说一说怎样毁了自己的。我向弟弟请求……我真不该这样做呀……”

她再次放声大哭。总管对她说:

“小姐,你快讲下去吧。我们听了你刚才说的情况,又见你流泪,都急切地想知道以后的事。”

“下面要说的话不多了,”姑娘说道,“可是,要流的泪却很多。要实现不正当的愿望,必然会有很多痛苦。”

上菜的侍者从心底里喜欢上了这美丽的姑娘,他再次将灯笼照着她的脸看了她一眼。他觉得她淌的不是眼泪,而是珍珠和朝露,他甚至认为,那是东方明珠。他希望她遭到的不幸不很严重,没有必要像她那样失声痛哭。那姑娘还在一边哭,一边诉说自己的倒霉事。总督听得不耐烦了,叫她快点讲完,免得大伙儿老等着听她这个故事的结局;时间已经不早了,他还要巡视许多地方呢。她泣不成声地说:

“我的倒霉事其实也算不了什么,只不过要求我弟弟让我穿一件他常穿的衣服,等晚上父亲睡着了,带我出来在全城走走。他经不起我再三请求,就答应了。我穿了现在穿的这件男装,让弟弟穿了我穿的女装。他穿我的衣服非常合身,加上他还没有长胡须,看起来就像个很好看的女孩子。今晚大约一个小时以前,我们离家出来,由家中一个小厮带路。我们在城里到处乱转,走遍了全城。我们正打算回家时,忽然见到迎面来了一群人。我弟弟见了,对我说:‘姐姐,这可能是巡逻队。你快跟我走,脚步要轻,别让他们认出我们,否则,就糟了。’说完,他就回转身,飞也似的走了。我还没有跑几步,就慌里慌张地跌倒了。公差来到我身边,就将我带到诸位大人的跟前。当着这么多人,我成了个坏女人,丢尽了脸。”

“小姐,这么说,你确实没有遭到什么不幸了?”桑丘说,“你刚才不是说,你在爱情方面有些问题,才离家出走的吗?”

“没有出什么事,也没有爱情方面的问题。我只是想出来见见世面,说穿了,就是见见这城镇的那几条街。”

姑娘说的话都是真的,这已得到了证实,因为她弟弟丢下她逃走后,又给几个公差抓住,押送来了。他穿一条漂亮的裙子,上身穿一件蓝花缎短外套,边上镶着金线。头上没戴头巾,也没有别的装饰,露出一头金黄色的鬈发,就像满脑袋的金圈。总督、总管和上菜的侍从将他带到一旁,没让他姐姐听到,问他为什么这副打扮出门。他和他姐姐一样,也是羞答答的。他说的话和他姐姐刚才说的完全吻合。上菜的侍从已爱上了那姑娘,他听了非常高兴。总督对姐弟俩说:

“小姐,小兄弟,你俩真是够淘气的。不过,这种小孩家的胡闹,压根儿就不用讲这么长的时间,也不用又叹气又流泪。其实,只要说,‘我们是某某人,我们只是出于好奇,从家里偷偷出来玩玩,没有别的目的’。这样一讲,不就完了,干吗要唉声叹气,还哭个没完没了的。”

“是应该这样说,”姑娘说,“可是,你们要知道,刚才我吓坏了,都不知道怎么说才好。”

“不过,这也没有什么,”桑丘说,“这样吧,我们送你们俩回家去,也许家里还没有发现你们出来呢。往后你们就不要淘气,也别那么想出来见见世面了。老话说,‘正派的女人像断了腿,从不出门’;‘女人像母鸡一样,出门就迷失方向’;‘爱看热闹的女人,也喜欢别人看她’。我就说这些吧。”

小伙子感谢总督将他们送回家去。总督他们一行人就朝姐弟家走去。他们家不远。到了门口,那姐弟俩就拿起一块石头朝窗栅栏扔去。有个女仆一直在等着他们,她立即下来给他们开了门。姐弟就进去了。

这一对俊美的少男少女给大家留下深刻的印象,想到他们黑夜里不离开本地就想看看世界,觉得很好笑。不过,其因还在于他们年幼无知。

上菜侍从的那颗心已被爱神的箭射中。他打算明天就向姑娘的父亲求亲。他估计自己是公爵的仆人,对方不会回绝。桑丘也有个打算,他想将自己的女儿桑却卡嫁给那小伙子,并准备在适当的时候着手办这件事。他认为,娶总督的女儿为妻,谁还会拒绝呢。

那天夜里的巡视就到此为止。过了两天,总督下了台,他的种种打算也随即破灭了。详见下文。

第五十章

讲明毒打女管家、对堂吉诃德又拧又抓的魔法师是谁；叙述小厮如何将桑丘·潘沙的信送给他妻子特雷莎 ·潘沙。

熙德·阿梅德对这部真实传记的每个细节都是经过考证的。他说,堂娜罗德里格斯离开自己的卧房上堂吉诃德的房间去,没过多久,就被同房间的另一个女管家发现了。大凡当管家的都喜欢东嗅西闻,爱管闲事。这管家就悄无声息地跟随在罗德里格斯的后面(罗德里格斯没有发现她在身后),见她走进了堂吉诃德的卧室。搬弄是非原是女管家的通病,她也未能免俗。她立即去禀报公爵夫人,说堂娜罗德里格斯进了堂吉诃德的房间。

公爵夫人将这件事转告公爵,并请他允准自己带阿尔迪索多拉去看看罗德里格斯找堂吉诃德有什么事。公爵同意了,她俩就轻手轻脚地一步一步挪到堂吉诃德卧室门口。她们挨得很近,里面讲话全听得清清楚楚。公爵夫人听到罗德里格斯将她身上排泄毒液的口子都说出来了,气得火冒三丈,阿尔迪索多拉也是怒气冲冲。她俩忍无可忍,觉得非要教训教训这个女管家不可,便立即冲进房内,就像前面交代的那样,将堂吉诃德又拧又掐,将女管家痛打一顿。女人听到人家说自己长得不美或伤害了自己的自尊心,必然会产主满腔怒火,而且,一定要让火气发泄掉才肯罢休。

公爵夫人将刚才发生的事告诉公爵,他听了不禁捧腹大笑。公爵夫人打算继续跟堂吉诃德开玩笑。她派一个小厮将桑丘的家书送给他妻子特雷莎·潘沙。这小厮在上文解除杜尔西内娅的魔法这场闹剧里扮演过杜尔西内娅这个角色。桑丘因忙于总督公务,早已将解除杜尔西内娅魔法一事忘得一干二净。公爵夫人还亲自给桑丘妻子写了一封信,并送给她一大串贵重的珊瑚珠。

据历史记载,送信的那个小厮聪明机灵,非常愿意为男女主人效劳。他高高兴兴地上桑丘的故乡去了。进村前,看见一条小溪边有不少女人在洗衣服。他就跟她们打听村里有没有一个叫特雷莎·潘沙的女人,她丈夫桑丘·潘沙是一个叫堂吉诃德·德·拉曼却骑士的侍从。一个正在洗衣服的女孩子听了,就站起来回答说:

"您说的这个特雷莎·潘沙是我妈妈,那桑丘是我爸爸,那骑士是我家的主人。"

"姑娘,过来吧,"小厮说,"请你带我去见你妈妈,我替她捎来了你爸爸给她的一封信和一件礼物。"

"先生,我很愿意这样做。"女孩子回答说。看样子,她才十四岁上下。

她将没有洗完的衣服交给自己的女伴,既没有披头巾,也没有穿鞋子,赤着脚,披散着头发,蹦蹦跳跳跑到小厮的马前,说道:

"跟我走吧,我家就在村口。我妈就在家里,她好久得不到爸爸的音信,这阵子正在着急呢。"

"我正好给他带来了好消息,"小厮说,"她真该好好谢谢上帝呢。"

女孩子蹦蹦跳跳地来到了村口。还没有进家门,就大声说:

"快出来吧,特雷莎妈妈!快出来吧,有个先生替我好爸爸捎来了信和东西。"

女孩子的妈妈特雷莎·潘沙闻声走出家门。她刚才正在家里纺麻线。她穿一条褐色裙子,裙子很短,似乎还不够遮羞;上身穿一件褐色紧身衣和衬衣。她并不显老,尽管看起来已年过四十,但身体很壮实,精力充沛,脸晒得黑黝黝的。见了自己的女儿和骑马的小厮,她说:

"怎么回事,孩子?这位先生是谁?"

"愿为堂娜特雷莎·潘沙夫人效劳。"小厮回答说。

说完,他就跳下马,毕恭毕敬地跪倒在特雷莎夫人的面前,说道:

"堂娜特雷莎夫人,请您以巴拉塔里奥岛总督桑丘·潘沙大人的夫人的名义,伸出手来。"

"啊呀,我的先生,快起来吧,别这样啊,"特雷莎说,"我可不是什么贵夫人,我是个穷苦的乡下女人。父亲是庄稼人,丈夫是跟游侠骑士当侍从的,不是什么总督!"

“夫人您是最名副其实的总督夫人，”小厮说，“丈夫是最名正言顺的总督。您如不信，看了我带来的这封信和礼物，就不会怀疑了。”

他从上衣口袋里取出一串珊瑚珠，这串珊瑚珠的两端镶着金扣子。他随即挂在她的脖子上，说道：

“这是总督大人给您的信。另外，我还捎来了公爵夫人给您的一封信。这串珊瑚珠也是公爵夫人送给您的。”

特雷莎惊得瞠目结舌，她女儿也同样感到惊奇。女孩子说：

“这准是我家主人堂吉诃德老爷干的，如果不是，就砍我的脑袋。他过去答应过多次，要让我爸爸当总督或伯爵，这回真的让他当上了。”

“是这样的，”小厮说，“靠堂吉诃德老爷的面子，桑丘老爷现在当上了巴拉塔里奥岛的总督。看了信就明白了。”

“绅士先生，就请您念念这封信吧，”特雷莎说，“我虽然会纺线，却一字不识。”

“我也不识字，”桑却卡说，“不过，请你们等一下，我去请个人来念信。我可能去叫神父，也可能去叫参孙·卡拉斯科学士。他一定会来的，因为他很想知道我爸爸的消息。”

“用不到去请人了。我虽不会纺线，但我会念信。这信就由我来念吧。”

他就将桑丘的信从头到尾念了一遍。这封信的内容前面已有交代，不再赘述。随后，小厮又拿出公爵夫人的那封信，念了起来：

特雷莎朋友：我觉得您丈夫桑丘心地善良，聪明机灵，便请求我丈夫公爵大人委任他做个海岛的总督。这样的海岛公爵大人还有不少个呢。听说您丈夫当了总督后，将海岛治理得井然有序，对此我深感满意，我丈夫公爵大人也很高兴。这也应该感谢上苍，我这次选他当总督总算没有选错人。特雷莎夫人，您应该明白，在当今世上选个总督并不容易。但愿上帝保佑我，日子过得像桑丘当总督一样好。

亲爱的朋友，我赠您一串两边带金扣的珊瑚珠，我真希望它是东方明珠。不过，“千里送鹅毛，礼轻情义重”呀，也许不久我们就能见面交谈。究竟在什么时候，上帝知道。请代问您女儿桑却卡好。并请告诉她，让她准备好,在她意想不到的时候,我会替她找一个出身名门的好丈夫。

听说你们那儿出产的橡树子颗粒肥大,请给我捎二十几颗来,我一定当宝贝珍藏,因为这是您送给我的。请给我回信。祝您身体健康、家庭幸福。您如需要什么,只要说一声,就给您办到。愿上帝保佑您。

热爱您的朋友

公爵夫人于本地

"啊呀,这位夫人真好,"特雷莎听小厮念完信后说,"她又客气又谦虚。跟这样的夫人生活在一起,该有多好。可不能跟这里的绅士太太在一起。她们自以为是绅士太太,连风也不能碰她们一下。她们上教堂爱耍威风,简直像个王后似的,对我们这些农村妇女就是看上一眼,也好像会丢自己的脸一般。你们看看这位好太太吧,她还是个公爵夫人呢,却称我为朋友,跟我平等相待,但她在我的眼里,却比拉曼却的钟楼还高。至于橡树子,我的先生,我打算送夫人一塞雷敏①,每粒都肥肥大大,让人见了称奇。桑却卡,眼下你先照应着这位先生,安顿好他的马匹,从马房里取几只鸡蛋来,再切一大块咸猪肉,我们得像对待王子一样款待他,让他吃好。他给我们带来了好消息,他的脸蛋又长得这么英俊,我们应该这么招待他,才对得起他。这会儿我得出去将喜讯跟乡亲们说说,神父和理发师尼古拉斯师傅是你爸爸的好朋友,应该把喜讯告诉他们。"

"妈妈,我这就去办,"桑却卡说,"不过,我得跟你说清楚,这串珊瑚珠你得分一半给我。我想公爵夫人也不会这么呆,她不会将这串珠子全送给你的。"

"这珠子就全给你吧,孩子,"特雷莎说,"可是,你得让我在脖子上挂几天。说真的,我从心底里喜欢这串珠子。"

"我这旅行包里还有一套服装,你们见了一定也会喜欢的,"小厮说,"这服装的衣料精美极了。总督那天去打猎,才穿过一天。这套衣服是他送给桑却卡小姐的。"

"祝我爸爸活一千岁!"桑却卡说,"也祝给我捎这件衣服的人活一千

---

① 容量单位,约合五公升。

岁！如果不够，就祝他活两千岁！"

特雷莎手里拿着信，脖子上挂着那串珊瑚珠，出门去了。她一边走，一边像打手鼓那样拍打着那两封信。她正好在路上遇到了神父和参孙·卡拉斯科，就高兴得手舞足蹈地说：

"说真的，我们现在不那么穷了！我们当上总督了！哼，不管怎么神气的绅士太太敢和我较量较量，我就给她点颜色看看！"

"怎么一回事呀，特雷莎·潘沙？你说什么疯话呀？手里拿的这几张纸是什么玩意儿？"

"我没有说疯话。这是公爵夫人和总督的信。我脖子上挂的这串念珠都是精美的珊瑚珠，这几颗念圣母经和天主经用的珠子都是闪闪发亮的真金。我现在是总督夫人啦。"

"特雷莎，你这话除了上帝外，谁也听不懂，连我们也不知你在胡说些什么。"

"不信你们就看看信吧。"特雷莎说。

她把信交给他俩。神父接过信念了起来。参孙·卡拉斯科听了，两人惊讶得你看我，我看你。学士问，这两封信是谁送来的。特雷莎回答说，是一个打扮得漂漂亮亮的小伙子送来的，现在还在她家里，他们可以上她家去看看。他还替她捎来另一件礼物，也是这么贵重。神父从她脖子上取下珊瑚珠，看了又看，觉得确是精品，再次感到异常惊异。他说：

"我凭自己的法衣起誓，读了这两封信，见了这礼物，我真给弄糊涂了。这串珊瑚珠的精致是我亲眼见到，亲手摸到的；可信上又说，公爵夫人送来这串珠子的目的就是想要二十几颗橡树子。这究竟是怎么一回事呢？"

"这件事真是够荒唐的，"卡拉斯科说，"好吧，我们去看看那个送信人吧。一时弄不清的事，我们可以问他嘛。"

特雷莎便带着他们俩回家去。他们见那小厮正在筛大麦，准备喂他的马；桑却卡在切咸肉，准备做咸肉摊鸡蛋给小厮吃。两人见小厮长得眉清目秀，服饰整齐，甚有好感。他们客客气气地寒暄了一番后，参孙就跟小厮打听有关堂吉诃德和桑丘的情况，说他们看了桑丘和公爵夫人的来信；还是弄不明白桑丘当总督究竟是怎么一回事；而且还是海岛的总督，这更难理解，因为地中海的所有岛屿都是属于国王陛下的。对此，小厮回答说：

“桑丘·潘沙老爷当总督的事是确凿无疑的。至于他管辖的是不是海岛,我就不说了,反正是个有一千多老百姓的地方。关于橡树子的问题,我告诉你们吧,我女主人公爵夫人非常谦逊、平易近人。”小厮接着说,公爵夫人不但会向乡下女人讨橡树子,而且她还派人去向邻居借过梳子呢。“你们可知道,阿拉贡的贵夫人尽管地位很高,但待人很随和,不像卡斯蒂利亚贵夫人那样傲慢,瞧不起人。”

他们说到这里,见桑却卡拿一块麻布包着几个鸡蛋,蹦蹦跳跳地出来。

她问小厮说:

“先生,请问,我爸爸做了总督后,还穿不穿紧身裤呀?”

“我没有见他穿,”小厮回答说,“不过,我想大概还穿吧。”

“天哪,”桑却卡说,“我爸爸穿了紧身裤就美了!也不知怎么的,我从小就想看我爸爸穿紧身裤。”

“这以后您一定会见到的,”小厮说,“我以上帝的名义起誓,他只要当上两个月总督,出总督府还得戴遮风帽呢①。”

神父和学士早已听出小厮的话带有讥讽的意味。可是,想到那串珍贵的珊瑚珠和特雷莎刚才拿出来给他们看的猎装,他们又觉得桑丘混得确实不错。桑却卡刚才表达的那个愿望引起他们一阵哄笑。听了特雷莎下面的话,他们更加笑破了肚皮。她说:

“神父先生,请您打听一下,有没有人上马德里或托莱多,我想托他买一条钟形裙子,要最时髦的,质量也要顶刮刮的。说实在的,我丈夫当上了总督,我也得想尽办法给他争点面子呀。再说,我哪天高兴了,还打算跟别的贵夫人那样坐了马车上京城去呢。丈夫当了总督,会坐不起马车吗?”

“怎么会呢,妈妈,”桑却卡说,“愿上帝保佑,让你今天就坐马车去京城!人们见我跟我妈坐在马车上,一定会这样说:‘瞧这丫头,这个满肚子大蒜的乡巴佬的女儿,倒像个女教皇一样舒舒坦坦地坐起马车来了!’我可不管这些!让他们在烂泥地里走吧,我坐我的马车,两只脚高高地离开地面!让那些爱在背后说风凉话的人全都倒霉!‘只要自己身上暖洋洋,别人嘲笑不放在心上!’妈妈,我说得对吗?”

---

① 这种帽子有遮脸和护耳的下垂部分,出门戴可以挡风。

“你说得对极了,孩子!”特雷莎说,“所有的这些好事情,甚至还有更好的呢,我的好桑丘早跟我讲过了。孩子,你看着吧,他将来还要让我当伯爵夫人呢。好运一开头,就没完没了。你那好父亲可是个喜欢用谚语的人。我常常听他说,‘给你小母牛一头,赶紧拴上绳子走;如果让你当总督,你就当;如果封你为伯爵,你就要;如果有人拿着一份礼物,像呼狗一样呼你去,你就去。’好运道就在你家门口叫唤你,你别糊里糊涂地不予理睬!”

“有人见我神气活现的样儿,就说,‘狗儿穿上麻纱裤……’[①]随他们说去吧,我可不在乎。”

神父听了她们的话,就说:

“我觉得桑丘家族的人一出生就带来了一麻袋谚语,每次说话,一张口就倒出一大堆。”

“是这样的,”小厮说,“总督大人桑丘也是张口必用谚语。尽管常常用得牛头不对马嘴,但还是挺有意思的。我家主人公爵夫人和公爵大人都非常赞赏。”

“先生,您能肯定桑丘当总督这件事是真的吗?世界上真有公爵夫人给特雷莎送礼写信吗?”学士问道,“尽管我们亲手摸过那些礼物,亲自读过那两封信,但还是不能相信,觉得这件事就像我们邻居堂吉诃德遇到的事一样。在他看来,他遇到的每一件事都是和魔法有关系的。因此,我想说,我要摸一摸您这位送信人,以便确定您是个幻影还是有血有肉的真人。”

“先生们,”小厮回答说,“我只知道自己是真正的送信人,桑丘·潘沙老爷是货真价实的总督。这个职位我家主人公爵大人和公爵夫人有权委任他,他们也确实这样做了。我还听说这位桑丘·潘沙做总督很卖力。这里面有没有魔法,就请你们去讨论吧。别的事我就不清楚了。我说这话可以拿我父母亲的生命起誓。他们都还健在,我爱他们,非常喜欢他们。”

“这完全有可能,”学士说,“不过,‘圣奥古斯丁对此有怀疑’[②]。”

“谁想怀疑,就让他怀疑去吧,”小厮说,“我说的反正都是真话。真理即使和谎言相混,也会像油杂在水中那样浮在上面。‘你们纵然不信我,也

---

① 西班牙谚语:“乡下人穿上麻纱裤,就不认自己的伙伴了。”

② 原文是拉丁文,是当时大学生们常用的套语。

当信这些事'①。你们两位中哪一位跟我回去看看,耳闻为虚,眼见为实嘛。"

"还是让我去看看吧,"桑却卡说,"先生,您让我骑在马屁股上带我走,好吗?我很想去看看我爸爸。"

"总督家的小姐不能单独出门,她们得乘马车,坐轿子,还得有一大帮子仆人跟着。"

"说句真话,"桑却卡说,"让我骑一匹小母驴,我就觉得像坐马车一样舒服了。你们别把我看成娇生惯养的小姐呀。"

"你给我闭嘴吧,孩子,"特雷莎说,"别胡说了,这位先生说得对,有其父必有其女。父亲是桑丘,女儿是桑却;父亲是总督,女儿是小姐,我不知道说得对不对。"

"特雷莎夫人话里的道理比她的本意还深呢,"小厮说,"请给我吃点东西,打发我走吧,我今天下午就想回去。"

神父听了,说道:

"请您上我家去吃个便饭吧,招待您这样一位贵客,特雷莎夫人有些力不从心吧。"

小厮婉言谢绝,可后来还是答应了,因为神父家吃得好。神父非常愿意带他回家,因为这样一来,他就有充裕的时间跟他打听堂吉诃德的情况。

学士自告奋勇愿为特雷莎写回信。可她认为这个人爱胡闹,不想让他插手自己的事。她拿了一个奶油面包、两个鸡蛋给一个会写几个字的男孩,让他给自己写了两封信,一封给自己的丈夫,一封给公爵夫人。这两封信都是她亲自口授的。在这部伟大的传记中,这两封信的文字都不算太糟,到底怎样,读后便知。

---

① 《新约全书·约翰福音》第十章第三十八节中的一句话。

第五十一章

叙述桑丘·潘沙在总督任内的种种趣事。

总督巡视海岛的那天夜里,上菜的那个侍从彻夜未眠,脑子里一直在思念着那个女扮男装的美貌姑娘。总管则忙着给公爵夫妇写信,向他们报告桑丘·潘沙在这段时间的言行。桑丘说的和做的都使他吃惊,看来他是个又有头脑又痴呆的人;痴呆中显出精明,精明中又现出蠢相。

翌日天明,总督大人起床,依照佩德罗·雷西奥医生的嘱咐,吃了一点罐头水果,又喝了四口凉水。桑丘宁愿吃一片面包和一串葡萄,可是,佩德罗·雷西奥已经对他说过,吃得少而精的人才能头脑灵光,尤其是那些身居要职,脑筋动得多、体力活儿干得少的大官,更应该这样。医生的话不能不听,尽管桑丘心里不服,肚饿难挨,也只能忍受着。

桑丘为了依从医生的谬论,只好饿着肚子,但他心里在暗暗咒骂自己,不该当上这个总督,甚至还在骂让他当总督的人。他靠着肚子里这点罐头水果,忍着饥饿,又开始审理案件。有个外乡人当着总管和其他随从们的面,向总督提出了一个问题。外乡人说:

"大人,有一条水流充沛的大河将一位贵族的封地分成两半——请大人仔细听着,因为这个案子很重要,也不容易处理。河上有一座桥,桥的一端有一个绞架,还有一间公堂模样的房屋。这里平常有四名法官在那儿执行那条河的主人(他同时也是桥的主人和封地主人)的法令:谁过桥都得事先起誓声明,上哪儿去,去干什么。如果过桥人说的是真话,就让他过去;如果撒谎,就判死刑,立即在绞架上绞死,决不轻饶。人们明知有这条法令和其中严厉的规定,但还是有不少人来过这座桥。法官认为他们的誓言都是真的，就让他们自由自在地过去了。可是，有一次出现了这样的情况：有个人发誓说，他过桥的目的就是想死在桥对面的那个绞架下。法官们研究了他的誓言后，说：‘如果让此人过桥，那么，他的誓言是谎话，按法令他应该绞死；然而，如果我们绞死他，那么，他刚才明明就是宣誓要死在绞架下的，他的誓言就是真的了，因此，依法他应判无罪。’总督大人，请问，在这样的情况下，法官该怎样对待那个人。他们至今仍拿不定主意。听说总督大人头脑灵光，见识高明。他们特地派我拿这个疑难案例前来请教。”

桑丘回答说：

“那几个法官先生派您来找我，其实没有这个必要，因为我这个人头脑很笨，说不上灵光。不过，既然您来了，就请把这案件再说一遍，让我听明白，也许还能说到节骨眼上呢。”

来人又将刚才说的话重复了两遍。桑丘听了，说道：

“我认为，这个案件只用三两句话就可以说清楚：那个人起誓要死在绞架下，如真的绞死他，他的誓言是真的，按法令应该让他过桥；如果不绞死他，他起的誓是假的，按同一法令应绞死他。”

“是这样的，总督大人已经把案例说得非常清楚了。”来人说。

“现在我来做出判决，”桑丘说，“这个人发誓说真话的那部分可以过桥，说谎话的那一部分应该绞死。这样，过桥的条件就百分之百地落实了。”

“照您这么说，总督大人，”提问题的那个人说，“这个人得分成两部分，即撒谎部分和说真话部分。人这么一分，不就活不成了吗？法令必须执行，人已死了，怎么对他执法呢？”

“先生，情况是这样的，”桑丘回答说，“除非我是个糊涂虫，否则，我认为您刚才说的这个过桥人既有理由被处死，也有理由活着过桥。因为如果他说了真话，该活着，那么，他撒了谎就该处死。根据这样的情况，我个人的意见是请您转告那几个派您来的先生，既然判他有罪和赦他无罪的理由正好半斤对八两，那就让他过桥去吧，因为行善总比用恶更应该受到赞扬。我如果会签名，可以在判决书上签名。其实，我说的这个话也不是本人的见解。来海岛当总督的前夜，我主人堂吉诃德对我进行了谆谆告诫，刚才正好想起了其中的一条：

执法处于两可的状态时，应该从宽。老天爷正好让我记起了这句话，用在这儿正适合。”

“说得对，”总管说，“我觉得，桑丘大人刚才作的这个裁决，就是当年替斯巴达人立法的李库尔戈也作不得这么好。今天审案就到此为止，我得去安排一下，让总督大人好好地吃一顿饭。”

“这正合我的心意，可不能骗我啊，”桑丘说，“只要让我吃好饭，疑难案件就像雨点一样落下来，我都能立即做出判决。”

总管没有食言。一方面，他认为让这么一位头脑灵光的总督活活饿死，于心不忍；另一方面，他奉命跟桑丘开的这场玩笑那天夜里就要结束了。

桑丘当时违背了蒂尔泰阿富埃拉医生制订的清规戒律，吃了一顿饭。刚吃好饭，收拾了杯盘，信差就送来了堂吉诃德给总督的一封信。桑丘叫秘书先看一下，如不涉及到什么机密，就请他大声念一念。秘书从头到尾看了两次，说道：

“这封信完全可以大声地念。堂吉诃德先生写给您的信应该用金字刻写。信是这样说的：

堂吉诃德·德·拉曼却给巴拉塔里奥岛总督桑丘·潘沙的信

桑丘朋友：我原本有思想准备，以为从你那儿会传来办事马虎、鲁莽无礼的坏消息，谁知我听到的却是有关你聪明机警的好消息。对此，我特别要感谢上苍，‘他从粪堆里提拔贫苦人①，将愚蠢的人变为聪明人。’我听人说，你虽当了总督，却像个普通百姓；你虽然是人，吃的却是猪狗食。桑丘，我希望你能明白，做了官就得讲点威严，千万别低三下四的；尽管有些人生性俭朴，但当了官后，就应该讲究排场，要和他的官位相称。你要讲究自己的衣着。老话说，‘一根木头经过装饰，就不是木头了’。我不是要你穿得过于华丽，也不是要你当了法官，却打扮成士兵模样。我只是希望你根据自己的

---

① 《旧约全书·诗篇》第一百十三篇第七节：“他从灰尘里抬举贫寒人，从粪堆里提拔穷乏人。”

官职穿衣,而且要清洁整齐。

为了赢得你管辖下百姓的拥戴,你一定得做好两件事:一是待人接物,要有礼貌,其实这点我已对你讲过;二是要努力使民众丰衣足食,因为穷人心里最怕的就是没有饭吃,没有衣穿。

颁布的法令不要太多太滥;如要颁布,一定得是好法令,而更主要的是要贯彻执行。有法不依,等于没有法令,而且,反会使人认为,这位长官虽有颁布法令的智慧和胆量,却没有让人遵守的权威。法律如果只是用来吓唬人的条文,不能贯彻执行,就成了那根充当蛙王的木梁,青蛙开始时很害怕,后来就瞧不起它,纷纷跳到它上面去了①。

你要成为美德的父亲,恶习的后爹。你不要一味严厉,也不要老是太谦和,该适得其中,不走极端,才能做到合乎情理。你要常常视察监狱、屠宰场和商场。总督常去这些地方,这点非常重要:盼望早日结案的囚犯会感到心安;屠户会感到畏惧,卖肉时就不敢短斤少两;根据同样的道理,也可以使商人在做生意时不做手脚。你千万不要太贪、太好色、太嘴馋(我相信你不是这种人)。你手下的百姓或与你有交往的人发现你有这方面的毛病,就会抓住这个突破口,发起猛攻,一直将你彻底打倒。

你应该反复温习我在你上任前写给你的那一系列忠告。如能照此办理,对你定有裨益,能帮助你克服在总督任内随时会遇到的种种困难。你要写信给两位主人,向他们表示感谢。忘恩负义是高傲的产物,是最大的罪孽之一。只有得到恩惠能知恩图报的人,才会同时对上帝给予的恩德表示感激。

公爵夫人已派人将你的衣服,还有一件礼物送给你妻子特雷莎·潘沙,眼下我们正在等候她的回信。

近来我稍有不适,让猫给抓了,鼻子受了点伤,不过,不太严重。既然有魔法师想害我,也必然会有魔法师来保护我的。

你曾怀疑跟你在一起的总管就是那个脱里法尔蒂夫人,目前情况怎样?我们俩相距不远,请你将自己的这段经历详细地告诉我。我打算尽快结束

① 作者在这儿引用了古罗马著名寓言作者费德罗的一则寓言:青蛙请主神朱庇特给它们派个王上,朱庇特给它们竖立一根木梁为王。青蛙见它不行,就瞧不起它,纷纷跳到它上面。

这种无所事事的生活,因为我生来就不是过这种日子的人。

有件事我不得不干,只是会得罪公爵大人和夫人。尽管我很感为难,却又顾不得这些了。因为归根到底,我得首先尽到自己的职责,而不能迎合他们的所好。常言道,'吾爱吾师,而吾尤爱真理'①。我引用了这句拉丁文,因为我估计你当了总督后,也该学会拉丁文了。再见了,愿上帝保佑你,别成了让人可怜的家伙。

你的朋友

堂吉诃德·德·拉曼却。"

桑丘专心地听秘书念完了信。大伙儿听了,都觉得写得好,很有道理。桑丘从桌后站起身来,将秘书叫到自己卧室里,关上房门。他打算毫不拖延地给自己的主人堂吉诃德写回信。他要秘书按他口述的写,一字不增,一字不减。秘书照办,回信如下:

桑丘·潘沙给堂吉诃德·德·拉曼却的信

我的公务实在太忙了,忙得连抓头皮的时间都没有,更不用说剪指甲了。因此,我的指甲已长得很长,只好求上帝帮忙了。亲爱的主人,我说这话的意思是要免您惊怪,怎么至今没把上任以来好好歹歹的情况告诉您。我虽然当了总督,但总是吃不饱,比我俩在荒无人烟的深山老林里还饿得慌。

那天我主人公爵大人来信,说有几个密探已潜入岛内,准备行刺我。至今除了那个医生外,还没有发现任何密探。这个医生领了工薪,专干那些危害到任总督的事情。他叫佩德罗·雷西奥,是蒂尔泰阿富埃拉镇人。您只要看看他这个名字就会明白,我怎么会不害怕在他手里送命呢②。据这医

---

① 原文为拉丁文,相传是亚里士多德的话。

② 医生的名字"雷西奥"(Recio)有"严酷、凶暴"的意思;"蒂尔泰阿富埃拉"的意思是"将你拉出去"。人名地名合在一起,意思是"将你拉出去的凶医生"。

生本人说,他不会治病,只会防病。他防病的良方就是让你少吃饭,一直让你饿成皮包骨头。他仿佛不明白,体虚比发烧还糟糕呢。反正他早晚得让我饿死,而我自己也心烦得很。我本来以为上这儿来当总督,可以吃热的,喝凉的,身子可以舒舒服服地躺在铺着荷兰床单的羽绒垫子上。可是,实际情况呢,我上这儿像个修行的隐士那样吃尽了苦头。我这样做又不是我自愿的。我想到头来我会让魔鬼带走的。

我至今既没有享受到什么权利,也没有得到什么好处。我不知道这权利和好处在什么地方。上这儿来后听人说,岛上的总督往往还未上任,岛上的百姓就会送给他们或借给他们许多钱财。据说这是当官的惯例,不仅仅限于这座海岛。

昨夜我巡视海岛,遇到一个漂亮的身穿男装的少女,她的弟弟则穿着女人服装。替我端菜的那个侍从爱上了那姑娘,在他脑子里已将她看成是自己的妻子了。这是那侍从自己告诉我的。我相中了那男孩子作女婿。今天我们俩就要找这一对姐弟的父亲去求亲了。他叫什么迭哥·德·拉雅纳,是个祖祖辈辈信奉基督教的绅士。

我遵照您的嘱咐,视察过市场,发现一个卖鲜榛子的女贩子将已发霉的陈货搀和在一法内格①鲜榛子内出售。我查清了事实,就下令把她的榛子全部没收,送给孤儿院的孩子,他们会将坏榛子挑出来的。我罚那女贩子十五天内不得进入市场,大伙儿都说我做得对。告诉您吧,岛上的人都说,那些女贩子特别坏,她们胆大、心黑、不知羞耻。我在别的村镇里也见过这些人,我认为情况确实是这样的。

我女主人公爵夫人给我妻子特雷莎·潘沙写了信,还送去了您信中说的礼物。我非常感激,往后一定设法报答。请你替我吻她的手,并告诉她,她给我的恩惠没有扔在漏底的麻袋里,她将来从我的行动中可以看出来。

我希望您千万不要跟我那两位主人搞得不愉快。如果您和他们闹翻了,吃亏的还是我。再说,您不是谆谆告诫我,要我知恩感德吗?他们在公爵府对您盛情款待,给了您这么多好处,您也应该做到感恩呀。

您信中说到猫抓的事,我不明白。不过,我能想象,这大概又是那些经

---

① 重量单位,约合二十二公斤半。

常跟您作对的坏魔法师干的恶作剧。等以后见面时,我就会知道详情了。

我真想给您送一件礼物,可就是不知送什么好。本岛生产一种插入膀胱内的导尿管,样子很别致,我想送一根给您。如果我这个总督还继续当下去,我好歹要找些东西送您。

如果我妻子特雷莎·潘沙给我来信,请代付邮资,将信转寄给我。我非常想家,很想知道妻儿的情况。原上帝保佑您,不受恶毒魔法师的伤害;也保佑我能平平安安地将总督当到卸任时为止。不过,我怕做不到这点。佩德罗·雷西奥医生这么对待我,说不定我卸任时,命也保不住了。

你的仆人

桑丘·潘沙总督

秘书封好信,随即派信差送走了。几个与桑丘开玩笑的人聚集在一起,商议怎样将桑丘这个总督撵走的问题。为了治理好他心目中的这个海岛,桑丘那天下午一直在制订法令。他不准商贩在海岛贩卖粮食;各地的酒可以进口,但必须说明产地,以便按质按酒的著名度定价。如有人在酒里搀水,或改换了酒名,就要处死①。桑丘减低了鞋袜的价格,尤其是鞋价,因为他认为鞋价实在太高了。桑丘还规定了用人的工资,因为他们喜欢向主人漫天要价。他严禁唱淫秽歌曲,不管白天黑夜,唱了就要重罚。他下令不准盲人唱有关圣人创奇迹的小调,因为他认为,多数盲人唱的都是假的,反而混淆了是非,弄得真假不分。只有证明奇迹是真的才能演唱。他专门派个衙役去监督乞丐。他没有让这衙役去迫害他们,只是让他去查明那些要饭的是不是真叫化子,因为有些人伪装成断胳膊缺腿或遍体脓疮的乞丐,实际上是好手好脚的窃贼或身强力壮的酒徒。总之,他制订的法令很好,时至今日都还没有废除。大伙儿称这些法令为“大总督桑丘·潘沙宪法”。

① 这条法令过严,也许作者在有意取笑桑丘爱喝酒。

第五十二章

叙述另一位多罗里塔夫人的奇事。她又叫安古斯蒂娅达[①]夫人，也有人叫她堂娜罗德里格斯。

熙德·阿梅德说，堂吉诃德养好伤后，觉得在公爵府里过的那种日子与自己从事的骑士道格格不入，决定请求公爵夫妇同意，让他去萨拉戈萨。那儿即将举行节日庆祝活动，他准备参加节日比武，赢一副盔甲来。

一天，他与公爵伉俪同桌用餐，正打算开口讲离开公爵府的事，突然见大厅门口进来两个人，从头到脚戴着孝，后来看清这是两个女人。其中一人来到堂吉诃德的跟前，趴伏在他的脚前，嘴紧贴他的双脚，发出声声凄厉的长叹，哀痛非凡，令听到见到的人都莫名其妙。公爵夫妇原以为这是府里的用人有意和堂吉诃德闹着玩的。然而，听她的哭声和叹息声是如此悲哀，他们也给弄糊涂了，不知究竟是怎么一回事。堂吉诃德大受感动，他将这女子从地上扶起，并叫她解开面罩，别这么闷着。

她解开面纱，人们万万没有想到，她就是公爵府的女管家堂娜罗德里格斯。另一个戴孝的女子是她的女儿，她受了乡下财主儿子的欺骗。众人见了这个样子，都感惊奇，尤其是公爵夫妇。尽管他们知道这位管家有些呆头呆脑，却没有想到她会疯成这样。堂娜罗德里格斯回过头来，对公爵夫妇俩说道：

“请公爵大人和夫人同意我和这位骑士说几句话。有个居心不良的乡下佬胆大妄为，让我卷进了一场是非，我要请这位骑士帮忙，才能摆脱困

---

① “多罗里塔”(Dolorida)和“安古斯蒂娅达”(Angustiada)意思相近，前者是“悲痛”，后者是“烦恼”。

境。”

公爵答应了她的请求,说她尽可以和堂吉诃德先生畅叙。于是,她就对堂吉诃德说:

“英勇的骑士,几天前我曾对您讲过我的爱女遭到一个恶毒的乡下人欺骗的事。这个不幸的姑娘现在就在我的身边。您已经答应过我,要为她伸冤,还她一个公道。现在我听说您即将离开公爵府,去寻找老天爷赐给您的好运。我希望您在动身之前,向那个土霸王挑战,逼他实践自己的诺言,与我女儿结婚。指望我主人公爵大人为我说句公道话,好比缘木求鱼,根本不可能,这其中的原因我那天已私下对您说过了。愿上帝保佑您健康,希望您不要抛弃我们。”

堂吉诃德听了,神情严肃地说:

“好管家,请止泪,或者说,请您擦干眼泪,别再长吁短叹了。您女儿的问题就由我来解决吧。她当初如果不轻信情人的许诺就好了,这种承诺多数都是说起来容易做起来难。我得到公爵大人的允许后,将立即前去寻找这个狠心的年轻人。找到他后,我就向他挑战。他如果不想实现自己的诺言,我就杀了他。干我这一行的第一条就是要严惩狂徒,但要原谅那些态度谦逊的人。这也就是说,要扶弱锄强。”

“这位好管家控诉的这个乡巴佬您不必去找,”公爵说,“同时,您也没有必要求得我的同意去跟他挑战。我承认您已向他发出了挑战,同时,由我负责通知他,让他接受挑战,并前来本府应战。我将为双方提供决斗的场所,并敦促双方遵守决斗的各项规定。我本人一定公正地为双方主持公道。凡是为在自己封地进行决斗的人提供决斗场地的王公贵族都有这个义务。”

“大人既然做出了承诺和保证,”堂吉诃德说,“那么,我现在也作如下表示:我愿放弃绅士的地位,降低身份,与那个坏家伙处于同等地位。以便让他能同我进行决斗。尽管他本人不在场,我还是要向他发出挑战,因为他欺骗了这个可怜的姑娘,使她失去了贞操。我一定要让他实现自己的诺言,作她的丈夫,否则,我就要他的性命。”

说完,他便立即脱下一只手套,扔在客厅中间①。公爵捡起手套说,话刚才他已经说清楚了,这会儿就以他那个子民的名义应战,决斗时间定在六天后,地点就在公爵府前的广场上,武器是骑士常用的长矛、盾牌、短盔甲和其他的器具。这些武器都要经过决斗现场裁判的检查,不许欺骗,不得使用暗器,不能使用巫术和魔法。

"不过,还有一件很重要的事情要办:这位好管家和她可怜的女儿得委托堂吉诃德先生为她们伸张正义。否则,就什么事也不好办,更没法进行这场决斗了。"②

"我全权委托他。"女管家说。

"我也全权委托他。"早已哭成泪人儿的姑娘羞答答地说。

完成了这一步后,公爵认为决斗前的手续已经完备。穿孝服的母女俩退出客厅。公爵夫人下令说,往后不要将她们母女俩看成用人,应该将她们当作受了冤屈前来公爵府鸣冤的落难女子看待。为此,府里单独给母女俩一间房子住,将她们当女宾款待。别的女用人见了,都觉得非常惊奇,她们都不明白堂娜罗德里格斯和她不幸的女儿这次发疯胡闹到什么地步才收场。

这时,又发生了一件凑热闹的事,可供茶余饭后的消遣。原来那个给总督桑丘·潘沙妻子特雷莎·潘沙送信和礼品的小厮回来了。公爵夫妇急切地想知道他这次送信的情况,见他回来,非常高兴。他们问他旅途的情况。小厮说,有关这次送信的事不宜当众讲,而且三言两语也说不清,请公爵大人和夫人容他以后单独细细禀报,眼下还是请他们读读他带回来的回信,消遣解闷。说完,他就取出两封信,放在公爵夫人的手上。其中一封的信封上写着"寄不知在哪儿的公爵夫人收",另一封的信封上写着:"寄我丈夫巴拉塔里奥岛总督桑丘·潘沙收;愿上帝保佑他百事顺利,比我多活几年。"公爵夫人急切地想看信,便拆开信封,独自念了一遍。后来发现这信可以公开朗读,便大声地读了起来:

---

① 扔手套表示挑战,捡手套表示应战。

② 这句话是公爵说的。

特雷莎·潘沙给公爵夫人的信

敬爱的夫人:收到了夫人的来信,非常高兴。说真的,我是多么盼望您来信呀。这串珊瑚珠好极了,我丈夫的这套猎装也很好。公爵夫人委托我丈夫当了海岛的总督,这件事在村上传开了,大伙儿都很高兴,只是谁也不信,特别是神父、理发师尼古拉斯师傅和参孙·卡拉斯科学士。其实,他们信不信,我倒不在乎。事情是明摆着的。人家愿怎么说,就让他们怎么说去吧。说真的,要是不捎来这串珊瑚珠和猎装,我也不信。村里人都认为我丈夫傻,除了他能管管羊外,真不知他还能管什么。愿上帝保佑他,让他开窍,当好官,将来孩子们就有好日子过了。

亲爱的夫人,您如果同意,我决定将好运留在家里①,舒舒坦坦地坐马车上京城去。让成千上万忌妒我的人干瞪眼吧!因此,我要烦劳夫人告诉我丈夫,叫他给我送些钱来。得不少呢,因为京城里开销大,一个面包要一个里亚尔,一磅牛肉得花三十马拉维迪,实在是太贵了。如果他不要我去,得及早通知我,因为我急得像热锅上的蚂蚁,恨不得立即上路呢。我的朋友和乡亲们对我说,如果我们母女俩在京城里大模大样、威风凛凛地在街上来来往往,与其说我靠丈夫出风头,倒不如说他靠我替他扬了名。因为许多人见了,一定会问:"马车上的夫人小姐是谁呀?"我的用人就会回答说:"这是巴拉塔里奥岛总督桑丘·潘沙的夫人和女儿。"这么一来,桑丘不就出名了?我也增添了光彩。我反正是豁出去了,非要去不可。

实在非常抱歉,今年我们村里橡树子歉收。尽管这样,我还是决定赠送您半塞雷敏。这些橡树子都是我亲自上山,一粒一粒选好采来的,每颗都非常肥大。我恨不得它们都像鸵鸟蛋那么大呢。

请尊贵的夫人别忘了给我写信,我一定回信,将我的情况和村上的情况详细奉告。求上帝保佑贵夫人安康,也别忘了保佑我。我女儿桑却卡和儿子吻贵夫人的手。

我希望不仅和您通信,还能和您见面。

您的女仆

---

① 西班牙谚语:"好运来了,让它留在家里。"

特雷莎·潘沙

众人听公爵夫人念完了特雷莎·潘沙的信,都觉得很好笑,尤其是公爵夫妇,更是捧腹不止。公爵夫人询问堂吉诃德,寄给总督的信能不能拆开看看,这信想必一定很有意思。堂吉诃德说,他准备将信拆开,让大家欣赏。他真的这样做了,信是这样说的:

特雷莎·潘沙给她丈夫桑丘·潘沙的信

亲爱的桑丘,你的来信已收到。我以基督徒的名义向你起誓,我高兴得差点发疯了。说真的,孩子他爹,当我听说你当了总督的那一会儿,我真快活呀,我都以为快要倒下去死了呢。你知道(我这是听人说的),一个人突然遇到喜事,就像遇到伤心事一样,会送命的。你女儿桑却卡高兴得尿出来了,自己还不知道呢。你捎来的那套衣服就放在我面前,公爵夫人送给我的那串珊瑚珠就挂在我脖子上,手里拿着你们写来的两封信,送信人还在我面前,这一切我觉得好像都在梦中。谁能想到一个放羊的会当海岛的总督呢。朋友,你现在明白我母亲说的话了吧:'命长才能见多识广'。我说这话的意思是想自己的命长一些,能见到更多的事儿;我想见到你当了税务官才肯闭眼。干这一行的如果营私舞弊,会让魔鬼带走的。不过,手头上进出的钱很多,归根到底,总有好处。公爵夫人会转告你我要去京城的打算。这件事你考虑考虑吧,然后把自己的意见告诉我。我准备坐马车去,给你脸上增光添彩。

神父、理发师和学士,甚至连教堂的司事都不相信你会当总督。他们都说这是假的,或者像你主人堂吉诃德先生遇到的那些情况一样,是魔法师捣的鬼。参孙还说要来找你,打算将你脑袋中的总督瘾除掉,还要将堂吉诃德的疯病也消除掉。我听了只是笑笑,没有说什么。我只管看那串珊瑚珠,脑子在想怎样把你那套猎装改一改,替女儿做一身衣服。

我替公爵夫人捎来了一些橡树子,但愿它们每一颗都是金子的才好。如果你岛上时兴珍珠项链,给我捎几串来。

村上出了几件新闻。贝鲁艾卡的女儿嫁给了那个蹩脚画师。此人上村里来,想找点活儿干干,村政府就叫他将国王陛下的徽章画在市政府的大门上。他要两个杜卡多作工钱。工钱都预支给他了,他画了整整八天,什么也没有画成。他说,这徽章太复杂了,他不会画,将工钱退还了。不过,他还是靠画师这个好职业娶到了老婆。当然,他现在已放下画笔,拿起锄头,像个庄稼汉一样上地里干活儿去了。佩德罗·德·罗博的儿子已封授了教职,打算当教士去。明戈·西尔瓦多的孙女明吉娅知道后,就要和他打官司,说他已答应要和她结婚的。外面谣传很多,说她和他有关系,还怀了孕。可他死活不承认。

今年油橄榄颗粒无收,全村连醋也找不到一滴。有一连士兵从村里路过,带走了村上的三个姑娘,她们的名字我就不想提了,也许她们还会回来。虽然她们的名声已不太好,男人总会找到的。

桑却卡在织花边,每天净挣八个马拉维迪。她将这些钱储存在储钱罐里,准备将来办嫁妆用。不过,眼下她已是总督的女儿,嫁妆就不用她操心,你会给他置办的。广场边那口泉水干枯了,村口那个绞架遭雷劈了,管它呢,这事反正和我不相干。

我在等你的回信,还等你对我进京这件事做出决定。愿上帝保佑你比我长寿,或者和我一样长命,因为我不想将你一个人孤单单地撇在这世界上。

你的妻子

特雷莎·潘沙

众人觉得这两封信写得非常有意思,听了大笑不止。信刚念完,送信的又来了,带来了桑丘给堂吉诃德的信。这封信也当众朗读,大家听后,觉得这位总督傻不傻,还难作定论。

公爵夫人告退回房,她想从小厮那儿了解桑丘故乡的情况。小厮将自己送信的经过原原本本地禀报,连细节都没有漏掉。他将橡树子交给夫人,还给了她一块干奶酪,这是特雷莎给他的。她认为这干酪质地很好,比特隆丘[①]的奶酪还好。公爵夫人高高兴兴地收下了。下面我们要讲讲海岛总督

① 当地产的干奶酪很有名。

的好榜样——伟大的桑丘·潘沙怎样卸任,现在就只好将公爵夫人撇在一边了。

第五十三章

叙述桑丘·潘沙总督如何狼狈下台。

别以为世界上的事情会永恒不变。世界仿佛在转圈子,也就是说,在沿着圆心旋转。由春及夏,由夏到秋,由秋至冬,然后,又回到春天。岁月总是这样周而复始,轮转不休。只是人生有止境,如风而逝,一去不复返;只有进入天堂,才能得到永生。上面这段话是伊斯兰教哲学家熙德·阿梅德说的。许多人用不到宗教的启示,只凭个人的智慧,也能领悟到人生短促,飘忽不定,他们期待着得到永生。不过,作者说这番话的意思是,桑丘任总督不过是过眼云烟。

桑丘当总督的第七天晚上,正在床上躺着。他没有吃饱饭,也没有喝足酒,这一天忙着审案子,发号令,立章程,出告示,整整一天没有休息。尽管饥肠辘辘不易入睡,但眼皮还是沉重得抬不起来。忽听到钟声人声响成一片,似乎海岛就要沉没了。他从床上坐起,侧耳细听,想弄清这次骚乱究竟是什么原因。除了人声钟声外,还听到数不清的鼓声和号角声,他更感到莫名其妙,吓得六神无主。他下了床,因地上潮湿,他穿上拖鞋,没穿外衣,就走出房门,正好见到走廊上过来二十多个人。他们一手拿着熊熊燃烧的火把,一手拿着明晃晃的剑,大叫道:

"快拿起武器,总督大人,拿起武器,准备战斗吧!无数敌人上海岛来了,您要是不施展本领,拿出勇气来援救我们,我们就要完蛋了。"

这一伙人叫叫嚷嚷、怒气冲冲、乱哄哄地朝桑丘赶来。桑丘听到刚才的叫喊声,又见到眼前的情景,早吓得瞠目结舌了。他们到了桑丘的身边,其中一人说道:

“总督大人,快全身披挂,准备战斗吧。否则,您就性命难保了,这个海岛也完蛋了。”

“我怎么全身披挂呀?”桑丘说,“我既不会使兵器,也帮不了你们的忙。这种事最好让我主人堂吉诃德来干。他不用费多大的劲,就能马到成功。我这个人没有用,用兵打仗,我是一窍不通。”

“啊呀,总督大人,”另一个人说,“别这么磨磨蹭蹭了,快披挂起来吧,我们已经给您拿来了能攻能守的兵器了。快到广场上去吧,请您领头,当我们的指挥官。您是我们的总督,理应成为我们的统帅。”

“好吧,那就给我穿上盔甲吧。”桑丘说。

他们让桑丘脱去外衣,只穿一件衬衣。旋即拿来两个椭圆形的盾牌,一前一后捆扎在他衬衣外面。盾牌上有两个口子,可以从中伸出手来。他们用带子将那两块盾牌牢牢捆住,桑丘就像一枚纺锤夹在墙内或夹板内一样,直挺挺的既无法屈膝弯腿,也不能往前迈步。他们给他一根长矛。他拿过来当拐杖使,免得跌倒。他们让桑丘这么披挂停当,就叫他领着众人朝前走,为大家鼓劲。他们说他是北极星,是指路明灯,是启明星,有他在,事情一定会有好的结局。

“我真够倒霉的,”桑丘说,“这两块板紧紧地把我夹住,连膝盖都动弹不了,我怎么走路呢。现在只有一个办法:你们将我抬到城门口,将我横的放着也好,竖的站着也好,我可以拿这根长矛或自己的身躯守住城门。”

“快走吧,总督大人,”又一个人说,“您迈不开步子,不是板子把您给夹住了,是您心里害怕。快动身吧,天不早了,敌人越来越多,喊声越来越响,危险越来越大了。”

可怜的总督在他们的敦促和责备下,只好朝前迈开了步。他刚一举腿,就咕咚一声倒在地上。这次摔得不轻,他自以为已经碎成好几块了。他倒在地上,活像夹在甲壳内的大海龟,也像夹在两只食槽内的半只腌猪和反扣在沙滩上的木船。眼见他已跌倒在地,那群戏弄他的人丝毫也没有同情心,反而灭了火把,提高了嗓门,接二连三地叫喊着:“冲呀,杀呀!”他们踩着他的身躯朝前冲去,也有人一个劲儿地在他的盾牌上乱砍乱剁。可怜的总督要是没有将脑袋缩进盾牌内,全身缩成一团,早就倒大霉了。他紧紧地夹在两块盾牌内,全身一阵阵地出大汗,心里一个劲儿地祈求上帝保佑自己脱离

险境。有些人被他绊倒,跌倒在他身上;也有人居然拿他的身躯当瞭望台,在上面站了好大一会儿,指挥着军队,大声地说:

"我们的人快上这边来,敌方的火力这边最猛!关上那扇门,守住这个城门!堵住那边的楼梯!将火罐[①]送到这边来!燃烧着的油锅内再加些松脂!拿床垫在那几条街上筑起街垒!"

总之,那个人将平常用来守城的各种防御手段和武器全都提到了。被踩在脚下的桑丘耳朵听着这个人说的话,身躯被踩得喘不过气来。他自言自语地说:"求上帝保佑,快让这海岛失守吧!我呢,不管是生是死,只希望快快结束这场灾难!"

上苍好像听到了他的祈求声,因为他突然听到有人在大呼:

"胜利了,我们胜利了!敌人败退了!喂,总督大人,快起来庆祝胜利吧!您凭那条战无不胜的铁臂,打败了敌人,夺取了胜利品,请将它们分给大伙儿吧!"

"快扶我起来。"浑身疼痛的总督呻吟道。

人们扶他起来。桑丘站定后,说道:

"假如我战胜了什么敌人,就将他钉在我额头上吧[②]。我不想分什么胜利品。我只希望谁够朋友,请给我喝口酒,我实在干得厉害。另外,请给我擦一擦汗,我全身都湿透了。"

人们给他擦了汗,拿来了酒,还替他解开了盾牌。桑丘回去坐在自己床上。由于刚才惊恐过度,又加劳累,他晕过去了。那些跟他开玩笑的人这才觉得玩笑开得太过分了,后来见他又苏醒过来,才有点放心了。桑丘问他们什么时候了,他们回答说天刚亮。桑丘没有说什么,只是默默地穿着衣服。众人看着他,不知他这么急急地穿好衣服后想干什么。穿好衣服,他慢吞吞(他全身疼痛,走不快)地一拐一拐地来到马厩。众人都跟着他。桑丘走到灰驴儿的身过,抱住它的脑袋,在它的额头上亲了一下,眼泪汪汪地说道:

"跟我走吧,我的伙伴,我的朋友!你是跟我同甘苦、共患难的良友!以往我跟你在一起,没有别的牵挂,只想到怎样修补好你的鞍辔,怎样喂饱你

---

① 瓦罐内装上沥青等易燃物,点燃后,扔向敌人。

② 这话的意思是他根本没有战胜敌人。

的肚子，让你长得膘肥体壮。那时节我从早到晚，一年三百六十五天，天天都很高兴。自从离开你后，我有了野心，只想往上爬，得意洋洋，心里反而添了无数的烦恼，遇到数不尽的麻烦事，担了没完没了的心事。”

他一边说，一边给驴子套上驮鞍。在场的人都没有说话。备好驴，他忍着痛挣扎着骑上了驴。随后他对总管、秘书、上菜的侍从和佩德罗·雷西奥医生等人说道：

“先生们，请让开一条路，让我回去过自由自在的日子吧。我在这儿这么搞下去，非死不可。我要去过以前那样的日子。我这个人生来就不配当总督；敌人来进攻海岛，我不会进行防御。我只会耕地、挖土、给葡萄修剪枝条。制订法律、守卫国土的事不是我的专长。老话说，‘圣佩德罗在罗马日子过得很好’。我的意思是说，一个人最好干生来适合自己干的那一行。对我来说，手拿镰刀比手执权杖要舒服。我宁可每天吃凉拌菜①，也不愿受那个想让我活活饿死的庸医的折磨。我喜欢夏天躺在橡树树荫下，冬天穿一件长毛羊皮②大衣，自由自在，无拘无束。当了总督，尽管床上铺荷兰床单，身上穿貂皮，但日子仍然过得不舒服。我就要与诸位分手了，请你们转告我主人公爵大人，我光着身子出娘肚，现在还是光着身子；我既没有失去什么，也没有赢得什么。我的意思是说，我上任当总督没带来一分钱，现在卸任也没带走一个子儿。请让开一条路，让我走吧，我还得去贴几张膏药呢。今天夜里敌人一个劲儿地在我身上踩，我怕自己的肋骨全给踩断了。”

“不会的，总督大人。”雷西奥医生说，“一会儿我给您喝一种专治跌打损伤的药水，用不了多久，您就会像以前那样生气勃勃了。至于伙食的问题，我向您保证，一定要加以改进，今后您想吃多少，就让您吃多少。”

“‘小鸡叫得太晚了’③，”桑丘说，“要让我留下来，就像让我变成土耳其人一样，这是不可能的。这样的玩笑也只能开一次吧。我以上帝的名义起誓，我当了这次总督后，下次有人叫我当，即使将这个官位扣在两只盘子内端给我，也像叫我不长翅膀就飞上天去那样难。我们潘沙家族的人，祖祖

① 一种用面包丁、葱头、西红柿加油、盐、醋等调料制成的凉菜。

② 这种羊皮两年没剪羊毛，毛较长。

③ 西班牙谚语，意思是事情已无法挽救。据说有人吞吃了一枚已孵成鸡的蛋，小鸡在他喉咙里叫，那人说，叫得太晚了。

辈辈都是犟脾气,只要一次说过'不',不管人家怎么说,再也不会改口了。'蚂蚁长翅膀,反倒遭了殃',因为蚂蚁在天上飞,就会给燕子等鸟儿吞掉。我现在将翅膀丢在马厩里,重新脚踏实地了。我两只脚虽说穿不上漂亮的镂空皮鞋,麻绳打的草鞋总能穿上的。'每只羊都有自己的配偶','床单有多长,腿就伸多长'。请让开一条道,时光已经不早了。"

总管听了,说道:

"总督大人,您脑袋灵光,品行端正,我们都希望您留在这儿,我们实在舍不得您离开。不过,您一定要走,还是会让您走的。大伙儿都知道,总督离任前,得报告任期内的政绩。您做了十天总督,请将这十天办的事情说清楚,您就可以走了。愿上帝保佑您平安。"

"除了我主人公爵大人委派的人,"桑丘回答说,"谁也不能要求我这么办。我现在就要去亲自见他了,可以当面向他如实禀报。再说,我这次离任就像来时那样光着身子走,这就表明,我当总督像天使一样,一身清白。"

"我以上帝的名义说,桑丘大人的话有道理,"雷西奥医生说,"我赞成让他走,因为公爵见到他,一定会非常高兴的。"

众人一致同意让桑丘走,还愿意送他一程,并为他置办旅途上的各种用品。桑丘说,路途不远,不必带什么好吃的东西,只想要点大麦喂驴子,再要半块奶酪,半块面包给自己吃就行了。大伙儿都拥抱他,他也眼泪汪汪地拥抱了大家。然后,独自一人走了。众人听了他刚才说的一番话,都对他明智的决定,十分敬佩。

第五十四章

叙述只与本传记有关的一些事情。

公爵夫妇决定让堂吉诃德和那个乡下财主的儿子进行决斗，原因上文已有交代。可是，那年轻人不肯认堂娜罗德里格斯作岳母，已经逃到佛兰德去了。公爵叫一个年轻用人扮作他的模样，做他的替身。这小伙子是加斯科尼人，名叫托西洛斯。公爵夫妇已就决斗的有关事宜对他作了详细的交代。

两天后，公爵对堂吉诃德说，那财主的儿子愿以自己胡子的名义起誓，根本就没有说过要和那个姑娘结婚，这完全是她在撒谎。为此，他准备在四天后，像骑士那样全副武装，前来决斗场上应战。堂吉诃德听到这个消息，十分兴奋，决定乘机露一手。他觉得这是让两位主人亲眼目睹自己精湛武艺的大好时机，心里非常激动，焦急地盼望着这四天快快过去。他感到这四天比四百个世纪还长。

我们就让这四天时间一天一天地过去吧。现在再来说说桑丘的情况。他又高兴，又伤心，骑着灰驴儿找自己的主人来了。他感到与主人在一起，比当世界上任何海岛的总督都舒畅。

他离开自己当过总督的"海岛"（他从来没有调查过自己管辖的是个海岛，还是城市或村庄），没有多远，就迎面见到六个执杖的朝圣者——就是那些唱着歌求施舍的外国人。他们到了桑丘的面前，立即一字儿排开，高声唱起歌来。他们是以本国语言唱的，桑丘没有听懂，只听懂了一个词"请求施舍"。他猜他们是在向自己行乞。据熙德·阿梅德说，桑丘生性仁慈，他从褡裢里取出那半个面包和半块奶酪，给了他们。同时，给他们做手势，说自己没有别的东西了。他们高兴地收下，说道：

“格尔特，格尔特①！”

“我听不懂，”桑丘说，“你们要什么呀，朋友们？”

他们中一人从怀内取出一只钱袋给桑丘看。他才明白，他们在向自己要钱。他用大拇指指了指自己的喉咙，然后，又手掌向上摊开。意思是说，他连一个子儿也没有。他随即催动灰驴，准备冲过去。刚要过去，唱歌行乞者中的一人仔细看了他一眼，就迎上来抱住他的腰，用纯正的西班牙语大声地说：

“天哪，我看到谁了？我怀里抱的不就是我的好朋友，好邻居桑丘·潘沙吗？没有错儿，因为我这不是在梦里，我也没有喝醉。”

桑丘听到这个外国朝圣者叫出了自己的名字，身子又让他抱着，觉得大为惊异。他默默地细看了对方好一会儿，还是不认识。那人见他愣着，就说道：

“桑丘·潘沙兄弟，你怎么连村里开店的摩尔人利科德也不认识了？”

桑丘再定睛细细端详了一番，开始想起对方是什么人来了。他在毛驴上抱住对方的脖子，说道：

“利科德，你穿了这套外国人的衣服，我怎么能认得出来呢？请你告诉我，你怎么会变成法国佬的。你真胆大包天，怎么又回西班牙来了？如果让人给抓住，认出来，你就要倒大霉了。”

“桑丘，只要你不揭我的老底，”朝圣者说，“我穿了这身衣服，保证没有人会认出我。我们别站在这路上，快上那边杨树林去。等会儿我的伙伴们要上那儿去吃饭、休息，他们都很和气，你可以和他们一起吃饭。这样，我也可以跟你谈谈我服从国王圣谕离村以后的情况②，我想你一定听说过，这一道严厉的谕旨使我们这一民族的许多人倒了霉，受尽折磨。”

桑丘同意上杨树林去。利科德就跟其他几个朝圣者说了说，他们就一起来到了离开大道有好大一段路的杨树林。他们扔下朝圣的拐杖，脱去法衣，只穿一件衬衣。他们个个都是年少英俊的小伙子，只有利科德上了点年

---

① 德语：钱。

② 西班牙国王费利普三世执政期间，不断颁布驱逐摩尔人出境的法令。

纪。每个人都带了褡裢,里面装了不少食品,还有不少下酒菜,让人在两西班牙里之外闻到那股香味,都想过来喝个痛快。

他们就地躺下来,将面包、盐、刀子、核桃、干奶酪片和已经剔去肉的咸肉骨头等摊在草地上。那些咸肉骨头,虽然咬不动,却可以吮吮。他们还拿出一种黑色的食物,他们说,这叫鱼子酱,是鱼卵做的,用来下酒最好不过了。他们还拿出橄榄来,是干果,没有经过加工,但吃起来清香可口。筵席上最引人注目的还数那六只皮酒袋,这是他们各自从自己的褡裢里取出来的。就连利科德这老头儿也由摩尔人变成日耳曼人或德意志人了[①],他也拿出一只皮酒袋,大小和其他五只酒袋差不多。

他们兴致勃勃地吃起来。他们将食物都切成小片,再拿刀尖戳起来,送进嘴里,细嚼慢咽,吃得津津有味。吃了一会,众人一齐端起酒袋,嘴对着袋口,眼望着天,咕噜咕噜只顾将酒往肚子里灌;同时,还一左一右地摇晃着脑袋,意思是说,这酒实在太美了。他们就这样喝了好大一会儿。

桑丘一直目不转睛地注视着他们,"他丝毫也不心焦"[②]。常言道,"你如到了罗马,就要按当地规矩行事"。桑丘向利科德要来了皮酒袋,和别人一样,也将嘴对着袋口,饶有兴味地喝了起来。

他们只喝了四次。喝第五次时,皮酒袋就干得像芦苇一样了。不过,他们都喝得非常痛快,兴味盎然。他们吃饭的时候常有人伸出右手,握着桑丘的右手,用西班牙语搀和着意大利语说:

"西班牙人和德意志人都是好伙伴。"

"我凭上帝发誓,是好伙伴。"桑丘也用同样的语言说。

说完,他就发出一阵大笑,简直笑了一个钟头,将他当总督期间发生的事情早已忘得干干净净。一个人在吃喝的时候,往往是无忧无虑的。酒足饭饱后,众人就在草地上躺下,呼呼大睡。利科德和桑丘吃得多,喝得不多,因此,没有入睡。利科德将桑丘拉到一棵山毛榉下,席地而坐,撇下那些朝圣者在一边酣睡。利科德虽是摩尔人,却说一口很纯正的西班牙语。他对

① 日耳曼人嗜酒;摩尔人(即阿拉伯人)信伊斯兰教,禁酒。

② 作者引用了当时流行的谣曲:"尼禄站在塔尔贝雅岩石上,看着罗马城在熊熊燃烧,听着老人孩子在哭号,他丝毫也不心焦。"

桑丘说了下面的一些情况。

“桑丘·潘沙,我的邻居,我的朋友啊,你一定知道,在陛下颁布了驱逐我们民族的命令后,我们的惶恐,你是知道的,至少我害怕得很。限定我们离开西班牙的日子未到,我本人和我的孩子们都已尝到了这项严厉法令的滋味了。我当时决定一个人先离家,到外地找个安身的地方,然后,再不急不忙地把家搬去。我认为这样做比较稳妥。这就好比知道在什么时候得搬家,就预先找好住房。我和我们那些上了年纪的老人都明白,国王的命令并非像有些人说的那样只是吓唬吓唬人的。那是货真价实的法令,到一定的时候,就要贯彻执行的。现实使我不得不相信,我们中间有些不法之徒,包藏祸心,致使神灵启示了国王陛下,使他做出这样的决定。当然,这并不是说,我们每个人都有责任。我们中间也有一部分人是真正的虔诚的基督徒,只是为数不多,占压倒多数的是另一种人,也就是和这些人截然相反的人。不能让这些敌人留在国内,就像不能将毒蛇揣在怀里一样。总而言之,我们被流放出境也是合情合理的。这样的处罚,在一些人看来,还是宽大的;当然,在我们看来,这是够严厉的了。不过,往后我们不管上哪儿,想起西班牙,还会淌眼泪的。说到底,这是我们的出生地和故乡嘛。我们到哪儿都找不到安身立命的地方。我们原指望摩洛哥、突尼斯和阿尔及利亚及非洲的其他地方会收留我们,款待我们。可是,我们在这些地方都受到了欺侮。我们是‘身在福中不知福,直到福去才得知’。我们都非常想回西班牙。像我这样懂西班牙语的人不少,他们多数都丢下妻儿,自己一个人回来了。我们实在太爱西班牙了。现在我才真正体会到这样一句老话的含意:‘乡情甜如蜜’。我的情况是这样的:我离开本村,到了法国。虽说我们在法国得到了很好的接待,但我想多看一些地方。我先去意大利,又到了德国。我觉得在德国可以自由自在地过日子,因为当地的百姓心眼不那么小,让人有信仰的自由,各人过自己喜欢过的日子。我在奥古斯塔①附近的一个村里弄到一所房子。随后,就跟着这些朝圣者上这儿来了。他们有许多人每年都上西班牙来朝圣,朝圣对他们很有好处,十拿九稳能赚到钱。他们跑遍了整个西班牙。每到一地,总是酒足饭饱,手中还至少存一个里亚尔的现钱。朝完一

① 城名,在德国境内。

次圣,每人可赚一百多埃斯库多。他们有的将钱换成金子;有的将钱藏在竹杖内;有的缝在法衣的补丁里;也有的要弄了一些别的花招,将钱带出西班牙国境①,随后又带回自己的家乡。港口和海关都有哨兵进行搜查,但他们都混过去了。桑丘,我这次回来的目的是想取出埋在地下的一些珠宝。这些东西埋在城外,我去取不会有什么危险。我知道,我女儿和妻子现在在阿尔及尔,我准备给她们写信,或者取道巴伦西亚去找她们。到那儿再设法将她们带到法国的某一港口,然后再到德国。到了德国,往后的日子就听从上帝的安排了。桑丘,我很清楚,我女儿利科塔和我妻子法兰西斯卡·利科塔是虔诚的基督徒:我虽然没有她们那么虔诚,但也像个基督徒,不太像摩尔人了。我常常祈求上帝,能帮我开开心窍,让我明白怎样为上帝效劳。有件事我感到奇怪,我妻子和女儿作为基督徒,可以在法国待下去,不知为什么还要到阿尔及尔去。"

桑丘听了,回答说:

"利科德,你要明白,这件事由不得她们。她们是让你妻弟胡安·铁奥比约带走的,他准是个地道的摩尔人。像他这样的人,自然要上他认为最可靠的地方去定居了。还有一件事我可以告诉你,我认为你去找埋藏的东西没有用,因为我们听说你小舅子和你妻子带走许多珠宝和金币,后来被搜查出来没收了。"

"这完全有可能,"利科德说,"不过,桑丘,我埋的珠宝他们不会去碰一碰的,因为我怕出事,就没有告诉他们埋藏的地方。桑丘,你如果愿意陪我去,帮我取出珠宝,收藏好,我就给你二百埃斯库多,你可以用这笔钱贴补家用。我知道你家里的开支不小。"

"我要是贪财,就会帮你干,"桑丘回答说,"但我不贪,如果我想捞好处,凭我今天早上卸任的那个官,干不到六个月就可以拿黄金砌我家的墙,拿银盘子吃饭了。再说,我认为帮助王上的敌人就是对他的背叛,因此,我坚决不跟你去。别说你答应给我二百埃斯库多,就是给我四百埃斯库多现钱,我也不干。"

"什么官儿你卸任了,桑丘?"利科德问道。

---

① 西班牙国王卡洛斯五世执政后,禁止携带黄金及其他贵重金属出境。

“我不当海岛总督了，”桑丘说，“说实在的，像这样的海岛还真不容易找到呢。”

“这海岛在哪儿？”利科德问道。

“在哪儿？”桑丘回答说，“离这儿两西班牙里地，叫巴拉塔里奥岛。”

“别胡说，桑丘，”利科德说，“海岛应该在海里，陆地上怎么会有海岛呢？”

“怎么会没有呢？”桑丘说。“告诉你，利科德朋友，今天我就从那儿来的。昨天我还在岛上像一座人马星一样称心如意地当总督。后来我觉得当总督这样的官儿太危险，就丢弃不干了。”

“你当了总督，有什么好处吗？”利科德问道。

“我只得到一个好处，”桑丘说，“就是知道自己不是做官的料儿，我只能当个猪倌、羊倌。而且，如果靠做官发财，那么休息睡觉都得赔掉，甚至连饭也吃不上。因为海岛总督只许吃一点点东西，如果有保健医生照管的，那就吃得更少。”

“桑丘，我不懂你的意思，我觉得你说的全是胡言乱语。谁会叫你当海岛总督呀！除了你，世界上就没有人能当总督了？别胡扯下去了，桑丘！醒醒吧，想一想，是不是愿意跟我去，就像我刚才说的那样，帮我将埋藏着的珠宝挖出来。说真的，我可藏了不少呢，都是宝物。我已对你说过，我给你的钱，够你好好过一些日子的。”

“利科德，我已经说了，”桑丘说，“我不想跟你去。不过，我不揭发你，你应该感到满足了，我们各走各的路吧。‘正当的收入，容易消失；贪得不义之财，更易招灾’。”

“桑丘，我不想强迫你，”利科德说，“不过，请你告诉我，我妻子、女儿和小舅子离开本村时，你在村里吗？”

“在村里，”桑丘回答说，“告诉你吧，你女儿出门时，打扮得漂亮极了。村里的人都出来看她，说她是世界上最美丽的姑娘。她离家前淌着泪，和所有的女友、相识的人以及前来看望她的人一一拥抱，并请他们祈求上帝和圣母保佑她。我这个人向来不怎么淌眼泪的，但见了这个场面，也禁不住掉下眼泪来。说实在的，有许多人想将她藏起来，也有人想在半道上将她抢回来，可是，都害怕违反国王的圣谕，不敢这么干。堂佩德罗·格雷戈里奥当时最激动。你认识这个有钱人家的长子吧。听说他很爱她。她一走，村里人再也没有见到过他。大伙儿都认为他跟她走了，打算伺机抢她回来；可是至今还杳无音信。”

“我一直在猜想这少爷看中我女儿了，”利科德说，“不过，我相信我们利科塔的为人，我早知道他喜欢她了，但我从不担心。桑丘，我想你一定听说过，摩尔姑娘和祖祖辈辈是基督徒的那些年轻人相恋的事非常罕见，少得可怜。我认为，我女儿只想当个基督徒，不想谈情说爱。她对这阔少爷献的殷勤不会理睬的。”

“但愿这样吧，”桑丘说，“否则，对双方都没有好处。利科德朋友，我要走了，我想今晚就赶到我主人堂吉诃德那儿去。”

“桑丘兄弟，愿上帝保佑你。我的伙伴已经起来了，我们也得上路了。”

他们两人拥抱一番，桑丘就骑上灰驴，利科德拄着拐杖，各人走各人的路去了。

第五十五章

叙述桑丘在路上的遭遇和其他的奇事。

桑丘让利科德耽误了行程，当天未能及时赶到公爵府。他离公爵府还有半西班牙里地，夜幕就拉开了，天色漆黑一团。不过，时值夏天，他并不着急。他离开大道，准备找个地方过夜。也许该他倒霉，在寻找安身地的时候，他和他的灰驴掉进几座旧房子中间的一个深坑里。往下掉的那一会儿，他一门心思祈求上帝，别让自己掉进地狱深处去。其实情况并不是这样，他掉下去大约三个人高的深度，那灰毛驴就着了地，而他还骑在驴背上，因此，没有受一点损伤。

他摸了摸自己的身子，又屏了屏气，想检查一下自己身上有没有裂开口子。发现自己的身躯完好无损，一点儿伤痕都没有，便一次又一次地感谢我主上帝，因为他原来以为自己已经跌得粉身碎骨了。接着，他又摸了摸洞壁，看看能不能不求助他人，自己爬出洞口。他发现四壁全是光溜溜的，没有地方可以攀登，心里便焦急万分；听到灰驴负痛嘶鸣，心里更为懊丧。这毛驴虽没有大鸣大叫，可也不是无病呻吟，它确实是受了点伤。

"唉，"桑丘·潘沙叹息道，"生活在这个倒霉的世界上，随时随地都会发生意想不到的事情！谁能想到像我这样昨天还在当总督，一呼百应的人，今夜居然落入深坑里，找不到人帮忙，也没有一个仆人和百姓前来相助！即使灰驴没有被摔死，我没有伤心死，这么待下去，我们也得饿死呀！也许我不会有我主人堂吉诃德·德·拉曼却那么好的福气，他下了蒙德西诺斯魔洞，有现成的饭吃，也有床铺睡觉，日子比家里过得还舒坦。他在那儿看到了美丽宁静的风光，我在这儿只能见到癞蛤蟆和蛇。我真不幸啊，瞧我这么疯疯癫癫的，妄想升官发财，落到了什么样的下场？！什么时候苍天开恩，让人们发现我在这洞内，让我和灰驴出了洞口，那时我俩恐怕也只剩下两副光秃秃的白骨了。凡是知道我桑丘和毛驴永不分离的人见了这模样，一定会想到这是谁的骨头。我再说一遍，我们真是太倒霉了！我们居然都不能死在自己的故乡，死在亲人的面前。和亲友在一起，即使遭灾遇难，总有人会感到同情、怜悯；临终时，有人会替你合上眼睛。我的伙伴和朋友啊，你为我出了这么多力，我却这样报答你！原谅我吧，你要祈求命运之神，尽一切力量将我们两个解救出眼下的困境！我保证给你脖子上挂上桂冠，让你像个带桂冠的诗人；我还要让你吃双份口粮！"

桑丘就这样自怨自艾着。他的灰驴在侧耳倾听，却没有吭声，这可怜虫也够痛苦的。总之，这一夜时间，人畜两个一个哀叹，一个悲鸣，总算熬到了天明。天一亮桑丘就发现，如无人前来相救，他是万万不可能爬出深坑的。于是，他开始大叫大嚷，想让人听见自己的呼救声。可是，他即使喊哑了嗓子，也仿佛在沙漠里呼叫一般，没有人能听到。他想自己必死无疑了。

灰驴仰天躺着。桑丘翻转它的身躯，让它站起来，它才勉强站着。他发现褡裢也掉在洞内，便从中取出一块面包，喂给驴子吃。它倒还喜欢吃，桑丘当它懂事的那样对它说：

"肚子吃饱，痛苦能熬。"

这时，他发现深坑的一侧有个洞，洞口足以容纳一个人，不过得低着脑袋，弯着腰。桑丘佝偻着身子，进入洞内，发现里面很大，洞顶射进一缕阳光，照得全洞透亮。他又见到这个洞往一边延伸，与另一个更大的洞相连。桑丘回到灰驴身边，用石头拼命砸那洞口四周的泥土，不久，就将洞口扩大得足足可以让灰驴儿进去。他拉着缰绳，将驴子牵进洞里，想看看洞口另一边有没有出口。他走在那个洞里，常常漆黑一团，没有一丝光线，心里没时没刻不在担惊受怕。

"全能的上帝，保佑我吧！"他自言自语地说道，"这种事情让我碰上了，就算倒霉；可是，让我主人堂吉诃德遇上了，就变成奇遇了。他落入这种泥坑地洞,看到的是繁花似锦的百花园和加丽阿娜宫殿①;而且,只等走出这黑暗狭窄的地道,就是绿油油的芳草地。可是我运气不好。我这个人既缺乏主意,也没有勇气。每走一步,总以为脚底下会突然出现更深的洞穴,把我吞没掉,'祸若单行,就算万幸'。"

他就这样自言自语地朝前走着。约摸走了半西班牙里地,忽见前面隐隐约约有光亮,看来天已大亮了。光线射进了洞穴,这表明,他想象中的通向黄泉的道路终于有了尽头。

熙德·阿梅德·贝纳赫利就将桑丘撇在这儿,又回过头来说说堂吉诃德的事情。他要为堂娜罗德里格斯的女儿报仇伸冤,这时正兴冲冲地等待着去和奸骗那姑娘的混蛋进行决斗。决斗的日期只差一天了,因此,他一大早就出门进行预演。他催动着罗西纳特,跑起了快步,一下子冲到一个土坑边。这时,他如果没有及时勒住马头,准会跌进洞里去。他终于勒住了马,没有跌下去,就在马上朝洞口看了一眼。他忽然听到洞里有人在大喊大叫,细细一听,好像还能听清下面那个人说的话:

"喂,上面有人吗?如有基督徒或行善的绅士老爷听见我在叫唤,请行个方便吧!我是活埋在这里的倒霉鬼,是个时运不济,卸了任的总督!"

堂吉诃德觉得好像听到了桑丘·潘沙的声音,非常惊奇。他大声说:

"下面是谁呀?谁在那儿叫苦呀?"

"谁会在这儿呢?谁会叫苦呢?"下面的人回答说,"除了大名鼎鼎的骑士堂吉诃德·德·拉曼却的侍从,还会是谁呢?也就是那个作了孽、倒了霉,做过巴拉塔里奥岛总督的桑丘·潘沙呀!"

堂吉诃德听了,加倍感到惊异。心想桑丘·潘沙可能已经死了。现在他的灵魂正在受苦赎罪呢。想到这儿,他说:

"我凭基督徒的名义真心诚意地询问你,你究竟是谁?你如果是个冤魂,就请你告诉我,你想我为你做些什么。救苦解难原是我的本职。我不仅要解救今世的落难人,对在另一个世界受罪,自己难以自救的,我也愿助一臂之力。"

---

① 相传托莱多有一摩尔公主,父王曾为她在塔霍河畔造一所美丽的宫殿,至今遗址还在,对那些不满足现有住宅的人,西班牙人就说他"想住加丽阿娜宫殿"。

“这么说,”下面的人说,“和我讲话的这位先生准是我的主人堂吉诃德·德·拉曼却了。说话的声音也是他,没有错儿。”

“我就是堂吉诃德,”堂吉诃德说,“凡是受苦受难的人,不管是死是活,我都要进行救援。因此,请告诉我,你是谁,我都被你搞糊涂了。你如果是我的侍从桑丘·潘沙,死了没给魔鬼带走,靠上帝的慈悲,正在炼狱里,那么,罗马天主教教会可以为你的亡灵进行祈祷,让你脱离炼狱。我一定尽自己的财力,请教会超度你。你究竟是谁,快通报自己的姓名吧。”

“好啊,堂吉诃德·德·拉曼却老爷,我凭您喜欢的任何一个人的生命起誓,我就是您的侍从桑丘·潘沙。我没有死,还好好地活着呢。我只是不当总督了,原因嘛,三言两语说不清,我们以后细说吧。昨天夜里我和灰驴一起落到这深坑里了。我的话是不是真的,灰驴可以作证,它就在我身边。”

那灰驴也好像听懂了桑丘的话,他的话一完,就嘶叫起来,声音响得整个地洞都震动了。

“这个‘证人’真过硬,”堂吉诃德说,“我对灰驴的嘶叫声熟悉得很,就像爹娘见了亲生儿女一样。另外,我的桑丘,你的声音我也听出来了。你等一下吧,公爵府就在附近,我就去叫人来救你。你准是作了孽,才落进洞里。”

“看在上帝分上,您快去快回吧,”桑丘说,“我可不能老这样活埋在这里呀,我都害怕死了。”

堂吉诃德离开他,回到公爵府,将桑丘的情况告诉公爵夫妇。他们深感诧异。他们想那个地洞古代就有的,桑丘跌进去也不足为奇。他们没有想到桑丘就这么丢了官,而且,他们也不知道他会回来。公爵夫妇立即派人拿了绳索上洞口去。那些人费了好大的劲儿才将灰驴和桑丘从那伸手不见五指的地洞里救出来。有个大学生见到这一情景,说道:

“但愿所有的坏总督卸任时,都像这个孽种那样从地洞里钻出来就好了。瞧他面无血色,身无分文,都快饿死了。”

桑丘听了,说道:

“你这个爱说三道四的老弟,我上任当总督才八天或十天。在这段时间里,我从来没有吃过饱饭,连一次也没有。医生老是跟我作对,敌人又踩坏了我的骨头。我既没有机会受贿,也没有时间去收税。根据我这样的情况,我觉得,不该从地洞里出来。不过,老话说,'谋事在人,成事在天';'该怎么办好,老天爷知道';'见什么人,说什么话';谁也别说'我不喝这儿的水';'有人以为这儿有咸肉,其实连挂肉的钩子都没有'。尽管我还有许多话要说,可我不多说了,反正上帝了解我就行。"

"桑丘,你别生气,也别听人家闲言碎语,生闷气。风言风语总是免不了的。只要自己问心无愧,随别人说去吧,你要想封住爱嚼舌头的那些人的那张嘴,就等于想在旷野安上大门那么难。你当总督发了财,就有人说你是个贪官;你当了官还是两袖清风,别人就说你是个笨蛋,傻瓜。"①

"看来这次大伙儿一定会说我是个笨蛋,不会说我是个贪官。"桑丘说。

主仆俩说着话,由许多孩子和大人簇拥着,来到了公爵府。公爵夫妇已在过道里等候堂吉诃德和桑丘了。桑丘说自己的灰驴昨天夜里吃尽了苦头,所以他一定要先到马厩里把它安顿好,然后才上楼去见两位贵人。他见了公爵夫妇,双膝跪下,说道:

"公爵大人和夫人,我原本无德无才,承蒙两位贵人垂爱,我去巴拉塔里奥岛当了总督。我去时光着身子,现在还是身无分文。我既没有吃亏,也没有得到好处。我这个总督当好当坏,见证人就在面前,他们可以说话嘛。我解答了疑难,审了几桩案子,经常饿得要死,因为岛上有个医生,他专门负责总督的医疗保健,他叫佩德罗·雷西奥,是蒂尔泰阿富埃拉镇人,是他不让我吃饭的。昨天夜里敌人来袭击我们,形势非常危急。岛上的人说,亏得我这条胳臂力大无穷,救他们脱离了险境,取得了胜利。他们说的都是真的。愿上帝保佑他们平安。后来,我掂量了一下压在自己肩上的这副当总督的担子,觉得实在担不起来;而且,自己也不配挑这副担子,为此,我决定趁早弃官,免得到时候被罢免。昨天一大早,我就离开了海岛。离开时,那儿的街道、房子和屋顶都跟我上任的时候一模一样。我没有向谁伸手借过钱,也没有捞到什么油水。虽说我曾打算制定几条有用的法令,可一条也没有制订成,我是怕制定出来无人遵守。订出法令无人遵守,有和没有都一个样。我刚才说了,自己单身一人,骑着灰驴,离开了海岛。我掉进一个深洞里,后来沿着一条坑道往前走,一直走到今天早晨。借助阳光,我看到了洞口,但

① 这句话应该是堂吉诃德说的。

就是出不了洞。要不是老天爷将我主人堂吉诃德送来救我,就是到了世界的末日,我还出不了这个深洞呢。公爵大人,公爵夫人在上,你们任命的总督桑丘·潘沙在这里拜见你们。我当了十天总督,心里明白自己绝对不想当这个官儿。甭说当海岛的总督,就是让我当全世界的总督我也不想。因此,我特地来吻你们两位的脚。孩子们在游戏里说,'你跳一跳,给我一粒小石子'。我就学他们的样儿,跳了一下,离开了总督的位置,又回来侍候我主人堂吉诃德了。跟他在一起,我虽然也要担惊受怕,但肚子总还能吃饱。我这个人只要能吃饱肚子,吃胡萝卜和吃石鸡都一个样。"

桑丘结束了他的长篇大论。堂吉诃德一直害怕他会说出许多胡话,结果,他的话很少有不合适的,不禁衷心感谢上苍。公爵拥抱了桑丘,说他这么快就离了任,自己心里非常过意不去,将来一定要委任他当个事情少,油水足的官儿。公爵夫人也拥抱了桑丘,并吩咐好生照看他,因为看样子他这次跌得不轻,还受了欺骗和作弄。

第五十六章

叙述堂吉诃德·德·拉曼却为了维护女管家堂娜罗德里格斯女儿的尊严，和用人托西洛斯进行了一场亘古未有的决斗。

公爵夫妇并没有因戏弄桑丘，让他当总督而感到后悔。当天总管回来，将桑丘在那几天的言行一五一十全向他们作了报告。最后，还将如何袭击海岛，把桑丘吓坏，以至一走了事的经过绘声绘色地说了一遍。公爵夫妇听了，觉得非常好笑。

根据历史记载，预定进行决斗的那一天终于到了。公爵一次又一次地教导他的用人托西洛斯，教他怎样对付堂吉诃德，说只能战胜他，不能伤害他。公爵吩咐，决斗时，双方都取下长矛的矛头。他对堂吉诃德说，自己笃信基督教。根据基督教的教义，这次决斗不能危及生命；况且，教会早有命令，禁止进行这样的决斗。还说，能让他们在这儿进行决斗，就不错了，没有必要非要争个你死我活。堂吉诃德回答说，这件事该怎么办全凭公爵大人作主，他唯命是从。

人们担心的这一天终于到了。根据公爵的嘱咐，公爵府前的广场上已搭起了一座很大的看台，让决斗的裁判员和女管家母女俩坐在上面。附近村镇上无数的人都赶来看热闹，因为那一带的老百姓祖祖辈辈都没有见到过这样的事，甚至连听都没有听说过。

首先进入决斗场的是那个司仪。他在全场巡视一遍，防止在场内设立陷阱或绊脚石之类的东西。然后是女管家母女进场就位。她们头上披的纱巾不仅遮住了自己的眼睛，还一直遮到了自己的胸口。堂吉诃德入场时，她们显得相当激动。此后不久，在一片号角声中用人托西洛斯也在决斗场的一角出现了。他骑着一匹骏马，马蹄踩得地面都要塌陷下去。他那高大的身躯连同脑袋都让坚固的闪闪发亮的盔甲罩住了。那匹马看样子是产在弗里吉亚[①]的，马背很宽，毛色黑白相间，每个马蹄足有一阿罗瓦的毛。

这个勇敢的决斗者事先已接受了他主子公爵大人的告诫：在与英勇的堂吉诃德·德·拉曼却的决斗过程中，绝对不能杀害他；双方上场进行冲杀时，他应该竭力避免与对方正面交手，否则，就会使他性命难保。托西洛斯在决斗场上绕场一周。他走到女管家母女俩的面前时，对要求结婚的那个姑娘细细地看了一眼。堂吉诃德已经上场；这场决斗的主持人就召唤他和托西洛斯一起来到女管家母女面前，问她们是不是同意堂吉诃德·德·拉曼却为他们伸张正义。她们说同意，还说堂吉诃德在这次决斗中的每一举动，她们都确认为英勇、坚定的行为。

这时，公爵夫妇已站在楼上的走廊里，下面就是决斗场。场上早已挤满了围观的人，他们都想看看这场空前的鏖战。决斗的条件是这样的：如果堂吉诃德赢了，打输的人就得和堂娜罗德里格斯的女儿完婚；如果他输了，对方当初答应结婚的承诺就宣布作废。

司仪为决斗的双方平分了阳光[②]。然后，让他们站好自己的位置。这时，鼓声震天，号角齐鸣，天惊地动。观众都非常紧张，有的怕出事，有的希望这场决斗结局圆满。堂吉诃德只顾向上帝祈祷，求上帝和杜尔西内娅·德尔·托波索小姐保佑自己，一面等着决斗信号，准备冲杀。可是，那个用人这时想的却是另一回事。他在想些什么，我在下面予以说明。

原来他刚才向那姑娘瞄了那一眼后，觉得从来没有见到过这样漂亮的女人。通常被人们称为爱神的那个瞎小子不失时机地攫住了用人的那颗心，将它作为自己的胜利品。爱神悄悄地来到那用人的身边，将一支两巴拉长的箭射进他的左胸，穿透了他的心脏。这件事爱神可以放心大胆地干，因为谁也见不到他，他可以自由进出，干了什么事，也无人去追究。那用人有些神魂颠倒，一心想着那美貌的姑娘。决斗的信号早已发出，他却没有听到。堂吉诃德一听到信号，便催动罗西纳特，全速向对方扑去。他的好侍从见他已朝前冲去，便大声地说：

① 这个地区出产的马匹强壮有力，蹄子宽大，上面有很多毛。

② 避免阳光过于刺眼，影响决斗。

“游侠骑士中的精英,愿上帝指引您,保佑您获胜!因为正义在您的一边!”

尽管托西洛斯已见到堂吉诃德朝自己冲过来,他仍然一动不动地站在原来的位置,只是大声地呼唤着决斗的主持人。主持人过来看看这用人到底想干什么。托西洛斯对他说:

“先生,这次决斗是决定我和那位小姐结婚不结婚,是吧?”

“是的。”主持人回答说。

“这么说,我心里觉得非常不安呢。如果我俩打起来,我的罪孽就更重了。因此,我承认自己已经输了,愿意立即和那小姐成亲。”

听了托西洛斯的话,主持人愣住了。尽管他是这场决斗的策划者之一,却不知怎样回答对方的问题。堂吉诃德见对手没有朝自己冲来,到了半道上就停下来了。公爵不知为什么决斗没有进行下去。等决斗主持人向他转告了托西洛斯刚才说的这番话后,不禁又惊又怒。托西洛斯乘机跑到堂娜罗德里格斯跟前,大声地说:

“夫人,我愿意和您女儿结婚。这件事用不到打官司,也不必进行决斗,只要平心静气地进行协商,不用拼命就能解决。”

英勇的堂吉诃德听了,说道:

“既然这样,我的承诺就算兑现了。让他们好好地结婚吧。‘上帝答应的事,圣佩德罗也赐福’。”

公爵下楼,来到决斗场对托西洛斯说:

“骑士,你真的自己认输了吗?你真的因为内心感到内疚,愿意和那姑娘结婚吗?”

“是的,大人。”托西洛斯回答说。

“他做得对,”桑丘插言道,“老话说,‘拿老鼠吃了的喂猫,就可免去不少烦恼’。”

托西洛斯的头盔一直紧紧地扣着自己的脑袋,扣得他呼吸都感到困难。他想将头盔解下来,却又一时解不开,只好请人帮忙。人们迅速地替他脱下甲胄,露出了用人的本相。堂娜罗德里格斯和她女儿见了,大声地说:

“这完全是弄虚作假,这是骗局!把我们主人公爵大人的用人托西洛斯冒充我丈夫,这不说是卑鄙,也是够恶毒的!这样做,还有公道和王法吗?”

“夫人,小姐,请别着急,”堂吉诃德说,“这不是恶毒,也不是卑鄙。就算是的,也不能怪公爵大人。这是那些恶毒的魔法师在跟我作对。他们妒忌我,怕我决斗获胜,名气大了,就将你丈夫变成公爵的用人的模样。你听我一句话,别理会我那些仇敌搞的恶作剧,你就和他结婚吧。毫无疑问,他就是你要嫁的人。”

公爵听了,一肚子火全都没有了,还差一点笑出声来。他说:

“堂吉诃德先生遭遇到的事情真是非同寻常,连我都相信我这用人不是我的用人了。不过,我有一个妙策,不知大家意见怎样。我们将婚期往后延半个月,同时将这个真假难分的用人关起来。在这半个月期间,他也许会恢复原形,因为那些魔法师总不能老是这么恨堂吉诃德先生吧,他们的仇恨可能会消失。再说,这小子变成原来的模样,对他们也没有多大关系嘛。”

“大人啊,”桑丘说,“只要是跟我主人有关系的人,那些坏家伙总喜欢拿来变这变那的,这都成了习惯了。前些日子我主人打赢了一个叫镜子骑士的人,他们就将他变成我们的老朋友——本村的参孙·卡拉斯科学士的模样。他们还将我女主人杜尔西内娅·德尔·托波索变成粗野的村姑。因此,我认为,这用人可能一辈子就是个用人了。”

罗德里格斯的女儿听了,说道:

“不管这个人是不是用人,他向我求婚,我非常感激。我宁可成为用人的合法妻子,也不愿成为绅士们玩弄的对象,更何况玩弄我的那个人还不是绅士呢。”

总之,这场决斗的结果是把托西洛斯关起来了,看他会不会变成自己本来的模样。众人为堂吉诃德的胜利而欢呼。可是,许多人觉得非常扫兴,因为他们等了这么长时间,没见到双方打得你死我活。就像孩子们去看绞刑,由于死囚得到了受害者或法庭的原谅或赦免,没有出场,就觉得非常失望一样。围观者散去,公爵和堂吉诃德回到了公爵府,托西洛斯被关在府里。堂娜罗德里格斯和她女儿非常高兴,因为这场纠纷不管怎样,结局总是结婚。托西洛斯也希望这样。

第五十七章

叙述堂吉诃德如何辞别公爵，以及公爵夫人的使女阿尔迪索多拉如何作弄这位骑士。

堂吉诃德觉得自己在公爵府无所事事,应该走了。老是在府里闲着,让公爵夫妇当游侠骑士用好酒好饭盛情款待,长此以往,尽不到自己的职责,将来也难以向老天交代。一天,他向公爵夫妇提出自己要走。公爵夫妇虽有些难舍难分,却还是同意他走了。公爵夫人将桑丘妻子的信交给桑丘。他流着泪,说道:

"我妻子特雷莎·潘沙知道我当了总督后,抱着好大的希望,谁料到头来,我还得跟我主人堂吉诃德·德·拉曼却去流浪冒险呢。不过,我还是很高兴,我妻子特雷莎很懂规矩,给公爵夫人送来了橡树子。她如果不送来,就是忘恩负义,我心里也非常过意不去。我感到自慰的是她送的这份礼不能算行贿,因为她送来时,我已当上总督了。得到人家的好处,即使是小恩小惠,也应该表示感谢,这完全是应该的。反正我当初当总督时,一无所有,现在还是身无分文。我可以问心无愧地说,'我出娘肚是光身,现在也是光身;我没吃亏,也没有捞到好处'。能这样说,也不容易了。"

其实上面这番话是桑丘在临走那天自己对自己说的。堂吉诃德在前一天夜里就向公爵夫妇告别了。这天一大早他就全身披挂,来到公爵府前面的广场上。公爵府的人全都聚集在过道上送行,公爵夫妇也来了。桑丘骑着灰驴,带着褡裢、手提包和干粮,心情非常好,因为当初扮演过特里法尔蒂夫人的那个公爵府的总管给了他一袋金埃斯库多,有二百枚之多,供他在一路上开销。这件事堂吉诃德还不知道。

正当大家都在给堂吉诃德送行的时候,夹杂在公爵夫人的管家和使女中的那个狡诈、活泼的阿尔迪索多拉突然哭叫起来。她说：

听我说，你这个坏骑士，
你停一会再走也不迟，
驾驭坐骑你没有本事，
却一个劲儿踢它肚子。
伪君子，你为什么要逃避，
睁开眼睛，你瞧瞧这里，
我不是毒蛇，只是只小羊，
它远远地离开了母体。
你这个恶魔，瞧我不起，
可是在狄亚娜的山上，
还是维纳斯的树林里，
有谁能比我更加美丽？

你这个残忍的维瑞诺①，
逃之夭夭的埃涅阿斯②，
愿巴拉瓦斯③与你为伍，
到时候有你的好日子！

你这个冷酷无情的人，
用你十个锋利的爪子，
挖走了我五脏六腑，
这是温顺姑娘的心肺。
我大理石般光洁的腿上，
一副黑颜色的袜带，

① 据《疯狂的奥兰多》，塞拉地亚公爵维瑞诺将情人奥莉比娅遗弃在孤岛上。

② 据维吉尔的长诗《埃涅阿斯记》，埃涅阿斯拒绝了迦太基女王狄多的爱情，离开了她，她因而自杀。

③ 犹太杀人犯。

白白地让你给拿走了，
还带走我头巾三块。
　　你还骗去两千声叹息。
声声叹息是一把情火，
能将两千座特洛伊城，
立即焚烧成废墟一片。

　　你这个残忍的维瑞诺，
逃之夭夭的埃涅阿斯，
愿巴拉瓦斯与你为伍，
到时候有你的好日子！

　　但愿你这个侍从桑丘，
心肠比铁石还要坚硬，
让你那个杜尔西内娅，
中魔法永世难以翻身。
　　好人替罪人代为受过，
这里司空见惯不足奇，
为你的罪孽吃苦受难，
正是你那可怜的小姐。
　　但愿你种种称心美事，
全都变成了灾难大祸；
你自己说意志很坚定，
实际全是一场黄粱梦。

　　你这个残忍的维瑞诺，
逃之夭夭的埃涅阿斯，
愿巴拉瓦斯与你为伍，
到时候有你的好日子！

　　愿众人都指责你负心，
从塞维利亚到马切那，
从格林纳达直到罗哈，
从伦敦到英格兰特拉。
　　你要有兴趣赌博玩牌，
愿王牌全不到你门下，
“爱斯”和“七”也没有一张，
到手的都是虾兵蟹将。
　　你如果打算挖去鸡眼，
让你伤口里血流不停！
如果人家给你拔牙，
让牙根就断在牙龈里！

　　你这个残忍的维瑞诺，
逃之夭夭的埃涅阿斯，
愿巴拉瓦斯与你为伍，
到时候有你的好日子！

阿尔迪索多拉又是哭又是叫地诉说着内心的苦衷。堂吉诃德看着她，却没有答言，回过头来，对桑丘说：

“桑丘，我以你祖先的名义，请你老实告诉我，这痴情姑娘说的三块头巾和一副袜带是你拿走的吗？”

桑丘回答说：

“三块头巾是我拿的，可这袜带我压根儿就没有见过。”

公爵夫人见阿尔迪索多拉这么调皮，真有点吃惊。平时她知道这使女很淘气，却没有想到她会这么大胆。再说，她这么胡闹腾，公爵夫人事先一无所知，所以，更觉惊诧。公爵有意来个火上加油，让这玩笑开得更大一点儿。他说：

“骑士先生，你在本府受到盛情款待，却不该拿我使女的东西——你至少拿了她三块头巾，至多嘛，还得加上她一副袜带，可见你心术不正，真是名实不符呀。请你快将袜带还给她吧,否则,我就要向你挑战,拼个你死我活了。尽管那些恶毒的魔法师将那个准备跟你决斗的人变成了我用人的模样,我可不怕他们来改变本人的脸相。"

"我受过大人数不清的恩惠,"堂吉诃德说,"愿上帝别让我拔出剑来对付您。那三块头巾我可以奉还,因为桑丘说,是他拿了;袜带我无法还,因为我俩都没有拿过。贵府的这位使女如能在箱笼里好生寻找,准能找到。公爵大人,我这辈子从来没有做过贼,只要上帝不抛弃我,往后也不会做贼的。刚才这姑娘说她爱上了我,说了一些疯话,这件事可不能怪我,我不必向她道歉,也不必向你们两位道歉。我只求大人和夫人不要对我存有偏见,并再次请求让我上路走吧。"

"愿上帝保佑您万事顺利,堂吉诃德先生,"公爵夫人说,"但愿我们能经常听到您为世人建功立业的佳音。再见了,您不能再待在这儿了,再待下去,这儿的使女见了您,心里的情火会越烧越旺的。我这个使女我一定得好好地管教她,叫她往后目不斜视,嘴不乱说。"

"哦,英雄的堂吉诃德,"阿尔迪索多拉这时插嘴说,"我只希望你能再听我说一句话。说你偷袜带的事,我要请你原谅。我以上帝和我自己灵魂的名义起誓,这袜带就在我的腿上呢。我这个人真是够粗心的。我这会儿就像骑着毛驴找毛驴一样。"

"我刚才不是说了吗?"桑丘说,"拿了人家东西不说,那还像话吗?真要干这种事,我做总督时,有的是机会呀。"

堂吉诃德低下头,向公爵夫妇和在场的人鞠躬致意。随后,掉转马头,离开公爵府,径直往萨拉戈萨走去,桑丘骑着灰驴跟在他的后面。

第五十八章

叙述堂吉诃德一路上遇到的奇事应接不暇。

堂吉诃德摆脱了阿尔迪索多拉的纠缠，来到旷野，感到十分自在。他振作精神，准备重操旧业，干游侠骑士这一行。他回过头来，对桑丘说：

"桑丘，自由是苍天赐予人类的无价之宝，无论是地下还是海底埋藏的珍宝都难以与它相比。自由和尊严一样，都应该冒生命的危险去拼争。相反，失去自由，受人奴役是人生最大的痛苦。桑丘，我说这话是有原因的。我们在公爵府里时，你亲有体会，那日子过得确实舒畅，应有尽有，每天吃的是山珍海味，喝的是冰镇美酒，可我觉得好像在挨饿受饥一样，因为我吃的喝的都不是自己的东西，没有那份自由自在的劲儿。另外，受人恩惠，必思报答，这又像一根绳索一样捆住自己，使我难以无牵无挂地过日子。一个人不叨别人的光，靠老天保佑，有一口饭吃，就算交上好运了。"

"您说的话虽然有道理，"桑丘说，"可话也得说回来，公爵府的总管给了我一只钱包，里面有二百枚埃斯库多金币，我们忘了这个情可不好吧。这个钱包像块止痛膏，也像颗定心丸，我贴着心口藏着，准备需要的时候使用。往后我们就不一定能找到供我们吃喝的贵府衙门了，说不定我们还会碰上拿棍子揍我们的客店呢。"

游侠骑士和侍从这么一边聊，一边走，大约走了一西班牙里多地，就瞥见前面碧草地上坐着十几个农夫模样的人，他们坐在自己的披风上吃饭。在他们身边铺着几块白床单，每块床单相隔一定距离，床单下面遮盖着什么东西。堂吉诃德来到那些人面前，先客客气气地同他们打过招呼，随后就问他们，那些白床单下面盖着什么。一个农夫模样的人回答说：

"先生,这白布下面都是木刻的圣像。我们村子里准备建个祭坛,这些圣像是装饰在祭坛后面的。我们拿白布盖起来,免得它们掉了颜色;我们抬在肩上,免得它们碰撞、损坏。"

"请问,能让我看看吗?"堂吉诃德说,"你们这么小心地运送这些圣像,那一定是一些珍品。"

"这还用说吗,"另一人说,"您如不信,我一说价钱,您就信了。说真的,这里的每个圣像值五十枚杜卡多呢。您等一等,我让您亲眼看看,您就更相信我这话是真的。"

他不再吃饭,站起身来,去揭开第一座圣像的盖布。那是骑马的圣乔治①。他脚边盘着一条大蛇,他的长矛刺中了蛇的喉咙,他的神态就像往常画家画的那样凶狠。整座圣像涂染得黄灿灿的。泛着金光。堂吉诃德见了,说道:

"这位圣人是圣教中最杰出的一员,他叫圣乔治,也是童女的保护神。我们再看看另一尊吧。"

那人又揭开另一尊圣像的盖布,那是圣马丁②像,也骑在马上。他正在将自己的披风分割一半给一个穷人。堂吉诃德一见,就说:

"这也是基督教的一位卫道士。他最突出的一点是慷慨,勇敢还不是主要的。桑丘,你不是见到了,他正在将自己的披风分成两半,一半给穷人。毫无疑问,当时是冬天。否则,像他这样乐善好施的人,一定会将整件披风给穷人的。"

"不一定是这样吧,"桑丘说,"他一定是照一句老话办的,'留着还是给人,都要动动脑筋'。"

堂吉诃德笑了。他请他们再揭开一尊圣像的盖布。那是西班牙王国的保护神。他骑着马,手执一柄血淋淋的剑,正在践踏摩尔人,踩他们的脑袋。堂吉诃德见了,说道:

---

① 原是小亚细亚卡帕多西亚的王子,于公元三零三年殉教。相传他从毒龙口中救出了英国的公主克雷奥多莉达,系英、俄、葡萄牙诸国的保护神。

② 公元四世纪法国图尔的主教,以乐善好施著称。相传他曾将自己的披风分一半给穷人。圣马丁是阿根廷首都布宜诺斯艾利斯市的保护神。

"这位是基督教队伍中的骑士，叫堂圣地亚哥[①]，是摩尔人的杀手。他是最勇敢的骑士和圣人，当年他活着时是这样，今天灵魂在天堂也是这样。"

之后，又掀去一尊神像的盖布。那是从马上跌倒在地的圣保罗[②]，背景是他如何皈依基督教的一般场景。他好像在跟耶稣对话，神态活灵活现，栩栩如生。

"这位圣人原来是我们圣教的最大敌人。"堂吉诃德说，"后来，却变成了最伟大的卫道士。他活着的时候，是四处奔波的骑士，死后则成了坚定不移的圣人。他在上帝的葡萄园里不倦地工作，是异教徒的导师。他曾经在第三层天上接受耶稣基督的亲自教诲。"

几座圣像全都看完了。堂吉诃德叫他们将圣像重新盖好，然后，对抬圣像的人说：

"兄弟们，今天我见到了这几座圣像，也是我交了好运。这几位圣人和骑士从事的事业和我一样，都是拿枪杆子的。不过我和他们也有不同的地方：他们是圣人，以神圣的方式进行战斗；我是凡人，在人间进行斗争。他们通过自己的努力，进入了天堂，因为天堂要通过努力才能进去[③]。我努力到今天，还不知自己取得了多大的成就。不过，如果我的杜尔西内娅·德尔·托波索摆脱了正在遭受的灾难，我的事情也顺顺利利，头脑也不那么糊涂，那么，我往后的路也就畅通了。"

"'但愿上帝耳灵，魔鬼耳聋不闻'[④]。"桑丘说。

抬圣像的人见了堂吉诃德那个古怪的样子，又听他说了那一番话，都感到非常惊异。他的话他们连一半也没有听明白。吃完饭，他们抬起圣像，辞别堂吉诃德，继续赶路去了。

桑丘对自己主人的博学颇感惊奇，似乎觉得过去对他太不了解了。他认为，世界上的事情就好像写在他主人的指甲上，印在他的脑门上一样。他说：

---

① 即圣地亚哥，西班牙的保护神。

② 原名扫罗，犹太人，后改名保罗。曾残害耶稣的门徒。一次他去大马士革的路上，他见耶稣显灵，受到感化，皈依基督教，公元六十七年殉教。

③ 《新约全书·马太福音》："天国是努力进入的，努力的人就得着了。"

④ 西班牙谚语，意思是希望堂吉诃德的愿望能实现。

“我的老爷,说真的,如果今天发生的事也算得上是奇遇的话,那么,这是打从我们出门以来最舒服的一次了。今天我们既没有挨揍,也没有受惊,没有拔剑,没有摔跤,更没有挨饿。感谢上帝,让我亲身经历了这桩奇遇。”

“你说得对,桑丘,”堂吉诃德说,“不过,你该明白,时机不一样,运道也不一样。一般人说的预兆,实际上是没有多少道理的。在有识之士看来,这不过是事情的巧合罢了。相信预兆的人,早上出门,路上遇到一个圣方济会的修士,就像遇到了个半鹰半狮的妖怪,连忙转身回家[①]。门多萨家族的人,饭桌上泼翻了一点盐,心里就发愁[②],仿佛大自然一定得依靠这种偶发事件来预示吉凶似的。有见识的基督徒不必如此小心翼翼地揣测天意。西比翁[③]来到非洲,一上岸就摔了一跤。他的士兵认为这是不祥之兆,他却抱着土地说:‘非洲,你逃不了啦,我已紧紧抓住你,将你抱在怀里了’。因此,桑丘,见到了这些圣像,对我来说是件大好事。”

“您说得对,”桑丘说,“我还想问您一件事:西班牙人与敌人交战时,为什么要喊摩尔人的杀手圣迭哥的名字,说:‘圣地亚哥,关上西班牙!’[④]难道西班牙是开着的,所以得关上?还是有别的意思?”

“你这个人头脑也太简单了,桑丘,”堂吉诃德说,“你要知道,这位伟大的红十字骑士[⑤]是上帝赐给西班牙的保护神。西班牙人每次与摩尔人血战,都得靠他保护。所以,交战时总把他当救星,呼唤他的名字。人们在战斗中常常看见他显灵,把摩尔军队打得落花流水。在西班牙的历史上,这样的例子多得很。”

桑丘改变了话题。他对主人说:

“老爷,公爵夫人的使女阿尔迪索多拉这么放肆,真叫我吃惊。那个叫爱神的准是一箭将她的心给射穿了。听说这爱神是个瞎眼娃儿。虽说他满眼都是眼屎——说得更明确一点,他就是个瞎眼,但是,他要射哪颗心,不论是大是小,定能一箭中的,还能射穿。我还听说爱神的箭朝贞洁姑娘射去的

---

① 天主教国家的人早起出门遇见修士、修女不吉利。

② 门多萨家族的人历来特别迷信,吃饭时,泼翻了盐,古罗马人认为是不祥之兆。

③ 古罗马将领。

④ “关闭”(cierra)也有包围的意思,即号召西班牙人冲上去包围敌人。

⑤ 指圣地亚哥,他得过红十字勋章。

时候,箭头就不锋利了。可是,当它朝阿尔迪索多拉射去时,不但箭头不变钝,反而更锋利了。"

"桑丘,你要知道,"堂吉诃德说,"爱情无所顾忌,也不崇尚理性,它和死亡有一共同点:不论王宫相府还是牧人的茅屋草舍,它全都能进去。人心一旦被它完全占领,便立即失去了恐惧和羞耻感。正因为这样,阿尔迪索多拉将自己心里想的全都说了出来。她这样做,只会使我反感,并没有引起我的怜悯。"

"你这就太狠心了!"桑丘说,"也太不识抬举了! 要是换上我,她只要说上几句好听的话,我就全听她的了。婊子养的,真是铁石心肠,灰泥凝成的灵魂呀。不过,我不明白这姑娘到底看中了您什么,要那么神魂颠倒。是您华丽的衣着,还是英俊的仪表? 是风趣的谈吐,还是漂亮的脸庞? 是这其中的一项还是这几项合在一起,使她动了春心? 说真的,我常常将您从头到脚细细端详,瞧您那副尊容,只叫人害怕,不值得爱慕。我也听人说过,漂亮是引人爱慕的首要条件。您既然一点也不漂亮,这可怜的姑娘爱上您什么呢?"

"桑丘,你要知道,"堂吉诃德说,"美有两种,一是心灵美,一是肉体美。聪明、诚实、正直,慷慨和彬彬有礼都是心灵美的表现,面目丑陋的人也可以具备美的这些方面。如果一个人的注意力只集中在心灵美,不计较肉体的美丑,那么,由此产生的爱情会更加坚定,更加真挚。桑丘,我知道自己不是美男子,但也不是丑八怪。一个心地善良的人只要不像魔鬼那样丑,心灵上又有我刚才讲的种种美德,他就能引人爱慕。"

主仆两人说着话,走进沿路的一座树林。堂吉诃德突然撞进张挂在树上的绿丝网里了。他不知那是什么东西,对桑丘说:

"桑丘,我觉得这些网非同寻常。我可以拿生命打赌,这都是那些跟我作对的魔法师见我对阿尔迪索多拉冷酷无情,特地拿网拦住我的去路,好替她出气。我要明确地告诉他们,即使这些绿丝网是极其坚固的金刚石网,甚至比火神用来捉拿维纳斯和马尔斯的那张网①还坚固,也只能像草绳或棉

① 根据希腊神话,维纳斯和战神马尔斯私通。维纳斯的丈夫火神制造了一张坚固的网去捉奸。

纱织成的网一样,被我撞破。"

他正打算往前冲去,将网撞破,忽见树林里出来两个美貌非凡的少女,衣着打扮像牧女。不过,她们服装的衣料是精美的绸缎,裙料是非常精美的金丝水波纹绸。她们一头披肩的金发,像阳光一样闪闪发亮。头上戴着绿桂叶和红花编成的花冠。两人的年龄在十五岁到十八岁之间。

桑丘见了,大为惊讶,堂吉诃德也惊奇得说不出话来。这样的美人儿,就连太阳也要停下来看一看她们呢。开始时,四人都愣着没有说话。后来,还是一个牧女先开口。她对堂吉诃德说:

"骑士先生,请不要往前冲,免得将网弄破。这几张网是我们张着消遣用的,不是用来对付您的。我知道,您一定会问我,我们是什么人,张着这几张网有什么用意。我简略地告诉您吧。我们住在离这儿大约两西班牙里地的一个村庄里,村里都是一些富贵人家。这些人家彼此间都是亲朋好友。大伙儿约定,各家的父母带着自己的子女和亲友上这儿来玩玩,因为这儿是这周围地区最美丽的地方。我们女孩子扮成牧羊姑娘,男孩子装扮成牧童,将这个地方变成牧人的新'阿尔卡迪'①。我们熟读了两篇牧歌,一篇是著名诗人加尔西拉索②的,另一篇是葡萄牙优秀诗人卡莫艾斯③用葡语写的。不过,这两篇牧歌我们至今还没有吟诵过呢。我们昨天才来这儿。这里有一条大河,这一带的草地就靠这条河的河水进行灌溉。我们在河边搭了几座帐篷,据说这就叫露营。昨天夜里,我们又在这几棵树的中间张了几只网,打算让那些经过我们吆喝吓得晕头转向的鸟儿自投罗网。先生,您如果有兴趣做我们的客人,我们非常欢迎。我们这里是个极乐无愁的世界。"

她说完,堂吉诃德回答说:

"美貌绝伦的小姐啊,我见到你们这样的美女就像安泰翁④见到在河里洗澡的狄亚娜那样感到惊奇。对你们这种娱乐方式我很赞赏,对你们的邀请我深表感谢。你们如需要我帮助,请尽管吩咐,我一定尽力而为。干我们

---

① 当时田园诗或牧歌中歌颂的地方,近似"人间乐园"。

② 西班牙十六世纪著名诗人。

③ 葡萄牙十六世纪诗人。

④ 实际上应该是阿克泰翁。根据希腊神话,这位猎人行猎时,遇见女神狄亚娜在河中光身沐浴。她一怒之下,将他变成一只鹿,让他自己的猎犬吞食掉了。

这一行的不但要知恩图报，还要为世人做些好事，何况对你们这样高贵的小姐呢。这几张网原本占不了多大的地盘，即使它们占据了整个地球，我也要另找新世界绕道而行，绝对不会将网撞破。你们别以为我在吹牛。告诉你们，我就是堂吉诃德·德·拉曼却，我想你们一定听到过这个名字吧。"

"啊，亲爱的朋友，"另一个姑娘说，"我们可交上大好运啦！你知道我们面前的这位老先生是谁吗？告诉你吧，他就是世界上最勇敢、最痴情、最讲礼貌的人。有关他的事迹已出了一本传记，我已经看了。我想这本书总不会骗人吧。我敢打赌，他旁边的这一位准是他那位头等逗乐儿的侍从桑丘·潘沙。"

"没有错，"桑丘说，"我就是您刚才说的那个逗乐儿的侍从啊。这位先生是我主人，他就是书上写的堂吉诃德·德·拉曼却。"

"啊呀，朋友，那我们就求他留下来吧，"第一次说话的那个姑娘说，"他若不走，你我的父母亲和兄弟姐妹一定会非常高兴的。我也听说过他非常勇敢，也很风趣，就像你说的那样。我们特别赞赏他在爱情方面忠贞不贰，真是世上少见。他的情人就是杜尔西内娅·德尔·托波索，整个西班牙都一致公认她是第一大美人。"

"她是当之无愧的，"堂吉诃德说，"除非拿你们两位的美貌去和她相比。小姐们，请你们不要挽留我了，因为我有职责在身，在这儿一刻也不能逗留。"

这时，一个姑娘的哥哥来了。他也是一身牧人装束，衣着的华丽与两个姑娘相仿。姑娘们告诉他，在她们身边的这一位就是堂吉诃德·德·拉曼却，另一位是他的侍从桑丘·潘沙。对这位骑士的情况他有所了解，因为他也读过他的传记。这位仪表堂堂的牧人与堂吉诃德问过好后，便邀请他上他们的帐篷里去。堂吉诃德觉得却之不恭，只好跟他去了。这时，人们已开始猎鸟了，各种鸟儿纷纷朝网里飞去。由于网和树木的颜色相同，鸟儿本想逃命，结果反而遭擒。那里一起有三十多人。他们扮成牧人或牧女，都穿得非常华丽。他们听说堂吉诃德和他的侍从桑丘来了，都非常高兴，因为他们都读过堂吉诃德的故事，知道这主仆俩。堂吉诃德他们走进帐篷，只见里面已摆好丰盛、精美、洁净的酒席。堂吉诃德被尊为贵宾，安排在首席。大伙儿都朝他看，觉得他的模样很古怪。

吃完饭，撤去杯盘，堂吉诃德平静地提高嗓门，说道：

“世上最大的罪孽有人说是骄傲，我说是忘恩负义。大伙儿不是说地狱里全是忘恩负义之徒吗。自从我懂事的那个时候起，我总是留心不犯这个罪过。别人给我办了好事，我如果一时难以报答，心里总时时刻刻记挂着。如果觉得这样做还不够，我就将别人给我做的好事广为传诵。一个人受到了别人的恩惠，能常常提起，这表明他能报答时，一定会报答的。得到好处的人，一般说来，处境总比施恩的人要差一些。尤其是至高无上的上帝，广赐恩惠，凡人是无法进行报答的。这个不足之处只有通过心怀感激之情来加以弥补。承蒙你们盛情款待，我限于能力，无法进行相应的报答，只有根据自己的能力和实际情况进行答谢。我打算用两天时间驻守在通往萨拉戈萨的大道上，让过往的行人都承认这两位打扮成牧女的小姐是全世界最文静、最秀丽的姑娘。不过，有一句话请在座诸位先生、女士别见笑：我倾心相爱的绝代佳人杜尔西内娅·德尔·托波索，她们俩还比不上呢。”

桑丘一直在专心倾听他说话。这时大声说：

“世界上怎么有人敢赌咒起誓地说我主人是个疯子呢？各位牧人先生、女士，请你们说一说吧，村上的神父尽管有见识、有学问，能说出我主人刚才说的这番话吗？有的游侠骑士虽然有名望、有勇气，敢提出我主人的这个打算吗？”

堂吉诃德气得满脸通红，他回头对桑丘说：

“桑丘啊，世界上能有谁不说你里里外外都是傻瓜呢？你这个人不光是呆子，还是个混蛋！谁让你来管我的事儿的？我是聪明还是愚蠢用得上你来下结论吗？闭上嘴，不用你答话！你快去看看罗西纳特。如果没套上鞍辔，就给套上，我们立即按我刚才说的话办。真理在我这一边，谁敢和我唱对台戏，准会输在我手里！”

他怒气冲冲地站起来，在场的人都感到惊异，弄不清他到底是不是在发疯。不过，他们都劝他别这样去强制人，因为他知恩图报这一点大家都心里明白；关于他的勇敢，也无需另加证明，记载他的丰功伟绩的那本书上，已讲得一清二楚。可是，堂吉诃德还是固执己见，他骑上罗西纳特，一手拿盾牌，一手执长矛，跑去站立在离草地不远的大路中间。桑丘骑着灰驴跟随在他的身后。那群装扮成牧人的男男女女也跟着，他们很想看看他那番新奇狂妄的挑衅怎样收场。

堂吉诃德站在路中间,大叫大嚷,声震云霄。他说:

“喂,从今天起的两天内,凡是在这条路上过往的行人,无论是骑士还是侍从,是步行的还是骑马的,都请听着:游侠骑士堂吉诃德·德·拉曼却据守在这里。我要你们承认,除我的心上人杜尔西内娅·德尔·托波索外,世界上最文静、最秀丽的美女就要数这儿草地上和树林里几位天仙般的姑娘了。谁有异议,快过来,我在这儿等着他呢。”

这番话他连说了两遍,只是没有一人路过那儿。命运捉弄人的方法越来越妙了。没有过多久,路上就来了一大批骑马的人,其中有不少人还手执长矛。他们互相紧挨着朝前疾驰而来。站在堂吉诃德身边的那些人见状,立即回头远离大路,因为他们知道,再待在那儿就会有危险。只有堂吉诃德胆大无畏,仍然不动声色地站在路中间。桑丘躲在罗西纳特的屁股后面。

那批手执长矛的人飞马前来。其中领先的一人向堂吉诃德大喊道:

“快让开吧,你这个胆大包天的家伙!后面的公牛会将你踩成肉泥的!”

“嘿,你这个流氓,公牛算得了什么!即使在哈拉玛河[①]两岸喂养的最凶猛的公牛,也不在我眼里。你们这群混蛋,快告诉我,承认不承认我刚才说的话。如果不承认,立即过来和我交手!”

原来前面有个地方次日要斗牛,这些公牛是先送到那儿去圈起来的。领头的是几头驯牛,还有一大批牧人护送。刚才和堂吉诃德说话的那个牧人还没有来得及答话,那牛群和人流就像潮水一般涌了过来,堂吉诃德想躲也来不及了。他和桑丘连人带牲口都被撞翻在地,遭了践踏。桑丘给踩得全身是伤,堂吉诃德受了惊吓,灰毛驴和罗西纳特也受了伤。不过,他们好歹还是从地上爬了起来。堂吉诃德跌跌撞撞地朝牛群追去,大声地嚷嚷道:

“快给我站住,别跑,你们这群混蛋!等着你们的不过是个单枪匹马的骑士!尽管有人主张给逃跑的敌人建一座银桥[②],可我不想这么干。”

疾驰而去的人流和牛群并不停步,只将他的恫吓当成耳边风。堂吉诃

---

① 马德里附近的一条小河。塞万提斯时代哈拉玛河两岸出产的公牛以凶猛著称。

② 这句话的意思近似“穷寇莫追”。

德追得精疲力竭，只好停下。他不但没有消去这口冤气，心里的火气反而更大了。他在路边坐下来，等候桑丘、罗西纳特和灰毛驴的到来。随后，主仆俩上了坐骑，也没有回去和乔装牧人的那些人辞行，神情沮丧、满腹怨气地朝前走去。

第五十九章

叙述堂吉诃德又遇到一件奇事，也可以说是一件巧事。

堂吉诃德和桑丘受了那群公牛的冲撞、践踏，满身尘土，疲惫不堪，幸好在一片树林里发现一处清泉；他们替灰毛驴和罗西纳特卸下鞍辔，让它们轻松自在一些，自己就在清泉边坐下来休息。桑丘从褡裢里取出几块面包和干酪。堂吉诃德洗了脸，漱了口，清凉一下，精神也好了不少。他心里有气，不想吃东西；桑丘出于礼节，也不敢碰一碰放在眼前的美食。他想等主人先动手进食。可是，堂吉诃德在一味胡思乱想，根本没有拿面包往嘴里送。桑丘忍不住了，便一声不吭，将面前的面包和奶酪一个劲儿地往肚子里塞。

"桑丘朋友，你吃吧，"堂吉诃德说，"你的命比我要紧，吃饱了好活下去。我倒了霉，心里不痛快，就让我死了吧。桑丘，我这个人生下来就为着拼命，你呢，死也得撑饱肚子。我说的是真心话。你要知道，我是传记上记载的人物，武艺高强，名气很大，行为端正，彬彬有礼，我受到王公贵族的敬仰，姑娘们的爱慕。我正想依靠自己的英雄业绩，博得世人尊敬的时候，谁知今天却遭到了那群龌龊畜生的践踏、作践。想到这里，我满口牙齿都嚼不动食物，手也麻痹，胃口一点儿也没有了。因此，我打算选择个最惨的死法——让自己活活饿死。"

"这么说，"桑丘嘴里一直没有停止咀嚼，"您一定不同意这样一句老话了：'就是死，也要吃饱肚子。'我可不想自寻短见。我打算学鞋匠的样子，用牙齿咬住皮子，使劲拉，能拉多长，就拉多长。我要吃饱肚子，听凭老天爷让我活多少日子。老爷，您要知道，像您这样命都不要，是最傻的事。你听我的话，吃点儿东西，在这块草地上睡一会儿。等您醒来，心里就不会这么烦恼了。”

堂吉诃德认为桑丘这番话富有哲理，根本不像傻子说的，就采纳了。他说道：

“桑丘啊，我有件事要对你说。你如能听我的，就能给我减轻烦恼，我心头一定会轻松些。事情是这样的：我过一会儿去睡觉，你离开这儿几步，解开衣服，拿罗西纳特的缰绳朝自己身上打三四百下。为了让杜尔西内娅解除魔法，你不是还欠着三千多鞭吗？你还掉一点儿债吧。那可怜的小姐因你漠不关心，一直摆脱不了魔法的纠缠，多苦恼呀！”

“这个问题不是三言两语说得清的，”桑丘说，“眼下我们还是睡觉吧。以后怎么办，就听从上帝的安排。您要知道，一个人拿鞭子抽打自己，可不是一件容易的事情。身体虚弱，尤其是肚里空虚的时候，就更不能打了。请杜尔西内娅小姐耐心点儿，也许她会出乎意外，发现我已把自己打得体无完肤了。‘留得青山在，不怕没柴烧’。这就是说，只要我还活着，答应过的事一定要办到。”

堂吉诃德对桑丘表示了谢意，然后吃了点东西；桑丘吃得很多，两人就躺下睡觉，让罗西纳特和灰驴这一对从不分开的朋友和伙伴随意在那一片丰盛的草地上吃草。他们醒来时，天已不早。主仆俩又骑上牲口上路。他们急急地朝前走去，因为一西班牙里地外好像有家客店在望。我说这是客店，这是因为堂吉诃德是这样说的。往常他总是将客店说成是城堡的。

到了店门口，他们就问店主，有没有房间。回答说，有客房，而且里面的设施凡是萨拉戈萨有的，他店里也有。主仆俩下了坐骑，店主将客房钥匙交给桑丘，他就将干粮袋放在客房内。随后，又将牲口牵到马厩去，还给它们喂了些草料。接着，又出来照料一直坐在门口石凳上的主人。桑丘特别感谢苍天，因为这次他主人没有将客店看作城堡。

到吃晚饭的时候，他们才进客房。桑丘问店主，晚饭有什么好吃的。店主回答说，这就看客人爱吃什么了。他们想吃什么，就点什么。反正天上的飞鸟，地上的家禽和海里的鱼儿，客店里全都有。

“用不了那么多，”桑丘说，“给我们烤两只小公鸡就可以了。我主人身子骨单薄，吃得不多；我自己肚子也不太大。”

店主说，没有小公鸡，都让老鹰给抓走了。

“那就请店主先生吩咐,”桑丘说,“替我们烤一只鲜嫩的小母鸡吧。”

“小母鸡?我的爹呀,”店主回答说,“说真的,昨天我进城去卖了五十多只。除了小母鸡,您要什么都可以。”

“这么说,”桑丘问道,“小牛肉或小羊肉总该有吧。”

“今天本店没有,刚刚吃完,”店主回答说,“下星期可多的是。”

“这下子我们可交了好运了!”桑丘说。“这也没有,那也没有,大概只有咸肉和鸡蛋多得很吧。”

“天哪,”店主说,“这位客官的脑袋真拐不过弯儿来!我刚才对您说过,既没有小母鸡,也就没有老母鸡,哪儿来的鸡蛋呢?别再要鸡肉鸡蛋了,还是要点别的好吃的吧。”

“店主先生,”桑丘说,“干脆点说吧,客店里有什么好吃的,别老是那么让人猜不透。”

“店里有两只小牛蹄一样的老牛蹄,或者说,有两只老牛蹄一样的小牛蹄,这完全是真的。这两只牛蹄子跟鹰嘴豆、葱头和咸肉一起在煨,这会儿仿佛在对人说:‘快来吃我吧,快来吃我吧!’”

“那好,这牛蹄子我就买下了。”桑丘说,“不要让别人碰一碰。钱我一定比别人多付,因为我最爱吃牛蹄。不管什么样的牛蹄,我都喜欢。”

“谁也不会碰一碰的,”店主说,“因为我这客店里的客人全是贵人,他们都是自己带着厨师、采购人员和食物来住店的。”

“论高贵,谁也比不上我主人,”桑丘说,“不过,他的职业不允许他带着厨师和炊具跑。我们只是躺在草地上,靠吃橡树子和山楂度日子。”

店主问桑丘,他主人从事什么职业。桑丘不想作答,他们的谈话就没有继续下去。

吃晚饭的时间到了。堂吉诃德在自己的客房里等待开饭。店主端来一锅炖牛蹄,自己也顺便留下来与客人一起吃饭。堂吉诃德的客房与隔壁这间房子只隔一层薄薄的板壁。他听见那间客房有人说话:

“堂赫罗尼莫先生,趁店主还没有送来晚餐,我们将《堂吉诃德·德·

拉曼却》的第二部[1]再念一章吧。”

堂吉诃德一听到自己的名字，立即站起身来，侧耳细听。他听见那个叫堂赫罗尼莫的人说道：

“堂胡安先生，这本书全是胡说八道，读它干吗呢？凡是读过《堂吉诃德·德·拉曼却》第一部的人都没有兴味读第二部了。”

“话虽是这么说，”堂胡安说，“但读一读也有好处。一本书无论多糟，总有些好的东西。不过，这本书最让我生气的是它将堂吉诃德写成杜尔西内娅·德尔·托波索的负心人了。”

堂吉诃德听了，满腔怒火，大声说：

“谁胆敢说堂吉诃德·德·拉曼却抛弃了或者将会抛弃杜尔西内娅·德尔·托波索，我就要和他进行决斗，让他承认这完全不符合事实。绝代佳人杜尔西内娅·德尔·托波索是不会被抛弃的，堂吉诃德也不是那种人。忠贞不贰是他为人处世的原则，他要一辈子做到这一点。”

“谁在回答我们的话呀？”隔壁的人问道。

“还会是谁呢？”桑丘说，“他就是堂吉诃德·德·拉曼却本人呀！他这个人向来是说到做到的。老话说，‘肯还债的人，不惜拿东西典当’。”

桑丘的话还没有说完，两个模样儿像是绅士的人走进了客房。其中一人抱住堂吉诃德的脖子，对他说道：

“真是闻名不如见面，见了您的面，就知道名不虚传。毫无疑问，先生就是游侠骑士的北斗星和启明星堂吉诃德·德·拉曼却本人了。您看看这本书吧，它的作者要冒您的名，夺您的功呢，这是枉费心机。”

他一边说，一边将同伴手中的那本书交给堂吉诃德。堂吉诃德接过书，没有说话，将书翻看了一下，又还给那绅士说：

“我刚才翻看了几页，就发现这本书有三点不对。第一，在序言里，有几句话不对头。第二，作者用的是阿拉贡方言，因为他有时没有用冠词。第三，这本书的主要情节与事实不符，显得作者愚昧无知。比如，这本书里，将我侍从桑丘·潘沙的妻子叫做玛丽·古铁莱斯，其实，她的名字叫特雷莎·

---

① 指一六一四年出版的假托阿维利亚纳达之名出版的《异想天开的堂吉诃德·德·拉曼却》第二部。

潘沙。像这样重要的地方都出偏差,其他的谬误就可想而知了。”

桑丘听了,说道:

“这种人也能写传记吗?他把我妻子特雷莎·潘沙都说成是玛丽·古铁莱斯了,对我们的事还能搞得清楚吗?老爷,您再看看书上有没有我,我的名字改了没有。”

“朋友,听你刚才说话的口气,”堂赫罗尼莫说,“你一定是堂吉诃德先生的侍从桑丘·潘沙了。”

“是呀,”桑丘回答说,“能作他的侍从,我也脸上有光呢。”

“这么说,我可以明白地告诉你,”绅士说,“这本新书的作者没有根据你的情况实实在在地写。他把你写成个饭桶,而且头脑糊涂,毫无风趣,和你主人传记第一部中的桑丘判若两人了。”

“愿上帝原谅他吧!”桑丘说,“我希望他将我弃在一边,不理我更好。‘乐器让会演奏的人去演奏’;‘圣佩德罗在罗马的日子过得挺好’。”

两位绅士知道客店的饭食不合堂吉诃德的胃口,便请他上自己客房与他们共进晚餐。堂吉诃德向来很讲究礼貌,便接受邀请,过去跟他们一起进餐,那锅牛蹄子就留给桑丘支配了。桑丘改坐首席,旁边坐着店主。他和桑丘一样,不管是牛蹄子还是牛肘子,都一样吃得津津有味。

进晚餐时,堂胡安跟堂吉诃德打听有关杜尔西内娅·德尔·托波索的消息:她结婚了吗?她怀孕生孩子了吗?如果她还是个黄花闺女,那么,守身如玉的她是不是还记得对她一片痴情的堂吉诃德先生呢?堂吉诃德听了,说道:

“杜尔西内娅还是个黄花闺女,我对她的这颗心比过去更坚定。我们俩的关系还像过去那样密切,只是她的模样儿已变成乡下姑娘了。”

接着,堂吉诃德就将杜尔西内娅小姐怎样中了魔法,他在蒙德西诺斯洞怎样遇见她,魔法师梅尔林叫桑丘吃多少鞭子为她解除魔法等全都原原本本讲给两位绅士听。他们亲耳听到堂吉诃德讲的奇闻,非常高兴。他讲的故事这么荒诞离奇,讲得又这么一本正经,这真使他们感到惊奇。他们时而觉得他头脑很灵,时而又感到他是个疯子,真不知他究竟属于这两种情况中的哪一种。

桑丘用完晚餐,店主已烂醉如泥。他丢下店主,来到主人那儿。一进门，他就说：

“两位先生，我可以拿自己的生命打赌，你们手中这本书的作者和我是绝对说不到一块儿的。你们说，他在书中说我是饭桶，我但愿他不要再将我说成是醉鬼。”

“他已将你说成醉鬼了，”堂赫罗尼莫说，“只是怎么个说法，我记不清了。反正话说得很尖刻，而且不符合实情。今天一见你这位好桑丘的面，我就知道他在撒谎。”

“请你们两位听我说，”桑丘说，“这本书中的桑丘和堂吉诃德，跟熙德·阿梅德·贝纳赫利写的那本书中的那两位不是一回事。熙德·阿梅德写的才是我们俩呢。我主人勇敢、有见识、痴情；我这个人头脑简单、爱逗乐，可我嘴不馋，也不是醉鬼。”

“你说得对，”堂胡安说，“如果有可能，应该下一道命令：堂吉诃德的事迹除了原作者熙德·阿梅德外，谁也不能写。当年亚历山大大帝就下过一道命令，除了阿沛雷斯①，谁也不能替他画像。”

“谁愿意写我，都可以写，”堂吉诃德说，“只是不要污蔑我。有些人将我说得一塌糊涂，真叫我受不了。”

“在我看来，堂吉诃德先生的耐心就像盾牌一样又坚又长，”堂胡安说，“他将种种污蔑不实的话全都顶回去了。顶不回去的，堂吉诃德先生会进行报复的。”

他们就这样谈谈说说，消磨了大半夜。堂胡安劝堂吉诃德把那本书多看几页，看看到底说了些什么。堂吉诃德没有同意，说就当全书已经读完了，肯定全书都是一派胡言。作者要是知道这本书堂吉诃德也读过，一定会很得意，他可不想让作者这么得意。再说，凡是丑恶肮脏的东西，最好心里不要去想，眼睛更不要去看。绅士们问堂吉诃德，准备上哪儿去。他回答说，打算去萨拉戈萨，参加当地的大比武②。这样的比武当地每年都要举行。堂胡安说，这部新书里描写堂吉诃德参加跑马穿环比赛，写得死气沉沉，毫无生气，武士的格言和短诗也少得可怜，武士们的服饰也非常单调。

---

① 公元前四世纪希腊大画家，曾替亚历山大大帝画过像。

② 为纪念阿拉贡的保护神圣乔治，萨拉戈萨每年举行三次比武。

书中尽是胡言乱语。

“我就为这个缘故，”堂吉诃德说，“决定不上萨拉戈萨去了。这样，就可以向全世界揭穿这本新书作者的谎言，让人们看清，我并不是他书中说的那个堂吉诃德。”

“您做得对，”堂赫罗尼莫说，“巴塞罗那也有大比武，堂吉诃德先生可以上那儿去大显身手嘛。”

“我也是这样想的，”堂吉诃德说，“时候不早，该睡觉了，我就告辞啦。我希望成为你们的朋友，为你们效劳。”

“我也有这个愿望，”桑丘说，“我也许对两位先生还有点儿用处呢。”

说完，堂吉诃德和桑丘告辞回房。堂胡安和堂赫罗尼莫觉得堂吉诃德这个人聪慧和疯傻混杂不清。他们确信，这主仆俩是真的堂吉诃德和桑丘，而那个阿拉贡作者写的是一对冒牌货。

堂吉诃德早上起床，拍了拍板壁，和隔壁的那两位绅士告别。桑丘付了房钱。这次他出手很大方，还奉劝店主，对客店的伙食少吹点牛，多准备点食物。

第六十章

叙述堂吉诃德去巴塞罗那的路上遇到的事情。

堂吉诃德清晨走出客店时很凉爽，看来这一天也不会太热。他先打听了哪条路可以不经过萨拉戈萨直达巴塞罗那。他听说那个作者将自己糟蹋得不成样子，因此一心想揭穿他的谎言。

他们走了六天，都没有发生什么值得一叙的事情。到了第七天，主仆俩离开大道，走进一座浓密的树林，天就黑下来了。这是橡树林还是栓皮槠林，向来叙事精确的熙德·阿梅德这次却没有说清楚。

主仆俩下了坐骑，各自找了一棵树坐下来休息。桑丘在路上已吃了点东西，一坐下就进入梦乡。堂吉诃德睡不着觉，他倒不是因为肚子饿，他是在一个劲儿地胡思乱想，总是合不拢眼。他神思飘忽，时而觉得自己在蒙德西诺斯洞；时而见到杜尔西内娅变成了村姑，一跃就跳上了小母驴；时而又听到梅尔林魔法师的声音，告诉他在什么样的条件下，用什么方法可以解除杜尔西内娅的魔法。他想到自己的侍从桑丘对这件事不上劲，毫无同情心，心里非常焦急。据他所知，桑丘只打了自己五鞭，与他还没有打的数字相比差得实在太大了。为此，他深感忧虑和气愤，心里暗暗想道：

"当年亚历山大大帝用剑割断了戈尔迪奥国王的结子①时说，'割断就算解开'，他最后还是统治了亚洲。这个情况同样也适用于解除杜尔西内娅魔法的问题。桑丘不肯打自己，如果我拿鞭打他，不也一样吗？当时讲好条

① 根据传说，古代小亚细亚弗里吉亚国王戈尔迪奥给自己马车的车辕打了一个结子。预言家说，谁能解开这个结，谁就能统治亚洲。亚历山大大帝解不开，用剑劈开。

件，只要桑丘挨三千多鞭子，杜尔西内娅就能解脱魔难。那么，管它是自己打，还是别人打呢？只要打足数不就行了吗？”

他这么一想，就解下罗西纳特的缰绳，摆弄了一下，使它可以当鞭子用，随后就来到桑丘身边。桑丘的裤子由几条吊带扣住上衣，可是一般说，他总是只扣前面的吊带。堂吉诃德正想解他前面的吊带，桑丘就醒来了。他说：

“怎么回事？谁摸我，解我的吊带？”

“是我，”堂吉诃德说，“你有件事没有办完，我来替你办，也好解除我的烦恼。桑丘，我是来鞭打你的，帮你还清那笔债。杜尔西内娅正在受苦，你却无动于衷，我都快心焦死了。你自己解开裤带吧，这儿僻静，没有人看见，你至少让我打两千下吧。”

“这可不行，”桑丘说，“请您别动，否则，我以上帝的名义起誓，我要闹得连聋子都能听见。我欠下的这顿鞭子一定得自愿打才行，不能强迫。眼下我不想打。不过，我向你保证，等我想打的时候，一定对自己拍打几下。”

“桑丘，这件事不能由着你的性子，”堂吉诃德说，“你这个人心肠硬，虽说是个乡下佬，皮肉却非常娇嫩。”

说完，他就动手要解桑丘的皮带。桑丘见他那样，立即站起来，向他主人扑过去，打算和他拼个你死我活。他用脚一绊，就将堂吉诃德摔了个仰面朝天。接着，又用右膝抵在他的胸口，抓住他的双手，叫他动弹不得，连呼吸都困难了。堂吉诃德说：

“怎么，你要造反了？你竟敢动手打起养活你的主人来了！”

“我既没有将王上赶下台，也没立新王上台，”桑丘回答说，“我只是在保卫自己的主人[①]！我就是自己的主人！您得向我保证不拿鞭子打我，我就让您起来，否则，

负心人，堂娜桑却的敌人，
我立即在这儿要你的命！”

---

① 相传卡斯蒂利亚国王佩德罗被弟弟恩列盖杀死。恩列盖的法国侍从贝特兰特帮了主人的忙，他当时就说了桑丘说的这句话。

堂吉诃德作了保证，以自己的生命起誓，连桑丘的衣服边都不碰一碰；桑丘什么时候愿意鞭打自己，由他自己决定。

桑丘站起身来，往前走了好一段路，来到另一棵树下。这时，忽然觉得什么东西碰了一下自己的脑袋，伸手一摸，发现两只穿了鞋袜的人脚。他吓得浑身颤抖，跑到另一棵树下，又发生了同样的情况。他大叫堂吉诃德救命。堂吉诃德来了，问他出了什么事，为什么这么恐惧。桑丘回答说，这儿的树上全都挂满了人腿人脚。堂吉诃德摸了摸，知道是怎么一回事儿。他对桑丘说：

"你不用害怕，刚才你碰到的这些人腿人脚准是被绞死的强盗和逃犯。官府抓到这些家伙，常常二十一批、三十一批地在这儿将他们绞死。看来我们离巴塞罗那不远了。"

堂吉诃德说的没有错儿。

他们抬头一看，树林中隐隐约约地见到一排一排的尸体。这时，天色微明，刚才被死强人吓得半死的主仆俩这时又让突然而至的四十余名活强盗团团围住，这更吓得他们灵魂出了窍。盗贼们用卡塔卢尼亚语[①]对堂吉诃德他们说，叫他们待在原地别动，待他们首领到来，再作处理。

堂吉诃德这时毫无准备：他的马没有套上鞍辔，长矛靠在一棵树上，一句话，猝不及防。没奈何，他只好双臂交叉抱在胸口，低下脑袋，等候时机，进行反击。

盗贼们过去搜查灰驴，将褡裢和手提包里的东西全都洗劫一空。桑丘这次运气还不坏，公爵府赠送的和家中带出来的那些埃斯库多全都贴身缠在腰上。也幸亏盗贼的首领来了，否则，即使桑丘将钱藏在自己的皮肉中，也会让这群好汉给抢走的。盗匪首领大约三十三四岁，身强力壮，中等偏上的个儿，皮肤黝黑，眼神很严肃。他骑一匹膘肥体壮的良马，全身披挂着铁甲，两边腰部插着四支小火枪。他见自己的侍从（他们之间是这么称呼的）打算洗劫桑丘，便喝住他们。他们立即遵命。这样，桑丘总算保住了缠在腰上的金钱。那首领见树上倚着一根长矛，地上放着一块盾牌；又见堂吉诃德全身披挂，哭丧着脸，露出一副极其颓丧的神情，便对他说：

---

① 巴塞罗那周围一带均说卡塔卢尼亚语。

“老兄，别这么垂头丧气嘛，你并没有落到残忍的奥西利斯[①]的手中。我罗克·吉纳尔特[②]宽厚仁慈，并不狠毒。”

“啊，您就是名扬全球的勇士罗克！”堂吉诃德说，“我心里难过，并不是因为落到了您的手中。我是怪自己太粗心，没有给马备上鞍辔，就让您手下的人捉住了。根据我从事的骑士道的规矩，我应该时时刻刻提高警惕，作好戒备。告诉您吧，勇士罗克，假如他们发现我的时候，我拿着长矛和盾牌，骑在马上，他们要制服我，也不那么容易。我就是堂吉诃德·德·拉曼却，我建立的功绩是举世公认的。”

罗克·吉纳尔特立即发现，堂吉诃德这个人有毛病。他这是疯病，倒不是在吹嘘自己。他曾听人讲起过此人的情况，但对他的疯疯癫癫并不信以为真，也不相信一个人真会疯成那样。现在他遇到了堂吉诃德，非常高兴，很想就近验证一下过去听到的传闻。他对堂吉诃德说道：

“勇敢的骑士，请不必懊丧，也不要认为自己时运不济。也许跌跌爬爬过了这阵子，厄运又会变成好运。苍天让世人遭到难以想象的曲折、坎坷后，会将跌倒的人扶起来，让穷人变成有钱人。”

堂吉诃德正要向罗克表示谢意，背后突然传来一阵马蹄声。马只有一匹。疾驰而来的是个约摸二十岁的年轻人。他上身穿一件套头衫，下面穿一条镶金边的绿缎肥腿裤；帽子上像瓦龙[③]人那样插着羽毛；一双不大不小的马靴打着蜡，马刺、短剑和佩剑都是镀金的；他手里拿着一根短小的猎枪，腰里别着两支手枪。罗克听到马蹄声，回过头去，见那英俊的年轻人来到他身边，说道：

“勇士罗克啊，我是来找你的。我遭到了不幸，想请你帮我一把，即使救不了我，至少也能让我减轻一点痛苦。我知道你不认识我，我来作个自我介绍吧。我叫克拉乌迪娅·赫罗尼玛，是你好朋友西蒙·福尔特的女儿。克拉乌盖尔·多雷亚斯是我父亲的死对头，也是你的仇人，因为他那一帮子人总是跟你作对。多雷亚斯有个儿子，叫堂毕森特·多雷亚斯——至少在两

---

① 奥西利斯（Osiris）系布西利斯（Busiris）之误。后者系埃及国王，曾下令杀死所有外国人，用来祭祀神灵。

② 卡塔卢尼亚著名义盗。塞万提斯在题为《萨拉曼卡洞》的幕间短剧中也提到过他。

③ 阿尔巴尼亚南部一港口城市。

小时前有叫这个姓名的人。下面我想简要地说一说此人给我招来的不幸。他见到我后,便向我大献殷勤。我没有拒绝,背着父亲偷偷地爱上他了。一个姑娘家尽管深居简出,可是要实现自己的心愿,还是有机会的。后来,我们俩就订立了婚约,但我们的关系也到此结束了。我昨天获悉,他忘却了和我订立的婚约,又要娶另一个姑娘,今天早上就要结婚,我听到这个消息,又气又急,难以自制,乘我父亲不在家的机会,穿上你看见的这身衣服,骑了这匹马,急急地追赶堂毕森特。离这儿大约一西班牙里地,我赶上了他。我既没有对他抱怨,也没有听他解释,就拿这支猎枪对他开了火,随后又用这两支手枪补了几枪。我估计他身上中的子弹一定不止两粒。我拿他的鲜血洗刷了自己的尊严。当时他身边有一群仆人,但他们谁也没有还手。我弃下他走了。我上这儿来找你,想请你将我送到法兰西,那儿有我的亲戚;同时,也请你保护我的父亲,免得遭人多势众的堂毕森特家族的人肆意报复。"

罗克对克拉乌迪娅这个美丽少女的敢作敢为的气概深感钦佩。他对她说:

"小姐,请听我说,我们还是先去看看你那个冤家是不是死了,然后,再考虑下一步该怎么办。"

堂吉诃德一直在专注地倾听两人说话,他说道:

"保护小姐的事不用烦劳别人,这件事我来承担好了。请将我的马匹、武器拿来,大伙儿在这儿等着,我这就去找那个绅士。不管他是死是活,我一定要让他兑现对这位美丽姑娘作的承诺。"

"大伙儿放心吧,"桑丘说,"我主人在撮合婚姻方面手段高得很。几天前,他就让一个企图赖婚的小伙子结了婚。要不是和我主人作对的那些魔法师将这个小伙子变成了公爵的仆人,眼下那姑娘早就不是姑娘了。"

罗克只一心一意地思考着克拉乌迪娅的事,对堂吉诃德和桑丘的话没有好好听。他吩咐自己手下人将灰驴驮来的东西都交还给桑丘,并叫他们退回到昨夜驻扎的地方。他自己立即跟克拉乌迪娅飞速前去寻找堂毕森特。是死是活都得找到他。他们来到克拉乌迪娅赶上毕森特的那个地方,但没有见到他,只见到一大摊新鲜血迹。他们纵目四望,发现对面山上有一群人,估计这些人一定是毕森特的仆人。他们或是抬着主人的尸体,前去掩埋;或是人还活着,送去治伤。那群人走得不快,他们迅速追上了,发现毕森特由仆人们抬着。他已极度虚弱,奄奄一息,请求仆人们放下他,让他死吧,他伤口疼痛得挺不住了。

克拉乌迪娅和罗克翻身下马,来到毕森特的身边。仆人们见到罗克,非常恐惧;克拉乌迪娅见到毕森特,异常激动。她虽然对他很严厉,但总还有一点旧情。她握住他的双手,说道:

"你要是根据我们的婚约,早一点伸出这双手来①,也不会落到这个地步了。"

受伤的绅士张开微闭的双眼,认出了克拉乌迪娅,对她说:

"漂亮的小姐,我想你一定受骗了。我知道是你亲手开的枪,可你这样惩罚我,能对得起我的一片深情吗?无论我心里想的还是我的行为,都丝毫没有伤害你呀。"

"今天上午你不是就要和财主巴尔瓦斯特罗的女儿莱昂诺拉结婚吗?"克拉乌迪娅说,"这难道不是真的吗?"

"确实不是真的,"堂毕森特说,"我太倒霉了,居然让你听到了这样的消息。你一气之下,就要了我的命。我能在你手中或在你怀里死去,深感幸福。为了表明我说的都是真话,请握住我的手,认我为你的丈夫吧。你既然认为我做了对不起你的事,我认为用这个办法向你致歉最合适。"

克拉乌迪娅握住他的手,他将她的手拉到自己的心口。她倒在堂毕森特染满鲜血的胸口上晕厥过去了。他一阵痉挛,咽了气。罗克急了,一时不知该怎么办。那些仆人赶紧去弄了些水来,洒在他们的脸上。克拉乌迪娅苏醒过来了,但堂毕森特却再也没有醒过来。克拉乌迪娅见到自己亲爱的丈夫已经死去,便呼天抢地,号啕大哭,双手拼命拔自己的头发,将揪下的头发一把一把往空中抛,让风吹走;还用手抓自己的脸,用伤心人表示悲痛的种种举动显示内心无比的伤感。

"你这个残忍的冒冒失失的女人,"她说,"怎么会这样轻易地让坏念头摆布,干出这样的事来!你醋劲大发,竟然丧心病狂地杀害了自己的丈夫!我的夫君啊,你真命苦!我一心爱你,反害了你;不能入洞房,却让你进了坟墓!"

---

① 意思是毕森特履行婚约,与她结婚。

克拉乌迪娅哭得无比伤心,连平时从不流泪的罗克也淌了眼泪,仆人们也泪流满面。克拉乌迪娅哭一阵,就昏过去一次。整座小山上一片哭声。罗克·吉纳尔特吩咐堂毕森特的仆人将遗体抬回死者离当地不远的家里,再进行埋葬。克拉乌迪娅对罗克说,她有个姑妈是修道院院长,她想进她的修道院,准备一辈子侍奉上帝,了此余生。罗克对她的打算深表赞赏,并表示愿意护送她到她想去的地方;还说要保护她的父亲,免遭毕森特家亲友的骚扰。克拉乌迪娅谢绝了他的好意,坚决不让他送,流着泪与他告辞了。堂毕森特的仆人抬着遗体走了,罗克也回到了自己的伙伴那儿。克拉乌迪娅·赫罗尼玛的恋爱就此了结。这个悲惨的故事全由争风吃醋引发,争风吃醋真正害死人呀。

罗克·吉纳尔特回到自己手下人那儿,见到他们还在他指定的那个地方。堂吉诃德正骑着罗西纳特在和他们说话呢。他劝他们改行,不要过这种肉体和灵魂都处于险境的日子。可这些人都是生性粗鲁的加斯贡①人,堂吉诃德的话他们都没有听进去。罗克一到,就问桑丘·潘沙,他灰驴驮来的那些东西有没有归还他了。桑丘说,还是还了,只是还差三块头巾,它们的价值足足抵上三座城池呢。

“你胡说些什么呀,老兄,”在场的一人说,“这几块头巾就在我这儿,总共还不值三个里亚尔呢。”

“你说得对,”堂吉诃德说,“不过,我侍从看重这几块头巾,也有道理,因为这是人家送的,礼轻情义重嘛。”

罗克·吉纳尔特叫那人立即将头巾还给桑丘,并叫自己的部下呈扇形散开,又叫人将上次分赃以后抢来的服装、珠宝和金钱全都取来,放在众人面前。他约摸估了估价,将不好分的物品折成钱,然后,均分给大家。他分得十分公平,没有什么偏差,大伙儿都十分满意,钱物分完后,罗克对堂吉诃德说:

“如果不能跟他们平等相处,就难和他们合伙。”

桑丘听了,说道:

“我这会儿亲眼见到,公道是个好东西,就连强盗也得讲公道。”

---

① 据说当时卡塔卢尼亚的盗匪大都是加斯贡人。

有个强盗听了,举起枪托,要打桑丘。要不是让罗克·吉纳尔特大声喝住,桑丘的脑袋早开了花。桑丘吓坏了,他下决心与这伙人在一起时,再也不开口了。

有几个强盗守候在几条道上窥伺过往行人,其中一人跑来报告罗克说:

“头领,离这儿不远,去巴塞罗那的路上,过来一队人马。”

罗克听了,问道:

“你能看清他们是来找我们的,还是我们要找的那些人?”

“就是我们要找的那些人。”那人说。

“那么,全体出动,”罗克说,“立即将他们抓来,别让一个跑掉。”

强盗全都出动了,只剩下堂吉诃德、桑丘和罗克,在等他们将人带来。这时,罗克对堂吉诃德说:

“在堂吉诃德先生看来,我们的生活一定非常新奇吧。如果您真的这样认为,我并不觉得奇怪。我们确实每天都遇到新事、奇事,而且得冒很大的风险。坦率地说,世界上就数干我们这一行的承担的风险最大。我干上这一行是由于自己有冤屈,想吐怨气。心里有气,不管你性情有多平和,也是憋不住的。我这个人生来就是个软心肠,不会害人。可我刚才说了,自己受了冤屈,就想报仇,平时那副菩萨心肠就丢在一边,下狠心走上了目前的这条道路。‘深渊就与深渊响应’①,罪孽带动了罪孽。我一桩接一桩地为自己报了私仇,同时,也帮别人报了仇。不过,眼下自己尽管走上了邪路,我仍希望靠上帝保佑,重新走上正道。”

堂吉诃德原来以为,像他这样干烧杀抢掠这一行的人,没有一个好心肠的,听了罗克刚才这一番合情合理的话,很感意外。他说:

“罗克先生,治病之道首先得看准病情。另外,医生开了药,还需病人愿意服用。你身上有病,也知道生的什么病,苍天(说得更确切一点是上帝)是我们的良医,会给你对症下药。服药后,不可能出现奇迹——药到病除,只能逐渐见效。不过,聪明人犯了过错,改起来比愚人快。从你刚才的话里,可以看出你是个明白人。你只要有勇气改过自新,心灵上的毛病就会好起来。你如果想找一条自我拯救的捷径,就请你跟我走吧,我来教你当游侠

---

① 引自《旧约全书·诗篇》第四十二章第七节。

骑士。当了游侠骑士，你将尝尽千辛万苦，克服千难万阻，以此替自己赎罪，随后就能很快升入天堂。”

罗克听了堂吉诃德这一番规劝，忍俊不禁。他改变了话题，跟堂吉诃德讲了讲克拉乌迪娅·赫罗尼玛的悲惨遭遇。桑丘听了，特别感到伤心，因为他对那个美丽姑娘的胆气和魄力感到非常钦佩。

这时，出去抢劫的强盗回来了。他们押回两个骑马的绅士、两个徒步的朝圣者、一马车的妇女和六名随车护送的仆人。他们有的骑马，有的步行。另外，还带来两名跟随两个绅士的骡夫。强盗们把掳来的那些人围在中间。大家默默无言，等待首领罗克·吉纳尔特发落。他首先询问那两个绅士是什么人，上哪儿去，身上带了多少钱。一个绅士回答说：

“先生，我俩是西班牙的陆军上尉。我们的军队在那不勒斯。我们这次是去乘船的。据说有四艘海船停靠在巴塞罗那，奉命准备去西西里岛。我们随身带着两三百埃斯库多。在我们看来，有这样一笔钱，也算是富有的了，因为军人向来手头拮据，不可能有很多钱财。”

罗克向那两个朝圣者也提出了同样的问题。回答说，他们打算坐船上罗马去；两人的钱加起来，大概能凑到六十里亚尔。罗克又问那马车上的女人是什么人，上哪儿去，带了多少钱。一个骑马的男子回答说：

“车上一共是四人，有我们的女主人那不勒斯民事法庭庭长夫人堂娜吉玛尔·德·吉涅纳斯，还有她的一个小女儿、一个使女和一个女管家。我们六个用人是护送她们来的。随身带有六百埃斯库多。”

“这么说，我们一共有九百埃斯库多，外加六十里亚尔。我手下的人大概有六十吧。你们看看，每人能分到多少呢，我不会算账。”

盗贼们听了他的话，立即欢呼道：

“祝罗克·吉纳尔特健康长寿！狗贼子们想要他的命，办不到！”

眼看自己的钱财要抢走了，两个上尉万分焦急，庭长夫人非常伤心，两个朝圣者也很不高兴。罗克有意让他们这么难受一会儿，但时间不长，他就回头对两个上尉说：

“请你们两位上尉先生帮个忙，借我六十埃斯库多，再请庭长夫人帮忙借给我八十，以满足我这一帮子人的日常开销，因为‘修道院长靠唱经过日子’。一会儿我就给你们开一张通行证。有了这张通行证，你们就可以自由通行，即使遇到我分派在周围这一带的部下，他们也不会伤害你们的。我并不想侵犯军人和妇女，尤其是贵夫人。”

两个上尉对罗克的宽容大度，没有取走他们的全部钱财千恩万谢，异常感激。堂娜吉玛尔·德·吉涅纳斯夫人准备下马车亲吻罗克大首领的脚。可他怎么也不答应，反而请她多多包涵，说自己冒犯了她。当然，干他这一行的也不得不这么干。庭长夫人让自己的用人立即交出摊到她头上的八十埃斯库多，两个上尉也交出了他们该交的六十埃斯库多，两个朝圣的将身上仅有的那一点点钱都交给了罗克。可是，罗克叫他们别急，他对自己的手下人说：

“这么些埃斯库多如给你们每人两个，还多二十个。其中十个给这两位朝圣者，还有十个就给这位好侍从①，让他给我们说几句好话。”

部下给罗克拿来随身带的纸笔墨水，他就替被俘的人写了一张通行证，这是专门给分布在周围各地的头目看的。接着，他就和他们告别，放他们走了。他们见罗克这么爽气，风格这么高，确实非同寻常，深感敬佩，觉得他不像江洋大盗，倒有亚历山大大帝的风度。罗克的一名部下用西班牙语夹带着卡塔卢尼亚语说：

“我们这位头领只能当个修士，不配当绿林好汉。往后他再想装得这么慷慨大方，就请他用自己的钱吧，别用我们的。”

这个倒霉鬼说话的声音大了些，让罗克听到了，立即拔剑朝他的脑袋砍去，差一点将它劈作两半。同时，他说：

“谁敢出言不逊，胆大妄为，我就这么对付他！”

众人吓得瞠目结舌，没有人敢出来说话。他们对他就这么俯首贴耳。

罗克走到一边，给巴塞罗那的一个朋友写了一封信，告诉他，万人传诵的堂吉诃德·德·拉曼却正在自己身边；同时，还告诉他，这位名闻遐迩的游侠骑士是世界上最风趣、最有见地的人物。四天以后，也就是圣约翰节②的那天，他将全身披挂，骑着自己的坐骑罗西纳特，在城外的海滩上出现，旁

① 指桑丘。

② 圣约翰相传为耶稣的表亲，曾为耶稣施行洗礼。这儿指的是他被希律王砍头的纪念日八月二十九日。

边是骑着毛驴的他的侍从桑丘。罗克请他的朋友将这个消息转告尼阿罗斯这一帮绿林好汉们,届时让他们来和堂吉诃德逗乐打趣。不过,千万不能让自己的死对头加台尔[①]这一派的人知道,免得他们去惹是生非。当然,他们想捣乱也达不到目的,因为时而清醒时而疯癫的堂吉诃德和他的侍从——滑稽可笑的桑丘·潘沙一定能让人们好好乐一乐。罗克派一名部下化装成庄稼人进入巴塞罗那,将信送给了收信人。

① 尼阿罗斯和加台尔是卡塔卢尼亚当时两帮互相对立的匪盗。

第六十一章

叙述堂吉诃德进入巴塞罗那城时的遭遇和其他一些真实的事情。

堂吉诃德和罗克在一起待了三天三夜。其实,就是让他们俩在一起待上三百年,他们生活中的新事奇事还是层出不断,不会穷尽。他们常常是在这儿过夜,又在那儿吃饭;有几次拔腿就跑,却又不知躲避谁;有时在驻地等候,却不知等的什么人。他们经常站着睡觉,一个梦还没有做完,就得转移。他们成天站岗放哨,派出密探,将火枪引火绳吹旺。不过,用引火绳点火的火枪他们只有几枝,其余的全是燧石枪。罗克从不和自己的部下在一起过夜,他睡觉的地方手下人都不知道。巴塞罗那总督张贴了许多告示,要捉拿他,害得他六神不安,非常害怕,对谁也不敢相信,生怕自己的部下杀死他,或捉他去见官府。因此,他的日子过得非常艰辛。

罗克带着六名部下跟堂吉诃德和桑丘抄近道走小路,来到巴塞罗那。圣约翰节的前夜,他们来到城外的海滩上。罗克拥抱了堂吉诃德和桑丘,还给了桑丘上次答应给他的十个埃斯库多。和堂吉诃德主仆俩说了许多客气话后,罗克就告辞走了。

罗克一走,堂吉诃德就在马上等候天明。不久,东方发白,晨曦微露,红花绿草,生机盎然。突然,耳中响起动听的喇叭声、铜鼓声和铃铛声,随后,又听到"让开,让开!请靠边,请靠边!"的吆喝声,仿佛有要人从城里出来。太阳出来了,露出了比盾牌还大的脸盘儿,它从地平线上冉冉升起。

堂吉诃德和桑丘极目四望,见到了迄今从来没有见到过的大海,只觉得一望无垠,无边无际,比他们在拉曼却见到的鲁伊德拉湖不知要大多少倍。海边停靠着不少船只,正在卸去船篷,上面张挂的大大小小的彩旗,迎风抖动，旗的边角时时沾着水面。船上喇叭号角齐鸣，军乐声一片悠扬。船只启动了，在宁静的海面上摆出两军对阵的架势。与此同时，像是应战似的从城内出来无数名骑兵，骑的都是骏马，服饰异常鲜丽。船上的士兵开炮，万炮齐发，城上的士兵也放炮回应。城上的重炮声惊天动地，海船上的火炮遥相呼应。海洋欢腾，大地微笑，天气晴朗，只有炮火的烟雾有时污染了万里晴空。这一切都使人们感到兴高采烈。

桑丘不明白在海上移动的那些大家伙怎么会有那么多脚①。这时，那一队服装鲜丽的骑兵口中吆喝着“勒利利”②，飞驰到堂吉诃德面前，弄得他瞠目结舌，不知如何应付。骑兵中的一人是罗克的朋友，他已接到罗克的信，这时，大声地对堂吉诃德说：

“欢迎您来本城，游侠骑士们的镜子、明灯、启明星和北极星！欢迎您，英勇的堂吉诃德·德·拉曼却，您是历史学家的精英熙德·阿梅德·贝纳赫利笔下那位真正的、地道的、货真价实的堂吉诃德，不是这些日子我们读到的那本骗人的书里伪造的冒牌货。”

堂吉诃德没有回答。骑兵们也没有等他作答，便和后面跟上来的骑兵一起，围着堂吉诃德呈螺旋形转圈子。

堂吉诃德回头对桑丘说：

“这些人一定认识我俩。我可以打赌，他们已读了我们那本传记，也读过新近出版的阿拉贡人写的那本书。”

刚才和堂吉诃德说话的那个骑兵又转回来对他说：

“堂吉诃德先生，请您跟我们走吧，我们都是罗克·吉纳尔特的好朋友，都愿为您效劳。”

堂吉诃德回答说：

“骑士先生，罗克大首领对我盛情相待。你们受了他的影响，对我也这样客气，可见，礼节是互相影响的。我愿意跟随你们走，你们上哪儿，我就上哪儿；如能为你们效劳，我就更高兴了。”

那骑士也对他说了些很有礼貌的话。众人便簇拥着堂吉诃德，在一片

---

① 桑丘从未见过大海，不知道那是划船的桨。

② 阿拉伯人作战时的呐喊声。

喇叭铜鼓声中，朝城里奔去。魔鬼专干坏事，孩子比魔鬼更坏。就在他们入城的时候，有两个天不怕地不怕的淘气鬼挤进人群，一人掀起灰驴的尾巴，一人掀起罗西纳特的尾巴，各自将一束荆棘插进牲口的屁股。这两头可怜的畜生感到一阵剧痛，就夹紧了尾巴。谁知尾巴一夹紧，就更加疼痛，便一个劲儿地蹦跳，将自己的主人都掀翻在地。堂吉诃德一脸怒气，赶紧过去给他的那匹瘦马拔去尾巴下的“装饰品”；桑丘也替灰驴拔去。陪堂吉诃德的那几句骑兵想去追打那几个调皮鬼，可是，他们早已混进周围成千上万的孩子里去了，想惩罚他们谈何容易。

堂吉诃德和桑丘重又骑上牲口，还是那么威严地在音乐的伴奏下，来到带队的那位绅士的家里。那是一座高大豪华的府第，是个有钱人家。按照熙德·阿梅德的意图，我们暂时就将主仆俩撇在那里吧。

第六十二章

叙述一个魔法师铸造的铜人头像的故事和其他一些不能不讲的琐事。

接待堂吉诃德的这家主人叫堂安东尼奥·德·莫雷诺,是个很幽默很富有的绅士,非常爱开玩笑,不过,从不胡来,很有分寸。他既已将堂吉诃德请到了自己家里,就想用计谋叫堂吉诃德发起疯来,让大家乐一乐,但方式要很巧妙,不惹堂吉诃德生气。常言道:"令人气恼,不算玩笑";开玩笑得罪了他人,就不值得一笑了。主人首先请堂吉诃德脱下盔甲,就像我们以前说过的那样,只穿一件紧身羚羊皮衣。然后,请他上阳台上去露一露脸。这阳台下面是巴塞罗那城的一条主街道,过往行人和孩子们都像看猴子一样瞧着他。服饰鲜丽的骑兵又在堂吉诃德面前驰骋。他们穿着这身节日盛装仿佛专门让堂吉诃德观赏似的。桑丘兴高采烈,他也不知为什么,总觉得自己又遇上了卡马乔婚礼这样的好事,或者是进入了堂迭哥·德·米兰达或公爵府那样的大户人家。

堂安东尼奥那天请几个朋友一起用餐。他们将堂吉诃德当游侠骑士看待,给以很高的礼遇。对这点堂吉诃德深感满意。席间,桑丘妙语连珠,吃饭的人和家里的仆人都听得出了神。堂安东尼奥一边用餐,一边对桑丘说:

"好桑丘啊,我们这儿听说你最爱吃白切鸡[①]和肉丸子了。吃不完就往怀里一塞,准备来日吃。"

"不对,先生,没有那么回事儿,"桑丘说,"我既不馋,也不邋遢。我主

---

① 这道菜由家禽胸脯肉加上各种佐料做成,这是阿维利亚纳达的书上说的桑丘爱吃的菜。

人堂吉诃德就在这儿,他会不知道吗?我俩有时一把橡树子或核桃要吃上七八天呢。‘有时人家给我一头小母牛,我就赶紧拴上绳就走’①,这是真的。我的意思是说,人家给我什么我就吃什么,从不错过机会。有人说我贪吃,肮脏,这不是事实。关于这个问题我还有话要说呢,只是当着这么多贵客面前,不好意思说。”

“桑丘省吃俭用,又爱干净,这点都可以刻写在青铜板上,万世流芳了,”堂吉诃德说,“他饿极了,吃起饭来有点狼吞虎咽,另外,吃得快时,两边牙齿一起嚼,这也是事实。不过,他一点儿也不脏。他做总督时,吃相秀气极了,吃葡萄呀,甚至吃石榴呀,都用叉子一粒一粒送进嘴里。”

“怎么!桑丘还当过总督?”堂安东尼奥说。

“当过。”桑丘说,“在一个叫巴拉塔里奥的海岛上。我才做了十天总督。那十天真把我忙坏了。当了这十天总督,往后世界上什么总督都不想当了。我从海岛逃出来,又掉进一个深坑里,我都以为自己性命难保了。能活着出洞真还是个奇迹呢。”

堂吉诃德将桑丘当总督的事细细述说了一遍。众人听了都很感兴趣。

饭毕,堂安东尼奥拉着堂吉诃德的手来到一间较僻远的房间。屋内没有陈设,只有一张桌子,像是用带花纹的大理石做成的独脚桌。桌上摆着一尊半身人像,像是铜铸的,仿佛是罗马帝王的胸像。堂安东尼奥带着堂吉诃德在屋里走了一圈,又围着桌子转了几个圈子,然后说:

“堂吉诃德先生,我已经看了,这房间内外确实没有外人,门也是锁着的。我现在要对您讲一桩怪事,说得更明确一点,是一桩奇闻。不过,有个条件,您得绝对保守秘密。”

“我发誓要守口如瓶,”堂吉诃德说,“还准备给自己嘴巴贴一张封条呢。”他已经知道堂安东尼奥的名字,继续说道:“堂安东尼奥先生,告诉您吧,您的话我只从耳朵里听进去,绝对不从嘴里说出来。因此,您只管放心大胆地把想说的话说出来。”

“您既然做出了这样的保证,”堂安东尼奥说,“我就要让您看一看、听一听一件令您大吃一惊的事情。这些日子我一直找不到信得过的人讲这件

① 西班牙谚语:“给你小母牛一头,赶紧拴上绳子就走。”

事,心里憋得慌,现在感到舒畅一点儿了。"

堂吉诃德不明白堂安东尼奥为什么要这样千叮嘱万叮嘱,深感诧异。堂安东尼奥拉着他的手,让他摸那个铜人头像,随后又让他将那张石桌从上到下摸了个遍。接着,他说:

"堂吉诃德先生,这个人头像是一个世界上最了不起的魔法师制造的。他是波兰人,是大名鼎鼎的干过许多奇事的埃斯科蒂约[①]的学生。这波兰人在我家待过,我给了他一千埃斯库多,请他为我浇铸了这尊人头像。这人头像具有灵性,谁凑近它的耳边问他什么问题,它都能回答。魔法师在铸造这头像前,画符念经,观察了星辰,选择了吉日良辰动手,才铸成这个尽善尽美的极品。明天我们可以试验一下。每星期五它不开口,今天正好是星期五,所以,只好等到明天。该提什么问题您可以先准备一下。我已问过几次,它每次回答都很准确。"

堂吉诃德觉得这头像的本领也太离奇了,对堂安东尼奥说的将信将疑。不过,反正不久就要进行试验,也就没有说别的,只说堂安东尼奥向自己泄露了这么大一个隐秘,他对此深表感谢。他们走出房间,堂安东尼奥锁上房门,两人回到客厅。这时,桑丘正在对宾客们讲述他主人遭遇到的种种奇事。

当天下午,他们带堂吉诃德到外面走走。他没有穿甲胄,只着便装,穿一件棕黄色呢子长袍。大暑天穿这么一件长袍,就是一块冰也会热得出汗的。主人吩咐用人设法缠住桑丘,不让他和堂吉诃德一起出门。堂吉诃德没有骑罗西纳特,他骑一匹平稳的大公骡,鞍辔整齐。他们给堂吉诃德穿上了那件长袍,背后偷偷地给他缝上一张羊皮纸,上面用大号字母写着:"他就是堂吉诃德·德·拉曼却"。他们一出门,街上的人看见堂吉诃德,就看见他背上的那块牌牌,都念道:"他就是堂吉诃德·德·拉曼却。"堂吉诃德见街上的人都能叫出自己的名字,以为他们都认识自己,便暗暗吃惊。他回过头来,对堂安东尼奥说:

"游侠骑士道多了不起呀,谁干上这一行,就能名扬天下,大伙儿全都认识他。堂安东尼奥先生,您如不信,请您看看,这城里的娃娃们从来没有见

① 也许是指十六世纪末意大利的魔术师埃斯科蒂约。

到过我,可他们都认识我。"

"没有错儿,堂吉诃德先生,"堂安东尼奥说,"美德就像火一样,包藏不住,一定要显露出来。尤其是您从事的这一行,光彩夺目,比别的哪一行都强。"

正当堂吉诃德受人赞扬,志得意满的时候,路上来了个卡斯蒂利亚人。他一见堂吉诃德背上那块牌牌,就大声地说:

"倒霉的堂吉诃德·德·拉曼却,你身上挨了那么多棍子,怎么还没有给打死,居然到这儿来了!你是个疯子!你一个人关在家里发疯倒也罢了,你还将跟你有交往的那些人都变成了疯子和傻子。不信,就看看陪你一起出来的这几位先生吧。回家去吧,呆子,回去照看自己的家产和妻子儿女去吧,别再这么疯疯癫癫的。再这么下去,你真的要变成没有头脑的大傻瓜了。"

"老兄,"堂安东尼奥说,"你走你的路吧。没有来请教你,就别张口教训人。堂吉诃德·德·拉曼却先生是个聪明人,我们跟他出来的这些人也不是傻瓜。美德上哪儿都会受人尊重,但愿你倒霉!不该你管的事,你为什么要管呢。"

"您说得也有道理,"卡斯蒂利亚人说,"向这位老先生提出忠告只会自讨没趣。不过,听说这个疯子对许多事情都有很高的见地,像他这么个聪明人全让游侠骑士道给毁了,我觉得非常可惜呀。反正从今以后,即使让我活一千岁,即使有人来请教我,我也不给任何人提出忠告了。否则,就像您刚才说的那样,不但让我倒尽了霉,也让我的子子孙孙倒霉。"

那个提出忠告的人走了。堂吉诃德一行继续逛街。这时,过来看那块牌牌的大人小孩实在太多,堂安东尼奥只好假装给他拍灰尘,将牌牌取下来了。

夜晚来临,他们回到家里。这天夜里有一场女宾舞会。原来堂安东尼奥的太太是位聪明、活泼、漂亮的贵夫人,她请了几个女友来替堂吉诃德当陪客,借这机会让她们见见这个疯子,快乐快乐。女客来了好几位,吃了一顿丰盛的晚餐。舞会到晚上十点才开始。女宾中有两人特别爱开玩笑。虽然她们也是正派人,可是,开起不得罪人的玩笑来,也有些难以左右自己。她们不停地邀请堂吉诃德跳舞,累得他精疲力竭,而且心理上也受了折磨。

堂吉诃德那模样也真有意思：细长的身材，瘦骨嶙峋，脸色蜡黄，衣服包得紧紧的，行动僵硬，笨拙。那两位年轻的太太暗暗对他秋波送情，他也向她们暗暗表示婉谢。后来，见她们紧追不放，他急了，就大声说：

"'害人鬼怪，速速离开'[①]！请你们让我安静点吧，我不欣赏你们的情意！夫人们，请自重吧。我这颗心早已献给了绝代佳人杜尔西内娅·德尔·托波索小姐，别人再也没法占有它了。"

说完，他就一屁股坐在客厅中间的地上，他实在是跳得一点劲儿也没有了。堂安东尼奥吩咐仆人将他抬到床上去。桑丘抢先过去拉住堂吉诃德说：

"我的主人老爷，您跳什么舞呀，真够糟糕的！您以为勇士们都会跳舞，游侠骑士都是舞蹈能手吗？我说，您要是这么认为，那就不对了。有人敢杀巨人，就不跳舞。您要是跳个手拍脚舞[②]什么的，我还可以替代您，这玩意儿我跳得像老鹰一样灵活。可是让我正正经经跳那种舞，一点儿也不行。"

桑丘的这番话说得跳舞的人们都哈哈大笑。他侍候主人上床安寝，给他盖好毯子，让他发点汗，因为他刚才跳舞可能受了凉。

翌日，堂安东尼奥觉得可以试一试那人头像的法术了。参加试验的有堂吉诃德、桑丘和堂安东尼奥的两个朋友。昨夜舞会上将堂吉诃德折腾得死去活来的那两位夫人由堂安东尼奥夫人留她们过夜，这时也参加了试验。众人进了那房间后，堂安东尼奥锁上门，对大家讲了讲那人头像的本领，并叮嘱大家严守秘密。接着他又说，这是第一次试验，结果怎样，还不得而知。除了堂安东尼奥的那两个朋友外，谁也不知这个中的秘密。就是堂安东尼奥的那两个朋友，要是事先不知道这人头像的奥妙，也会像其他的人一样感到惊异的。叫人感到惊异看来是必然的了，因为这人头像是费了很多心机才制造出来的嘛。

堂安东尼奥首先凑到人头像的耳边，放低了声音，但大伙儿仍然能听得见。他问道：

"头像，凭你的法术告诉我，我这会儿在想什么？"

---

① 原文为拉丁文。教堂驱邪常用语。

② 一种简单的舞，跳时，手掌拍着脚背。

头像的嘴没有动,但发出的声音清晰可闻,在场的人都听得一清二楚。它说:

“别人想什么,我不知道。”

众人听了,惊得目瞪口呆,尤其看到房间内,桌子周围都没有任何人代答。

“这儿有几个人?”堂安东尼奥又问。

还是刚才那个声音,它平静地说。

“这儿有你和你夫人,还有你两个朋友和你夫人的两个朋友,加上一位著名的骑士堂吉诃德·德·拉曼却和他的侍从桑丘·潘沙。”

众人惊吓得连毛发都竖起来。堂安东尼奥离开那人头像几步,说:

“这已充分表明,我花了钱,并没有受骗上当。这是个有灵性的人头像,会说话的人头像,能回答问题的人头像,也是个神奇的人头像。请过来一位,想问什么,就问吧。”

女人一般都比较性急,而且好奇。堂安东尼奥夫人的一位女友抢先问道:

“人头像,请告诉我,我怎么样才能变成大美人儿?”

回答说:

“你只要做到非常端庄就可以了。”

“我就问这个问题。”刚才提问的夫人说。

接着,她的女伴上前问道:

“人头像,我想请问你,我丈夫是不是真心实意爱我。”

回答道:

“看他怎么对待你,就知道了。”

那位夫人退到一边,说道:

“这话谁不会说呢! 行动当然是思想的表现嘛。”

接着,堂安东尼奥的一个朋友上去问道:

“我是谁?”

答道:

“你自己知道。”

“我不问你这个问题,”那绅士说,“我问你是不是认识我。”

“认识。”回答说,“你是堂佩德罗·诺里斯。”

“我不想再问什么了,人头像,这表明你什么都知道。”

他退到一边,另一个朋友上去问道:

“人头像,请告诉我,我大儿子有什么愿望?”

“我已经说过,”回答说,“我不知道别人的心愿。不过,我可以告诉你,你大儿子的愿望是想埋葬你。”

“这真像老话说的,”那绅士说,“‘眼睛看见,手就指点’。”

那绅士不再问什么。堂安东尼奥太太走近人头像,问道:

“人头像,我没有别的事想问你,我只想知道,我的好丈夫会不会长寿。”

回答说:

“他会长寿的。他身强力壮,性情温和,起居有度,能够享受高寿。许多人生活没有节制,常常导致短命。”

接着,堂吉诃德走上前去,问道:

“解答问题的,请你告诉我,我在蒙德西诺斯洞的那段经历,是真的还是在做梦?我侍从桑丘答应打的那顿鞭子能兑现吗?杜尔西内娅能够解除魔法吗?”

“洞里的事几句话说不太清楚,”回答说,“有真,也有梦。桑丘的那顿鞭子得费一些时日。杜尔西内娅到一定的时候,会解脱魔难。”

“我没有别的事要问了,”堂吉诃德说,“只要能见到杜尔西内娅摆脱魔难,我的心愿也就实现了。”

最后,轮到桑丘上前去提问。他的问题是:

“人头像,往后我还会当官吗?我能不干侍从这个苦差使吗?我还能再见到妻子和孩子吗?”

回答说:

“你会当家长。你回家去,就能见到自己的老婆、孩子。等你什么时候不侍候人,就不当侍从了。”

“天哪,”桑丘说,“这几句话我自己也会说呀,就连预言家贝罗格鲁约①

---

① 传说中的西班牙预言家,尽说些似是而非,模棱两可的话。

也不过是这么说的。”

“畜生，”堂吉诃德说，“你要它怎么回答你呢？你问它什么，它就回答你什么，不就行了吗？”

“行是行了，”桑丘说，“不过，我总希望它多讲点儿，多说点儿嘛。”

问答就到此为止，大伙儿感到异常惊奇。只有堂安东尼奥那两个朋友，因事先知道其中的奥妙，不觉得奇怪。熙德·阿梅德·贝纳赫利打算立即说出其中的奥秘，免得大家猜疑，以为那人头像真的有什么魔法和神通。他说，堂安东尼奥·莫雷诺在马德里曾见到过这样一个人头像，是一个刻字工人制造的。他就在自己家里仿制了一个，用来戏耍那些不知内情的人。这套装置是这样的。那张桌子的桌面和那只独脚都是用木材制造的，经过上色、涂漆，看起来像大理石一般。独脚下面伸出四爪，桌子就摆得平平稳稳。那模样儿像罗马皇帝的人头像，呈青铜色，里面是空的，桌面也是空的。人头像安装在桌面上，不大不小，非常合适，丝毫也看不出衔接的痕迹。桌子的那只独脚也是空的，与人头像的胸部和喉咙相通。人头像那间房子的下面还有一间房子，从下面这间房子接上一根铁皮管子，从下到上一直通到桌脚、桌面和人头像的胸部和喉部。这根铁皮管子安装得很巧妙，谁也发现不了。回答问题的那个人就在下面那间房子里，嘴贴着铁皮管子说话。语言通过管子上下传播，清晰可闻，听起来就像人头像在说话一样，不了解内中奥秘的人很难发现这个骗局。回答问题的是堂安东尼奥的一个侄儿，是个大学生，聪明机灵。他事先已听伯父说，当天有哪些人跟伯父一起去放人头像的那个房间，所以，回答第一个问题时，又快又准。回答其他问题时，他得猜测。他头脑灵光，问题也回答得很灵活。熙德·阿梅德说，这个神奇的人头像从那天起，还存在了十一二天。原来城里很快就传开了，说堂安东尼奥家有个神通广大的人头像，问它什么，就回答什么。堂安东尼奥怕这件事让安插在四处的宗教卫道士知道，便主动将这个情况对宗教法庭的法官先生们说了。他们命他立即拆去这套装置，别再胡闹下去了，免得让无知无识的百姓知道了，大惊小怪。不过，在堂吉诃德和桑丘的心目中，这人头像还是很奇妙的，它能回答问题。尽管桑丘对它的回答不满意，堂吉诃德却异常称心。

城里的绅士们为了让堂安东尼奥高兴高兴，也为了招待堂吉诃德，顺便也可以看看他发疯时的情景，准备六天后举行一场投环①比赛，后来，又发生了下面即将讲到的一件事，这场比赛没有进行。堂吉诃德想在城里走走，怕骑了马让孩子们纠缠，就带着桑丘和堂安东尼奥拨给他使唤的两名仆人，步行出门。

他们来到一条街道，堂吉诃德抬头见一家门上用大号字体写着“承印书籍”的字样。他很高兴，因为他从来没有见过印书，很想进去看看。他带着随行人员走进去，发现有人正在印，有人在搞校样，有人在排版，有人在修改。总之，他见到了大印刷厂工作的全貌。堂吉诃德来到一个活字盘旁边，问工人们在那儿干什么。工人们对他解释了一番，他觉得十分惊奇。又往前走，在另一个地方他走到一个工人身边，问他在干什么。那工人说：

“先生，这位先生将一本意大利文的书译成我们的西班牙文，”他指了指站在一边一个五官端正、体态匀称、神情严肃的人说，“眼下我正在排版，准备拿去付印。”

“这书的书名叫什么？”堂吉诃德问道。

译者回答说：

“先生，书的标题意大利文叫 Le Bagatele。”

“这个词在我们西班牙文里是什么意思呢？”堂吉诃德问道。

“这个词在西班牙文里就是‘玩具’的意思，”译者说，“这本书的书名虽不怎么让人看得起，书的内容却很有意思，相当丰富。”

“我会一点儿意大利文，”堂吉诃德说，“有时也喜欢卖弄一下，吟唱几句阿里奥斯托的诗。我的先生，我不是考您，只是出于好奇，想请您告诉我，您翻译的这本书里，有 Piñata 这个词吗？”

“有，这个词多次出现过，”译者说。

“那您是怎样译成西班牙文的呢？”堂吉诃德问道。

“还能怎么译呢？”译者说，“不就是‘荤素杂烩’吗？”

“天哪，您真精通意大利文！”堂吉诃德说，“我可以跟您打个赌，意大利文 piache，您译成西班牙文就是‘喜欢’；意大利文 più，译成西班牙文是‘更

---

① 这是一种军事游戏。参加游戏的人骑马疾驰，路过边上的一个圈圈，投出手中的标枪，投中则赢。

多';意大利文 su 是'上面';giù 是'下面'。"

"我确是这样译的,"译者说,"因为这几个西班牙字和意大利原文正好相当。"

"我敢起誓,"堂吉诃德说,"您在当今世界上并不出名。这个世界对英才和佳作并不赞赏,白白浪费了多少人才!天才遭到了埋没,能人受到了冷落!关于从一种文字译成另一种文字的问题,我个人认为,除了希腊和拉丁这两种高雅的文字外,其余文字的翻译就像佛兰德的壁毯翻到背面来看,图案花纹虽还看得清,却隔着一层底线,见不到正面的那种鲜亮的光彩。至于两种近似语言的翻译,就像誊录和抄写,很难显出译者的才华。我说这话的意思并不是想贬低翻译这一行。有些行业比这更糟,赚的钱更少。不过,有两个名翻译家的情况是个例外。一个是克利斯托巴尔·德·费格罗阿博士,他翻译了《忠实的牧人》[①];另一个是《阿米塔》的译者堂胡安·哈乌里奇[②]。这两人译得很好,简直让人分不清哪是原著,哪是译文。现在我请问您,您是自费出书,还是已将版权卖给哪个出版商了?"

"我是自费出书,"译者说,"初版打算印两千册,每册售价六里亚尔,我想起码能赚一千杜卡多。"

"瞧您打的如意算盘,"堂吉诃德说,"看样子您还不清楚印刷所老板玩弄的花样和书商之间的关系呢。出了书后,我保证您会让这两千册书压得弯腰驼背,到时您就知道是什么滋味儿了。如果您这本书是平平淡淡的,不带点刺激的话,情况就更糟了。"

"那我该怎么办呢?"译者说,"您的意思是让我将书交给出版商出吗?他出三个马拉维迪就可以将版权买走了,还好像是对我的恩赐呢。我出书不为了扬名,我靠自己的作品已经出名了。我是为利,没有利,徒有美名,到头来还是一文不值。"

"愿上帝保佑您吉星高照。"堂吉诃德说。

他朝前走,来到另一个活字盘前。见那儿人们正在校对一大张刚印出

---

① 此书的作者是意大利诗人巴普蒂斯·瓜利尼,由克利斯托巴尔·德·苏亚雷斯·费格罗阿译成西班牙语。

② 《阿米塔》的作者是意大利诗人塔索。西班牙文的译者哈乌里奇系诗人、画家,曾替塞万提斯画过肖像。

来的书，书名是《心灵之光》。堂吉诃德看了看，说道：

“这类书尽管出了许多，还是该出版。现在犯罪的人多，许多人沉沦在黑暗里，需要无数指路明灯去照亮他们呢。”

他又朝前走去，看见有几个人在校对一本书，便问这书的书名。回答说，是《异想天开的绅士堂吉诃德·德·拉曼却》①第二部，这书的作者自称是托尔德西利亚斯人。

“我已听说过这本书了，”堂吉诃德说，“凭自己的良心说，我原以为这样胡说八道的书早已烧成灰烬了。不过，像每头猪一样，这本书的圣马丁节②也会到来的。凡是虚构的故事，越接近真实越好；用真人真事写的故事呢，越确实越好。”

说完，他便悻悻地走出印刷厂。当天，堂安东尼奥准备带堂吉诃德去看看停泊在海边的海船。桑丘听了，非常兴奋，因为他从未见过海船。堂安东尼奥通知海船的司令官③，说那天下午大名鼎鼎的堂吉诃德·德·拉曼却要去参观。这位司令官和城里的居民早已听说过这位骑士的大名了。在海船上发生了什么事，请看下一章。

---

① 即阿维利亚纳达写的那本书。

② 圣马丁节也是酒神节，人们都要吃喝痛饮，猪养到那天都要屠宰。

③ 每四条海船有一司令官。

第六十三章

桑丘·潘沙参观海船时遭了殃；摩尔美女讲述了自己的身世。

堂吉诃德听了人头像关于杜尔西内娅能够解脱魔难的答复，想得很多。他压根儿没有料到那是欺骗，他尽往好的方面去想，以为这次杜尔西内娅准能解除魔法。想着想着，心里美滋滋的，以为人头像的预言不久就能兑现。桑丘呢，尽管上文已有交代，他不想再当总督，但还是希望哪一天能发号施令，说话有人听。他当总督虽只是一场玩笑，却使他上了官瘾。

那天下午，东道主堂安东尼奥·莫雷诺和他的两个朋友带着堂吉诃德和桑丘上海船去参观。海船的司令官已接到他们即将光临的通知。他很想亲眼见见堂吉诃德和桑丘这两个著名人物。他们一行刚到海边，所有的海船就收起船篷，奏起军乐来。海船上迅速放下一只快艇，艇上铺着华丽的地毯，还安放着大红丝绒靠垫。堂吉诃德一踏上快艇，司令船就首先放礼炮，其他的船也跟着放了起来。堂吉诃德登上右边的舷梯时，水手们按照迎接贵宾的惯例，高呼"呜、呜、呜!"连续三次。海船的司令官是巴伦西亚有名的绅士，在这儿我们就称他为将军。他对堂吉诃德握手、拥抱后，说道：

"今天是我一辈子最美好的日子，应该用白石作为标记[①]，因为我见到了游侠骑士的典范堂吉诃德·德·拉曼却先生。"

堂吉诃德见自己受到了这么高的礼遇，异常兴奋，他也彬彬有礼地答谢。众人进入了布置得很漂亮的船尾，坐在船尾四周的凳子上。水手长站在船首与船尾之间的过道上，吹哨子发出信号，叫划桨人脱去衣服。转瞬间

① 古罗马人的风俗，用白石表示喜庆。

他们就脱光了上衣。桑丘见这么多人全都是光脊梁,惊奇得话也说不出来。后来,又见他们扯起了船篷,动作利索得像一群魔鬼,更加感到惊诧。桑丘坐在船尾过道上的一个木桩①上,旁边是右面末排的划桨人。此人已事先接到通知。这时,他抓住桑丘,将他用双臂高高举起。全船的划桨人都早有准备,他们从右边开始,人人用双臂举着桑丘,顺着一个个座儿飞快地往前传送。可怜的桑丘这时早被转得头昏眼花,满以为自己落到魔鬼的手里了。他们从右边将他传到左边前排,然后从前排传到后排才住手。这可怜虫被折腾得喘着粗气,全身冒汗,心里还不明白究竟是怎么一回事。

堂吉诃德见桑丘没有翅膀,却在空中飞行,便问将军这是不是船上的惯例,每个初次上船的都要这么飞行一周;如果真有这种惯例,他可不想干这玩意儿,不想搞这样的活动。他对上帝起誓,谁要是揪住他,让他在空中飞转,他就一定要踢得他灵魂出窍。说完,他就按剑站起身来。

这时,船员们卸下船篷,不小心将桅杆弄倒了,发出惊天动地的声音。桑丘以为天顶脱了榫,快要朝自己头上塌下来了,吓得赶紧坐在地上,将脑袋夹在两腿中间。堂吉诃德也有些害怕,他缩着脖子,脸色吓得蜡黄。船员们重又竖起桅杆,动作非常利索,声音还是那样响。不过,他们自己始终静悄悄的,好像不会说话,也不会呼吸似的。水手长发出起锚的信号。接着,他就跳到过道上,拿鞭子朝划桨人身上乱抽,海船慢慢地朝海上驶去。桑丘见船下有那么多只红脚在移动(他将桨当成船的脚了),便自言自语地说:

"这些玩意儿才是真正中了魔法了,其实我主人的那些事儿根本不是着魔。这些倒霉鬼干了什么事,为什么要挨鞭打呢?站在这儿吹哨子的这个人,为什么一个人就敢打这么多人?现在我认为这就是地狱了,至少也是炼狱。"

堂吉诃德见桑丘正在专心地观看眼前发生的事,就对他说:

"桑丘朋友啊,你要是也肯脱光身子,和这些人一起挨一顿鞭子,那就省事多了,杜尔西内娅的魔难就能解除了。有那么多人跟你一起挨揍,你也就不会感到那么疼了。另外,魔法师梅尔林要是认为这儿抽的鞭子手劲大,也许他会将这儿的一鞭当十鞭算呢。"

---

① 这木桩是用来系船篷绳子的。

将军本想问堂吉诃德，这顿鞭子和杜尔西内娅着魔是怎么回事，突然水手前来报告说：

“蒙灰[①]方面发来信号，西海岸有一艘船驶过来了。”

将军听了，立即一跃来到过道上，说道：

“孩子们听着，瞭望塔发来信号，发现一艘船只，准是阿尔及尔方面的海盗船，我们不要让它跑了。”

其余的三艘船立即向司令船靠拢，听候吩咐。将军命令其中两艘朝海上驶去，另一艘随司令船一起沿海岸驶行，这样，那只海盗船就跑不了啦。划桨的使劲地划，几条海船就如飞一般朝前驶去。那两艘朝海上航行的船大约在两海里外就发现了那只海盗船。远远望去，那船上大约有十四五对桨，实际情况也确实这样。那艘船发现几只海船朝自己追来，立即准备逃跑，以为凭自己船身轻，准能溜掉。然而，那司令船原是海上最轻捷的快船，没过多久，就追上了。那艘船上的阿拉伯船长眼看自己逃脱不了，就想让划桨的放下桨投降，免得激怒我们海船的司令官。可是，命运之神却作了另一番安排。当时司令船与敌船已靠得很近，敌船上的人已能听到司令船上喝令投降的声音。那艘船上有十来个土耳其人，其中两人喝得醉醺醺的，拿起枪来，开了两枪，打死了司令船上站立在船头走廊上的两个水兵。将军见状，立誓要将敌船上的人全都捉来处死。司令船全速朝前冲去，却反让敌船在桨底下溜掉了。司令船朝前冲过去好大一段航程，才掉转头来，继续追击。敌船上的人知道情势异常危急，就利用司令船往回掉头的那段时间，扯起风帆，桨帆并用，全速逃跑。可是，刚才那两个冒失鬼闯下了祸，这次再卖劲还是无济于事。司令船追了约半海里，就将敌船追上。敌船的船舷给司令船上的一排桨搭上，船上的人全都给生擒了。

另外两艘海船这时也赶到了。四条船带着俘虏船回岸。岸上站着一大堆人，他们都想看看带回来的俘虏是什么模样。将军下令各船在岸边抛锚。他见到巴塞罗那的总督也在岸上，忙派小艇将他接来；同时，命令收起船帆，准备将敌船的船长和其他的土耳其人立即吊在桅杆上绞死。对方一共有三十六人，都是英姿勃勃的汉子，其中大多数是土耳其的火枪手。将军问谁是

① 巴塞罗那市郊一堡垒名。

船长。其中有一个俘虏操一口西班牙语(后来表明他是个叛教徒),他回答说:

“先生,这个年轻人就是我们的船长。”

他指了指那个英俊潇洒的绝世美男子说。看来,这个年轻人年龄还不到二十岁。将军问这个年轻人道:

“你这胆大妄为的小子!我问你,当时你明知逃不了,为什么要下令杀害我两名士兵呢?你难道以此来表示对司令的尊敬吗?你就不明白冒失不等于勇敢吗?希望渺茫的时候,是应该勇敢些,可是不能胡来啊!”

敌船船长正要回答,总督已带着几名仆从和一些城里人上船了,将军赶紧去迎接他。

“将军先生,您这次出征,收获不小啊!”总督说。

“大人等会儿只要看看桅杆上挂的,就知道这次收获确实不小,”将军回答说。

“这话怎么说呢?”总督问道。

“他们违反了国际公法和惯例,杀死我海船上最优秀的两名士兵,”将军回答说,“我已发誓要将抓到的俘虏全部绞死,特别是这个年轻人。他是船长。”

他指了指那个正在等死的小伙子。他捆着双手,脖子还套了一根绳索。

总督向他瞥了一眼,见他仪表堂堂,眉清目秀,神情很卑谦。美貌是无言的举荐,总督有意饶他一命,他问那小伙子道:

“小伙子,告诉我,你是土耳其人,还是摩尔人,还是叛教徒?”

年轻人用西班牙语回答说:

“我既不是土耳其人,也不是摩尔人,也不是叛教徒。”

“那你是谁呢?”总督问道。

“我是笃信基督教的女人。”那年轻人回答说。

“你是女人,又是基督徒?穿了这身衣服,还干了这些事情?太奇怪了,简直难以置信。”

“先生们,”年轻人说,“请暂缓将我处死吧,先让我跟大家讲一讲自己的身世,到时再报仇也为时不晚。”

心肠再硬的人听了这话也会软下来的,至少也得听一听这可怜的年轻人到底想说些什么呀。将军准许他将想说的话说出来,不过,他别指望因此而得到赦免,他的罪行是有目共睹的。得到允许后,年轻人就开始讲述自己的身世:

“我父母是摩尔人。我们这个民族受尽了痛苦和灾难。在自己民族遭受苦难的时候,我的两个舅舅就把我带到北非去。我对他们说,自己是基督徒——我确实是基督徒,是真正的基督教信徒,绝对不是假装的。可是,他们没有听我的话。我把这个真情实况告诉那些督促我们流放的人,他们也不加理会。我的两个舅舅以为我在说谎,想赖在故乡,因此,他们硬是将我拉走了。我母亲是基督徒,我父亲很有见地,他也是基督徒。我从小就开始信教了,也很有教养,无论是自己说的语言还是生活习惯,我都不像个摩尔姑娘。我不仅具有上面说的这些美德,而且,随着年龄的增长,我的长相也越来越好看了。虽说我小心谨慎,从不出门,但还是让一个年轻的绅士见到了。这个公子叫堂加斯帕尔·格雷戈里奥[①],是个贵族家庭的长子。他父亲的封地和我们的村庄毗邻。他怎么见到我的,我们见面后说了些什么,他怎么对我一见倾心,我又怎样对他一往情深,这一切说来话长,我脖子上又套着这根绞索,恕我不能详述了。我只讲一讲堂格雷戈里奥如何陪我流放的。他会说一口流利的摩尔话,就和别处来的摩尔人混在一起,还和我那两个舅舅交上了朋友。我父亲很有这些远见。第一次流放我们的命令一颁布,他就离家上别国去寻找安身的地方。他埋藏了许多珍珠、宝石和西班牙、葡萄牙两国的金币。埋藏的地方只有我知道。他叮嘱我,万一他赶不及回来,我们就遭到流放,千万不要去挖掘他埋藏的珍宝。我照父亲说的办了。我和两个舅父还有几个别的亲戚朋友来到北非,我们就在阿尔及尔落脚。到了那儿,实际上等于进了地狱。也许我时来运转了吧,国王获悉我长得俊美,又听说我有钱,便召见了我,问我家在西班牙的哪一部分,带来了多少钱,带来什么珠宝。我告诉他家在哪儿,还说珠宝和钱财都埋在地下。不过,如果我自己回去取,不用费什么劲就能取回来。我说了这番话后,又有些后怕,生怕他太贪心,好色我倒还不太害怕。国王和我谈话的时候,有人前来禀报,说和我同来的有个非常英俊潇洒的美男子。我立即明白,那人说

---

① 即本书第二部第五十四章桑丘和利科德交谈时提到的那个佩德罗·格雷戈里奥。

的是堂加斯帕尔·格雷戈里奥,他确实长得无比俊美。在野蛮的土耳其人眼里,妇女长得再好看,也比不上美男子或美少年。因此,我觉得堂加斯帕尔很危险,心里为他着急。国王立即传令带那年轻人去面见,同时,还问我刚才那个人说的话是不是实情。我当时仿佛受了上苍的暗示似的回答说,他说的是真的,但那年轻人不是男孩,和我一样,是个女孩。我请国王让我去给他换上女装,这样,才能百分之百地显露出她的国色天姿;同时,女装拜见国王,她也不会感到羞惭。国王同意我这样做,还说过一天再跟我谈谈怎么回西班牙挖掘埋藏的珍宝的事情。我立即和堂加斯帕尔见了面,告诉他,身穿男装非常危险。我将他打扮成摩尔姑娘,当天下午带他去朝见国王。国王见了,非常喜爱,决定将这'美女'留下献给苏丹。他怕宫内的后妃会忌妒暗害,也怕自己难以自制,就下令将他寄养在一个摩尔贵夫人家里,由她来监护照料。堂加斯帕尔走了。我不否认对他的感情。我们别后痛苦的心情,就请那些经历过生离死别的情人去体会吧。随后,国王就叫我回西班牙,还让刚才打死了你们两名士兵的两个土耳其人陪我回来。"说到这儿,她指了指最先开口说话的那个人,又说:"这个西班牙叛教徒也和我一起来了。我知道,他暗地里还是笃信基督教的。回来后,他想留在西班牙,不想回北非去了。船上的水手都是摩尔人和土耳其人,他们只管划桨。国王的意思是船一到西班牙国土,我和那个叛教徒就换上随身带的基督徒服装,由那两个土耳其人将我们送上岸。但他们俩又贪婪又傲慢,不听国王的命令。他们想让船沿海岸航行一些时候,伺机抢劫点财物。另外,他们也怕我们上岸后,万一出事,走漏风声,就会暴露自己;如果海岸边有船,他们就会被抓住。昨天夜里,我们见到了这海岸,却没有发现这四艘海船。结果,给你们发现了,接下去的情况你们都已知道。总之,堂格雷戈里奥已男扮女装,混迹于女人中,处境危险;我呢,捆着双手,也在等死——说得明白点,我也有些怕死,尽管这辈子也活腻了。先生们,我悲惨的一生就这样完了。我命不好,不过说的全是真话。我已经说过,我本族人做的坏事跟我无关。我请求你们允许我像基督徒那样进行忏悔后再死。"

说完,她热泪盈眶,在场的人也陪他淌了不少泪。总督对她深表同情,他默默无言地来到她身边,亲自解开捆绑她纤纤玉手的绳索。

就在这个信基督教的摩尔姑娘讲述自己飘忽不定的经历时,一个跟总

督一起进入海船的朝圣老者两眼一直目不转睛地看着她。摩尔姑娘话音刚落,他就扑过去伏在她跟前,抱住她的双脚,泣不成声地说:

“安娜·斐丽克斯,我可怜的女儿啊!我是你父亲利科德呀,你是爸爸的心肝!我特地回来找你的。没有你,我也活不下去了。”

桑丘觉得这趟出游倒了霉,一直在低头沉思。听了朝圣老者的话,立即抬头张眼观看,认出他就是自己离任那天在路上碰到的利科德,也认出那姑娘就是他女儿。她已经松了脚,父女俩抱头痛哭。利科德对将军和总督说:

“两位大人,她就是我女儿,名叫安娜·斐丽克斯,姓利科德。她的名字虽吉利[1],但她的命很苦。她长得俊俏,家里也有些钱,很有点名气。我离家去国外寻找安身的地方,后来在德国找到了,就扮成朝圣者和几个德国人一起回来寻找女儿,挖掘埋藏的珍宝。女儿没有找到,只挖出了埋下的珠宝、金币,已随身带出来。我经历了种种曲折离奇的事,现在又找到了我最珍贵的东西——我亲爱的女儿。我们民族的一些人别有用心,遭到流放也是罪有应得,可是我们父女俩向来安分守己,不和他们一条心。请两位大人大发慈悲,姑念我们无辜,对我们网开一面,饶了我们吧。”

桑丘插言道:

“我认识利科德,安娜·斐丽克斯确实是他的女儿。至于他出国回国,是出于好心还是坏心,我就管不着了。”

这件事众人都觉得非常稀奇。将军说道:

“见到你们淌下的一滴滴眼泪,我也无法实现自己的誓言了。美丽的安娜·斐丽克斯,但愿你能安享天年!罪是那两个胆大妄为的家伙犯的,就让他们伏法吧。”

他下令立即将那两个杀害水兵的土耳其人在桅杆上绞死。然而,总督替他们说情,说他们也是一时疯狂,并非心狠手毒。将军依从总督的请求,饶了他们。他这时已冷静下来,自然不像开始时那样急于报仇了。接着,众人就商量怎样去营救堂加斯帕尔·格雷戈里奥。利科德愿意拿出价值两千杜卡多的珍珠、首饰来办这件事。众人出了许多主意,但都没有那个西班牙叛教徒想的办法妙。他提议准备一条五六对桨的小船,雇一些基督徒划桨。

---

① “斐丽克斯”(Félix)的意思是幸福,愉快。

他愿意乘这条船回阿尔及尔去,因为他知道在什么地方上岸合适,也知道该在什么时间,用什么方式上岸。同时,他也知道堂加斯帕尔·格雷戈里奥住的那间房子。将军和总督不信任叛教徒,不敢将划桨的基督徒交托给他。安娜·斐丽克斯愿为此人作担保;她父亲利科德说,万一划桨的基督徒落到了土耳其人的手中,他愿出资替他们赎身。

大家决定按叛教徒的办法行事。总督下船走了。堂安东尼奥·莫雷诺带了摩尔姑娘和她父亲回家去。总督已嘱咐过他,要他对摩尔姑娘父女俩好生款待,总督本人也愿意尽自己的财力帮助他们。安娜·斐丽克斯的美貌大大激发了他的慈心侠肠。

第六十四章

叙述堂吉诃德一生中最悲惨的遭遇。

据历史记载，堂安东尼奥·莫雷诺的妻子见安娜·斐丽克斯来到自己家，非常高兴。她喜爱这个极端聪明美丽的摩尔姑娘，对她盛情款待。巴塞罗那人像听到钟声召唤一样，都拥去观看这个女孩子。

堂吉诃德对堂安东尼奥说，他们营救堂格雷戈里奥的那个办法不好，既麻烦，也很危险。最好的办法是将他堂吉诃德本人连同武器、马匹一起送到北非，他准像堂盖依斐罗斯营救他妻子梅莉孙德拉[①]一样将格雷戈里奥救出来。即使全体摩尔人出来阻挠，他也不怕。

"您要明白，"桑丘听了，插言道，"堂盖依斐罗斯将妻子救回法国，走的全是陆路，可我们这次营救堂格雷戈里奥回西班牙，中间隔了个大海，这可怎么办呢？"

"'除非命里该死，万事总有办法'，"堂吉诃德说，"我们把船开到岸边，不就能上岸了吗？就是全世界的人都来阻挡，也挡不住呀。"

"您说说倒很容易，"桑丘说，"可是，'从说到干，相差很远'呢。我还是赞成叛教徒的办法。我认为他是个好人，心肠挺不错。"

堂安东尼奥说，如果叛教徒的那个办法行不通，就改变办法，请伟大的堂吉诃德亲自上北非去。

两天后，那叛教徒乘着一艘有六对桨的小船走了。划桨的个个都是身强力壮的小伙子。又过了两天，那几艘海船驶往东方。临行时，将军请总督

---

① 这个故事参见《堂吉诃德》第二部第二十六章。

将营救格雷戈里奥的结果和安娜·斐丽克斯的情况告诉自己。总督满口答应。

一天早晨，堂吉诃德全身披挂，到海边去走走。正如他平时说的那样，他的"服装就是甲胄，休息就是战斗"，因此，每次出门，他总是披挂得整整齐齐。他突然见到一个骑士朝自己走来，此人也是披戴着全副盔甲，盾牌上画着一个闪闪发光的月亮。那骑士走到自己说话能让对方听见的距离，就大声对堂吉诃德说：

"名扬四方，有口皆碑的骑士堂吉诃德·德·拉曼却啊，我是白月骑士。你要是听到了我那些闻所未闻的事迹，也许会想起我这个人来。我特来这儿跟你比试比试，看谁的武艺高强。我要让你承认，我的意中人——不管她是谁，要比你那个杜尔西内娅·德尔·托波索不知要漂亮多少倍。你要是干干脆脆地承认这一点，我就饶你性命，不跟你比试了。如果你要和我干，那么，我们把话说在前面。要是我赢了你，没有别的要求，只要你放下武器，不再从事冒险活动，回到老家，老老实实在那儿待上一年。在这一年里，你得安安稳稳地待在家里，手连剑柄都不能碰一碰。这样，你就能重整家业，拯救自己的灵魂。你要是赢了我，我的脑袋就由你支配，我的武器和坐骑就是你的战利品，我剑下的战绩和名声也都归属于你。你看这件事该怎么办，快回答我，因为今天我就要把这件事办成。"

堂吉诃德见白月骑士那不可一世的神态和跟自己决斗的理由都是令人难以容忍的，他一时愣住了，但他还是沉着镇定地回答说：

"白月骑士，你的事迹我至今还没有听说过。我可以发誓，你压根儿就没有见到过名震四方的杜尔西内娅。你假如见到过她，就不会提出这样的条件了。你要是真的见到了她，就会恍然大悟，世界上古往今来，没有哪个美人能跟她相比的。我不想说你在撒谎，我只想说，你刚才提的要求实在不太合情理。不过，我按你提出的条件，接受你的挑战，并且立即进行决斗，好让你能在今天就把这件事了结。你提的条件有一点我不能接受。你说自己输了，就将你剑下的战绩全都归属于我。我不能要，因为我不知你究竟创建了什么样的功绩。我大大小小也创下了不少功绩，有这些我也心满意足了。现在就请你选好位置，我也要选好自己的位置。凡是上帝保佑的人，圣佩德罗就为他祝福。"

城里有人见到那个白月骑士在和堂吉诃德讲话，便去报告总督。总督以为这是堂安东尼奥·莫雷诺或城里的其他绅士故意安排的新玩意儿，便立即带着堂安东尼奥和其他一些绅士赶到海边。这时，堂吉诃德正好掉转罗西纳特的辔头朝远处奔走，打算回身向前冲。

总督见决斗的双方正准备回马冲杀，便立即过去站在他俩的中间，问他们为什么这样匆匆忙忙进行决斗。白月骑士说是为了让对方承认自己意中人最美。接着，他就将自己刚才对堂吉诃德说的话和对方讲好的决斗条件约略地和总督说了说。总督来到堂安东尼奥的身边，悄声问他认识不认识这个白月骑士，这是不是跟堂吉诃德开的一场玩笑。堂安东尼奥回答说，他既不认识这个白月骑士，也不知这场决斗是假是真。堂安东尼奥这一答复使总督一时举棋不定，不知该不该准许他们进行决斗。不过，看样子这场决斗不会是真的。于是，他就站到一边，说道：

“骑士先生们，如果堂吉诃德先生和白月骑士俩各执己见，互不相让，非要以死相拼，那就只好任凭上帝安排了。开始决斗吧。”

白月骑士见总督依允他们进行决斗，说了不少表示感激的言语；堂吉诃德也表示了谢意。堂吉诃德跟往常一样，临战前总要虔诚地祈求上帝和心上人杜尔西内娅保佑自己。随后，他便勒转马头又朝前跑了些路，因为他见自己的对手也朝相反的方向跑去。他们这次没有吹喇叭，也没有借助别的军乐发出开始决斗的信号，自己同时回转马头冲了过来。白月骑士的马快，他跑了全程的三分之二才与堂吉诃德相遇。他仿佛有意将长矛高高举起，不去碰对手，但由于冲力太大，将罗西纳特和堂吉诃德都撞倒了，跌得不轻。他立即过去拿矛头对准堂吉诃德的面甲，说道：

“骑士，你被打败了；你要是不承认我跟你挑战时说的那些话，你就没有命了。”

堂吉诃德摔得鼻青脸肿，头昏眼花。他没有撩起面甲，说起话来有气无力，声音仿佛从坟墓里发出来的：

“杜尔西内娅·德尔·托波索是世界上头号大美人，我是世界上最倒霉的骑士。我不能因自己无能而抹杀这个事实。骑士，请你将矛头朝下刺，快结果我的性命吧，因为你已剥夺了我的名誉。”

“我绝对不会这么干的，”白月骑士说，“大美人杜尔西内娅·德尔·托波索小姐的美名可以千秋万代保持下去。我只希望伟大的堂吉诃德根据决斗前讲好的条件，回老家去待一年，或待到我给他指定的时日。”

这些话总督、堂安东尼奥和其他的几个绅士都听见了。他们还听堂吉诃德说，他是个说话算话的真正的骑士，只要不损害杜尔西内娅，对方提出的要求，他都能做到。

白月骑士见堂吉诃德答应了自己的要求，就拨转马头，向总督鞠了一躬，缓缓地朝城里走去。

总督叫堂安东尼奥跟随在他身后，尽量设法弄清他的来历。众人扶起堂吉诃德，给他卸去面甲，见到他面似土色，汗流满面。罗西纳特摔得很重，当时都不能动弹了。桑丘非常伤心，不知该怎么办。在他看来，刚才这一切仿佛发生在梦里，也可能是受魔法支配的。他见主人已经屈服，被迫同意一年之内不得动用兵器，心想他的一世英名就这样完了；他最近又在指望的种种好处，也像风中的烟雾一样，消散得无影无踪。他怕罗西纳特会跌成残废，主人的骨头会脱臼。可是，如果他主人从此治好了疯病，倒也不是一件坏事。最后，总督吩咐用担架将堂吉诃德抬到城里，他自己也回去了。他很想打听明白那个将堂吉诃德打成这样的白月骑士到底是什么人。

第六十五章

叙述白月骑士的来历、堂格雷戈里奥的脱险和其他一些事情。

堂安东尼奥·莫雷诺跟着那个白月骑士,一直到了市内的一家客店里。一路上还有许多孩子们跟着那个骑士胡闹。堂安东尼奥为了结识这个骑士,走进了客店。客房内出来一个侍从迎接那骑士,并准备替他脱去甲胄,骑士就走进楼下一间客房。堂安东尼奥一心想弄清对方的底细,也跟着骑士进了客房。白月骑士见这绅士紧跟着自己,就说:

"先生,我明白你的来意,你是想弄清楚我的身份。我并不打算瞒着你。利用我用人为我脱卸盔甲这段时间,我将真实的情况原原本本地告诉你。先生,我叫参孙·卡拉斯科学士,是堂吉诃德·德·拉曼却的同乡。和他相识的人见他老是这么疯疯癫癫的,心里非常可怜他,我更加感到不好受。我认为,他要将病治好,一定得回去好好休息。因此,我就想了个办法准备哄他回乡。大约三个月以前,我曾扮作游侠骑士去找他,我自称是镜子骑士。我决定和他打一场,打败他,但不伤害他。决斗前我和他讲好条件:输的要听凭赢的发落。我估计他会输,准备让他回老家待一年,一年内不准出来。这期间他的病也许就会好了。谁知事与愿违,他反将我打败了,打得我跌下马来,使我原来的打算全落空了。他还是干他的,我跌得很惨,肋骨都跌断了,真不好意思回去。可我并不因此就放弃了原来的打算,我还是想打倒他,打败他,就像今天人们见到的那样。他是严格遵守游侠骑士道的规矩的,今天既已答应了我的要求,他一定会做到的。先生,我把该说的全对你说了,请你不要对外张扬,也不要将我的底细透露给堂吉诃德本人,以便实现我的妙计,让他重新恢复理智。他只要能摆脱骑士书上那套乱七八糟的东西，就能成为头脑健全的聪明人。”

“先生，”堂安东尼奥说，“你要是让这个世界上最滑稽的疯子恢复理智，那就得罪全世界的人了，愿上帝饶恕你吧。先生，难道你没有发现吗，堂吉诃德头脑健全时作用并不太大，可等他发起疯来就太有意思了。我认为要想让这样一个彻头彻尾的疯子恢复理智，你这位学士先生即使费尽心机，也难以如愿。也许我这话说得太残忍了，我真希望堂吉诃德一辈子就这样疯下去，因为堂吉诃德的病治好了，我们不但领略不到他的风趣，也听不到桑丘·潘沙的连珠妙语了。听了这两人中的任何一人的话，就连愁肠百结的人也会喜笑颜开的。我猜想卡拉斯科先生的这番努力会成为泡影。不过，不管怎么说，我一定守口如瓶，也不向堂吉诃德透露什么。现在就看我的猜想对不对了。”

学士回答说，这件事到目前为止，每一环节都进行得十分顺利，希望能获得成功。他向堂安东尼奥说了几句愿为他效劳之类的客气话，就准备和他告辞动身。他将武器捆好，装上骡背，自己骑着刚才决斗时骑过的那匹马，当天就离开巴塞罗那，顺顺当当地回老家去了。

堂安东尼奥将卡拉斯科跟自己讲的情况分毫不差地讲给总督听。总督听了，兴味索然，因为堂吉诃德一回老家，众人就无法借助他的发疯来取乐了。

堂吉诃德在床上躺了六天，又气又恼，头脑里一而再，再而三地想着自己被打败的那件倒霉事。桑丘安慰他，说道：

“我的老爷啊，您要尽量抬起头来，快乐快乐。你这次从马上摔下来，没有跌断肋骨，这就该感谢上苍了。再说，老话说，‘你打他人一拳，也得挨人一掌’；‘别以为有挂肉的钩子就一定会有咸肉’；‘自己身上有什么病，我心里明白，不用医生来诊治’。你身上的病也不必去找医生，我们只要回到老家，往后不再出来猎奇冒险，你的病就好了。细细想想，尽管您这次倒了大霉，其实，吃大亏的还是我。我虽说这辈子不想当总督了，可我还想当伯爵呢。您不当游侠骑士，还能当国王吗？这样一来，我的希望不也就成为泡影了吗？”

“住嘴，桑丘，你可知道，我这次回乡只待一年时间。一年后，我将重新干我那光荣的老本行。我准会征服个把王国，封你当个伯爵，应该是不成问题的吧。”

“‘但愿上帝耳灵，魔鬼耳聋不闻’，”桑丘说，“我常听人说，‘坏收成不如好希望’。”

这时，堂安东尼奥兴冲冲地跑进来，说道：

“大喜事啊，堂吉诃德先生！堂格雷戈里奥和前去营救他的那个叛教徒已经上岸了！——我怎么说他们才上岸呢，其实他们已到了总督家，马上就要上这儿来了。”

堂吉诃德听了，略觉兴奋，说道：

“说实在的，我倒宁愿这件事办不成，让我亲自上北非走一趟呢。凭我这身武艺，别说解救堂格雷戈里奥一人，所有囚禁在那儿的基督徒我都能营救出来。可是，眼下我还能说些什么呢，我这个可怜虫？我不是给打败了吗？不是被打下马来了吗？我不是一年内不能拿兵器了吗？我这个不配拿剑只能纺纱的人，还许什么愿，还夸什么海口呢？”

“老爷，快别说这样的话，”桑丘说，“老话说，‘老母鸡得了病，也得活下去’；‘今天你得意，明天我神气’；‘胜败是兵家常事’。只要不想躺倒不干，跌倒了照样能爬起来。我的意思是说，您千万别泄气。如果不能振作精神，再上战场，那才糟糕呢。快起来迎接堂格雷戈里奥去吧。我听见外面一片喧闹声，准是他已经来这儿了。”

情况确实这样。堂格雷戈里奥跟随叛教徒向总督报告了事情的经过后，因急于想见到安娜·斐丽克斯，便和叛教徒一起上堂安东尼奥家里来了。堂格雷戈里奥离开阿尔及尔时，还穿着女装。到了船上，便跟和他一起离开阿尔及尔的一个俘虏交换了衣服。其实，他不管穿什么衣服，都令人爱怜，受人敬重。他眉清目秀，气概非凡，年龄十七八岁。利科德父女俩出来迎接，父亲眼含热泪，女儿羞羞答答。一对年轻人并没有拥抱，因为他们之间的情意很深，行动反而变得稳重。在场的人见了堂格雷戈里奥和安娜·斐丽克斯这一对美男俊女，无不啧啧称奇。此时无声胜有声，他们俩只用眼神来表达内心的喜悦和挚爱。

叛教徒讲述了自己如何用计救出堂格雷戈里奥；堂格雷戈里奥也讲了自己在女人堆里的种种危险和尴尬。他说起话来，言简意赅，足见他十分早熟。利科德慷慨解囊，以重金酬谢了叛教徒和那批划桨的人。叛教徒经过忏悔、苦修,就像腐烂的肢体重又长出新肉,变得洁净一般,他重又皈依了圣教。

两天后,总督和堂安东尼奥一起商量,怎样才能让安娜·斐丽克斯和她父亲继续待在西班牙。他们认为,女儿是个虔诚的基督徒,父亲心地善良,让他们留下来,没有什么不合适的。堂安东尼奥正好有事进京,他愿意去洽谈这件事。他认为进京后,找找亲朋好友,送点礼物,许多难办的事都能办成。

"不行,"利科德当时也在场,他插言说,"这件事光靠亲朋好友,请客送礼是办不成的。驱逐我们摩尔人这件事由国王陛下委托萨拉萨尔伯爵堂贝尔纳尔蒂诺·德·贝拉斯科办理。这位伯爵大人可不吃请客、送礼、哀求这一套。尽管他也做到了恩威并用,但他总认为我们这个民族整个肌体已全部溃烂,只有拿一把火一烧了之,而想拿油膏之类的药物进行治疗是无济于事的。他办事认真,为人精明,兢兢业业,很有威望,承担这项重任非常称职。我们想方设法,费尽心机,又是求情,又是蒙骗,都难以躲过他那一双像百眼神一样高度警惕的眼睛。他不让我们任何人在西班牙像埋在地下的草根一样隐藏下来,届时又生根发芽。我们这一大批人出走后,西班牙就清静了。伟大的费利普三世的决策真果断!他任命那位堂贝尔纳尔蒂诺·德·贝拉斯科担任这一要职也非常英明!"

"不管怎么说,"堂安东尼奥说,"我到了京城,一定要作一番努力。至于成功不成功,就看老天爷帮不帮忙了。堂格雷戈里奥可以随我同行,这样可以让他双亲放心。他这次离家出走,他们一定非常着急。安娜·斐丽克斯可以留在我家和我妻子做伴,也可以暂去修道院。总督先生想必会欢迎利科德先生去他家暂住,等我京城办事回来再说。"

总督听了,都一一表示赞同。堂格雷戈里奥听了,说什么也不愿意离开安娜·斐丽克斯。不过,他也想去看看自己的父母,然后,再设法将安娜带去,因此,最后也同意了众人商定的办法。安娜·斐丽克斯就留下来和堂安东尼奥的妻子住在一起,利科德住在总督家中。

堂吉诃德因摔伤了,行走不便,他和桑丘等堂安东尼奥动身两天后才走。堂安东尼奥动身那天,堂格雷戈里奥与安娜·斐丽克斯依依惜别。两人一个劲儿地流泪、叹息,安娜甚至哭得晕倒了。利科德要送堂格雷戈里奥一千埃斯库多,可是,他坚辞不受,只向堂安东尼奥借了五个埃斯库多,答应进京后归还。他们就这样走了。上面已经说过,堂吉诃德和桑丘过了两天后才走。堂吉诃德没有穿盔甲,只穿旅途便装,桑丘徒步相随,因为灰驴背上驮着一捆兵器。

第六十六章

本章叙述的事，读者读后便知，听书的[①]听后即晓。

堂吉诃德离开巴塞罗那时，回过头看了看他从马上摔下来的那个地方，说道：

"我就在这儿摔下来的。这不是我缺乏勇气，是我运气不好，一世英名全都断送在这儿了。命运在这里捉弄了我，我的丰功伟绩从此黯然失色。总之，我这次倒了大霉，就再也别想时来运转了。"

桑丘听了，说道：

"我的老爷啊，英雄豪杰得意时，当然应该高兴；可是，倒霉的时候，也不能太难过呀。这是我自己的切身体会。我当总督时虽说挺快活，但是，眼下迈开双腿当侍从也不伤心。我听说命运女神是个醉醺醺的反复无常的女人，而且还是个瞎眼，干了些什么，自己也不明白。今天打倒了谁，明天又扶起了谁，这都是稀里糊涂干的。"

"桑丘，你这番话真富有哲理，说得太妙啦，不知是谁教给你的，"堂吉诃德说，"不过，我要对你说一句话，世界上并不存在什么命运。世事是好是坏，都不是随意发生的，而是上苍有意安排的。所以，老话说，'命运全由自己决定'。我的命运向来由自己做主。我这次粗心大意，狂妄自大，结果遭了殃。我原本应该想到，白月骑士骑的是匹好马，罗西纳特瘦骨嶙峋，怎么能敌得过呢。可我还是冒死去拼，结果给撞下马来。不过，我这次面子虽然丢了，但是言而有信这种品德没有丧失，而且也不会失去的。我当初做英勇

① 塞万提斯时期的西班牙因多数民众是文盲，文艺作品常由识字的人当众朗读。

的游侠骑士，靠敢作敢为，建功立业；现在成了步行的乡绅，就靠说到做到保证信用。桑丘朋友，快步走吧，我们回老家苦修一年，养精蓄锐，然后再来从事我永难忘怀的武士这一行。"

"老爷，"桑丘说，"步行可不是个滋味，怎么能让我成天赶路呢。我们还是将这些兵器像吊死鬼一样挂在树上吧。让我两脚离地骑在驴背上，您要我一天赶多少路都可以。您要我步行走快路，那是办不到的。"

"桑丘，你说得对，"堂吉诃德说，"将我的兵器挂起来作纪念吧。我们在周围的树上或在兵器下面的树身上像当年的罗兰那样刻上下面的题辞：

不是罗兰的对手，
谁也别动这武器。"

"您说得对极了，"桑丘说，"要不是我们路上少不了罗西纳特，该把它也挂起来。"

"可是，无论是罗西纳特还是兵器，我都不想挂了，"堂吉诃德说，"免得让人说，'忠心效劳，不得好报'。"

"你说得不错，"桑丘说，"有见识的人说，'驴子出事，不怪驮鞍'。您这件事是自己不好，只能怪自己，可不能找这副沾了血的破盔甲出气，也不能埋怨罗西纳特跑得太慢，更不能怪我这双脚板太嫩，走不得快路。"

主仆俩这样谈谈说说，过了一天。接着又平平安安地过了四天。第五天他们走进一个村子，发现客店门口围着一大群人，原来他们是在过节。堂吉诃德走到他们身边，一个庄稼人嚷道：

"这两位刚到的先生和我们哪一方都不相识，我们打赌的事请他们中的随便哪一位来评判评判吧。"

"行啊，"堂吉诃德说，"我只要弄明白这是怎么一回事，一定做出公平裁决。"

"老先生，情况是这样的，"那庄稼人说，"我们村里有个胖子，体重一百二十余公斤，他想跟一个体重才五十公斤的村民赛跑。事先提出条件：跑一百步路，可是双方的体重得相等。有人问胖子，体重怎么能相等呢，胖子说，那体重才五十余公斤的村民肩上还得扛一块七十公斤的生铁，这样胖瘦两人的体重就相等了。”

“这可不行，”还没等堂吉诃德回答，桑丘就接上话说，“大伙儿都知道，不久前我当过总督和审判官，凡属这类疑难事和案件都由我来做出判断。”

“那就由你来好好做出裁决吧，”堂吉诃德说，“我这阵子心神不定，连拿面包片喂猫这样的小事都不想干了。”

许多庄稼汉都围着桑丘，张着嘴巴，等待他做出判决。桑丘得到主人允准，就说：

“兄弟们，这胖子提出的条件难以办到，也非常不合理。听说决斗的武器应由应战的人选择。如果这一点是真的，那么，胖子提出的条件好比强迫应战的人选择自己不能取胜的武器，这样做就不对了。因此，我主张由挑战的胖子从自己身上不拘哪个部位，采用切、削、刨、刮、割等任何一种他认为合适的方式，去掉六七十公斤肉，将自己的体重降到五十多公斤，和对手的体重相当。这样，他们就可以按同样的体重赛跑了。”

“天哪，”听了桑丘的判决后，一个老乡说，“这位先生说起话来像圣人，断起案来像个大主教！可是，我可以打赌，就让胖子割去一盎司肉，他都不答应，更不用说六七十公斤肉了。”

“他们还是别比赛了，”另一个老乡说，“免得让那个瘦子压坏，让那个胖子割去大半身肉。我们将赌的钱拿出一半来喝酒，请这两位先生上卖好酒的酒店去痛饮几杯吧。这件事做错了，责任由我来承担。”

“先生们，多谢你们的美意，”堂吉诃德说，“可是，我实在一刻也不能逗留了，因为我遇到了一些不顺心的事，心里不痛快，想快点回去，只好失礼了。”

说完，他用马刺刺了一下罗西纳特，朝前奔去。老乡们见此人的模样这么古怪，而他的侍从（他们估计是他的侍从）又这么精明，大为惊讶。又一个老乡说：

“连用人都这么精明，那主人还用说吗？我可以打赌，他们要是去萨拉曼卡上大学，用不了多久就能上京城当大法官。这种事说起来像开玩笑一样，一个人只要多读点书，又有点门路和机遇，在他意想不到的时候，权杖就到手了；或者说，主教的帽子就戴在头上了。”

当天夜里主仆俩就在旷野里露宿，次日又继续赶路。忽见前面徒步过来一人,脖子上挂着一个褡裢,手上拿一根标枪(也可能是短矛),看样子是个步行的信差。此人小跑几步,来到堂吉诃德跟前,抱住他的右腿(由于他站在地上,只够得上抱住堂吉诃德的大腿),愉快地说:

"哦,我的堂吉诃德·德·拉曼却先生,我的主人公爵大人要是知道您又将回到他府上去,该有多高兴啊。他和公爵夫人还在那儿盼着您呢。"

"朋友,我可不认识您呀,"堂吉诃德回答说,"您能告诉我是谁吗?"

"堂吉诃德先生,"信差说,"我就是公爵府用人托西洛斯呀,就是当初想同堂娜罗德里格斯的女儿成亲、不愿和您进行决斗的那个人。"

"天哪,"堂吉诃德说,"我的仇敌——魔法师们为了剥夺我在那次决斗中即将取得的荣誉,故意将我的对手变成你说的那个用人,你难道就是我的那个对手吗?"

"别这么说了,老先生,"信差说,"魔法和改变模样都是子虚乌有的事。上决斗场是我托西洛斯,下决斗场还是我托西洛斯嘛。那会儿我觉得那姑娘挺好,就想不决斗就娶了她。谁知事与愿违,您一离开公爵府,由于我没有执行公爵大人决斗前给我的指示,他就叫人打了我一百棍子。结果,那姑娘作了修女,堂娜罗德里格斯回到卡斯蒂利亚去了。我这次奉主人之命上巴塞罗那送信给总督。您如果想喝上一口,我这儿带有一葫芦好酒,虽然不是冰镇的,味儿倒很醇;还有不少下酒的特隆丘干奶酪片儿。"

"那我就不客气了,托西洛斯老弟,"桑丘说,"快斟酒吧,全美洲的魔法师来捣鬼,也不要去理他们。"

"桑丘,"堂吉诃德说,"你真是天字第一号馋鬼,世上头等大傻瓜!难道你不知道这信差是着了魔的吗?这托西洛斯是假的呀!你在这儿跟他吃喝个够吧,我慢慢儿往前走,等你赶上来。"

那用人大笑着打开葫芦盖,又取出一些干奶酪片,还拿出一个面包,两人坐在青草地上,亲亲热热地将褡裢里的食物全都吃光了。他俩好像还没有吃够,又将那儿封信也舔了舔,因为上面有奶酪的气味儿。托西洛斯对桑丘说:

"看来,桑丘朋友,你这个主人该是个疯子。"

"该[①]什么?"桑丘说,"他谁也不该,债全都还了。如果还欠点什么,他拿自己的疯傻抵债,也该还清了。他发疯,我看得一清二楚。我也对他说了,可这又有什么用呢?眼下更不行了,因为他让白月骑士给打败了。"

托西洛斯请桑丘讲一讲他怎么给打败的。可是,桑丘说,叫主人在前面等着侍从,太不礼貌,还是改日见面时再叙谈吧。他站起身来,抖了抖外衣,又掸掉胡须上的面包屑,骑上灰驴,和托西洛斯说了声再见,就去追赶他主人。堂吉诃德正在树荫下等着他呢。

---

① 原文"debe"一词,有"应该"和"亏欠"的意思。桑丘故意借这个词的不同词义开玩笑。

第六十七章

叙述堂吉诃德决心在他答应退隐的一年里当牧人，过田园生活及其他一些趣事。

堂吉诃德就是不打败仗也老是心事重重,这次他吃了败仗,更是心烦意乱。上面已经说过,这时他待在树荫下,脑子里老是想这想那的,时而想到杜尔西内娅解脱魔法的事儿,时而想到自己被迫退隐后怎么生活。这桩桩件件事情涌向心头,就像苍蝇叮住蜂蜜一样,想驱赶也赶不开。桑丘赶上来了,一个劲儿地称赞用人托西洛斯慷慨大方。

"桑丘啊,"堂吉诃德说,"你怎么还认为那个人是用人托西洛斯呢?你亲眼见过杜尔西内娅变成村姑,卡拉斯科学士变成镜子骑士,这都是迫害我的那些魔法师们干的。这些事看来你全都忘记了。现在请你告诉我,你有没有问过你说的这个托西洛斯,阿尔迪索多拉眼下的情况怎么样了?我走了她还哭不哭呢?我在的时候,她对我那么情意绵绵;我一走,她是不是将我全都忘了呢?"

"这些乱七八糟的事儿,谁还有心思去问呀,"桑丘回答说,"老爷,别人家心里想些什么,特别是爱情方面的事儿,您还有这份闲心去打听吗?"

"你听着,桑丘,"堂吉诃德说,"爱情和知恩图报是两回事。骑士被女人错爱,在感情方面可以不予理睬,但对她的深情厚意总不能不表示感谢。阿尔迪索多拉看来对我确实一片深情。她送给我三块头巾,这件事你是知道的。我离开公爵府时,她当着众人的面,不顾羞惭哭哭啼啼咒骂我,实际上表现了她对我的一片痴情。情人的怨恨往往通过咒骂表达出来。我不能让她产生什么希望,也不能送给她什么宝贵的东西,因为我的一片深情全都献给杜尔西内娅了。再说,游侠骑士的宝物就像妖魔点化的东西一样,都是虚而不实的。我能给她的只是几分怀念,这不会妨碍我对杜尔西内娅的深深眷恋。你欠了她那么多鞭子不还,实在是对不起她呀！你不肯拿鞭子抽打自己的皮肉,宁可将来喂蛆虫吧。我真巴不得让你那一身臭肉让狼给吃掉呢。"

"老爷,"桑丘说,"我实在弄不明白,鞭打我的屁股和解除杜尔西内娅的魔法有什么联系,这就像大伙儿说的,'你如果头痛,在膝盖上涂点药膏就会好的'。我起码可以发誓,在您读过的那些骑士传记里,从来没有讲到鞭打可以解除魔法的。不过,不管有没有讲到,等我什么时候高兴了,我还是会打自己几下的。"

"但愿你能这样做,"堂吉诃德说,"希望老天爷能让你明白,帮助我的女主人是你应尽的责任和义务。其实我的女主人也是你的女主人,因为我是你的主人嘛。"

他们这样谈谈说说,又来到了上次被一大群斗牛践踏的地方。堂吉诃德认出了这个地方,对桑丘说:

"我们不就是在这块草地上遇到了那群漂亮的牧女和牧人的吗？他们打算在这儿重建当年牧人的'阿尔卡迪'[①]呢。这个想法很新奇,也很有意思。桑丘,你如果觉得合适的话,我们也学他们的样子,至少在强迫待在家里的一年里,可以改行当牧人。我准备买几只羊和牧羊用的东西。我改名为牧人吉诃蒂斯,你就叫牧人潘西诺[②]吧。往后我们就在山林野地之间来来往往,唱牧歌,吟田园诗;渴了就喝清澈的泉水或取之不尽的溪水、河水;饿了就吃山上遍地即是的甜甜的橡树子;累了就坐在坚固的栓皮槠树干上;杨柳给我们遮阴,玫瑰给我们芳香,广阔的草地是一块五彩缤纷的大地毯;我们呼吸的是洁净新鲜的空气;夜晚尽管漆黑一团,月亮和星星照亮了我们;我们愉快地唱歌,心里不痛快就哭一场;阿波罗[③]教会我们作诗,爱情提供我们诗料,我们写出来的诗,不仅让我们扬名于世,而且还能流芳千古呢。"

---

① 即人间乐园。

② 上面讲到的"阿尔卡迪"(Arcadia)原是意大利作家撒纳沙罗同名作品中提出的,因此,堂吉诃德要将西班牙人名改为意大利人名。

③ 根据希腊神话,阿波罗既是太阳神,也是诗神。

“好啊，”桑丘说，“这样的日子确实挺遂我心愿的。参孙·卡拉斯科和理发师尼古拉斯师傅要是见到我们当了牧人，也会跟我们一起干的。神父性格开朗，喜爱逗乐，说不定也会心血来潮，钻到畜栏里来。”

“你说得对，”堂吉诃德说，“参孙·卡拉斯科学士一定会来做我们的同行的。他如果来了，就可以取名牧人参孙尼诺或牧人卡拉斯公。理发师傅尼古拉斯可以像古人博斯冈[①]取名纳莫洛索一样，叫尼古洛索。给神父取什么名字，我就不知道了。也许可以用他职名，再加个词尾，叫做牧人古良布洛[②]吧。至于我们喜爱的那些牧羊姑娘该取什么名字，我们可以像选梨子一样认真选择。不过，我那个心上人的名字，不管让她当牧羊姑娘，还是当公主，都是非常合适的，我不用费心另选一个了。桑丘，你呢，你也可以给自己的牧羊姑娘取个喜欢的名字。”

“我用不到给她另起什么名字了，”桑丘说，“她叫特雷莎，因她个儿肥大，叫她特雷索娜最合适了。我做诗赞扬她，也就是夸耀自己是个忠贞不贰的丈夫。我可从来没有到别人家去挑过野食。神父得做出个榜样来，心里不该有牧羊姑娘。学士如果想有一个，名字就让他自己取吧。”

“桑丘朋友啊，”堂吉诃德说，“我们的生活多么丰富多彩！到处都在吹笛子、打手鼓、摇手铃、弹拨三弦琴。如果再有几副铜钹，那就更好了，牧人的乐器都全了。”

“这铜钹是什么玩意儿，”桑丘问道，“我这辈子都没有见过，也没有听说过。”

“铜钹就是两个像烛台底盘一般的铜盘，”堂吉诃德回答说，“中间是空的，两钹拍打时，发出一种声音，虽不怎么动听，也不太和谐，但不难听，和笛子、手鼓配合，显得很粗犷。铜钹（albogues）这个词是从摩尔人的文字中移植过来的，西班牙语中凡是以‘al’开头的词都源于摩尔人的文字[③]，例如，almohaza，almorzar，alhombra，alguacil，alhucema，almacén 等。从摩尔人的文字移植过来的西班牙语词，以字母‘i’结尾的有三个：borceguí，zaguizamí 和

① 十六世纪西班牙诗人。

② 古良布洛（Curiambro）这个名字由“神父”（cura）加词尾组成。

③ 实际情况并非如此。西班牙语有一部分以“al”开头的词源于拉丁文。

maravedí。‘alhelí’和‘alfaquí’这两个词,以‘al’开头,‘í’结尾,那是阿拉伯文。刚才说起铜钹这个词,我就联想到这些,顺便跟你讲了讲。你知道,我略有些诗才,参孙·卡拉斯科学士在作诗方面很有天赋,凭这点我们就可以成为十全十美的牧人。神父会不会写诗,我不好说。不过,我可以打赌,他准也有点儿诗人的气质。尼古拉斯师傅我可以断定也有几分诗才,因为理发师一般都会弹吉他,也会编个民歌小调什么的。我就在诗里哀叹与情人分离的凄苦,你可以夸奖自己忠贞不贰的爱情,牧人卡拉斯公可以倾诉自己遭到了遗弃,古良布洛神父爱怎么写就让他怎么写吧。这样过日子,该有多快活呀。”

桑丘听了,说道:

“老爷,我这个人命苦,恐怕这辈子也不会有这一天了。我要是当了牧人,有许多事情要做呢。尽管我脑子不灵光,但靠自己的手艺也能扬名。我可以做精巧的木勺,还会做油煎面包片和奶油蛋糕,我还会扎花冠。我得干牧人干的许许多多杂活儿。我女儿桑却卡可以把饭送到牧场上去。不过,可得小心点儿。她长相不错,有些牧人很不老实,千万不能让她‘偷鸡不着蚀把米’。无论在乡下还是在城里,在牧人的茅舍草屋里还是在公侯贵族的深宫大院里,有爱情也就有奸情。老话说,‘去掉祸根,罪孽不生’,‘不见不动情’,‘老老实实求人,不如一走脱身’。”

“别来那么多谚语了,桑丘,”堂吉诃德说,“你说了那么一大堆,其实只要说上一句就能表达你的意思。我多次告诫过你,别滥用谚语,用时要注意分寸,可我总是对牛弹琴,‘让妈妈打我吧,我还是老样子’。”

“看来您倒真像这句老话说的:‘炒锅骂煮锅:滚开,你这个黑鬼!’您刚才还说我谚语用得太多,自己却成串地用,”桑丘说。

“听我说,桑丘,我的谚语用得恰到好处,就像指头上戴戒指一样合适。而你呢,信手拈来,随意乱用。如果我没有记错的话,我曾经对你说过,谚语是古代有学问的人从长期生活经验中提炼出来的警句。可是,用得不当,警句也会变成胡言乱语的。这方面的事就不说了。天色不早,我们离开大路,找个地方过夜吧。明天怎么样,只有老天爷知道。”

他们走了好久,到天黑才吃晚饭,吃得又不好,桑丘非常不高兴。他想到游侠骑士平常总是翻山越岭,生活非常清苦;但情况也有例外,例如在公爵府、在堂迭哥·德·米兰达家,还有那次遇上了财主卡马乔办喜事和在堂安东尼奥·莫雷诺家,他们都吃饱喝足。看来有白天就会有黑夜,有黑夜也会有白天,总不会漫漫长夜,永不天明的。想到这儿,桑丘进入梦乡,而他的主人却一夜没有合眼。

第六十八章

堂吉诃德遇到了一群猪。

漆黑的夜晚。月亮虽已升空，却不知躲藏在什么地方。也许这位狄亚娜[①]小姐跑到地球的另一面去漫游了，这使这儿的群山漆黑，山谷昏暗。堂吉诃德实在太困倦，支不住眯了一会儿，但醒来后，再也睡不着了。桑丘的情况正好相反，他从晚上一直睡到天亮，从不间断，足见他体质好，也没有心事。堂吉诃德心烦意乱，睡不着觉，只好叫醒桑丘，说道：

"桑丘，你这么无动于衷，我真感到奇怪。我想你准是大理石雕的，或者是黄铜铸的，毫无情义。我睡不着，你却呼呼大睡；我在哭，你却唱歌；我斋戒，饿得头昏眼花，你却吃饱喝足，无所事事。一个好的用人应该和主人同甘苦、共患难，即使做不到这点，也得装个样子嘛。你看看，这时夜阑人静，我认为你就别睡了，快起来吧。你离开这儿几步，鼓起勇气，打自己三四百鞭，将你解除杜尔西内娅魔法欠的这顿鞭子还掉一些吧。我这是在求你啦，我不想像上次那样逼着你干，因为我领教过你两只胳膊里的劲儿。你鞭打完了，我们就唱着歌等天明。我唱我的离别恨，你唱你的忠贞曲。我们回乡后准备干的牧人营生，现在就可以开始了。"

"老爷，"桑丘说，"我不是苦行者，怎么能一觉醒来就鞭打自己呢。再说，鞭打是苦，唱歌是乐，吃了大苦，又怎么能快乐得起来呀。快让我睡吧，别再硬逼我鞭打自己了。要不，我就发誓，不但不碰自己身上的一根汗毛，就连外套上的绒毛都不碰一下。"

---

① 罗马神话中的森林女神，也是月亮神。

"你好狠心呀,你真是个毫无同情心的侍从。我这是白白地养活了你!好处也是白给了你,白许了你!你不是靠我当上了总督吗?你想当伯爵或别的爵位,不也指望我吗?而且,只要过了这一年,你的愿望就能实现,因为'黑暗过去,光明有望'①。"

"这话我不懂,"桑丘说,"我只知道人睡着了就不害怕,没有希望,没有困难,也没有光荣。发明了睡眠的这个人应该得到嘉奖。睡眠像一件披风一样覆盖了人间的一切忧思。睡眠是解除饥渴的食物和水,是御寒的火,消暑的冷风。总而言之,睡眠是四处通用的货币,什么东西都能买到;睡眠是天平,也是秤砣,无论是牧人还是国王,笨蛋还是聪明人,一入梦乡就人人平等了。睡眠只有一点不好:人一睡着,就和死人差不多。"

"桑丘,你这番话说得实在太高明了,"堂吉诃德说,"我还从来没有听见你这么说过呢。看来你平平常常说的那句老话很有道理:'不问你生在谁家,只看你吃在哪家'。"

"好啊,"桑丘说,"我的主人老爷,眼下成串说老话的不是我了。您一开口就是成堆的谚语,说得比我还顺口。只是我俩有一点不同:您说出来挺合适,我说得不对头。不过,我们说的都是谚语。"

这时,他们听到附近一片嘈杂声,还夹带着刺耳的叫声,在周围的山谷引起回鸣。堂吉诃德立即起身按剑,桑丘迅速躲到灰驴身边,拿那捆兵器和驴子的驮鞍挡在左右两边。桑丘吓得战栗不止,堂吉诃德也有些惊慌。那响声越来越近,音量也越来越大。主仆两人至少一个已吓得魂不附体,另一个的胆量是众所周知的。

原来有几个人赶了六百多头猪到集市上出售。那些猪嘴里咕噜咕噜地叫,鼻子又呼呼地出气,声音大得将堂吉诃德和桑丘的耳朵也震聋了,他们却不明白发生了什么事。猪群叫叫嚷嚷地像潮水一般涌来,将桑丘筑起的"工事"冲垮,将堂吉诃德和罗西纳特撞倒在地,还不顾他俩的尊严,竟在他们身上踩着过去。总之,这群肮脏的畜生来势很猛,将驮鞍、兵器、灰驴、罗西纳特、桑丘和堂吉诃德全都掀翻在地,肆意践踏。

桑丘好容易从地上爬了起来,他向堂吉诃德借剑,说要将这群冒冒失失

① 原文为拉丁文。引自《旧约全书·约伯记》第十七章第十二节:"亮光近似黑暗。"

的猪先生宰掉五六个。堂吉诃德说：

“朋友，别理它们了，这也是我罪有应得。游侠骑士被打败后，应该让豺狼吃掉，让黄蜂叮，让猪踩。这全是上苍的惩罚。”

“这么说，”桑丘说，“那些吃败仗的骑士的侍从让苍蝇叮、虱子咬，忍饥挨饿，也是老天爷的惩罚了。要是侍从是骑士的儿子或是他的近亲，骑士有罪，我们作子孙的也陪他遭罪，这还说得过去。可是我潘沙家的人和堂吉诃德家的人有什么相干呢？算了，不说了，趁天还没有亮，我们休息一会儿吧。反正还有明天，到时候再想办法吧。”

“你睡吧，桑丘，”堂吉诃德说，“你生来是为了睡觉的。我是为了熬夜的。趁天还没有亮，我打算开动脑筋，做一首小诗解解闷。你可能不知道，昨天夜里，我已打好腹稿了。”

“我认为，您写这首小诗也不必动太多的脑筋。好吧，您爱怎么写，就怎么写吧，我要睡我的觉了。”

说完，他就采集了一些茅草铺在地上，蜷缩着身躯，无牵无挂，无拖无累地沉沉睡去。堂吉诃德倚身于一棵山毛榉（也可能是栓皮槠，因为熙德·阿梅德·贝纳赫利没有说清楚），叹着气，吟诵了下面的一首诗：

　　爱情，你实在过于残忍，
为什么对我这样凶狠，
为了消除内心的苦闷，
我只能结束自己生命。
　　每当我想到了这一点，
茫茫的苦海又有了边，
内心感到无比的兴奋，
生命又燃起熊熊火焰。
　　我活着时只能求一死，
想到死却又充满生机；
生和死这种奇妙关系，

真是闻所未闻的奇事①。

堂吉诃德每吟诵一行诗，就叹一会儿气，还淌了不少泪。看来这次打了败仗，又见不到杜尔西内娅，他真伤透了心。

天亮了，阳光照到了桑丘的脸上。他醒了，站起来抖抖衣服，伸了个懒腰。他发现干粮已遭猪猡的践踏，气得泼口大骂，还不光骂那群猪。主仆俩又继续自己的行程。傍晚，他们发现迎面来了十来个骑马人，还有四五个步行的。堂吉诃德紧张得心怦怦跳，桑丘也非常惊慌，因为对面过来的这群人都带着长矛和盾牌，像是准备来打架的。堂吉诃德回头对桑丘说：

"桑丘，我要不是事先作过保证，不能使用武器，前面来的这一伙人真算不了什么。不过，也许这只是一场虚惊罢了。"

骑马的那几个人这时举着长矛，过来将堂吉诃德团团围住。他们一声不吭，拿矛头指着他的胸口和背心，逼他就范。一个步行的将指头搁在嘴上，示意不许开口；同时，揪住罗西纳特的辔头，牵着它走出大道。其余几个步行的带着桑丘和灰毛驴，悄无声息地跟着押解堂吉诃德的那些人走。堂吉诃德几次三番想问他们带他上哪儿去，想干什么，但每次他想张口，他们就拿矛头吓唬他，让他闭口。桑丘的情况也一样。他每次想张口说话，那个步行的就拿带刺的棍棒扎他，还刺那灰驴，仿佛它也想说话似的。天已黑了，他们加快了步伐，堂吉诃德和桑丘更加恐惧了，特别是听到了他们的吆喝声：

"快走，你们这两个野人！"

"别说话，蛮子！"

"吃人生番，你们要还清债！"

"别嘀咕！别张开眼睛！杀人不眨眼的妖魔！吃人肉的狮子！"

他们就这样骂骂咧咧的，可怜的主仆俩听了，非常刺耳。桑丘自言自语地说：

---

① 这首诗实际上是意大利诗人佩德罗·本博（一四七〇——一五四七）一首诗的译文，略有改动。

“说我们是什么‘馅饼’呀,‘理发师’呀,‘废物’呀[①],还有‘狗子’,‘狮子’什么的,这些话我都不爱听,就让一阵狂风吹走吧。‘乱棒打狗崽,坏事一齐来’。但愿这场灾祸就到此为止。”

堂吉诃德痴呆呆地一路走着,脑子里猜不透这些骂人的话包含着什么意思,只觉得凶多吉少。午夜一时光景,他们到了一所府第。堂吉诃德一眼就认出这是不久前他们待过的公爵府。

“上帝保佑!”他说,“这是怎么一回事啊!这公爵府原先对我殷勤有礼,现在我被打败了,好地方变成了坏地方,坏地方就变得更糟了。”

他们走进府前的院子里,见到里面的装饰,越发感到惊奇、恐惧。详情请看下一章。

---

① 桑丘没有听懂骂他们“野人”、“蛮子”、“吃人生番”这些话,将这些词分别理解为“馅饼”、“理发师”和“废物”。

第六十九章

叙述本书所载堂吉诃德经历中最新奇的事。

骑马人下了马，他们和步行的一起架着堂吉诃德和桑丘，把他们推搡着进入府前的院子里。院子的四周有上百个木架，上面各插一个熊熊燃烧的火把；公爵府大楼的过道上，点着五百多盏灯，把黑夜照耀得如同白昼。院子正中搭着一座两米高的灵柩台，顶上撑着一个巨大的黑天鹅绒幔帐，周围的每级台阶上都摆着银烛台，上面点燃着上百根白蜡烛。灵柩台上置放着一具少女的遗体，异常美丽，使人觉得美人就是死了也是好看的。她脑袋枕在一只锦缎枕头上，戴着各种鲜花编成的花冠；双手交叉放在胸前，上面放着一枝黄色的象征胜利的棕榈。

院子的一边搭着一个台，上设两座，座上的两人均头戴王冠，手拿权杖，不管是真是假，看样子都是国王。台的一边另设两个座位，有几级台阶可以上去。堂吉诃德和桑丘这两个在押犯坐在这两个座位上。将他们押来的人都默不作声，他们还做手势叫主仆俩不要说话。其实不作手势，他们也不会说话的，因为见了当时的情景，他俩早就惊讶得瞠目结舌，什么话也说不出来了。

这时，有两个头面人物带着许多随从上了台。堂吉诃德一见，就认出自己原来的东道主公爵夫妇。他们的坐椅十分富丽，设置在两个国王模样的人的旁边。谁见了这种情景会不感到惊奇呢？而更使人觉得奇怪的是堂吉诃德认出，躺在灵柩台的那具女尸就是美丽的阿尔迪索多拉！

公爵夫妇登台时，堂吉诃德和桑丘赶忙起身向他们鞠躬致敬，公爵夫妇也向他们微微点头致意。

突然有个管事来到桑丘身边，给他披上一件上面画着火焰的黑麻布长袍；又脱去他的风帽，给他戴上一顶像宗教法庭给犯人戴的纸糊的高帽子。接着，那人又凑到他的耳根，叫他不要开口，如开口就要拿手巾塞住他的嘴，甚至会要他的命。桑丘对自己的身上看了一眼，发现浑身上下都在冒火。只是这种火焰不会将他烧死，他就不去理会它了。他脱下头上戴的那顶高帽子，发现上面画着魔鬼，随即又戴上，自言自语地说：

"火焰反正也烧不死我，魔鬼也不会将我带走。"

堂吉诃德也在看着桑丘。尽管自己早已惊恐得张口结舌，但见到他那个模样，也禁不住笑了。这时，仿佛从灵柩台下面传来一阵悠扬的笛声，四周静悄悄的，听起来显得异常凄清。那个看起来像是死尸的姑娘枕边突然出现一个英俊的年轻人，一身罗马人打扮，弹着竖琴，以柔和清亮的嗓音吟唱了下面的诗句：

　　由于堂吉诃德冷酷无情，
阿尔迪索多拉不幸丧生。
贵夫人们今天都穿丧服，
女管家听从主人的叮咛，
脱去华服，装束非常素净，
前来参加这个幽冥法庭。
我向来弹得一手好竖琴，
哀唱这美人，悲歌她苦命。

　　宣扬你美德和一片深情，
这不仅是我一辈子的事，
就是命丧黄泉，离开人世，
即使我的灵魂离开躯体，
来到了地狱的冥湖之滨，
我仍然要为你哀歌悲鸣！

忘川[1]之水听到我的声音，
也将停滞下来，不再前进。

“别唱了，神圣的歌手，别唱了！”国王装束的一人说，“绝代佳人阿尔迪索多拉的去世和她的美德是永远唱不完的。无知的人们以为她已去世，其实，她还活着，在受万人传诵。在座的这个桑丘如果能为她吃点苦，她还会起死回生。拉达曼多[2]，你和我一样，是阴曹地府的判官。你已经知道，捉摸不定的命运之神已决定叫这姑娘复活了。快将这个意思当众宣告吧，也好让大家高兴高兴。”

刚才说话的是拉达曼多的同事米诺斯判官。他的话音刚落，拉达曼多便站起身来，说道：

“喂，全府的人听着，不论老少尊卑，快依次上来给桑丘的鼻子弹二十四下，在他的胳膊和背上拧十二下，再拿针刺六下！通过这番礼节，阿尔迪索多拉就能起死回生。”

桑丘听了，大声地说：

“我对天起誓，就是让我变成摩尔人，我也不会让人按住脑袋弹鼻子的！妈的，摸我的脸和这位姑娘的起死回生有什么关系呢？真是‘老太婆爱苋菜……’[3]杜尔西内娅中了魔法，为了解除她的魔难，要鞭打我；阿尔迪索多拉害病死了，让她起死回生，又得弹我二十四下鼻子，还要扎得我全身都是针眼，拧得我两条胳膊全是伤痕。开这种玩笑，找我小舅子去吧！‘我是条老狗，你别来哄我’。”

“你不听话就要了你的命！”拉达曼多大声说，“发点慈悲吧，你这只老虎！别那么趾高气扬了，你这个狂妄的宁禄[4]！别这么大叫大嚷了，又没有叫你干办不到的事。这事能不能办成，你也别管了，你就老老实实让他们弹你的鼻子，让人扎得你全身都是针眼，拧得你哎呀呀叫痛。听着，管事的，快

① 据希腊神话，忘川是阴间的一条河流，谁喝了忘川里的水，就会将往事全都忘却。冥湖在忘川的一边。

② 据希腊罗马神话，拉达曼多、米诺斯和埃阿科是地狱中的三名判官。

③ 西班牙谚语，“老太婆爱苋菜，青的干的全收割。”

④ 《圣经》中的人物，是个“英勇的猎户”。

按我的命令行事！否则，我以好人的名义起誓，一定要叫你们吃不了兜着走！”

立即出来六个女管家，列队来到院子里，其中四人戴着眼镜。她们都高举右手，手腕露出衣袖足有四指宽。这是当时的习惯，这样，手臂就显得更长一些[①]。桑丘一见到她们，就像公牛一般咆哮起来：

“让别人抚摸我还行，要让女管家来碰我一碰，休想！我可以像我主人上次在府里那样让猫儿来抓自己的脸；也可以让别人拿短剑刺穿身躯；我可以让人拿烧红的钳子夹自己的胳膊。这一切我都可以忍受，我也愿意听从诸位先生的摆布，可我就是让魔鬼带走，也不让女管家碰我一下！”

堂吉诃德开了口，他说：

“孩子，你耐着点儿性子，听任这几位先生摆布吧。你真该感谢老天爷，有这么一个身躯，让它受点儿罪，着魔的就能摆脱魔难，死了的还能复生。”

女管家们这时已来到桑丘的跟前。桑丘这会儿好像老实点儿了。他在椅子上坐稳身子，向走在前面的那个女管家扬起脸，撅起胡子。那管家按住他的脸，使劲弹了一下他的鼻子。然后，对他深深地鞠了一躬。

“管家太太，不必多礼了，也请少擦一点美容霜吧，你手上的酸味儿太难闻了。”

管家们一个一个全都弹了他的鼻子，公爵府上的其他人也拧了他的胳臂；可是，他对针刺受不了，怒火满腔地站起身来，随手抓起身边的一个火把，追打那些女管家和其他折磨他的人。一边追打，一边说：

“滚开，你们这群地狱来的魔鬼！我又不是铜打铁铸的，怎么能经得住这种非人的折磨呢。”

阿尔迪索多拉准是仰面朝天躺得时间久了，有些累了，这时，侧过身子。在场的人见了，齐声呼叫起来。

“阿尔迪索多拉还魂了，阿尔迪索多拉复活了！”

拉达曼多叫桑丘息怒，说他们指望达到的目的达到了。

堂吉诃德一看见阿尔迪索多拉翻身，便立即过去跪在桑丘面前，说道：

“你不光是我的侍从，你还是我的亲儿子呀！你快动手给自己打几鞭子

---

① 当时的妇女以手长为美。

吧，好将杜尔西内娅的魔难除掉。现在你已经有这个本领了，指望你干的这件好事准能干成。”

桑丘听了，回答说：

“这可不是锦上添花，这是雪上加霜啊！刚才拧了我的胳臂，弹了我的鼻子，又拿针扎了我的身子，现在又要抽我一顿鞭子，这怎么行呢。你们干脆拿块大石头捆在我脖子上，将我扔到井里去吧。如果帮别人解脱危难都要我来作‘婚礼上的老母牛’①，那么，就是将我扔下井，我也不在乎了。让我安静一会儿吧。否则，我就不客气啦，反正我都豁出去了。”

这当儿，阿尔迪索多拉已在灵柩台上坐起来。紧接着响起了喇叭声和笛子声，众人齐声欢呼：

“祝阿尔迪索多拉长命百岁，祝阿尔迪索多拉长命百岁！”

公爵夫妇，还有国王装束的米诺斯和拉达曼多都站起来，和堂吉诃德、桑丘一起走上灵柩台，将阿尔迪索多拉扶下来。她装作才复活的样子，向公爵夫妇、两个国王装束的人行了大礼。随后又斜着眼看了一下堂吉诃德，说道：

“愿上帝原谅你吧，负心的骑士！由于你的冷酷无情，我在另一个世界里好像待了一千年了。你呢，是全世界最富同情心的侍从，我这条命全亏了你呀。桑丘朋友，往后我要送给你六件衬衣，虽然不都是新的，但每件都很干净，你可以改作自己的衬衫嘛。”

桑丘将头上这顶高帽子摘下来拿在手里，双膝跪下，吻她的手。公爵命人拿走他的高帽子，给他戴上他自己的风帽，并脱下他那件画着火焰的长袍，换上他原来穿的那件外衣。桑丘请公爵将那件长袍和高帽赏给自己，他想将它们带回老家，纪念这件从未见过的奇事。公爵夫人满口答应，借此表明她是桑丘的好朋友。公爵命府上的仆人将院子打扫干净，大家各自回到自己的房里去，并将堂吉诃德和桑丘送到他们原先住过的房里去。

---

① 指受人嘲弄、让人取笑的人。

第七十章

紧接上一章，把还没有说完的故事说完。

那一天夜里，桑丘就睡在堂吉诃德房间里的一张小床上。他本不想和主人同睡一间房间，因为他知道堂吉诃德会对他问这问那。他刚才受了折腾，心里不痛快，舌头也僵直了，根本不想开口说话。他宁愿单独住一间陋室，也不想同主人合住那间富丽堂皇的卧室。果然不出他所料，堂吉诃德一上床，就说：

"桑丘，你对今天夜里的事有什么看法？我当初拒绝了阿尔迪索多拉的求爱，想不到这事还这么厉害呢。你都亲眼见到了吧，要了这姑娘命的不是箭，不是剑，也不是别的什么武器，更不是什么致人于死命的毒药，而是我一贯对她的冷漠，不加理睬。"

"她要死就让她死吧，她想死几次，怎么样死，我都管不着！"桑丘回答说。"我可没有招她爱过自己，也没有不理她，她的事跟我不相干。我真不明白，阿尔迪索多拉这个朝三暮四的姑娘的生死跟折磨我桑丘究竟有什么关系。这话我上次也说了。眼下我真的弄清楚了，这世界上的确有魔法师，也有魔法；我解脱不了魔缠，但愿上帝来解救我吧。不过，不管怎么样，现在我请求您让我睡一觉，别再问东问西了。否则，我就要从窗口跳下去啦。"

"你睡吧，桑丘朋友，"堂吉诃德说，"他们拿针扎你、拧你、弹你鼻子，你居然还睡得着。"

"疼倒还不怎么疼，最气人的是弹鼻子欺侮我，"桑丘说，"因为这是那些该死的女管家干的。我再一次请求您，让我睡一会儿吧。醒着时的种种烦恼，一到梦里就全没有了。"

“但愿这样吧，”堂吉诃德说，“愿上帝陪伴着你。”

主仆俩都睡了。这部伟大传记的作者熙德·阿梅德想利用这个机会讲讲公爵伉俪为什么又安排了上面讲到的那套把戏。作者说，他还没有忘记参孙·卡拉斯科学士。他上次扮了镜子骑士，让堂吉诃德打败后，原来的那套打算全落空了。但他没有死心，决定东山再起，希望这次能取得成功。他从给桑丘·潘沙妻子送礼送信的那个仆人那儿打听到堂吉诃德在什么地方，就另外弄了一副盔甲、一匹马；盾牌上画了个白月亮，用一匹骡子驮了这些东西，又雇了个庄稼人赶骡子。他这次没有带上回的侍从托美·塞西阿尔，他怕让堂吉诃德和桑丘识破。

参孙·卡拉斯科到了公爵府。公爵告诉他，堂吉诃德要参加萨拉戈萨大比武，已从某条路走了。公爵还对参孙讲了讲他们怎样同堂吉诃德他们开玩笑，逼桑丘打屁股，以解除杜尔西内娅小姐的魔法。公爵还说了一下桑丘怎样捉弄主人，说杜尔西内娅着了魔，变成了村姑；而他妻子公爵夫人却又欺骗桑丘，说杜尔西内娅的确中了魔法，受骗上当的是桑丘自己。学士听了，觉得既好笑，又惊奇，他认为桑丘又调皮又傻，而堂吉诃德真是疯到极点了。

公爵请学士找到堂吉诃德后，不管赢不赢，务必回公爵府将决战的结果告诉他。学士答应照办，便离开公爵府寻找堂吉诃德。在萨拉戈萨没有找到，便继续往前寻找，接下去的事情上面已有交代。

学士回到公爵府，将交手的经过如实对公爵作了报告；还讲到那次决斗的条件，说堂吉诃德是个好游侠骑士，说到做到，他已动身回乡，打算在家休息一年。学士说，在这一年时间里，堂吉诃德的疯病也许能调养好。他当初就因为见到像堂吉诃德这样很有头脑的绅士成了疯子，觉得可惜，一心要治好他的病，才化装出门的。说完话，学士便与公爵告别，回到故乡。他估计堂吉诃德也会很快到家了。

公爵对堂吉诃德和桑丘的事儿非常感兴趣，所以，便伺机又对他俩开了上面说的这个玩笑。他考虑到堂吉诃德主仆俩回乡会经过哪几条道，便派了许多家丁，或骑马，或徒步，分别据守在各条道口，命他们见到了堂吉诃德，就把他软哄硬逼带回公爵府。家丁们果然见到了堂吉诃德，便立即向公爵进行禀报。公爵早有准备，迅速吩咐在府前大院里点燃灯笼火把，让阿尔迪索多拉躺在灵柩台上。这整个过程已如前述,他们表演得完全像真的一样。

熙德·阿梅德接着说,被嘲弄的固然傻,其实嘲弄他们的也并不聪明。公爵夫妇那么起劲地要弄这一对疯疯傻傻的人,他们自己也快成为疯子了。现在我们再来说说那主仆俩吧。一个正在呼呼酣睡,另一个一夜未合眼,正在胡思乱想,等着天亮起床。堂吉诃德无论是打了胜仗,还是吃了败仗,从来没有高兴的时刻。

堂吉诃德真以为阿尔迪索多拉是起死回生的。她遵照公爵夫妇的吩咐,戴着灵柩台上戴的花冠,穿一件白底金花塔夫绸长袍,长发披肩,拄着一根极其精致的乌檀木手杖,来到堂吉诃德的房内。堂吉诃德见她进来,显得十分尴尬,赶忙蜷缩着身子,拿被单、床单盖住全身。他像成了哑巴似的连一句客气话都说不出来。阿尔迪索多拉在他床头边一把椅子上坐下来,长长地吁了一口气,娇声娇气地说道:

"尊贵的女子和端庄的姑娘只有在自己的尊严遭到践踏的情况下,才会不顾一切当众宣告内心的隐秘。堂吉诃德·德·拉曼却先生,我就是这样的女子。我已堕入情网,难以自拔,内心无比痛苦,但我的身子还是干净的。我默默地忍受着心灵的折磨,终于断送了自己的性命。冷酷无情的骑士啊,

面对我的哀怨声声,
你的心比大理石还硬![1]

"两天前,我离开了人世——至少见到我的人都以为我已经死了。要不是爱神可怜我,靠这位好侍从遭了些罪救了我的命,这会儿我还在另一个世界里呢。"

"爱神当初满可以叫我的驴子吃些苦头来救你呀,"桑丘说,"要是这样,我会感谢他的。但愿老天爷给你找个比我主人更温柔的情人!不过,小姐,请你告诉我,你在另一个世界看到什么了?绝望而死的人必入地狱,地

---

① 作者引用西班牙诗人加尔西拉索《哀歌》第一篇中的诗句。

狱里有些什么玩意儿呢?"

"我跟你实话实说吧,"阿尔迪索多拉说,"我大概还没有完全死去,因此,没有进入地狱。要是整个身子都进去了,就别想出来了。不过,我确实到了地狱的门口,见到有十几个魔鬼在打球,都穿着紧身上衣和短裤,领子和袖口镶着佛兰德花边;手腕露在袖子外边足有四指宽,手就显得特别长。他们手中拿的球拍都在熊熊燃烧。叫我感到奇怪的是他们拍的不是球,而是书,书里面充满着空气和碎羊毛。这一切虽然使人感到新奇,但下面的情景更叫人惊讶。在一般情况下,球打赢了,就高兴,输了就难过。但那些玩球的魔鬼不管是输是赢,个个都在叫骂、指责、诅咒。"

"这倒不足为奇,"桑丘说,"魔鬼不管是不是在玩耍,不管是输是赢,总没有高高兴兴的时候。"

"你说得可能有点道理,"阿尔迪索多拉说,"还有一件事,我觉得也很怪异——我是说当时我感到非常惊诧。他们当球拍的书,一拍就拍坏了,不能拍第二次。因此,魔鬼们新书旧书拍坏了好多本,真是件怪事。其中有一本全新的新书,装订得整整齐齐,他们只一拍就脱线了,散成一页一页的。有个魔鬼问他的伙伴:'你看看这是什么书?'伙伴回答说:'这是《堂吉诃德·德·拉曼却》第二部,不是原来那个作者熙德·阿梅德写的,这书的作者是阿拉贡人。他自己说,老家在托尔德西利亚斯。''快给我扔得远远的!'那魔鬼说,'扔到地狱的深处去,我见了就讨厌。''这书那么不好吗?'那伙伴问道。'糟透了,'那魔鬼说,'我就是有意要写得更糟,也糟不到那个样子。'他们继续拍着书。我因对堂吉诃德倾心相爱,听到他的名字,就将这个情景牢记在心了。"

"毫无疑问,这是你的幻觉罢了,"堂吉诃德说,"因为世界上不会有第二个我。这部书在这边也有人传阅过,可谁也没有拿在手里,只将它放在脚下踩。幸好我不是那本书的主人公,因此,这本书是打入了黑暗的地狱,还是在光亮的世界上,随人家说去,我都毫不在意。假如那本书写得好,写得真实可信,那它就会永世长存;如果写得不好,那么,它一问世,很快就会进入坟墓。"

阿尔迪索多拉还想对堂吉诃德发泄怨气。但他说:

"小姐,我多次对你说过,你对我一片真情,我深感内疚。我只能对你表示感激，却无法满足你的愿望。我生来就是杜尔西内娅·德尔·托波索的人。如果真的有命运之神，那我命中注定就是她的。别的美人想来占据她在我心目中的地位，那是枉费心机。我的话已说得这么清楚，你应该醒悟了，办不到的事情不能勉强。”

阿尔迪索多拉听了这番话，立即板下脸来，生气地说：

“哼！你这个冷血动物！铁石的灵魂，枣核般的心！你比那些自以为是的乡巴佬还固执，还狠毒！我要是发起狠来，准将你的眼珠子都挖出来！吃败仗的先生，挨棍子的老爷，你以为我真的为你伤心死的吗？你昨天夜里见到的全都是假的！谁会为你这样一个骆驼一般的人伤心呢？我才不是那种女人呢！更不用说为你而死了！”

“这话说得有道理，”桑丘说，“为爱情而死那是笑话。这种事只是说说而已，谁会真的这么干呢，呆子才相信。”

他们正这么说着话，突然昨夜弹竖琴吟唱诗歌的那个人走了进来，对堂吉诃德深深一鞠躬，说道：

“骑士先生，久闻您的大名和丰功伟绩。我真愿意和大伙儿一样，为您效劳，成为您的忠仆，不知您肯不肯赏脸。”

堂吉诃德反问道：

“请问您是谁？我好根据您的身份以礼相待。”

那年轻人说，他就是昨天夜里弹琴唱诗的那个小伙子。

“您的嗓子确实不错，”堂吉诃德说，“只是您唱的诗好像有些文不对题。加尔西拉索那几行诗和这姑娘的死有什么关系呢？”

“您别见怪，”吟诗的年轻人说，“像我们这般年纪的乳臭未干的诗人写诗很随便，爱怎么写就怎么写，爱抄谁就抄谁，也不管切题不切题。我们没有必要按诗律进行写作。”

堂吉诃德正要回答，公爵夫妇来看他了，话没能说出来。宾主进行了长时间的愉快的交谈。桑丘说了许多俏皮话，也说了不少挖苦的话，公爵夫妇想不到他这个傻里傻气的人有时会这么机灵。堂吉诃德请公爵夫妇允许他即日动身回去，因为像他这样战败的骑士只配住在猪圈里，根本不该住在王宫大宅内。他们同意他走。公爵夫人问他，对阿尔迪索多拉的看法是不是有了转变。堂吉诃德说：

“我的夫人啊，您知道，这姑娘的病根子是懒惰，治这种病的良药是让她正正经经地多干点儿活。她刚才告诉我，地狱里也流行花边，我想她一定会织花边，那就让她不停地织吧。手里忙着干活，就没有心思去想她的情人了。这是我的看法和意见，想是符合实情的。”

“我的看法也是这样，”桑丘接着话题说，“我这辈子还没有见到过织花边的女工为爱情而死的。一个劲儿忙着干活儿的姑娘只想尽快干完活儿，不会有闲功夫去想爱情的事儿。这也是我本人的体验。我挖土的时候，就不会想到自己的老伴——我是说我的特雷莎·潘沙。我比爱自己的眼珠子还爱她呢。”

“桑丘，你说得很有道理，”公爵夫人说，“我往后一定要让阿尔迪索多拉多干点针线活儿，她在这方面是非常内行的。”

“夫人，用不到这服良药了，”阿尔迪索多拉说，“我只要想到这老东西那么冷酷无情，就把他忘得一干二净了，根本不需要别的办法。如果夫人允许的话，我立即离开这儿，免得见到他那副狼狈相。他这副嘴脸，看了就叫人恶心。”

公爵说：

“我觉得这正好像众人常说的那样：

　　那些骂骂咧咧的人，
心里火气荡然无存。”

阿尔迪索多拉假装拿一块手帕擦眼泪，又对公爵夫妇行了个礼，就走出去了。

“可怜的姑娘，”桑丘说，“我早知道你要倒霉的。你相中的这个人心灵像茅草一样干，心肠像树一样硬。说真的，你如果看中了我，那就是另一回事了。”

说完话，堂吉诃德穿好衣服，和公爵夫妇吃过饭，当天下午就动身回乡。

第七十一章

叙述堂吉诃德和侍从桑丘在回乡的路上发生的事情。

堂吉诃德打了败仗,沿着小道往家里走,一路上又悲又喜。悲的是自己吃了败仗,喜的是桑丘居然有能耐让阿尔迪索多拉起死回生。不过,他还不大相信那个痴情姑娘是真死。桑丘一路上心里很不痛快,因为阿尔迪索多拉答应送他几件衬衫没有兑现。他念念不忘这件事,对主人说道:

"老爷,说真的,我是世界上最倒霉的医生。有些医生将病人治死了,还能收费。其实,他们什么事也没有干,只是开了个处方,签上个名,由药剂师配好药,让病人喝下了事。可我呢,为人治病,身上淌了不少鲜血,还让人又弹鼻子,又拧胳膊,又针刺鞭打,到头来连一个子儿也没有捞到。我对老天爷起誓,往后如果再有人叫我治病,我得先捞足了好处再说。'修道院院长靠唱经过日子',我不信老天爷给我这点本领是让我免费替人治病的。"

"桑丘朋友,你说得对,"堂吉诃德说,"阿尔迪索多拉答应给你几件衬衫,后来又自食其言,这是不对的。虽说你那治病的本领你没有下功夫学过,是白白得到的,可你身体吃了苦头,这比下功夫学习还不容易。我可以告诉你,你为解脱杜尔西内娅的魔难挨了鞭子,如果想要报酬,我一定给你。只是我不清楚拿了钱挨的鞭子是不是有效,我怕它不灵。不过,我认为不妨试一试。桑丘,你计算一下,需多少钱,马上动手打吧。打完了,可以拿现钱支付,我的钱就在你身上嘛。"

桑丘一听主人愿付报酬,眼睛睁得大大的,耳朵也伸长了一拃。只要能得到酬金,他鞭打自己也心甘情愿。他对主人说:

"老爷,只要我能得到好处,你想要干什么,我就干什么。为了老婆孩子，我不得不贪点钱财。现在请告诉我，我打自己一鞭，您给多少钱?”

“桑丘，你解脱了杜尔西内娅的魔难，功德无量，就是拿威尼斯的珠宝和波多西的矿藏[①]，也难以报答你。你身上有多少钱，估摸一下，每鞭可以给多少，你就自己酌定吧。”

“我总共得打三千三百多鞭，”桑丘说，“我已打了五鞭，其余的还没有打。我们将那五鞭抵了零头，就算算三千三百鞭得给多少钱吧。一鞭就算四分之一里亚尔；不能再便宜了，否则，全世界的人来逼我，我也不干。照这么算，是三千三百个四分之一里亚尔。三千鞭等于一千五百个二分之一里亚尔，合七百五十个里亚尔。三百鞭等于一百五十个二分之一里亚尔，合七十五个里亚尔。七十五加七百五十，总数是八百二十五里亚尔。这笔钱我就从您的钱里扣了。我虽然结结实实地挨了一顿鞭，但回家发了一笔财，也该心满意足了，‘如想钓到鳟鱼，……’[②]我也不多说了。”

“啊，可爱的桑丘，愿上帝保佑你幸福!”堂吉诃德说，“我和杜尔西内娅这辈子真不知怎么感谢你啊！她一定会恢复原形的。到那时，她的厄运就变成了好运；我呢，也转败为胜，结局圆满。桑丘，该什么时候动手，你自己看着办吧。你如能快点动手，早早了结，我再加一百里亚尔。”

“你问我什么时候吗?”桑丘说，“就在今天晚上，一定打！您在野地里过夜，我一定将自己打得皮开肉绽。”

堂吉诃德像情人等待幽会一般等着天黑。他感到阿波罗的车轮子[③]好像坏了，这一天比往常的哪一天都长。好容易盼到了天晚，他们走进路边不远的一座阴凉的树林里，两人各自下了坐骑，躺在绿草地上，拿桑丘带来的干粮吃了一顿晚餐。桑丘将灰驴的辔头和缰绳拧在一起，变成一条坚韧的鞭子。随后，跑到离主人二十来步的几棵山毛榉下。堂吉诃德他一副毅然决然的神情，说道：

“朋友，得当心点，别把自己打烂了。打完几鞭，中间要歇一下，别急着乱打，打到中间，就上气不接下气了。我的意思是说，你不要出手太重，免得

---

① 波多西是玻利维亚西部一座山，盛产白银。“波多西的矿藏”和“威尼斯的珠宝”在西班牙文里已成为成语，意为“巨大的财富”。

② 西班牙谚语，接下去半句是“就得沾湿裤子”。

③ 指太阳。

该打的数没有打满，自己倒先咽了气。我就在这儿拿念珠给你记数，这样，你就不会多打少打了。你有这番好心，老天爷一定会保佑你的。”

“老话说，‘肯还债的人，不惜拿东西典当’，”桑丘回答说，“我有办法把自己打痛，却又不会送命。我的本领就在这里呀。”

他旋即脱去上身的衣服，抓起绳索开始抽打。堂吉诃德在一旁记数。

桑丘大约打了七八鞭，便觉得这滋味儿不好受，认为报酬定得太低了。他停下来对主人说，“我上当了，每一鞭的报酬应该是半个里亚尔，而不是四分之一里亚尔。”

“桑丘朋友，你继续打下去吧，别泄气，”堂吉诃德说，“我把报酬给你翻一番就是了。”

“那么，我就听天由命了，让鞭子像雨点一样打下来吧！”桑丘说。

可是，这流氓并没有拿鞭子往自己背上打，却打在树上，还不时地发出撕心裂肺般的呼叫声。堂吉诃德心肠软，他怕桑丘冒冒失失地将自己给打死了，难以实现自己的愿望，就对他说：

“朋友，就打到这儿吧。这味药太凶，不能一下子全喝下，得慢慢儿服，‘萨莫拉不是立即攻下的’①。如果我没有记错数的话，你这次已打了一千多下，够数了。说句俗话吧，虽说驴子能负重，太重了也驮不动呀。”

“那不行，老爷，”桑丘说，“我不能让人说，‘拿到了报酬，就像断了手’。请您走远点儿吧，让我起码再打一千鞭。我们再干这么两回，也就完事了，说不定还有余力呢。”

“你既然有这么大的决心，”堂吉诃德说，“那就请上帝保佑你，你就打下去吧。我离你远一点儿。”

桑丘又使劲地鞭打起来，打得好几棵树的树皮都裂开了，出手真是够狠的。他在山毛榉树身上猛抽一鞭，大声地说：

“参孙豁出去了，大家同归于尽吧！”②

堂吉诃德听到凄惨的呼叫声和猛烈的鞭笞声，赶忙前去抓住权充鞭子

---

① 西班牙谚语：“萨莫拉不是立即攻下的，罗马城不是一次建成的。”

② 《旧约全书·士师记》第十六章三十节：大力士参孙临死前，“抱住托房的两根柱子，说：‘我情愿与非利士人同死’。就尽力屈身，房子倒塌，压住首领和房内的众人。”

的那根弯弯曲曲的绳子，说道：

"桑丘朋友，你可不能为了满足我的愿望而送了自己的命。你得留着这条命养家糊口啊。让杜尔西内娅再等等吧，我反正知道自己的事有希望，也就心安理得了。等你养好了身子，再完成这件大事，这样就皆大欢喜了。"

"我的主人，您既然这样说，那我就听您的了，"桑丘说，"请您将短大衣借给我披一披吧。我刚才出了许多汗，怕着凉。初次遭鞭笞的人都有这个毛病。"

堂吉诃德脱下大衣让桑丘穿上，自己只穿内衣。桑丘一直睡到太阳出来才醒。主仆俩继续赶路，走了三西班牙里地，来到一个村庄，两人在一家客店门前下了坐骑。堂吉诃德认得这是客店，不是有濠沟、塔楼、吊闸和吊桥的城堡。自从上次被打败后，他头脑清醒了不少，这从下面他讲的话里就可以看出。店主给了他一间楼下的房间。乡村的习惯，壁毯不用皮革，那墙上挂的是半新半旧的哔叽布，上面画着墨涅拉奥斯的妻子海伦被那个胆大包天的远方来客拐走的场面[①]，画技非常拙劣。另一幅是有关狄多和埃涅阿斯的故事[②]。埃涅阿斯乘着一艘快速帆船准备逃走，狄多站在塔楼上，拿着半条床单，好像在向逃亡的人打招呼。在这两幅画里，堂吉诃德发现那海伦画得不像被拐骗的样子，她露出一副调皮的神态在偷偷地笑呢。美丽的狄多眼中流出的泪珠足有核桃那么大。

"这两位夫人太不幸了，因为她们没有生在我们这个时代；我也很不幸，因为没有出生在她们的那个时代。我要是遇上画上的那两位先生，特洛伊城就不会夷为平地，迦太基也不会灭亡了，因为我只要杀了那个帕里斯，这些灾难就都不会发生。"

"我可以打赌，"桑丘说，"不用过多久，所有的酒店、旅店、客栈和理发店，都要画上我们的故事了。不过，我希望让好一点的画家来画，不要画得这样蹩脚。"

"桑丘，你说得有道理，"堂吉诃德说，"这个画家就像乌贝达的画家奥

① 根据荷马史诗《伊利昂记》：伊利昂王子帕里斯将希腊斯巴达王墨涅拉奥斯美丽的妻子海伦骗走，引起特洛伊战争。

② 参见维吉尔的史诗《埃涅阿斯记》。

尔瓦纳赫一样。有人问奥尔瓦纳赫在画什么,他回答说:‘画成什么,就是什么’。假如他画成一只公鸡,总得在下面注明:‘这是公鸡’,免得人家当成狐狸。桑丘,我认为,画家和作家有相同之处。写堂吉诃德新传的那个人就和奥尔瓦纳赫一样:画成什么(或者说写成什么),就是什么。几年前,京城有个叫玛乌雷昂的诗人,也是这样的人。人家问他什么,他就信口开河,胡乱回答。有人问他,Deum de Deo 是什么意思,他说就是‘Dé donde diere’。[①]这方面的事就不说了。现在请你告诉我,桑丘,今天夜里你是不是还打算再打自己一顿呢?你愿意在屋里打,还是在露天打?”

“老天啊,我准备给自己打的这顿鞭子屋里屋外打都可以,”桑丘说,“可是,我喜欢在森林里打,因为身边的这些树木仿佛在陪我受罪,替我分摊身上的痛苦,这真是一桩奇事。”

“那就别打了,桑丘朋友,”堂吉诃德说,“这几天你就恢复一下体力,反正后天我们就能回村,这顿鞭子回家后打吧。”

桑丘回答说,他可以照办,不过,他本人希望趁热打铁,一鼓作气把这顿鞭子打完了事。老话说,“拖拖拉拉,危险增加”;“对上帝要祈求,对年轻人要施舍”;“许我两件,不如给我一件”;“天空飞的老鹰,不如手中一只小鸟”。

“桑丘,不要再说那么多谚语了,”堂吉诃德说,“你好像又‘故态复萌’[②]了。我多次对你说过,话一定要说得简洁明了,开门见山,别绕弯子。你将来自会明白我这句话的含意。”

“我也不知倒了什么霉了,”桑丘说,“不用谚语就说不清自己的意思,而且,哪一句我都认为挺合适。不过,往后我一定竭力改正。”

主仆间的谈话就到此为止。

---

① Deum de Deo 是拉丁文,意思是“上帝啊!”Dé donde diere 的意思是“您愿在哪儿给,就在哪儿给。”这句话和 Deum de Deo 只是发音近似,意义毫不相干。

② 原文为拉丁文。

第七十二章

叙述堂吉诃德和桑丘回村前发生的事。

那天主仆俩整天待在客店里,等待天黑。桑丘打算一到天黑就打完那顿鞭子,堂吉诃德准备看他完成鞭笞,以了却心愿。突然有个骑马旅客来到客店门口,同来的还有三四个仆人。其中一个仆人对那个主人模样的人说:

"堂阿尔瓦罗·达尔斐老爷,这家客店又干净、又凉快,您中午就在这儿休息吧。"

堂吉诃德听了,对桑丘说:"桑丘,当初我浏览我那传记的第二部时,好像见过堂阿尔瓦罗·达尔斐这个名字。"

"这很有可能,"桑丘说,"等会儿他下马后,我们问问他吧。"

那绅士下了马,客店老板娘拨给他楼下的一间客房,正好在堂吉诃德房间的对面。那间客房也和堂吉诃德那房间一样,墙上挂着有图画的哔叽布。新来的客人换了一套夏装,来到客店又宽敞又凉爽的过道里。堂吉诃德正在那儿踱步。新来的客人问他说:

"绅士先生,您上哪儿去啊?"

堂吉诃德回答说:

"我回老家去,我家就在附近的村子里。您呢?先生,您去哪儿?"

"我呀,先生,"那绅士回答道,"也回老家去,我家在格林纳达。"

"那可是个好地方,"堂吉诃德说,"可是,我想请问您尊姓大名,原因我等一会儿告诉您。"

"我叫堂阿尔瓦罗·达尔斐。"那绅士说。

堂吉诃德说道:

“最近有个作者出版了《堂吉诃德·德·拉曼却》的第二部，书中有个堂阿尔瓦罗·达尔斐，我想准是您了。”

“就是我呀，”绅士回答说，“书里的主角堂吉诃德是我的好朋友，是我将他从家里带出去的——至少是我劝他去参加萨拉戈萨的大比武的，我也跟他去了。他太鲁莽了，亏得我帮了他不少忙，才没有让刽子手拍打他的脊梁。”

“堂阿尔瓦罗先生，您说的那个堂吉诃德和我有点儿像吗？”

“不像，一点儿也不像。”新来的客人说。

“那个堂吉诃德还带了个叫桑丘·潘沙的侍从，是吧？”堂吉诃德问道。

“是的，”堂阿尔瓦罗说，“听说他挺风趣，可是我从来没有听他说过一句笑话。”

“是啊，笑话并不是人人都会说的，”桑丘插言道，“绅士老爷，您说的那个桑丘准是个大流氓、笨蛋和小偷拼凑起来的。我才是真正的桑丘·潘沙呢。我说起笑话来，就像下雨一样，一刻儿也不停。您如不信，可以试着跟我一起待上一年，就会发现我一开口就是笑话。有时候，说得太多了，连我自己也不知说了些什么。我说出话来，人人听了都会发笑。至于真正的堂吉诃德·德·拉曼却呢，就是站在您面前的这个老爷，他也是我的主人。他是个名震四方、勇敢、机灵、多情的骑士；他锄强扶弱，保护寡妇，害得年轻姑娘差一点送命；他唯一的心上人就是那个绝代佳人杜尔西内娅·德尔·托波索。除了我俩外，别的堂吉诃德也好，桑丘·潘沙也好，全都是骗人的冒牌货。”

“没有错儿，”堂阿尔瓦罗说，“朋友，你刚才没有说上几句话，就妙语连珠；可那个桑丘话也说了不少，就是干巴巴的，没有味儿。他那张嘴只会吃，不会说；他像个呆子，一点儿不滑稽。我觉得，那些迫害好堂吉诃德的魔法师，一定通过那个坏堂吉诃德来迫害我。我也不知道该怎么说，因为我离开那个堂吉诃德的时候，他正在托莱多的疯人院里治病呢。眼下又出来一个堂吉诃德，不过，这位先生和我那个朋友确实完全不一样。”

“我是不是好堂吉诃德，这话我不好说，”堂吉诃德说，“不过，我可以告诉您，我绝对不是坏堂吉诃德。堂阿尔瓦罗·达尔斐先生，关于这一点，我有真凭实据。我告诉您吧，我这一辈子从来没有去过萨拉戈萨；而且，听说那个假堂吉诃德在那个城市比武,我就不上那儿去了,以便向世人揭穿他的谎话。我直接到了巴塞罗那,那儿是礼仪之邦,是外乡人的休息地,穷人的收容所,勇士们的出生地;身遭迫害的人到那儿去避难,友人们上那儿去欢聚。这个地方无论是地势还是风景,都是独一无二的。虽说我在那儿的遭遇令人痛心,但是我上那儿去并不后悔。总之,堂阿尔瓦罗·达尔斐先生,我就是那个颇有名望的堂吉诃德·德·拉曼却,不是那个窃取了我的名声的倒霉鬼。我请求您(这也是绅士应尽的义务),当着这个村子村长的面发表声明,您是今天第一次见到我,我并不是《堂吉诃德》第二部中的那个主角,我这个侍从桑丘·潘沙也不是你认识的那一个。"

"这件事我很愿意办,"堂阿尔瓦罗说,"不过,使我感到惊奇的是我同时见到了两个堂吉诃德和两个桑丘,他们的名字完全一样,人却截然不同。看来,我见到的和我亲身经历的并不是真人真事。"

"毫无疑问,"桑丘说,"您一定像我们那杜尔西内娅·德尔·托波索小姐一样着魔了。但愿您也像她一样,要靠我自打三千多下来解脱您的魔难。如果真的要我打,我一定打,而且分文不取。"

"鞭子的事儿我不明白。"堂阿尔瓦罗说。

桑丘回答说,这件事一言难尽。不过,他们如果同路,可以在路上慢慢讲。

开饭的时间到了,堂吉诃德和堂阿尔瓦罗同桌用了餐。事有凑巧,这个村的村长带了公证人走进客店。堂吉诃德便向村长提出申请,说他为了保卫自己的权益,要请在场的这位堂阿尔瓦罗·达尔斐绅士当着村长的面发表声明:他从不认识堂吉诃德·德·拉曼却;同时,这个堂吉诃德·德·拉曼却并不是那个托尔德西利亚斯人阿维利亚纳达写的《堂吉诃德·德·拉曼却》第二部中的主人公。村长表示同意,并按照法律上的要求将这一声明写成文字。堂吉诃德和桑丘非常满意。其实,两个堂吉诃德和两个桑丘明摆着不是一样的,因为有事实为证,但他们倒好像非常重视这一份声明似的。堂阿尔瓦罗和堂吉诃德说了许多客气话。言谈中这个了不起的曼却人表明自己很有见地。堂阿尔瓦罗终于明白,两个堂吉诃德确实不一样。只是他弄不清为什么自己会亲身遇到两个截然不同的堂吉诃德。他本人也一定着魔了。

当天下午,他们离开村庄,走了约半西班牙里地,来到一个十字路口。堂吉诃德和堂阿尔瓦罗就此分手,各走各的路。在临别的几分钟时间里,堂吉诃德将自己如何遭到不幸,打了败仗;杜尔西内娅怎样着了魔,怎样救她等情况约略地对堂阿尔瓦罗说了一下。他听了,更加感到惊异。他拥抱了堂吉诃德和桑丘,就朝前走去。堂吉诃德主仆俩也继续自己的行程。当天夜里,他们在几棵山毛榉树下露宿,让桑丘继续鞭笞。桑丘仍然像前天夜里一样,让树皮替他遭灾,没有让自己皮肉受苦。其实,他的鞭子连碰也没有碰一下自己的背部。这时,如有一只苍蝇叮在背上,也赶不走。

堂吉诃德一直不知真情,他将桑丘的鞭打一鞭不少地全都记下了。加上前夜的鞭数,总共是三千零二十九鞭。太阳很早就出来了,它好像想看看桑丘怎样鞭打自己。主仆俩一天亮就继续赶路。一路上谈着堂阿尔瓦罗如何上了当,他们又如何精明,当着村长的面将那份口头声明正式写成了文字。

那一天白天和夜晚都没有发生值得一叙的事情。只是桑丘在当夜完成了自己的使命。对此,堂吉诃德非常满意。他认为梅尔林的承诺准能兑现,自己的意中人杜尔西内娅定能摆脱魔难。因此,他焦急地盼着天明,想看看会不会在路上遇见她。一路上他每见到一个女人,总要走近认一认,她是不是杜尔西内娅·德尔·托波索。

堂吉诃德就怀着这样的愿望走上一座山头,望见了自己的村庄。桑丘一见自己的故乡,便双膝跪地,说道:

“我日夜想念的家乡啊,快张开眼睛看看,你的儿子桑丘回来了。他虽然没有发大财,却挨了一顿鞭子。请你张开双臂,迎接自己的儿子堂吉诃德吧。他虽然败在他人手里,却战胜了自己。根据他过去对我说的话,这是一个人期望取得的最大胜利。我现在手里有钱了!‘我虽然挨了好大一顿鞭子,却是个体体面面的骑士’①。”

“别说这些傻话了,”堂吉诃德说,“我们就直接回去吧。到了家里,我们可以好好地想想,往后怎样当牧人。”说完,他们便下坡回村。

---

① 西班牙谚语。

第七十三章

叙述堂吉诃德入村时见到的预兆和其他与本书有关的事情。

熙德·阿梅德说,堂吉诃德进村时,看见打麦场上有两个孩子在吵架。其中一个说:

“你死了这条心吧,贝里基约,这玩意儿你一辈子也别想见到了。”

堂吉诃德听了,就对桑丘说:

“朋友,你听到那孩子的话了吗?他说:‘你一辈子也别想见到了’。”

“这孩子说了这么一句话又怎么样了呢?”桑丘说。

“怎么样了?”堂吉诃德说,“你没有想到吗?这句话是冲着我说的,意思是我这辈子别想见到杜尔西内娅了。”

桑丘正想答话,忽见田野里一只野兔朝他们那儿奔来,后面有许多猎人和猎狗在追赶。兔子吓坏了,跑过来躲到灰驴身躯下面。桑丘一把抓住兔子,交给堂吉诃德。堂吉诃德说道:

“不祥之兆,不祥之兆![1] 兔子逃,猎犬追,杜尔西内娅却不来。”

“您真是个怪人!”桑丘说,“我们假定这兔子就是杜尔西内娅,追赶它的这些猎狗就是将她变成村姑的坏魔法师,她不是脱身了吗?我将她抓住,交给您,您正抱在自己怀里爱抚她,这怎么是不吉利的呢?这怎么能算不祥之兆呢?”

刚才吵架的那两个孩子来看兔子,桑丘问其中的一个为什么吵架。说“你这辈子也别想见到了”的那个孩子回答说,自己拿了另一个孩子一只蟋

---

① 原文为拉丁文。西班牙习俗,路遇兔子是不吉利的。

蟀笼,准备一辈子也不还给他了。桑丘从口袋里掏出一点儿钱给那个孩子,向他要了那个笼子,交给堂吉诃德,说道:

"老爷,给您吧,这样一来,预兆不就给破了吗?我这个人虽有点傻,但我认为预兆就像往年的浮云,与我们的事儿根本不相干。如果我没有记错的话,我听村上的神父说过,基督徒和有见识的人不会相信这些毫无意义的事。您本人也在几天前对我说过,相信预兆的人都是傻子。这些事压根儿就不必放在心上,我们还是进村吧。"

猎人赶来要那只野兔,堂吉诃德就交给他们。主仆俩朝村里走去。到了村口,就见到神父和卡拉斯科学士正在草地上进行祈祷①。桑丘用那件画着火焰的麻布衣(阿尔迪索多拉起死回生的那个夜晚桑丘在公爵府穿过)盖着灰驴和驴背上的一捆兵器,因此,灰驴看起来仿佛穿了一件印着标记的罩衫。桑丘戴过的那顶高帽子也套在灰驴的脑袋上——这样新奇装束的驴子世所罕见。

神父和学士见他们来了,立即张开双臂欢迎他们。堂吉诃德下马和他们热烈地拥抱。孩子们的眼睛像猞猁一样尖,他们老远就见到驴脑袋上戴着高帽子,就赶来看,并互相传呼道:

"孩子们快来看呀!桑丘·潘沙的驴子打扮得漂亮极了!堂吉诃德的牲口比早先更瘦了!"

堂吉诃德和桑丘在一群孩子的簇拥下,由神父和学士陪同,走进村庄,来到堂吉诃德家。女管家和外甥女已获悉他们回来的消息,早在门口等候他俩。桑丘的妻子特雷莎·潘沙也听到了消息,她披散着头发,几乎半裸着身躯,拉着自己的女儿桑却卡的手,赶来看望丈夫。她原以为当总督的应该衣冠楚楚,一见桑丘那个样儿,就说:

"我的丈夫,你怎么这个样儿呢?看样子你是走着回来的,脚心都打泡了吧?瞧你那副邋遢的样子,哪像个总督呀!"

"别说了,特雷莎,"桑丘回答说,"光有挂肉的钩子,没有咸肉,这样的事是常有的。我们快回家吧,到家后再跟你讲稀罕事儿。我带钱回来了,这是最要紧的。这钱我是凭自己的本领挣的,我没有坑害谁。"

---

① 卡拉斯科学士任教会里的低级神职,也应和神父一样在规定的时间里进行祈祷。

"我的好丈夫,随你哪儿挣的,带钱回来就是好事,"特雷莎说。"随你怎么个挣法,反正也不是你发明的新办法。"

桑却卡拥抱了父亲,问他带什么回来了,她像五月天盼望下雨一样盼他回来呢。她一手抓住父亲的腰带,一手牵着灰驴;特雷莎拉着丈夫的手,一家三口朝家走。堂吉诃德留在自己家里,由外甥女和女管家照料,神父和学士做伴。

堂吉诃德急不可待地将神父和学士拉到一边,背着家里人对他们说,自己打了败仗,根据事先讲好的条件,一年内不准离村;他作为游侠骑士,应该遵守骑士道的规矩,不折不扣地履行这个条件。他又说他已有打算,准备在这一年里当个牧人,在田野里过悠闲的日子,竭尽对心上人的相思之情。他请求神父和学士如果没有紧要的事情,就来和他做伴。他准备买一大群牛羊,大家可以作地地道道的牧人。他还说这件事情的关键部分已有眉目——他已经为他们每个人取了合适的名字。神父问他取了什么样的名字。他说给自己取名为牧人吉诃蒂斯,学士叫牧人卡拉斯公,神父叫牧人古良布洛,桑丘·潘沙叫牧人潘西诺。

神父和学士见这疯子又打算玩新花样,暗暗吃惊。可为了防止他再次出去当骑士,也指望他一年里能治好疯病,他们只好答应他的请求;还说他这个主意非常高明,他们愿意和他一起作牧人。

"还有一点,"参孙·卡拉斯科说,"众所周知,我还是个超一流的诗人呢。我可以随时写诗、作牧歌和京城流行的词曲,这样我们就可以在山间田野里吟诵消闲。两位先生,还有一件要紧事呢,我们每个人还得替自己诗里歌颂的牧羊姑娘取一个名字。多情的牧人有个习惯:不管多硬的树上,都要刻上她们的名字。"

"这确实是件要紧的事,"堂吉诃德说,"不过,我就不必为假想的牧羊姑娘取名字了,因为我已有绝代佳人杜尔西内娅·德尔·托波索了。她是河岸和草原上的骄傲,是美丽、智慧的化身,在她身上不管用上什么样的赞美词,也不能说是夸张。"

"没有错儿,"神父说,"可是,我们还得为自己的牧羊姑娘取个合适的名字呀。如果没有完全合适的,凑合着也可以。"

参孙·卡拉斯科接下去说:

"如果真的找不到合适的名字,可以借用书上画上的,什么费丽达呀,阿玛丽莉呀,狄亚娜呀,弗蕾莉达呀,伽拉脱呀,贝丽沙尔达呀,不是多得很吗?这些名字都在市场上出售,我们买回来就是自己的了。如果我那位小姐——确切地说,我那位牧羊姑娘叫安娜,我就用安娜达的名字来歌颂她;如果她叫弗兰西斯卡,我就改为弗兰塞尼娅;如果叫路西娅,我就改称路辛达,反正都是从同一个名字演化过来的。桑丘·潘沙如果也和我们一起干,可以将他妻子的名字改为特雷莎依娜。"

堂吉诃德听了学士取的名字笑了。神父一味称赞堂吉诃德出的这个主意正当高雅。他再次表示,等自己处理完了教堂里的事务,就过来和他做伴。说完,他便和学士起身告辞,并劝堂吉诃德多加保重,多吃点好东西。

事有凑巧。三人刚才的这番谈话都让外甥女和女管家听到了。她们等客人一走,就进屋里。外甥女说:

"舅舅,你这是怎么一回事啊?我们原来以为您这次回来一定会老老实实地待在家里,平平安安地过一段安生日子的。您怎么又心血来潮,要去做什么

来的小牧童呀,
去的小牧童呀?①

说句实在话,'麦秸已经干枯,不能当笛子吹了'。"

女管家接着外甥女的话说道:

"再说,在山林田野里,您能耐得住夏天中午的高温和冬天深夜的寒冷吗?听见豺狼嗥叫,您不害怕吗?这一行您肯定是干不了的。干这一行非得身强力壮才行,而且,得从小就开始磨练。当游侠骑士虽说不好,但比当羊倌还强呢。老爷啊,您听我一句话,我这不是吃饱喝足,胡言乱语,我这会儿还没有吃饭呢。再说,我已是年过半百的老婆子了。您就待在家里,照管好产业,常常进行忏悔,多多帮助穷人。这么办往后如有灾难,就由我的灵魂来承当。"

---

① 西班牙谣曲里的诗句。

“你们两位就别多说了,”堂吉诃德说,“该怎么办,我心里有数。快扶我上床吧,我觉得身上不太舒服。你们放心吧,不管我现在当游侠骑士还是往后当牧人,你们的衣食我不会亏待的。不信就看我的行动吧。”

女管家和外甥女向来对堂吉诃德体贴入微。她们将他扶到床上,给他吃了点东西,服侍他睡下了。

第七十四章

叙述堂吉诃德如何得病、立遗嘱和去世。

人世间事物都不是永恒的,常常经历由兴到衰乃至消亡的过程,人的生命更是如此。堂吉诃德也没有得到老天爷的特殊照顾,让他的生命力可以常盛不衰。连他自己也没有想到,他一生就这样完了。也许是他吃了败仗,气出病来;也许是老天爷的安排,他高烧不退,一连卧床六天。他的好友神父、学士和理发师都常去看望他;他的好侍从桑丘经常守候在他床边。

朋友们认为他打了败仗,未能实现让杜尔西内娅解脱魔难的心愿,心情烦闷,就千方百计哄他,让他高兴高兴。学士叫他振作精神,从床上起来牧羊去,说自己做了一首牧歌,水平大大超越了撒纳沙罗①写的所有牧歌。又说自己掏钱从金塔纳的牧人那儿买了两只牧羊犬,一只叫巴尔西诺,另一只叫布特隆。堂吉诃德听了,仍然闷闷不乐。

朋友们又请了一位医生来给他治病。医生给堂吉诃德把了把脉,发现脉象不好,说不管怎样,拯救他的灵魂要紧,他的身体恐怕是不行了。堂吉诃德听了,心里很平静,而女管家、外甥女和侍从桑丘听了,仿佛堂吉诃德已经一命呜呼一般伤心地哭起来。医生认为,郁郁寡欢、喜怒无常是他的病根子。堂吉诃德想睡一会儿,请众人退出。他沉沉入睡,一觉就睡了六个小时。女管家和外甥女都以为他醒不过来了。他一醒来,就大声说:

"感谢全能的上帝,赐予我这么大的恩惠!上帝无限慈悲,人世间的罪孽全部得到宽恕。"

---

① 哈戈勃·撒纳沙罗(一四五八——一五三〇),意大利诗人、小说家,《人间乐园》的作者。

外甥女专心地听她舅舅说话。她觉得舅舅的这番话比平时说得有条理,至少比病倒后说的话符合情理。她问道:

“舅舅,您说这番话是什么意思?我们得到什么恩惠了?您说的慈悲和人世间的罪孽是指什么?”

“外甥女,我是说,上帝对我无限慈悲,这会儿宽恕了我的罪孽。我过去整天读那些该死的骑士书,读得神志不清,现在又恢复了理智,心里明亮得多了。现在明白那些书上都是胡言乱语,只恨自己醒悟太晚,没有时间再读一些启示心灵的书,进行补偿。外甥女啊,我觉得自己很快就要死了。我希望死时,心里清楚,免得让人家说自己糊涂一生,到死还是个疯子。我过去虽发过疯,但不愿临终时还神志不清。孩子,快去把神父、参孙·卡拉斯科学士和尼古拉斯理发师叫到这儿来,我要进行忏悔,还要立遗嘱。”

外甥女不必去请那三个人了,因为这时他们正好进屋。堂吉诃德一见到他们,就说:

“好先生们,告诉你们一个好消息:我现在不是堂吉诃德·德·拉曼却了,我是阿隆索·吉哈诺,外号人称‘善心人’。我现在恨透了阿马蒂斯·德·加乌拉和他的子子孙孙,那些无聊的游侠骑士小说我全都感到讨厌;我也明白,过去阅读这些书,实在是件蠢事,是件非常有害的事。多亏上帝大发慈悲,我头脑清醒了,对这些书无比厌恶。”

神父等三人听了这番话,以为他又得了新的疯病。

“堂吉诃德先生,我们听说杜尔西内娅小姐已解脱了魔难,您怎么又说这样的话呢?再说,我们马上就要去当牧人了,像公子王孙那样唱着小曲过日子,您怎么又想去当隐士了呢?请您别那样说了,快清醒清醒头脑,别胡言乱语了。”

“那些胡说八道的书真是害了我一辈子,”堂吉诃德说,“但愿老天爷帮忙,在我临死前,由受害人变为得益者。先生们,我感到自己已命在旦夕,请不要再开玩笑了。快给我请个神父来让我忏悔,再请个公证人来替我写遗嘱吧。在临终的时刻,可不能拿自己的灵魂当儿戏。我请求你们在神父先生听我忏悔的时候,快去请个公证人来。”

听了堂吉诃德的话,众人面面相觑,虽然似信非信,却也得当真事对待。他的头脑突然变得这么清醒,看来这是回光返照。他还说了许多又有见地又合乎基督教教义的话，而且说得条理非常清楚。众人终于确信，堂吉诃德已经不疯了。

神父请众人退出，他一人听堂吉诃德忏悔。

学士出去找了一个公证人，还带着桑丘·潘沙一起回来了。桑丘已从学士那儿了解到主人的病情，进屋里又见女管家和外甥女眼泪汪汪的，自己也禁不住抽抽噎噎地哭了起来。忏悔完毕，神父走出房间，说道：

“善心人阿隆索·吉哈诺不行了。不过，他的神志确实很清醒。我们进去吧，他要立遗嘱呢。”

女管家、外甥女和那个好侍从桑丘·潘沙听了，眼眶中的泪水再也抑制不住，立即哗哗地淌了下来。上面已有交代，堂吉诃德这个人，不论是现在的善心人阿隆索·吉哈诺，还是过去的堂吉诃德·德·拉曼却，向来生性平和，为人厚道，待人和气，不仅家里人喜欢他，而且所有认识他的人也都对他有好感。

公证人跟着大家一起进入堂吉诃德的卧室，先写好遗嘱开头的程式。堂吉诃德按照基督教的规矩，祈求上帝保佑自己的灵魂；然后，才开始谈遗产的事。他说：

“第一条，桑丘·潘沙在我发疯期间当过我的侍从，我曾有一笔钱托他掌管。我们两人之间你欠我，我该他，还有一些没有结清的账目。现在我正式宣布，这笔钱他不必还了，也不用他交代账目，扣除我该他的那部分，余款全归他所有。余款虽不多，但愿对他有用处。我发疯的时候，曾经设法让他当过总督；眼下我神志清醒，如有可能，我还会让他当国王。他为人朴实，忠心耿耿，理该这样。”

他回头对桑丘说道：

“朋友，我原来错误地认为，世界上历来都有游侠骑士。我把这个错误的看法传给了你，害得你也像我一样，干了一些疯傻事。真对不起，请你原谅。”

“啊呀，我的老爷啊，”桑丘哭叫着说，“您不能死呀！您听我一句话，要长命百岁！一个人好端端的，又没有别人杀害他，就这么无缘无故地伤心死了，真是太傻了。您别懒在床上，快起来，我们就照原先商量好的那样穿上牧人的衣衫，上山野里去，说不定还会在灌木丛的后面遇到已解脱了魔难的堂娜杜尔西内娅小姐呢，她的模样漂亮极了。如果您由于吃了败仗，心里气不过，那就怪在我身上好了，因为我没有将罗西纳特的肚带系好，害您跌下马来。再说，您在书上一定也读到过，骑士打仗，有胜有败，今天打败了，明天又会获胜的。"

"是呀，"参孙说，"桑丘·潘沙说得非常正确。"

"先生们，你们听我慢慢说，"堂吉诃德说道，"常言道，'去年的旧巢，早没有飞鸟'。过去我是疯子。现在头脑清楚了；以前我叫堂吉诃德·德·拉曼却，现在我已说过，我是善心人阿隆索·吉哈诺。希望诸位考虑到我进行了真诚的忏悔，还像从前那样尊重我。现在请公证人先生继续写遗嘱吧。

"第二条，我全部家产，除去我已明确规定要支付的款项外，全都归在场的外甥女安东尼娅·吉哈纳继承。首先，应付清女管家历年的工钱；另外，再给她二十杜卡多，让她做套衣服。我请在场的神父先生和参孙·卡拉斯科学士先生充当遗嘱的执行人。第三条，我外甥女安东尼娅·吉哈纳如想结婚，得嫁个对骑士书一无所知的男人；如查明他读过骑士书，而我外甥女还想与他结婚，并确实嫁给了他，那么，我的全部遗产她就得放弃，由遗嘱执行人转赠给慈善机构。第四条，执行遗嘱的这两位先生如有幸遇见《堂吉诃德·德·拉曼却生平事迹第二部》的作者，请以我的名义向他代致歉意。他写了那部满纸胡言的书，尽管不是我有意让他这么写的，却总是由我引起的，因此，到死还觉得对不起他。"

口授完遗嘱，堂吉诃德就昏了过去，直挺挺地躺在床上。众人手忙脚乱地赶紧抢救。写完遗嘱，他还活了三天，昏厥了好多次。家里乱哄哄的。不过，外甥女和女管家照样吃喝，桑丘·潘沙也照样说笑话，因为继承遗产能抵销或减少遭逢死丧的痛苦。

堂吉诃德完成了临终圣事①，又狠狠地咒骂了一番骑士小说后，终于走到了人生的尽头。公证人还在场，他说，他从来没有在骑士书中读过有哪位骑士临终时像堂吉诃德那么安详、虔诚的。堂吉诃德终于在亲友们的一片哭泣声中咽了气。

神父见状，就请公证人证明，称为堂吉诃德·德·拉曼却的善心人阿隆

① 一般指忏悔、领圣餐、涂圣油等。

索·吉哈诺已经寿终正寝。这样,就可以避免除熙德·阿梅德·贝纳赫利之外的别的作者让他死而复生,没完没了地续写他的故事。

异想天开的拉曼却绅士就这样结束了自己的一生。熙德·阿梅德没有指明他的家乡究竟在哪个村镇,他的意思是想让拉曼却地区所有的村镇像希腊七个城市争着要作荷马的故乡一样,抢着作堂吉诃德的出生地。

桑丘、外甥女和女管家如何哀悼堂吉诃德,他墓前有什么新的碑文,这里就不一一详述了。

参孙·卡拉斯科写了下面一首墓志铭:

绅士长眠此地,
英名传遍乡里;
勇士胆略过人,
死神害怕三分;
一生慷慨豪爽,
立志锄强济贫;
建立丰功伟绩,
世人交口称颂;
生是痴呆疯癫,
临终头脑清醒。

见高识广的熙德·阿梅德对他的那支笔说道:

“我的羽毛笔啊,我不知你是支犀利的妙笔还是一支秃笔。现在我将你挂在挂板的铅丝上,你就在这儿待着吧。如果没有狂妄、卑鄙的传记作者将你取下加以糟蹋,你仍然能千百年长存下去。你可以抢在他们伸手取下你之前,委婉地告诉他们:

谁也别碰我一碰,
摇笔杆儿的先生,
国王已将这件事,
早留给我来完成。

“堂吉诃德为我而生，我这一生也全交付给他了。他干我记，我们俩已互为一体。托尔德西利亚斯的那个冒牌作者胆大妄为，用鸵鸟毛削成的劣笔描述我这位勇士的生平事迹，那是不行的。他才疏学浅，难以担当这一重任。万一你碰见他，就请你告诉他，请他让堂吉诃德那一把已经腐烂的老骨头在墓地里安息吧，别侵犯死者的权益，硬将他从坟墓中拖出来，带他去旧卡斯蒂利亚[①]了。堂吉诃德确实已经僵直地躺在坟墓里，再也不能进行第三次旅行了[②]。他前后两次出门的故事已将游侠骑士的荒谬行径尽情地进行了讽刺，得到了国内外人士的同声称赞。你对心怀恶意的人好言相劝，尽到了作为基督徒的职责。我的愿望就是让人们厌恶荒诞不经的骑士小说，堂吉诃德的真实故事，已使骑士小说站立不稳，注定要跌倒在地。为此，我感到欣慰、自豪，我认为已实现了自己的愿望，这样的作者我是第一个。”

再见吧。

① 阿维利亚纳达的《堂吉诃德》以主人公去旧卡斯蒂利亚结尾。

② 前两次旅行指《堂吉诃德》的第一部和第二部。

经典译林

Yilin Classics

书名	单价	书名	单价
癌症楼	78.00 元	艾青诗集	35.00 元
爱的教育	39.00 元	爱丽丝漫游奇境	29.00 元
安娜·卡列尼娜	65.00 元	安徒生童话选集	42.00 元
傲慢与偏见	36.00 元	奥德赛	92.00 元
八十天环游地球	32.00 元	巴黎圣母院	42.00 元
白洋淀纪事	39.00 元	百万英镑	35.00 元
包法利夫人	38.00 元	悲惨世界（上、下）	98.00 元
背影	28.00 元	被侮辱与被损害的人	39.00 元
边城	36.00 元	变色龙：契诃夫中短篇小说集	39.00 元
变形记 城堡	38.00 元	草叶集：惠特曼诗选	39.00 元
茶馆	32.00 元	茶花女	35.00 元
查拉图斯特拉如是说	38.00 元	沉思录	29.00 元
城南旧事	29.00 元	大卫·科波菲尔（上、下）	79.00 元
当代英雄	45.00 元	稻草人	29.00 元
地心游记	32.00 元	飞鸟集·新月集：泰戈尔诗选	39.00 元
飞向太空港	39.00 元	福尔摩斯探案集	58.00 元
复活	42.00 元	傅雷家书	49.00 元
富兰克林自传	36.00 元	钢铁是怎样炼成的	39.00 元
高老头	39.00 元	格列佛游记	35.00 元
格林童话全集	49.00 元	给青年的十二封信	38.00 元

书名	单价	书名	单价
古希腊悲剧喜剧集（上、下）	118.00 元	海底两万里	38.00 元
红楼梦	69.00 元	红与黑	49.00 元
呼兰河传	35.00 元	呼啸山庄	39.00 元
基督山伯爵（上、下）	108.00 元	纪伯伦散文诗经典	42.00 元
寂静的春天	35.00 元	假如给我三天光明	32.00 元
简 · 爱	39.00 元	金银岛	35.00 元
经典常谈	29.00 元	荆棘鸟	45.00 元
静静的顿河	128.00 元	镜花缘	49.00 元
局外人 · 鼠疫	38.00 元	菊与刀	35.00 元
克雷洛夫寓言	32.00 元	宽容	32.00 元
昆虫记	39.00 元	老人与海	32.00 元
理想国	45.00 元	聊斋志异	55.00 元
了不起的盖茨比	38.00 元	列那狐的故事	39.00 元
猎人笔记	38.00 元	林肯传	39.00 元
鲁滨逊漂流记	39.00 元	鲁迅杂文选集	36.00 元
绿山墙的安妮	36.00 元	罗马神话	16.80 元
罗生门	39.00 元	骆驼祥子	32.00 元
美丽新世界	35.00 元	名人传	39.00 元
拿破仑传	49.00 元	呐喊	29.00 元
牛虻	38.00 元	欧 · 亨利短篇小说选	36.00 元
欧也妮 · 葛朗台	32.00 元	彷徨	32.00 元
培根随笔全集	38.00 元	飘（上、下）	88.00 元
普希金诗选	42.00 元	骑鹅旅行记	36.00 元
乞力马扎罗的雪	39.80 元	热爱生命 · 海狼	38.00 元

书名	单价	书名	单价
人间草木：汪曾祺散文精选	49.00 元	人类群星闪耀时	36.00 元
人性的弱点	39.00 元	日瓦戈医生	68.00 元
儒林外史	42.00 元	三个火枪手	59.00 元
三国演义	59.00 元	沙乡年鉴	42.00 元
莎士比亚喜剧悲剧集	49.00 元	少年维特的烦恼	28.00 元
神秘岛	48.00 元	神曲（共三册）	128.00 元
十日谈	68.00 元	世说新语（上、下）	89.00 元
双城记	45.00 元	水浒传	69.00 元
四世同堂（上、下）	78.00 元	苔丝	39.00 元
谈美	35.00 元	谈美书简	36.00 元
汤姆·索亚历险记	32.00 元	汤姆叔叔的小屋	45.00 元
唐诗三百首	39.00 元	堂吉诃德	78.00 元
天方夜谭	42.00 元	童年	38.00 元
童年·在人间·我的大学	49.00 元	瓦尔登湖	36.00 元
我是猫	39.00 元	乌合之众	35.00 元
物种起源	42.00 元	雾都孤儿	44.00 元
西顿野生动物故事集	38.00 元	西游记	62.00 元
希腊古典神话	49.00 元	乡土中国	36.00 元
小妇人	45.00 元	小王子	29.00 元
星星离我们有多远	35.00 元	喧哗与骚动	58.00 元
羊脂球	38.00 元	一九八四	36.00 元
一间自己的房间	36.00 元	伊利亚特	82.00 元
伊索寓言：555 则	36.00 元	尤利西斯	58.00 元
约翰·克利斯朵夫（上、下）	98.00 元	月亮和六便士	45.00 元

书名	单价	书名	单价
战争与和平（上、下）	108.00 元	朝花夕拾	22.00 元
中国民间故事	39.00 元	子夜	49.00 元
最后一课	36.00 元	罪与罚	66.00 元